Gerd Eidam

Der blaue Ordner

Gerd Eidam

Der blaue Ordner

Roman

TRIGA
Der Verlag

Bibliografische Information der Deutschen Nationalbibliothek
Die Deutsche Nationalbibliothek verzeichnet diese Publikation in der Deutschen Nationalbibliografie;
detaillierte bibliografische Daten sind im Internet über http://dnb.d-nb.de abrufbar.

1. Auflage 2020

Einband-Gestaltung: www.designwerkstatt-gabler.de unter Verwendung der Fotografie eines Wappentellers aus einer rechtshistorischen Publikation, zeigend Kaiser Friedrich I., links mit dem Reichsapfel und Kaiserin Beatrix rechts mit Lilienzepter in einem Fenster der Kaiserpfalz zu Gelnhausen sitzend

Satz: Beate Hautsch, Göttingen, nach einer Vorlage von IT-Kruse, GmbH, Friedlandstraße 12, 63486 Bruchköbel

Druck und Bindung: winterwork, Borsdorf
Printed in Germany
Gedruckt auf säurefreiem, alterungsbeständigem und chlorfreiem Papier

ISBN 978-3-95828-237-7

Meiner Vaterstadt Gelnhausen
zum 850. Geburtstag gewidmet

›... Blickt man auf die einzelnen Stationen des Prozesses gegen Heinrich den Löwen, dann rückt Friedrich Barbarossa Gelnhausen offenbar bewusst in eine Reihe bedeutender Bischofsstädte und Königspfalzen. Darin drückt sich eine hohe Wertschätzung des Herrschers für Pfalz und Stadt Gelnhausen aus, die er im letzten Jahrzehnt seiner Regierung eindrucksvoll bestätigen sollte. Denn der Hoftag von 1180 bildete einen glänzenden und gleichsam programmatischen Auftakt für vier weitere, jeweils im Abstand von zwei Jahren erfolgende Besuche des Kaisers. ...

Die Bedeutung Gelnhausens für Friedrich Barbarossa während seines letzten Regierungs- und Lebensjahrzehnts tritt noch deutlicher hervor, wenn man es mit zwei benachbarten königlichen Aufenthaltsorten vergleicht. ... Frankfurt sah den Kaiser bis in die siebziger Jahre elfmal in seinen Mauern, darunter für mehrere Hoftage; danach ist er dort nicht mehr nachzuweisen. Ähnliches gilt für Fulda, das in den achtziger Jahren seine Bedeutung als königlicher Aufenthaltsort und Stätte von Hoftagen weitgehend einbüßte.

Die Gründe für die besondere Bevorzugung Gelnhausens seit 1180 durch Friedrich Barbarossas kennen wir nicht. Sie könnten in einer persönlichen Vorliebe des Herrschers für seine eigene Schöpfung liegen. ...«

(Wortgetreu aus: Fred Schwind, Barbarossa und Gelnhausen, in: Bei der Burg Gelnhausen eine neue Stadt [Festschrift der Barbarossastadt Gelnhausen zur 825. Wiederkehr ihrer Gründung am 25. Juli 1170], dort Seiten 15 ff. (17 f.).

Ein ortskundiger Förster berichtet interessierten Naturfreunden Ende des neunzehnten Jahrhunderts:

»... Der Umfang ihres knorrigen Stammes von mehr als sechs Meter lässt darauf schließen, dass sie gewiss über achthundert Jahre alt ist. Ihr Kronendach beschützt die kleineren Bäume und all das gewaltige Gewimmel an Lebensvielfalt um sie herum im Wald. Alles deucht friedlich zu sein?? ...«

»... Diese Eiche stand schon hier, als unser Kaiser Barbarossa geboren wurde, und das war um das Jahr 1120. Was könnte sie uns alles berichten, was sie geschaut und erlebt in so langer Zeit, wenn sie denn mit einer Stimme spräche, die wir Menschen fähig wären zu hören und zu verstehen. Leider ist ihr Stamm jetzt schon arg morsch. Lang wird sie ihre Krone nicht mehr so stolzen Hauptes tragen können. Das ist absehbar. Schade für all das Getier, das in und auf ihr lebt. Aber ihre Nachfolger stehen schon bereit, einst ihre Lücke zu füllen. ...«

Vorbemerkung

Vieles ist wahr;

manches wahrscheinlich;

der Rest ist Fiktion und deshalb möglich.

In Memoriam Georg Rehwinkel

Er fehlt mir. Leider ist er unerwartet im vergangenen Jahr verstorben. Ich spreche von Herrn Georg Rehwinkel, dem ehemaligen Leiter ›Feuilleton‹ des ›Frankfurter Generalanzeiger‹. Über zwanzig Jahre hat er meine Aufzeichnungen lektoriert und ihnen zur Druckreife verholfen. Herr Rehwinkel war in meinem Alter, Ende sechzig. Wir haben uns in der ganzen Zeit unserer Bekanntschaft lediglich eine Handvoll mal getroffen. Meist, wenn ich ein weiteres Kapitel meiner Lebensgeschichte niedergeschrieben hatte. Dann suchte ich ihn in seinem kleinen Büro im Verlagsgebäude des ›Frankfurter Generalanzeiger‹ auf zur Übergabe meines Manuskripts. Bei diesen Gelegenheiten haben wir uns über Gott und die Welt ausgetauscht. Herr Rehwinkel war frei von jener aufdringlichen Neugierde, die viele investigative Journalisten kennzeichnet. Ihn interessierten viel mehr alle Facetten der Kunst, vor allem aber das weite Feld der Literatur. Da konnte er, der ansonsten gesetzte und ruhige Mann, eine überraschend temperamentvolle Begeisterung und ein schier kindliches Schwärmen und Staunen an den Tag legen, so ehrlich und natürlich, dass man ihn einfach liebgewinnen musste.

Herr Rehwinkel hat mich entdeckt. Das klingt hochtrabend und ist gewiss auch deutlich übertrieben. Doch ich weiß es nicht besser zu formulieren. Diese, meine Hilflosigkeit ist, zugegeben, auch ein Grund, weshalb ich ihn vermisse. Was bei mir ungelenk und schwülstig klingt, wäre ihm schlicht, aber zutreffend aus der Feder gelaufen. Er hätte eine ungeschickte Formulierung von mir zurechtgerückt, ohne ihre Kernaussage zu verletzen. Eine beneidenswerte Begabung. Ein Talent, um das ich ihn auch wirklich beneide. Gewiss, ich kann andere Menschen und deren Handeln und Verhalten anschaulich und glaubhaft schildern, und ich tue das als Strafverteidiger in meinen Schriftsätzen und Plädoyers auch fast täglich, aber wenn ich über mich und meine Gefühle schreiben muss, bin ich verkrampft, verklemmt. Ich lasse mir eben nur ungern in die persönlichen Karten schauen. Selbst von mir selber.

Richtig ist: Als ich noch ein kleiner Schadensachbearbeiter bei der ›Blue Bird Versicherungen‹ in Frankfurt am Main ohne jeglichen Karriereehrgeiz war, kam mir eines Nachmittags bei der Bearbeitung einer Akte spontan ein Gedicht in den Sinn, das ich in all seiner Länge ohne abzusetzen niederschrieb. Wie ich auf die Idee zu diesen Versen kam? Keine Ahnung. Ich kann es mir bis heute nicht erklären. Das Gedicht, es trägt den bombastischen Titel ›Karfreitag eines Weihnachtsbaums‹, schickte ich – überheblich? blauäugig? – an den ›Generalanzeiger‹. Herr Rehwinkel hat es in der Osterbeilage seiner Zeitung abgedruckt. Die Veröffentlichung des Gedichts war für mich zugleich der Startschuss zu einer rasanten Achterbahnfahrt mit heftigen Höhen und Tiefen durch mein weiteres Leben. Ich gestehe: Noch heute sehe ich mich, bildlich gesprochen, wenn ich an jene Zeit denke, in einem Jahrmarktswägelchen sitzend, das Geländer mit beiden Händen krampfhaft umklammernd, den nächsten Absturz befürchtend.

Damals kostete mich das Erscheinen des Gedichts a) die Ehe, meine erste Frau Christine verließ mich von gestern auf heute mit unserem Sohn Thorsten, b) die Eigentumswohnung, auf die sie nicht verzichten mochte und c) den Arbeitsplatz; denn der für den Schadenbereich zuständige Vorstand, ein religiöser Fanatiker, verlangte meinen Rausschmiss.

Da habe ich gestanden. Quasi nackt. Ein jämmerliches Bild geboten. Und ich habe mich gefragt, was ich denn sei. Eindeutig ein Nichts. Aber wie sagt doch der von mir verehrte Dichterfürst Johann Wolfgang von Goethe so trefflich in seinem ›Götz von Berlichingen‹?

»Wo viel Licht ist, ist auch starker Schatten.«

Wie wahr! Denn was dann geschah, lässt sich im Zeitraffer wie folgt zusammenfassen: Schulkameraden fingen mich auf. In der Not Freunde zu haben ist wahrlich ein ganz besonderes Glück. Ich verliebte mich zudem in meine neue Vermieterin. Als ich ihr, der Leseratte, eine Freude machen wollte, fand ich in einem Antiquariat ein altes Büchlein und darin einen mit der Hand geschriebenen Brief, der ziemlich sicher vom eben schon erwähnten Goethe stammte. Ein reicher Autografensammler aus Düsseldorf, der auf verschlungenen Pfaden Kenntnis von meinem Fund erhalten hatte, bot mir für das besondere Schreiben einhunderttausend Deutsche Mark. Ich nahm an.

Ach ja! Fortunas Füllhorn schien seinerzeit für mich unerschöpflich viel Glück zu enthalten; denn mein Arbeitgeber stellte mich wieder ein und, als wäre es nicht genug damit, befördert wurde ich zudem.

Tatsächlich, ich machte Karriere im Versicherungskonzern ›Blue Bird Versicherungen‹. Das war nicht allein mein Verdienst. Herr Sebald, der Leiter der Schadenabteilung, mochte mich. Und als er – nach des Fanatikers Ausscheiden – als dessen Nachfolger in den Vorstand der Gesellschaft berufen wurde, ernannte er mich sogleich zu seinem Schadenabteilungsleiter. Dies war mein beruflicher Durchbruch. Dass ich mich so erfolgreich durch meine Bücher bei den mir verbundenen und mich fördernden Personen bedanken konnte, das ist in nicht unerheblichem Maße das Verdienst von Herrn Georg Rehwinkel. Ich werde es ihm nie vergessen.

Gott sei seiner Seele gnädig.

Dr. Martin Langer

Gelnhausen/Frankfurt am Main, im Februar 2020

2017 Gelnhausen
Martin Langer stellt sich näher vor

Unsere alteingesessene Anwaltskanzlei ›Doctores Hertel, Langer und Kollegen – Rechtsanwälte*Notare‹ ist weit über die Stadtgrenzen Gelnhausens und den Main-Kinzig-Kreis hinaus gefragt. Mittlerweile beraten und vertreten wir zu sechst einen stetig weiterwachsenden Mandantenkreis. Ich selber habe mich in den letzten Monaten ein wenig zurückgenommen. An diesem Zustand möchte ich festhalten. Ich benötige nicht mehr dauerhaft den zwölfstündigen Arbeitstag für mich und mein Ego. Mandate in zwei, drei spannenden Wirtschaftsstrafverfahren genügen im Jahr, um mich und meinen Adrenalinspiegel auf Trab zu halten. Ansonsten weiß ich, dass ich mich auf meine Kollegen in der Kanzlei, besonders aber auf Volker Voss und seine ebenfalls promovierte Ehefrau Melani Dorsum voll verlassen kann.

Hin und wieder kommt ein Gelnhäuser Bekannter vorbei und fragt die Mitarbeiterinnen, ob der ›aale‹ Langer zu sprechen sei. Wenn ich in der Kanzlei bin und die Frage mitbekomme, verspüre ich regelmäßig ein wenig Wehmut; denn sie erinnert mich an die Zeit in diesen Räumen am Herzbachweg, als mein Freund und Gönner Doktor Hertel, der verstorbene Gründer der Kanzlei, noch der ›Aale‹ war und mir des Abends gern seine spezielle Sicht des Lebens vortrug. Er liebte es dabei auf der Kante seines Schreibtischs zu sitzen und seine bunten Hosenträger auf die schmale Brust knallen zu lassen. Zugegeben, seine ›Worte zum Abend‹ waren mir manchmal lästig; denn kam ich nicht aus meinem Vorstandsbüro in Frankfurt abends nach Gelnhausen, um hier in der Kanzlei noch etwas ›praktische Fingerübungen‹, wie ich es hochnäsig nannte, zu machen? Und stattdessen? Ein weiteres Kapitel Küchenphilosophie von Doktor Hertel! Doch, wenn ich heute an diese Gespräche zurückdenke, begreife ich erst, wieviel Lebensweisheit und Erfahrung er mir dabei vermittelt hat. Und dann bin ich ihm stets aufs Neue von Herzen dankbar dafür, ihm, dem besten Freund meines Vaters und dem letzten Vertrauten meiner Mutter. Er war nicht nur ein hervorragender Jurist und Anwalt, sondern vor allem ein guter, von allen respektierter Mensch, der ›aale‹ Hertel eben.

Oh, Pardon! In anwaltlicher Überheblichkeit gehe ich davon aus, dass Sie mich kennen. Bei den Menschen, die sich Rat oder Hilfe suchend an unsere Kanzlei wenden, kann ich dies unterstellen. Aber, ob Ihnen, verehrte Leserin, lieber Leser, mein Name überhaupt etwas sagt, ist unwahrscheinlich. Aus diesem Grunde möchte ich mich Ihnen kurz vorstellen.

Mein Name ist Martin Langer, Doktor beider Rechte, seit gut einem Vierteljahrhundert Rechtsanwalt. Daneben saß ich sieben Jahre lang im Vorstand eines deutschen Versicherungskonzerns. Geboren bin ich hier in Gelnhausen, der schönen Kleinstadt im hessischen Kinzigtal, der Stadt Barbarossas. Mit dem wohl bekanntesten Hessen aller Zeiten, dem größten Dichter deutscher Feder, Johann Wolfgang von Goethe, habe ich den Geburtstag gemein, den achtundzwanzigsten August. Wen wundert's, und ich kann es nicht oft genug wiederholen, dass ich ein Bewunderer von Goethe bin, dem großen Geist, dem wohl keine menschliche Schwäche fremd war. Ich persönlich habe meinem Frankfurter Landsmann viel, sehr viel zu verdanken. Wie ich mich kenne, werde ich Ihnen diese spezielle Behauptung im Verlauf meiner Geschichte noch ausführlich begründen.

Den letzten Anstoß mich beruflich zurückzunehmen, verdanke ich Tante Conny. Vielleicht gab sie mir auch nur den Vorwand, nach dem ich schon länger gesucht hatte, mich etwas dem juristischen Tagesgeschäft zu entziehen.

Wer ist nun wieder Tante Conny? werden Sie vielleicht schon ein wenig ungehalten fragen. Zu Recht! Jedem Rechtsreferendar, der in unserer Kanzlei praktiziert, würde ich einen solch konfusen Aufbau eines Schriftsatzes ankreiden. Also: Frau Cornelia Schlosser, die alle in der Familie nur Conny nennen, ist die Schwester von Thomas, Tom gerufen, Schlosser, meinem Ex-Schwiegervater, guten Freund und dem Großvater von Tobias, meinem Sohn. Tante Conny lebt in Weimar. Dort hat sie seit der Wende in der weltberühmten Herzogin Anna Amalia Bibliothek gearbeitet. Sie tut es auch im Ruhestand weiterhin; denn sie hat ihr Leben der Familie Goethe gewidmet.

Sie hält sich für eine Wiedergeburt der Schwester von Johann Wolfgang von Goethe. Wie räumt sie bereitwillig doch selber ein?

»Ich weiß, dass es ein Spleen ist. Aber ich heiße nun einmal wie Goethes Schwester Cornelia, die eine verheiratete Schlosser war. Ich habe am selben Kalendertag wie sie Geburtstag, am siebten Dezember. Ich besitze wie sie das gleiche hässliche Profil. Schon gut, Martin. Ich weiß, wie ich aussehe. Die gleiche hässliche Nase. Sie stört mich keineswegs. Im Gegenteil. Sie gefällt mir, weil sie mein Wissen um meine Wiedergeburt stützt. Und meine Zeit in Indien, in Poona, hat mich in meiner Ansicht bestärkt. Ich habe als Cornelia Schlosser, geborene Goethe, meinen Bruder Johann Wolfgang immer geliebt. Und die Tatsache, Martin, dass du, so wie Goethe, an einem achtundzwanzigsten August geboren bist, macht dich mir besonders sympathisch. Lassen wir es damit sein Bewenden haben. Basta!«

Von eben dieser Tante Conny, einer überaus liebenswerten Person, habe ich die Buchfragmente erhalten, die jetzt meinen Safe verpesten, und den dicken blauen DIN A4-Ringordner, der in meiner Nachttischschublade liegt, beide oben in meiner Wohnung auf der Dürich. Noch weiß ich nicht, was die beiden Teile letztendlich für eine Bedeutung haben. Und welche Auswirkungen auf mein Leben damit verbunden sein werden. Aber die Hoffnung stirbt bekanntlich zuletzt.

Natürlich habe ich noch keinem meiner Sozien, dies gilt auch für die liebe Melani, etwas von Tante Cornelias Geschenk gesagt, und erst recht nicht von den Erwartungen, die in mir grummeln, und deren Auswirkungen auf mich. Wie auch? Kenne ich sie doch selber noch nicht. Warum sollte ich die Pferde unnötig scheu machen? Mir schwant aber, nachdem ich die ersten Zeilen gelesen habe, dass sich dieser Zustand – zumindest ein wenig – demnächst ändern könnte.

Meine Fragen sind: Warum hat mich Tante Cornelia nicht, wie sonst bei ihr üblich, angerufen? Sondern mir einen Brief geschrieben? Was wollte sie verhindern? Und was meint sie mit ›Querverbindungen‹?

Sie hat mir komplett unerwartet ein Päckchen geschickt. Darin fand ich, jeweils in Doppelseiten einer Wochenende-Ausgabe der ›Thüringer Allgemeine‹ eingeschlagen, ein arg demoliertes Büchlein und den erwähnten Ordner im DIN A4-Format mit festem blauem Umschlag. Obenauf lag ein Brief. Darin hat mir Tante Conny mitgeteilt, sie sei – ›*rein zufällig*‹, wie sie schrieb – auf ›Querverbindungen‹ gestoßen, die mich als alten Gelnhäuser gewiss interessieren würden; es sei denn, die Informationen wären mir schon bekannt.

Das zerfledderte Buch ohne Umschlag, dem die ersten, die letzten Seiten wie auch manch anderes Blatt dazwischen fehlten, sei ihr an ihrem Arbeitsplatz in der Herzogin Anna Amalia Bibliothek in die Hände gefallen. Konkret hat sie ›*HAAB*‹ geschrieben.

»Martin, in einem Pappkarton – Einschub: So ein typischer Umzugsfaltkarton, mit dem Aufkleber

›Frau Dr. Schlosser: Wohl 18./19. Jahrhundert?‹,

der eines Tages auf dem Schreibtisch in meinem Kämmerchen stand, in dem ich als Pensionärin dankenswerterweise mein berufliches Gnadenbrot verzehren darf – hat das Konvolut neben anderen unheilbaren Opfern des scheußlichen Brandes vom September 2006 gelegen. Beißend nach kaltem Rauch stinkend, durch das Löschwasser verklebt, verschmiert, und mit – gewiss durch ungewollt fachunkundige Behandlung – unleserlichen Textresten.«

›Nach der Art der Bindung, einer Fadenbindung, bin ich mir sicher‹, so Tante Conny weiter, ›dass das Buch nicht aus der weiteren Goethe-Zeit stammen kann; es sei denn, es ist später einmal restauriert worden. Aber das glaube ich eigentlich nicht. Das Blätter-Konvolut besteht aus diversen Materialien. Da gibt es neben den unterschiedlichsten Papiersorten – im vorderen Teil erstaunlicherweise sogar Niederschriften auf Pergament.‹

Der Inhalt sei ein Sammelsurium. Dokumente, ausführliche Schilderungen wie Gedankensplitter, auch Textfragmente, willkürlich zusammengestellt aus ganz unterschiedlichen Zeitepochen. Vielleicht hat sie jemand zusammengetragen mit der Absicht ein Buch zu schreiben. Sachbuch? Roman? Wer weiß! Jedenfalls wecken die Fundstücke diesen Eindruck. Anfangs mit der Hand verfasst, später dann in Lettern gesetzt. Niedergeschriebenes beziehungsweise Gedrucktes in unterschiedlichen Schriftarten. So fänden sich Textpassagen in lateinischer, französischer und deutscher Sprache, von den beiden letztgenannten dann wieder Abschnitte oder ganze Kapitel in Alt-, Mittel- und dem neuerem Hochdeutsch, schon ähnlich dem Lutherdeutsch. Entsprechende Sprachentwicklungen seien auch in den in Französisch verfassten Textpassagen festzustellen. Ja, Tante Conny liebt die präzise Aussage!

Tante Cornelia schreibt weiter, sie sei – mit Verlaub – davon ausgegangen, dass ich als viel beschäftigter Rechtsanwalt nicht die Zeit und die erforderliche Muße finden würde, Ordnung in den Verhau zu bringen, und erst recht nicht dafür, bei dem vorgefundenen misslichen Zustand des Buches die in verschiedenen Sprachen und Schriften gefertigten Texte zu entziffern. Aus diesem Grunde habe sie unter Hinzuziehung mehrerer fachkundiger Kolleginnen und Kollegen im Laufe der letzten Jahre eine – ›ja, nenne es ruhig eine ›Übersetzung‹ – angefertigt, die in dem beiliegenden blauen Ordner abgeheftet ist.‹

Ich war ganz gerührt über die Weise, wie sich die liebe Conny wand, um ja nicht zu sagen, was doch unbestreitbar Fakt war:

»Martin, ohne die Übersetzungshilfe kannst du mit den stinkenden Blättern nichts anfangen.«

Zum Inhalt merkte sie noch an:

›Ich habe die Relikte teils gelesen, teils auch nur überflogen, aber bald schon bei mir gedacht: Da hat offensichtlich jemand Material über Barbarossa gesammelt. Das ist was für meinen Martin! Schon wegen der darin genannten Querverbindungen.‹

Ich: Schon wieder spricht sie von ›Querverbindungen‹. Was meint sie damit? Und wenig später: Gratulation, Tante Conny! Du hast es geschafft!

Mein Interesse war geweckt. Sollte da erneut ein altes Buch schicksalshaft in mein Leben eingreifen?

Diese, meine Vermutung hat sich verstärkt, als ich ihren Brief weiterlas. Denn dann berichtete mir Tante Conny, dass die Burgherren von Kapellendorf, einem kleinen Ort keine fünfzehn Kilometer östlich von Weimar gelegen, im zwölften Jahrhundert wohl einmal in engen Beziehungen zu den Grafen von Selbold (›oder auch Selboldt‹) und Gelnhausen, ›damals Geylenhusen‹, gestanden hätten. Ja und, man höre und staune, dass mehrere Statuen der berühmten Stifterfiguren im Naumburger Dom bekannte Personen aus dem Geschlecht derer von Selboldt und Geylenhusen darstellen würden. Sie, so Tante Conny, habe dies zufällig gelesen und sei dabei unwillkürlich an die Statue erinnert worden, die wohl so viel Leid über meine Familie gebracht habe.

Oh, Tante Cornelia! Tu nicht so unwissend! Natürlich weißt du genau, was geschehen ist. Tom Schlosser, dein lieber Bruder, hat es doch als einen Akt der Fairness verstanden, dir vertraulich zu sagen, was die steinerne Frau für grausames Unheil über meine Mutter, meine frühere Ehefrau Monika, Tobias, ihn selber und auch über mich gebracht hat. Das hat er mir, seinem Ex-Schwiegersohn und engen Freund, gebeichtet.

Und du, liebe Tante Conny, weißt sehr wohl auch um die Ansichtskarte, die nach dem Verschwinden Monikas angeblich eines Tages bei Tom im Briefkasten gelegen hat, ohne jedes Wort und jeden Absender, und auf der die Uta von Naumburg zu sehen ist. Ist diese Karte doch zunächst bei dir eingegangen, und du hast sie an Tom weitergeleitet. Dessen bin ich mir sicher.

Zufall! Meinetwegen, dass ihr das Buch in die Hände gefallen war. Ja. Aber alles andere und weitere? Nein! So viel Zufall gibt es nicht!

Für mich steht fest:

Tante Conny, die gute Seele, hatte auf ihre Weise Nachforschungen angestellt und ließ mich jetzt wissen, was ihr Merkwürdiges aufgefallen war. Sie wusste, dass ich auch nach zehn Jahren noch weiter litt an dem schmerzlichen Verlust der geliebten Frau.

War ihr jetziger, höchst liebenswerter Vorstoß nur ein weiterer Versuch mich von meinem Kummer abzulenken? Hatte sie mit ihrem Bruder gesprochen? Hatten die beiden etwas ausgeheckt? Oder steckte etwa doch mehr dahinter?

Jetzt geht die Fantasie mit dir durch!

Ich schüttelte mich. Dass ich alter Strafverteidiger, berufsbedingt misstrauisch, immer gleich hinter jedem Baum einen Räuber vermuten musste.

Ich nahm den blauen Ordner zur Hand, auf dessen Deckblatt in großen Lettern

Barbarossa/Gelnhausen

stand, schlug ihn neugierig auf und las die ersten Seiten.

Waiblingen
Adveniat im Jahre des HErrn 1122

»Der Herr wird bald kommen. Stark und friedenreich.«

Die alte Frau blinzelte ihr wissend zu. Und ›Büble‹, der hatte bei ihren Worten eilig ein Kreuz geschlagen. Seit klein auf nannte sie ihn so, ihren fünf Jahre älteren Bruder, der eigentlich Konrad hieß. Seit sie es damals auf der heimischen Ravensburg von ihrem gemeinsamen Vater gehört hatte, der den Jungen allezeit so rief, und sie es nachgeplappert hatte.

Zwei Jahrzehnte wird das bald her sein, stellte sie bei sich fest. *Bin ich doch auch schon ein altes Weib mit meinen reichlich zwanzig Jahren.*

Und trotzig, freudig, erleichtert, was auch immer, hängte sie ihren Gedanken an: *Es ist wahrlich an der Zeit, dass ich dem Herzog ein Kind gebäre. Einen Sohn!*

Judith liebte ihn immer noch heiß und inniglich, den Bruder, der allezeit für sie da gewesen war, wenn sie Hilfe benötigte oder einen Spielgefährten suchte oder sich einfach nur langweilte. ›Büble‹ war mittlerweile von stattlicher Gestalt, etwas einfältig, wie ihr schien, aber weiterhin herzensgut und hilfsbereit. Ein frommer Mann Gottes, Mönch des Zisterzienserordens im Burgunderland war er geworden. Gewisslich hatte er nicht verstanden, was die weise Frau ihr da gerade eröffnet hatte, und vielmehr arglos gemeint, typisch gläubiger Bruder, weil gerade Adventszeit war, die Alte spräche von der nahenden Ankunft des HErrn.

Judith von Schwaben erfreute die Botschaft. Ihr erstes Kind würde ein Sohn sein. Mochte es draußen noch so eisig stürmen, mochte es hier in der dunklen Kammer noch so rauchig und rußig sein und sie sich schwach und elend fühlen, es ward ihr froh im Herzen. Ihren Vater, Heinrich IX., genannt der Schwarze, Herzog von Bayern, würde die Botschaft beglücken und ihren Gemahl ebenfalls.

»Gott sei mit dir, gute Frau«, sagte sie und: »Lass uns ein wenig allein. Wir wollen etwas bereden.«

Sie nickte leicht zu ihrem Bruder hin.

»Gewiss, Herrin.«

Die Alte zwinkerte der Herzogin noch einmal zu, verschwörerisch, als Teil jenes seit Urzeiten bestehenden Bundes, dem nur Frauen angehören können, bevor sie die Kemenate eilig verließ. Der Vorhang aus dicken Fellen fiel schwer und verdeckte erneut den Eingang zur Stube. Die Flammen in der offenen Herdstelle flackerten auf.

Rußiger Rauch schwappte von der Feuerstelle zu Judith hin und ließ sie hüsteln.

»Büble, komm zu mir. Ich möchte dich geschwind wissen lassen, was mir auf dem Herzen liegt.«

»Gern, Welfin.«

Er hatte sie stets »Welfin« geheißen, weil sie wie er aus dem Geschlecht der Welfen war. Nein, manchmal auch »meine Rote« und damit auf die Farbe ihrer Haare angespielt. Die war ungewöhnlich unter den Welfen, welche eigentlich alle südländisch schwarze Schöpfe besaßen. So wie ihr Vater, der deshalb auch »der Schwarze« geheißen wurde. Ihr Haar aber war rot wie die Flammen aus trockenem Eichenholz. Lang und glänzend. Sicher, es war eine Sünde, stolz und eitel zu sein, aber sie mochte ihr langes Haar und genoss den Neid in den Augen der anderen Frauen.

Ebenso genoss sie es, wenn ihr Gemahl, Friedrich II., Herzog von Schwaben, mit seinen mächtigen Händen vorsichtig durch ihr Haar fuhr. Als habe er Angst sich zu verbrennen. Er, dessen Mutter Agnes die Schwester des Kaisers war. Heinrich V. aus salischem Geschlecht. Durch ihre Hand, die auf der starken Wölbung ihres Bauches ruhte, spürte sie das neue Leben in sich. Die Kraft, die von ihm ausging, ließ ihre Hand erbeben. Und vermittelte ihr zugleich Gewissheit:

Wenn du gesund bleibst, mein Kind, wartet auf dich ein großes Leben.

Und dann weihte sie ihren Bruder in das soeben erfahrene Geheimnis ein und nahm ihm das Versprechen ab, dass er, so der Vater im Himmel sie einst vor ihm zu sich rufe, auf das Wohl des jetzt noch Ungeborenen achten werde, so lange er lebe. Und ›Büble‹ gelobte feierlich der Schwester:

»Möge dir unser HErr ein langes, segenreiches Leben gewähren. Darum bete ich. Doch sollte die göttliche Vorsehung es anders planen, dann verspreche ich dir, Welfin, so lange ich es kann und so gut ich es kann für deinen Sohn zu sorgen.«

Sie atmete tief durch. Glücksgefühl durchströmte sie.

»Aber erst werden wir ihn willkommen heißen und dann, Büble, dann wirst du ihn taufen!«

Zwei Hinweise zu den vorstehenden Seiten

1. Zum Geburtsort

Kein Dokument belegt die Anwesenheit eines staufischen Herrschers in Waiblingen. Zwar behauptete Gottfried von Viterbo, kaiserlicher Chronist und Hofschreiber, im Jahre 1185, der frühere Salierkönig Heinrich IV. sei in Waiblingen geboren: ›Nato a loco qui dicitur Guibelinga – geboren in/an einem Ort, der Waiblingen heißt‹. Aber dessen Geburtsort zu sein, rühmt sich Goslar ebenfalls.

Auch für eine Geburt von Friedrich Barbarossa in Waiblingen fehlt jeder Hinweis. Doch das Gerücht hält sich beharrlich. Richtig ist gewiss, dass Friedrich als Kaiser eine erkennbare Sympathie für die Kleinstadt besaß. Also ›cum grano salis‹, ein Körnchen Wahrheit muss schon dran sein.

Viterbo unterstrich mit dieser Darstellung eine Behauptung von Otto, Bischof der Freisinger Kirche, einem Onkel mütterlicherseits von Kaiser Friedrich I., genannt Barbarossa. Dieser habe ihm, so schrieb Otto, um das Jahr 1156 aufgetragen, in seinen ›Gesta Friderici Imperatoris – Die Taten Kaiser Friedrichs‹ zu verkünden, sein Geschlecht stamme von den ›Heinrichen von Waiblingen‹ ab. Barbarossa habe aus diesem Grunde sich selbst und seine Familie neben »Schwaben« auch »Waiblinger« genannt, aber sich niemals, obwohl es nahe gelegen hätte, nach seiner Stammburg als »Staufer« bezeichnet. So lassen sich auch die Schlachtrufe in den kriegerischen Auseinandersetzungen zwischen Schwaben und Welfen erklären: »Hie Welf!« – »Hie Waibling!«, wie sie von der offenen Feldschlacht zwischen den beiden Adelshäusern im Dezember 1140 bekannt sind. [Zur Schlacht um Burg Weinsberg 1140 siehe weiter hinten in diesem Ordner] Während der Kämpfe Barbarossas gegen die norditalienischen Städte wurden diese Schlachtrufe zu ›Guelfen‹ (Welfen) und ›Ghibellinen‹ (Waiblinger) italienisiert. Übrigens: Sie stehen auf dem Stiefel auch heute noch als Bezeichnungen für Parteien unterschiedlicher politischer Richtungen.

2. Zur Taufe

Geboren wurde Friedrich wohl kurz vor dem Weihnachtsfest, an einem der Fast- und Bußtage nach dem dritten Advent, die damals die ›Winterquatember‹ genannt wurden. Es ist gut möglich, dass der kleine Friedrich noch im Jahr 1122 (an Weihnachten?) getauft worden ist. Wegen der hohen Säuglingssterblichkeit fand die Taufe eines Neugeborenen nämlich rasch statt, sollte doch verhindert werden, dass der Teufel es in die Hölle holen konnte, wo doch einem getauften Kleinkind, das noch keine Sünde hatte begehen können, das Himmelreich offen stand. Zudem, so der damalige Glaube, besaßen getaufte Kinder eine größere Überlebenschance als nicht getaufte. Bei der Taufe war es üblich, den Säugling ganz unter Wasser zu tauchen und ihn anschließend damit zu übergießen.

Zwischen den Brüdern Gottfried und Otto von Cappenberg und Friedrich II., Herzog von Schwaben, bestanden herzliche Beziehungen, seit Gottfried seine süddeutschen Besitzungen dem Herzog von Schwaben verkauft hatte. Dieser schenkte ihm über den Kaufpreis hinaus ein kostbares Kreuz. Otto von Cappenberg hielt sich zur Weihnachtszeit 1122 gerade zufällig in Schwaben auf. So konnte ihm die Ehre zuteilwerden, den ersten Sohn des Schwabenherzogs aus dem Taufbecken heben zu dürfen.

Barbarossa hat die Freundschaft mit seinem Taufpaten bis zu dessen Ableben am 23. Februar 1171 gepflegt. Zur Erinnerung an seine Taufe ließ der Kaiser die bekannte Büste aus vergoldeter Bronze, den sogenannten Cappenberger Kopf, von einem Meister der Aachener Schule, einem wahrhaft großen Künstler, anfertigen, welcher wahrscheinlich (!) sein Antlitz trägt. Diese Büste wie auch die versilberte Taufschale, die wohl bei Friedrichs Taufe tatsächlich Verwendung gefunden hat, mit den später zur Erinnerung an das feierliche Ereignis eingravierten vergoldeten Inschriften [›QUEM LAVAT UNDA FORIS HOMINIS MEMOR INTERIORIS VT SIS Q(u)OD ES‹ (Du, den das Wasser von außen reinigt, sei des Menschen eingedenk; damit du werdest, was du nicht bist, wasche ab und reinige, was du bist) und ›CESAR ET AVGVSTVS HEC OTTONI FRIDERICVS MVNERA PATRINO CONTVLIT ILLE DEO‹ (Friedrich, Kaiser und Mehrer des Reiches, hat diese Geschenke seinem Paten Otto überreicht, jener weihte sie Gott)], schenkte der Kaiser seinem Taufpaten Otto. Das wird an Ostern 1156 gewesen sein, als der Kaiser in Münster weilte.

Übrigens, rechts von dem im Taufbecken sitzenden (! Künstlerische Freiheit) Säugling Friedrich steht vorne der die Taufe vornehmende Priester, ein Bischof, wie seine Kopfbedeckung, eine Mitra, belegt. Hinter dem Bischof ist ein Mönch abgebildet, wohl Friedrichs Onkel Konrad von Ravensburg, von Friedrichs Mutter liebevoll »Büble« genannt.

Otto von Cappenberg wurde in diesem Jahr 1156 Propst des Klosters in Cappenberg, das er zusammen mit seinem bereits verstorbenen Bruder Gottfried aus Reue und zur Wiedergutmachung 1121 gegründet hatte; denn den Brüdern, welche sich im letztgenannten Jahr an der Erstürmung und Zerstörung Münsters durch Lothar von Süpplingenburg beteiligt hatten, wurde vorgeworfen, verantwortlich für den Brand des Paulusdoms zu sein.

Nach der Auflösung des Klosters Cappenberg gelangte die bereits verloren geglaubte Schale in den Kunsthandel. Es war Johann Wolfgang von Goethe, der Maria Pawlowna, Großherzogin von Sachsen-Weimar, im Jahre 1819 den Erwerb empfahl. Was dann 1820 auch geschehen ist. Auf seiner bekannten Rheinreise im Jahre 1815 mit Freiherrn von Stein, einem alten Bekannten Goethes, hatte der Dichter in Köln Kenntnis erhalten von der Taufschale des Kaisers. Und es war eben der Freiherr von

Stein, der die Erwerberin durch Goethe über die besondere Herkunft der Taufschale aufklärte. Seit dem Jahre 1932 befindet sich die Schale im Berliner Kunstgewerbemuseum.

Conny

(Dr. Cornelia Schlosser)

2017 Gelnhausen
Martin Langer fasst einen Entschluss

Dass der Inhalt des Ordners mit Kaiser Barbarossa und der Stadt Gelnhausen zu tun haben musste, war nicht schwer zu erraten gewesen. Es folgerte schon aus dem Aufkleber ›Barbarossa/Gelnhausen‹. Ich hielt aber mit dem Lesen inne, weil ich überlegte, was mich bei der weiteren Lektüre erwarten könnte. Tante Cornelia und ihre Querverbindungen! Dabei stolperte ich sofort über eine nahe liegende Frage.

Was weiß ich eigentlich von der frühen Geschichte meiner Vaterstadt Gelnhausen?

Tatsächlich überfiel mich ein Anflug von schlechtem Gewissen, als ich meinen diesbezüglichen Wissensstand überdachte, denn da musste ich mir eingestehen:

Recht wenig! Peinlich! Dabei bin ich in Gelnhausen geboren, lebe und arbeite ich in Gelnhausen. Ja, ich liebe meine Vaterstadt. Aber außer den reinen Eckdaten ist mein Wissen beschränkt.

Gewiss, ich konnte mich noch gut an den allerersten Satz, den ich als Sextaner im Heimatkunde-Unterricht gehört hatte, erinnern:

»Tausend vor Christus lebten in Hessen die Chatten.«

Und ich sah den Lehrer, der ihn sprach, vor meinen Augen: Groß, breit, blond und blauäugig. Sein Spitzname war ›Jung-Siegfried‹.

Längst weiß ich, dass dessen Behauptung unbewiesen, ja wahrscheinlich sogar falsch ist. Heute glaubt man zu wissen, dass unsere Vorfahren Westgermanen waren, die nicht an der großen Völkerwanderung teilgenommen haben, sondern seit vierhundert vor Christus lieber unser schönes Hessenland langsam von Norden her besiedelt haben. Der Name ›Chatten‹ verwendet erstmals der griechische Geschichtsschreiber Strabo für Germanen, die um die Zeitenwende gegen römische Truppen in einer Weise kämpften, die für die Germanen eigentlich untypisch war, ja, sogar an die Taktik moderner Partisanen denken lässt: Rasche, geräuschlose Überfälle mit schnellem Rückzug. So wie die Katze eine Maus jagt. »Chatti« nannten die Römer zu Strabos Zeiten die Hauskatzen. Das passt! Wir Hessen kämpfen wie die Katzen! Ob das grundsätzlich stimmt, kann ich nicht sagen. Aber uns Schülern hätte die Assoziation, wenn wir sie gekannt hätten, bestimmt gefallen. Und die jungen Leute von heute, die tagtäglich im Internet ›chatten‹, hätten gewiss auch ihren Spaß an dem Wortspiel, wenn sie es denn kennen würden.

Und wenn ich schon dabei bin. Noch eine Behauptung ist mir präsent aus eben jenem Heimatkunde-Unterricht vor gut einem halben Jahrhundert, von der ich überhaupt nicht weiß, ob und wie sie verbürgt ist. Demnach soll der Name ›Gelnhausen‹ ursprünglich ›Gelahus‹ gelautet haben, was so viel wie ›Haus am Fluss‹ bedeuten und erstmals im neunten Jahrhundert irgendwo aufgetaucht sein soll. Die letztgenannte Zeitangabe habe ich auch in der Broschüre ›Neuer Führer durch Gelnhausen und Umgebung‹ aus dem Jahre 1910 gelesen.

Grau und dicht liegt der Nebel über der Geschichte der Germanen. Sie haben geredet und gesungen, aber Schreiben war nicht ihr Ding. Licht durchdringt die Dunkelheit über unserer Stadt an der Kinzig für mich erst im Hochmittelalter, im zwölften Jahrhundert unserer Zeitrechnung.

Dank sei Kaiser Barbarossa, der hier seine Kaiserpfalz errichten ließ und im Jahre 1170, was wohl jeder Eingeborene weiß, Gelnhausen zur freien Reichsstadt erhob.

Von da an geht's – vermeintlich – zügig bergauf mit meinem Wissen um meine Heimatstadt: Bedeutende Reichstage; Marienkirche – die schönste Kirche Deutschlands im Übergangsstil von Romantik zur Gotik; Romanisches Haus – das älteste steinerne Amtshaus Deutschlands; die engste Stelle auf der Handelsstrecke zwischen den Messestädten Frankfurt am Main und Leipzig; im dreizehnten Jahrhundert nach Aachen die zweitreichste Stadt im Reiche; Hexenturm und Hexenverbrennungen; die Pest während des Dreißigjährigen Krieges, welche aus der ehemals stolzen Stadt wieder ein kleines ›nidus – Nest‹ (so Goethe) machte. Lediglich zweihundert Bewohner sollen der Seuche entgangen sein. Und dann die großen Söhne der Stadt: Hans Jakob Christoffel von Grimmelshausen, der Dichter des berühmtesten Entwicklungs- und Schelmenromans des siebzehnten Jahrhunderts in deutscher Sprache, kurz ›Der Abentheuerliche Simplicissimus Teutsch‹ geheißen; Philipp Reis, der Erfinder des Telefons, und und und. Ja, auch Konrad von Gelnhausen, der erste Kanzler der Universität Heidelberg, an der ich die Rechtswissenschaften studiert habe, sei nicht vergessen.

Doch, was war hier vor Ort los in Gelnhausen in der Zeit, bevor Barbarossa ihr die Stadtrechte verlieh und seine Pfalz errichtete? fragte ich mich. *Was hat Gelnhausen mit Weimar, und was hat Langenselbold – ein anderes Selbold kenne ich nicht – mit Naumburg und mir zu schaffen?*

Dass gerade Tante Conny mich auf diese Fragen bringt? Mich neugierig macht! Sie will, so hat es den Anschein, dass ich ihre penetrant stinkenden Unterlagen lese und versucht mich damit zu ködern, dass sie mir suggeriert, ich würde dabei etwas über den Verbleib der Frau, die ich liebe, und oder die verfluchte Statue erfahren. Kann Tante Cornelia wirklich so kompliziert denken? Noch fällt mir schwer es zu glauben. Noch sehe ich keinen Zusammenhang mit meiner bislang vergeblichen Suche nach Mona.

Etliche Tage – und Nächte – nach Erhalt des Päckchens von Tante Conny habe ich über mich nachgedacht. Und erkannt, dass es mich schon recht wurmt, so wenig über die Ursprünge Gelnhausens zu wissen. Über Gelnhausen und Connys sogenannten ›Querverbindungen‹!

Schließlich habe ich mich aufgerafft und beschlossen, mir die Zeit zu nehmen, um mehr zu erfahren über die Historie meiner Heimatstadt. Doch das war – wie ich mir dabei sehr wohl eingestand – nicht die ganze Wahrheit, sondern lediglich ein Vorwand. Aber ich sagte mir zur Rechtfertigung:

Altersbedingt steht mir zudem eine Auszeit zu. Die meisten anderen Männer sind in meinem Alter schon auf Rente. Noch ein Vorwand.

Ich mache mir was vor!

In Wirklichkeit ließ und lässt mich die steinerne Frau nicht los. Der Fluch, den sie über meine Familie gesprochen hat. Ich will mehr über sie wissen. Alles. Und ganz im Geheimen hoffte und hoffe ich, vielleicht einen Hinweis auf den Verbleib meiner von mir weiterhin geliebten Frau Monika zu erhalten.

Doch diese Hoffnung geht keinen was an. Meine laschen Vorwände müssen ausreichen.

Als ich soweit mit mir im Reinen war, habe ich in der nächsten Montagsrunde der Anwälte unserer Kanzlei meiner Kollegin und meinen Kollegen kategorisch erklärt:

»Ich habe da eine fixe Idee, für deren Umsetzung ich kurzfristig Zeit benötige. Viel Zeit. Ich laufe euch nicht weg, aber ich werde häufiger nicht in der Kanzlei sein. Ihr schafft das hier auch ohne mich alten Mann. Über das, was sich derzeit in meinem Schädel abzeichnet, kann ich noch nicht reden. Dazu ist die Idee, die mich beschäftigt, noch zu verschwommen. Nur so viel kann ich sagen: In drei Jahren, also im Jahre 2020, wird Gelnhausen die achthundertfünfzigste Wiederkehr ihrer Erhebung zur Stadt feiern können. Ich möchte mehr über meine Vaterstadt wissen. Vielleicht finde ich etwas, das ihr dieses Jubiläum veredelt.«

So sehr vage argumentierend verkaufte ich meinen weiteren Ausstieg aus der Anwaltstätigkeit den Kollegen. Mochten sie es mir abnehmen oder auch nicht. Allein Melani Dorsum, die Frau in der Männerrunde, die mir vormals während mehrerer Jahre geistig wie körperlich sehr nahegestanden hat, und mir freundschaftlich weiterhin verbunden ist, hatte mir lange nachdenklich forschend in die Augen geschaut, aber nichts gesagt. Ich spürte, dass sie an der Echtheit meiner Begründung zweifelte, diese für vorgeschoben hielt. Und ich spürte, nein, ich wusste nur zu genau, wie recht sie hatte. Doch das wollte ich mir selber nicht eingestehen. Der Vorwand ›850 Jahre Stadt Gelnhausen‹ war für mich Schutzschild für den Fall, dass all das, was ich mir in den letzten Tagen und Nächten hoffnungsfroh ausgemalt hatte, sich – wie schon bei früheren vielversprechenden Spuren geschehen – in Leere, Nichts, schmerzhafte Enttäuschung auflösen würde.

Was dann? Die Hoffnung stirbt eben bekanntlich zuletzt! dachte ich erneut – nicht ohne eine gehörige Portion Trotz. *Und der Irrtum lebt kaum weniger lang*. Dabei musste ich schmunzeln. Hatte nicht Tante Conny eben noch einen »Freiherrn von Stein« als Begleiter Goethes auf dessen Rheinfahrt im Juli 1817 erwähnt? Dabei hatte sie gewiss an Goethes erste Freundin in Weimar, Charlotte von Stein und deren Familie, gedacht, statt, richtigerweise, an den preußischen Minister Freiherr vom und zum Stein, der später in Kloster Cappenberg gestorben ist.

Ich nahm den blauen Ordner wieder zur Hand.

Burg Hohenstaufen
Im Jahre des HErrn 1133

In seinem elften Lebensjahr, im Jahre des HErrn 1133, sollte Friedrich das erste Mal nach Selboldt und Geylenhusen kommen. Im Gefolge seines Vaters. Die Reise nach Selboldt erfolgte aus einem besonderen Anlass. Der Vater hatte erneut geheiratet. Agnes von Saarbrücken hieß sie. Eine Nichte von Adalbert I., Erzbischof von Mainz und Feind des Vaters. Die Mutter seiner neuen Stiefmutter wiederum hieß Gisela und war eine geborene Gaugräfin von Selboldt-Geylenhusen. Selboldt gehört den Reginbodonen, wie man Friedrich berichtet hatte. Wer und wo die auch immer waren. Sich all die Namen und verwandtschaftlichen Beziehungen zu merken, war schwierig, aber höchst wichtig, wie ihm Ritter Hermut immer wieder einbläute. Das wäre eine Frage von Ehre und Anstand. Er musste es wissen. Morgen also würden sie nach Selboldt aufbrechen.

Heute aber wählte der Vater bereits die Pferde aus, auf denen sie reiten würden. Das machte er selbst. Das überließ er keinem seiner Mannen, nicht einmal dem Marschall, der eigentlich für die Pferde zuständig war. Er, das war Friedrich II., Herzog von Schwaben, den alle den Einäugigen nannten. Beinamen waren in ihrer Familie auch dringend erforderlich, weil die Männer ihres Adelsgeschlechts fast alle Friedrich hießen. Friedrich, der Friedensreiche, der Friedensfürst. Ein schöner, ein stolzer Name.

»Dich werden sie bestimmt eines Tages den Rotkopf heißen«, hatte ihm sein Vater gerade gutgelaunt prophezeit, und ihn frotzelnd hinzugefügt: »Oder den Feuerschopf, wenn dir weiterhin die Haare wie wilde Flammen rundum aus dem Kopf züngeln.«

Der alte Herr hatte dabei schallend gelacht, weil er wusste, dass sein ältester und – nicht mehr lange, wie er hoffte – einziger Sohn diese Anspielungen auf seine Haarfarbe so gar nicht leiden mochte.

Der wehrte sich auch sogleich: »Herr Vater, die Leute sagen spöttisch, Ihr würdet allezeit eine Burg am Schweif Eures Pferdes herziehen. Was meinen sie damit?«

Der Herzog hatte wiederum gelacht, dann aber seinem Sohn anerkennend auf die Schulter geschlagen und gesagt:

»Mein Sohn, das ist eine gute Frage. Eine sehr gute sogar. Die Leute wissen gar nicht, wie gut und wichtig sie ist. Komm her zu mir! Ich will dir was zeigen.«

Das war im Stall bei den Rössern gewesen. Der Herzog hatte mit seinem Stiefel das Stroh von einer Stelle des Bodens geschoben, bis das festgestampfte Erdreich frei lag. Dann hatte er darauf etwas mit einem Stock gezeichnet, das aussah, wie eine Birne. Auf die hatte der Vater dann gedeutet.

»Weißt du, was das ist?«

»Nein, Herr Vater. Aber es sieht wichtig aus!«, hatte der junge Friedrich geantwortet.

»Das war wieder eine ebenso kluge wie schlaue Antwort, Herr Sohn. Du hättest auch sagen können, dass es irgendwie so aussieht wie eine angefressene Birne. Dann hättest du mich damit beleidigt, denn du hättest damit gesagt, dass ich nicht oder nicht gut zeichnen kann. Das wäre aber eine ungezogene Antwort gewesen; denn eine solche Kritik hätte dir jungem unmündigen Nichts gegenüber seinem Vater, einem Herzog und Ritter, nicht zugestanden. Du aber hast deine Unwissenheit kundgetan und zugleich dem Werk des Älteren Bedeutung zugesprochen. Vielleicht noch unbewusst, aber deine Worte waren diplomatisch, meisterlich.«

Der helle Teint des Sohnes färbte sich ob des väterlichen Lobs dunkelrot. So würde es sein Lebtag lang sein. Das Lob eines Menschen, dem Friedrich sich besonders zugetan fühlte, ließ sein Herz schneller schlagen. Das Blut stieg dann in ihm hoch und verlieh der eigentlich schneeweißen Haut seines Halses für einen kurzen Augenblick seine Farbe.

»Danke sehr, Herr Vater.«

Im Hintergrund scharrten Pferde mit ihren Hufen. Es klang, als ob sie applaudieren wollten. Der Herzog hörte es auch.

»Steht still, ihr Zossen! Wir wollen das Loben von diesem Neunmalklug nicht übertreiben.«

Er klopfte auf seine Zeichnung.

»Das hier ist mein Herzogtum. Und hier«, er markierte einen Punkt im unteren, breiteren Teil der ›Birne‹, »hier ist Hohenstaufen, wo wir uns gerade im Pferdestall befinden.«

Dröhnend lachte der Herzog. Ein Pferd schnaubte auf.

»Wenn du nun der Herzog wärst, dann müsstest du was tun?«

Der junge Friedrich dachte nach. Dabei war er sich seiner Eingangsfrage wohl bewusst, mit der er den Vater schon ein wenig hatte ärgern wollen.

Unüberlegt, denn sein Blut geriet schnell in Wallung und ließ ihn leicht vorschnell handeln. Er hasste diese, seine Unbeherrschtheit. Ritter Hermut, der ihn den rechten Umgang mit Pferden und Waffen lehrte, hatte ihm ein baldiges Ende prophezeit, wenn er sein Temperament nicht zu zügeln lerne.

»Ich müsste so wie Ihr, mein Vater, es heute tut, im ganzen Herzogtum Recht sprechen. Das heißt, stetig durch Eure Lande ziehen, um vor Ort zu sein. Eure Untertanen müssen stets wissen, dass Eure Gnaden aufmerksam verfolgen, was im Herzogtum geschieht und wer ihnen Schutz vor Feinden und Räubern garantiert.«

»Sehr gut! Und was mehr?«

Jetzt fühlte sich der jüngere Friedrich sicher.

»Wer aber mit seinem Gefolge ständig unterwegs ist, muss irgendwo Hof halten und nächtigen.«

»Genau!«, fiel ihm der Alte hastig ins Wort, so als befürchte er, dass ihm der Sohn seine Überlegungen vorwegnehmen würde. »Die Städte und Klöster sind verpflichtet, ihrem Herzog und seinem Hof für die Zeit des Aufenthalts Unterkunft zu geben und deren Unterhalt zu sichern. Das kostet. Viel. Das sorgt für Unmut. Eine Burg vor Ort aber macht die Untertanen stolz. Je prächtiger, desto mehr. Zudem mindert sie die Last der Unterbringung für das Volk oder die Bischöfe und Äbte. Und die Burg ist stets präsent. Eine besondere Leistung des Landesherrn. Denn dadurch vermittelt sie das Gefühl der Sicherheit. Schafft Dankbarkeit.«

Der Herzog packte das Kinn seines Sohnes mit Daumen und Zeigefinger der rechten Hand und schaute ihn fest aus seinem einen Auge an. Friedrich hielt dem Blick stand, mochte die rote Narbe, dort, wo vor wenigen Jahren noch das andere Auge gesessen, ihm auch einen gar schaurigen Anblick bieten. Was dem Vater wie widerfahren war, wusste dieser wohl allein. Man munkelte, einem sächsischen Hinterhalt, gelegt von König Lothar III. bei den Kämpfen um Nürnberg, sei der Verlust geschuldet. So sei verhindert worden, dass der Vater die verdiente Königskrone erhalten habe; denn nach altem Recht konnte nur ein körperlich unversehrter Mann zum König gewählt werden.

Die Fürsten konnten ihn nicht wählen, dachte Friedrich mit Trotz und Stolz, *aber das Volk hat sich entschieden. Es munkelt, mit Vater sei der oberste der alten Götter, Wotan der Einäugige, wieder aus dem Himmel zu uns auf die Erde herabgestiegen. All überall auf den Äckern sieht man kleine Steintürmchen, mit denen sie ihn verehren und um seine Hilfe bitten, sagt Hermut.*

»Rotschopf, verstehst du jetzt, weshalb mich das Gerede mit der Burg am Pferdeschwanz ehrt?! Merk dir gut, was ich dir gesagt habe. Du kannst nie genug Burgen und gar Pfalzen besitzen. Stets gilt es Erbe und Land zu verteidigen. So wie wir gerade jetzt gegen den sächsischen Landdieb. Selbst dieser König reitet jetzt beständig durch sein Reich, hält Hof und Reichstage ab. Ihm stünde es gut an, mehr Burgen sein Eigen zu nennen. Wenn ich ...«

Der Herzog hielt inne. »Ach lassen wir das. Werde du erst einmal erwachsen und ein Ritter, dann ...«

Nichts mehr als eben diesen Tag sehnte sich Friedrich herbei, wenn er die Schwertleite erhalten würde.

Gelnhausen 2017
Martin und Tobias Langer

Ich legte den blauen Ordner erneut beiseite. Die Anmerkung in dem gerade gelesenen Kapitel, dass spezielle Beinamen für die Männer in Friedrichs Familie erforderlich waren, hat mich neugierig gemacht. So griff ich nach meinem Tablet, gab als Suchbegriff ›Friedrich von Schwaben‹ ein und sah mich mehr als einer halben Million Ergebnissen gegenüber. Aus dieser Vielzahl von Informationen notierte ich mir als erste Eselsbrücke folgende Geschlechterfolge derer von Schwaben, die erst Jahrhunderte später ›Die Staufer‹ genannt wurden:

- Friedrich, Graf im Riesgau (*zwischen 960 und 969 – †nach 1027),
- Friedrich, Pfalzgraf in Schwaben (*zwischen 997 und 999 – †um 1070/1075),
- Friedrich von Büren (*um 1020 – †um 1053),
- Friedrich I. von Staufen, Herzog von Schwaben (*1050 – †1105),
- Friedrich II., Herzog von Schwaben, genannt der Einäugige (*1090 – †1147),
- [und nun der wohl bekannteste Friedrich] Friedrich III., als Herzog von Schwaben, dann als römisch-deutscher König Friedrich I. und letztlich als Kaiser Friedrich I., Barbarossa genannt, sowie König von Burgund (*1122 – †1190),
- [Achtung! Friedrich IV. von Rothenburg, Herzog von Schwaben (*1144/45 – †1167), Sohn von Konrad III., römisch-deutscher König, der der Bruder von Friedrich II. war!],
- [Achtung! Der erstgeborene Sohn Barbarossas Friedrich V., Herzog von Schwaben, lebte nur kurz (*16.07.1164 – †1169)],
- Heinrich VI., römisch-deutscher König und Kaiser sowie König von Sizilien (*1165 – †1197); wie Friedrich V. ein Sohn Barbarossas,
- Konrad (*Februar 1167- †1191, der drittgeborene Sohn Barbarossas, welcher nach dem Tod des erstgeborenen Sohns dessen Name Friedrich übernahm, und deshalb als Friedrich V. bekannt wurde),
- Friedrich II., römisch-deutscher König und Kaiser sowie König von Sizilien und Jerusalem (*26.12.1194 – †13.12.1250), Sohn Heinrichs VI.

Der Blick auf diesen, viele Generationen umfassenden Stammbaum stimmt mich traurig, ja, sogar etwas neidisch, wenn ich an mich und meine Familie denke. Wie gerne hätte ich mit Monika noch zwei, drei Kinder mehr gehabt. Aber das Schicksal hat mir diese Freude nicht gegönnt. Thorsten, mein Sohn aus erster Ehe, wurde als Schüler ermordet. So ist Tobby mein Ein und Alles. In jeder Hinsicht.

Dass ich jetzt mein Berufsleben weiter zurückgefahren habe, hat auch mit meinem Sohn Tobias zu tun. Er wird im nächsten Jahr achtzehn und damit volljährig. Zudem steht ihm im nächsten Jahr die Reifeprüfung ins Haus. So wie ich es berichte, klingt es nach einem höchst normalen Lebenslauf. Doch Tobias' Leben ist bisher alles andere als normal verlaufen, sieht man von seinen ersten drei Lebensjahren ab. Der Kleine war ein aufgeweckter, hübscher Junge. Seine Eltern waren beide berufstätig, seine Mutter in ihrer Frankfurter Praxis als Verkehrspsychologin, ich in meinem Vorstandsbüro im Direktionsgebäude der Blue Bird Versicherungen.

Oma Irmchen, meine Mutter, passte derweilen in unserer Frankfurter Wohnung in der Wursthofgasse auf Tobias auf, der am liebsten hinten im großen Wintergarten zwischen den Hibiskussträuchern gespielt hat, dort wo die steinerne Statue stand, die Monika so liebte. Tom Schlosser, mein Schwiegervater, befand sich an jenem Tag, der so vieles, eigentlich alles in unserem Familienleben änderte, ebenfalls in der Doppelwohnung. Er malte, wie meist, in seinem Atelier. Es herrschte traute, friedliche Stimmung, die jäh ein trauriges Ende fand. ...

Tobias pulte lockere Steinchen unter dem Sockel der steinernen Frau hervor. Diese begann plötzlich umzukippen. Seine Oma bemerkte es und warf sich schützend über ihren kleinen Enkel. Der ausgestreckte rechte Arm der Statue durchbohrte sie. An dieser schweren Verletzung ist meine liebe Mutter gestorben. Tobias stellte mit diesem Tag das Reden und Wachsen ein.

Vier Jahre lang. Kein Wort. Kein Wachstum. Vier Jahre, in deren Verlauf Tom Schlosser und ich die Statue zurück in den geheimen Gang brachten; Mona, meine Frau, sich aus diesem Grunde von mir scheiden ließ, geistig verwirrt von ihrem Vater in die Psychiatrie eingewiesen werden musste, aus der sie unauffindbar verschwand. Und in all der Zeit schwieg Tobias und blieb klein. Bis er sieben wurde. Das war am achtundzwanzigsten Juli 2007.

Weil Tom Schlosser sich an diesem Tag gesundheitlich nicht fit fühlte, wie er mir am Vormittag verraten hatte, feierten wir Tobbys Geburtstag nicht in unserer Wohnung oben auf der Dürich in Gelnhausen, sondern fuhren zu Opa in die Frankfurter Wursthofgasse. Was war das für ein herzlicher Empfang! Der große Tom und der kleine Tobias. Ein Herz und eine Seele. Kaum ging die Tür auf und die beiden sahen sich, da hing der Enkel schon wie die sprichwörtliche Klette an einem Bein seines Opas, der sich zu ihm herunterbeugte, und schwupp, schmiegte sich der Kleine, mit beiden Ärmchen den Hals des Alten umschlingend, an dessen Wange. Ich hätte jetzt gehen und die nächsten Stunden nicht da sein brauchen. Ich bin sicher, die beiden hätten es nicht gemerkt. Wie gut, dass ich geblieben bin!

Wenn man durch die Eingangstür im obersten Stockwerk des Hauses in der Wursthofgasse tritt, vermeint man unwillkürlich ins Freie zu treten. Der riesige Wintergarten, der zwischen den beiden Wohnungen liegt, mit seiner breiten Glasfront, dem hohen Glasdach, den zahlreichen Sträuchern und Zierbäumchen, vermittelt diesen Eindruck. Ja, natürlich tragen auch die unerwartet herrschende Helle und der weite Blick über die Dächer der Stadt bis hin zu den Bergen des Taunus viel dazu bei. Wenn die Fenster und das Dach geschlossen sind, umfängt einem zudem unvermutet das Gefühl in völliger Stille zu fliegen. Einem Vogel gleich zu schweben. Bis man wieder realisiert, dass man mit beiden Füßen auf einem Boden steht. Ein herber Ruck zurück in die nüchterne Realität. Mir jedenfalls geht es stets aufs Neue so. Ich glaube, nein, ich bin mir sicher, dass jeder, der den Wintergarten betritt, spürt, dass der Künstler in Tom Schlosser, dem das Haus gehört, bei der Gestaltung des Raumes die Regie geführt hat.

An der Innenwand des Wintergartens, gleich links neben der Wohnungstür, wachsen weiterhin in einem Beet zahlreiche, gelbblühende Hibiskussträucher. In deren Mitte stand bis zu dem schrecklichen Unglückstag im Jahre 2003 die steinerne Frau. Seit meinem Geburtstag 2007 hängt dort ein Gemälde, das Tom für mich gemalt und mir damals zum Geburtstag geschenkt hat. Für einen außenstehenden Betrachter sieht es aus wie das typische Madonnen-Gemälde eines klassischen Künstlers. Maria mit dem Jesuskind auf dem Schoß. All die Menschen aber, die den Familien Schlosser und Langer schon länger nahestehen, blicken auf Irmgard Langer und ihren Enkel Tobias.

Mein Sohn ist in den zwölf Monaten zwischen meinen beiden Geburtstagen natürlich schon häufig in der Wursthofgasse gewesen. Seinen Opa besuchen und ihm beim Malen zuschauen zu dürfen, das waren Highlights in seinem jungen Leben. Das größte aber war, wenn ihm Tom eine Presspappe auf die kleine Staffelei stellte, die er für ihn hatte anfertigen lassen, und ihm Farben gab zum Malen. Dann juchzte mein Kleiner auf und gab sich begeistert dem Spiel mit den Farben hin.

»Mein Gott!«

Tom konnte sich bald schon vor Bewunderung kaum noch einkriegen.

»Was hat der Kleine für ein unfassbares Talent!«

Ich, der stolze Vater, habe ihn damals gefrotzelt. Jedenfalls hatte ich es als Frotzelei gedacht, als ich sagte:

»Ist es ein Wunder bei der erblichen Vorbelastung? Beide Großväter sind bekannt als hervorragende Maler.«

All dies, die Besuche in Opas Wohnung, das dort Spielen und Malen, hatte sich in den zurückliegenden Monaten und vier Jahren aber auf seiner persönlichen Augenhöhe abgespielt. Jetzt jedoch, ich will sagen, damals an seinem Geburtstag, als Tobias an Opas Hals hing, da sah er das Gemälde aus einer anderen Perspektive. Und für Großvater wie Vater gänzlich unerwartet hat er auf das Bild hingedeutet und deutlich vernehmbar »Oma« gesagt.

Es hat eine kleine Ewigkeit gedauert, bis wir beiden Alten das gerade Geschehene realisiert haben. Tom hat es als erster begriffen. Mit einer seltsam hohlen Stimme bestätigte er:

»Ja, Tobi, das ist Oma Irmchen!«

Von da an ging es mit meinem Sohn im wahrsten Wortsinn bergauf. Tobias fing genau am achtundzwanzigsten Juli 2007, dem Tag, als er sieben Jahre alt wurde, wieder an zu sprechen.

»Oma« war sein erstes Wort. Mit dem Wachsen allerdings ließ er sich Zeit. Aber malen wollte er. Malen. Und sein Frankfurter Opa brachte es ihm bei.

Unterwegs
Im Jahre des HErrn 1133

Während des langen Ritts nach Norden hörte Friedrich von seinem Vater, der ungewohnt redselig war, mehr Neuigkeiten, spannende, lehrreiche, interessante, mehr, so kam es ihm vor, als in all den Monaten seines Lebens zuvor. Auch über ihre künftigen Gastgeber und deren Familiengeschichte unterrichtete ihn der Vater:

»Die Reginbodonen sind ein fränkisches Adelsgeschlecht. Reginbodo, Graf im Ufgau, ist der Namensgeber des Geschlechts. Sein Vater, Konrad I., – merke auf, mein Sohn – war einstmals Herzog von Schwaben. Sie stellen seit Generationen den Hochvogt oder Bannerträger des Klosters in Fulda, das einst von Bonifatius, dem Bischof von Mainz, der die heidnischen Chatten zum Christentum bekehrt hat, gegründet worden ist. Aus diesem Grund besitzt Fulda besondere kaiserliche und päpstliche Privilegien, und genießt im Reich hohes Ansehen. Wer das weiß, erinnert sich auch an ein bestimmtes Ereignis.«

»Herr Vater, bitte sagt mir, wo liegt der Ufgau?«

»Gerade hier unter den Hufen unserer Pferde. Zwischen Schwarzwald und dem Rhein ist ihr Land. Die Gaugrafschaft grenzt im Südwesten ein wenig an unser Herzogtum. Im Nordwesten folgt ihr der Speyergau. Kirchlich aber gehört der Ufgau zum Bistum Speyer. Speyer, die Stadt ist dir wohl bekannt.«

»Gewiss!«, bestätigte der junge Friedrich, aber er wich der Frage aus.

»Und von welchem Ereignis wolltet Ihr mir gerade erzählen, als ich, unbotmäßig, Euch ins Wort fiel?«

Friedrich merkte, dass er mit seiner Wortwahl den richtigen Ton gegenüber dem Vater gefunden hatte. Das war wichtig; denn dieser war gegenwärtig arg empfindlich. Die Niederlage gegen den verhassten Sachsen Lothar machte ihm sichtlich zu schaffen. War jener doch zudem gerade erst in diesem Juni von Papst Innozenz II. zum Kaiser des Heiligen Römischen Reiches gekrönt worden. Auch in ihm, dem Jungen, kochte das Blut in den Adern. Vor Hass, Wut, Schmerz, wenn er an seine eigene Hilflosigkeit gegenüber dem Unmenschen Lothar III. dachte.

»Graf Reginbodo«, fuhr der Vater so fort, als habe er die Reaktion seines Sohnes nicht bemerkt, »wurde am Samstag vor dem Pfingstfest im Jahre des HErrn 1063 während des Vespergottesdienstes getötet. Er war Bannerträger des Klosters Fulda und stand dem Abt des Klosters, Widerad, bei. ...«

»Herr Vater, Ihr sagtet ›in der Stiftskirche?‹«, unterbrach ihn Friedrich ungläubig.

»Du hast richtig gehört, mein Sohn!«, bestätigte der Einäugige. »In Goslar fand in jenem Jahr zur Pfingstzeit ein königlicher Hoftag statt. Und jeder der weltlichen und kirchlichen Fürsten achtete streng darauf, dass die nach seiner Ansicht richtige Sitzordnung während des Gottesdienstes im Goslarer Stift Sankt Simon und Judas eingehalten wurde. Dagegen ist grundsätzlich nichts einzuwenden. Das war so, das ist so. Ordnung muss herrschen. Stell dir nur einmal vor, ein Knecht würde sich in unserer Burg zum Essen auf deinen Platz setzen. Würde dir das gefallen?«

»Gewisslich nicht. Es würde ihm schlecht bekommen!«

»Siehst du! So wie du dein Recht mit allen Konsequenzen durchsetzen würdest, so handeln auch die Ranghohen im Reiche, wenn es um ihr Sitzrecht bei zeremoniellen Ereignissen geht. Alle reißen sich darum, möglichst nahe beim König oder, zumindest, bei einem Ranghöheren zu sitzen. Was glaubst du, wer alles schon versucht hat, sich bei mir einzuschleimen. Da müssen, wie es scheint, wenn es um Macht, Geld und Ansehen geht, selbst die Zehn Gebote und die christliche Barmherzigkeit weichen.

Arg wird es besonders dann, wenn eine unklare Sitzreihenfolge behauptet wird. Aus solch einem Grunde kam es zwiefach, an Weihnachten des Jahres 1062 und am Pfingstsamstag 1063, jeweils während der Hoftage in Goslar zum Rangstreit, zwischen Hezilo, dem Bischof von

Hildesheim, und Widerad, dem Abt des Klosters in Fulda. Ursache war die Frage, wem der beiden Geistlichen der Ehrenplatz neben dem Mainzer Erzbischof zustünde.

Die Fuldaer Kämmerer waren der Ansicht, dass das Privileg ihrem Abt zustehe, dem Erzbischof von Mainz am nächsten zu sitzen. Die Hildesheimer Kämmerer hingegen vertraten die entgegengesetzte Meinung. Niemand dürfe, so behaupteten sie, in ihrem Bistum dem Diözesanherrn vorgezogen werden. Weihnachten 1062 setzte sich Widerad, der Abt von Fulda, durch.«

Er unterbrach seinen Bericht kurz, um sein Pferd zu beruhigen, das irgendetwas erschreckt hatte. Sie ritten bewusst langsam weiter; denn es war ein sehr heißer Sommertag, und sie wollten die Pferde nicht unnötig strapazieren.

»Ein knappes halbes Jahr später, Pfingsten 1063, fand der nächste Hoftag in Goslar statt. Anwesend war nun auch König Heinrich IV., der, dreizehnjährig, also kaum älter war wie du Grünsporn heute. Bei den Vorbereitungen für den Vespergottesdienst in der Stiftskirche brach der Sitzstreit erneut aus.

Nach allem, was mir zu dem Vorfall in Goslar berichtet worden ist, hat Hezilo, der Bischof von Hildesheim, offensichtlich vorausgesehen, dass die Fuldaer sich wieder auf die für sie zu Weihnachten erfolgreiche Position berufen würden. Auf seinen Befehl versteckte sich Ekbert, der Graf von Braunschweig, mit Soldaten hinter dem Altar der Kirche und als sich die Kämmerer tatsächlich zu streiten begannen, kamen die Braunschweiger aus ihrem Versteck hervor und trieben die Fuldaer mit Knüppeln aus der Kirche. Diese griffen nun ihrerseits zu schärfen Waffen und stürmten zurück in die Kirche. Bei dem folgenden blutigen Kampf gab es mehrere Tote und Verletzte. Unter den Toten auf Seiten Fuldas war auch deren Bannerträger, Reginbodo, der Graf von Ufgau. Übrigens: Die Hildesheimer gewannen den Kampf.«

»Und das ist pfeilgerade siebzig Jahre her, Herr Vater? Was Ihr alles wisst! Ich bewundere Euch!«

Es war erkennbar aufrichtig gemeint.

»Nun ja. Es ist ein aktuelles Problem.«

Der Einäugige hielt kurz inne, bevor er fortfuhr: »Es scheint, dass die Äbte des Klosters Fulda besonders ranggierig sind. Gerade erst Anfang Juni hat Papst Innozenz II. in einem neuen Rangstreit dem Abt des Klosters Fulda, der jetzt Bertho I. von Schlitz heißt, sein Sitzvorrecht gegenüber Norbert, dem Erzbischof von Magdeburg, bestätigt.«

Er lachte auf.

»Nun gut, das Kloster Fulda wurde von Bonifatius, dem Bischof von Mainz, der die Chatten bekehrt hat, gegründet. Dieser Tatsache, ich hab sie bereits erwähnt, kommt schon besondere Rangbedeutung bei.«

»Darf ich fragen, warum, Herr Vater?«

»Am Tag nach der blutigen Auseinandersetzung kam es zu einer Untersuchung des Vorfalls. Diese fand unter dem Vorsitz des Königs statt. Dieser ließ sich von Siegfried, dem damaligen Erzbischof von Mainz beraten. Weil es die Fuldaer waren, die zu scharfen Waffen gegriffen hatten, wurde Abt Widerad in vollem Umfang schuldig gesprochen. Zudem drohte ihm eine Amtsenthebung. Von dieser Anklage aber kaufte sich der Abt frei.«

Der Herzog warf seinem Sohn einen ernsten Blick zu.

»Grabe vier Dinge in deinen Verstand ein. Erstens: Glaube allein das, was du selbst gesehen hast! Zweitens: Richte nur nach Fakten, die du für wahr und echt erachtest! Drittens: Vertraue nur Menschen, die ehrlich und getreu an deiner Seite stehen und ...«

Der Vater streckte seinem Sohn, der links neben ihm ritt, zwei Finger und den Daumen seiner gepanzerten rechten Hand dicht vor die Augen:

»... mein Sohn, beachte es stets, die zudem mutig genug sind, dir die Wahrheit zu entgegnen, auch wenn diese dir peinlich und unangenehm ist. Aber viertens ...«

Jetzt sah der junge Friedrich nur noch die Faust des Vaters, mit nach oben gestrecktem Daumen vor sich:

»...viertens, sage ich dir, gegen die Wahrheit sollst du verstoßen, ja musst du handeln, wenn du es künftig einmal als Herzog im Interesse unseres Herzogtums, oder, so Gott will, vielleicht einmal als König im Interesse des Reiches für zwingend notwendig erachtest. Doch niemals darfst du es aus purem Eigennutz tun.«

Der junge Friedrich lauschte konzentriert den Worten des Vaters. All das, was er da erfahren hatte, war ihm neu, unbekannt und fremd. Er sog es begierig auf. In seinem bisherigen Leben gab es neben dem Priester eigentlich nur einen Lehrer. Hermut, der ihn sechs Tage in der Woche von Sonnenaufgang bis hinein in die Dämmerung scheuchte und schulte, der zwar alles über Pferde und Waffen und den besten Umgang mit beiden wusste, aber kaum etwas über die Vergangenheit, die Geschichte der Schwaben und des Reiches oder das rechte Verhalten am Hofe zu berichten wusste. Und: Das Schreiben und Lesen waren ihm gänzlich fremd. Hermut war, wie er nicht ohne Stolz von sich behauptete, ein Mann der Hand und nicht des Kopfes.

»Der ist nur zum Fressen und Saufen notwendig. Und sonst taugt er allein zum Abschlagen.«

Das waren seine Worte. Wie sollte er da dem Sohn des Herzogs das Lesen, oder gar, das Schreiben von Dokumenten beibringen können?

Oder – welch absurde Vorstellung! – das Verstehen und Sprechen einer fremden Sprache?

Friedrich aber war dem Herzog für dessen Worte dankbar. Merkte er doch, wie wenig er selber von der Welt wusste. Und er spürte, warm ward ihm dabei ums Herz, dass der Vater ihn schätzte. Er schwor sich ihn in alle Zukunft nicht zu enttäuschen. Etwas, das er gerade gehört hatte, lag ihm nahe und beschäftigte ihn noch.

»Vater, der damalige König war erst dreizehn Jahre alt?«

»Ja! Wohl aus diesem Grunde hat ihn schon in Goslar keiner ernst genommen. Er forderte die Streithähne zur Ruhe und Gehorsamkeit auf, aber niemand hörte auf den jungen Herrscher. Sie verhöhnten ihn gar mit Worten aus der Heiligen Schrift. ›Wehe dem Land, dessen König ein Kind ist!‹, riefen sie, und dererlei mehr. Als die Gefahr drohte, sie würden gegenüber dem Herrscher handgreiflich, da rieten Getreue Heinrich dringlich, sich in die Pfalz zurückzuziehen. Mein Vater hat mir einst berichtet, dass es sein Vater war, also dein Großvater Friedrich I., der als Ritter den jungen Heinrich auf diesem Weg in die Pfalz, ohne an sich selbst zu denken, mit seinem Schild vor Steinwürfen geschützt hat.

Der spätere Kaiser hat deinem Großvater diese Tat nie vergessen, obwohl dieser zusammen mit den Welfen und Zähringern dem Herrscher eine Zeit lang feindlich gesonnen war. Ja, im Jahre des Herrn 1079 erhob er den Grafen Friedrich, den Sohn Friedrichs von Büren, zu Friedrich I., Herzog von Schwaben und versprach, ihm seine Tochter Agnes, die damals erst siebenjährig war, zur Gemahlin zu geben. So geschah es.«

Der Herzog lachte mit einem Mal schallend auf, so als wäre ihm unerwartet ein gar lustiger Gedanke gekommen:

»Mein Sohn, deine Fragen sind wahrlich gut! Eben erst habe ich verstanden, dass es ohne den Goslarer Sesselstreit weder mich als Herzog von Schwaben noch meinen Bruder Konrad und erst recht nicht unsere ehrwürdige Verwandtschaft zum salischen Kaiserhaus geben würde. Und ohne diese edle Beziehung hätte der Welfe Heinrich der Schwarze, Herzog von Bayern, mir niemals seine Tochter Judith zur Frau gegeben. Und dann gäbe es dich nicht, mein Sohn Friedrich!«

Der Herzog schüttelte amüsiert den Kopf.

»Alles nur wegen einem Sitzplatz neben dem Erzbischof von Mainz. Die göttliche Vorsehung ist doch nicht nur von bierernster Natur. Auch sie will ihren Spaß haben.«

Anmerkung des Übersetzers:

Das folgende, sehr beschädigte Blatt des mir von Frau Doktor Schlosser überlassenen Konvoluts stammt eindeutig aus den bekannten ›Annales‹, niedergeschrieben von Lampert im Benediktinerkloster Hersfeld, wohl anhand der Berichte von Augenzeugen. Ich habe es mit Hilfe von vorhandenen Übersetzungen ergänzt:

Das Blutbad in Goslar am Samstag vor Pfingsten (17. Juni 1063)

»Inmitten des Chors und der psalmodierenden Mönche kommt es zum Handgemenge. Jetzt wird nicht mehr nur mit Knüppeln gekämpft, sondern auch mit Schwertern. Eine hitzige Schlacht entbrannte, und durch die ganze Kirche hallten statt der hier üblichen Hymnen und geistlichen Gesänge Anfeuerungsschreie und die Wehklagen Sterbender. Selbst auf Gottes Altären wurden auf grausige Weise Menschen abgeschlachtet. Überall rannen durch die Kirche Ströme von Blut.

Hezilo, der Bischof von Hildesheim, hatte einen erhöhten Standort gewonnen und feuerte seine Leute, als wäre er ein militärisches Trompetensignal, zu tapferem Kampfe an. Und damit sie sich auch ja nicht durch die Heiligkeit des Ortes vom Waffengebrauch abschrecken lassen würden, hielt Hezilo das Aushängeschild seiner Machtbefugnis und seiner Erlaubnis hoch. Auf beiden Seiten gab es zahlreiche Opfer. Viele Menschen wurden verwundet, viele gar getötet, unter letzteren waren auch Reginbodo, der Fuldaer Bannerträger, und Bero, ein dem Grafen Ekbert besonders treuer Gefolgsmann.

Der König aber erhob während des Kampfes laut seine Stimme und beschwor die Leute unter Berufung auf die königliche Majestät. Doch er schien zu tauben Ohren zu predigen. Auf die Mahnung seines Gefolges hörend, an die Sicherung seines Lebens zu denken und den Kampfplatz zu verlassen, bahnte er sich schließlich mit Mühe einen Weg durch die dicht zusammengedrängte Menschenmenge und zog sich in die Pfalz zurück.«

Frankfurt am Main 2017
Thomas Schlosser, meist ›Tom‹ genannt

Ich werde meinen ersten Eindruck nicht vergessen.

Mein Gott, habe ich gedacht, *was hat dieser Mann für Augen.*

Dabei war es weniger deren tiefblaue Farbe, die mich vor zwanzig Jahren so beeindruckt hatte, als vielmehr das Gefühl von Güte und Wärme, welches von diesem Augenpaar ausging. *Das sind gute Augen,* wusste ich sogleich, und: *Den Mann möchte ich gern näher kennen.*

Quasi über Nacht war damals in Gelnhausen auf dem Obermarkt ein Kiosk aus dem Kopfsteinpflaster geschossen. In der Woche vor Ostern war es gewesen, als das »Wasserhäusche«, wie wir Gelnhäuser sagen, dort überraschend auftauchte. Diese Tage sind für mich unvergesslich. Warum? Am Karsamstag 1998 war die große Osterausgabe des ›Generalanzeiger‹ erschienen, in deren Feuilleton mein bombastisches Gedicht ›Karfreitag eines Weihnachtsbaums‹ abgedruckt war. Mit dieser Veröffentlichung begann mein persönliches Leben hektisch, unruhig, nervig, spannend und triste zu werden. Ich habe eingangs dieser Aufzeichnungen schon davon gesprochen.

Tom Schlosser war seinerzeit ein stattlicher Mann von Ende Fünfzig, drei Finger breit länger als ich es bin. Wo er heute silbergrauen Plüsch auf großen Teilen seines Kopfes trägt, befand sich graumeliertes, glattes Haar, über die Ohren nach hinten gekämmt. Früher hatte er am Haaransatz mitten über der Stirn einen V-förmigen Wirbel, den er nicht bändigen konnte. Diese Tolle gab ihm etwas Jungenhaftes! Sympathisches! Die Tolle ist verschwunden. Das Sympathische ist geblieben. Es war und ist zudem gegenseitig. Wir sind enge Freunde und Leidensgenossen.

Tom war aber in all den Jahren noch mehr:

Beschäftigt beim Hessischen Landeskriminalamt in Wiesbaden und, als ich ihn, den angeblichen Kioskbesitzer, kennenlernte, als ›verdeckter Ermittler in einer größeren Wirtschafts- oder Rauschgiftsache‹ eingesetzt. (Um was für einen Vorgang es sich dabei handelte, weiß ich bis heute nicht.) Seit zehn Jahren ist Thomas Schlosser Pensionär.

Bereits damals, als ich ihn näher kennengelernt habe, war Tom in seiner knapp bemessenen Freizeit ein begnadeter Kunstmaler und Bildfälscher, zudem Eigentümer eines von den Eltern geerbten großen, vierstöckigen Wohngebäudes in der Wursthofgasse in Frankfurt am Main, in dem er weiterhin die oberste Etage bewohnt, vor allem aber Vater einer wunderschönen Tochter, die als selbständige Verkehrspsychologin in Frankfurt tätig war, übers Jahr mein Schwiegervater, und ein weiteres Jahr später mit Leib und Seele Großvater.

Das Schöne an Thomas Schlosser ist, dass man mit ihm bei »allem Ernst des Lebens«, wie er es nennt, herrlich herumalbern kann. Tobby genießt diese Tatsache. Ich schätze sie auch. Und wenn man das breite Grienen sieht, welches bei solchen Gelegenheiten über sein Gesicht zieht und seine Augen glänzen lässt, dann weiß man, Tom hat Humor und schätzt in entspannter Gesellschaft auch die schlichte Blödelei. Da hat er in Tobby den passenden Partner gefunden.

Heute ist Tom vor allem Freund und Malerkollege meines Sohnes Tobias. Beide haben sich in kurzer Zeit einige Bekanntheit unter ihrem Künstlernamen ›TobTom‹ erworben. Auf der diesjährigen Jubiläumsmesse ›50 Jahre Art Cologne‹ waren ihre dort gezeigten Werke »eyecatcher«, wie es in den einschlägigen Veröffentlichungen hieß.

Vor allem das Gemälde ›Karfreitag der Lemminge‹, im Stil eines modernen Breughel des Älteren gemalt, erregte erhebliches Aufsehen. Es zeigt auf einer Leinwand im Hoch/Breit-Format von zwei zu vier Meter eine Autobahn, die in Serpentinen eine hügelige Landschaft durchschneidet. Ich werde beim Betrachten des Bildes immer an die im Volksmund sogenannte Sauerlandlinie erinnert. Auf der Autobahn herrscht überaus reger Verkehr. Fast im Bildmittelpunkt, leicht links versetzt, ist eine hohe Brücke zu sehen, die ein tiefes Tal überspannt. Doch ein Segment der Brücke ist eingestürzt. Zahlreiche Fahrzeuge stapeln sich schon auf dem Talgrund. Immer weitere folgen erkennbar der Fahrt ins Verderben. Es ist abzusehen, dass der Fahrzeugstapel bald das Niveau der noch vorhandenen Fahrbahnen erreicht haben wird. Von den erkennbaren Gesichtern der Fahrzeuginsassen jedoch ist abzulesen, dass sie nicht ahnen, was sie in nächster Zukunft erwartet. Sie genießen die freie Fahrt und das schöne Wetter. Und dann? Diese Frage in Kombination mit Sujet und Titel des Gemäldes regte die Fantasie der Kritiker weltweit heftig an.

›Und dann?‹

Die offene Frage kommt beim Studium des Gemäldes wohl jedem Betrachter in den Sinn. Die Boulevardmedien streiften sie allerdings nur kurz, wohl um zu zeigen, wir haben das Problem gesehen. Viel mehr interessierten sich ihre Journalisten für das Künstlergespann, dessen Werk ›Karfreitag der Lemminge‹ war. So druckte die BILD am Sonntag das Gemälde groß und farbig ab unter der Schlagzeile:

›TobTom: Wer hinter dem Wimmelbild steckt‹.

Sie, verehrte Leserin, lieber Leser, können sich gewiss ausmalen, dass sich in und um die Wursthofgasse herum in den nächsten Wochen turbulente Szenen abspielten. Tom und ich sind sehr stolz darauf, dass es uns gelungen ist, Tobby ganz, na ja fast ganz aus diesem Medientrubel herauszuhalten. Wie wir das geschafft haben? fragen Sie. Ehrlich gestanden, wir wüssten es auch nur zu gern. Wahrscheinlich lag es – erstaunlicherweise – an der mangelnden Fantasie der Journalisten. Dass ein kleiner Mann, ein Junge zudem, zu solch künstlerischem Tun befähigt sein könnte, war wohl fern ihrer Vorstellungskraft. Tom und mir hat dieser Mangel Genugtuung verschafft. Wir wussten es halt auch besser.

Bei allem Spaß aber ist jeder Gedanke an Tom für mich jetzt mit einem bitteren Nachgeschmack versehen. Es ruft ein bestimmtes Ereignis in mir wach, das mich im Nachhinein schmerzt; denn ich weiß nicht, ob ich mich schuldig gemacht habe. Hätte ich etwas erkennen müssen? Hätte ich etwas tun können? Ich weiß es nicht. Aber ich zweifele.

Was mir zunächst aufgefallen war, es ist bald drei Jahre her, und damit lange, bevor ich eigentlich auch nur den Hauch eines Anfangsverdachts dafür hatte, Tom könne krank sein, von einer schwerwiegenden Diagnose ganz zu schweigen, war, dass er auf einmal eine ungewöhnliche Vorliebe für Karotten entwickelte.

»Stammt ihr irgendwie von Karnickel ab?«, hatte ich da gefrotzelt, als seine Zähne mal wieder eine Rübe laut knacken ließen. Tom tat so, als müsste er überlegen, bevor er meinte:

»Nicht, dass ich wüsste. Aber meine Großeltern in Darmstadt hielten sich Kaninchen. Mit denen habe ich als Kind gern gespielt. Möglicherweise habe ich mich damals mit dem Möhrchen-Virus infiziert.«

»Der Virus scheint ja eine mächtig lange Inkubationszeit zu haben. Denn vor Kurzem noch, meine ich mich erinnern zu können, waren Möhren, Karotten, halt alles, was auf hessisch ›geele Rüwe‹ heißt, für dich ein Fremdwort.«

»Geb ich zu, Martin. Meine Knabberlust ist auch für mich neu. Alte Männer sind halt unberechenbar.«

Tom spitzte seine Lippen.

»Möglicherweise aber brauchen meine Schneidezähne nur eine Beschäftigung.«

Wir hatten damals beide gelacht und noch ein wenig weiter herumgealbert. Wie hätten wir auch um das Damoklesschwert wissen können, das da an einem arg dünnen Faden über Toms Haupt hing?

Oder hätte bei mir eine Warnleuchte blinken müssen? Hätte ich einen Arzt fragen müssen?

Selboldt
Erste Begegnung im Jahre des HErrn 1133

Die Grafschaft derer von Selboldt-Geylenhusen lag nur ein paar Reitstunden östlich von Frankfurt. Es ging von Frankfurt dorthin per Pferd schneller als gegen die Strömung auf einem der trägen Kähne, die Rhein, Main und Kinzig befuhren. Grund ihres Zusammenseins im Klostergebäude von Selboldt war zunächst die Taufe von Angela, der jüngsten Tochter von Ekbert von Gleißberg, die nach ihrer Großmutter mütterlicherseits benannt werden sollte. Später würde sie von allen nur »Gela« gerufen werden, die Kurzform von Angela, dem Engel.

Der gewichtigere Grund für die Reise nach Selboldt war aber überwiegend neugieriger Natur. Auf beiden Seiten. Die Reginbodonen wollten den großen Herzog von Schwaben, der eine Frau aus ihrem Geschlecht geehelicht hatte, und eigentlich hätte König sein müssen, kennenlernen und Friedrich II. interessierte sich für das Land der Gaugrafen von Selboldt und Geylenhusen, das jetzt zu seiner Einflusssphäre gehörte.

Eine freundliche, eine fröhliche Familie. Der Empfang war respektvoll, die Begrüßung herzlich. Die Burg derer von Selboldt-Geylenhusen lag auf dem breiten Rücken einer Erhebung, die eine Vielzahl flacher Seen von einem Fluss namens Kinz trennte.

Neben dem gräflichen Wohnsitz oben auf dem Hügel befand sich eine Johannes dem Täufer gewidmete Kirche, in der die kleine Angela feierlich getauft wurde.

Ein hübsches Kind, dachte Friedrich, angenehm berührt, als der kleine Täufling gerade ihm mit fröhlichem Glucksen die kurzen Ärmchen entgegen hob.

»Sieh da, mein Sohn! Da hast du ja eine reizende Eroberung gemacht. Hätte ich dir noch gar nicht zugetraut.«

Der alte Friedrich lachte wieder einmal dröhnend, so wie ihn sein Sohn während der Reise oft hatte lachen hören. Der Vater gab sich gut gelaunt. Sein Sohn war sich nicht sicher, ob es nur eine Rolle war, die sein

Vater spielte. Hatte der Kaiser noch nicht entschieden, wie er mit den von ihm endgültig besiegten Schwaben umgehen wollte. Er ging auf das Spiel des Vaters ein.

»Wenn man einen Herrn Vater wie Euch zum Vorbild hat, muss man bei schönen Frauen doch einfach erfolgreich sein.«

Friedrich II. warf ihm einen überraschten Blick zu. Die Antwort hatte er nicht und niemals erwartet. Er wusste sie nicht einzuordnen. Sein Sohn schaute ganz ernst und unschuldig drein.

»So, so, du Schlawiner!«, meinte er dann und wandte sich wieder seinem Gastgeber zu.

*****

»Das hätte ich mich nicht getraut!«

Der erste Sohn des Grafen Ekbert von Gleißberg, der Egbert Edler von Selboldt-Geylenhusen hieß, und nur wenig jünger war als des Herzogs Sohn, sah Friedrich bewundernd an:

»Ich verbeuge mich in großer Achtung vor Eurem Mut.«

»Lass es gut sein, Egbert. Manchmal ist es von Vorteil, die Gunst der Stunde zu erkennen und zu nutzen. Doch, wenn wir schon bei diesem Thema sind, darf ich dich bitten, mir etwas zu diesem schönen Ort und eurer Grafschaft hier zu berichten.«

»Oh, gern. Mein Dank gebührt Euch, für Eure Anteilnahme an unserem hiesigen Sitz, Herr Friedrich. Der Name ist schlicht erklärt. Der Ort liegt an der Kinz. So wird der Fluss da unten geheißen mit all den tiefen und mehr noch flachen Seen und sumpfigen Teichen, die ihn umgeben. Die Kinz-Auen. Und aus dieser wasserreichen Sumpfniederung ragt der breite Hügel heraus, auf dessen Rücken wir uns hier bei Kirche, Kloster, Burg und den Hütten des Gesindes gerade befinden.«

»Ich sehe all das, was du mir sagst. Und doch, was meint der Name?«

»Nun, in der Sprache der hiesigen Menschen heißt Gewässer ›Sel‹, und mit ›Boldt‹ bezeichnen sie eine Erhebung. Also bedeutet ›Sel‹ und ›Boldt‹ eigentlich zusammen nichts anderes als ›Hügel im Wasser‹.«

»Selboldt, das aus dem Wasser ragt. Das gefällt mir, Egbert.«

Friedrich nickte anerkennend.

»Und weißt du noch von diesem Ort zu berichten?«

»Leider nicht so viel, wie ich wissen möchte, um es Euch zu berichten. Die Alten sind recht wortkarg, Herr Friedrich.«

»Auf dem Ritt hierher hat mir der Herzog von Schwaben so einiges erzählt von Reginbodo, Graf im Ufgau, welcher der Namensgeber eures Adelsgeschlechts ist.«

Und er gab weiter, was er von den Reginbodonen wusste. Dass Reginbodo Vater, Konrad I., dereinst Herzog von Schwaben gewesen sei und dass Reginbodo selbst als Bannerträger des Klosters in Fulda während des Goslarer Rangstreits erschlagen wurde.

»Ja, an einem Pfingstsamstag während des Vespergottesdienstes!«, fügte Friedrich noch hinzu. Er hatte diese Ungeheuerlichkeit noch längst nicht verarbeitet.

Egbert hatte mit spitzen Ohren schweigend gelauscht.

»Was Sie alles wissen!«, sagte er dann bewundernd und fügte an: »Ihr kommt von weit her und wisst über mein Geschlecht mehr, viel mehr, als ich je erfahren habe!«

Er dachte kurz nach, bevor er fortfuhr: »Dank Eurer Worte kann ich jetzt auch verstehen, wie sich mein Vorfahre Dietmar, Gaugraf von Selboldt, meines Vaters Vater, unmittelbar mit einem Wunsch an den Heiligen Vater wenden konnte.«

»Und was ist damals geschehen?«, erkundigte sich Friedrich.

»Als meinem Großvater, Graf Dietmar eben, im Jahre des HErrn 1108 seine geliebte Gemahlin Adelheid von Camburg-Wettin verstarb, da sandte er den Priester Rabenuld als Boten zum Heiligen Vater, Papst

Paschalis II., nach Rom mit der Bitte, zu Ehren der Verstorbenen und allgemein zum Seelenheil seiner Familie ein Kloster in Selboldt stiften zu dürfen. Der Heilige Vater gab gnädig seine Zustimmung. So fanden zunächst Augustiner-Chorherren den Weg nach Selboldt, und einige Jahre später kamen dann die Weißen Brüder, also die Mönche in ihren weißen Kutten, welche heute hier in ihrem Kloster nach den Regeln der Prämonstratenser leben.«

»Egbert, ich habe eben gelernt, dass man vieles erst begreift und manches leichter versteht, wenn man offen und ehrlich miteinander spricht. Dafür hab Dank!«

Die beiden jungen Männer verstanden sich ständig besser miteinander. So kam es, dass Egbert dann den Mut fand, Friedrich zu einem Ausritt am nächsten Tag nach Geylenhusen einzuladen.

»Es ist mir eine Herzensangelegenheit, Euch meinen Lieblingsplatz in diesem Gau zu zeigen. Es ist von hier zu Pferd keine Stunde bis dorthin. Die Gelegenheit ist günstig. An den nächsten Tagen will Graf Ekbert, mein Herr Vater, dem edlen Herzog von Schwaben unsere Ländereien in der Wetterau zeigen, die vor fruchtbarem Boden nur so strotzen. Die Zeit können wir nutzen, um nach Geylenhusen zu reiten und ein wenig zu jagen. Wenn Ihr möget. Nur wir beide allein. Wie klingt es in Euren Ohren, Friedrich?«

»Das Wort ›Jagd‹ hat wahrlich einen guten Klang.«

*****

Friedrich hatte unruhig geschlafen. Die fremde Umgebung. Unbekannte Geräusche. Unheimliches Erleben.

So musste er des Nachts den Strohsack, den er mit Egbert teilte, verlassen, um das ihn drückende Wasser draußen abzuschlagen. Es herrschte im schwachen Mondlicht ein unheimliches Leben. Die klagenden Rufe der Totenvögel, die zu ihm hoch schallten. Fremd, schaurig »Komm zu uns« forderten. Und unten am nächsten Sumpf konnte er eine Vielzahl von schemenhaften Geistern mit kleinen Lichtern über dem Wasser schwebend tanzen sehen. Dann unverwechselbar, alles übertönend ein Schrei, den er kannte, den Schrei eines Fischadlers. Erleichterung. Aufatmen. Auch, weil die Totenvögel schwiegen.

Zurück unter der Decke auf dem Strohsack. Beruhigend das gleichmäßige Atmen Egberts, das ihn ein wenig schlafen ließ. Bis ihn das drängende Muhen der Kühe und Meckern der Ziegen, die gemolken werden wollten, wieder weckte. Bald kam das Lärmen des Gesindes, das aus der Küche an sein Ohr drang, hinzu. Geschäftiges Treiben. Laute Stimmen. Dann das Läuten der Glocke auf dem Turm der Kirche nebenan, welches die Mönche zu ihrem ersten Gebet rief. Und wenig später das Rufen und Lachen der Ritter, die sich für den Aufbruch vorbereiteten. Der neue Tag brach an. Beschäftigung vertrieb die Geister der Nacht.

Bald nachdem Herzog Friedrich II. und Graf Ekbert mit ihrem Gefolge nach Norden weggeritten waren, machten sich auch deren Söhne Friedrich und Egbert mit zwei Knechten auf. Wohlgelaunt mit warmen Fladen und dünnem Bier im Magen ritten sie gegen die aufgehende Sonne nach Osten hin. »Gen Morgen« nannte es Egbert.

Friedrich merkte es sich.

»Und von hier gen Abend liegt Selboldt?«, erkundigte er sich.

Egbert schaute ihn etwas seltsam an. »Aber sicher. Daher kommen wir doch gerade.«

Es war ein Ritt, an den sich Friedrich sein langes Leben lang gern erinnern würde. Flussauf der Kinz entlang. Das Schnauben ihrer Rösser, unter deren Hufen der nasse Kies wegspritzte. Die Kinz-Auen mit ihrem überbordend vielfältigen Leben. Da zogen Reiher, da schnürten Wachteln vor ihnen über das Gras. Dort flogen Kiebitze. Hirsche, Wildschweine, Rehe. Biber hatten einen Damm aufgebaut, den sie umreiten mussten. Friedrich fühlte sich, als hätte ihn Gottvater zu sich in das Paradies gerufen. Selbst die vereinzelten Hütten am Weg – Feuer, von denen weißer Rauch fast senkrecht aufstieg, Menschen, die ihnen zuwinkten – alles war friedlich und fröhlich. So, als wäre es nicht von dieser Welt.

Und Friedrich schwor bei sich:

Hierher wird mich noch oft mein Weg führen, so der Allmächtige mir diese Gnade gewährt!

Dann aber weitete sich das Flusstal zwischen den sanften Hügeln. Büsche und Bäume traten zurück. Der junge Schwabe sah vor sich den Fluss, der eine langgestreckte Insel mit zwei Armen umfasste, die sich vor ihnen wieder vereinten. Und dort, wo sie zusammentrafen, befand sich eine Schiffslände. Drei große Kähne lagen da vor Anker. Männer beluden sie mit Baumstämmen und rostroten Steinbrocken.

»Seht Ihr, Friedrich!«, rief Egbert und holte mit seinem Ruf Friedrich zurück auf diese Erde. »Dort oben, linkerhand, auf halber Höhe befindet sich unsere Burg von Geylenhusen. Graf Dietmar hat sie erbauen lassen. Zuvor soll dorten eine Herberge für hochwohlgeborene Reisende gestanden haben. Die Burg ist nicht groß, aber sehr gemütlich. Davor haben unsere Mönche aus Selboldt angefangen Wein anzubauen. Das kann recht lustig werden. Und rechts davon, aber noch höher gelegen, seht Ihr das zweistöckige Steinhaus ...«

Egbert wedelte eifrig mit seinem linken Arm zu dem Hang hin:

»Dort in der Lichtung im Wald, das ist eine alte Kapelle. Ein vormaliger Graf von Geylenhusen mit Namen Godobert soll sie vor Jahrhunderten als seine Grablege errichtet haben. Vielleicht hieß er auch Godobrecht. Wer weiß? Das hat mein Herr Vater einmal gesagt. Er will es wiederum von seinem Vater Dietmar gehört haben. Ihr erinnert Euch, der unser Kloster in Selboldt gegründet hat. Er hat bei der Schlacht am Welfesholz sein Leben verloren.«

Friedrich wurde neugierig und fragte: »Was war das für eine Schlacht, Egbert?«

»Am elften Februar im Jahre des HErrn 1115 kam es unten im Mansfelder Land zur Schlacht zwischen dem Heer von Kaiser Heinrich V. ...«

»Der letzte Kaiser aus salischem Geschlecht. Er ist mein Vorfahr«, warf Friedrich nicht ohne Stolz ein.

»... und dem der aufständischen Sachsen, geführt vom jetzigen Kaiser, dem damaligen Herzog Lothar von Süpplingenburg. Schon am Vorabend der eigentlichen Schlacht fiel der Feldmarschall der kaisertreuen Truppen, Hoyer I. von Mansfeld, während eines wagemutigen Sturmangriffs auf die Sachsen. Mit seinem Tod verloren die Kaisertreuen aber ihren Kopf. Jedenfalls war die Schlacht am nächsten Tag rasch entschieden. Mein Großvater fiel, der Kaiser musste fliehen.«

Egbert zog die Schultern hoch und schüttelte sich angewidert: »Ich mag die Sachsen nicht!«

»Da sprichst du recht! Ich auch nicht. Doch, Egbert, du wolltest mir gerade noch etwas sagen, als ich dich unterbrochen habe?«

»Stimmt! Aber es sollte lediglich ein Hinweis werden. Über die ganzen Hänge und weit in die Berge hinein zieht sich der Reichswald. Dort werden wir später jagen, nachdem wir uns in unserem Haus zuvor ein wenig erfrischt haben.«

Friedrichs Blick wanderte langsam von der bescheidenen Burg der Grafen von Selboldt-Geylenhusen, umgeben von Stallungen und den Hütten der Leibeigenen, hinüber zur Kapelle des Godobertus inmitten einer Anzahl kleiner Häuschen, und weiter nach Osten, wo er zwischen den Bäumen am Hang neben einem breiten Weg eine nächste Ansiedlung entdeckte. All die Hütten und Häuschen, wenn auch wenig aus Stein, meist aus Holz, Stroh und Lehm gebaut, fügten sich ordentlich und schön in die Landschaft ein. Seine Seele fühlte sich angezogen von dieser friedlichen Idylle.

Aber dann erkundigte er sich noch, es war ein spontaner Einfall, bei dem jungen Reginbodonen nach den Kähnen, die am Fluss beladen wurden.

»Ach, die Mainzer brechen und kaufen hier unseren Stein, der sich gut bearbeiten lässt. Von Geylenhusen ist es gleich weit nach Frankfurt gen Abend hin wie gen Morgen zum Kloster Fulda und von dort nach Goslar oder noch weiter nach Leipzig und Naumburg. Wo übrigens der älteste Sohn von Großvater Dietmar Bischof war ...«

Egbert dachte kurz nach: »... oder noch ist. Das weiß ich nicht so genau. Rechts, da oben östlich von unserer Burg hoch im Wald beginnt der Handelsweg nach Morgen. »Antsanvia« wird er genannt, alter Weg soll das heißen, wir sagen einfach »Reffenstraße« dazu. Das ist ein Höhenweg entlang der Wasserscheiden auf den Anhöhen, fern der Menschen, welcher von Mainz nach Eisenach in Thüringen führt. Hier unten gibt es noch die Kinzstraße, die auch bis Leipzig reichen soll. Im Frühjahr, wenn in der Kinz das Wasser hochsteht, ist sie nicht zu gebrauchen. Dann ist die Reffenstraße besser. Von hier jedoch gen Abend führt der Weg auf der Kinz flussabwärts zum Main und dann zum Rhein hin. Du siehst für den Handel ist Geylenhusen gut gelegen.«

Friedrich nickte.

»Dazu«, fuhr Egbert voller Stolz fort, »kommen sich hier, auf der anderen Seite der Kinz, im Spechtswald noch zwei andere Handelsstraßen – die Birkenhainer Straße und der Eselsweg, der heißt so, weil da Esel das Salz von Orb zu den Kähnen in Miltenberg am Main bringen, im Süden und die Hohe Straße, die Reffenstraße eben, im Norden – besonders nahe, so dass sich eine günstige Querverbindung zwischen den beiden Wegen, die sicherlich bereits lange vor dieser Zeit bestand, und deren Kreuzung mit der via regia zur Anlage einer Handelsstadt sich geradezu anbot.«

Friedrich hörte die Auskunft Egberts und bewahrte sie fest in seinem Gedächtnis.

Gelnhausen 2017
»Frei will ich sein«

Immer wieder gern erinnere ich mich des Tages vor gut einem Jahr, als ich Tobias erwischte ... nein, erwischt ist der falsche Ausdruck, er hatte ja nichts Verbotenes getan ... überrascht habe ... nein, auch das trifft es nicht ... schlicht, als ich Tobias in meiner privaten Bibliothek vorfand mit einem Buch in der Hand. Es handelte sich um einen Band aus der Sophien-Ausgabe von Goethes gesamtem literarischem Werk, wie ich an dem olivgrünen Lederrücken mit der Goldschrift erkannte. Einhundertvierundvierzig Bände, herausgegeben im Auftrag der Großherzogin Sophie von Sachsen, daher der Name ›Sophien-Ausgabe‹, ab dem Jahr 1887. Mein Augapfel.

»Stör ich?«

»Wie kommst du darauf, Vati?«

Er hatte mir erstaunt geradewegs in die Augen gesehen. Ein für mich ungewohnter Blick. Doch Tobby stand auf der zweiten Stufe der altenglischen Lesetreppe. Vier mit grünem Leder ausgelegte Stufen, die sich hälftig um den gedrechselten Pfosten drehten, der dem Benutzer Halt bot und oben in einer goldglänzenden Messingkappe endete. Das erklärte das Bild. Ich, immer noch knapp ein Meter neunzig lang, und mein Sohn, der sein Wachsen bei einem Meter fünfundfünfzig wohl endgültig eingestellt hat, auf Augenhöhe.

»Ich frage nur, weil ich dich in deutsche Klassik vertieft sehe.«

»Wir haben uns heute im Deutsch-Unterricht mit ›Torquato Tasso‹ beschäftigt. Und da ist ein Satz bei mir hängen geblieben, der mich besonders angesprochen hat. Du weißt ja, was ich von unserem Deutschlehrer halte, und deshalb wollte ich im Original mal nachsehen, wie das Zitat dort lautet.«

Tobby hatte schon bei seinen letzten Worten plötzlich seltsam zögerlich weitergesprochen. Dass er seinen Deutschlehrer für einen arroganten Schleimer hielt, wusste ich. Noch schlimmer. Für einen Typ von der Sorte ›Ich bin eigentlich viel zu schade für euch hoffnungslosen »Fack ju Göhte«-Pubertärlinge, und das beweise ich euch‹.

Tobby geriet regelmäßig in Rage, wenn er auf diesen Lehrer zu sprechen kam. Ich war dem Mann in den vergangenen Jahren ein paar Mal begegnet. In meinen Augen war er nicht dumm, dafür aber frustriert und, vielleicht aus diesem Grunde, grenzenlos faul. Mit der Menschenkenntnis des alten Strafverteidigers würde ich meinen: In jungen Jahren hat er von einer großen Karriere geträumt. Der Traum ist geplatzt. Wahrscheinlich an der eigenen Bequemlichkeit. Aber das will er nicht wahrhaben. Es sind ja eh immer die anderen schuld. In drei, vier Jahren wird er in Pension gehen, und offensichtlich übt er bereits jetzt für den Ruhestand. Weil er aber möglicherweise schon einschlägige Erfahrungen hat machen müssen oder vielleicht noch über Reste eines Gewissens verfügt, weiß er genau, dass a) die jungen Menschen in seiner Klasse Anspruch auf mehr Engagement im Unterricht von ihm erwarten dürfen und b) um sein persönliches Risiko, das mit seiner Arbeitseinstellung einhergeht. Also versucht er seine Faulheit zu kompensieren, indem er sich bei den Eltern einschleimt.

Ich habe Tobby meine Sicht seines Lehrers nie erzählt. Auch nicht, dass ich den Leiter seines Internats recht gut kenne, der sehr wohl weiß, wes Geistes Kind der Deutschlehrer ist. Einmal nur habe ich nach einem neuen, mit viel Kopfschütteln begleiteten Bericht meines Sohnes von der letzten Deutschstunde gemeint:

»Tobby, lass dich nicht runterkriegen von dem armen Mann. Zeig ihm, was du kannst. Und wenn er sich wieder einmal so seltsam aufführt, dann frag ihn doch einfach höflich, warum er sich euch gegenüber so verhält. Und egal, was dann auch passiert, ich stehe auf deiner Seite. Ist doch klar, oder?«

Was meinen Sohn aber eben in meiner Bibliothek hatte fast stottern lassen, erfuhr ich, als er weitersprach:

»Du hast doch nichts dagegen, dass ich mir das Buch genommen habe?«

Ich war schon verblüfft, als ich das hörte. Auch fühlte ich mich plötzlich schuldig, weil mir bewusst wurde, dass ich mein Bücherzimmer gerne als »mein kleines Heiligtum«, »mein Schatzkästchen« oder »meinen dritten Augapfel« bezeichnete.

Was ich da in der Vergangenheit aus Stolz für die von mir gesammelten Werke, aus echter eigener Bewunderung für diese und manchmal, zugegeben, auch aus billiger Prahlerei hin und wieder gesagt hatte, konnte wohl so verstanden werden – und hatte mein Tobby offensichtlich auch so ausgelegt –, als würde ich die Nutzung der Bücher ausschließlich mir selber vorbehalten. Ehrlich? Cum grano salis, musste ich als Jurist einräumen, etwas war schon dran an dieser Auslegung. Aber das galt doch nicht für meinen Sohn! Niemals!

»Natürlich nicht, Tobias. Wie kommst du denn auf die Idee? Im Gegenteil. Ich freue mich sogar, wenn du dich hier umsiehst. Bücher wollen in die Hand genommen und gelesen werden. Dafür sind sie doch da.«

Und dann fuhr ich so fort, als würde ich ihm seine Erleichterung nicht ansehen: »Und bist du fündig geworden?«

»Ja, und ich muss eingestehen, er hat richtig zitiert.«

»Bin ich zu neugierig, wenn ich dich frage, um was für ein Zitat es sich handelt? Doch wohl nicht um ›Erlaubt ist, was gefällt!‹ – ›Erlaubt ist, was sich ziemt!‹«

»Nö, ziemlich weit hinten. Im vierten Aufzug, wo Tasso sagt: ›Frei will ich sein im Denken und im Dichten; im Handeln schränkt die Welt genug uns ein.‹«

»Oh ja, das Credo für die Gedanken- und Meinungsfreiheit. Torquato Tasso, ein junger Dichter, der tatsächlich gelebt hat, weigert sich in Goethes gleichnamigem Schauspiel, sein dichterisches Schaffen irgendwelchen äußeren Zwängen zu unterwerfen.«

»Ja, Paps, genau das. Das Goethe-Wort gefällt mir ungemein gut. Leicht geändert möchte ich es zu meinem Leitspruch machen.«

»Das klingt gut, Tobby. Sehr gut. Darf ich fragen, was du denn für dich ändern willst?«

»Zwei Wörter nur. ›Frei will ich sein im Denken und im Malen; im Handeln schränkt die Welt genug mich ein.‹«

»Respekt, mein Sohn! Das ist eine treffliche Idee und ausgezeichnete Wahl.«

Ich werde es nie vergessen. Tobbys Teint färbte sich für einen Moment zartrosa. Vor Stolz ob meines Lobs. Wie einfach kann es doch sein, einen anderen Menschen glücklich zu machen, wenn man das Gute sagt, was man ehrlich empfindet.

*****

Oh, jetzt habe ich doch vergessen, werte Leserin, geschätzter Leser, Ihnen zu berichten, aus welchem Grund ich mich an die Episode mit Tobias und seiner Suche nach dem Goethe-Zitat in ›Torquato Tasso‹ erinnert habe.

Auslöser dafür war der ›schemenhafte Lichtertanz‹, den nach dem vorstehenden Bericht Friedrich in der Nacht in Selboldt beobachtet hat. Ähnliches ist auch Johann Wolfgang Goethe widerfahren. Auf seiner ersten Reise mit der Postkutsche nach Leipzig war es, im Jahre 1765, wo er auf Wunsch seines Vaters Rechtswissenschaften studieren sollte. Im einunddreißigsten Band der ›Sophien-Ausgabe‹, der den zweiten Teil seiner Lebenserinnerungen, von ihm ›Dichtung und Wahrheit‹ genannt, enthält, schreibt Goethe im sechsten Buch:

> ›Wir waren zur Allerheiligen-Pforte hinausgefahren und hatten bald Hanau hinter uns, da ich denn zu Gegenden gelangte, die durch ihre Neuheit meine Aufmerksamkeit erregten, wenn sie auch in der jetzigen Jahreszeit wenig Erfreuliches darboten. Ein anhaltender Regen hatte die Wege äußerst verdorben, welche überhaupt noch nicht in den guten Stand gesetzt waren, in welchem wir sie nachmals finden; und unsere Reise war daher weder angenehm noch glücklich. Doch verdankte ich dieser feuchten Witterung den Anblick eines Naturphänomens, das wohl höchst selten sein mag; denn ich habe nichts Ähnliches jemals wieder gesehen, noch auch von andern, daß sie es gewahrt hätten, vernommen. Wir fuhren nämlich zwischen

Hanau und Gelnhausen bei Nachtzeit eine Anhöhe hinauf, und wollten, ob es gleich finster war, doch lieber zu Fuße gehen, als uns der Gefahr und Beschwerlichkeit dieser Wegstrecke aussetzen. Auf einmal sah ich an der rechten Seite des Wegs, in einer Tiefe, eine Art von wundersam erleuchtetem Amphitheater. Es blinkten nämlich in einem trichterförmigen Raume unzählige Lichtchen stufenweise übereinander, und leuchteten so lebhaft, dass das Auge davon geblendet wurde. Was aber den Blick noch mehr verwirrte, war, dass sie nicht etwa still saßen, sondern hin und wider hüpften, sowohl von oben nach unten, als umgekehrt und nach allen Seiten. Die meisten jedoch blieben ruhig und flimmerten fort. Nur höchst ungern ließ ich mich von diesem Schauspiel abrufen, das ich genauer zu beobachten gewünscht hätte. Auf Befragen wollte der Postillion zwar von einer solchen Erscheinung nichts wissen, sagte aber, daß in der Nähe sich ein alter Steinbruch befinde, dessen mittlere Vertiefung mit Wasser gefüllt sei. Ob dieses nun ein Pandämonium von Irrlichtern oder eine Gesellschaft von leuchtenden Geschöpfen gewesen, will ich nicht entscheiden.‹

Im Januar des vergangenen Jahres beschäftigte sich unsere größte, volksnahe Tageszeitung mit diesem Erlebnis des jungen Goethe, überraschenderweise unter der Überschrift ›Hat Goethe ein Raumschiff gesehen?‹ Welche Ehre für die kleinen, über den Wassern tanzenden Leuchtkäfer.

Breitenwang
Im Jahre des HErrn 1137

Es war bitterkalt, als sie am frühen Morgen des dritten Dezembers das Hochtal erreichten. Die Pferde taten sich schwer mit dem Vorwärtskommen. Mühsam stampften sie durch den hohen Schnee. Weiße Atemfahnen begleiteten Ross wie Reiter. Eisig schnitt die dünne Luft in ihre Lungen.

Friedrich gehörte dem Tross an, das dem Heer vorausgeeilt war, um das Lager aufzubauen und des Kaisers Zelt bewohnbar zu machen. Das war so groß, dass es fünfzig starker Männer bedurfte, um es zu errichten. Was sie zudem dringend beschaffen mussten, war ausreichend Holz für die Feuer, trockenes Stroh als Bodenbelag in den Zelten und viel Heu für die Pferde. Besorgen mussten sie all das von den weit verstreut liegenden Bauernhöfen. Und die Bauern knauserten gerne mit der Herausgabe. Gut, dass er Egbert von Selboldt-Geylenhusen bei sich wusste. Ja, und Sven, den Sohn des dänischen Königs. Auf die beiden konnte er sich verlassen. Das hatte er auf dieser Italienreise gelernt: Menschen um sich zu haben, denen man blind vertrauen konnte, das war ein höchst seltenes Gut und mehr als Gold wert. Gold aber weckt Begehrlichkeit. Aus diesem Grunde sollte man niemals jemandem blind vertrauen, den man noch nicht in großer Gefahr näher erlebt hat. Hatte sein Vater ihm nicht empfohlen, es so zu halten?!

Sven, Egbert und er waren die drei Knappen von Heinrich dem Stolzen, Herzog von Bayern, wie auch von Sachsen, und zudem enge Vertraute. Ja, sogar Freunde, wenn sie sich unbeobachtet wussten. Sie waren noch so jung an Jahren, aber doch keine Kinder mehr. Bald, in zwei, drei Jahren würden sie den Ritterschlag erhalten. Erwachsen sein. Sie träumten von diesem Tag. Ihrem Fest der Schwertleite.

Äußerlich waren sie leicht auseinanderzuhalten. Strohblond, hellblond und rotblond war die Farbe ihrer Haare. Der erste Flaum am Kinn noch nicht der Rede wert. Blassblau, blau und dunkelbraun die Farbe ihrer Augen. Die hellste Haut der dreien besaß Sven, übersät mit Sommersprossen. Friedrichs rotblonder Schopf ließ seinen Teint bleicher erscheinen, als er tatsächlich war. Und Egberts Haut war, soweit man sie sehen konnte, einfach rosig frisch. Sven war einen Kopf länger als seine beiden Freunde, die von mittlerer Größe waren. Er war der stille, wortkarge der drei, während Egbert sein Herz auf der Zunge trug. Und Friedrich? Auf seinem Gesicht lag alleweil ein sympathisches, freundliches Lächeln. Es konnte sehr trügerisch sein; denn er zeigte das Lächeln auch, wenn er wütend oder gar zornig war.

»Du wirst selbst dann freundlich dreinschauen«, behauptete Sven einmal, als könnte er die Zukunft schauen, »wenn du einem Feind den Arm abschlägst!«

In Gegenwart Dritter beachteten sie hingegen sehr wohl die Regeln der höfischen Etikette, denn sie waren alle drei von verschiedenem Rang. Da der Sohn eines Gaugrafen, dort der dänische Königssohn, hier der Sohn Friedrichs II., Herzog von Schwaben, und sowohl der Neffe des Kaisers Bannerträgers, Konrad von Schwaben, wie auch der von Heinrich dem Stolzen, dem Schwiegersohn des Kaisers. Letzterer soll, so wurde gemunkelt, seinem Eidam vor dem Aufbruch in Trento die Reichsinsignien feierlich übergeben haben. Übel musste es um ihn bestellt sein, wenn er seine Nachfolge schon regelte. Und das auch noch ohne Hinzuziehung der Fürsten. Deren vornehmstes Privileg es seit alters her war den König zu wählen.

Als Lothar III. das Lager erreichte, kraftlos von seinem Pferd gehoben und in das Zelt getragen wurde, da wussten alle, die es sahen: Der Kaiser ist sterbenskrank. Onkel Konrad bestätigte es Friedrich leise:

»Er hat nur noch einen Wunsch: Wenn Gott ihn denn jetzt schon zu sich berufen will, dann möge es bitte erst in seiner sächsischen Heimat, daheim in Braunschweig oder gar auf der Süpplingenburg, auf jeden Fall aber in der Nähe des Doms sein, den er sich gerade in Königslutter erbauen lässt. Dort wünscht er sich seine Grablege. Der Kaiser fleht um diese Gnade. Ich hege Zweifel, dass der HErr sie ihm erweist. Zwar erreichen wir in ein, zwei Tagen Fuzin [*das heutige Füssen; Anmerkung des Übersetzers*]. Das nördliche Ende der Alpen. Anschließend verläuft die Reisestrecke zumeist flach. Und ist somit einfacher, und deshalb schneller zu bewältigen. Aber der Zustand des Kaisers ist trostlos.«

Onkel Konrad sollte recht behalten. Lothar III. verstarb noch in derselben Nacht. Friedrich gönnte dem Mann, der seinem Vater im Jahre des HErrn 1125 die Krone gestohlen und seine Mutter aufs Hässlichste gepeinigt hatte, den Tod. Und er würde ihm auch nie vergessen, geschweige denn je verzeihen, dass er ihn geängstigt hatte.

Acht Jahre zuvor. Dezember im Jahre des HErrn 1129. Um seinen siebten Geburtstag herum war es gewesen, als der Vater Friedrich II. seine Frau Judith mit ihm und Berta, der kleinen Schwester, in Speyer zurückgelassen hatte als Zeichen seiner Siegesgewissheit. Speyer, die Grablege der salischen Könige und Kaiser. War doch erst vor wenigen Jahren Heinrich V. im dortigen Dom zu Grabe getragen worden! Die Anwesenheit seiner engsten Familienangehörigen in der von Lothar eingeschlossenen Stadt sollte für die Bewohner Ansporn sein durchzuhalten, das war sein Plan. Ein Herzog wird doch seine Familie nicht im Stich lassen.

Doch die Hoffnung der Eingeschlossenen auf einen glimpflichen Ausgang der Belagerung währte nicht lange. Die Aufmunterungen der Herzogin stießen zunehmend auf taube Ohren; denn die Belagerten mussten hungern. Der Ring um die Stadt zog sich stetig enger zu. Die Vorräte an Nahrung, Bier und Wasser schwanden unerbittlich. Und ein leerer Magen ist eben kein guter Zuhörer. Und der Vorrat an Nahrungsmitteln und Getränken schrumpfte schnell. Immer mehr Menschen starben.

Auch Herzogin Judith, die Welfin, selbst wurde stetig schwächer. Das Sprechen fiel ihr schwer. Über ihrem vormals feuerroten Haar lag jetzt ein grauer Schleier. Wie Staub sah es aus. Ihre Augen? Matt in tiefen Höhlen. Friedrich erschrak, als er es bemerkte. Und er erkannte – spät, zu spät, wie er sich im Nachhinein immer wieder vorwarf –, dass seine Mutter ihm und seiner Schwester Berta das meiste von dem wenigen abgab, was sie selber zu essen hatte. Und die Kleine quengelte ständig um mehr.

Als Friedrich aber durchschaute, welch persönliches Opfer seine Mutter für ihre Kinder erbrachte, da beugte er demütig seine Knie vor ihr, um deren starken Willen er wusste, und sprach:

»Frau Mutter, ich sehe, wie ihr leidet. Ich sehe, wie immer mehr Kinder um uns herum sterben, während ich lebe. Das ist nicht gerecht. Aus diesem Grunde werde ich von dieser Stund an nicht mehr essen und trinken, so lange, bis endlich alle wieder genügend zu essen und zu trinken haben, oder ich auch gestorben bin. Doch vermag ich nicht zu glauben, dass mein Herr Vater die Nachricht vom Tod seines einzigen Sohns erhalten möchte.«

Diese Rede von Jung Friedrich rührte die Herzogin. Letztendlich musste die Mutter bei aller Liebe zu ihrem Mann und der ihr eigenen großen Tapferkeit erkennen, dass allen in der Stadt der baldige Tod drohte. So überzeugte sie dann die Ministerialen Speyers den Widerstand ihrer Stadt aufzugeben und sich Lothar III. zu unterwerfen.

»Lasset Vernunft und Barmherzigkeit vor falschem Stolz und Herzenskälte walten.«

Friedrich aber würde Lothar III. die Qualen, die seine Mutter hatte ertragen müssen, nie verzeihen, dem, der danach so getan, als wäre er gnädig und großmütig, indem er ihr, ihren Kindern und ihrem Gefolge Nahrung gab und freies Geleit gewährte. Er tat es nicht aus freien Stücken. Nichts hätte er getan, wenn nicht Welf VI., Heinrich der Stolze geheißen, sein Schwiegersohn gewesen wäre. Und der war Judiths Bruder. Heinrich aber setzte sich liebevoll für seine Schwester und deren Kinder ein, denn in deren Adern floss ja der Welfen Blut. Dem fühlte er sich verbunden. Nicht nur in Speyer.

Als der Mutter liebes Herz bald danach müde und erschöpft zu schlagen aufgehört hatte, da wurde es nicht mit ihrem Körper in der Familien-Grablege im Kloster Lorch beerdigt, sondern im Heiligsten der Staufer, in Sankt Walburg im Heiligen Forst zu Grabe getragen. Gerade drei Monate waren vergangen, seit die Bürger Speyers sich den Sachsen ergeben hatten. Und trotz aller Feindschaft, Heinrich der Stolze war gekommen, um Abschied von seiner Schwester zu nehmen.

Bevor er wieder von dannen ritt, sprach er zunächst mit dem Herzog von Schwaben, seinem Schwager, und dann mit dem jungen Friedrich, dessen Onkel er war:

»Friedrich, es ist versprochen. In gerade drei Jahren wirst du mein Knappe sein.«

So war es geschehen. Trotz der schwerwiegenden Streitigkeiten zwischen Vater und Onkel. So war er mit Heinrich dem Stolzen nach Italien geritten, im Gefolge des Kaisers.

Lothar III. hat sich gebrüstet, er habe im Jahre des HErrn 1135 die Schwaben besiegt. Das war eine seiner berüchtigten Halbwahrheiten.

Dessen war sich Friedrich sicher.

Lothar war ein Versager gewesen. Niemals wäre dem Sachsen ein Sieg über die tapferen Schwaben gelungen. Es sind vielmehr die Welfen gewesen, die das geschwächte Heer der Schwaben besiegt haben. Heinrich der Stolze, seit dem Tod seines Vaters Heinrich des Schwarzen, Herzog von Bayern, war mit Gertrud, der einzigen Tochter Lothars verheiratet, und sah sich aus diesem Grunde als Ehrenmann verpflichtet, seinem Schwiegervater Lothar in der Schlacht zu Hilfe zu eilen.

Konrad, der besiegte Onkel, meines Vaters Bruder, wurde im September 1135 in Mühlhausen wieder in die kaiserliche Gunst aufgenommen, aber nur, weil er sich zuvor verpflichtet hatte, an diesem zweiten Italienfeldzug von Lothar teilzunehmen. Den trat der im vergangenen Jahr an, der im Reiche nun leider unbestritten der Herrscher war. Mit einem größeren Heer als zuvor. Seitdem bin ich als Knappe Heinrichs des Stolzen dabei.

Zunächst schien dieser Feldzug erfolgreich zu werden. In der Tat hat sich, so hieß es, der König von Sizilien, Roger II. mit Namen, bald um Frieden bemüht.

Aber es gibt ja zwei Päpste. Seit sechs Jahren schon. Und welcher ist der richtige? Nach dem Tod von Papst Honorius II. am vierzehnten Februar 1130 hat noch am selben Tag eine Minderheit der Kardinäle

Gregorius zum Papst berufen, der den Papstnamen Innozenz II. annahm. Die Mehrheit der Kardinäle hat aber gleichfalls am selben Tag, wenn auch später, Petrus Pierleon zum Papst gewählt, der sich den Namen Anaklet II. gab, das heißt ›der Erlesene‹. Zwei Päpste zur selben Zeit. Seit sieben Jahren dauert jetzt das, was sie ein Schisma nennen. Verrückt. Oder doch klug? Ich blicke da nicht durch.

Bernhard, der Abt von Clairvaux, hat sich, wenn es stimmt, was man mir erzählt hat, von Anfang an entschieden für Innozenz II. eingesetzt, unterstützt von Frankreich und England. Anaklet II. aber, dem die sizilianischen Normannen beharrlich zur Seite stehen, besitzt mit deren Hilfe die größere Machtposition in Italien.

Die Stimmung war gereizt. Dann kamen noch unnötige Spannungen zwischen Kaiser Lothar und Papst Innozenz hinzu. Ein blöder Hahnenkampf. Jeder behauptete, die Lehnshoheit über das Herzogtum Apulien wäre sein. Als ob der König von Sizilien da nicht auch noch ein Wörtchen mitzureden hätte. Natürlich ging es also wieder einmal um das Übliche, um Macht und das leidige Geld. Als es zuletzt auch noch zu Streitigkeiten in unseren eigenen Reihen kam, hat unser großer Kriegsherr Lothar wieder einmal die Lust an Italien verloren. Er brach auch diesen Feldzug ab. Jetzt schwitzt er in seinem Kessel.

Und Zorn schwoll wieder in dem jungen Schwaben an, wenn er an den Mann da drüben dachte:

Der Sachse kocht nun in seiner eigenen schäbigen Hölle. Fern der Heimat. Zwischen Eis und Schnee. Auseinandergebrochen das tote Gebein, unwürdig dicht an dicht gestopft in einen engen Kessel, das brodelnd heiße Wasser frisst ihm das tote Fleisch von den Knochen. Wie stinkt es gotterbärmlich.

Und Friedrich aber versprach sich selber:

Ich schwöre, mein Vater wird, wenn Gott ihn zu sich ruft, eine würdige Bestattung erhalten. Das verspreche ich. Er wird vor unserem HErrn in seinem heilen Körper knien, und nicht, wie dieser erbärmliche Verlierer hier, wie ein Schwein beim Schlachtfest im Kessel garen.

Seine beiden Freunde aber, denen er von dem in Speyer Geschehenen berichtet hatte, verstanden seine Gefühle. Auch wenn es im Vaterunser doch heißt:

»... wie auch wir vergeben unsern Schuldigern.«

Einen Monat nach Kaiser Lothar III. verstarb auch Papst Anaklet II. Damit endete das päpstliche Schisma.

Kaiser Lothars sterbliche Überreste verbrachte man nach Königslutter. Dort wurde er am einunddreißigsten Dezember 1137 in der von ihm im Jahre des HErrn 1135 begonnenen und noch unvollendeten Stiftskirche Sankt Peter und Paul bestattet.

Gelnhausen 2017
Martin Langer schüttelt sich und telefoniert

Eklig! Ich wollte es mir nicht bildlich vorstellen, tat es aber doch. Immer wieder. Mein Kopf hat schon einen sehr eigenen Willen. Wie er mir diese Vorstellung des toten Kaisers ausmalt, der da in einem Kessel mit heißem Wasser über offenem Feuer kocht, bis das Fleisch sich schließlich von den Knochen löst. Oder benötigten sie gar zwei oder noch mehr Kessel? Frage um Frage prasselte auf mich ein. Wie wurden die Kessel anschließend genutzt? Wer zerlegte den Toten? Priester? Wer legte die Holzscheite nach, die das Feuer fraß? Wie lange achteten sie die Totenruhe, bevor sie ihr herzloses Tun begannen? Viel Zeit können sie Lothar nicht gegönnt haben, fand doch schon knapp vier Wochen später, am Silvestertag, im bald tausend Kilometer nördlicher gelegenen Dom zu Königslutter die feierliche Grablege statt. Oder hatte die Eile einen ganz anderen, unbekannten Grund?

Bitte, liebe Leserin, werter Leser, folgen Sie nicht meiner – und Ihrer Fantasie. Ich, der ich gerne koche, hätte eigentlich aus einschlägiger Erfahrung wissen müssen, dass die Vorstellung dieses Umgangs mit dem toten Kaiser mir auf den Magen schlagen würde. Und das wiederum bedeutete, Frikassee aus selbstgekochtem totem Huhn würde in den nächsten Monaten nicht auf meinem Speisezettel stehen. Igitt!

Der gekochte Kaiser. Unappetitlich! Die Mediziner nennen den Vorgang ›Mazeration‹. Vom ehemaligen Kaiser Lothar III. wissen sie seit einer Aminosäurenanalyse vor bald dreißig Jahren, dass dessen Leichnam etwa sechs Stunden lang gekocht haben muss.

Die Historiker vermelden, dass das Mazerieren von Leichen schon bei den alten Germanen, aber auch noch im Hochmittelalter gebräuchlich war. Deshalb sprechen sie gelehrt auf Lateinisch von ›more teutonico‹, also von ›der deutschen Sitte‹, wenn sie die getrennte Bestattung eines von durch Abkochen in Fleischteilen und Knochen zerlegten Leichnams meinen.

Eben habe ich von meiner »einschlägigen Erfahrung« gesprochen. Dabei spielte ich auf den Zustand meines Magens am Vormittag des achtundzwanzigsten August 1999 an, nachdem ich zuvor in einer überregionalen Tageszeitung einen Artikel gelesen hatte, der aus Anlass der zweihundertfünfzigsten Wiederkehr des Geburtstages von Johann Wolfgang von Goethe an diesem Tag dort veröffentlicht worden war. Darin wurde anschaulich das Mazerieren von Goethes Leichnam im November 1970 geschildert, das nach Überzeugung der beteiligten Wissenschaftler dringend erforderlich war. Der Sarkophag des von mir verehrten Dichters war wohl wegen eines unsachgemäßen Öffnungsversuchs undicht geworden. Weil Luft eindrang, schritt die Verwesung des großen Toten voran.

Beim gewaltsamen Aufbrechen des Sargs und während des Transports waren die Knochen des Dichters durcheinandergeraten. Nach der Skelettierung ordneten die an der Mazeration beteiligten Mediziner die Knochen unseres größten Dichters wieder. Dabei suchten sie vergebens nach fünf kleineren Hand- und Fußknochen. War etwa ein Leichenfledderer oder Pseudo-Reliquiensammler bei seinem Versuch, den Sarg aufzubrechen, doch ›erfolgreich‹ gewesen?

Die Schilderung traf mich damals, vor bald schon zwanzig Jahren hart.

Hatte ich für diesen Abend doch die von mir heiß und inniglich geliebte Monika Schlosser aus besonderem Grund zum Essen eingeladen. War ja Goethes Geburtstag auch der meine, wenn auch zwischen den beiden Ereignissen exakt zweihundert Jahre lagen. Ich habe den Geburtstag damals mit Anstand überlebt. Monika war reizend zu mir und voll Verständnis für meinen sensiblen Magen gewesen.

Heute aber sollte die Leidensgeschichte für meinen Magen leider noch ein Nachspiel haben. Und daran war ich dummerweise auch noch selber schuld. Ich musste nämlich nach der Lektüre des Mazerationskapitels – ›Lothars Ende‹, wie ich es bei mir nannte – noch in die Kanzlei; denn ich hatte für den späten Vormittag ein Telefonat mit einem Kollegen oben in Niedersachsen, in Großburgwedel, vereinbart. Wir verteidigten gemeinsam in einer größeren Wirtschaftsstrafsache, die bei einer Strafkammer des Landgerichts Braunschweig anhängig war. Es galt den nächsten Hauptverhandlungstermin vorzubereiten. Als wir unser Programm abgearbeitet hatten und noch ein wenig plauderten, fragte ich ihn, und es war ein spontaner Einfall:

»Herr Kollege, haben Sie zufällig eine Ahnung, wie weit es von Braunschweig nach Königslutter ist?«

»Doch, kann ich Ihnen sagen. Wenn Sie über die Dörfer fahren, also die Bundesstraße eins nehmen, sind Sie in einer Dreiviertelstunde in Königslutter. Über die Autobahn geht es auch nicht schneller. Sag ich aus Erfahrung. Was treibt Sie hin? Psychiatrie oder Dom oder Natur pur? Entschuldigen Sie, Herr Langer, wenn ich so neugierig frage.«

»Kein Problem«, antwortete ich. »›Dom‹ nehme ich an. Ich interessiere mich derzeit privat ein wenig für Kaiser Lothar.«

»Oh, ja, Ihro Majestät liegen mit Frau Richenza und Schwiegersohn Heinrich dem Stolzen im Dom. Ein imposantes Gebäude. Löwentor und so. Wird Ihnen gefallen.«

»Bemerkenswert, Herr Kollege, wie Sie sich auskennen.«

Er lachte geschmeichelt.

»Ach, hin und wieder habe ich in Königslutter schon mal einen gestressten Manager eines bekannten Automobilherstellers besuchen dürfen. Da schaut man sich, wenn man eh schon dort ist, halt ein bisschen um.«

Er hielt kurz inne, bevor er weiterredete: »Dabei stolpert man schon mal auch über eine Plattitüde, so von der Art ›Die Welt ist klein‹.«

Er lachte auf: »So beispielsweise ich über Ihren Kaiser Lothar und mein Burgwedel hier.«

Ich wurde hellhörig. »Wie passt denn das?«

Er lachte erneut. Es klang ungemein vergnügt und richtig sympathisch.

»Was ungewöhnlich ist für die Zeit des Mittelalters, ist, dass sein Geburtstag – dreizehnter Juni – exakt bekannt ist. Damals fand man die

Todestage wichtiger, den Tag, an dem man in den Himmel kam. Das Geburtsjahr von Lothar III. wird mit 1075 angenommen. Die offene Frage aber war, wo ist der Kaiser auf die Welt gekommen. Vor einigen Jahren wurde darüber mal heftig diskutiert. Und zur Lösung dieser Frage hat, man höre und staune, ein Bürger meiner Stadt Burgwedel beigetragen. Henrich Paxmann heißt er. Sein Vater war in Großburgwedel Pastor. Wissen Sie was, Herr Kollege Langer, ich faxe Ihnen da mal einen Artikel zu. Wenn es Sie interessiert? »

»Aber sicher. Das ist ganz reizend. Da sag ich nicht Nein. Danke dafür«, erwiderte ich.

»Dafür nicht! Fax kommt! Bis Braunschweig dann. Tschüss.«

Er legte auf. Ganz offensichtlich drückte den Herrn Kollegen bereits sein nächster Termin.

Fax Großburgwedeler Anwaltskollegium

Bitte Anlage Herrn Rechtsanwalt Doktor Langer sogleich vorlegen.

Zum Copyright: Ausschnitt aus: Hartmut Rißmann, Ein deutscher Kaiser aus der Südheide, in: Cellesche Zeitung vom 22.09.2001.

Viel Spaß beim Lesen! Mfg D. O.

»... Weil er die Geburtsstätte des Kaisers Lothar sei

Eine Rede über den Celler Herzog Ernst den Bekenner hat Philipp Melanchthon in seiner Selectae orationes Ph. Melanchthoni 1. IV 1558 verfasst. Diese lateinische Rede wurde 1557 in der Universität zu Wittenberg von Melanchthons Schüler D. Henricos Paxmannos Burgunwerensi, einem Sohn des Pastors Henrich Paxmann in Burgwedel, gehalten:

›Es liegt nahe der Stadt Celle ein Bauernhof. Er heißt Lutherloh, der seit jeher steuerfrei war. Als aber ein Steuerbeamter diesen Besitz mit einer neuen Abgabe belastet hatte, wendet sich der Bauer an den Herzog, erzählt ihm, dass der Hof seit jeher steuerfrei gewesen sei und fügt auch den Grund hinzu: Auf diesem Grund und Boden sei nämlich der Kaiser Lothar geboren. Ferner erzählt er, er und seine Vorfahren hätten seit vielen Jahrhunderten diesen Hof besessen und von den Vorfahren sei die Kunde überliefert, ihre Familie und Lothar stammten von demselben Geschlechte ab. So bitte er ihn, wegen des Andenkens an Lothar möchte seine Geburtsstätte die alte Steuerfreiheit behalten. Erfreut über diese Erzählung wendet sich der Herzog, der den Kaiser Lothar wegen seiner hervorragenden Eigenschaften oft als den Stolz seines Geschlechtes gepriesen hatte, an den Steuerbeamten, befiehlt ihm, sich nach der Steuerfreiheit dieses Hofes zu erkundigen und alte Leute aus der Nachbarschaft herbeizurufen. Als er diese nach der Steuerfreiheit und der Familie des Bauern befragt und ihre Angaben mit der Erzählung des Bauern übereinstimmen, freut sich der Fürst, dass ihm der Geburtsort des durch Weisheit und Tugend hervorragenden Kaisers Lothar gezeigt war und dass er seinem Wohnsitz so nahe war. Er gibt den strengen Befehl, in den Steuerbüchern diese ganze Geschichte niederzuschreiben und dass der Hof ewige Steuerfreiheit behalten solle, weil er die Geburtsstätte des Kaisers Lothar sei.‹ ...«

Friedrichs Schwertleite im Jahre des HErrn 1138

Friedrich II., Herzog von Schwaben, genannt der Einäugige, nahm seinen Erstgeborenen mit zu des Königs Hoftag, der im März 1138 in Mainz stattfand. Es war der erste königliche Hoftag, an dem der fünfzehnjährige Friedrich teilnahm. Nicht alle Hoftage des Königs waren gleich prächtig, gewiss gab es zahlreiche, die prunkvoller ausgerichtet waren als dieser hier in Mainz. Für den jungen Friedrich jedoch würde es der schönste, festlichste, aufregendste Tag seines bisherigen Lebens sein und bleiben.

Nach dem Gottesdienst der Segen. Er empfing ihn, wie es sich für einen Knappen gebührt, kniend. Auf der untersten Stufe vor dem Altar des erst vor kurzem fertiggestellten Ostchors des prächtigen Hohen Doms Sankt Martin. Links und rechts von ihm standen fein gekleidet die höchsten Würdenträger des römisch-deutschen Reiches in Reih und Glied. Mehr als hundert von ihnen waren zum Hoftag von König Konrad III. gekommen und bezeugten nun feierlich auch seine Aufnahme als erwachsener Ritter in ihren erlauchten Kreis.

Der Hofpriester auf Burg Hohenstaufen hatte ihm erklärt, dass in den Augen des Allmächtigen der einzelne Mensch, möchte er Leibeigener oder Fürst sein, vergleichbar ist dem einzelnen Sandkorn am weiten Meeresstrand. Natürlich seien die Sandkörner der Kaiser, Könige und der Adeligen von besonderer Qualität, aber die Größe von allen sei gleich. Also winzig ist der Mensch vor dem HErrn. An diese Worte erinnerte sich Friedrich, als er voller Demut die Knie beugte; denn die Höhe des Gotteshauses hier führte ihm seine Kleinheit deutlich vor Augen.

»HErr«, versprach er, »auch wenn ich nur ein Sandkorn bin, so will ich doch mein Leben lang so handeln, dass ich mich deiner Liebe, deiner Gnade und deiner Aufmerksamkeit stets würdig erweise.«

Friedrich hatte sich vorher fest vorgenommen, alle Einzelheiten der Zeremonie zu seiner Schwertleite aufmerksam zu verfolgen und sie sich für immer fest einzuprägen. Doch es kam anders, als er geplant.

Die Aufregung ergriff ihn und forderte ihren Tribut. All seine Kraft musste er aufbringen, um nicht nach außen hin seine wahren Gefühle zu offenbaren, sondern denen, die ihn mit kritischen Augen während der Initiationsriten beobachteten, ja, teils sogar richtiggehend auf Schwächen hin belauerten, die ihm eigene Souveränität, absolute Beherrschung, tiefe Gläubigkeit und uneingeschränkte Dankbarkeit zu beweisen. Jeder Fehler, jedes Zeichen der Schwäche hätte ihm ewige Pein verursacht.

Später einmal dachte er:

Wieviel Kraft und Überwindung hat mich dieses Schaustück gekostet?! Wo ich doch viel lieber dem Vater voll Dankbarkeit um den Hals gefallen wäre, als dieser mir die Sporen anlegte und ich, Friedrich, dabei an seinen zitternden Fingern erkannt habe, wie gerührt und stolz zugleich mein alter Herr auf mich, seinen nun volljährigen Erstgeborenen war. Seine Stimme hat sogar ein wenig gebebt, als er mich ermahnte die ritterlichen Werte zu achten.

Und auch König Konrad III., sein Onkel, hatte gestrahlt, als er Friedrich den Rittergürtel umlegte. Dann gab er ihm den ersehnten symbolischen Schlag mit der flachen Seite seines königlichen Schwertes und sprach dazu die entscheidenden Worte:

»Zê gôtes und Marien êr, diesen slac und keinen mêr. – Zu Gottes und Mariens Ehr, diesem Schlag folgt keiner mehr!«

Der Knappe Friedrich hatte soeben einen echten Schlag mit dem Schwert erhalten als Zeichen dafür, dass dies der allerletzte unerwiderte Hieb im Leben des neuen Ritters Friedrich war.

Anschließend wurden auch seine beiden guten Freunde, Sven von Dänemark und Egbert, Gaugraf von Selboldt und Geylenhusen in den Ritterstand erhoben.

Friedrich, im Rausch der Gefühle, schwor sich, wenn er später selbst einmal Vater eines oder mehrerer Söhne sein sollte, dann würde er deren Schwertleite ebenfalls in einem für sie einmaligen, unvergesslichen Rahmen zelebrieren.

»Dann soll alle Welt Gelegenheit haben, auf meine Kosten an diesem Hof teilzuhaben«, erklärte er euphorisch den Freunden.

»Und ihr und eure Söhne werdet dabei sein und mit mir feiern!«

Hinweis zu einer naheliegenden Frage:

Was versteht der junge Friedrich von Schwaben unter ›Hof‹? Nach Überzeugung des Übertragenden dieser Seiten des Konvoluts hat diese eigentlich harmlos klingende Frage am besten Bernd Schneidmüller in seinem Abendvortrag vom 10. November 2006 beantwortet, als er sagte:

> »...Wären wir klug, so würden wir den Begriff gar nicht erst erklären. Schon Walter Map, der große Spötter, beschrieb 1182/83 mit intellektuellem Witz die Aussichtslosigkeit unserer Tagung. Seine Worte sind berühmt, und darum stehen sie am Anfang. Sein Sinnieren über den Hof vergleicht er mit den Worten des Augustinus, der die Zeit nicht zu definieren vermochte und formulierte: ›Ich bin in der Zeit und rede über die Zeit, aber ich weiß nicht, was die Zeit ist.‹ Daraus entwickelte Walter Map die doppelte Frage: ›Was ist die Zeit?‹ und ›Was ist der Hof?‹ Das führte zum Eingeständnis: ›Auch ich kann mit gleicher Verwunderung sagen, dass ich am Hof lebe und über den Hof spreche, aber ich verstehe nicht, was er eigentlich ist.‹
>
> Walter Map wusste, dass der Hof nicht die Zeit ist. Aber er ist zeitlich, veränderlich, verschieden, örtlich und umherziehend, in der Verschiedenheit seiner Art sich immer selbst unähnlich. Verlässt man ihn für einige Zeit, so erkennt man ihn später kaum wieder. Die Gesichter sind neu. Auch wenn es immer nur der eine Hof ist, seine Glieder sind verwandelt. So existiert er aus seiner Fülle und bleibt überhaupt nur in dauernder Dynamik stabil.
>
> Das sind wunderbare Worte! Hätte sie nicht der mittelalterliche Höfling formuliert, wir müssten sie neu erfinden: Der Hof, ortsfest und umherziehend, dauerhaft und veränderlich, massenhaft und

sich ständig unähnlich. Wir könnten jetzt aufhören und sagen, dass man das Begriffspaar Hof und Herrschaft nicht eindeutig fassen kann. Aber dann lesen wir eine andere Quelle dieser Zeit. Glasklar definierte sie Hof und Herrschaft.

1226 stellte Kaiser Friedrich II. in Italien eine goldbullierte Urkunde aus und griff in einen langen Streit zwischen dem Bischof und den Bürgern von Cambrai ein. Eigentlich wollten beide Parteien ihren Dissens auf einer *curia Alemannie* präsentieren, einem deutschen Hof oder Hoftag. Was aber war eine *curia Alemannie?* Die Bürger aus Cambrai behaupteten, dass ein deutscher Hoftag nicht in Italien, sondern nur in Deutschland stattfinden könne. Nicht jeder Aufenthaltsort des Kaisers bedeute gleich eine *curia Alemannie,* einen deutschen Hoftag. Doch diesen Einwand wiesen Kaiser und Fürsten entschieden zurück und erklärten feierlich: Ein deutscher Hoftag ist dort, wo sich die Person des Kaisers mit den Fürsten des Reichs versammle. Hier vollzog sich Herrschaft, im Konsens des Herrschers mit seinen Getreuen, in ihren Beratungen und Beschlüssen. Diese knappen Worte sind klarer als das Ausweichen bei Walter Map. *Curia:* Das meinte die Versammlung des Herrschers mit seinen Fürsten.

Doch was im konkreten Streitfall als Recht gewiesen wurde, bedeutete in Wirklichkeit mehr. Längst hat die Forschung die Vielschichtigkeit des Hofs erkannt. Sie begnügte sich weder mit dem Nichtwissen des Walter Map noch mit dem Hof als bloßer kaiserlicher Fürstenversammlung. Also zergliederte man den Hof, und dann setzte man ihn wieder neu zusammen. …«

(Bernd Schneidmüller, Hof und Herrschaft im 12. Jahrhundert, in: Friedrich Barbarossa und sein Hof (Schriften zur staufischen Geschichte und Kunst 28), Göppingen 2009, S. 10 ff. [11 f.]).

2017 Gelnhausen
Martin Langer fasst sein Wissen zusammen

Ich weiß nicht viel von König Konrad III. (1093–1152). Dass er der jüngere Bruder von Friedrich II., Herzog von Schwaben, war – und somit ein Onkel von Friedrich Barbarossa. Ja. Und dessen Vorgänger auf dem deutschen Königsthron. Das war es eigentlich schon.

Ach ja! Friedrich II., Herzog von Schwaben, beim Tode des Vaters gerade fünfzehnjährig, hat im Auftrag des Königs gemeinsam mit seinem jüngeren Bruder Konrad die Regentschaft in Schwaben und Franken weitergeführt. Und während seines Italienzugs im Jahre 1116 ließ Kaiser Heinrich V. den älteren der schwäbischen Brüder in Deutschland als Reichsverweser mit königlichen Vollmachten zurück. Die beiden Brüder haben den Kaiser nicht enttäuscht. Er muss eine gute Menschenkenntnis besessen haben. Zwei Teenager, die das Reich in seiner Abwesenheit regierten. Heute unvorstellbar. Die beiden brachten das. Insbesondere Friedrich II. Linksrheinisch stärkte er auf dem Elsass und in der Pfalz die familiäre Machtposition und schützte sie durch den Bau von Burgen.

Da schon damals abzusehen war, dass Heinrich V. ohne Nachkommen bleiben würde, sicherte sich Friedrich durch seine Ehe mit Judith vermeintlich die Unterstützung der Welfen und war sich gewiss, dass er nach Heinrichs Tod 1125 Nachfolger des Saliers werden würde. Doch es kam anders, als er dachte.

Er unterlag gegen den Sachsen Lothar von Süpplingenburg. Angeblich, weil er zu arrogant und seiner Wahl zu selbstsicher gewesen sei. Doch auch, weil sein Schwiegervater Heinrich der Schwarze, Herzog von Bayern, ihn bei der Königswahl verriet. Erst förderte er die Kandidatur seines Eidams, wie damals die Schwiegersöhne geheißen, dann änderte er seine Meinung und trat schließlich für Herzog Lothar von Sachsen ein, der dadurch als Lothar III. zum römisch-deutschen König gewählt wurde.

Es folgte ein jahrelanger Krieg, wobei Friedrichs Bruder Konrad von Lothars Opposition als Gegenkönig ausersehen wurde. Friedrich schied als Kandidat aus, nachdem ihm auf unbekannte Weise ein Auge ausgestochen worden war. König aber konnte nach dem damals geltenden Recht nur ein körperlich unversehrter Mann werden.

Im Jahre des HErrn 1134 unterwarfen sich die Schwaben nach glücklosen Feldzügen. Im Reich kehrte Frieden ein, auch weil Kaiser Lothar, diplomatisch geschickt, den Schwaben ihre Güter und Rechte beließ. Nach des Kaisers Tod obsiegte dann Konrad gegen den Welfen Heinrich den Stolzen, den Schwiegersohn Lothars und wurde römisch-deutscher König. Konrad III.

In all der Zeit blieb Friedrich II. ein treuer Gefolgsmann seines Bruders. Er hielt stets durch strategisch kluge Politik die schwäbische Machtbasis im Auge und baute sie für die angestrebte künftige Karriere seines Erstgeborenen weiter aus. Der König konnte mit Macht nicht so erfolgreich umgehen wie sein Bruder, wie sich zeigen sollte.

Konrad hat aber das, was wir Juristen heute Verwaltungsrecht nennen, zu seiner Zeit modernisiert. Wie er das gemacht hat? Indem er ›einfach‹ die Besten der Besten in seine Entscheidungen eingebunden hat, stärkte er die Position des Reichskanzlers. Das aber verschaffte ihm wiederum mehr Ansehen. Was wiederum der Bedeutung seiner Familie, der Schwaben vom Hohenstaufen, insgesamt zugutekam und damit seinem Nachfolger auf dem Thron.

Was mir als Anwalt aber besonders an König Konrad III. imponiert, ist die Tatsache, dass er aus Prinzip vertragstreu war. ›Pacta sunt servanda – Verträge sind geschlossen‹ oder wie er es einmal formulierte:

»Das einmal vom König gegebene Wort gilt. Basta! Daran gibt es nichts zu deuteln!«

Diese Aussage war für ihn selbstverpflichtend und galt auch dann, wenn er, sagen wir, einmal ein wenig ausgetrickst wurde. So wie es ihm im Jahre 1140 widerfahren ist. Was sich dabei auch zeigte, war: Dieser König war nicht nur fair, er besaß ganz offensichtlich auch Humor.

Weinsberg
Im Jahre des HErrn 1140

Die Ereignisse überstürzten sich. Konrad III. wurde im Jahre des HErrn 1138 von den Reichsfürsten zum König gewählt. Und er setzte sogleich ein unerwartetes Zeichen, indem er erklärte:

»Kein Fürst in unserem Reich darf zwei Herzogtümer in seiner Hand vereinigen!«

Der Welfe Heinrich der Stolze, Herzog sowohl von Sachsen wie auch von Bayern, verweigerte dem König daraufhin die Huldigung, worauf er selber der Reichsacht verfiel und beider Herzogtümer verlustig ging. Dies nahm er sich offensichtlich so sehr zu Herzen, dass er unerwartet am zwanzigsten Oktober im Jahre des HErrn 1139 verstarb. Bald darauf brach der Streit zwischen Schwaben und Welfen aber aus; denn Heinrich des Schwarzen Sohn, Welf IV., forderte das Herzogtum Bayern für sich. Und dessen Bruders Sohn, Heinrich der Löwe, meldete seinen Anspruch auf das Herzogtum Sachsen an. Treffender ist es zu sagen, dass Großmutter und Mutter des zehnjährigen Heinrich, die Witwe Kaiser Lothars III., Richenza, und deren einzige Tochter Gertrud, die Witwe Heinrichs des Stolzen, diesen Anspruch auf Sachsen für Heinrich den Löwen geltend machten. Diesem Ansinnen konnte und wollte der neue König nicht entsprechen.

Ein Jahr später, im Jahre des HErrn 1140, lag König Konrad III. dann im Krieg mit den Welfen. Diese hielten die nahe bei Heilbronn gelegene Burg Weinsberg im Besitz; weil Welf VI., Herzog von Bayern, sie als Erbe seiner Gemahlin Uta von Calw für sich beanspruchte, während der König sie als Reichsgut verstand. Da die Weinsberger wie auch die Welfen nicht nachgaben, zog Konrads Heer vor die Burg und schloss sie ein. Das aber war am fünfzehnten November 1140. Nach fünfwöchiger Belagerung kam es zur offenen Feldschlacht auf dem unterhalb der Burg gelegenen Sulmtal zwischen dem Schwabenheer, geführt von König Konrad III. und dessen Bruder Friedrich II., Herzog von Schwaben, einerseits und dem von Welf VI. zur Befreiung der Burg schnell herbeigeführten Entsatzheer auf der anderen Seite.

»Hie Welf!« – »Hie Waibling!«

Welf VI. verlor die Schlacht vernichtend. Daraufhin legte auch die Besatzung der Burg Weinsberg, auf der schon Hungersnot herrschte, am einundzwanzigsten Dezember 1140 die Waffen nieder.

Mit der Übergabe der Burg an die Schwaben ist die Geschichte der treuen Weiber von Weinsberg verbunden, so wie diese in der sogenannten Kölner Königschronik von 1170 nachzulesen ist:

Der König belagerte eine Burg des Herzogs Welf von Bayern namens Weinsberg und brachte sie zur Kapitulation, wobei er den Ehefrauen und übrigen Weibern, die sich hier vorfanden, mit königlichem Edelsinn die Erlaubnis gab, dass jede forttragen dürfe, was sie auf ihren Schultern vermöchte. Diese aber, ebenso auf die Treue zu ihren Männern wie auf die Rettung der Übrigen bedacht, ließen das Hausgerät beiseite und stiegen durchs Burgtor den Berg herab, indem sie ihre Männer auf den Schultern trugen. Als des Königs älterer Bruder, Friedrich II., der Einäugige genannt, aber den Zug der schwer bepackten Frauen erblickte, empörte er sich und sprach:

»Solches den Respekt und die Würde des Königs verletzende Handeln dürfe man nicht hingehen lassen!«

Der König aber lachte über das listige Tun der Weiber von Weinsberg; denn er nahm ihnen ihre List nicht übel, und sprach:

»Lasst sie in Frieden ziehen. Es schicke sich nicht, an einem Königswort zu deuteln.«

Friedrich II., Herzog von Schwaben, jedoch wahrte, gekränkt, förderhin mehr Abstand zu seinem königlichen Bruder.

2017 Frankfurt
Martin Langer stellt TobTom vor

Thomas ›Tom‹ Schlosser und sein Enkel Tobias Langer, beide begnadete Maler, sind bekannt geworden unter dem Pseudonym ›TobTom‹. Die Nachfrage in der Kunstszene nach den gemeinsam geschaffenen Gemälden ist mittlerweile sehr groß.

Von Tom Schlosser allein stammen seit Jahrzehnten Werke von großen Künstlern der verschiedensten Stilrichtungen, die diese zwar nie gemalt haben, die aber jeder Kunstsachverständige sofort als echte, bislang noch unbekannte Gemälde von Rembrandt, van Gogh, Picasso, Gerhard Richter oder von welchem bekannten Maler auch immer klassifizieren würde. Wenn er kriminell veranlagt gewesen wäre, hätte er gewiss eine höchst erfolgreiche Karriere als Kunstfälscher einschlagen können. Doch Tom hatte sich stets korrekt verhalten. Musste er auch; denn während seines Berufslebens ist er Kriminalhauptkommissar beim hessischen Landeskriminalamt in Wiesbaden gewesen.

Sollte Ihnen einmal, verehrte Leserin dieser Zeilen, geschätzter Leser, beispielsweise in einem Privathaus, das vermeintliche Kunstwerk eines bekannten Künstlers vor die Augen kommen, auf das der Hausherr sehr stolz ist, dann suchen Sie die Signatur des Malers. Sie befindet sich zumeist unten rechts oder links im Bild. Wenn Sie nicht fündig werden, dann ist die Wahrscheinlichkeit sehr hoch, dass Sie vor einem Bild stehen, das von Thomas Schlosser stammt, meinem früheren Schwiegervater und immer noch guten Freund. Denn all seine ›gefälschten‹ Werke sind nicht im Bild signiert. Auf der Rückseite der ›Fälschung‹ aber stehen der Name des wahren Künstlers und das Jahr der Fertigstellung des Gemäldes. Mir widerstrebt das Wort ›Fälschung‹. Tom hat noch niemals das Werk eines anderen Künstlers kopiert. Nein, das, was er darstellt, die einzelnen Motive, ja die gesamte Kreation ist allein seinem Kopf entsprungen. Mein Freund adoptiert die Art des Malens, also die Technik eines anderen Künstlers, und dies mit Bravour.

Na gut, Tom verwendet auch schon mal in seinen Werken Symbole des Künstlers, dessen Malstil er gerade verwendet. Ich werde bei diesem Hinweis regelmäßig an das Gemälde erinnert, das mein ehemaliger Aufsichtsratsvorsitzender bei den Blue Bird Versicherungen in seinem Büro hängen hatte. »Ein echter Marc Chagall, ein Werk meines Lieblingsmalers!«, protzte er gern gegenüber Betrachtern. Es ist (oder war, denn mir ist unbekannt, ob es noch existiert) aber auch ein wirklich herrliches Gemälde, zwar unsigniert, aber diese Leichtigkeit und jene unverwechselbaren besonderen Blautöne, die mich immer wieder an die Glasfenster der Kathedrale Notre-Dame von Chartres erinnern. Ja, und was wäre auch ein Chagall ohne die Kulisse von Witebsk, das Liebespaar und den Hahn!

Mein Sohn Tobias hat das künstlerische Talent seines Großvaters geerbt. Gern sage ich, und verleihe dabei einer vermeintlichen Ohnmacht meinerseits Ausdruck:

»Tobias und sein Großvater Tom hingen schon wie die Kletten zusammen, als mein Sohn drei Jahre alt war. Da hatte ich keine Chance, Schlimmes zu verhindern!«

Wenn Tom und Tobias in meiner Anwesenheit so etwas oder ähnliches aus meinem Munde in einer Zeitung oder Illustrierten lesen, dann gickeln sie immer wieder. Wie junge Mädchen führen sie sich auf, die albern über einen kleinen Jungen herziehen.

»Ach, der arme, hilflose Vati! Er konnte nicht verhindern, dass wir alles mit Farbe voll gekleckert haben. Wir bösen Buben!«

Wenn mein Sprössling dabei anfängt, wie ein Kleinkind zu plappern, dann ist dies das sicherste Zeichen dafür, dass sie ein Werk zu ihrer größten Zufriedenheit vollendet haben. Dabei wissen die beiden Kerle nur zu genau, wie stolz ich auf sie bin. Und dass ein wenig Theatralik bei den Medien gut ankommt. Sie akzeptieren mich. Sie mögen mich. Ich bin ihr Vertrauter.

Unser gemeinsames Erleben und Leiden hat uns zusammengeschweißt – bis zu einem gewissen Punkt. Wenn meine Rasselbande ein neues Kunstwerk plant, dann will sie möglichst nicht gestört werden. Ich werde gerade so geduldet. Aber auch nicht immer. Die Geheimnistuer! Ab einem gewissen Zeitpunkt bin ich außen vor. Da muss ich Fingerspitzengefühl entwickeln. Das ist dann die Schaffensphase, in der sie sich ungern auf die Leinwand schauen lassen. Der Grund? Ganz simpel. Sie wollen mich, den sie – für mich rational nicht nachvollziehbar – als Autorität akzeptieren, mit ihrem fertigen Werk überraschen; denn sie erwarten eins: Anerkennung.

Alle Künstler sind eitel und anerkennungsgeil. Auch meine beiden machen da keine Ausnahme. Sie wollen mich überraschen und dann Staunen, Bewunderung und Lob ernten. Fuderweise. Am liebsten ohne Ende. Da setzt dann Ihre Kritikfähigkeit aus. Einmal habe ich mir vorgenommen, so zu tun, als fände ich ihr neues Werk ja gerade mal so lala. Gottseidank erkannte ich an der wachsenden Betroffenheit und Enttäuschung in ihren Gesichtern eben noch rechtzeitig, dass ich dabei war zum reinen Sadisten zu mutieren, und ließ schnell meine Maske fallen. Das Bild war aber auch wirklich großartig gelungen. Nie, niemals werde ich so eine üble Schauspielerei auch nur ansatzweise noch einmal versuchen.

Sobald Tom und Tobias einvernehmlich entschieden haben, welches neue Werk sie schaffen wollen, wer davon welchen und wieviel Platz auf der ausgewählten Leinwand bearbeiten möchte, dann gehen sie arbeitsteilig vor. Meist beginnt Tom; denn von dem Künstler, dessen Malstil er in dem geplanten TobTom-Gemälde kopieren will, hängt der Zeitaufwand ab, den er benötigt. Ist der von ihm angedachte alte Meister detailverliebt bedeutet dies regelmäßig einen größeren Zeitaufwand als für das Werk eines mehr dem plakativen Malstil verbundenen Künstlers.

Das ist meine Denke, die Sicht des Laien. Tom hat, als ich ihm einmal mein Verständnis vorgetragen habe, dazu den Kopf mit kritischem Gesichtsausdruck hin und her gewiegt und angemerkt:

»Na ja, Martin, grundsätzlich ist was Wahres dran an deiner Sicht der Dinge. Aber, du weißt doch, keine Regel ist ohne Ausnahme. Kannst du dich noch erinnern, wie lange ich vor ein paar Jahren benötigt habe, bis ich den verflixten Braunton von Modigliani drauf hatte, den er für die nackte Haut seiner Aktmodelle bevorzugte?

Oder nimm den schönen Gelbton von Jörg Immendorff. Wieviel von welchem Rot hat er verwendet, um dieses warme Goldgelb zu erzielen? Er liebte es so sehr, dass er seiner geliebten Frau Michaela den Künstlernamen ›Oda Jaune‹, gelber Schatz gab. Natürlich hast du recht, dass dafür die Vielzahl der alten Künstler regelmäßig kleinformatige Werke geschaffen hat. Aber welcher Zeitaufwand für sie mit dem Schaffen dieser Gemälde verbunden war! Ich könnte ein Lied mit arg vielen Strophen darüber singen! Gerne singen, denn ich mag das Detailversessene. ...«

»Ich weiß, Tom, wie sehr ...«

Ich kam nicht weit mit dem Versuch, meinen Freund und – leider – Ex-Schwiegervater zu bremsen, denn dieser fuhr einfach weiter fort zu schwärmen:

»... Und dann, Martin, nimm die Fälle, bei denen Detailreichtum und individuelle Farbfindung in einer Komposition zusammenkommen, so wie beispielsweise das van-Dyck-Braun bei dem bekannten flämischen Maler. Ich habe nicht die Genialität von Tobias, unserem gemeinsamen Lieblingskünstler. Die ist so stark ausgeprägt. Ich bezweifele, dass ich seinen Malstil, sein Temperament und seine Ausdauer jemals erfolgreich nachahmen könnte. Er spachtelt Tag und Nacht durch, getrieben von der Zeit; denn seine Farben dürfen nicht ausgetrocknet sein, bevor er die nächste Schicht aufträgt. Sonst gibt es Risse. Und die gesamte Zeit weiß er genau, was er wo haben will. Welche Faszination dabei von Tobias ausgeht! Atemberaubend. Wenn das seine Mutter sehen könnte! ...«

Tom brach abrupt ab.

»Entschuldige, Martin. Ich wollte nicht ...«

»Ach, komm, Tom!«

Ich hatte meine Hand auf seinen Oberarm gelegt.

»Was glaubst du, wie oft ich mir das auch schon vorgestellt und gewünscht habe.«

›Animus reflectere‹
Sommer im Jahre des HErrn 1146

Zunächst sei hier festgeschrieben:

Kaiser Heinrich III. hatte Berthold I., Graf von Zähringen, genannt der Bärtige, zwar das Herzogtum Schwaben versprochen, dieses Versprechen aber nicht gehalten. Als Ersatz dafür belehnte Kaiserin Agnes, die Witwe Heinrichs III., im Jahre des HErrn 1061 den Grafen unter anderem mit dem Herzogtum Kärnten und der Markgrafschaft Verona, ohne dass es diesem jedoch gelang, die ihm eingeräumten Rechte tatsächlich auszuüben. Ja, ärger noch. Während des Investiturstreites – dem unsäglichen, oft kriegerischen Streit zwischen Kirche und Kaiser, wem von beiden die Amtseinsetzung der Geistlichen zustehe – zählte der Zähringer zu den Gegnern Kaiser Heinrichs IV., welche die Absetzung des Kaisers für den Fall verlangten, dass dieser länger als ein Jahr im Kirchenbann bliebe.

Heinrich aber dachte an die Einheit des Reiches und begab sich im Jahre des HErrn 1077 nach Canossa vor die Burg der papsttreuen Markgräfin Mathilde von Tuszien, in welcher Papst Gregor VII. Zuflucht genommen hatte, um dort Buße zu leisten. Dieser sprach ihn – wohl ohne das übliche Ritual der Kirchenbuße – vom Bann frei. Zurück in Deutschland ließ der Kaiser die Besitzungen seiner Gegner, also auch die von Berthold von Zähringen verwüsten oder als Reichsgut einziehen. Ganz anders die Staufer. Friedrich I., der des Kaisers Tochter Agnes von Waiblingen geehelicht hatte, erhielt von Heinrich IV. im Jahre des HErrn 1079 für die von ihm erwiesene Treue das Herzogtum Schwaben übertragen.

Wiederum achtzehn Jahre später, im Jahre des HErrn 1097, wurde – erneut als Ersatz für den schwäbischen Herzogstitel, welcher den Staufern verblieb – das Herzogtum Zähringen, bestehend aus den Eigengütern der Familie und verschiedenen Reichslehen, gegründet. Die alteingesessenen Stammesherzöge sahen auf das neue Territorialherzogtum herab. Sie hielten die Zähringer ihrer nicht würdig.

Conny

(Dr. Cornelia Schlosser)

*****

Die Abneigung der Zähringer war im Laufe der Generationen fest im Blut der Schwaben verankert. Das galt für Konrad III., aber mehr noch für dessen Neffen Friedrich. Der war jünger und heißblütiger und als frisch geweihter Ritter forscher als sein Onkel, der König.

»Ich habe eine Idee!«, erklärte er eines Tages seinen beiden besten Freunden, Sven, dem Dänenprinzen, und Egbert von Selboldt. Die schauten ihn erwartungsvoll an.

»Der Graf von Wolfratshausen, Heinrich II. beliebt er sich zu nennen, hat zu einem ernsten Buhurt vor seine Burg eingeladen.«

»Was haben wir gegen ihn?«, erkundigte sich Sven, dem der ironische Unterton in Friedrichs Worten nicht entgangen war.

»Der Wolfratshausener ist ein Gegner von Welf VI., meinem Onkel mütterlicherseits, und damit auch mein Feind.«

»Verstehe! Das ist der Onkel, von dem ihr die Burg Weinsberg übernommen habt.«

Friedrich grinste.

»Was meint er mit ›ernstem‹ Buhurt?«, fragte Egbert.

»Das ist genau der Punkt. Ihr wisset selbst, wir unterscheiden beim Turnier drei Arten: Buhurt, Turnei und Tjost. Letzterer scheidet hier wohl gänzlich aus, weil es ein Einzelkampf ist. Bleiben also noch der eher spielerische Buhurt und der Turnei als gefährlicher Gruppenkampf mit scharfen oder stumpfen Waffen.«

Die beiden Freunde nickten zustimmend. Friedrich fuhr fort:

»Aber, wie du, Egbert, richtig gefragt hast, was ist ein ›ernster‹ Buhurt? Keine Ahnung. Doch ich schlage vor, wir sind vorsichtig und gewappnet, deshalb bereiten wir uns und unsere Mannen auf ein Buhurt in Form eines gefährlichen Turneis mit scharfen Waffen vor.«

So geschah es.

*****

Dann, vor der Burg Wolfratshausen angekommen, zeigte sich, wie angemessen ihre Vorsicht gewesen war. Graf Heinrich hatte auf der Wiese vor seiner Burg ein großes Geviert für den Buhurt abstecken lassen, in dem wohl hundert Ritter wild aufeinander einschlagen sollten. Friedrich sah es, rief seine Freunde zu sich:

»Das hier sieht alles sehr nach einer planlosen Stecherei auf engstem Raume aus. Das ist nicht unser Anspruch. Drum schlage ich vor, wir denken um.«

»Und machen was?«, erkundigten sich Sven und Egbert unisono.

»Das, was man von uns erwartet. Wir tun jetzt so, als wenn wir begeistert wären, und leiten die Schlägerei ein. Sobald die anderen aber darauf reagieren, packen wir uns sogleich einen von den bayerischen Prügelgrafen und verschwinden umgehend mit ihm als Geisel nach Hohenstaufen.«

So geschah es. Sie lösten den Buhurt aus, überrumpelten den Graf Konrad von Dachau, nahmen ihn zur Verblüffung der anderen Buhurt-Teilnehmern gefangen und verschleppten ihn nach Schwaben auf Burg Hohenstaufen. Dort aber ließ Friedrich den gefangenen Grafen jedoch, ohne ein Lösegeld von ihm zu verlangen, sogleich wieder frei. Ihm genügte der Spaß über dem gelungenen Coup, und dass er und seine Freunde durch ihr Verhalten viel Ansehen gewonnen hatten. Das machte Friedrich Mut auf mehr. Und wer sich da als Gegner anbot, lag quasi auf der Hand.

Es sind die Zähringer, denen seine Nadelstiche gelten. Es ist der Ehrgeiz, der ihn dabei gleich mehrfach packt. Er will sich einen guten Ruf als Kämpfer erwerben; denn er möchte – dem Herzog von Schwaben, seinem Vater, hat er es versprochen – dem kaiserlichen Onkel auffallen. Ja, und er will in seinem Herzen, was Vater und Onkel nicht gelungen, die bestehende Teilung des alten Herzogtums Schwaben zu Gunsten seiner Familie beenden. Er will Erfolg! Er ist sich sicher, dass er Erfolg haben wird. Wenn nicht in diesem Jahr, dann im nächsten oder übernächsten. Er ist jung. Er hat Zeit. Aber anfangen will er mit seinem Vorhaben. Sogleich.

*****

Im Sommer des HErrn 1146 also beginnt Ritter Friedrich von Schwaben eine Fehde gegen Konrad, den Herzog von Zähringen. Er erobert Zürich, nimmt dem Zähringer Land weg und greift gar nach einer von dessen Burgen, die dieser für unbezwingbar hält.

Er denkt sich hierzu einen Plan aus. Sven hat ihm von einem alten Helden erzählt, der eine Burg erobert hat mit Hilfe eines hölzernen Pferdes, in dessen hohlen Bauch sich der Held mit seinen Rittern versteckt hielt, bis es die Burgherren hinter ihre Mauern gezogen hatten.

Zwar habe ich kein solches Pferd, aber verstecken kann ich mich dennoch.

Sein Plan geht auf. Verkleidet als einfache Handwerker und Bauern, die auf dem Samstagsmarkt im Inneren der Burg angeblich Sattelzeug flicken oder Früchte und Kleinvieh verkaufen wollen, verschafft er sich mit fünfzig seiner getreuesten Mannen Eingang in die Burg. Die »Uneinnehmbare«, wie die Zähringer geprahlt hatten, war genommen.

Was für ein köstliches Gaudium! Der verblüffte Ausdruck auf den Gesichtern der überrumpelten Zähringer! Ein Spaß, nicht durch goldene Münzen aufzuwiegen! Unvergesslich! Schade nur, dass Sven, der dänische Freund, es nicht miterleben konnte. Ihn rief der Vater dringend nach Hause.

Aufsehen erregte Friedrich mit seiner List. Unruhe schuf er damit zwischen den Adelsgeschlechtern im Inneren des Reiches. Der tapfere und reiche Konrad von Zähringen sah sich zähneknirschend gezwungen, demütig zu Friedrichs Vater, dem Herzog von Schwaben, und dessen Bruder, dem König, zu kommen und beide um Frieden zu bitten. Friedrich verspürte Genugtuung.

*****

Doch dann entstand unerwartet ein neuer, viel größerer politischer Brandherd. Wie spät erst durch Bittsteller im Reiche bekannt wurde, hatten die Heiden des Emir Zengi von Mossul bereits im Herbst des

Jahres des HErrn 1144 die Grafschaft Edessa erobert und ein Großteil der christlichen Bevölkerung getötet. Als Papst Eugen III. dies vernahm, rief er mit seiner Kreuzfahrtbulle ›Quantum praedecessores‹ am ersten Dezember 1145, und erneut am ersten März 1146, weil der erste Aufruf offensichtlich nicht sein Ziel erreicht hatte, die Christenheit zu einem zweiten Kreuzzug auf, welcher der Entlastung der Kreuzfahrerstaaten im Heiligen Land und der Rückgewinnung Edessas dienen sollte. Die päpstliche Bulle war zunächst ausschließlich an den französischen König Ludwig VII. sowie das Volk Frankreichs und Norditaliens gerichtet.

Aber da ist jemand, der unbedingt die Teilnahme des deutschen Königs an dem Kreuzzug wünscht. Zwar hat ihn der französische König nur gebeten, die Fürsten in seinem Reich von der Notwendigkeit eines Zugs ins Heilige Land zu überzeugen. Und diesen Auftrag hat er erfüllt. Jetzt will er mehr. Er, das ist der Zisterzienserabt Bernhard von Clairvaux, der »Honigsüße« genannt; denn dessen Reden kann niemand widerstehen.

Eine verzwickte Konstellation entsteht. König Konrad ist auch durch Friedrichs Taten weiter in Deutschland gebunden. Für einen Kreuzzug hat er jetzt keine Zeit. Das kommt Papst Eugen III. gelegen. Benötigt er doch dringend des römisch-deutschen Königs Hilfe in Rom. Die Römer verweigern ihm den Zutritt zur Stadt. Dort, wo der Mönch Arnold von Brescia stetig mehr Anhänger findet für sein Denken, dass die Kirche sich auf ihre ursprünglichen, die kirchlichen Aufgaben besinnen und alles Weltliche Kaiser, König und Fürsten überlassen soll. Diese Einschränkung seiner Macht missfällt Papst Eugen. König Konrad gefällt die Forderung Arnolds eigentlich. Aber zunächst möchte er Kaiser werden. Dazu benötigt er den Papst.

Die Begründung von Konrad III., die inneren Unruhen im Reich stünden einer deutschen Teilnahme am Kreuzzug entgegen, in seinen Augen ein Vorwand, will Bernhard von Clairvaux entkräften. Er kennt da jemand, der dem Unruhestifter Friedrich nahesteht. Wibald von Stablo, der Benediktinerabt. Der hat schon den verstorbenen Kaiser Lothar beraten, so wie er jetzt König Konrad kennt und berät. Auch hat er sich schon mit Papst Eugen III. getroffen.

Meinem Schüler, denkt Bernhard. *Zudem bringt der Benediktiner Wibald einen weiteren Vorteil für mich mit: Er stammt aus dem Lothringischem, spricht alle nützlichen Sprachen, auch die deutsche, und könnte für mich dolmetschen.*

*****

Der Lieblingsbruder seiner verstorbenen Mutter Judith, Konrad, den die Mutter immer nur liebevoll »Büble« geheißen, klärt inzwischen Friedrich auf über den Kreuzzug, den Papst Eugen III. für erforderlich hält, und sich hierbei die Teilnahme von König Konrad III. wünscht. Dieser sei im Grunde wohl willig zu dieser Wallfahrt nach Jerusalem. Aber daran hindere ihn gegenwärtig die gespannte Lage in Deutschland. Zu deren Ursachen zähle neben dem widerspenstigen Heinrich den Löwen, der unbedingt das Herzogtum Bayern haben will, auch die Fehde des jungen Friedrichs mit dem anderen Konrad, dem von Zähringen.

»Animus reflectere!«

»Und das heißt, Onkel Konrad?«, fragt Friedrich, der um die wahren Hintergründe des neuen Konflikts und den wilden Aktionismus des Zisterzienserabts aus Clairvaux nicht weiß.

›Büble‹ sagt es ihm: »Bedenke die Folgen! Nur, wenn das Reich in seinem Inneren befriedet ist, kann der Kaiser sich getrost auf die Pilgerfahrt ins Heilige Land begeben. Aus diesem Grunde ist deine Fehde mit dem Zähringer für die Kirche wie für den Kaiser hinderlich. Und, Friedrich, sie ist auch hinderlich für deine künftigen Planungen.

Der Oberste unseres Ordens, Bernhard von Clairvaux, hat von Papst Eugen III. den Auftrag erhalten zu vermitteln. Überlege, ob du ihm nicht deine Bereitschaft zur Beendigung der Auseinandersetzungen erklärst. Dies wäre sicherlich deinen Plänen förderlich. Genauso nützlich wie deine weitere regelmäßige Anwesenheit bei den Hoftagen des Königs. Das hast du in den letzten Jahren ja gut gehalten. Bruder Wibald von Stablo, der den König berät, hat es anerkennend erwähnt.

Zeige durch deine Gegenwart dem Herrscher weiterhin, wie du ihn schätzt und ihn ernst nimmst. Er ist dein Onkel väterlicherseits. Diese Verbindung verleiht deiner Herkunft vom großen Kaisergeschlecht der Salier besondere Stärke. Suche seine Nähe. Sei nicht aufdringlich, sondern präsent. Unterstütze seine Vorhaben. Beachte die Erfahrung: Je höher ein Mann im Rang steht, je mächtiger er also ist, desto einsamer ist er. Und dankbar für Gesellschaft, der er vertrauen kann.

›Animus reflectere!‹ Überlege, warum das, was du siehst, was du gerade erlebst, so geschieht. Und bedenke, was es im Allgemeinen und im Besonderen für dich bedeutet. Oder, Friedrich, gedenke stets der alten Weisheit: ›Wer nicht beachtet, was er sieht, bleibt ein tumber Tor!‹ Du verstehst, Friedrich?!«

»Ja. Ich denke doch. Ja, Onkel.«

2017 Frankfurt
Langer stört einen Findungsprozess

»Ja!«

»Nein!«

»Doch!«

»Warum?«

»Och, Opa! Stimmt's?! Oder habe ich recht?!«

Und dann wieder der Bass meines Schwiegervaters, gutmütig nachgebend:

»Also, wenn schon, dann aber ...«

»Warum?«

Was wie ein aufmüpfiger Streit zwischen Alt und Jung klang, war in Wirklichkeit liebevolles Albern von Opa und Enkel. Nein, das traf es nicht. Das war es nicht. Es war das ernsthafte Suchen nach einer gemeinsamen Lösung. Wenn es einmal lauter wurde zwischen den beiden, dann war dies allein Ausdruck ihrer Temperamente. Nie hässlich, nie zänkisch, nie gehässig, immer harmonisch. Und hinter allem Albern versteckte sich auch eine besondere Form der Konzentration, wie ich sie bei mir selber verspürte, wenn ich in einer gewichtigen Strafsache plädierte und bei jedem Wort darauf achtete, wie es bei den Richtern ankam. Ich genoss ihren Disput.

Schon, als ich heute die Wohnungstür im obersten Stockwerk aufschloss, hörte ich meine beiden. Sie hielten sich wohl in Toms Küche auf. Wie immer, wenn sie sich beim Malen nicht einig waren. Dann ziehen sie sich in Toms Küche zurück, trinken Kaffee oder Cola, nie Alkohol und diskutieren ihre Meinungsverschiedenheit aus. Vor einem gemeinsamen Werk wollen sie nicht streiten.

»Weißt du, Vati«, hatte mir Tobias einmal erklärt, und Tom hatte zustimmend genickt, »wenn Spannung oder auch nur Disharmonie in der Luft liegt, dann färbt das auf das Bild ab. Das bekommt ihm nicht. Macht es krank. Und es gibt nichts, was wir weniger möchten als ein Gemälde, das kränkelt.«

Opa und Tobias haben das große Wohnzimmer in der Wursthofgasse in ein Atelier umfunktioniert. Im Nachhinein scheint es mir, als wäre der große Raum mit Oberlicht und breiter Fensterfront nach Süden hin, von Anfang an für diesen Zweck geschaffen worden.

Derzeit arbeiteten sie an einem großen Gemälde im Format drei Meter zwanzig breit und zwei Meter vierzig hoch. Tom hatte darauf schon die Altstadt Gelnhausens aus der Vogelperspektive im klassischen Stil gemalt. Martin Langer war einmal mehr voller Bewunderung vom künstlerischen Können seines Ex-Schwiegervaters.

»Gerhard Richter könnte von dir noch was lernen, Tom!«, meinte ich anerkennend.

»Nun bleib auf dem Boden, Martin!«, bat mich Tom. »Übertreib nicht so maßlos!«

Doch, wer nicht ganz genau hinsah, konnte wirklich glauben vor einer Fotografie zu stehen, wohl aufgenommen mit Hilfe einer Drohne. Was an dieser Annahme zweifeln ließ, war allein der weiße Fleck in der Mitte des Bildes. Dort, wo eigentlich der Obermarkt zu sehen sein müsste, ist die Leinwand leer.

Um diese freie Stelle ging es in dem Streitgespräch zwischen Großvater und Enkel. Tom möchte, dass Tobias dort so etwas malt, das wie ein herabschwebendes Blatt aussieht. Tobias dagegen will ein Loch malen, das, wie der geöffnete Brustkorb, den Blick freigibt auf ein schlagendes Herz, blutig wie die Hölle.

Tom meint, dass würde die Harmonie des Gemäldes zerstören. Die Symbolik sei zu schlicht, einfach zu simpel. Tobias protestiert vehement. Er will gerade die Diskrepanz von Stein und Leben herausarbeiten und beide dann doch verschmelzen lassen.

»Jetzt bist du wieder zu kompliziert!«, kritisiert ihn Tom.

»›Loch‹ ist das falsche Wort, meinst du, Opa. Was hältst du von ›Untergrund‹?«

Der Kleine überlegte sichtlich angestrengt. Es war erkennbar ein Ringen um das treffende Wort. Er schüttelt ablehnend den Kopf, bevor Tom etwas auf seine Frage erwidern kann.

»Nein, ›Untergrund‹ passt auch nicht. Vielleicht?«

Kurzes Zögern.

»Ja, ›Unterwelt‹ ist in etwa das, was es ausdrücken soll. Die Hölle, die Welt der niederträchtigen Taten und Gefühle. Eine klassische Vision …«

Er brach abrupt ab, wirkte verärgert. »Nee, doch nicht. ›Unterwelt‹ ist zu negativ besetzt. Was ich meine, ist …«

Tobias fixierte die weiße Stelle. Lange. Wortlos. Dann brach es aus ihm heraus wie die Sommersonne durch schwarze Gewitterwolken. Er strahlte übers ganze Gesicht, als er sagte:

»Uff! Ich glaub, ich hab's! Lange gesucht, jetzt ist es da! ›Unterbewusstsein‹ ist das richtige Wort für das, was ich meine. ›Stadt‹ ist das Wort für eine bestimmte Form von Leben. Organisiertes Zusammenleben. Tom, deine Darstellung der Altstadt von Gelnhausen ist das Sichtbare, das Äußere. Und durch mein ›Loch‹ da in der Mitte geben wir den Blick frei auf das, was hinter beziehungsweise unter den Kulissen der Gebäude geschieht. Was den Organismus ›Stadt‹ in seinem Inneren bewegt, treibt, wachsen, gedeihen und zerfallen lässt. So eine Art steinener Übermensch im guten wie im bösen Sinne.«

»Mein Enkel, ein wahrer Philosoph. Du zeichnest da eine gewaltige Aufgabe, Tobi. Bist du sicher, dass du die menschlichen Abgründe und Höhen schon so kennst, dass du sie meistern kannst?«

»Hört! Hört! Es spricht der Großvater zu seinem Enkel. Doch ganz im Ernst, mein lieber Übervater, wer viele Jahre in der Lage war, sich aufmerksam Märchen vorlesen zu lassen, und jetzt, so wie ich, befähigt ist, selber Comics zu verschlingen, dem ist nichts Menschliches fremd.«

Tom Schlosser war verblüfft.

»Was, bitte, haben Comics mit dem alten Gelnhausen zu tun? Wir leben doch nicht mehr zur Zeit der alten Römer.«

»Da hast du ziemlich wahrscheinlich recht, Opa. Aber es gibt nicht nur Asterix und Obelix, sondern beispielsweise auch die ›Fantastic Four‹ mit ihren im Weltall ungewollt eingefangenen Wunderkräften. Reed wird zum Gummimenschen, mit Gliedmaßen, die sich endlos dehnen können. Seine Freundin Susan kann sich unsichtbar machen und Geschosse abfangen. Ihr Bruder Johnny ist fähig, sich selber zu entzünden und wie ein Düsenjäger durch die Gegend zu zischen.

Ja, und den armen Ben haben die Strahlungen in einen superschweren steinernen Muskelprotz verwandelt. Und, schwupp, sind wir wieder bei unserem steinernen Organismus namens ›Stadt‹. Ich stelle fest, wir müssen öfter ins Kino gehen, mein werter Künstlerkollege. Du bist nicht auf dem Laufenden, Opa.«

Tom lachte.

»Ja, den Eindruck gewinne ich langsam auch, du Altkluger.«

»Ach, Opa! Du darfst ruhig Klugscheißer sagen. Und weißt du, du hättest damit bestimmt manchmal recht. Dann darfst du mir aber uneingeschränkt Tipps geben hinsichtlich des Guten und Bösen im Menschen. Mit deiner Erfahrung als Kriminaler bist du mir weiß Gott über. Ist es nicht gut, dass wir ein Team sind?!«

Die beiden kabbelten sich. Ernst, aber liebevoll; denn eigentlich waren sie ja wie ein Herz und eine Seele. Eine Symbiose, die großartige Werke hervorbrachte. TobTom eben.

Mir wurde es ein jedes Mal warm ums Herz, wenn ich die beiden so erleben und beobachten durfte.

Ich brachte mich ein: »Entschuldigt bitte, wenn ich euch störe. Ich frage mich nur, warum malt ihr nicht beide Versionen?«

»Hört, hört! Mein Alter, der Mediator! Eine heiße Idee!«

»Martin, du hättest auch den Gordischen Knoten ohne Schwert gelöst!«

Tom nickte anerkennend. »Aber weißt du eigentlich, wie lange ich für die eine Ansicht benötigt habe?«

»Aber du malst doch gern«, verteidigte ich mich.

»Gell, da hat er recht, Opa. Gern und gut!«

»Komm, Tobi, jetzt fang' nicht an zu schleimen. Du hast noch nicht gewonnen, mein Lieber. Denn, wenn ich zweimal dasselbe Motiv male, dann nur, wenn du im ersten Bild das hinabsegelnde Blatt malst.«

»Opa, das ist ein Fall von Nötigung. Stimmt's, Vati?!«

Gott, war die Welt schön!

»Aber, wenn ich das Blatt male, dann wird es kein Buchenblatt, sondern ein Feigenblatt. Und wir nennen die beiden Gemälde ›Outlet I‹ und ›Outlet II‹. Einverstanden?!«

»Was soll denn das?«, erkundigte sich Tom, sichtlich verblüfft.

Ich kläre ihn auf: »Das ist ein Insider, Tom. Das Thema, das die Bürger der Stadt hier aktuell am meisten beschäftigt, ist die Zukunft des seit Jahren leerstehenden Kaufhauses unten im Ziegelhaus. Es geht um dessen künftige Verwendung. Soll es ein sogenanntes Outlet-Center werden, ja oder nein? Die Diskussion ›pro und contra‹ ist heftig.«

»Ach, so«, sagte Tom. Sehr schien ihn Tobbys Titelwahl nicht zu überzeugen. Mein Kleiner schob nach:

»Ich dachte auch an das Wortspiel. ›Outlet‹ im Sinne von ›Auslass‹, ›Ablass‹ oder ›Ventil‹, Opa.«

Und zu mir gewandt: »Oder ist das mit dem Feigenblatt zu offensichtlich, zu billig? Was meint mein Lieblingsanwalt?«

Für sein Alter war mein Herr Filius ganz schön raffiniert. Doch davon abgesehen: Ich hätte sie beide drücken mögen.

Friedrich
Geylenhusen, im Jahre des HErrn 1146

Friedrich, den sie jetzt den Schwaben nannten, was er nicht mochte, weil ihm diese Bezeichnung zu gering, fast verächtlich erschien, oder auch den Rotbart hießen, was zutraf, weshalb er nichts dagegen sagen konnte, obwohl es ihm nichtssagend klang, sah weiterhin gern bei seinem Freund Egbert, dem Gaugrafen von Selboldt-Geylenhusen, vorbei. Der Begegnung wegen, ja, aber nicht weniger auch wegen der herrlichen Landschaft und der Jagd in diesem wildreichen Reichsforst. Später dann auch ...

Aber das ahnte Friedrich noch nicht an jenem bewussten Tag, als er, wie schon des Öfteren zuvor, nach erfolgreicher Jagd unter seinem Lieblingsbaum rastete, den erlegten Jungbock, Kurzschwert und Armbrust auf dem Boden zu seiner Rechten. Gleich linkerhand von ihm lag der kleine Born, aus dem unschuldig und doch unternehmungslustig wie ein Wurf ausgelassener Welpen das klare Quellwasser zwischen dem roten, dick mit dunklem Moos bewachsenen Gestein hervorsprudelte. Und wie herrlich es duftete und mundete, sein erhitztes Blut kühlte!

Der junge Mann war in aller Früh, gleich nach dem Morgengebet, ohne Begleitung aufgebrochen. Sein Gefolge, die Pferde und Hunde wusste er gut aufgehoben weiter unten an dem steilen Berghang in der bescheidenen Burg derer von Selboldt-Geylenhusen. Er genoss es allein zu sein. Auf diesem Flecken Erde konnte er entspannt und ungestört seinen Gedanken und Träumen nachhängen. Eben hier fühlte er sich wie im Paradies, geborgen unter dem fast geschlossenen Mischwalddach. Nur unmittelbar vor ihm, der er im Schatten des jungen Eichenbaums lag, quasi zwischen seinen gespreizten Beinen, da hatte der Frühjahrssturm eine schmale Schneise in das Dunkel geschlagen, durch die Strahlen der frühen Sonne auf den Boden fielen und ihm zudem den Blick freigab über das weite Flusstal hinweg auf die Hügel des Spechtswalds. Drüben, wo die von Selboldt-Geylenhusen auf der anderen Seite der Kinz ein neues Kloster bauten. Tüchtige Leute.

Friedrich malte sich aus, was er tun würde, wenn er einmal König wäre. Und dass er dies in absehbarer Zeit sein würde, stand für ihn fest. In den letzten Jahren hatte er sich unentbehrlich gemacht bei seinem königlichen Onkel Konrad. Keinen der jährlichen Hoftage hatte er ausgelassen und sich auch sonst regelmäßig bei Hofe sehen lassen. Bald würde er zum Herzog erhoben werden. Sein Vater Friedrich II. sollte endlich stolz auf ihn sein, auch wenn er, was ihm sein alter Herr ständig vorwarf, des Schreibens und Lesens nicht mächtig war und auch keine fremden Sprachen beherrschte. Nicht einmal das Lateinische konnte er. Warum auch? Der Vater konnte doch ebenfalls nicht schreiben und mit dem Lesen haperte es bei ihm auch. Dafür hatte er seine Leute. So wie er sie auch haben würde. Er war nun mal kein Stubenhocker. Er war ein Jäger und Reitermann. Ritter seit seiner Schwertleite vor bald zehn Jahren. Der perfekte Umgang mit Waffen, das war sein Ding. Und die deutsche Sprache war seine stärkste Waffe. Er nutzte sie kurz, kraftvoll und präzise, und wenn er es für nötig hielt, gewürzt mit ätzender Schärfe.

O ja, eine prächtige Kirche wollte er dort unten im Tal zum Lob der Gottesmutter errichten lassen, mit so hohen Türmen, dass er diese von seinem Platz hier würde sehen können. Ja, und natürlich für sich eine Pfalz bauen mit großem Palas, geschmückt mit kunstvoll verzierten Arkaden. Daselbst würde er die Gesandten aus aller Welt huldvoll empfangen und auch Recht sprechen.

Die jetzige Burg der Gaugrafen von Selboldt-Geylenhusen aus dem Adelsgeschlecht der Reginbodonen, denen er sich verwandt wusste, war für solcherlei Zwecke zu klein und beschaulich, gewiss geeignet um sich im Kreis von Freunden wohlzufühlen, aber nicht repräsentativ genug für seine künftigen Bedürfnisse. Dafür brauchte es schon eine mächtige Burg, angelegt auf einer Insel, künstlich angelegt mitten in dem breiten Bach, oder gar eine Pfalz aus mächtigen Quadern, erbaut aus dem rostroten Gestein der Gegend, fein bearbeitet von den besten Meistern seines Reichs, vom Gewässer des Flusses umspült. Das konnte er sich gut vorstellen.

Er geriet ins Schwärmen, als seine Fantasie den Prachtbau seiner Träume vor ihm entstehen ließ. Von Vorteil war zudem, dass die Kinz, wie der Fluss geheißen wurde, bis Geylenhusen schiffbar war, über Rhein und Main gut zu erreichen, was wichtig war, um genügend Maurer und Steinmetze, Material und auch Hilfskräfte heranzuschaffen. Hier würde er dereinst Hof halten.

Friedrich schloss die Augen und gab seinen Sinnen freien Lauf. Seine kleine Insel der Geborgenheit war doch nicht so still, wie er vermeint hatte. Die Laubkronen über ihm rauschten und raunten sich im leichten Wind eifrig Neuigkeiten zu, während die Kiefernstämme ob des ständigen Geraschels aufgebracht knarzten. Irgendwo hämmerte ein Specht im heftigen Staccato. Der brummelnde Bass geschäftig herumfliegender Hirschkäfer drang an sein Ohr, doch mehr noch erfreute sein Herz stets aufs Neue das unschuldige Geplapper des von dem Quell unentwegt neugeborenen Wassers. Es schien ihm, als spielte der Wald für ihn allein ein Lied voll Harmonie.

Da, unvermutet, ein fremdes Geräusch. Ein tiefes Knurren aus tiefem Schlund. Hinter ihm. Im Unterholz. Gefährlich klingt es, gierig, weckt all seine Sinne. Im Nu ist Friedrich aufgesprungen, schon das Kurzschwert in der Hand. Abwehrbereit. Er nimmt an, dass das Knurren ihm gilt. Doch jetzt der Aufschrei. Erschrocken. Verängstigt. Eindeutig aus Frauenmund. Es hören, und nichts hält den jungen Mann zurück. Er stürzt durch das Gehölz. Erfasst mit einem Blick, was sich auf der kleinen Lichtung abspielt, die sich vor ihm öffnet. Da der große graue Wolf, gierig, der mit gefletschtem Gebiss zum Sprung ansetzt; dort die junge Frau mit weißblondem langem Haar, erstarrt wie Lots Weib, die Arme erhoben wie die Pranken eines Bären, der zuschlagen will. Nein. Zarter. Hilfloser. Friedrich reagiert. Das Schwert trifft mit mächtigem Schwung das Raubtier, spaltet den Schädel der Bestie, die zuckend zu Boden fällt.

Friedrich wendet sich der Frau zu. Er kennt sie. Gela. Die jüngere Schwester seines Freundes Egbert. Gela, Edle von Geylenhusen. Erst wenige Stunden ist es her, seit er sie zuletzt gesehen hat. Bei der Morgenmesse in der kleinen Godobertuskapelle ist es gewesen. Er lässt sein Schwert fallen, geht zu ihr hin. Ihre Anspannung löst sich mit einem Schluchzen. Weinend umklammert sie ihn. Er will seine Hände tröstend auf ihre Schultern legen. Ihre Verkrampfung weicht. Sie gleitet, ihn weiter umfassend, an ihm auf die Knie. Körpernah. Ihre Stirn bleibt endlich auf seinem Schritt ruhen. Friedrich verspürt den leichten Druck und die Wärme der jungen Frau. Sein Glied reagiert, wird fest. Sie muss es merken. Er blickt begehrend auf das wunderschöne, fast silberweiße Haar.

Es ist unschicklich, eine Maid in solch einer Lage zu missbrauchen, weist er sich zurecht. *Sei ritterlich! Beachte das rechte Verhalten!*

Er untergreift ihre Arme und hebt sie sanft hoch.

»Die Gefahr ist vorbei, edle Gela. Der Wolf ist erlegt. Nehmt meinen Arm, ich geleite Euch zur Burg, damit man sich dort um Euch kümmere.«

Seine Stimme klingt seltsam brüchig. Und etwas trotzig, als er unvermittelt noch anmerkt:

»Morgen in der Früh werde ich wieder hier jagen.«

Auf den Gedanken sich zu erkundigen, was Egberts schöne Schwester heute auf diese Lichtung geführt hat, kommt Friedrich nicht. Aber er gibt, gleich nach Erreichen des Burghofs, einem Knecht aus seinem Gefolge den Auftrag, das erlegte Wild, Bock und Wolf, aus dem Wald zu holen und nach dem Ausweiden, der Edlen Gela als Geschenk zu überbringen.

Friedrich – Geylenhusen 1146
Am nächsten Tag

Sie lehnte mit ihrem Rücken an dem Eichenstamm. Die Beine leicht gespreizt. Das lichtblaue Leinenkleid. Die silbern schimmernden hellen Haare. Er würde dieses bezaubernde Bild niemals vergessen. Genauso wenig wie den Augenblick, als er ihre Hände ergriff. Welche unbekannte Kraft sie verband. Im ersten Moment beängstigend, furchteinflößend. Gela fing an zu zittern und beben. Ihre ganze Gestalt schüttelte sich. Als hätte der Leibhaftige Besitz von ihr ergriffen. Seine Unfähigkeit loszulassen. Durch besondere Kräfte verbunden. Auf ewig vereint.

Der würzige Duft der Eichenrinde an ihren Händen. Die Süße ihrer Lippen. Ihr warmer Atem. Ihre Hände, eben noch wie gelähmt, jetzt krallen sie sich in seinem Rücken fest. Diese Augen! Blau wie der schönste Sommerhimmel. Der Blick. Ängstlich und doch erwartungsfroh. Er hebt sie hoch, trägt sie hinter den Eichenstamm. Wortlos. Einvernehmlich. Am Rande der kleinen Lichtung, dort wo er sie gestern vor dem Wolf geschützt, sinkt er mit ihr in den Armen ins dichte Gras. Streicht über ihre Schenkel, die sich ihm entgegendrängen. Ein dunkles Röhren dringt aus des zarten Mädchens Schlund, so tief, so gewaltig, so brunftig, als wär es September und sie ein riesiger Hirsch.

Das Kronendach beschützt die kleineren Bäume und all das gewaltige Gewimmel an Lebensvielfalt im Wald. Und auch den Knecht, den Leibeigenen derer von Selboldt, den der Diener Friedrichs tags zuvor wegen seiner Ortskunde mitnahm, als er von seinem Herrn den Auftrag erhalten hatte, den getöteten Wolf und den erlegten Rehbock aus dem Wald zu holen. Hannes heißt der Knecht. Gestern hat er auf der kleinen Lichtung, wo der Wolf immer noch gefährlich sein riesiges Gebiss gebleckt hatte, ein kleines Tuch gesehen und heimlich eingesteckt. Er kannte das Tuch. Er wusste sehr wohl, wem es gehörte. Hat er doch der Magd schon zugeschaut, als sie es sorgfältig zusammenlegte. Er denkt sich was, als er am Morgen nach dem Frühgebet in der Kapelle zufällig den Blick erhascht, den der Herzog der jungen Gräfin zuwirft. Und sieht, wie sie ihn erwidert.

Keiner fragt nach ihm an diesem Morgen. Doch Hannes hat aufgepasst. Er sieht den Rotbärtigen den steilen Hang zum Wald hinaufsteigen. Was treibt ihn, dem Herzog zu folgen? Noch sind es seine Neugierde und keimende Vermutung. Die werden heftiger, als er von weitem ein helles Kleid hangaufwärts huschen sieht. Und stärker als seine Angst vor dem dunklen, dichten Wald.

Hier hausen Hexen im Dunkeln, denkt er, *und unvorstellbar grausame Ungeheuer lauern blutdürstig darin auf Menschen, um ihnen die Leiber und auch, Gott sei mir gnädig, die Seelen zu rauben.*

Was ihn jetzt allein vorantreibt, weiter in das dichte Unterholz einzudringen, sind seine Fantasie und wachsende Geilheit. Beide lassen sein Herz rasen und seinen Atem hecheln. Seinen Kopf gebraucht er heute schon längst nur noch zum Sehen und Hören.

Hannes, der Knecht aus der Burg, der Friedrich und Gela unter der Königseiche beobachtet beim Spiel der zwei Ärsche und dabei so geil wird wie ein Steinesel, dass er gar nicht mehr aufhören kann, das andere Wasser aus seinem Knüppel zu ruckeln.

Doch irgendwann erlahmt auch die größte Geilheit. Das Liebespaar döst auf der Lichtung. Es gibt nichts zu spannen. Da durchzuckt Hannes ein eiskalter Blitz: Wenn ihn der Herr in der Burg sucht und nicht findet? Dann setzt es später Schläge. Er hat Angst vor den Schmerzen. Nicht schon wieder. Wer oft faul ist, erhält oft Prügel.

Zurück auf dem Burggelände – niemand hat ihn vermisst – schnappt sich der Knecht, in dem die Geilheit weiter brodelt, die Magd, die er mag und welche ihm – welch Glück – zuerst über den Weg läuft, und zieht sie in den Stall auf das Stroh hinter dem Schweinekoben. Erst ziert sie sich:

»Hannes, lass mich. Die Herrin hat nach mir gerufen.«

Doch seine Hitze steckt sie an und lässt sie willfährig werden.

»Ich glaube, der Satan ist in mich gefahren, Hannes«, sagt sie danach kichernd. »So heiß ist's mir noch nie dabei geworden. Was für ein Kraut hast du gefressen, du alter Rammler?«

Ihre feuchte Wärme kühlt ihn ab, lässt ihn wieder zu Sinnen kommen:

»Wenn du wüsstest! Im Wald hat es mich nach dir gepackt.«

Er greift erneut nach ihr. Sie schiebt ihn, wenn auch widerwillig, fest von sich, und pickt Heuhalme von ihrem Rock. Ihr Lächeln ist vielsagend, als sie ihm verspricht:

»Du darfst morgen wieder in den Wald gehen, Hannes. Heut kann ich die Herrin nicht länger warten lassen. Will ich nicht ihre Rute spüren.«

Sie eilt weg, kichernd, als sie die Doppeldeutigkeit ihrer Worte merkt.

Friedrich – Geylenhusen 1146
Tags darauf

Dem HErrn sei gedankt, dass die Nacht nur kurz war. Aber dennoch viel zu lang.

Sein Herz pochte schnell, hart und fest vor Erregung, so wie wenn der Trommelschlag zum Angriff befiehlt. Die Nacht war heiß und schwül gewesen. Der Strohsack, auf dem er gelegen hatte, war feucht, nein klitschnass, so als hätte er die letzten Stunden im warmen Regen gelegen.

Beim Morgengebet in der Godobertuskapelle. Nichts hatte er gehört und nichts verstanden. Bleich das Gesicht und rasend der Puls. Wenn er zu ihr hinüberschaute, meinte er das blasse Gesicht einer Fieberkranken zu erblicken. Rote Flecken auf weißem Grund. Zerbrechliches Wesen. Sie schien zu spüren, dass er zu ihr schaute; denn ihr Leib bebte. Sie beide schienen an der gleichen Krankheit zu leiden.

Nach der Andacht war er sogleich voller Hast aus dem Kreis der Andächtigen verschwunden, die Treppe hinunter ins Erdgeschoss geeilt. Durch das Gesinde hindurch, so als müsste er fliehen vor lebensbedrohender Gefahr. Als fürchte er, die Pest könne nach ihm greifen. Von dort ins Freie.

Die unweit der Kapelle bereitgelegten Waffen aufgenommen. Leichte Waffen. Nahwaffen. So das Sax genannte Messer. Dann sein Kurzschwert und den Spieß. Pfeile und Bogen dazu. Das geschnürte Bündel mit dem weichen Bärenfell. Keine Knappen. Keine Knechte. Allein wollte er sein. Auch Hunde hätten nur gestört. Dann den Hang zum dichten Reichsforst hochgeeilt. Die Eiche rief. Zur Jagd! Zur Jagd.

Rasch. Nur nicht das geliebte Wild warten lassen. Nicht, so wie gestern, zu spät kommen. Sicher gehen. Vorbereiten. Warten. Wie frohlockte das heiße Herz in seiner Brust.

Hannes ist auch schon da, mitten im dichten Gebüsch, als die Edle Gela gelaufen kommt. Die jungen Leute fallen sich in die Arme. Noch kann er sie nicht sehen, aber zu hören sind sie. Leichtes Lachen. Liebeslachen. Das ausgebreitete Bärenfell aber liegt in seinem Blickfeld. Bald kommen sie. Fallen auf das Fell. Reißen sich die Kleidung von den Leibern. Wortlos. Rotes Haar mischt sich mit langem Silberweißem. Es sieht aus, wie Blut auf Schnee, denkt Hannes, als wäre er ein Poet. Er merkt es nicht. Das Stöhnen vor ihm wird lauter, heftiger, stoßartiger. Wie die Hunde von der Burg machen sie es. Er schiebt hastig seine Beinlinge runter, dabei verliert er das Gleichgewicht. Er fängt sich. Tritt auf einen morschen Ast, der auf dem Boden liegt. Der bricht mit einem lauten Knacks.

Friedrich hört das Geräusch. Blickt von Gelas Rücken auf. Und sieht, dass sich vor ihm in dem Busch etwas bewegt. Seine Reaktion ist die eines guten Jägers. Rechts neben ihm im Gras liegen seine Waffen. Er nimmt den Spieß auf und schleudert ihn in das Gebüsch.

Ein Aufschrei!

Friedrich springt auf, reißt rechtzeitig sein Beinkleid hoch, bevor er stolpert und stürzt auf das Gestrüpp zu, aus dem der Schrei kam. Dort zuckt ein Mann, den Spieß im Brustkorb. Halbnackt. Er hat den Kerl schon irgendwo gesehen.

»Es ist einer aus unserem Gesinde. Hannes, glaub ich, wird er gerufen.«

Friedrich dreht sich um. Gela steht neben ihm.

»Was macht er wohl hier?«, fragt sie. Ruhig. Gefasst, aber blass.

»Ein geiler Spanner. Er hat uns gesehen. Er ist uns gefolgt. Irgend so etwas. Der Teufel soll ihn holen!«

»Und jetzt?«, erkundigt sie sich und schmiegt sich an ihn.

»Jetzt geh ich zu Egbert und bitte ihn, sich um den Kerl zu kümmern. Er hat mich beobachtet, und ich glaubte, ein Raubtier wolle mich aus dem Hinterhalt angreifen. Das ist wahr!«

Mit einem schnellen Ruck reißt Friedrich seinen Spieß aus dem Brustkorb des Knechts. Der rührt sich nicht. Der erste Mensch, der von

Friedrichs Hand den Tod findet. Er empfindet keine Reue. Im Gegenteil.

Wie konnte dieser Kerl es sich erlauben uns zu bespähen?!

Er küsst sie zärtlich auf das silberweiße Haar.

»Dich spar ich aus. Unsere Liebe geht niemand was an!« Und nach einem weiteren zärtlichen Kuss: »Unsere Liebe gehört uns, nur uns!«, sagt er zu Gela. »Sie ist so wie der Quell hier. Sauber und stetig. Kommt tief aus dem Inneren, unserem Inneren. So soll es auf ewig sein.«

Für Gela werden diese wunderbaren Worte für den Rest ihres Lebens Gesetz sein.

Friedrich hält derweilen seinen Spieß in den kleinen Quell neben der alten Eiche. Es ist ein spontanes Handeln. Er mag keine schmutzigen Waffen. Für einen Augenblick zieht das eifrig sprudelnde Wasser rote Fäden vom Speerkopf weg und mit sich fort. Bald ist es wieder unschuldig klar und rein.

Friedrich ordnet sein Gewand. Dann rollt er das Bärenfell zusammen und verschnürt es zu einem kleinen Bündel. Zuletzt klaubt er seine anderen Waffen auf.

»Nimm du das Fell, Gela. Wir sehen uns, Liebste.«

Er presst sie an sich und will sie küssen. Das Blut kocht noch in ihm.

»Jetzt nicht!«, sagt sie und nickt zu dem leblosen Körper hin.

»Schade, Weib. Doch du hast recht.«

*****

Egbert, der Freund, sieht ihn kommen. Ohne Beute. Friedrich eilt auf ihn zu und berichtet, was vorgefallen ist.

»Ich kümmere mich«, verspricht der junge Graf und fragt: »Was ist mit Gela?«

Friedrich schaut ihn überrascht an.

»Oh, Friedrich, wenn du einmal meine kleine Schwester sehen würdest, wie sie zu strahlen beginnt, so sie die Botschaft vernimmt, dass du kommst, dann wüsstest du auch alles.«

Er presst den linken Oberarm des Freundes.

»Versprich mir, dass du sie nicht unglücklich machst.«

Friedrich lässt die Waffen fallen und umarmt den Freund. Wortlos.

»Es ist besser, du reitest sogleich. Die heftige Erfahrung, dass Liebe und Tod enge Nachbarn sind, muss sie erst verkraften. Reite, Freund, wir sehen uns.«

*****

Niemals mehr in seinem weiteren Leben sollten Friedrich solche Wörter, wie er sie da zu Gela gesprochen, wieder in den Sinn kommen. Er trug die Gesprochenen aber in seinem Herzen und gedachte ihrer angesichts eines jeden sauberen Wassers, das er fließend fand. Dann hielt er seine Hände in es, bis sie frei von Schmutz waren, und benetzte auch sein Gesicht mit ihm. Öfter gar sollte er künftig in die Fluten steigen und wie einst bei seiner heiligen Taufe gänzlich untertauchen, um sich und seine Seele zu reinigen. Er liebte das Nass. Es war auch sein liebstes Getränk. An den fremden Geschmack des Dünnbiers im Mund mochte er sich nicht gewöhnen. Er trank es, weil es alle tranken, aber ohne die Leidenschaft, mit der es beispielsweise Sven in sich hineinschüttete.

Die Götter der Gewässer aber dankten ihm seine treue Liebe, indem sie sein Leben auf ihre Weise behüteten und verlängerten. Sie trauerten, als er verstarb – ohne dass sie ihm Schutz gewähren konnten.

Der Quell am Fuße der alten Eiche in Geylenhusen aber wird zur selben Stunde versiegen, in der sein Herz einst zu schlagen aufhört. Zufall?

2017 Gelnhausen
Martin Langer wird geweckt

Ich hatte die drei Abschnitte über Friedrichs und Gelas Liebe gestern am späten Abend gelesen und, ich gestehe, danach schwer in den Schlaf gefunden. Und der war dann unruhig gewesen. Lassen Sie es mich so umschreiben: Meine Hormone hatten Blut geleckt. Ich dachte an Mona. Erlebte im Traum mit ihr zärtliche und wilde Augenblicke, die sich in Wirklichkeit vor bald zwanzig Jahren hier in der Wohnung, am Strand von Fuerteventura und drüben in Frankfurt in der Wursthofgasse ereignet hatten. Und es war, als würden meine Erinnerungen Amok laufen. Da verkrallte sich auf einmal Christine, meine erste Frau, unter mir liegend mit spitzen Fingernägeln fest in meinen Rücken und gleich darauf presste Melani ihr Becken heftig atmend an mich. Es überfiel mich alten Mann unerwartet, war heftig, aber nicht unangenehm.

Irgendwann müssen die sexuellen Invasoren dann doch die Lust an diesem Martin Langer verloren haben; denn als mich irgendetwas aus tiefstem Schlaf weckte und ich die Augen aufschlug, sah ich, dass draußen schon heller Tag war. Fast gleichzeitig wusste ich auch, was mich geweckt hatte. Es klingelte an der Wohnungstür. Es klang, als wäre es dringend.

Ich schwang meine langen Beine aus dem nächtlichen Lotterbett, das jetzt einen höchst unschuldigen Eindruck machte, warf mir, so wie mich Gott erschaffen, meinen weißen Bademantel über und ging zur Tür.

Draußen stand Melani Dorsum. Sie trug eins ihrer dunklen Kostüme. Dazu eine cremefarbene Bluse mit dem für Hermès typischen Perlmuttglanz. Die beiden obersten Knöpfe der Bluse waren, wie stets, offen. Sie nannte diese Kombination »meine Uniform«, die sie bevorzugt anhatte, wenn sie als Anwältin einen Termin bei einem der in der Frankfurter City ansässigen Finanzinstitute wahrnehmen wollte. Seriös, kompetent, selbstbewusst. Schlicht konnte man es allerdings nicht nennen. Die ›Uniform‹ stand Melani ausgezeichnet. Was sie sehr wohl wusste. Und sie wusste auch, dass die meisten verklemmten Alphatiere in den Vorstandsetagen ein Problem damit hatten, sich darauf zu konzentrieren, in ihr vordergründig nicht die Frau, sondern die Rechtsanwältin zu sehen. Auf diesem Klavier konnte Melani virtuos spielen. Meine Kollegin war eine knallharte Verhandlerin.

»Gott sei Dank!«, sagte sie. Es klang erleichtert.

Ich starrte sie an. Immer noch Schlaf in den Augen.

»Was ist denn passiert, Melani?«

»Das fragst du? Seit acht Tagen bist du nicht in der Kanzlei gewesen. Anrufe werden von dir nicht angenommen. Nachdem ich heute Morgen schon zweimal erfolglos versucht habe, dich zu erreichen, habe ich mir echt Gedanken gemacht. Martin, was ist denn los?«

Melani zitterte und ihre Augen waren feucht. Das sah ich, bevor sie dicht an mich herantrat und ihren Kopf auf meinen Bademantel lehnte. Ihr kastanienfarbenes Haar roch aufregend gut wie ein frisches Feld blühender Frühlingsblumen. Sie trug es heute offen und nicht, wie im beruflichen Alltag üblich, hochgesteckt. Ich küsste spontan ihren Scheitel.

Ich sagte: »Eigentlich nichts. Aber komm doch erst einmal rein. Du gefährdest hier nur deinen guten Ruf. So wie du hier an einem fast nackten Mann lehnst.«

Sie, trotzig: »Ich scheiß auf den guten Ruf!«

Ich führte sie in mein Wohnzimmer, bat sie: »Melani, einen Moment. Ich will mir nur schnell etwas anziehen« und ging in mein Schlafzimmer, wo meine Jeans vom gestrigen Tag noch über einem Stuhl hingen. Ich warf den Bademantel aufs Bett und wollte gerade in die Hose schlüpfen, da erblickte ich Melani, die im Türrahmen stand und mich beobachtete.

»Für dein Alter, Martin, bist du noch recht gut beieinander.«

»Was soll die Einschränkung ›für dein Alter‹, meine Liebe?«

»Gut, ich nehme sie zurück«, erklärte sie bereitwillig.

Ich spürte, da lag etwas in der Luft, das genommen werden wollte. Nach dem Motto ›Die Gelegenheit ist günstig‹. Gut, dass ich mich in dieser Situation an das gerade über Friedrich Barbarossa Gelesene erinnerte, der als Kavalier der alten Schule die sich am ersten Tag bietende Gelegenheit nicht nutzte. Auch dachte ich an Volker Voss, Melanis Ehemann, meinen Kollegen. Es wäre nicht fair, wenn ... Ich spürte es deutlich. Das klebrige Gewebe sinnlicher Geilheit umspann uns immer enger. Wenn ich nicht wollte, was mich immer heftiger reizte, dann blieb mir nur der Einsatz der absoluten Waffe. Ich nutzte sie.

»Wie geht es Volker, Melani?«, fragte ich, auch wenn es mir arg schwer fiel, und spürte sogleich, wie der geile Zauber an Kraft verlor.

Melani schaute mich an, sah wie ich bedauernd mit den Schultern zuckte und verstand. Ich holte tief Luft, drückte mein gutes Stück in die Hose und zog den Reißverschluss hoch.

»Melani, sag an, was ist passiert?«

»Nichts Wichtiges, außer, dass ich mir Sorgen um dich gemacht habe. Du fehlst uns unten in der Kanzlei. Deine Anwesenheit ist Gold wert.«

Sie tat so, als würde ihr gerade etwas einfallen.»Ach ja, du hast wohl ein neues Mandat. Da hat heute in aller Früh ein Mann angerufen. Er machte es dringend. Die Mädels haben ihm versprochen, dass du ihn heute noch zurückrufst. Er hat sich auf einen Herrn Kirschel berufen, den du kennen würdest.«

Mein Atem stockte. Wie sehr ich den Namen kenne!

Friedrich
Sommer im Jahre des HErrn 1146

Friedrich, der Ritter, unterstützt schon früh seinen Onkel mütterlicherseits, Welf VI., gegen König Konrad III., den Bruder seines Vaters. Dieser hatte das Herzogtum Bayern auf Leopold IV. übertragen und nicht auf Welf VI., der das väterliche Erbe vergeblich für sich gefordert hatte, und deshalb jetzt auch Besitzungen des Königs in Schwaben brandschatzte. Friedrich unterstützt den Welfen, weil er sich ihm verwandtschaftlich über seine Mutter Judith näher verbunden fühlt als den Babenbergern, den Halbgeschwistern König Konrads. Und der Streit mit Herzog Konrad von Zähringen schwelt weiter vor sich hin.

Im Oktober 1146 kommt der Zisterzienser-Abt Bernhard von Clairvaux nach Deutschland. Der Papst Eugen III. und – mehr noch – Bernhard hoffen auf Konrads Teilnahme am geplanten Kreuzzug. Die politische Situation im Reich lässt Konrad zögern. Keiner der Fürsten ist bereit zum Aufbruch ins Heilige Land, wenn er sein eigen Hab und Gut während seiner Abwesenheit gefährdet sieht. Also müssen nicht nur alle aktuellen Konflikte, in die der König verwickelt ist, zuvor beigelegt sein, sondern auch solche, in die die Fürsten des Reichs involviert sind. Zumindest müssen die Auseinandersetzungen einvernehmlich während der Zeit des Kreuzzuges ruhen. Dazu gehört auch der Streit Friedrichs mit den Zähringern.

Bernhard von Clairvaux reist im Dezember 1146 an den Oberrhein bis nach Zürich, um die Gegner zu versöhnen. Der Abt sucht Friedrich auf. Es ist ein gar freundliches Gespräch. Abt Wibald von Stablo begleitet ihn und übersetzt. Friedrich kennt Wibald schon lange. Vom Italienzug Lothars III. bis hin zum Königshof Konrads III., wo Wibald den König berät. Man ist sich vertraut. Das macht das Gespräch einfach – für beide Seiten:

»Jetzt verstehe ich, Ritter Friedrich, warum die Leute Euch ›Rotschopf‹ heißen. Das Haar ziert Euch ungemein. Aber gewiss war es Euch zunächst peinlich, auf dem Schädel so anders eingefärbt zu sein als die meisten Männer, die Ihr kanntet. Wenn Ihr auf meinen Kopf schaut, dann könnt Ihr erkennen, dass auch mein weniges Haupthaar einen rötlichen Schimmer hat. Das ist ein Erbe meines Vaters. Sein Name war Tescelin von Fontaines, den sie ›Le Roux‹ nannten. Den Roten. Ein Ritter. Ihr seht, zumindest eines unserer Probleme tragen wir gemeinsam. Alle meine vielen Geschwister besitzen dunkles Haar.«

Der asketische Mann schaut ihm fest in die Augen. Friedrich mag ihn nicht.

In dessem Blick funkelt etwas Arrogantes mit, das er vor anderen gewiss gerne verborgen weiß. So der Art ›Du tumber Tor, mir bist Du nicht gewachsen. Sicher bist Du mir im Reiten und Fechten über, aber meinem Intellekt kannst Du Analphabet nicht folgen.‹

Friedrich weiß, was der Abt von ihm will. Onkel ›Büble‹ hat ihn ja schon vorgewarnt.

Der Bernhard wirbt in der Tat leidenschaftlich und redegewandt für die deutsche Teilnahme an dem geplanten Kreuzzug.

»Chevalier, Sie kennen gewiss das Gleichnis vom reichen Jüngling, so wie es der heilige Markus seines Evangeliums schildert?«

»Seid so freundlich und sagt es mir«, bittet Friedrich. Natürlich kennt er das Gleichnis, aber er will Zeit gewinnen und den Abt in seinem Gefühl geistiger Überlegenheit bestärken. Abt Wibald, der das Gespräch dolmetscht, muss nicht auf die Antwort Bernhards warten. Er kennt die Bibelstelle auswendig:

»Es steht dort bei Markus im zehnten Kapitel geschrieben:

> ›Und als er auf den Weg hinausging, lief einer herzu, fiel vor ihm auf die Knie und fragte ihn: »Guter Meister, was soll ich tun, um das ewige Leben zu ererben?«
>
> Jesus aber sprach zu ihm: »Was nennst du mich gut? Niemand ist gut, als Gott allein! Du weißt die Gebote: Du sollst nicht töten! Du sollst nicht ehebrechen! Du sollst nicht stehlen! Du sollst nicht falsch Zeugnis reden! Du sollst nicht rauben! Ehre deinen Vater und deine Mutter!«

Er aber antwortete und sprach zu ihm: »Meister, dies alles habe ich gehalten von meiner Jugend an.«

Da blickte ihn Jesus an und gewann ihn lieb und sprach zu ihm:

»Eins fehlt dir! Gehe hin, verkaufe alles, was du hast, und gib es den Armen, so wirst du einen Schatz im Himmel haben; und komm, nimm das Kreuz auf dich und folge mir nach!«

Er aber ward traurig über diese Rede und ging betrübt davon; denn er hatte viele Güter. Da blickte Jesus umher und sprach zu seinen Jüngern: »Wie schwer werden die Reichen in das Reich Gottes eingehen!«

Die Jünger aber erstaunten über seine Worte. Da hob Jesus wiederum an und sprach zu ihnen:

»Kinder, wie schwer ist es für die, welche ihr Vertrauen auf Reichtum setzen, in das Reich Gottes einzugehen! Es ist leichter, dass ein Kamel durch ein Nadelöhr gehe, als dass ein Reicher in das Reich Gottes komme.«

Sie aber entsetzten sich sehr und sprachen untereinander:

»Wer kann denn gerettet werden?«

Jesus aber blickte sie an und sprach: »Bei den Menschen ist es unmöglich, aber nicht bei Gott; denn bei Gott sind alle Dinge möglich.«

So spricht der HErr. Amen.«

Was hat mir Mutters Bruder empfohlen? denkt Friedrich. »Junge, reflektiere. Reflektiere! Überlege, was der andere bezweckt.«

Friedrichs Gesicht strahlt Freundlichkeit und Gewogenheit aus.

Also reflektiere ich.

Bernhard von Clairvaux nickt: »Ja, die Worte unseres HErrn sind wahr und göttlich weise. Du kannst nichts mitnehmen. Vor Gott stehen wir alle nackt. Und was von dir hier auf Erden verbleibt, ist dein Handeln als ein Mächtiger. Gottesfurcht. Barmherzigkeit. Liebe deinen Nächsten. Nicht den nächsten Heiden, sondern den nächsten gottesfürchtigen Christen.«

Jetzt kommt es! ahnt Friedrich. *Der Abt wird mich fragen. Zuerst. Das bedeutet, wenn ich ihm meine Bereitschaft erkläre, zum Weihnachtshoftag nach Speyer zu kommen, setze ich den Zähringer unter Zugzwang. Wenn er nicht kommen will, ist er der Böse und ich zugleich der Gute. Wenn ich aber »Nein« sage, kann er, scheinheilig, mich bei Onkel Konrad als Grund dafür nennen, dass er auch nicht nach Speyer kommen kann, weil er Burg und Besitz vor mir schützen muss, obwohl er eigentlich doch so gerne käme. Dann ist der König sauer auf mich. Folglich sage ich dem Abt, dass ich selbstverständlich gerne komme, weil es dem Frieden im Reich dient und zugleich dem Zug ins Heilige Land förderlich ist. Da wird er vor Genugtuung springen und mich loben. Und sich die Hände reiben, weil er so ein erfolgreicher Gotteskämpfer ist. Für mich kann seine Gunst nur vorteilhaft sein.*

Friedrich verspricht also Bernhard von Clairvaux nach Speyer zu kommen.

Der Zähringer entscheidet sich ebenfalls für den Zug gegen die Heiden. Allerdings verhält er sich zögerlicher. Doch auch er will auf dem Weihnachtshoftag in Speyer erscheinen.

Zeitgleich führt König Konrad intensive Gespräche mit seinem Bruder. Der kränkelnde Herzog spricht sich vehement gegen den Kreuzzug aus.

*****

Am siebenundzwanzigsten Dezember 1146 hält Bernhard in Speyer vor dem König eine öffentliche Predigt. Darin fährt er Konrad III. mit rüden Worten an:

»Mann!« So herrscht der Mönch den König an. »Was hätte ich für dich noch tun sollen, das ich nicht bereits getan habe?«

Geschockt und innerlich aufgerührt ruft danach Konrad mit Tränen in den Augen aus: »Ich bin bereit ihm zu dienen, da ich von seiner Seite dazu ermahnt werde.«

Dann ergreift Konrad das Kreuz und nimmt das Banner vom Altar, das ihm Bernhard von Clairvaux reicht. Auch Friedrich, der junge Herzog von Schwaben, wie sie ihn jetzt nennen, nimmt das Kreuz. Der Herzog von Zähringen wie auch Heinrich der Löwe und die Welfen aber weichen König Konrad aus. Sie entscheiden sich gegen den Zug ins Heilige Land und für die Teilnahme am Wendlandkreuzzug.

Hinweis zu den vorstehenden Seiten

Martin,

leider weiß ich zu wenig über Bernhard von Clairvaux, um mir eine eigene Meinung bilden zu können. Für atemberaubend aber halte ich die Aussage eines weiteren Friedrichs in diesem Ordner, der nicht zu den Herzögen von Schwaben zählt, aber doch Schwabe und auch Historiker war. Ich spreche von Friedrich von Schiller, dem anderen unserer beiden größten Dichterfürsten. Er schreibt an Johann Wolfgang von Goethe:

> »... Ich habe mich dieser Tage mit dem heiligen Bernhard beschäftigt und mich sehr über diese Bekanntschaft gefreut; es möchte schwer sein, in der Geschichte einen zweiten so weltklugen geistlichen Schuft aufzutreiben, der zugleich in einem so trefflichen Elemente sich befinde, um eine würdige Rolle zu spielen. Er war das Orakel seiner Zeit und beherrschte sie, ob er gleich und eben darum, weil er bloß ein Privatmann blieb und andere auf den ersten Posten stehen ließ. Päpste waren seine Schüler und Könige seine Kreaturen. Er hasste und unterdrückte nach Vermögen alles Strebende und beförderte die dickste Mönchsdummheit, auch war er selbst nur ein Mönchskopf und besaß nichts als Klugheit und Heuchelei. ...«

(Friedrich von Schiller über Bernhard von Clairvaux in seinem Brief vom siebzehnten März 1802; Brief 847. An Goethe).

Goethe hat zwei Tage später geantwortet (Brief 848. An Schiller):

> »... Zu der Bekanntschaft des heiligen Bernhards gratulire ich. Wir wollen sehen Specialiora von ihm zu erfahren....
>
> *Jena am 19. März 1802. G.«*

Martin,

wie Du sicher weißt, hat sich Goethe tatsächlich später noch mit Bernhard von Clairvaux befasst. Seine Erkenntnisse haben schließlich auch im fünften, dem Schlussakt von Faust, Der Tragödie zweiter Teil, ihren Niederschlag gefunden.In der Schlussszene zeigt sich laut Regieanweisung Goethes (nach Vers 11996) Doktor Marianus von der Himmelskönigin ›entzückt‹:

»Die Herrliche mitteninn
Im Sternenkranze,
Die Himmelskönigin,
Ich seh's am Glanze.
Höchste Herrscherin der Welt!«

Hinter Doktor Marianus verbirgt sich in ›Faust II‹ Bernhard von Clairvaux.

Diesem wird eine besondere Marienverehrung zugeschrieben. Inwieweit Bernhard tatsächlich aber den Ruf eines Marienmystikers einem Bruder im Zisterzienserorden namens Oglerius de Trino, Abt von Locedio, zu verdanken hat, der seine Werke unter dem Namen des inzwischen verstorbenen Bernhard verfasst hat, konnte ich nicht verifizieren. Gleiches gilt für die Behauptung, dass für Bernhard Maria ein überaus liebenswürdiges Geschöpf gewesen sei, nachdem bei einem Kirchgang im belgischen Affligem die Madonnenstatue ihr Haupt vor ihm geneigt und gesagt haben soll: »Sei gegrüßt, Bernhard! ». Letzteres halte ich für unwahrscheinlich.

Für gut nachvollziehbar aber halte ich Gedanken, wie sie von Jochen Schmidt (in: Goethes Faust, Erster und Zweiter Teil, Grundlagen –

Werk – Wirkung, 2. Auflage 2001, dort Seite 300 fortfolgende) sehr lesenswert ausgeführt werden. Hier nur als Hinweis skizziert:

Das ›Ewig-Weibliche‹ rückt an die Stelle Gottes. Es ist das Ziel. Von Gott ist nicht mehr die Rede .Aber auch das ›Ewig-Weibliche‹ wird, weil es sich ins Unendlich-›Ewige‹ entzieht, so abstrakt, dass es nur noch auf Eros als die ins Unendliche steigernde entelechische Kraft zurückverweist. (In der Philosophie versteht man unter Entelechie allgemein die Eigenschaft von etwas, sein Ziel, griechisch telos, in sich selbst zu haben.) Weil aber das ›Weibliche‹ ins Ewige entrückt, hat es nur metaphorischen Sinn: Es ist ein ›Gleichnis‹. Es ist Eros, die erste erotische und unvergessliche Erfahrung. (Denke an Friedrich und Gela!) Und es ist Eros, die entelechische Kraft, welche schlussendlich sich über alle Natur und alle Gestalt hinaus ins Ewige steigernd und verklärend sich selbst verklärt. (›So herrsche denn Eros, der alles begonnen!‹, Faust II, Vers 8479):

»Alles Vergängliche
ist nur ein Gleichnis;
das Unzulängliche,
hier wird's Ereignis;

das Unbeschreibliche,
hier ist es getan;
das Ewig-Weibliche
zieht uns hinan.«

In diesen acht letzten Versen der Tragödie liegt die tiefere Bedeutung der ganzen Faust-Dichtung, so Heinrich Düntzer (Goethes Faust, 2. Auflage, Leipzig 1857, Seite 789), »…, daß es die Liebe, der im Herzen liegende Drang sei, welcher den strebenden Menschen nach oben ziehe. Das irdische Leben ist nur ein Abbild dessen, was unser im anderen Leben wartet, wo die sich schon hier in uns regenden Gedanken und Gefühle zur höchsten Wirksamkeit gelangen werden.«

Conny

(Dr. Cornelia Schlosser)

Gelnhausen 2017
Langer erinnert sich an eine Vorlesung

Zu einer – partiellen – Ehrenrettung von Abt Bernhard von Clairvaux sei hier nachstehend darauf hingewiesen, dass er nicht der erste war, der Straftäter zur Teilnahme am Kreuzzug aufforderte, indem er ihnen Seelenheil und Freiheit versprach. Das weiß ich zufällig, weil ich im vergangenen Jahr hierzu einen Vortrag im Kaisersaal des Romanischen Hauses gehört habe. Ein Professor aus Heidelberg referierte zum Thema ›Kreuzzüge‹, so souverän, anschaulich und humorvoll, wie ich es mag. Da musste einfach Einiges in meinem Gedächtnis haften bleiben.

Als damals bekannt wurde, Papst Urban II. werde am siebenundzwanzigsten November 1095 den Beginn des Ersten Kreuzzugs erklären, da war der Andrang zu seiner Rede so gewaltig, dass die Verkündung schließlich auf dem Feld vor dem Osttor der Stadt Clermont stattfinden musste. ›Gott will es!‹ lautete das Motto, unter dem der Papst in flammender Rede die Begeisterung der Menschenmassen zur Befreiung von Jerusalem, der Heiligen Stadt, auslöste.

Doch die wenigsten, die Urban II. mit Interesse und Begeisterung zuhörten, waren Bischöfe, Ritter oder ›religiöse Ekstatiker‹. Vielmehr ›wirkten‹, wie Gustav Radbruch es zutreffend in seinem letzten Werk (siehe: Gustav Radbruch/Heinrich Gwinner, Geschichte des Verbrechens, 1949/51, dort auf den Seiten 33 fortfolgenden. Ich habe es tatsächlich nachgelesen!) schildert:

> ›... Wander- und Abenteuerlust, Armut und Beutesucht, Flucht aus der Knechtschaft und Überschuldung, Furcht vor drohender Strafe für Missetaten, Handelsinteressen und apokalyptische Phantastik. ... Aber nicht nur gläubiger Fanatismus und die schlechten wirtschaftlichen und sozialen Zustände in der Heimat lockten in die Ferne. Auch die alte Sehnsucht nach Abenteuern und der Glaube an Reichtum wurden übermächtig wie einst in der Wanderzeit ...‹

So erreichte der Papst die Massen mit seinen Worten:

> »Erhebt euch, kehrt eure Waffen, die vom Brudermord triefen, gegen die Feinde des christlichen Glaubens. Ihr Unterdrücker der Waisen und Witwen, ihr Meuchelmörder und Tempelschänder, ihr Räuber fremden Guts, ihr die ihr Sold nehmt, um Christenblut zu vergießen, die ihr gleich Geier vom Geruch der Schlachtfelder angezogen werdet: Eilt, so ihr eure Seele liebt, unter dem Feldhauptmann Christus zum Schutze Jerusalems auszuziehen. Ihr alle, die ihr solche Verbrechen verschuldet; die euch vom Reiche Gottes trennen, kauft euch um diesen Preis los; denn dies ist Gottes Wille.«

Im Prinzip sind es die gleichen verlockenden Versprechungen, die Bernhard von Clairvaux bedient wie bald fünfzig Jahre vor ihm Papst Urban II. Ich glaube, und das ist erschreckend pessimistisch von mir gedacht, gut neunhundert Jahre später, also heutzutage, würde Papst Urban II. damit immer noch Menschenmassen von ihren Stühlen reißen. Vielleicht müsste er nur einen anderen Namen tragen und ein anderes Amt innehaben. Vielleicht Präsident sein?!

Gelnhausen 2017
Langer fällt Doktor Hertels Witz ein

Ich erinnere mich vor Jahren einmal den ›aale‹ Hertel gefragt zu haben, ob er mir etwas zum Thema ›Barbarossa, Gelnhausen und Kreuzzug gegen die Wenden‹ sagen könnte. Im Hinterkopf hatte ich bei dieser Frage die Streitigkeiten des Kaisers mit Heinrich dem Löwen. Mein Freund und Förderer hatte damals, ich sehe ihn noch so richtig lebendig vor mir, kurz überlegt und dann verneinend seine graue Löwenmähne geschüttelt.

»Außer mit dem Hinweis auf den dir bekannten Dauerstreit Barbarossas mit Heinrich dem Löwen, der dem Kaiser seine Unterstützung im Kampf mit den italienischen Städten, sprich Lombardenbund, versagt hat, was dann zur Verbannung des Löwen auf dem Reichstag 1180 hier in Gelnhausen führte, kann ich dir da nicht weiterhelfen, Martin. Tut mir leid. Die alten Geschichten sind nicht so mein Ding.«

Dann überzog aber ein breites Grinsen sein Gesicht:

»Ich kann dir jedoch eine schöne Episode aus einem anderen Krieg und Barbarossa erzählen, wenn du magst?«

Ich hatte aus seiner Anmerkung zu Heinrich dem Löwen erkannt, dass er in dieser Hinsicht nicht auf dem aktuellen Stand der Geschichtsforschung war. Aus diesem Grund fasste ich nicht nach, sondern meinte, wohl wissend, dass der Alte immer für eine Überraschung gut war:

»Spannen Sie mich nicht auf die Folter, Senior. Dann mal los!«

Doktor Hertel hatte sich geräuspert, was erfahrungsgemäß eine längere Geschichte erwarten ließ, bevor er begann:

»Als die deutsche Wehrmacht am zweiundzwanzigsten Juni 1941 auf Hitlers Befehl die Sowjetunion überfiel, geschah das unter dem Decknamen ›Unternehmen Barbarossa‹. Die kriegerische Invasion verlief anfangs, weil sie die Russen auf dem falschen Fuß überraschten, für die braune Macht erfolgreich. Die Truppen kamen rasch voran. Irgendwie irgendwann erbeuteten sie dabei auch am Don ein Depot, randvoll mit Krim-Sekt und Kaviar. Im Offiziers-Kasino wurde die Eroberung darauf gehörig gefeiert. Der Sekt floss in Strömen. Und dem Kaviar wurde so kräftig zugesprochen, dass sein Ende absehbar war. Im für die Verpflegung des Kasinos zuständigen Fourier kam Panik auf. In seiner Not verfügte er, Schrotkörner unter den restlichen Kaviar zu mischen, um diesen zu strecken. Gesagt, getan. Das Fest lief fröhlich weiter. Beschwerden waren zur Erleichterung des Fouriers nicht zu verzeichnen.

Am nächsten Vormittag lobte Hauptmann von Zitzewitz den Fourier für die ausgezeichnete Ausrichtung der Veranstaltung über den grünen Klee. Dieser dankte stolz für das Lob, erkundigte sich dennoch vorsichtig, ob es besondere Vorkommnisse gegeben habe. Von Zitzewitz:

›Nein, alles wunderbar. Nur heute Morgen beim Stiefelanziehen, aus Versehen, Hund erschossen‹.«

Sein dröhnendes Lachen höre ich heute noch. Zugegeben, ich habe mitgelacht. Der Witz war billig. Die Pointe gelungen. Mein alter Vorbeter aber hatte sein Ziel erreicht. Das da war, mich von seiner Bildungslücke abzulenken. Solche Schwächen mochte er, der schon eine kräftige Portion Eitelkeit mit sich herumtrug, gar nicht gerne eingestehen. So blieb meine Eingangsfrage damals ohne die erhoffte befriedigende Antwort.

Gelnhausen 2017
Martin Langer sucht die Kanzlei auf

Kurz vor Mittag ging ich runter zur Kanzlei. Es ist für mich ungewohnt, erst zu so vorgerückter Stunde zur Arbeit zu gehen. Irgendwie habe ich immer wieder ein schlechtes Gewissen dabei. So, als würde ich die Schule schwänzen. Nachdem Melani mich, nicht ohne mich zu ermahnen, die Kanzlei nicht ganz zu vergessen, verlassen hatte, habe ich noch schnell, das nächste Kapitel ›Barbarossa/Gelnhausen‹ gelesen. Die arme Frau Adela, sie tat mir jetzt schon leid.

Da es heute aber eh schon zeitlich egal war, wählte ich den Weg über den ›Alten Graben‹ am Buttenturm vorbei zum Herzbachweg. Ich mag diesen Blick auf den Turm, der so geformt ist wie der Tragekorb der Winzer, ein gut erhaltenes Teil der mittelalterlichen Stadtmauer. Eine Reminiszenz an die Zeit, als in Gelnhausen noch eifrig Wein angebaut worden ist. Heute können im Buttenturm, so wie auch in der Godobertus-Kapelle, verliebte Paare standesamtlich heiraten. Eine gute Idee: Frische Liebe wirkt doch in altem Gemäuer besonders jung. Und eine spezielle Vorstellung der Brautleute ist auch damit verbunden: Unsere Liebe wird von Dauer sein. Ich musste erneut an die mir bis dato unbekannte Adela von Vohburg denken.

In der Kanzlei herrschte, als ich eintrat, Stille. Mittagspause. Anwälte wie Mitarbeiterinnen waren ausgeflogen. Das übliche geschäftige Treiben würde erst wieder gegen halb zwei Uhr einsetzen. Jetzt saß allein Katja Helmer an einem Schreibtisch im Empfang und blätterte in einer Illustrierten. Sie hatte offensichtlich Jour-Dienst.

Ich gestehe es unumwunden ein: Ich habe die junge Frau mit dem langen blonden Haar und den rosigen Pausbäckchen in mein Herz geschlossen.

Von schlichter Intelligenz, aber zielstrebig und zupackend an ihrem Arbeitsplatz, gesegnet mit gesundem Menschenverstand, einer erfrischenden Freundlichkeit und einer für ihr Alter ungewöhnlich großen Portion Menschenkenntnis. Sie hat ihre Ausbildung zur Rechtsanwaltsgehilfin mit guten Noten abgeschlossen und arbeitet jetzt ... na, wo wohl? ... natürlich in unserer Anwaltskanzlei Doctores Hertel, Langer und Kollegen.

Sie merken sicher an meiner Beschreibung, verehrte Leserin, werter Leser, dass ich die junge Katja Helmer sehr schätze. Aber damit stehe ich nicht allein. Die natürliche Empathie, die ihr eigen ist, öffnet ihr die Herzen der anderen Mitarbeiterinnen unserer Kanzlei ebenso wie die der Anwälte und unserer Mandanten. Gerade die Angehörigen der letztgenannten Gruppe, ein alles andere als homogener Personenkreis, leben sichtlich auf, wenn sie von Frau Helmer angesprochen werden.

Kurz: Katja Helmer ist als Mitarbeiterin ein Volltreffer, um den uns andere Kanzleien beneiden. Wie wusste schon der von mir verehrte Goethe zu formulieren:

›Der geringste Mensch kann komplett sein, wenn er sich innerhalb der Grenzen seiner Fähigkeiten und Fertigkeiten bewegt‹.

Doch diese junge Frau ist nicht gering. Sie hat eine ganz besondere Seele. Jeder mag sie. Es muss eben an ihrer besonderen Ausstrahlung liegen. So, wie das Lächeln von Barbarossa, dachte ich; hielt den Vergleich aber sogleich für unpassend. Katja ist etwas Besonderes.

Auch außerhalb ihrer beruflichen Tätigkeit bin ich Katja Helmer privat verbunden. Ist sie doch mit Tobias, meinem Sohn, befreundet. Die beiden kennen sich seit klein auf. Nach dem tragischen Tod meiner Mutter und Monas Verschwinden suchte ich eine Person, die sich in meiner beruflichen Abwesenheit liebevoll um meinen kleinen Sohn kümmern konnte. Auf Empfehlung meines Seniorpartners und Freundes Doktor Hertel fand ich in Gelnhausen die Eheleute Helmer, die selbst Eltern von drei jungen Kindern waren. In der Helmer-Familie ist Tobby dann quasi als viertes Kind aufgewachsen, in meinem Elternhaus, das ich ihnen überlassen habe, unten in der Burg, wie der Stadtteil rund um die Kaiserpfalz heißt. Helmer-Tochter Katja, gerade zwei Jahre älter als mein Sohn, hat ihn durch die Jahre fleißig bemuttert; erst als Puppenersatz, dann als Babysitter. Dann hat sie ihn geduldet als einen der drei unmöglichen Typen, die sich ihre Brüder nannten. Danach gab es eine Zeitphase, in der sie meinen Kleinen brauchbar fand als Erklärer, wenn sie verzwickte Rechenaufgaben nicht verstand.

Irgendwann, so sehe ich es unter dem Vorbehalt, dass ich mich nicht irre, begann sie stolz zu werden, auf Tobby, den Gymnasiasten, der plötzlich weithin bekannt wurde als Maler und Künstler. Damals wohnte er schon nicht mehr bei Helmers in der Burg, sondern wieder bei mir oben auf der Dürich oder bei Tom Schlosser, seinem Großvater und Künstlerkollegen, in der Wursthofgasse in Frankfurt oder in seiner Internatswohnung, die ich ihm in einem meiner von Vater Langer geerbten Häuser in Hörnow überlassen habe. Mein Sohn ist »Wohnnomade« geworden, wie er sich selber bezeichnet. In Frankfurt malt er mit Opa, in Hörnow lernt er auf sein Abitur hin, das im nächsten Jahre ansteht, und bei mir auf der Dürich »hängt er familienbedingt ab« oder, wie er es auch gern nennt »wo er mit Vaddern die Welt verändert«. Die dritte Etappe liebe ich besonders.

Im letzten Jahr hat sich im geschwisterlichen oder freundschaftlichen Verhältnis von Tobby und Katja Helmer etwas geändert. Die zwei haben einen großen Schritt auf dem Weg zum Erwachsenwerden gemacht. Plötzlich. Und ohne rechte Vorbereitung hat es sie getroffen. Ich spüre das. Auch, wenn die beiden es vielleicht selber noch nicht wahrhaben wollen. Sie ahnen es, aber sie versuchen es unter sich zu halten. Sie, die beide im Grunde offene und ehrliche Menschen sind, bemühen sich, holprig, unerfahren in dreierlei Hinsicht um den rechten Umgang mit der neuen eigenen Gefühlswelt, im ängstlichen Geheimhalten ihrer Gefühle gegenüber dem jeweils anderen, weil man nicht weiß, wie der beziehungsweise die andere reagieren wird, und weil beiden Seiten bange ist vor der eigenen Verletzlichkeit. Hinzu kommt der ernste Wunsch die eigenen Gefühle vor der Umwelt zu verbergen, was zumeist am linkischen Verhalten scheitert. Die starken Gefühlswellen, die von den beiden Betroffenen ausgehen, sind regelmäßig zu stark, um von der Umwelt, speziell von sensiblen Angehörigen nicht registriert zu werden. Ja, die Liebe ist schon eine besondere Macht.

Katja ist drei Zentimeter länger als Tobby, um es genau zu sagen. Sie ist ein Meter achtundfünfzig groß. Diese Differenz störte sie beide nicht.

Dazu waren sie viel zu sehr in einander verliebt. Was sie aber nicht hindert, ihn damit zu necken. Einer ihrer Lieblingssätze hierbei ist:

»Alle guten Dinge sind drei!«

Den Auslöser für die plötzliche Veränderung in der Beziehung von Tobias und Katja meine ich zu kennen. Ja, ich bin mir sogar ziemlich sicher, dass ich ihn kenne.

»Kann ich etwas für Sie tun, Chef?«

Ich schrak auf. Ganz in meine Gedanken versunken, muss ich da wie hilflos herumgestanden sein und sie angestarrt haben. Was musste sie nur von mir denken?

Übrigens, alle Mitarbeiterinnen sagen »Chef« zu mir. Unter uns, ich halte diese Bezeichnung für etwas antiquiert, aber wenn's den Damen so gefällt!

»Danke für deine Nachfrage, Katja. Ja. Da muss heute Morgen ein Herr Nelke angerufen haben. Er wollte mich sprechen.«

»Stimmt! Er hat mit mir telefoniert.«

»Oh, prima. Ruf ihn doch bitte an und vereinbare für mich einen Gesprächstermin mit ihm für übermorgen. Am späteren Nachmittag. Hier in der Kanzlei.«

»Mach ich. Und kann ich sonst noch etwas für Sie tun. Einen Cappuccino, vielleicht?«

»Führe mich nicht in Versuchung, Katja. Klingt aber gut. Ich bin dann in meinem Büro und warte auf dein leckeres Getränk.«

»Sehr wohl, Chef.«

»Ich danke dir, Katja.«

*****

Wenn man in mein Büro tritt, schaut man zuerst durch die gegenüberliegende Fensterfront auf die drei Wipfel der im Garten hinter dem Haus stehenden Blautannen. Davor steht der alte Schreibtisch von meinem verstorbenen Seniorpartner und Kanzleigründer, Doktor Hans Hertel. Vom Eingang aus links befand sich bis vorletzten Herbst die große Bücherwand mit strafrechtlicher Fachliteratur. Das habe ich geändert beziehungsweise habe ich ändern lassen.

»Die vielen Bücher brauche ich nicht mehr. Was ich wissen muss, habe ich im Kopf!«, habe ich vollmundig behauptet. Also wanderten die Bücher in unsere allgemeine Kanzleibibliothek und die Regale in den Keller.

»Regale können wir in unseren Aktenlagern immer gebrauchen«, meinte die neue Bürovorsteherin. »Auch, wenn diese eigentlich zu schade sind für den Keller.«

Sie sah – gottlob – meinen Blick und fügte hastig hinzu: »Aber so müssen wir keine neuen anfertigen lassen. Geld gespart!«

»Das sehe ich auch so!«

Die leere Wand in meinem Büro wurde frisch tapeziert und nach dem Austrocknen fand das, mein TobTom-Geburtstagsgemälde 2015 dort seinen Ehrenplatz.

Es zeigte eine Kreuzigungsszene, die ohne Widerspruch als Werk von Hieronymus Bosch akzeptiert worden wäre, wenn die drei Schutzsuchenden nicht unverkennbar die Gesichter und Körper von Tom, dessen Tochter Monika und von Tobias gehabt hätten. Die vom jungen Künstler gestaltete Umgebung voller Temperament dick in warmen Farben gespachtelt, vermittelte den Eindruck einer Grotte, nein, mehr eines Raums, der Schutz und Geborgenheit versprach, aber ganz widersprüchlich dazu auch ein Gefühl von Trauer und Sehnsucht. Das Werk trug den seltsamen Titel ›Das Hasengeschlecht‹.

Heute kann ich mit Fug und Recht behaupten, es sind immer Gemälde, die ich zu meinen Geburtstagen früher von Tom allein oder jetzt von TobTom geschenkt bekomme, die eine Wende in meinem Leben einläuten.

Friedrichs erste Ehe
Eger im Jahre des HErrn 1147

Der Vater ist zu schwach. Er kann nicht zur Vermählung reisen. Doch er rät seinem Sohn:

»Vertraue einem anderen Menschen nur dann, Friedrich, wenn dir dein Bauch, dein Herz und dein Kopf allesamt und zugleich dabei zur Seite stehen. Und hüte dich deinem Schwanz zu vertrauen. Er hat keine Menschenkenntnis. Dafür sieht er von der Welt zu wenig.«

Der Alte lacht rau auf. Seinem Lachen fehlt die Kraft der früheren Tage. Stattdessen klingt Nachdenklichkeit und Wehmut auf.

Friedrich hat dem Vater den Wunsch nicht ausreden können. Das Sagen in einem deutschen Haus hat der Vater. Sein Wunsch ist Befehl. Das ist von alters her so. Das ist Brauch und Recht. Auch weiß der jüngere Herzog, dass die beiden Brüder es so abgesprochen haben. Konrad, der König, und Friedrich der Einäugige, sein Vater. Die Politik. Er soll Adela von Vohburg ehelichen, die Tochter von Diepold III., Markgraf von Vohburg. Deren Familie gehört zu dem schwäbisch-bayrischen Adelsgeschlecht der Diepoldinger-Rapotonen. Adelas Mitgift besteht aus dem Egerland, das ihr Vater zu Zeiten Kaiser Heinrichs IV. erworben und in sich gut gefestigt hatte. Nun war Diepold III. im Jahre des HErrn 1146 verstorben und das Egerland daraufhin vom König wieder eingezogen worden. Der mit der Ehe verbundene Machtzuwachs ist für die Schwaben und Konrads Königreich wichtig. Sichert das Egerland doch das Königreich nach Osten hin ab. Und Friedrich könnte mit Hilfe der Mitgift Adelas seine Machtbasis als Herzog von Schwaben bis in den ostfränkischen Raum hinein ausweiten.

Also gehorcht Friedrich. Die Hochzeit mit Adela von Vohburg findet Anfang März 1147 in Eger statt. Vater Friedrich II., Herzog von Schwaben, ist zu dieser Zeit schon schwer krank.

Adela, bei der Eheschließung neunzehnjährig, wird das Einleben auf Burg Hohenstaufen schwerfallen. Sie ist durchaus keine unangenehme

Erscheinung. Von durchschnittlicher Körpergröße, wirkt sie vielleicht etwas stämmig. Ungewöhnlich für die Zeit ist, dass sie als Adelige ihr dunkles Haar kurz geschnitten trägt. Doch es passt zu ihrem zupackenden Wesen, das sie in ihr vertrauter Umgebung beweist. Andernorts gilt sie dagegen als unsicher, unbeholfen und schüchtern. Aus diesem Grunde meidet sie, so wird gemunkelt, wo und wann es nur irgendwie möglich, öffentliche Auftritte. Selbst als ihr Mann später zum deutsch-römischen König gewählt wird, ist Adela bei den Feierlichkeiten in Frankfurt und Aachen nicht anwesend.

Friedrich reizt seine Frau nicht. Wer einmal Gela geliebt hat, kann keine andere Frau begehren. Und Adela flieht vor ihm, erfindet Ausreden, und wenn sie ihm nicht entkommen kann, dann lässt sie es über sich ergehen, steif, starr oder gar weinend. Sie mag den Mann nicht. Er ekelt sie. Sie langweilt ihn. Wenn es nicht hin und wieder erforderlich wäre ihr zu zeigen, wer der Herr im Hause ist, dann könnte sie seinetwegen dahin wandern, wo der Pfeffer wächst.

Wenn der Trieb zu drückend über ihn kommt, dann greift sich Friedrich die kleine Magd, mit der er schon als Junge hier auf Hohenstaufen herumgetollt ist. Die Kleine, die ihn damals eingeführt hat in die Geheimnisse ihres warmen Paradiesgärtchens, und ihm noch immer bereitwillig Einlass gewährt in ihr Schatzkästchen. Sie hat es weiterhin gern mit ihm und seinem kleinen Herrn zu tun. Am liebsten auf den Bergen von Kleidungsstücken, die zu waschen eigentlich ihre Aufgabe ist. Sie ist bequem und stört ansonsten nicht. Was ist sie auch gegen Gela?

Gelnhausen 2017
Der neue Mandant kommt

Katja Helmer hat mich angerufen, nachdem sie den neuen Mandanten endlich erreichen konnte.

»Er kommt übermorgen um siebzehn Uhr. Sein Name ist Nelke. Genau. Wie die Blume. Er babbelt Frankfurterisch, aber es klingt ein wenig ausländisch.«

»Danke, Katja, für die Infos. Ich bin rechtzeitig da. Setz ihn zu mir ins Büro, sollte er vor mir kommen.«

Warum ich ihr sagte, sie solle ihn in mein Büro setzen statt in eines der Besprechungszimmer, wusste ich im Nachhinein nicht mehr zu begründen. Auf jeden Fall wartete Herr Nelke schon in meinem Zimmer, als ich – auch vor der Zeit – in die Kanzlei kam.

Ich ging hinüber in mein Büro, öffnete die Tür und sah ihn in einem der braunen Sessel sitzen. Ihn sehen und wissen: Ich habe es mit einer starken Persönlichkeit zu tun. Wie er da saß, so selbstverständlich. Die Ruhe, die er ausstrahlte. Das Selbstbewusstsein, das von ihm ausging. Der feste Blick. Von Geburt an ein echtes Alphatier. Da war nichts Angelerntes, keine Managerschule, kein Rhetorikkurs. Der Mann gefiel mir. Eitel war er. Anthrazitfarbener Anzug. Maßgeschneidert, aus feinstem Tuch. Gelbe Seidenkrawatte. Für einen Besuch beim Anwalt etwas übertrieben. Tiefschwarzes Haar. Für einen Anfangfünfziger ohne jedes graue Haar sprach Tönung. Der dicke goldene Ring mit großem Brillanten war fehl am Platz. Dann ging es mir auf. Ein Roma-Fürst. Ich ging auf ihn zu, reichte ihm die Hand, er war aufgestanden, und stellte mich vor:

»Langer, mein Name. Guten Tag, Herr Nelke.«

»Guten Tag, Herr Doktor Langer. Ich bedanke mich, dass Sie so schnell für mich Zeit haben.«

Er trank Kaffee und schilderte mir dabei sein Problem. Ruhig und sachlich. Ein Großteil seiner Familie wohne hier in Deutschland, die ursprünglich aber aus Rumänien stamme.

»Aus der Umgebung von Sibiu. Dem früheren Hermannstadt. Sie wissen, Herr Doktor, das wunderschöne Land am Fuß der Karpaten. Die Heimat der Siebenbürger Sachsen. Seit dem zwölften Jahrhundert leben die Deutschen dort. Es heißt, ein Großteil sei mit dem zweiten Kreuzzug im Jahr 1147 gekommen und dort hängen geblieben. Unsere Leute waren damals schon da. Die Sachsen und wir Romes haben über die Jahrhunderte friedlich miteinander gelebt. Gegen die Türken gekämpft. Nachdem Rumänien, das von Politikern ausgebeutete, arme Land jetzt keine Zukunft bietet, suchen immer mehr Romes und Siebenbürger Sachsen in Deutschland eine neue Zukunft. Sie kommen, sie suchen Arbeit. Sie brauchen hier einen Führerschein. Die meisten haben keinen. Sie können auch kein neues Deutsch. Was tun?«

Ich sagte nichts. Wartete, dass er weiterredete. Er tat mir den Gefallen.

»Ich selbst bin in Deutschland geboren und aufgewachsen. Mit deutschem Pass. Mit der Polizei habe ich kaum Ärger gehabt. Ein paar Mal bin ich zu schnell gefahren. Aber wer ist das nicht. Einmal musste ich Punkte abbauen. Ist lange her. Hab ich gemacht. Jetzt muss man schon mit vier Punkten nachschulen. Das ist gefährlich. Besonders dann, wenn man auf das Papier angewiesen ist. So wie ich als freier Handelstreibender. Deshalb war ich bei einem Verkehrspsychologen in Frankfurt. Kirschel heißt er. Der hat mir geholfen. Hat es gut gemacht.«

Diesen Herrn Kirschel habe er dann einmal gefragt, so berichtete mir Herr Nelke weiter, ob er was für seine Angehörigen tun könne. Die aus Rumänien hierherkommen, kein Deutsch können, aber dringend einen Führerschein bräuchten.

»Herr Kirschel hat gesagt, er kann vielleicht helfen. Kostet aber Geld. Alles kostet Geld.«

Er klatschte sich mit den flachen Händen auf die Oberschenkel.

»Das mit dem Geld war kein Problem. Meine Leute sind zu mir gekommen, haben gesagt: ›Ich brauche Geld, damit ich Arbeit finde. Du kriegst es dann wieder.‹ Ich habe es ihnen gegeben. Ich habe nicht gefragt: ›Für was?‹ Die sind damit zu Herrn Kirschel gegangen und haben den Führerschein gemacht.«

Er sah mir in die Augen. Forschend, bevor er weitersprach:

»Herr Kirschel ist vor zwei Monaten verhaftet worden. Er sitzt jetzt in Untersuchungshaft, weil er zusammen mit einem ihm bekannten Herrn, der eine Fahrschule betrieben hat, bevorzugt Ausländern auf nichtseriöse Weise zur begehrten Fahrerlaubnis verholfen haben soll. So oder so ähnlich, wird es behauptet. Der Staatsanwalt behauptet, es wäre alles nur eine Frage des Geldes gewesen, die gefürchtete theoretische Führerschein-Prüfung zu bestehen.«

Und dann erzählte er mir Einzelheiten. Seit dem Jahre 2010 wären Kirschel und Kompagnon ihre Dienstleistungen, die das entscheidende Gericht – ausgesprochen fremdenfeindlich – als gewerblichen Betrug bezeichnet, dank der fortschrittlichen technischen Möglichkeiten recht leicht gefallen.

Seit dem genannten Jahr würden die theoretischen Prüfungen nur noch am PC durchgeführt werden. Benötigt würden für die Hilfestellung lediglich ein Fahrlehrer, der die türkische und rumänische Sprache so ausreichend beherrscht wie der Bekannte von Kirschel, eine auf den Bildschirm des Prüfungs-PCs ausgerichtete Kamera, versteckt im obersten Jackenknopfloch des Prüflings, manchmal, bei kleinwüchsigen Männern, auch in einem Sticker am linken Revers angebracht, jeweils verbunden mit einem kleinen Sender in der Innentasche sowie ein Empfänger im Ohr beziehungsweise in der breiten Fassung einer Brille, die der Kandidat trägt. So sehe der Fahrlehrer die Fragen und könne dem Prüfling sagen, in welche Kästchen er seine Kreuze zu machen habe.

Voila! Es lebe die Mikrotechnik! Fünftausend Euro für die Fahrschüler, die sich auf Deutsch verständigen können, achttausend Euro für die des Deutschen nicht mächtigen Führerschein-Interessenten.

Fast vier Jahre lief und boomte Kirschels Geschäftsmodell, dann habe dessen Bekannter, der Fahrlehrer, einen Angestellten gefeuert, weil der in die eigene Tasche gewirtschaftet habe. Der aber habe darauf nichts eiliger zu tun gewusst, als den zur Prüfungsabnahme berechtigten Verein über die Praktiken seines ehemaligen Chefs aufzuklären.

»Und jetzt wird gegen mich auch ermittelt. Und deshalb brauche ich einen guten Verteidiger.«

Er sah mich mit einem Lächeln an.

»Den besten! Herr Kirschel hat gesagt, Sie wären der beste. Er hätte Sie auch genommen, aber das ginge nicht.«

Ich sagte Herrn Nelke das Übliche zu diesem Zeitpunkt, und das war:

»Ich kann Ihnen nichts versprechen, Herr Nelke. Besonders erfreulich schaut es ja nach Ihrer Schilderung nicht aus. Entscheidend ist aber, was in der Ermittlungsakte steht. Diese werde ich jetzt mit Ihrer Vollmacht anfordern. Und dann sehen wir weiter. An Sie, Herr Nelke, habe ich inzwischen drei Bitten. Erstens: Ruhe bewahren. Zweitens: Mit niemand über diesen Fall reden. Und drittens: Sollte sich in der Zwischenzeit etwas Neues ergeben, dann teilen Sie es mir bitte umgehend mit.«

»Mach ich, Herr Doktor. Versprochen!«

Wir hatten uns zur Verabschiedung erhoben. Ich wollte schon zur Tür hin, um ihn hinauszubegleiten, als ich bemerkte, wie er sich in meinem Büro umsah. Sein Blick blieb an meinem TobTom-Gemälde hängen. Und er fragte höflich:

»Darf ich es mir näher ansehen?«

Was sollte ich dagegen haben? Es war ein wunderbares Bild.

»Aber natürlich, Herr Nelke. Kunstwerke sind ja zum Anschauen geschaffen.«

Er ging hinüber und studierte es intensiv.

»Wow!«, meinte er schließlich. Seine Begeisterung war echt:

»Ein echter TobTom. Großartig diese Farben.«

Und dann weiter. Langsam, nachdenklich:

»Wenn ich nicht wüsste, dass es ein Gemälde ist, würde ich glatt meinen, dass ich die Frau da kenne. Sie sieht genau aus wie die Verkehrspsychologin, die mir damals beim ersten Punkteabbau geholfen hat.«

Auf der Autobahn A 66
Herr Nelke ist irritiert

Ich habe es hoffentlich gut überspielt, dachte er. *Ich hätte mich fast hingesetzt, als er sagte:* »Das ist meine Ehefrau.« *Und dann:*

»Entschuldigung. Meine frühere Ehefrau. Bevor sie sich Herrn Kirschel zugewandt hat.«

Was treibt der Kerl eigentlich für ein Spiel mit mir? Sagt: »Ich weiß da einen Anwalt. Den besten.« Und schickt mich aufs Land zu dem Ex seiner Geliebten. Kirschel wird mir Fragen beantworten müssen. Und wenn mich seine Antworten nicht überzeugen, dann kann er im Knast etwas erleben. Darauf kann er sich verlassen. Ich habe in jeder Kiste hier im Lande meine Leute sitzen.

Er wechselte mit seinem goldfarbenen S-Klasse-Mercedes auf die linke Fahrspur und beschleunigte weiter.

Kann das wirklich ein Zufall sein, dass er mich zu dem Anwalt geschickt hat? Kann ich mir nicht vorstellen. Das wäre ein bisschen viel Zufall. Aber warum macht er es dann? Eigentlich gibt es ja nur zwei Möglichkeiten. Entweder er will mir was antun oder er ist wirklich von dem Langer überzeugt. Einen schlechten Eindruck hat der ja nicht auf mich gemacht. Kann aber auch ein Blender sein. Muss ich erst einmal abwarten, was er macht, wenn er meine Akte kennt. Dann kommt die Stunde der Wahrheit.

Er musste hart abbremsen, weil so ein Idiot von Lieferwagen auf seine Spur nach links zog, ohne ein Zeichen zu setzen.

»Arschloch! Kannste nicht aufpassen?«

Oder weiß er was und will mich warnen, nix Falsches zu sagen? Aber woher sollte er wissen? Gab es unter seinen Leuten eine undichte Stelle?

»Das kann ich mir nicht vorstellen!«

Er sprach es laut, quasi um es sich selber zu bestätigen. Aber gleichzeitig überlegte er:

Wer von den Führerscheinkandidaten in den letzten vier, fünf Monaten, bevor Kirschel einrücken musste, kommt aus meiner Heimat und wurde von mir zu Kirschel geschickt? Das waren mehrere. Ich muss nachgucken.

Er dachte angestrengt nach.

Einer fällt mir spontan ein. Iulian heißt er. Den hat der ›Bulibascha‹ direkt zu mir geschickt, der neue Anführer aus Sibiu, der König seiner Zunft. Weil er mit seinen guten Beziehungen in Rumänien immer mal wichtig für mich sein kann, bin ich hilfreich gewesen.

»Oh, Scheiße! Wie konnte ich das vergessen! Er kam, kassierte, und sagte beim Weggehen, dreckig grinsend, er solle mir Grüße ausrichten von der schönen deutschen Frau!«

Nelke wusste, dass es Quatsch war, was er sich da gerade vormachte. Er hatte es nicht vergessen. Wie auch? Er hatte es lediglich als unwichtig eingestuft bei dem Anwalt.

Warum?

Alzey
Am sechsten April im Jahre des HErrn 1147

Der alte Herzog weiß, dass seine letzte Stunde naht. Schon bei Tagesanbruch hat Friedrich II. den Priester gebeten ihm die Beichte abzunehmen, der den Versehvorgang einleitet. Versehen mit allen drei heiligen Sterbesakramenten Beichte, Letzter Ölung und heiliger Kommunion will er frohen Herzens den Gang ins Himmelreich antreten. Als er spürt, dass der Tod schon in der Tür steht, schickt er alle, die bei ihm sind, mit ihm und für ihn gebetet haben, aus seinem Zimmer, bis auf seinen ältesten Sohn. Was er diesem noch zu sagen hat, ist ihm wichtig.

»Meine irdische Reise geht zu Ende, mein Sohn. Morgen schon wirst du der Herzog sein. Das Oberhaupt der Schwaben vom Hohenstaufen. Viel Ehre wirst du tragen müssen. Aber auch Verantwortung für die Familie. Kümmere dich um mein liebes Weib und ihre Kinder. Versprich es mir!«

»Ja, geliebter Vater, ich verspreche es bei Gott dem Allmächtigen.«

Der Alte kämpfte um Luft.

»Und wisse, ich wollte nicht, dass du das Kreuz nimmst. Wie es dir Konrad, mein Bruder, und dieser Mönch jetzt aufgeschwatzt haben. Wenn du jetzt aber gehst, sei voller Vorsicht. Denke stets an die Verantwortung, die du für unser Land und seine Menschen trägst!«

Der Sterbende wurde immer kurzatmiger: »Wenn du aber zu deinem gegebenen Wort stehst, was ich annehme, dann hör, mein Sohn, auf meinen Rat. Mach dich weiter unentbehrlich beim König. Begeh nicht die Fehler deines Vaters ... meine Fehler! Ich war königstreu, aber blauäugig und unentschlossen. Zaudere nicht! Zögere nicht! Bleibe immer auf dem einmal eingeschlagenen Weg. Sei tapfer und entschlossen. Wenn mein Bruder, der König, dich für aufrichtig hält und sieht, dass du auf der Fährte stets neben ihm reitest, dann wird er dir vertrauen. Und dann wirst du erfolgreich sein.«

Er atmete schwer. Zweimal, und dann noch ein drittes Mal rang er um Luft, bevor er seinen Sohn streng mit seinem wässrigen Auge musterte:

»Beweise stets Beherrschung! Auch wenn es dir schwerfällt. Wer unbeherrscht ist, ist angreifbar.«

Der Atem des Alten stockte. Der Sohn sah wie der alte Herzog sich mühsam gegen den nahenden Tod wehrte. Ein schwerer Kampf. Friedrich wollte helfen. Er ergriff die knotige Hand des Vaters. Sie war kalt und feucht. Dessen letzte Worte waren im rasselnden Atmen kaum noch zu verstehen:

»Such dir eine neue Frau. Deine Gela. Und du wirst siegen. König. ... Der HErr sei dir gnädig.«

Ein heller Schimmer ließ das Gesicht des Vaters leuchten. Friedrich war, als würde der Vater triumphieren. Er hatte Gevatter Tod so lange in seine Schranken gezwungen, bis er dem Sohn seinen letzten Rat gegeben hatte. Jetzt aber ließ er gnädig den Unbesiegbaren seine Pflicht tun.

Friedrich bat hastig den draußen wartenden Priester ins Gemach. Der sieht und weiß, dass es eilt. Schnell streicht er dem sterbenden Herzog mit geweihtem Öl ein Kreuz auf Stirn, Hände, Ohren, Nase und Mund, während er dabei Gott um die Gnade bittet, dass dem Sterbenden seine Sünden erlassen werden. Dann legt er dem sterbenden Herzog eine Hostie auf die Lippen als letzte Wegzehrung und um die Seele des Verstorbenen vor Dämonen zu schützen. Kein Atemzug mehr ist zu hören.

Friedrich schämte sich seiner Tränen nicht, als er dem Alten die Stirn küsste.

»Herr Vater, Euer Rat ist mir heilig. Danke für deine letzten Worte. Ich werde sie beherzigen. Unser aller Vater, bitte erbarme Dich dieser lieben Seele. Segne sie und gib mir die Kraft, mich Deiner und seiner würdig zu erweisen. Amen.«

Behutsam schließt er das Auge seines Vaters. Dann ruft er seine Stiefmutter Agnes von Saarbrücken mit ihren beiden Kindern und die restliche, draußen wartende Trauergemeinde zu sich und dem Priester ins Zimmer. Hoch rechnet er es seinem Freund Egbert an, dass dieser auch gekommen ist.

Seine letzte Ruhestätte findet der heile Leichnam Friedrichs II., Herzog von Schwaben, in der Klosterkirche vom Kloster Sankt Walburga im Elsass. So wie es sich sein Erstgeborener in eisiger Nacht einst in den Alpen geschworen hat. Bald nach ihm wird auch seine zweite Ehefrau Agnes dort bestattet werden.

Jetzt ist Friedrich als der dritte seines Namens Herzog von Schwaben.

Gelnhausen 2017
Ein Blitz schlägt ein

Am achtundzwanzigsten August habe ich Geburtstag. Wie der Großmeister der deutschen Gedichtkunst Johann Wolfgang von Goethe. Gewiss habe ich diese Gemeinsamkeit bereits erwähnt. Macht nichts! Ich bin, aus was für einem Grund auch immer, darauf stolz. Und meine beiden Männer, Tom und Tobias, wissen um mein Geburtsdatum. Im vergangenen Jahr haben sie mir ein wunderschönes Gemälde geschenkt, das jetzt in meinem Büro in unserer Kanzlei hängt.

Für dieses Jahr müssen sie sich etwas ganz Besonderes, Zeitintensives für mich ausgedacht haben; denn seit Ende April habe ich das große Penthouse in der Wursthofgasse nicht mehr betreten dürfen. Hausverbot. Liebe Leserin, werter Leser, Sie haben es richtig gelesen. Ich stehe unter Hausverbot. Ja, in den letzten Monaten war meine Anwesenheit in der Wursthofgasse gar gänzlich unerwünscht gewesen. Dabei fing alles ganz harmlos an.

»Du darfst mich weiter morgens gerne zu Opa nach Frankfurt fahren«, hat mir Tobias eines Tages im April eröffnet. »Aber nur hin und nur, wenn du wirklich Zeit hast, Vati, und ich bei dir in Gelnhausen bin. Opa bringt mich abends dann zurück. Oder in meine Wohnung nach Hörnow. Und wenn Opa mal nicht kann, fährt mich ein Klassenkamerad, der den Führerschein mit sechzehn gemacht hat. Es ist alles abgesprochen. Geklärt. Du musst dir keine Gedanken machen. Ist das klar, Alter?!«

Tobias auf dem Beifahrersitz hatte kurz innegehalten, bevor er weitersprach:

»In den nächsten Wochen wollen wir nicht in unserer Konzentration gestört werden. Auch nicht durch gutgemeinte Einladungen von dir zum Essen und so. Wir werden nicht bestechlich sein. Wir müssen arbeiten. Es kann gut sein, dass ich dann auch mal über Nacht bei Opa bleibe. Also versuche nicht, uns in Versuchung zu führen. Du verstehst, Vati?! Ich spreche von einer Art stringentem Hausverbot, das auch für dich gilt.«

»Und«, hängte er hastig noch an, »in die Schule gehe ich schön pflichtbewusst wie bisher. Die Hausaufgaben werden auch gemacht; es sei denn, du willst sie für mich machen!«

»Ganz schön üppig, der Herr Künstler. Vater aussperren und so. Andererseits freut es mich riesig, dass ihr mir zutraut, allein durchs Leben zu kommen.«

*****

Ich liebe meinen Sohn und seine Ernsthaftigkeit. Ich wusste, dass sowohl Tobias wie auch Tom es nicht böse mit mir meinten. Ganz im Gegenteil. Im Laufe der vergangenen Wochen war ich mir immer sicherer geworden, dass sie mich mit etwas Besonderem am achtundzwanzigsten August, meinem Geburtstag, würden überraschen wollen. Zwar gab es eine kurze Irritation, als Tom Anfang August plötzlich vor meiner Tür oben auf der Dürich in Gelnhausen stand mit einem Koffer und einem Keilrahmen mit grundierter Leinwand und mir erklärte, dass er die nächsten Tage bei mir würde wohnen, schlafen und malen müssen.

»Tobi, ...« – Tom ruft seinen Enkel Tobias »Tobi« mit einem langen ›ooo‹, während ich meinen Sprössling »Tobby« nenne – »... Tobi hat mich vor meine eigene Tür gesetzt. Er benötige eine Woche für sich allein. Und ich könne ja solang sein Zimmer hier bei dir in Gelnhausen benutzen. Ich hoffe, ich störe dich nicht, Martin. Den jungen Leuten von heute schießt das Selbstbewusstsein nur so aus den Ohren. Dem bin ich hilflos ausgeliefert. Ach ja, ich soll dich herzlich grüßen.«

»Na, dann herzlich willkommen im Asyl, Tom!«

Wir beiden Alten lachten. Und hatten eine schöne Woche – bis gestern.

*****

Es geschah aus heiterem Himmel. Gerade noch hatten wir beide zusammen gefrühstückt und fachmännisch das Schicksal von Eintracht Frankfurt in der bald beginnenden neuen Saison prophezeit, da überfiel Tom ein Zittern der rechten Hand, das er nicht beherrschen konnte. Der dünne Pinsel, mit dem er gerade einzelne Haare auf der Scham eines weiblichen Aktes auftrug, glitt ihm aus der Hand, hinterließ dabei eine breite braune Schmierspur auf Haut und Leinwand, bevor er auf den Boden fiel.

»So ein Mist, verfluchter!«

Toms Fluchen hörte ich durch die nur angelehnte Wohnzimmertür in der Küche, wo ich gerade dabei war den Geschirrspüler auszuräumen. Heute wollte uns Tobby die Ehre geben und zum gemeinsamen Mittagessen vorbeischauen.

»Tom, was ist denn passiert?«, erkundigte ich mich in Richtung Tobbys Wohnzimmer, das Tom zu seinem Atelier umfunktioniert hatte.

»Martin, kannst du mir bitte mal helfen!«

Toms Stimme klang angespannt und ungewohnt flehendlich. Ich legte den Teller, den ich gerade in der Hand hielt, auf den Tisch, und ging hinüber zu Tom, der auf seinem Hocker vor der großen Leinwand saß.

»Schau dir die Schweinerei an. Mir ist der Pinsel aus der Hand aufs Bild gefallen.«

Ich wollte schon flapsig sagen: »Bei dem Motiv kann, das jedem gesunden Mann passieren!«, als ich in das Gesicht meines alten Freundes sah. Entsetzen und Verzweiflung meinte ich zu erkennen.

»Tom, was hast du denn?«, erkundigte ich mich besorgt. Tom sah mich kläglich blickend an.

»Martin, etwas stimmt nicht mit mir. Mir fehlt plötzlich Kraft und Gefühl in der rechten Hand.«

Ich wurde ernst.

»Das erste Mal oder schon einmal vorgekommen?«

»Das dritte Mal in dieser Woche. Habe mich wohl bei dieser Fisselarbeit übernommen. Bin ja nicht mehr der Jüngste.«

Der Schock verlor hörbar an Wirkung.

»Du, Martin, bitte kein Wort zu Tobi. Bitte. Heb bitte den Pinsel auf und wisch den Farbfleck von der Travertinplatte, bevor die Ölfarbe einzieht.«

Tom deutete mit der linken Hand auf den Beistelltisch, der rechts neben ihm stand. Sein rechter Arm hing wie teilnahmslos herab.

»Nimm bitte dazu den Lappen dort und mach Terpentin darauf. Dann geht es besser. Und ja kein Wort zu Tobi.«

Ich tat wie mir gesagt. Wortlos. Mein Gehirn aber arbeitete auf hohen Touren.

Was war mit Tom?

»Und noch eine Bitte, Martin. ...«

»Ja, ich weiß schon, Tom.«

Gelnhausen 2017
Langer konsultiert einen Arzt

Professor Doktor Strass, Chefarzt Onkologie der Hörnowschen Waldklinik, schien mit seinen Forschungen weitergekommen zu sein, seitdem er überraschend eine Million Euro auf seinem Konto gefunden hatte. Anonym, zweckgebunden zur ›Krebsbekämpfung‹. Ich denke, er hatte schon eine Vermutung, woher und von wem das Geld stammte. Der Mann ist nicht dumm.

Toms Zustand machte mich nervös. Meine Hilflosigkeit ebenfalls. Ich kann es nicht ab, wenn mir nicht einfällt, wie ich mit einer Problemstellung umzugehen habe. Ich sah nur einen Weg, nämlich, selbst um Hilfe zu bitten. So griff ich zum Telefon und rief Professor Strass an. Er war auch gleich am Apparat und mir gegenüber wie immer sehr zuvorkommend. Nach den ersten Höflichkeitsfloskeln fiel ich ihm gleich ins Haus:

»Herr Professor Strass, ich benötige heute dringend ihre fachkundige Hilfe.«

»Na, dann schießen Sie einmal los, Herr Doktor Langer.«

»Ein Freund, ein wirklich sehr guter Freund leidet seit geraumer Zeit unter eigentümlichen Ausfallerscheinungen. Seine rechte Hand fällt ihm immer wieder aus.«

»Wie äußert sich das?«

»Sie wird taub. Er kann nichts mehr halten, weil er nicht mehr spürt, dass er etwas in der Hand hält.«

»War Ihr Freund schon beim Orthopäden?«

»Ja, dazu habe ich ihn geradezu zwingen müssen. Der Orthopäde hat aber nichts festgestellt.«

»Hat er Ihren Freund nicht zu einem Neurologen weiterempfohlen?«

»Doch, hat er. Aber mein Freund ist nicht hingegangen. Begründung: Ich wäre ein lieber, aber nerviger Bedenkenträger. Der sinnlose Besuch bei dem Orthopäden, der natürlich – wie von ihm erwartet – nichts festgestellt habe, wäre ihm genug Beweis, dass ihm nichts fehle, was ärztlicher Hilfe bedürfe.«

»Na ja, so ganz logisch ist diese Argumentation Ihres Freundes nicht, Herr Doktor Langer. Immerhin hat ihm der Orthopäde ja empfohlen einen Neurologen zu konsultieren.«

»Genau, Herr Professor, dieses kindische Verhalten ist es ja gerade auch, das mich so nervös macht. Mein Freund ist eigentlich ein durch und durch vernünftig denkender und handelnder Mensch. Dazu passt seine Trotzreaktion nicht. Ich befürchte, er spielt den berühmten Vogel Strauß, weil er Angst hat vor einer unerfreulichen Diagnose.«

»Was ja eigentlich Grund genug wäre einen Spezialisten aufzusuchen. Und was kann ich jetzt für Sie noch tun? Was ist Ihr Gedanke?«

»Ich möchte Sie bitten, ihn sich einmal anzuschauen. Sie kennen ihn. Er kennt Sie. Ich spreche von meinem Schwiegervater Thomas Schlosser, dem Maler. Die ältere Hälfte von ›TobTom‹. Sie wissen. Ich bin überzeugt, er wäre für Ihren Rat aufgeschlossen.«

»Darüber kann man natürlich reden, Herr Doktor Langer.«

»Danke, Herr Professor. Und ich möchte Ihnen noch einen Grund nennen, der mich persönlich so umtreibt und ängstlich macht.«

»Ich höre.«

»Möglicherweise ist der Anlass albern. Wenn es so wäre, ginge es mir besser.«

»Und was ängstigt Sie?«

»Tom Schlosser hat sich, solange ich ihn kenne, geweigert Karotten zu essen. Sie waren ihm zu süß, zu hart, zu irgendetwas. Er hat keinen noch so billigen Grund ausgelassen, um den Verzehr von Karotten, Möhren und dergleichen abzulehnen. Das war eine harmlose Marotte von ihm, mit der ihn die Familie hin und wieder aufgezogen hat. Aber es war halt so. Doch dann vor etwa zwei Jahren habe ich Tom dabei überrascht, wie er Möhren wusch und aß. Und seit der Zeit kann er nicht mehr genug ›geele Rüwe‹, wie er sagt, essen. Das hat mich nachdenklich gemacht.«

»Das kann ich verstehen.«

»Das erleichtert mich, Herr Professor. Und auch wieder nicht. Nach dem letzten Ausfall, gestern Mittag, habe ich gegoogelt und bin da über einen Zusammenhang gestolpert, der mir Angst und Bange macht. Und ich befürchte, Tom hat auch gegoogelt. Die Stichworte lauten ›amyotrophe Lateralsklerose‹ und ›Karotin‹. Google mag informativ sein, aber, Herr Professor Strass, sagen Sie mir bitte Ihre kompetente Meinung dazu.«

»Uij, Herr Doktor Langer, das ist ein komplexes Thema. Lassen Sie es mich simpel und ohne jede Verwertbarkeit als Ferndiagnose in dem von Ihnen geschilderten Fall erklären. Da gibt es in uns eine Gruppe von Nerven, die sogenannten Motoneuronen, welche die Muskulatur des Körpers innervieren. Das bedeutet wiederum, diese Motoneuronen versorgen beispielsweise einen Muskel mit Nerven und darüber zudem mit Nervenreizen. Die Motoneuronen sind also, kurz gesagt, Ursache und Auslöser einer Muskelkontraktion, einer Bewegung. Zum Beispiel: Wenn sich ein Muskel anspannt, ist ein Motoneuron dafür verantwortlich. Militärisch formuliert: Das Gehirn gibt per Motoneuron über Rückenmark und Muskulatur der Hand den Befehl ›Pinsel halten!‹.

Bei der amyotrophen Lateralsklerose, kurz ALS, sterben nun bestimmte Motoneuronzellen ab. Dadurch wird die Signalkette Gehirn, Rückenmark, Muskel, Hand in Mitleidenschaft gezogen. Zunehmend mehr Muskeln werden immer schlechter mit Befehlen vom Gehirn versorgt. Zuletzt treffen gar keine Befehle mehr ein. Der betroffene Mensch verliert somit nach und nach die Kontrolle über seinen Körper. Nach jetzigem ALS-Wissensstand betrifft der Motoneuronenschwund zunächst die Hände, dann Arme und Beine. Später fallen die Stimme, der Schluckreflex, die Atmung aus. Interessanterweise bleiben Verstand und Bewusstsein unberührt.«

»Was für eine grausame Vorstellung!«

Ich musste mich unwillkürlich schütteln.

»Was löst die Krankheit überhaupt aus? Und wie lange dauert diese Entwicklung? Oder besser formuliert: Wie sind die Heilungschancen?«

»Die Diagnose ist traurig. Bislang gibt es keine Möglichkeit, das Absterben der Nervenzellen zu stoppen. Man kann den Verlauf der Krankheit mit Medikamenten lediglich verzögern.

Die aktuelle Lebenserwartung von ALS-Patienten beträgt meines Wissens durchschnittlich sechs, acht Jahre. Je älter der Betroffene bei der ALS-Feststellung ist, umso größer ist die Lebenserwartung. Das würde für Herrn Schlosser sprechen, so er denn tatsächlich an ALS erkrankt sein sollte. Was wir hier austauschen, ist aber gegenwärtig reine Theorie. Doch, wie immer im Leben, muss ich leider sagen, so gibt es auch beim Krankheitsverlauf der amyotrophen Lateralsklerose Ausreißer in beiden Richtungen.

Übrigens, um Ihre Frage nach dem Auslöser dieser Erkrankung zu beantworten. Ich weiß es nicht. Ich kann mich nur im Zusammenhang mit dem an ALS erkrankten und gestorbenen Maler Jörg Immendorff daran erinnern, dass auch der häufige Kontakt mit bestimmten Ölfarben, vor allem mit weißen, als Ursache für die Krankheit diskutiert worden ist. Immendorff ist im Mai 2007 verstorben, nachdem er zehn Jahre mit ALS gelebt und gemalt hat.«

Meine Furcht nahm zu. Ich dachte jetzt nicht nur an Tom, sondern auch an meinen Kleinen.

Jeden Tag hantiert er mit Ölfarben herum. Das ist sein Leben. Ich kann es ihm doch nicht verbieten. Bitte. Lass den Kelch an ihm vorbeiziehen! Bitte!

Professor Strass muss mein Befinden gespürt haben; denn er fuhr fort, sachlich im Ton:

»Auf der anderen Seite leidet der englische Physiker Stephen Hawking, ich nenne ihn den Vater des Urknalls, seit mehr als fünfzig Jahren an dieser Krankheit. Hawking hat einmal gesagt: ›Obwohl ich mich nicht bewegen kann und durch einen Computer sprechen muss, bin ich in meinem Geist frei.‹«

»Das ist auch ein Trost, Herr Professor, wenn der Kopf weiß, dass man in einem leblosen Körper eingesperrt ist!«

»Das sehen Sie wohl zu pessimistisch, Herr Doktor Langer. Ist es nicht auch Ausdruck von Vitalität, so zu sich selbst zu stehen. Wenn Ihre Befürchtungen zutreffen sollten, was ich Herrn Schlosser und uns gewiss nicht wünsche, dann glaube ich, dass er auch vital um sein Leben, seine Beweglichkeit kämpft.«

»Was veranlasst Sie zu dieser Vermutung?«

»Herrn Schlossers Interesse an Ernährung. Nach den jüngsten Forschungsergebnissen, die ich kenne, scheint die Ernährung auch bei ALS eine gewichtige Rolle zu spielen. Und dies gilt gleichermaßen für die Entstehung der Krankheit als auch für deren Verlauf. So empfehlen die Ernährungswissenschaftler ALS-Betroffenen nachdrücklich besonders viele Lebensmittel zu essen, die reich an Antioxidantien und Carotinoiden sind. Und dazu gehören unbestreitbar auch Karotten. Und die verzehrt Herr Schlosser ja nach Ihrer Schilderung in großer Menge. Warum wohl? Können Sie ihn, heute ist Dienstag, sagen wir am Donnerstag um siebzehn Uhr zu mir bringen?«

»Ich werde mein Bestes tun, Herr Professor. Vielen Dank für Gespräch, Zeit und den Termin.«

Ich hörte, wie sich der Chefarzt am anderen Ende der Leitung einen Ruck gab.

»Wenn ich Sie schon am Hörer habe, sehr geehrter Herr Doktor Langer, dann muss ich diese Gelegenheit nutzen.«

Oh, dachte ich, *da benötigt jemand mehr Geld.* Doch ich lag falsch.

»Sie kennen doch meine frühere Sekretärin hier in der Waldklinik?«

»Sie sprechen von Frau Halupa? Ich wusste gar nicht, dass sie nicht mehr in Ihrem Vorzimmer sitzt.«

»Richtig. Sie haben ein sehr gutes Gedächtnis, Herr Doktor Langer.«

Er wartete nicht ab, dass ich geschmeichelt auf sein Kompliment reagieren würde. Es schien wirklich dringlich zu sein.

»Sie hat ein sehr großes Problem. Es wäre schön, wenn Sie ihr helfen könnten.«

»Sie wissen, dass ich mich nur als Strafverteidiger betätige?!«

»Ja, und genau einen solchen braucht sie. Die beste Verteidigung. Würden Sie ...?«

»Dann soll Frau Halupa doch einmal in unserer Kanzlei anrufen und sich einen Termin geben lassen.«

»Das ist sehr freundlich von Ihnen, sehr geehrter Herr Doktor Langer. Es eilt sehr. Könnten Sie mir vielleicht freundlicherweise einen Termin nennen, mit dem ich auf Frau Halupa Druck ausüben kann. Ich befürchte, dass Schlimmste.«

»Was hat Sie denn angestellt, wenn es so eilbedürftig ist?«, erkundigte ich mich.

»Das kann ich Ihnen bedauerlicherweise nicht sagen. Sie kennen sie als Anwalt auch: die Schweigepflicht. Solange Frau Halupa Ihnen keine Schweigepflichtentbindungserklärung unterschrieben hat, darf ich nicht. Leider.«

»So schlimm?«, hakte ich nach.

»Bedauerlicherweise ja. Leider.«

»Dann soll Frau Halupa doch gleich heute Nachmittag um siebzehn Uhr kommen. Eine Hand wäscht die andere.«

Er lachte. Es klang erleichtert. Wir verabschiedeten uns.

Gelnhausen 2017
Langer schreibt an die Staatsanwaltschaft

Pünktlich um siebzehn Uhr saß mir in unserer Kanzlei Frau Halupa gegenüber, die ehemalige Chefsekretärin von Herrn Professor Doktor Strass. Und ich fragte mich: Wo ist sie geblieben die adrette Mittdreißigerin, die immer selbstbewusst, selbstsicher und – bei aller Hilfsbereitschaft und Höflichkeit – auch sehr bestimmt aufgetreten ist? Jetzt sah ich eine verhärmte, bleiche Frau vor mir, mit dunklen Ringen unter den Augen, die sich fast aufgegeben zu haben schien. Alles an ihr zitterte. Ihr bemühter Versuch Haltung zu bewahren, war erkennbar, aber nicht erfolgreich. Angst und Verzweiflung beherrschten sie. Sie tat mir leid. Ich wollte ihr helfen. Sie und ihr körperlicher wie psychischer Zustand erinnerten mich so sehr an die Verfassung meiner Monika an dem Tag, als ich sie das letzte Mal gesehen habe. Und heute nach Tom einen weiteren Menschen ohne Hilfe zu lassen, konnte ich mir und meiner Psyche nicht zumuten. Insofern hatte dieses Mandantengespräch auch etwas von einer persönlichen Therapie für mich.

Wir sprachen zunächst über Allgemeines, tranken Kaffee. Die üblichen Lockerungsbemühungen. Sie war schon arg verkrampft. Auf der einen Seite der Stolz, der Versuch die persönliche Fassung nicht zu verlieren, die eigene Würde zu bewahren, die begangenen Fehler herunterzuspielen. Auf der anderen Seite der Schrei nach Hilfe, das Eingestehen des persönlichen Versagens, die Überwindung der Peinlichkeit einem Fremden ihr intimstes Empfinden zu offenbaren. Was sie ja wollte. Nichts sehnte sie sich mehr herbei, als eine endgültige Flucht aus dem Teufelskreis, in dem sie sich befand. Ich ließ sie reden, ließ ihr alle Zeit, stellte zunächst nur einzelne harmlose Verständnisfragen.

Während Frau Halupa einmal auf die Toilette musste – hoffentlich schluckt sie jetzt nicht eine ihrer Tabletten, dachte ich – habe ich mit der Staatsanwaltschaft in Hörnow telefoniert. Mein Kollege Volker Voss, der selbst einmal bei dieser Behörde als Oberstaatsanwalt tätig gewesen ist, stellte das Gespräch durch. Draußen vor den Fenstern wurde es dunkel. Ich hörte wie die Kollegen die Kanzlei verließen. Katja Helmer klopfte irgendwann zaghaft und fragte, ob ich noch etwas bräuchte. Ich verneinte und wünschte ihr einen schönen Abend. Ich wusste, was sie dachte:

Da muss es um etwas ganz Schlimmes gehen, wenn der Chef sich solange Zeit für ein Mandantengespräch nimmt.

Mit der langen Dauer hatte Katja recht. Unsere Kanzlei wäre längst pleite, wenn wir jedem Erstgespräch mit einem Mandanten oder einer Mandantin einen solchen Zeitaufwand einräumen würden. Auch die Mandanten sind regelmäßig froh, wenn sie rasch wieder aus der Kanzlei herauskommen. Aber dieser Fall lag anders. Ich wusste, dass ich ihn, ohne ein Honorar zu verlangen, durchziehen würde. Ich würde alles dafür tun, ihn für Frau Halupa mit dem bestmöglichen Ergebnis abzuschließen.

»Warum?« fragen Sie. Weil ich innerlich hoffte, dass dann, wenn es mir gelänge, Herr Professor Strass sich mit dem bestmöglichen Ergebnis für Tom revanchieren würde. Natürlich hieß das Äpfel mit Birnen vergleichen, aber in mir betete alles, dass es letztendlich so sein würde.

Ich hatte inzwischen die Stehlampe in der Sitzecke eingeschaltet und ihr Licht etwas gedimmt. Sein Schein erfasste noch mein neues Tob-Tom-Gemälde. ›Das Hasengeschlecht‹. Und ich hatte das Gefühl, als würde mich Mona von dort aus beobachten und mir einen wohlwollenden Blick zuwerfen.

Vielleicht muss ich auch einmal zum Arzt?, dachte ich. *Ich habe schon Halluzinationen.*

Wie auch immer. Mir tat der Blick, den ich aufzufangen meinte, gut. Sehr gut.

Es war kurz nach Mitternacht, als ich Frau Halupa mit dem Auto nach Hörnow zu ihrer Wohnung gebracht habe. Während der Fahrt hat sie über eine blöde Bemerkung von mir gelacht. Sie, liebe Leserin, werter Leser, können sich nicht vorstellen, wie erleichtert, ja glücklich mich dieses unbeschwerte Lachen gemacht hat.

Anschließend fuhr ich über die erstaunlich fahrzeugleere Autobahn zurück in die Kanzlei. Dort diktierte ich an die Sachbearbeiterin des Halupa-Verfahrens, eine Frau Gutmann, eine ausgesprochen nette und verständnisvolle Oberstaatsanwältin, wie ich aus dem nachmittäglichen Telefonat den Eindruck gewonnen hatte, ein Schreiben, in dem ich unter anderem ausführte:

»Bei diesem Schriftsatz handelt es sich nicht nur um ein umfassendes Geständnis der beschuldigten Frau Ivanka Halupa, nein, ohne hochtrabend überzeichnend sein zu wollen, das Schreiben ist zugleich Lebensbeichte und Bitte um Hilfe.

Da ist eine junge Frau, die sich ihr Lebtag lang nur eins gewünscht hat: Kind zu sein. Alleweil hat sie sich nach Geborgenheit, Schutz, Wärme und Liebe gesehnt und tut dies weiterhin. Aber ihr Schicksal wollte es anders. Es meinte es nicht gut mit ihr. Eine richtige Kindheit blieb ihr verwehrt. Frau Halupa musste sich stets um andere kümmern, privat um ihre Familie, beruflich um die Belange ihres Vorgesetzten und die der Patienten. Die Rolle der Chefarzt-Sekretärin füllte sie mit Bravour aus. Der Chefarzt der Abteilung ›Onkologie‹ der Hörnowschen Waldklinik, Herr Professor Doktor Strass, der in die Hände von Frau Halupa über viele Jahre hinweg das Führen und Verwalten seines Vorzimmers mit einer Vielzahl der damit verbundenen Aufgaben gelegt hat, gab meiner Mandantin Anerkennung, schenkte ihr volles Vertrauen und stärkte dadurch zugleich das dünne Eis, auf dem sich Frau Halupa tatsächlich bewegte, ihr Selbstbewusstsein. Solch starke Persönlichkeiten mit sehr menschenfreundlich ausgeprägter Komponente wie Herr Professor Doktor Strass sind auch in der Hörnowschen Waldklinik Ausnahmeerscheinungen.

Das ›Eis‹ durchzogen in den letzten beiden Jahren überraschend Sprünge: privat, als beim Vater meiner Mandantin eine Krebserkrankung diagnostizierte wurde; beruflich, denn die Pensionierung von Herrn Professor Doktor Strass zum Jahresende 2017 wirft ihre Schatten aus: Ein Nachfolger wurde gesucht. Angst griff mit kalten Händen nach Frau Halupa. Zwei für sie wesentliche Bezugspersonen drohten wegzubrechen. Und was würde dann aus ihr werden? Wenn der Vater und der väterliche Vorgesetzte nicht mehr ..., was sollte sie dann hier noch? Solche Gedanken müssen sie damals – bewusst oder unbewusst – bewegt haben. In der Folge traten Essstörungen ein, die das Ausmaß einer Magersucht annahmen. Die eh schon sehr schlanke Frau verlor bald fünfzehn Kilogramm ihres Körpergewichts. Bald folgten – wahrscheinlich stressbedingte – heftige Rückenschmerzen und gravierende Schlafstörungen.

Frau Halupa wurde krankgeschrieben, in Erholungsurlaub geschickt. Doch die typischen Symptome einer Depression – Freudlosigkeit, Selbstzweifel, Antriebsschwäche – sind nicht orts-, sondern personenbezogen. Sie verfolgen den Betroffenen wie dunkle Schatten.

Bromazepamhaltige Medikamente, zumeist Bromazinil, wurden ihr in verantwortungsbewusstem Umfang verschrieben, das meistverordnete Präparat zur Lösung von Angstzuständen, zur Betäubung von Schmerzen und gegen Schlafstörungen. Die betäubende und süchtig machende Wirkung des Wirkstoffs ist bekannt. Bekannt ist auch, dass dessen angstlösende und entspannende Wirkung nur von kurzer Dauer ist. Wenn sich dann der Einnehmende jedoch an die knappen Entspannungs-, Erleichterungsphasen gewöhnt hat, will er/sie mehr davon. Ein teuflischer Kreislauf beginnt: Immer kürzer werden die Entspannungsmomente, immer höher die Dosen, um die psychische Entlastung zu erreichen. Ein teuflisches Wechselspiel nahm für Frau Halupa seinen Lauf.

Alle im Bereich der Onkologie, Herr Professor Doktor Strass wie auch die anderen Mitarbeiterinnen, hätten Frau Halupa geholfen, wenn sie sich ihnen nur erklärt hätte. Aber meine Mandantin schämte sich, auch wollte sie den von ihr verehrten Herrn Professor weder enttäuschen noch in seinen letzten Tätigkeitsmonaten in der Hörnowschen Waldklinik vor seiner Pensionierung ›im Stich lassen‹. (Dass sie mit ihrem verbotenen Handeln tatsächlich das von Herrn Professor Doktor Strass in sie gesetzte Vertrauen vielfach sträflich missbrauchte, hat sie in ihrer Sucht nicht in vollem Umfang realisiert.) Die Schwere der Erkrankung von Frau Halupa blieb in der Hörnowschen Waldklinik also unerkannt. Auch im Auge eines Taifuns herrscht bekanntlich Windstille.

Sie kam nicht aus den Fängen des gefährlichen Medikaments. Der Teufel in ihr forderte immer drängender: ›Du brauchst das Mittel!‹. Ihr Gewissen mahnte sie: ›Du tust Unrecht. Du darfst das Vertrauen deines Chefs nicht enttäuschen! Du darfst nicht fälschen!‹

Letztendlich siegte aber stets die Sucht. Frau Halupa füllte ein blanko unterschriebenes Rezept aus bzw. fälschte zudem die Unterschrift und erwarb in irgendeiner Apotheke das Medikament. Wie sehr und wie aufrichtig sie diese begangenen Taten – die sie alle uneingeschränkt eingesteht – bedauert und bereut, hat sie in ihrem anliegenden Schreiben glaubhaft bekundet. Bei Herrn Professor Doktor Strass hat sie sich für ihr Tun entschuldigt. Er hat ihr, wie ich von ihm persönlich weiß, soweit es in seiner Macht liegt, verziehen und gesagt: ›Einem kranken Menschen muss man helfen. Man darf ihm nicht den weiteren Lebensweg verbauen.‹

Kaum hatte Frau Halupa das Medikament erworben und die ersten Tabletten Entspannung bewirkt, gewann bei ihr regelmäßig das Gewissen Oberhand. Sie ›bestrafte‹ sich selber, indem sie die restlichen Tabletten zertrat und wegspülte. Kam dann der nächste Suchtanfall, musste sie erneut ein Rezept fälschen, um damit das – nicht preiswerte – Medikament zu kaufen. Durch dieses stete Kaufen, Zahlen und Vernichten hat Frau Halupa einen vierstelligen Schuldenberg angehäuft.

Der Gesundheitszustand meiner Mandantin verschlechterte sich dramatisch Anfang des Jahres 2017, nachdem beim Vater von Frau Halupa erneut die als überwunden geglaubte Krebserkrankung wieder ausbrach und ihr der künftige Leiter der Onkologie erklärte, dass er für sie ›Herr Professor‹ sei. (Herr Professor Doktor Strass hatte in den vielen Jahren zuvor nie auf einer Anrede mit Titel bestanden.)

Der Hausarzt meiner Mandantin empfahl Frau Halupa eine Entziehungskur. Meine Mandantin fürchtete um ihre Stelle in der Hörnowschen Waldklinik und entzog sich dieser klugen Empfehlung. Doch sie spürte zunehmend an ihrem sich stetig verschlechternden körperlichen und geistigen Zustand, dass in kurzer Zeit etwas Entscheidendes geschehen musste, sollte sich ihr rapider Verfall nicht unaufhaltbar verschlimmern.

Der Ladendiebstahl im Februar 2017, für den sie das Amtsgericht Hörnow per Strafbefehl rechtskräftig verurteilt hat, war ein Schrei um Hilfe. Ja, man kann sagen, sie beging ihn, um ertappt zu werden. Die Polizeibeamtin, die sie damals vernahm, war auf der richtigen Spur, als sie sich bei meiner Mandantin erkundigte, warum sie ausschließlich Produkte gestohlen habe, die nur von älteren Frauen verwendet würden. Frau Halupa sagte mir, sie habe gar nicht gewusst, was sie alles an sich genommen habe.

Gott sei Dank – für Frau Halupa – wurden dann die Rezeptfälschungen festgestellt und die Ermittlungsbehörden eingeschaltet. Das Heft des notwendigen Handelns ging damit von ihr auf Dritte über. Nie hat meine Mandantin die Taten bestritten. Im Gegenteil: Sie war spürbar erleichtert. Und um einen ersten Schlussstrich zu ziehen, hat sie sich freiwillig selbst in die Psychiatrie in Hörnow eingewiesen. Nach der stationären Behandlungsphase befindet sie sich gegenwärtig in einer vielversprechenden ambulanten Betreuung. Frau Halupa denkt wieder positiv. Nur eine ängstliche Frage kehrt in jedem Gespräch und auch noch so kurzem Telefonat wieder: ›Gibt es eine Hoffnung, dass ich wieder in der Hörnowschen Waldklinik arbeiten darf?‹

Eine symptomatische Episode sei hier noch erwähnt: Als ich meine Mandantin nach ihrem Aufenthalt in der Psychiatrie in Hörnow befragte, klagte Frau Halupa, wie schlimm es in diesem Haus zugehe. Keiner kümmere sich richtig um die Patienten. Alle kämen mit ihren Problemen zu ihr, sie müsse sich um alle sorgen. Da war wieder der Rückfall in das alte Rollenspiel der angeblich Dominanten. Mir schien es, als würden ihr die sprichwörtlichen Schuppen von den Augen fallen, als ich ihr mit Nachdruck erklärte, dass sie sich in diesem Haus als Patientin aufhalte und sie sich ausschließlich und ganz allein auf ihre persönliche Heilung konzentrieren solle, wozu auch die offene Schilderung dessen zähle, was sie im Innersten beschäftige oder gar belaste. Dies sei erforderlich, damit ihr geholfen werden könne. Mit den Problemen der anderen Patienten solle, nein dürfe sie sich nicht belasten, dafür seien ausschließlich die Ärzte und Psychologen zuständig.

Sehr verehrte Frau Oberstaatsanwältin Gutmann, Frau Halupa weiß, dass sie strafbar gehandelt hat und dass ihr Tun gesühnt gehört. Es soll hier nicht die Frage vertieft werden, inwieweit die Straffähigkeit einer Medikamentenabhängigen eingeschränkt ist. Ich bitte Sie lediglich, bei Ihren Überlegungen, welches Strafmaß angemessen ist, zu berücksichtigen, dass trotz aller infrage kommenden gesetzlichen Rechtsgutverletzungen die Hauptgeschädigte in diesem Verfahren Frau Halupa selber ist. Sie muss Schulden begleichen und das Vorzimmer des künftigen Chefarztes ›Onkologie‹ ist inzwischen bereits anderweitig vergeben.

Im Interesse meiner Mandantin darf ich Ihnen drei Bitten für eine Verfahrensbeendigung dieser Strafsache vortragen:

1. Wenn möglich eine Erledigung durch Strafbefehl (Eine Hauptverhandlung wäre bei ihrem psychisch labilen Zustand meiner Mandantin abträglich);
2. eine Gesamtstrafe von weniger als neunzig Tagessätze, die nicht in einem Führungszeugnis eingetragen wird (Damit greife ich die Aussage von Herrn Professor Doktor Strass auf: ›Einem kranken Menschen muss man helfen. Man darf ihm nicht den weiteren Lebensweg verbauen.‹);
3. in Anbetracht aller Tatumstände eine Aussetzung der verhängten Strafe auf drei Jahre (Ein solches, nach dem Strafgesetzbuch mögliche Vorgehen wäre gewiss für den weiteren Heilungsprozess meiner Mandantin sehr hilfreich.).«

*****

Als ich gegen vier Uhr morgens endlich in meine Wohnung oben auf der Dürich kam, im Osten begann sich das nächtliche Dunkel bereits wieder aufzuhellen, da war mir nicht nach Schlaf. Ich war innerlich viel zu aufgewirbelt. Um mich von dem persönlichen Stress ein wenig abzulenken, griff ich nach dem blauen Ordner von Tante Conny und las.

*****

Nachbemerkung:

Gut vier Wochen nach Versand meines Schriftsatzes an die Staatsanwaltschaft hat das Amtsgericht Hörnow einen Strafbefehl auf Antrag der Staatsanwaltschaft erlassen, der alle meine Bitten und Anträge berücksichtigt. Frau Halupa kam mit einem dicken Blumenstrauß vorbei, um sich zu bedanken. Die gewiss gutgemeinten Blumen taten mir weh. Wusste ich doch nur zu genau, dass die arme Frau auf jeden Cent angewiesen war.

Oh, wenn ich nur meiner geliebten Mona ebenso rasch und erfolgreich helfen könnte!

Der zweite Kreuzzug beginnt Nürnberg im Jahre des HErrn 1147

In Nürnberg gibt König Konrad Ende Mai im Jahre des HErrn 1147 das Zeichen zum Aufbruch ins Heilige Land. Nach Otto von Freising war es ›als das junge Grün der Felder ein heiteres Antlitz der Erde bot und der Welt zulächelte‹.

In Regensburg besteigt der König sodann mit vielen Fürsten, Bischöfen und Rittern Schiffe, um die Donau flussabwärts zu fahren. Schiffe, Wagen, Pferde und Menschenmassen verdecken Wasser, Wiesen und Felder, wohin auch der Blick fällt. Und auf dem Marsch durch Österreich und Ungarn schwillt der Kreuzzug weiter an. Mit den Kreuzritterheeren reist eine große Zahl unbewaffneter Pilger, darunter auch viele Frauen und Kinder, was das Vorwärtskommen und die Verpflegung erschweren. Die wenigsten Teilnehmer in diesem Zug besitzen Waffen, wenige tragen Nahrung bei sich, kaum einer ist beritten. Bettler, Fußgänger, Gauner wie Gaukler, Kranke und Kurtisanen, religiöse Fanatiker wie wahre Gläubige, die meisten davon überzeugt, dass der gnädige Gott für sie, so wie er es einst für Moses und die Israeliter vierzig Jahre lang getan, Manna vom Himmel regnen lassen werde.

> »Und der HErr sprach zu Mose: ›Ich habe das Murren der Israeliten gehört. Sage ihnen: Gegen Abend sollt ihr Fleisch zu essen haben und am Morgen von Brot satt werden und sollt innewerden, dass ich, der HErr, euer Gott bin.‹
>
> Und am Abend kamen Wachteln herauf und bedeckten das Lager. Und am Morgen lag Tau rings um das Lager. Und als der Tau weg war, siehe, da lag's in der Wüste rund und klein wie Reif auf der Erde. Und als es die Israeliten sahen, sprachen sie untereinander: ›Man hu?‹ Denn sie wussten nicht, was es war. Mose aber sprach zu ihnen: ›Es ist das Brot, das euch der HErr zu essen gegeben hat. Das ist's aber, was der HErr geboten hat: Ein jeder sammle, soviel er zum Essen braucht, einen Krug voll für jeden nach der Zahl der Leute in seinem Zelte.‹

Und die Israeliten taten's und sammelten, einer viel, der andere wenig. Aber als man's nachmaß, hatte der nicht darüber, der viel gesammelt hatte, und der nicht darunter, der wenig gesammelt hatte. Jeder hatte gesammelt, soviel er zum Essen brauchte.«

Kurz: Es war, als wollten alle Menschen der Erde zugleich ins Heilige Land, das für sie das Reich Gottes war.

*****

»Vergiss nicht zu reflektieren!«, ermahnt Otto von Freising, der Onkel mütterlicherseits, Friedrich in einem seltenen Augenblick der Ruhe, den dieser für ihn findet.

Fast möchte ich glauben, Onkel Otto und Onkel »Büble« Konrad, Gott sei seiner Seele gnädig, haben sich abgesprochen mit diesem Reflektieren.

»Sieh dich nicht trunken an der mächtigen Heerschar, Friedrich«, fuhr Onkel Otto fort, »sondern nutze deinen Verstand. Frage dich zumindest zweierlei. Zum ersten, wie viele Menschen und Tiere davon nützlich sind für den Zug ins Heilige Land, und zweitens, wie es zu bewerkstelligen ist, sie alle oder doch die große Mehrheit von ihnen zu nähren und bei Laune zu halten. Die Reise währt lang. Und wahrlich nicht jeden im Zug treibt der fromme Wunsch dem Heiland zu dienen.«

»Aber in vielem wird es mir an der Erfahrung und dem nötigen Wissen mangeln, Oheim.«

»Dann bezwinge den schlechtesten Ratgeber, den falschen Stolz, und frage. Erkundige dich bei den Menschen, denen du das dir fehlende Wissen zutraust. Wäge ab, was dir gesagt wird. Trenne die Spreu vom Weizen. Bitte Gott in Demut dir dabei zu helfen. Gottes Wort ist allmächtig. Wenn du gläubig Herz und Kopf gleichermaßen nutzt, wirst du in der Heiligen Schrift Antworten auf deine Fragen finden. Ich weiß, dass du das kannst.«

Über Friedrichs hellen Hals legte sich kurz ein rosiger Schleier:

»Ich werde Eure Worte beherzigen, Herr Onkel.«

»Lies exemplarisch nur Moses Aufbruch ins Heilige Land, wie es geschrieben steht bei Exodus im achtzehnten Kapitel, dort in den Versen einundzwanzig bis dreiundzwanzig.«

Dann wird Otto, Bischof von Freising, den andere Fürsten mit Fragen bestürmen, von Friedrich wie in einem Wildwasserstrudel weggerissen. Der aber merkt sich die Worte des Oheims wohl und bittet des Abends in seinem Zelt den Priester Rahewin, der ein Lieblingsschüler von Onkel Otto und dessen Sekretär ist, die genannte Bibelstelle aufzuschlagen und ihm zu übersetzen. Rahewin, ganz Mann des Wortes und der Heiligen Schrift, entspricht dieser Bitte gern. Er schlägt den dicken Folianten auf und liest:

> »Du aber sieh dich im ganzen Volk nach tüchtigen, gottesfürchtigen und zuverlässigen Männern um, die Bestechung ablehnen. Gib dem Volk Vorsteher für je tausend, hundert, fünfzig und zehn! Alle wichtigen Fälle sollen sie vor dich bringen, die leichteren sollen sie selber entscheiden. Entlaste dich, und lass auch andere Verantwortung tragen! Wenn du das tust, bleibst du der Aufgabe gewachsen, und die Leute hier können alle zufrieden heimgehen.«

*****

Nach dem Abendgebet erkundigt sich der Bischof bei seinem Schüler:

»Und, hat er dich zum Lesen aufgefordert?«

»Ja, ehrwürdiger Vater, er hat. Und er hat, wie es sich geziemt, mit Andacht gelauscht.«

»So, wie ich es erhofft. Glaube mir, Rahewin, wir werden künftig viel Gutes über den jungen Herzog schreiben dürfen.«

»Möge er lange leben, Vater.«

*****

Eigentlich sind es drei Kreuzzüge, die fast zur gleichen Zeit stattfinden. Neben dem gewaltigen Zug, der sich in östlicher Richtung auf den

Weg nach Palästina macht, kämpfen mit Erlaubnis des Papstes spanische, italienische und französische, aber auch englische und deutsche Kreuzritter auf der iberischen Halbinsel erfolgreich gegen die Mauren. So wurde von diesen Kreuzfahrern neben zahlreichen anderen Städten auch Lissabon im Jahre des HErrn 1148 aus arabischer Hand befreit.

Vergleichbares galt laut der päpstlichen Bulle ›Divini dispensatione‹ vom dreizehnten April 1147 auch für die Angehörigen der mannstarken Heere deutscher, dänischer und polnischer Kreuzfahrer hoch oben im Norden, die dorthin im August 1147 von Magdeburg aus aufbrachen, um gegen die slawischen Heiden zu kämpfen. Zu den deutschen Führern dieses Wendenkreuzzugs zählten Heinrich der Löwe, Herzog von Sachsen, dessen Schwiegervater Konrad I., Herzog von Zähringen und Rektor von Burgund, Albrecht, Graf von Ballenstedt und Markgraf des Nordens, genannt der Bär, und Abt Wibald von Stablo und Corvey.

Der Papst versprach den Kreuzfahrern auf der iberischen Halbinsel und denen im Wendland für ihren Kampf die gleichen Privilegien wie sie die Kreuzritter erhielten, die nach Palästina zogen, und die da waren: Vergebung der Sünden, Schutz für Eigentum und Angehörige und ein Zinserlass.

König Konrad III. nahm die Tatsache, dass Sachsen und Zährin-ger ihm die Gefolgschaft auf dem Kreuzzug ins Heilige Land verweigerten, nachdenklich zur Kenntnis.

*****

Das deutsche wie das französische Heer nutzen den Landweg, entlang der Donau über den Balkan nach Konstantinopel. Der Marsch durch Ungarn und das Byzantinische Reich verläuft weitgehend friedlich und geordnet. Dann treten erste Versorgungsengpässe auf. Bei Philippopel [heute Plovdiv/Bulgarien; *der Bearbeiter*] und Adrianopel [heute Edirne/Türkei; *der Bearbeiter*] kommt es zu vereinzelten Plünderungen durch deutsche Kreuzfahrer und bewaffneten Auseinandersetzungen mit Einheimischen.

Friedrich III., Herzog von Schwaben, war »während des Kreuzzugs seinem königlichen Onkel ein unzertrennlicher Begleiter« geworden, so wusste Jahre später noch Erzbischof Wilhelm von Tyrus zu berichten.

Als in Adrianopel ein deutscher Ritter erkrankt und von Griechen ermordet wird, schickt Konrad III. seinen Neffen zurück. Eindeutig ist es Königs Befehl: Rache soll er üben. Und Friedrich, der ewig Lächelnde, gehorcht und offenbart dabei sein anderes, sein unbeherrscht grausames Gesicht. Der byzantinische Staatsmann und Geschichtsschreiber Niketas Choniates schildert das Verhalten des jungen Schwaben:

> »Dieser, auch sonst als ein barsch und hochfahrend bekannter Herr, kehrte wütend um, ließ ohne Sinn das ganze altehrwürdige Kloster mitsamt der dazugehörenden Herberge in Brand setzen, die Schuldigen ergreifen und hinrichten.«

Hat Friedrich die letzten Worte seines Vaters vergessen?

*****

König Konrads deutsches Kreuzfahrerheer trifft am zehnten September 1147 in Konstantinopel ein. Sie setzen auf Drängen des Kaisers Manuel I. Komnenos Ende September nach Kleinasien über, ohne auf die französischen Truppen zu warten. Den Grund, warum sie der byzantinische Kaiser so schnell loswerden will, kennen sie nicht. Der aber hat inzwischen einen Friedensvertrag mit dem türkischen Sultan von Ikonion geschlossen. Deshalb stellt er den Kreuzfahrern auch kaum ortskundige Führer und keine Hilfstruppen zur Verfügung. Alles riecht nach Verrat.

In Kleinasien angekommen, teilt sich das Kreuzfahrerheer Konrads. Die unbewaffneten Teilnehmer wählen unter der Führung Bischof Ottos von Freising, dem Halbbruder Konrads III., eine vermeintlich einfachere und sicherere Route entlang der Küste, während Konrad mit seinen Truppen direkt durch das gebirgige Kleinasien ziehen will. Zwölfhundert Höhenmeter liegen zwischen der Mittelmeerküste und der Hochebene, auf der Konya, die Hauptstadt der Rum-Seldschuken, einer türkischen Fürstendynastie, liegt. Beide Züge marschieren geradewegs in Katastrophen. Der ortskundige Grieche, der König Konrads Kreuzfahrerheer führt, ist ein Verräter. Er empfiehlt fälschlich den Kreuzfahrern nur für acht Tage Proviant mitzunehmen.

Das wäre genug. Weniger Gepäck würde dem Heer den Marsch erleichtern. Das leuchtet ein. Und dann wäre Konya, die Hauptstadt der Rum-Seldschuken, und damit neue Verpflegung sicher erreicht. Nichts davon ist wahr.

Die Deutschen aber vertrauen der Empfehlung des vermeintlichen Führers. Doch selbst nach elf Tagen anstrengenden Steigens durch steile Felsen ist von Konya und ihrer Stadtmauer mit den hundertacht Türmen immer noch nichts zu sehen. Und der Grieche verschwindet in der zwölften Nacht. Als es am Morgen hell wird, sehen sich die geschwächten Deutschen umstellt. Konrads Heer wird schnell in Kämpfe mit den Rum-Seldschuken verwickelt. Flinke Bogenschützen gegen schwerfällige Rüstungsträger mit leeren Bäuchen. Kämpfe, die mit der schweren Niederlage für die Kreuzritter am fünfundzwanzigsten Oktober im Jahre des HErrn 1147 bei Doryläum endet. Konrad flieht mit den ihm verbleibenden Truppenresten nach Nicäa.

Die Mehrzahl der weitgehend dem Küstenverlauf folgenden Kreuzfahrer wird am sechzehnten November 1147 bei Laodikeia Opfer eines Überfalls durch die Seldschuken. Sie werden zumeist umgebracht.

Onkel Otto, Friedrich denkt daran, weil der Bischof von Freising es ihm selbst berichtet hat, *hat sich die Füße auf seiner Flucht durch die Berge wundgelaufen. Angst hat er gehabt. Hunger und Kälte erlitten. Aber immerhin, Gott sei's gedankt, er hat unbeschadet überlebt.*

Als das arg geschrumpfte deutsche Kreuzfahrerheer Ende des Jahres 1147 Ephesos erreicht, erkrankt Konrad III. an einem heftigen Fieber. Er muss nach Konstantinopel umkehren.

Friedrich von Schwaben, den König Konrad Ende Oktober 1147 mit der Bitte um Unterstützung zum französischen König Ludwig VII. schickt, schildert dort die hoffnungslose Lage der deutschen Kreuzfahrer. Immer wieder betont er: Hunger war die Ursache für die vielen Verluste. Auf keinen Fall Feigheit. Nicht die Ungläubigen haben das Heer Konrads besiegt, sondern der Hunger, gegen den keine Waffe hilft. Und der Hunger, so Friedrich, war wiederum dem falschen Rat des griechischen Führers geschuldet. Der Kaplan des französischen Königs, Odo von Deuil, schreibt den Bericht des Herzogs mit:

> »So gab es nur zwei Wege. Es musste entweder vorgerückt oder umgekehrt werden. Aber der Hunger verbot das Vorrücken ebenso wie der Feind und das unbekannte Labyrinth der Berge; der Hunger und die Furcht vor Schmach verboten aber auch die Umkehr. Im Rückzug lag die Hoffnung, irgendwie zu entkommen, wenn auch mit Schande, im Vorrücken aber der sichere Tod ohne Nutzen und Ruhm. Was also sollte unsere hungrigen Ritter unternehmen? Etwa die Flucht ergreifen, während sie im Dienst Gottes standen? Was sie, wenn sie in ihrem eigenen Dienst standen, niemals zu tun gewohnt waren. Oder erfolglos vorrücken, bloß um sicher zu sterben, wo sie doch, heil und gesund, künftig Gott dienen konnten? …«

Konrad, nach einem heftigen Fieberanfall gesundheitlich wieder hergestellt, kommt im März 1148 auf dem Seeweg nach Palästina. Dort trifft er sich am vierundzwanzigsten Juni 1148 mit dem französischen König Ludwig VII. und König Balduin III. von Jerusalem in Akron, um über das weitere Vorgehen zu beraten. Das eigentliche Ziel des Kreuzzugs, Edessa, gibt es nicht mehr. Die Stadt hat Zengis Sohn, Nur ad-Din, fast vollständig zerstört und entvölkert.

Kontrovers verläuft die Beratung. Endlich einigen sich die Könige darauf, Damaskus zu belagern. Warum gerade Damaskus? Die Stadt verhält sich den Kreuzfahrern gegenüber doch neutral, zahlt sogar Tribut an sie und ist ein Feind Nur ad-Dins. Allerdings erscheint Damaskus als Ziel lohnend, denn die Stadt ist reich, verfügt kaum über Militär und strategisch ist sie günstig gelegen. Wer Damaskus beherrscht, schneidet die muslimischen Reiche Syriens von denen des afrikanischen Kontinents ab. Geldgier bezwingt Vernunft.

Mitte Juli 1148 marschiert das größte Heer, das die Kreuzfahrer je im Orient aufgestellt haben, nach Damaskus. Der dort regierende Wesir Unur schickt einen Boten nach Aleppo, um Nur ad-Dins Hilfe zu erbitten. Als bekannt wird, dass Nur ad-Dins Heer von Homs aus anrückt, brechen die Kreuzfahrer die Belagerung nach nur vier Tagen ab.

Zuvor aber – so meint sich später Erzbischof Wilhelm von Tyrus, der im Jahre des HErrn 1174 Kanzler des Königreichs Jerusalem wird, erinnern zu können – vollbringt König Konrad III. zusammen mit seinen Fürsten bei der Belagerung von Damaskus eine großartige Waffentat. Herzog Friedrich habe sich hier besonders ausgezeichnet. Als die Könige von Jerusalem und Frankreich mit ihren Truppen nämlich vor den Toren der Stadt auf Widerstand trafen, wären die Deutschen mitten durch die französischen Reihen hindurch nach vorne auf den Kampfplatz geprescht, um dort, »wie dies die Art der Deutschen ist, wenn sie in einer Schlacht in große Not geraten« von ihren Pferden zu steigen und »mit vorgehaltenen Schilden, Mann gegen Mann, gegen die Feinde« zu kämpfen.

In Piacenza hingegen berichtete man im Brustton der vollen Überzeugung, dass Herzog Friedrich III. von Schwaben bei der Belagerung von Antiochia einen unerschrockenen Türken, der täglich herausfordernd bis dicht an die Zelte der Kreuzfahrer herangeritten sei, in die Flucht geschlagen, bis ans Stadttor verfolgt und, als dieses gerade noch hinter dem verwundeten Türken habe geschlossen werden können, mit seinem Schwert mächtig auf den eisernen Torflügel eingeschlagen habe. Als der Sultan später von dieser Tat Nachricht erhalten habe, hätte er befohlen, aus Anerkennung der Tapferkeit von Herzog Friedrich dessen Schwertspuren mit Gold zu füllen.

Der Bericht aus Piacenza liest sich wohl, besonders vor dem Hintergrund des nicht erfolgreichen Kreuzzuges, der die Ehre von Reich und König belastet, doch ist er allein dem Kopf seines Erzählers entsprungen; denn Herzog Friedrich ist tatsächlich nie bis Antiochia gekommen.

Die Führer der Kreuzfahrer überwerfen sich; denn sie geben sich gegenseitig die Schuld für das Scheitern der Belagerung von Damaskus. König Konrad III. will mit seinem Heer weiter nach Askalon, um diese Stadt von den ägyptischen Fatimiden zu befreien. Doch weder die Franzosen noch die Kreuzfahrerstaaten sind bereit ihm zu folgen.

Für eine erfolgreiche Belagerung aber ist Konrads Heer nach den erlittenen schweren Verlusten in Kleinasien nicht mehr stark genug. So kehren die deutschen Kreuzfahrer nach Hause zurück, ohne auch nur eins ihrer angestrebten Ziele erreicht zu haben.

Gelnhausen 2017
Langer hat ein Gedicht geschrieben

Diese Sinnlosigkeit des Kreuzzugs, das unendliche Leiden, Morden und Sterben!

Sie kehrten erfolglos, geschlagen, zurück in die Heimat. Und, selbstverständlich, für alle Fehler, alle Niederlagen und alles Versagen waren stets andere, wer immer das sein mochte, verantwortlich.

Was, frage ich mich, hat sich denn eigentlich in den vergangenen achthundert Jahren geändert – außer der Dimension des Leidens?

Damals hatten sie Schwert und Armbrust. Wir heute, die so Fortschrittlichen, besitzen Raketen, Giftgase, ja sogar Atom- und Wasserstoffbomben, die wir aber wegen unserer – angeblich – so friedliebenden Grundstruktur (noch) nicht einsetzen. Billige Lüge. Nur die Angst vor dem eigenen Untergang lässt uns vor deren Anwendung zurückschrecken. Wir begnügen uns mit Panzern und Raketen. Makaber. Mein Zynismus schwankt auf einer Plattform, sprich Stimmungslage, die aus Verzweiflung, Trost-, Rat- und Hilflosigkeit besteht.

Gibt es da etwa einen sich wiederholenden Zyklus in der Menschheitsgeschichte, überlegte ich mit Sorge, der in bestimmten Zeitabschnitten zeitgleich und an verschiedenen Orten Menschen an die politische Spitze spült, die alle für sich skrupellos die alleinige Recht- und Machthaberei auf der Welt beanspruchen? Ohne Rücksicht auf Verluste? Gibt es etwa ein System des Wahnsinns, dem wir schutzlos ausgeliefert sind? Obwohl wir eigentlich längst wissen, wie friedliche Koexistenz auf der Erde aussehen kann?

Ich ziehe die oberste rechte Schublade meines Schreibtischs auf und nehme die Mappe mit Gedichten heraus, die ich mir im Verlauf der letzten dreißig Jahre aus ganz unterschiedlichen Gründen notiert habe. Es sind nicht viele. Doch obenauf liegen die jüngsten Verse, verfasst im vergangenen Jahr, an die ich gerade habe denken müssen:

Jedermanns Tod

Neunzehnhundertsechsundfünfzig,
als Bürger in Ungarn sich erhoben,
weil sie frei denken und leben wollten,
da erzählten die Lehrer den Schülern
im Chemie-Unterricht –
oder war es in Biologie? –
von den Ziegen in Aleppo,
die über die Ruinen der Antike klettern
und dort gefundenes Papier kauen
und zu Nahrung verdauen.

Wiederkäuer, wie Kühe und Ziegen,
so lernten die Schüler damals,
können dank ihrer vier Mägen,
Panzen, Netz-, Blätter- und Labmagen,
Zellulose chemisch aufbereiten und genießen.
Dem Menschen aber mit seinem einen Magen
bleibt dieser Weg zu eiweißreicher Nahrung
auch in Aleppo verschlossen.

Aleppo. Die uralte, stolze Stadt.
Einst dort vom biblischen Abraham
gegründet, wo er, der Gottesfürchtige,
täglich seine Kuh molk und barmherzig,
ohne als Gutmensch gelten zu wollen,
die noch warme Milch den Armen
zum Trinken reichte.
»Halab Ibrāhīm?«, fragten diese hoffend.
»Hat Abraham gemolken?«
So erinnert der Name der Stadt weiterhin
an die Nächstenliebe des Abraham.
Tausende Jahre vergingen.

Manch mächtiges Volk kam und verschwand.
Allein Reste von Tempeln und Palästen
zeugten von früheren Zeiten Aleppos,
als keine dreihundert Jahre vor der Zeitenwende,
Kaiser Ashoka das ferne Indien regierte.
Einst von den Feinden gefürchteter Feldherr,
öffnete ihm Buddha – dem Erleuchteten sei Dank –
nach siegreich geführten Schlacht die Augen.

Ashoka der Große erkannte,
was er zuvor Unsägliches getan,
und bereute sein Handeln zutiefst.
Fortan schickte er getreue Gesandte
nicht allein durch sein indisches Reich,
sondern auch vieltausend Meilen weit
nach Westen, nach Aleppo und zu den Griechen
mit Dharma, der Lehre des Buddha,
und seinen eigenen Botschaften.

Dharma bedeutet Böses meiden und viel Gutes tun.
Dieses moralische Gesetz befolgen, heißt,
das Edle zum Nutzen der Menschen
und aller Lebewesen auf Erden zu fördern.
Deshalb auch ließ er Hospitale
für die Kranken und Siechen bauen
und Brunnen für die Dürstenden bohren.
Alle Religionen, so forderte Ashoka,
sollen verbreitet werden; denn sie alle streben
gleichsam nach Reinheit und Güte des Herzens.

Die weisen Lehren des indischen Kaisers
fielen auf fruchtbaren Boden.
Selbst im fernen griechischen Korinth
gab es alsdann für jeden bekannten Gott einen Tempel
und für den unbekannten Gott einen weiteren.

Abraham war auf Geheiß von Jahwe,
dem gestrengen Gott der Juden,
wie Ashoka, den der erleuchtete Buddha
in allen Religionen Dharma hatte erkennen lassen,
Vorbote für Jesus Christus, den Sohn Gottes,
dem Gott der Liebe und Vergebung,
und dessen zwei bedeutsamsten Gebote:

»Du sollst den Herrn, deinen Gott, lieben
von ganzem Herzen und ganzer Seele,
in all deinen Gedanken und mit all deiner Kraft.«
Und: »Du sollst deinen Nächsten lieben wie dich selbst.«
Allen Religionen war ursprünglich also
das Gebot der Liebe für den Nächsten gemein.
So wie es späterhin auch Allah durch Mohammed
und den Koran den Moslems predigen wird.
Und die Menschen Europas werden begeistert sein
von dem Gott der Liebe und Vergebung,
so sehr voll tiefer Gläubigkeit
dass sie sich bald das christliche Abendland nennen werden.

Aber die Menschen ändern sich, vergessen, sind undankbar.
Die Zeit macht Felsen mürbe, lässt Tempel zerfallen.
Den Gläubigen der drei in Vorderasien entstandenen Religionen,
Juden, Christen, Moslems befiehlt ihr jeweiliger Gott:
»Du sollst keinen anderen Gott haben neben mir!«
Doch was bedeutet dieser Befehl für die Menschen,
die anderen Glaubens sind?
Was für Toleranz? Was für die Nächstenliebe?
Sah sich doch ein jeder im Recht oder wollte Recht haben.

Eine Erfahrung der Geschichte lautet:
Ein König bedeutet Frieden, zwei Könige aber Krieg;
denn jeder ist bestrebt, das Wort in seinem Sinne

auszulegen und für sich zu nutzen.
Die traurige Wahrheit galt und gilt weiterhin –
leider im weltlichen wie im religiösen Leben –
trotz aller Trennung von Politik und Religion.

Der Mensch ahnt in sich, seitdem er denken kann,
dass es ein Wesen geben muss,
welches ihn und seine Welt
nach einem ihm unbekannten Plan geschaffen hat.
Und er nannte den Schöpfer Gott oder Götter
und er fürchtete ihn wie er ihn beneidete,
den zeitlosen Alleskönner.

Gott gleich zu sein oder mehr noch,
selber ein Gott, gar der ewige Gott zu sein,
statt irdischer Winzling, begrenzt in seinen Gaben,
ein Staubkorn in einem unbegrenzten Meer aus Staub
kommend und gehend wie alles in der Welt,
während eines einzigen Wimpernschlags der Zeit,
die selber auch vergänglich, in ihrer Zeit in Nichts zerfällt.

Gott ist in seiner Schöpfung allgegenwärtig.
In Sonne wie Mond, in Himmel wie Erde,
in Gipfel und Grund, in Lärm und Stille,
in dunkel wie hell, in Schwarz wie in Weiß,
in Feuer wie Wasser, in gut und schlecht,
in Leben und Tod, in Lachen und Weinen.
In jeder Kreatur, in allem und jedem in der Natur,
denn alles ist göttlichen Ursprungs –
und auch der Mensch ist Teil der Natur.

Doch etwas auf Erden ist nicht von Gott geschaffen,
ist nicht natürlichen Ursprungs,
sondern ein Werk des Teufels: das Geld.
Glänzend, verlockend, vergiftend.

Geld betäubt des Menschen Ohnmacht,
Geld verdrängt seine Schwächen.
Wer Geld hat, kann alles erwerben:
Ansehen und Macht, Liebe und Leben,
rund um die Erde und ins All fliegen,
schauen, was außerhalb seiner Augenkraft liegt,
kann ohne eigenes Geschick Schuhe schustern,
sein krankes Herz durch ein neues ersetzen.

Geld macht maßlos. Raffgier und Sucht verdrängen
menschliche Werte wie Nebelschwaden.
Was dem Bescheidenen zum Segen gerät,
lässt den Machtmenschen kaltherzig werden.
Wer durch die geschlossene Fensterscheibe schaut,
erblickt andere Menschen, Natur und Technik.
Doch wer ein Hauch von Silber hinter Glas legt,
sieht im spiegelnden Glas nur sich allein.
Der Teufel ist Psychologe. Er weiß sehr wohl,
wie er Menschen für sich gewinnen kann.

Gegensätze ziehen sich an,
so auch das Flüchtige und das Ewige.
Während der Mensch für die Zeit bedeutungslos,
zählt die Zeit für den Menschen zum Wichtigsten.
Menschheit und Zeit werden unzertrennbar Partner.
Die Zeit kann sich dagegen nicht verwahren.
Sie rächt sich mit Ironie.

Aleppo, in das Ashoka einst seine Boten sandte,
um dort Ehrlichkeit und Nächstenliebe zu lehren,
wird mehr und mehr zum emsigen Handelsplatz,
zunehmend begehrt und heftig umkämpft,
von Christen und Moslems.

Die Stadt wächst, wird zerstört, wiederaufgebaut,
erneut mehrfach zerstört und stets wiedererrichtet.
Die Zahl der Ruinen nimmt zu,
die an einstige Reiche erinnern.

Zweitausendsechzehn, Oktober:
Syriens Präsident befiehlt die Großoffensive.
Aleppo, Heimat von Millionen, ein Blutbad.
Hunderttausende sind aus der Stadt geflohen.
Hunderttausende gefallen als Opfer der Mächtigen.
Hunderttausende vergast, vergiftet, verhungert.
Das christliche Abendland verschließt sich
zunehmend den Heimatlosen.

Wo ist die Religionen übergreifende Toleranz?
Wo die Nächstenliebe geblieben?
Kennt denn keiner mehr Kaiser Ashoka?

In den Ruinen von Aleppo wurden
Ziegen, die nach Fressbarem suchen,
schon lange nicht mehr gesehen.
Heute durchstreifen hungrige Kinder
die Trümmerfelder.

Anfang der Fünfziger Jahre des letzten Jahrhunderts führten Schüler und Lehrer des Grimmelshausen Gymnasiums meiner Vaterstadt Hugo von Hofmannsthals Theaterstück ›Jedermann. Das Spiel vom Sterben des reichen Mannes‹ auf – vor der herrlichen Kulisse des mittelalterlichen Obermarktes. Alles habe gepasst, hat mir Vater Langer mal erzählt. Vor dem Rathaus sei im großen Stil getafelt worden und von gegenüber, aus dem obersten Geschoss der ehemaligen Augustaschule habe der Tod, arg gruselig, sein »Jee-deer-mann!« gerufen.

›Jedermann‹ hat mich in meinem Leben immer wieder berührt, vor allem und ganz besonders aber in der letzten Zeit. Wir leben in der

EU, und erst recht in Deutschland, doch überwiegend wie die sprichwörtliche Made im Speck. Den meisten von uns geht es prächtig. Aber Habsucht, Geiz und Raffgier sind unersättlich. Wahrscheinlich sind sie dereinst der Tod von Mitgefühl und Nächstenliebe. Der Umgang mit den Flüchtlingen lässt es vermuten.

Hörnow 2017
Leider ist es so

Ja, Tom – und ich mit ihm. Sicher ist sicher – war bei Professor Doktor Strass. Der hatte »zufällig« gerade einen bekannten Neurologen aus Düsseldorf zu Besuch, der auf ALS-Erkrankungen spezialisiert ist. Was für ein Zufall! Ich hätte Professor Strass um den Hals fallen können.

Tom hat mir einen nachdenklich forschenden Blick zugeworfen und mir so was wie »Du Intrigant« zugeflüstert. Doch er ließ alle Untersuchungen gottergeben über sich ergehen. Er wusste, ein weiteres Weglaufen würde nichts bringen.

Seit heute liegt das Resultat der Untersuchungen vor. Ja, Tom ist an amyotropher Lateralsklerose erkrankt. Gut, dass er meinem Rat gefolgt und zum Arzt gegangen ist. Die ALS befindet sich noch in einem frühen Stadium. Jetzt wird er medikamentös eingestellt. Wie nicht anders von mir erwartet, hat Tom Haltung bewahrt, als ihm Professor Strass vorhin mit großem Fingerspitzengefühl das Untersuchungsergebnis eröffnete.

Er hat es gewisslich geahnt, wahrscheinlich befürchtet. Doch in Gegenwart Dritter verbot es ihm sein Stolz sich anmerken zu lassen, was in ihm vorging. Doch, als wir dann alleine in meinem Auto saßen, habe ich meinen rechten Arm um ihn gelegt und ihn an mich gedrückt. Er ließ es zu. Ohne Worte. Augenblicke voller Liebe und Hilflosigkeit. Noch in meiner Umarmung hat er mich gebeten:

»Martin, bitte sag Tobi nichts davon. Bitte.«

»Ja, Tom. Ich sage Tobby nichts. Du musst entscheiden, wenn du meinst, er solle es wissen.«

»Sicher!«

Er hat aufgeseufzt.

»Komm, Martin, lass uns nach Hause fahren.«

Egbert kommt heim
Selboldt, im Jahre des HErrn 1148

Egbert, der neue Gaugraf von Selboldt und Geylenhusen, kehrt in die Heimat zurück, als das Jahr des HErrn 1148 schnellen Schrittes seinem Ende zueilt. Die traurige Botschaft hat ihn schon in Kleinasien erreicht. Als sie gegen die Heiden kämpften, und alles drüber und drunter ging. Doch die Nachricht konnte nicht sogleich sein Herz erreichen. Dafür war nicht die Zeit, wenn man um sein eigenes Leben kämpft. Es war alles so unwirklich. Nur Hektik, Hunger und Chaos. Der Blutgeruch. Nachts die Kälte. Die Aussichtslosigkeit.

Wir in unseren schweren Rüstungen. Zahlenmäßig eh schon unterlegen. Und die Heiden mit Pfeilen und Bögen. Beweglich, schnell, ortskundig. Was haben wir nachts gefroren. Der Frost war schlimmer als die Angst. Unsere Toten, es wurden ständig mehr, haben wir zu Wällen übereinandergestapelt. Immer höher. Und doch nicht hoch genug. Gegen den kalten Wind: ein wenig. Gegen die Pfeile aber boten sie kaum Schutz. Die kamen im hohen Bogen über die Mauern aus menschlichen Leichen. Und wir hatten alte Lammfelle um die Arme gewickelt, um sie abzuwehren. Ein makabrer Witz!

Friedrich hat, der HErr möge es ihm verzeihen, geflucht und auf den Papst geschimpft. Ich habe ihm leise zugestimmt. Uns Rittern hat der Heilige Vater verboten, Hunde mitzunehmen. Wie wären die Heiden gerannt, wenn wir unsere Hunde hätten auf sie hetzen können. Aber nein. Die Art der Kleidung, die wir zu tragen hätten, und der Waffen, die wir nutzen durften, das hat er uns vorgeschrieben.

»Ich möchte wissen, woher er seine Weisheit hatte. Uns die ungeeignetsten Waffen zu billigen. Wahrscheinlich hat sie ihm sein Heiliger Geist eingeflüstert, dieser Bernhard von Clairvaux, der glaubt, dass er alles besser weiß. Dieser Bruder, der alle Mörder, Diebe und sonstigen Halunken aufgefordert hat, sich unserem Kreuzzug anzuschließen. Gegen den gleichen Ablass, der auch uns versprochen worden ist!«

»Nee, Friedrich«, habe ich gezweifelt, »das hat er doch nicht wirklich?«

»Doch, Egbert! Genau das hat er getan. Ich habe es selber gehört. Immer und immer wieder hat er gepredigt:

›Ist es denn nicht eine ausgesuchte und allein für Gott auffindbare Gelegenheit, dass der Allmächtige Mörder, Räuber, Ehebrecher, Meineidige und mit anderen Verbrechen Belastete in seinen Dienst ruft.‹

und:

›Misstraut nicht, Sünder, der HErr ist mit euch. Er müht sich, indem er seine Streiter durch Nachlass ihrer Vergehen und ewige Herrlichkeit entlohnt‹,

und dann:

›Selig nenne ich die Generation, die den Zeitpunkt derart reichlicher Vergebung ergreift und dieses wahrhafte Jubeljahr lebend angetroffen hat. ...‹

Und anstatt die Kerle mit Stöcken oder Pfeilen und Bögen auszurüsten, damit sie uns gegen die Heiden helfen können und ihren Ablass ehrenwert verdienen, laufen uns hier unbewaffnete Schmarotzer und Fußgänger, die wir zudem noch schützen sollen, zwischen den Beinen herum.

Es herrscht keine Ordnung, es gibt keine Organisation, die doch Gott schon im Alten Testament vorgegeben hat. Stattdessen Priester, die alles und jedes besser wissen.«

»Nicht so laut, Friedrich. Bald jeder hier kann hören, was du sagst!«, habe ich ihn ermahnt.

»Ist doch gleich!«, hat er erwidert. »Gott muss schon Großes mit uns vorhaben, wenn er uns hier noch lebendig herauskommen lässt.

Der Abt namens Bernhard ist schon weg. Er muss sich jetzt wohl um seine Tempelritter kümmern. Die haben dem Vernehmen nach für ihn viel Geld gesammelt, so wird erzählt, das nun als Kollekte zum Papst gebracht werden soll. Zum Bau neuer Klöster. Und wer kümmert sich um unsere toten Brüder, die hier um uns herum verwesen werden? Wer um ihre Familien zuhause?«

Mein Freund Friedrich war sehr erregt und zornig. Hilflos zu sein war nichts für ihn. Aber keiner, der ihn nicht näher kannte, hätte vermutet, wie es in ihm brodelte; denn sein Gesicht zeigte hinter dem rötlichen Barthaar die übliche Freundlichkeit und Gelassenheit.

Mühevoll und unter weiteren großen Verlusten kämpften wir uns zurück nach Nicäa. Dort packte ein fremdes Fieber unseren König. Er bat Friedrich und ein paar Getreue seines Hofstaats ihn nach Konstantinopel zu bringen. Friedrich fragte mich, ob ich mitkommen wolle. Doch, da ich gerade die Botschaft vom Ableben meines Herrn Vaters erhalten hatte, bat ich nach Selboldt zurückkehren zu dürfen.

»Natürlich kehrst du sogleich zurück. Du musst dich um deine Grafschaft kümmern«, sagte er, und mir eine heile Reise gewünscht. Schon im Gehen hat er noch leise, fast flüsternd hinzugefügt: »Und sag Gela, dass ich an sie denke.« Dann ist er weggeritten.

*****

Der geliebte Vater, Graf Ekbert von Selboldt und Geylenhusen, war in der Heimat gestorben. Wie und wann wird er in Selboldt erfragen. Vor der einen Frage aber, die ihm Gela bestimmt sogleich stellen wird, fürchtet er sich. Er sieht das drängende Gesicht seiner jüngeren Schwester groß vor sich.

Was soll ich ihr wie antworten?

Er fühlt sich nicht wohl; denn er hatte ungute Nachrichten im Gepäck. Doch es kommt anders, als er denkt, befürchtet. Denn er wird es sein, der die erste Frage stellt.

*****

Sie freuen sich alle sichtlich, als er in die Burg einreitet. Die Familie, das Gesinde. Doch die Freude ist verhalten. Die Trauer über den Tod des Vaters lastet schwer auf der Freude. Er schließt die Mutter in die Arme. Sie schluchzt. Er drückt sie an sich. Zugleich lässt er seine Augen wandern. Er sieht sie nicht. *Wo ist Gela?* denkt er.

»Wo ist Gela, meine Schwester?«, fragt er die Mutter. Er spürt, wie ihr Körper sich versteift.

»Ist sie nicht da?«

Es klingt wie falsches Silber. Egbert wird unruhig.

»Nein, Frau Mutter, ist sie nicht. Was ist geschehen?«

Sie gibt sich einen Ruck. Wischt sich mit dem Handrücken über die feuchten Augen.

»Komm ins Haus!«, fordert sie ihn auf.

Die Mutter berichtet
Selboldt, im Jahre des HErrn 1148

»Ein Ordensbruder ist vorbeigekommen. Ein älterer Mann in weißer Kutte. Ein Zisterzienser. Konrad nannte er sich. Ich glaube, ein Bruder von Friedrichs Mutter, hat er deinem Vater anvertraut. Er käme aus dem Egerland, hat er gesagt und gewusst, dass der Herzog von Schwaben, dein Freund, geheiratet habe. Das war Anfang Mai im vergangenen Jahr. Gleich nachdem du weggezogen bist, weil du gelobt hattest, gegen die Heiden zu kämpfen, die das Heilige Land bedrohen.«

Sie zauderte kurz. Es fiel ihr sichtlich schwer ihm zu sagen, was zu sagen war.

»Da hat Gela um Aufnahme in das Kloster Meerholz gebeten, das – gerade vom Mutterhaus hier in Selboldt neu gegründet – unserer Burg in Geylenhusen gegenüber auf der anderen Seite der Kinz liegt. Sie hat deines Vaters Erlaubnis dazu eingeholt, und mich auch gefragt. Sie tat es, wie sie uns gestand, weil sie Friedrich liebe, aber wohl wisse, dass er nicht die Tochter eines Gaugrafen zur Gemahlin nehmen könne. Das wäre gegen die herrschenden Sitten. Er habe ihr zwar versprochen, sie nach seiner Rückkehr aus dem Heiligen Land als rechtmäßige Gemahlin heimzuführen. Doch nun habe er eine andere Frau geehelicht. Sie könne dies verstehen, denn er sei zu Höherem erkoren. Sein Onkel Konrad, der König, schätze ihn, da dürfe und wolle sie ihm nicht im Wege stehn. Seine Gemahlin aber hätte sie ja nur werden können, wenn er zu ihr herabgestiegen und auf seine fürstlichen Rechte verzichtet hätte. Doch das wolle sie nicht.«

Egbert hatte seiner Mutter mit wachsender Verwunderung gelauscht.

Jetzt aber sagte er ungläubig:

»Mutter, was erzählt Ihr mir da? Ich mag Euch nicht glauben! Was wollt Ihr vor mir verbergen?«

Sie schluchzte.

»Das, was du mir jetzt vorhältst, das hat auch dein Vater zu Gela gesagt. Du weißt, wie sehr er seine jüngste Tochter mochte. Aber sie beharrte auf ihrem Entschluss, und dein Vater war schon zu stark vom Tode gezeichnet, um noch einen Streit mit seinem Liebling ausfechten zu können. Er hatte nicht mehr die Kraft ernsthafter in Gela einzudringen. Jetzt will sie zu den Prämonstratenserinnen zählen. Doch noch lebt sie dort in der Klause, hat sie nicht das monastische Gelübde abgelegt und den geweihten Schleier erhalten.«

Wieder schluchzte die Mutter. Sie wischte sich über die Augen.

»Kaum war Gela nach Meerholz gegangen, da erreichte uns die Botschaft von Agnes von Saarbrücken – du weißt, die Ehefrau des alten Herzogs von Schwaben –, dass Friedrich der Einäugige verstorben sei. Also war nun dein Freund der neue Herzog von Schwaben. Doch wenig später nur, ich hatte deine Schwester im Kloster Meerholz besucht, wusste Angela mir zu sagen, dass ihr Friedrich aus Regensburg noch durch einen vertrauten Abt habe mitteilen lassen, er werde sich von der ihm derzeit angetrauten Frau Adela scheiden lassen, sobald er aus Palästina zurückgekehrt sei; denn die Ehe sei nicht rechtens geschlossen. Auch habe er einem ausdrücklichen Wunsch seines Vaters Folge leisten müssen. Unsere Angela lebte auf. Auch wenn sie sich unserem HErrn verbunden fühlte.

Dann kamen schreckliche Wochen und Monate.«

Die Mutter warf sich an Egberts Brust und weinte bitterlich. Er hielt sie schweigend, den Arm um sie gelegt. Gab ihr sein Sacktuch. Sie schniefte hinein. Endlich konnte sie fortfahren:

»Der HErr wird wissen, warum er uns so strafen musste. In deines Vaters Leib brannte das Höllenfeuer, kein Aderlass, kein Priester konnte ihm helfen. Selbst Aja, seiner Muttersmutter Schwester, die Gela besorgt um den Vater herbeigerufen hatte, konnte seine Schmerzen nur ein wenig mildern. Der einst so stolze, starke Mann verfiel zu einem Häuflein Elend. Doch er kämpfte tapfer. Du hattest das Kreuz genommen, und er war der einzige sonst noch lebende Mann aus seinem Geschlecht, der sich um Burg und Habe und die Leibeigenen derer von Selboldt-Geylenhusen kümmern konnte.«

Sie schluchzte erneut laut auf. Egbert drückte sie sanft an sich. Als sie sich erneut ein wenig gefangen, berichtete sie weiter:

»Es war schon November im vergangenen Jahr, da kam ein Bote mit der Nachricht, dass des Königs Heer in Kleinasien von den Heiden aufgerieben worden sei. Und ... auch du und der Herzog von Schwaben, ja selbst unser König Konrad seien nach tapferem Kampf von den Heiden getötet worden. Diese Schreckensnachricht war zu viel für des Grafen Herz. Sie hat deinen Vater von seinem Leid erlöst. Wir haben ihn hier in unserer Kirche bestattet. Doch deine Schwester haben die grausamen Botschaften so hart getroffen, dass sie nicht einmal an des Vaters Grablege teilnehmen konnte.«

Egbert schüttelte ungläubig den Kopf:

»Welch böser Kopf mag sich so viel Schändliches ausdenken? König Konrad, wenn auch durch ein fremdes Fieber arg geschwächt, und ich, wir leben. Gewiss, vom Herzog Friedrich wurde mir auf meiner Reise heimwärts zugetragen, er wäre in Antiochia getötet worden. Bei der Belagerung dieser Stadt sei es geschehen. Doch ich vermag auch diese Mär nicht glauben. Ich bin mir sicher, Herzog Friedrich ist nie bis Antiochia hingekommen. Ich bin mir auch sicher, dass er lebt. Ich will schnell nach Meerholz reiten, um Gela diese, für sie gute Nachricht zu vermelden.«

»Egbert, halte ein. Bitte«, flehte die Mutter. »Lass mich zunächst deine Schwester vorbereiten. Auf dich und deine Rückkehr. Es ist besser so. Kommst du zuerst zu ihr, wird sie sogleich mit Fragen und, gewiss auch, mit Vorwürfen dich überstürzen.«

Das Anliegen wurde von der Mutter so entschieden vorgetragen, wie es nicht ihre Art war, dass es ihn misstrauisch machte. Irgendetwas in ihrer Stimme klang falsch. Doch er wischte seine Bedenken weg.

Warum um Alles auf der Welt soll sie verhindern wollen, dass ich meine Schwester sogleich sehe? fragte er sich.

Er fand keine vernünftige Antwort. Deshalb ließ er seiner Mutter den erbetenen Vortritt.

Nachtrag des Bearbeiters

Konrad von Bayern, der Mönch, von dem Egberts Mutter gesprochen, hat wohl zu spät erkannt, welches Leid er mit der traurigen Botschaft in das Haus derer von Selboldt-Geylenhusen gebracht hatte. Zutiefst schämte er sich seines Tuns, und auch dessen, dem er vertraut und der ihn angewiesen nach Selboldt zu gehen.

Als alles Kasteien ihm und seinem Gewissen zu keiner Linderung verhalf, da pilgerte Konrad im Jahre des HErrn 1151 ins Heilige Land. Dort schloss er sich einem Eremiten an, um in der Einsamkeit Sühne und Abbitte zu leisten. Zwei Jahre weilte er in der Wüste, bis ihn sein Orden die Rückkehr ins Kloster Clairvaux befahl. Gehorsam folgte er sogleich dem Ruf, obwohl er seine eigene Buße offensichtlich noch längst nicht für ausreichend empfand. Doch was war sein persönliches Bedürfnis gemessen am Verlangen der gesamten Bruderschaft?

Ein Schiff nahm Konrad von Bayern mit über das Meer nach Italien. Im Hafen von Bari betrat er erstmals wieder den Boden des römisch-deutschen Reiches. Er kam nicht weit. War es die Sehnsucht nach der vermissten Heimat? Oder das immer noch bohrend schlechte Gewissen? Das Herz brach's ihm vorzeitig. In Apulien verstarb ›Büble‹, wie der Vater ihn nach den Dokumenten in diesem Konvolut einst gerufen – und Judith, die geliebte Schwester auch. Am siebzehnten März im Jahre des HErrn 1154 im Kloster Modugno. Dort, wo er vor seinem Tode noch viel Gutes getan. Ungewiss ist, ob er noch erfahren hat, dass Bernhard von Clairvaux bereits am zwanzigsten August 1153 gestorben war.

Die Reliquien Konrads von Bayern (Corrado di Baviera) werden heute im Dom von Molfetta aufbewahrt, deren Schutzpatron er ist. Die zunächst allein örtliche Verehrung wurde am siebten April 1832 durch die Seligsprechung Konrads durch Papst Gregor XVI. bestätigt. Im Zisterzienserorden wird das Fest des Heiligen Konrad jährlich am neunten Februar begangen.

D. O.

Hohenstaufen
Februar im Jahre des HErrn 1149

Der Kreuzzug endete als Chaos für König Konrad III. und die Seinen. Hinzu kamen beunruhigende Nachrichten aus der Heimat. Welf VI. hatte eine Beteiligung an der Belagerung von Damaskus entschieden abgelehnt und war bereits im Juli 1148 nach Deutschland zurückgekehrt. Dort sah Welf sich nicht mehr zur Einhaltung vor dem Kreuzzug vereinbarter Waffenstillstände um Bayern verpflichtet. Er überfiel die Güter von Konrads Söhnen. Ein unhaltbarer, respektloser Zustand für den König. Weil er selbst noch in Konstantinopel gebraucht wird, schickt er den Herzog von Schwaben zurück ins Reich mit dem großen Auftrag, die Lage zu erkunden und zu befrieden.

Friedrich III. war für diese Aufgabe vom König geschickt ausgewählt. Hat der Herzog von Schwaben doch während der gemeinsamen Monate des Kreuzzuges ein besonderes Vertrauensverhältnis zu Herzog Welf aufgebaut. Das zeichnete sich schon bei der Abreise in Nürnberg ab, als sie beide gemeinsam die schwäbischen Kreuzfahrer nach Regensburg zum Kreuzzugaufbruch an die Ufer der Donau führten. Enger wurde die Beziehung während des Marsches Donau abwärts, wo sie ihre Truppen stets getrennt von den übrigen Kreuzfahrern lagern ließen.

Dort war es auch, wo sie miterlebten, dass eine Gruppe von Nürnberger Kreuzfahrern beschloss, aus dem Kreuzzug auszuscheren und sich in dieser lieblichen Landschaft niederzulassen. Zu einer engen Schicksalsgemeinschaft aber wurden Friedrich und Welf schließlich im September des Jahres 1147, als sie nahe Konstantinopel gemeinsam entschieden, das eigene schwäbische Lager hoch am Hang über denen des restlichen Heeres aufzuschlagen. So entgingen sie glücklich und ohne jeden Verlust einem schweren Unwetter mit gewaltigen Überschwemmungen, in denen viele Kreuzfahrer aus anderen Heereskontingenten ihr Leben verloren. Sie verstanden das Unwetter und dass sie dieses heil überlebt hatten, als Zeichen Gottes, welches ihr friedliches Miteinander begrüßte.

König Konrad beobachtete den Umgang der beiden Geschwisterkinder und pflegte ihn selbst auch. So schützte er Welf VI. mehrfach in Bedrängnis und gab an ihn als Ausdruck seines persönlichen Respekts kostbare Geschenke weiter, die er selber vom byzantinischen Kaiser erhalten hatte.

Der kluge Schachzug des Königs trug Früchte. Friedrich sprach mit Welf, wie Freunde miteinander reden. Welf unterbrach die Fehde. Er werde erst entscheiden, was er macht, wenn Konrad zurück in Deutschland ist. Der Herzog von Schwaben nutzt die gewonnene Zeit. Er reitet heim nach Burg Hohenstaufen.

*****

Friedrich war ganz anders als die Kerle, die sonst mit Gewalt über sie hergefallen, abgespritzt hatten und gegangen waren. Friedrich schaute ihr in die Augen und sah, dass sie bereit war für ihn. Und wenn er gekommen war, zog er sie an seinen Leib und ruhte mit ihr. Einmal hatte er sie sogar zärtlich auf die Stirn geküsst. Ja, Friedrich war der Herr. Und er war ein Herr.

Schon seit dem frühen Morgen wusste sie, was auf sie zukommen würde. Da hatte der Herzog ihr vielsagend zugezwinkert, als sie mit dem Wäschekorb auf dem Weg zum Teich war. Ganz ehrlich aber, sie hatte es schon am Vortag selber darauf angelegt ihn zu treffen. Doch hatte sie hinten auf dem Stroh im Pferdestall vergebens auf ihn gewartet. Sie spürte das Stückchen Hasenfell, das sie in sich geschoben hatte. Sie war aufgeregt und fieberte dem entgegen, was geschehen würde. Sie wollte es auch. Die Vorfreude wuchs zwischen ihren Beinen. Aber sie wusste auch, was sie nicht wollte: einen weiteren Bankert von ihm. Dietrich war jetzt schon in seinem siebten Lebensjahr. Der Herzog kannte ihn nicht und sollte ihn auch nicht kennen lernen. Das war ihr Wunsch. Dass der Herr aber der Vater ihres Kindes war, bewiesen schon Dietrichs rotes Haar und der leichte Höcker auf seiner Nase.

Dankbar war sie, dass der Herr immer sehr großzügig zu ihr gewesen war. Das war nicht selbstverständlich. Gewisslich nicht. Das hatte es ihr erleichtert, den jungen Fresser gut aufzuziehen, auf den sie mächtig stolz war. Da ertrug sie doch leicht die Beleidigungen, die sie von den anderen Bediensteten auf dem Hof erdulden musste. Die Knechte trauten sich nicht an sie heran, weil sie den Knüppel fürchteten, wenn sie es dem Herrn stecken würde. Und die anderen Mägde? Die waren doch nur neidisch auf sie.

Dann war er gekommen. Geil war er gewesen, geil wie ein junger Esel. Sie hatte ihm gegeben, wonach er verlangte. Was er brauchte. Sie wusste das. Kannte sie doch schon seit bald zwanzig Jahren seine Wünsche. Und so recht heiß war es ihr dabei geworden.

»Es war hohe Zeit, dass Ihr gekommen seid. Es hat mich schon herzlich gejuckt.«

Er reagierte nicht auf ihre Schmeichelei. Lag nur da auf dem Rücken und atmete tief. Sein Beinkleid baumelte noch an einem Fuß. Sie küsste seinen kleinen Herrn. Jetzt war er leblos, schlapp, der eben noch so wild gerammelt hatte.

»Die Herzogin hat Euch wieder gelangweilt.«

Seine rechte Hand griff nach ihrer linken Brust, rieb mit zwei Fingern die rote Knospe. Da wusste sie, dass sie ungestraft weiterreden konnte.

»Sie ist dumm, sich Eure Kraft und Euren süßen Saft entgehen zu lassen. Für einen mageren Ritter.«

Er presste ihre Brustwarze. Es schmerzte. Sie saugte entschlossen an seiner Eichel, bis sie verspürte, dass diese schwoll, um dann zu sagen:

»Sie schätzt den Ritter Dietho von Ravensburg sehr, den sie wohl von Kind auf kennt.«

Er warf sie auf den Rücken, drückte ihre Arme Kopf hoch mit seinen Händen fest ins Stroh. Er sprach ganz ruhig, doch seine Stimme klang kalt wie Eis, so eisig kalt wie der Blick aus seinen blauen Augen. Er ließ sie schaudern.

»Wenn das stimmt, was du da sagst, Weib, dann schenke ich dir ...« Er überlegte kurz: »... den Wäscherturm drüben. Wenn du aber schamlos unwahr redest, dann schneide ich dir die spitze Zunge aus deinem losen Maul! Mit eigener Hand!«

Sie triumphierte: »Herr, Ihr werdet meine Zunge nicht missen müssen. Ich habe die beiden selber schon gesehen, wenn sie das Tier mit den vier Beinen spielen. Oftmals.«

Und sie gab sich ganz unschuldig, obwohl sie innerlich über sein Versprechen frohlockte, als sie fragte:

»Wollt Ihr es selber sehen?«

»So sicher bist du dir?«

»Sagt nur nach dem Mittagsmahl, dass Ihr für zwei, drei Tage zum Kloster nach Lorch reitet. So wie Ihr es gewöhnlich tut. Kommt aber dann sogleich zur selben Nacht ohne Aufsehen zurück. Ich erwarte Euch drüben vor dem Turm und führ Euch hin.«

Er musterte die Magd.

»Du hast dir das alles wohl schon zurechtgelegt. So soll es denn sein!«

Gelnhausen 2017
Tobias Langer wird erwachsen

Wenn man von der Straße aus auf unser Haus blickt, vermeint man ein eingeschossiges Doppelhaus unter einer Art Pultdach vor sich zu haben. Mittig zwei Haustüren, neben denen sich zur Dürich hin einmal nach links, einmal spiegelverkehrt nach rechts die Fenster des jeweiligen ›Versorgungstrakts‹, wie wir Bewohner es nennen, erstrecken: Gäste-WC, Küche mit Vorratsraum, es folgt der ›Waschsalon‹, der geflieste Raum mit Waschmaschine und Trockner eben, dann das großzügige Bad und am Ende des Flurs ein Abstellraum, in dem sich der Durchgang zur Garage und auch die Stiege zum Dachboden befindet.

Auf der anderen Seite des Flurs liegen nach Süden hin in meinem, dem linken Hausteil Wohn-, Schlaf- und Kinderzimmer. Letzteres nutze ich heute als Bibliothek. In der anderen Haushälfte lebte bis zu seinem Tode mein leiblicher Vater, der Maler Florian Vetter. Heute haben es sich in seiner Wohnung Tobias, mein Sohn, und sein Großvater Tom Schlosser, wenn sie denn in Gelnhausen sind, gemütlich gemacht. Das große Wohnzimmer dient ihnen als Atelier, in den beiden anderen Räumen schlafen sie. Den breiten, überdachten Balkon, der mehr eine Terrasse ist und sich vor allen sechs Wohnräumen hinzieht, mit seinem malerischen Blick auf Gelnhausen, die Ausläufer des Spessarts und die weite Kinzigebene lieben wir drei gleichermaßen.

Wenn ich bisher von Haushälfte oder Doppelhaus gesprochen habe, dann war das ungenau; denn tatsächlich handelt es sich um ein dreistöckiges Gebäude, das in den Hang hineingebaut wurde. Unsere von der Straße zu sehende Doppelwohnung bildet lediglich das oberste Geschoss. Die vier Wohnungen in den beiden unteren Stockwerken habe ich vermietet, nachdem ich eins der von Vater Langer in Hörnow geerbten Häuser vor ein paar Jahren veräußert und sie mit dem erzielten Kaufpreis erworben hatte.

*****

Was ich an meinem Sohn seit jeher bewundert habe und was mich zugleich auch stets ein wenig erleichtert hat, ist die Tatsache, dass Tobias trotz seiner geringen Körpergröße weder als Kind noch jetzt als junger Mann jemals von irgendjemandem – und sei er der größte Vollposten – gehänselt oder gemobbt worden ist. Und die andere Tatsache ist, dass mein Sohn auch zu keiner Zeit auf mich den Eindruck gemacht hat, er wäre unglücklich. Ein einziges Mal, wir haben entspannt nebeneinander auf unserer Terrasse oben auf der Dürich gesessen und andächtig den Blick über das weite Kinzigtal genossen, da habe ich ihn gefragt:

»Wie geht es dir so, Tobby?«

Der Kleine auf seinem erhöhten Sitz hat mir in die Augen geschaut und mit einem Schmunzeln auf den Lippen geantwortet:

»Gut. Warum?«

Ich fühlte mich durchschaut. Doch auch das hat Tobias erkannt und ganz ernst weitergesprochen:

»Mach dir keinen Kropf, Alter. Alles ist gut. Ich habe es ja so gewollt.«

Er kaute nachdenklich an seiner Unterlippe: »Weißt du, Vati, wenn ich einmal ein Problem habe, dann gibt mir Oma Kraft. Sie war so voller Liebe, dass sie ohne zu zögern ihr Leben gegeben hat, um meins zu retten. ... Sie wollte halt, dass ich lebe und liebe und lache und auch Gutes tue, so wie sie. Und das mache ich. Ich fühle mich wohl, wenn ich ihre Wünsche erfülle. Immer, wenn ich an sie denke, sehe ich ihre Augen auf mir ruhen, forschend, ob ich auch so bin, wie sie mich wünscht. Bis jetzt: alles gut. Keine Beschwerden von Oma.«

Tobias lachte. Sein Blick war noch intensiver geworden, meinte ich zu spüren, als er sagte:

»Ich wollte, dir ginge es ebenso gut wie mir.«

Er hielt inne. Was ließ ihn zögern?

»Verdient hättest du es allemal.«

Ich musste arg mit mir kämpfen, um ihn nicht an mich zu drücken. Ich wusste, dass es ihm peinlich gewesen wäre.

Hohenstaufen
Im Jahre des HErrn 1149

Am selbigen Abend kam Friedrich III., Herzog von Schwaben, nach Einbruch der Dunkelheit, wie abgesprochen, zum Wäscherturm auf den Burren und die Magd zeigte ihm den Weg, der ihm Einblick in die Stube bot, so wie sie es ihm versprochen.

Doch sein erster Zorn verflog bald. Ja, Friedrich konnte seiner Gemahlin Adela nicht böse sein. Sie hatte einen guten Charakter. Und sie gab sich alle Mühe, ihm außerhalb des Lagers ein gutes Weib zu sein. Ein Widerspruch? Kein Widerspruch!

Als der Herzog von Schwaben nach seiner Rückkehr von König Konrads gescheitertem Kreuzzug des Abends im Wäscherturm mit eigenen Augen sah, wie seine Frau und der von Ravensburg beieinander saßen, sich an den Händen hielten und sich vertraut anlächelten, aber sonst nichts geschah, da ward er nicht zornig, sondern war nur gerührt und empfand Mitleid mit der armen Frau und ihrem Ritter. Er musste an seine und Gelas gemeinsame Liebe denken.

Doch ein anderer Gedanke hieß ihn rüde handeln, der Gedanke nämlich, es könnte öffentlich bekannt werden, dass seine Ehefrau ihn zum Hahnrei mache, und er so zum Gespött werde. Also drang er in die Stube zu den Liebenden vor. Die zitterten und bebten, aber er sprach:

»Wenn bekannt wird, wie gottlos Ihr hier ehebrecht, dann werdet Ihr, Ritter Ditho, geschändet und geköpft, und Ihr, mein treuloses Weib, bestenfalls für immer in ein Kloster verwiesen. Wahrscheinlich hättet Ihr es verdient.«

Da bat ihn seine Frau um die Gnade reden zu dürfen, die ihr Friedrich gewährte. Und sie gestand ihm, dass Ditho von Ravensburg, lange bevor König Konrad III. ihn, seinen Neffen, in Eger mit ihr vermählt habe, sie in das Zauberreich der Liebe eingeführt habe, und dass sie von da an dem Ritter treu ergeben sei.

Und sie bat den Gemahl um Vergebung, dass sie aus lauter Liebe zu dem Ditho zwar versucht habe, ihren ehelichen Pflichten gehorsam nachzukommen. Doch sei es ihr nicht gelungen. Weil sie stets an den Geliebten habe denken müssen, sei sie sich ihrer Unehrlichkeit schämend so verkrampft gewesen, dass der Herzog bald schon die Lust auf sie haben verlieren müssen. Wofür sie ihren Gemahl um Verzeihung bitte.

Wiederum kam dem jungen Herzog Gela in den Sinn. Und er schämte sich, als er daran dachte, wie er sich fern von Geylenhusen verhielt, wenn ihn die Lust überkam. So erregte ihn gar der Gedanke an Gela, wenn er der Magd auf Burg Hohenstaufen beilag. Wie sauber und ehrlich war da doch Adelas Verhalten.

»Mein Herr«, fuhr diese fort, »eins möchte ich Euch noch wissen lassen, auch wenn es mich beschämt. Gewiss hat es Euch nicht nur einmal verstimmt. Ich spreche von meinem Verhalten an fremden Orten und in mir unbekannten Kreisen. So wisset, ...« Sie musste schlucken. »..., wisset, meine große Unsicherheit und Unbeholfenheit in fremder Umgebung folgt aus meinen schwachen Augen. Ich sehe nur, was mir bereits bekannt. Ich bin nur gut in kurzer Sicht. Von meiner Augenschwäche, die mich arg belastet, die ich aus Eitelkeit jedoch stets verschwieg, weiß bis zu diesem Augenblick nicht einmal Ritter Ditho. Gott, verzeih es mir.«

Friedrich sah, wie sich die beiden ängstlich, aber ihre Liebe zueinander bekennend an den Händen hielten, zu ihm aufschauten. Und er sprach:

»Ich will gnädig sein. So, wie Ihr offen zu mir ward. Wenn Ihr, Ritter, schweigt und Ihr, Weib, nicht widersprecht, sondern es bestätigt, wenn vorgetragen wird, dass zu enge Verwandtschaftsbande zwischen uns bestehen und Ihr zudem mir Eure Unfruchtbarkeit verschwiegen habt, dann will ich den Heiligen Vater bitten, unsere Ehe für ungültig zu erklären. Doch bedenkt bei Eurer Antwort, die ich alsbald fordere, es werden Jahre vergehen, bis der Papst entscheidet. Bis zu dem Tag lebt Ihr weiterhin drüben auf Burg Hohenstaufen. Es sei denn, ich befehle anderes. So lange auch müsst Ihr schweigen und Eure Hasenspiele lassen. Danach möget Ihr nach kurzer Frist Euer Glück nach außen tragen. Mein Segen sei Euch dann gewiss. So sagt mir, was Euer Beschluss ist.«

Die Entscheidung fiel rasch. Adela und ihr Ritter hatten feuchte Augen vor Freude. Sie dankten dem Herzog für seine Güte. Bis zu ihrem Lebensende würden von keinem der dreien auch nur ein Wort von dem an diesem Abend Vereinbarten über die Lippen dringen. Und niemals fiel eine böse Bemerkung von einem über die beiden anderen.

Frankfurt 2017
Langer hat Geburtstag

Heute war mein großer Tag also gekommen. Ich war sehr gespannt, was er mir bringen würde. Hier in der Wursthofgasse zu Frankfurt. Das Hausverbot war augenscheinlich aufgehoben.

Nach der herzlichen Begrüßung durch die beiden Geheimnistuer schon an der Wohnungstür wurde ich von ihnen zu einem großen Rechteck komplimentiert, das auf dem freien Platz mitten im Wintergarten stand. Es zog mich schier magnetisch an, obwohl es sein Geheimnis noch hinter einem weißen Tuch verbarg.

Erinnert mich an mehrere meiner alten Bettlaken, die jetzt jemand mit heißer Nadel recht ungeschickt zusammengenäht hat, dachte ich schmunzelnd. *Meine beiden Männer haben schon Sinn für Dramaturgie. Ich bin echt neugierig, was sie sich da ausgedacht haben, die beiden Geheimnistuer.*

Die aufgeregte Anspannung, die Tom und Tobby empfanden, war deutlich spürbar. Hektische Vibrationen. Und ich war neugierig. Seit bald vier Monaten hielten sie ihr Schaffen vor mir verborgen. Sie waren all meinen interessierten und neugierigen Fragen ausgewichen, so, als würden sie meine Erkundigungen nicht verstehen. Sie wiegelten ab, taten unschuldig, stellten sich dumm, zeigten sich genervt: »Nun lass uns mal!«

»Aufgepasst jetzt, Vati! Und herzlichen Glückwunsch zum Geburtstag!«, kommandierte mein Sohn. Sie sangen eine Strophe ›Happy birthday‹. Es war hörbar nicht geprobt. Und dann: »Achtung!«

Der Sichtschutz fiel. Teilweise. Ich blickte in vier fröhliche, lebensfrohe Gesichter. Obwohl ›fröhlich‹ war nicht ganz zutreffend. Sie strahlten Liebe aus. Anrührend. Mich im Innersten berührend. So, als wenn sie lebendig wären, sich freuen würden mich zu sehen. Meine Mutter Irmgard Langer stand etwas erhöht zwischen Florian Vetter, dem Maler, meinem leiblichen Vater, und Hermann Langer, den ich fast während meines ganzen Lebens für meinen Vater gehalten hatte. Und zwischen den beiden Männern schaute mich der dritte an, Doktor Hans Hertel, mein Anwaltskollege und väterlicher Freund, etwas kleiner und niedriger stehend. Mutters Hände umfassten die Schultern des Malers und ihres Ehemanns. Die vier bildeten, so wie sie da vor mir standen, eine Raute, die der meiner Papierdrachen glich, welche ich als Kind so gern auf der Müllerwiese hatte steigen lassen.

Was für ein wunderbarer Anblick! dachte ich.

Mutter in ihrem blauen Lieblingskleid. Mit langen Ärmeln bis zu den Handgelenken. Ich höre richtig, wie sie sagt:

»Den Anblick meiner alten, schlappen Haut kann ich niemandem zumuten!«

Ein wenig eitel war Mutti schon! Völlig unbegründet. Denn sie ist im Alter in meinen Augen immer schöner, reifer, stattlicher geworden.

Und Florian Vetter und Vater Langer in ihren obligatorischen blauen Jeans.

Ja, bei meinem Malervater hat Tom nicht einmal vergessen, den Hemdzipfel mit all den Farbspuren auf weißem Grund zu malen, der ihm regelmäßig aus der Hose hing.

Und in der Mitte, im schwarzen Anzug, der ›aale‹ Hertel, der gute. Die Jacke weit offen, damit seine bunten Hosenträger ja auch richtig zur Geltung kommen.

Meine Augen wurden vor Rührung feucht. Alle der mir liebsten Menschen, hier auf dem Gemälde so einträchtig vereint, lagen nun schon seit mehr als einem Jahrzehnt beieinander auf dem Friedhof im Osten Gelnhausens. Die Vorstellung tat schon weh. Ich riss meinen Blick fast mit Gewalt los von den Menschen, die Erinnerung, Glücksgefühl wie Wehmut in mir weckten. Meine Augen wanderten auf der großen Leinwand tiefer, blieben auf einer weiteren Personengruppe haften.

Direkt vor mir auf der Staffelei sah ich die Rücken zweier Männer, die einen Jungen an den Händen hielten und ihn zwischen sich offensichtlich hin und her hoch schwangen; denn seine Füße berührten im festgehaltenen Moment so etwas wie die Oberkante eines niedrigen Mäuerchens. Ihre freien Arme aber hatten die beiden Erwachsenen zu der Vierergruppe emporgestreckt, so als wollten sie diese berühren oder ihnen wenigstens möglichst nahekommen.

Irgendwie erinnern mich die drei an irgendjemand, dachte ich bei mir. Aber da wurde mir auch schon klar, was mir bekannt vorkam. Die drei da direkt vor mir auf dem Bild schauten geradewegs hin zu meinen Angehörigen und doch irgendwie zugleich auch ein wenig so nach rechts, dass ich einen Eindruck von ihren Gesichtern erhielt.

»Das sind ja wir drei!«, rief ich verblüfft aus.

»Tobby, Tom, Wahnsinn, was ihr da geschaffen habt!«, stieß ich aus, lange, bevor ich verinnerlicht hatte, auf was ich da sah. »Was für ein tolles Bild!«

Die Künstler gingen nicht auf mein Lob ein. Tom, der rechts vor dem Gemälde stand, ließ vielmehr das Laken fast ganz fallen, dessen eines Ende er gerade noch mit seiner Hand vor die Leinwand gehalten hatte und forderte mich auf:

»Martin, geh mal drei, vier Meter zurück. Dann siehst du das gesamte Bild besser.«

»Genau!«, krähte Tobias, der links vor dem Gemälde aufgeregt herumzappelte und dabei bemüht war, das andere Ende des Lakens vom Rahmen herunterzuziehen, auf dem es sich anscheinend verhakt hatte.

»Tobby, komm, ich helfe dir«, sagte ich hilfsbereit.

»Unterstehe dich ja nicht, Vati! Ich kann das schon alleine! Husch, husch, nach hinten mit dir! So, wie Opa es gesagt hat!«

Mein Sohn scheuchte mich, seinen Vater, energisch mit den Fingern seiner freien Hand weg von sich und dem Gemälde. Ich gehorchte artig. Ich trat zurück bis zu der Tür, hinter der die Räume lagen, die ich ehemals mit meiner Frau Monika bewohnt hatte. Tom, der mich dorthin dirigierte und mir dabei die Sicht auf das Bild versperrte, zeigte sich jetzt zufrieden mit dem von mir eingenommenen Abstand, grunzte ein »So!« und trat zur Seite.

»So, mein werter Jubilar. Jetzt schau das Ganze!«

Stolz klang unüberhörbar in seinen kurzen Worten mit. Ich schaute gespannt hinüber zu dem Gemälde auf der Staffelei.

Welche Überraschung haben sich meine beiden denn jetzt noch für mich ausgedacht?

Ich sah, hielt inne und stutzte irritiert. Die Konturen auf der Leinwand vor mir verschwammen. Ich wollte meinen Sinnen nicht trauen. Denn von dem großen Rechteck, auf dem ich gerade noch zwei Personengruppen gesehen hatte, blickte mich nunmehr ein einzelnes Auge an. In einem flachen Oval ein Auge, dunkelblau wie ein tiefer, runder Waldsee, schimmernd im silbernen Licht des Vollmonds. So einmalig schön wie sich mir die Augen meiner Mona bei unserer ersten Begegnung für ewig eingeprägt hatten.

Dunkle Pupille wie eine Insel im blauen See der Iris. Die wiederum in einem unendlichen All zu schweben schien. Das All aber war nicht schwarz und leer, sondern seine Dunkelheit wurde von abertausend golden aufblitzenden Lichtpunkten durchbrochen. Mir schien, und mochte es noch so hochtrabend klingen, als würde ich in einen grenzenlosen Sternenhimmel schauen. Mir war so, aber mein erstes Gefühl betrog mich. Das Unendliche war nicht grenzenlos, wie ich erkannte, als meine beiden Künstler die Laken von ihrem Werk nun gänzlich wegnahmen.

Das flache Oval des Auges, welches mir schon zuvor aufgefallen war, endete links wie rechts in den Händen zweier Frauen. Die linke, die jetzt Tobias frei gegeben hatte, erkannte ich sofort. Es war Monika, seine Mutter, die Liebe meines Lebens. In einem langen, weißen Kleid. Einer Art Tunika. Doch die andere Frau, die auf der rechten Seite, von der Tom jetzt den letzten Zipfel des Lakens wegzog. Ebenfalls in einem weißen Kleid. Wer war das? Mein Gott! Ja! Sie erinnerte mich an die Statue!

»Spielen die beiden Frauen etwa eine Art Seilhüpfen mit den sieben Personen in ihrer Mitte?«, fragte ich die beiden Künstler, zugegeben, etwas irritiert.

»Wie kommst du auf die Idee?«

Mein Kleiner wirkte schockiert.

»Glaubst du das wirklich? Wenn ja, dann haben wir was falsch gemacht! Dieser Eindruck sollte nicht entstehen! Nie!«

»Das wäre das letzte, was wir wollen!«, bestätigte Tom heftig nickend.

»Uns geht es allein um die Erinnerung an die Menschen, die uns nahestehen, die wir nicht vergessen können und wollen. An die wir uns ganz besonders gut und gern erinnern, je häufiger wir an sie denken.«

»Genauso, wie es Opa sagt, ist es gedacht!«, warf Tobias ein. »Vati, wir haben in der Schule gelernt, dass unsere Erinnerungen als Teil unseres Gedächtnisses im Gehirn gespeichert werden, und zwar in dessen Nervenzellen. Es gibt zig Milliarden dieser Zellen und jede einzelne ist mit bis zu zehntausend anderen verbunden. Herr Spier, unserer Bio-Lehrer, hat das Gehirn mit einem gewaltigen Kabelsalat verglichen, den wir in unserem Schädel mit uns herumtragen. Deshalb würden wir auch so gerne Blödsinn machen, weil wir unsere Gehirne noch trainieren müssen.«

Tobias gickelte:

»Und wie in einem Stromkabel fließt entlang der Nervenbahnen Strom. Wird eine Nervenzelle, Neuron genannt, durch einen elektrischen Reiz stimuliert, dann feuert sie sofort chemische Botenstoffe an ihre Nachbarnervenzellen. Also: Was in der Außenwelt von uns wahrgenommen wird, wird in der Innenwelt, sprich in unserem Gehirn, durch Neuronenaktivitäten widergespiegelt. Du siehst ihre Blitze auf unserem Bild tausendfach.«

»Hast du das verstanden?«, fragte mich Tom lachend. »Mir fällt es schwer! Aber es klingt gut!«

»Ich gebe mir Mühe«, erwiderte ich. Dabei dachte ich an das Telefonat mit Professor Strass. Und an den Termin, den Tom morgen bei ihm haben würde.

»Wenn unser junger Egghead es so überzeugend vorträgt, dann muss es wohl so sein. Und die Blitze kann man nicht übersehen.«

»Ach, stellt Euch nicht so an!«

Mein lieber Tobby bekam offensichtlich wieder Oberwasser.

»Das ist doch ganz einfach. Das Gehirn ist ein Muskel. Je mehr er trainiert wird, umso besser arbeitet er. Sprich: Je öfter wir eine Verbindung in unserem Gehirn nutzen, umso schneller ist eine darin gespeicherte Info wieder abrufbar. Ich denke ›Oma‹, und, zack, schon feuern die beteiligten Neuronen und Oma erscheint vor meinen inneren Augen.«

»Und, warum sehe ich dann da links die Statue der steinernen Frau?«

»Das ist nicht die Statue, an die du denkst, Vati. Weil nicht sein kann, was nicht ist. Ich habe sie doch nie bewusst gesehen. Leider. Fotos gibt es komischerweise auch nicht von ihr. Wie hätte ich sie da malen können? Das ist auch Mutti, so wie sie mir Opa beschrieben hat, und wie er sie da rechts gemalt hat. Nur von der anderen Seite. Wir sind in ihrem Auge, so wie sie in unseren Augen ist. Wir vergessen sie nie. Sie vergisst uns nicht. Wir können einander nicht vergessen.«

Wie gern hätte ich es Tobby abgekauft. Wirklich. Ich nahm ihm zwar ab, dass er ernsthaft meinte, was er mir sagte. Aber so ganz überzeugen konnte er mich nicht.

*****

Aber es widerfuhr mir noch mehr Gutes an diesem Tag. Tante Conny, der Schatz, rief aus Weimar an, um mir zu gratulieren. Etwas spröde, aber doch ganz herzlich, so wie es ihre Art ist. Und dann sagte sie noch – quasi ohne Punkt und Komma:

»Martin, mir ist da gerade etwas ganz Liebevolles in die Hände gefallen. Etwas, das dir vielleicht Freude bereitet. Eine kleine Broschüre aus dem Jahre 1819, welche der Autor seiner Königlichen Hoheit Carl August, Großherzog zu Sachsen-Weimar und Eisenach gewidmet hat. Sie trägt den langen Titel ›Kaiser Friedrichs I. Barbarossa Palast in der

Burg zu Gelnhausen – Eine Urkunde vom Adel der von Hohenstaufen und der Kunstbildung ihrer Zeit – Historisch und artistisch dargestellt von Bernhard Hundeshagen, Zweite Auflage, mit XIII Kupferabdrücken – Auf Kosten des Verfassers MDCCCXIX‹.

Das Stichwort ›Gelnhausen‹ hat mich sogleich an dich denken lassen. Nichts sagen, Martin. Ich will dir daraus nur geschwind ein paar Zeilen vorlesen. Das Deutsch des Jahres 1819 ist süß. Hier, hör nur:

> ›... Alte Sagen von einem Liebesverständnis Friedrichs mit Gela, Gräfin von Gelnhausen ..., von der glücklichen Errettung dieser edlen Jungfrau aus den Klauen eines Wolfs durch ihn, den damaligen Herzog, machen endlich das Vorgehen wahrscheinlich, dass Gelnhausen schon früh ein Lieblingsaufenthalt desselben gewesen sey. Besonders aber weilte der grosse Kaiser in der zweiten Hälfte seines Herrscherlebens oft in dem Palast zu Gelnhausen und in der umliegenden Gegend, wo er großes Jagen hielt. Vor Jahren zeigte man noch einen uralten Baum, die Königseiche genannt, in deren Schatten er oft ausgeruht, und noch rinnt eine Quelle, aus welcher er sich oft mit seinem Jagdgefolg durch einen Trunk soll erfrischt haben. Ein Stein mit Inschrift aus dieser Zeit, nah bei dieser Quelle, ward vor einigen Jahrzehnden als Bruchstein in dem nahen Dorf Haitz vermauert. ... ‹

Martin, klingt doch gut. Ich schicke das Büchlein gleich morgen an dich ab. Ich wünsche dir ein erfülltes neues Lebensjahr. So wie mein Bruder im Herzen, Johann Wolfgang, viele hatte. Unser Goethe würde heute zweihundertachtundsechzig Jahre alt werden. Bleib gesund, Martin. Und ich hoffe, wir sehen uns bald einmal.«

Dann legte sie auf – ohne dass ich auch nur eine winzige Chance gehabt hätte, etwas zu sagen. Gefühlsduseleien sind in der Familie Schlosser verpönt.

Egbert sucht Gela
Selboldt, im Jahre des HErrn 1149

Als Egbert endlich die Zeit findet – seit er der Graf von Selboldt und Geylenhusen ist, drängen vielerlei Pflichten auf ihn, die ihn binden – um nach Rückkehr seiner Mutter dann auch Meerholz aufzusuchen, erfährt er dort zu seiner Verblüffung von einer Ordensschwester, dass Angela, seine Schwester, derzeit nicht im Kloster weilt. Sie sei vor Tagen schon an den Rhein gereist, wird ihm erklärt, um dort mit der berühmten Äbtissin Hildegard von Bingen zu sprechen. Angela wolle die weise Frau um Rat und Kräuter bitten, die kranke Kinder von dem bösen Husten befreien, der derzeit in Geylenhusen wüte; denn sie habe sich geschworen, ihre Lebenskraft künftig ganz dem Wohl der unschuldigen Kleinen zu widmen.

Zurück in Selboldt stellt Egbert seine Mutter entrüstet zur Rede:

»Warum habt Ihr mir verschwiegen, dass Gela an den Rhein zu einer Schwester gereist ist, Mutter?«

Die ist sichtlich erstaunt: »Egbert, Sohn, so glaubt mir, davon weiß ich nichts. Angela hat mir gegenüber nichts von einer Reise angedeutet. So wahr mir Gott helfe!«

»Und was ist mit der Krankheit, die die Kinder in Geylenhusen überfallen hat?«

»Die gibt es. Ja. Doch sie ist nicht heftiger als in jedem anderen Jahr um diese Zeit.«

»Hat sich Gela darum besondere Sorgen gemacht. Was hat sie gesagt?«

»Als ich es ihr ganz nebenbei erzählt habe, hat sie nichts weiter dazu angemerkt.«

»Die Information stammte von Euch?«

»Gewiss. Ich habe auf dem morgendlichen Ritt nach Geylenhusen ein Kind gesehen, das es auf der Brust hat und stark hustete. Doch dessen

Mutter hat mir kundgetan, der Husten wäre schon viel besser. Das ist, was ich Angela berichtet habe. Sie hat's zur Kenntnis genommen und mich gebeten, der Mutter zu sagen, sie würde ihren Sohn in ihr Gebet einschließen. Das habe ich auf dem Ritt nach Selboldt ausgerichtet. Mehr war da nicht.«

»Höchst seltsam!«

Egbert schüttelte irritiert den Kopf. Wenige Wochen später würde er sich an dieses Gespräch erinnern.

*****

Hildegard von Bingen ist in diesen Monaten über die Maßen beschäftigt. Sie merkt selbst, dass sie schon ein halbes Jahrhundert dank Gottes Gnade auf dieser Erde weilen darf, obwohl sie doch von klein auf kränklich ist. Doch die Gunst des HErrn und ihre eiserne Disziplin führen sie durch das Tageswerk, das sie getreu der Ritualen, die der heilige Benedikt von Nursia für das Mönchs- und Nonnenleben vorgeschrieben hat, begeht. Noch leben die Schwestern im Kloster Disibodenberg, deren Magistra der Frauenklause Hildegard von Bingen ist. Der Tag ist lang. Er beginnt um zwei Uhr morgens und endet mit dem Nachtgebet um acht Uhr abends. Die restliche Zeit heißt es für die Schwestern Schweigen. Von diesem Gebot nimmt Hildegard sich aus.

Neben ihren Tätigkeiten als Magistra, der Niederschrift ihrer Visionen, Gedanken und Erkenntnisse zu Themen der Religion und Medizin, der Komposition von Liedern, ihrer Korrespondenz mit einer Vielzahl von Persönlichkeiten in aller Welt beanspruchen Planung und Bau des neuen Benediktinerinnen-Klosters in Rupertsberg bei Bingen ihre Zeit. Als ihr jedoch eine Schwester von dem Anliegen der jungen Frau aus dem Zisterzienserkloster in Meerholz berichtet, die in der Klause schon seit drei Tagen geduldig auf eine Begegnung mit ihr wartet, da zögert sie nicht und widmet Angela Edle von Selboldt und Geylenhusen sogleich Ohr und Zeit.

Gela ist höchst angetan von Hildegard. Wenn sie im Nachhinein beschreiben soll, was sie angesichts dieser großen Frau – die tatsächlich eher von einer zierlichen und zarten Gestalt ist – empfunden hat, dann wird sie spontan beginnen:

»Ihre unwahrscheinliche Persönlichkeit!«, um dann weiter ernsthaft um eine einigermaßen zutreffende Antwort ringend nur Satzteile zu stammeln: »Die Tatkraft, die von ihr ... und ihrer Erscheinung ausgeht ... die mütterliche Güte, die sie ausstrahlt ... die spontane Hilfsbereitschaft ... die Geborgenheit, du fühlst dich in ihrer Gegenwart so sicher ... die selbstlose Liebe, die dir guttut. Sie ruht in sich und ihrem Glauben. Es ist zum Neidischwerden. Welch sündhafter Gedanke! Dann ist es wiederum beängstigend, furchteinflößend, wenn dein Hirn ihre Wellen empfängt, die spürbar nach dir greifen. Ich kann es einfach nicht beschreiben. Von allem viel. Ja, und väterliche Strenge, wenn du dich aufgeben willst, leichtfertig versagst, weil dir Gottvertrauen fehlt.

Ich weiß es nicht auszudrücken. Mir fehlen die Worte. So eine Frau habe ich noch nicht kennengelernt ...«

Hier stockt Gela; denn es kommt ihr Frau Aja, der Großmutters Muhme, in den Sinn. Und sie fragt sich, was geschehen würde, wenn die beiden außergewöhnlichen Frauen einander träfen.

Das sagt sie aber nicht laut. Nein. Genauso wie sie nicht berichten wird, dass sie Hildegard von Bingen ihre innigliche Liebe zu dem verehelichten Herzog von Schwaben gebeichtet hat.

Drei Wochen verbringt Angela, Edle von Selboldt und Geylenhusen in Bingen. Fast alle Schwestern, die Hildegard von Bingen umgeben, sind adliger Herkunft. Sie hilft, packt mit an, macht sich nützlich. Die Äbtissin registriert es wohlwollend, tut es aber nicht kund. Dann drängt es Gela mit Macht nach Hause. Sicher, der Abschied von Hildegard und all den Schwestern des Benediktinerinnen-Konvents in Bingen, wo sie so freundliche Aufnahme gefunden hat, fällt ihr nicht leicht, aber die Sehnsucht nach den Ihren in Geylenhusen, Meerholz und Selboldt ist stärker. Beschenkt mit vielen Kräutern und guten Ratschlägen bricht sie auf. Die Zeilen auf einer Wachstafel, die ihr Hildegard von Bingen bei der Abreise noch zugesteckt hat, liest sie erstmals, als die Sonne am nächsten Morgen schon höher steht:

›Am Anfang, an dem du jetzt stehst, verbleibe, bis dein Geist vollkommener wird. Und alles Gute, das du im Schoß deines Geistes sammelst, vollbringe an demselben Ort, an dem du jetzt weilst, inwieweit du es vermagst. Auch zügle dich mit dem Zaum der Furcht des HErrn, damit du nicht auf einen gefährlichen Weg gerätst. ›vadas – du gehest‹ Und beherrsche dich, bis sich bessere Zeiten für dich einstellen, und du wirst leben.‹

Sie wird die Wachstafel in ihrem Leben noch unzählige Male behutsam in Händen halten und lesen, auch wenn sie ihren Inhalt dann schon längst auswendig weiß. Und als die Buchstaben anfangen unleserlich zu werden, weil das Wachs beginnt brüchig zu werden, vielleicht auch weil die Buchstaben verschmutzen und verschmelzen, da nimmt Gela ein Stück Pergament und schreibt darauf die Botschaft Hildegards aus dem Gedächtnis nieder. Die Wachstafel aber bewahrt sie ihr Leben lang wohl.

*****

Bevor Egbert erneut nach Meerholz reiten kann, kommt überraschend Herzog Friedrich nach Selboldt. Unangekündigt. Egbert berichtet dem Freund, was er von Gela weiß. Dass sie glaube, er wäre im Morgenland gefallen und deshalb das Kloster in Meerholz um Aufnahme gebeten habe.

Das Ross unter Friedrich spürt die Unruhe, die seinen Reiter ergriffen hat. Er vermag es kaum noch zu zügeln, als er Egbert zuruft:

»Ich reite nach Mainz und suche Gela. Wünsche mir Glück!«

Dann gibt er seinem Pferd die Sporen.

*****

Sie verfehlten einander. Während Friedrich über Frankfurt und nördlich an Mainz vorbei direkt nach Bingen reitet, hat Gela in Mainz Platz auf einem Kahn gefunden, der den Main flussaufwärts fahren will bis zu der neuen Wasserburg bei Hagenowe *[Hinweis der Bearbeite-*

rin: das spätere Hanau], die da erst kürzlich auf einer Insel in der Kinz erbaut worden ist. In Hagenowe wird sie gewiss bei dem dort herrschenden regen Schiffsverkehr schnell einen Schiffer finden, dem es eine Ehre sein wird, dass sie, die Edle von Selboldt und Geylenhusen, auf seinem Boot nach Geylenhusen reisen will.

Es liegt schon Wehmut auf ihrem Herzen, als sie an den Traum Friedrichs denkt, der sich in Geylenhusen eine Wasserburg errichten wollte. Sie seufzt:

HErr, in all Deiner Güte und Gnade, ich bitte Dich, sei mit ihm.

*****

Nach wildem Ritt erreicht Herzog Friedrich III. Bingen. Am Berghang auf der anderen Seite des Flüsschens, das Nahe heißt und in Bingen in den Rhein mündet, wird ein neues Kloster gebaut. Er reitet über die steinerne Brücke hin zu der Baustelle. Eine ältere Schwester, die sich auf einen Stock stützt, hat, wie er unschwer erkennen kann, das Sagen im Kreis der Menschen, die bei ihr stehen. Nonnen, folgert Friedrich unschwer; denn alle tragen sie Hauben. Friedrich steigt aus dem Sattel, gibt einem seiner Knechte die Zügel zum Halten und geht auf die Gruppe zu.

»Gott gebe Euch einen guten Tag, Ihr frommen Schwestern«, sagt er und sieht die ältere Schwester an – *Welch starke Persönlichkeit!* – und er weiß, dass er sie schon einmal gesehen hat. *Doch wo?*

Und Hildegard von Bingen blickt hoch, sieht vor sich einen stattlichen Mann mit freundlichem Lächeln, auffallend weißen Zähnen und rotblondem Haar. Sie erinnert sich, wo sie ihm bereits begegnet ist:

Wohl gut zwei Jahre liegt es zurück. Etwas mehr als zwei Reitstunden von hier ist es gewesen. In Alzey. An dem Tag, als Herzog Friedrich II. von Schwaben verstarb, der Bruder des Königs. Ja, es ist Konrads Neffe. Herzog Friedrich III. von Schwaben. Ein besonderer Mann. Mit großem Charisma. Und ich weiß, was er will und kann es nicht gutheißen.

»Gott segne Eure Hoheit!«, sagt sie.

»Ich danke Euch, edle Mutter.«

Friedrich hat sich wieder erinnert. Das ist doch die Heilige, mit der Gott spricht. Die mit dem Priester in Alzey war, als Vater verstarb. Die Ruhe und der Frieden, welche dort ausgegangen sind.

Sie finden sich gegenseitig sympathisch. Sie sagt ihm, dass Angela, Edle von Selboldt und Geylenhusen, vor kurzem abgereist ist. Und dass er kein Teufel sein soll, der die junge Frau in Versuchung führen will. Angela habe sich dem HErrn versprochen. Und diesem Verlangen dürfe man nichts in den Weg legen.

»Wisset, Herr Friedrich, ich habe vor meinem inneren Auge gesehen, dass ich mich dereinst an einer Schwester, die mir sehr nahesteht, aus purem Eigennutz sträflich versündigen werde. Auf sie wird die große Ehre zukommen, zur Äbtissin eines Klosters im Norden berufen zu werden. Sie wird voll Freude, doch ohne mein Wissen gehen. Aber ich werde mit aller Macht darum kämpfen, dass sie hierher zurückkehrt. An den Ort, der für sie vorgesehen ist. Wo ich sie brauche. Ich weiß, ich werde gewinnen und zugleich verlieren; denn die geliebte Schwester wird sterben, bevor sie nach Rupertsberg zurückkehren kann. Ich werde recht haben und mich zugleich an ihr und Gott versündigen.«

Sie sah ihm in die Augen. Tiefe Trauer lag in ihrem Blick.

»So, Herr Friedrich, vertraue ich Euch mein künftiges Geschehen an, nur um Euch, der Ihr zu Höherem geboren, wie ich weiß, vor eigener schwerer Sünde zu bewahren.«

Friedrich ist gerührt von der Offenheit, die Hildegard ihm entgegenbringt. Er erklärt ihr seine Dankbarkeit:

»Ich weiß Euer Vertrauen sehr zu schätzen, Mutter. Und Eure Gedanken berühren mich zutiefst. Ein offenes, ein ehrliches Wort, auch wenn es Tadel oder Rüge ist, weiß ich aus Eurem Munde wohl zu würdigen. Und ich wünsche mir, dass Ihr, Magistra, auch künftig nicht davor zurückschreckt, mir gegenüber furchtlos Eure Meinung zu äußern. Sollte mir die Möglichkeit gegeben Euch zu helfen, dann sagt es mir getrost.

Zum anderen aber sollt Ihr wissen, dass ich die Aufhebung der Ehe mit Adela von Vohburg anstrebe. Ein Abt, dem ich so wie ich Euch vertraue, soll das Erforderliche zusammentragen. Doch weiß ich wohl, dass dies kein Geschäft ist, das sich von heut auf morgen tätigen lässt. Die Kurie prüft ein solches Anliegen mit größter Sorgfalt. Und das ist gut so; denn die Ehe ist ein heiliges Sakrament.«

Hildegard von Bingen vernimmt die Worte Friedrichs mit Wohlwollen. Doch sie rät ihm dringlich erneut, Gela zuvor nicht in Versuchung zu führen. Dies wäre eine sträfliche, ja unverzeihliche Sünde. Dann ist die Zeit, die sie ihm widmen kann, abgelaufen:

»Herr Friedrich, bedenke und beachte auch das sechste Gebot, das der Allmächtige uns Menschen gegeben hat: ›Du sollst nicht ehebrechen!‹ Und wenn Ihr nun weiterreitet, so tut dies mit Gottes Segen.«

Friedrichs Plan, nach Geylenhusen zurückzukehren, wird schon in Mainz zunichte. König Konrad III. sucht ihn dringlich, erfährt er dort. Auch seine Absicht, Abt Wibald von Stablo mit der Ausarbeitung eines begründeten Scheidungsersuchens an die Kurie zu beauftragen, vergisst Friedrich für den Augenblick. Sein persönliches Anliegen hat hinter den Interessen des Reiches zurückzustehen. Er wird erst viele Monate später darauf zurückkommen.

Gelnhausen 2017
Langer erfährt vom Ende einer Ehe

Ich muss eingestehen: Barbarossas erste Ehe mit Adela von Vohburg war mir unbekannt, bevor ich darüber in Tante Connys blauem Ordner gelesen habe. (Von dem ekelig nach kaltem Rauch stinkenden Original will ich gar nicht reden.) Gleiches gilt – bedauerlicherweise – ebenso für die sehr zielstrebige, kleine Wäscherin auf Burg Hohenstaufen.

Neugierig habe ich in Sachen Ehe Friedrich und Adela von Vohburg mit meinen bescheidenen Bordmitteln nachgeforscht und als erstes (!) aus Otto von Freisings Aufzeichnungen über die Taten Friedrichs erfahren, dass diese Ehe im März 1153 durch Erzbischof Hermann von Konstanz im Beisein päpstlicher Legaten wegen ›bestehender Blutsverwandtschaft‹ für ungültig erklärt worden ist.

Es besteht die verbreitete Annahme, wie ich herausfinde, dass eine Aufzeichnung Abt Wibald von Stablos den Papst überzeugt habe. Dieses in lateinischer Sprache verfasste Dokument Wibalds, die sogenannte Konsanguinitätstafel, was so viel heißt wie Blutsverwandtschaft, besagt in deutscher Übersetzung:

›Von einem Vater und einer Mutter geboren.

Friedrich hat Friedrich von Büren gezeugt.

Friedrich von Büren hat Herzog Friedrich gezeugt, der Staufen gründete.

Herzog Friedrich von Staufen hat mit der Tochter von König Heinrich Herzog Friedrich gezeugt.

Herzog Friedrich hat König Friedrich gezeugt.‹

Das sind fünf Männer namens Friedrich in fünf aufeinander folgenden Generationen. Demgegenüber stehen auf Adela von Vohburgs Seite nach Wibald von Stablos Tafel sechs Generationen:

›Berta hat Berzelinus von Villingen gezeugt.

Bezelinus von Villingen hat Berthold mit dem Bart gezeugt.

Berthold mit dem Bart hat Luitgard gezeugt.

Luitgard hat Markgraf Diepold gezeugt.

Markgraf Diepold hat Adela gezeugt.‹

Daraus folgt: Wibalds Dokument belegt eine Blutsverwandtschaft zwischen Friedrich und Adela im damaligen kanonischen Gradverhältnis 5:6 oder nach römischer Zählweise, bei der die Summe aus beiden Zahlen gebildet wird, im elften Verwandtschaftsgrad. Eine komplizierte Geschichte, die sich die Kirche da ausgedacht hat. Jedoch galt eine solch weitläufige Verwandtschaft nach kanonischem Recht nicht als Ehehindernis. Papst Eugen III. hätte also aufgrund Wibalds Tafel die Ehe von Friedrich mit Adela nicht annullieren dürfen. Dazu wäre er nur bei einem Blutverwandtschaftsverhältnis innerhalb der kanonischen Gradzählung von 3:4 (oder nach römischer Zählweise innerhalb des siebten Verwandtschaftsgrads) ermächtigt gewesen; denn nur eine solche Ehe galt nach dem kanonischen Recht des zwölften Jahrhunderts als inzestuös.

Tatsächlich aber standen Friedrich von Schwaben und Adela von Vohburg in eben einem solchen siebten Verwandtschaftsgrad zueinander, wie die Wissenschaft erst vor wenigen Jahren herausgefunden hat.[1]

Danach ist der Salier-Kaiser Heinrich III. der Ur-Urgroßvater von Friedrich I. und zugleich Urgroßvater der Adela von Vohburg gewesen. Im Einzelnen gilt

a) auf Friedrichs Seite:

›Kaiser Heinrich III. zeugt Kaiser Heinrich IV.

Kaiser Heinrich IV. zeugt Agnes von Waiblingen.

Agnes gebiert in ihrer Ehe mit Friedrich I. von Schwaben

Friedrich II. von Schwaben, der mit Judith Welf König Friedrich I. zeugt;

1 **Hinweis:** Falls Sie, sehr verehrte Leserin, sehr geehrter Leser, mehr zur Beendigung der ersten Ehe von Friedrich I. Barbarossa wissen möchten, dann empfehle ich Ihnen: Eduard Hlawitschka, Die Ahnen der hochmittelalterlichen deutschen Könige, Kaiser und ihrer Gemahlinnen. Ein kommentiertes Tafelwerk. Band II: 1138 - 1197, Hannover 2009, MGH Hilfsmittel 26. Lesenswert ist auch der Aufsatz von Peter Koblank (2015), ›Tabula consanguinitatis von Wibald von Stablo‹ unter: https://www.stauferstelen.net/texts/wibald-tabula.htm.

b) auf Adela von Vohburgs Seite:

Kaiser Heinrich III. Tochter Judith heiratet Herzog Wladysław I. Hermann und gebiert

Adelheid von Polen, die Diepold III. von Vohburg, heiratet.

Beider Tochter ist Adela von Vohburg.‹

Um diese enge verwandtschaftliche Beziehung mag Wibald von Stablo nicht gewusst haben, sicherlich aber war sie den Ehepartnern bekannt. Zu unterstellen, Friedrich und Adela sei ihre jeweilige Abstammung vom Kaisergeschlecht der Salier fremd gewesen, ist nicht glaubhaft. Die Annahme passt einfach nicht zu einer Zeit, in der Ehre, Ansehen und Rang von so überragender Bedeutung waren. Es ist unrealistisch ernsthaft zu behaupten, Adela hätte nicht gewusst, dass ihre Großmutter Judith eine Kaisertochter war!

Und wie ich schon in dem blauen Ordner gelesen habe, hat sich Friedrich bereits auf dem Ritt nach Selboldt im Jahre 1133 mit seinem Vater über seine kaiserliche Großmutter Agnes von Waiblingen unterhalten.

Eine solch enge, also inzestuöse Blutsverwandtschaft war für den Papst ein nicht hinnehmbares Ehehindernis und damit ein seriöser Grund für die Aufhebung der Ehe.

Und so wurde es dann auch seinerzeit gehandhabt. Die Ehe von König Friedrich I. mit Adela von Vohburg wurde im März 1153 im Dom zu Konstanz von Bischof Hermann von Konstanz in Gegenwart päpstlicher Legaten wegen bestehender Blutsverwandtschaft annulliert.

Frankfurt am Main 2017
Herr Nelke denkt nach

Er war immer noch stolz auf sich, dass er das kleine Café am Rand der Innenstadt für sich entdeckt hatte. Obwohl Stolz in dem Zusammenhang eine ziemlich naive Empfindung war, wie er gerne einräumte. Von der Straße aus sah das Café mit dem großen Schaufenster aus wie ein x-beliebiger Tante-Emma-Laden. Auch der Innenraum war ohne besonderen Charme. Aber, und das war die Entdeckung, auf die er stolz war: der Innenhof! Klein, aber schön. Acht quadratische Tische für jeweils vier Personen. Herr Nelke zählte die Tische rein vorsorglich nach. Er kam nur auf enttäuschende sieben, bis er merkte, dass er den Tisch, an dem er saß, vergessen hatte mitzuzählen.

Du wirst alt, du Schussel! rügte er sich selbst.

Acht Tische also, mit lichtgrauen Platten, auf denen weiße Leinendecken lagen. Die Zipfel der Tischdecken hingen ganz akkurat mittig der einzelnen Tischseiten hinunter. Herr Nelke mochte Ordnung. Die vier Stühle, die an jedem der Tische standen, waren eigentlich höchst bequeme Korbsessel mit – passend zu den Tischplatten – lichtgrauen Sitzkissen. Zwischen den Tischen standen große Terrakotta-Kübel, in denen herrlich rot- und goldgelb-blühende Hibiskussträucher wuchsen. In die hatte sich Herr Nelke gleich beim ersten Sehen verliebt. Was für ein wunderschönes Bild! Mitten im Herzen der Frankfurter City! Unglaublich! Der Straßenlärm drang nur als gedämpftes Rauschen in den Innenhof, in dem große ebenfalls viereckige Sonnenschirme in lichtgrau den Gästen kühlenden Schatten boten. Und das war gut so; denn auch an diesem Tag heizte die Sonne es den Menschen so richtig ein. Und Herr Nelke trug einen der von ihm so geschätzten anthrazitfarbenen Anzüge. Mit weißem Hemd, dessen obersten beide Knöpfe nicht geschlossen waren.

Das kleine Paradies hatte nur einen Nachteil, wie er es empfand. Das Lokal war bekannt und beliebt. Und entsprechend begehrt waren die acht Tische im Freien. Herr Nelke hatte mit Müh und Not einen Tisch ergattert und kämpfte nun darum, dass die restlichen Stühle an seinem Tisch frei blieben. Es müsste nicht jeder x-beliebige Fremde mithören, was er seinem Gast zu sagen hatte. Den Kellner hatte er schon mit einem blauen Zwanziger stillgelegt. Aber die ständige Fragerei »Sind die Plätze noch frei?« nervte ihn.

Es wird Zeit, dass Fabiu endlich kommt. Dass die Offenbacher nie pünktlich sein können! fluchte er innerlich. Er brauchte den Kerl dringend.

Das hätte er sich nie geträumt, damals, vor bald zehn Jahren, als er auf der Zeil, Frankfurts Einkaufsstraße Nummer eins, die Frau sah, die irgendwie planlos dahin torkelte. Von hinten sah sie gut. Schlank. Nicht gerade klein. Das dunkle schulterlange Haar. Ordentlich angezogen war sie auch.

Was wäre passiert, wenn ich, wie all die anderen auch, einfach weiter gegangen wäre. Aber nein, ich musste ja den Kavalier spielen. Also bin ich zu ihr hin gegangen und habe gefragt:

»Entschuldigung, kann ich Ihnen helfen?«

Sie hat mich angesehen, mit Entsetzen im Blick, als wäre ich Dracula, und verzweifelt hat sie überlegt, wie sie von mir weglaufen kann. Da habe ich sie aber erkannt und gesagt:

»Frau Schlosser, was ist denn? Ich bin doch der Herr Nelke, der Ihnen ewig dafür dankbar ist, dass Sie ihm den Führerschein gerettet haben.«

Die Frau da mit dem verhuschten Blick hatte ich nämlich wiedererkannt. Was für blaue Augen sie hat. Solche wunderbaren Augen habe ich noch bei keiner einzigen Roma-Frau gesehen. Selbst als vor ein paar Jahren eine Roma in Bulgarien ein blondes Mädchen geboren hat, hatte das Kind braune Augen. Blau! Wunderschön!

Sie war die Verkehrspsychologin, die mich im Jahr davor, als ich wegen jeder Menge Punkte meine Pappe fast verloren hätte, ganz sicher durch den Idiotentest beim TÜV geschleust hat. Das werde ich ihr niemals vergessen. Ich, ohne Auto? Eine Katastrophe!

Jetzt hatte sie mich auch erkannt und blieb stehen.

»Ach, Herr Nelke, Sie.«

Ich konnte mit dieser Bemerkung wenig anfangen, deshalb fragte ich Frau Schlosser erneut:

»Kann ich Ihnen irgendwie weiterhelfen?«

Sie hat mich angestarrt. Ihr Blick hatte immer noch was Gehetztes, war aber schon deutlich entspannter. Und dann hat sie gesagt, es klang arg trostlos:

»Man verfolgt mich. Will mir ans Leben. Ich weiß nicht mehr wohin. Ich muss vom Erdboden verschwinden.«

Ich habe schon viel gehört. Auch von Männern, die untertauchen mussten. Aber so was noch nicht aus dem Mund einer schönen Frau. Jetzt war ich wieder misstrauisch. Hatte die Frau vielleicht doch einen Sockenschuss?

»Was sollen Sie denn gemacht haben, dass Sie Angst um Ihr Leben haben, Frau Schlosser?«

Sie schüttelte ganz unglücklich den Kopf.

»Das ist es eben, was mich bald in den Wahnsinn treibt. Ich ... weiß ... es ... nicht!«

»Wer«, erkundigte ich mich, »will Ihnen ans Leben?«

»Das ist das Schlimmste! Vor allem mein Vater!«

»Wenn das so ist, dann kommen Sie, Frau Schlosser. Ich bringe Sie zur Polizei.«

»Nein!«, hat sie da so laut geschrien, dass ich erschrocken zurückgefahren bin und andere Passanten zu uns hingeschaut haben.

»Ja nicht!«

Ich darauf: »Warum denn nicht?«

»Entschuldigen Sie bitte, sind die Plätze an dem Tisch noch frei?«

Herr Nelke schreckte aus seinen Erinnerungen hoch. Ein Pärchen stand vorgebeugt an seinem Tisch. Er schüttelte bedauernd den Kopf.

»Tut mir leid, nein. Meine Gäste kommen gleich. Sorry!«

Die beiden zogen enttäuscht von dannen. Herr Nelke winkte den geschmierten Kellner zu sich.

»Bitte, stellen Sie dreimal Kaffee auf den Tisch. Damit der voll belegt aussieht, bringen Sie mir noch einen großen Spezi ohne Eis. Ich will, verflixt noch mal, meine Ruhe haben.«

»Sehr wohl, der Herr. Drei Kaffee, ein Spezi«, wiederholte der Kellner und zog ab.

Was Frau Schlosser ihm damals geantwortet hatte, stand Herrn Nelke in fetten Lettern vor sein inneres Auge geschrieben:

»Weil mein Vater beim Hessischen Landeskriminalamt in Wiesbaden arbeitet!«

Das Argument hat mich überzeugt.

»Kommen Sie, Frau Schlosser. Ich habe was für Sie. In meinem Haus steht zufällig gerade eine Einliegerwohnung leer. Da sind Sie sicher.«

Da habe ich, zugegeben, etwas geflunkert. Die Wohnung habe ich in Reserve gehalten für Besucher aus Rumänien, die in Deutschland irgendeinen Mist gebaut haben, weil sie bei einem Bruch erwischt worden sind oder so was, und aus diesem Grund für einige Zeit von der Bildfläche verschwinden müssen. Jetzt musste die Wohnung halt einmal für den umgekehrten Zweck herhalten. Frau Schlosser ist mit mir gekommen. Die nächsten Monate ...

»Onkel Josip, du bist ja schon da!«

Da stand der Kerl, mehr als eine halbe Stunde zu spät. Herr Nelke hätte ihn schlachten können. Er beherrschte sich aber, weil er ihn benötigte, und sagte nur:

»Fabiu, setzt dich hier hin. Du brauchst dringend einen Kaffee und eine neue Uhr.«

Der Fabiu genannte junge Mann, der ebenfalls einen dunklen Anzug trug, ließ sich gehorsam auf dem ihm zugewiesenen Korbsessel rechts von Herrn Nelke nieder. Es war eindeutig, wer an dem Tisch das Sagen hatte.

Nach Flochberg 1151/2
Friedrichs Meisterstück

Ende Januar 1150 nahm Herzog Welf VI. die Fehde gegen König Konrad erneut auf. Er zog gegen die nahe dem Ort Bopfingen gelegene Burg Flochberg, die auch den Ehrennamen »Burg des Königs« trug. Diese Festung sicherte sowohl die Reichsstraße, welche die Messeorte Straßburg und Nördlingen verband, so wie sie auch das umliegende Gebiet der staufischen Schwaben vor Angriffen der Welfen aus Bayern schützen sollte; denn die Burg am Rande des Nördlinger Ries war der östlichste Stützpunkt derer von Schwaben.

Die Belagerung der Flochberg nahm jedoch für Welf und seine Truppen keinen guten Ausgang. Als sich unter den Welfen die Nachricht herumsprach, dass des Königs Sohn Heinrich-Berengar mit seinem Heer aus der unweit gelegenen Harburg heraneilte, da flohen sie. Das geschah so ungeordnet, dass viele Ritter des Welfen in der Schlacht vom achten Februar 1150 gefangen genommen wurden. Welf VI. selbst entkam. Er wollte die Auseinandersetzung mit dem Schwabenkönig fortsetzen, doch die Angehörigen der gefangenen Gefolgsleute drängten ihn Frieden mit dem König zu schließen.

Konrad III. war arg enttäuscht vom Verhalten Welfs VI., gedachte er doch der guten Zusammenarbeit mit dem Herzog während des Kreuzzugs. In einem Schreiben Konrads an die griechische Kaiserin Irene vom sechzehnten April 1150 wird seine Enttäuschung über Welf VI. deutlich. Zum einen lobt der König Welf als ›vir magne nobilitatis et potentie in regno nostro – als Mann von großem Adel und Macht in unserem Reich‹, zum anderen aber beklagt er dessen jetzt gezeigte Treulosigkeit.

Für Friedrich, den der König wieder um Vermittlung gebeten hatte, gleicht diese Aufgabe einem Handeln mit glühenden Kohlen. Da der angegriffene König und Onkel väterlicherseits, dort der Aggressor und Onkel mütterlicherseits. Eine Aufgabe, die viel Diplomatie, Geschick und auch Strategie fordert, will der Herzog doch auch seine eigene Zukunftsvision nicht aus den Augen verlieren. *Animus reflectere.* Schwierig ist vor allem: Keiner der Beteiligten darf sein Gesicht verlieren. Doch Friedrich schafft tatsächlich das Meisterstück. Er handelt um den Jahreswechsel 1151/Anfang 1152 ein günstiges Ergebnis für Welf aus.

Und er überzeugt den Onkel väterlicherseits, dem Onkel mütterlicherseits keinen Gesichtsverlust zuzumuten. Jede Demütigung, eigentlich verdient, wäre Gift. Es heißt dazu in der zeitgenössischen Geschichte der Welfen, der ›Historia Welforum‹:

> ›Denn Friedrich, der Brudersohn des Königs und Schwestersohn des genannten Welfen, stellte sich dazwischen, um eine Versöhnung zu erzielen, und setzte nach behutsamer Beratung fest, dass die Gefangenen des Herzogs freizulassen wären und der König künftig vor ihm sicher sein sollte. Der König übertrug, nachdem er den Rat angenommen hatte, Welf einige Einkünfte aus dem Reichsgut. ...‹

Gemeint ist damit das Reichslehen Mertingen, nach dessen Übertragung Frieden herrschen soll.

> ›Damit war der Welfe geschlagen, befriedet und gebunden zugleich.‹

*****

In König Konrads Nachgeben kommen auch Resignation und Trauer eines Vaters zum Ausdruck. War doch sein geliebter Sohn Heinrich-Berengar, den er im März 1147, obwohl erst zehnjährig, auf dem Hoftag zu Frankfurt zum Mitkönig hatte wählen und krönen lassen, nach der Schlacht um Burg Flochberg noch im Jahre des HErrn 1150 verstorben.

Friedrich vermittelt erneut
Im Jahre des HErrn 1152

Die römisch-deutschen Fürsten beschlossen bald darauf für den September 1152 einen Italienzug, den sie aus zwei Gründen für erforderlich erachteten. Zum einen sollte König Konrad III. endlich vom Papst zum Kaiser gekrönt werden; zum anderen bedurfte es eines Feldzugs gegen die Normannen, welche den Süden Italiens besetzt hielten. Doch der Plan nach Italien zu ziehen, droht sogleich an einem innerdeutschen Konflikt zu scheitern. Das Hindernis hat wieder einmal einen bekannten Namen: Heinrich, Herzog von Sachsen. Dieser beharrt hartnäckig auf seinem Anspruch auf das Herzogtum Bayern.

Um einem offenen Ausbruch von Konflikten in Schwaben und Bayern während seiner Abwesenheit vorzubeugen, versucht Konrad, mögliche Verbündete des Löwen auf seine Seite zu ziehen. So will er den Löwen isolieren. Insbesondere ist es sein Wunsch, die alten Gegner Welf VI. und Konrad von Zähringen, die beiden mächtigsten Fürsten in Süddeutschland neben Friedrich, dem Schwabenherzog und Neffen, einzubinden. Ein weiteres Mal bestellt König Konrad Friedrich zum Vermittler zwischen den Parteien. Sein Auftrag ist brisant.

Um sein Wunschziel zu erreichen, reist Konrad Anfang des Jahres 1152 über Basel und Konstanz nach Freiburg im Breisgau. Auf dieser Reise begleitet ihn Friedrich. Im Januar 1152 erscheinen Welf und Konrad von Zähringen am Hof des Königs in Konstanz. Bereits einen Tag nach seiner Ankunft stirbt der Zähringer überraschend, nachdem er sich gerade mit dem König ausgesprochen und versöhnt hat. Glück im Unglück aus Sicht Konrads. Der Tod des von Zähringen fördert die Friedensinitiative des Königs. Indem er ihn in den väterlichen Lehen bestätigt, zieht er den Sohn des Verstorbenen auf seine Seite.

Zusammen mit Friedrich nimmt König Konrad demonstrativ auch an den Beerdigungsfeierlichkeiten im Zähringer Hauskloster Sankt Peter teil. Einer, der nicht zum Begräbnis des Zähringers in den Schwarzwald kommt, ist der Herzog von Sachsen. Das ist ungewöhnlich. War doch der Verstorbene Heinrichs Schwiegervater; denn während des gemeinsamen Kreuzzugs ins Wendland hat Konrad von Zähringen seine Tochter Clementia Heinrich zur Gemahlin versprochen. Der Welfe war höchst erfreut gewesen. Brachte die Braut doch die Burg Badenweiler mit in die Ehe, zu der hundert Ministerialen und fünfhundert Hufen an Liegenschaften gehörten, und all das inmitten des Herzogtums der Schwaben gelegen. Da konnte er nun wirklich nicht »Nein« sagen. Aber nach Sankt Peter kam er nicht, um Abschied von seinem Schwiegervater zu nehmen. Warum? Mied er lediglich den König?

Bevor Friedrich III. zum Hoftag nach Bamberg weiter reitet, trifft er sich Anfang Februar 1152 noch mit seinem Onkel mütterlicherseits, Welf VI., in Memmingen, wo sich auch Heinrich einfindet. Das ist kein Zufall. Welf, der Friedrich bei seinen Vermittlungsversuchen wohlwollend unterstützt, hat den Herzog von Sachsen eingeladen. Friedrich verspricht Heinrich, ihm bei seinem Wunsch Herzog von Bayern zu werden, zu helfen, doch erst nach der Rückkehr Konrads aus Italien, wo dieser zum Kaiser gekrönt werden soll. Mit diesem Vorschlag kann sich der Sachsenherzog anfreunden.

Unterdessen erfasst in Bamberg in diesen Tagen ein heftiger Fieberanfall den König, der seit dem unglückseligen Kreuzzug an Fieberschüben leidet, und wirft ihn aufs Krankenlager.

Gelnhausen 2017
Kein nützlicher Idiot

Sowohl aus meiner Vorstandszeit bei der ›Blue Bird Versicherungen‹ wie auch – vor allem – aus meiner langen Tätigkeit als Strafverteidiger in großen Wirtschaftsstrafsachen ist mir die despektierliche Charakterisierung einer Person als ›nützlicher Idiot‹ alles andere als fremd.

Zunächst wurde mit diesem Begriff ausschließlich die Nutzung von der breiten Öffentlichkeit bekannten Menschen – Filmstars, Politiker, Spitzensportler – für Propagandazwecke umschrieben, ohne dass die Promis ihren Missbrauch für Zwecke Dritter erkannten.

Heutzutage wird in der Politik, in Wirtschaftsunternehmen und in den Medien gern auch dann von einem »nützlichen Idioten« gesprochen, wenn sich beispielsweise ein Betriebsangehöriger aus Dummheit, Eitelkeit (was ja zumeist auch eine Form von Dummheit ist), übertriebener Motivation oder aus überzogenem beruflichem Ehrgeiz zum Narren halten oder gar zu einem Handeln missbrauchen lässt, das ein Geschmäckle hat, wie die Schwaben sagen. Das meint, jemand ist bereit, etwas für einen Politiker oder Wirtschaftsboss zu tun, was ein normal mit Skrupeln veranlagter Mitarbeiter schwerlich täte.

Jüngst habe ich eine Schlagzeile auf dem Titelblatt von Deutschlands teuerstem Groschenblatt gelesen, in der in großen Lettern der US-amerikanische Präsident als der ›nützliche Idiot‹ des russischen Staatschefs geheißen wurde. In mir verfestigt sich der Eindruck, dass sich die Menschheit im Verlauf der letzten tausend Jahre in humaner Hinsicht nicht – seien wir großzügig – wesentlich fortentwickelt hat.

Friedrich I., den die Bewohner Gelnhausens gern »unser Kaiser Barbarossa« nennen, war alles andere als ein ›nützlicher Idiot‹, auch wenn er als Herzog von Schwaben mit schöner Regelmäßigkeit ›Gesichtspflege‹ bei den königlichen Hoftagen betrieb und für seinen Onkel Konrad, den König, als mutiger Ritter so manchen Kampf erfolgreich bestritt.

Er hatte nur ein Ziel, das er zielstrebig verfolgte, und das hieß, bei der Wahl des nächsten Königs nicht übergangen zu werden, so wie es seinem Vater widerfahren war, Friedrich dem Einäugigen. Er, Friedrich, würde beide Augen weit aufhalten. Und er hatte ein Gespür für das richtige Timing, wie es in der Sprache der heutigen Manager heißt. Er nutzte die Gunst der Stunde für sich. Und wie.

Am Freitag, dem fünfzehnten Februar 1152, verstarb König Konrad III. in Bamberg während des dort stattfindenden Hoftages, an dem Friedrich III., Herzog von Schwaben, im Unterschied zu vielen anderen Reichsfürsten – natürlich – teilnahm.

The show must go on! Das Reich musste regiert werden. Die Frage war: Von wem? Wer würde Nachfolger des verstorbenen Königs werden? Friedrich von Rothenburg, der sechsjährige Sohn von Konrad III.?

Oder dessen Neffe, Friedrich III., Herzog von Schwaben, der Rotbart geheißen?

Oder gar Heinrich, Herzog von Sachsen?

Bamberg und Arnsburg
Schicksalstage im Jahre des Herrn 1152

Herzog Friedrich III. nutzt die Gunst der Stunde. Er hat die Zeit des zweiten Kreuzzuges und die wenigen Jahre seitdem wohl darauf verwendet, sich nicht nur für den König unentbehrlich zu machen, sondern auch dazu, sich die Gunst wichtiger Bischöfe und bedeutender Reichsfürsten zu sichern. Stets war er bemüht, aller Interessen, Rang und Ansehen zufriedenstellend zu berücksichtigen. Eine Kärrnerarbeit, die viel Geduld, Fingerspitzengefühl und Diplomatie forderte, sich jetzt aber auszahlt. So steht Gebhard, der mächtige Bischof von Würzburg, ebenso auf seiner Seite wie Eberhard II., der Bischof von Bamberg. Unter den zahlreichen weltlichen Adeligen, die mit ihm sympathisieren, befinden sich auch sein welfischer Onkel, Herzog Welf VI., und sein jüngerer Vetter, Heinrich (später ›der Löwe‹ geheißen), der unbedingt Herzog von Bayern werden will. Einfluss bedeutete Macht, der Besitz von Grund und Boden ebenfalls. Macht und Grund aber verheißen zudem Reichtum.

Friedrich weiß, jetzt oder nie hat er die Chance König zu werden.

Wer, wenn nicht ich, hat in den letzten Jahren das Reich zusammengehalten?! Der Onkel war krank. Er lag in Konstantinopel danieder, während ich hier für Ruhe sorgte. Wer hat den Welfen, wer den Löwen und wer die Zähringer zu friedlichem Verhalten veranlasst? Ich. Allein ich!

Was hat mir doch der Vater vor bald zwanzig Jahren, während unserem ersten Ritt nach Selboldt mit auf den Weg gegeben?

»... Gegen die Wahrheit sollst du verstoßen, ja musst du handeln, wenn du es künftig einmal als Herzog im Interesse unseres Herzogtums, oder, so Gott will, vielleicht einmal als König im Interesse des Reiches für zwingend notwendig erachtest. Doch niemals darfst du die Wahrheit aus purem Eigennutz verletzen.«

Nein, das werde ich auch nicht! Aber, wem schadet es, wenn ich sage, dass König Konrad mir die Reichsinsignien auf seinem Sterbebett überreicht hat? Da war ich mit ihm allein. Da hat der Onkel im Angesicht seines nahenden Todes entschieden, das Gemeinwohl über das dynastische Erbrecht zu stellen, und mich, seinen Neffen Friedrich, anstelle seines eigenen Sohnes Friedrich zur Wahl zu empfehlen. Er hat befürchtet, eine Regentschaft seines eigenen, erst sechsjährigen Sohnes würde angesichts der Spannungen mit Heinrich dem Welfen nicht den ersehnten Frieden bringen. Mir aber, so hat er mit brechender Stimme gesagt, traue er zu, dass ich die Krise bewältige. So wie ich es in den Jahren zuvor bewiesen, als ich es für ihn schon mehrmals erfolgreich getan habe.

Ich werde dieses Ereignis, diesen Wunsch des sterbenden Königs meinem Onkel Otto, dem Bischof von Freising, berichten. Er wird es gewisslich auf die beste Weise weitertragen.

*****

Friedrich besticht Bischof Eberhard von Bamberg. So kann er erreichen, dass König Konrad, des Vaters Bruder, schon drei Tage nach seinem Ableben im Bamberger Dom bestattet wird, und nicht, wie von dem Verblichenen eigentlich gewünscht, neben seinem Vater im fernen Kloster Lorch.

Die schnelle Bestattung des Königs ermöglicht Friedrich noch zwei persönliche Treffen vor den für Anfang März angesetzten offiziellen Versammlungen in Frankfurt am Main und in Aachen.

Gut, denkt er, *dass wir in einem Schaltjahr leben. Den Tag kann ich wohl gebrauchen.*

So trifft sich Friedrich gleich nach der Grablege des Onkels im Bamberger Dom im Geheimen zu einem Vorgespräch in Geylenhusen mit seinem Cousin Heinrich. Der alte Freund Egbert, Graf von Selboldt-Geylenhusen, von Friedrich eingeweiht, stellt die kleine Familienburg für das Treffen zur Verfügung. Wehmütig wirft Friedrich einen langen Blick über den Fluss zum Kloster Meerholz hin. Gela.

»Richte ihr bitte meine untertänigsten Grüße aus«, flüstert er dem Freund zu. »Ich denke sehr an sie. Doch heute ist keine Zeit für das private Glück. Aber denkt mir bitte an die Hütte.«

Die beiden Herzöge sind sich rasch einig. Welfenblut verbindet. Ein fester Handschlag besiegelt den Pakt. Heinrich sagt dem älteren Freund seine uneingeschränkte Unterstützung zu, auch für Friedrichs Ambition König zu werden. Friedrich garantiert im Gegenzug, so er König ist, wird er Heinrich zum Herzog von Bayern machen.

Danach reiten Friedrich und Heinrich getrennten Weges, sie wollen nicht zusammen gesehen werden, zu ihrem nächsten gemeinsamen Ziel. Es liegt am nördlichen Rand der Wetterau. Die Arnsburg, der Sitz des angesehenen und höchst einflussreichen Reichsministerialen Konrad II. von Hagen und Arnsburg. Dort ist alles zum Besten vorbereitet. Friedrichs gute Vorarbeit trägt reiche Früchte. Nach dem frühmorgendlichen Gottesdienst wird man sich rasch einig. Der anwesende Kreis von Reichsfürsten und Erzbischöfen legt sich auf Friedrich III., Herzog von Schwaben, als ihren nächsten König fest. Es ist ein Glückstag für Friedrich. Und dennoch, Friedrich spürt es gleich nach der Abstimmung, etwas ist anders. Ein Gefühl des Abschieds, der Vereinsamung. Die Fürsten begegnen ihm nun schon mit ehrendem Abstand und besonderem Respekt.

Dabei bin ich noch gar nicht aufs Schild gehoben worden, wundert sich Friedrich. *Und habe ich ihnen nicht versichert, dass ich auch nach der Wahl stets unter Gleichen sein möchte, wenn auch als deren erster? ›Primus inter pares‹.*

*****

Das Schicksal meint es wahrlich gut an diesem Sonntag mit Friedrich. Gerade haben sich die Fürsten verabschiedet. Aufbruchsstimmung herrscht. Alle drängt es nach Frankfurt am Main.

Da trifft Friedrich unvorhergesehen in einem Gang der Arnsburg auf deren Herrn, Konrad II. von Hagen und Arnsburg, der sich im Gespräch mit einem ihm Unbekannten befindet. Friedrich hat den jungen Mann zuvor noch nicht gesehen.

Er ist nicht von Stand. Ich sehe es an seiner Kleidung. Wer mag es wohl sein?

Von Hagen und Arnsburg stellt ihm höflich den Mann vor:

»Meister Frederec. Ein Steinmetz vom Elsass. Ein vorzüglicher Künstler. Viele herrliche Skulpturen in französischen Kirchen stammen von ihm.«

»Mit Verlaub, Hoheit, wenn ich Euch korrigiere. Sie stammen von meinen Vorfahren.«

Friedrich gefällt der Mut des Mannes, der höflich, aber selbstbewusst auftritt. Auch wenn er eine unpassende Anrede wählt. Er erkundigt sich bei dem Meister, nachdem Konrad von Arnsburg gebeten hat, ihn wegen einer anderen Verpflichtung als Hausherr zu entschuldigen und gegangen ist, was er so baue, gestalte, schaffe.

»Ich hole Zierrat, Pflanzen, Tiere und Menschen aus totem Stein.«

Friedrich ist verblüfft ob dieser Antwort. Es dauert, bis er begreift, was der Meister ihm sagen will. Dann fragt er, neugierig geworden, ob der Künstler ihm Beispiele seines Schaffens zeigen könne.

»Das hier nicht, Euer Hochwohlgeboren. Die Steine wären zu schwer. Aber ich führe alte Skizzen meiner Väter mit mir, und auch solche, die ich in den vergangenen Tagen in Selboldt gefertigt habe.«

Jetzt kann sich der Künstler des vollen Interesses Friedrichs sicher sein. Im Verlauf des weiteren Gesprächs erfährt der Herzog, dass der Künstler, mit dem er spricht, ein Enkel des Mannes ist, der Dietmar von Selboldt-Geylenhusen, welcher bei der Schlacht am Welfesholz fiel und Großvater seines Freundes Egbert ist, dessen Frau Adelheid ebenso wie beider Sohn Timo von Kistritz gezeichnet hat. Timos Brüder aber waren Dietrich I., Bischof von Naumburg, und Egbert von Gleißberg, der Vater seines Freundes.

Und eine Schwester hieß Gisela von Selboldt-Geylenhusen und war die Mutter von Agnes von Saarbrücken, der zweiten Frau meines Vaters, weiß Friedrich.

Seit Generationen hat sich in Meister Frederecs Familie die großartige Befähigung für die Steinmetzkunst vererbt. Hilfreich bei der Umsetzung der aus dem Stein zu holenden Personen, so hört Friedrich, sind die Zeichnungen, die Frederecs Ahnen von lebenden Personen gemacht haben. Sorgfältig pflegen deren Nachkommen diese Werke der Alten, verwahren sie sorgsam vor fremden Augen, nur zum Üben der Federführung oder des Silberstifts im Verborgenen werden sie herausgeholt.

»Gestattet mir die neugierige Frage, wo denn Euer Vorfahr Graf Dietmar und die Seinen gezeichnet hat.«

Bereitwillig erteilt der junge Meister dem Herzog die erbetene Auskunft. Wie alle Künstler ist auch er eitel und bereit, einem Bewunderer seiner Kunst gern Rede und Antwort zu stehen. So erfährt Friedrich, dass Meister Frederecs Großvater in der alten Burg der Gaugrafen von Selboldt-Geylenhusen die Skizzen von Dietmar, seiner Frau und deren gemeinsamem Sohn Timo gefertigt hat. In Friedrich keimt eine Hoffnung auf.

»Und Ihr, Meister, habt dort selber auch Angehörige des Geschlechts der Reginbodonen gezeichnet?«

»Ja, Euro Hochwohlgeboren, das habe ich«, lautet die stolze Antwort.

»Und Ihr habt Eure Werke hier?«

»Gewiss doch, Euro Gnaden.«

»So bitte ich, holt sie herbei, damit ich Eure Kunst bewundern kann.«

Die Zeit, sich diese Zeichnungen vorlegen zu lassen und sich anzuschauen, die nimmt sich Friedrich. Er weiß, wie viele Stunden zu Pferd er benötigen wird, um nach Frankfurt zu kommen. Und es dauert kaum, bis der junge Steinmetz mit mehreren Rollen unter dem Arm zurückkehrt. Friedrich hilft ihm, die einzelnen Blätter auf einer Tafel aufzurollen. Selbst seinen Dolch bringt er ein, um die Zeichnungen plan auf der Tischplatte zu halten. Der Steinmetz nimmt die ungewöhnliche Hilfe wie selbstverständlich an.

Er muss schon ein großer Könner sein, denkt Friedrich, dass er meine Hilfe so ruhig akzeptiert.

Und was der Herzog dann sieht, bestätigt seine Vermutung und begeistert ihn zugleich. Welche Pracht!

Besonders die Skizzen, die Meister Frederec gerade erst von Egberts Familienangehörigen in Selboldt gefertigt hat. Menschen, die Friedrich persönlich kennengelernt hat. Solche großartigen Kunstwerke hat er noch nie geschaut. Er meint, den verstorbenen Gaugrafen Dietrich lebendig vor sich zu sehen. Und Egberts Geschwister. Schade, dass Egbert selbst offensichtlich nicht in Selboldt gewesen ist, als der Künstler dort jetzt die Familie mit seinem Stift festgehalten hat.

Mein Freund würde sich trefflich im Kreise der gezeichneten Reginbodonen machen.

Ausnehmend gut aber gefällt Friedrich die Zeichnung von Gela. Seine Gela. Nur ihre Körpersprache ist ihm fremd. Die segnenden Hände.

Vielleicht für meine Gela als Nonne geeignet!

Aber nicht für die Geliebte, die er vor seinem inneren Auge sieht. Das geile, zupackende und zuckende Raubtier. Doch das kann Friedrich dem Künstler so nicht mitteilen und auch Gelas Angehörigen nicht zumuten. Er sucht nach einem Kompromiss.

Auf Wunsch von Friedrich zeichnet der geniale Künstler mit schnellem Stift Gela neu. Jetzt entsteht sie in der Haltung, wie Friedrich sie in Gegenwart des Wolfes erblickt hat: Erstarrt gleich Lots Weib, den linken Fuß vorgesetzt, die Arme vorgestreckt, die Hände, fast wie Tatzen, mit den Handflächen leicht nach unten gewölbt.

Friedrich, an diesem Tag gut gelaunt und dem Künstler ob seiner Befähigung wohl gesonnen, entlohnt den Meister großzügig. Er gibt ihm mehr, als er verlangt. Der Steinmetz bedankt sich höflich und dankbar. Er weiß, was er kann. Doch er hat schon zu oft erfahren, dass seiner hervorragenden Begabung die verdiente Anerkennung versagt blieb. Die auf Pergament gefertigten Zeichnungen rollt er behutsam. Dem Herzog, der bald sein König sein wird, verspricht er, die junge Frau als erste aus einem roten Stein »heraustreten zu lassen«.

*****

Der Künstler hält sein Wort. Übers Jahr bei seinem nächsten Besuch in Geylenhusen wird Friedrich, der König, die Statue vorfinden. Allein die Haltung der Hände von Gela ist nicht die, an die er sich von ihrer ersten Begegnung her erinnert. Das sind nicht die zum Zuschlagen bereit erhobenen Tatzen, nein, diese Hände da, die langen Finger leicht gewölbt, sind zum Umarmen bereit. Es sind die Hände einer Liebenden.

»Komm zu mir. Komm in meine Arme!«

Nur zu gut erinnert sich der junge König an diese Worte. Ihren fordernden Klang. Sein Herz beginnt zu rasen. Er weiß, der Künstler hat ihn durchschaut. Und er weiß auch, so darf niemand die steinerne Frau sehen. Außer Gela natürlich.

Frankfurt und Aachen
Der März des Jahres 1152

Doch dann am Tag der Wahlabstimmung in Frankfurt. Es ist Dienstag, der vierte März im Jahre des HErrn 1152. Eine Krise zeichnet sich ab. Heinrich Erzbischof von Mainz will Misstrauen gegen den jungen Schwabenherzog im Kreis der Wahlberechtigten wecken. Er streut Bedenken. Es laufe ihm alles seltsam reibungslos, sagt er. Und:

»Seht euch den arroganten junge Mann an! Wie hoffärtig er sein weißes Gebiss bleckt. Er muss sich seines Erfolges sehr sicher sein. Scheint sich für etwas Besseres zu halten. Aalglatt nennt er alle Anwesenden mit Namen. Woher kennt der Schwabe sie so gut, dass er aller Namen weiß? Mit sichtlich unbegrenztem Ehrgeiz drängt er zum Thron hin.«

Gut, dass Heinrich von Mainz nichts von dem Treffen auf der Arnsburg weiß. Aber unsicher wird es Friedrich schon, der von den Argumenten des Mainzers erfährt. Er erkennt die Gefahr. Den gefährlichen Unsicherheitsfaktor. Ist es doch aus Tradition dem Erzbischof von Mainz vorbehalten, bei der Königswahl als erster seine Stimme abzugeben. Was würde also geschehen, wenn die erste Stimme nicht auf ihn fiele? Friedrich fällt ein, dass Adalbert, der Vorgänger im Amt des Erzbischofs von Mainz, im Jahre 1125 die Wahl seines Vaters zum König ebenfalls mit dem Vorwurf der Hochmütigkeit verhindert hat. Ist das etwa eine Mainzer Masche, die hier abläuft? Wird hier Zwietracht zu seinem Nachteil gesät?

Herzog Friedrich III. wendet sich vertraulich an Arnold II., Erzbischof von Köln, dem die Ehre vorbehalten ist, den frisch gewählten König in Aachen krönen zu dürfen. Arnold beruhigt Friedrich. Alle wahlberechtigten Reichsfürsten werden in Frankfurt am Main für ihn sein. Selbst Heinrich, der Erzbischof von Mainz, wird ihn wählen, will er nicht, jetzt eh schon isoliert, sein Gesicht gänzlich verlieren.

Es kommt, wie von Erzbischof Arnold prophezeit. Herzog Friedrich wird am vierten März 1152 gemäß dem Reichsrecht in Anwesenheit einer großen Zahl von Fürsten, auch aus Italien, unter Zustimmung aller zum römisch-deutschen König gewählt. Und wie heißt es doch in den Dokumenten weiter: Friedrich wird am Sonntag ›Laetare Jerusalem‹ (am neunten März) in der Aachener Marienkirche von Erzbischof Arnold II. von Köln unter Mitwirkung anderer Bischöfe nach Ablegung des herkömmlichen Krönungseides unter Akklamation des Volkes gesalbt, gekrönt und auf den Thron Karls des Großen gesetzt. Nach durchgeführter Wahl lässt sich Friedrich von allen anwesenden Fürsten Treueid und Mannschaft leisten.

Am Tag nach seiner Krönung verhandelt Friedrich in der Aachener Pfalz mit den Fürsten: Die geistlichen Fürsten, vor allem der Kölner Erzbischof Arnold II., raten ihm, den von Konrad III. angeordneten Italienzug zur Kaiserkrönung anzutreten. Die Einwände der Laienfürsten aber, die auf die gespannte innere Lage des Reiches und auf die Würde des Königs hinweisen, überzeugen Friedrich. Die Reise nach Rom wird vorerst aufgeschoben.

Dass der Mainzer Erzbischof Friedrichs Krönung zum römisch-deutschen König fern geblieben ist, wird ihm der neue König nicht vergessen. Anderes gilt für seine Ehefrau Adela von Vohburg, die bei seiner Krönung in Aachen 1152 nicht anwesend ist. Sie sei krank und nicht zum Reisen fähig, hat sie ihm förmlich ausrichten lassen. Dass Reiseunfähigkeit nicht der echte Grund für ihre fehlende Anwesenheit bei den Feierlichkeiten ist, ist ihm wohlbekannt. Er kennt die wahre Ursache. Angela dauert ihn. Doch übers Jahr wird die Annullierung der Ehe beschlossen werden.

Friedrich kann, was er weiß, sehr nachtragend sein und, wenn nötig, äußerste Härte zeigen. Gerechtigkeit ist ein großes Gut für ihn. Das hat er, fast demonstrativ, schon bei der Krönungszeremonie bewiesen: Trotz der Feierlichkeit des Tages vergibt er einem seiner Ministerialen, dem er wegen seiner Vergehen die Gunst entzogen hat und der sich ihm nun zu Füßen wirft, nicht und stellt damit seine unbedingte Liebe zur Gerechtigkeit unter Beweis.

Zeichen seines Gerechtigkeitssinns ist aber auch, dass Friedrich Versprechen einzuhalten pflegt. Mögen sie noch so verrückt sein. Bei seinem nächsten Aufenthalt auf Burg Hohenstaufen will er sein einst der kleinen Magd gegebenes Versprechen einlösen. Der Wäscherturm soll der ihre werden. Doch er kann das gegebene Wort nicht halten. Die Magd, Gespielin vieler Jahre, ist inzwischen verstorben. Diese Nachricht trifft ihn auf bisher unbekannte Weise. Was er bis jetzt, auch beim Tod der Eltern, als gottgewollt hingenommen hat, beeindruckt ihn nun persönlich. Da war eben noch das junge, warme Fleisch, das unter ihm gebebt und gestöhnt hat, jetzt ist es nicht mehr.

Friedrich erahnt die Tatsache, dass die Zeit nur Zukunft, aber kein Zurück kennt. Das Wort ›Alter‹ erhält Kontur für ihn. Aber es weckt auch Trotz in ihm. Was ihr eigentlich zustünde, soll kein anderer erhalten! entscheidet er. König Friedrich I. erteilt als Herr des Hauses Schwaben den Auftrag den Wäscherturm abzureißen und durch ein größeres Gebäude zu ersetzen.

Anmerkungen des Bearbeiters dieser Seiten

König Friedrich besaß offensichtlich politische Begabung. Denn es gelang ihm unter den wahlberechtigten Fürsten mit all ihren Animositäten und Begehrlichkeiten einen Ausgleich herzustellen, der die Interessen aller Parteien gleichermaßen zufriedenstellend berücksichtigte. Als Gegenleistung erhielt er deren Unterstützung bei seiner Wahl zum König. Natürlich vergaßen die Fürsten bei allem Talent Friedrichs nicht, dass dieser beiden großen und einflussreichen Adelshäusern, den Schwaben wie den Welfen, verwandtschaftlich sehr nahe stand: Mutter Judith war die Schwester von Welf VI. Vater Friedrich II. war Herzog von Schwaben, dessen Bruder Konrad, der gerade verstorbene römisch-deutsche König. Hält ihn deshalb nicht ein weiterer Onkel mütterlicherseits, Otto, Bischof von Freising, so trefflich formulierend für berufen, weil Friedrich befähigt sei: »gleich wie ein Eckstein den klaffenden Riss beider Häuser zusammenzufügen.« ›Lapis angularis – Eckstein‹ (des Reiches)?! Das lässt auf ein künftig konfliktfreies Reich hoffen. Und tatsächlich, ein Vierteljahrhundert wird der Frieden zwischen Schwaben und Welfen/Sachsen, wenn auch zeitweise knirschend, währen.

Jetzt ist Friedrich König. Friedrich I. Geschworen hat er am neunten März 1152 in Aachen auf Karl des Großen Thron, als Christ seinen Herrscherpflichten gegenüber Papst und der Römischen Kirche nachzukommen

> »sowie allen Kirchenleuten bereitwillige und gehörige Gerechtigkeit und Beschützung zu gewähren, den Witwen und Waisen und dem ganzen uns anvertrauten Volk Gesetz und Frieden zu schaffen und zu erhalten«.

Friedrichs Leitspruch als König aber lautete: ›Qui nescit dissimulare, nescit imperare – Wer sich nicht zu verstellen weiß, der weiß nicht zu herrschen.‹

Dieser Leitsatz hat ihn wohl sein Lebtag lang begleitet. Martin Luther, der Reformator, hat ihn noch als Mönch während seiner Pilgerreise nach Rom in Siena gehört, wie er in seiner Auslegung des 101. Psalms [›Von Gnade und Recht will ich dir singen‹] im Jahr 1534 schreibt: ›Ich hörte in welschem Lande von Kaiser Friedrich sagen: »Wir haben von eurem Kaiser gelernt viel Sprüche, sonderlich diesen: Qui nescit dissimulare, nescit imperare – Wer nicht übersehen oder überhören kann, der kann nicht regieren.«‹

Wibald, Abt von Stablo und Corvey, teilt Papst Eugen III. das Ergebnis der Königswahl mit, lobt Friedrichs Aussehen und Eigenschaften und schreibt, dass dessen oberste Prinzipien die Wiederherstellung der Privilegien der Kirche und der Erhabenheit des Reiches (›sacrum imperium – Heiliges Reich‹ und ›honor imperii – Ehre des Reichs‹) seien. Das ist atemberaubend deutlich. Ist es doch seit geraumer Zeit erkennbares Anliegen der Kirche, sich über die Möglichkeit einer direkten Einflussnahme auf die Bischöfe auch die Vorherrschaft über das Kaisertum zu sichern. Und nun kommt der neue deutsche König und lässt Wibald unmissverständlich die Gottunmittelbarkeit des Königtums, des höchsten weltlichen Amtes betonen, indem er so nebenbei, aber das dann doppelt, von ihm schreiben lässt: ›das mir von Gott übertragene Reich‹. Das heißt doch nichts anderes, als: »Du, Papst, hast mir nichts zu sagen! Ich spreche nur mit dem HErrn, nicht aber mit seinem Stellvertreter auf Erden.«

Auch lässt Friedrich den Papst durch Wibald wissen, dass die Beratungen in Aachen – wegen der angespannten Lage in Deutschland – zur Ablehnung eines sofortigen Italienzuges durch die Laienfürsten geführt haben. Der Abt empfiehlt Eugen III., Friedrich zum König und Verteidiger der Kirche zu erklären. Bei dieser Formulierung wie auch der folgenden Zusicherung hat Friedrich gewiss auch einen weiteren, privaten Hintergedanken, wie er Abt Wibald demnächst eröffnen wird.

Auf Bitten des Abtes Wibald stellt Friedrich dessen Kloster Stablo mit allen Besitzungen am achtzehnten Mai 1152 unter seinen Schutz, bestätigt dem Reichskloster alle Vorrechte und die alleinige Gerichtsbarkeit des Abtes innerhalb der Bannmeile und der Stadt Stablo; außerdem fügte er wohlwollend das Recht der Münzprägung, des Zolls und des Abhaltens öffentlicher Märkte in Stablo hinzu. König Friedrich benötigt das Wissen und die Kontakte des Abts.

Dr. O.

Gelnhausen 2017 – Wer wird Bürgermeister?

Ich lege die Lokalzeitung auf den Beistelltisch neben meinem Sessel.

Langsam nimmt der Wahlkampf Fahrt auf, denke ich bei mir. *In diesem Jahr werden wir Gelnhäuser mit Wahlen richtig verwöhnt. Erst mussten wir dafür sorgen, dass unser Gelnhäuser Bürgermeister Landrat des Main-Kinzig-Kreises wird. Das hat geklappt. Er ist ein guter Bürgermeister gewesen. Bedächtig, fleißig, bürgernah. Was er versprochen hat, hat er gehalten. Wenn sein Nachfolger im Amt auch diese Eigenschaften besitzt, dann können wir Bürger zufrieden sein.*

Zunächst aber wurden wir zur Bundestagswahl an die Urne gerufen. Das Ergebnis lässt mehrere Optionen zu, wer mit wem die Regierung bilden kann. Und, natürlich, benötigen wir ein neues Stadtoberhaupt. Sechs Kandidaten wollen Bürgermeister beziehungsweise Bürgermeisterin von Gelnhausen werden. Je mehr Kandidaten sich bewerben, desto besser; denn das spricht für eine gelebte Demokratie. Denke ich. Bürgermeister zu sein, ist doch auch ein reizvolles Amt, über dessen künftigen männlichen oder weiblichen Inhaber gewiss erst in der Stichwahl entschieden werden wird. Das heißt also, vier Wahlgänge allein in diesem Jahr.

Befremdlich ist schon, wie viele Wahlberechtigte die Wählerei als Last empfinden oder, andersherum formuliert, wie wenige Bürgerinnen und Bürger tatsächlich von ihrem Wahlrecht Gebrauch machen. Dabei galt das Recht zu wählen schon im Mittelalter als ein Privileg, das längst nicht jeder Bewohner einer Stadt besaß.

Ich kann mich an eine Hausarbeit erinnern, die ich während des Studiums in meinem Wahlfach ›Deutsche Rechtsgeschichte‹ über das Thema ›Bürgerrechte und -pflichten im Mittelalter‹ einmal schreiben musste. Heute würde ich sagen: durfte. Damals bin ich gleich zu Beginn über ein Wort gestolpert, von dem ich vermutete, es handele sich dabei um einen Tippfehler. ›Schwureinung‹ stand da. Wie sollte es richtig hei-

ßen? Mit Reinigung hatte es doch wohl nichts zu tun. Etwa Schwureignung? Oder Schwurvereinigung? Bei letzterem Wort kam mir der berühmte Rütli-Schwur in Schillers Drama ›Wilhelm Tell‹ in den Sinn.

›Wir wollen sein ein einzig Volk von Brüdern,
in keiner Not uns trennen und Gefahr.
Wir wollen frei sein, wie die Väter waren,
eher den Tod, als in der Knechtschaft leben.
Wir wollen trauen auf den höchsten Gott
und uns nicht fürchten vor der Macht der Menschen.‹

So ganz weit weg von der wirklichen Bedeutung war ich mit meiner Überlegung also nicht, auch wenn das seltsame Wort, wie ich bald herausfand, tatsächlich ›Schwureinung‹ lautete. Schwur-Einung, vereint im Schwur.

Doch was war damit gemeint?

Das habe ich mich schon als Student neugierig gefragt und mich in die einschlägige Literatur vergraben. Hier ein Ausschnitt aus meiner damaligen Hausarbeit, die ich mir während des Lesens im Ordner von Tante Conny herausgesucht habe (Manchmal ist es von Vorteil, wenn man alles aufhebt!):

›Dörfer und Städte können als struktur- und planlose Ansammlung von Menschen, selbst an verkehrs- und handelsgünstigen Plätzen, nicht dauerhaft bestehen. Sie benötigen zwingend der inneren Organisation und Ordnung und einer wehrhaften Verteidigung gegen jedwede Anfeindungen von außen. Diese Anforderungen wurden im Deutschland des zwölften Jahrhunderts besonders deutlich, das gekennzeichnet war durch die seinerzeit rasch in Armut anwachsenden Bevölkerungsteile, zunehmend verlotternden Sitten (Auf das Wörtchen ›verlottern‹ war ich damals sehr stolz. Es ist schon seltsam, an was für einen Quatsch man sich auch nach gut vierzig Jahren noch erinnert!), ein ausuferndes Fehdewesen (›Wer die Macht hat, hat das Sagen‹ würde ich heute wohl schreiben), und zum anderen durch den sich rasant vollziehenden Wandel von der reinen Agrargesellschaft hin zur Handwerks- und Handelsgesellschaft. Diese Veränderungen spiegelten sich auch wider in der üblichen Zusammensetzung der Stadtbevölkerung.

Den Kern der Einwohnerschaft bildeten die echten Bürger, auch Vollbürger genannt. Daneben gehörten zur Stadtbevölkerung die Eximierten, das waren etwa Einwohner mit rechtlichem Sonderstatus, wie Geistliche und Adlige, die ihren Sitz in der Stadt hatten. Letztlich zählten zu den Einwohnern als deren niedrigste, geduldete Schicht noch die Beisassen oder Beisitzer. Hierzu zählten die Angehörigen sogenannter ›unehrlicher Berufe‹, Gesellen und Dienstpersonal. Fielen sie irgendwie zur Last, mussten sie die Stadt verlassen.

Die Angehörigen dieser Gruppen hatten unterschiedlich Anteil an den Stadtrechten, mussten gegenüber der Stadt verschiedene Pflichten erfüllen und Abgaben leisten. Die ortsansässigen ›Bürger‹, das waren nur Minderheiten in den Städten. Vollbürger konnte zumeist nur werden, wer von ehelicher Geburt war, ein eigenständiges Gewerbe betrieb, Grundbesitz besaß, das vom Rat der Stadt verlangte Einzugsgeld zu zahlen vermochte und – in den meisten Städten – ein Mann war. In wenigen Städten konnten auch Frauen Bürger werden. Meist waren dies die Ehefrauen oder Witwen von Bürgern.

Bedeutsam ist in diesem Zusammenhang zu wissen, dass im Mittelalter nicht einfach jeder den Beruf ergreifen konnte, den er wollte. Alle Handwerker, die demselben Gewerbe nachgingen, waren in einer Zunft organisiert. (Das Wort ›Zunft‹ selbst bedeutet Regel. Andere bekannte Bezeichnungen für die Zusammenschlüsse von Handwerkern oder Kaufleuten sind Gilde, Amt und Zeche, aber auch Einung oder Innung.)

Die Zünfte erlaubten jeweils nur eine bestimmte Anzahl von Vertretern ihres Berufstandes in einer Stadt. Da gab es zum Beispiel die Zünfte der Schuster, Schmiede und Bäcker. Die ältesten in Deutschland bekannten Zünfte sind die der Schuhmacher, Fischer und

Schiffer in Frankfurt am Main. Dabei ist es nicht unwichtig anzumerken, dass unter die Schiffersleut auch die Geistlichen eines Orts fallen, ganz im Sinne des Gleichnisses vom Schifflein Christi, wie sie Matthäus (Kapitel 8, Vers 23 – 27) erzählt.

Die Stadt Gelnhausen kannte im vierzehnten Jahrhundert zehn Zünfte (Weingärtner, Tuchmacher, Krämer, Bäcker, Schiffersleut, Schuhmacher, Schmiede, Gerber, Schneider und Metzger; wovon die Weingärtner die vornehmste war.) Hinzu kamen die Ziegelhäußer, der Zusammenschluss aller Handwerker dieses Viertels. Später zählte man in Gelnhausen zweiundzwanzig Zünfte. Dazu gehörten neben den genannten beispielsweise dann auch die Bierbrauer, Färber, Kupferschmiede, Maurer, Schreiner, Seiler, Weber und Zimmerleute. Die Zugehörigkeit zu einer Zunft war vererblich und strengen Regeln unterworfen.

Wer Bürger einer Stadt war, besaß Bürgerrechte. Er konnte zum Beispiel in den Rat der Stadt gewählt werden und hatte auch selber das Recht zu wählen. Er durfte bevorzugt Haus und Grund erwerben, die städtischen Allmenden, also der Stadt gehörende Weiden und Wasservorkommen nutzen. Auch hatte er Anspruch auf städtische Wohlfahrt und Fürsorge. Der Zunftmeister der Ziegelhäußer-Zunft war Mitglied des Rats der Stadt Gelnhausen und besaß polizeiliche Befugnisse im Ziegelhaus.

Doch keine Bürgerechte ohne entsprechende Verpflichtungen. So unterwarf sich der Bürger sowohl den allgemeinen Gesetzen der Stadt, wie den darin geregelten Steuer- und Wehrpflichten, als auch der Verrichtung spezieller Dienste, wie dem Brandschutz. Zu den Bürgerpflichten zählte auch die Ableistung eines Bürgereides. Wer ihn geleistet hatte, gehörte alsdann der Bürgerschaft an. Es ist nachvollziehbar, dass die Tatsache Teil der städtischen Schwurgemeinschaft zu sein, eben Bürger zu sein, die betroffene Person stolz und selbstbewusst machte.

Es schlossen sich in zunehmend mehr Städten die Vollbürger zu Schwurgemeinschaften zusammen, den Bürgerschaften. Sie schworen den inneren Frieden in ihrer Stadt zu sichern und diese gegen aus ihrer Sicht ungerechtfertigte Ein- und Angriffe von außen zu verteidigen. Was gut oder schlecht war für ihre Stadt, das entschieden sie als ihre Bürger. So gewann die Schwureinung die Form einer städtischen, einer kommunalen Selbstbestimmung, mit der Folge, dass sich auf einmal eine dritte Macht im Reich abzeichnete, die sich neben der weltlichen und der kirchlichen Macht ausbreitete: die bürgerliche Selbstbestimmung.‹

*****

Dass das wachsende Selbstbewusstsein der Städte in seinem Reich Kaiser Friedrich I. nicht gefallen haben kann, liegt auf der Hand, stellte es doch praktisch eine Einschränkung seiner persönlichen Macht dar. Ganz deutlich zeigte sich das in Italien, das Teil des römisch-deutschen Reichs war. Dort waren die Städte der Lombardei schon zu Beginn der Regentschaft Friedrichs I. die herrschenden politischen Akteure der Region. Die Regalien, also die dem Kaiser zustehenden königlichen Rechte, Steuern und Abgaben, haben die norditalienischen Städte schon seit einem halben Jahrhundert für sich beansprucht und einbehalten – ohne Widerspruch der früheren Herrscher Kaiser Lothar III. und König Konrad III. Die Städte der Lombardei machen und handhaben ihr eigenes Recht. Sie dehnen sich auch zu Lasten des kaiserlichen Rechtsraums aus. Der Kaiser? Wer ist der Kaiser?

Jahrzehnte geht die Politik der norditalienischen Städte auf. Dann tritt Friedrich mit dem Ziel an, seinem absoluten Herrschaftsanspruch als Kaiser wieder uneingeschränkt Geltung im Reich zu verschaffen. Es ist vorhersehbar, dass sein Rechtsverständnis und die von den italienischen Städten geübte Praxis nicht vereinbar sind.

Nach der Wahl
König Friedrich löst Versprechen ein

Friedrich ist ein Naturtalent. Mit dem ihm eigenen Fingerspitzengefühl, verbunden mit seiner Verehrung Kaiser Karls des Großen und seinem eigenen Wunsch nach Gerechtigkeit und Ritterlichkeit im Interesse der Erhabenheit und Ehre des Reiches, des heiligen Reiches (›honor imperii‹ und ›sacrum imperium‹), gelingt es ihm, auch zwischen verfeindeten Fürsten einen Ausgleich zu schaffen, der aller Interessen, Rang und Ansehen (›honor‹) zufriedenstellend berücksichtigt. Dazu trägt aber auch bei, dass der neue König zu seinen vor der Wahl gegebenen Versprechen steht. Wie hat doch sein Onkel, der verstorbene König Konrad III. gesagt?

»Pacta sunt servanda – Verträge sind einzuhalten.«

So beleiht er bald nach seinem Herrschaftsantritt Welf VI. mit Titeln verschiedener Herrschaften und dazu mit Besitz in Italien, wie die Mathildischen Güter, die Markgrafschaft Toskana und die Inseln Sardinien und Korsika.

Welfs Verbündeter in den vergangenen konfliktreichen Jahren, Graf Konrad II. von Dachau, den Friedrich vormals auf dem Buhurt als Geisel genommen hat, wird mit dem Titel eines Herzogs von Meranien beliehen.

Dem Schwager Heinrichs des Löwen, Berthold IV. von Zähringen, werden die Vertretung des Königs als Rektor in Burgund bestätigt und Zusagen für Rechte im Jura gemacht. Außerdem erhält er die Zusicherung Friedrichs in gemeinsamer Heerfahrt diese Rechte auch durchzusetzen, wenn er sich selbst mit tausend Panzerreitern daran beteiligt.

Heinrich der Löwe, Friedrichs Vetter, ist das größte Problem. Der junge Mann ist von unbegrenztem Ehrgeiz. Doch auch dieser schwierige Fall wird zunächst zur vollen Zufriedenheit aller Beteiligten gelöst. Sein Onkel Otto, Bischof von Freising, unterstützt Friedrich dabei. Heinrich erhält das von ihm gewünschte Herzogtum Bayern. Es dauert zwar bis ins Jahre des HErrn 1156, aber das weiß der Löwe, muss Bayern doch zunächst dem Familienzweig der Babenberger durch Fürstenspruch auf dem Goslarer Hoftag 1154 entzogen werden. Auf eben diesem Hoftag wird auch endgültig vereinbart, dass Heinrich in seinem Herrschaftsbereich Bistümer einrichten darf.

Und da war noch eine weitere Hürde, die mit viel Geschick genommen werden wollte, bevor der Löwe Herzog von Bayern werden konnte.

König Konrad hatte zehn Jahre zuvor, im Jahre des HErrn 1143, seinen Halbbruder Heinrich II., genannt Jasomirgott, mit dem Herzogtum Bayern beliehen. Jasomirgott aber war der Stiefvater von Heinrich dem Löwen. Friedrich, der Nachtragende, erinnert sich sehr wohl der Tatsache, dass dieser als Herzog von Bayern nicht an seiner Königswahl teilgenommen hat, obwohl er, Friedrich, doch sein Neffe ist. So motiviert, löst der König diese spezielle Nehmen-und-Geben-Problematik, indem er Jasomirgott zwar das Herzogtum Bayern nimmt; dies aber erst, nachdem er die Markgrafschaft Österreich davon abgetrennt hat. Österreich wird nun zum eigenständigen Herzogtum erhoben und Heinrich II. Jasomirgott damit beliehen. Auf diese Weise kann dieser weiterhin Herzog bleiben und muss nicht zum Vasallen des neuen bayerischen Herzogs werden.

Später noch, im Jahre des HErrn 1158 wird Kaiser Friedrich Vladislav Herzog von Böhmen in Anerkennung seiner treuen Dienste im ersten Italienzug zum König von Böhmen ernennen.

Anmerkungen des Bearbeiters dieser Seiten

Deutschland im frühen Mittelalter war überwiegend Agrarland. Das drückte sich auch in seiner Gesellschaftsordnung aus, einem naturalwirtschaftlich geprägten Feudalismus. Die Oberschicht bestand aus dem Grund und Boden besitzenden Adel, die Unterschicht, aus der das Land bebauenden Bevölkerung, den Bauern. Erst zur Zeit Kaiser Friedrichs I. Barbarossa begann in den deutschen Städten Handel und Gewerbe im geldwirtschaftlichen Sinne im nennenswerten Umfang zu entstehen. Zuvor aber bestimmte das Feudalwesen das Zusammenleben der Menschen im römisch-deutschen Reich, das auch Lehenswesen genannt wurde.

Sprachlich bedeutet ›Lehen‹ so viel wie ›geliehenes Gut‹, während das Wort ›feudum‹ wohl eine Wortmischung aus dem lateinischen ›fides‹ (Treue) und dem althochdeutschen ›feoh‹, was zunächst allein ›Vieh‹ bedeutete, dann aber allgemein für ›Gut‹ im Sinne von ›Etwas-wert-sein‹ verwendet worden ist. Von ›feudum‹ leitet sich auch ›feudal‹ ab. Das lateinische Wort ›beneficium‹ (Wohltat, Gunst) bezeichnete hingegen nicht nur die mit dem Lehen verbundenen Güter, das ›feudum‹ eben, sondern auch die damit verbundene Rechtsbeziehung. Durch das Lehen änderte sich nicht das Eigentum, sondern allein der Besitz des Lehensgutes. Eigentümer blieb stets der Lehensherr. Neuer Besitzer, und damit auch zuständig für die Pflege des Lehens, wurde der Lehensmann.

Ich erlaube mir folgenden vorausgreifenden Einschub an dieser Stelle: Das Problem, dass ›beneficium‹ als Lehen und als Wohltat, also doppeldeutig verstanden werden kann, wird im Jahr 1157 auf dem Hoftag von Besançon hochkochen und das Verhältnis von Kaiser Friedrich I. und Papst heftig und lange strapazieren. Hinzu kommt noch, dass einer der beiden Legaten, die das päpstliche Schreiben von Hadrian IV. überreichten, Rolando Bandinelli hieß, Kanzler der römischen Kirche war und von September 1159 bis zu seinem Tod im Jahre 1181 als Alexander III. Oberhaupt der römischen Kirche sein wird.

›Lehen‹, das konnte der Besitz von Grund und Boden, gleich, ob bebaut oder nicht, sein, aber auch die Ausübung eines besonderen Amts im Königreich, in einem Fürstentum, einer Grafschaft oder einem anderen Adelshaus. Lehen waren ebenfalls spezielle Nutzungsrechte: So durfte der Berechtigte beispielsweise in einem Reichswald Holz schlagen oder jagen; in einem bestimmten Flussabschnitt oder See fischen. Auch die Befugnis Steuern einzutreiben, war ein Lehen. Auch Barzahlungen aus dem Kronschatz oder Gewinne aus bestimmten Zöllen konnten als Lehen vergeben werden. Die Vergabe von Lehen ersetzte oft auch den Arbeitslohn; denn das Geldwesen war im frühen Mittelalter in Deutschland für regelmäßige Zahlungen noch nicht entwickelt genug.

Oberster Lehensherr war der jeweilshöchste Landesherr, König oder Herzog, der Lehen an seine Fürsten vergab. Lehensfähig waren zunächst nur Freie, die waffenfähig und im Vollbesitz ihrer Ehre waren. Diese Voraussetzung erfüllte allein der Adel als gesellschaftliche Oberschicht, in seinen Abstufungen Fürsten, Grafen und die sogenannten Edelfreien. Später, seit dem zwölften Jahrhundert konnten auch unfreie, kleinere Ministerialen Lehen tragen, die dann den sogenannten Ritterstand bildeten.

Lehensherr und Lehensmann, der Vasall – das Wort leitet sich ab vom lateinischen ›vasallus‹, was Knecht bedeutet – verpflichteten sich zu gegenseitiger Treue. Sichtbarer Ausdruck der Ergebenheitshandlung war die ›Kommendation‹. Diese geschah durch den sogenannten ›Handgang‹. Der künftige Vasall legte seine gefalteten Hände in die seines Herrn, der diese umschloss. Aufgrund dieses Treuegelöbnisses stellte der Lehensherr dem Vasallen das Lehen zur Verfügung. Der Vasall leistete dafür unterschiedliche Dienste und war zu Abgaben verpflichtet.

Lehen gab es in den unterschiedlichsten Ausgestaltungen. Entsprechend groß ist auch die Namensvielfalt. So gab es ›Altarlehen‹, deren Einkünfte bestimmten Geistlichen zuzuweisen waren; ›Erblehen‹, die Erben des Lehensmanns traten automatisch in dessen Rechte ein; ›Handlehen‹, die nur befristet vergeben wurden; ›Stiftslehen‹, hier war Lehensmann ein Kloster. Zum anderen war es im Mittelalter üblich, zu einem Rechtsakt auch ein sichtbares Zeichen zu vergeben. So wurde bei bestimmten Lehen symbolisch ein Gegenstand übergeben. Dies konnte beispielsweise ein Stab, ein Schild oder gar eine Fahne sein (sogenannte ›Fahnenlehen‹ bei Lehen an weltliche Fürsten; ›Schildlehen‹ bei Lehen an Grafen und die sogenannten Edelfreien). Die geistlichen Reichsfürsten wurden vom König durch die Übergabe eines Zepters mit einem Lehen bedacht, dem sogenannten ›Zepterlehen‹.

Seit dem elften Jahrhundert wurden die Pflichten des Vasallen meist kurz mit ›auxilium – Hilfe‹ und ›consilium – Rat‹ umschrieben. Dabei bezog sich ›Hilfe‹ meist auf den Kriegsdienst, den der Vasall zu leisten hatte. Dieser konnte beschränkt oder unbeschränkt sein. Im letzteren Fall musste der Vasall den Lehensherrn dann in jedem von dessen Kriegen unterstützen. ›Consilium‹ bedeutete vor allem die Pflicht, zu Hoftagen zu erscheinen.

Vasallen, deren Lehensherr nicht der König war, nahmen an den Ratsversammlungen des Lehensherrn teil. Außerdem mussten sie im Namen des Lehensherrn über dessen Untertanen Recht sprechen.

Die Pflichten des Lehensherrn waren dagegen weniger genau mit ›Schutz und Schirm‹ umschrieben. Meist galten sie mit der Übergabe des Lehens weitgehend als abgeleistet. Allerdings genoss ein Vasall gegenüber seinem Lehnsherrn einen Anspruch auf Treue und Schutz. Verletzte der Lehensherr diese Pflichten, zog dies für ihn den Verlust seines Obereigentums nach sich.

Dr. O.

Nach der Wahl
Des Königs Geldsorgen

Schon bald nach seiner Wahl war Friedrich bewusst geworden, dass Königsein nicht nur regieren und repräsentieren bedeutet, sondern auch, und dies möglicherweise vor allem, finanzieren.

Als er alle seine Wahlversprechen eingelöst, viele Pfründe vergeben hat, erkennt Friedrich, dass ihm selbst kaum noch Geld bleibt für die üblichen Aufgaben des Reiches. Die vielen Reisen, der aufwändige Wahlkampf, die Hoftage, allein der laufende Unterhalt des königlichen Hofs, ganz zu schweigen von den Pfalzen und Burgen, die er erbauen will. Das Geld fließt und verschwindet durch viele Löcher.

Friedrich ist zudem großzügig. Ein Erbgut. Sein Vater war es ebenfalls. Der König verwöhnt auch Gäste, die er an seinem Hof aufnimmt, bewirtet und die Kosten für den Unterhalt von deren Gefolge übernimmt. Das geht ins Geld, gilt aber als Wertschätzung und wird, natürlich, gerne gesehen. Das spricht sich schnell herum. Gerade auch im Kreise derer, die zum Schnorren neigen; so wie beispielsweise im Fall von Bischof Heinrich von Prag, der im Jahre 1186 an den Hof kommen, dort ein halbes Jahr bleiben und mitsamt seinem siebzigköpfigen Gefolge und deren Pferde von Kaiser Friedrich ausgehalten werden wird.

Wie aber wie soll der König all seinen finanziellen Verpflichtungen und Großzügigkeiten nachkommen?

Sein Vorgänger Konrad III. ist für die Beantwortung der Frage ›Wie komme ich an Geld?‹ als Vorbild schlicht ungeeignet, wie Friedrich feststellen muss. War sein königlicher Onkel doch zuletzt nicht einmal mehr fähig, seinen eigenen Hof zu entlohnen.

Hinzu kommt für den König noch, dass die Staatseinnahmen nicht ausreichen. Die Fürsten hat er zufrieden gestellt. Gewiss, aber wo bleibt die Revanche des Adels? Die hören auf diesem Ohr schlecht. Kann er es den Fürsten verdenken? Nein! Sie wollten seine Zugeständnisse für ihre Stimmen. Er hat versprochen und gehalten. Sie haben ihr Wort gegeben und ihn gewählt. Sie wollten seine Leistungen, weil sie sich davon mehr Ansehen, Macht und Reichtum versprachen. Sie haben sich nicht verkalkuliert. Warum sollen sie jetzt gleich wieder auf Erhaltenes verzichten?

Was ist zu tun? Seine Ratgeber lenken Friedrichs Blick gen Süden, auf Italien, genauer auf die reichen Handelsstädte der Lombardei. Mailand, Pavia, Padua, Verona und viele mehr. Dort prosperieren Wirtschaft und Handel, dort fließt das, was man dort Geld nennt.

Gehören die Städte nicht auch zum Reich?!

Das Ergebnis der Überlegungen liegt auf der Hand. Um den unerfreulichen Zustand der leeren Staatskasse zu beenden, entscheidet König Friedrich, sich von den wohlhabenden Städten der Lombardei zu holen, was des Kaisers ist.

Gelnhausen 2017
Tobias will mehr übers Geld wissen

Tobias saß auf der braunen Couch und las auf seinem Smartphone.

»Na, ist etwas Wichtiges geschehen?«, fragte ich ihn. Nur so, um ihn von meiner Anwesenheit zu informieren.

»Nö. Ich kann nur den Kopf schütteln, darüber wie die Mietpreise explodieren.«

»Angebot und Nachfrage. Es gibt zu wenig bezahlbaren Wohnraum für zu viele Interessenten.«

»Und das nutzen so ein paar geldgeile Hausbesitzer aus.« Er stoppte kurz: »Ich bin richtig froh, dass mein Vater kein Miethai ist. Ich glaube, ich würde dich hassen.«

Dann sah er von seiner Zeitung hoch, mich an und fragte:

»Was ist Geld eigentlich? Doch nicht nur ein Zahlungsmittel?«

Damit gab er dem Gespräch eine Wende, die uns einige Zeit beschäftigte.

»Vorrangig schon.«

Ich dachte und korrigierte mich: »Zumindest in den letzten Jahrhunderten. Zunehmend.«

»Wie das?«, erkundigte sich mein Filius.

»Na ja, durch die meiste Zeit bisher und bis in unsere Tage haben die Menschen getauscht. Das erlegte Wild gegen gebackenes Brot. Jäger gegen Bäcker sozusagen. Oder Bauer gegen Schmied. Eier gegen Harke. Tausch von Naturalien halt. Später wurde Arbeitsleistung gegen Naturalien oder Gegenstände getauscht. Und irgendwann hatte jemand genug Nahrung und Möbel und er begann Vermögen zu bilden, Reichtum zu horten. Grund und Boden, Häuser, Burgen, Schmuck, Gemälde von TobTom und so fort.«

»Mit Ausnahme des letztgenannten Punkts ist das ein alter Hut, Vati. Und weiter?«

»Stimmt! Also anders rum. Einer hat nichts, benötigt aber was. Was tut er? Er kauft auf Pump. Oder er verspricht, dass er bis zu einem bestimmten Tag zurückzahlt.«

»Und dann?«

»Wenn er das, was er haben will, bekommt, bedeutet dies, derjenige, der ihm das Gewünschte gibt, vertraut ihm. Also Leistung gegen Vertrauen. Und das Vertrauen wird dokumentiert durch ein Stück Papier. Einen Vertrag, einen Schuldschein, ein buntes Stück Papier, mit dem jemand verspricht, dass er es auf Wunsch gegen Bares eintauscht. Papiergeld, Banknoten. In Urzeiten genügte auch schon mal der Handschlag, das hat aber bald zu Beweisschwierigkeiten geführt.«

»Das sagst du als Jurist, der die Ausnahme berufsbedingt als Regelfall kennt.«

»Jupp, du sagst es!«

»Und was sagst du noch?«

Mein Kleiner war heute erkennbar gut drauf.

»Die Wirtschaftswissenschaftler sagen: ›Geld kann zu einer Ware werden, weil Geld Vertrauen verdinglicht.‹ Eigentlich verrückt. Und schlimm, weil die allermeisten Menschen diesen Zusammenhang nicht sehen.«

»Da hast du recht. Ich habe den Zusammenhang bis jetzt auch nicht gesehen. Mir wird nun aber langsam klar, dass die Behauptung ›Es gibt zwei Dinge, die es nicht auf der Erde gibt: Reines Chlor und Geld. Letzteres hat der Teufel geschaffen‹ nicht falsch ist.«

Ich stimme meinem Sohn in Sachen ›Geld‹ grundsätzlich zu. Kurz dachte ich daran, mein ›Aleppo‹-Gedicht in das Gespräch einzubringen, und zwar den Abschnitt, wo ich schreibe, dass Geld dem Menschen das Gefühl verleiht alles zu können, unterließ es aber, um nicht als Klugschnacker dazustehen und sagte stattdessen:

»Das mit dem Teufel hat schon Goethe so gesehen. Im ›Faust II‹ lässt er Mephisto das Papiergeld erfinden. Der namenlose Kaiser in seiner Tragödie hat mit seinen Ministerialen das Reichsvermögen verjubelt und nun sind sie und das Reich blank. Mephisto, der Teufel, zeigt ihnen den Weg, wie sie aus Nichts Geld machen können.

›Das Reich, das sie beschützen sollten,
es liegt geplündert und verheert.
Man lässt ihr Toben wütend hausen,
schon ist die halbe Welt vertan;
es sind noch Könige da draußen,
doch keiner denkt, es ginge ihn irgend an. ...‹

Und ein anderer, der Schatzmeister, jammert von den Waiblingern und den Welfen:

›Die Ghibellinen wie die Guelfen
verbergen sich, um auszuruhn;
wer jetzt will seinem Nachbarn helfen?
Ein jeder hat für sich zu tun, ...‹

Und irgendwann reicht es dem Kaiser:

›Ich habe es satt das ewige Wie und Wenn;
es fehlt das Geld, nun gut, so schaff' es denn.‹

Darauf der werte Mephisto:

›Ich schaffe, was ihr wollt, und schaffe mehr;
zwar ist es leicht, doch ist das Leichte schwer;
es liegt schon da, doch um es zu erlangen,
das ist die Kunst, wer weiß es anzufangen?
Bedenkt doch nur: in jenen Schreckensläuften,
wo Menschenfluten Land und Volk ersäuften,
wie der und der, so sehr es ihn erschreckte,
sein Liebstes da- und dortwohin versteckte.
So war's von je in mächtiger Römer Zeit,

und so fortan, bis gestern, ja bis heut.
Das alles liegt im Boden still begraben,
der Boden ist des Kaisers, der soll's haben.‹

Sie machen, was Mephisto vorgeschlagen, und siehe da, alle werden happy. Der Marschall zum Kaiser:

›Durchlauchtigster, ich dacht' in meinem Leben
vom schönsten Glück Verkündung nicht zu geben
als diese, die mich hoch beglückt,
in deiner Gegenwart entzückt:
Rechnung für Rechnung ist berichtigt,
Die Wucherklauen sind beschwichtigt,
Los bin ich solcher Höllenpein;
Im Himmel kann's nicht heitrer sein.‹ ...

Der Kaiser befürchtet Betrug. Doch sein Schatzmeister erinnert ihn daran, dass er nachts das Papier selber unterzeichnet hat:

›Erst heute Nacht. Du standst als großer Pan,
der Kanzler sprach mit uns zu dir heran:
»Gewähre dir das hohe Festvergnügen,
des Volkes Heil, mit wenig Federzügen.«

Du zogst sie rein, dann ward's in dieser Nacht
Durch Tausendkünstler schnell vertausendfacht.
Damit die Wohltat allen gleich gedeihe,
so stempelten wir gleich die ganze Reihe,
Zehn, Dreißig, Fünfzig, Hundert sind parat.
Ihr denkt euch nicht, wie wohl's dem Volke tat.
Seht eure Stadt, sonst halb im Tod verschimmelt,
wie alles lebt und lustgenießend wimmelt!
Obschon dein Name längst die Welt beglückt,
man hat ihn nie so freundlich angeblickt.
Das Alphabet ist nun erst überzählig,
in diesem Zeichen wird nun jeder selig.‹

Da resigniert der Kaiser arg schnell:

›Und meinen Leuten gilt's für gutes Gold?
Dem Heer, dem Hofe g'nügt's zu vollem Sold?
So sehr mich's wundert, muss ich's gelten lassen.‹

Und unser verehrter Herr Mephisto merkt voll Ironie an:

›Ein solch Papier, an Gold und Perlen statt,
ist so bequem, man weiß doch, was man hat;
man braucht nicht erst zu markten, noch zu tauschen,
kann sich nach Lust in Lieb' und Wein berauschen.
Will man Metall, ein Wechsler ist bereit,
und fehlt es da, so gräbt man eine Zeit. ...‹

Und der Kaiser verkuppelt sich mit dem Teufel. Ja, das Geld ist des Teufels. So schnell geht das:

›Das hohe Wohl verdankt euch unser Reich;
wo möglich sei der Lohn dem Dienste gleich.
Vertraut sei euch des Reiches innrer Boden,
ihr seid der Schätze würdigste Kustoden.
Ihr kennt den weiten, wohlverwahrten Hort,
und wenn man gräbt, so sei's auf euer Wort.
Vereint euch nun, ihr Meister unsres Schatzes,
erfüllt mit Lust die Würden eures Platzes,
wo mit der obern sich die Unterwelt,
in Einigkeit beglückt, zusammenstellt.‹

Uff, mein Sohn. Manchmal staune ich auch, was so alles aus der Schulzeit hängen bleibt. Ich gestehe allerdings, dass gerade dieser Abschnitt es mir besonders angetan hatte. Du weißt, Politik und ›Mehr Schein als Sein‹. Je weiter sie vom Bürger entfernt stattfindet, je weniger der Bürger das politische Tun überprüfen kann, desto wichtiger sind für die Wiederwahl des Amtsträgers sein Ruf und sein Ansehen. Das war so, und das ist so.«

»Wow, Alter, du und dein Herr Goethe, ihr werdet mir immer unheimlicher. Gibt es eigentlich nichts, was dein großer Vorbeter nicht schon gewusst und aufgeschrieben hat?«

»Abgesehen von deiner Wortwahl liegst du wohl nicht ganz falsch, Tobias. Warum, glaubst du, imponiert mir Goethe so? Bestimmt nicht wegen seines Verhaltens als Mann und Mensch. Da wäre fürwahr einiges dagegen einzuwenden. Aber sein Kopf, sein Denken ist schon sehr besonders. Ich glaube allerdings, Goethe hat nicht einmal geschrieben oder gesagt, dass Geld glücklich macht. Das zurechtzurücken hat sich Florian Vetter, mein leiblicher Vater, vorbehalten. Er sagte gern: ›Geld macht nicht glücklich, aber es beruhigt!‹«

Tobby lacht anerkennend. Und ich merke mir vor, das Feuilleton des ›Generalanzeiger‹ in den nächsten Wochen intensiver zu studieren. Vielleicht wird ja irgendwo ein Werk Goethes aufgeführt, in das ich Tobby schleifen, äh, einladen kann. Und mir wird gewiss eine solche Auffrischung auch guttun. Zumal mir fast während des gesamten Gesprächs mit Tobias eins durch den Kopf ging:

König Friedrich benötigte ja auch Geld, viel Geld. Wollte er doch mehrere Burgen bauen, und in Gelnhausen gar eine besonders prächtige Pfalz.

König Friedrich I.
Umritt im ersten Jahr als König

Bald nach seiner Salbung zum König, genau am vierzehnten März 1152, beginnt König Friedrich von Aachen aus seinen ersten Umritt durch den deutschen Teil des römisch-deutschen Reiches. Über Utrecht – Deventer – Köln, wo er das Osterfest begeht – Dortmund (Zu seinem ersten Aufenthalt als Herrscher im Reich der Sachsen begleiten ihn die Herzöge Heinrich der Löwe und Welf VI. sowie Albrecht der Bär, Markgraf der Nordmark) – Soest – Paderborn, dann die Weser querend über Corvey und Goslar kommt er nach Merseburg. Dort hält Friedrich mit großer Pracht am achtzehnten Mai, Pfingstsonntag, einen Hoftag, der ihm besondere Freude bereitet.

Entscheidet er doch den dänischen Thronfolgestreit, indem er seinen alten Freund Sven zum König Sven III. von Dänemark krönt. Es ist eine lange Überlieferung, dass ein Königreich durch das Schwert vom Herrscher übergeben wird, und der Empfänger sich durch sein Treueversprechen und die Zusicherung von Hilfeleistungen gegenüber dem Herrscher verpflichtet. Das tut Sven mit strahlenden Augen. Dann setzt Friedrich dem neuen dänischen König die Königskrone auf, bevor dieser während der Heiligen Messe von einem Bischof gesalbt wird. Zu dieser ehrwürdigen Tradition gehört nicht, was Friedrich anschließend tut. Er schließt den alten Freund fest in seine Arme und flüstert ihm ins Ohr:

»Sven, das hier haben wir vor zwanzig Jahren erhofft, aber kaum zu glauben gewagt, damals in Breitenwang, als Lothar stank. Und jetzt ist es Wirklichkeit.«

Weiter muss Friedrich ziehen. Bevor sie sich trennen, drückt Sven dem Freund verstohlen einen kleinen Lederbeutel in die Hand. Hastig flüstert er:

»Ein Geschenk von unseren alten Göttern. Von Hoenir, dem Gott des Wassers und der Wellen. Geborgen aus den Tiefen des Meeres. Solange du ihn ehrst und ihm dein Vertrauen schenkst, gewährt er dir Glück und Schutz!«

Abends, in seinem Zelt allein, fingert Friedrich einen geheimnisvoll goldbraun glänzenden Stein aus dem Beutel. Groß wie eine Walnuss. Als er ihn mit seiner rechten Hand umschließt, spürt er wie wundersame Wärme und Zuversicht sein Herz ergreifen. Was für ein Geschenk! Sven aber, schutzlos, ohne den göttlichen Stein, wird am dreihundzwanzigsten Oktober 1157 nach verlorener Schlacht auf der Grathe Hede von wütenden Bauern mit einer Axt erschlagen werden.

Ende Mai, Anfang Juni führt Friedrich sein erster Umritt im Reich über Erfurt nach Regensburg, dem Hauptsitz des Herzogtums Bayern. In der Klosterkirche Sankt Emmeran zeigt er zum Fest der Apostelfürsten als Ausdruck seiner neuen Würde die Königskrone. Mitte Juli kommt der junge König in sein Stammland, nach Schwaben. Er hält sich in Augsburg, und dann in Ulm auf, wo er den Ulmer Landfrieden verkündet.

[*Hinweis*: Dem in diesem Ordner später ein eigenes Blatt gewidmet ist.]

In der zweiten Hälfte August finden wir Friedrich schon in Speyer, der Stadt, in der er stets seiner Mutter Judith besonders inniglich gedenkt. Er macht einen kurzen Abstecher zu einem Hoftag in Worms. Im September zieht er weiter zur Reichsabtei nach Fulda. Auf dem Weg dorthin übernachtet er in Frankfurt und rastet für ein paar Tage in der Burg derer von Selboldt in Geylenhusen. Dorthin zu kommen erfüllt sein Herz schon seit geraumer Zeit mit Sehnsucht. Gela zu sehen, sie in die Arme zu schließen, zu erleben wie ihr Körper unter seinen Händen zu beben beginnt. Er kann nicht länger warten.

Auf dem Hoftag in Würzburg, wir schreiben nun den Oktober im Jahre des HErrn 1152, setzt König Friedrich I. den Herbst 1154 als Beginn seines ersten Zuges nach Rom an. Zuvor will er den Konflikt zwischen Babenbergern und Welfen um das Herzogtum Bayern gütlich beenden.

Erneut liegt ein Schleier über Friedrichs Aufenthalt der nächsten Wochen. Berichtet wird allein, dass er am vierundzwanzigsten Oktober offiziell immer noch in Würzburg weilt. Der dortige Forstmeister räumt zögernd ein, dass der Herrscher wenige Tage genutzt hat, um jagend durch den wildreichen Spechtswald zu streifen. Doch das ist nur die halbe Wahrheit; denn der Forstmeister verschweigt, dass seine den König begleitenden Jäger den Herrscher aus den Augen verloren haben.

»Ich schwieg, um unnötige Aufregung zu vermeiden«, wird er später wenig überzeugend behaupten.

*****

Wo aber ist der König geblieben? Friedrich eilt, befreit von jeglichem Gefolge, über den Eselsweg, wie ihn Egbert genannt hat, nach Nordwesten. Keine zwei Tage braucht er um Meerholz und Geylenhusen zu erreichen. Herrliche Tage mit Gela im Wald und süße Nächte in ihrem geheimen Stollen. Viel zu wenige. Wie fraulich weich ist ihr Leib geworden im Laufe der Jahre. Welche Wärme und Geborgenheit spürt Friedrich, wenn er sie in den Armen hält. Und sein Glück, wenn sie zu beben beginnt. Das Trennen fällt den Liebenden immer schwerer. Tränen fallen schweigend. Sie bedürfen keiner Worte, um zu wissen, was der andere empfindet. Doch auch die Wahrheit ist ihnen nicht fremd: Ein König gehört vorrangig dem Reich und nicht sich und seinen Gefühlen.

»Ich komme wieder, meine Liebste. Mag auch die Zeit lang werden, meine Gedanken sind stets bei dir, geliebte Gela. Und die Burg in Geylenhusen wird gebaut werden!«, verspricht er ihr, als er spürt, dass er nicht länger weilen kann.

»Doch, wo könnten wir uns zuvor ungestört treffen, ohne dass Gefolge, Knechte oder andere neugierige Nasen uns observieren?«

Gela schaut Friedrich nachdenklich an: »Ich kenne einen Ort, um den nur ich und Muhme Aja wissen. Ich werde sie fragen, ob ich ihn dir zeigen kann. Vielleicht will sie dich auch sehen.«

Sie sieht, wie sich Friedrichs Augenbrauen irritiert heben und lacht.

»Ihr Wesen würde dir gefallen. Ihre Erscheinung aber ist besonders. Friedrich, lass mich wissen, wann du wiederkommst. Dann bereite ich ein trautes Nest für uns vor.«

»Deine Worte machen mich neugierig. Aber so soll es sein.«

Sie spürt die wachsende Unruhe in ihrem Liebsten. Seine ritterlichen Pflichten treiben ihn zurück in die Wirklichkeit. Aus diesem Grunde schiebt sie ihn sanft, aber bestimmt von sich. Es schmerzt sie, aber sie sagt:

»Es ist nicht Recht, Friedrich, Liebster, wenn du dich länger dem Hof verweigerst.«

Der November führt Friedrich mit seinem ganzen Hofstaat nach Stallbaum, östlich von Nürnberg. Hier befasst er sich – erneut ohne erkennbaren Erfolg – mit dem weiterhin schwelenden Streit um das Herzogtum Bayern. Den Dezember verbringt der König in Mainz. Dort gilt es Unstimmigkeiten mit Erzbischof Heinrich zu klären. Friedrich hat ein gutes Gedächtnis. Er erinnert sich wohl, dass er bei seiner Wahl zum König Heinrichs Stimme nicht erhalten hat. Der Mainzer Erzbischof war während des Zweiten Kreuzzugs in König Konrads Abwesenheit dessen Reichsverweser gewesen. Dieses hohe Amt hätte er liebend gerne wieder ausgeübt und deshalb hat er für Konrads unmündigen Sohn Friedrich und nicht für Konrads Neffen, den Herzog Friedrich von Schwaben, votiert. Sein erstes Weihnachtsfest als Herrscher feiert der junge König in Trier, wo er auch das neue Jahr erwartet.

Anfang 1153 setzt Friedrich seinen Umritt fort. In Metz spricht er auf einem Hoftag seinem Schwager Matthaeus, Herzog von Lothringen, der seine Schwester Berta geehelicht hat, die Grafschaft Toul zu. Anschließend reist der König durch altes elsässisches Familienland, Hagenau und Dagsburg. Ende Januar besucht er das neue Kloster Hohenburg, danach Colmar und Mülhausen.

Im Februar 1153 sucht er Besançon auf, die Stadt, welche unabhängig von der Grafschaft Burgund ist, da sie unmittelbar der kaiserlichen Herrschaft untersteht. Dem Verlauf der Doubs folgend erreicht er Baume-les-Dames. Friedrich schenkt ihr die Stadtrechte und veranlasst, dass eine Mauer um die Stadt errichtet wird.

Von dort geht sein Ritt weiter über Basel hin zum eigentlichen Ziel, dem Hoftag nach Konstanz am Bodensee. Nun ist Friedrich I. bereits seit einem ganzen Jahr römisch-deutscher König. Ein König, der durch sein Reich hetzt, im Sattel isst, der von Burg zu Burg eilt, und wenn da keine Burg, keine feste Unterkunft ist, die ihm Herberge bietet, in seinem – wenn auch komfortablen – Zelt haust. Ein Nomadenkönig.

Einschub des Bearbeiters:

Es ist eindeutig ein Schwachpunkt der deutschen Kaiser und Könige des Mittelalters, dass sie nicht haben, was in anderen europäischen Reichen gang und gäbe ist: Einen Hauptsitz, so wie ihn der englische König mit London, der französische mit der Ile de France und Paris, der oströmische Kaiser in Konstantinopel/Byzanz besitzen. Ja, und den selbst das Herzogtum Bayern mit Regensburg hat. Wieviel unschätzbar wertvolle Zeit ist den deutschen Königen und Kaisern durch das stete Reisen und Reiten entgangen!

Frau Doktor Schlosser meinte, als wir über die Problematik ›Fehlende Metropole‹ im ›Sacrum Imperium – Heiligen Reich‹ Kaiser Friedrich Barbarossas diskutiert haben, eigentlich habe doch die Neugründung einer Zentrale auf der Hand gelegen. Eine der vorhandenen Städte wie beispielsweise Mainz, Speyer oder Köln zu wählen, hätte nur die benachteiligten Fürsten verärgert, die doch alle sehr auf ihren persönlichen Rang bedacht waren. Da wäre gewiss ein neuer Kaisersitz, an einem zentralen, verkehrsgünstigen Ort im Reich gelegen, der zu keinem der weltlichen oder kirchlichen Fürstentümer gehöre, die diplomatisch klügere Lösung. Sie denke dabei, so Frau Doktor Schlosser, an die von Friedrich I. geplante Pfalz in Gelnhausen, die alle der genannten Voraussetzungen erfüllte. Ich habe ihrer klugen Überlegung nur beipflichten können.

d. u.

Anmerkung zum vorstehenden Einschub

Martin,

ich habe mal nachgeschlagen, um Deputate welcher Größenordnung es sich bei den Aufenthalten des königlichen Hofs gehandelt haben kann. Hierzu habe ich zwei anschauliche Zitate gefunden.

Zunächst das aus Knut Görich, Friedrich Barbarossa, Eine Biographie (München 2011, dort Seiten 146/7. Ein wunderbares Werk. Es hat mir viel gegeben. Du kennst es vermutlich.):

»... Indem der König sein althergebrachtes Recht auf Beherbergung und Verpflegung geltend machte, demonstrierte er gleichzeitig seinen Herrschaftsanspruch gegenüber den Gastgebern, die zum servitium regis verpflichtet waren. Insbesondere die Bischofskirchen und Reichsklöster hatten als Gegenleistung für die ihnen übertragenen Güter und Hoheitsrechte den reisenden Königshof zu verpflegen. Im Falle des lothringischen Damenstifts Remiremont, das den Hof bei Aufenthalt in Metz oder Toul zu beliefern hatte, sind die Abgaben für die zweite Hälfte des 12. Jahrhunderts gut dokumentiert. Bei diesen Anlässen waren ›größere Mengen Getreide, nämlich 80 Scheffel Weizen und 400 des billigeren Hafers, aus den 32 Dorfherrschaften und 4 zentralen Getreidespeichern des Stiftguts an den Hof abzuführen. Hinzu kamen 20 Kühe, 60 Schweine, 4 Mastschweine, 4 Eber, 400 Hühner, 50 Scheffel Eier und eine Wagenladung Milch zu 12 Scheffeln Hohlmaß. Zulieferungen von Wein und Met wurden jeweils zu 7 bzw. 5 Wagenladungen veranschlagt, zur Beleuchtung des Hofs mußten 12 Tafeln Wachs beigesteuert werden. Schließlich hatte die Äbtissin für ausreichend Schüsseln, Bratspieße und Kohlen zu sorgen und die königliche Küche zusätzlich mit einer dem übrigen Nahrungsangebot angemessenen Menge von Käse und Fischen zu beliefern.‹

Die Belastungen durch einen Besuch des Hofs waren also erheblich, und daraus erklären sich auch viele Versuche, sie zu reduzieren. Der dem König geschuldete Dienst umfaßte neben der Gastung auch die Verpflichtung zu Hof- und Heerfahrt ...«

Zu den vorstehend erwähnten Maßeinheiten sind Dir eventuell die nachstehenden Hinweise hilfreich.

Fuder war ein Volumenmaß für Flüssigkeiten und feste Stoffe. Das Wort Fuder leitet sich her von der *Fuhre* (Ladung), die ein zweispänniger Wagen seinerzeit laden konnte. Auch Erz, Kohle und sogar Heu wurden in Fudern bemessen. Bei Heu war damit die Grasfläche gemeint, die ein Fuder (also eine Fuhre) Heu ergab.

Das Maß *Fuder* war schon im Deutschland des Mittelalters von höchst unterschiedlichem Volumen. Es fasste je nach Land bzw. Region von etwa 800 bis zu 1800 Liter. Meist bestand ein Fuder aus 12 Eimern, wobei diese Maßeinheit Eimer nicht mit dem Fassungsvermögen unserer heutigen Haushaltseimer verglichen werden kann.

Auch der *Scheffel* wurde bereits im zwölften Jahrhundert als Raummaßeinheit verwendet. Der Rauminhalt des Scheffels schwankte je Region erheblich zwischen 17 und 310 Liter.

Um diese Maßeinheiten wissend gewinnt man einen eigentümlichen Eindruck vom königlichen Hof, an dem pro Tag je zehn Fudern Wein und Bier, also jeweils zwischen acht- bis achtzehntausend Liter (Mittelwert dreizehntausend Liter!) Wein und Bier getrunken wurden, und dies hauptsächlich von einem Gefolge, bestehend aus dreihundert bis etwa viertausend Personen.

Bei den riesigen Mengen, wenn sie denn nicht erheblich übertrieben sind, lässt sich die Ansicht von Fuhrmann (in: Horst Fuhrmann, Einladung ins Mittelalter, 5. Auflage, München 1997, Seite 349) nachvollziehen, der zum ›Abweiden‹ der Erträge der Königsgüter durch den Hof meint:

»... so kann man den Rat jenes sterbenden Adeligen verstehen, der seinen Sohn vor zwei Dingen warnt: Krieg zu führen und den König als Gast aufzunehmen.«

Ein fürwahr fürsorglicher Vater!

Conny

(Dr. Cornelia Schlosser)

Der Friedensfürst
Ulm im Jahre des HErrn 1152

In seinem Mitteilungsschreiben an Papst Eugen III. nennt König Friedrich I. schon das oberste Ziel seiner Regentschaft: ›dem ganzen ihm anvertrauten Volk Gesetz und Frieden schaffen und erhalten‹. Und daran wird er auch gemessen. Hildegard von Bingen schreibt ihm einen langen Brief, in dem es heißt:

> ›Der höchste Richter richtet folgende Worte an dich: Es ist zu bewundern, dass der Mensch solch einer Persönlichkeit bedarf, wie du, König, sie darstellst. ... Nun, o König, treffe eifrig Vorkehrungen. Alle Länder sind von den Ränken jener verfinstert, die mit der Schwärze ihrer Sünden die Gerechtigkeit vernichten.‹

Und sie setzt auf ihn, den König, als den gerechten, aber auch milden Richter:

> ›Räuber und Umherirrende zerstören den Weg des HErrn. Du, o König, mit dem Szepter der Barmherzigkeit weise die trägen, unsteten und wilden Verhaltensweisen zurecht. ... Sieh also zu, dass du – wenn der höchste Richter dich betrachtet – nicht angeklagt wirst, du hättest dein Amt nicht recht verstanden, und dann erröten müsstest. Das sei ferne!‹

Friedrich gibt sich auch große Mühe die an ihn gestellten Erwartungen zu erfüllen. Und dies nicht nur als Schlichter in kleinen Zwistigkeiten. Schon im Juli 1152 lässt er auf dem Hoftag in Ulm unter Mitwirkung der Fürsten Grundlinien für einen allgemeinen Frieden aufsetzen, die in einem königlichen Schreiben sodann allen kirchlichen und weltlichen Fürsten mitgeteilt werden. In einer längeren Einleitung wiederholt er seine Absicht, er wolle jedem sein Recht zuteilwerden lassen und einen lang ersehnten und für das Land notwendigen Frieden kraft königlicher Vollmacht verkünden.

> ›Wenn jemand einen Menschen ... tötet, soll er der Todesstrafe unterliegen ...‹

›Wenn jemand einen anderen ... verwundet, soll ihm ... die Hand abgeschlagen werden ...‹

›In beiden Fällen gilt das Strafmaß nicht, wenn der Täter in Notwehr handelt.‹

›Wenn jemand einen anderen gefangen nimmt und ihn ohne Blutvergießen mit Knüppeln misshandelt oder dessen Haare oder Bart ausrauft, soll er demjenigen, dem das Unrecht so offensichtlich zugefügt wurde, zehn Pfund als Bußgeld zuwenden, doch dem Richter soll er zwanzig Pfund zahlen.‹

›Wenn einer Sachen im Wert von fünf Schilling oder mehr stiehlt, soll er mit dem Strick aufgehängt werden; wenn weniger, soll er mit Ruten und Zange geschunden und geschoren werden.‹

Neben dem Strafrecht war dem König auch das allgemeine Ordnungsrecht wichtig, wie diese Beispiele zeigen:

›Nach dem Festtag Mariä Geburt soll jeder Graf sich sieben Männer guten Rufs wählen und ... bestimmen, zu welchem Preis ... das Getreide verkauft werden soll.‹

›Ein Kaufmann soll sein Schwert an seinen Sattel binden oder auf seinen Wagen legen, damit er ... sich ... vor Räubern schützen kann.‹

›Wenn ein Bauer Waffen, Lanze oder Schwert trägt, soll ihm der Richter ... die Waffen fortnehmen oder stattdessen zwanzig Schilling vom Bauern erhalten.‹

›Niemand soll seine Netze oder Schlingen oder sonstige andere Geräte zum Wildfang spannen; es sei denn zum Gang von Bären, Wildschweinen oder Wölfen.‹

›Jeder, der über Land reist und sein Pferd fressen lassen will, darf seinem Pferd, was er ganz nahe am Rand des Weges stehend fassen kann, als Futter und Erholung für sein Pferd, straffrei geben. Es soll auch erlaubt sein, dass jedermann Grashalme und grünendes Buschwerk ohne Verwüstung und Schäden zu seinem Vorteil und Bedarf verwendet.‹

Wenige Jahre nach dem Ulmer Landfrieden wird Friedrich I., dann schon als Kaiser, noch deutlich gravierendere Rechtsfragen unter Hinzuziehung prominenter Professoren von der Universität Bologna lösen lassen.

Gelnhausen 2017
Martin Langer interessiert sich für das Strafrecht im Mittelalter

Manchmal kann Schusseligkeit über das ganze künftige Leben entscheiden. Mir ist es so ergangen. An dem Tag, als mein Bruder Florian in München das Studium der Rechtswissenschaften begann, wollte es der Zufall, dass ich gerade bei ihm war. Der »Schussel«, wie Mutter sagte, hatte vergessen, einen Teil seiner Wäsche einzupacken. Und die brauchte der »Bub« (so Mutter) doch. Also wurde ich in den Zug nach München gesetzt. Warum ich an diesen Tagen nicht in die Schule musste, weiß ich nicht mehr. Auf jeden Fall bin ich mit dem Wäschepaket an einem Mittwoch Anfang Mai nach München gefahren. Es war meine erste, weite Reise ohne Erziehungsberechtigten, wie es damals hieß. Ich war stolz, neugierig – und natürlich aufgeregt. Florian hat mich und das Wäschepaket am Münchner Hauptbahnhof abgeholt – »Ohne Unterhosen lebt es sich zu kühl« war sein Kommentar zu dem Paket – und mit in das Studentenheim genommen, in dem er jetzt lebte. Er hatte ein Doppelzimmer noch für sich allein, weil sein Zimmermitbewohner erst in zwei Wochen kommen sollte. »Aus Indien«, sagte Florian. Es schien ihn zu imponieren. »Du kannst deshalb bis Samstag hier schlafen. Die Heimleitung hat nichts dagegen.«

Ich fand das toll. Und noch toller, dass er mich am nächsten Morgen mitnahm in seine erste Vorlesung des Strafrechts. Ich gestehe, dass ich ein wenig Bammel hatte. Ich, der Schüler, das Abitur noch in weiter Ferne, unter lauter Studenten und einigen Studentinnen in einem prall gefüllten Hörsaal. Es wurde mucksmäuschenstill, als der Professor den Raum betrat. Ein älterer Mann, hochgewachsen, mit leuchtenden Augen, einer Narbe auf der Backe – »Ein Schmiss«, würde mich Florian später aufklären. »Schlagende Verbindung!« – und eindeutig heimischem Akzent.

»Professor Karl Engisch, er kommt aus Gießen. Eine Koryphäe des Strafrechts«, flüsterte mir mein Bruder zu, mit ganz viel Ehrfurcht in der Stimme. Dann gab der Professor etliche Formalitäten, Einteilungen in Arbeitsgruppen, Einzelheiten zu Büchern, die es zu lesen galt, und solche Sachen bekannt. Daran kann ich mich im Einzelnen nicht mehr erinnern. Doch ganz zum Schluss kamen die Sätze, derentwegen ich mich an dieses Erlebnis erinnere. Professor Engisch sagte in seinem ums Hochdeutsche bemühten hessischen Sound:

»So, jetzt noch eins, meine Damen und Herren. Morgen früh Punkt acht Uhr stehe draußen vor dem Haupteingang Geschwister-Scholl-Platz Busse. Wir fahre damit ins Zuchthaus nach Landsberg am Lech. Damit Sie gleich von Anfang an wisse, was Sie mit Ihrem Studium später alles anrichten könne.«

Diese Sätze, besonders den letzten davon werde ich nie vergessen. Heute kann ich nach einem langen Berufsleben nur anerkennend den weisen Rechtslehrer loben.

Ein Staat, der seinen Bürgern Ordnung und Sicherheit bieten will und kann, so denken wir heute, braucht Strafgesetze und eine Strafgerichtsbarkeit. In einer Demokratie leitet sich das Gewaltenmonopol vom Volk her. Es soll der Gerechtigkeit im Staat dienen. Ohne ein solches Gewaltenmonopol gäbe es kein für alle verbindliches Strafrecht. Das Volk kontrolliert durch sein Wahlrecht die entscheidenden Staatsorgane. So wie wir in Gelnhausen in diesem Jahr den Landrat mitgewählt und unseren neuen Bürgermeister durch Wahl und Stichwahl bestimmt haben und dazwischen auch noch einen neuen Bundestag wählen durften. Und, damit wir nicht aus der Übung kommen, gibt es im nächsten Jahr auch noch die Landtagswahlen in Hessen.

Bis ins Hochmittelalter hinein war das noch ganz anders. Man kann aus diesem Grund die Verkündung des Ulmer Landfriedens im Jahre 1152 als einen entscheidenden Schritt in der deutschen Rechtsentwicklung bezeichnen.

Einst, zur Zeit der Merowinger- und Karolingerherrscher, dies gilt insbesondere für die Zeit der Regentschaft Kaiser Karls des Großen, da gab es schon einmal Ansätze für ein allgemeines, öffentliches Strafrecht. Wobei ›öffentlich‹ als Gegenteil von ›privat‹, und nicht von ›geheim‹ zu verstehen ist. Doch diese Rechtsätze verloren an Bedeutung, je schwächer die Krone wurde. Das alte Gewohnheitsrecht, die Macht des Stärkeren, sprich die Fehdetätigkeit, breitete sich im römisch-deutschen Reich epidemisch aus. Der Ritteradel, jetzt ohne vorgesetzte starke Hand, missachtete zügellos die alten Fehderegeln. Der kleinste, ihm nützliche Vorwand wurde genutzt, um eine neue Fehde zu beginnen.

Da die weltliche Führung fehlte, versuchte die Kirche, schon zum Schutz des eigenen Vermögens, den Gefahren entgegenzutreten. Sie rief von Frankreich ausgehend auf zu Gottesfriedensbewegungen.

In Deutschland nahmen bald die Könige der Kirche die Friedensinitiative aus der Hand, indem sie ab Mitte des elften Jahrhunderts Landfriedensbewegungen anstelle der Gottesfriedensbewegungen initiierten. Eines der wesentlichen Ziele der Landfriedensbewegung war die weitgehende Beschneidung des Fehderechts durch strenge Reglementierung (so sollten die Betroffenen den Rechtsweg vor die Gerichte statt der Fehde wählen), nicht aber dessen völliges Verbot; denn dazu war die Fehdeführung als traditionelles – und rechtmäßiges – Mittel zur Rechtsdurchsetzung zu sehr im Gedankengut der Bevölkerung verankert.

Verglichen mit der heutigen Zeit waren die Strafen im Mittelalter unfassbar blutig und brutal. Es wurde enthauptet, gerädert, ertränkt, gevierteilt, erhängt und verbrannt. Hände und Finger wurden abgeschlagen, Augen ausgestochen und Zungen herausgerissen. In leichteren Fällen wurde ausgepeitscht und an den Pranger gestellt. Das Brandmarken war eine Art Nebenstrafe.

Während heutzutage die Strafe und deren Vollzug hauptsächlich der Resozialisierung des Täters dienen sollen, stand im Mittelalter neben der Vergeltung für begangene Taten im Einzelfall die Generalprävention als Hauptziel, das heißt, der Erhalt des Friedens im Reich durch die abschreckende Wirkung der drohenden Strafen. Das war eine deutliche Veränderung zur Handhabung in der Zeit zuvor; denn in der fränkischen Zeit wurden noch zivilrechtliche Ahndung (Sühnegeldleistung) und strafrechtliche Sanktion einer Tat (Strafe) in einem gemeinsamen Verfahren abgehandelt. Im Hochmittelalter hingegen steht die

Kriminalstrafe im Mittelpunkt der Verfahren. Was aber führte zu dieser extremen Entwicklung?

Die Sitten im Reich waren während des fünfzig Jahre dauernden Investiturstreits rasch verroht und verwildert. Da Kirche und Krone mit sich und ihrem Kampf um die Vormacht im römisch-deutschen Reich beschäftigt waren, wurden die Bevölkerung und deren Interessen vernachlässigt. Die Menschen vermehrten sich trotz allen Elends und aller Armut kontinuierlich. Wie lautete doch der deutsche Titel eines Romans von Thyde Monnier so passend? ›Liebe – Brot der Armen‹. Besonders in den Ballungsräumen der Städte lebten die Menschen für damalige Verhältnisse dicht auf dicht gedrängt. Alle kämpften um ihre Existenz. Die Zahl der ›landschädlichen Leuten‹, der Kriminellen wuchs. Bert Brecht hat es auf den Punkt gebracht: ›Erst kommt das Fressen, dann die Moral!‹ – *Gibt es eigentlich für irgendeine Situation der Menschengeschichte noch kein treffliches Schlagwort?* frage ich mich. –

Keiner konnte mehr seines Lebens sicher sein. Und die noch geltenden Sühnegeldkataloge verloren durch die fortschreitende Geldentwertung zunehmend an Abschreckung.

Im Unterschied zur bisherigen Sühnepraxis, die einen Ausgleich zwischen den Parteien vorsah, sollten nunmehr die im Rahmen der Landfriedensbewegungen eingeführten Strafen einem durch eine Tat Verletzten und dessen Angehörigen versichern, dass jetzt eine dritte, die ›öffentliche Gewalt‹, dem Täter das gleiche Übel auferlegte, das er selbst verursacht hatte.

Die Generalprävention gewann zudem an Bedeutung: Der Gott des Neuen Testaments und sein Gebot der christlichen Nächstenliebe wurden zur Seite geschoben von dem Talion-Gedanken des alttestamentarischen Gottes: ›Auge um Auge, Zahn um Zahn‹. Die rationelle Abschreckungserwartung bestimmt die Art der Ahndung der Tat: Je härter und blutiger die Bestrafung eines Täters, umso wahrscheinlicher die Abschreckungswirkung auf andere Menschen, die Vergleichbares planen.

Wer welches Gericht wann im Mittelalter anzurufen hatte, ist unklar. Gleiches gilt für die Frage nach dem Rechtsweg, der einzuhalten war. Soweit Verfahren auf einer Gerichtsverfassung aus der Zeit der Karolinger beruhten, standen für die Rechtsverfolgung die Hofgerichtsbarkeit und die niedere Gerichtsbarkeit zur Verfügung. Letztere wurde wahrgenommen von den Königsgerichten, Grafengerichten, Zehntgerichten, Immunitätsgerichten der Vogteien, den Lehensgerichten und wie die Gerichte damals auch immer hießen.

Es ist schon seltsam. Wir kennen die Strafen. Welches Gericht aber für welche Aburteilung zuständig war, ist uns nicht genau bekannt. Und die Menschen, welche zitternd, bebend, schreiend vor irgendein Gericht geschleppt, geschleift, gezerrt wurden, sind uns gänzlich fremd.

Vormals
Die Entstehung des Stollens

Als unsere Erde noch nicht wusste, ob sie Paradies oder Hölle werden wollte, und diese Zeit währte viele hundert Millionen Jahre lang – manche Menschen behaupten mit guten Gründen gar, sie wisse es immer noch nicht –, da stand auf der Erdkugel dort, wo sich heute der beschauliche Höhenzug des Vogelsbergs befindet, tatsächlich einst das Tor zur Hölle sperrangelweit offen.

Mehr als zehn Millionen Jahre spukte hier der größte Vulkan Europas, der jetzt so friedlich, lieblich Vogelsberg genannt wird, giftige Dämpfe und Lava aus dem Erdinnern in den Himmel, setzten unsagbar heftige Gasexplosionen gewaltige Magmamengen frei, die sich über riesige Erdflächen ergossen. Unter zweitausendfünfhundert Quadratkilometer Lavadecke ruht im Herzen Europas die Erde. Nein, ruht ist nur bedingt richtig. Die heftigen Eruptionen des Vulkans ließen die Erde erbeben, haben gewaltsam an der Erddecke gezerrt und gerissen. Diese Kräfte verletzten die Erdoberfläche weit über den unmittelbaren Wirkungsbereich des Vulkans hinaus. Überall entstanden Täler, Schluchten, tiefe Spalten, schmale Risse.

Der Vulkan unter dem Vogelsberg schläft nun schon mehr als sieben Millionen Jahre. In dieser Zeit haben Sonne und Kälte, Wasser und Eis geschäftig seine äußere Anmutung erodiert, modelliert und umgeformt. In den letzten Jahrtausenden unterstützen sie Pflanzen, Tiere und Insekten hierbei.

Aus den dichten Wäldern, die die Ausläufer des Vogelbergs dann bedeckten, sickerten über die Jahrjahrtausende hinweg Regen- und Tauwasser in den von roten Sandsteinflößen durchzogenen Grund, um später, viel später und an tieferen Stellen an den Hängen als Quellwasser wieder ans Tageslicht zu treten. Emsig sprudelnd trieben die Wasser hangabwärts Rinnen, Spalten, Gräben in das Gestein, wuschen Felsen dünn, spülten Geröll davon. Hartnäckig, immer und immer wieder, unermüdlich durch Jahrtausende. Auch heute noch.

Aus einer der Spalten formte die Zeit einen breiten Stollen, stabil und verborgen unter einem zumeist dicken, von den Wassern rund und glatt gespülten Felsendach. Begehbar und Sicherheit gewährend. Streng gehütetes Geheimnis der ersten Menschen, dann der Chatten, die in ihm ihre Götter verehrten. Nur wenige waren es, die um diesen Schatz der Chatten wussten. Immer weniger wurden es, als ausländische Missionare kamen und das Christentum lehrten. Schließlich gehörte das Wissen allein zwei Frauen, die sich Verschwiegenheit schworen. Dann wurde ein Mann eingeweiht, dessen Wort ohne Zweifel schien. Aber auch seine Zeit war endlich.

Geylenhusen
Der Alten geheimstes Geheimnis

Angela Edle von Selboldt-Geylenhusen fühlt sich gut aufgehoben bei den Prämonstratenserinnen im Kloster Meerholz. Doch sie möchte auch den Geliebten nicht missen, den sie eh nur so selten sehen und berühren kann. Sie hofft, dass sie Rat weiß. Es gibt da eine geheimnisvolle Höhle, die sie als junges Mädchen beim Stöbern entdeckt hat. (Wenn Angela ganz ehrlich zu sich selber ist, dann muss sie sich eingestehen, dass ihr Wissen um die Höhle eigentlich von der weisen Frau stammt, mit der sie ihre Großmutter bekannt gemacht hat, was aber niemand wissen darf.)

Der Einstieg zu der Höhle, den ihr die Muhme gezeigt hatte, befand sich zum Morgen hin vor der Mauer gelegen, welche den Feldrain und damit die Außengrenze ihrer Burg von Geylenhusen bildete, und lag etwa auf halber Höhe zwischen Burg und Fluss. Dorthin hat es die junge Angela in der Vergangenheit gezogen, wenn sie allein sein wollte. Mit sich, ihren Gedanken und Träumen. Bis jetzt.

Die Höhle selbst war wohl mehr eine unterirdische Schlucht, nein, das klang zu mächtig, mehr ein tiefer Gang. Wie tief, wie weit der aber in den Hang hineinführte – und wohin, das wusste sie nicht. Doch es musste weit sein; denn die Muhme kam stets aus dem Inneren des Ganges zu ihr in die Höhle. Sie erschien aus dem schwarzen Nichts und verschwand wieder in demselben. Einmal hatte sie der Alten folgen wollen. Wenige Meter nur, steil bergauf, war sie gekommen. Dann hatte sie sich in der Dunkelheit den Schädel an einem Felsen gestoßen und als sie dabei ins Taumeln geriet und stürzte, da hatte sie sich zu allem Unglück noch eine blutende Wunde am rechten Knie zugezogen. Die Peinlichkeit! Ihr schlechtes Gewissen! Die besorgte Mutter belügen zu müssen. Um den Gang zu erforschen, hätte sie gewiss vieler Fackeln bedurft. Doch ihr Wunsch nach solchen Fackeln hätte in der Burg unweigerlich zu Fragen geführt. Auffallen aber war das letzte, was sie mit ihrem Geheimnis wollte. So blieb ihre Kenntnis um den Gang auf das Innere der Höhle beschränkt, soweit dorthin wenigstens etwas Tageslicht drang.

*****

Unerwartet und aufregend waren die Stunden gewesen, als sie von Muhme Aja und der Höhle erfahren hatte.

»Gela«, hatte Großmutter zu ihr gesagt. Sie konnte sich noch genau an den Morgen in Geylenhusen erinnern, wenige Wochen nach ihrem zwölften Geburtstag war es gewesen. Wie schon oft zuvor so hatte sie sich auch an diesem Tag nach der morgendlichen Andacht davon stehlen wollen, um durch die dichten Wälder an den steilen Hängen oberhalb der kleinen Burg ihres Vaters zu streifen. Sie liebte das Unheimliche, Geheimnisvolle, Unbekannte in dem Dunkel der Wildnis mit all ihren Gerüchen und Geräuschen, das sie so angreifbar klein sein und ihren Körper so angenehm erschaudern ließ.

»Gela«, hatte die Großmutter an jenem Morgen, als diese sie nach der Andacht überraschend zur Seite gezogen hatte, ihr eröffnet: »Gela, wir müssen reden.« Und sie aufgefordert: »Komm mit in meine Kammer!«

Ihr ungewohnt bestimmter Ton verbot jeden Widerspruch. Also war sie gefolgt, widerwillig, aber nicht ohne einen Packen Neugierde, was denn ihres Vaters Mutter so plötzlich von ihr wollte.

In der Kammer hatte sie nicht lange auf die Antwort warten müssen.

»Kind, setz dich zu mir!«, hatte Großmutter gesagt. Sie hatte es getan. Unwohl war ihr dabei gewesen; denn zum Sitzen hatte sie die Alte noch nie aufgefordert, und voll wachsender Nervosität, als die Alte ihre Hände umfasste und ihr in die Augen sah.

»Gela, bald wirst du erwachsen sein, wirst eine Frau werden, deren Leib, Fühlen und Denken sich ändert. Du wirst die Männer mit anderen Augen sehen und sie werden dir ganz anders begegnen, als du es dir heute vorstellen kannst. Und irgendwann wirst du Kinder haben. Alles wird anders. Und darauf musst du vorbereitet sein. Du musst wissen, was kommt, wie du dich wann zu verhalten hast. Die Entscheidung des

Handelns soll immer in deinen Händen liegen. Vergiss, was du von den Pferden, Kühen, Schweinen oder Hunden weißt. Das Frauwerden und -sein ist anders. Ganz anders. Auch wenn es manchmal nicht so scheint.«

Die Alte hielt inne, überlegte sichtbar etwas, um dann nach einem kurzen Zögern fortzufahren. Ihr Ton war eindringlich:

»Ich möchte dich mit jemanden bekannt machen. Sieh und wundere dich nicht. Sei ganz unvoreingenommen. Es lohnt sich, Gela.«

Großmutter erhob sich und ging hinüber, dorthin, wo das schwarz glänzende Fell eines Bären – *Es muss ein riesiges Tier gewesen sein*, ging Gela durch den Sinn – den Durchgang zu dem kleinen Andachtsraum der Alten verdeckte. Sie hob das Fell nur soweit an, dass sie durchschlüpfen konnte.

Was das wohl werden wird? fragte sich Angela. Ein wenig gespannt war sie schon. Dann sah sie wie eine Hand von Vaters Mutter das Fell umfasste, es zur Seite schlug und die Sicht freigab auf ein seltsames Wesen. Es war in einen braunen Leinensack gehüllt, der Körperbau deutlich größer und kräftiger als Großmutters, auf dem Kopf eine Vielzahl langer strohblonder Zöpfe, die aussahen wie ein Nest voll dünner gelber Schlangen.

So muss das Haupt der grässlichen Medusa ausgesehen haben, mit deren Schandtaten mir Egbert früher Angst eingejagt hat.

Aber was Angela jetzt zurückzucken und, ja, fast aufschreien ließ, war etwas anderes. Das Gesicht des Wesens, das auf sie zukam, war eine grässliche Fratze. Schwarz-weiß sah sie den leibhaftigen Teufel vor sich. Sie konnte nicht verhindern, dass sie unwillkürlich zurückwich. Möglichst weit weg wollte sie von diesem Leibhaftigen, der auf sie zukam. Doch das Mauerwerk in ihrem Rücken, gegen das sie sich unwillkürlich presste, hatte ihr ein Fliehen unmöglich gemacht.

Gut so! Denn dann hatte das satanische Ungeheuer aus der Unterwelt vor ihr seine Augen geöffnet, ihr einen Blick geschenkt, und all das, was sie eben noch panisch geängstigt hatte, war vergessen, verdrängt. Nein! Mit einem Wimpernschlag war all das Garstige, Unheimliche,

Bösartige aus ihrem Empfinden, das gerade eben noch so bedrohlich ihre Sinne und Gefühle beherrscht hatte, geradezu weggewischt.

Diese Augen! Strahlend blau, wie ein weites Feld voll Kornblumen im Sommersonnenlicht. Voll Freude, Liebe, Lachen. Sie zogen unwiderstehlich an, hatten die junge Frau mit Wärme, Vertrautheit, Geborgenheit umfangen. ...

Neugierde war gefährlich. Einen Gott soll man nicht nach seiner Gestalt befragen.

»Auf keinen Fall!«, hatte Großmutter sie mit strengem Blick gewarnt.

»Der mit dem Hammer ist rachsüchtig. Wer seine Geheimnisse nicht streng bei sich im Herzen bewahrt, sondern Ungläubigen preisgibt, den straft er auf ewig. Er schlägt ihn auf immer in felsigen Untergrund. Deshalb, mein Kind, höre, beachte und bewahre all das Geheime fest in deinem Herzen, was Muhme Aja an Dich weitergibt!«

Und dann hatte die Alte sie mitgenommen auf eine Reise durch die alte Zeit. Mit einer Stimme voller Wärme, die wunderbar mit dem Licht ihrer Augen harmonierte. In eine Welt mit ferner Vergangenheit und ebenso ferner Zukunft. In eine Zeit, als allein die alten Götter die Welt der Chatten beherrscht hatten. Eine Zeit, die noch längst nicht vergessen ist. Wie der Gott der Vergeltung des Alten Testaments noch ist und bleibt, so leben auch die Götter der Chatten weiterhin.

»Die Zeit der alten Götter ist noch längst nicht vorbei. Wie auch?! Die rachsüchtigen Regenten aus vergangenen Tagen leben im Volke fort. Vor gerade mal dreihundert Jahren erst hat Bonifatius die Donareiche gefällt. Oben bei dem Ort, den sie jetzt Geismar nennen.«

Die alte Hexe, die in Wirklichkeit eine Schwester oder Halbschwester der Großmutter oder noch älter war, auch wenn Großmutter stets von der Muhme sprach, hatte vergnügt vor sich hingegickert, als sie Angela die Geschichte erzählte. Und wie die Chatten ihr Erschrecken gespielt hatten, um dem Mönchlein vorzugaukeln, er habe sie mit seiner Tat überzeugt. Dabei wollten sie nur ihre Ruhe haben vor den Franken. Wie stolz sei das Mönchlein mit seiner komischen Sprache gewesen, als sich die angeblichen Heiden in vermeintlicher Panik vor ihm auf dem Boden gewälzt haben und ihn anflehten inne zu halten. Er hatte nichts verstanden.

»Ein Gott, der in einem Baum lebt. Was für ein alberner Witz. Donar, der allmächtige Schöpfer allen Lebens, sollte in einem alten, schon ein wenig morschen Eichenstamm hausen. Was für ein verrückter Gedanke! Aber, was kann man schon viel Gescheites von den Ausländern erwarten, die behaupten, der wahre Gott habe sich von seinen Feinden, den Römern, an ein Holzkreuz nageln lassen.«

Die Alte hatte heftig den Kopf geschüttelt. So heftig, dass ihre Schlangenzöpfe einen wilden Tanz um ihren Schädel begannen.

»Von den Römern! Die schon vor einer kleinen Ewigkeit von den Chatten und anderen germanischen Stämmen aus dem Land vertrieben worden sind. Die alte Eiche sei doch nichts anderes gewesen als der beste Eichellieferant weit und breit für die Schweine der Chatten.«

Es muss gewesen sein wie zuletzt bei dem Kreuzzug ins Land der Wenden, das die Sachsen meinten erobert zu haben. Dabei haben sich die Wenden nur taufen lassen, weil sie Ruhe haben wollten vor den sogenannten Christen mit ihrem sogenannten einen Gott. Wo doch jeder weiß, dass Hass und Liebe niemals in einem Gott zugleich wohnen können. Genauso wenig wie Wasser und Feuer, Leben und Tod, Himmel und Hölle. Donar und Freya sind die Eltern vieler kleiner Götter, aber die beiden können nicht ein Gott sein. Diese Christen; sie kämpfen gegen Allah und Jahve, weil sie ihren Gott für den einzig wahren halten. Die Muselmanen kämpfen gegen Christen und Juden, weil sie Allah als den einzig wahren Gott anerkennen und die Juden hassen die Christen und Muselmänner, weil nur ihr Jahve der einzige richtige Gott ist. Verrückt! Glauben sie doch alle drei an denselben Gott.

Ich bin überzeugt, dass es nur ihre Priester sind, die an diesem Streit schuld sind. Nur weil sie alle recht haben wollen, um den Fortbestand ihrer Ämter als Priester bangen, machen sie den Menschen glauben, drei einzige Götter zu benötigen. Solch fanatische Rechthaberei führt stets ins Unglück, zu Mord und Totschlag. Glaub's mir, Gela.«

2017 Gelnhausen
Langers Geschichte vom geheimen Gang

Die Kreisstraße, die heute Gelnhausen unterhalb der Altstadt von West nach Ost durchschneidet, und in der Stadt zu einem großen Teil den Namen von Kaiser Barbarossa führt, ist jüngeren Datums. Sie gibt es erst seit etwa zweihundert Jahren, zunächst in Gestalt einer breiten Chaussee, später dann als Bundesstraße. Mit dem Aufkommen von Eisenbahn und Autobahn hat sie ihre frühere Bedeutung fast gänzlich verloren. Wie anders war dies doch zu früheren Zeiten.

Bis zum Beginn des zwölften Jahrhunderts führte der Handelsweg von Frankfurt am Main nach Leipzig, von Abend Richtung Morgen also, entlang der Mittelgebirgskämme und Wasserscheiden. Die Rede ist von der ›Hohe Straße‹ oder ›Antsanvia‹. Dann verlagerte sich der Handel und Reiseverkehr zunehmend tal- und flusswärts auf Main und Kinzig. Mit Baubeginn der Pfalz durch Kaiser Friedrich I. Barbarossa und – besonders – durch Gründung der Stadt Gelnhausen mit all den ihr vom Kaiser verliehenen Rechte im Jahre 1170 verloren die Höhenwege im Kinzigtal schnell an Bedeutung. Die ›via regia‹, die Königsstraße, die Reichsstraße, auch ›Kinzigtalstraße‹ genannt, wurde zum vorherrschenden Handelsweg. Stand die Straße doch unter dem Geleit- und Friedensschutz des Kaisers, der per Dekret allen Handeltreibenden und Reisenden auf dieser Straße sicheres Geleit zusicherte.

Kaiserliche Geleitreiter schützten zur Zeit der Stauferkaiser die Kaufleute und Reisenden vor Straßenräuberei. Später im Mittelalter mussten die Nutzer der via regia für Geleitbriefe zahlen. Das Reisen über diese Geleitstraßen wurde zunehmend teurer, als die Landesherren die Geldquelle ›Reichsstraße‹ für sich entdeckten und – heute würde man es Maut nennen – an ihren Landesgrenzen Wegzölle für die Durchreise erhoben.

Der Handelsverkehr führte bis hin zur Zeit der preußischen Kaiser zwischen den Messestädten Frankfurt und Leipzig weiter oben am Hang entlang durch Gelnhausen. Die Trasse war so vorausschauend angelegt, dass sie nicht durch die jährlich im Frühjahr drohenden Hochwasser gefährdet war, wenn das Tauwetter die Schneemassen auf den Bergen von Rhön, Vogelsberg und Spessart zum Schmelzen brachte und das enge Tal der Kinzig geflutet wurde.

Das Verhältnis Handelsstraße und Gelnhausen war auch ohne diej ährlichen Hochwasser problematisch genug. Führte doch der Weg unmittelbar nördlich an dem sakralen Prachtbau der Marienkirche vorbei, dem Juwel des Kinzigtals, wie sie auch zu Recht genannt wird, durch die Pfarrgasse zum Obermarkt hin. Jeder Händler, jeder Frachtführer kannte den Vers:

›Von Leipzig an der Pleiße bis Frankfurt an dem Main
wird's auf der ganzen Reise die engste Stelle sein.‹

Die Messestadt Frankfurt hielt für die Kaufleute, die sich mit ihren Wagen Richtung Leipzig auf den Weg machen wollten, einen besonderen Service bereit, ein Maß, das anzeigte, wie breit ein Fahrzeug sein durfte, um die Engstelle in Geylenhusen problemlos passieren zu können.

Die Handelsstraße gefährdete den geheimen Gang nicht. Doch Kriege und Schlachten sind immer auch Synonyme für Zerstörung und Sterben. So zog der große Napoleon mit seinen Truppen, in Russland geschlagen, auf dem Weg zurück nach Frankreich durch Gelnhausen. Weil seine schweren Kanonen nicht das schmale, östliche Stadttor, das Haitzertor, passieren konnten, ließ er kurzerhand das Tor abreißen. Mag sein, dass durch diesen Kraftakt unbemerkt ein weiteres Stück von Barbarossas Stollen einbrach und die Trümmer des einst stolzen Tores zum Auffüllen des Kraters dienten.

Doch schon lange vor Napoleon hatte die Zeit entschieden, dass dem Gang der Liebenden keine Zukunft zu gewähren sei. Zunächst wichen die Eichenstämme dem gewaltigen Druck der Wassermassen, die den Stollen unter dem künstlich angelegten nördlichen Arm der Kinzig freigehalten hatten. Dann – bald zweihundert Jahre später: die freie und wohlhabende Reichsstadt Gelnhausen war gewachsen, ihre Stadtmauern mussten erweitert werden – wurde der später so geheißene

Hexenturm just über dem Gang errichtet, der ursprünglich ein breiter Spalt im roten Felsgestein gewesen war. Die tonnenschwere Last ließ den von Meisterhand vollendeten unterirdischen Weg in sich zusammensacken.

Was von Friedrichs und Gelas Liebesversteck blieb, war der Abschnitt zwischen Hexenturm und Haitzertor mit der Nische, in der die steinerne Statue stand, und ein steiler Rest des Gangs südlich des Hexenturms, der von den Einheimischen auch der Fratzenstein genannt wird. Dieser Teil des Stollens verschwand unbemerkt während der Bauarbeiten an der Trasse der Bundesstraße 40 und der Bebauung des Hangs mit Wohnhäusern bald ein halbes Jahrtausend später. Nur eine Familie kannte das Geheimnis des Ganges. Sie bauten ein Haus über dem einzigen Einstieg in den verborgenen Gang und pflegten es, solange ihre Nachkömmlinge um das Geheimnis wussten – und es einen solchen gab.

Die Ruhe im erhaltenen Gangstück wurde in all den vielen Jahren bis weit in das vergangene Jahrhundert hinein nur ein einziges Mal durch Fremde gestört, als ein verzweifelter Mann namens Johannes Strupp Ende des sechzehnten Jahrhunderts den Weg vom Haitzertor hinunter zum Hexenturm fand und dort vergebens versuchte, Elisabeth Strupp, seine geliebte Mutter, zu befreien, die ein fanatischer Gelnhäuser Bürgermeister namens Koch, der auch den Vornamen Johannes trug, als angebliche Hexe dort eingesperrt hielt und wenig später dann durch das Schwert hinrichten und danach verbrennen ließ. Der unglückliche Mann, dessen Vater Petrus im Jahre 1536 noch die Reformation nach Gelnhausen gebracht, haderte jetzt so an seinem Glauben, dass er weder auf dem Weg hin zum Turm noch auf seinem schweren Gang zurück ans Tageslicht Augen für die steinerne Frauengestalt in der kleinen Nische hatte, die in den Fels des Ganges geschlagen war.

Weitere Jahrhunderte zogen wechselhaft über Gelnhausen hinweg, bis kurz nach dem Ende des bislang blutigsten aller Kriege ein junges Paar Gang und Nische entdeckten und sich zu Füßen der Statue liebten. Auch diese Liebe war nicht frei von Schuld. War doch die junge Frau verheiratet und ihr Geliebter der beste Freund ihres Ehemannes. Die steinerne Frau würde der Liebenden sechzig Jahre später das Leben nehmen, das sie hingab für einen Menschen, den sie mit allen Fasern ihres großen Herzens liebte.

Diese Statue letztlich zu finden blieb mir, Martin Langer, vor zwanzig Jahren vorbehalten. Besser wäre es gewesen, ich hätte sie nicht entdeckt. Dann wäre mir auch erspart geblieben mitansehen zu müssen, wie Kriminelle mit Handgranaten den Stollen unterhalb der Nische sprengten und dabei Menschen unter Gestein und Erdreich begraben wurden.

Nur wenig später habe ich meiner damaligen Frau Monika und dann meinem Schwiegervater Tom Schlosser den Gang und auch die steinerne Frau gezeigt. Heute weiß ich, dass dies ein schwerer Fehler war, der Verstoß gegen ein uraltes Gesetz, den ich sehr, sehr bedauere. Leider kann ich mein Tun nicht ungetan machen. O, wie gern ich es ungeschehen machen möchte! Und ich weiß, Tom geht es nicht anders. Doch unser Bedauern, unsere Reue ist bedeutungslos. Das Geschehene ist halt untilgbar geschehen und nicht wiedergutzumachen. Auch wenn die steinerne Frau heute wieder an ihrem angestammten Platz in dem Gang steht, der wiederum von Tom versiegelt, jetzt nicht mehr erreichbar ist.

Was mich in meinen anwaltsfreien Stunden bewegt und zunehmend beschäftigt, ist die Frage, wie es möglich ist, dass eine Statue aus leblosem Stein einen Menschen so fasziniert, ja so sehr in ihren Bann ziehen kann, dass dieser Mensch seiner eigenen Vernunft nicht mehr mächtig, ihr hörig wird. Ich hätte früher jeden für durchgedreht gehalten, der mir so etwas hätte aufschwatzen wollen.

Heute weiß ich es bedauerlicherweise besser. Meine Frau Monika, von mir liebevoll Mona genannt, wurde der steinernen Statue hörig. Sie erlitt daran einen so schweren Nervenzusammenbruch, dass sie in die geschlossene Abteilung einer psychiatrischen Anstalt in Frankfurt eingewiesen werden musste. Aus dieser ist sie vor gut zehn Jahren geflüchtet und seitdem spurlos verschwunden.

Hoftag von Konstanz
Im März des Jahres 1153

Länger als gedacht wird König Friedrich in Konstanz festgehalten. Die ursprüngliche Planung sah die feierliche Beeidung der zwischen Kurie und Hof vereinbarten Bedingungen seiner Krönung zum Kaiser durch Papst Eugen III. vor.

Nach Festlegung und Bekanntgabe des Termins für die Romfahrt hatten die Delegationen, die des Reichs, welche von den beiden Bischöfen Anselm von Havelberg und Heinrich von Konstanz geleitet wurde, und der Kurie in Rom getagt und schnell, bereits im Dezember 1152, gemeinsam ein Vertragswerk vorgelegt, das nun in Konstanz unterzeichnet und beeidet werden sollte. Schwierige Probleme gab es nicht zu entscheiden. Der Vertrag sollte hauptsächlich eine vertrauensbildende Grundlage darstellen für sich künftig ergebende mögliche Konfliktsituationen zwischen Hof und Kurie. Ansonsten sollten alle Absprachen guten Glaubens erfolgen, aber ›im freien und gemeinsamen Konsens geändert‹ werden können.

Im Vertrag von Konstanz, so benannt nach dem Ort seiner Beeidung am dreiundzwanzigsten März 1153, verpflichtet sich der König, die aufständische Stadt Rom ›seinen Möglichkeiten gemäß‹ zu unterwerfen zur Sicherung des Kirchenstaates und der päpstlichen Rechte. Auch garantiert er, Frieden weder mit den Normannen auf Sizilien – die aus königlicher Sicht Usurpatoren (›invasor imperii‹) sind, da Süditalien zum Reich zählt – noch mit den Römern ›ohne Konsens und Willen der römischen Kirche‹ zu schließen und byzantinischen Besitzansprüchen ›diesseits des Meeres‹, also in Italien entgegenzutreten.

Im Gegenzug verspricht Papst Eugen III. König Friedrich I. zum Kaiser zu krönen, sich an der Vertreibung der Byzantiner aus Italien zu beteiligen, und den künftigen Kaiser bei seiner Herrschaftsausübung zu unterstützen. Zudem erklärt sich der Papst bereit, den Bann gegen Umstürzler im Reich zu verhängen, und, ganz speziell, Erzbischof

Heinrich von Mainz seines Amtes zu entheben. Wie schon wiederholt betont, König Friedrich kann unangenehm nachtragend sein.

Ja, und noch ein persönliches Anliegen Friedrichs soll im Dom von Konstanz, in Gegenwart zweier päpstlicher Legaten, Erledigung finden, und zwar ganz im Sinne des Königs: Seine Ehe mit Adela von Vohburg wird endlich annulliert.

Doch Unvorhergesehenes geschieht. Der König wird in Konstanz mit bestehenden Problemen zwischen den italienischen Städten konfrontiert. Zwei Kaufleute aus der Stadt Lodi klagen gegen die Angriffe auf ihre Freiheit und die Behinderung des Handels durch Mailand, das ihnen einen eingerichteten Markt verboten hätte.

Der Konflikt zwischen Mailand und Lodi war Teil eines brutal geführten Verdrängungswettbewerbs der Stadtstaaten in der Lombardei. Jeder begehrte ein immer größeres Stück des Handelsmarktes für sich. Dass es dazu kommen konnte, war Folge der politischen Entwicklung in Norditalien. Die Bürger der Städte hatten ihre Selbstverwaltung gegen die Vertreter der Kirche durchgesetzt. Das Reich war im Laufe des letzten Jahrhunderts immer weniger präsent geworden. Deshalb konnten die oberitalienischen Städte unbestraft von irgendeiner Obrigkeit aufeinander einschlagen, ja richtiggehende Kriege führen (so Venedig gegen Ancona und Pisa gegen Genua), ihre Territorien vergrößern und Einflussbereiche zum Nachteil der schwächeren Kommunen ausdehnen.

Die Lodeser Kaufleute bitten auf dem Hoftag zu Konstanz den König in seiner Funktion als Wahrer von Recht und Frieden:

> »... durch Brief und Boten den Mailändern zu befehlen, den Lodesen den erwähnten Markt wiederherzustellen und ihnen weiterhin zu erlauben, ihn künftig an dem Ort zu halten, an dem er gewöhnlich durchgeführt wurde.«

Friedrich gewährt den Lodesen, was diese von ihm begehren. Er heißt seinen Kanzler Arnold von Selenhofen einen entsprechenden Brief auszufertigen und durch einen Boten, einen Mann namens Sicher, nach Mailand bringen zu lassen mit dem Befehl, die Verlegung des Marktes von Lodi rückgängig zu machen. Die Mission Sichers scheitert jedoch gänzlich. Zwar reist er nach Italien und übergibt auch das königliche Schreiben an die Konsuln Mailands. Die verlesen es vor den Bürgern der Stadt und werfen es dann demonstrativ, weil wutentbrannt über die Anmaßung des Königs, zerknüllt auf die Erde, um es dort mitsamt dem Siegel, das den thronenden König zeigt, zu zertreten. Der Gesandte Sicher muss ohne jede Ehrerweisung des Nachts Mailand verlassen.

Nachdem Sicher das Geschehene König und Fürsten berichtet hat, beschließen diese voll Zorn sogleich mit einem großen Heer in die Lombardei zu marschieren. Das Zertreten des Siegels auf dem Boden ist eine schwere Verletzung der Ehre des Königs, da sein Abbild seine stete Anwesenheit symbolisiert, und zugleich eindeutiges Zeichen der Ablehnung des königlichen Herrschaftsanspruchs. Auch stellt die verweigerte Ehrung des Gesandten Sicher eine Missachtung des Königs selbst dar. Das ganze Verhalten der Mailänder drückt deren Ansicht aus, dass der König nicht zur Ausübung schützender Herrschaft befähigt sei. All das ist für Friedrich und die Fürsten nicht akzeptabel. Auch ohne die schon zuvor geplante Reise nach Rom zur Kaiserkrönung und zur Heerfahrt gegen die Normannen hätte das Verhalten der Mailänder genügend Anlass für einen Italienzug geboten.

*****

Kurz nach Abschluss des Vertrags von Konstanz verstirbt Papst Eugen III., ein Römer wird als Anastasius IV. dessen Nachfolger und Friedrich sieht sich nicht mehr in der Pflicht, seinen Teil der dem verstorbenen Papst gegebenen Zusagen einzuhalten. So nimmt er im September 1153 trotz gegenteiliger Vereinbarung im Konstanzer Vertrag die seit dem Tod Konrads III. ruhenden Bündnisverhandlungen mit Konstantinopel wieder auf. Doch bald sollen diese Verhandlungen ins Stocken geraten.

Gelnhausen 2017
Langer macht sich Gedanken

Die Consanguinitätstafel – was für ein Wort! – von Abt Wibald von Stablos lässt mir keine Ruhe. Was war der Zweck für diese in Wibalds Briefbuch gefundene Aufzeichnung? Diese Fragen wecken, fast möchte ich sagen, natürlich, mein Interesse als Strafverteidiger. Wurde dieser Stammbaum aus längst vergessenen Ahnen etwa bewusst konstruiert?

Das lässt sich meines Erachtens nicht ausschließen. Einige gewichtige Gründe sprechen dafür. Und in mir verfestigt sich mehr und mehr der Eindruck, dass der geschätzte Friedrich Barbarossa ein ausgebufftes Schlitzohr war.

Barbarossas Bitte um Eheannullierung lag Papst Eugen III. vor, als die Verhandlungen zu der später Vertrag von Konstanz genannten Vereinbarung zwischen Kurie und Krone in Rom begannen. Beide, die Vertragsverhandlungen wie auch die Prüfung von Friedrichs Scheidungsbitte, fanden ohne Wibald von Stablo statt, der erstaunlicherweise nicht in die königliche Verhandlungsdelegation für Rom berufen worden war. Wibald, der den Papst persönlich kannte und unter Konrad III. wiederholt in Rom gewesen war, fehlte. Erst an der Abfassung der Beglaubigung des Vertrages von Konstanz ist er wieder beteiligt gewesen.

Warum die Abstinenz? Sollte auf diese Weise etwa verhindert werden, dass Wibald in Rom zu Friedrichs Scheidungsgesuch und zu dem von ihm erstellten Stammbaum befragt werden konnte? Wurde die Consanguinitätstafel also doch dem Papst vorgelegt? Und wenn ja, warum, wo sie doch offensichtlich nicht korrekt war? Wollte König Friedrich mit der Tafel etwa testen, wie weit der Papst aus eigenem Interesse bereit war ihm entgegenzukommen? Ohne Rücksicht auf das geltende kanonische Recht?

War vor diesem Hintergrund gar – sehr uncharmant gesprochen – ein ›Kuhhandel‹ denkbar, wenn Friedrich beim Hoftag in Konstanz gegen Annullierung seiner Ehe Papst Eugen III. schriftlich die Unterstützung des Reiches zusagen würde? Gegen die aufständischen Bürger Roms? Gegen die Normannen, die von Süden her auf Rom hindrängten? Zudem hatte der Papst obendrein ein originäres Interesse daran, dass ein unverheirateter König, erst recht ein Kaiser Friedrich für eine Heirat mit einer byzantinischen Prinzessin, die damals nicht zuletzt wegen einer Süditalien betreffenden Mitgift ernsthaft in Erwägung gezogen wurde, zur Verfügung stand.

Tatsächlich hat sich Friedrich nach Annullierung seiner Ehe um die byzantinische Prinzessin Maria Komnena bemüht, mit der er übrigens enger verwandt war als mit Adela.

Oder hat Friedrich doch seiner Verhandlungsdelegation eine genealogisch korrekte Aufstellung mitgegeben, aus der sich das tatsächlich inzestuöse Eheverhältnis ergab?

Oder hat sich Friedrich etwa auf einen der denkbaren Scheidungsgründe berufen, die da waren: Untreue, Nichtvollzug der Ehe, Unfruchtbarkeit Adelas. An keinen dieser Gründe mag ich glauben. Untreue wäre für Friedrich als Mann peinlich gewesen und hätte zudem nur zur Trennung, aber nicht für eine Scheidung ausgereicht. Nicht-Vollzug der seit fünf Jahren bestehenden Ehe war wenig glaubhaft und hätte zudem Friedrichs königlich-männliche Ehre gemindert.

Das Argument ›Unfruchtbarkeit Adelas‹ wäre bereits im nächsten Jahr widerlegt worden; denn Adela von Vohburg heiratete noch im Jahr 1153 Dietho von Ravensburg und bekam ein Kind. Dass Friedrich die Neuverheiratung Adelas nicht verhinderte, üblicherweise verbrachte eine untreue Königsgemahlin ihr restliches Leben in einem Kloster, verwundert mich nicht. So war es unter den Dreien im Jahre 1149 im Wäscherturm auf dem Burren vereinbart worden. Friedrich war halt ein Mann des Wortes. ›Pacta sunt servanda!‹, wie die alten Römer sagten.

Was aber war wirklich? Die letzte Antwort auf diese Frage bleibt wohl offen. Offiziell wurde als Annullierungsgrund ›zu nahe Verwandtschaft‹ genannt. Sei es drum. Der Rest ist Privatsache.

Geylenhusen
Im Jahre des HErrn 1153

Weiter, immer weiter geht sein Ritt: Bamberg (Osterfest am neunzehnten April) – im Mai in Erfurt und Heiligenstadt – Hoftag und Pfingstfest (siebter Juni) in Worms (Absetzung von Heinrich als Erzbischof von Mainz, Erhebung von Arnold, dem ehemaligen Kanzler, auf den Stuhl des Erzbischofs von Mainz) – Mitte Juli Abtei Erstein. Es ist ein Familienbesuch. Bertha, die Tochter von König Konrad III., ist Äbtissin von Erstein. Dann, merkwürdig, liegt über den restlichen Reisen des Jahres 1153 weitgehend ein großes Schweigen. Wo ist, wo war der König? Was ist Grund für sein Schweigen? Es heißt, der König hätte sich möglicherweise im Rhein-Main-Gebiet aufgehalten. Besuche in Würzburg und Worms sind wahrscheinlich. Für den September ist ein Aufenthalt in Regensburg dokumentiert. Allerheiligen feiert der König in Köln, das Weihnachtsfest und den Jahresanfang 1154 hingegen in Speyer.

*****

Jetzt ist er schon seit einem Jahr römisch-deutscher König. König Friedrich I. Er kommt weiterhin gern nach Geylenhusen, wenn er die Zeit dazu findet. Weil er die Menschen dort mag. Und das weite Tal. Dessen Lage zwischen den Hängen zweier Bergzüge. Und das breite blaue Band der Kinz, die dem Main zueilt, schiffbar ab diesem Ort. Gut für die Kaufleute und ihren Handel. Nun kann er anfangen seine Träume zu verwirklichen. Den Traum von seiner Pfalz zuerst. Dazu muss er die Landverhältnisse in seinem Sinne klären. Das wird jetzt ein Leichtes sein, seit Arnold Erzbischof von Mainz ist.

Doch es gibt natürlich einen weiteren, tieferen Grund, der ihn immer wieder nach Geylenhusen zieht. Gela. Sie ist in den langen Tagen, in der er sie nicht sehen konnte, noch schöner geworden. Ihre Rundungen sind nun weiblicher, reifer. Wie er sie begehrt! Zu ihr treibt ihn sein heftiges Verlangen. Sie zu sehen. Mehr noch sie zu lieben. Sie, die im Kloster auf der anderen Seite des Flusses bei den Prämonstratenser-Chorfrauen lebt. Das macht ihre Begegnungen schwer, selbst wenn er die Zeit findet Geylenhusen aufzusuchen. Aber noch mehr werden ihre Treffen erschwert durch sein neues Amt. Als König schwänzeln alle Höflinge und Speichellecker um ihn herum. Jeder Schritt wird beobachtet und registriert. Nicht einmal alleine jagen soll er jetzt mehr dürfen.

Immer, wenn er Gelnhausen besucht und dort den Büdinger Reichsbannforst allein durchstreifen will, so wie er es viele Jahre hindurch getan, als er hier jagte und sich im Walde mit Gela, der Edlen, traf. Jetzt soll das nicht mehr statthaft sein, weil er der König ist. Die Hofetikette sehe es anders vor, behaupten die Höflinge.

Die einsame Jagd auf das scheue Wild in den dunklen Wäldern mit all ihren Geheimnissen, die wollen mir meine Männer jetzt stehlen. Sie fürchten um mich und mein Leben. Lachhaft! Wie viele Jahre durfte ich allein durch die Wildnis streifen, mich widerspruchslos deren Gefahren stellen, ohne auch nur einmal besorgt daran gehindert zu werden. Im Gegenteil! Vater hat lauthals gelacht, wenn ich ihm von meinen Abenteuern berichtet habe. Und nun?!

Nun behaupten meine Höflinge, der Forstmeister müsse mit seinen zwölf Förstern auf mich aufpassen, mir vor Jagdbeginn einen Hund mit hängenden Ohren überreichen, der ein vergoldetes Halsband mit seidener Leine trägt und auf einer seidenen Decke und einem ebensolchen Kissen liegt. So ein Blödsinn! Ich will jagen und bei Gela liegen. Nichts sonst! Die Etikette schreibt auch vor, behaupten die Ministerialen, es sei ehrerbietig, unserem allerhöchsten Herrn und König, also mir, eine Armbrust zu reichen, daselbst mit einem Bogen aus Ebenholz, seidener Sehne und Hängeband, elfenbeinern Nuss und silbernem Pfeil. Der müsste mit Pfauenfedern besetzt sein und die Riemen sollen mit ebensolchen Federn gefüttert sein.

Was soll ich damit? Wer sich diese seltsame Etikette ausgedacht hat, der ist gewiss verhungert. Ich will mit meinen eigenen Waffen jagen. Die liegen mir in der Hand. Mit silbernem Pfeil. Wer hat sich solchen Unsinn ausgedacht? Bin ich etwa ein Kleinkind? Ein silberner Pfeil ist ungeeignet, ist viel zu schwer. Und Pfauenfedern. Diesen Blödsinn will ich geändert wissen. Es geht doch nicht darum, viel Geld für Ungeeignetes auszugeben.

Und dann ein weiterer Gipfel der Unmöglichkeit. Die Etikette fordert:

›Der Forstmeister folge dem König auf einem weißen Ross.‹

Und wenn die Jagd über Berg und Tal geht, dann sollen auch noch die zwölf Reichsförster des Büdinger Walds, jeder mit einer Armbrust versehen, zu Pferd mir, dem König, Jagdfolge leisten müssen.

Es kann doch nicht der Ehre des Reiches entsprechen, den König wie einen tumben Toren zu behandeln! Was soll das für eine Jagd werden, frage ich mich, wenn mir die Förster das Wild aufscheuchen und vertreiben?! Und wenn ich mein liebstes Wild, das Reh mit dem silberweißen Haar, jage, brauche ich keine neugierigen Blicke. Nein, dann will ich ungestört sein.

Jetzt soll das, was ich über die Jahre hinweg ohne Jagdmeister und Gefolge getan habe, auf einmal gefährlich sein? Unfug! Ich werde der Etikette eine Finte schlagen. Schon um mich mit Gela ungestört und unbeobachtet von geilen Knechten treffen zu können.

Das stete Lächeln auf seinem Gesicht spricht unwahr; denn tatsächlich ist Friedrich enttäuscht und innerlich höchst aufgebracht.

König Friedrich I.
Der lange Weg 1154

Speyer – im Februar: Bamberg – Ulm –Magdeburg (Ostern, vierter April) – Quedlinburg (elfter April) – Anfang Mai: Worms –Reise nach Schwaben: Göppingen – Batzenhofen – Augsburg (traditioneller Ausgangspunkt der deutschen Kaiser und Könige für Italienreisen; jetzt aber:) – In nur zehn Tagen eilt Friedrich von Augsburg nach Goslar, um dort das Herzogtum Bayern Heinrich dem Löwen zuzusprechen. Will er in Rom zum Kaiser gesalbt werden, dann setzt dies Frieden im deutschen Teil des Reiches voraus. Und den kann er nur erlangen, wenn er seinem Cousin Heinrich, diesem Nimmersatt, endlich das gierige Maul stopft.

Vielleicht verschluckt er sich ja an diesem großen Brocken! denkt Friedrich nicht ganz ernst. Noch immer empfindet er Sympathie für den jungen Mann, der jetzt Herzog von Sachsen und Bayern sein wird. Und er fühlt sich zunehmend matt. Das ständige Reisen, die ewigen Querelen, keine Zeit zur Verwirklichung der eigenen Pläne und Visionen finden, das erschöpft Kopf und Glieder. Lässt sie schwer werden.

Dann wählt der König die gleiche Reiseroute wie nach seiner Wahl vor zwei Jahren im April/Mai 1152, nur in entgegengesetzter Richtung über Dortmund und Köln nach Aachen. Friedrich fühlt sich von Tag zu Tag leerer, kraftloser. Sein Kopf ist heiß. Husten quält ihn. Er hofft auf Heilung durch eine Behandlung an der Heilquelle zu Aachen. Doch sie bringt nicht die ersehnte Besserung. Was kann er tun? Was ist zu tun? Friedrich entscheidet.

In einer frühen Morgenstunde bittet er wenige Vertrauten zu sich.

Rainald von Dassel und Abt Wibald von Stablo gehören dazu. Er trägt ihnen vor, was ihn belastet. Zwei Angelegenheiten sind es, die ihn vor allem beschäftigen, und welche er von ihnen vorangetrieben wissen will: Sein für den Herbst geplanter Zug nach Italien mit seiner Salbung zum Kaiser durch den Papst. Anastasius IV. heißt der Nachfolger von Eugen III. Das ist das eine Ziel. Zum anderen wünscht er ein spannungsfreies Deutschland – zumindest für die Dauer seiner Abwesenheit. Was er gegenwärtig hierzu hat beitragen können, das hat er in Goslar getan. Dann eröffnet er ihnen unter dem Siegel höchster Vertraulichkeit, dass er sich für die nächsten Wochen von allen Regierungsgeschäften fernhalten werde, bis er wieder vollgenesen sei.

»Mit unbekanntem Ziel. Nur Euch sei es gesagt, wenn Ihr es für notwendig erachtet, so schickt per Boten ein Schreiben an die Äbtissin Hildegard von Bingen, in deren Hände ich zunächst meine Heilung legen werde. Sie wird wissen, wie ich am schnellsten Eure Botschaft erhalte.

Entweder komme ich selber oder ich melde mich sodann durch einen mir Vertrauten bei Euch. Auch werde ich Euch vertraulich hin und wieder über meinen Zustand unterrichten. Ich spüre, wenn ich jetzt nicht diesen Schritt gehe, dann wird mein Leben nicht mehr lange währen.«

Seine Berater sehen sein aschfahles Gesicht, den fiebrigen Blick und hören das quälend harte Husten. Sie fürchten um ihn. Rainald von Dassel – auf dessen Schultern die Hauptlast an Verantwortung für das Reich in Friedrichs Abwesenheit ruhen wird, was ihn aber nicht schreckt; vielmehr wird ihm unwohl bei der Vorstellung, Friedrich könne nicht genesen und ein anderer Fürst würde König; womöglich gar dieser junge Ehrgeizling Heinrich der Löwe – sagt:

»Mein Herrscher, zögert nicht. Eilt und lasst Euch heilen. Wir hier werden schweigen und dafür Sorge tragen, dass Reich und Kurie Eurer baldigen Gesundung nicht abträglich sind. Der HErr, unser aller Vater und Beschützer, wird Euch und uns gewisslich segnen. Amen.«

*****

Die Zeit drängt unerbittlich weiter. Der König flieht – entgegen seiner ursprünglichen Planung nicht nach Kloster Rupertsberg, sondern unmittelbar nach Geylenhusen. Das Holzhaus, das Egbert auf Friedrichs Bitte hin im vorvergangenen Jahr vorgeblich für sich selbst hat oben im Wald nahe der Eiche errichten lassen, bietet ihm Unterschlupf.

Gemütlich ist es in dem kleinen Bau aus unbeschlagenen Eichenstämmen, mit weichen Fellen ist er ausgelegt und gar mit einer Feuerstelle versehen. *Wohl dem, der einen solchen Freund hat*, denkt Friedrich dankbar. Gela kümmert sich fürsorglich um ihn. Wie schmerzt es sie, den Geliebten leiden zu sehen. Sie kocht ihm eine Mixtur aus jenen Kräutern, die ihr Mutter Hildegard von Bingen für die fiebrige Erkrankung, wie sie dem König wohl zu schaffen macht, empfohlen hat. Doch die ersehnte Heilwirkung will weiter nicht eintreten. Friedrich wird stetig schwächer.

Er weiß, dass die Fürsten im Reich seine Abwesenheit beunruhigt. Besonders Heinrich der Löwe ist unberechenbar. Er verlangt den König zu sprechen. Es gibt keinen dringlichen Anlass für eine solche Audienz. Friedrich hat ihm doch, wie versprochen, das Herzogtum Bayern zugeteilt. Der Löwe aber fordert mehr. Vor allem will er bestätigt sehen, dass er bekommt, was er will. Wie beispielsweise die Zusage, dass er, der Herzog von Sachsen und Bayern, es ist, der das Reich regiert, wenn König Friedrich I. verhindert ist. Diese Zusage will und kann ihm – außer dem König – keiner geben. Reichskanzler Rainald von Dassel hält ihn hin. Doch wie lange wird es ihm gelingen? Friedrich überlegt ernsthaft, sich erneut nach Goslar zu begeben, um sich dort Heinrich zu stellen.

Ein solcher Ritt wäre sein Tod, fühlt Gela besorgt. *Ich muss ihn um jeden Preis verhindern. Was tun?*

Sie sieht nur einen Weg. Die Liebe lässt Angela ihr Nonnendasein verdrängen. Sie eilt in den verborgenen Gang. Dort ruft sie flehentlich nach Muhme Aja. Das kaum Gehoffte geschieht. Die Alte hört sie und erscheint. Angela erklärt ihr hastig die Notlage, in der sich ihr Geliebter und sie sich mit ihm befinden, und bittet die weise Frau und all ihre Götter flehentlich um Hilfe.

Muhme Aja schaut die junge Frau nachdenklich an:

»Oh, Gela, deine Liebe ist fürwahr mächtig. Dass du all das, was du deinem Gott geschworen, ohne jedes Zögern hingibst für das Leben eines sterbenskranken Manns. Wer kann, wer könnte einer solchen Liebe widerstehen?!«

Die Alte sinkt in sich zusammen, murmelt Unverständliches vor sich hin und schweigt, als würde sie inneren Eingebungen lauschen. Ängstlich beobachtet von Angela. Dann erhebt sich die Muhme und befiehlt:

»Gela, begib dich geschwind zu Friedrich. Sag ihm, was ich dir jetzt aufgebe. Ich wünsche ein paar Tropfen frischen Bluts von ihm. Sogleich! Er soll sein Messer in ein Feuer halten, bis die Flamme es gereinigt hat. Dann soll er damit in sein Fleisch sich schneiden, bis Blut rinnt. Fang etwas davon in einem Becher klaren Wassers auf und bring es her zu mir. Wenn er sich weigert, so zu tun, wie von mir vorgegeben, dann liebt Friedrich dich nicht, so wie du ihn liebst. Dann hat er weder deine Liebe noch sein Leben verdient. Und jetzt spute dich! Eile! Hol seinen Entschluss ein. Ich warte hier für eine gewisse Zeit.«

Die junge Frau hastet zurück hoch in den Wald zu Friedrich. In ihrem langen weißblonden Haar spielt leichter Wind. Sie bemerkt es nicht. Oben berichtet sie, heftig geht ihr Atem, was die Alte ihr gesagt und aufgegeben. Friedrich beobachtet sie schweigsam. Als sie alles gesagt, nimmt er sein Messer und legt es ins offene Feuer. Angela atmet erleichtert auf.

Vorsichtig, sie will ja nichts von ihrer kostbaren Fracht verlieren, steigt Gela dann erneut hinab zur Höhle. Die Muhme hat tatsächlich auf sie gewartet. Jetzt nimmt sie den Becher mit dem rötlich gefärbten Wasser entgegen.

»Nun muss ich mich sputen!«, sagt sie und heißt Gela, sie solle Friedrich über Nacht zu eben dieser Zeit hierher zu ihr in den Stollen bringen. Über deren Gesicht geht ein Leuchten auf.

Das bedeutet doch, die gute Muhme hat nichts dagegen, wenn ich dem Geliebten die Höhle zeige.

Zuversicht hält in Angela Einzug. Fast beschwingt läuft sie zum Wald hinauf.

*****

Jedoch die folgenden Nachtstunden sind zum Verzagen. Friedrichs Atmen geht hastig. Seine ständigen Hustenattacken empfindet Gela so, als wollten sie ihr das Herz im Leib zerschneiden. Beide Liebenden sind erleichtert, als sie den neuen Tag anbrechen sehen. Friedrich ist erbärmlich schwach. Er mag nichts essen und trinken. Als die Zeit naht, muss Gela Friedrich den Hang hinunterführen. Sein Gewicht lastet schwer auf ihr. Er zwingt sich zu gehen. Doch dann verlässt ihn seine Kraft vollends. Unter einer Hecke unweit der Godobertuskapelle wird eine Rast erforderlich. Angela nutzt die Zeit, um Friedrich auf seine erste Begegnung mit Muhme Aja vorzubereiten:

»Hör, mein Geliebter, was ich dir noch geschwind sagen muss, bevor ich dich zu Muhme Aja bringe. Erschrick nicht, wenn du sie siehst. Auf den ersten Blick wirst du denken, einen schlechten Dämon vor dir zu haben. Doch es ist nur ihr Gesicht, das mit schwarzen Zeichen verziert ist. Zudem wirst du argwöhnen, dass sich aus ihrem Kopf giftige Schlangen drängeln. Gefehlt. Es ist nur ihr strohblondes Haar, das sie zu Zöpfen geflochten. Sie ist aus dem Volk der alten Götter, die hier schon lebten, bevor die Christen kamen und die althergebrachte Ordnung störten. Doch ihr Anblick ist allein der äußere Schein. Schau ihre Augen! So einmalig strahlend blau. Durch sie siehst du ihr in ihr Herz, das gütig, hilfsbereit und barmherzig ist. Du wirst davon sogleich ein Wohlgefühl empfangen, das du nimmer mehr missen möchtest. Und ihre Stimme, wohlklingend, angenehm und ehrlich ist sie.

Doch sei nicht erzürnt, wenn du sie reden hörst. Sie kennt die rechte Form nicht und die Höflichkeit, mit denen wir hier am Hof aufgewachsen. Siehe es ihr nach.

Beherrsche dich auch; denn sie wird dich duzen, als wärst du ihr eigen Kind und nicht der König dieses großen Reiches. Sie weiß es besser, doch es ist nicht ihrs die Etikette zu wahren. Sie kennt dich und sie schätzt dich sehr. Ansonsten hätte sie mein Flehen nicht erhört und wäre nicht bereit, sich und ihr besonderes Geheimnis dir zu zeigen. Doch, dass sie beides tut, ist der sichere Beweis, wie sehr sie dir zugetan ist. Gewiss werdet ihr die besten Freunde werden.

Und jetzt, Geliebter, auf, nimm deine ganze Kraft in beide Hände. Es ist nicht mehr weit. Auf geht's! Der guten, alten Aja aufzuwarten.«

*****

Harmonie liegt über der Begegnung. Der König erschrickt nicht vor Ajas Erscheinung. Nein. Ein Blick in die tiefblauen Augen der Alten erfüllt ihn sichtlich mit Wärme und Vertrauen. Angela bemerkt es mit Freude.

Die Muhme reicht Friedrich einen kurzen, grünen Stock hin.

»Hier nimm diesen dünnen Ast, Friedrich. Schneide davon dreimal am Tage ein daumenbreites Stück ab. Kaue es gründlich und schlucke den Brei dann mit klarem Wasser herunter. Sei ein Mann, König. Es schmeckt arg bitter. Ich weiß. Aber, wenn du so tust, wie ich dir gesagt, dann wirst du in wenigen Tagen Besserung verspüren. Doch gib dann nicht auf, sondern kaue und schlucke weiter, wie ich dir gesagt, bis du den Rest des Astes verzehrt hast. Hörst du früher auf, kann es dein Ende sein.«

Forschend schaut sie ihn an. Lange. Sehr lange. Dann sagt sie und es klingt, als würde sie Schmerz und Trauer empfinden:

»Ich sehe, du wirst meine Worte beachten. Selbst dann noch, wenn der Tod dir naht.«

Sie legt ihre Hände auf seine Schultern, halsnah, und schließt dabei die Augen:

»Bis dahin ist es noch ein normales Menschenleben. Aus diesem Grunde sage ich dir der Weisheit Worte. Bewahre sie wohl. Das Wasser ist heilig, Friedrich.«

Fast singt sie die folgenden Sätze:

»Es ist unser aller Anfang. Wir kommen aus dem Wasser. Und wir werden wieder zu Wasser. Genieße es mit Ehrfurcht und Andacht. Sei nie verächtlich zu ihm. Das wäre dumm und würde dir nur schaden. Unter Yggdrasil, dem Weltenbaum, ist die Quelle der Weisheit, der kraftvoll reißend Wasser entströmt.

Geh sorgsam und niemals verschwenderisch mit ihm um. Es ist kostbar. Und danke den Göttern, die es uns gewähren.

Trinke es nur, wenn du den Born kennst, aus dem es frisch aufgefangen wird in saubere Gefäße. Wenn du es nicht selber schöpfst, nimm es nur entgegen von Menschen, die es achten und denen dein volles Vertrauen gehört.

Trinke es frisch und rein, wie es aus der Erde kommt. Wasser, das längere Zeit missachtet wurde, rächt sich gerne.

Wasser kommt aus dem kühlen Dunkel der Erde. Es hasst das warme Licht der Sonne. Wenn du keinen nahen Quell weißt, du aber altes oder unreines Wasser mit dir führst und dir nach Wasser gelüstet, dann lasse es über heißer Flamme kochen. Bitte dabei die Götter, sie möchten die bösen Geister in ihm im Dampf vergehen lassen.«

Die Muhme öffnete ihre Augen wieder. Es scheint Friedrich, als würde sie aus tiefem Schlaf erwachen.

»Und, Friedrich, begegne den Göttern mit geziemender Furcht.

Verletze sie nicht in ihrer Ehre, so wie du nicht in der deinen verletzt werden möchtest. Und bedenke, über allem schwebt die Liebe.«

Kurz noch ruhen ihre Hände mit leichtem Druck auf seinen Schultern.

»Wir werden uns wiedersehen, Friedrich!«, sagt sie bestimmt, aber mit sanfter Stimme. Dann trennt sich Muhme Aja von ihm, dreht sich um und geht wieder in den Stollen hinein, bis seine Augen sie im Dunkel verlieren. Es kommt Friedrich vor, als würde sie sich in Nichts auflösen.

*****

Sechs Tage später fühlte Friedrich sich genesen. Zwei Tage weiter war der bittere Ast zur Gänze nicht mehr. Eine Woche noch benötigte er, um zu alter Kraft zu gelangen. Herrliche Tage voll Liebe.

Bevor Friedrich aber Gela für dieses Mal endgültig verlässt, um zu seinem ersten Italienzug aufzubrechen, bedankt er sich inniglich bei ihr, für all das, was sie für ihn in den vergangenen Wochen getan hat.

»Ohne dich, mein Schatz, wäre ich jetzt nicht mehr. Ohne die alte Aja, die deiner Bitte gefolgt ist und mir mit ihrem bitteren Holz zum Wiedergesunden und zu neuer Kraft verholfen hat, wäre ich jetzt tot. Wie kann ich das nur wieder gutmachen? Wie kann ich dir nur dauerhaft meine Liebe und meine ewige Dankbarkeit versichern? Weißt du was, Gela, wenn ich zurückkomme aus Italien, dann werde ich unten auf der Insel im Fluss meine neue Pfalz errichten lassen. Die schönste von allen. Und dann werden wir diesen Ort hier oberhalb der Pfalz nicht mehr Geylenhusen heißen, sondern Gelahusen. Nach dir, die du all das ermöglicht hast.«

Bevor Gela etwas sagen, ja gar etwa einwenden konnte, da hatte sie Friedrich schon fest in seine Arme genommen und begonnen sie so inniglich zu herzen, dass es ihr fast den Atem raubte und sie so angenehm davon berührt war, dass sie alle Einwände vergaß.

Dann drängte ihn sein Pflichtgefühl zum Aufbruch. Eine letzte Nacht, viel zu kurz, gönnte er sich und Gela. Beide ahnten, dass sie sich für lange Zeit nicht sehen würden. Dann schwang er sich aufs Pferd und ritt von dannen. Ohne sich umzusehen. Gela musste nicht sehen, dass er weinte.

*****

Anfang Oktober 1154 kam König Friedrich von Norden her über Bayern nach Schwaben, wo sich auf dem südlich von Augsburg gelegenen Lechfeld, die weltlichen und kirchlichen Fürsten und Ritter mit ihren Gefolgen versammelt hatten, die ihn auf seinem Zug nach Italien begleiten wollten. Er gab das Zeichen zum Aufbruch.

Es ist nicht nur der Reichtum der oberitalienischen Städte, von dem König Friedrich seinen Teil haben will; auch nicht allein sein Wunsch zum Kaiser gekrönt zu werden. Nein, vor allem treibt ihn seine verletzte Ehre. Die will er wiederhergestellt und gerächt wissen. Niemand darf ein Schreiben vom ihm unbestraft so despektierlich behandeln, wie es die Mailänder getan haben, die es in aller Öffentlichkeit ›mitsamt dem Siegel auf den Boden zerknüllten und zertraten ihn mit ihren Füßen.‹

›Wie ein Feuerfunke das ganze Haus anzündet, so entflammten diese Worte das Herz des Königs und aller Fürsten.‹

Rache für erlittene Beleidigung zu nehmen war das erste Ziel, als der Staufer im Oktober 1154 nach Italien aufbrach.

Gelnhausen 2017
Langer denkt an das Ginkgo-Bäumchen

Wieder dringt das Jaulen eines Folgetonhorns, wie der Gesetzgeber das Martinshorn zu benennen beliebt, durch die offenen Fenster in mein Büro. Ein Rettungswagen ist im Einsatz und fordert freie Fahrt von anderen Verkehrsteilnehmern. Oft geht es um menschliches Leben. Die Main-Kinzig-Kliniken liegen unweit unserer Anwaltskanzlei im Herzbachweg. Mich erinnert das Ertönen des Einsatzhorns regelmäßig an das ›Memento Mori‹ der alten Römer. ›Gedenke des Todes!‹ Die beiden ›M‹, die wir Menschen in unseren beiden, leicht gewölbten Handflächen erkennen können. Wenn wir es wollen. ›Memento Mori‹.

Ich kann mich noch sehr gut an das beschauliche Krankenhaus vor sechzig Jahren erinnern, das auch schon im Schöffer-Park, wie die Gelnhäuser die großzügige Anlage nannten, lag, den großen See in dessen Mitte, mit der Insel, den Enten und den Anglern, die nach Rotaugen fischten. Den Park hatte dereinst der Großkaufmann Ludwig Wilhelm Schöffer, Mäzen der Stadt wie sein älterer Bruder Conrad Heinrich, rund um die Villa Withu, in der er mit seiner Familie wohnte, anlegen und zahlreiche exotische Bäume darin pflanzen lassen. An einen davon erinnere ich mich besonders gern. Er verhalf mir kurzzeitig zu besonderem Ruhm.

Es ist nur ein kleines Bäumchen gewesen, östlich des Haupthauses hatte es auf dem leicht abfallenden Rasen gestanden unterhalb der Villa, die damals als Schwesternhaus genutzt worden ist. Wenn ich es richtig weiß. Ich habe mich damals nicht sehr für die weiße Villa im Park interessiert. Mir war mehr an dem speziellen Baum, der vor ihr auf dem Rasen stand, und dessen Blättern gelegen. Ich habe das eine Blatt, das ich vor nunmehr bald fünfzig Jahren von diesem Baum gepflückt habe, wie ein rohes Ei behandelt. Es ist mein ganzer Stolz gewesen. Vater Langer hat mich darauf aufmerksam gemacht. Auslöser war eine Hausaufgabe im Biologie-Unterricht, die uns der Lehrer gestellt hatte. Wir sollten in den Sommerferien Blätter von möglichst vielen verschiedenen Bäumen, Büschen und Sträuchern sammeln, trocknen, pressen, in ein Heft kleben und daneben zeichnen und beschreiben. Meine Klassenkameraden und ich haben uns mit Feuereifer ans Sammeln gemacht. Zumindest die meisten.

Heute, so vermute ich, wäre das in etwa vergleichbar mit dem Sammeltrieb, der unter jungen Burschen herrscht, wenn es gilt vor einer Fußball-Weltmeisterschaft das Panini-Album mit den Bildern der beteiligten Spieler voll zu bekommen. Wer es schafft, ist der King. Nur damals, vor gut einem halben Jahrhundert, gab es keine Tütchen mit Bildern oder getrockneten Blättern zu kaufen, nein, wir mussten alles selber machen: das Album, die Felder einzeichnen und die Bilder, sprich Blätter, sammeln. Der Ehrgeiz von uns Schülern war, möglichst ganz ungewöhnliche Blätter, ›Panini Gold‹-Sticker halt, zu finden. So nach dem Motto ›Ich hab ein Blatt, das kein anderer hat!‹.

An einem Sonntagmorgen habe ich beim Frühstück von meinem Problem erzählt. Und Vater Langer fragte:

»Maddin, hast du schon im Schöffer-Park geräubert?«

Ich: »Warum?«

»Ei, da steht doch ein Exemplar vom ältesten Baum der Welt.«

Ich, hellhörig, mit ganz spitzen Ohren: »Vadder, veräppel mich nedd!«

»Nee, mach ich nedd. Wirklich wahr. Komm, nimm dein Drahtesel nach dem Frühstück, und ich zeich ihn dir.«

So haben wir es damals gemacht. Und Vater Langer hat mich zu dem Ginkgo-Bäumchen mit seinen Fächerblättern hingeführt. Es stand auf dem Hang vor dem Schwesternhaus, das vormals, Villa Withu geheißen, das Haus der Familie Schöffer gewesen war. Allein hätte ich es niemals gefunden. Wirklich nicht. Es wirkte so unauffällig, unscheinbar. So wie manche Menschen, denen man nichts zutraut, es tatsächlich faustdick hinter den Ohren haben.

»Martin, awwer top-secret! Nedd, dass deine ganze Räuwerbande von Klasse über des Bäumche herfällt wie e Armee von Maikäwwern.«

»Großes Ehrenwort, Vadder!«

Das Blatt war der große Renner in den Blattsammlungen. Es stammte vom damals gewiss einzigen Ginkgo im Großraum Gelnhausen. Heute ist der exotische Baum hierzulande keine Seltenheit mehr. Selbst auf dem Parkplatz des Hotels ›Burgmühle‹, unweit der Barbarossaburg, steht ein wohlgeratenes Exemplar. Der einsame Ginkgo-Baum im Schöffer-Park wie auch die Villa Withu selbst jedoch mussten schon vor geraumer Zeit Beton weichen. Heute steht da das Fachärztehaus neben den Main-Kinzig-Kliniken.

Mann! Wie mir der Gedanke wehtut!

Mein Heft mit der damals angelegten Blättersammlung und meinen Bleistiftzeichnungen dazu habe ich immer noch. Dank sei meiner Mutter, die es in der Schublade ihres Schreibtischs aufbewahrt hat. Im Herbst vor zwei Jahren ist es mir wieder einmal zufällig in die Hände gefallen. Viele Erinnerungen, auch an das Ginkgo-Bäumchen und Vater Langer, wurden wach, als ich darin geblättert habe. Natürlich kenne ich als Liebhaber von Goethes Werken auch dessen berühmtes Ginkgo-Gedicht aus dem ›West-östlicher Divan‹:

›Dieses Baums Blatt, der von Osten meinem Garten anvertraut‹ und so weiter, bis hin zur Schlusszeile: ›Dass ich eins und doppelt bin?‹.

Damals, vor zwei Jahren, aber habe ich meine persönlichen Gedanken zu diesem speziellen Blatt aufgeschrieben:

Ginkgo im November

Fahllicht. Nordwind. Nächtens eisig.
Stamm graubraun. Starr. Dürres Reisig.
Verloren' Blatt, glatt auf dem Grund
zergehend gibt Vergang'nes kund:
Als noch an behänden Zweigen
Laub grün wuchs wie Falterreigen.

Urbaum weiß seit alten Zeiten,
Herbst heißt Künft'ges vorbereiten.
Atem holen, Kraft erwerben,
Hoffnung schöpfen, Leben erben.
Hab' den Fächer aufgenommen
und als Zeichen mitgenommen.

Gelnhausen 2017
Die Harmonie der Liebenden

Tobias hilft Katja bei der Gestaltung einer Geburtstagskarte für Alexander, dem jüngeren ihrer Brüder, die beide älter als sie sind. Martin Langer verfolgt das Treiben der beiden, die am Esstisch im Wohnzimmer sitzen. Wie ungeschickt sich Katja anstellt. Oder tut sie nur so?

Wie hilfsbereit Tobby ist. Wie geduldig. Dabei ist Geduld nicht unbedingt die von ihm bevorzugte Charaktereigenschaft. Aber heute. Erstaunlich!

»Das sieht klasse aus, Kati. Versuch es noch einmal. Nimm diesmal einen breiten Pinsel, diesen hier, und mach damit das Blatt nass. Im Querformat. Richtig feucht. Oben beginnend vom linken Rand bis hin zum rechten Rand. Ganz locker. Und jetzt wieder ins Wasserglas tauchen, den Pinsel dann abstreifen. Genau sooo. Und dann wieder locker aufs Blatt. Mein Opa hat mit mir gekämpft, bis ich mich dabei nicht mehr verkrampft habe. Du kannst dir nicht ausmalen, wie lange ich gebraucht habe, bis ich den richtigen Dreh draufhatte. Du machst das besser. Deutlich besser. Ehrlich!«

»Komm, Toby, nun übertreib mal nicht. Ich merk doch selber, dass ich mich dabbisch anstelle.«

»Tust du gar nicht. Du bist nicht tappig, nur ein wenig verkrampft, weil das Aquarellmalen neu für dich ist, und du es gerne gleich richtig machen willst.«

Und alles, was Katja macht, wird von ihm gelobt. Und sie lobt ihn zurück: »Jetzt habe ich endlich verstanden, wie das geht. Du kannst so prima erklären.«

Die Harmonie, die zwischen den beiden herrscht. Sie ist ansteckend. Die beiden sind so ineinander versunken, mit sich beschäftigt, dass sie meine Anwesenheit offensichtlich gänzlich ausgeschaltet haben. Mir geht richtig das Herz auf in ihrer Nähe. Obwohl, etwas peinlich ist es mir schon. Ich komme mir vor wie ein Spanner. Ich greife mir den blauen Ordner und verziehe mich diskret in mein Arbeitszimmer.

»Siehst du, Kati-Schatz, jetzt hast du's raus!«, hör ich meinen Sohn noch jubeln. Ich bin glücklich. Wie lässt Goethe in ›Hermann und Dorothea‹ doch so trefflich den Geistlichen sagen:

»Glücklich ist der, dem sogleich die erste Geliebte die Hand reicht,
Dem der lieblichste Wunsch nicht heimlich im Herzen verschmachtet!
Ja, ich seh es ihm an, es ist sein Schicksal entschieden.
Wahre Neigung vollendet sogleich zum Manne den Jüngling.
Nicht beweglich ist er; ich fürchte, versagt Ihr ihm dieses,
Gehen die Jahre dahin, die schönsten, in traurigem Leben.«

Ich freue mich für meinen Sohn, für Katja, für die beiden. Ja, und darüber hinaus bin ich zudem erleichtert, dass die Medikamente, die Tom verschrieben worden sind, offensichtlich wirken. Wir wissen alle, dass seine Erkrankung gegenwärtig als nicht heilbar gilt. Doch Tom und alle, die um sein Leiden wissen, sind für jede aufschiebende Wirkung und jede Erleichterung dankbar.

Ja, Tom hatte recht, als er mich einen »Bedenkenträger«, schalt. Gut so! Und meine Ängstlichkeit, die beiden TobToms allein für eine knappe Woche zum Besuch der Biennale nach Venedig reisen zu lassen, war grundlos. (Was habe ich für einen Bammel gehabt. Mein kleiner Sohn mit seinen gerademal anderthalb Meter Körpergröße und sein behinderter Großvater allein in der Fremde. Wie konnte das klappen?! Wie habe ich Herrn Zaunapfel, den Frankfurter Kunsthändler, innerlich verflucht, der die Idee hatte, TobTom nach Venedig zu entführen. Wie habe ich die Pobacken zusammengekniffen, um meine Angst und meine Bedenken zu unterdrücken. So gut es ging! »Bedenkenträger!« Übel war mir. Umso größer war die Erleichterung, als ich meine beiden großen Künstler im Rhein-Main-Flughafen quietschfidel, wenn auch übernächtigt wieder in Empfang genommen habe.

»Viva Arte Viva! Hoch, die Kunst. Hoch! Es lebe die Kunst. Die Kunst, sie lebe!«, begrüßten sie mich. Und dann wurde ich mit Informationen von beiden Seiten zugleich überflutet.

»Hast du gewusst, Vati, dass die Biennale hauptsächlich in mehreren riesigen Werfthallen, in Arsenal« ... »Das ist kein Londoner Fußballclub« ... »einem Ortsteil von Venedig stattfindet?« ... »Dort haben sie seit Jahrhunderten Schiffe gebaut.« ... »Napoleon hat ein Teil der Hallen abreißen lassen, weil er Riesenschiffe haben wollte. Wahnsinn!« ... »Heute ist dort die Führungsakademie der italienischen Marine zuhause« ... »Die Mariner verziehen sich aber, wenn die Kunst kommt« ... »Der Beitrag der Kunst zum Weltfrieden!« ... »Martin, wenn du den Verhau siehst, der dort als Kunst ausgestellt ist, dann sagst du auch: Lieber verrückte Künstler als größenwahnsinnige Feldherren!« ... »Vati, am besten hat mir eine riesige Hängebrücke gefallen. Die bestand nur aus Tauen und Bändern. Aber die Besucher konnten daran hängen, was sie wollten. Visitenkarten, Ansichtskarten, Chips-Tüten und und.« ... »Daraus entstand ein riesiges buntes Gemeinschaftswerk von Künstlern und Besuchern. Großartig.«

Und so ging das in einem fort. Mir schwirrte der Kopf.

*****

Wir brachten Tom nach Hause in die Wursthofgasse. Mein Ex-Schwiegervater war müde und sehnte sich nach seinem Bett. Tobby aber wollte mit mir nach Gelnhausen kommen und auf der Dürich übernachten. Ich hatte so meine Ahnung, was ihn nach Gelnhausen zog. Auf der Fahrt wurde er immer ruhiger. Der Kleine sinnierte vor sich hin. Kurz vor der Abfahrt ›Gelnhausen-West‹ brach es dann aus ihm heraus:

»Vati, ich bin von Kunst und Eindrücken jetzt erst einmal randvoll. Weißt du, was mir am allerbesten gefallen hat? Es war ein Vorschlag von Opa. Vorgestern Früh sind wir um halb fünf Uhr aufgestanden in unserem Palazzo-Prachtzimmer, haben uns angezogen und dann sind wir durch schmale, hohe Gassen zum ›Piazza San Marco‹, dem Markusplatz, gegangen. Bis auf zwei Männer und eine müde Taube ist uns niemand begegnet. Dort, auf dem großen Platz von San Marco, haben wir uns auf eine Bank zwischen die beiden hohen Säulen gesetzt. Hinter uns der Dogenpalast und der Campanile, vor uns schwappte das

Wasser im Canale Grande. Es herrschte hoher Wellengang. Der herrliche Blick rechts rüber auf die Basilika Santa Maria della Salute. Der einsame Schrei einer Möwe. Und dann ging irgendwann durch dicke Wolken die Sonne auf. Vati, da habe ich alle Kunst vergessen. Das war so schön. Richtig italienisch kitschig schön und dabei doch echt. Der Höhepunkt war, als der Glockenschlag von Campanile erklang. Der Ton schwang noch nach. Dann wurde es laut, und der Markusplatz voll. Emsige Händler, neugierige Touristen. Der neue Tag begann. Und ...«

Tobby hielt kurz inne, bevor er weitersprach: »... weshalb ich dir das erzähle? Ich habe gedacht: Schade, dass Vati jetzt nicht bei uns ist. Und Opa ging es, glaube ich, ebenso; denn er sagte: ›Genauso wie wir heute hat schon Barbarossa bei seinem Venedig-Besuch m Jahre 1177 den Markusplatz erlebt. Martin würde es hier gefallen. Aber er klebt ja an seinem blauen Ordner.‹ So jetzt weißt du Bescheid.«

»Tobby«, antwortete ich mit einem dicken Kloß im Hals. »Tobby, du bist ein ganz ein lieber Schlawiner!«

Was Gela hört
Meerholz im Jahre des HErrn 1155

Der König ist gen Italien. Zeit verstreicht. Die Daheimgebliebenen warten auf Nachrichten. Auch im Kloster der Prämonstratenserinnen zu Meerholz harrt man neugierig, auf Informationen hoffend. Sind doch auch Mannen aus Selboldt an dem Italienzug beteiligt. Doch die erste Mitteilung, die die Schwestern erreicht, löst Erschrecken aus. Schwester Angelas Bruder Egbert, Graf von Selboldt und Geylenhusen, wurde verwundet und ist vorzeitig nach Selboldt zurückgekehrt. Was ist geschehen? Wie schwer ist seine Verwundung?

Die Ungewissheit währt nur kurz. Jetzt ist der Graf nach Meerholz gekommen, damit die Nonnen seine Verletzung behandeln. Drei Finger fehlen an seiner linken Hand. Und natürlich ist Grund für sein Kommen auch der Wunsch, seine kleine Schwester Angela zu sehen. Die steht mittlerweile schon in ihrem einundzwanzigsten Lebensjahr. Ihre Begegnung ist herzlich. Die Geschwister fallen sich gegenseitig in die Arme, kaum dass sie allein in Gelas schlichter Klause sind. Dann sagt Egbert nach einem Augenblick des Schweigens:

»Gott sei's gedankt, dass er mir Daumen und Zeigefinger gelassen hat. So kann ich wenigstens noch nach deiner Nasenspitze greifen.«

Doch dann ablenkend, ernster:

»Gut schaust du aus, Gela. Groß bist du geworden.«

Angela geht auf sein Kompliment nicht ein. Sie hat viele Fragen:

»Nun tu nicht so, Egbert, als hätten wir uns eine Ewigkeit nicht gesehen. Es ist doch gerade mal ein halbes Jahr vergangen, seit du dich verabschiedet hast. Bitte erzähl mir, was hast du erlebt? Was ist dir widerfahren? Wie hast du dir diese unschöne Verletzung zugezogen? Alles! Hörst du: Alles!«

Jetzt wird auch ihr Bruder sachlicher:

»So sei es denn. Im letzten Herbst bin ich also zum zweiten Mal in meinem Leben nach Italien aufgebrochen. In den Alpen war es schon frisch. Der Winter würde bald nahen. Ich musste an Kaiser Lothar denken und dessen Ende im Kochkessel. Achtzehn Jahre sind seitdem vergangen. Damals war ich ein Knappe, der Befehle ausführte. Jetzt ein Ritter und Edelmann, der selbst Befehle gibt, und der enge Freund eines Königs, der auf dem Weg ist, sich zum Kaiser krönen zu lassen. Was für eine Laufbahn. Ich staune immer noch, Schwesterchen.«

Gela, leicht ungeduldig:

»Und, habt ihr sehr mit Schnee und Frost kämpfen müssen?«

»Nein, gar nicht. Schnee haben wir nur aus der Ferne auf den fernen Berggipfeln gesehen. Es war zwar kühl, aber noch erstaunlich warm für die Jahreszeit. Und auf der italienischen Seite kam es mir vor, als wäre der nächste Lenz bereits angebrochen.«

»Ach, Italien, das muss wahrlich ein herrliches Land sein.«

»Da hast du recht, Schwester. Das Land ist schön. Und es soll gen Süden zu immer schöner werden. Da macht es wohl Lust zu reisen. Die Menschen, aber, die Menschen, soweit ich sie kennengelernt habe, sind eigen. Zum einen fröhlich und von großer Gastfreundlichkeit; zum andern aber trickreich, hintertrieben und verlogen.«

»Das klingt nicht gut, ja, gar unerfreulich, Bruder. Was hat dich diese strenge Ansicht finden lassen?«

»Weißt du, Gela, Krieg ist stets eine Zeit trauriger, trostloser Botschaften. Auch wenn ein Kriegszug für eine Seite siegreich verläuft, so ist sie auch für die triumphierende Partei mit Opfern verbunden. Tote Kämpfer, ...«

Egbert warf einen Blick auf seine Linke.

»...verwundete Kämpfer auf beiden Seiten, und auch unter den Menschen, die nicht kämpfen, auf deren Grund und Boden aber das Schlachten – das Ringen um den Sieg genannt – stattfindet.

Es hat schon auf dem Hoftag von Roncaglia angefangen. Ende November, Anfang Dezember letzten Jahres. Eigentlich hat der König vorgehabt, dort den Konflikt mit Mailand friedlich zu lösen. Aber es kam anders als geplant. Der Hoftag war gut besucht. Zahlreiche Fürsten waren gekommen. Ebenso die Konsuln und Mächtigen fast aller Städte Norditaliens.

Weißt du, Gela, die norditalienischen Städte gehören zum Reich. Aber es hat sich schon viele Jahrzehnte kein Kaiser oder König mehr bei ihnen sehen lassen. Nach dem alten Wort ›Aus den Augen, aus dem Sinn‹ haben sie ganz ungeniert und unbestraft die königlichen Regalien für sich annektiert und jetzt denken sie gar nicht daran, diese zurückzugeben und künftig zu bezahlen. Sie treten das Reichsrecht mit Füßen, um weitgehend unabhängig zu sein. Stell dir vor, Gela, die einzelnen Städte haben sich eigene Gesetze gegeben und aus ihrer Mitte eigene Führer gewählt, die sie »Konsul« nennen, ohne jemals dazu eine königliche Erlaubnis einzuholen. Das kann sich Friedrich als König nicht gefallen lassen, dass diese Städte meinen, sie könnten einen deutschen König wie einen lahmen Tanzbären an der Nase herumführen. Friedrich musste eingreifen und, wenn nötig, auch Stärke zeigen und durchgreifen.

Die größte Stadt heißt Mailand. Sie beansprucht für sich die Führung der norditalienischen Städte im Kampf gegen unseren König. ›Barbarossa‹, diesen abwertenden Spitznamen haben sie für Friedrich erfunden.«

Gela schlug vor Entsetzen ihre Hände vor den Mund.

»Mein Gott, ist das schlimm! Was bedeutet denn das Wort?«

»Es sind zwei Wörter. ›Barba‹ und ›rossa‹. Das kommt aus der italienischen Sprache von ›barba rossa‹ und heißt ›Rotbart‹. Rot, das ist die Farbe des Teufels. Wir in Deutschland bezeichnen aus eben diesem Grund die Farbe von Friedrichs Haarwuchs abschwächend als rötlich. Doch, Gela, stell dir vor, wenn Friedrich nicht anwesend ist, kann auf einmal jeder im Heer italienisch und nennt den Kaiser auch ›Barbarossa‹. Und stell dir weiter vor, Friedrich hat das spitzbekommen und, höre und staune, gesagt, wenn es mit gebotenem Respekt und ohne Bösartigkeit geschieht, dann hat er nichts dagegen, so genannt zu werden.«

Gela lachte. »Das ist typisch für Friedrich! Und weißt du was, Egbert?! Es klingt auch wirklich gut. Barbarossa.«

Sie ließ es sich richtig auf der Zunge zergehen: »Barbarossa.«

»Dann«, so fuhr Egbert in seinem Bericht fort, »bei der Heerschau wurde festgehalten, wer von den weltlichen und kirchlichen Fürsten dem Zug unerlaubt ferngeblieben. Denen wurden die Lehen aberkannt. Darunter war auch Erzbischof Hartwig von Bremen.

Bevor Friedrich dann Gericht halten konnte, traten die beiden Konsuln von Mailand vor den König und boten ihm eine goldene Schale voll Silber für ein Bündnis mit ihrer Stadt. Da gerieten sie aber an den Falschen.

Friedrich erklärte ihnen in einem sehr bestimmten Ton, was er von ihrem Angebot halte. Er lehne die Annahme der Schale so lange ab, sagte er, so lange sich Mailand nicht gehorsam seinen Befehlen unterwerfe sowie Recht und Frieden achte. Er erwarte eine öffentliche Demonstration des Gehorsams und der Unterwerfung von Mailand unter seine Herrschaft. Erst wenn die Mailänder bereit wären, sich hinsichtlich ihrer Konflikte mit den Städten Como und Lodi seinem Gericht zu unterwerfen, würden ihre Geschenke akzeptiert.

Du musst wissen, Schwester, dass der Umgang mit Geschenken gerade in Italien von besonderer Bedeutung ist. An deren Annahme oder Ablehnung kannst du erkennen, wie die politischen Beziehungen der Städte zueinander sind. Die Annahme der Geschenke Mailands hätte bedeutet, dass der Herrscher zu dieser Stadt ein positives Verhältnis pflegt. Die Ablehnung des Geldes aber zeigte Mailand, dass es derzeit nicht die königliche Huld besaß. Trotz der Zurückweisung des Geschenks aber sicherte Mailand vertraglich die Zahlung von viertausend Mark Silber Heersteuer, ›foedus‹ genannt, zu.

Ganz anders war da der Umgang Friedrichs mit den Gesandten aus Genua. Sie brachten ihm wertvolle Geschenke mit, die er gerne annahm. Gela, da waren Tiere dabei, die kannst du dir wohl kaum vorstellen. Riesige gelbe Katzen mit Zähnen im Maul, die länger als meine Hand sind. Friedrichs Onkel Otto, der Bischof von Freising, hat gesagt, dass sie leones oder Löwen heißen und aus Afrika kommen, dem Land, das jenseits des Mittelmeeres liegen soll.«

Egbert kicherte, so als würde er sich an etwas Lustiges erinnern. Dann brach sein Lachen abrupt ab, als wäre es doch nicht so fröhlich, an das er dachte.

»Was gibt es da zu lachen, Bruder?«, erkundigte sich Gela neugierig und besorgt zugleich.

»Naja, Bischof Otto hat mich gewarnt. Ich solle nicht so dicht an die Löwen herantreten, sonst wäre meine Hand weg. Und dann sagte er auch, ich solle mich hüten hinter diese Riesenkatzen zu treten. Die würden nämlich mit heftigem Strahl geradewegs nach hinten wegpissen. Und das wäre ein unsäglicher Gestank!«

Jetzt musste auch Gela lachen. Es war ihr nicht ganz echt damit, wusste sie doch, an was ihr Bruder wohl gerade gedacht hatte. Sie versucht ihn abzulenken.

»Und was für Tiere hast du noch gesehen?«

»Och, da waren riesige Hühnerküken, die deutlich größer waren, als ich es bin. Straußenvögel werden sie geheißen. Die sollen Eier legen größer als mein Kopf, hat Friedrichs Onkel behauptet. Gesehen habe ich die Eier aber nicht. Ja, und ...«

Egbert wurde richtiggehend gutgelaunt dabei: »... da waren herrliche Vögel, freche Kerle mit prächtig buntem Gefieder, psitacos oder Geien genannt, welche wirklich mit menschlicher Stimme reden können. Schwester, die würden auch dir Freude bereiten.«

Der Graf wurde wieder sachlich.

»Der König hat die Genuesen mit dem Versprechen entlassen, dass er Genua über alle Städte Italiens erheben werde. Noch vieles hat er auf dem Hoftag entschieden.

Doch jed Ding hat zwei Seiten. Friedrich scheiterte mit der Durchsetzung seines Ziels, den Konflikt mit Mailand beizulegen. Die Mailänder spotteten über sein in ihren Augen geradezu winziges Heer von achtzehnhundert Rittern, was weniger als fünftausend Bewaffneten entspricht. Da sind ihre Truppen um ein Vielfaches größer. Und sie dachten im Traum nicht daran, sich unserem Herrn zu unterwerfen.

Im Gegenteil: Mailand beansprucht gegenüber den anderen Städten für sich die Führung im Kampf gegen ›Barbarossa‹. Mailand, die größte und mächtigste Stadt Norditaliens, ist gar gewillt, auch Gewalt gegen andere italienische Städte wie Lodi, Pavia und Cremona zu üben, wenn diese nicht von sich aus mit ihnen in den Kampf ziehen.

Friedrich hat dann beschlossen, nach Monza zu ziehen, um sich dort zum König von Italien krönen zu lassen. So wie dies der Süpplingburger Kaiser Lothar seinerzeit es dort auch tat. Die Bevorzugung des kleinen Monza als Krönungsort ließ die arroganten Mailänder rotsehen. ›Wie kann dieser »barba rossa«, der deutsche Rotbart, es nur wagen, dieses hässliche Nest unserer schönen Stadt vorzuziehen. Das ist beleidigend, eine einzige Provokation.‹

Dann haben die Mailänder gemeint sich an uns rächen zu müssen. Ihre Konsuln, die Friedrich und unser Heer eigentlich auf kürzestem Weg nach Monza führen sollten, haben uns drei Tage lang absichtlich bei schlechtem Wetter über ödes Land zwischen Landriano und Rosate herumirren lassen. Friedrichs Krönung kam nicht zustande. Die Verpflegung und, vor allem, die Getränke gingen uns im Heer aus. Entsprechend gereizt war die Stimmung.

›Diese Demütigung dürft Ihr nicht auf Euch sitzen lassen!‹ beschworen die Fürsten den König. Und: ›Wir müssen unsere Mannen mit Verpflegung versorgen. Erlaubt uns Plünderungen im Mailänder Umland. Die Mailänder haben uns doch in diese Notlage gebracht.‹ Friedrich hat zugestimmt.

Die Plünderungen waren Mailand sichtlich unangenehm. So hat es versucht, unseren König umzustimmen, indem es das Haus von einem der Konsuln, die uns bewusst in die Irre geführt hatten, zerstören ließ.

Ihr Plan misslang; denn das Ansehen unseres Königs wurde dadurch nicht wiederhergestellt. Dazu hätte die Hauszerstörung demonstrativ in aller Öffentlichkeit und in Gegenwart des beleidigten Herrschers und seines Heeres stattfinden müssen. So, wie geschehen, aber konnte unser in seiner Ehre verletzter König keinen Einfluss auf die Genugtuung nehmen.

Friedrich hat die Annahme der zugesagten viertausend Mark Silber Heersteuer abgelehnt. Er forderte, dass sich Mailand zunächst seinem Gericht unterwerfe. Mailand befürchtete dann, unser König könnte als parteiischer Richter auftreten und weigerte sich vor dem Königsgericht zu erscheinen.

Jetzt beklagte sich Friedrich, dass Mailand die Ehre des Reiches, und damit seine und die der Fürsten verletzt habe. Dadurch konnte Barbarossa bestimmte Erwartungen an das Handeln der Großen unseres Reiches knüpfen und mit deren weitgehender Erfüllung rechnen. Dies hätte ihn jedoch wiederum zu erheblichen Gegenleistungen für erhaltene Hilfe und erwiesene Treue verpflichtet. Die konnte er nicht erbringen. Damit war ein offener Konflikt unumgänglich.‹

Egbert sah seine Schwester fast entschuldigend an.

»Du merkst, Gela, es war ein einziges Hin und Her. Irgendwann habe ich den Überblick verloren, wer gerade wieder wem etwas getan hatte. ›Wir kommen wieder!‹ hat der König zu mir in einem ruhigen Augenblick gesagt. ›Und dann hat Mailand etwas zu erwarten. Mit Mitleid kann es nicht mehr rechnen.‹ ...«

»Egbert, ich weiß immer noch nicht, woher deine schwere Verletzung stammt.«

»Du musst dich nicht mehr lange gedulden, Gela. Leider! Meinetwegen könntest du noch fünfzig Jahre warten müssen. Aber das Missgeschick ist mir halt jetzt widerfahren. Also höre: Der Streit mit Mailand hatte Auswirkungen auf die Streitereien zwischen anderen italienischen Städten.

Tortona war mit Mailand gegen Pavia verbündet. Pavia wiederum war unserem König wohl gesonnen. Ende 1154 wollte Pavia einen Streit mit

Tortona vor dem Königsgericht klären lassen. Tortona aber nahm sich das Verhalten von Mailand zum Vorbild und erschien trotz mehrfacher Ladung nicht vor dem Königsgericht. Es behauptete dreist: ›Barbarossa ist ein Freund der Pavesen und deshalb parteiisch‹.

Diese Behauptung der Tortonesen, unser König wäre bei der Wahrnehmung seiner vornehmsten Herrschaftsaufgabe, der Wahrung von Frieden und Recht, ungerecht, war eine einzige freche Beleidigung.«

»Dass Friedrich als Richter unrecht handelt, vermag ich mir nicht vorstellen«, bestätigte Gela.

»Ich auch nicht! Und das von einer kleinen Stadt. Tortona ist kleiner als Mailand.«

Egbert sah seine Schwester an und dachte daran, wo er sich befand. Deshalb fuhr er vorsichtiger bei seiner Wortwahl fort:

»Eigentlich sogar viel kleiner. Sie liegt wohl befestigt auf einem Berg. Von Februar bis April dieses Jahres mussten wir Tortona belagern. Sie haben sich tapfer verteidigt. Wir haben alles versucht, sie zur Aufgabe zu bewegen. Gefangene Tortonesen wurden zur Abschreckung öffentlich hingerichtet. Wir haben in ihr Trinkwasser faulende Leichen und stinkende Tierkadaver geworfen. Sie haben es trotzdem getrunken.«

»Das ist ja scheußlich, Egbert. Was ihr da alles tun musstet.«

Angela bekreuzigte sich. Ihr Gesicht hatte vor Ekel alle Farbe verloren. Egbert tat so, als würde er es nicht bemerken. Vielleicht sah er es aber auch wirklich nicht; denn er dachte momentan nur an seine Hand, und was mit ihr geschehen war. Es schmerzte ihn heftig. Er zwang sich weiter zu berichten:

»Dann haben wir ihnen das Wasser mit Schwefel und brennendem Pech vergiftet. Das hat sie endlich gezwungen, um Frieden zu ersuchen. Die öffentliche Übergabe der Stadt in die königliche Gewalt und die Anerkennung seiner Herrschaft waren die Voraussetzungen, um Genugtuung für die von unserem Herrscher erlittene Ehrverletzung zu leisten. Tortona akzeptierte die von König Friedrich geforderte demütigende Unterwerfung. Die Bürger unterwarfen sich vor allen Anwesenden zu Füßen unseres Königs. Bis auf einen, der schon vor Friedrichs Füßen liegend plötzlich mit einem Kurzschwert aufsprang und auf Friedrich einstechen wollte. Ich bin dazwischen gegangen. Das hat mich die Finger gekostet ... und ihn das Leben.«

»Ach, Egbert, du bist ein Held.«

Angela war ihrem Bruder ganz gerührt um den Hals gefallen und drückte ihn fest. Er schob sie sanft, aber doch bestimmt von sich.

»Schon gut, Gela. Viel mehr weiß ich nicht mehr. Friedrich hatte den Tortonesen zwar versprochen, dass ihre Stadt bei demütiger Unterwerfung keinen Schaden nehmen würde. Entgegen der Zusage nutzten die Leute aus Pavia die Gunst der Stunde, um einen Rivalen auszuschalten und zerstörten Tortona tags darauf. Hätte der König einem guten Verbündeten einen sehnlichen Wunsch ausschlagen sollen?

Das war's! Mehr kann ich dir nicht kundtun. Die Pavesen waren noch bei ihrem blutigen Werk, als ich mit meinen Männern nach hier aufbrach.«

Der Graf richtete sich energisch auf:

»Nun weißt du bald mehr als ich. Und jetzt versorg mir bitte endlich meine Hand.«

Frankfurt am Mai 2017
Philemon und Baucis

Es ist eine spontane Idee von mir gewesen. Vielleicht war es auch nur eine Kettenreaktion. Unbewusst ausgelöst durch die letzthin gelesenen Zeilen Tante Connys im Barbarossa-Ordner, die mich wiederum veranlasst haben, die Premieren-Kritik im ›Frankfurter Generalanzeiger‹ zu lesen.

Das wäre doch was!

Gedacht und umgesetzt. Tobias und ich waren gestern Abend im Theater. In einer Aufführung von Goethes Faust, Zweiter Teil. Für mich das schwierigste und inhaltsreichste Drama, das ich kenne. Durch das gerade Tobby, er tut mir leid, im Deutschunterricht gepeitscht wird. Dieser Deutschlehrer. Sie wissen, verehrte Leserin, geschätzter Leser.

Die Rolle des Kaisers bewegte mich diesmal. Mehr als erwartet. Bis dahin war ich davon ausgegangen, dass nichts Kaiser Friedrich I. Barbarossa und Goethes namenlosen Kaiser verbindet. Da die Person des ehrgeizigen, entscheidungsfreudigen Friedrich, der willens ist, alles, was gegen seine und die Ehre des Reiches, ›honor imperii‹, ist, zu beseitigen; dort der höchst schwache Fürst, der statt an Volk und Reich allein an seinem persönlichen Vergnügen interessiert ist, und der sich von einem Astrologen und einem Hofnarren leiten lässt.

Nach unserem Theaterbesuch war ich mir der Richtigkeit meiner Annahme, der echte und der Theater-Kaiser hätten nichts gemein, nicht mehr sicher. Nicht unwesentlich an meinem Verständniswandel ist Tante Connys stinkender Ordner schuld. Beiden Kaisern mangelt es an einem: am Geld. Das ist eigentlich nichts Besonderes, sondern ein zeitloses Problem. Auch unsere heutigen Spitzenpolitiker beklagen regelmäßig, dass ihnen zu wenig Geld zur Verfügung stehe.

In Goethes Tragödie erhält Faust vom Kaiser Land an der Küste geschenkt. Ein Geschenk, dem gegen Ende des Theaterstücks eine besondere, eine traurige Bedeutung zukommen wird.

Ovids Erzählung von ehrlicher Liebe, Zufriedenheit und Altersglück. Das alte, von keinem Wohlstand geplagte Paar Philemon und Baucis bewirtet gastfreundlich die Götter Jupiter und Merkur, die inkognito über die Erde wandern und auf ihrer Suche nach einem Nachtlager zuvor überall abgewiesen wurden. Die Götter rächen sich an den unfreundlichen Nachbarn mit einer Sintflut. Lediglich Philemon und Baucis, denen sie sich nach herzlicher Aufnahme zu erkennen geben, werden verschont. Sie verwandeln die armselige Behausung der Alten in einen prächtigen Palast, auch gestattet ihnen Jupiter einen freien Wunsch. Philemon sagt darauf:

»Wir bitten darum, Eure Priester sein und Euren Tempel hüten zu dürfen. Und da wir all unsere Jahre in Eintracht gelebt haben, möge uns beide dieselbe Stunde hinraffen. Nie möge ich meiner Gattin Grab sehen und auch selbst nicht von ihr bestattet werden müssen.«

Der Wunsch wird wahr. Als Hüter des Tempels verbringen die Alten einträchtig und gottesfürchtig ihren Lebensabend glücklich und zufrieden miteinander, und in der Stunde, in der ihre menschlichen Lebenskräfte zugleich schwinden, werden Philemon in eine Eiche und Baucis in eine Linde verwandelt. Dicht bei dicht stehen die beiden Bäume. Ihre Zweige umfassen vertraut und liebevoll einander. Natur pur. Eine, beinahe kitschig anmutende Idylle. So schildert Ovid das Geschehen.

Gänzlich anders das Ende der Alten in der Faust-Tragödie. Zwar dürfen sie ihre Namen, Philemon und Baucis, behalten und ist ihnen wie dem Paar in Ovids Erzählung Gastfreundschaft, Warmherzigkeit und Dankbarkeit eigen. So haben sie vor langer Zeit einen Schiffbrüchigen aufgenommen, bewirtet und gepflegt, der sie jetzt als Wanderer wieder besucht. Bei Goethe beherrschen aber nicht Natur und Götter die Erde, sondern jetzt führen kalte Technik, Machtsucht und Raffgier die Regie. Ja, und verlogene Scheinheiligkeit. Faust hat einst für die Erfindung des Papiergelds vom Kaiser Land, viel Land geschenkt bekommen.

Fast alles hat er schon, selbst dem Meer hat er Boden abgetrotzt, aber das kleine Grundstück von Philemon und Baucis will er auch. So wie der alttestamentarische König Ahab im Buch der Könige den Weinberg seines Nachbarn Naboth unbedingt haben wollte, um dort seinen Kohl anzubauen. Seine Frau Isebel verschaffte Ahab den Weinberg, indem sie dafür sorgt, dass Naboth aufgrund einer angeblichen Falschaussage gesteinigt wird. Faust beauftragt, um sein Ziel zu erreichen, Mephisto und dessen Schlägertruppe, deren Namen Raufebold, Habebald und Haltefest schon vermuten lassen, was geschehen wird.

»So geht und schafft sie mir zur Seite!«, erteilt Faust den Auftrag und sichert sich sogleich scheinheilig ab, damit er später seine angebliche Unschuld behaupten kann, indem er auf ein Landstück verweist, das er für die Umsiedlung der Alten angeblich ausersehen hat.

»Tausch wollt ich, wollte keinen Raub!«, wird er dann jammernd behaupten, als er von dem brutalen Ende des Ehepaars und ihres Gastes Bericht erhält.

»Es ging nicht glücklich ab«, vermeldet ihm Mephisto. »Sie sind weggeräumt.«

Und beschwichtigt kalt, mit einer Nonchalance, als würde er altes Laub zusammenkehren:

»Das Paar hat sich nicht viel gequält,
vor Schrecken fielen sie entseelt.
Ein Fremder, der sich dort versteckt,
und fechten wollte, ward gestreckt.«

Ein Fremder! Ich musste plötzlich an Mona, die Schöne, meine Schöne denken, so, wie ich sie in Erinnerung hatte. Was mochte ihr in den letzten zehn Jahren widerfahren sein? Hoffentlich, hoffentlich nur Gutes!

Zehn Jahre sind es jetzt, dachte ich. *Wie wird sie sich in dieser Zeit wohl verändert haben? Ob sie auch mal an mich gedacht hat?*

Unangenehm das Gefühl, als mir bewusst wird, dass ich selber jetzt auch zehn Jahre älter bin. Schreck!

Wie habe ich mich verändert?! Ob sie mich heute noch mögen würde? Einen Fremden?!

Ja, ja, ja! Was für Fragen! Warum ist ein Weltall? Wenn du von mir etwas Spezielles wissen willst, musst du mich präzise fragen, fauchte ich mich in Gedanken an.

Mir war richtiggehend wehleidig zumute. *Warum müssen immer die Guten, Lieben um mich leiden und sterben? Mir genommen werden? Warum werde ich nicht statt ihrer endlich ausradiert?*

»Wie hat es dir gefallen?«, erkundigte ich mich zur Ablenkung bei meinem Sitznachbarn Tobby, als wir vor dem Theater auf der Straße standen.

»Viel Gehirnnahrung in kleiner Hütte. Frag mich bitte morgen noch einmal. Ich muss die schwere Kost erst verdauen. Aber gut gespielt.«

Tobby zögerte kurz, bevor er weitersprach: »Der alte Goethe ist ganz schön hinterfotzig. Muss ich schon sagen.«

»Warum denn das?«

»Mein Lieblingsgedicht war bis heute, das, wie Lynkeus der Türmer da von seiner Aussicht schwärmt:

›Zum Sehen geboren, zum Schauen bestellt, dem Turme geschworen, gefällt mir die Welt.‹

Die Idylle klingt ein bisschen kitschig. Zugegeben:

›Ich blick' in die Ferne, ich seh' in der Näh' den Mond und die Sterne, den Wald und das Reh.‹

Und so fort. Aber alles nur selbstbezogen!

›Ihr glücklichen Augen, was je ihr gesehn, es sei, wie es wolle, es war doch so schön!‹«

Ich war richtiggehend baff. Von dieser Seite kannte ich meinen Sohn noch nicht. Und Tobias redete sich so richtig in Rage:

»Doch dann knallt Goethe Lynkeus, dem eitlen Fatzken, so richtig eine rein. ›Wenn du aufgepasst hättest, wie es deine Pflicht war, dann könnten die Alten noch leben.‹ Ein Schock-Erlebnis für ein zartes Gemüt wie mich! Ehrlich! Und selbst der Türmer merkt, was er da für einen pflichtvergessenen Mist gebaut hat:

›Nicht allein mich zu ergetzen, bin ich hier so hoch gestellt;
welch ein gräuliches Entsetzen droht mir aus der finstern Welt!‹

Diese elende Selbstbezogenheit! ›Droht mir‹, sagt er. Und was ist mit den Alten? Die weiteren Strophen kannte ich gar nicht. Bildungslücke. Muss ich noch mal lesen. Geben dem Monolog eine ganz andere Tiefe.

Die guten alten Leute, die sonst so pfleglich mit dem Feuer umgehen, werden nun dem Qualm zur Beute. ›Welch ein schrecklich Abenteuer!‹ Oder so ähnlich. Muss ich nachlesen. Alter, ich bin dir dankbar, dass du mich heute Abend hierher geschleppt hast. Ehrlich! Danke.«

Ein Bote aus Rom
Selboldt, Juli 1155

Es war selbst für Anfang Juli ein ungewöhnlich heißer Tag. Drückend schwül war es zudem. Der dicke Mönch in seiner braunen Kutte, der am Tor geklopft hat und um Einlass bittet, schwitzt und stinkt gleichermaßen heftig. Die beiden Torhüter, die ihr Amt schon seit etlichen Jahren versehen und deshalb auch so einiges erlebt haben, überlegen mehr spaßhaft, ob sie das ›Stinktier‹ auffordern sollen, erst noch ein- oder zweimal die Kinz unten zu durchqueren, bevor sie ihm Eintritt in die Burg gewähren. Sie wissen aber aus leidvoller Erfahrung, dass es bei fremden Besuchern immer besser ist, Vorsicht walten zu lassen als Unfug zu treiben. Letzterer kann zu Prügeln führen und danach steht ihnen weiß Gott nicht der Sinn.

Der dicke Mönch verlangt Graf Egbert zu sprechen. Während er das sagt, wedelt er mit einer Rolle, die wohl aus Pergament besteht, vor ihren Nasen herum.

»Es eilt! Ich habe eine Botschaft für den edlen Grafen von Selboldt und Geylenhusen!«, behauptet er dabei sehr selbstbewusst. Das verunsichert die Wächter noch mehr. Sie lassen ihn vorsichtshalber in die Torhalle eintreten und dort warten, während sie einen Burschen zum Grafen schicken. Der findet den Burgherrn endlich bei den Pferden im Stall.

»Herr, da draußen ist eben ein Mönch angekommen, der sagt, dass er eine Botschaft für Euch hat.« Er zögert, dann traut er sich aber doch zu sagen: »Der stinkt gar fürchterlich!«

Egbert eilt über den Burghof zur Torhalle hin, wo er einen Mönch in der braunen Reisekutte der Franziskaner stehen sieht.

»Gott sei gegrüßt, Bruder. Ihr habt nach mir gefragt?«

»Der HErr sei mit Euch. Erlaubt mir die Frage, Ihr seid Graf Egbert von Selboldt und Geylenhusen?«

»Der bin ich. Und wer seid Ihr, Bruder? Und was wünscht Ihr von mir?«

»Oh, entschuldigt, Herr Graf, dass ich vergaß, mich vorzustellen. Ich bin Bruder Niklas. Der hochwürdigste Herr Bischof von Freising hat mich gebeten, das hier Euch zu geben, als Beweis dafür, dass ich wahr rede.«

Der Mönch hält Egbert die Pergamentrolle hin.

»Es steht nichts drin. Bischof Otto meinte nur. Ihr würdet das Petschaft erkennen.«

Egbert wirft einen Blick darauf. »Das Siegel des Königs!«, entfährt es ihm überrascht.

»Des Kaisers!«, korrigierte ihn der Mönch.

»Das ist wahrlich eine erfreulich gute Botschaft. Wie kommt Ihr zu ihm?« Er deutet auf das Siegel.

»Wie schon gesagt, der Hochwürdigste hat es mir mitgegeben. Als er in Rom erfuhr, dass ich den Zug begleiten würde, der die großen, wilden Katzen, das Geschenk der Genuesen an unseren allerhöchsten weltlichen Herrscher, im Auftrag des Reichskanzlers nach Köln bringen soll. Er hat mich gebeten Euch aufzusuchen und zu vermelden, was in Italien nach Eurer Abreise geschehen ist. Das will ich hiermit tun.«

Egbert kann sich nur mühsam ein breites Grinsen verkneifen. Jetzt weiß er, warum der Kerl so bestialisch stinkt und ist Otto von Freising nachträglich dankbar für seinen Rat. Er fragt:

»Wollt Ihr etwas essen oder trinken? Und setzt Euch, Bruder Niklas, dort drüben hin, dort in den Schatten auf die Bank vor den Ställen.«

»Sehr freundlich, Herr. Zum Essen bleibt mir, leider, nicht die Zeit. Der Zug harrt meiner ungeduldig unten auf dem Kahn in Hagenowe. Wir wollen möglichst bald die gelben Ungeheuer an des Reichskanzlers Leute in Köln abgeben. Doch ein Krug kühlen Biers, während ich Euch informiere, käme mir mehr als gelegen.«

Er bekommt den Krug. Es ist ein großer Schluck, den der Mönch nimmt, bevor er seinen Bericht beginnt:

»Nachdem Tortona besiegt und von den Pavesen dem Erdboden gleichgemacht war, wollten letztere unserem König ihre stete Dankbarkeit und Treue erweisen. Doch wie die Italiener wohl so sind, sie hatten mit dieser Geste auch noch etwas anderes im Sinn: Pavia konnte damit für lange Zeit über seinen alten Erzfeind Mailand triumphieren. So luden die Pavesen Barbarossa in ihre Mauern ein, um ihn dort am Sonntag Cantate, der war in diesem Jahr am neunzehnten April, in der Basilika Santa Michele Maggiore zum König von Italien krönen zu lassen.

»Drei Tage haben wir in Pavia mit der Krone auf dem Haupt unter gewaltigem Jubel und größter Gastfreundschaft der Stadt verbracht«, so hat es unser König sehr zufrieden seinen Onkel Otto wissen lassen.

Außer ein paar Tage zu Pfingsten an einem Fluss namens Reno nahe der Stadt Bologna fand unser Zug keine Ruhe. Schon auf unserem Weg runter in die Toskana kamen und gingen die Gesandtschaften zwischen unserem Herrn König und dem Herrn Papst hin und her. Es handelte sich wohl um Absprachen oder Abstimmungen zwischen den beiden höchsten Herren. Ich habe davon wenig mitbekommen und davon verstanden sowieso nichts. Das Hauptproblem war wohl, die richtigen Regularien zu finden für das Treffen der beiden Herrscher. Beide kannten sich noch nicht. Beide waren neu in ihrem Amt. Papst Hadrian IV. gar erst seit Ende des vergangenen Jahres.

Die Begrüßungsformalitäten mussten also so gründlich wie möglich vorbereitet werden, damit Missgeschicke bei der Erstbegegnung nach menschlichem Ermessen ausgeschlossen waren. Pustekuchen. Kritisch, hat man mir gesagt, waren zwei Punkte. Friedrich I. sah sein Reich ihm direkt von Gott übertragen an. So hatte er es schon in seinem Schreiben nach der Wahl an Papst Eugen III. formuliert. Dass die Kurie in diesem Punkt eine andere Ansicht vertrat, liegt auf der Hand. Knapp gesprochen: Der Papst sah sich dadurch in seiner gefühlten Eigenschaft als Stellvertreter Gottes auf Erden übergangen. Hinzukam, dass Papst Hadrian IV. sehr nervös war, weil er nicht wusste, ob Friedrich I. nicht vielleicht doch die antipäpstliche Politik des Senats von Rom sympathisch fand. Die Römer hatten sich der Meinung des Arnold von Brescia, eines Augustinerchorherrn und selbsternannten Reformers, angeschlossen, der sich deutlich gegen die Verweltlichung der Kirche aussprach. Erst als König Friedrich I. vor den päpstlichen Gesandten in Viterbo schwören ließ, dass er jede Schädigung des Papstes und der Kurie, deren Ehre und Güter rächen werde, fühlte sich Papst Hadrian wohler.

Auf der anderen Seite aber waren beide irgendwie voneinander abhängig. Der eine, unser König Friedrich eben, wollte unbedingt Kaiser werden, der andere, Papst Hadrian eben, benötigte dringend den Schutz der weltlichen Macht, also Schutz und Unterstützung von unserem Herrn Friedrich sowohl gegen die nach wie vor aufständischen Römer, aber auch gegen die seinen Kirchenstaat von Sizilien her bedrohenden Normannen. Sie mochten sich nicht, aber sie konnten auch nicht ohne den jeweils anderen.

So fand dann am achten Juni 1155 das Treffen statt auf dem Campo Grassano, der zwischen Sutri und Nepi liegt. Der Papst kam aus Civita Castellana herangeritten, aus dem königlichen Zeltlager kam ihm der Reichskanzler, Erzbischof Arnold von Köln mit vielen kirchlichen und weltlichen Würdenträgern entgegen. Ein schönes, ein feierliches Bild war das.«

Der Mönch gönnt sich einen weiteren großen Schluck aus dem Krug, bevor er weiterspricht:

»Erzbischof Arnold führte das Pferd des Papstes, einen Schimmel, ehrerbietig vor das prächtige Zelt des Königs. Und dann kam es zu dem Eklat oder dem Missverständnis oder die Planung war doch nicht so gut, wie gedacht. Offensichtlich waren im Vorhinein nicht alle Fragen geklärt, wie dieser Dienst im Einzelnen aussehen sollte. Wie weit sollte der König dem Papst entgegen gehen? Wie weit sollte er gar das päpstliche Pferd am Zügel führen? Wie hat er wann und wo den Steigbügel zu halten? Auf jeden Fall, der Herr König verweigerte dem Papst den nach altem Brauch üblichen Strator- und Marschalldienst.«

»Was ist das, ›Stratordienst‹?«, erkundigt sich Egbert.

»Er hat dem Papst wie ein treuer Knecht hilfreich den Steigbügel zu halten.«

»Dass das unserem König schwergefallen ist, kann ich wohl nachvollziehen.«

»Es ist doch nur eine Geste. Doch hört, Herr Graf, was weiterhin geschah.

Der Herr Papst, so heißt es, sei daraufhin völlig verunsichert von seinem Pferd gestiegen und habe sich auf seinem für den Transport zusammenfaltbaren Thronsessel niedergelassen. Dort habe sich der König dann vor ihm zu Boden geworfen, ihm die Füße geküsst und von ihm den Friedenskuss erbeten. Den aber hat jetzt Hadrian IV. mit dem Verweis verweigert, dass er Friedrich diesen Kuss so lange vorenthalten werde, bis dieser seinem geschuldeten und gewohnheitsmäßigen Anspruch Genugtuung geleistet habe. Der König aber entgegnete, dass er hierzu nicht verpflichtet sei. Welch Eklat!

Aber die Spannungen lösten sich über Nacht auf. Am nächsten Tag wurde die Begegnung unter exakter Beachtung der Formalitäten freiwillig, nicht als eine Pflicht, so hieß es aus Herrschers Gefolge, wiederholt. Der König sei dem päpstlichen Tross entgegen geritten und habe vor den Augen des Heeres Papst Hadrian IV. in voller Ehrerbietung einen Steinwurf weit den Stratordienst erwiesen und ›kräftig‹, wie es heißt, den Steigbügel gehalten. Das meint, der König soll so heftig an dem Steigbügel gezogen haben, dass der Papst fast von seinem Pferd gefallen ist. Der hat aber so getan, als merke es nicht und unserem König den Friedenskuss gegeben. Alles war gut. König und Papst ritten nunmehr einträchtig nebeneinander nach Rom.

Am Freitag, zwei Tage also vor dem eigentlich angedachten Termin für die Kaiserkrönung durch Papst Hadrian IV., erschien eine Vertretung der Stadtherrschaft Roms vor Friedrich. Die erklärte dem König, dass die Römer die Herrschaft des Papstes über ihre Stadt ablehnen würden und dass die Römer es seien, die die Kaiserkrone zu vergeben hätten. Unter Berufung auf antike Traditionen bot die Stadt König Friedrich gegen eine Zahlung von fünftausend Pfund Silber die Kaiserkrone aus der Hand des römischen Volkes an.

Schlimmer noch: Die Römer forderten von unserem König, dass er seine Bereitschaft zu zahlen, auch noch beeiden müsse. Wäre Friedrich auf dieses Kaiserkrone-Kauf-Angebot der Römer eingegangen, dann wäre dies ein eklatanter Bruch mit der durch Karl den Großen begründeten jahrhundertealten Tradition ›Der Papst krönt den Kaiser‹ gewesen. *Gegen sein großes Vorbild Karl wird unser Kaiser nie handeln*, habe ich bei mir gedacht, als ich von dem Angebot der Römer hörte. Ich sollte Recht behalten. Gott sei's gedankt. Unser Herrscher hat kurz und entschieden »Nein« gesagt. Die Römer sind wütend abgezogen.

›Das ist nicht unser letztes Wort!‹, hat einer noch gerufen.

Wir waren uns alle einig: Das Geplänkel mit den Römern würde noch ein Nachspiel haben. Aber König und Papst sind ja weiß Gott nicht dumm. Listig haben sie die Römer hereingelegt. Die Krönung wurde vom eigentlich dafür angedachten Sonntag auf den Samstagvormittag vorverlegt. Kardinal Oktavian machte es möglich, dass ein Teil unseres Heeres schon in der Nacht zum Samstag durch ein Seitentor in die Leostadt einrücken konnte.«

»Mönch. ich aber bin dumm! Was meinst du mit ›Leostadt‹?«

»Oh, entschuldigt, Graf Egbert, dass ich Eurer Ortsunkunde nicht bedacht. Der Stadtteil Roms um Sankt Peter herum, auf dem antiken Ager vaticanus, den Papst Leo IV. um das Jahr 850 mit Mauern hat umgeben lassen, heißt ihm zu Ehren ›Leostadt‹. Dorthin kam König Friedrich selbst in gewöhnlicher Kleidung am Samstagmorgen in aller Früh mit seinem Gefolge. Inmitten seiner tapfersten Ritter legte er vor den Stufen von Sankt Peter das Krönungsornat an.

Dann leistete er nicht am Hauptaltar von Sankt Peter, sondern am Altar von Sankt Maria in Turri, wo ihn der Papst schon erwartete, kniend den üblichen Krönungs- und Sicherheitseid. Die drei Krönungsgebete aber wurden in Sankt Peter gesprochen. Das dritte davon während der Salbung Friedrichs vor dem Grab des heiligen Apostel Petrus, vor das er sich auf den Boden warf.

Ach ja, Bischof Otto hat mir dazu berichtet, Friedrich habe sehr wohl gewusst, dass ihn der Papst nicht mit dem kostbaren Chrisma, sondern nur mit dem Öl für Täuflinge gesalbt hat. Doch habe Friedrich über diese Nickeligkeit des englischen Papstes, der sich damit nur für seine in Sutri erduldete Schmach habe revanchieren wollte, hinweggesehen.

›Was soll's!‹, hat er Bischof Otto gesagt. ›Ich bin gesalbt und damit nun Kaiser!‹

Graf Egbert lachte lauthals und klatschte sich dabei mit seiner flachen Linken auf den Oberschenkel:

»Das passt, Mönch! Das ist unser Herrscher!«

Der fuhr mit seinem Bericht fort:

»Während der anschließenden Messe erhielt er zur Krönung aus den Händen von Papst Hadrian IV. die Zeichen der Kaiserwürde Schwert, Zepter und Krone. Ein gewaltiger Jubel brach sodann unter den Anwesenden aus. Erleichterung. Geschafft!

Ja, ich will es nicht verschweigen: Das für die Krönung bedeutsame Ritual der Thronsetzung unterblieb ebenfalls. Doch das ist nicht schlimm. Schon Kaiser Konstantin hat seinerzeit auf diese symbolische Demonstration eines kaiserlichen Herrschaftsanspruchs auf Rom zugunsten des Papstes verzichtet.

Am Mittag nach der Krönung zum Kaiser kehrte Friedrich zum Festmahl in sein Lager zurück. Als einziger ritt er mit der Krone auf prunkvoll geschmücktem Pferd, während alle anderen ihn zu Fuß begleiteten. Während des Essens drangen plündernde Römer, die nicht an den Krönungsfeierlichkeiten hatten teilnehmen dürfen, von der Engelsburg kommend in die Leostadt ein. Das Leben des Papstes war in Gefahr. Der Lärm wurde von der Festgesellschaft gehört. Das Heer griff zu den Waffen. Allen voran warf sich Fürst Heinrich der Löwe den Römern entgegen. Später hat ihn der Papst mit ausgesuchten Geschenken für seine Tapferkeit geehrt.

Die Angriffe der Römer konnten allesamt abgewehrt werden. Tausende von ihnen sollen getötet, zweihundert gefangengenommen und unzählige verwundet worden sein; von den Unsrigen wurde laut Bischof Otto wunderbarerweise nur einer getötet und ein weiterer gefangengenommen. So wurde von kaiserlicher Seite vermeldet. Die Römer hingegen bestritten einen so einseitig-grandiosen Ausgang. Tatsache aber ist, das muss eingeräumt werden: Der Kaiser und die Seinen waren allein auf die Leostadt beschränkt. Der Zugang zur eigentlichen Stadt links des Tibers blieb ihnen verwehrt. Unser Kaiser ist somit nicht nach Rom gekommen. Denn an eine Belagerung Roms war nicht zu denken. Dazu war das deutsche Heer nicht stark genug.

Als sich die Römer am Folgetag weigerten, dem deutschen Heer Einkaufsmöglichkeiten zu bieten, verließ der Papst mit Barbarossa die Stadt. Das Fest der Apostelfürsten Petrus und Paulus wurde in Tivoli gefeiert. Dort hat dann Hadrian IV. allen im Heer, die im Kampf mit den Römern Blut vergossen hatten, die Absolution erteilt; denn ein seinem Fürsten zum Gehorsam verpflichteter Krieger gilt bekanntlich nach göttlichem wie nach irdischem Recht nicht als Mörder, sondern als Rächer.«

Der dicke Mönch trank seinen Krug zur Neige, bevor er ihn auf die Bank abstellte.

»Graf Egbert, verzeiht mir, dass ich Euch so hastig berichtet habe. Ihr wisst, die Riesenkatzen. Mehr weiß ich Euch auch sonst nicht zu vermelden. In Tivoli gab mir seine Eminenz Otto von Freising den Auftrag, mich bei Euch zu melden. In Tivoli habe ich das Heer verlassen. Wir sind per Schiff und dann mit Karren durch Burgund zum Rhein gelangt. Auf dem mein Trupp jetzt mit den Bestien den restlichen Weg nach Köln noch schaffen will. Der Bischof lässt Euch grüßen, hofft, Eure Hand sei ohne Schmerzen. Er freut sich auf ein Wiedersehen und schickt Euch Gottes Segen.«

»Ich danke Euch, Bruder Niklas. Euer Bericht war angenehm. Der König ist jetzt Kaiser. Was gibt es Schöneres zu hören. Kommt mit den Katzen gut nach Köln.«

Gelnhausen 2017
Langer fühlt sich an Orwells Roman ›1984‹ erinnert

Kein Fernsehen, kein Radio, kein Video, kein Fax, keine E-Mail, kein Telefon, Handy oder Smartphone, kein Internet, kein Twitter, kein Facebook, nicht einmal der Einsatz von Brieftauben war im Mittelalter bekannt.

Was blieb, war rastloses Reisen von einem Ort zum anderen, um sich persönliche Eindrücke vor Ort zu verschaffen während der Hof- oder Reichstage; die eigenen Gespräche, durch Boten überbrachte Schriftstücke oder mündlich durch Vertraute vermittelte Informationen. All diese letztgenannten Möglichkeiten waren zeitintensiv. Wieviel Zeit mag es gedauert haben eine Botschaft, sagen wir, von Frankfurt am Main zum Papst nach Rom zu schicken? Vom blutigen Massaker Edessas im Herbst des Jahres 1144 erfuhr Papst Eugen III. beispielsweise erst nach einem halben Jahr, im Frühjahr 1145 durch Boten.

Wie oft mag es vorgekommen sein, dass eine Information den gewünschten Adressaten nicht mehr lebend antraf? Wie oft erreichte eine Nachricht oder päpstliche Bulle gar nicht das Ziel? Erinnert sei nur an die Bulle von Papst Eugen III. an den französischen König Ludwig VII. vom ersten Dezember 1145, mit der ersterer den Zweitgenannten zum Kreuzzug aufforderte, die jedoch nie ankam, weshalb der Papst sie im April 1147 erneut versandte. Oder denken wir an den Vertrag von Benevent, den Papst Hadrian IV. bereits im Juni 1155 mit Wilhelm I. von Sizilien geschlossen hatte. Kaiser Friedrich I. erfuhr aber erst im Oktober 1157 auf dem Reichstag in Besançon von diesem für ihn und sein Reich so bedeutsamen Vertrag, mit dem der Papst dem Normannenkönig die Herrschaft über Sizilien eingeräumt und das Herzogtum Apulien übertragen hatte, allein um sich dafür von Wilhelm I. als Lehnsherr bestätigen zu lassen.

Sicher haben sich die Herrscher des Mittelalters Möglichkeiten herbeigesehnt, die ihnen besser, wahrheitsgetreuer und – vor allem – zeitnah Einblick in all das Geschehen verschaffen könnten, das für sie von Belang war oder auch nur ihre Neugierde würde befriedigen können. ›Wissen und Macht des Menschen fallen zusammen, weil Unkenntnis der Ursache auch über deren Wirkung täuscht!‹, schrieb schon Francis Bacon im Jahre 1620.

Der Aufklärer meinte es positiv, im naturwissenschaftlichen Sinn. Und beileibe nicht im Sinne des Famulus von Faust, Wagner, der das Unwichtigste noch für merkenswert erachtet und dem Goethe die Worte in den Mund legt:

»Zwar weiß ich viel, doch möcht' ich alles wissen«.

Alles zu hören, zu sehen und zu wissen muss für sie, die ahnungslosen Wunschträumer des Mittelalters, wie das Paradies oder wie das Schlaraffenland aller Informationen vorgekommen sein. Warum sollen sie weniger neugierig gewesen sein als die alten Germanen, die ebenfalls um den Wert weltweiter Information wussten? Allein Wotan, auch Odin genannt, aus dem Göttergeschlecht der Asen, der oberste Gott der Germanen, der Einäugige, denn sein zweites Auge hatte er bei Mimin, dem Riesen, gegen Weisheit und Allwissenheit eingetauscht, konnte von seinem Thron Hlidskialf in Asgard, dem Götterhimmel, aus die gesamte Welt überblicken.

Wie gern im Mittelalter geglaubt wurde, dass ein solch umfassendes Ausspähen möglich ist, belegt die Tatsache, dass die Echtheit jenes Schreibens nicht bezweifelt wurde, das angeblich von Johannes, einem Priesterkönig im fernen Indien, stammte.

Unermesslich reich soll er gewesen sein, der jetzt den geschundenen Glaubensbrüdern in Europa und im Nahen Osten seine Unterstützung anbot. In seinem Brief beschrieb jener Johannes detailliert seinen Palast, in dem es auch einen Turm gebe, einhundertfünfundzwanzig Stufen hoch, auf dessen Plateau eine Säule mit einem Spiegel stehe, der alle Bewegungen in und um den Palast erfasse. Auf diese Weise sei ihm, dem Priesterkönig, alles bekannt, was wer an seinem Hof tue und was in und um den Palast herum geschehe. Das Wunschdenken aller Potentaten, Kaiser, Könige, Fürsten, Bürger, ja wohl der allermeisten Menschen nach Informationen. In Indien schien es wahr zu sein.

Die mittelalterliche Fantasie von einem totalitären Überwachungsstaat in wenigen Zeilen. Achthundert Jahre später wird möglich, was George Orwell in seinem 1949 erschienenen Roman ›1984‹ beschreibt:

›Big brother is watching you‹.

»Wer die Macht über die Geschichte hat, hat auch Macht über Gegenwart und Zukunft«, begründet Orwell den von ihm geschilderten Albtraum der grenzenlosen Beobachtung und Ausforschung.

Was aber im Hochmittelalter gerne geglaubt und herbeigesehnt wurde, blieb Wunschtraum, war mittelalterliche Science-Fiction, purer Fake, wie es heute heißt; denn der Priesterkönig Johannes mitsamt seinem überreichen und überwachten Königreich war nur Kopfgeburt eines bis heute unbekannten Kreativen. Man munkelt, das angebliche Schreiben des Johannes stamme aus der Feder des vielgereisten Christian I. von Buch, der zur Zeit Barbarossas Reichserzkanzler und zweimal Erzbischof von Mainz gewesen ist, oder von einem seiner Mitarbeiter.

›Bis heute‹ meint aber auch: Gegenwärtig ist elektronische Überwachung und Spionage vielerorts schon Realität. Doch paradiesische Verhältnisse assoziiert bei den mit weltweiten Datennetzen ausspähenden Geheimdiensten unserer Zeit niemand mehr – vielleicht mit Ausnahme der Spione selber.

Sehr bedauerlich, muss ich schon sagen.

Rückkehr als Kaiser
Hinterhalt im Sommer 1155

Kaum war der Kaiser Anfang Oktober im Jahre des HErrn 1155 wieder zurück in Augsburg, dem Ausgangspunkt seines Italienzugs, da wurde er schon konfrontiert mit dem Konflikt, der die Ruhe im Reich am meisten gefährdete: dem Streit um das Herzogtum Bayern.

Rasch lud Friedrich zu einem Hoftag nach Regensburg ein, der auch Mitte des Monats stattfand und auf dem er, wie er hoffte, endgültig Heinrich den Löwen mit dem Herzogtum Bayern belehnen zu können. Daraufhin zog er im selben Monat noch zu einem weiteren Hoftag nach Würzburg, den er wiederum zu einem Abstecher nach Geylenhusen nutzte. Es eilt ihm. Gela. Ein Gespräch mit Egbert. Der Plan für die neue Burg. Zunächst jedoch nimmt er sich die Zeit dem Freund zu berichten, was Egbert noch nicht weiß.

»Der Papst hat erwartet, dass ich sogleich nach meiner Krönung den Kampf gegen die Normannen aufnehme. Doch meine Fürsten, deren Truppen durch Krankheit und die verlustreichen Kämpfe um Städte und Burgen in den Monaten zuvor geschwächt, scheuten einen Sommerfeldzug in Süditalien und verweigerten mir die Gefolgschaft. Mir selber fehlte auch die Lust, für diesen Papst, der von Geburt her Römer war, noch weitere Menschenopfer zu bringen, deshalb zogen wir nach Norden. Überraschend wurde es dort für uns mehrfach unerfreulich.«

»Warum, Friedrich? Was ist geschehen?«, unterbrach Egbert unbeherrscht den Kaiser. Dieser nahm es geduldig hin.

»Die Städte auf unserem Weg hatten uns ein Fodrum zu leisten zum Unterhalt des Heeres. Viele davon brachten uns darüber hinaus aus Dankbarkeit noch Geschenke dar. Bis auf Spoleto. Achthundert Pfund Silber hätte die Stadt zahlen zu müssen. Sie leistete jedoch viel weniger, und davon war das meiste zudem noch falsch. Messing statt Gold, Blei statt Silber.

Zudem nahmen sie noch Graf Guido Guerra, meinen Gesandten, der zufällig in Spoleto weilte, zur Geisel. Das war zu viel. Missachtung meines Gesandten war zugleich Missachtung meiner Person. Sechs Stunden benötigten wir, die Stadt der fast hundert Türme mit Feuer und Gewalt zu erstürmen und sie, nachdem wir reiche Beute gemacht, bis auf die Grundmauern zu zerstören. Nachdem die Beute gerecht verteilt war, zogen wir weiter nach Ancona. Dort dankte ich den Fürsten und ihren Mannen und entließ sie aus ihrer Pflicht. Sie wollten auf verschiedenen Wegen in die Heimat zurück.«

Der Kaiser sah seinen Freund an.

»Ich selbst wählte für den Rückweg die Strecke über den Brenner. Die Veroneser, von den Mailändern mit Geld bestochen, ließen uns nicht in Frieden ziehen. Heimtückisches Volk. So musste ich noch auf dem Rückweg in den nördlichen, den deutschen Reichsteil in Verona, wegen der Weigerung sich dem kaiserlichen Gericht zu unterwerfen, den Bann über Mailand verhängen.

In der Klause von Ceraino im Tal der Etsch war es alsdann, wo wir in einen üblen Hinterhalt gerieten. Veroneser warfen Felsbrocken auf uns herunter. Für den Durchzug eines jeden Ritters verlangten sie eine Rüstung oder ein Pferd. Und von mir zusätzlich eine hohe Summe Geldes. Das wies ich brüsk zurück:

›Diese Bedingung ist unannehmbar; denn es ist für einen Kaiser beleidigend einem Räuber Tribut zu leisten!‹

Es kam noch einmal zum Kampf. Auf den ersten Blick sah es übel für uns aus. Sie waren über uns. Wir konnten nicht ausweichen. Dazu war der Weg zu schmal, und die Veroneser scheinbar nicht zu erreichen. Doch, was diese nicht ahnten, war, dass sich unter meinen Leuten auch Ortskundige befanden. Wer sie waren, woher sie kamen, ist mir bis heute verschlossen. Die göttliche Fügung wollte es so.«

Der Kaiser hielt kurz nachdenklich inne.

»Ich habe eine eigentümliche Vermutung. Verstehe, Freund Egbert, dass ich dazu nicht weit'res sagen möchte. Auf jeden Fall, der oder die

Kundigen führten Otto von Wittelsbach mit zweihundert seiner Mannen auf einem kaum erkennbaren Pfad, der sich vor ihnen stets aufs Neue unerwartet auftat, hinauf zu einem Felsvorsprung, der über dem der Veroneser lag. Von dort aus griffen sie die Räuberbande an, die unter ihnen nicht fliehen konnte; denn wiederum unter ihnen befand ich mich mit meinem Heer. Ein halbes Tausend haben wir getötet. Ihre Anführer, eben noch großmäulig, bettelten auf einmal um ihr Leben und boten mir ein hohes Lösegeld für ihre Freilassung.«

Friedrich hielt inne. Seine Gesichtszüge wurden hart. Sichtlich ging ihm das Geschehene nahe.

»Nichts da. Ein Kaiser ist nicht bestechlich. Ich ließ die Anführer ohngeachtet ihres Ranges aufhängen. Ehre geht alleweil über Geld. Gut zweihundert waren es, die an den Bäumen hingen. Ebenso vielen ließ ich die Nasen und Lippen abschneiden oder sie an Armen und Beinen verstümmeln. Die Leichen und die Körperteile wurden am Wegesrand gestapelt – als warnendes Zeichen für künftige Wegelagerer. So konnten wir, jetzt endlich ungestört, über die Brennerstraße Augsburg auf deutschem Boden erreichen.«

Friedrich legte seine rechte Hand auf des Freundes linke Schulter. Sanft, als fürchte er, dem Freund Schmerz zu bereiten.

»Und jetzt freue ich mich hier zu sein und dich zu sehen. Egbert, Freund, bleibe in der Nähe. In wenigen Tagen, wenn ich deine Schwester gesehen habe und, hoffentlich, noch ein weiteres Gespräch führen konnte, möchte ich mit dir etwas besprechen.«

Graf Egbert, der sah, dass sich hinter dem Kaiser die Tür öffnete, trat schnell zwei Schritte zurück und sagte laut:

»Eure Majestät, seid versichert, dass Ihro Gnaden jederzeit über mich verfügen könnet. Es wird mir eine große Ehre sein.«

»Habt Dank dafür, Graf von Selboldt und Geylenhusen. Ihr dürft jetzt gehen.«

Egbert sah sehr wohl das Zucken der Mundwinkel seines Freundes.

Gelnhausen 2017 – Der Herr der Welt?

Mich hat schon als Student der Rechtswissenschaften eine bekannte Anekdote (oder hat es sich doch tatsächlich ereignet?) fasziniert:

Barbarossa sucht als frisch gekrönter Kaiser auf dem Ritt zurück nach Deutschland das Gespräch mit zwei Rechtsprofessoren der berühmten Universität von Bologna. Er, der nicht schreiben und lesen kann, fragt die Gelehrten:

»Bin ich jetzt der Herr der Welt?«

Und er lockt seine beiden Begleiter zu einer besonders gescheiten Antwort, indem er dem, dessen Auskunft ihm am besten gefällt, sein Lieblingspferd verspricht.

Der eine Professor, Martinus Gosia mit Namen, antwortet ihm sogleich:

»Ja, Eure Majestät, Ihr seid der Herr der Welt.«

Der andere Professor, Bulgarus heißt er, aber erwidert bedächtig:

»Es kommt darauf an, Majestät.«

Neugierig erkundigt sich Barbarossa: »Auf was kommt es an, Professor?«

Und Bulgarus erklärt es dem Kaiser:

»Politisch betrachtet, seid Ihr wohl der Herr der Welt. Geht es jedoch beispielsweise um Eigentum und Besitz, seid Ihr nicht allumfassend Herr der Welt; denn dann habt selbst Ihr, das Hab und Gut Eurer Untertanen zu achten.«

Die Anekdote weiß noch zu berichten, dass Barbarossa sein Pferd dem Martinus Gosia überließ, weil ihm dessen Antwort besser gefallen habe.

Es ist gerade dieser Ausgang der Geschichte, der mich ziemlich sicher sein lässt, dass sie erfunden ist. Schon die Tatsache nämlich, dass Friedrich I. seine berühmte Frage gestellt hat, spricht dafür, dass er selbst Zweifel an seiner Alleinherrschaft hegte. Dazu passt nun aber gar nicht, dass er sich mit der billigen Antwort des Martinus Gosia zufriedengegeben haben soll. Es wäre vielmehr Barbarossas Art gewesen, den Bulgarus so lange mit weiteren Nachfragen zu löchern, bis ihn dessen Antwort – wie auch immer sie ausfiel – überzeugt hätte. Zumal Martinus bei seinen Gesetzesauslegungen bereit war, die Interessen seiner Auftraggeber zu ›berücksichtigen‹ oder, wie es seine Gegner nannten, der »Gerechtigkeit des Geldbeutels« zu dienen. Bulgarus, unbestechlich, hingegen pflegte sich eng an den Wortlaut des Gesetzes zu halten.

Und noch ein Argument, das gegen den Wahrheitsgehalt der Anekdote spricht: Friedrich I. hätte nie und nimmer sein Lieblingspferd als Preis ausgeschrieben.

Ganz anders der Enkel Barbarossas, Kaiser Friedrich II., der, sehr selbstbewusst, stellte keine Fragen, sondern stellte knapp und bestimmt fest:

»Ich bin der Herr der Welt!«

Kaiser Friedrich II. glaubte, was er sagte. Jedoch vergaß er dabei, dass alles Leben endlich ist, auch die Weltherrschaft eines Kaisers.

Kann es einem Kaiser, der sich für den Herrn der Welt erachtet, deutlicher vor Augen geführt werden, wie wenig seine Macht wert ist, als es Friedrich II. im Frühjahr 1249 widerfahren? Damals, als sein geliebter Sohn und Stellvertreter Enzio bei einem unbedeutenden Scharmützel in die Gefangenschaft Bolognas geriet. Damals, als er einen Brief schrieb an die Bürger Bolognas und darin mit rührenden Worten bat, seinem Sohn unverzüglich die Freiheit zu schenken. Und in seinem Schreiben auch nicht vergaß an die Tatsache zu erinnern, dass sein Großvater, Friedrich I. Barbarossa, sich einst die Interessen Bolognas gegen Mailand zu eigen gemacht hatte. Es half nichts.

Selbst sein Angebot, für die Freiheit des Sohnes einen silbernen Ring um die Mauern der Stadt zu legen, fruchtete nicht. Manchmal werde ein mächtiger Keiler auch von einem kleinen Hund gestellt, lautete die unbarmherzige Antwort.

Lebenslang währte die Gefangenschaft Enzios. Nach dreiundzwanzig Jahren in Haft verstarb der Urenkel von Kaiser Friedrich I. Barbarossa im Jahre des HErrn 1272.

Der Muhme will er danken
Geylenhusen 1155

Seine Enttäuschung war groß, als er Gela weder in der Burg zu Geylenhusen noch im Kloster Meerholz antraf, und auch niemand ihm sagen konnte – oder wollte –, wo sie sich aufhielt. (Tatsächlich befand sich Angela sehr wohl im Kloster. Doch sie wollte den Mann nicht sehen, den sie in ihrem tiefsten Herzen geliebt hatte und wohl weiterhin liebte. Aber seit Egberts Bericht kannte sie ihn nicht mehr. Die verzweifelte Frage trieb sie um: Wer war der fremde Mann, der so schrecklich grausame Dinge mit anderen Menschen tun konnte? Sie hatte Angst von solchen Händen, von denen sie unentwegt fremdes Blut triefen sah, berührt zu werden. Und sie empfand Ekel. Dankbar aber war sie der Äbtissin und den anderen Nonnen, die um ihre Gefühle wussten, für ihr Verständnis, ihr Halt gaben und sie abschirmten.)

Friedrich aber suchte weiter nach der Geliebten.

Seine Suche führte ihn endlich dorthin, wo er hoffte ein Lebenszeichen seiner Gela zu finden: in den geheimen Gang. Doch auch die Höhle war leer. Enttäuscht machte er sich auf den Stollen zu verlassen, da fragte etwas in ihm:

»Was hat Gela hier getan, als sie sich um dich ängstigte und nicht weiter wusste?«

»Sie hat nach Muhme Aja gerufen«, beantwortete er seine eigene Frage. Friedrich schlug sich mit der flachen Hand auf die Stirn, als ihm bewusst wurde, was er da eben zu sich gesagt hatte. Und dann fragt er mit kräftiger Stimme hinein ins Dunkel:

»Muhme Aja, bist du hier?«

Sein Ruf wird an den steinernen Wänden des Stollens mehrfach gebrochen:

»Muhme Aja« ... »Muhme Aja« ... »Muhme Aja«.

Und was Friedrich insgeheim erhofft, nicht erwartet hat, die Alte steht plötzlich vor ihm.

»Ich habe gehört, dass du vor Ort bist und Angela suchst, Friedrich.«

Perplex erkundigt er sich: »Bist du eine Zauberin oder eine Seherin? Oder eine von deinen alten Göttinnen? Muhme Aja, wo und wie kommst du her? Woher kennst du mein Anliegen?«

Die Alte lacht. Es klingt fast übermütig:

»Friedrich, lass es mein Geheimnis bleiben. Doch kann ich dir auf andre Weise dienen?«

Er sieht sie an, denkt nach und sagt dann zu ihr: »Vielleicht. Ich hoffe. Ja und nein.«

Sie lacht erneut: »Ein Rätsel ist's. So fanget an.«

»Da war ein Wasser. Tief und voll Gefahren. Ich danke Euch sehr dafür, dass Ihr mir Hilfe sandet.«

Die Muhme will antworten, doch er hebt gebieterisch die rechte Hand:

»Sagt nichts dazu, mein Dank ist ernst gemeint. Zum anderen bitte ich Euch, Muhme Aja, sagt mir an: Wo kommen eure Götter her?«

Die Frage gefällt ihr offensichtlich:

»Ich weiß es nicht, Friedrich. Sind wohl ewig. Das Wort ›Gott‹ war gewiss schon vor den Menschen da. Auf jeden Fall gibt es dasselbe, fast so lange wie es uns Germanen gibt.

Als unseren Vorfahren bewusst wurde, dass es höhere Wesen geben muss, die Geister der Natur, da kannten sie deren Namen nicht. Sie nannten sie aus diesem Grunde so, wie wir mit ihnen sprechen: die Angerufenen. Ohne Geschlecht. Der Gott, die Göttin oder ... was weiß ich für ein solches Wesen ... kannten wir nicht. Gab es nicht. ›Goth‹ kommt von ›guthom‹, das heißt anrufen. Es meint alle Geister, alle Götter ohne jeden Unterschied.«

Friedrich fragt: »Wenn ihr so viele Götter habt, haben die denn kein Geschlecht? Gibt es keine Männer und Frauen in deiner Götterwelt?«

»Was denkst du da, Friedrich! Jedes Tier, jede Pflanze hat ein Geschlecht. Nichts ist ohne Geschlecht. Und manches bedarf mehrerer Götter, wie du sagst. Und Goth sollte dies nicht bedacht haben?! Eine seltsame Vorstellung. Die Erde wäre unvollständig. Natürlich haben die Götter Geschlechter. Da sind Freya, die Göttin der Liebe, und Frigg, der Gott der Liebe, dort ist Thor, der Gott des Donners, da Hel, die Totengöttin, dort Loki, der Gott des Feuers, um nur Beispiele zu nennen. Aber alle sind Goth.

Doch ihre Namen lernten wir germanischen Völker erst spät. Ihre Geschichte, ihre Geschlechter ebenfalls. So die von Wotan, der auch Odin und oft noch anders heißt, dem jetzt ersten und obersten der Götter, nachdem er Tyr vom Thron gestoßen hat. Er hat lediglich ein Auge, da er das andere Mimin, dem Riesen, für seine Teilhabe an dessen Weisheit und Allwissenheit geopfert hat. Er ist listig und launisch, hat Zauberkraft, schenkt dem einen unverdientes Kriegsglück, stiftet einen anderen zum Eidbruch an, dem schlimmsten Verbrechen, das ein Germane begehen kann.«

»Das kann ich verstehen. Was du geschworen hast, darfst du nicht brechen. Wer es dennoch tut, hat sein Leben verwirkt.«

»So ist es.« Die Alte nickte zustimmend.

»Viel später erst, vor wenigen hundert Jahren eurer Zeitrechnung, da kamen Leute aus Rom und dann von den Inseln im Norden in unser Land mit ihrem Christengott, der keinen Namen hat. Wir erbarmten uns seiner und nannten ihn auch ›Goth‹. Weil die Christen ihn aber ihren allmächtigen Vater hießen, der keine Frau hat, der Arme, und nicht einmal einen einzigen Namen, da sagten wir »der Gott« zu ihm. Während all unsere eigenen Götter für uns ›Goth‹ blieben wie immer zuvor und ohne Einschränkung.«

»Wir Christen wissen aber, dass es nur einen Gott auf der Welt gibt. Und nicht für alles einen eigenen.«

»Und woher wisst ihr das?«

»Weil es im Buch der Bücher, der Heiligen Schrift, geschrieben steht.«

»Was steht da? Und wer hat es gesagt?«

»Alte Frau, du stellst mir Fragen. Du solltest einen Priester konsultieren. Doch das kann ich dir antworten. Gottvater selbst hat Moses zwei Tafeln aus Stein gegeben, in die er zuvor seine zehn Gebote gemeißelt hatte. Und das erste Gebot lautet: ›Ich bin dein HErr und Gott. Du sollst nicht andere Götter haben neben mir.‹

Ja, so steht es da.«

»Aber heißt es nicht auch in diesem Buch ›Du sollst deinen Nächsten lieben wie dich selbst!‹ Wer hat das gesagt?«

»Das sagt Jesus Christus, unser HErr«, erwiderte Friedrich. Stolz schwang mit in seiner Stimme. Ein wenig davon beruhte auf der Tatsache, dass er die Antwort gewusst hatte.

»Und wer ist dieser Jesus?«

»Gottes Sohn, natürlich!«

»Aha! Vater und Sohn. Also habt ihr Christen auch mehrere Götter. Und wie passt das zu dem ersten Gebot, das du mir gesagt hast?«

»Weil beide zusammen mit dem Heiligen Geist eben eins sind, werte Mutter Aja.«

»Aber, Friedrich, dann ist doch alles wie bei unseren Göttern. Es gibt viele, aber alle zusammen sind eins, nämlich ›Goth‹. Warum dann streiten?«

»Du redest gelehrt wie eine Advocata.«

»Und du, Friedrich, sei klug. Hör auf dein Herz. Billige unseren Göttern zu, dass sie auch Gott sind. Tust du es, handelst du in wahrer Nächstenliebe. Dann werden dich – auch – die alten Götter lieben, segnen und beschützen. Leugnest du sie aber oder bestreitest du sie gar, dann werden sie dich ablehnen, vielleicht sogar bekämpfen. Und schlimmer noch: Bewahre sie in deinem Herzen. Vergiss sie nicht. Hüte dich davor, dass es so weit kommt. Bedenke, noch nie hat ein Mensch einen Gott besiegt.«

Während Friedrich nach einer passenden Erwiderung sucht, verschwindet die Alte so geheimnisvoll, wie sie gekommen war.

Gelnhausen 2017
Tobias Langer hat eine Idee

Ich hänge meinen Gedanken nach über das soeben Gelesene. Die Schweden haben unseren Herrgott gerade per Gesetz neutralisiert. Kein der, die oder das mehr. Einfach ›Gott‹. Ich finde es gut. Ist unser monotheistisches ›der‹ nicht schon viel zu oft Anlass zu Mord und Totschlag gewesen?

Meinem Mitgefühl für Gelas Verhalten. Es erinnert mich an Gretchens berühmten Satz im ersten Teil des ›Faust‹: »Heinrich, mir graut's vor dir!« Beide Geschehnisse handeln von jungen Frauen und ihren älteren Geliebten, die Blut an den Händen haben. Heinrich Faust hat Gretchens Bruder Valentin erstochen. Während Gretchen, im dunklen Kerker, sich ganz in Gottes Hände gebend: »Dein bin ich Vater! Rette mich!« dem immer noch geliebten Faust ihr Empfinden ehrlich ins Gesicht sagt: »Heinrich, mir graut's vor dir!«, meidet Gela, die sich im Kloster und in Gesellschaft frommer Schwestern befindet, die Begegnung mit Friedrich, vor dessen blutigen Händen sie sich ekelt. Warum? Wessen Liebe ist tiefer? Hat etwa in dem Kloster das Vaterunser – »Und vergib uns unsere Schuld, wie auch wir vergeben unsern Schuldigern« – an Kraft verloren, weil es dort zur Routine geworden ist? Oder dichte ich in beide Fälle nur Gemeinsamkeiten hinein, obwohl sie gar nicht vergleichbar sind?

Während ich noch vor mich hin grüble, kommt Tobias in meine Bibliothek oben auf der Dürich, in der ich auch arbeite, hereingestürmt. Ein breites Grinsen auf dem Gesicht.

»Ich wusste es doch. Opa hat den totalen Durchblick. Er findet meine Idee ›interessant‹. Was immer er damit sagen will.«

»Was hast du ihm denn verkauft?«, frage ich meinen Sohn.

»Ach, sagen wir mal so. Eine Straßenszene. Zwei auf drei Meter. Drei gleich breite Streifen. Himmel, Häuser, Straße. Opa ist schon dran, seinen Streifen mit den Häusern zu malen.«

»Tobby, spann mich nicht so ausführlich auf die lange Leine. Da gibt es, wie ich Euch beide kenne, ja noch einen Gag. Was ist es denn diesmal? Komm, raus damit!«

»Ist ja schon gut, Vati. Von einem gepflegten Spannungsaufbau hältst du ja wohl nichts. Vor exakt einhundert Jahren ist Marcel Duchamp, ein Franzose in den Staaten, auf die Schnapsidee gekommen. Er hat ein gewöhnliches Pissoir in eine New Yorker Kunstausstellung geschmuggelt. Als Künstler ›R. Mutt‹ angegeben und sein Werk ›Fountain‹ genannt, also Quelle, Ursprung, Brunnen.«

»Aha«, sage ich. »Und dann hat da jemand hineingepinkelt?«

»Aber, Vati!« Tobby gibt sich entrüstet. »Was denkst du denn von Kunstfreunden! Natürlich nicht.«

»Sondern, was ist passiert?«

»Natürlich hat das ungewöhnliche Gerät starke Aufmerksamkeit erregt. Duchamp gefragt, was das denn soll, hat den berühmten Satz geantwortet: ›Der Betrachter macht die Kunst‹ und dann noch drangehängt: ›All associations are permitted‹. Also der Betrachter kann nach seiner Vorstellung das Kunstobjekt vervollständigen, komplettieren. Damit war die so genannte ›ready mades‹-Kunstform geschaffen. Marcel Duchamps ›Fountain‹ gilt heute, Vati, halte dich fest, als das bedeutendste Kunstwerk der Moderne.«

Ich gebe den Prolli: »Ich hätte unten im Keller noch eine kaputte Waschmaschine stehen. Könnte das eure Berühmtheit noch forcieren?«

Tobby schüttelt mit gespielter Verzweiflung den Kopf.

»Oh, alter Herr Anwalt. Ich glaube bald, du führst mich vor.«

»Nicht wirklich. Aber ich weiß immer noch nicht, was du deinem Großvater verkauft hast.«

»Du bist richtig nervig, Vati. Also, Opa malt im klassischen Stil Gebäude, vom Wolkenkratzer wegen New York bis hin zu alten Burgen in seinem Mittelstreifen. Und dann komme ich und male, oben ...«

Er wirft mir dabei einen lauernden Blick zu, aber ich sage nichts.

»... in den Himmel viele bunte Vögel, ohne Flügel, und in den Straßenstreifen, unten, ...«

Wieder bekomme ich einen Blick geschenkt, den ich erneut unkommentiert lasse.

»... male ich Autos, moderne und Oldtimer, Busse, Motor- und Fahrräder, Passanten, Hunde, allesamt ohne Räder und Gehwerkzeuge. Und das Ganze nennen wir ›Hommage an Marcel Duchamp‹. Was hältst du davon?«

»Jetzt im Ernst, Tobby. Ich glaube, das kann ein Riesenspaß werden.«

Mir kommt eine Idee.

»Filius, was hältst du davon, wenn du oben, am Himmel, einen Vogel von James Rizzi mit Flügeln einbaust? Oder ist das kontraproduktiv?«

O weh, was mach ich da! Will ich Tobias zeigen, dass sein Gedanke noch besser geht? Schreck, lass nach!

»Doch, das weißt du besser. Es ist ganz allein deine Idee. Ich will mich da auf keinen Fall aufdrängen oder einmischen, Tobby.«

Er sieht mich streng, besorgt, ja vorwurfsvoll an. Mich überkommt ein mächtig schlechtes Gewissen. Dann grinst mein Sohn über das ganze Gesicht:

»Hast du aber leider. Schon von Anfang an. Du hast mich auf die Idee gebracht. In den letzten geschätzt zehn Jahren redest du immer wieder und nur von Barbarossa. Barbarossa. Barbarossa. Wie wenig wir eigentlich vom Hochmittelalter wissen. Und was die Historiker aus den wenigen Unterlagen mit viel Fantasie für tolle Gesamtzusammenhänge entwickeln. Es lebe die Kreativität! Wie imponierend das ist. Und irgendwann ist mir beim Zuhören der ›ready mades‹-Satz eingefallen: ›All associations are permitted‹. Vati, ja, du bist schuld!«

Husch. Schon ist er wieder zur Tür hinaus. Mein Sohn! Lässt mich mit meiner Schuld allein fertig werden! Wie liebe ich ihn!

*****

O ja, ich bin sehr stolz auf meinen Sohn. Und ich weiß nicht, wie er das alles schafft.

Er ist in seinem letzten Schuljahr, an dessen Ende das Abitur auf ihn wartet. Regelmäßig bringt Tobby sehr gute Ergebnisse mit nach Hause, ohne dass ich den Eindruck habe, er würde großartig dafür büffeln.

Daneben – was heißt ›daneben‹? – malt er mit Tom faszinierende Bilder, deren Schaffung/Erstellung/Gestaltung – wie lautet die richtige Bezeichnung für das Tun meiner beiden Künstler? – zeitintensiv ist, gibt bereitwillig und zunehmend allein Interviews. Tom, durch seine Erkrankung gehandicapt, meidet immer mehr die Öffentlichkeit. Zudem besucht Tobias Ausstellungen, Vernissagen von Galerien, die TobTom-Werke zeigen.

Wie er all diese Termine neben Schule und Hausaufgaben bewältigt, bleibt für mich ein Rätsel. Dabei vernachlässigt Tobby keineswegs seine persönlichen Kontakte. Er trifft sich mit Schulfreunden. Er ist sehr beliebt in seiner Klasse. Ich habe kein einziges Mal gehört oder auch selbst erlebt, dass er wegen seiner geringen Körpergröße gehänselt worden ist. Und dies, obwohl er am Turnunterricht nicht teilnehmen kann. Er hat eine Ausstrahlung, selbstbewusst, lässig, über den Dingen stehend, ohne einen Hauch von Arroganz, der die üblichen Spinner und Neider schweigen lässt.

Und, ein paar Mal in der Woche, trifft er sich mit Katja, die er heiß und innig liebt. Mich vergisst er auch nicht; ganz im Gegenteil. Wir sehen uns und sprechen miteinander. Wahrscheinlich häufiger, als dies in so genannten geordneten Familien der Fall ist. Unsere Vater-Sohn-Beziehung ist voll in Ordnung, sehr kameradschaftlich zudem; denn uns fehlt dieselbe Frau.

Monika. Die Mutter und Geliebte.

Der Kaiser äußert eine Bitte Geylenhusen 1155

Nach dem Besuch im Stollen geht Friedrich nachdenklich hinüber zur Godobertus-Kapelle.

Wie habe ich mich gefreut, Gela zu sehen und sie in meine Arme zu schließen, dachte Friedrich voll Wehmut. *Und jetzt? Jetzt bin ich Kaiser und der Herr der Welt, aber der privateste meiner Wünsche, die Sehnsucht in all den einsamen Nächten der letzten zwölf Monate. Ihre Erfüllung bleibt mir verwehrt.*

In der Kammer neben dem Andachtsraum im Parterre der Kapelle, zu dem er allein die beiden einzigen Schlüssel besitzt, steht die Statue, das Ebenbild seiner Gela. Wenn es ihm schon nicht vergönnt ist, die Gela aus Fleisch und Blut sehen zu können, dann will er sich wenigsten an ihrem Abbild aus Stein erfreuen. Knirschend öffnet sich das Schloss, knarrend die schwere Tür.

Er betritt den kleinen Raum und sieht sie. Ein Knistern liegt in der Luft. Dass sie abgestanden ist, leicht modrig riecht, bemerkt der Kaiser nicht. Er sieht nur, er spürt nur die Gegenwart der steinernen Frau. Seine Gela. Sonderbare Spannung geht von ihr aus, hypnotisch greift sie nach ihm, erregt ihn. Friedrich vergisst, dass Stein vor ihm steht, ihn verzaubert. Er redet mit ihr, küsst ihre Hände. Er weiß, dass sie ihn hört. Die Zeit scheint inne zu halten.

Irgendwann schwindet der Zauber. Friedrich wird sich seines Alleinseins bewusst. Es ist kalt um ihn. Da trennt er sich von Gelas Ebenbild. Er verlässt die enge Kammer, schließt sie hinter sich ab. Im schummrigen Licht des Andachtsraums sieht der Kaiser eine Person, kniend. Überrascht erkennt er in ihr Egbert, der dort betet. Irgendetwas bewegt offensichtlich den Freund schmerzlich, wie Friedrich sieht. Er fragt besorgt:

»Entschuldige, Egbert, dass ich dich in deiner Andacht störe. Doch sag, was dir solch Schmerz bereitet, mein Freund? Kann ich dir helfen?«

Der Graf windet sich. Dann bittet er Friedrich, die Gründe nicht zu hinterfragen.

»Es ist geschehen, mein Herr und bester Freund. Es soll nicht ärger werden.«

Der Kaiser nickt.

»So sei es, Egbert. Du aber weißt, mein Freund, du kannst stets auf mich zählen, wenn du meiner meinst zu brauchen. Ich wiederum mag es, wenn Männer um mich sind, denen ich vertrauen kann.«

Und er fügt hinzu: »Ich warte draußen. Doch lass dir alle Zeit.«

Als der Graf von Selboldt und Geylenhusen nach geraumer Zeit die Kapelle verlässt, trifft er draußen Friedrich allein an. Der Kaiser hat sein Gefolge, das ihn gesucht und hier gefunden hatte, zurück in die Burg geschickt. Er bittet den Freund ihn hoch in den Wald zu begleiten zu seiner Eiche neben dem kleinen Quell.

Sie steigen schweigend den Hang empor. Mit jedem ihrer Schritte aufwärts verdichtet sich die besänftigende Atmosphäre des Waldes. Die Baumkronen verschleiern das Licht. Fast wie in der Godobertus-Kapelle ist es. Der Geruch von Moder, Harz, frischem Laub. Das geschäftige Summen und Brummen der Insekten. Nur selten der einzelne Schrei eines Vogels.

Oben am Fuß der Eiche, neben dem quirlig sprudelnden Quell zeigt Friedrich durch die Lichtung hinab auf die Insel in der Kinz, auf der er eine, seine Burg erbauen möchte.

»Du siehst es selbst, Egbert, für zwei Burgen auf solch engem Raum ist nicht der Platz. Drum möchte ich dich um folgendes bitten:

Tritt den Geylenhusener Teil deiner Grafschaft, also die Burg, an den Erzbischof von Mainz ab. Der andere Teil gehört Eurer Familie, seit der erste Adalbert von Saarbrücken Erzbischof von Mainz war. Verkauf dem jetzigen Bischof die Burg Geylenhusen für einen guten Batzen Silber. Du weißt, Erzbischof ist jetzt, nachdem sein Vorgänger Heinrich I. mit dem Bann belegt, Arnold von Selenhofen. Arnold hat den erzbischöflichen Stuhl auf meinen Wunsch hin erhalten. Er kennt von mir persönlich um mein Anliegen und wird dir deshalb freundlich sein. Das Silber, das er zahlt, soll allein deins und Gelas sein.«

»Warum, mein edler Freund, soll ich nicht unmittelbar dir das Recht an Geylenhusen übertragen?«

»Wenn du Arnold dein Geylenhusen mit der Burg überlässt, dann muss der Erzbischof von Mainz statt deiner künftig für mich und meinen Hof, wenn ich hier weile, Sorge tragen. Und ich beabsichtige förderhin häufig und für viele Tage hier zu sein, während die neue Kaiserpfalz errichtet wird. Das spart dir große Last. Und schließlich übernehme ich Geylenhusen mitsamt der neuen Burg. Hier wird einst eine stolze und große und freie Reichsstadt blühen. Das ist mein Plan.«

Friedrich gibt Egbert keine Gelegenheit zu einer Antwort. Er redet weiter, immer weiter:

»Wenn du dies möchtest, werd ich dir gern ein anderes Lehen übertragen. Bevor du dich jedoch entscheidest, vernimm zunächst, was mein anderer Plan.

Es muss hier in Geylenhusen jemanden geben, der all die fremden Menschen, die an diesem Bau meiner Burg beteiligt, in meinem Namen beaufsichtigt und zugleich mein Vertrauen voll genießt. Das, so ist's mein tiefster Wunsch, sollst du sein, Egbert. Du, der du auch nach Errichtung dieser Pfalz sie in meinem Namen verwalten und die hier ständig weilenden Burgmannen führen sollst. Allerdings nur, wenn dir dieses Amt Freude bereiten würde. Nur dann, versteht sich.«

Egbert zögert nicht, er verspricht es dem Freund auf die Hand. Friedrich scheint es fast, als würde sein Freund Erleichterung verspüren.

*****

Nach weiteren zwei Jahrzehnten, im Jahre des HErrn 1175, wird sich Ähnliches ereignen, als Welf VI., der nach dem Tod seines Sohnes nur noch in Luxus schwelgen will, seinen Neffen, den Kaiser Friedrich I. zum alleinigen Erben seines gesamten Besitzes einsetzt. Die ›Welfenchronik‹ vermeldet, dass Herzog Welf VI. zunächst gegen eine große Summe in Gold und Silber, die er von Friedrich erhielt, seine italienischen Herrschaftsrechte und das Mathildische Hausgut in der Toskana an den Kaiser abgetreten hat. Später dann überträgt er, wiederum gegen Silber, auch noch das deutsche Eigengut der Welfen, das aus einem Teil Oberschwabens, Land am Bodensee und im schwäbisch-bayerischen Grenzgebiet besteht, an den Kaiser.

Heinrich der Löwe, ebenfalls ein Neffe von Welf VI., dem dieser zunächst sein Eigengut versprochen hatte, erfährt erst während des Pfingstfestes 1175 vom Abschluss der Verhandlungen zwischen Onkel Welf VI. und dem Kaiser, was ja zugleich bedeutet, dass sein Haus die schwäbischen Besitzungen verloren hat. Dafür wird er sich im Jahr darauf bitter an Friedrich I. rächen.

Friedrich plant die künftige Stadt – Geylenhusen 1155

Nach unruhiger Nacht sucht Friedrich weiter verzweifelt nach seiner geliebten Gela. Am frühen Morgen treibt es ihn erneut zum Kloster in Meerholz hin. Er hört nicht die warnenden Rufe »Der Kaiser setzt über!« und »Der Kaiser kommt!«.

Er sieht nicht die vom steten Weinen geröteten Augen, das weiter ablehnende Kopfschütteln der jungen Frau. Er hört nur die Worte der Äbtissin, die ihn höflich, aber bestimmt fragt:

»Allergnädigste Majestät, meint Ihr nicht, wir würden es Euch sagen, wenn wir wüssten, wo die Edle Angela ist? Glauben Euro Hochwohlgeboren etwa wirklich, wir würden Euch etwas verschweigen?«

Er hört nur die Fragen, sieht aber nicht die Wahrheit, die sich hinter ihnen verbirgt. Die einfachen Antworten »Ja, das glaube ich!«, »Ja, das meine ich!« zu stellen, kommt ihm nicht in den Sinn. Ist er doch der Herrscher.

Friedrich sucht den verborgenen Gang auf. Er findet ihn verlassen vor. Er spürt nicht die Liebe, die Zärtlichkeiten, das Lachen, die Sehnsucht, die Zuneigung, die all überall auf den Felswänden lagern. Er sieht nur den Fels und den schmalen Rinnsal, der sich, neu, über den Boden seinen Weg sucht. Kann er aus Tränen und Weinen bestehen? Das fragt er sich nicht. Er denkt:

Das Wasser muss weg! Ich werde einen Baumeister anweisen, es abzudichten!

Seine Rufe nach der Muhme bleiben unerhört. Friedrich eilt weiter zur Godobertus-Kapelle. Sie ist menschenleer. Er bekreuzigt sich vor dem schlichten Kruzifix auf dem Altar. Im Nebenraum steht die Statue. Das Zeichen seiner ewigen Liebe. Wo er gestern noch diese geheimnisvolle erregende Spannung empfand, ist heute – nichts außer seiner Enttäuschung. Gela aus Stein. Weggesperrt. Bis zu dem Tag, an dem seine

Burg fertig errichtet sein wird mit einem Stollen, der zur geheimen Höhle führt. Dort wird er sie aufstellen lassen.

Friedrich begibt sich schweren Schrittes hinüber zur kleinen Burg, wo sein Gefolge auf ihn wartet. Ein Gefühl von Einsamkeit lastet auf seinen Schultern. Dort trifft er auf Egbert, der sich im Aufbruch befindet. Er will zurück nach Selboldt.

»Ich bin untröstlich, Egbert. Nirgendwo ein Lebenszeichen von Gela. Nirgendwo eine Spur.«

Friedrich, Freund, denkt der Graf, *du bist ein armer Mensch. Du siehst die Welt nicht mehr. Du siehst in ihr nur dich. Kennst du nicht die Geschichte von dem Spiegel, in den man hineinschaut und nicht sich, sondern die Welt um sich herum mit deren Augen sieht? Hast du eigentlich eine Ahnung, was andere Menschen empfinden? Männer, Frauen, die nicht wissen, was sie morgen erwartet? Die nichts zu fressen haben und sich deshalb zueinanderlegen, um sich von Hunger, Angst, dem Morgen abzulenken?*

Wir kennen uns beide nun mehr als zwei Jahrzehnte, aber was weißt du von mir? Weißt du, wann meine Eltern verstorben sind? Dass ich ein Weib hatte? Zwei Kinder? Nichts weißt du, mein Freund. Du siehst allein das Große und Ganze, doch das Kleine siehst du nicht. Dabei besteht doch das Große aus dem Kleinen, das wiederum aus noch Kleinerem besteht. Ohne das ganz Kleine gibt es das ganz Große nicht. Warum sagt dir das keiner deiner Berater, die ständig um dich herumschwänzeln? Wenn du es wüsstest, würdest du Gela verstehen und dich ganz anders verhalten.

Mein Freund, du bist im Grunde ein herzensguter Mann. Du bist hilfsbereit, freundlich, großzügig. Wenn du die Notwendigkeit dazu erahnst. Ansonsten schiebst du Städte und Staaten wie Steine herum oder zertrittst sie. Oh, Friedrich, wenn ich den Spiegel hätte, wie liebend gern würde ich ihn dir schenken.

»Lass uns ein Stück des Wegs zusammenreiten, Egbert«, schlägt Friedrich vor. »Wo willst du hin?«

»Nach Selboldt will ich, Herr«, antwortet Egbert eingedenk des Gefolges, das ihr Gespräch mithören kann.

»Das trifft sich gut. Ich muss nach Worms. Dann also auf. Lass uns gemeinsam gen Abend reiten!«

Während des Ritts eröffnet Friedrich abseits des Gesindes dem Freund, dass er nun eine Kaiserin für sich suchen muss. Und dass er darüber mit Gela habe sprechen wollen.

»Sie ist's, die meinem Herzen weiterhin am allernächsten steht. So wird es immer bleiben. Doch nimmt das Reich und damit unser aller Wohl mich in die Pflicht. Mein persönliches Los hat dabei zurückzustehen. Eine Prinzessin von Byzanz ist angedacht. Dem Frieden in Italien wär es dienlich.«

Und dann, plötzlich, als wär ihm das Gesagte lästig, nimmt das Gespräch eine unerwartete Wendung:

»Und du, Freund Egbert, was führt dich so schnell nach Selboldt?«

Der ist überrascht. Eine persönliche Frage. Anteilnahme. Gibt es doch den Spiegel?

»Ich muss mit meinem Bruder reden über den Plan, Geylenhusen an den Erzbischof von Mainz abzutreten.«

Der Kaiser, bass erstaunt, fragt:

»Du hast noch einen Bruder in Selboldt?«

»Gewiss. Luitold von Gleißberg. Er ist jetzt Probst unseres Zisterzienserklosters in Selboldt.«

Und Egbert nutzt die Gunst der Stunde, um Friedrich vor Augen zu führen, dass sie Verwandte sind und nicht nur Freunde:

»Deines Vaters zweite Frau, Agnes von Saarbrücken, war die Tochter von Gisela von Selboldt. Du hast beide Frauen zusammen gesehen bei deinem ersten Besuch in Selboldt, damals, als Gela getauft worden ist. Und meine Großmutter Gisela, also deine Stiefgroßmutter, war die Schwester von Egbert von Gleißberg. Ihm zu Ehren gab sie ihrem Erstgeborenen den Rufnamen Ekbert. Ekbert von Selboldt-Geylenhusen, dem wiederum zwei Söhne geboren wurden, Luitold von Gleißberg und mich, Egbert. Egbert von Selboldt-Geylenhusen. Und er ward zudem Vater einer wunderschönen Tochter namens Angela.«

»Und ihr zu Ehren werden wir den Ort Geylenhusen, nachdem der Erzbischof von Mainz ihn für mich von dir erworben hat, umbenennen in Gelahusen oder, weil es nichts an der Widmung ändert, aber vielleicht edler klingt, in Gelenhusen. Sag es ihr bitte, Egbert. Bitte. Ich habe noch Großes vor mit diesem schönen Ort.«

Friedrich zögerte kurz, bevor er noch sagte:

»Was du ihr aber nicht sagen musst, ist, dass Eure Godobertus-Kapelle für mich schon lange ›Gela-Kapelle‹ heißt, seitdem sie mich damals, als in mir das gefährliche Feuer loderte, so fürsorglich betreut hat.«

*****

Mehr als drei Jahre später erst, im Jahre des HErrn 1158, wird der Mainzer Erzbischof Arnold von Selenhofen die Burg derer von Selboldt in Geylenhusen erwerben. Die Zahlung des Kaufpreises bleibt er jedoch schuldig. Graf Egbert lebt privat inzwischen ganz in Selboldt. Allein. Seine Frau samt ihrer beiden Kinder hat er verstoßen. Über das Warum schweigt der Graf beharrlich. Irgendwo, im Büdingischen nebenan, soll man sie gesehen haben. Mit einem Unbekannten.

Auch seine Besuche bei seiner Schwester im Meerholzer Kloster werden seltener. Gela lässt es sich nicht anmerken, doch sie zuckt ein jedes Mal zusammen, wenn sie den geliebten Bruder sieht. Alt ist er geworden, grau seine Haut, so traurig sein Blick. Ihre Versuche, ihn aufzumuntern, scheitern.

Doch im Dienst des Freundes erweist sich Graf Egbert als zupackend. Er weiß, dass er den Zusagen des Freundes vertrauen kann. Dann vergisst er den Kummer, der ihn plagt. Noch im Jahr des Verkaufs von Ort und Burg Geylenhusen lässt er die ersten Eichen im Reichsforst fällen. Die von Ästen und Wurzelwerk befreiten Stämme werden sodann zu

Tal gebracht. Viele Tausend werden folgen. Und in den Hängen nördlich der Kinz zeigen sich alsbald vermehrt rote Wunden; dort, wo aus ihnen Felsen gebrochen werden, die grob zurechtgeschlagen auf ihren Abtransport ins Tal warten.

Der Bau von Barbarossas Burg hat begonnen.

Gelnhausen 2017
Langer meldet als vermisst

Dass sich Friedrich I. Barbarossa irgendwie ausgeschlossen fühlt, als er vergebens nach seiner Gela sucht, und niemand, angeblich, etwas über den Verbleib seiner Geliebten weiß, das kann ich nur zu gut nachvollziehen. Ging es mir doch ebenfalls so, als ich vor einem Jahrzehnt – so lange ist es nun schon her – plötzlich die Mitteilung vom Verschwinden Monikas aus der geschlossenen Abteilung der Psychiatrie erhielt. Niemand hatte etwas von ihr gesehen, keiner wollte etwas von meiner Frau gehört haben, allen war es gleichermaßen peinlich. Aber was half' s? Monika hatte sich offensichtlich in Luft aufgelöst. Das ist natürlich unmöglich. Aber wo war sie?

Ich habe damals die Polizei in Frankfurt aufgesucht, um das Verschwinden Monikas anzuzeigen. Zwar war unsere Ehe auf Monikas Wunsch nach gut einem Jahr des Getrenntlebens förmlich geschieden worden, aber ich fühlte und fühle weiterhin die Verpflichtung, mich um die geliebte Frau und die Mutter von Tobias zu kümmern. War sie doch psychisch ein Wrack, als sie aus der Psychiatrie in Frankfurt geflohen ist. Das hat mir das Krankenhaus schriftlich bestätigt.

»Unter erheblichen Bauchschmerzen!«, wie die freundliche Stationsärztin meinte, mir erklären zu müssen. »Damit verstoße ich gegen meine Schweigepflicht und den Datenschutz. Aber Sie, Herr Doktor Langer, haben Frau Schlosser ja zu uns gebracht. Mit ihrem Vater. Es ging ihr in den letzten Tagen zwar schon sichtlich besser, aber wir haben ja auch selbst, schon aus unserer Fürsorgepflicht der Patientin gegenüber, das Verschwinden von Frau Schlosser angezeigt.«

Warum lag sie dann noch auf der geschlossenen Abteilung, wenn es ihr doch schon sichtlich besser ging?

Ich habe mir diesen Vorhalt nur gedacht, aber nicht laut ausgesprochen, weil ich mir die Reaktion vorstellen konnte. Jedem ist seine eigene Haut am nächsten. Ich liebe meine Frau immer noch unverändert. Das aber war für die Polizisten kein Argument. Und auch die Tatsache, dass ich der Vater bin von Monikas minderjährigem Sohn, der bei mir lebt, erbrachte keine so zupackende Reaktion, wie ich sie mir gewünscht hätte.

»Kein Erwachsener ist verpflichtet, sich bei seinen Angehörigen, Freunden oder guten Bekannten abzumelden. Wenn jemand aus seinem alten Leben aussteigen will, dann ist das allein seine Sache. Unterhaltsverpflichtungen gibt es nach Ihrer Aussage anscheinend auch nicht. Der Sohn der Vermissten lebt ja bei Ihnen, Herr Doktor Langer.«

Wenn also keine begründeten Anhaltspunkte vorliegen, dass eine Gefahr besteht, wird die Polizei nicht tätig.

»Psychiatrie, das ist ein Anhaltspunkt für Hilflosigkeit. Doch das Krankenhaus hat uns bescheinigt, dass es der Vermissten schon deutlich besser ging, und sie nur noch auf der geschlossenen Abteilung lag, weil im normalen Pflegebereich aktuell erst wieder am Folgetag ein Bett frei geworden wäre. Da können wir nichts machen.«

Achselzucken als Zeichen des Bedauerns. Mein Hinweis, dass ich Anwalt in Gelnhausen bin, brachte mir nur ein »Dann kennen Sie sich ja aus!« Sie gaben mir ein paar Formulare mit zum Ausfüllen.

Pure Beschäftigungstherapie! dachte ich genervt.

Um meiner Vermisstenanzeige entscheidenden Nachdruck zu verleihen, habe ich zu einem zweiten Anlauf Tom mitgenommen, meinen Ex-Schwiegervater, Freund, Tobbys Großvater und ehemaliger Beamter beim hessischen Landeskriminalamt in Wiesbaden. Jetzt nahmen die Beamten die ausgefüllten Formulare freundlicher entgegen.

»Und jetzt?«, fragte ich Tom. »Was passiert jetzt?«

»Tja!«, meinte mein alter Freund. »Jetzt wird die Anzeige in die EDV eingespeist, sowie ein paar hundert andere Vermisstenanzeigen pro Tag auch. Dann erfolgt eine Gefahreneinschätzung. Da wird nachgeschaut, ob es in der Zeit nach Monikas Verschwinden irgendwo im Großraum Frankfurt, in Hessen, in Deutschland eine Gewalttat, Vergewaltigung,

Totschlag oder gar Mord mit einem weiblichen Opfer gegeben hat, das unbekannt ist und auf das die Beschreibung Monikas passt.«

»Und aktiv suchen, nachforschen? Was ist damit?«

»Ach, Martin. Du bist doch Strafverteidiger und kennst die Antwort. Bis zum Beweis des Gegenteils gilt, Monika ist eine erwachsene Frau. Sie kann machen, was sie will, wenn sie nicht entmündigt ist. Ihr Geld abheben, ausgeben, verreisen und so weiter.«

»Aber ...«

»Martin, glaub mir, ich habe schon längst meine Freunde im LKA aktiviert. Bis jetzt ohne Erfolg. Du weißt so gut wie ich, Monika ist eine intelligente Frau, mag sie auch psychisch angeschlagen sein. Es gibt offensichtlich keine einschlägige Spur. Wenn uns Kommissar Zufall nicht irgendwann hilft, dann können wir nur hoffen und beten, mein Junge.«

»Mein Junge« hat er vorher noch nie zu mir gesagt. Das zeigte mir, dass Toms Gefühlswelt ebenfalls höchst angespannt war. Wen wundert's, wenn ich an meine eigene denke?!

»Selbst, wenn ein vermisster Erwachsener gefunden wird, erhält der Anzeigensteller nur die Mitteilung, dass der beziehungsweise die Vermisste lebt. Der aktuelle Aufenthaltsort der gesuchten Person wird nur mit deren Einverständnis bekanntgegeben. Damit endet die Tätigkeit der Polizei; es sei denn er oder sie ist straffällig geworden oder selbst Opfer einer Straftat.«

Tom hielt kurz inne, bevor er weitersprach:

»Davon ist aber bis jetzt nichts bekannt. Das einzige, was wir noch machen könnten, wäre ...«

»Sag schon, Tom, was gibt es noch?«

»... einen auf solche Vermisstenfälle spezialisierten Detektiv zu beauftragen.«

Er schüttelte den Kopf: »Martin, ich habe auch diese Idee rauf und runter durchgespielt, aber ich komme immer zu demselben Ergebnis:

Für unseren gemeinsamen Fall nicht geeignet. Damit können wir keinen Blumentopf gewinnen.«

Weil ich wusste, wie sehr Tom seine Tochter liebte, dass er alles für ihr baldiges Auffinden hingeben würde, wenn er nur einen Hauch von Hoffnung damit verbinden könnte, schloss ich mich damals seiner Ansicht an.

Alle zwei, drei Monate in den nachfolgenden Jahren, in der Anfangszeit noch häufiger, müssen wir uns nur in die Augen sehen um zu wissen, was der andere dachte. ›Und was jetzt?‹ oder ›Es kann doch nicht sein, dass wir weiter stillhalten! Was können wir tun?‹ oder ›Sollen wir nicht doch einen Privatdetektiv einschalten? Bevor wir uns auf ewig Vorwürfe machen?‹ Resignation lag uns fern, aber unsere Gehirne schienen wie gelähmt. Nichts Neues fiel uns ein. Wir konnten uns für keine Maßnahme, kein irgendwie geartetes Handeln entscheiden. Wir dachten zwar fast ununterbrochen an Monika (Tom) und Mona (ich). Aber nur denken bringt nichts.

Doch so ganz trifft das offensichtlich nicht zu. Irgendwie scheinen die Gedanken in unserem Unterbewusstsein auf der Suche nach einer Antwort weiter herumzurödeln, auch wenn man es selber gar nicht mitbekommt. Irgendwann Anfang 2017, Tom und ich sahen uns gerade wieder einmal traurig in die Augen, da schoss mir ganz plötzlich eine Idee in den Sinn. Möglicherweise war dafür die Kombination aus Toms zuvor wieder einmal erwähntem ›Blumentopf‹ und ›Nelke‹, dem Namen meines damals neuen Mandanten Nelke, der Auslöser.

»Tom, alter Freund«, sagte ich, »mal doch bitte ein TobTom-Bild von Monika. Mit viel Trara. Damit es in möglichst vielen Medien vorgestellt wird. Lass uns Monika quasi per Kultur zur Fahndung ausschreiben.«

Mein Ex-Schwiegervater nickte anerkennend:

»Sehr gut, Martin! Auf die Idee hätte ich längst auch selber kommen müssen!«

Wie Gela schaut sie aus Lothringen 1155

Dass Friedrich seine zweite Ehefrau kennenlernt, ist zwar, wie sich im Nachhinein erweisen soll, ein Glücksfall, aber keinesfalls zufälliger Natur oder, und vielleicht richtiger formuliert, das Ergebnis vieler Zufälle, die zu rechten Zeit zusammentreffen. Da ist zum einen, dass Friedrich seine Überlegung eine Frau aus der oströmischen Kaiserfamilie zu ehelichen, fallen lässt, und zwar wie ein Stück glühende Kohle, als er die Schwierigkeiten erkennt, die mit einer solchen Heirat einhergehen würden. Der Herrscher in Konstantinopel will sich, wie Friedrich und sein römisch-deutsches Reich ebenfalls, Süditalien einverleiben. Die aus einer solchen Konstellation zu erwartenden erheblichen politischen Spannungen – von den Auseinandersetzungen mit beiden Kirchen, die sich nicht grün sind, ganz zu schweigen – sind ihm die Ehe mit einer Kaisertochter nicht wert. Im Jahre des HErrn 1155 beendet Kaiser Friedrich seine byzantinische Freite.

Im September desselben Jahres verstirbt im Westen des Reiches Graf Wilhelm IV. von Maçon, der Vormund von Beatrix, dem einzigen Kind aus der Ehe des verstorbenen Grafen Rainald III. von Burgund mit der bereits vor ihm verblichenen Agathe von Lothringen. Wilhelm IV. hat das junge Mädchen aus Habgier und Eifersucht in einem Burgturm eingesperrt gehalten. Nach dem Tod des Grafen kümmert sich nun Matthaeus I., Herzog von Oberlothringen, ein Onkel mütterlicherseits, um die gerade einmal fünfzehn Jahre junge Waise. Wie der nächste Zufall es will, ist Herzog Matthaeus I. seit sechzehn Jahren mit Berta verheiratet, der Schwester Friedrichs. Berta hat sich zu einer ehrgeizigen Frau entwickelt, die sehr stolz ist auf ihre enge familiäre Beziehung zum Kaiser und die diese auch zu nutzen weiß. Gelegenheiten dazu ergeben sich häufig, besonders dann, wenn man sie wie Berta sucht und leicht findet; denn Friedrich weilt gerne in der alten Heimat auf dem Elsass, und die grenzt an Lothringen.

So bleibt nicht aus, dass Friedrich am vierten Advent des Jahres 1155 Beatrix von Burgund kennenlernt. Er wird in diesen Tagen dreiunddreißig Jahre alt, weilt auf der Reichsburg Triefels, auf der die Reichsinsignien verwahrt werden, und wird dort von seiner Schwester Berta und ihrem Ehemann Matthaeus I. besucht. Sie bringen Beatrix mit. Sie sehen und interessiert sein an der jungen Frau ist eins für ihn.

Was heißt ›interessiert‹? Das Wort ist viel zu blass. Ein Feuer brodelt in ihm auf wie eine Stichflamme.in harzigem Holz. Wen er da vor sich sieht, ist doch seine Gela, wie sie ihn vor bald zehn Jahren im Wald über Geylenhusen an der Eiche lehnend erwartet hat. Ihr erstes Zusammensein. Das Mädchen vor ihm. Der jungenhafte Körper. Dessen selbstbewussten, eleganten Bewegungen. Der Schnitt der Augen. Der sinnliche Blick. Er gefällt ihr. Eindeutig. Er spürt es. Noch fürchtet sie das ihr Unbekannte. Davon abgesehen: Wenn sie nicht goldgelbes Haar tragen würde, sondern weißsilbernes, er würde erstaunt, entzückt, erfreut »Gela« rufen.

Dann im Gespräch. Ein Unterschied. Nicht unangenehm. Im Gegenteil: Ihre Stimme ist tiefer als Gelas. Entzückend der französische Akzent, mit dem sie deutsch spricht. Und voller Esprit. Sie weiß viel, kann schreiben und lesen, selbst das Lateinische beherrscht sie in Wort und Schrift. Und noch manches mehr, was der Kaiser nicht kann. Friedrich fühlt sich wieder zehn Jahre jünger. Diese Kindfrau will er haben. Da gibt es kein ›Ja, aber‹. Sie ist für ihn ein Rohjuwel, den es zu ehren und zu bewahren gilt. Er will sie behüten, beschützen, bis sie erwachsen genug ist, um selbst seine Geliebte sein zu wollen. Das denkt sich Friedrich, das nimmt er sich vor. Laut kundtun wird er es wohlweislich nicht. Die anderen Männer würden es nicht verstehen. Für sie sind verheiratete Frauen zu achten, alle anderen Weiber sind für die Lust da. Friedrich sieht es ihnen nach. Sie wissen es nicht besser. Kennen sie doch keine Gela. Sollen sie ruhig erneut unken, er sei unfruchtbar.

Als Friedrich dann auch noch von seinem Schwager erfährt, wie reich die Grafschaft Burgund ist, die zum Erbe von Beatrix gehört, ist seine Entscheidung endgültig getroffen. Er wird Beatrix von Burgund zu seiner Königin und Kaiserin machen. König von Burgund ist er als römisch-deutscher König von Rechts wegen schon. Durch die Heirat werden nun Hoch-Burgund, Savoyen und die Provence seinen Herrschaftsbereich vergrößern und zugleich die schwäbische Hausmacht stärken. Welch Geschenk! Seine offizielle Krönung zum König von Burgund erfolgt aber erst zweiundzwanzig Jahre später, am dreißigsten Juli 1178 in Arles.

Die neuen Länder, die er durch die Ehe erwerben wird, eröffnen seinem Heer zudem einen neuen, bequemeren Zugang nach Italien. Ein nicht zu verachtender strategischer Vorteil. Bislang hat er sich noch nicht weiter mit dem westlichen Teil seines Reiches befasst. Das will er nun schnell nachholen. Und auch die Burgunder, die in der Vergangenheit seinen königlichen Vorgängern reserviert, ja sogar ablehnend gegenüberstanden, sollen ihn schätzen lernen. Das nimmt er sich vor.

Frankfurt am Main 2017
Martin Langer lauscht

Ich hielt mich gerade in unserer alten Wohnung in der Wursthofgasse auf, in dem Teil der vierten Etage also, den Tom Schlosser jetzt weitgehend als Lager für seine Bilder nutzte. Alle paar Tage, wenn ich meinen alten Freund und Ex-Schwiegervater besuchte oder meinen Sohn sehen wollte, der dort sehr oft mit seinem Opa zusammen an einem neuen Gemälde arbeitete, ging ich in diese Räume, um in Küche und Bad kurz das Wasser laufen zu lassen und die Wasserspülung zu betätigen. Ich wollte sicher sein, dass sich keine Ränder bildeten oder eine Dichtung ausgetauscht werden musste. Solche Gedanken lagen Tom, dem Künstler, zunehmend fern.

Gerade als ich meinen heutigen Rundgang durch die Vergangenheit beendet hatte und zurück in den Wintergarten gehen wollte, der von den TobToms zunehmend in ein großes Freilichtatelier umfunktioniert wird, da hörte ich, wie Tobby seinen Großvater fragte:

»Opa, wie war meine Mutter eigentlich so?«

Oh ja, fiel mir ein, *Tom malt ja an dem von mir angestoßenen Portrait von Mona. Da liegt Tobbys Frage nahe.*

Auf Toms Antwort war ich gespannt. Ich blieb deshalb hinter der Wohnungstür stehen.

»Opa, ich habe dich was gefragt«, drängelte Tobias.

»Tobi, ich hab dich schon gehört. Und ich überlege, was ich dir antworten soll. Wenn ich sage: ›Ein großartiger Mensch‹, was auch stimmen würde, dann weiß du eigentlich nicht mehr, als jetzt auch. Also muss ich die Facetten sammeln, die dir ein besseres Bild von deiner Mutter zeichnen.«

»Okay! Ich verstehe!«, räumte Tobby bereitwillig ein.

Es herrschte im Wintergarten Schweigen. Fast wäre ich zu meinen beiden Männern hinausgegangen, als sich Tom räusperte.

»Deine Frage ist wirklich schwer zu beantworten, Tobi. Als Kind war sie so wie du. Fröhlich, neugierig, anschmiegsam. Sie liebte ihre Katze. Cherry hieß sie. Den Namen hatte sie von deiner Oma. Die hat die Katze eines Tages erwischt, wie sie deren Gläschen Eckes Edelkirschlikör leer schleckte. Das war ihr schon vorher ein paarmal widerfahren. Ich meine, dass sie sich ein Gläschen Edelkirsch eingegossen hat, und wenn sie daran nippen wollte, war es leer. Meine Frau, deine Oma also, hat eigentlich Basti, unseren Sohn, der Tat ›Likörraub‹ verdächtigt. Der hat es energisch bestritten. ›Ich kann das süße Zeug nicht ab‹, hat er gesagt.«

»Wo ist denn Basti, der wohl mein Onkel ist, heute?«, hörte ich meinen Sohn fragen.

»Sebastian, den wir alle nur ›Basti‹ genannt haben, ist ... leider gestorben. Doch das ist eine andere Geschichte«, fuhr Tom hastig fort. Und das war gut so.

»Deine Mutter ist in vieler Hinsicht ein großartiger Mensch. Sie ist rundum ehrlich, warmherzig und hilfsbereit. Äußerlich eine sehr elegante Erscheinung. Eine schöne Frau. Groß, schlank. Mit Bewegungen, geschmeidig wie ein Panther. So beschreibt sie dein Vater. Mit Recht, muss ich eingestehen. Ihr Lachen steckt an. Das tat es schon, als sie in den Kindergarten ging. Ihre großen blauen Augen ziehen an. Manchmal offensichtlich auch die falschen Typen.«

»Wie meinst du das, Opa?«, fasste Tobby sogleich nach.

Aber Tom, der alte Kriminalbeamte, verstand immer noch sein Handwerk. Er hatte gleich bemerkt, dass sein letzter Satz missverständlich gewesen war.

»Tobi, du hast doch auch schon von der alten Statue gehört, zu der deine Mutter eine besondere Beziehung entwickelt hat. Was es genau ist, wie es die Figur macht, wissen wir nicht. Auf jeden Fall hat sie deiner Mutter so sehr gefallen, dass sie sie immer um sich haben wollte. Weißt du, Tobi, manchmal glaube ich, es ist ihrer großen Hilfsbereitschaft geschuldet, dass sie so sehr von der steinernen Frau eingenommen wird. Es ist, als ob Mona spüren würde, dass die Statue dringend Hilfe benötigt.«

Es folgte eine neue Pause, bevor Tom weitersprach:

»Deine Mutter ist eine intelligente Frau. Das zeigte sich schon in ihrer Schulzeit. Sie war fleißig, aber das Lernen fiel ihr zudem auch leicht. Sehr leicht. Sie hätte alles studieren können. Aber sie hängt auch sehr an ihrer Familie. Als ihre Mutter einmal, und nicht Cherry die Katze, den Kirschlikör selbst getrunken hat und dann beim Autofahren erwischt wurde, da brauchte sie dringend Hilfe, weil sie auf ihre Fahrerlaubnis angewiesen war. Für mich steht so gut wie fest, dass dieses Erlebnis der Auslöser für Monika gewesen ist, Verkehrspsychologin zu werden. Sie wollte helfen.«

Tom hob die Stimme an:

»Tobi, das soll es erst einmal sein. Und bitte, die Geschichte von der Oma und Cherry, der Katze, und dem Kirschlikör bleibt unter uns. Ich habe sie noch niemand erzählt.«

»Ehrensache, Opa!«

Ich blieb noch eine Zeitlang in der alten Wohnung, bis ich mich dann wieder zu den beiden Künstlern gesellte. Ich kam mir schlecht vor. Das war auch der Grund, weshalb ich mich an diesem Tag bald von den beiden verabschiedet habe.

Hochzeit in Würzburg
Juni im Jahre des HErrn 1156

Am siebzehnten Juni im Jahre des HErrn 1156 ehelicht Kaiser Friedrich I. Barbarossa in Würzburg Beatrix von Burgund, Erbtochter des Grafen von Burgund, Rainald III. Durch diese Heirat mit der Burgunderin kommen nun die begüterten Länder Hoch-Burgund, Savoyen und die Provence in des Kaisers Herrschaftsbereich. Das stärkt seine Hausmacht und bietet große strategische Vorteile. Zudem stammt Beatrix aus einer alten, hochgestellten Familie, die Verbindung steigert das Prestige des Kaisers aus dem Schwabenland.

Kurz vor der Hochzeit ist die Braut, die fünftausend Ritter in voller Rüstung mit in die Ehe bringt, zur Königin gekrönt worden. Sie stellt etwas dar. Der König ist sehr stolz auf sie, und fast euphorisch zudem. Das Glück scheint gegenwärtig an seinen Fingern zu kleben. Im Mai hat er Rainald von Dassel, den Propst des Domkapitels in Münster, seinen langjährigen Vertrauten, zum Reichskanzler bestellt. Und wenige Tage vor der Heirat hat sein Onkel Heinrich Jasomirgott, der Babenberger, endgültig auf das Herzogtum Bayern verzichtet. Jetzt kann er endlich Österreich zum Herzogtum erheben und dem Onkel übertragen. Im September des Jahres soll es geschehen. Dann wird der ewige Konfliktherd Bayern wohl ein für alle Mal bald Vergangenheit sein. Und nun die Vermählung mit dieser wunderhübschen Frau, die so viel Schönes und Atemberaubendes in ihm wachruft!

Acerbus Morena, Sohn von Otto Morena, der Konsul und Richter der Stadt Lodi in der Lombardei war, und zudem Beauftragter von Kaiser Lothar III. wie auch von König Konrad III. und Verfasser der Geschichte Friedrichs I., dieser Acerbus schreibt späterhin, als er Podestà, also Stadtvogt von Lodi ist und die Geschichtsschreibung des Kaisers nach seinem Vater Otto weiterführt, schwärmend über Beatrix:

> ›Kaiserin Beatrix hatte glänzendes und goldenes Haar, ein sehr schönes Antlitz, schön gebildete, weiße Zähne. Sie ging aufrecht, hatte einen kleinen Mund, züchtigen Blick, leuchtende Augen, war

zurückhaltend, besaß sehr schöne Hände und einen schlanken Körper.‹

*****

Würde ihr Haar silbern statt gülden glänzen und wäre ihr Teint etwas heller, Friedrich sähe die geliebte Gela leibhaftig vor sich, wie sie da an dem Eichenstamm lehnt und ihm ihre Hände entgegenstreckt, da oben im Reichsforst von Geylenhusen. Sehr groß ist die Ähnlichkeit der beiden Frauen. Sieht er die eine, schaut er sogleich die andere Frau.

Es ist wie verhext, denkt er und:

Gewiss, jetzt steht die schöne Beatrix prachtvoll gewandet neben mir, umringt von den nobelsten Fürsten des Reichs. Ein wunderbares Bild von Macht und Reichtum. Aber was kann das Herz mehr erfreuen, als eine strahlende, junge Maid im schlichten Kleid umgeben vom frisch duftenden Grün der Natur?

Hier in Würzburg an diesem herrlichen Junitag im Jahre des HErrn 1156 wird Beatrix sogleich das mir angetraute Eheweib, denkt der Kaiser, nicht ohne Stolz. *Und sie ist fünfzehn Jahre.*

Was ihm dann bewusst wird, ist neu:

Kann es wirklich ein Zufall sein, dass meine Königin jetzt geradewegs so alt ist wie Gela bei unserer ersten Begegnung vor zehn Jahren im Forst über Geylenhusen? Oder lenken doch die alten Götter, auf die sich Gela so gern beruft, unser gemeinsames Schicksal weiterhin? Wollen mich die Götter warnen? Oder gar drohend darauf hinweisen, dass sie der Menschen künftige Schicksale in ihren Händen halten? Was einmal geschehen ist, kann sich ein zweites Mal wiederholen!

Spielen sie etwa auf seinen Ehebruch an? An den er gerade denkt, hier vor dem Altar, wo er in wenigen Minuten seiner Frau ewige Treue schwören wird? Oder was wollten die Götter von ihm?

Ich werde Gela fragen, denkt Friedrich und: *In den geheimnisvollen Dingen der alten deutschen Welt und ihrer Götter, die, wie ich es er-*

lebt habe und immer wieder aufs Neue erfahre, kennt sie sich besser aus als Beatrix.

Er nimmt sich weiterhin fest vor: *Meine junge Frau soll vorsichtshalber immer in meiner Nähe sein!* Und fügt zaudernd hinzu: *Oder doch nicht?*

*****

Am neunten Oktober desselben Jahres krönt Hillin von Fallemanien, der Erzbischof von Trier, Beatrix zur römisch-deutschen Königin. Ein großes, ein feierliches Fest wird es sein. Elf weitere Jahre später, am ersten August 1167, salbt Papst Paschalis III. Beatrix zur Kaiserin in Rom, in der gerade von Friedrichs Truppen eroberten und dabei schwerbeschädigten Peterskirche. Doch der triumphale Festakt wird ohne ihr oder des Kaisers Verschulden, wie wir noch erfahren werden, in einer Tragödie enden. Ob sie an diese Tage denken wird, als ihr, wiederum elf Jahre später, im August 1178 in Vienne die Krone als Königin von Burgund aufs Haupt gesetzt wird?

*****

Trotz ihres jugendlichen Alters hat Beatrix bereits ein Faible für die Schönen Künste. Sie führt die höfische Kultur ihrer Heimat am deutschen Hof ein, pflegt Umgang mit Dichtern ihrer Zeit, lädt Minnesänger zu festlichen Veranstaltungen ein, die sie fürstlich entlohnt. So geschmeichelt und geehrt danken es ihr die Künstler. Der zu Beatrix Zeit berühmte Dichter Gautier d'Arras widmet ihr gar sein Heldenepos ›Ille et Galeron‹.

Beatrix ist nicht nur Mäzenin. Sie hat auch ein Herz für die Armen und Schwachen im Reich. So gründet sie in ihrer Grafschaft Burgund, und zwar im Ort Francheville, ein Asyl für kranke Frauen. Auch stiftet sie zahlreiche wertvolle Geschenke an Klöster und Kirchen.

So ganz nebenbei, und sicher von ihr nicht unerwünscht, erreicht sie auf diese Weise, dass alle Welt ihren kaiserlichen Gemahl Friedrich I.

als edlen und mächtigen Ritter und Herrscher sieht – mit einer strahlend schönen Beatrix als Kaiserin an seiner Seite.

Anmerkungen zum Verhältnis der Eheleute Friedrich I. und Beatrix

Martin,

die Historiker zitieren für das Verhältnis von Friedrich zu seiner Beatrix immer wieder gern aus einem Dokument, das ein wenig Licht in das ansonsten weitgehend im Dunkeln liegende Privatleben von Friedrich und Beatrix wirft. Ich meine die Annalen von Cambrai. Ein wunderbar ausführlicher Bericht. Er vermittelt nicht nur in geradezu einmaliger Anschaulichkeit ein Bild von der Entscheidungsfindung am staufischen Hof, sondern enthält auch das wohl einzig längere Gespräch zwischen Barbarossa und seiner Gemahlin Beatrix, das uns in direkter Rede überliefert ist. Zum Zeitpunkt dieses Gesprächs waren Barbarossa und Beatrix bereits gut zehn Jahre verheiratet. Hintergrund ist folgender: Als nach dem Tod von Bischof Nikolaus II. von Cambrai dessen Nachfolger gewählt werden sollte, standen im Sommer 1167 zwei Kandidaten zur Wahl.

Eine Partei wünschte sich als Bischof den jungen Peter von Flandern, der bis zu diesem Tage nicht einmal die priesterlichen Weihen erhalten hatte, aber der Sohn des Grafen Dietrich und damit mütterlicherseits mit Kaiserin Beatrix verwandt war; die andere Partei favorisierte den Archidiakon Alardus, einen erfahrenen Priester. Dieser Fall, Martin, ist ein gutes Beispiel für den Lobbyismus, den es, fast möchte ich sagen natürlich, auch zur Zeit Barbarossas schon gab.[1] Um die Unterstützung des Kaisers für ihren jeweiligen Kandidaten zu gewinnen, schickten beide Parteien Gesandte an den kaiserlichen Hof. Und bei dieser Gelegenheit kam es zu einem vertraulichen Zwiegespräch zwischen Friedrich und

[1] Ich gehe davon aus, dass Beatrix, wenn sie allein mit ihrem Mann war, diesen gewiss nicht Kaiser, König oder Herr genannt hat, sondern eher »Barbarossa«. In dem Wort lassen sich die ›R‹ so wunderschön schnurrend aussprechen!

Beatrix[2]. Beatrix trat vor den Kaiser und – jetzt wörtlich in moderner Übersetzung – »eröffnete ihm mit klaren Worten die Geheimnisse ihres Herzens«:

»Wir stehen nun freilich vor unserem Herrn König, was wir nicht aus eigener Kühnheit wagen, sondern nur mit Eurer Gnade, die sich überreich auf uns ergießt. Keinesfalls, erhabener Fürst, sollst Du glauben, wir würden etwa in Anmaßung oder Hochmut vor Eurem Angesicht stehen, sondern eher in Demut und Sanftmut, mit niedergeworfenem Körper und demütig gesenkter Stimme wollen wir Euch bei Eurer Gnade unsere Bitte offenbaren.

Unsere Bitte aber ist diese:

Wir erbitten vom Herrn König, dass er unserem Verwandten Peter, dem Bruder des Grafen Philipp von Flandern, das Bistum von Cambrai geben möge, wenn es unserem Herrn König gefällt.«

Der König antwortete der Königin so: »Unsere Geliebteste, wir hören den Klang Eurer Bitte, und schätzen sie in unserem Herzen nicht gering, aber obwohl wir sie aufmerksam annehmen und (gerne) erfüllen würden, können wir Eurer Bitte keinesfalls ohne Zustimmung und Rat des Hofes und der Fürsten Genüge tun.

Liebe Freundin und Geliebte, misstraue uns nicht, da wir ja Eure und Eurer Freunde Bitte nicht verwerfen; sobald nur die Zeit es zulässt, sind wir mit Treue und Eifer bereit, sie anzunehmen und zu ehren und zu erhöhen. Ich bezeuge Euch als wahr, dass uns und den Fürsten des Hofs zuerst ein anderer Brief zugunsten der Wahl eines gewissen Archidiakons Alardus gebracht wurde, der uns in Anwesenheit aller Fürsten des Hofs und aller Umstehenden gezeigt wurde; die Wahlen beider aber sind an unserem Hof mit unserer und der Fürsten Zustimmung zu untersuchen.

2 So wie sich Lambertus Waterlos (*1108 – †um das Jahr 1170) in seinen ›Annales Cameracenses‹ (übertragen und herausgegeben von Georg Heinrich Pertz, Hannover 1859, Seiten 510 ff. [542 Ziffer 33-51]) in seiner Zeit ein vertrauliches Gespräch zwischen Kaiser und Kaiserin vorgestellt hat. Martin, einen wahren Augen- und Ohrenzeugen des Gesprächs gibt es – natürlich – nicht.

Denn, unsere Freundin, als wahr möget Ihr wissen: An unserem Hof hat der Brief aus dem Kreis der Fürsten schon viele Fürsprecher bei uns gefunden; aber, unsere immer Treue, vertraue nur, weil wir Euch und den Euren Gutes tun werden.«

Aus der nachfolgenden Doppelwahl ging Petrus von Flandern als Sieger hervor.

*****

Generell soll die Beziehung Friedrichs zu Beatrix glücklich und liebevoll gewesen sein. Der Zisterziensermönch Gunther von Pairis (*um 1150; † um 1220), genannt der Dichter, schildert Beatrix als ›stark durch Liebe und die feste Dauer des Ehebundes‹. Acerbus Morena (gestorben am 18. Oktober 1167 vor Rom) berichtet, Beatrix sei ihrem Mann völlig ergeben gewesen, habe ihn als ihren Herrn gefürchtet und ihn in jeder Weise als ihren Mann geliebt. Friedrich I. selbst bezeichnet sie in Urkunden als ›geschätzte‹, ›überaus geschätzte Gefährtin‹, ›Gefährtin unseres Reiches‹ oder gar als ›liebste Gefährtin‹. Selbst als ›unsere Geliebteste, liebe Freundin und Geliebte, unsere immer Treue‹ soll der Kaiser sie genannt haben.

Welche Anreden der Kaiser nun wirklich genutzt hat, ist schwer zu entscheiden. Friedrich I. Barbarossa war des Schreibens und Lesens bekanntlich nicht mächtig. Aber eine positive Tendenz meinen meine Mitstreiter an diesem blauen Ordner und ich doch erkennen zu können; denn: Welcher seiner eigenen Schreiber würde es gewagt haben, dem Kaiser unzutreffende Formulierungen in den Mund zu legen!?

Gefühlen in eigenen Angelegenheiten Ausdruck zu verleihen war in Adelshäusern des Mittelalters selten. Habe ich mir sagen lassen. Dass es Barbarossa aber getan hat, deutet also auf eine gute Beziehung zwischen ihm und Beatrix hin. Weiter spricht meiner Ansicht nach dafür auch der Neid, der in zeitgenössischen Belegen deutlich wird. So, wenn Friedrich vielfach als ›vir uxorius‹, also als Sklave seiner Frau, sprich als eine Art Pantoffelheld bezeichnet wird. (In der Sprache der Dichter meint ›uxorius‹ aber auch ›seiner Gattin – zu – sehr ergeben‹ sein. Ohne das kleine Wörtchen ›zu‹ klingt das doch sympathisch, nach einer guten Ehe.) [Wenn da nicht – bitte, lass mich alte Unke daran erinnern – das Verhältnis Friedrichs mit Gela gewesen wäre! Wenngleich Seitensprünge, außereheliche Beziehungen, Liebschaften – Martin, nenne es, wie Du willst – im Hochmittelalter von den adeligen Herren der Schöpfung begangen mehr als Statussymbole denn als Affären galten.]

*****

Dafür, dass sich Friedrich und Beatrix grundsätzlich gut verstanden haben, sprechen noch zwei weitere Fakten:

Beatrix war nicht nur ein Schöngeist, sondern offensichtlich auch politisch aktiv. Zugeschrieben wird ihr zudem Machtbewusstsein, das erkennbar wird, wenn sie ihre Herrschaftsansprüche als Erbin des Herzogtums Burgund wahrnimmt. Friedrich Barbarossa hatte gewiss nichts gegen das bestimmte Auftreten seiner Frau einzuwenden, war doch die Art, wie Beatrix die Übernahme der burgundischen Länder für den gemeinsamen Sohn Otto vorbereitete, für ihn nur vorteilhaft. (Dass dieser dann höchst unglücklich als Pfalzgraf von Burgund regieren sollte, konnte sie genauso wenig ahnen wie die Tatsache, dass Otto schon in seinem dreißigsten Lebensjahr versterben würde. Es war gewiss besser so für sie.) Dass Beatrix Mut besaß, hat sie häufig bewiesen.

Martin, denke nur an den Hinterhalt von Pontremoli, wo sie bewaffnet, nur durch zwei Schilder geschützt, den feindlichen Pfeilen entkam. Und sie war nachtragend. Ein Charakterzug, den sie mit ihrem Mann gemein hatte. So wird berichtet, dass sie sich im Jahr 1174 sehr gefreut haben soll, als Susa brannte, die Stadt, aus der ihr Mann 1167 als Pferdeknecht verkleidet, hatte fliehen müssen.

Zeitgenossen von Beatrix haben kritisiert, sie habe zu viel Einfluss auf ihren Mann gehabt. Davon war zuvor schon die Rede. Und das mag so gewesen sein. Aber, in allen Jahrhunderten haben die Gemahlinnen und Mätressen von Kaisern und Königen ihre Nähe zur Macht genutzt, sei es in Fällen, in denen es um einen direkten Zugang zum Herrscher, um eine Vergünstigung, eine Streitschlichtung oder um eine Fürsprache von

Verwandten ging, wie wir es vorstehend im Fall des Petrus von Flandern erfahren haben.

Es war auch keineswegs unüblich, als Bittsteller dem Kaiser seine Dankbarkeit für die Hilfe oder Unterstützung – schon vorab – durch Geldgeschenke zu beweisen. Gleiches gilt auch für den Kontaktvermittler. Auch Beatrix hat solche Geldgeschenke nicht kategorisch abgelehnt. Sie wusste sehr wohl den Besitz von Geld und Vermögen zu schätzen. Gelnhausen ist hierfür ein guter Beweis, Martin.

Der in der Münzstätte Gelnhausen geprägte Brakteat mit dem Bildnis der Kaiserin Beatrix legt nach Ansicht von Historikern nahe, dass die Kaiserin auch am Gewinn der dortigen Münzstätte beteiligt gewesen ist.

Dann ist da noch ein höchst persönliches Zeichen der engen persönlichen Verbundenheit von Friedrich und Beatrix. Sie gebar ihrem Kaiser in achtundzwanzig Ehejahren elf, vielleicht sogar zwölf Kinder. Davon waren acht Stammhalter, also Söhne. Nach menschlichem Ermessen hatte Beatrix damit den Fortbestand des kaiserlichen Geschlechts für lange Zeit gesichert. Doch solche große Fruchtbarkeit hat auch ihre Nachteile. Oder wie es der von uns beiden so verehrte Dichter in seinem ›Götz von Berlichingen‹ formuliert: »Wo viel Licht ist, ist auch starker Schatten«. Trotz der nach dem damaligen Stand der Medizin bestimmt besten ärztlichen Betreuung, die Beatrix erhielt, so viele Schwangerschaften haben ihren Tribut gefordert. Schließlich war ihr Körper erschöpft, blutarm und ausgelaugt, ihre Lebenskraft aufgebraucht. Am fünfzehnten November 1184 verstarb Beatrix in Burgund mit höchstens zweiundvierzig Jahren.

Einen Monat vor ihrem eigenen Tod war Beatrix' jüngste Tochter, Agnes, im Alter von nur fünf Jahren verstorben.

Mit keinem ihrer Kinder hat Beatrix viel Zeit verbringen können. Es war zu ihrer Zeit auch nicht üblich, dass sich eine Kaiserin persönlich um den Nachwuchs kümmerte. Schon ihren ersten, kränkelnden Sohn Friedrich, der in Pavia geboren wurde, ließ sie in Italien in der Obhut des Markgrafen Wilhelm von Montferrat zurück. Er war wohl nicht reisefähig. Fünf der Kinder starben vor ihr. Und dennoch: Beatrix scheint auf eine gute Erziehung ihrer Kinder geachtet zu haben. Die Belesenheit von König Heinrich VI., ihrem zweiten Sohn, der selbst auch Minnelieder dichtete, spricht sehr dafür. Sie selbst wusste, wie wertvoll Fleiß und eine gute Bildung sind. Ohne diese persönlichen Qualitäten hätte Beatrix trotz ihres Rangs als Kaiserin, all ihrer Intelligenz und Schönheit nie diese außergewöhnliche Achtung am Hof erringen können.

Was für eine bemerkenswerte Frau!

Conny

(Dr. Cornelia Schlosser)

Abschied und Versprechen
Würzburg, im Juni 1156

Noch eine Woche blieb der Kaiser bei seiner jungen Frau und seinen Angehörigen. Dann forderte das Reich wieder seine Konzentration. Bevor er aber Abschied nahm, sprach er zunächst mit seiner Schwester Berta und deren Mann:

»Ich bitte, wünsche und fordere von Euch, dass Ihr Euch um die mir nun Angetraute kümmert. Sorgt dafür, dass sie sich weiterbildet mit Hilfe der besten Lehrer. Hört auf ihre Wünsche. Sperrt sie nicht ein, so wie es ihr Onkel Wilhelm vor Euch getan, sondern gebt ihr freie Hand, so Euch dies vernünftig erscheint – aus meiner von Euch recht verstandenen Sicht. Wenn sie mit Dichtern disputieren will, so gestattet es. Wenn sie mit Minnesängern musizieren will, so gestattet es. Wenn sie ausreiten will, so gebt ihr das beste Pferd und die besten Reiter zum Geleit. All das soll nicht zu Eurem Nachteil sein. Wenn es das Reich und die Zeit erlauben, werde ich im Herbst in Eurer Nähe sein. Gehabt Euch wohl. Und freut Euch an der schönen Pflicht, die ich Euch hiermit übertrage.«

Matthaeus, der Herzog von Oberlothringen, sein Schwager, und Berta, seine Frau und Friedrichs Schwester, versprachen dem Kaiser eifrig, es solle alles so geschehen, wie es Beatrix diene und gefalle, und seine Majestät es sich nicht besser vorzustellen vermöge.

Daraufhin begab sich der Kaiser in das Gemach, in dem seine Gemahlin ihn erwartete. Er küsste sie zärtlich auf ihr goldblondes Haar, setzte sich auf den Stuhl, der dem ihren gegenüberstand, umschloss ihre Hände sanft mit den seinen und sagte:

»Beatrix, liebe Gemahlin, ich muss dich nun verlassen. Das Reich fordert seines Herrschers Anwesenheit und Entscheidung. Du aber kehrst mit Herzog Matthaeus und seiner Frau, meiner Schwester, zurück nach Lothringen und Burgund. Da wirst du deine Studien mit Fleiß und Interesse vorantreiben. Ich werde dich, sobald es mir möglich, dort besuchen.«

Friedrich hatte gelernt, dass Herrschen auch Sich-selber-beherrschen bedeutete. Und dass er die Kindfrau vor sich nicht überfordern und missbrauchen durfte. Er drückte ihre Hände fester, aber doch so, dass es ihr wohltat. Beatrix bemerkte, dass er es gut mit ihr meinte, und war darob auch nicht verstimmt, dass er sie duzte.

»Beatrix«, ließ er sie wissen, »du bist eine schöne und kluge Frau. Vieles werde ich künftig von Dir erwarten und verlangen, wohl wissend, dass du mich dann nicht enttäuschen wirst. Drum bilde dich eifrig weiter, wie es einer starken Königin und Kaiserin zur Ehre gereicht.

Und sei jetzt nicht ungeduldig, ängstlich und enttäuscht. Wisse, dass ich sehr stolz bin dein Gemahl zu sein. Und wisse weiter, der Herr da in meinem Beinkleid ist fest entschlossen, Deinen Leib für sich zu erkunden. Doch du bist so jung und zart, gib dir und deinem Körper noch ein wenig Zeit zu wachsen. Üb dich, so wie ich es tu, noch in Geduld. Du wirst es dann gewiss verstehen, welch Opfer meine Liebe dir damit erbracht.«

Friedrich stand auf, zog Beatrix von ihrem Stuhl hoch und drückte ihren Körper fest an sich. Da verstand sie, was er gemeint hatte. Sie senkte die Augen und versprach mit bebender Stimme:

»Mein einziger Herr, Ihr habt das Sagen. Mein Herz, mein Leib, mein Leben gehören Euch. Freudig vertraue ich mich Euch und Eurem Ratschlag an.«

*****

Friedrich hält sein Versprechen, Beatrix, sobald er kann, zu besuchen. Ende Oktober 1156 wird dies schon sein. Nachdem der Kaiser auf dem Hoftag in Regensburg das Herzogtum Bayern an Heinrich den Löwen zurückgegeben hat, kommt er über Würzburg und Worms für bald zwei Monate nach Burgund, bevor er das Weihnachtsfest in Speyer begeht. Doch halt! Auf dem Weg von Würzburg nach Worms kehrt er kurz in Geylenhusen ein. Friedrich möchte gern Gela persönlich von seiner Heirat berichten, und ihr auch erzählen, was er mit der jungen Beatrix vereinbart hat. Vergebens. Zwar hat Gela schon längst von der

Vermählung des Kaisers gehört. Zwar gönnt sie ihrem alten Geliebten diese Freude, aber sie schreckt weiterhin vor einer Begegnung zurück. Noch ist das Bild seiner bluttriefenden Hände abschreckend tief in ihr Gedächtnis eingebrannt. Sie weint in ihrer Kammer, während der Kaiser enttäuscht von dannen reitet.

Sein Herz ist voller Rachegelüste gegen die norditalienischen Städte. Das wiegt schwer – und verdrängt private Gefühle. Was ihm vor allem Mailand geboten hat, kann er nicht auf seiner persönlichen Ehre und auch nicht auf der des Reiches, das er repräsentiert, sitzen lassen. Sein Gesicht zeigt ein verbindlich freundliches Lächeln. Dahinter jedoch brodelt Hass. Am Palmsonntag, dem vierundzwanzigsten März 1157, wird auf dem Hoftag in Fulda die nächste Heerfahrt gegen Mailand für das kommende Jahr beschlossen.

Doch zuvor bricht der Kaiser im Sommer des Jahres 1157 noch zu einer Heerfahrt gegen die Polen auf. Herzog Boleslaw erkennt die kaiserliche Übermacht und unterwirft sich im September Friedrichs strengen Bedingungen, die er aber nicht einhalten wird, wie Friedrich während des Weihnachtshoftags in Magdeburg enttäuscht erfährt. Der Herzog bricht seinen Eid, mit dem er auch geschworen hat bei Hof zu erscheinen und für den kommenden Zug nach Italien ein paar tausend Ritter zu stellen.

Der Kaiser wird weitere Eidbrüche erleben. Den nächsten rund zwei Jahre später, als die Mailänder ihren auf den Gefilden von Roncaglia feierlich geleisteten Eid, des Kaiser dort erlassenen Gesetze zu achten, mit der windigen Begründung brechen:

»Sicher, wir haben geschworen. Aber wir haben nicht geschworen, den Schwur auch zu halten.«

Frankfurt 2017
Tom Schlossers persönlicher Manierismus

Martin Langer traf Tom im lichtdurchfluteten Wintergarten an, wie er gerade ein neu geschaffenes Gemälde mit höchst kritischen Augen musterte. *Einen Märtyrer stellte es wohl dar*, meinte er beim Näherkommen zu erkennen. An einen Baumstamm gefesselt. Im Stil der mittelalterlichen Heiligenverehrung. So in der Art ›Heiliger Sebastian, nackt bis auf den Lendenschurz, wird mit Pfeilen beschossen, gefoltert, erträgt schmerzverkrümmt sein Leid in vollem Gottvertrauen‹. Alles vor einem eigenartig dunkelorange-braunen Hintergrund.

Als Langer dann neben Tom steht, erkennt er, dass sich sein alter Freund selbst gemalt hat. Ein Selbstbildnis. Und der ganze Hintergrund um Tom und Baum besteht aus einer Mauer hochgestapelter Karotten. Um seinen Kopf hat Tom eine Art Heiligenschein, ebenfalls aus Karotten, gemalt. Junge Karotten, heller das Orange der Mauer, noch mit Pflanzengrün.

»Was soll denn das?«, fragt ihn Martin Langer verblüfft.

»Gell, da staunst du.« Tom grinst.

»Ja, da hast du tatsächlich recht! Ganze Portraits aus Gemüse und diversen Obstsorten kenne ich. Hat es da nicht einen berühmten italienischen Maler gegeben, der sich darauf spezialisiert hat?«

»Du denkst an Giuseppe Arcimboldo, den bekannten Künstler des Manierismus im sechzehnten Jahrhundert und Hofmaler mehrerer Habsburger Kaiser.«

»Ja, genau, Tom. Der Name ist mir nicht eingefallen«, bestätigt ihm Langer. »Dein restliches Künstlerlexikon allerdings war mir komplett fremd. Das Wort ›Manierismus‹ habe ich schon mal gehört. Sagt mir aber nichts.«

»Abgeleitet vom italienischen ›maniera‹. Die Art und Weise. Der ganz eigene Stil eines Künstlers. Weg von der Wirklichkeit. Künstlerische

Freiheit. Übertriebene Farbkraft, überlange Gestalten oder Gliedmaße, ins Unmögliche verdrehte Leiber und so. Weg von der Realität, also weg vom Malstil der Renaissance, bei dem die Künstler fast fotografisch präzise dargestellt haben.«

Tom Schlosser hält inne, schüttelt nachdenklich den Kopf.

»Komisch! Aber an Arcimboldo und seine berühmten Tafelbilder habe ich gar nicht gedacht, als ich es gemalt habe. Obwohl der Gedanke doch eigentlich nahe liegt.«

»Und an wen oder was hast du gedacht, als du dich so gemalt hast?«, erkundigt sich Langer. »Natürlich nur, wenn ich es fragen darf?«

»Du darfst, Martin. Es ist eine verrückte Idee. Vielleicht spielte aber auch mein Wunsch eine gewisse Rolle, mein Wunsch, wenigstens etwas in die Kunstgeschichte einzugehen.«

»Mit Möhrchen, Tom?«

Langer kann seinen Zweifel nicht ganz verbergen. Sein Ex-Schwiegervater aber nickt bestätigend:

»Genau! Mit den geele Rüwe! Die Idee zu diesem Bild hat zwei Väter. Einer davon bist du, der andere ist ein Medizinprofessor in Hannover, der sich offenkundig sehr für Malerei interessiert.«

»Tom, jetzt machst du mich aber so richtig neugierig. Was haben der Professor und ich denn gemeinsam angestellt, dass du uns jetzt verantwortlich machst für dein höchstpersönliches Kunstwerk?«

»Das sage ich dir Quälgeist gern. Deine Ironie überhöre ich aber mal.«

Tom ruckelt sich in seinem Rollstuhl zurecht, bevor er weiterspricht:

»Der Professor, so habe ich gelesen, untersucht Gemälde bekannter Maler, auf denen Menschen zu sehen sind. Und zwar explizit auf den Gesundheitszustand der abgebildeten Personen hin. Seine Studenten beiderlei Geschlechts finden auch Spaß an dieser speziellen Detektivarbeit. Und was sie nicht alles festgestellt haben!«

»Meine Neugierde, Tom, alter Freund, wächst ins Unermessliche. Lass mich nicht länger zappeln. Ich lausche gespannt.«

»Martin, nur beiläufig, Manierismus in Form der Übertreibung gibt es auch in der Literatur. Reichlich. Zurück zur Malerei. Es gibt da eine kleine Zeichnung von Albrecht Dürer aus dem Jahre 1507. Dürer, bis auf einen Lendenschurz nackt, hat darauf eine Stelle auf seinem Oberbauch eingekreist und gelb eingefärbt. Rechts oben auf dem Blatt hat er handschriftlich vermerkt: ›Do der gelb fleck ist und mit dem finger drauff deut do ist mir we‹, also: »Da, wo der gelbe Fleck ist, auf den ich mit dem Finger deute, da tut es mir weh.«

Langer staunt: »Was es nicht alles gibt!«

Tom grinst: »Ich sag es doch immer, Martin: Es gibt nichts, was es nicht gibt. Die Stelle, die Dürer markiert hat, liegt ungefähr da, wo sich die Milz befindet. Hat mir unser Professor Strass gesagt und gemeint, solche präzise Schmerzangaben würde er sich von seinen Patienten auch wünschen. Doch weiter im Text. Was Ähnliches wie Dürer hat mein ALS-Leidensgenosse Jörg Immendorff auf einigen seiner Grafiken auch gemacht. Sie zeigen seine Hand, seinen Arm. So beispielsweise auf der Farblithografie ›Steinarm‹ aus dem Jahr 2000. Da hängt ein schweres Gewicht an seiner rechten Hand. Immendorff wollte damit sagen, dass er die Hand, den Arm nicht mehr heben kann.«

Tom rutschte wieder auf seinem Stuhl umher. Fällt ihm das Sitzen etwa schwer? fragt sich Langer, doch sein alter Freund spricht weiter, als wäre nichts:

»Kunstwerke, auf denen eindeutig auf Erkrankungen hingewiesen wird, machen die ärztliche Diagnose leicht. So erblickt man auf dem Gemälde ›Der Blindensturz‹ von Pieter Bruegel dem Älteren aus dem Jahr 1568 sechs Menschen mit fünf unterschiedlichen Augenleiden. Ganz anders aber ist es, wenn auf Krankheiten zwar nicht hingewiesen wird, die Darstellung auf einem Gemälde aber so realistisch ist, dass sich daraus unschwer auf eine bestimmte Erkrankung der abgebildeten Person schließen lässt. So kannst du bei einem Besuch der Alten Pinakothek in München, übrigens ein sehr empfehlenswertes Museum,

Martin, auf Sandro Botticellis großartigem Gemälde ›Die Beweinung Christi‹, das Ende des fünfzehnten Jahrhunderts entstanden ist, gleich mehrere Personen sehen, die an Fußpilz leiden. Und, so hat mir Professor Strass erzählt, Leonardo da Vincis einzigartige ›Mona Lisa‹ soll nach ärztlicher Überzeugung an einer Stoffwechselerkrankung gelitten haben.«

»Das ist sehr erfreulich, lieber Tom, dass du mit Professor Strass nicht nur über dein Leiden sprichst, sondern auch über Kunst. Das spricht dafür, dass ihr einen guten Draht zueinander gefunden habt. Das gefällt mir! Besonders, weil ich davon auch noch wissensmäßig profitiere.«

»Schadet nicht, Martin, und tut auch nicht weh. Oder? Damit ist aber wohl auch klar, was ich mit meinem Selbstbildnis sagen will.«

»Ich höre.«

»Nun komm, Martin! Nun überleg mal selbst!«

»Dass mich deine plötzliche Knabberlust gestört hat. Meinst du das?«

»Blödsinn! Ein Kunstsachverständiger wird nie aus dir!«

Tom klang richtig unwirsch.

»Von allen Seiten bedrängt mich die ALS. Die Rüwe sind alt und faul und morsch. So wie meine Gliedmaßen. Bald. Zu nix mehr zu gebrauchen. Nur um meinen Schädel da sind die Möhrchen noch jung und frisch und schützen mich und meine Kreativität. Und warum ist das so? Weil du, mein Freund, rechtzeitig den Zusammenhang zwischen meiner plötzlichen Lust auf Rüwe und der blöden Krankheit erkannt hast und mich zu deinem Bekannten, dem Professor Strass, geschleppt hast.«

»Tom, mit Verlaub. Das ist aber ziemlich weit hergeholt. Zu weit, um damit in die Kunstgeschichte einzugehen. Wie du es dir doch wünschst.«

»Meinst du? Und was hältst du davon? Der Mensch hat seine Umwelt geschändet. Die Pflanzen sinnlos aus dem Boden gerissen und hochgestapelt. Dort, zu nichts mehr gut, vergammeln sie und verpesten die Luft. Der Gestank peinigt den Menschen. Macht ihm das Atmen schwer. Noch aber hat er ja sein Hirn. Er kann, ... wenn er will, ... erkennen, was er für einen Mist gebaut hat. Wenn er jetzt schnell die jungen Möhrchen wieder einpflanzt und pflegt, dann könnte er im eigenen Interesse die Welt noch retten.«

»Das klingt viel besser, Tom«, merkt Langer vorsichtig an.

»Quatsch! Glaubst du wirklich, so ein Stuss, wie ich ihn eben verzapft habe, könnte die Menschheit zur Vernunft bringen? Nein! Dieses kleine Gemälde habe ich soeben auf den Namen ›Warum es morgen kaum noch Möhren gibt‹ getauft. Ohne jeden weiteren Kommentar. Da können die Klugscheißer dann ihre kleinen grauen Gehirnzellen wetzen.

Tom schaut Martin Langer fest in die Augen.

»Davon mal abgesehen. Es ist ein kleines Dankeschön für dich, Martin. Mein Lieber.«

Ganz gerührt drückt Langer den Freund an sich. Der, nach einer kurzen Zeit, in der sie beide schweigen, sagt immer noch in Langers Arm, nein, fast flüstert er es:

»Ich habe Tobi übrigens erzählt, was mit mir los ist. So in etwa. Er muss jetzt nicht jeden Tag drauf gestoßen werden. Du verstehst. Er kriegt es früh genug mit. Und zu dem Bild da glaubt er auch an die Umweltversion. Also bring ihn mir jetzt nicht durcheinander, Martin!«

Auf der Autobahn
Herr Nelke fährt zu einem Termin

Das war aber schnell gegangen, das mit der Akteneinsicht. Hätte ich nicht gedacht. Oder, wenn ich ehrlich bin, das hätte ich nicht so schnell erhofft. Da hat gestern die Frau aus der Kanzlei von dem Anwalt Langer in Gelnhausen angerufen, gefragt, ob ich heute um siebzehn Uhr vorbeikommen könne. Gepasst hat es mir nicht. Ich hätte die Geschichte gern noch ein paar Monate länger vor mich hergeschoben, aber ... Ich habe »Ja« gesagt. Weglaufen bringt eh nichts.

Herr Nelke schüttelte ungläubig den Kopf.

Eigenartig. Ich hab mir das alles schließlich selbst eingebrockt. Dann tu ich mal was Gutes und schon wird aus beidem ein Bündel geschnürt.

Warum habe ich damals die Frau Schlosser angesprochen? Wie oft habe ich mich das in den letzten Wochen gefragt. Ich glaube, weil ich Mitleid mit ihr hatte. So wie sie da auf der Zeil rumgestolpert ist, als wüsste sie nicht, wo sie überhaupt war, ob man auf das Pflaster, auf dem sie sich bewegte, ruhig auftreten könne, ohne auf eine Mine zu treten oder in ein Loch zu fallen. Das war so, wie ich es von meinen Leuten kenne, wenn sie das erste Mal von Siebenbürgen hierher in die Stadt kommen. Alles neu. Alles unbekannt. Alles fremd. Alles gefährlich. Da habe ich automatisch helfen wollen. Und als ich dann die Frau erkannte, und sie mich, da war es für einen Rückzieher zu spät.

Herr Nelke wurde abgelenkt. Er näherte sich der Autobahnauffahrt und musste kurzzeitig seine volle Aufmerksamkeit dem Verkehr vor sich und auf der Autobahn links von ihm widmen. Nachdem er eingefädelt hatte, hing er wieder seinen Gedanken nach:

Ich habe sie gefragt, ob ich ihr irgendwie helfen könne. Sie wusste nicht, wo sie hin sollte. Und da bei mir die Einliegerwohnung gerade leer stand, habe ich sie mitgenommen. In der Wohnung bringe ich oft welche von meinen Leuten unter, wenn sie in Frankfurt sind. Frau Schlosser war mir sehr dankbar für mein Angebot und ist gleich mit zu mir gekommen. Kaum glaublich, bald vier Jahre hat sie da gewohnt, wenn ich es jetzt nachrechne.

Gleich zu Anfang habe ich ihr einen Kontakt zu einer rumänischen Bank verschafft. Ich hatte damals einen guten Bekannten, der beim Verband der ausländischen Banken in Deutschland arbeitete, der in Frankfurt seinen Sitz hat, weil ja hier eigentlich alle Banken sitzen, und der hat den speziellen Kontakt vermittelt. Frau Schlosser schleppte ja, als ich sie getroffen habe, zwei große Einkaufstüten von einem Bekleidungsgeschäft mit sich herum. Bewusst habe ich das erst mitbekommen, als wir bei mir zu Hause ankamen. Auf der Zeil schleppen ja alle Weiber solche Tüten mit sich herum. Es fällt einem schon gar nicht mehr auf. Ihre aber waren besonders. Darin befanden sich nämlich in dicken Bündeln Geldscheine, Geld, das sie von Herrn Kirschel erhalten hat, für ihre Praxis, die sie ihm gerade verkauft hatte. So ganz durch den Wind geschossen konnte sie also doch nicht sein.

Mit dem Geld in ihren beiden großen Einkaufstüten wollte sie ein Konto eröffnen. Möglichst eins, das nicht so schnell bekannt wurde. Das war schon so ein Problem. Von wegen Geldwäsche und so. Aber mein Bekannter wusste da eine kleine Bank in Rumänien, die helfen könnte, aber auch so zuverlässig sei, dass das Geld nicht gleich verschwinden würde. Da habe ich Frau Schlosser hingebracht. Mit ihren beiden Tüten. Na ja, Tüten ist nicht so ganz zutreffend. Das waren so Taschen, in die ganze Anzüge hineinpassen. Einhundertsechzigtausend Euro Bares hat der Banker gezählt. Auf den Cent genau. Das ist schon ein schöner Haufen.

Herr Nelke kann sich ohne viel Phantasie vorstellen, um was für Geld es sich handelt.

Beim Stapeln auf den Schreibtisch des Bankmitarbeiters habe ich einen Packen von den grünen Hunderter Scheinen wiedererkannt, weil ich den selber einmal, weil's eilig war, mangels einer besseren Banderole mit einem Streifen Geschenkpapier, zweimal gefaltet, versehen habe. Fünfzig Hunderter. Die Anzahlung für eine deutsche Pappe. Für einen Kameltreiber, der kein Wort deutsch sprechen, geschweige denn lesen konnte. Und aussah, als könne er kein Wässerchen trüben, aber das

Zauberwort kannte, was mich veranlasste, ihm das Geld und die Adresse von Kirschel zu geben.

Und dann hat sie der Bankmensch höflich gefragt, auf welchen Namen das Konto laufen soll. Da hat sie ohne zu zögern gesagt, als wäre es selbstverständlich: »Angela von Selboldt«. Hoppla, da war ich baff. Den Namen werde ich nie vergessen. »Angela von Selboldt«. Edel, sehr edel. Darauf musst du erst einmal kommen. Das kam ihr so sicher über die Lippen, dass ich gedacht habe, das könne ihr Geburtsname sein. Schade eigentlich, dass der Banker ihren Ausweis nicht sehen wollte. Da muss das mit dem Geburtsnamen ja drinstehen. Als sie mich bald danach um einen neuen Pass gebeten hat, hat sie tatsächlich diesen Namen genommen.

Herr Nelke schüttelte erneut seinen Kopf.

Sachen gibt's! Ich habe mit ihr in all der Zeit keine Probleme gehabt. Frau Schlosser hat mir regelmäßig Miete gezahlt für die Zwei-Zimmerwohnung. Und auch das Geld erstattet, das ich für sie ausgelegt habe, habe ich prompt wiederbekommen. Hin und wieder haben wir zusammen gegessen. Sie hat gekocht. Nicht schlecht. Und aufgeräumt hat sie dann auch. Sonst aber lief sie immer mit einem Gesicht herum, als würde sie Trauer tragen. Sie war ernst, beherrscht, höflich. Aber in ihren auffallend schönen Augen lag stets ein Ausdruck von Schmerz und Trauer. Sie tat mir richtig leid. Ja. Doch zu mir war sie immer freundlich und aufmerksam.

Er hing seinen Gedanken nach:

Ich habe mich revanchiert. Ihr geholfen, wenn sie etwas brauchte. Sie benötigte ja Kleidung und solche Frauensachen. Die habe ich ihr besorgt. Online, oder indem ich sie von Roma-Frauen habe besorgen lassen. Das lief gut. Sie hat in all der Zeit so gut wie nie das Haus verlassen. Und wenn, dann nur abends. Und dann auch nur für kurze Zeit. Wenn sie wiederkam, sah sie aus, als wenn sie beim Frisör gewesen wäre. Nur einmal war sie für vier Tage weg. Ohne ein Wort zu sagen. Ich bin fast in Panik geraten. Hatte richtiggehend Angst, es könne ihr was passiert sein. Dann war sie wieder da. So, als wenn nix gewesen wäre. Sonst war sie höchst pflegeleicht. Hat viel gelesen, die Frau. Lauter Bücher mit Ritter- und Kaisergeschichten und solche Kunstbücher mit Figuren und Köpfen. Auch hat sie auf ihrem Tablet-Computer herumgespielt oder ferngesehen. Und mit Knete hat sie herumgebastelt. Später auch mit Ton. Die hat sie mich gebeten, ihr in einem Geschäft für Künstlerbedarf zu besorgen. In Preungesheim habe ich alles gefunden, was sie wollte.

Wie die Zeit vergeht! dachte Herr Nelke noch, als er das erste Hinweisschild auf die Abfahrt ›Gelnhausen-West‹ sah. Links am Hang im Hintergrund erblickte er schon das markante Profil der großen Kirche von Gelnhausen. Er zog einen dicken Strich unter seine Erinnerungen an Frau Schlosser.

Ja, und dann, musste ich eines Tages dringend verreisen. Ende August 2013 ist es gewesen. Es gab Ärger in meiner alten Heimat. In Rumänien. In Hermannstadt, wie die Deutschen Sibiu nennen. Die Deutschen, das sind die Siebenbürger Sachsen und die Ländler aus der Nürnberger Ecke. Sie sind im zwölften Jahrhundert, auf dem Weg ins und vom Heiligen Land her, hier hängen geblieben. Transsilvanien, wie es hieß, gehörte damals zum Königreich Ungarn. Auf den Überresten eines römischen Militärlagers haben sie Hermannsdorf gegründet. Nach ihrem Anführer genannt, der Hermann hieß. So hat es mir vor ein paar Jahren der Bürgermeister von Sibiu erzählt. Klaus Iohannis. Einer von den Deutschen aus dem Stadtteil Neppendorf. Jetzt leben in Sibiu viel mehr Roma als Deutsche. Aber der Bürgermeister ist ein Deutscher. Guter Mann. Seit 2014 ist er der Präsident von ganz Rumänien.

Mitte August war Florin Cioaba gestorben. Gott hab ihn selig. In der Türkei gestorben. Das Herz. Florin war der ›Bulibascha‹ unseres Roma-Clans aus dem Stamm der Kalderasch, das heißt der Kupferschmiede. Das waren unsere Vorfahren. Der wahre König der Roma, wie sein Vater Ion und sein Großvater vor ihm. Florin war überall beliebt. Nur einmal hatte er Ärger, als er seine zwölfjährige Tochter verheiratete. Die Zeitungen sind weltweit über ihn hergezogen. Hat er erst nicht kapiert. Kinderehen haben eigentlich Tradition unter den

Roma. Dann hat Florin das Problem aber eingesehen und die Roma aufgefordert ihre Traditionen zu modernisieren. Vor allem auf die Verheiratung von Minderjährigen sollten sie verzichten. Dann war wieder alles gut. Besonders, nachdem er die Regierung von Indien gebeten hat, den indischen Ursprung von uns Roma offiziell anzuerkennen und sich als eine Art Schutzmacht für uns einzusetzen. So, wie es Deutschland für die deutsche Minderheit in Rumänien tut. Ich hatte später die Ehre, einen Brief zur indischen Regierung nach Neu-Delhi bringen und persönlich überreichen zu dürfen.

Herr Nelke seufzte vernehmlich auf.

Florin fehlt uns allen sehr. Natürlich nicht Iulian Rădulescu, der auch in Sibiu lebt, und zwar genau auf der anderen Straßenseite von Florins Palast. Rădulescu ist auch ein ›Bulibascha‹ der Kalderasch, der sich ohne Recht selbst zum Kaiser der Roma ausgerufen hat. Damit wollte er den falschen Eindruck erwecken, dass er mehr sei als Florin Cioaba. Und dieser selbsternannte Kaiser machte damals Ärger. Zudem zofften sich die blöden Weiber. Ich war dringend gefordert vor Ort zu sein.

Also habe ich meiner Mieterin gesagt, dass ich für einige Zeit weg muss. Schon, weil ich auf die Schnelle niemand organisieren konnte, der sich um sie kümmert. Sie hat mir zugehört. Schweigend. Ohne sichtbare Reaktion. Und dann hat sie gefragt:

»Kann ich mitkommen? Bitte!«

Hoftag im Oktober
Besançon 1157

»Das kann doch nicht wahr sein!«

Als Kaiser Friedrich I. von dem Friedensvertrag hörte, den Papst Hadrian IV. bereits ein gutes Jahr zuvor mit dem Normannenkönig Wilhelm I. in Benevent geschlossen hatte, war er empört. Sah er doch darin einen Verstoß des Papstes gegen das Abkommen von Konstanz, nach dem das Verhalten gegenüber den Normannen zwischen den Vertragspartnern einvernehmlich erfolgen sollte. Selbstverständlich war der Kaiser ungehalten, verletzte doch der Vertragsbruch des Papstes eindeutig die Ehre des Reiches – und damit auch Friedrichs eigene.

Natürlich erfuhr die Kurie, dass der Kaiser erbost war. Der Papst fürchtete nun, bei dem bevorstehenden kaiserlichen Heerzug nach Italien könnten die herrschenden Spannungen zum Nachteil des Vatikans eskalieren. War es da nicht besser, auf den alten Erfahrungswert ›Angriff ist die beste Verteidigung‹ zu setzen? Als geeigneter Anknüpfungspunkt schien folgender Vorfall:

Der schwedische Erzbischof Eskil von Lund, dem der Papst das Primat über Schweden zugesprochen hatte, war in Burgund verhaftet worden. Grund hierfür war, dass Kaiser Friedrich bereits Erzbischof Hartwig von Bremen zum Vorsteher, Metropolit geheißen, für alle Diözesen Skandinaviens bestellt hatte. Ein unmöglicher Vorgang in den Augen Hadrians IV.

Also entsandte er zwei hochrangige Repräsentanten der Kurie zum Hoftag des Kaisers, der im Oktober 1157 in Besançon stattfand. Einer der Legaten hieß Roland Bandinelli und war Kanzler der Römischen Kirche. Mit sich führten die Gesandten ein Schreiben, mit welchem der Papst mögliche Vorbehalte des Kaisers gegen den Vertrag von Benevent abbauen wollte. Doch das Schreiben erzielte die gegenteilige Wirkung.

Sogleich nach ihrer Ankunft in Besançon händigten die Gesandten Roms Rainald von Dassel, dem Kanzler des Reiches und Vertrauten des Kaisers, die Botschaft des Papstes aus, damit er sie aus dem Lateinischen ins Deutsche übersetze. Dabei konnten ihm die Vertreter der Kurie nicht helfen. Sie waren der deutschen Sprache unkundig.

Rainald von Dassel nun, aus gräflichem Hause, Theologe, Jurist und Politiker von scharfem Verstand und mit spitzer Feder, von dem es hieß, er sei »Anfang, Mitte und Ende der Ehre des Kaisers«, sah seine vornehmste Aufgabe darin, die Macht des Reiches und des Kaisers wieder mit jener besonderen Frömmigkeit zu adeln, die zur Zeit von Karl dem Großen, Friedrichs großem Vorbild, selbstverständlich gewesen war.

Die Bezeichnung ›Sacrum Imperium – heiliges Reich‹, die Rainald in jenem Jahr im burgundischen Besançon wohl erstmals öffentlich verwendet hat, bestimmte fortan sein Tun und das der Reichskanzlei. Zu dieser zählten auch die vier Rechtsgelehrten der Universität von Bologna, Martinus Gosia, Bulgarus. Jacobus und Hugo, die gerade in den Jahren vor dem kommenden Hoftag in Roncaglia im Jahre des HErrn 1158 Kaiser Friedrich begleiteten und in rechtlichen Fragen berieten.

Die Laune der Fürsten, die an dem Hoftag in Besançon teilnahmen, war ausnehmend gut. Schönes Wetter, eine schöne Stadt und das schönste war die Anwesenheit der bezaubernden jungen Kaiserin Beatrix. Besançon lag in Burgund, in ihrem Reich. Die Fürsten umschwärmten die gut aussehende junge Frau. Doch die Stimmung trübte überraschend schnell ein. Die Irritationen begannen schon bei der Begrüßung. Wagten es doch die Legaten aus Rom, den Kaiser ›auffallend als Bruder der Kardinäle‹ anzureden. Sie hörten es wohl, doch noch sahen Friedrich und die Fürsten über die grobe, abwertende Unhöflichkeit der Kirchenvertreter hinweg.

Nun las Kanzler Rainald von Dassel das päpstliche Schreiben vor. Schon die Anrede war ein Affront:

»Es grüßt Euch unser heiligster Vater, Papst Hadrian und die Gesamtheit der Kardinäle der Heiligen römischen Kirche, jener als Euer Vater, diese als Eure Brüder.«

Damit hob der Papst die Kardinäle auf den Rang des Kaisers und behandelte ihn, als wäre er dessen Lehensherr. Dies widersprach völlig der Vorstellung Friedrichs von der Bedeutung des Kaisertums. Für ihn begegneten sich Reich und Kirche auf Augenhöhe, waren Kaiser und Papst ranggleich.

Sodann zeigte sich Hadrian IV. hinsichtlich der Gefangennahme des Erzbischofs Eskil von Lund ungehalten über den Kaiser, dem er vorwarf, »einen so wilden und schändlichen Frevel bisher ohne die angemessene Rache geduldet« zu haben, ein Verbrechen, »das ganz offensichtlich zur Schande der gesamten Kirche und auch deines Reiches begangen worden ist«.

Rahewin, der Sekretär von Friedrichs Onkel Otto von Freising merkt dazu an: »Die anwesenden Fürsten waren zutiefst empört, schien ihnen doch, dass das gesamte Schreiben des Papstes voll Schärfe« war.

Das Kaisertum, so übersetzte Kanzler Rainald den lateinischen Wortlaut des Schreibens weiter, sei ein ›maiora beneficia‹. also ein ›noch größeres Lehen‹ des Papstes als die Kaiserkrönung selbst. Da brach infolge der Übersetzung des Wortes ›beneficium‹ mit ›Lehen‹ anstatt der möglichen anderen Bedeutung ›Wohltat‹ ein heftiger Tumult im Kreis der Fürsten aus. Rainald von Dassel hatte dieses von der Papstseite sicher absichtlich gewählte zweideutige Wort bewusst mit »Lehen« übersetzt. Er wusste sehr wohl, dass Kaiser und zumindest auch die weltlichen Fürsten des Lateinischen nicht mächtig waren, und wollte um jeden Preis verhindern, dass die Kurie aus dieser Unkenntnis für sich Nutzen zog, wenn Kaiser und Hof die Doppeldeutigkeit unwidersprochen hinnahmen.

So aber wurde durch des Reichskanzlers Vorausschau in den Fürsten die Erinnerung an das großformatige, dreiteilige Wandgemälde im Lateranpalast geweckt. Zwar hatten weder Kaiser noch die Fürsten das Bild selber gesehen, aber jeder der Anwesenden hatte davon gehört und wusste, was es darstellte: Lothar III. bei seiner Krönung zum Kaiser als ›homo fit papae – Lehensmann‹, als den vom Heiligen Vater gemachten Menschen, demütig mit gefalteten Händen vor dem Papst kniend, und der erläuternden Inschrift:

›Der König kommt vor die Tore und schwört zuerst, die Stadt in Ehren zu halten; dann wird er Lehensmann des Papstes, aus dessen Händen er die Krone entgegennimmt.‹

Und: Hatte der Papst nicht dem Kaiser schon längst die Beseitigung dieses Bildes versprochen? Nichts war geschehen!

Hochschlugen die Wellen der Empörung bei Kaiser und den nicht minder aufgebrachten Fürsten über diese skandalöse Anmaßung Hadrians IV.:

»Unerhört! Nicht von Gott, sondern aus der Hand des Papstes soll der Kaiser demnach seine Würde empfangen haben! Welche Impertinenz!«

»Von wem denn hat er es denn, wenn er das Kaiserreich nicht vom Herrn Papst hat?«, setzte der päpstliche Kanzler Bandinelli triumphierend nach; er, der er der schärferen Übersetzung des Wortes ›beneficium‹ zuvor nicht widersprochen hatte. Das brachte Pfalzgraf Otto von Wittelsbach, ein Hüne von Gestalt, so sehr in Rage, dass er seine Streitaxt zog und damit auf den Gesandten einschlagen wollte. Schnell trat Friedrich dazwischen und besänftigte den Pfalzgraf. Dies tat er auch durch die Schärfe seiner Worte, mit denen er den Legaten antwortete:

»Wer behauptet, dass wir die Krone als ein Lehen des Papstes empfangen haben, lästert Gott und verfälscht die Wahrheit, hat doch der heilige Petrus der Welt verkündet, den HErrn im Himmel zu fürchten und den Herrn auf Erden, den König, zu ehren. Wir haben unser hohes Amt allein von Gott empfangen. Die Kirche aber will dieses Amt vernichten. Das kann nicht der Wille Gottes sein. Mit einem Bild hat es angefangen. Aus dem Bild wurde eine Inschrift. Jetzt soll die Inschrift zur Vorschrift werden. Das ertragen wir nicht! Das dulden wir nicht! Eher wollen wir den Tod ertragen, als dass wir unsere Ehre in den Staub ziehen lassen. Was gemalt ist, soll ausgelöscht; was geschrieben steht, soll getilgt werden, auf dass nicht zwischen Reich und Kirche ewige Denkmale der Feindschaft stehen bleiben.«

Starke Worte, die mehr wogen als die Beleidigungen, welche aus dem Kreis der Fürsten gegen die beiden päpstlichen Legaten erklangen. Die jedoch, zumal nachdem bei ihnen vorbereitete und schon mit päpstlichem Siegel versehene Schreiben gefunden wurden, mit denen sie offensichtlich Gelder und sonstige Leistungen von den deutschen Kirchenfürsten hatten eintreiben wollen, schickte der Kaiser mitsamt ihres Gefolges unehrenhaft, denn er verbot ihnen den weiteren Aufenthalt in deutschen Landen, und unverzüglich zurück nach Rom.

Danach ging Friedrich I. ruhig zur Tagesordnung über und widmete sich erfolgreich Angelegenheiten des Königreichs Burgund, wobei er auch über die Besitzungen seiner Gemahlin Beatrix verfügte, so wie es ihr gefiel; denn eine Episode, die erst wenige Stunden zurücklag, hatte seine Zuneigung zu seiner jungen Gemahlin vertieft.

*****

In einer ruhigen Minute, kurz nur nach dem Eklat, flüsterte sie ihrem Gemahl zu: »Der eine Legat, Bernhard von San Clemente, der mit dem großen Bauch, hat dem anderen, der Kanzler der Römischen Kirche ist, dem langen Hageren, Roland Bandinelli heißt er mit Namen, zugeflüstert: ›Da habt Ihr aber unserem Heiligen Vater wohl doch keinen Gefallen getan, mit Eurem Schreiben.‹«

Beatrix sah Friedrich fest in die Augen, als sie sehr bestimmt fortfuhr:

»Ihr müsst Obacht geben, Herr! Von diesem Mann geht Gefahr aus. Er hasst Euch, weil er das gleiche will wie Ihr.«

»Und das wäre?«, fragte er die Kindfrau amüsiert. Noch klang sein Ton leicht von oben herab.

»Der Herr der Welt sein.«

Da sah sie der Kaiser erstaunt und nachdenklich an: »Woher wisst Ihr das alles, Beatrix?«

Sie umging geschickt eine Antwort auf seine Kernfrage: »Ich verstehe und spreche ihre Sprache.«

Und ein wenig spöttisch fügte sie hinzu: »Aber wer erwartet das schon von einem Mädchen, wenn der Kreis erwachsener Fürsten es nicht kann!«

*****

Besançon, das war offenes Kräftemessen zwischen weltlicher und kirchlicher Gewalt. Der Kaiser gewann es – für den Augenblick – gegen Hadrian IV. In einer Antwort auf das in Besançon verlesene Schreiben betonte er erneut seine Worte:

»Eher legen wir die Krone des Reiches nieder, als dass wir sie zugleich mit unserer Person so in den Staub ziehen lassen.«

Als der Papst erkannte, dass Friedrich förderhin jeden persönlichen Kontakt zu ihm mied und den Geistlichen seines Reiches Selbiges untersagte, da schrieb er diesem einen zweiten Brief, in dem er das umstrittene Wort ›beneficium‹ im Sinne des Kaisers klarstellte:

›... dieses Wort ist aus »wohl« und »Tat« gebildet, und »beneficium« bedeutet bei uns nicht Lehen, sondern Wohltat. ... und Eure Hoheit erkennt deutlich, dass wir dir in so wohlwollender und ehrender Weise das Zeichen der kaiserlichen Würde aufs Haupt gesetzt haben, dass es von allen für eine Wohltat gehalten werden konnte. ...‹

Der Kaiser ist mit dieser Klarstellung und der damit verbundenen Genugtuung – zunächst – zufrieden. Er gibt den Legaten, die das zweite Schreiben gebracht haben, den Friedenskuss, sichert dem Papst dadurch Frieden und Freundschaft zu, und lässt die Gesandten dann heiter und mit Geschenken bedacht nach Rom zurückkehren. Friedrich macht sich nichts vor. Er weiß sehr wohl, dass der Frieden brüchig ist.

Doch auch ein kurzer Frieden ist allemal besser als kein Frieden, denkt er.

Erzbischof und Kaufpreis
Mainz (1153 – 1160)

Arnold von Selenhofen tut sich schwer mit seiner Erzdiözese. Ihm fehlt das rechte Händchen im Umgang mit den stolzen Bürgern Mainz. Die sind empört, dass der Erzbischof fremde Ministerialen ihnen vorzieht und sie alter Privilegien beraubt. Erste Unruhen und Aufstände beendet Kaiser Friedrich durch seinen Richterspruch. Doch bereits im Jahr darauf behaupten Priester des Klosters Sankt Martin, der Erzbischof habe ihre Kirche beraubt, weil er Geld benötigt habe, um dem Kaiser für dessen Italienfeldzüge ein gut ausgerüstetes Aufgebot stellen zu können. Eine Verpflichtung, die der Erzbischof schon für den ersten Italienzug nicht ausreichend erfüllen konnte. Deshalb rechnet Kaiser Friedrich für den zweiten Italienzug fest mit dem von Arnold versprochenen Mainzer Truppenkontingent.

Wiederum aber fehlen Erzbischof Arnold hierfür die Mittel. Sein Versuch von den Mainzern eine Heersteuer einzutreiben, scheitert. Die Bürger halten sich nach dem Gesetz zu einer solchen Leistung nicht verpflichtet. Auch die Entscheidung des Hofgerichts, das dem Erzbischof Recht gibt, stimmt die Mainzer nicht um. So muss Arnold ohne die dem Kaiser versprochene Truppe nach Italien aufbrechen. Doch kaum hat er Mainz verlassen, schon übernehmen seine Gegner die Herrschaft in der Stadt. Arnold kehrt um und nimmt Mainz gewaltsam ein.

Im Jahre des HErrn 1159 bricht Arnold von Selenhofen – im Irrglauben wieder Herr der Lage in der Stadt zu sein – erneut nach Italien auf. Sofort formierten sich die Aufrührer und zerstörten die erzbischöfliche Pfalz. Beide Seiten, Empörer und Erzbischof, suchten Unterstützung bei Kaiser Friedrich. Dieser entschied im Dezember 1159 zugunsten Arnolds und überantwortete die Aufrührer der Gnade des Erzbischofs. Die Mainzer erklärten sich zur Unterwerfung und Sühne bereit; das Sühnemaß wurde im Februar 1160 in Pavia festgesetzt.

Als Arnold nun wiederum auf den Widerstand der Mainzer stößt, will er gewaltsam gegen die Stadt vorgehen. Erneute Unterwerfungserklärungen der Mainzer aber lassen ihn seinen Plan verwerfen. Er begibt sich vielmehr in das Kloster Sankt Jakob, welches auf dem Jakobsberg vor der Stadt gelegen ist.

Am Johannistag, dem vierundzwanzigsten Juni 1160, findet der Konflikt zwischen Erzbischof einerseits und der Stadtbevölkerung andererseits ein brutales Ende. Eine aufgebrachte Menge stürmt das Kloster, dessen Abt mit den Aufständischen sympathisiert. Sie ermorden Erzbischof Arnold und zünden die Klosterkirche an.

Da Bischofsmord als besonders schwere Straftat gilt, hält der Kaiser selber Gericht über die Täter: Die Rädelsführer, zu denen der Abt von Sankt Jakob zählt, werden verbannt, die Einwohner von Mainz werden exkommuniziert. Die Stadt verliert ihre unter Erzbischof Adalbert I. von Saarbrücken erworbenen Rechte. Die Stadtmauer wird geschleift.

*****

Es folgt ein kurzes Mainzer Schisma. Die Aufrührer zwingen die Mainzer Kurie Rudolf von Zähringen zum Erzbischof zu wählen. Der Teil der Mainzer Kurie, der nach Frankfurt geflohen ist, wählt hingegen Christian I. von Buch zu ihrem Erzbischof von Mainz.

Egbert von Selboldt spricht bei dem neuen Erzbischof in Frankfurt vor. Christian von Buch hört ihn an, erklärt – wie ehemals König Konrad III. – »Einmal geschlossene Verträge sind einzuhalten« und zahlt ihm den im Jahre des HErrn 1158 vereinbarten Kaufpreis für die Burg in Geylenhusen umgehend aus. Egbert ist von dem geradlinigen Verhalten des Erzbischofs sehr angetan. Es wird nicht bei dieser einen Begegnung der beiden bleiben.

Als Kaiser kann Friedrich I. keinen der beiden Erzbischöfe für den Mainzer Bischofsstuhl anerkennen. Er veranlasst auf dem Konzil von Lodi deren Absetzung durch Papst Viktor IV. Am zwanzigsten Juni 1161 wird Konrad I. von Wittelsbach als Erzbischof von Mainz inthronisiert werden. Der aber lehnt den kaiserlichen Gegenpapst Paschalis III. ab und ergreift Partei für Papst Alexander III. Das wiederum missfällt Kaiser Friedrich ganz und gar. So wird Christian I. von Buch erneut Erzbischof von Mainz. Er bleibt es für mehr als zwanzig Jahre – bis zu seinem Tod.

In den Jahren des HErrn 1159/60
Schisma und Konzil von Pavia

Am ersten September 1159 verstirbt Papst Hadrian IV. in Anagni. In den letzten Monaten seines Pontifikats hat er enge Kontakte zum lombardischen Städtebund aufgenommen. Die Städte schworen ihm, mit Kaiser Friedrich I. Barbarossa keinen Frieden zu schließen oder auch nur irgendeine Vereinbarung zu treffen; dafür hat ihnen Hadrian zugesagt, er werde den Kaiser binnen vierzig Tagen exkommunizieren. All dies tat Hadrian IV.; denn es trieb ihn die Furcht, sein Kirchenstaat könne zwischen dem römisch-deutschen Reich im Norden und den Normannen im Süden aufgerieben werden. Doch bevor er den Bann über den Kaiser sprechen konnte, ereilte ihn der Tod.

Kurz zuvor hat Hadrian IV. noch einem Freund sein trauriges Los als Papst beklagt:

> »Oh, wenn ich doch mein Vaterland England niemals verlassen hätte! Ist irgendwo auf der Welt ein Mensch so elend wie der Papst? Ich habe auf dem Thron Petri so viel Leid erfahren, dass alle Bitterkeit in meinem früheren Leben mir süß vorkommt. Mag der Heilige Vater heute ein Krösus sein, morgen ist er arm und unzähligen Gläubigern verpflichtet. Wahrlich mit Recht heißt er der Knecht der Knechte; denn ihn knechtet die Habgier der römischen Knechtsseelen. Und befriedigt er sie nicht, dann muss er Rom als Flüchtling verlassen.«

Gänzlich anders hat Arnold von Brescia, der Mönch, welcher selbst unbestritten von lauterem Charakter war, das scheinheilige, sittenlose, ja unchristliche Verhalten der Kurie, »diese Wechselstube und Mördergrube«, geschildert und von Hadrian gesagt:

»Selbst der Papst ist nicht, was er zu sein behauptet, ein apostolischer Mann und Hirte der Seelen, sondern ein Blutmensch ist er, der Mord und Sengen mit seinem Amt heiligt, ein Peiniger der Kirchen und Ängstiger der Unschuld, nichts anderes treibt er auf dieser Welt, als dass er sein Fleisch pfleget; die eigenen Beutel füllt er an und fremde Beutel leert er aus.«

Dass Vergeben, Vergessen, Mitleid, Barmherzigkeit und Gnade auch auf Seiten der höchsten Vertreter der Christenheit nicht stets galten, zeigt das Beispiel eben dieses Arnold von Brescia, den Papst Hadrian IV. als seinen gefährlichsten Kritiker aufs Bitterste verfolgt hat. Bei den Verhandlungen über die Modalitäten von Friedrichs Kaiserkrönung wünschen die päpstlichen Legaten die königliche Hilfe bei der Auslieferung des verhassten Arnold, dem ein Vizegraf von Campagnatico gerade Schutz und Herberge gewährt. Friedrich I. erwirkt die Herausgabe Arnolds und übergibt ihn den Kardinälen. Wenig später nur, im Juni 1155, wird Arnold von Brescia durch Schergen des Präfekten von Rom gehängt, sein Leichnam verbrannt und die Asche in den Tiber gestreut.

*****

Unvereinbare Ansichten innerhalb des Kardinalskollegiums führen nach dem Tod von Papst Hadrian IV. zu einer Doppelwahl. Kaiser Friedrich I. will nur den Papst akzeptieren, der willens ist im Umgang mit ihm die »Ehre des Reiches« zu wahren. Kardinal Octavian ist dazu bereit. Er kennt Friedrich schon länger und schätzt ihn. Der Kanzler der Kurie, Kardinal Roland Bandinelli, jedoch, der den Kaiser bei seinem Auftritt in Besançon beleidigt und diesem dafür nie Genugtuung geleistet hat, kann hingegen für Friedrich I. keine geeignete Wahl sein. Zwei Päpste aber zur selben Zeit – ein Unding. Das kann nicht gut gehen.

Die Richtigkeit dieser Annahme erweist sich schon am siebten September 1159, als in Sankt Peter zu Rom Kardinal Roland Bandinelli von der Mehrheit der Kardinäle zum neuen Papst gewählt wird. Er gibt sich den Namen Alexander III. Doch gerade als er sich als Zeichen seines neuen Amtes den roten Mantel umlegen will, da reißt ihm Kardinal Octavian, der andere Kandidat für den Thron des Papstes, diesen gewaltsam wieder von der Schulter. Mehr noch, Oktavian, der spätere Papst Viktor IV., wirft sich einen eigenen Mantel über, verwechselt dabei in

Hast und Erregung aber dessen Seiten. Dies geschieht, wie Alexander III. später vermutet:

> »... durch göttliche Schickung, dass der Teil des Mantels, der die Vorderseite hätte bedecken sollen, zum Gelächter der vielen, die zusahen, den Rücken bedeckte; er versuchte zwar eifrig, das zu ändern, konnte aber, außer sich vor Wut, die Kapuze des Mantels nicht finden und schlang sich die Troddeln um den Hals. ...«

Die Mantelszene geht unter im Degengefecht von Angehörigen der beiden Parteien.

*****

Die Spannungen zwischen Krone und Kurie eskalieren. Diesem Zustand will der Kaiser abhelfen. Seine Berechtigung hierzu leitet er her aus den Schreiben beider Päpste, die ihn zur Anerkennung ihres jeweiligen Papsttums auffordern. Er lädt zu einer ›Curia – Ratsversammlung‹ im Januar 1160 ein. Die Verwendung der Bezeichnungen ›Konzil‹ und ›Synode‹ vermeidet Friedrich, denn sie sind dem Papst vorbehalten. In Pavia, der italienischen Hauptstadt des Herrschers, soll eine überparteiliche Zusammenkunft entscheiden, wer der wahre Papst ist. Doch die Teilnahme an diesem Konzil ist enttäuschend. Nur etwa fünfzig Bischöfe kommen, davon siebzehn aus deutschen Landen, siebenundzwanzig aus Italien und drei aus Burgund. Vereinzelte Gesandte anderer Länder sind ebenfalls anwesend. Vom englischen, französischen, iberischen und ungarischen Klerus ist jedoch niemand nach Pavia gekommen.

Johannes von Salisbury, der Sekretär des Erzbischofs von Canterbury, hat im Jahre des HErrn 1160 des Kaisers Verlangen, über die Papstfrage auf dem Konzil von Pavia zu entscheiden, empört zurückgewiesen und voll Abscheu gefragt:

»Wer hat die Deutschen zu Richtern über die Völker bestellt? Wer hat diesen wilden, brutalen Menschen das Recht eingeräumt, nach ihrem Belieben einen Herrscher zu setzen über das Haupt aller Menschen?«.

Wie in den Vorverhandlungen vereinbart begrüßt Kaiser Friedrich die Teilnehmer. Er begründet nochmals sein Einladungsrecht und übergibt danach die Entscheidungsfindung an die Geistlichen weiter. Er selbst verlässt mit den weltlichen Fürsten die Versammlung.

Am elften Februar 1160 erkennen die Konzilteilnehmer Viktor IV. als rechtmäßigen Papst an. Roland Bandinellis Wahl wird für ungültig erklärt, weil er erst zwölf Tage nach Victor erhoben worden ist. Papst Viktor ist zu der Versammlung erschienen, Alexander III. aber hat seine Teilnahme abgelehnt. Für ihn ist das Papsttum nicht judizierbar.

»Ich allein bin der oberste Herr der katholischen Christenheit auf Erden. Folglich kann ich nicht dem Urteilsspruch eines irdischen Richters unterliegen; denn das Papsttum ist nicht judiziabel.«

Um den Beschlüssen des Konzils mehr Bedeutung zu verleihen setzt der Reichskanzler und Erzbischof von Köln, Rainald von Dassel, als Versammlungsleiter auch die Unterschriften der geladenen, aber nicht erschienenen Bischöfe unter das Schlussprotokoll, das so auf das Dreifache, auf ansehnliche einhundertdreiundfünfzig angeblich Anwesende anwächst.

Die Entscheidung für Papst Viktor IV. bindet jedoch nur den Reichsklerus und die in Lehensbindung zum Reich stehenden Länder Böhmen, Polen und Dänemark. Der englische König Heinrich II. und der französische König Ludwig VII. stehen Alexander III. bei, der selbst im Jahre des HErrn 1162 nach Frankreich flieht.

Die Synode endet mit der Exkommunikation Alexanders III. und seiner Anhänger. Daraufhin belegt Alexander III. Viktor IV. mit dem Bann und exkommuniziert Kaiser Friedrich.

Papst und Gegenpapst. Ein fast zwei Jahrzehnte währendes Schisma beginnt. Papst Alexander III. – will er etwa ewig leben? – als entschiedener Feind des Heiligen deutsch-römischen Reiches, des ›Sacrum Imperium‹, auf der einen Seite und vier in dieser Zeit dem Kaiser und dem Reich als Schutzmacht des Christentums wohlgesonnene Gegenpäpste auf der anderen.

*****

Im Verlauf des Konzils von Pavia wird auch eine Entscheidung getroffen, die für Friedrich I. von besonderer – persönlicher – Bedeutung ist. Es gilt, die einem Freund gegebene Zusage einzuhalten. Arnold I., der Erzbischof von Mainz, hat weiterhin den Kaufpreis für Geylenhusen nicht an Freund Egbert entrichtet. Das erfährt der Kaiser indirekt von Mainzer Bürgern, die sich bei ihm über den Erzbischof beschweren. Wider das geltende Recht hat Arnold vergeblich versucht eine Heersteuer von den Mainzern einzutreiben. Doch die Stadt zahlt die Steuer auch dann nicht, als das Hofgericht dem Erzbischof Recht gibt. Beide Parteien, Stadt wie Erzbischof, bitten den Kaiser um Unterstützung. Dieser entscheidet im Dezember 1159 zugunsten Arnolds und überantwortet die Aufrührer dessen Gnade.

Die Mainzer erklären sich daraufhin zur Unterwerfung und Sühne bereit. Strafmaß und Sühne werden im Februar 1160 auf dem Konzil von Pavia festgesetzt. Abermals jedoch verweigern die Mainzer die Zahlung der geforderten Steuer. Der Vorgang wiederholt sich. Arnold droht gewaltsam gegen die Stadt vorzugehen. Die Stadt erklärt, zur Unterwerfung bereit zu sein. Arnold glaubt ihnen erneut und begibt sich in das Kloster Sankt Jakob vor den Toren von Mainz. Dort findet er, wie schon im Kapitel zuvor geschrieben, am Johannistag, dem vierundzwanzigsten Juni 1160, ein bitteres Ende.

Anmerkung des Bearbeiters

Einer der Nachfolger von Hadrian IV. auf dem Heiligen Stuhl ist also Roland Bandinelli, der Kanzler der Römischen Kirche, Widerpart des Kaisers schon in Besançon, der sich alsdann Papst Alexander III. nennen wird.

Kaiser Friedrich I. und Papst Alexander III. sollen gleichermaßen als starke Persönlichkeiten in die Weltgeschichte eingehen. Der Eklat von Besançon wird sie in ihrer ablehnenden Beziehung zueinander für zwei Jahrzehnte entscheidend prägen. Der Regent auf dem Thron wie der auf dem Heiligen Stuhl sind von Haus aus nachtragend, unnachgiebig und von der ausschließlichen Richtigkeit ihrer jeweiligen Ansicht überzeugt. Es fällt ihnen schwer zu verzeihen.

Wie viel Gutes hätten die beiden Herrscher über ihre Zeit hinaus für das römisch-deutsche Reich und seine Menschen tun können, wenn sie denn gemeinsam an einem Strang gezogen hätten?! Wenn sie, die beiden obersten Repräsentanten des christlichen Abendlandes, das Bibelwort beherzigt hätten: ›Du sollst deinen Nächsten lieben wie dich selbst.‹ Doch in jener Zeit standen das eigene Ansehen, die eigene Ehre und die des Reiches beziehungsweise die der Kirche über aller Nächstenliebe.

Und übrigens: Das nicht zu übersehende Fresko mit der Kaiserkrönung Lothars III. konnte – trotz aller Zusagen – auch noch im sechzehnten Jahrhundert bis zu dessen Abriss im alten Lateranpalast besichtigt werden, lediglich die Inschrift war entfernt worden.

Ach ja, eins birgt in Kontext mit dem Eklat von Besançon noch eine pikante Note: In dem im Jahre 1169 entstandenen Werk ›Summa Coloniensis‹ heißt es, dass »der Papst über dem Kaiser« stehe und »in der Tat der wahre Kaiser sei«. Dieses Werk und dieses Zitat nun stammen aus einer rheinischen Rechtsschule, also aus der Diözese von Rainald von Dassel, dem Erzbischof von Köln, der sich, wie vorstehend zu lesen war, vehement für die Ranggleichheit von Kaiser und Papst eingesetzt hat.

Baut sich da etwa eine neue, eine heimische Front gegen den Kaiser auf?

d. O.

»Dass ich eins und doppelt bin« (Friedrichs zwei Seiten; hier das freundliche Gesicht)

Da ist nicht nur Friedrichs äußeres Erscheinungsbild. Mittelgroß und kräftig der Körperbau. Durchtrainiert wirkt er in all seinen Bewegungen. Zupackend. Auffallend das ins rötlich changierende Blond des gelockten Haares. Ja, und der »barba rossa«, wie die Italiener – und späterhin alle – ihn nach seinem gepflegten Bart nennen. Dann, was sich jedem, der es einmal gesehen, unvergesslich einbrennt: Sein stets lebensfroh und beschwingt wirkendes Gesicht mit diesem leichten, gewinnenden Lächeln, das die weißen Zähne aufblitzen lässt, und das schon seine Jugendfreunde Sven und Egbert erfreut und irritiert zugleich hat, weil er es auch zeigt, wenn er wütend ist.

Natürlich wirkt bei ihm – was von einem König erwartet wird – der selbstbewusste Gang. Der Mann weiß, was er will. Und er handelt auch so. Der feste Schritt belegt es.

Friedrich ist redegewandt. Diese Begabung hat er von seinem Vater. Er beherrscht die deutsche Sprache, die des Hofes wie auch die des gemeinen Volkes, dem er auf Burg Hohenstaufen aufs Maul geschaut hat, besonders dem der kleinen Wäscherin. Andere Sprachen hingegen sind ihm fremd. Er ist beim Lesen und Schreiben auf sprachbegabte Helfer angewiesen. Schon am simplen Floskelnreden hapert es ihm. Selbst mit dem üblichen Latein ist er wenig in Berührung gekommen. Er ist ehrgeizig. Seine Bildungslücke ärgert ihn.

Aber Friedrich ist lernfähig und -begierig. Später werden sich seine Sprachkenntnisse verbessern, auch dank Beatrix, die selbst eine hervorragende Ausbildung genossen hat und mehrere Sprachen beherrscht. Dann wird Friedrich aber weiterhin gerne so tun, als würde er nichts verstehen und wäre auf die Übersetzung seines Dolmetschers angewiesen. Das verschafft ihm Zeit zum Überlegen und Entscheiden. Das zahlt sich aus. Die alte Schlitzohrigkeit ist ihm geblieben.

Die Monate an der Seite des königlichen Onkels am byzantinischen Kaiserhof während des schmachvollen zweiten Kreuzzuges haben ihm gutgetan. Sehen, hören, nachahmen. Und, nicht vergessen, stets ›animus reflectere‹. Überlegen, was etwas bedeutet. Prüfen, von welchem Nutzen es sein kann. Bedenken, welche Folgen etwas haben kann. Darin beweist er ein bemerkenswert diplomatisches Fingerspitzengefühl.

Friedrich sucht den Rat von weltlichen wie auch kirchlichen Gelehrten, fragt und hinterfragt. Vom Wissen der Bedenkenträger profitieren. Animus reflectere. Aber das letztendliche Entscheiden behält er sich selbstverständlich vor. Der Kaiser gibt vor, was zu geschehen hat.

Wie in der Jugend mit seinen beiden Freunden Sven und Egbert achtet und berücksichtigt Friedrich auch die höfische Etikette im Umgang mit den beiden Frauen, die ihm nahestehen. Gela und Beatrix. Mit seiner Geylenhusener Geliebten spricht er in Gedanken sein Leben lang. Auch wenn er sie mehrere Jahre nicht sieht, so ist sie doch stets in all seinen Sinnen präsent. Gern denkt er an Gela. Ihm wird warm ums Herz, wenn er es tut.

Kaiserin Beatrix ist seine Frau, Geliebte, Vertraute. Sie weilt regelmäßig in seiner Nähe, wenn auch dies, weil es der höfischen Sitte widersprach, nicht stets für die Öffentlichkeit sichtbar ist. Er tauscht sich mit ihr aus auf dem nächtlichen vertrauten Lager, in ihrer Kemenate, aber auch immer wieder, wenn sie nebeneinanderreiten. Er liebt ihre Bildung, ihre Zuverlässigkeit und Ehrlichkeit, ihre Fröhlichkeit, ihre Fraulichkeit, ihre Fruchtbarkeit, ihre Furchtlosigkeit, ihre Freude am Herrschen und Regieren, ihre Diskretion. Er kann die Aufzählung der Vorzüge der Kaiserin endlos fortsetzen. Ja, räumt er sich ein, auch ihre Menschenkenntnis. Das gilt auch für seine Person. Wenn er zu großzügig oder gnädig gegenüber Dritten war oder ist oder unbeherrscht rachsüchtig, wie oft hat sie ihn auf ihre unnachahmliche Weise zurück auf den rechten Weg geführt.

Beatrix hat bis zu ihrem Tod im Jahre 1184 an vier Italienzügen teilgenommen. Dabei hielt sie sich dann zumeist nicht im Heerlager selbst auf, sondern in rückwärtigen Burgen oder Städten. Den Aufenthalt der Kaiserin fern vom belagerten Crema 1160 begründete über zwanzig Jahre später Gunther der Dichter mit Barbarossas Absicht, Beatrix ›den Anblick von Mord und Gräueln zu ersparen‹. Hat Friedrich dabei etwa berücksichtigt, wie das Morden und grausame Abschlachten von Menschen Gela entsetzt hat?

Die ihn kennen, wissen Eigenschaften wie Mäßigung, Mut und Furchtlosigkeit als Ritter an ihm zu schätzen. Er ist ein Ritter der alten Schule, Kaiser Karl der Große sein leuchtendes Vorbild. Aber sie loben auch seine menschlichen Seiten wie Weitherzigkeit, Güte und sein ausgeprägtes Gefühl für Gerechtigkeit.

»Ein Pfleger der Gerechtigkeit, ein Liebhaber der Gesetze« wird ihn Acerbus Morena, der Stadtvogt von Lodi, später einmal nennen.

›Er [Kaiser Friedrich II.] war nicht wie sein Großvater Friedrich Barbarossa, der allem und allen gegenüber unerschütterlich der gleiche war, aus Heiterkeit und Zorn immer wieder in das Gleichgewicht ruhigen Ernstes übergehend.‹ [So Ricarda Huch, die Dichterin und Historikerin (*18. Juli 1864 in Braunschweig – †17. November 1947 in Schönberg/Taunus, siehe: Römisches Reich Deutscher Nation; Deutsche Geschichte, Band I, Berlin 1934, dort Seite 169.]

Dass er bei all diesem Tun auch seine eigenen Herrschaftsinteressen nicht aus den Augen verliert, ein taffer Geschäftsmann und Politiker ist, wer kann es ihm verdenken.

Selbstbewusst und ausgestattet mit beeindruckender Überzeugungskraft, ausgeprägtem Verhandlungsgeschick, schwäbischer Schlitzohrigkeit und der Gabe, Menschen für sich einnehmen zu können, ist er der ›primus inter pares – der Erste im Kreise der Fürsten‹. Man achtet oder respektiert ihn zumindest als denjenigen, der dem Reich zu einer Zeit friedlichen Zusammenseins verhalf.

Am besten kann man die positiven Charaktereigenschaften von Barbarossa skizzieren, wenn man zitiert, was Bischof Otto von Freising, über seinen Stiefbruder Friedrich II., genannt der Einäugige, Herzog von Schwaben und Vater des Kaisers, in seinen ›Gesta‹ schreibt:

›Der Herzog war im Kriege tapfer, in Geschäften gewandt, in Blick und Gemüt heiter, im Gespräch geistreich und mit Geschenken so freigebig, dass deshalb eine sehr große Menge Ritter bei ihm zusammenströmte und sich ihm zu Dienste anbot.‹

Ja, auch Friedrich, der König und Kaiser, besaß das väterliche Gen der Freigiebigkeit und großzügigen Gastfreundschaft. Aus Onkel Ottos Worten klingt fast ein wenig der Vorwurf des Verschwenderischen mit.

Und Friedrich war von einer ausgesprochenen Manntreue. Da war sein Denken schlicht schwarz oder weiß. Wen er einmal in sein Herz geschlossen, den beließ er grundsätzlich darin. Wen er ablehnte, blieb sein Feind. Oder wie es Bischof Eberhard von Bamberg beschrieb: ›Was für ein Mann er ist, wisst ihr ja. Er liebt jene, die ihn lieben, den andern ist er kein Freund, weil er noch nicht ganz gelernt hat, auch seine Feinde zu lieben.‹

Von Seiten der Bewohner Gelnhausens aber gab es zu keiner Zeit Anlass für ein böses Wort über den Kaiser. Im Gegenteil: Er hat immer, soweit es ihm möglich war, seine Hände schützend über die Stadt, ihre Bürger und seine Pfalz gehalten. Gelnhausen hat es ihm stets gedankt, in guten wie in schlechten Tagen, damals wie heute.

»Dass ich eins und doppelt bin« (Friedrichs zwei Seiten; hier das unerfreuliche Gesicht)

Ich blättere durch die Stichwörter und Notizen, die ich mir in den letzten Wochen zu negativen Eigenschaften Barbarossas gemacht habe. Manche ist erschreckend, ja abstoßend, andere lassen das Handeln eines Psychopathen vermuten. Und wieder kommt mir das Zitat aus Goethes ›Götz von Berlichingen‹, das Tante Conny so gerne verwendet, in den Sinn: ›Wo viel Licht ist, ist auch starker Schatten‹, wenn ich an die guten, lobenswerten Charakterzüge denke, die dem Kaiser zugeschrieben werden.

Einiges habe ich mir notiert, und es beginnt vergleichsweise harmlos: Friedrich ist nachtragend, wie das Beispiel Amtsenthebung von Erzbischof Heinrich von Mainz zeigt. Er kann nicht verzeihen.

Berthold IV., Herzog von Zähringen, bezeichnet Friedrich als »der Gesetze Zerstörer«. Was war geschehen? Der Kaiser entzog Berthold das Rektorat über Burgund wieder, in das er ihn erst wenige Jahre zuvor, noch als König Friedrich, in Einlösung eines Wahlversprechens bestätigt hatte. Jetzt ist er mit Beatrix, der Herrin der Grafschaft von Hochburgund verheiratet, da braucht er den Zähringer nicht mehr. Das hat er dem Zähringer während seines Besuchs in Colmar deutlich gesagt.

Unbeherrscht, aufbrausend, wutentbrannt, blutgierig, übertrieben brutal und grausam kann er sein. Das eigene Ansehen, das des Königs und des Reiches schienen ihm jede Grausamkeit zu rechtfertigen. War dies nur Art der Zeit oder doch – auch – die Friedrich eigene, ungebremste Eskalationsbereitschaft von Gewaltübertreibung? Ich bin mir unsicher. Ich hatte schon Beispiele unnötiger Grausamkeiten in dem blauen Ordner gelesen – und ich weiß, dass ich noch schrecklichere Exempel auf den späteren Seiten finden werde. Auch das Zurückschrecken Gelas, die Friedrich offensichtlich doch ganz inniglich liebt, spricht dafür, dass er unverhältnismäßig heftig ausrasten kann.

So, als während des Zweiten Kreuzzugs König Konrad III. Friedrich mit dem Befehl zurückschickt, an den Griechen, die einen erkrankten deutschen Ritter ermordet hatten, Rache zu üben. Sehr verehrte Leserin, geschätzter Leser dieser Zeilen, Sie erinnern sich gewiss an dieses Ereignis, weil es bereits an früherer Stelle in dem blauen Ordner berichtet worden ist. Wie Friedrich diesen Befehl des königlichen Onkels umsetzte, schildert Niketas Choniates in seinem Geschichtswerk ›Die Krone der Komnenen. Die Regierungszeit der Kaiser Joannes und Manuel Komnenos (1118–1180)‹; hier in der Übersetzung von Franz Grabler, Graz 1958 (Byzantinische Geschichtsschreiber, Band 7). Man spürt förmlich beim Lesen das Entsetzen des Autors über das unverhältnismäßige Verhalten Friedrichs:

> »... Dieser, auch sonst ein barscher, hochfahrender Herr, kehrte von Wut übermannt um, ließ sinnloserweise das ganze altehrwürdige Kloster, zu dem die Herberge gehört hatte, in Flammen aufgehen, die Schuldigen ergreifen und hinrichten. ...«

Ich halte inne, frage mich: *Warum? Was hat das Kloster Friedrich angetan?* Und dann fällt mir nur noch ein Satz aus der ›Antigone‹ des Sophokles ein:

»Es gibt viel Unheimliches auf dieser Welt, das Unheimlichste aber ist der Mensch«.

Friedrich ist empfindlich; ja, empfindlich und von einem selbst für seine Zeit überzogenen Standesbewusstsein. Die Venezianer haben darüber gespottet. Sie taten so, als würden sie befürchten, der Kaiser werde ihnen die Missachtung seiner Person niemals verzeihen und sich an ihnen dafür gewiss noch bitterlich rächen. Hatten sie es doch während der Friedensverhandlungen im Jahre 1177 unterlassen dafür Sorge zu tragen, dass ihn Hitze, Fliegen und Mücken in ihrer Lagune nicht belästigen.

Und ein anerkannter Fachmann bringt es auf den Punkt: ›Es gibt keinen Grund, Barbarossa von Verschlagenheit, Verstellung und auch Wortbruch freizusprechen.‹ (Knut Görich, Friedrich Barbarossa, Eine Biographie, München 2011, S. 659)

Nein, ich will nicht schon wieder das Licht/Schatten-Zitat aus Goethes ›Goetz von Berlichingen‹ erwähnen, aber der von uns Gelnhäusern gewiss nicht ohne Grund verehrte Kaiser Barbarossa war schon ein Mann – auch für seine Zeit – voll extremer charakterlicher Hochs und Tiefs. Manchmal überkommt mich das Gefühl, ohne dass ich mein Empfinden so recht begründen könnte, unser Friedrich, in sich zerrissen, war trotz – oder gerade wegen – der Vielzahl von Menschen, die tagtäglich um ihn war, eigentlich kein glücklicher, vielleicht sogar ein einsamer Mensch.

In den Jahren des HErrn 1158
Der zweite Italienzug

Ein Heer aus mehr als fünfzigtausend Menschen schiebt sich im Juni 1158 zeitgleich über verschiedene Alpenpässe vorwärts gen Süden. So viele Menschen auf einmal hat das Gebirge zuvor niemals geschaut. Kaiser Friedrich I., genannt Barbarossa, ist entschlossen, die in seinem ersten Italienzug von Mailand erlittene Schmach zu tilgen. Die Ehre des Reiches ist ihm heilig. Sie verlangt von ihm, ›das ruchlose Volk der Mailänder zu züchtigen‹.

Der riesige Zug schafft Probleme, die teils gewaltiger als die umliegenden Berge scheinen. Wie ist ein möglichst zügiges Vorankommen des Zuges trotz der behäbigen, von Ochsen gezogenen Fuhrwerke sicher zu stellen? Der Kaiser entscheidet getreu dem Motto ›Getrennt marschieren, vereint schlagen‹, wer über welchen Pass das gemeinsame Ziel erreichen soll. Er selbst nutzt den Brennerpass.

Wie aber können die Ritter, ihr Gefolge, Pferde und andere Zugtiere regelmäßig versorgt werden? Wo sich doch die Bergbauern, sobald sie vom Nahen des Heeres erfahren, mit allem, was sie besitzen und an Lebensmittel haben, in nur ihnen zugänglichen Nebentälern verstecken? Denn, wie die Raupen des Prozessionsspinners alles Laub auf ihrem Weg fressen, so kennzeichnen Vandalismus und Zerstörung des Heeres Wege. Vorauskommandos sollen dafür Sorge tragen, die Versorgung sicherzustellen, wird entschieden. Wie sind Streitigkeiten, Schlägereien in den eigenen Reihen zu verhindern oder zumindest zu unterbinden, treffen doch Landsmannschaften aufeinander, die sich seit Jahren nicht gut sind? Allein fünfzig italienische Städte beteiligen sich hauptsächlich mit Fußvolk an dem Marsch auf Mailand. Der Kaiser erlässt für das Heer ein Friedensgesetz mit strengen Strafen. So erlaubt das Gesetz die Zeltgemeinschaft von Deutschen und Italienern nur, wenn die Italiener die deutsche Sprache beherrschen. Frauen sind im Lager verboten.

»Wer aber eine Frau zu haben wagt, dem soll seine Rüstung genommen werden. Ihr aber soll die Nase abgeschnitten werden.«

Der Sommer im Jahre des HErrn 1158 ist ungewöhnlich heiß. Die Gletscher schmelzen. Eisige Fluten stürzen in die Täler, lassen die Flüsse gefährlich ansteigen, so auch die Adda, welche das Einzugsgebiet Mailands, ›contado‹ genannt, im Osten begrenzt. Die Brücken, Holzplanken auf steinernen Fundamenten, die die beiden Flussufer seit der Zeit der Römer verbinden, haben die Mailänder zerstört. Bei den erfolgreichen Bemühungen die Übergänge für das kaiserliche Heer wieder zu restaurieren, ertrinken mehr als zweihundert Mann.

Mailand, die Stadt, vor deren Mauern das Heer am achten August 1158 erscheint, ist für deutsche Verhältnisse von unglaublicher Größe. Mehr als einhundertundfünfzigtausend Menschen leben ständig in ihr. Fast noch einmal so viele sind jetzt vor den kaiserlichen Truppen aus dem Umland hinter ihre gewaltigen Mauern geflüchtet. Es ist selbst für das stattliche Heer Friedrichs unmöglich die Stadt völlig einzuschließen. So wird unwahrscheinlich Klingendes wirklich. Während es an einigen Stellen zu Ausbruchsversuchen der Belagerten und Scharmützel mit den Belagerern kommt, lassen zeitgleich an anderen Stellen Mailänder Hirten ihre Tiere friedlich vor den Stadtmauern weiden.

Obwohl des Kaisers Truppen erneut für eine Eroberung Mailands nicht stark genug sind, spüren die Mailänder schon bald die Auswirkungen der übermächtigen Belagerung. Das Umland ist abgeschnitten und verheert, die Versorgungslage in der übervölkerten Stadt wird kritisch. Hunger und Verhungern halten Einzug. Die Konsuln Mailands müssen erkennen, es führt kein Weg an einer Kapitulation ihrer Stadt vorbei.

Der Kaiser ist gnadenlos hart mit seinen Forderungen. Er fordert weiterhin die Unterwerfung Mailands unter sein Gericht. Also wird von den Parteien, von Mailands Vertretern gewiss zähneknirschend, vereinbart, dass zwölf ausgewählte Konsuln der Stadt in aller Öffentlichkeit vor dem Thron des Kaisers zu erscheinen haben, und zwar, um diesem Genugtuung zu leisten, barfuß, blanke Schwerter über ihrem Hals tragend. Die Konsuln bieten viel Geld, wenn sie sich nicht barfuß unterwerfen müssen. Doch dem Kaiser ist die Ehre des Reiches und seine eigene mehr wert als Geld. Er beharrt auf einer Unterwerfung mit blanken Füßen. Und so geschieht es. Die Mailänder fügen sich. Am achten September in dem großen, prächtigen Zelt, das Kaiser Friedrich im Jahre des HErrn 1157 vom englischen König Heinrich II. als Geschenk erhalten hat. Fünfzig starke Männer müssen weiterhin anpacken, um es aufzurichten.

Einer der Konsuln, Obertus de Otto mit Namen, tritt vor den Herrscher und spricht für alle Mailänder:

»Wir haben gesündigt. Wir haben unbillig gehandelt. Wir bitten um Vergebung. Unsere Nacken, die wir unter Eure Herrschaft beugen, sind die aller Mailänder Bürger. Und mit diesen Schwertern sollen alle ihre Waffen der kaiserlichen Macht unterworfen sein.«

Kaiser Friedrich I. nimmt als Richter die Schwerter einzeln entgegen und zugleich die Mailänder, nicht nur die zwölf Konsuln, ohne sie zu bestrafen, wieder barmherzig in seine Huld auf. Mit ihren bloßen Füßen haben die Konsuln aber auch die Unterordnung der Mailänder Bevölkerung unter den berechtigten Anspruch des Herrschers auf Rechts- und Friedenswahrung bestätigt.

Weiter wird von den Bürgern Mailands eingeräumt, dass die Regalien, die königlichen Rechte eben, an Münze, Zoll und diversen Abgaben, welche sie in den letzten Jahrzehnten für sich behalten hatten, dem Kaiser zustehen. Künftige Streitfälle hierbei sollen vom kaiserlichen Gericht geklärt werden. Auch sollen Gesandte des Reiches in Mailand alle Angelegenheiten zur Ehre des Reiches regeln. Der Kaiser erlaubt den Mailändern hingegen, dass sie ihre Konsuln weiterhin durch die Bürgerschaft wählen können.

Nachdem der erfolgreiche Italienzug mit einem großen Fest in Monza gefeiert worden ist, entlässt Friedrich I. in allen Ehren einen Großteil seiner Fürsten mit ihren Truppen, die in ihre jeweilige Heimat zurückkehren.

*****

Der Kaiser aber lädt anschließend die weltlichen und kirchlichen Fürsten wie auch die Konsuln der selbstverwalteten Städte des italienischen Reichsteils zu einem Hoftag in die Gefilde von Roncaglia ein, welche in der Nähe von Piacenza liegen. Der Hoftag soll schon am elften November in diesem Jahre des HErrn 1158 beginnen; denn Friedrich will dem vermeintlich gefundenen Frieden im südlichen Reichsteil alsbald dessen innere Ordnung folgen lassen. Eine klare Strukturierung und Zuweisung von Rechten und Pflichten ist wichtig. Das weiß er seit seinem Gespräch mit Onkel Otto, dem Erzbischof von Freising, zu Beginn des Zweiten Kreuzzugs. Er hat zwei Ziele. Zum einen will er die Städte Oberitaliens, welche sich eigene Verwaltungen gegeben haben, wieder eingliedern. Er versteht nicht, was diese Kommunen sollen und wollen.

»Seit wann gibt das Volk dem Fürsten Gesetze und nicht der Fürst dem Volke?«, wird er sagen und fragen.

Zum anderen will er als Kaiser und König jene Macht zurückgewinnen, wie diese seinen großen Vorbildern Karl und Otto, den früheren römisch-deutschen Kaisern und Königen, bis zum Konkordat von Worms im Jahre des HErrn 1122 eigen war.

In Roncaglia – prachtvoll das Lager mit all seinen Zelten der angereisten Honoratioren – empfängt der Kaiser die Geladenen. Dort finden sich auch die vier Rechtsgelehrten der Universität von Bologna, Bulgarus, Martinus Gosia, Hugo und Jacobus, die »quattuor doctores«, wie sie genannt werden, sowie vierundzwanzig Richter aus zwölf italienischen Städten ein.

In freier Rede erläutert der Kaiser ihnen ausführlich die Rechtslage im Reichsteil Italien, wie sie ist, wie er sie sieht und wie er sie künftig erwartet.

So führt er auch aus, wie von ihm gewohnt, ruhig und bestimmt, aber sachlich, nicht ohne das für ihn bekannt-verbindliche Lächeln auf den Lippen, die Mailänder hätten sich durch ihren rebellischen Ungehorsam eines Majestätsverbrechens schuldig gemacht. Majestätsverbrechen sei schon seit jeher ein Straftatbestand des Rechts der Kaiser, so war es schon im alten Rom und so gelte es weiterhin auch heute noch.

Damit habe es für ihn als Kaiser auf der Hand gelegen, Mailand nicht als Reichsfeind zu besiegen, sondern als Rechtsbrecher zu bestrafen; denn auch solche Täter bestrafe man nach eigenem Recht im eigenen Reich, Kriege führe man hingegen gegen fremde Länder. Aus diesem Grunde habe auch ein Strafverfahren stattgefunden, in dem Mailand zwar förmlich geladen, es der Ladung aber nicht Folge leistet habe. Das Fernbleiben der Beklagten wiederum habe die sofortige Reichsacht und eine Bestrafung mit Waffengewalt zur Folge gehabt, da ein solches Vergehen als Majestätsbeleidigung angesehen werde. Und deshalb habe Mailand schlussendlich verurteilt werden müssen.

Mit dieser logischen Folge von Argumenten legt Friedrich überzeugend dar, was zu beweisen er sich vorgenommen: Mailand ist höchsteigenes Kaiserland und unterliegt somit dem kaiserlichen Recht.

Die ihn seit einigen Jahren begleitenden und beratenden Rechtsprofessoren der Universität in Bologna lauschen dem Kaiser mit wachsendem Erstaunen und zunehmender Bewunderung. Sie wissen wohl, wie sehr sie der Herrscher schätzt, der sie als diejenigen bezeichnet hat, »durch deren Wissen die Welt erleuchtet und das Leben der Untertanen darauf ausgerichtet wird, Gott und uns, seinem Diener, zu gehorchen.«

Doch die Klarheit und Präzision, mit denen der Herrscher die Fakten und Argumente vorträgt, die sie ihm während vieler Tage erläutert und nahegebracht haben, die hätten sie ihm, dem Nichtjuristen und Fast-Analphabeten, nicht zugetraut. Oder wie Rahewin, der Sekretär Otto von Freising, es später formuliert:

Alle hätten gestaunt, »dass ein Mann, der nicht wissenschaftlich gebildet und nur wenig älter war als ein Jüngling, in seiner Rede die Gnade einer solchen Klugheit und einer solchen Beredsamkeit empfangen habe.«

Was die Gelehrten ebenso wenig wissen wie die versammelten Fürsten und Konsuln verbirgt sich hinter dem Lächeln, mit dem Kaiserin Beatrix die Worte ihres Gemahls verfolgt.

Das Geheimnis des Kaiserehepaars – Rückblick 1158

In den Monaten, die Friedrich und Beatrix vor den Tagen hier auf den ronkalischen Feldern zusammen mit den vier Professoren aus Bologna verbracht haben, gab es viele Abende und Stunden zu zweit in der Kemenate von Beatrix. Seit jener Episode in Besançon, als sie ihrem Gemahl zugeflüstert, was der eine päpstliche Legat dem anderen auf Italienisch gesagt hatte, genoss sie den Respekt des Kaisers. Auch in den zurückliegenden Tagen hat sie aufmerksam, aber schweigend die Dispute und Ausführungen der Gelehrten verfolgt. Sie sprachen lateinisch, italienisch und französisch. Mit dem Deutschen taten sie sich schwer.

Andererseits entging es Beatrix nicht, dass es ihrem Gemahl schwerfiel, die Gedankengänge der Gelehrten nachzuvollziehen. Ja, Friedrich verstand kaum etwas davon. Doch seine Ehre verbot es ihm, diese Schwäche den Rechtsgelehrten einzugestehen. Und für ihr Ansehen war es wichtig, dass alle Welt bewundernd zu ihrem Herrscher aufblickte. So hatte sich Beatrix nach den einzelnen Sitzungen insgeheim Notizen gemacht und diese letztendlich zu einer anschaulichen Rede in deutscher Sprache zusammengestellt. Als das getan war, gestand sie während einem Essen Friedrich ihre Fleißarbeit.

»Mein liebster Herr, gestattet, dass ich Euch sage, wie glücklich ich bin. Das schwache Weib des Mannes zu sein, der nach dem Recht der römischen Cäsaren der Herr der heutigen Welt ist.«

»Wie kommt Ihr darauf?«, fragte Friedrich überrascht.

»Ja, hat nicht heute doctore Bulgarus wieder betont, dass Ihr Kaiser nach dem weiterhin gültigen römischen Recht seid? Der wahrhafte Erbe und Nachfolger der Cäsaren. Und welche Rechte aus diesem Grunde Euch allein zustehen? Und nicht durch freche Anmaßung oder königliche Nachlässigkeit in andere Hände übergehen können.«

Beatrix griff nach Wachstafeln, auf denen sie ihre Notizen niedergeschrieben hatte. Nicht nach jenen, auf denen die von ihr verfasste Rede stand; denn so gut kannte sie den Mann noch nicht, dem sie angetraut war. Deshalb ließ sie lieber Vorsicht walten. Es konnte ja sehr wohl geschehen, dass er erzürnt ihre Aufzeichnungen vernichten würde.

»Seht, hier hat er es vermeldet, und seine Kollegen haben zustimmend genickt, ...«

»Gut gemacht, Beatrix!«, sagt der Kaiser und kneift zärtlich ihre Wange. Mehr Berührung meidet er, hält sich Friedrich doch weiter strikt an den sich selbst auferlegten Schwur, die Jungfräulichkeit der Kindfrau an seiner Seite zu achten. Beatrix errötet. Es ist mehr der starken Hand, die sie erschaudern ließ, als dem Lob geschuldet. Im Geiste aber spürten beide schon jetzt, wie sehr sie zusammengehören.

Fortan üben sie seine Rede, in die sie willig Änderungswünsche des Gatten einpflegt. Beatrix sagt Friedrich zunächst auf Deutsch, was sie aufgeschrieben hat. Dann wiederholt sie es langsam auf Lateinisch, mit manch italienischem Wort; denn die, für die diese Rede bestimmt ist, stammen aus dem italienischen Reichsteil. Satz für Satz, Abschnitt für Abschnitt, Teil für Teil. Die Rede ist lang. Und es dauert, bis Friedrich sie in den für ihn fremden Sprachen verinnerlicht hat. Gott sei's gedankt, dass er ein ausgezeichnetes Gedächtnis besitzt. Wie soll doch einst Burchard von Ursberg, ein Prämonstratensermönch, sein Gedächtnis rühmen?

»Diejenigen, deren Gesichter oder Wesen er einmal kennengelernt hatte, grüßte er, auch wenn sie nach langer Zeit zu ihm zurückkamen, äußerst schnell mit ihren Namen, so als wären sie täglich mit ihm zusammen gewesen.«

Doch die Mühe, die das Kaiserpaar auf sich nimmt, lohnt. Leicht und wie selbstverständlich werden Friedrich die Worte in Roncaglia dann über die Lippen kommen – zum Erstaunen der Gelehrten.

Hoftag von Roncaglia
November 1158

Vier Gesetze werden von Friedrich I. auf dem zweiwöchigen Hoftag von Roncaglia im November 1158 erlassen. Ihr Ziel war, dem Kaiser wieder jene Macht zu geben, welche die römisch-deutschen Könige bis zum Wormser Konkordat innehatten. Damit löste er zum Zweiten auch das Versprechen ein, das er nach seiner Wahl zum König Papst Eugen III. als das oberste Ziel seiner Regentschaft so umschrieben hatte: ›dem ganzen ihm anvertrauten Volk Gesetz und Frieden schaffen und erhalten‹.

Dieses Ziel Praxis werden zu lassen war vor allem in Norditalien kein leichtes Geschäft. Dessen war sich Friedrich wohl bewusst. Dazu hatten seine Vorgänger im Herrscheramt die Zügel zu lange schleifen lassen.

Immer mehr Städte hatten den für sie lohnenden Weg in die Selbstverwaltung gewählt, ohne die königliche Macht fürchten zu müssen. Lothar III. und Konrad III. hatten sich schlicht nicht um Norditalien gekümmert. So konnten die Städte der Lombardei die eigentlich dem König gehörenden Rechte widerspruchslos für sich beanspruchen. Wer verzichtet auf solch günstige Gelegenheiten?!

Doch eine vergleichbare Okkasion ergab sich nun auf den ronkalischen Gefilden für den jetzigen König und Kaiser. Seine Rede hatte bei all den Geladenen gleichermaßen großen Eindruck hinterlassen. So gelang es Friedrich I., dem Herrscher über die deutschen und italienischen Lande, im Glanze seines frischen Ruhms mit Hilfe der Rechtsgelehrten aus Bologna die für ihn entscheidenden Gesetze zu verfassen und zu erlassen.

Für das erste Gesetz (lex regalia) hatten die anwesenden Professoren und Richter zunächst die allein dem König zustehenden Privilegien klären müssen. Erst nach Definition der Regalien [*Anmerkung:* ›iura regalia – königliche Rechte oder Privilegien, auch Hoheitsrechte genannt‹; *der Bearbeiter dieser Seiten*] konnten die Gesetze und Verfügungen auf dem Hoftag ausgearbeitet werden. Die so erstellte

Liste enthielt folgende Regalien: Verfügung über alle Herzogtümer, Markgrafschaften und das gesamte Verkehrsnetz sowie dessen Einkünfte, wie beispielsweise Zölle, Wege- und Hafengelder, Münz- und Marktrechte. Außerdem gab es dem König das Recht, Konsuln zu ernennen.

Zweitens sollte von nun an und für alle Zeit alle Rechtsprechung allein vom König und Kaiser ausgehen. Das Gesetz räumte alle weltlichen Herrschafts- und Gerichtsrechte dem Herrscher ein. Auch die Konsuln der Städte konnten nunmehr nur mit Zustimmung des Kaisers gewählt werden. Zudem mussten alle Richter den Bann vom König einholen und ihm Amtsdienst leisten.

Das dritte Gesetz erlaubte dem Kaiser an jedem beliebigen Ort, also auch im Herzen einer Stadt, seinen Wohnsitz zu errichten. Das Gesetz nahm damit den Städten die Möglichkeit, die unerwünschte königliche Burg aus dem Stadtgebiet zu verdrängen.

Und das vierte und letzte Gesetz gab dem König das Recht, eine Kopfsteuer und eine allgemeine Grundsteuer zu erheben wie auch die Steuern in Reichsitalien beliebig zu erhöhen oder zu senken.

Abgesichert wurden die Beschlüsse des Hoftages von Roncaglia durch einen Landfrieden und das Verbot künftiger Schwur-Einungen gegen König und Reich.

Neben diesen vier neuen Gesetzen verschärfte Friedrich zudem das erst im Jahre des HErrn 1154 erlassene Lehensgesetz. Im Mittelpunkt allen Lehenswesens stand nun er, der König und Herrscher, der alleinige Souverän des römisch-deutschen Reiches, dem treu zu dienen Pflicht aller im Reich Lebenden war.

Die Faszination, die von Friedrichs Auftritt und seiner Rede in Roncaglia ausging, überstrahlte – und betäubte – mit ihrer Souveränität und ihrem Glanz auch die Bedenken der norditalienischen Repräsentanten. So schworen sie mit den Reichsfürsten aus allen Teilen des Reiches den Kaiser ohne Einschränkungen als ihren Herrscher zu ehren und seine Gesetze und Rechte auf Dauer zu achten. Zumal ihnen der Kaiser noch eine höchst honorige Richtschnur an die Hand gab, die bei der Anwendung aller Gesetze und Ordnungen berücksichtigt werden sollte.

[*Anmerkung:* ›*Abgemessen*‹ sollen die Gesetze werden, wie es wörtlich in der Wiedergabe des kaiserlichen Leitfadens in der ›Kurtze Beschreibung der Stadt Gelnhaußen‹ vom Beginn des achtzehnten Jahrhunderts heißt; *B.K.*]

Die sechs Kriterien, die der Kaiser nannte, waren: Ehrbarkeit, Gerechtigkeit, Bescheidenheit, Notwendigkeit, Nutzbarkeit und zeitliche Gelegenheit. Bei deren Beachtung werde, so die Erwartung des Kaisers, jederzeit Friede und Glück über dem Reich schweben.

In diesen Tagen glich Friedrich dem sagenhaften König Midas, dem alles, was er berührte, zu Gold wurde. Bekanntlich hatte diese ihm von Dionysos erwünschte und verliehene Fähigkeit einen Pferdefuß; denn nun geriet Midas auch alles Essen und Trinken zu Gold. Tod durch Hunger oder Durst drohte dem goldgierigen König.

Auch Kaiser Friedrich hatte, wie es schien, mit seinem Machtstreben vollumfänglich gesiegt – über die Städte der Lombardei wie auch gegen Papst Hadrian IV. Die kaiserlichen Steuereintreiber sparten auch die Güter der Kurie nicht aus. Die päpstlichen Beschwerden waren von Friedrich glatt abgefertigt worden:

»Nach dem Willen Gottes nennt man mich ›Römischer Kaiser‹, und da ich dies auch sein möchte und keinen leeren Titel mein Eigen nennen will, kann ich mir die Hoheit über die Stadt Rom nicht nehmen lassen.«

Im Friedensvertrag verpflichtete sich Mailand, die Städte Como und Lodi zur ›Ehre des Reiches‹ beim Wiederaufbau nicht zu behindern und ›zur Ehre des Herrn Kaisers‹ im Herzen Mailands eine Pfalz zu errichten. Die zu Unrecht einbehaltenen Einkünfte aus königlichen Rechten musste Mailand zurückgeben. Die Stadt durfte jedoch die von ihr bisher geschlossenen Städtebündnisse aufrechterhalten.

So sah es im Frühherbst des Jahres 1158 tatsächlich aus, als sei Friedrich I., Barbarossa genannt, mächtiger als alle Kaiser vor ihm. Doch dieser Eindruck glich einem schnellen Wimpernschlag in der Geschichte des römisch-deutschen Reiches; denn die Kommunen der Lombardei waren ein Leben in Selbstverwaltung und wachsendem Wohlstand gewohnt, wozu auch die Verdrängung anderer, nicht so mächtiger Städte gehörte. Sie, an eigene Macht und Reichtum gewöhnt, wollten sich nicht dem Kaiser, seinen Gesetzen, seiner Aufsicht beugen.

Als Friedrich I. Barbarossa seine kaiserliche Autorität durch die Entsendung von kaiserlichen Aufsehern sichern wollte, wurde dies von vielen italienischen Kommunen abgelehnt. Es kam zu Spannungen, Protesten, Tumulten und Aufständen der Einwohner norditalienischer Städte. Besonders Mailand, Piacenza, Brescia und Cremona wehrten sich gegen die Anerkennung der Reichshoheit und die damit verbundenen königlichen Regalien.

Der Kampf um Crema
Norditalien 1159/60

Des Kaisers Reichskanzler Rainald von Dassel, jetzt auch Erzbischof von Köln, leitete die Delegation, welche im Januar 1159 Mailand aufsuchte, um dort des Kaisers neuen Podestà zu bestellen, den obersten Vertreter der Stadtherren in rechtlichen und militärischen Angelegenheiten. Die kaiserliche Delegation nahm ihren Sitz in den Räumen der bischöflichen Kurie. Die spannungsgeladene Atmosphäre in der Stadt war schier mit Händen zu fassen. Und sie verschlechterte sich weiter, als die Gesandten den Konsuln Mailands ihr Anliegen vortrugen. Eine Neuwahl der bereits von den Bürgern gewählten Magistrate unter ihrer Aufsicht wünschten sie, bevor sie die dann Gewählten mit ihrer Amtsgewalt betrauten.

Die Konsuln wiesen auf den im September 1158 geschlossenen Friedensvertrag hin, der den Einwohnern Mailands das Recht einräumte, ihre Konsuln nach eigenem Ermessen frei wählen zu können. Und diese, ihre frei gewählten Konsuln, sollten dann mit erhobenem Haupt den Kaiser aufsuchen, um ihm den Treueeid zu leisten. Nichts anderes. Und jetzt das! Das roch für die Mailänder Konsuln stark nach einem Bruch des Friedensvertrags. Das sagten sie deutlich.

»Wir verstehen Eure Erregung nicht!«, erklärte ihnen der Reichskanzler. »Selbstverständlich soll die Wahl der Magistrate als solche auch weiterhin frei durch die Bürger Mailands erfolgen, wie im Vertrag vereinbart.«

Die anderen Legaten nickten zustimmend. Doch alle Beschwichtigungsversuche der kaiserlichen Gesandtschaft beruhigte die Konsuln nicht.

»Wir werden Euer Anliegen unserer Bürgerversammlung vortragen. Alsdann melden wir uns bei Euch!«, sagten sie ausweichend und eilten hinüber in den Dom, wo die Bürger der Stadt bereits auf sie warteten. Die hörten, was besprochen und verlangt worden war. Einhellig teilten sie die Meinung ihrer Konsuln. Der Friedensvertrag sollte zu ihrem Nachteil gebrochen werden. Ihre Empörung war groß.

Vinzenz von Prag, der der kaiserlichen Delegation angehörte, weil er des Italienischen mächtig war, hat das folgende Geschehen festgehalten*:

»Plötzlich erhob sich ein Geschrei: ›Fora! Fora! Mora! Mora!‹, was in ihrer Sprache so viel heißt wie ›Werft sie raus! Bringt sie um!‹. Wir verriegelten daraufhin die Türen der Kurie fest. Steine wurden durch die Fenster in unseren Palast geworfen. Die Konsuln eilten herbei. Das Volk wurde beschwichtigt, der Aufstand der Bürger beruhigt. Darauf erklärten die Konsuln entschuldigend, das unüberlegte Volk habe dies ohne ihren Willen getan, baten, dass dies nicht bis zum Kaiser dringen möge, und versprachen ihnen als Genugtuung viel Geld. Ihrem Wunsch gemäß antworteten die Gesandten beschwichtigend. Sie ließen sich die ihnen angetanen Beleidigungen nicht anmerken, sondern sie gingen in ihre jeweilige Unterkunft. In der Stille der Nacht aber floh jeder, wie er konnte, aus der Stadt. Sie eilten schnurstracks zum Kaiser, dem sie alles berichteten. Dass diesem unbedeutenden Anlass, diesem kleinen Fünkchen der Untergang der Stadt folgte, des so alten, so edlen Mailand, ist wohl jedem Leser bekannt.«

Der Kaiser war arg erzürnt, als er vom Verhalten der Mailänder hörte. Zum einen, weil die Stadt wider alle geschlossenen Verträge und Gesetze auf ihrer Selbstverwaltung bestand, und damit seine eigene Würde wie auch des Reiches Ansehen missachtete.

»Dassel, sagt an, seit wann ist es das Volk, welches seinem Herrscher Gesetze gibt, und nicht der Herrscher, der dem Volke solche gibt?«, fragte er seinen Reichskanzler einmal mehr. »Wie können Sie es wagen unbotmäßig zu sein? Gar nach Unabhängigkeit zu streben?«

Rainald von Dassel pflichtete dem von ihm verehrten Kaiser zu.

»Deren Verhalten ist nichts anderes als eine Verletzung der Ehre Eurer Majestät, die sofortige, strenge Strafe fordert.«

»Sag ich es doch!«

Es gab einen weiteren, sehr persönlichen Grund, weshalb das widerspenstige Verhalten Mailands und vieler anderer Städte Norditaliens Friedrich höchst ungelegen kam. Hatte er doch gerade erst in Beatrix die Frau erkannt, erlebt, wie sie unter seinen Händen zitterte und erbebte. Und der Genuss, den sie dabei empfand, glich offensichtlich seinem Vergnügen. Seit Gela hatte er nichts Vergleichbares mehr erlebt. Er konnte nur schwer noch von Beatrix lassen, so wie sie stetig seine Nähe suchte, wie es dem Anstand gerade noch geziemte. Und jetzt befleckten die Rebellen von Mailand und mit ihnen vor allem die Bewohner von Crema seiner neuen Liebe zarte Bande.

Friedrich unternimmt eben deshalb in der zweiten Februarhälfte 1159 noch einen weiteren Versuch Mailand umzustimmen. Doch sein Bemühen während des Hoftags in Marengo bleibt erfolglos. Für die Bewohner Mailands zählt der im September des Vorjahres geschlossene Friedensvertrag weiterhin mehr als alle ronkalischen Gesetze. Des Kaisers Ansicht ›Herrscherrecht bricht jedes andere Recht‹ stellt für sie nichts anderes dar als einen Vertragsbruch. Protestierend verlassen sie den Hoftag. Ein neuer kriegerischer Konflikt zeichnet sich ab. Der Hochmut Mailands gehört gestraft. Das verlangen die Ehre von Kaiser und Reich. Dessen sind sich Kaiser und Fürsten einig.

Im Sommer 1159 verwüsten die Kaiserlichen einmal mehr die Anbauflächen im Mailänder Umland, um so die Versorgungslage in der umkämpften Stadt zu beeinträchtigen.

Im Juli dieses Jahres wird dann die mit Mailand verbündete kleine Stadt Crema angegriffen. Diese Belagerung war mehr als ein kleines ›Zwischenspiel‹ gedacht, um die Zeit zu überbrücken, bis Hunger und Durst die Mailänder Bürger zur Kapitulation gefügig machten. In eben diesem Juli treffen auch die von Gemahlin Beatrix, Onkel Welf VI. und Vetter Heinrich dem Löwen erbetenen neuen Truppen ein. Jetzt kann Crema vollständig eingeschlossen werden. Darauf beginnen im Frühherbst die Angriffe.

Lange wird sich die Stadt nicht wehren können, schätzt der Kaiser und beruft für den dreizehnten Januar 1160 ein Konzil nach Pavia ein. Er will das Schisma möglichst schnell beenden. Doch die Cremasken wehren sich hartnäckig. Die Kaiserlichen und die Belagerten überbieten sich gegenseitig im Begehen unvorstellbarer Grausamkeiten. Erst Ende Januar 1160 kapitulieren die Cremasken.

Friedrich entlässt in Pavia die siegreichen Truppen in allen Ehren.

War diese Entscheidung wirklich überlegt? Denn nun verfügt der Kaiser nicht mehr über ausreichend Mannen für einen Kampf gegen Mailand. Dies erkennend lässt Reichskanzler von Dassel am fünfundzwanzigsten Juli 1160 in Erfurt eine erneute Heerfahrt beschwören. Im Frühjahr 1161, endlich, kann der Kampf um Mailand, auch mit Unterstützung italienischer Verbündeten, erfolgversprechend fortgesetzt werden.

Anmerkung zum Kampf um Crema

Martin,

das, was der von uns beiden eigentlich so geschätzte Kaiser sich mit dem Kampf um die von seinen Truppen belagerte Kleinstadt Crema erlaubt hat, kann im Rahmen dieses Ordners nicht im Detail wiedergegeben werden. Es ist zu grausam und abstoßend. Selbst aus dem Kreis der Friedrich I. begleitenden Priester regte sich Widerstand. Wie Otto Morena schreibt, baten ihn Bischöfe einzuhalten:

»Er, der eine Quelle der Barmherzigkeit sein sollte, möge doch nicht auf die Nichtswürdigkeit und Bösartigkeit jener, die damals die Herabwürdigung Gottes und seiner selbst beschlossen hatten, sein Augenmerk richten.«

Damit Du trotz allem eine Vorstellung erhältst, was Unsägliches geschah, hier ein Zitat aus Karlheinz Deschner, ›Kriminalgeschichte des Christentums, Band 6: Das 11. und 12 Jahrhundert, 1. Auflage, Hamburg 1999, Seite 514 ff.‹. Deschner schreibt, und nur so ist es meiner Meinung nach einigermaßen zu ertragen, mit dem ihm eigenen Sarkasmus:

»… Anlässe zum fröhlichen Gottvertrauen gab es vor Crema noch viele.

Bei einem Ausfall der Cremasken kam es zu einem so ergiebigen Gefecht, dass die Bäche der Gegend ›von dem Blut der Getöteten und Verwundeten gefärbt und angeschwollen‹ waren. Gleichwohl blieb man guten Mutes auf beiden Seiten und gewährte einander wieder recht christliche Anblicke, ›wenn diejenigen, die draußen waren, den Toten die Köpfe abschlugen und mit ihnen wie mit Bällen spielten und sie aus der rechten in die linke Hand warfen und damit grausam prahlten und ihren Spott trieben; die Leute in der Stadt aber hielten es für ehrenrührig, wenn sie weniger wagten, zerstückelten ohne Erbarmen die Gefangenen unseres Heeres auf den Mauern Glied für Glied und boten damit ein jammervolles Schauspiel‹ (Rahewin).

Da auch des Kaisers ›geduldige Sanftmut‹ die Cremasken ›nicht auf den rechten Weg brachte‹, da zudem die lange Belagerungsdauer einer so kleinen Stadt den von Friedrich lancierten Ruf seiner Unbesiegbarkeit offenkundig gefährdete, befahl er, ›Rache zu nehmen und die Gefangenen vor ihren Toren an den Galgen zu hängen. Doch ›das trotzige Volk‹ hängte darauf auch seine Gefangenen, Deutsche und Italiener aus Friedrichs Heer, ans Kreuz oder stach sie ab, weshalb Barbarossa, so all seine ›Menschlichkeit‹, seine ›Sanftmut‹ der Mißachtung preisgegeben sehend, empört darüber, daß diese Eingeschlossenen ›sich auf gleichen Fuß mit den Siegern stellten‹, verfügte, einige Dutzend Geiseln aufzuknüpfen. Ebenso weitere reiche Kriegsgefangene, darunter den Neffen des Mailänder Bischofs, und zwar ungeachtet all ihrer hohen Geldversprechungen, was die Umzingelten aber nur zu verstärktem Widerstand anspornte, so daß Barbarossa natürlich glaubte, ›den Unbändigen entgegentreten zu müssen, und befahl ihre Geiseln an die Maschinen zu binden und den Geschossen ihrer Geschütze ... denen es in der Stadt neun gab, auszusetzen‹. Sogar junge Knaben fesselten die Kaiserlichen an die Belagerungsapparate. Und da auf der anderen Seite nicht Menschen, sondern Barbaren, Bestien standen, ›konnte man es erleben wie hier die Kinder an die Maschinen gebunden, ihre Eltern anflehten und ihnen mit Worten oder Gesten ihre Grausamkeit und Unmenschlichkeit vorwarfen, während drüben die unglücklichen Väter über ihre unseligen Kinder jammerten und sich selbst als die beklagenswertesten Menschen bezeichneten, dabei aber nicht mit dem Schießen aufhörten‹.« ...

»Doch zuletzt wollten die Cremasken lieber leben. Von Hunger, Wassermangel, Seuchen und vielerlei Nöten heimgesucht, gaben sie Ende Januar 1160 auf.«

Martin, Sie nannten nur eine Bedingung für ihre Kapitulation, der der Kaiser entsprach; denn sie baten darum: »nicht ihren schlimmsten Feinden, den Bewohnern von Cremona, ihren Landsleuten, Sühne leisten zu müssen, sondern allein dem Kaiser.«

Deschner schreibt dann weiter:

> »Etwa 20 000 quälten sich mit dem, was sie auf ihren Schultern tragen konnten, aus der Stadt. Und eben dabei zeigte Barbarossa, ›der gütige Kaiser‹, ›der allernötigste Kaiser‹, wie er so gern, so beflissen genannt wird, wie ›milde und barmherzig‹ er doch war, zeigte sich, ›daß der allerchristlichste Kaiser, nachdem er zornigen Sinn und feindseligen Haß abgelegt hatte, den Cremasken durch eine Engstelle, durch die sie auszogen, hinauszugehen half und mit seinen eigenen Händen zusammen mit anderen Kriegern einen ihrer Siechen hinausgeleitete. Ein derartiger Akt der Güte und kaiserlichen Milde muß allen Menschen ein außerordentliches Beispiel sein.‹

Ein außerordentliches Beispiel auch insofern, als die Sieger jetzt Crema plünderten und gnadenlos niederbrannten – und ›zerstörten außerdem auch einige Kirchen der Feste‹ (Otto Morena).

> ›Nach vollendeter Zerstörung zog der göttliche Kaiser unter dem Jubel des ganzen Heeres zur fröhlichen Siegesfeier nach Pavia.‹ ...(Rahewin).«

Soweit das Zitat aus Deschners ›Kriminalgeschichte des Christentums‹.

Immer wieder, *Martin,* erschüttert mich der Gedanke an das, was damals geschah, was damals Menschen zu tun bereit waren. Ich habe viel erwartet, als ich den Ordner zu lesen begann, aber damit ....

Es erwischte mich völlig ahnungslos. Dass Barbarossa mehrmals nach Italien zog, war mir bekannt. Dass er heftige Auseinandersetzungen mit den oberitalienischen Städten hatte, davon hatte ich schon in der Schule gehört. Aber das! Es war wie ein Sprung ins eiskalte Wasser für mich. Falsch! Es war, als würde ich unerwartet mit kochend heißem Wasser übergossen. Wo war er geblieben der edle Ritter, der gütige Herr, der Christ? Und ich verstand Gela, die in seiner Zeit lebte, und sich gewiss viel deutlicher ausmalen, vorstellen konnte als wir Menschen von heute, was ihr Friedrich da in Italien selber tat oder zu tun befahl. Oder doch zumindest zuließ, dass es geschah. »Sehet, welch ein Mensch!« das Wort in all der Doppeldeutigkeit, mit der Martin Luther den biblischen Ausruf »Ecce homo!« übersetzt hat.

Oh, Gela, was musst du mit all deiner Liebe gelitten haben!

Conny

(Dr. Cornelia Schlosser)

2017 Frankfurt am Main
Der Stock

Mir stockte schier der Atem, als ich Tom aus seiner Wohnung kommen sah. Er stützte sich auf einen Stock. Der Verlauf seiner Krankheit in den zurückliegenden Wochen hatte mich sie vergessen lassen. Jetzt wurde es mir wieder bewusst: Die ALS-Erkrankung schleicht sich langsam an, macht scheinbar Pausen, so als hätte sie den Patienten vergessen oder aufgegeben. Hat sie aber nicht. Sie schreitet unaufhaltsam voran.

Bitte, lass dir nichts anmerken, flehte ich mich an. *Reiß dich am Riemen. Verstell dich, Martin, wie du es bei manchen Mandanten so gut kannst. Du kannst sie nicht ausstehen, aber sie sind felsenfest davon überzeugt, dass du sie liebst.*

»Hallo, Künstler, willst du ausgehen?«, fragte ich ihn und wies dabei, lächelnd – wie schwer es mir fiel –, mit dem Kinn in Richtung auf den Spazierstock, auf den Tom sich stützte.

»Ein edles Teil!«, konstatierte ich. »Wie kommst du denn daran? Hast du einem französischen Grandseigneur eins deiner Gemälde verkauft?«, erkundigt ich mich betont lässig nach der Herkunft des Stocks, in dessen Knauf oder Griff mir Elfenbein eingelassen schien.

Es war natürlich ein Ablenkungsmanöver. Ich wollte Tom nicht nach seinem Gesundheitszustand befragen. Mein großer Freund war verblüfft.

»Wie kommst du denn darauf?«, fragte er.

»Na, dieser schöne Stock erinnert mich an alte Filme mit Maurice Chevalier, in denen er auch solche Stöcke schwang.«

Hatte Chevalier wirklich so etwas gemacht?

Ich war mir nicht sicher. Es war nicht wichtig; denn Tom gestand mir verlegen, dass er den Stock aus schwerem Eichenholz im geheimen Gang gefunden hatte. Damals, als er mit seinen drei Freunden vom hessischen Landeskriminalamt, alle drei waren inzwischen verstorben, die steinerne Frau dorthin zurückgebracht hatte.

Bei seiner letzten Begehung – Tom nannte es »meinen letzten Kontrollrundgang« –, bevor er den Zugang vom unteren Keller in der Mittleren Haitzergasse in den Stollen zubetoniert hatte, da habe er, halb verdeckt von dem zerfressenen Bären- oder Wolfsfell in der Nische, zufällig den Stock dort liegen gesehen und ihn mitgenommen.

»Ich konnte nicht anders. Er zog mich an. Ich habe ihn mitgenommen. Und dann den Einstieg endgültig zugemauert.«

Das war wenige Tage gewesen, bevor Mona, total durchgedreht, auf ihrer Suche nach der Statue in den Keller eingedrungen war und auf mich eingeschlagen hatte. Ein schlimmes Bild vor meinen inneren Augen. Ich wollte nicht daran erinnert werden. Mona, die von Tom in die Psychiatrie eingewiesen werden musste. Aus der sie wenig später mit immer noch unbekanntem Ziel, unauffindbar, geflohen war.

»Ja, und jetzt«, gesteht Tom ein – ein wenig Resignation, meine ich, klingt in seiner Stimme mit – »jetzt, wenn das Alter sich zunehmend spürbar macht, ist so ein stabiler Spazierstock ganz praktisch. Und gut ist, dass er mir zufällig in die Finger gefallen ist. In der alten Speisekammer, in der ich früher meine Farben aufbewahrt habe, bin ich über ihn gestolpert. Ich habe schon lange nicht mehr an ihn gedacht. Jetzt, einmal in der Hand genommen. Martin. Lach nicht. Da geht eine Kraft aus von dem Teil, wie du es genannt hast, unglaublich. Und habe mich sogleich zehn Jahre jünger gefühlt. Das ist doch ein Geschäft, das man abschließen kann. Oder was meinst du, Martin?«

»Unbedingt, Tom. Unbedingt!«

Ich tat so, als müsste ich etwas überlegen, bevor ich noch sagte:

»Zwanzig Jahre jünger auf einmal wäre auch zu viel gewesen. Dann hätte ich mich selbst, dich sehend, richtig alt gefühlt.«

Wir lachen unsere Verlegenheit gemeinsam weg. Er tut mir schon mächtig leid, der liebe Tom.

»Dass ich eins und doppelt bin« (Friedrichs zwei Seiten; Nachtrag Martin Langer)

Friedrich war kein Landesvater im heutigen Sinne. Weder als Herzog und auch nicht als römisch-deutscher König und Kaiser. Seine Gesprächspartner waren vorwiegend die Angehörigen des weltlichen und kirchlichen Adels. Mit dem gemeinen Volk hatte er nur wenig Berührung, und wenn, dann hauptsächlich mit dem Hofgesinde, das ihn umgab. Das Volk aber liebte und verehrte ihn, seinen Herrn. Es sah ihn vorbeireiten, sah seine freundlichen Gesichtszüge und bezog seinen Blick auf sich. Das tat den Untertanen wohl. Es vermittelte ihnen das Gefühl von Der-Herr-kennt-mich, von Verständnis, Geborgenheit und Wärme.

Sein eigenes Land Schwaben war klein im Vergleich zu Herzogtümern wie Sachsen und dem der Welfen, ein Fleckerlteppich im Südwesten des deutschen Reichsteils. Das würde sich ab der Jahresmitte 1167 ändern. Den Göttern sei Dank.

Sein persönliches Ideal war das des edlen Ritters, so wie es ihm von klein auf zunächst von seiner lieben Mutter Judith bis in die üblen Tage von Speyer hinein geschildert und darauf von Ritter Hermut und seinem Vater weiter gelehrt worden war, oben auf Hohenstaufen und auf gemeinsamen Ausritten. Er sog des Ritters Pflichten, so wie sie ihm berichtet wurden, auf und war förderhin bestrebt sie zu leben: Schutz der Heiligen Kirche zuerst und dann der Beschützer seiner Untertanen, der Armen und Schwachen zu sein. Das geltende Recht zu wahren und stets um Gerechtigkeit bemüht zu sein. Aufsicht und Überwachung seiner Untertanen ernst zu nehmen, die erforderlichen Steuern zu erheben und notwendige Frondienste einzufordern. Zudem, und nicht zuletzt den Kindern, Pagen und Knappen das zu lehren, was sie zu wissen hatten.

»Friedrich, merke«, so hatte sein Vater, Friedrich der Einäugige, mit großem Ernst in der Stimme zu ihm gesagt, »je höher im Adelstand die

Herkunft eines Ritters angesiedelt ist, umso wichtiger und gewichtiger hat er seine Pflichten zu nehmen.«

Und Friedrich, der Sohn, hatte stets den Ehrgeiz besessen, hoch, höher die Rangleiter zu steigen.

Neben diesen, seinen Pflichten hatte der Ritter noch zwei Handvoll Tugenden zu verwirklichen, die da waren: ›êre‹ (ritterliches Ansehen) und ›werdekeit‹ (Würde) zu erlangen, die ›manheit‹ (Tapferkeit), ›staete‹ (Beständigkeit) und ›triuwe‹ (Treue) voraussetzten; ›mâze‹ (Mäßigung durch Beherrschung der Triebe und Leidenschaften), die durch ›zuht‹ (Wohlerzogenheit) und ›höveschkeit‹ (höfische Bildung) erreicht wird, sowie ›milte‹ (Freigiebigkeit und Großzügigkeit) und ›güete‹ (Güte und Freundlichkeit) gegenüber jedermann zu beweisen.

Am schwersten von all diesen Tugenden aber war die ›mâze‹ zu erfüllen, besonders dann, wenn das Blut im Leib hitzig wurde und der Teufel die sündigen Lüste weckte. Wer vermochte da schon der Minne durch Gebet und Selbstkasteiung dauerhaft zu entsagen? Wichtig war da, dass der Ritter das Verheiratetsein einer Frau respektierte und auch deren Stand. Es gab genügend hübsche Töchter im Kreis des niedrigen Adels und des Gesindes allzumal. Friedrich gedachte dabei gern der Wäscherin auf Hohenstaufen, die ihn vor Schande bewahrt hatte. Gott sei ihrer Seele gnädig. Und da waren seine beiden Frauen, die er von Herzen liebte und begehrte. Gela und Beatrix. Er hatte die Anstandsregel ›Achte die Tugend der Frauen‹ immer beachtet, wenn früher Gela in weiter Ferne war genauso wie in den Tagen, als Beatrix noch ein Kind und später dann, wenn sie unrein oder schwanger war. Wie hatte doch Rainald von Dassel, Friedrichs Reichskanzler und Erzbischof von Köln, mehrfach zitiert, als sie zu Beginn des zweiten Italienzugs die Lagerordnung für das Heer festlegten?

»Das Triebhafte und Sinnliche muss gezügelt werden, damit das Seelische und Sittliche sich entfalten kann.«

Friedrichs Vorbild als Ritter und Herrscher war Kaiser Karl der Große. Ihm eiferte er nach. Wie glücklich war er, als der große Karolinger in

Aachen heiliggesprochen wurde. War ihm doch in jener Stunde, als ob ihm diese große Gnade widerfahren würde.

Friedrich war ein Christ. Das wusste er von seiner Mutter und deren Bruder, Onkel ›Büble‹ geheißen. Sie hatten ihm beigebracht, dass Gottvater, der Allmächtige, Jesus Christus, sein Sohn, der sich für alle Menschen ans Kreuz hatte schlagen lassen und der Heilige Geist die unteilbare, göttliche Dreieinigkeit sind. Das Glaubensbekenntnis und das Vaterunser, die Worte der Liturgie und viele diverse Bibelsprüche, selbst wenn diese in der Sprache der Römer gesprochen wurden, hatten sich seinem Gedächtnis durch die regelmäßig gehörten Wiederholungen in den Gottesdiensten eingebrannt.

»Du sollst keine Götter haben neben mir!«

Erst seit jenem Gespräch mit Gelas Muhme Aja in dem verborgenen Gang zu Geylenhusen hat er begriffen, dass es auch noch die alten Götter seiner germanischen Vorfahren gab. Es galt auch sie zu achten und zu ehren. Nicht gleich, nicht neben Gottvater, Sohn und Heiligem Geist, aber doch irgendwie unterhalb der göttlichen Dreifaltigkeit. Der große Gott der Christen mit all seiner Nächstenliebe, Gnade und Barmherzigkeit jedoch war es allein, der dem sündigen, aber gläubigen und bußfertigen Menschen Aufnahme in den Himmel und das Paradies gewährte und seine Wiederauferstehung am Jüngsten Tage versprach. Alle Heiden, Christusmörder und sonstigen Gottesverächter würden immer Friedrichs Feinde sein. Gegen sie würde er stets ins Feld ziehen mit seinem Lieblingswort auf den Lippen, das ihm Mut und Siegesgewissheit verlieh:

»Christus herrscht! Christus erobert! Christus befiehlt!«

Friedrich war wahrlich kein genialer Feldherr und hervorragender Stratege. Dazu fehlte ihm Raffinesse und wohl auch die Intelligenz. Dafür besaß er reichlich Empathie, die ihm befähigte, gebildete und intelligente Menschen wie Christian von Buch und Wichmann von Magdeburg für sich einzunehmen oder als – meist – integre Berater wie Rainald von Dassel zu gewinnen. Wenn der Feind seinem Heer zahlenmäßig überlegen war, fand er regelmäßig keine besondere List, die ihm zum Vorteil gereichte. Dann suchte er vielmehr, wie wenige Tage vor seinem Tode noch, mutig und tapfer den Kampf – oder er ergriff, um einer drohenden Niederlage zu entgehen, klugerweise die Flucht. Das aber tat er höchst selten und nur, um bald darauf erneut anzugreifen; denn neben der Tatsache, dass er arg nachtragend war, hieß die größte all seiner Schwächen: Er konnte nicht verlieren. Persönliches Ansehen und seine eigene Ehre waren ihm wichtiger als Milde, Barmherzigkeit und Nächstenliebe. Bevor er einen Streit besänftigte, trieb er ihn lieber voran.

Versetzte ihm jemand einen Nadelstich, dann stach er mit dem Dolch zurück. Traf ihn ein Gegner mit dem Dolch, dann schlug er mit dem Schwert auf diesen ein.

Die schwächste Drehung an der blutigen Gewaltschraube überbot er durch eine stärkere. Das alttestamentarische Gesetz des Talions, Blut um Blut, Zahn um Zahn, verschärfte er. Es fehlte ihm grundsätzlich jede Bereitschaft, der Eskalation von Grausamkeit und Terror ein Ende zu bereiten. Solche Bitten und inniglichstes Flehen von Seiten seiner Berater und Priester, oder selbst auch von Beatrix, seiner Gemahlin, Barmherzigkeit walten zu lassen, folgte er zögerlich, widerwillig und meist nur begrenzt, wenn er darin ein Gewinn für sich sah. War es allein die Furcht, sein Ansehen zu schädigen, die ihn hinderte? Nachgeben oder gar verzeihen war nicht sein Ding.

Mir deucht einmal mehr, die Menschen haben sich nicht sehr geändert im Verlauf des letzten Jahrtausends.

Eine Freundschaft entsteht
Geylenhusen, im September des Jahres 1160

Mailand war mit den schwachen Truppen, die dem Kaiser hauptsächlich aus Norditalien zur Verfügung standen, nicht zu nehmen. Aber der weitgehend ungeschützte contado, das für Mailand so wichtige Anbaugebiet vor seinen Mauern, und die kleinen, weniger geschützten Städte der Umgebung konnten sie verwüsten und zerstören. Jahrhunderte alte Olivenbäume werden abgeholzt, Äcker und Aussaat mit Salz für Jahrzehnte unfruchtbar gemacht, Menschen barbarisch verstümmelt oder gar gemordet. Abschreckung durch Terror.

Dann wehren sich die Mailänder mit ihren überlegenen Truppen. Am dritten August im Jahre des HErrn 1160 stehen sie sich gegenüber. Friedrich mit seinen Mannen im Lager von Carcano am Ufer des Lago di Alserio umzingelt von den übermächtigen Mailändern. Die Lage ist nach menschlichem Ermessen aussichtslos für die Kaiserlichen. Unbewusst greift Friedrich nach dem kleinen Beutel, der wie gewohnt an seinem Beinkleid hängt. Svens Geschenk. Er vermeint neue Kraft und Zuversicht zu verspüren. Ist es nur Einbildung? Und dann tritt Unvorstellbares ein. Zur Mittagszeit dieses hochsommerlichen Tages zieht am ursprünglich wolkenlosen Himmel genau über dem Schlachtfeld plötzlich eine mächtige tiefschwarze Wolke auf mit eisiger Kälte und sintflutartigen Regengüssen. Und die Mailänder? Anstatt das eingekesselte Heer des Kaisers zu schlagen und den Herrscher gefangen zu nehmen, ziehen sie sich zurück. Fluchtartig flieht Friedrich. Gefangene Gegner und Gepäck lässt er im Lager. Nur auf dem Rücken seines Pferdes sucht er das Weite. Den goldgelben Stein fest in der Faust.

»Hoenir, der Gott des Wassers und der Wellen, er gibt Vernunft«, hatte Sven gesagt.

Meine Flucht war vernünftig, nicht feige! Danke, Hoenir, denkt Friedrich.

Wieder einmal sind eine dunkle Wolke und das Wasser Friedrichs Freunde. Doch, Vorsicht, Friedrich! Der Freund, der immer gibt, erwartet auch irgendwann von dir ein Zeichen von Freundschaft.

Für bald zwei Monate verschwindet Friedrich I. darauf und mit ihm Beatrix, seine Gemahlin, spurlos aus Pavia und Piacenza. Ebendort wird er erst am fünfzehnten Oktober 1160 wiedergesehen. Wo war er in der Zwischenzeit?

*****

Barbarossa besucht erstmals gemeinsam mit Beatrix »Gelenhusen«, wie er den Ort seiner Geliebten ihr gegenüber nennt. »Gelahusen« zu sagen, wie eigentlich geplant, das traut sich der Kaiser nicht. Frauen haben einen siebten Sinn für dererlei Dinge. In der alten Burg der Grafen von Selboldt-Geylenhusen lernt Beatrix Egbert kennen, den treuen Freund ihres Mannes seit Tagen, die lange vor ihrer eigenen Geburt liegen.

Die beiden kennen sich doppelt so lange, wie ich an Jahren bin. Unvorstellbar, denkt sie bewundernd, *dass es so alte Freundschaften gibt.*

Von Egbert so ganz nebenbei erfragt, erfährt Beatrix den Aufenthaltsort seiner Schwester Angela. Am darauffolgenden Sonntag lässt sie sich, als einfache Bauersfrau gekleidet, über den Fluss, Kinz geheißen, nach Meerholz übersetzen, um dort im Kloster am für alle Gläubigen offenen Gottesdienst teilzunehmen. Wie sie erhofft, sieht sie dort die Geliebte ihres Mannes. Die schlanke Frau vorne rechts in der zweiten Reihe hinter den Nonnen. Die Haare verdeckt von der üblichen Haube. Auf den ersten Blick weiß Beatrix gleich: *Das muss sie sein! Sie sieht aus, als wäre sie meine ältere Schwester – oder wie ich in wenigen Jahren.*

Nach der Andacht legt es Beatrix darauf an, ›zufällig‹ auf Gela zu treffen. Sie spricht sie an.

»Entschuldigen Sie, Schwester, dass ich Euch so unhöflich belästige. Darf ich Euch ganz kurz unter vier Augen sprechen? Es wäre so wichtig.«

Sie sagt nicht für wen. Gela schaut die junge Frau an. Sie ist überrascht. Die Bitte klingt höflich, bescheiden, und doch irgendwie bestimmt. Es passt so gar nicht zu dem äußeren Habitus der Frau. Obwohl? Sie wirkt erstaunlich gepflegt. Das macht Gela neugierig. Sie sagt:

»Wenn es für dich, mein Kind, nützlich ist, lass uns den Pfad um die Kapelle wählen.«

Sie wartet die Antwort nicht ab, sondern schlägt den angebotenen Weg selber ein. Beatrix folgt gehorsam. Innerlich freut sie sich auf den weiteren Verlauf der Begegnung. Als sie fern genug der anderen Kirchgänger zu sein meint, nimmt sie das Gespräch wieder auf:

»Schwester Angela, vergelt Euch Gott Eure Freundlichkeit. Ich komme von der anderen Seite des Flusses. Euer Bruder, Graf Egbert, hat mir gesagt, dass ich Euch hier finde.«

Gela, ungläubig: »Egbert soll es dir gesagt haben?«

»So ist es. Er spürte wohl, dass ich Euch Wichtiges zu vermelden habe.«

»Und das wäre?«

Die direkte Frage lässt Beatrix zögern, doch nur kurz, dann antwortet sie:

»Wir lieben denselben Mann, der uns beide liebt!«

Während sie es sagt, öffnet sie ihren Umhang und lässt Gela einen Blick auf das kostbare Gewand werfen, das sie darunter trägt.

»Ich heiße Beatrix.«

Gela, überwältigt und bestürzt zugleich, haucht »Kaiserliche Majestät« und will vor der anderen ehrfürchtig in die Knie sinken. Beatrix hindert sie daran.

»Bitte nicht, Gela! Lass uns wie Schwestern sein. Ich habe mir schon immer gewünscht eine Schwester zu haben. Bitte!«

»Majestät, wie könnte ich eine Schwester für Euch sein? Erlaubt mir die Frage, wie Ihr auf diese Idee kommt?«

»Gern berichte ich es Euch, Gela. Zunächst war es allein ein Gefühl, eine Ahnung. Schon in der Zeit, als wir noch nicht getraut, hat Friedrich mir mehrmals erzählt, wie wunderbar und schön dies Fleckchen Erde hier sei. Das klang so verliebt und zärtlich aus dem Mund des großen Mannes, da dachte ich mir, da muss mehr sein als nur herrliche Natur. Nun weiß ich, dass ich recht hatte!«

»Oh, Beatrix, Ihr seid nicht nur jung, schön und neugierig, sondern auch eine kluge Frau!«

»Doch bestätigt fand ich mich in jener Nacht vor einem halben Jahr, als mich der Herrscher endlich reif genug befand, mit ihm das Bett zu teilen. Ich teilte seine Meinung, und es geschah. Ich muss dir nicht sagen, was ich da Herrliches empfand. Nur, ich verspürte leichten Schmerz, fühlte, wie er plötzlich in mir innehielt, laut aufschrie und etwas dabei sagte, was wie ›Geliebte‹ klang. Heute weiß ich, dass er deiner gedacht und ›Gela‹ ausgerufen hat. So warst du schon in meiner ersten Nacht mit uns zusammen.«

»Das ist mir peinlich, Herrscherin.«

»Ich bitte dich, Gela, für Dich will ich auf alle Zeit allein ›Beatrix‹ sein. Und warum soll es dir peinlich sein? Ich wusste doch damals deinen Namen noch gar nicht.

Das letzte Glied zu dir hin erhielt ich vor ein paar Tagen, als wir in Gelenhusen angekommen, auf deinen Bruder trafen. Die Freunde begrüßten sich auf das herzlichste. Friedrich erkundigte sich bei Egbert, wie es ihm so gehe und fragte dann nach ›Gela‹, also dir. Der Blick, den mir dein Bruder da gewidmet, öffnete mir ganz ohne Worte des Geheimnisses letztes Schloss. Jetzt bin ich hier. Ich wollte dich sehen, sprechen, kennenlernen, dir sagen, dass ich dir gut bin.«

Beatrix offenbart sich Gela. Auch, dass sie weiß, wie sehr Friedrich Gela weiterhin liebt.

»Wir haben eine gemeinsame Liebe und Leidenschaft.«

Gela erstarrt. Beatrix spricht ungerührt weiter:

»Die deutsche Frau kann damit nur schlecht umgehen. Ganz anders die französische Frau. Und das gilt für die aus Burgund ebenso.«

Sie wirft Gela einen Blick voller Gefühl und Sympathie zu.

»Uns ist bewusst, dass der Mann ein Kater mit zwei Beinen ist. Die Liaison hält ihn vital. Hauptsache ist, er weiß, wohin er gehört. Die Dreier- oder gar Viererbeziehungen zwischen Männer und Frauen sind das Hauptsujet in der französischen Literatur. Und unser Friedrich ist ein Ausnahmemann. Er ist fürwahr treu, Dir, seiner ersten großen Liebe, und mir, seiner Kaiserin und Gemahlin. Im Krieg kann er ein Berserker sein, du weißt es, doch in der Liebe ist er zärtlich und treu. Wie lange Zeit hat er mich behütet und geschützt, anstatt mich seinen Lüsten zu opfern. So war er wohl und, das kann ich dir versichern, so ist er weiterhin. Was kann es Schöneres für uns geben, als uns die Geliebten eines solch großartigen Mannes nennen zu können?«

»Das darf nicht sein! Das verstößt wider das sechste Gebot!«, sagt Gela abwehrend. Es klingt fast hysterisch, weil sie spürt, wie verlockend der Vorschlag Beatrixens auf sie wirkt.

»Schon die frömmste aller Nonnen hat mich gewarnt, es zu verletzen. Hildegard von Bingen.«

»Du kennst sie persönlich?«, fragt Beatrix erstaunt.

»Gewiss. Viele Jahre schon. In großer Dankbarkeit. So wie der Kaiser sie auch kennt.«

»Na, so was! Davon hat er mir noch nichts gesagt.«

Es klingt ein wenig neidisch.

»Doch wer kennt schon die Männer?!«

Gela nickt und lacht zugleich.

Barrieren fallen, Spannungen sinken. Die beiden Frauen reden miteinander. Herzlichkeit wird wach. Vertrautheit entsteht, während sie sich näherkommen. Das Angebot der jungen Kaiserin ist nicht vergessen.

Gelnhausen 2017
Langers Zeitplan verweht

Ich war am Morgen, obwohl sich ein weiterer herrlicher Sommertag abzeichnete, nicht zu Fuß, sondern mit dem Auto zur Kanzlei runter in den Herzbachweg gefahren, weil ich dachte, es würde mir im Laufe des Tages genügend Zeit für eine Stippvisite bei Tom in Frankfurt bleiben. Am Telefon hatte er vergnügt geklungen, doch das konnte sich schnell ändern. Meine Erwartungen waren in jeder Hinsicht trügerisch gewesen. Gerade auch die Aktenbesprechung mit Herrn Nelke hatte länger gedauert, als ich gedacht hatte.

Der Mann hat Bammel. Mehr als er nach Aktenlage eigentlich haben müsste. Und dann seine seltsamen Versprechen.

»Herr Doktor, wenn Sie mich daraus holen, dann werde ich mich bei Ihnen revanchieren!«

Dabei hat er so eigenartig gelächelt. Na ja, was soll's!

Wie auch immer! So kam ich erst am späten Nachmittag von meinem Schreibtisch in der Kanzlei los und wieder zurück auf die Dürich, wo ich meinen Audi in der Garage abstellte, während draußen schwarze Wolken von Westen her unter heftigen Windböen durch unser Tal hetzten, sich zusammenballten und auftürmten. Ein kommendes Gewitter zeichnete sich ab.

Ich hatte, wie üblich, die Haustür nicht geschlossen, weil ich gleich noch in den Briefkasten nach Post schauen wollte, als ich die Wohnungstür öffnete. Das Hören von Poltern und Klirren, ein kräftiger Windstoß, der mich traf, und das Zuknallen der Haustür hinter mir waren eins. Ich wusste sofort, was die Ursache für all das war. Ich hatte am Morgen offensichtlich in alter Schusseligkeit wieder einmal vergessen, im Wohnzimmer die Tür zur Terrasse zu schließen, und die Wohnzimmertür zum Flur stand bei mir zumeist offen. So war es. Gottseidank war die Glasscheibe in der Terrassentür, wie ich sah, heil geblieben. Meine größte Befürchtung hatte sich nicht bewahrheitet. Die im Durchzug hin und her schwingende Tür hatte lediglich einen Stuhl umgeworfen. Jetzt aber fegte der Gewittersturm prasselnden Regen in meine gute Stube. Ich rannte hin zu der Terrassentür, um sie zu schließen, bevor das Wohnzimmer unter Wasser stand.

Mein lieber Mann! Es bedurfte meiner ganzen Kraft den Starkwind zu bezwingen und die Tür zu schließen. Dann stand ich da von Kopf bis Fuß nass. Der Regen schlug wütend an die Scheiben. Jetzt, Gott sei's gedankt, von außen. Offensichtlich hatte ich Glück gehabt und war gerade noch rechtzeitig nach Hause gekommen; denn ein erster Rundblick zeigte mir, das übrige Chaos, in dem ich stand, hielt sich wohl in Grenzen.

Es sah schlimmer aus, als es war. Überall lagen beziehungsweise klebten nasse DIN A4-Blätter. Ich hatte es mir in den letzten Wochen zur Gewohnheit gemacht, aus dem doch recht dicken blauen Ordner von Tante Conny jeweils nur die Seiten herauszunehmen, die ich lesen wollte. Den Ordner selbst, der zuvor mit nicht verschlossener Verriegelung und aufgeschlagen auf dem Beistelltisch gelegen hatte, entdeckte ich, nun ausgefleddert, auf dem Teppichboden hinter dem kleinen Tisch, während sein ehemaliger Inhalt überall im Raum herum wild verteilt war.

Ein Windstoß! Der Starkregen! Und schon herrscht eine wüste Blätterwirtschaft im Raum.

Nun galt es aufzuräumen, feuchte Blätter zu trocknen und einzusortieren.

Wie gut, dachte ich, *dass es im Safe noch das stinkende Original gibt. Das wird mir beim Sortieren der Seiten helfen.*

Bei dieser Überlegung hielt ich ein Blatt in der Hand, dessen Überschrift lautete:

Mitte des 13. Jahrhunderts
Dombau zu Naumburg

Als Initiator und letztlich Hauptverantwortlichen für die Konzeption des Stifterzyklus wird von Geschichtsforschern der Naumburger Domherr und Magister Petrus von Hagen genannt, der als Mitglied der Adelsfamilie derer von Camburg und Hain, genannt Hainspitz, von dem Lausitzern Klostervogt Gerhard abstammt, welcher wiederum ein Enkel des Grafen Dietmar von Selboldt-Geylenhusen war.

Magister Petrus von Hagen hat im Königreich Frankreich Theologie und Philosophie studiert. Für seine Reisen nach Paris und zurück nach Naumburg wählt er niemals die kürzeste Route. Will er doch möglichst viel von den drei Königreichen Deutschland, Burgund und Frankreich sehen und vor Ort über sie erfahren. So entdeckt er für sich und bewundert er in den Kathedralen von Amiens, Metz, Reims und Straßburg herrlich lebensechte Skulpturen, die ihn faszinieren.

In Straßburg will es dann der Zufall, dass Petrus auch den Künstler dieser prachtvollen Skulpturen persönlich kennenlernt. Er steht vor einem ansonsten unbearbeiteten Quader aus grauem Stein, aus dessen linken oberen Ecke, höchst lebensecht, ein Starenvogel herauslugt.

Wie ist es nur möglich, dass ein Mensch solch herrliches Werk vollbringt? denkt Petrus fasziniert. *Welch göttliche Gnade muss ihm gegeben sein!*

Während er voll Hingabe den Vogel bestaunt und ihm gerade dazu passende Verse in den Sinn kommen, reißen ihn plötzlich kalte, metallene Geräusche aus seiner Andacht.

Jemand da zu meiner Linken, wohl hinter der Bauhütte, schlägt mit Macht Eisen auf Eisen, als ginge es um Leben und Tod. Da werden doch nicht etwa zwei einen Streit ausfechten, denkt Petrus von Hagen und eilt zu der hölzernen Bauhütte hinüber. *Wenn Gott mich den Lärm hören lässt, dann will er gewiss, dass ich schlichte.*

Doch seine Bereitschaft helfend einzugreifen, ist nicht gefragt. Da steht, so sieht Petrus, als er um die Ecke der Hütte biegt, nur ein Mann in seinem Alter, der hart mit einem Hammer auf seltsam geformte Geräte einschlägt, die er auf einem Amboss mit seiner linken Hand fixiert.

»Gott sei mit Euch!«, ruft er lauthals. »Was haben die Dinge Euch denn angetan, dass Ihr sie so heftig züchtigen müsst?«

Der mit dem Hammer hat seine Worte vernommen. Er lässt den Hammer sinken und lacht.

»Sie wollen mir ihre Dienste verweigern. Nein, mein Herr. Der Stein ist hart und macht die Werkzeuge schnell stumpf. Da müssen sie regelmäßig gedengelt und geschlagen werden, damit sie wieder Lust zum Beißen und Knabbern haben.«

Jetzt muss auch Petrus von Hagen lachen.

»Da bin ich erleichtert. Ich dachte schon, ich müsste Schlimmeres verhüten.«

Petrus und Frédéric, so heißt der Steinmetz, finden sich gegenseitig sympathisch, gewinnen Vertrauen zueinander, tauschen des Abends, vor der Bauhütte des Steinmetzen sitzend, ihre Träume aus. Dann gehen sie auseinander und ihren Geschäften nach, begegnen sich über Monate nicht, um sich irgendwann, meist zufällig, wieder über den Weg zu laufen. Groß ist sodann die Freude, und die Zeit des Sich-fern-Seins bald vergessen. So kommt es auch, dass Frédéric eines Tages aus einer alten Holztruhe mit schweren Eisenbeschlägen in seiner Bauhütte am Dom zu Mainz mehrere Pergamentrollen hervorholt.

»Petrus, hier halte ich meinen größten Schatz in Händen. Und du wirst gleich mit Staunen erkennen, wie unendlich wunderbar Gottes Vorsehung ist.«

Frédéric kehrt mit einem Handfeger sorgfältig einen Holztisch frei von Mörtelresten, kleinen Steinen und Sand, bevor er das erste Blatt auf die Platte legt und vorsichtig aufrollt.

Wunderbare, lebensechte Gestalten werden vor des Magisters Augen wach.

»Du bist ein Zauberer, Meister Frédéric!«, sagt er. Mehr kommt nicht über seine Lippen. Er ist sprachlos vor Staunen.

»Du gewährst mir zu viel der Ehre. Das hier habe nicht ich geschaffen. Was du hier siehst, Magister Petrus, ist aus den Stiften verschiedener meiner Vorfahren entstanden. Auf diesen Bögen aus Pergament siehst du Angehörige des gräflichen Hauses derer von Selboldt und Geylenhusen. Die Lilien hier, auf des Gaugrafen Dietmars Schild, sind nicht die französischen Lilien, sondern die der Stadt Gelenhusen, wie sie jetzt wohl heißt.«

Magister Petrus träumt, die herrlichen Zeichnungen bewundernd, laut in die Zukunft hinein:

»Sollte ich einmal wieder nach Naumburg kommen, wozu ich Gott untertänig bitte, dann werde ich dich rufen, Frédéric. Und du wirst mir die Ehre erweisen und in meinem Dom Menschen und Getier aus Stein zu Leben erwecken.«

Petrus weiß nicht, als er diese Worte spricht, dass er schon bald nach Naumburg zurückgerufen wird. Das Domkapitel hat ihn zum Bischof gewählt. Doch sein Aufenthalt dort wird nur von kurzer Dauer sein. Der mächtige Landesherr, Markgraf Heinrich, will das Bischofsamt an seinen Halbbruder Dietrich vergeben. Petrus von Hagen, zwar rechtmäßig gewählt, muss erneut, dieses Mal fluchtartig, Naumburg verlassen. Er flieht in das Zisterzienserkloster nach Corvey, wo zuvor der berühmte Abt Wibald von Stablo und Corvey gewirkt hat. Dort, in Corvey, wird Petrus die nächsten Jahre als Lehrer und Priester tätig sein.

Dann, im Jahre des HErrn 1249, aber erreicht ihn abermals der Ruf aus Naumburg. Und jetzt kann Petrus sein Versprechen verwirklichen. Frédéric kommt und schafft Wunderbares für die Ewigkeit, gekonnt, ja meisterhaft nach den zeichnerischen Vorgaben seiner Ahnen. Dietmar, dessen Weib Adelheid, ihr Sohn Timo von Kistritz und andere mehr entsteigen nacheinander dem grauen Stein zur steten Erinnerung und

Ehre derer von Selboldt-Geylenhusen aus dem Geschlecht der Reginbodonen.

Noch zwei weitere Skulpturen aus der Werkstatt des Naumburger Meisters entstehen im Hochchor des Doms: das Grabmal von Bischof Dietrich II.

[*Anmerkung:* Vormals fälschlich dem Bischof Hildeward zugeschrieben; *der Bearbeiter dieser Seiten*]

und das lebensgroße Standbild eines Diakons mit Lesepult

[*Vermutung:* Frédéric, der um die Bescheidenheit seines Freundes und Gönners wusste, hat dem Diakon wohl dessen Züge verliehen. *D. O.*].

Nicht vergessen sei ein weiterer Auftrag, den Petrus von Hagen an seinen Freund Frédéric vergab. Das war für seinen verstorbenen Bruder, den Edlen Hermann von Hagen, im Dom zu Merseburg ein Grabmal zu schaffen. Diesem Wunsch des Freundes ist Frédéric späterhin gerne nachgekommen.

Gelnhausen 2017
Langer träumt von einem Stadtfest

Trotz intensivstem Nachdenken kann ich mir im Nachhinein nicht erklären, wie es zu dem Traum kommen konnte, den ich in der zurückliegenden Nacht hatte. Mir scheint nur ein Anlass plausibel – auch wenn er mir weit hergeholt vorkommt – als Auslöser für diesen, meinen ungewöhnlichen Marsch durch die Gelnhäuser Geschichte denkbar. Lassen Sie mich ihn so nennen, die ›Windstoß‹-Aktion, das Einsammeln und Sortieren der vom Wind verwehten Blätter aus dem blauen Ordner. Dabei habe ich doch schon viele Seiten anlesen oder überfliegen müssen, die sich mit der Stadtgeschichte Gelnhausens beschäftigen. Aber kann so etwas als Traumauslöser tatsächlich genügen?

Die vier letzten Tage war ich zudem nicht in Gelnhausen. Bei einem chemischen Unternehmen mit Firmensitz im Sauerland war es zu einem hässlichen Betriebsunfall gekommen, der zwei Mitarbeiter das Leben gekostet hatte. Der Fall forderte von mir alle Kraft und Konzentration am Unfallort. An Gelnhausen und seine Geschichte zu denken, war keine Zeit. Der blaue Barbarossa-Ordner lag daheim auf meinem Nachttisch. Gut, zweimal habe ich mit unserer Kanzlei telefoniert. Kollegin Melani Dorsum habe ich gebeten, mir bestimmte Versicherungsauskünfte zu besorgen und einen einschlägig versierten Sachverständigen zu beauftragen. Das war's zum Thema Gelnhausen. Wenn ich spätabends vom Unternehmen zurück in mein Hotelzimmer gekommen bin, habe ich mir noch Notizen zum Tagesgeschehen gemacht und bin dann todmüde ins Bett gefallen. Tiefschlaf!

Das Wunderliche, was ich in der letzten Nacht geträumt habe, ist mir in der Nacht selbst rundum natürlich und selbstverständlich erschienen. Zu keinem Augenblick habe ich auch nur ansatzweise den geringsten Anlass gehabt daran zu zweifeln, dass mein Traum nicht pure Wirklichkeit sein könne. Im Gegenteil. Als mich am heutigen Morgen der Wecker im Hotel aus dem Schlaf riss, musste ich mir erst mühsam erarbeiten, wo und in welchem Bett ich lag.

Wie wusste doch schon Shakespeare seinen Hamlet sagen zu lassen? Natürlich denke ich wieder einmal an das berühmt-berüchtigte Totschlagzitat, das mehr und oft auch minder korrekt immer dann bemüht wird, wenn von etwas Unglaublichem die Rede ist, oder von einem ungewöhnlichen Ereignis berichtet wird, für das Fakten oder sonstige seriöse Belege fehlen:

»Es gibt mehr Dinge im Himmel und auf Erden, Horatio, als in unserer Philosophie geträumt werden.«

Was mir nun letzte Nacht widerfahren ist, fragen Sie? Wie im Kino auf der Leinwand sehe ich mich, verfolge ich mein Treiben. Und denke mir nichts dabei. Als wäre es die gewöhnlichste Sache der Welt. Ich sehe mich langsam durch die vollen Straßen der festlich geschmückten Altstadt Gelnhausens schlendern. Es herrscht fröhliche, fast ausgelassene Stimmung. Das sommerliche Wetter, das offensichtlich herrscht, trägt seinen Teil dazu bei. Blauer Himmel, Sonnenschein. ›Alles uff die Gass!‹ Ein Treiben wie Ende Mai 2010 beim letzten runden Stadtfest. Die meisten Menschen, denen ich begegne, sind in altmodische, meist mittelalterliche Gewänder gekleidet. Es scheint für mich selbstverständlich zu sein. Eigentümlich zeitgemäß.

In der Schmidtgasse treffe ich vor dessen Geburtshaus – wen sonst? – auf Hans Jakob Christoffel von Grimmelshausen, den bekanntesten deutschen Dichter des siebzehnten Jahrhunderts. Unverkennbar. Er sieht aus wie auf dem einzigen Portrait, das es von ihm gibt. Nur etwas älter. Schulterlanges, rotblondes Haar mit zahlreichen weißgrauen Strähnen, der für ihn typische langgezogene Schnurrbart. Intelligente, dunkle Augen im schmalen Gesicht. Das Barett auf dem Kopf, der breite Kragen. Offen steht der lange, für seine Zeit typische, schwarze Mantel; aus den Ärmeln schauen weiße Spitzenmanschetten hervor. Hohe Reitstiefel. Er hat sich fein gemacht, der Herr Dichter.

Wir – richtig, der Martin Langer vor meinem inneren Auge, der auf der ›Leinwand‹, und der berühmte Dichter – stellen uns höflich einander vor. Ich (also der andere Langer) bin sehr stolz, den berühmten Sohn meiner Vaterstadt einmal persönlich kennenlernen zu dürfen und sage es ihm auch. Mein Satz schmeichelt ihm sichtlich. Also setze ich noch eins obendrauf:

»Ihr seid Euch und Eurer Umgebung sichtlich immer treu geblieben. Vor ein paar Jahren war ich in Renchen, wo Ihr zuletzt wohl gelebt habt. Dort habe ich Euer schönes Haus gesehen. Gleich neben dem Rathaus befindet es sich. Und hier in Gelnhausen stehen wir jetzt in der Schmidtgasse vor dem Haus, in dem Ihr geboren seid und Eure Kindheit verbracht habt, und da linker Hand oben sehen wir den Amtshof, das Rathaus Eurer Zeit.«

Grimmelshausen lacht:

»Beim unheiligen Simplicius, Ihr sprecht wohl wahr. Als ich als junger Bursche zum letzten Mal hier weilte, herrschte Krieg. Wie üblich behaupteten alle Seiten die richtige Religion wäre die ihre. Dabei ging es wie stets allein um Macht und Rechthaberei. Die Kaiserlichen, die Katholiken also, hatten gerade in Gelnhausen, deren Bürger alle protestantischen Glaubens waren, verheerend zugeschlagen. Danach galten die wenigen Überlebenden als katholisch. Das war gerade zwei Jahre, nachdem der Schwedenkönig Gustav Adolf mit seiner Gemahlin sich 1632 in der Stadt aufgehalten. Am Ende dieses Jahres war der König tot und die Schweden verloren Schlacht um Schlacht. Nach dem zweiten martialischen Gang der Kaiserlichen lagen hier all überall Leichen und die Pest breitete sich aus. Es stank nach Blut und Tod. Und mir war speiübel angesichts der Hunde und Rabenvögel, die an den Toten herumzerrten und von ihnen fraßen.

Hier vor meiner Väter Haus. Hier, wo Großvater Melchior Christoffel und Vater Johann Christoffel Grimmelshausen, Gastwirte und Bäcker gewesen. Der Gedanke, es könnten meine Angehörigen sein, die da gerade gefressen wurden, ließ mich wieder und wieder kotzen. Ich floh, als wär der Teufel persönlich hinter mir her. Das Bild hat sich so in mein Gedächtnis eingefressen, dass ich – bis zum heutigen Tag – nicht mehr den Mut gefunden habe, in meine alte Heimat zurückzukehren. So ließ ich, endlich, mich in Renchen nieder, weil es dort auch einen Fluss hat, der Kinzig geheißen wird, und mich ein wenig an die Heimat hier erinnert. Auch, wenn ich inzwischen selbst ein Katholischer bin.«

Wir schlendern unterdessen, während er mir berichtet, gemeinsam weiter zum Untermarkt hinauf. Die Büste von Philipp Reis, dem Erfinder des Telefons, schaut von ihrem Sockel zu uns her.

»Wenn ich mich recht erinnere«, sage ich zu dem großen Sohn der Stadt, »dann war der Vater von Philipp Reis auch Bäcker, so wie Eure Vorfahren.«

»Dazu kann ich Euch leider nichts sagen. Das ist nach meiner Zeit geschehen!«, bedauert mein Begleiter höflich.

Doch ich merke mir meine Frage. Es ist ja an dem heutigen speziellen Tag nicht ausgeschlossen, dass mir auch Philipp Reis noch über den Weg läuft. Und dann kann ich ihn persönlich fragen. Die Richtung, die Grimmelshausen über den Untermarkt einschlägt, führt uns ja geradewegs über das Kopfsteinpflaster zur Langgasse hin. An deren anderem Ende steht linkerhand das schmale Fachwerkhaus mit dem in hellem Blau gestrichenen Balkenwerk, in dem Philipp Reis am siebten Januar 1834 geboren wurde, schräg gegenüber vom Wirtshaus ›Zum Löwen‹.

Den ›Löwen‹ wird mein Dichter kennen. Die Gaststätte gab es schon mehr als hundert Jahre vor seiner Geburt, bin ich mir sicher. Das weiß ich.

Doch bevor wir in die Langgasse gehen, bleibt Herr von Grimmelshausen abrupt stehen und weist mit der Hand nach links über den Untermarkt hinweg.

»Mir fehlt da unten ein Haus. Vor dem großen Krieg zu meiner Zeit stand dort ein stattliches, hohes, ein höchst angesehenes Haus. Der ›Breidenbacher Hof‹. Da unten hat es gestanden, wo jetzt die beiden Häuser eine Front bilden. Und schaut! Am linken Bau sehe ich zwischen zwei Fenstern in rotem Stein das Wappen noch derer von Breidenbach. Ein gewisser Philipp Schelm von Bergen hat zu meines Großvaters Zeiten eine gewisse Amalia von Breidenbach geheiratet.

›Das war von ihm ein guter Schachzug‹, hat mein Großvater anerkennend zu mir gesagt. Die Amalia brachte nämlich den ›Breidenbacher Hof‹ als Mitgift mit in die Ehe. Das Gasthaus, es hieß nach dem

Eheschluss ›Schelmenhof‹ war neben dem ›Fürstenhof‹ unten in der Gasse, die jetzt Fürstenhofstraße genannt wird, die erste Adresse für vornehme Reisende in Gelnhausen. Da die Kaiserpfalz schon nicht mehr bewohnbar war, hat im ›Schelmenhof‹ auch Kaiser Maximilian I. Hof gehalten bei seinem Besuch im Jahre 1506.«

Der Dichter kicherte dabei vor sich hin.

»Im wahrsten Wortsinn. Er ist im ›Schelmenhof‹ eingekehrt und hat dort Hof gehalten. Ich habe den ›Schelmenhof‹ Mitte der dreißiger Jahre meines Jahrhunderts in dem großen Krieg auch nur noch als Trümmerwerk in Erinnerung. Zerbombt und ausgebrannt zwar, aber immer noch ein hohes, imposantes Gebäude. Als es noch heil war, so mein Großvater Melchior Christoffel, sei es ein Prachtbau gewesen. Er durfte Brot für den ›Schelmenhof‹ backen. Verkauft wurde es über den Brotschirn auf dem Untermarkt, unweit vom ›Hof‹. Ein gutes Geschäft.«

Ich unterbreche ihn. »Was, bitte, ist ein Brotschirn, Herr von Grimmelshausen?«, erkundige ich mich.

»Oh, weiß man das heute nimmermehr? Ein Schirn, manche sagen auch Scharn, war zu meiner Zeit ein Stand, an dem Brot oder Fleisch angeboten wurde. Nicht selten befanden sich verschiedene Schirne in einer Markthalle, die die Zünfte betrieben. Seht hier zu unserer Rechten, am Eingang zur Petersiliengasse, die halbrunden Bögen aus Stein. Da war einst eine dieser Schirnhallen.«

»Ich danke Euch für diese Aufklärung«, sagte ich artig. Für mich hat sich dort im Parterre des Gebäudes seit Kindesbeinen ein wohlduftender Blumenladen befunden. Und unter dem Dach desselben Hauses hat ein Schneider für mich den ersten Anzug aus warmem schwarzem Tuch angefertigt, zu meiner Konfirmation. Herr von Grimmelshausen sprach weiter:

»Schon gut. Wie sollt Ihr auch verstehen, was ich Euch berichte, wenn Ihr die Worte nicht mehr kennt?! Auf jeden Fall: Von dem hier verdienten Geld hat der Großvater dann Grundstücke gekauft und unser

Wohnhaus in der Schmidtgasse zu einer Gaststätte ausgebaut. Übrigens, wenn ich dem Ahn glauben darf, dann hatte Kaiser Maximilian sein Gefolge und fünfhundertfünfzig Pferde bei sich. Nur damit Ihr eine Vorstellung besitzt von der Anzahl Menschen, die im ›Hof‹ beherbergt worden sind. Den Rest muss sich Eure Fantasie allein ausmalen. Nicht alle von seinem Tross haben natürlich dort übernachtet, aber ein Großteil schon.

Übrigens der Sohn Heinrich aus der Ehe des Philipp Schelm von Bergen mit Amalia von Breidenbach, die ein hübscher Rotschopf gewesen sein soll, wurde im Jahre 1559 von Kaiser Ferdinand I. zum Reichsschultheiß von Gelnhausen ernannt. Es scheint, dass allen, die zu den von Breidenbach oder den Vom breyden Bach gehören, etwas Besonderes anhaftet. Das hohe Amt blieb lange im Haus der Schelm von Bergen.«

Grimmelshausen gibt sich einen Ruck:

»Nun gut. Lasst uns weiter gehen. Wenn wir beginnen, uns von jedem Pflasterstein auf unserem Weg dessen Geschichte zu erzählen, dann bringt uns der Tag nicht weit. Ach übrigens, weil ich das Jahr 1506 und dessen Monat Mai erwähnt habe, es ist genau der Monat und das Jahr, in dem ein gewisser Johann Georg Faust, ein Alchemist und Magier, Pfiffikus und Scharlatan zudem, das erste Mal urkundlich Erwähnung findet. Und wisst Ihr wo?«

Ich tue ihm den Gefallen, schüttele den Kopf und sage: »Ich weiß es nicht. Doch ich rate. Im ›Schelmenhof‹?«

»Oho, nicht schlecht geraten. Doch nicht scharf genug gezielt. Im Gasthaus ›Zum Löwen‹ am Ende der Langgasse ist es gewesen.«

Doch dorthin kommen wir zu meiner Überraschung jetzt nicht. Grimmelshausen hat erkennbar anderes vor. Er biegt nach rechts ab, in die Reusengasse. Die Gelnhäuser Münzstätte, in der spätestens seit dem Jahr 1180 stadteigene Brakteaten geschlagen wurden, die das Kaiserpaar oder auch die Kaiserin allein zeigen, und an deren Gewinn wohl auch die geschäftstüchtige Kaiserin Beatrix beteiligt war, würdigt er keines Blicks. Offensichtlich treibt es ihn auf den Obermarkt.

Meine Vermutung ist richtig. Gleich, als er aus der Gasse auf den freien Platz tritt, bleibt er stehen und deutet mit ausgestrecktem Arm über die aufgebauten Hütten und Stände hinweg auf die breite Front des großen Gebäudes gegenüber:

»Dort, wo jetzt diese riesige Wand aus Stein die Sicht versperrt, standen zu meiner Zeit zwei Kirchen und ein ehemaliges Kloster der Franziskanermönche. Die Stadt hatte dort die Lateinschule eingerichtet, in die ich gegangen bin! Eine schöne, eine strenge Zeit. Meine Zeit als Schulknab. Viel habe ich dorten gelernt, vor allem aber das Schreiben und Lesen.«

»Der wir heutige Menschen viel zu verdanken haben; denn ohne Eure Schreibkunst wären wir ohne den Genuss Eurer wunderbaren Geschichten und Gedanken.«

Grimmelshausen schaut mich lange an:

»Ihr seid ein großer Schmeichler, mein Herr. Doch Ihr habt recht! Und Euer Lob, es tut mir gut. Verleiht es mir doch das Gefühl, nicht sinnlos mir in den Nächten vieler Jahre bei Kerzenlicht die Augen verdorben zu haben. Ich danke Euch erneut.

Und Dank spreche ich auch in Memoriam aus dem zweiten Ehemann meiner Mutter, meinem Stiefvater Johann Bruck, der Verleger und Buchhändler gewesen. Viele alte Bücher habe ich bei ihm lesen dürfen. Das hat mir nützlich Wissen verschafft.«

Er zieht vor mir sein Barett mit großem, elegantem Schwung. Ich erwidere seinen Dank. Mit Worten. Ein Barett besitze ich nicht.

Vor der katholischen Peterskirche auf dem Obermarkt, dort wo sich sonst gegenüber der Gaststätte ›Schelm von Bergen‹ ein öffentlicher Parkplatz befindet und vormals, einst, wohl die kleine Burg der Grafen von Selboldt und Geylenhusen stand, fällt im Menschentreiben mein Blick auf eine hagere, hochgewachsene Gestalt in Kutte, die ich nicht einzuordnen weiß. Angezogen aber hat meine Aufmerksamkeit die besondere Ausstrahlung, die von dem Mann ausgeht. Ich frage Grimmelshausen, ob er mit dem Fremden etwas anzufangen wisse.

»Ich denke doch. Er ist dreihundert Jahre vor mir hier in Gelnhausen zur Welt gekommen. Ein kluger Kopf. Das liegt offenkundig in der Familie derer von Gelnhausen. Ein Bruder seines Großvaters ist Bischof von Chur gewesen. Siegfried von Gelnhausen. Ein, dir vielleicht nützlicher Hinweis: Die Männer derer von Gelnhausen wie auch die der mit ihnen verwandten, von mir schon erwähnten Familie Vom breyden Bach oder auch Breitenbach erkennt man in jüngeren Jahren leicht am rötlichen Ton ihrer Haare.«

»Oh, sagt nur!«, entfährt es mir. »Das ist wirklich ein interessanter Hinweis!«

»Sag ich doch. Gerade bei den von Gelnhausens der damaligen Zeit gab es da ein Hinter-vorgehaltener-Hand-Gemunkel im Kreis der anderen Bürger. Konrad von Gelnhausen, geboren zweihundert Jahre nach Kaiser Friedrich Barbarossa, womöglich auch wie dieser in der Vorweihnachtszeit, als Sohn wohlhabender Eltern, die ihm das Studium der Künste in Paris und das der Rechte in Bologna ermöglichten. Und gestorben ist er am dreizehnten April 1390, also wiederum zweihundert Jahre nach dem großen Kaiser Barbarossa. Die Duplizität der Lebensdaten, wenn auch um zwei Jahrhunderte versetzt, löst Fantasien und Spekulationen aus.«

Er sieht mich streng an:

»Nun werde er nicht selbst zum Spekulanten, Herr Advocatus!«

Dann duzt er mich erneut: »Ich sehe, dass du dich daran erinnerst, dass ich ebenfalls in einem Zweiundzwanziger-Jahr geboren bin, nämlich im Jahre des HErrn 1622. Und dann noch siehst du mein Portrait vor deinen inneren Augen, dass mich im Jahre 1641 zeigt und meinem Haar all überall einen rotbraunen Schein verleiht. Gut denn, dass ich nachweislich bereits am siebzehnten August 1676 in Renchen, wie das dortige Kirchenbuch unzweifelhaft besagt, verstorben bin. Sonst kämen Euch noch mehr dumme Gedanken.«

Ich gebe mich unschuldig, obwohl Herr von Grimmelshausen sich nicht getäuscht hat:

»Ich halte es mehr mit den Fakten, denn mit unsicheren Spekulationen. Doch, da Ihr so ungemein belesen seid, könnt Ihr mir noch etwas über den Herrn von Gelnhausen dort berichten? Ich gestehe, er war mir bis heute gänzlich fremd.«

Hier beendete der Wecker abrupt meinen Traum. Gegen Mittag brach ich meine Zelte im schönen Sauerland ab und fuhr zurück nach Gelnhausen.

Regen schlug dicke Tropfen auf das Autodach. Die Scheibenwischer schrammen mir in der höchsten Stufe, leider nur mit kurzem Erfolg, die Sicht auf die Straße frei. Ich hatte schon deutlich angenehmere Fahrten erlebt. Heute galt es aufmerksam zu sein; besonders dann, wenn mich wieder ein Vierzigtonner so überholte, als wenn er an einem Morgen nicht interessiert sei. Bei all der geforderten Konzentration blieb keine Zeit, um auch nur für einen Moment an den Traum der vergangenen Nacht zu denken. Einmal nur fiel mir brennend etwas ein. Da habe ich mit meiner Kollegin Melani Dorsum in der Kanzlei telefonierte. Ansonsten bemühte ich mich, die Fahrbahn vor mir zu erahnen.

Gelnhausen 2017
Herr Nelke erfährt ständig Neues

Er fuhr nicht sofort wieder zurück nach Frankfurt, sondern setzte sich in seinen Mercedes, den er unweit der Anwaltskanzlei ›Doctores Hertel, Langer und Kollegen – Rechtsanwälte * Notare‹ im Herzbachweg geparkt hatte.

Wo gibt es so was in Frankfurt? Man hat einen Termin und findet problemlos unmittelbar am Zielort einen Parkplatz. Und das auch noch kostenlos, dachte Herr Nelke.

Die Anwältin sah gut aus, war nett und verstand offensichtlich was von ihrem Fach. Frau Doktor Dorsum heißt sie. Dem Namen nach könnte sie aus meiner Heimat stammen. Erst hat sie Herrn Doktor Langer entschuldigt. Der steckte irgendwo in einem Unwetter auf der Autobahn fest.

»Und weil wir es in unserer Kanzlei nicht mögen, wenn Mandanten ihre kostbare Lebenszeit in unserem Wartezimmer sinnlos verbringen, springen wir in solchen Fällen gegenseitig für die Kollegen sein«, *hat sie mir erklärt. Und weiter gesagt:* »Keine Befürchtung, sehr geehrter Herr Nelke! Ich wimmele Sie nicht ab. Ich kenne Ihre Akte. Und da ich auch eine Zeit meines Berufslebens bei der Staatsanwaltschaft tätig war, glaube ich auch zu wissen, wie man dort tickt. Grundsätzlich aber gilt: Unser Seniorpartner, Herr Doktor Langer, ist Ihr Verteidiger. Daran ändert sich auch nichts. Er hat mich nur gebeten, Sie herzlich von ihm zu grüßen und seinen witterungsbedingten Ausfall …«

So hat sie gesagt. »… zu entschuldigen und mich gebeten, Sie über den Stand der staatsanwaltlichen Ermittlungen in Ihrer Richtung zu informieren.«

Und dann hat sie mir den Akteninhalt erzählt. Ich habe erst einen kräftigen Schreck gekriegt, als ich die Akte gesehen habe. Sieben dicke Leitzordner! Es waren nicht die üblichen roten Aktendeckel, sondern richtige breite Ordner. Sie hat wohl meinen Blick gesehen.

»Das ist unsere Kopie!«, *hat sie gesagt.* »Die Originalakten sind schon wieder bei der Staatsanwaltschaft in Frankfurt.«

Dann wurde sie ernst.

»Den beiden Hauptbeschuldigten, dem Fahrlehrer und dem Verkehrspsychologen, werden siebenundfünfzig Einzelfälle vorgeworfen. Deshalb die dicken Akten. Gegen Sie, Herr Nelke, wird lediglich in drei dieser Fälle ermittelt.«

Mir ist ein Stein vom Herzen gefallen. Das klang ja schon mal gut, habe ich geglaubt. Dann sagte die Anwältin aber:

»Für eine Entwarnung ist es nun aber noch zu früh. Aus zwei Gründen. Erstens: Dreimal fünftausend Euro ist schon ein bedenklich kräftiger Batzen.

Zum zweiten: Der Sachbearbeiter bei der Staatsanwaltschaft, ein gründlicher Arbeiter, der sich in seine Fälle verbeißt, traut Ihnen die Mittäterschaft in vielen anderen Fällen zu.«

Sie hat mir fest in die Augen geschaut:

»Wenn es uns gelingt, den Verdacht in diesen drei Fällen zu entkräften, dann wird der Staatsanwalt davon ausgehen, dass auch in den von ihm kritisch betrachteten weiteren einundvierzig Vorgängen sein Verdacht nicht berechtigt ist.«

»Und was kann ich tun, damit der Staatsanwalt seinen Verdacht fallen lässt?«, *habe ich sie gefragt.*

»In allen Fällen, den drei, wo der Staatsanwalt meint, sicher sein zu können, wie auch den einundvierzig weiteren Fällen stehen immer Personen im Mittelpunkt, die aus Ihrer ehemaligen Heimat Rumänien kommen, und zwar aus dem Gebiet der Stadt Sibiu.

Ich darf Ihnen, Herr Nelke, aus rechtlichen Gründen natürlich nicht die Ermittlungsakten aushändigen. Aber ich habe hier Kopien von den Aussagen der drei Täter, die übereinstimmend ausgesagt haben, von Ihnen den Namen des Verkehrspsychologen und jeweils fünftausend

Euro zur Weitergabe an diesen erhalten zu haben. Diese drei Vernehmungsprotokolle gebe ich Ihnen jetzt in Kopie zum Lesen in diesem Besprechungszimmer. In einer halben Stunde komme ich wieder. Dann können wir mit gleichem Kenntnisstand entscheiden, wie es weiter gehen soll.«

Sie erhob sich, beugte sich aber zu mir vor – allein der Blick auf ihre Bluse war die Fahrt nach Gelnhausen schon wert – und sagte scheißfreundlich, aber mit einem eiskalten Lächeln auf den Lippen:

»Herr Nelke, noch eins. Bitte keine Spielchen mit dem Smartphone oder so. Ich meine, die Protokolle laut lesen, speichern oder an eine andere Person weitergeben oder gar fotografieren und verschicken. Es lohnt nicht. Im Gegenteil. Sie bringen mich und sich damit nur in Teufelsküche. Ihre Smartphones eins bis vier werden nämlich überwacht und abgehört. Die Justiz traut Ihnen offenkundig ziemlich viel zu.«

Das war ein deftiger Schlag, von dem ich mich erst erholen musste, und eine wichtige Information zugleich.

›Teufelsküche‹! Das war das Stichwort. In die Teufelsküche hat mich beinahe auch Monika, die Frau meines Anwalts, gebracht. So richtig mitbekommen und begriffen habe ich das erst in Sibiu. Ich habe sie nämlich tatsächlich mit nach Rumänien mitgenommen. Die Frau Langer oder Schlosser, wie sie sagte. Mein gutes Herz. Sie hat in ihrer Zeit in meiner Einliegerwohnung nie gelacht. Nie. Sie war blass und wurde immer weniger. Sah aus, als hätte sie heftig Kummer oder Trauer. Hatte ich tatsächlich Mitleid mit ihr? Oder wollte ich sie nur loswerden?

Über Schweinfurt, Hof, Cheb in Tschechien, das früher Eger hieß – dort hat sie mir erzählt, Monika, das lebende Lexikon, dass in dieser Stadt Barbarossa, ein alter deutscher Kaiser, geheiratet hat – sind wir mit drei schwarzen Mercedes-Vito-Bussen und vier Mitarbeitern von mir, alles Roma, weiter nach Karlovy Vary. Ich hatte dort eine Verabredung mit einem Koll*egen aus München, der sich mehrere Häuser in der Stadt gekauft hat, als es noch günstig war. Jetzt boomen dort die Preise. Viele Russen, die verderben das Geschäft. Früher war Karlovy*

Vary deutsch und hieß Karlsbad, hat mir Monika erklärt. Und Goethe, der Dichter aus Frankfurt, hat dort gern gekurt. Wusste Monika. Das Gespräch mit dem Münchner hat sich gezogen. Er hat viel gelabert.

Deshalb, und weil das Wetter beschissen war, es hat nur geregnet, sind wir an dem Tag nur bis Budapest gefahren. Die Jungs haben in den Vitos, die extra lang-Version, edel geschlafen. Besser als die Frau und ich in den billigen Zimmern einer kleinen Pension. Aber was kann man von den Ungarn schon erwarten. War egal. Wir sind in aller Früh weitergefahren. Zur Mittagszeit waren wir daheim in Hermannstadt, die die Rumänen Sibiu nennen. Oder richtiger in einem der Dörfer bei Sibiu, in dem Roma hausen. Ja, hausen. Als hier noch die Siebenbürger Sachsen lebten, war alles picobello. Doch nach dem Fall von Ceausescu sind die Deutschstämmigen geflohen, unsere Leute sind in die feinen Häuser gezogen und kein Jahr später hätte kein normaler Mensch mehr in den Häusern leben wollen, nein, leben können. Die ›Tzigani‹, *wie die Rumänen sie nennen, sind faul, dreckig und besoffen. So muss man leider zugeben. Ein paar sind zudem skrupellos und werden reich. Die bauen sich schöne Häuser und fahren dicke Autos, indem sie die anderen für sich arbeiten und stehlen lassen. Die sich dann wieder, für die paar Euros, die sie, wenn überhaupt, erhalten, Alkohol kaufen. Ansonsten schicken sie ihre Frauen und Kinder auf den Strich.*

Ich habe meinen Leuten Monika Schlosser vorgestellt. Erklärt, dass sie jetzt für einige Zeit bei ihnen bleiben würde. Als mein Gast. Das war eine deutliche Warnung. Finger weg, wenn ihr keinen Ärger mit mir bekommen wollt! Weil sie das Töpfern lernen wolle. So hatten wir es abgesprochen. Und meine Leute haben sie herzlich begrüßt. Die allen Roma eigene Gastfreundschaft. Ein ganzer Wortschwall ist über sie hereingebrochen. Und sie hat höflich geantwortet. Auf Rumänisch! Und da habe ich langsam kapiert, was in Frankfurt geschehen sein muss. Den Rest habe ich von Monika erfragt, als wir für einen Augenblick allein waren. Und meine schlimmsten Befürchtungen wurden bestätigt.

Maria, eine Romni aus Gela, dem Dorf bei Hermannstadt, habe ich als Zugehfrau und zum Putzen in Frankfurt beschäftigt. Sie konnte kein Wort Deutsch reden oder verstehen, als sie zu mir kam. Auf diese Tatsache habe ich Wert gelegt, weil ich nicht will, dass jemand in meinen Sachen herumschnüffelt, meine Post liest oder sonst was von meinen Gesprächen mitbekommt, was ihn nichts angeht. Und Romnija-Frauen schnüffeln gern. Dann ist es passiert.

Irgendwann, als ich mal wieder weg war, hat Monika begonnen der ängstlichen jungen Frau deutsche Worte beizubringen. Später auch zu sprechen. Geheimsache zwischen den beiden. Gut drei Jahre lang. Monika hat sich gelangweilt, und es gut gemeint mit der jungen Frau. Glaube ich ihr. Als Gegenleistung hat ihr Maria etwas Rumänisch beigebracht. Ja, und sogar ein wenig Romanes. So eine Scheiße! Maria musste weg. Die kann jetzt wahrscheinlich besser Deutsch als ich. Wieder in Frankfurt habe ich sie sofort zurück nach Rumänien geschickt. Gut ist, dass das alles war, bevor die Führerscheinsache aufgeflogen ist.

Aber, scheiße, dass ich sie zurückgeschickt habe! Zu spontan reagiert von mir. Ich hätte sie besser bei meinem deutschen Banker einschleusen sollen. Als blöde, aber fleißige Romni. Die Romnija-Mädchen werden ja regelmäßig mit zwölf Jahren aus der Schule genommen, wenn sie gerade ein paar Worte schreiben und lesen können. Das ist gut so. Sie sollen sich später um den Haushalt und die Kinder kümmern, und nicht auf dumme Gedanken kommen; es sei denn, ihre Männer halten sie dazu an.

Nelke, du blöder Hund! Da siehst du nun, was passiert, wenn man sie lernen lässt!

Gelnhausen 2017
Langers Traum, zweiter Teil

In der Folgenacht nach meiner anstrengenden Fahrt durch heftigen Regen vom Sauerland runter nach Gelnhausen wurde ich erneut Opfer des Grimmelshausen-Traums. Ich weiß nicht, warum, wieso und weshalb ich gerade jetzt durch die Gelnhäuser Jahrhunderte getrieben werde. *Denk positiv, Langer!* Vielleicht, weil es meine Art ist, etwas Angefangenes auch zu beenden. Beim Frühstück, nun wieder in Gelnhausen, kam mir kurz noch die vornächtliche Begegnung mit Grimmelshausen in den Sinn. Bedauernd, weil ich ihn so vieles noch hätte fragen wollen.

Während des Vormittags war ich nur kurz in der Kanzlei. Dort habe ich die Kiste mit der Ermittlungsakte des Herrn Nelke eingepackt, um sie oben auf der Dürich ungestört zu studieren. Dazu habe ich Melanis ausführliche Notiz über das gestrige Gespräch mit dem Mandanten gelesen und angefangen, mir erste Gedanken für einen längeren Schriftsatz an die Staatsanwaltschaft zu notieren.

In diesen Stunden konzentrierten Arbeitens habe ich nicht ein einziges Mal an den Traum gedacht. Es gab auch gar keinen Anlass dafür. Auch keine Querverbindung à la Tante Conny. Nichts. Vor dem Zubettgehen habe ich mir noch irgendeinen Quatsch im Fernsehen angeschaut. Eine dieser unbefriedigenden Talkshows. Und, wenn ich es richtig rekonstruiere, bin ich auch bald eingeschlafen. Doch irgendwann in der Nacht stand ich plötzlich wieder neben Herrn von Grimmelshausen auf dem Obermarkt in Gelnhausen. Um uns herum sah ich ein munteres Treiben von Männlein und Weiblein verschiedenen Alters in mittelalterlicher Bekleidung. Es kam mir vor, als wären am heutigen Tag all die vielen Fremdenführerinnen und Fremdenführer, für die Gelnhausen so bekannt ist, in ihren historischen Gewändern zugleich in der Stadt unterwegs.

Und ich höre mich, also mein Traum-Alter Ego, den Dichter bitten – den Satz kannte ich aus der vorvergangenen Nacht:

»... Doch, da Ihr so ungemein belesen seid, Herr von Grimmelshausen, könnt Ihr mir noch etwas über den Herrn von Gelnhausen dort berichten? Ich gestehe, er war mir bis heute gänzlich fremd.«

Und mein berühmter Gesprächspartner und Begleiter antwortete:

»Nicht allzu viel. Nur Allgemeines. Die Welt seiner Zeit war nach dem Tod von Papst Gregor XI. im März 1378 gespalten in die Urbanisten, den Anhängern des dann in Rom gewählten Papstes Urban VI., und in die Klementisten, den Anhängern des in Avignon gewählten Papstes Klemens VII.

Konrad von Gelnhausen befand sich, wie man es so schön bildlich formuliert, zwischen Baum und Borke. Will sagen, Deutschland hielt zu Papst Urban VI., Frankreich aber stand auf Seiten der Klementisten. Weise, wie er war, nahm Konrad eine neutrale Position ein. Er hat sich für ein Generalkonsilium ausgesprochen, um durch Beratungen das Schisma zu beenden, wenn ich es richtig weiß. Er war felsenfest davon überzeugt, dass nur ein Konsilium die Gründe der großen Kirchenspaltung beheben könne. Den Ausgang des Konflikts durfte er nicht mehr erleben. Das Große Schisma überdauerte nämlich noch bald dreißig Jahre seinen Tod.

Zu ihm selbst noch: Der Welt zu seiner Zeit war Konrad wohl bekannt. Kirchliche Fürsten haben ihn ebenso geschätzt wie die weltlichen, bis hin zum französischen König Karl V. und zu seinem großen Gönner, dem Kurfürsten Ruprecht I. von der Pfalz. Konrad hatte viele Ämter inne. Er war auch Domprobst zu Worms. Wir haben in der Lateinschule Predigten von ihm zu lesen versucht. Zuletzt war er der erste Rektor der Universität zu Heidelberg.«

»Ich zolle Euch alle Hochachtung für Euer Wissen! Bewundernswert! Kommen Sie, Herr von Grimmelshausen, lassen Sie uns den Herrn begrüßen.«

Fast scheint es, als habe Konrad von Gelnhausen darauf gewartet, von uns angesprochen zu werden. Seine stahlblauen Augen sprühen nur so von Intelligenz. Und als ich mich auch noch als promovierter Jurist, und somit als Kollege von Konrad oute, lebt der Hagere in seiner braunen Kutte so richtig auf.

»›Nicht für die Worte, sondern für die Sachen wurde das Gesetz geschaffen!‹ habe ich einmal meine feste Überzeugung niedergeschrieben, und weiter: ›Darauf ist jene Tugend ausgerichtet, die der Philosoph, ich denke dabei an Aristoteles, im fünften Buch seiner »Ethik« als ›Epikie‹ bezeichnet, die eine Richtschnur für die gesetzliche Justiz ist, und das umso besser und edler, als durch sie sehr viel besser und vollendeter dem Geist des Gesetzgebers Folge geleistet wird.‹«

Konrad hat wohl in meinem dummen Gesicht gelesen; denn er fährt erläuternd fort:

»›Epikie‹ besagt, dass ein menschliches, auch ein von Menschen geschaffenes kirchliches Gesetz nicht unbedingt in jedem Fall verpflichtend ist. Dieses Prinzip der Moraltheologie umschreibt eine der vornehmsten Tugenden des Christenmenschen. Sein Recht zur Interpretation menschlicher Gesetze.«

Er wirft mir einen nachdenklichen Blick zu:

»Seid Ihr ein Atheist, Collega? Oder warum wisset Ihr das nicht?«

»Doch, doch, ich bin schon getauft. Aber nicht katholischen Glaubens. Ich bin ein Protestant. Zugegeben. Ihr kennt sie nicht die protestantische, auch evangelisch genannt Kirche. Sie hat sich erst hundertfünfzig Jahre nach Euch von der katholischen Kirche abgespalten. Wir glauben nicht an einen Papst im Vatikan als Vertreter Gottes auf Erden. Wir verehren keine Heiligen. Wir glauben und beten allein an die Dreifaltigkeit, an Gott den Vater, den Sohn und den Heiligen Geist.«

Ich denke gerade (für mich, den Zuschauer Langer, erkennbar an der Art, wie mein anderes Ich die Stirn in Falten legt):

Hoffentlich habe ich jetzt nichts Falsches gesagt! Warum quassele ich auch so viel? Als wenn ich mich vor diesem Konrad rechtfertigen müsste, da sehe ich, dass mir Konrad von Gelnhausen nicht mehr seine Aufmerksamkeit schenkt. Er eilt vielmehr einem anderen Mann, der ein Kopf kleiner ist und deutlich älter als er selber, aber dafür von stämmigerem Körperbau, entgegen und fällt ihm um den Hals:

»Onkel Siegfried, Euch zu sehen, was für eine Freude. Gott sei gelobt!«

Ich sehe den Dichter an meiner Seite fragend an.

»Das jetzt ist Siegfried von Gelnhausen, Bischof von Chur, der aus dem alten Gelnhäuser Geschlecht der Breidenbach, einer hiesigen Patrizierfamilie, stammt«, klärt mich Grimmelshausen auf. »Er hat Gelnhausen ein Nonnenkloster gestiftet, ein Zisterzienserinnenkloster im Osten der Stadt. Es trägt den schönen Namen Himmelau und war den Heiligen Luzius von Chur und Florinus von Remüs geweiht. Ich sage ›war‹, denn es wurde schon vor meiner Zeit wieder aufgegeben.«

Er seufzt: »›Tempora mutantur – Die Zeiten ändern sich.‹ Kommt, Herr Begleiter, lasst uns weitergehen. Ich habe noch einen dringlichen Besuch zu absolvieren, und weiß nicht, wie lange ich in dieser schönen, heute doch so zauberhaft zeitlosen Stadt noch verweilen darf.«

Grimmelshausen macht kehrt und marschiert mit großen Schritten auf die schmale Pfarrgasse zu. Ich beeile mich ihm zu folgen.

Mich trügt meine Ahnung nicht. Des Dichters Ziel ist das Kronjuwel des Kinzigtals. Unsere allerseits beliebte, geliebte Marienkirche. »Die Kerch«, wie wir Gelnhäuser sagen.

»Er ist noch da!«, hör ich Grimmelshausen feststellen. Er schaut das Portal des Nordquerschiffs hinauf. Erleichtert sieht er aus.

»Von wem sprecht Ihr, wenn ich fragen darf?«

Täusche ich mich? Oder liegt jetzt tatsächlich ein Hauch von Wehmut auf seinen Zügen?

»Ach, das ist ganz privat.« Er gibt sich einen Ruck.

»Doch was soll's?! Wisset, Herr Langer, in dem Gelnhausen, das wir durchwandert haben, gibt es nichts, das so ist, wie ich es in meiner Erinnerung bewahrt habe. Die Häuser heute sind sämtlich neuer, schöner, größer, bunter als zu der Zeit, als ich ein Knab war. Und heil. Mein Gedächtnis aber sieht all das voll Feuer, Gestank, zerschlagen, eben ruiniert. Der Hexenturm, wo die Gefangenen jämmerlich schrieen und verhungert sind. Durchs Fenster meiner Kammer in der Schmidtgasse sah und hört ich sie. Und die freien Bürger? Verhärmt, von Hunger, Not und Angst getrieben, dort wo wir eben Lachen hörten und der Geruch von frischem Braten uns die Mäuler wässrig machte. Vielleicht eine Handvoll mehr als zweihundert Menschen lebte noch in der einst so stolzen Stadt. Und die Pest fraß weitere davon.

Gibt es da was, das ich in meiner Kindheit mochte, hab ich mich stetig mehr gefragt? Das mich damals fröhlich stimmte und frei von Furcht war? Und plötzlich hab ich an Johannes Coberstein gedacht, den Pfarrer dieses Gotteshauses, der mich getauft, woran ich mich natürlich selbst nicht mehr erinnere, der aber auch mein Lehrer ist gewesen und uns Lateinschüler hier in diesem herrlich hohen Haus bei Gottesdiensten hat vor der Gemeinde singen lassen. Gern an diesen Sonn- und Feiertagen hab ich mich heimlich dann davon geschlichen, um mich mit dem Männlein aus Stein da droben auszutauschen. Er ist mein Beichtvater gewesen und mein bester Freund. Verschwiegen war er und geduldig, wenn ich ihn ohne Rast hab vollgelabert. Hat mit der rechten Hand sich auf die Brust geklopft, so wie er es jetzt noch immer tut, und mir dabei versichert:

›Was du mir anvertraust, bleibt ewig hier in meinem Herzen verschlossen!‹«

Grimmelshausen nickt zufrieden.

»Und er ist heil wie einst. Gott sei's gedankt! Erinnerung, die lebt!«

»Sag an, du großer Mann, warum ich nimmer heil sein soll!«

Wir drehen uns überrascht um zu einem rüstigen Mann mit vollem Lockenkopf und roten Pausbacken, dem man ansieht, dass er sich viel im Freien aufhält.

»Was fällt Ihm ein, fremder Menschen vertrauliches Reden zu belauschen?«, faucht ihn Grimmelshausen zornig an. Von dieser Seite kenne ich den Dichter noch gar nicht.

»Verzeiht, mein Herr, ich hörte zufällig, wie Ihr von mir spracht. Gestattet, dass ich mich Euch präsentiere. Mein Name ist Heinrich Vingerhut, bin aus dem schönen Burgund und der für diesen Bauabschnitt der Mutter Gottes geweihten Kirche bestellte Baumeister. Hier ein Werk schaffen zu dürfen, das für die Ewigkeit bestimmt ist, ist schon eine besondere Gnade. Ich hoffe, dass ich mich dieses Geschenks würdig erwiesen habe.«

Er schweigt gedankenschwer.

»Es war nicht leicht. Doch habe ich mich und mein Leben aus Dankbarkeit voll eingebracht und aus diesem Opfer selber große Kraft gezogen. Im Gegensatz zu jenem Herrn, der ...«

Er deutet flüchtig nach links oben auf eine Konsole über dem Portal, auf der ein Männlein im Schneidersitz mit einem Geldkästchen im Schoß hockt, umgeben von zwei teuflischen Gestalten.

»... uns eigentlich entlohnen sollte. Stattdessen aber sich mit seinen beiden widerlichen Lakaien namens Habsucht und Geiz durchweg der eignen Raffgier verschrieben hat. Sein Name wird gar bald vergessen sein, vielleicht ist er es jetzo schon, hingegen bleibt mein Tun, solang die Kirche steht, auch künftig namentlich erfasst. Wie Ihr unschwer erkennt auf der rechten Konsole. Vor der Ihr steht. ›Ich bin es, der das Wunderbare hier zu Ehren des HErrn erschaffen!‹ zeig ich da dreifach an, in dem ich kniend auf mich selber deute, mit meinem Namen über mir gemeißelt und einer Blüte des schönen Fingerhuts, nach dem ich benannt, zwischen meinen Beinen.«

Er schüttelte unwirsch den Lockenkopf.

»Ach, genug des Eigenlobs. Kommt, lasst Euch von mir im hohen Haus das Schöne zeigen, wovon ich viel in diesem roten Stein gefunden.«

Grimmelshausen und ich folgen ihm nur zu gern in den Innenraum der Marienkirche. Das Licht, das in breiten Bahnen durch die hohen Fenster in das Kirchenschiff fällt, gibt das Gefühl geborgen, sicher und umarmt zu sein.

Gern lassen wir uns von Meister Vingerhut seine filigranen Steinmetzarbeiten am Lettner und im Chor zeigen. Mir hat es besonders der Vogel – ist es ein Star oder eine Amsel? –, der eine Weintraube stibitzt, angetan.

Wir kommen ins Gespräch mit Baumeister Vingerhut. Besonders Herr von Grimmelshausen ist ganz aufgekratzt. Jahrelang hat er dem steinernen Abbild des Meisters seine Geheimnisse anvertraut und jetzt spricht er mit dem Original in Fleisch und Blut, der mit der Umsetzung des zweiten Bauabschnitts der Marienkirche in den dreißiger und vierziger Jahren des dreizehnten Jahrhunderts betraut ist beziehungsweise war.

Das Zusammentreffen von Personen aus den unterschiedlichsten Jahrhunderten lässt mich, der ich schlafe, unruhig werden. Ich wechsele mehrfach die Seitenlage. Das stört aber offensichtlich nicht meinen Traum. Heinrich Vingerhut berichtet uns, dass die zufällige Begegnung von uns dreien ein glückliches Ereignis sei, weil er am nächsten Tag seine Arbeiten an der Marienkirche beenden werde, um dann mit seinen Leuten weiterzuziehen. Naumburg sei sein nächstes Ziel, zum neuen Dom dort bei der neuen Burg. Ein besonderes, ehrenvolles Geschäft harre seiner dort.

»Mein Bruder Frédéric, der ein begnadet Steinmetzmeister, er holt die Menschen höchst lebendig aus dem toten Stein, ist jetzo dorten schon vor Ort.«

Es handele sich um eine Aufgabe, sagt er noch, auf die seine Familie schon seit mehr als hundert Jahren warten würde. Er spricht von »Wirklichwerdung«. Mehr verrät er uns nicht. Wir – ich kann es deutlich aus den Gesichtern des Dichters und meines anderen Ichs lesen – sind zwar neugierig zu erfahren, um was für eine Tätigkeit es sich dabei handelt, bedrängen ihn aber nicht. Dann ändert sich schlagartig die Stimmung. Wir sind im Chor, dem Bereich der Kirche hinter dem Lettner, der vormals dem Klerus vorbehalten war. Da tritt, wohl aus der Sakristei kommend, hinter dem dreiflügeligen Hochaltar ein Mann hervor.

Stattlich, weißgrauer Spitzbart, elegant in Schwarz gekleidet, mit großer weißer Halskrause und weitem Umhang, hohen Stiefeln kommt er auf unsere kleine Gruppe zu. Unheimlich. Fanatismus glüht in seinen stahlblauen Augen über den eingefallenen Wangen, aber es geht von ihm eine eisige Atmosphäre aus. Baumeister Vingerhut sehe ich nicht mehr. Er scheint spurlos verschwunden. Ich spüre, wie unbehaglich sich Grimmelshausen fühlt. Ich frage ihn leise, wer das sei.

»Der Koch, der Hexenbürgermeister.«

Seine Worte sind mehr gehaucht, denn geflüstert.

»Bald zwanzig Jahr war er der Schultheiß dieser Stadt.«

Er schien zu frösteln.

»Er war schon tot, als ich geboren ward. Doch kam in meiner Jugend das Wort auf ihn, dann ward es allen, die ihn gekannt, ganz plötzlich eisigkalt ums Herz. Und die Freude, welche gerade noch geherrscht, war wie mit stählernen Besen weggefegt. Der Mann ist krank in Kopf und Herz. Hütet Euch vor ihm, Herr Langer, und Seinesgleichen. Fanatisch wie er ist, war für ihn all das, was er nicht wollte oder verstand, gleich Hexenwerk. Die unschuldigsten, die schwächsten Weiber, all die, die ihm nicht Paroli bieten konnten, ließ er aufs Teuflischste so lange foltern, bis sie die Wahrheit vergaßen und ihm nach seinem Munde redend eingestanden des Satans Werkzeuge zu sein. Dann aber übergab er sie dem Henker.«

Grimmelshausen schüttelte seinen Kopf, als würde er etwas nicht verstehen.

»Nach seinem Tod erstarb zunächst die Hexenjagd. Doch als ich ein Schulknab gewesen im zweiten Jahr, da verlangten die Zünfte der Stadt erneut die Verfolgung von Ketzern, Zauberern und Hexen. Gelnhausens Rat der Stadt sprach sich wiederholt dagegen aus. Um sich gegen den Druck von Bürgerschaft und Zünften abzusichern, riefen die Stadträte den Oberhof von Frankfurt als vorgesetzte Instanz an. Der teilte entschieden ihre Ansicht und warnte ausdrücklich davor, dass »unschuldiges Menschenblut« vergossen werde. ›..., *als ob derglei-*

chen geclagten schäden von zauberen herrühren theten. ...‹, schrieben die Frankfurter, in deren Stadt es nie zu einem Hexenprozess gekommen ist.

Im Jahr 1633 gab der Rat Gelnhausens sich doch geschlagen, folgte dem Drängen der Bürgerschaft und dem der Zunftmeister und nahm die Hexenverfolgungen wieder auf. Mein Pfarrer Coberstein hat allein einundzwanzig Todesopfer in den Jahren 1633 und 1634 gezählt. Darunter auch ein Mann. Konrad Wiesel. Er wurde im Jahre 1633 als Zauberer hingerichtet. Ich habe dessen Schicksal in meinem ›Galgenmännlein‹ aufgeschrieben. Herr Langer, hütet Euch vor solchen Menschen.«

Und dann ganz abrupt: »Ich muss jetzt gehen. Seit ich zum katholischen Glauben konvertiert, hab ich in diesem Haus nichts mehr zu suchen. Denkt an mich, wenn Ihr einmal von unserm Treffen berichtet. Ich wünsch Euch ein langes Leben. Und: Lebet wohl!«

Ich bin perplex; denn auf einmal stehe ich nicht mehr im Chor der Marienkirche, sondern ich sehe vor mir das große Tor zur Eingangshalle der Kaiserpfalz, der Ruine, so wie ich sie heute kenne. Rechterhand befindet sich ein Café in den Räumen, in denen vor fünfzig Jahren ein Schuster namens Schneider meine Schuhe besohlt hat. Und jemand, den ich nicht sehen kann, so sehr ich mich auch wende, drehe und nach ihm umschaue, sagt zu mir:

»Der sinnlose, ja wahnsinnige Krieg ging weiter. Hin und her. Auch um diese Stadt. Am Jahresende 1634 eroberten protestantische Truppen des Herzogs Bernhard von Weimar Gelnhausen. Dragoner blieben als Besatzer hier. Die wurden prompt von kaiserlich-mansfeldischen Soldaten vertrieben. Das mochte der schottische Kommandant der in schwedischer Hand befindlichen Festung Hanau, James Ramsey hieß er, genannt ›The Black – Der Schwarze‹, gar nicht leiden. Er überfiel dann gleich mehrfach die Stadt Gelnhausen, brandschatzte sie und ließ im Juni 1635 auch die Kaiserpfalz zerstören. Er hat seinen gerechten Lohn für diese frevelhafte Tat bekommen. Vier Jahre später, Ende Juni 1639, ist Ramsey verwundet und gefangen im Dillenburger Schloss gestorben. Dein munterer Begleiter vorhin, der hat den Ramsey wohl gekannt; denn als die Schweden diese Stadt zerschlugen, da ist der junge Grimmelshausen Hals über Kopf nach Hanau geflohen, geradewegs in die Hände des Schotten.«

*****

Nicht, was die Stimme sagt, weckt mich. Nein, es ist die Tatsache, dass ich nicht weiß, wer mit mir spricht. Es ist eine Frauenstimme. Arg alt klingt sie. Brüchig. Und irgendwie fremd. *Doch wo ist sie?* Und, vor allem: *Wer ist sie?* Ich weiß es nicht! Diese Tatsache macht mich nervös. Reißt mich aus dem Schlaf. Und ich, der wahre, jetzt wache Martin Langer, schwöre bei allen guten Geistern, dass ich bis zu dieser Stunde noch niemals etwas von der Zerstörung der Barbarossaburg im Juni 1635 gehört oder gar gelesen habe.

»Oh, Hamlet!«, stoß ich aus. »Wer bin ich eigentlich?«

Diese, meine Frage ließ mich fast reflexhaft nach Tante Connys blauem Ordner auf dem Beistelltisch greifen. Es war so, als würde ich glauben, hoffen, annehmen, darin eine Antwort auf meine Frage zu finden. Das war natürlich Quatsch. Tante Conny ist weder Psychologin noch Hellseherin. Also, was bezweckte mein Griff. Ich vermute, nachdem der Inhalt des Ordners schon sehr deutlich geschrumpft ist, dass ich die restlichen Seiten schnell lesen wollte, um Connys Schlagwort ›Querverbindungen‹ möglichst rasch beantwortet zu wissen.

Vielleicht keimte in mir ja immer noch ein wenig Neugierde – und Hoffnung.

Die zweite Unterwerfung
Mailand im Jahre des HErrn 1162

Ein Großbrand hatte bereits im August des Jahres 1160 die Vorräte und Ausrüstung Mailands in erheblichem Umfang vernichtet. Das Anbauland um Mailand mitsamt den darin gelegenen Dörfern wurde von den kaiserlichen Truppen im großen Umkreis, die Rede ist von zehn bis fünfzehn Meilen, mehrfach niedergebrannt, abgeholzt, verwüstet. Eine Blockade aller Zugangsstraßen verhinderte den dringend erforderlichen Nachschub an allem zum Leben in der Stadt Erforderlichen. Wer gegen die Blockade verstieß, wurde rigoros bestraft, getötet oder zumindest verstümmelt. Das galt selbst für Einwohner, die lediglich trockene Äste für ein Feuer sammelten. Gefasst, wurde ihnen eine Hand abgeschlagen.

Die entstandene Versorgungsnotlage zwang die Mailänder den Hungerstod vor Augen Anfang März 1162 zu kapitulieren. Sie behaupteten, der Kaiser habe schon seit geraumer Zeit genau um ihre Notlage gewusst. Giordano Scaccabarozzi, ein Mailänder Bäcker und ruchloser Verräter, habe ihm persönlich ›im Schweigen der Nacht‹ ein Verzeichnis der kargen Vorräte der Stadt übergeben. Ist es wirklich vorstellbar, dass sich Friedrich, der Rangbewusste, der Kaiser selbst, welcher sich von Kindesbeinen an dem Ideal des edlen Ritters verschrieben hat, verstohlen mit einem Verräter niederer Herkunft getroffen hat? Zumal Friedrich seit dem Weihnachtsfest des Jahres 1161 in seiner neuen Kaiserpfalz in Lodi weilte und erst im März 1162 über Pavia nach Mailand kam.

Gewiss ist hingegen, dass dem Kaiser, seinen Fürsten und italienischen Verbündeten am einundzwanzigsten Februar im Jahre des HErrn 1162 der Entwurf eines Friedensvertrages vorlag, den die Konsuln Mailands Friedrich zugeleitet hatten. Danach sollten die Mauern und Türme der Stadt zerstört, der um sie führende Graben gefüllt werden. Und die Mailänder erklärten, künftig niemals wieder eine Mauer oder einen Graben ohne Erlaubnis des Kaisers anlegen zu wollen. Ebenfalls würden sie ohne Zustimmung des Herrschers kein Bündnis mit einer anderen Stadt eingehen. Der Kaiser sollte sich unter den Einwohnern dreihundert Geiseln für drei Jahre wählen dürfen. Dreitausend Menschen sollten zudem aus der Stadt verwiesen werden. Die Mailänder waren bereit, jeden vom Kaiser bestimmten Podestà zu akzeptieren. Auch wollten sie dem Herrscher eine Pfalz bauen, in Mailand oder außerhalb der Stadt, wo immer er es wünsche. Die einbehaltenen Regalien sollten erstattet und eine hohe Geldstrafe bezahlt werden.

Rainald von Dassel, durch die Mailänder Steinwürfe im Januar des Jahres 1159 persönlich in seiner Ehre beleidigt, setzte sich gegen die für Barmherzigkeit und einen Friedensvertrag plädierenden Fürsten durch.

»Nicht ›conventio‹ (Übereinkunft, Vertrag), sondern allein ›deditio‹ (Unterwerfung, Kapitulation) verschafft unserem Herrscher die notwendige ›satisfactio‹ (Rechtfertigung, Sühne) für die ihm zugefügten Ehrverletzungen, weil dann der Sieg vollständig ist und unser Kaiser ganz nach seinem Wunsch Rache und Barmherzigkeit üben kann.«

Der Reichskanzler und Erzkanzler von Italien verstand es als seine Aufgabe, die Ehre des Kaisers zu wahren – und auch die seine möglichst glanzvoll wiederherzustellen. Mit seiner Forderung nach einer rigorosen Unterwerfung Mailands fand Rainald letztlich das uneingeschränkte Gehör des Kaisers. Auch dieser wünschte die vollständige Demütigung der Stadt. Das erreichte er schließlich auch durch eine Bedingung, die er den Mailändern listig auferlegte. Er akzeptierte den vorgelegten Vertragsentwurf unter der Auflage, dass die von ihm über die Stadt verhängte Blockade erst mit vollständiger Erfüllung des Friedensvertrags enden würde. Das eine, die Blockade, aber machte das andere, die Vertragserfüllung, für die Mailänder unmöglich. So lieferten sich diese, ungewollt, der Barmherzigkeit des Kaisers aus.

Die Kapitulation Mailands mit seinen Unterwerfungshandlungen dauerte viele Tage, in deren Verlauf Kaiser Friedrich zunehmend verherrlicht wurde. Beginnend mit dem ersten März, einem Donnerstag, musste sich Mailand viermal in der Kaiserpfalz zu Lodi demütigen, die Stadt, deren Anklagen auf dem Hoftag in Konstanz im Jahre des HErrn 1153 den Konflikt Reich-Mailand ausgelöst hatten. Zuerst kamen zwanzig Konsuln und Ritter, die sich vor dem Kaiser und seinem versammelten Hof mit blanken Schwertern über ihren Nacken der Länge nach auf den Boden warfen und schworen, allen kaiserlichen Befehlen zu gehorchen. Drei Tage später, am Sonntag, dem vierten März, erschienen die Mailänder Konsuln erneut nebst dreihundert Rittern und vielen einfachen Soldaten, um sich dem Kaiser zu unterwerfen, ihm die Füße zu küssen und ihm die sechsunddreißig Fahnen für die einzelnen Stadttore Mailands zu übergeben. Als Zeichen für den eigentlich verdienten Tod trugen die Ritter wieder Schwerter auf ihren Nacken gebunden und das Fußvolk Galgenstricke um den Hals, als Guintelmo, ein angesehener Kriegstechniker, der auch schon für den Kaiser tätig gewesen war, diesem den Schlüssel der Stadt übergab. Am Ende dieses Tages forderte der Kaiser, dass am Dienstag, dem sechsten März, alle Mailänder Konsuln der letzten drei Jahre mit einem Teil des Fußvolkes vor ihm zu erscheinen hätten.

Die größte Schmach für die Mailänder aber, und damit der Höhepunkt der Unterwerfung an diesem Tag war der Augenblick, als vom Mailänder Fahnenwagen, Carroccio genannt, dem wichtigsten Herrschaftssymbol der Stadt, die Mastspitze, an der das Bild des Stadtheiligen Ambrosius befestigt war, vor dem Kaiser als Zeichen der absoluten Demütigung bis zum Boden gesenkt werden musste. Auf ihr Flehen um Barmherzigkeit forderte sie der Herrscher auf am folgenden Tag erneut zu kommen. Was sie taten.

Dass die Einwohner Mailands nicht ihr Leben verloren, hatten sie vor allem Kaiserin Beatrix zu verdanken; denn den Kaiser selbst rührte ihre erbarmungswürdige Lage nicht. Das hatten die Mailänder zuvor hinlänglich erfahren, als eine Abordnung von ihnen vor den Kaiser getreten war und alle Bereitschaft zu einer Unterwerfung – flehentlich, aber ohne Erfolg – gezeigt hatte. Da wandten sie sich an dessen Gemahlin Beatrix und baten vor ihrer Kemenate flehentlich um ihren Beistand. Und Beatrix sprach für sie mit dem Kaiser und wärmte sein Herz. Friedrich ließ mitteilen, er habe

> »aus der Gnade kaiserlicher Milde, die niemand besser als dem Kaiser und Fürsten ansteht, allen Mailändern das Leben als Geschenk gegeben.«

Diese Milde war nicht selbstverständlich. Grundsätzlich konnte ein besiegter Gegner, der sich unterwarf, auf Vergebung hoffen. Jedoch nur einmal, und Mailand hatte erst vor dreieinhalb Jahren kapitulieren müssen und einen Friedensvertrag geschlossen. Und auch die anderen Städte Norditaliens, die mit Mailand Feind waren, sprachen nicht für ihre Landsleute: »Den Becher des Leidens, den die Mailänder anderen Städten kredenzt haben, mögen sie selbst nun leeren«, meinten die Lombarden lakonisch.

Nach der bedingungslosen und demütigenden Unterwerfung wurden Mailands mehr als hunderttausend Einwohner weitere lange Tage über ihre persönliche Zukunft im Ungewissen gehalten. Am neunzehnten März schließlich wurde ihnen gesagt, dass die Stadt aufgelöst würde und sie Mailand binnen einer Woche zu verlassen hätten; denn dann würde der Kaiser in die Stadt einreiten. Sie müssten sich an vier zumindest zwei Meilen voneinander entfernten, ungesicherten Orten des Contado um Mailand ansiedeln. Welch seelische Grausamkeit! Als schließlich der Kaiser am sechsundzwanzigsten März 1162 vor Mailand erscheint, erwartet ihn dort ein Großteil der Einwohner rings um die Stadt vor dem Graben. Sie hoffen auf die Barmherzigkeit des Kaisers und glauben, er werde ihnen sogleich wieder erlauben, in die Stadt zu ziehen und in ihr wie zuvor zu wohnen. Doch nichts da! Auf Betreiben der ihr feindlich gesonnenen Städte wie Cremona, Pavia, Como und Lodi wird Mailand fast vollständig verwüstet. Nur einige wenige Kirchen blieben verschont.

›Sie kamen dreimal in diesem Jahr, um die Stadt zu zerstören und die Gräben einzuebnen‹, notiert ein unbekannter Zeitzeuge. Mailands ehemalige Verbündete, Brescia, Piacenza und Bologna unterwerfen sich innerhalb weniger Wochen dem Kaiser, um nicht das Schicksal Mailands und deren Zerstörung teilen zu müssen.

Friedrich jedoch genießt zunächst den Triumph des Siegers. ›Wie flüssiges Kupfer‹, so ein Chronist, glänzt sein Bart in der Sonne, als er am sechsundzwanzigsten März in Mailand einreitet. Er hat zuvor die Stadttore verbreitern lassen, um mehr Raum für seinen pompösen Einzug zu schaffen! Und die von Rainald von Dassel ausgestellten kaiserlichen Urkunden stehen bis in den August hinein allesamt unter der stolzen Überschrift ›nach der Zerstörung Mailands‹. Natürlich lässt Friedrich seine Fürsten an den vorgefundenen Schätzen teilhaben. Der ›allergütigste Kaiser‹ ist für seine Großzügigkeit bekannt.

Anfang September 1162 verlässt Kaiser Friedrich I. Italien. Er zieht über den Pass des Mont Cenis nach Burgund und später von dort weiter über Lothringen nach Schwaben. Überall wird er als Sieger bejubelt.

Ein leichter Schatten, den er nicht sieht: Am dreiundzwanzigsten November 1162 sind Friedrich und Beatrix in Konstanz anwesend, als dort die Ehe Heinrichs des Löwen mit Clementina von Zähringen geschieden wird.

»Sie sollte jetzt erleichtert sein!«, sagt anschließend Beatrix in ihrer Kemenate zu Friedrich. »Ich finde diesen Heinrich mit seinen kurzen Beinen fürchterlich!«

Der Kaiser herrscht sie an: »Rede so nicht von meinem Vetter! Das steht dir als Frau nicht zu!«

Beatrix zuckt zusammen. So hat sie ihren Ehemann noch nicht erlebt. Sie schweigt. Doch seine grobe Reaktion wird sie nicht vergessen.

Im August 1163 zu Gelenhusen
Ajas Rat

Dieses Mal war es ein schweres, lang andauerndes Gewitter, das seinen Aufenthalt in Gelenhusen begleitete. Im prasselnden Regen überzeugte sich Friedrich von den Baufortschritten an seiner neuen Pfalz. Er war sehr zufrieden mit dem, was ihm Egbert zeigte.

Als er Anfang Februar hier gewesen, da verbargen schwere Schneefälle die Sicht auf die Baustelle. Und das Wenige, was er sehen konnte, war dick mit Schnee bedeckt. Die Arbeiten waren zudem witterungsbedingt zum Erliegen gekommen.

Und Anfang Mai war er hier gewesen nach dem Strafgericht über Mainz, die Stadt, welche sich unbotmäßig ihm gegenüber verhalten und drei Jahre zuvor seinen Erzbischof Arnold ermordet hatte. Die Rädelsführer hatte er gerade verbannt und die Stadtmauern schleifen lassen. Ja, im Mai, da war sein Herz noch des Zornes voll über Mainz gewesen, und das hatte seinen Verstand getrübt. Zudem hatte vor drei Monaten das Tal der Kinz noch unter hohem Tauwasser gestanden. Das, was er gesehen hatte, war ein riesiger See, der ihn zweifeln ließ an der Richtigkeit seiner Wahl des Standorts. Sollte er seine Pfalz nicht doch besser am Platz der ehemaligen Burg derer von Selboldt errichten lassen? Gut, dass er seine Entscheidung auf den heutigen Tag hinausgeschoben hatte.

Jetzt wusste Friedrich, dass sein Zaudern richtig gewesen war. Heute fügte sich die entstehende Burg, umrahmt von den beiden Armen der Kinz, lieblich und stolz in das Tal ein.

»Thor schleudert wütend seine Blitze, weil er merkt, dass er gegen deine Burg machtlos ist«, beschrieb Egbert treffend das Schauspiel, als sie oben bei seiner Eiche stehend ins Tal hinabblickten. »Friedrich, fertiggestellt wird dir dein hiesiges Heim wohl gefallen. Dessen bin ich gewiss!«

»Wenn der HErr es so vorsieht, dann will ich es mit Freude schätzen.«

Dreimal war er in diesem Jahr nun schon nach Gelenhusen gekommen. Dreimal gewiss auch um nach seiner Burg zu sehen, dreimal aber vor allem, und deshalb auch ohne Beatrix, weil er hoffte, Gela zu schauen und, vielleicht hauptsächlich, weil er Muhme Aja sprechen wollte. Zweimal hatte er sie nicht angetroffen, heute wünschte er sich mehr Glück. Und die Muhme war seiner gnädig. Er traf sie in dem geheimen Stollen.

»Aja«, sprach der Kaiser, »ich erbitte euren Rat. Beatrix möchte ein Kind, nachdem unsere kleine Tochter, die wir auch Beatrix geheißen, sobald schon wieder von uns gegangen ist. Ich wünsche mir einen Sohn. Was wird geschehen? Sagt mir, was ihr seht!«

Aus gelber Haut mit geheimnisvollen Zeichen sahen ihn ihre großen Augen an. Durchdringend, wehmütig, fordernd, versprechend? Der Kaiser konnte ihren Blick nicht lesen.

»Eins ist leicht gesagt. Du wirst der Vater vieler Söhne sein. Und von manchen wieder Söhne haben. Mehr weiß ich nur: Beatrix wird dir im nächsten Jahr einen Sohn gebären. Friedrich, lass Tag und Monat und die Stund seiner Geburt aufschreiben. Bring mir die Wachstafel mit dieser Nachricht im nächsten Jahr. Ich will sie dir deuten.«

Die Alte wollte schon gehen, da fiel ihr noch etwas ein:

»Friedrich, suche nicht nach Gela, Deine blutigen Taten sind noch zu frisch. Verschon sie! Und, ...«

Sie griff unter ihren Umhang und holte einen schlanken Ast hervor, ellenlang, den sie dem Kaiser reichte.

»... hier, nimm, geh pfleglich mit ihm um. Du wirst ihn in der Ferne dringend benötigen.«

Dann verschwand sie, wie stets, plötzlich im Nichts. Bevor Friedrich etwas fragen oder ein Wort des Dankes sagen konnte.

Der dritte Italienzug und der Lombardenbund

Den Bewohnern Mailands bleibt das Betreten ihrer Stadt verwehrt. Sie müssen sich außerhalb der Stadt neue, ungesicherte Dörfer errichten. Dort aber findet ihr Leiden kein Ende, denn der Herrscher nutzt seine neue Machtstellung, um eine ihm unmittelbar unterstellte Reichsverwaltung in Oberitalien zu schaffen. Eine völlig neue Organisationsform, die so auch im deutschen Reichsteil nicht bekannt ist. Kaiserliche Legaten werden als Stellvertreter in Italien eingesetzt. Sie halten Gericht, verhängen Strafen, nehmen die Treueide der Bevölkerung entgegen, erheben Abgaben und beuten die Menschen aus.

Rainald von Dassel wird im November des Jahres 1162 zum Generallegat für Italien ernannt, damit er an des Kaisers Stelle verfüge, ›was in Italien anzuordnen sei‹.

Die allgemein gehaltenen Handlungsanweisungen des Kaisers ›nach der Mehrung der Ehre des Reiches‹ und die noch fehlende Aufsicht durch eine Zentralverwaltung legen die eingesetzten Amtsträger aber nach eigenem Gutdünken aus. So bleibt es nicht aus, dass Städte und Bürger des italienischen Reichsteils von den kaiserlichen Amtsträgern auch zur Steigerung des eigenen Reichtums, Einflusses und Ansehens ausgepresst werden. Die Hilflosigkeit der Städte aber führt zu Pein, Pein wird zu Bitternis, Bitternis gebiert Hass, aus Hass wächst Empörung und Gewalt. Papst Alexander III. verhängt daraufhin im Mai 1163 den Bann über Rainald mit der Begründung: Dieser sei ein »homo perversus« und Hauptschuldiger an dem in der christlichen Kirche bestehenden Chaos.

Der dritte Italienzug Friedrichs, zu dem er bereits im Herbst 1163 erneut gen Süden aufbricht, soll endlich zur Eroberung Roms und Siziliens führen. Das ist des Kaisers Plan, bei dem er auf die Unterstützung der Seestädte Genua und Pisa setzt.

Doch der Plan scheitert. Das Wetter ist ungewöhnlich schlecht, es fehlt das Geld, um ein erfolgversprechendes Heer finanzieren zu können und zwischen Pisa und Genua, den beiden Seemächten, auf deren Unterstützung er fest gesetzt hat, bricht offener Krieg um die Insel Sardinien aus. Friedrich ist nicht unschuldig an dieser misslichen Entwicklung. Mal unterstützt er Pisa, dann wieder Genua. Beide Städte pochen gleichermaßen energisch auf die Einhaltung der gegebenen Zusagen.

Überhaupt vermisst der Kaiser generell die erhoffte Unterstützung durch die norditalienischen Städte. Schlimmer noch, es rumort in Norditalien so heftig, dass Friedrichs Anwesenheit dort erforderlich ist. Er sieht sich mit dem Unmut der Städte über immer weitere und höhere Abgaben und über den Despotismus seiner Verwalter konfrontiert. In die Zuständigkeiten seiner Legaten kann und will der Kaiser aus Rücksicht auf Ehre und Ansehen seiner Berater nicht eingreifen. Also lässt er Klagen der Städte gegen seine Legaten nicht zu.

Die bittere Konsequenz ist: In kurzer Zeit beginnen die Lombarden den Kaiser und seine Amtsverwalter zu hassen. Früh im Jahre des HErrn 1164 organisiert sich der Widerstand von Verona, Padua und Vicenza gegen den Kaiser im Veroneser Bund, dem ersten gegen Friedrich I. gerichteten Städtebund. Ferrara, Mantua und Treviso verhandeln mit dem Herrscher. Für ihr Versprechen, sich nicht dem Veroneser Bund anzuschließen, erhalten sie zahlreiche Zugeständnisse, darunter das Recht ihre Konsuln frei wählen zu dürfen, das Fortbestehen ihrer bisherigen Rechtsgewohnheiten und den Verzicht auf Zahlung von Regalien.

Am zwanzigsten April im Jahre des HErrn 1164 verstirb Papst Viktor IV. in Lucca. Diese Möglichkeit zur Beendigung des Schismas, von vielen Christen, auch Fürsten im Reich herbeigesehnt, unterbindet Reichserzkanzler Rainald von Dassel durch die rasche Erhebung von Kardinal Guido von Crema zum neuen Papst, der sich fortan Paschalis III. nennt. Rainald von Dassel aber ist fest davon überzeugt, dass seine Entscheidung ganz im Sinne des Kaisers ist.

[*Anmerkung des Bearbeiters dieses Abschnitts:* Ein gewichtiges Indiz dafür, dass der Reichserzkanzler sich nicht irrte, belegt das nächste Kapitel. *d. O.*]

Der Hass auf den Kaiser vereint die sich lange feindlich gesonnenen norditalienischen Städte, notiert ein unbekannter Lodeser Bürger.

Diese schwören, gemeinsam um die Anerkennung ihrer Rechte gegen den Kaiser zu kämpfen.

›Zwar bekräftigten sie eidlich das Übereinkommen und auch den Vertrag, dass nämlich eine jede Stadt die andere unterstützen solle, falls der Kaiser, seine Verwalter oder seine Boten ihnen ohne jeden Grund noch ein weiteres Unrecht oder Übel zufügen wollten – allerdings unbeschadet der Treue zum Kaiser, wie öffentlich versichert wurde.‹

Der Lombardenbund entsteht und gewinnt schnell an Bedeutung.

Fünf Jahre nach ihrer Verwüstung, ab dem Frühjahr im Jahr des HErrn 1167, wird Mailand mit ihren Mauern von den Städten Bergamo, Brescia, Mantua und Cremona wiederaufgebaut werden. Bald schließen sich ihnen auch Lodi und weitere Städte an. Die Städte Norditaliens rücken immer dichter zusammen. Der Leim, der ihren Zusammenhalt auf Zeit zementiert, heißt:

›Alle für eine!‹

Wer eine Stadt aus ihrem Bund angreift, bekommt es mit allen zu tun. Und ›Angriff‹ meint auch jeden Versuch, höhere Abgaben und Steuern von den Städten zu erzwingen.

Das Geschenk des Kaisers
Im Jahre des HErrn 1164

Um gegen die norditalienischen Städte erfolgreich vorgehen zu können, mangelt es Kaiser Friedrich an der erforderlichen Unterstützung. Mehr als zwei Monate verweilt er in seiner Kaiserpfalz in Pavia. Dort bindet ihn die Schwangerschaft seiner lieben Frau Beatrix. Es geht ihr nicht gut. Die dauernde anstrengende Reiterei hat sie arg mitgenommen. Friedrich bleibt, obwohl seine kaiserlichen Pflichten drängen. Er meint vorwurfsvolle Fragen in den Augen der ihn begleitenden Fürsten lesen zu können wie: Was soll dieser Italienzug, wenn wir hier in Pavia hängen bleiben statt, wie vorgesehen, gegen die Veroneser und Normannen vorzugehen? Und er spürt, dass sein kaiserliches Ansehen zu leiden beginnt. Als Beatrix sich endlich erholt, will er, so sein Plan, an der Spitze seines Heeres in die Kämpfe im östlichen Norditalien eingreifen. Doch bevor Friedrich aufbricht, schenkt er am neunten Juni 1164, es ist ein Akt der Besänftigung, den christlichen Fürsten in seinem Gefolge viele der wertvollen Reliquien, welche sich in den Kirchen Mailands befunden haben.

Ja, der christliche Kaiser hat im Jahre des HErrn 1162 auch vor der Plünderung der Kirchen nicht haltgemacht – im Gegenteil, gerade dort gab es viel zu finden. Der kaisertreue Geistliche Otto von Sankt Blasien wird wenige Jahre später über die Kirchenschändungen schreiben:

›Der Kaiser zog mit seinem ganzen Heer in die Stadt. Er plünderte die unermesslichen Schätze in den Kirchen und ließ die Reliquien, für welche die Stadt berühmt war, mit großer Ehrfurcht wegschaffen. Die drei Magier, die man dort fand, übergab er später Rainald, dem Kölner Erzbischof.‹

Es ist eine besondere Würdigung seiner immerwährenden Treue und seiner verantwortungsbewussten Dienste, dass Rainald von Dassel die kostbarsten Reliquien, die Körper der Heiligen Drei Könige, erhält. Kaiser Friedrich macht ein Geheimnis darum, wie sie in seinen Besitz geraten sind. Rainald lässt ihm das Vergnügen. Doch er hat gerüchteweise gehört, dass die Schwester eines der Mailänder Konsuln Friedrich das Versteck im Glockenturm der Kirche San Giorgio al Palazzo verraten hat, nachdem er ihr in die Hand versprochen hatte, ihren Bruder zu schonen.

Es war für einen guten Zweck! denkt Rainald. *Und die Erfüllung eines meiner Träume.*

Am zehnten Juni 1164 schreibt Rainald von Dassel, als Erzbischof von Köln, aus Bercelli der Geistlichkeit und den Bürgern seiner Diözese voller Stolz, dass der Kaiser ihm seinen sehnlichsten Wunsch erfüllt habe.

»Er hat uns jetzt drei kostbare Geschenke verliehen, nämlich die ausgezeichneten Körper der drei heiligen Weisen und Könige, welche als Erste unter den Völkern als Vorbilder und Verweis auf die künftige Kirche, die aus den Völkern besteht, dem in der Krippe liegenden Christus wertvolle Gaben brachten. Deren hochgepriesene Körper, die aller Verehrung höchst würdig sind, waren in Mailand in der Kirche des heiligen Bekenners und Bischofs Eustorgius feierlich und ruhmreich beigesetzt.«

Kaiserin Beatrix, körperlich weiter geschwächt, die fortschreitende Schwangerschaft nimmt sie arg mit, erbittet sich von Rainald von Dassel im Rahmen einer Beichte zwei Knöchelchen von den Heiligen Drei Königen. Gern entspricht Rainald ihrem Wunsch.

»Sie sollen Euch Gottes Segen bringen, kaiserliche Hoheit. Nehmt Euch, was Euch gefällt, Majestät. Es sind genügend vorhanden.«

Der Reichskanzler und Erzbischof nutzt diese Gelegenheit, um selbst auch je einen Zeigefingerknochen der drei Könige aus den Sarkophagen zu entnehmen. Diese wird er, während seines Aufenthalts in Deutschland, nach Hildesheim bringen lassen – denn dort ist er weiterhin Domprobst.

[*Anmerkung der Bearbeiterin:* In Hildesheim werden die heiligen Gliedmaßen, wohl behütet in einem gotischen Reliquiar, die folgenden Jahrhunderte, letztlich in der Domschatzkammer, den Gläubigen gezeigt. *Dr. Schl.*]

Bereits Mitte des Monats Juni begibt sich Rainald von Dassel mit den Gebeinen der Drei Heiligen auf den Weg nach Köln. Die Route, die er einschlägt, ist klug gewählt; denn sie ist sicher und bedeutungsvoll zugleich, hat doch Papst Alexander III. dem Bischof von Reims befohlen, den Kölner Erzbischof ohne Rücksicht auf Verluste aufzuhalten. Rainald verlässt Italien über den Pass des Mont Cenis Richtung Frankreich. Auf diese Weise reist er mit den unschätzbar wertvollen Reliquien, die auf einem von Ochsen gezogenen Karren gebettet sind, durch alle drei Königreiche des römisch-deutschen Reiches, Italien, Burgund und Deutschland. Und auf seiner gesamten Reise begleitet ihn das Volk mit großer Anteilnahme. Sind die Menschen am Wegesrand doch davon überzeugt: Gott muss mit Kaiser und Erzbischof sein, wenn die berühmten Heiligen Drei Königen bei ihnen sind.

Durch die Burgundische Pforte erreicht Rainald den Oberrhein. Von dort gleitet er – es ist ihm, als würde er schweben – mit seinem kostbaren Schatz zu Schiff flussabwärts nach Köln, wo er am dreiundzwanzigsten Juli 1164 von einer begeisterten Bevölkerung begrüßt wird.

Durch das Frankentor gelangt der Zug mit dem stolzen Erzbischof an der Spitze und den Reliquien der Heiligen Drei Könige unter großem Jubel der Kölner Bürger und festlichem Gesang endlich in den alten Dom.

*****

Der zehnte Juni, Reichskanzler Rainalds Aufbruchstag, verläuft anders, als von Friedrich Barbarossa für diesen Tag geplant. Bevor er zum Kampf gegen den Veroneser Bund aufbrechen kann, wirft ihn ein schwerer Fieberschub aufs Krankenlager. Er muss wochenlang jede größere Anstrengung meiden.

Ohne das Ästchen der alten Frau, denkt Friedrich später dankbar, *hätte das Feuer in mir mich verbrannt. Gut, dass es Beatrix so sorgsam aufbewahrt hat und mich täglich mit einem Stückchen davon versorgte. Mein wirrer Kopf hätte es nie und niemals gekonnt.*

Zudem hält ihn der schlechte Gesundheitszustand von Beatrix weiter in Pavia fest. Doch dann, viel zu früh, wie ihre Leibärzte ihm sagen, wird sie am Abend des sechzehnten Julitages im Jahre des HErrn 1164 von einem Sohn entbunden. Der aber, sogleich auf den Namen Friedrich getauft, ist schwach und so kränklich, dass ihn seine Eltern schweren Herzens später dann der fürsorglichen Pflege von Markgraf Wilhelm V. von Montferrat, der Alte genannt, und dessen Frau Judith, einer Kusine Friedrichs, anvertrauen, als sie im September 1164 nach Deutschland zurückkehren. Sie wissen, ihr Kind, der neue Herzog von Schwaben, würde die Strapazen der beschwerlichen Reise nicht überleben.

»Muhme Aja aber hält Wort. Als ihr Friedrich später im September die Wachstafel mit den Geburtsdaten übergibt, zündet sie im Dunkel des Stollens ein kleines Feuer an, auf dessen Glut sie die Tafel zerfließen lässt. Erst, als sich die Tafel völlig aufgelöst hat, wendet sich die alte Aja Friedrich zu:

Nur eins kann ich dir sagen. Mehr nicht. Du allein wirst es einst verstehen können. So merke: Erst wird der Vater um Friedrich trauern, dann Friedrich um den Vater.«

*****

Martin,

den nachstehenden Exkurs über die Heiligen Drei Könige habe ich während eines Weihnachtsfestes zusammengestellt.

Es war meine ganz persönliche Neugierde, die mich nachforschen ließ, was es denn für eine Bewandtnis auf sich hat mit den drei Königen aus dem Morgenland. Weil es gut möglich ist, dass Dich das Thema auch interessiert, hier das Ergebnis meiner – gewiss oberflächlichen – Suche in Kurzfassung. Ich denke, der Exkurs passt gut an diese Stelle im blauen Ordner.

Zunächst: Die Männer aus dem Morgenland genießen unbestritten große Popularität, obgleich sie erst zeitversetzt, so ab dem fünften Jahrhundert, in Legenden als Heilige Könige erscheinen. Doch, was ist wirklich über sie bekannt?

Im Matthäus-Evangelium, der zeitnächsten Fundstelle, heißt es (Kapitel 2, Verse 1 und 2, 7 bis 12), dass mehrere weise Männer dem Stern nach Bethlehem folgten, Jesus huldigten und ihn mit Gold, Weihrauch und Myrrhe beschenkten. Wörtlich lautet die Fundstelle in unserer Familienbibel, das Neue Testament in Marburg gedruckt im Jahre 1705 in der Übersetzung von Martin Luther – *Martin*, ich liebe das alte Deutsch in seiner Vor-Duden-Rechtschreibung –:

›1. Da Jesus gebohren war zu Bethlehem im Jüdischen Lande zur Zeit des Königs Herodes, Sihe, da kamen die Weisen vom Morgenland gen Jerusalem, und sprachen:

2. »Wo ist der neugebohrne König der Juden? Wir haben seinen Stern gesehen im Morgenlande und sind gekommen ihn anzubeten.« ...

7. Da berieff Herodes die Weisen heimlich und erlernet mit Fleiß von Ihnen, wann der Stern erschienen wäre.

8. Und weiset sie gen Bethlehem und sprach: »Ziehet hin und forschet fleissig nach dem Kindlein: Und wann ihr es findet, so sagt mir es wieder, daß ich auch komme und es anbete.«

9. Als sie nun den König gehöret hatten, zogen sie hin: Und sihe, der Stern, den sie in Morgenländern gesehen hatten, gieng für ihnen hin biß daß er kam und Stund oben über, da das Kindlein war.

10. Da sie den Stern sahen, wurden sie hoch erfreut.

11. Und sie giengen in das Hauß und funden das Kindlein mit Maria seiner Mutter und fielen nieder und beteten es an. Und thaten ihre Schätze auff und schenckten ihm Gold und Weyrauch und Myrrhen.

12. Und Gott befahl ihnen im Traum, daß sie sich nicht solten wieder zu Herodes lenken. Und zogen durch einen andern Weg wieder in ihr Land.‹ (Zitatende)

Die drei Weisen werden in der Bibel wie auch der Stern selbst nur von Matthäus erwähnt. Dieser, mein Satz ist unpräzise. Matthäus spricht nicht von Königen, sondern von ›magoi‹, was im Griechischen so viel wie Magier, Sterndeuter, Wahrsager heißt, aber auch die Angehörigen der babylonischen Priesterkaste bezeichnet. Richtig ist, dass Magier, Sterndeuter, Hellseher in der Antike, aber auch noch bis in das fünfte Jahrhundert unserer Zeit hohes Ansehen genossen. (Dann wurden sie verboten und verfolgt; doch erst, nachdem feststand, dass Jesus Christus kein ›magos‹ gewesen ist.)

Das Matthäus-Evangelium nutzt auch nicht das Zahlwort ›drei‹. Dass es drei Personen gewesen sein könnten, wird später einzig von den drei Geschenken ›Gold und Weihrauch und Myrrhe‹ abgeleitet. Die Namen der ›Könige‹, Caspar, Melchior und Balthasar, und deren Königsein tauchen gar erstmals um das Jahr 500 auf.

Die Männer aus dem Morgenland sind nicht in Judäa geblieben; denn bei Matthäus heißt es ausdrücklich, die magoi seien ›heim in ihr Land‹ gezogen. Wo ›ihr Land‹ auch immer genau gewesen sein mag. ›Morgenland‹ spricht für ein Land östlich von Judäa. Es könnte also beispielsweise Babylon gewesen sein.

Wo aber hat man die sterblichen Reste der Weisen gefunden? Oder anders formuliert: Sind die Reliquien der sogenannten Heiligen Drei Könige überhaupt echt?

Etwa im Jahre 328 unserer Zeitrechnung soll Helena, die Mutter Kaiser Konstantins, nach den Zeugnissen des Bischofs Ambrosius von Mailand und des Eusebius damals etwa sechsundsiebzig Jahre alt, nach Palästina gereist sein, dort die Gebeine der magoi in Jerusalem gefunden und mit nach Konstantinopel gebracht haben. Helena sammelte Reliquien, heißt es. Näheres über Fund und Fundort ist nicht bekannt.

Zunächst befanden sich die Reliquien also im Besitz der kaiserlichen Familie. In Konstantinopel weilte in diesem vierten Jahrhundert auch Bischof Eustorgius von Mailand, der Kaiser Konstantin II. so beeindruckt hat, dass er ihm die Reliquien schenkte.

Der Bischof erbaute eine Kirche nahe Mailand, in der zuerst die berühmten Weisen und später er selbst bestattet wurden. Die Kirche nannte man ihm zu Ehren Sankt Eustorgio. So steht es zumindest in der ›Vita S. Eustorgii‹, der Biografie des Bischofs Eustorgius, geschrieben von Ambrosius von Mailand, dem Nachfolger des Eustorgius.

Die Richtigkeit dieser Geschichte ist höchst zweifelhaft; denn es gibt nämlich kein historisches Dokument, ja nicht den geringsten Hinweis, der den Aufenthalt der Gebeine der Magoi in Mailand bestätigt. Auch Ambrosius von Mailand, der zwar des Lobes voll ist von seinem Vorgänger, erwähnt die Reliquien mit keinem Wort. Zudem wurde die Kirche Sankt Eustorgio ab dem vierten Jahrhundert mehrfach zerstört und neu aufgebaut. Die Reliquien, wenn sie sich tatsächlich in dieser Kirche befunden haben sollen, können diese Gewaltakte nur schwerlich unbeschadet überstanden haben!

Der erste historisch gesicherte Hinweis auf die Magoi in Mailand stammt aus dem Jahre 1158, als unser Kaiser Friedrich Barbarossa die norditalienische Stadt zum ersten Mal belagert hat. In diesem Jahr schreibt Abt Robert von Mont-Saint-Michel:

›In diesem Jahr wurden in einer alten Kapelle bei Mailand die Körper der Drei Magier gefunden, die unseren Erlöser als Kind in Bethlehem angebetet hatten. Aus Angst vor Friedrich, dem Kaiser der Deutschen, der zur Belagerung heranrückte, wurden sie in die Stadt gebracht.‹

Nochmals: Der Bericht des Abts Robert von Mont-Saint-Michel ist einzig. Es gibt aus der Zeit davor und aus der Zeit des Abt-Berichts kein anderes beziehungsweise zweites Dokument, in dem Vergleichbares steht. Von Königen ist niemals die Rede.

Zu Kaiser Konstantin dem Großen und seiner Mutter Helena ist noch zu sagen:

Flavia Iulia Helena (geboren 248/250 in Drepanon in Bithynien – gestorben vermutlich am 18. August 329 in Nikomedia, heute Izmit/Türkei), war die Mutter des römischen Kaisers Konstantin I. (geboren an einem 27. Februar zwischen 270 und 288 in Naissus, heute Niš/Serbien). Helena war wohl nicht von vornehmer Abstammung. Nach Ambrosius von Mailand soll sie eine Stallmagd gewesen sein. Sie dürfte mit Konstantins Vater Constantius Chlorus auch nicht vermählt gewesen sein. Aus dieser Liaison entstammte Flavius Valerius Constantinus, auch bekannt als Konstantin der Große, der von 306 bis zu seinem Tod am 22. Mai 337 in Anchyrona, einer Vorstadt von Nikomedia, römischer Kaiser war.

Nach dem Tod seines Vaters übernahm Sohn Konstantin dessen Heer, das ihn am 25. Juli 306 im heute englischen York zum Augustus ausrief. Er war damit einer der vier Kaiser im damals geltenden Regierungssystem des römischen Reiches (Tetrarchie) und zunächst Herrscher über Gallien und Britannien. Residenzstadt seines Reiches war Trier. Dorthin holte er nach seiner Wahl zum Kaiser auch seine Mutter, die er im Jahre 325 von seinen Soldaten zur Augusta erheben ließ. Das heißt ›die Erhabene‹ und war eine Ehrenbezeichnung, die römische Kaiser ihren Ehefrauen oder nahen weiblichen Verwandten verliehen. Während Konstantins Vater sein Lebtag lang Heide blieb, ließ sich Mutter Helena taufen. Konstantin der Große selbst besiegte im Jahr 312 unter dem Banner Jesu Christi seinen Mitkaiser Maxentius in der Schlacht an der Milvischen Brücke vor Rom und wurde so alleiniger Herrscher des römischen Westreich.

Meine Erwähnung der Schlacht an der Milvischen Brücke, Martin, steht im Zusammenhang mit den drei Magoi. Der Kontext beruht auf der Frage, welche Bewandtnis es mit dem biblischen ›Stern‹ der drei Weisen auf sich hat. Dazu bedarf es zunächst einer weiteren Anmerkung zu Konstantin I.

Am Vortag der erwähnten Schlacht an der Milvischen Brücke soll der Kaiser eine besondere Vision gehabt haben. Eusebius von Caesarea schreibt in seiner Biografie über Konstantin: Auf ihrem Marsch hätten er und sein Heer mittags ein Kreuz aus Licht über der Sonne mit den Worten »In diesem Zeichen siege!« gesehen.

Martin, ›cum grano salis – ein Kern Wahres‹ möchte ich diesem Erlebnis nicht absprechen. Bei der geschilderten Vision könnte es sich um ein Naturphänomen gehandelt haben, ein sogenanntes Halo, also einen speziellen Lichteffekt in der Atmosphäre, bei dem unter bestimmten Bedingungen Sonnenlicht mehrfach gebrochen wird und dadurch Kreis- und Kreuzstrukturen sichtbar werden.

Konstantin soll schon zuvor ein ähnliches Phänomen in Gallien des Jahres 310 gesehen haben, das sogenannte ›Wunder von Grand‹. Damals habe er eine Himmelserscheinung als Symbol verstanden für den Schutz, den der oberste römische Gott Apollon ihm gewährte. Jahre später, dann unter christlichem Einfluss, glaubte Konstantin I. an der Milvischen Brücke angesichts des Halos, ihm stehe der Gott der Christen zur Seite.

Und damit schließt sich der Kreis hin zu den drei Weisen und dem Stern von Bethlehem. Auch der ›Stern‹ der Magoi, von dem das Matthäus-Evangelium berichtet, könnte eine Art Halo gewesen sein.

Alte astronomische Aufzeichnungen aus Fernost und neuere wissenschaftliche Erkenntnisse deuten auf ein sehr helles Etwas am Himmel hin, das im Jahr 5 vor Christus wohl für zweieinhalb Monate am Morgenhimmel zu sehen war. Die Frage, was da am Himmel stand, ein Komet, eine Supernova, ein Halo oder etwas ganz anderes, bleibt allerdings weitgehend unbeantwortet.

Nur eins steht fest, der Halleysche Komet war es nicht. Da dieser Komet ziemlich genau alle siebenundsiebzig Jahre wiederkehrt, muss er nach fachkundiger Berechnung letztmals im Jahre 12 vor der Zeitenwende erschienen sein, und damit selbst dann zu früh, wenn man der allgemein vertretenen Meinung folgt, dass Jesus wider unserem Kalender tatsächlich vier oder sieben Jahre vor seinem jetzt angenommenen Geburtsjahr 1 auf die Welt gekommen ist; denn als sich ab dem Jahre 525 in Rom der Mönch Dionysius Exiguus im Auftrag von Papst Johannes I. daran machte, das Geburtsjahr von Jesus Christus zu berechnen, da hat er sich um ein paar Jahre vertan. (König Herodes, der ja bei Jesu Geburt noch lebte, starb nachweislich Ende März/Anfang April des Jahres 4 vor Christus.) Übrigens: Dionysius Exiguus hat die Geburt von Jesus, die wir an Heiligabend feiern, auf den 25. Dezember gelegt.

Eine Hypothese, die Sinn macht, besagt: Hinter dem Stern von Bethlehem verbergen sich in Wirklichkeit zwei Sterne. Im Jahr 7 vor Christus nämlich – ein Jahr, in dem Jesus geboren sein kann – kamen sich die Riesenplaneten Jupiter und Saturn von der Erde aus betrachtet sehr nah. Schon allein betrachtet, strahlen sie deutlich sichtbar. Damals aber verschmolzen sie – beinahe – zu einem einzigen hellen ›Stern‹. Und das geschah nicht nur einmal, sondern wiederholte sich gleich dreimal im besagten Jahr 7 vor Christus.

Es gibt eine These, die glaubhaft klingt. Sie hat mit dem Morgenland zu tun, und zwar mit Babylon. Für dessen Bewohner spiegelte das Himmelszelt das irdische Geschehen, und zwar im Voraus. Für die ›magoi apo anatolón‹, also die Magier und Sterndeuter des Morgenlands, stand im November des Jahres 7 vor Christus am westlichen Himmel das Sternbild der Fische (Symbol für Palästina), und – quasi davor – Jupiter als Symbol für Marduk, dem König und der höchsten babylonischen Gottheit, und Saturn als Symbol für Kajmanu, den Beschützer Judäas. Diese Kombination könnten die babylonischen Sterndeuter wie folgt gelesen haben: Königstern (Jupiter) plus Schützer Judäas (Saturn) vor dem Sternbild der Fische, das heißt: Im Westen ist ein mächtiger König geboren worden.

Was lag für die babylonischen Weisen daher näher, als darin eine Aufforderung zu sehen, den neuen König von Judäa zu besuchen? So wie es im Matthäus-Evangelium steht:

›1. Da Jesus gebohren war zu Bethlehem im Jüdischen Lande zur Zeit des Königs Herodes, Sihe, da kamen die Weisen vom Morgenland gen Jerusalem, und sprachen:

2. »Wo ist der neugebohrne König der Juden? Wir haben seinen Stern gesehen im Morgenlande und sind gekommen ihn anzubeten.«‹

Martin,

für mich lautet die Quintessenz aus all dem: Viel über die drei Weisen wissen wir nicht, manches vermuten wir, einiges glauben wir. Was uns bleibt, ist, uns dem wunderbaren Zauber, der auf der gesamten Weihnachtsgeschichte ruht, hinzugeben.

Conny

(Dr. Cornelia Schlosser)

Der Kaiser besucht Gelenhusen Anfang April im Jahre des HErrn 1165

1165 erwirbt Kaiser Friedrich die zweite Hälfte des Burgviertels unterhalb der Stadt Gelenhusen und lässt es weiter zu einer prächtigen Pfalz ausbauen.

Der Boden der Insel in der Kinz aber, auf der die Pfalz errichtet wird, ist morastig, ja sumpfig, deshalb sehen es die Baumeister für erforderlich an ihn zu festigen. Bald zwölftausend Stämme junger Eichen werden im Spechtswald wie auch im Reichswald oberhalb von Gelenhusen geschlagen, von Ästen und Zweigen und der Rinde befreit, ins Tal geschleppt und auf der Insel in den weichen Boden geschlagen, so tief hineingerammt, bis die Wasser der Kinz sie bedecken. Ein fester Pfahlrost entsteht. Über diesen stabilen Grund aus in den Boden wie Pfähle gerammten Stämmen haben die Erbauer dann eine ebene Decke ebenfalls aus Eichenstämmen gelegt. Auf diese Decke wurden nun im Laufe weiterer Monate wiederum Bruchsteine so hoch und dicht als Fundament geschichtet, bis dieses nach Vorstellung der Baumeister die Höhe der künftigen Hofebene erreicht hatte. Daneben wurde, so wird gemunkelt, auf direkten Wunsch des Kaisers ganz im Geheimen ein verborgener Tunnel unter dem nördlichen Arm der Kinz angelegt, der nicht so tief und mächtig ist wie der südliche Hauptarm des Flusses.

»Es soll ein Fluchtweg sein, aber auch ein geheimer Zugang zur Pfalz für Besucher, um die nicht jedermann wissen soll«, hat der Kaiser dem Baumeister anvertraut.

Rasch vergeht die Zeit und mit jedem ihrer Monate gewinnt die Pfalz an Höhe. Quader um Quader werden mit Können und Akkuratesse gesetzt.

Kaiser Friedrich lässt zur selben Zeit mehrere Burgen in seinem Reich errichten. Doch die Baumeister, welche sämtliche Baustellen kannten, sind übereinstimmend der Meinung, dass die Pfalz zu Gelenhusen von allen das wahre Kronjuwel ist.

Fast alle Bauern und Leibeigenen der Gegend, die rüstig genug sind, werden zu den Arbeiten an der Kaiserpfalz, zumeist sind es Spanndienste, herangezogen. Und sie empfinden Stolz dabei mittun zu dürfen, wenn für ihren Kaiser hier eine prachtvolle Pfalz errichtet wird.

Schon von weitem sind in den Hängen und Wäldern die Wunden und Narben zu sehen, die dem Fällen der Eichen und dem Brechen der Buntsandsteinblöcke geschuldet sind. Und die Wunden wachsen weiter; denn als all dies Mauerwerk geschehen und der Boden gefestigt war, da beginnen die Bauleute, Steinmetze und Bildhauer, Zimmermänner und Tischler mit der Errichtung der eigentlichen Pfalz und deren steinernen Ausschmückungen.

Der Bau des zweiten Geschosses neigt sich mittlerweile dem Ende zu. Der die Stockwerke trennende Boden aus weiteren Eichenstämmen ist bereits verlegt. Von besonderer Schönheit sind die allerseits bewunderten Kunstwerke der vierzig Steinmetze, die liebevoll dem großen Gebäude aus Felsgestein Leichtigkeit und einen besonderen Flair verliehen. Viele der Steinmetze kommen aus dem Elsass, der alten Heimat der kaiserlichen Vorfahren. Einer davon heißt Frederec mit Namen. Er hat vor mehr als zehn Jahren die Skulptur der jungen Frau, die dem Kaiser so sehr gefiel, geschaffen. Frederec ist Franzose. Die Statue befindet sich, seitdem er sie vollendet hat, wohlverschlossen in einer kleinen Kammer der alten Kapelle oben am Hang. Und gestern hat ihn der Graf von Selboldt aufgesucht, ihm den Schlüssel zu dieser dem heiligen Godobertus geweihten Kapelle gewichtig in die Hand gedrückt und im Namen von Friedrich I. zwei Aufträge erteilt.

»Bei deinem Leben soll es vertraulich sein und bleiben. Hast du mich verstanden?«

»Gewiss, Euer Hochwohlgeboren. Aber um meine Verschwiegenheit müssen Eure Gnaden mich nicht gesondert bitten.«

Egbert war sich nicht sicher, ob der Steinmetz seine übertriebene Anrede und auch die geschwollene Art des Antwortens nicht spöttisch meinte. Doch er beließ es dabei. Friedrich hat ihm versichert, dass der Mann ein großer Künstler und höchst zuverlässig ist.

Er ist nicht mehr der Jüngste, denkt der Graf. *Bestimmt fünf Jahre älter als ich. Doch sein Körper ist drahtig und seine Augen sind ungetrübt. Er geht aufrecht und fest, was davon kündet, dass er von sich und seinem Können überzeugt ist. Dazu passt, dass Friedrich ihm vertraut. Wenn dem so ist, dann steht es mir nicht zu …*

Der Steinmetz hatte inzwischen weitergesprochen:

»Es ist meiner Familie eigen vertraulich zu sein. Ihr müsstet dies eigentlich wissen. Hat doch mein Großvater schon Euern Großvater Dietmar und weitere seiner Angehörigen gezeichnet, so wie ich im Jahre des HErrn 1152 Eure Eltern und Geschwister zeichnen durfte. Euro Gnaden waren damals bedauerlicherweise nicht in Selboldt.«

»Ihr seid das!«, stößt Egbert verblüfft aus.

»Ja, gewiss. Ihr seht, wie verschwiegen meine Familie ist. Ich hoffe, Ihr seid nun überzeugt.«

Egbert lacht. Es klingt erleichtert.

»Ich war es auch davor. Hat doch unser aller Herrscher von deiner Zuverlässigkeit und Verschwiegenheit gesprochen. Er lässt dich grüßen.«

Der Steinmetz beugt den Kopf angesichts dieser Gnade, sagt aber nichts. Egbert fährt fort:

»Seine Majestät erteilt dir durch mich folgende Aufgaben. Du sollst in den verborgenen Gang, den ich dir alsdann zeigen werde, seitlich eine Nische schlagen, so groß, dass eine menschengroße Statue auf ebenem Grund dort aufgestellt, geräumig Platz auch zum Betrachten findet. Sodann sollst du mit dir verschworenen Männern eine Statue ohn fremde Aufmerksamkeit aus der Godobertuskapelle, droben über unserer alten Burg holen und in die Nische verbringen. Wenn das geschehen, sollst du mir hier in der Pfalz öffentlich erklären, dass deine Arbeit getan ist. Ich werde dich und deine Leute darauf entlohnen. Dann reist ihr ab.

Das ist des Kaisers Auftrag und sein Plan. Hast du verstanden, Meister Frederec?«

Der nickt bedächtig.

»Ich brauche wohl noch zwei Wochen, um die begonnenen Werke in der Pfalz zu beenden. Es ist meiner Ehre als Steinmetzmeister geschuldet, übernommene und begonnene Aufträge nicht unvollendet zu hinterlassen. Dann kann es geschehen.«

»So soll es geschehen!«

Graf Egbert winkt mit der Hand.

»Dann kommt. Ich will dir die Statue zeigen, um die es geht.«

Frederec kann sich ein Grienen nicht verkneifen.

»Das ist nicht nötig, glaubt mir, Graf Egbert. Ich habe sie geschaffen und in der Kapelle eingeschlossen. Unser Kaiser hat mir seinerzeit den zweiten Schlüssel überlassen. Als ich den ehrenvollen Ruf bekam, hier an dem Bau der neuen Burg mitzuwirken, da habe ich mich gleich nach Ankunft in Gelenhusen verstohlen zu der Kapelle begeben, um mich von meinem Werk und seinem Zustand zu überzeugen. Und siehe da, es ist, als hätte ich sie erst am gestrigen Tag geschaffen.«

Egbert gibt sich nicht geschlagen.

»Dann kommt heute Abend, wenn die Dunkelheit angebrochen ist. Ich werde dir den geheimen Gang zeigen. Zweihundertfünfzig Schritte sind zu gehen, bis zu der Stelle, wo der Kaiser diese Nische wünscht. Bring ausreichend Fackeln mit.«

In Egbert kommt eine Vermutung auf:

»Oder kennst du den Gang auch im Dunkeln schon?«

Frederec nickt.

Jetzt müssen sie beide herzlich lachen.

Gelnhausen 2018
Unter den Straßen der Burg

Mich würde wirklich interessieren, was tatsächlich der Fall ist. Ich spreche von den alten Fachwerkhäusern, die in der Burg unmittelbar um die Kaiserpfalz herumstehen. Vor ein paar Jahren hat mir eine Frau, die in eben einem dieser Häuser einen alternativen Laden betreibt, erzählt, es seien fünf oder gar sechs Kellergeschosse unter ihrem Haus. Und das unterste Stockwerk stünde unter Wasser. Auch seien da noch die Eichenstämme zu sehen, die zu Barbarossas Zeit zur Verdichtung des sumpfigen Erdreichs und als Grundlage für das Fundament der Burg in den Boden der Kinziginsel gerammt worden seien. Auf meine Frage, ob ich mir diese Konstruktion einmal anschauen dürfe, hat die sonst überaus freundliche Frau so ausweichend geantwortet, dass ich verstand, sie wollte fremde Leute nur in ihrem Geschäft sehen, aber nicht im restlichen Haus.

Vielleicht wollte sie mich auch nur nicht einlassen, weil ihre Behauptung ein Märchen ist; denn man kann nun wirklich nicht sagen, dass ich ein Fremder wäre. Bin ich doch in der Burg aufgewachsen. Oder, um es ortsunkundigen Besuchern Gelnhausens verständlicher zu erklären, früher gab es zwei eigenständige Gemeinden, die eigentliche Stadt Gelnhausen und die Menschen, die auf der Kinziginsel rund um die Burg lebten, dort bis ins Jahr 1895 hinein ihre eigene Verwaltung und sogar ein eigenes Rathaus besaßen. Das Haus der Familie Langer, in dem heute die Familie Helmer Wohnrecht genießt, befindet sich unweit des ehemaligen Burg-Rathauses, also von der Kaiserpfalz aus gesehen auf der anderen Straßenseite, mit einem prächtigen Blick über die unbebaute Müllerwiese hin und auf die Zehntscheune. In ihr mussten die Bürger jährlich ein Zehntel ihrer Einnahmen abliefern. Man könnte sagen, die Zehntscheune war das Finanzamt des Mittelalters. Grob gesprochen.

Als mein leider schon verstorbener Bruder und ich noch Kinder waren, da haben wir neugierig überall unsere Nase hineingesteckt. Jugend forscht halt. Und in unserem alten Haus gab es viel zu durchforschen und zu entdecken. Vom arg verwinkelten Speicher mit seinen beiden Ebenen, den dicken Balken, knarrenden Leitern mit morschen Sprossen und schaurig dunklen Ecken bis hinunter unter die Erde, in den mindest genauso unheimlichen Keller. Irgendwann hat Vater Langer die hausinternen Forschungsgänge von uns Kindern mitbekommen. Als kluger Mann, der er nun wirklich war, hielt er es für vernünftiger uns aufzuklären, bevor etwas – für uns oder das Haus – Unangenehmes geschehen würde. Da wusste er nicht, dass ich gerade am Tag vor seinem Vorschlag oben auf dem Speicher von einer Leiter runter auf den Bretterboden geknallt war, weil eine blöde Sprosse unter meinem Gewicht gebrochen war.

Vater Langer band uns beiden Jungens in sein Krisen- und Notfallmanagement ein. Er sagte:

»Stellt Euch vor, es kommt überraschend Hochwasser durch die Haustür hereinspaziert. Dann müsst ihr Jungens Mutter beim Kartoffelangeln helfen. Wie geht ihr vor?«

Zu dem Szenario ›Hochwasser in der Burg‹ ist es in den folgenden Jahrzehnten tatsächlich einige Male gekommen. Ich erinnere mich noch an Heiligabend des Jahres 1968, als wir vor dem eindringenden Wasser erst den Keller und dann auch noch die Zimmer im Erdgeschoss so gut und schnell es ging »nach oben« geräumt haben. Ich will nicht ausschließen, dass ich – unbewusst – wegen dieser Hochwasseraktionen mir später die Wohnung auf der Dürich gekauft habe. Da oben am Hang bin ich vor Hochwasserüberraschungen ziemlich sicher.

»E schöne Bescherung!«, statuierte Vater Langer sarkastisch. »Vor exakt achthunnertdrei Jahr, also an Weihnachte 1165 wurde Kaiser Karl der Große in Aachen heiliggesprochen. Das hadd unserm Barbarossa gut gefalle. Tat es doch seim Imidsch gud. Wär er awwer an dem Tach in Gelnhause gewese, hädd er bestimmd in seiner Villa dribbe auf der annern Straßeseit aach Wasser schibbe dürfe.«

Vater Langers ›auf den Tag genau‹ stimmte nicht so ganz, wie ich mittlerweile aus Tante Connys blauem Ordner weiß. Doch zurück zu den mehrgeschossigen Kellern. Als ich dreißig Jahre nach dem Hochwasser

1968 dann von meinem leiblichen Vater Florian Vetter das Haus in der Mittleren Haitzergasse geerbt und inspiziert habe, fand ich dort auch einen zweigeschossigen Keller vor. Und in dem mächtigen Schrank aus Eichenholz im unteren Kellergeschoss schließlich entdeckte ich den Einstieg in den geheimen Gang, in dem ich wiederum auf die Frauenstatue stieß, die mein weiteres Leben so schmerzlich verändert hat.

Wenn man so will, dann steht die steinerne Frau auf einer dritten Kellerebene. Das aber verleiht der Behauptung der Frau in der Burg, der Keller unter ihrem Haus sei fünf- oder gar sechsgeschossig, wieder etwas mehr Glaubhaftigkeit.

Konflikte im Reich (1164–1166)

Nach dem dritten Italienzug ist vor dem vierten Italienzug. In den beiden dazwischen liegenden Jahren ereignen sich drei Ereignisse, die für Friedrich als Kaiser von besonderer Bedeutung sind oder ihn als Mann und Mensch berühren.

Alsbald nach ihrer ruhmlosen Rückkehr vom dritten Italienzug erkennen Kaiser und Kanzler, dass ein Riss durch das Reich geht, verursacht durch das fortwährende Schisma – Papst Alexander III. hier, dort der kaiserliche Gegenpapst Paschalis III. –, das viele der Fürsten und im Volk verunsichert; denn ohne den einen Papst bangen sie um ihr Seelenheil.

Friedrich, der Kaiser, lädt die weltlichen und kirchlichen Fürsten nach Würzburg ein zu einem Hoftag an Pfingsten, das ist am dreiundzwanzigsten Mai 1165. Dort diskutieren die Würdenträger heftig und konträr über die herrschenden Spannungen zwischen Kaiser und Kurie. Rainald von Dassel, der Reichskanzler erklärt, dass alle bisher stattgefundenen Konzilien weder der Ehre des Kaisers genutzt noch Alexander geschadet hätten.

> »Dessen Vertreibung und die Erhöhung Paschalis kann aber bewirkt werden, wenn sich der Kaiser und mit ihm alle Fürsten des Reiches eidlich für Paschalis und gegen Alexander erklärten.«

Aus diesem Grunde fordere er den Kaiser, die Fürsten und Bischöfe auf, sich zu verpflichten, nur noch den Gegenpapst Paschalis III. und die von dessen Partei benannten Nachfolger anzuerkennen. Allein so könne man der Anmaßung Alexanders wirksam entgegentreten.

Der Kaiser folgt dem Vorschlag seines Kanzlers und schwört höchst persönlich vor den anwesenden Bischöfen, Herzögen, Grafen und Gesandten, dass er nur Paschalis III. und dessen Nachfolger auf dem Stuhle Petri, niemals jedoch Alexander III. und dessen Nachfolger als Päpste anerkennen werde. Und um die Angst der Bischöfe zu bannen, sie könnten ihrer Ämter verlustig gehen, wenn sie dem Kaiser Treue schwören, fügt Friedrich hinzu:

> »Wir werden niemals dulden, dass Geistliche, die zu Lebzeiten von Papst Paschalis oder zur Zeit des von seiner Partei erwählten Nachfolgers die Weihen erhalten haben oder noch erhalten werden, ihres Amtes oder ihrer Weihen wegen des von ihnen geleisteten Gehorsams verlustig gehen.«

Auch werde, so betont Friedrich ausdrücklich,

> »unser von der Gesamtheit der Fürsten gewählter Nachfolger die Ehre der Kirche Gottes und des Reiches und diese unsere Sache unter Beschwörung desselben Eides immer schützen und erhalten.«

Als erster legt Heinrich der Löwe den Eid ab. Etwa vierzig der anwesenden Fürsten folgen ihm. Die Erzbischöfe von Bamberg, Magdeburg und einige weitere leisten den Eid nur unter Vorbehalt. Andere Würdenträger gar wie der Erzbischof Konrad von Mainz und Herzog Friedrich IV. von Schwaben verlassen den Hoftag noch vor der Eidleistung. Die Erzbischöfe Hillin von Trier und Konrad von Salzburg sind erst gar nicht erschienen. Letzterer, ein Bruder von Bischof Otto von Freising und Herzog Heinrich Jasomirgott von Österreich und somit ein Onkel des Kaisers, verweigert die Eidleistung. Nach mehrmaligen Ladungen erscheint er am vierzehnten Februar 1166 auf dem Hoftag zu Nürnberg. Friedrich I. wirft Konrad vor, dass er weder die Regalien von ihm, dem Kaiser, noch die Spiritualien von Paschalis III. empfangen, also das Erzbistum durch Raub in Besitz genommen habe. Konrad erwidert, dass er dreimal um die Regalien nachgefragt habe, diese seien ihm jedoch dreimal verweigert worden, weil er Paschalis III., der nicht rechtmäßig Papst sei, nicht habe anerkennen wollen. Daraufhin, so heißt es, »knurrte der Kaiser wie ein Löwe und gab ein Brüllen von sich, das das ganze Reich durchbebte«. Konrad verliert die Huld des Kaisers. Ihm und dem Klerus seiner Salzburger Diözese werden alle Rechte aberkannt und die Besitzungen der Salzburger Kirche an Laien als Lehen vergeben.

*****

Friedrich I. und sein Reichskanzler wissen: Es ist vorteilhaft, wenn Ehrenvolles über das Kaisertum gesprochen wird. So greift Rainald von Dassel als Erzbischof von Köln eine Anregung der Aachener Stiftskleriker auf und spricht – mit voller Billigung von Papst Paschalis III. – Karl den Großen am neunundzwanzigsten Dezember 1165 heilig. Die Erhebung des Karolingers erfolgt fast auf den Tag genau dreihundertfünfundsechzig Jahre nach dessen Kaiserkrönung durch Papst Leo III., die am ersten Weihnachtstag, dem fünfundzwanzigsten Dezember im Jahre des HErrn 800, in Alt-Sankt Peter zu Rom geschah.

Der Akt der Heiligsprechung berührt Friedrich zutiefst. Er lässt die Gedanken, die ihn angesichts der Umbettung der sterblichen Reste seines großen Vorbilds bewegen, niederschreiben:

> ›Wir erhoben und erhöhten seine Gebeine mit Ehrfurcht und großer Achtung zu Lob und Ruhm des Namens Christi und zur Befestigung des Römischen Reiches und zum Heil unserer geliebten Gemahlin Beatrix und unserer Söhne Friedrich und Heinrich in Anwesenheit zahlreicher Fürsten und einer großen Menge an Klerikern und Volk unter Hymnen und geistlichen Gesängen.‹

Papst Alexander III. lehnte die Heiligsprechung Karls des Großen kategorisch ab. Für ihn war sie nichts anderes als ein politischer Akt, der mit eben dem von Kaiser und Kanzler gewünschten Ansehensgewinn verbunden war. Konnte sich Friedrich doch jetzt auf einen heiligen Vorgänger berufen, auf dessen Thron er saß. Und auch der von Rainald von Dassel seit dem Jahre 1157 verwendete Begriff des Heiligen Reiches (›sacrum imperium‹) hatte jetzt eine neue Berechtigung erhalten. Da das Volk aber von der Heiligsprechung Karls des Großen sehr angetan war, erhob die Kurie niemals förmlich Einspruch dagegen.

*****

Neben dem Streit mit Papst Alexander III. eskaliert im deutschen Reichsteil 1165 ein weiterer Konflikt, der im Nachhinein als ›Tübinger Fehde‹ bekannt wird. Das, was im Jahr zuvor begann, als Pfalzgraf Hugo von Tübingen einige Straßenräuber aufgriff, die alle niedrige Ministerialen waren, nämlich unfreie Verwalter und Soldaten. Die eigenen Ministerialen ließ der Pfalzgraf unbehelligt, die welfischen unter den Räubern aber wurden hingerichtet. Welf VI. hatte dem von Tübingen darauf eine Klage zustellen lassen, die dieser betont unterwürfig, aber ausweichend beantwortete. Herzog Welf VI. gab sich damit aufs Erste zufrieden und reiste auf seine italienischen Güter, um von dort aus nach Rom zu pilgern.

Dessen Sohn, Welf VII., aber vergisst den Vorfall nicht und erneuert die Forderung auf Genugtuung. Unwirsch, ja trotzig lehnt Hugo von Tübingen dieses Ansinnen ab. In seiner Haltung wird er bestärkt durch den Sohn des verstorbenen Königs Konrad III., Friedrich von Rothenburg, der jetzt als Friedrich IV. Herzog von Schwaben ist. Dieser hasst die Welfen. Hat er es doch auch denen zu ›verdanken‹, dass er bei der Königswahl im Jahr 1152 übergangen worden ist. Und nun, nachdem Kaiser Friedrich I. einen Sohn hat, sind seine Aussichten einmal König zu werden, gänzlich dahin.

Welf VII. versteht das brüske Verhalten des Pfalzgrafen Hugo nach den Regeln der Zeit als Fehdehandschuh und lässt alle, die ihm nahestehen – Verwandte, Freunde und Getreue – von dem ihm angetanen Unrecht wissen. Bald weiß der Welfe eine mächtige Allianz aus weltlichen und kirchlichen Fürsten auf seiner Seite, der Herzog Berthold von Zähringen ebenso angehört wie die Bischöfe von Augsburg, Speyer und Worms.

Am Samstag, den fünften September 1164, rücken Welf und seine Verbündeten vor die Burg Tübingen, in dem sie den Gegner wissen. Gewaltig ist die Streitmacht der Welfen. Zweitausendzweihundert Mann umstellen die Burg, in der sich Pfalzgraf Hugo und Herzog Friedrich IV. von Schwaben mit ihrer gerade mal halb so starken Truppe befinden. Die Bemühungen der Unterhändler beider Seiten in der Folgenacht um einen versöhnlichen Ausgleich bleiben erfolglos.

Als die Sonne am Sonntag, den sechsten September 1164, am Himmel steht, entwickelt sich aus einem anfänglichen Scharmützel zwischen den Fronten ungeplant eine regelrechte Schlacht, die zwei Stunden dauert. Dann hat überraschenderweise das überlegene Heer der Welfen verloren. Welf VII. selbst kann sich mit nur drei Begleitern retten.

Kaiser Friedrich vermittelt auf einem Hoftag in Ulm im November 1164 zwischen den Gegnern. Welf VI. ist aus Italien gekommen und sorgt zunächst für eine Waffenruhe und die Auslösung der neunhundert welfischen Gefangenen. Doch der zwischen den Parteien ausgehandelte Friede währt nur ein Jahr. Ende 1165 flammen die Kämpfe wieder auf. Welfische Truppen zerstörten mehrere Burgen des Pfalzgrafen Hugo. Der bittet Friedrich von Rothenburg erfolgreich um Unterstützung. Der Herzog lässt seine verwandtschaftlichen Beziehungen zum böhmischen König spielen. Vladislav II. schickt Truppen, mit deren Hilfe Hugo von Tübingen Anfang des Jahres 1166 welfische Besitzungen in Oberschwaben verwüstet und die Welfen zwingt, sich in ihre Burg Ravensburg zurückzuziehen.

Die aufflammenden Kämpfe in Süddeutschland missfallen dem Kaiser. Er hält sich in den letzten Monaten des Jahres 1165 am Niederrhein auf. Anfang Oktober sind er und Beatrix in Köln. Dort empfängt Rainald von Dassel, endlich möchte man denken, die Bischofsweihe. Anstrengende Reisen und Ritte unterbleiben. Beatrix ist erneut hochschwanger. Diesmal soll sie sich schonen. Friedrich kümmert sich liebevoll um sie. Ende des Jahres kommt in Nimwegen Heinrich zur Welt. So wie er schreit, ist es ein gesundes, ein starkes Kind. Gott sei's gedankt! Die Eltern sind glücklich. Fast zeitgleich geben sie die Verlobung von Friedrich, ihrem Erstgeborenen, mit einer Tochter König Heinrichs II. von England bekannt. Eine politische Entscheidung. Die Verlobten werden nicht gefragt.

Im deutschen Reich aber herrscht Unfriede, in den drei wichtige Fürsten, die Herzöge von Bayern, Schwaben und Zähringen involviert sind. Sie gefährden den vom Kaiser gewünschten vierten Italienzug. Er mischt sich erneut, aber entschiedener in die Fehde ein, und zwar zugunsten der Welfen.

Auf einem weiteren Hoftag in Ulm muss sich Pfalzgraf Hugo von Tübingen am achten März 1166 auf kaiserlichen Befehl dreimal vor Welf VII. zu dessen Satisfaktion in Anwesenheit aller beteiligter Adliger niederwerfen. (Auch Friedrich von Rothenburg, der Herzog von Schwaben, ist anwesend.) Erstmals auf einem Gerichtstag geschieht in Ulm, dass der Kaiser einen Adligen öffentlich fesseln und in Gefangenschaft abführen lässt. Pfalzgraf Hugo von Tübingen bleibt für anderthalb Jahre auf einer Burg der Welfen in Haft.

Die Tübinger Fehde aber war mit diesem Ulmer Hoftag im Sinne des Kaisers beigelegt.

*****

Der ruhmlose Abzug des kaiserlichen Heeres im Jahre des HErrn 1164 und die mangelhafte Unterstützung seiner Pläne in Italien machen, davon ist Friedrich überzeugt, einen weiteren, den vierten Italienzug notwendig. Auch sein Stolz fordert Korrektur. Und zudem verlangen die in Würzburg geschworenen Eide sichtbare Ergebnisse. Alexander III. muss endlich besiegt und der kaiserliche Papst Paschalis III. in Rom inthronisiert werden.

Der vom Kaiser gewünschte neue Italienzug wird ebenfalls auf dem Hoftag zu Ulm im März des Jahres 1166 beschlossen.

*****

Einmal noch sucht Friedrich vor dem Aufbruch nach Italien Gelenhusen auf. Gut sieht aus, was er von seiner neuen Pfalz schon erkennt. In wenigen Jahren wird er hier residieren. Vielleicht wird es der Ort sein, den er zu seinem Hauptsitz bestimmt. Er ist allein. Beatrix, die sich nicht wohl fühlt, hat er in Würzburg zurückgelassen.

Ist sie wieder schwanger? fragt er sich. Hoffnungsvoll.

Schwester Angela sei verreist, berichtet ihm die Mutter Oberin des Klosters in Meerholz. Doch sie hat einen Brief für ihn hinterlassen.

»Gela hat mir einen Brief geschrieben?«, erkundigt er sich verblüfft. Was er nicht laut sagt, ist, dass Gela doch weiß, dass er nicht schreiben und kaum lesen kann. Das aber geht die Oberin nichts an.

»Nein, Hoheit, nicht Angela hat Euch geschrieben. Sie hat nur ein Schreiben von Mutter Hildegard von Bingen für Euch erhalten. ›Ich muss unserem Kaiser sagen, dass er der guten, alten Seele nicht gram sein soll. Sie schimpft auf unseren Kaiser, weil er sich mit dem, wie soll ich es sagen, dem anderen Papst Alexander nicht verträgt.‹ Das waren Angelas Worte. Wenn ich Eure Majestät einen Augenblick hier warten lassen darf, dann hole ich das Schreiben. Schwester Angela hat es mir nämlich anvertraut für den Fall, dass sie nicht im Kloster ist, wenn Eure Majestät nach ihr fragen.«

»Ich warte gerne, Mutter Oberin!«

Die alte Nonne macht einen Knicks, sagt: »Ich danke Euch!« und eilt schon aus dem Raum. Sie ist sogleich zurück. So schnell, dass Friedrich fast vermutet, das Schreiben habe vor der Tür gelegen.

»Hier ist es, das Schreiben«, sagt sie und streckt es ihm hin.

»Nein, lest es mir vor, Mutter. Im Entziffern von Frauenhandschriften bin ich nicht geübt«, behauptet Friedrich. Es ist nicht gelogen, aber er hätte das gleiche von Männerschreiben sagen können ohne zu schwindeln.

Mutter Oberin faltet die Botschaft vorsichtig auseinander und liest laut:

»Hildegard an Kaiser Friedrich: ›Der ist‹ spricht: Trotz vernichte ich, und den Widerspruch derer, die mich gering schätzen, zermalme ich um meiner selbst willen. Wehe, wehe, dieser Übeltat der Frevler, die mich verachten! Das vernimm, o König, wenn du leben willst; sonst wird dich mein Schwert treffen.«

Mutter Oberin faltet den Brief wieder ordentlich zusammen und reicht ihn Friedrich erneut hin mit dem Kommentar:

»Mehr hat Mutter Hildegard nicht geschrieben. Nur hinter ›Der ist‹ stehen zwei Fundstellen aus der Bibel. Einmal ›Ex 3, 14‹ und ›Off. 1, 4‹. Beide Verse kenne ich. Das Zitat aus Exodus, drittes Kapitel lautet: ›Da antwortete Gott dem Mose: Ich bin der »Ich-bin-da«. Und er fuhr fort: So sollst du zu den Israeliten sagen: Der »Ich-bin-da« hat mich zu euch gesandt.‹

Und die zweite Fundstelle, die aus den Offenbarungen, erstes Kapitel, vierter Vers heißt: ›Dies ist die Offenbarung Jesu Christi, die ihm Gott gegeben hat, seinen Knechten zu zeigen, was in Kürze geschehen soll; und er hat sie gedeutet und gesandt durch seinen Engel zu seinem Knecht Johannes.‹«

Mutter Oberin blickt schüchtern, ja fast etwas verängstigt zu ihrem Kaiser hoch:

»Euer Wohlhochgeborene Majestät, für mich klingen die Worte von Hildegard recht mysteriös. Schwester Angela meinte, Mutter Hildegard wolle Euch damit auffordern, Euch mit Papst Alexander zu versöhnen, bevor etwas Schlimmes geschieht. Was? Warum? Weshalb? Das weiß Gott allein. Da kann Euch eine einfache Nonne aus Meerholz leider nicht weiterhelfen. Leider!«

Friedrich nimmt das hingehaltene Schreiben und lächelt ihr, wie es seine Art ist, zu:

»Das müsst Ihr nicht, Mutter Oberin. Ich verstehe die Bibelworte auch nicht. Sie sind gewiss gut gemeint. Wenn Mutter Hildegard uns aber warnen oder drohen will, dann soll sie es so mitteilen, dass wir ihre Worte verstehen und uns darauf einrichten können. Sagt das auch bitte der Edlen Angela mit meinem besten Dank und allen guten Grüßen, auch an Mutter Hildegard von Bingen.«

Als sich Friedrich verabschiedet, hat er das Schreiben schon fast wieder vergessen. Er wird erst sehr viel später wieder an Hildegards geheimnisvolle Worte von dem Schwert erinnert werden.

Vierter Italienzug (1166–1167)
Rom wird erobert

Mitte Oktober 1166 bricht Friedrich von Augsburg aus auf, auch um das kirchliche Schisma zu beenden. Zudem sieht er nach dem Tod von König Wilhelm I. die Gelegenheit für gekommen, das normannische Königreich zu besiegen. Auch befürchtet er, Kaiser Manuel von Byzanz könnte, wenn er nicht handelt, in Italien durch ein Bündnis mit Alexander III. mehr Einfluss gewinnen. Da die fürstliche Unterstützung zur Heerfolge merklich nachgelassen hat, werden aus den niederrheinischen Gebieten ›Brabanzonen‹ genannte Söldner angeheuert. Die kaiserlichen Legaten in Norditalien werden angehalten die Ressourcen für den Italienzug gründlich auszuschöpfen. Daraufhin wird die Eintreibung von Steuern und Abgaben durch eine neue Steuerliste systematisiert. Ungeachtet der Klagen der lombardischen Großen in Lodi wird die rigide Reichsverwaltung beibehalten. Doch das wird von Nachteil für das Reich sein, wie sich bald erweist.

Bisher miteinander verfeindet, lässt die kaiserliche Willkürherrschaft nun die lombardischen Städte zusammenrücken. Cremona, Bergamo, Brescia, Mantua und Ferrara verbünden sich im März 1167. Auch die Mailänder Bürger werden aufgenommen, nachdem sie zahlreiche Zugeständnisse gemacht haben. Im Schutz des Stadtbundes kehren sie bereits im April in ihre verwüstete Stadt zurück.

Kaiser Friedrich und seine Getreuen erfahren nichts von diesem Bündnis oder sie nehmen den Zusammenschluss der Städte nicht ernst. Für sie verläuft das Jahr 1167 zunächst ganz nach Plan. Ja, mehr noch: Im Februar wird Königin Beatrix in Modigliana wieder von einem gesunden, kräftigen Kind entbunden. Ihr dritter Sohn. Er wird sogleich auf den Namen des letzten römisch-deutschen Königs, Konrad, getauft.

[*Einschub des Bearbeiters dieser Seiten:* Des Kaisers Sohn Konrad soll seinen ursprünglichen Taufnamen lediglich vier Jahre tragen; denn dann verstirbt der stets kränkelnde männliche Erstgeborene aus der Ehe von Barbarossa und Beatrix, Friedrich, der nur sechs Jahre alt werden durfte. Der Kaiser überträgt auf Konrad sogleich Name und Rang seines verstorbenen Bruders. Ab dem Jahre 1171 heißt Konrad sodann Friedrich VI., Herzog von Schwaben. Sein Vater, der Kaiser, hat Muhme Ajas Prophezeiung nicht vergessen. Nach der Namensumbenennung fühlt er sich wohler. D. O.]

Überhaupt verspricht die vierte Expedition nach Italien die bislang erfolgreichste zu werden. Reichskanzler und Erzbischof von Köln Rainald von Dassel und der Erzbischof von Mainz Christian I. von Buch, die mit ihren Truppen von Imola aus an der Westküste des Tyrrhenischen Meeres entlang auf Rom zu vorgehen, schlagen Ende Mai 1167 die Römer bei Tusculum vernichtend.

Kaiser Friedrich zieht währenddessen an der adriatischen Küste nach Süden. Er bringt zweihundert Kilometer nordöstlich von Rom die wichtige Hafenstadt Ancona, die sich weigert alle Abgaben zu zahlen, dazu, sich ihm zu unterwerfen. Die Nachricht von dem Sieg über die Römer erreicht Barbarossa noch vor Ancona. Zwar lässt er sich von normannischen Adligen, die in seinem Heer kämpfen, noch zu einem kurzen Abstecher bis zur nördlichen Grenze des Normannenreichs überreden, doch bleibt dies der einzige Zug Friedrichs gegen den normannischen König. Ihn treibt es nach Rom. Auch Paschalis III. drängt ihn dorthin. Will er doch endlich im Petersdom inthronisiert werden. Der italienische Hochsommer ist schwül und heiß. Ungewohnt für die Truppen aus dem nördlichen Reichsteil. Erleichtert und erschöpft erreicht Friedrich I. mit seinem Heer am zwanzigsten Juli 1167 Rom.

Dort schließt sich die Zange mit dem westlichen Heeresteil. Rom ist umzingelt. Ende Juli 1167 wird Sankt Peter blutig erobert. Papst Alexander III., der sich in der Stadt befindet, weigert sich den Kaiser zu empfangen, den Mann, der seit Jahren frevlerisch andere Priester als Gegenpäpste anerkennt. Auch weiß er, was der Kaiser von ihm will. Die Kaiserwürde soll er dessen Frau Beatrix verleihen. Dreimal Nein!

Anders denkt Gegenpapst Paschalis III., der sich im Gefolge des Kaisers aufhält. Das lohnt sich für ihn. Er wird am dreißigsten Juli in der zerstörten Peterskirche inthronisiert und krönt zwei Tage später Beatrix ebenda mit einer goldenen, reich mit Edelsteinen verzierten Krone zur Kaiserin. Währenddessen flüchtet Papst Alexander III. im Gewand eines schlichten Pilgers aus der Heiligen Stadt südwärts, nach Benevent in Kampanien. Der Kaiser aber schließt einen Vertrag mit den Römern, in dem er den Bestand des Senats gewährleistet und die Römer ihm ihre Unterstützung versprechen.

Der Triumph der kaiserlichen Truppen ist groß, ihr Jubel ebenfalls. Auch Friedrich fühlt sich seinem Ziel nahe, einem römisch-deutschen Kaiserreich, das von der Nordsee bis Sizilien reicht.

Erfolg über Erfolg. Dass Alexander III. die Flucht gelingt, trübt Friedrichs euphorische Stimmung nur kurz. Hierzu passt, welch freudige Überraschung, dass er vor Rom unvermutet Egbert gegenübersteht. Der Kaiser bittet den alten Freund ihm des Abends in seinem Zelt Gesellschaft zu leisten. Natürlich nimmt Egbert die Einladung gerne an.

Frankfurt 2018
Herr Nelke ist in eine Falle geraten

Nachdenklich kam er von diesem Termin aus Gelnhausen zurück. Herr Doktor Langer, sein Anwalt, hatte ihn nachdenklich gemacht. Sehr nachdenklich.

Zunächst hat er mir gehörig Angst eingejagt. Da hat er gesagt, was die Rechtsverdreher unter ›Betrug‹ verstehen. Mir hat der Kopf geschwirrt. Aber er hat meine Fragen sehr geduldig beantwortet, solang, bis ich es kapiert hatte. Dann meinte er:

»Herr Nelke, ich will es noch einmal kurz für Sie als juristischen Laien zusammenfassen: Wenn der Führerschein-Prüfling einen strafbaren Betrug begangen haben soll, dann muss er alle Merkmale der Betrugsvorschrift erfüllt haben. Ganz wichtig: Fehlt nur eine Voraussetzung, entfällt grundsätzlich die Strafbarkeit. Und die Voraussetzungen für den Betrug sind:

Erstens: Der Täter, also der Prüfling, muss sein Opfer, sprich die Zulassungsstelle über Tatsachen getäuscht haben. Darüber müssen wir uns wohl nicht weiter unterhalten. Stichwort: ›Knopf im Ohr‹. Eine solche Täuschung liegt also unbestreitbar vor. Der Prüfling geht in die theoretische Führerscheinprüfung und tut so, als könne er alle Fragen selbst beantworten. Kann er aber gar nicht. Eventuell kann er kein Wort Deutsch oder, noch schlimmer, er kann überhaupt nicht lesen. Er tut aber so. Tatsächlich sagt ihm der Knopf im Ohr die richtigen Antworten vor. Der Prüfling kreuzt nur an, wozu ihn die Stimme in seinem Ohr auffordert.

Zweitens: Durch diese Täuschung des Täters glaubt der Getäuschte, in unserem Fall also die Zulassungsstelle beziehungsweise deren Mitarbeiter, der Prüfling habe alle Fragen selber beantwortet, und zwar richtig. Wir Juristen, Herr Nelke, sprechen hier von einem Irrtum, der erregt, geweckt oder unterhalten wird. Der Prüfling tut so, als könne er die Fragen in dem Fragebogen beantworten. Der Prüfer sieht sich den ausgefüllten Testbogen an und denkt: *Alle Achtung, der Mann beherrscht die Theorie.* Es liegt also eine Täuschung über Tatsachen vor.

Drittens: So getäuscht, handelt die Zulassungsstelle und teilt dem Prüfling mit: ›Gratulation, Sie haben die theoretische Prüfung bestanden.‹ Bis jetzt liegen alle Voraussetzungen vor, um an das Vorliegen einer Betrugsstraftat denken zu können.

Nun aber kommt Voraussetzung vier: Betrug ist ein Vermögensdelikt. Es muss also durch die irrtümliche Verfügung: ›Sie haben die theoretische Prüfung bestanden‹ der Zulassungsstelle ein finanzieller Verlust, ein sogenannter Vermögensschaden, entstanden sein. Das heißt, wenn ich die finanzielle Lage der Zulassungsstelle vor der Prüfungsabnahme mit der nach erfolgter Prüfung vergleiche, dann muss sie durch die Trickserei des Prüflings ärmer geworden sein. Ist die Zulassungsstelle aber nicht; denn der Prüfling hat ja vorab die verlangte Gebühr bezahlt«.

»Das heißt aber doch, Herr Doktor, wenn ich Sie richtig verstanden habe, es liegt kein Betrug vor?«, *habe ich ihn gefragt.*

»Richtig, Herr Nelke. So ist das nach dem noch geltenden Recht in Deutschland«, *hat er mir bestätigt.*

Ich habe tief durchgeatmet und dann auf die Akten auf dem Tisch gedeutet:

»Ja, und was sollen dann die dicken Akten da?«

»Ja, das sind ernste Fälle. In den drei Ermittlungsverfahren, die gegen Sie anhängig sind, behaupten die Prüflinge, Sie, Herr Nelke, hätten für sie den Test gemacht. Alle drei schwören Stein und Bein, Ihnen ihren Ausweis gegeben zu habe, damit Sie unter deren Identität die theoretische Prüfung ablegen. Das heißt, Sie sollen so getan haben, als wären Sie der angemeldete Prüfling. Und einer geht noch weiter; denn der hat ausgesagt, Sie hätten für ihn auch die praktische Prüfung gemacht. Beides geht natürlich nur, wenn eine große Übereinstimmung zwischen Ausweisfoto und Ihnen, dem Original, besteht. Der Verdacht einer Urkundenfälschung, begangen durch Austausch des Passfotos liegt dann nahe.«

Ich habe gedacht, mir zerreißt es die Pumpe.

»Herr Doktor, das kann doch nicht Ihr Ernst sein!«, *habe ich gerade noch ausstoßen können.* »Wer behauptet denn so eine Schweinerei? So was würde ich nie machen!«

»Meine Kollegin, Frau Doktor Dorsum, hat mir berichtet, dass Sie bei Ihrem letzten Termin hier auch gar nicht begriffen haben, was Ihnen vorgeworfen wird. Und sie meint, Sie, Herr Nelke, wären da jemandem, den wir nicht kennen, übel aufgesessen. Sie wissen, wer eine falsche Identität angibt, der macht sich genauso strafbar wie derjenige, der seinen Ausweis für so etwas verleiht. Urkundendelikte sind heikel. Wer so etwas finanziert, der kann Mittäter sein. Und das ist dann wirklich ein Fall für die Polizei und die Staatsanwaltschaft.«

»Herr Doktor Langer, Sie machen mir Angst!«

Was habe ich geschluckt. Mein Gehirn raste.

»Da will mich jemand fertig machen!«

»Es sieht ganz so aus, Herr Nelke. Und derjenige muss mindestens über juristische Grundkenntnisse im deutschen Strafrecht verfügen. Aber wer kann das sein? Und warum macht er es?«, *hat er gefragt. Und:*

»Wenn wir nachweisen können, dass Sie Opfer einer Intrige sind, dann sind Sie außen vor, Herr Nelke. Es lohnt sich also sehr für Sie gründlich nachzudenken »

Er hat mich dann noch sehr ernst angeschaut und gesagt:

»Aber hüten Sie sich davor, jetzt irgendwelche Dummheiten zu begehen, Herr Nelke!«

Egbert berichtet
Rom, Anfang August 1167

Egbert hat Christian I. von Buch, den Erzbischof von Mainz, auf dem vierten Italienzug begleitet. Sie sind sich zuvor näher gekommen beim Verkauf des Bodens in Gelenhusen, der bis dahin den Grafen von Selboldt gehört hat, erfährt der Kaiser. Was heißt da ›näher gekommen‹?

Egbert spielt damit auf Christians bewegtes Berufsleben an.

Erst hat ihn der nach Frankfurt geflüchtete Teil der Mainzer Priesterschaft im Jahre des HErrn 1160 zum Erzbischof gewählt, dann hat ihn Friedrich abgesetzt, dann wurde er Propst am Mainzer Dom, das war im Jahre des HErrn 1162. Im Jahr darauf hat er Friedrich schon wieder auf dessen dritten Italienzug begleitet. Als der amtierende Erzbischof Konrad den Friedrich wohlgesonnenen Papst Paschalis III. nicht akzeptierte, er hielt es mit dem anderen Papst Alexander III., da, zuck, ließ Friedrich I. Christian zum Erzbischof von Mainz ernennen, obwohl der gar nicht im Lande war. Irgendeinen Geheimauftrag des Kaisers hat er wohl gerade ausgeführt, vermute ich. Und jetzt, vor wenigen Monaten erst, während des Weihnachtsfests in Brixen wurde er als neuer Erzbischof von Mainz investiert. Der andere Papst, Alexander, soll toben. Was aber weder Friedrich noch Christian stört.

Zum Kaiser gewandt aber sagt Egbert:

»Christian von Buch, ein Hüne von Mann. Was besonders auffällt, wenn er neben unserem Erzreichskanzler und Erzbischof von Köln, Rainald von Dassel reitet. Der eine körperlich mächtig und mit strohblonder Haarmähne, der andere hingegen mit seiner asketisch hageren Statur und dem tiefschwarzen Haar wirkt neben dem Riesen Christian fast wie ein Zwerg. Aber das täuscht. Wenn er von seinem Gefolge umgeben ist oder auch von anderen Fürsten, dann weiß man sofort, wer da das Sagen hat.

Selbst, wenn er mit dir, Friedrich, unserem Kaiser, spricht, erlaub es mir so ungestraft zu sagen, kann man als Fremder nicht sofort erkennen, wer Herr und wer Berater ist. Der Reichserzkanzler ist für mich ein Phänomen. Er hat so viele verschiedene Gesichter. Er kann kalt und warm sein, fürsorglich und herrisch, zurückhaltend und aufbrausend, ein Nichts und absoluter Mittelpunkt sein. Ich kann es fühlen, wie sehr du ihn schätzt. Du bist von ihm überzeugt. Du hältst ihn für treu und unbedingt loyal.«

Friedrich bestätigt: »Ich und von Dassel haben dieselben Vorstellungen und Visionen von unserem Reich und wie es künftig aussehen soll. Ich hoffe, es wird alles so, wie wir es uns wünschen. Die Wiedergeburt des Kaiserreichs, wie es Karl der Große lebte und pflegte.«

Zu solch gewaltigen Visionen weiß Egbert nichts anzumerken. Er berichtet dem großen Freund weiter:

»Im vergangenen Jahr kam Christian von Buch, da schon Erzbischof von Mainz, überraschend nach Gelenhusen. Er kam nicht aus Mainz, sondern von Irgendwoher direkt in unseren schönen Ort an der Kinz. Er wollte sich ein Bild machen von den Baufortschritten an der neuen Kaiserpfalz, hat er mir erklärt. Er war sich sicher, dass dich solche Nachrichten interessieren würden. Er sei, wie er mir wiederholt versicherte, sehr angetan von dem, was er sehe und ich ihm habe zeigen können.

Interessant für mich ist auch gewesen, dass er offensichtlich um mein besonderes Verhältnis zu dir, unserem Kaiser, wusste. Zumindest vermutete er einiges. Wir führten ein sehr angenehmes Gespräch. Es war ernsthaft, aber frei von jeder Konvention. Er sprach mit mir, als wäre ich von seinem Rang. Er bewunderte die wunderbaren Steinmetzarbeiten unten in der Halle deiner neuen Pfalz, Friedrich, den herrlichen Löwen, den Meister Frederec aus einem Stück Buntsandstein geholt hatte. Ich muss sagen, der Mann hat Geschmack. Da muss ihm der Gedanke gekommen sein; denn er wandte sich plötzlich zu mir hin und fragte mich:

›Graf Egbert, ich muss bald aufbrechen. Ich meine, nicht nur jetzt, von hier, sondern in wenigen Wochen mit meinen Truppen in Richtung Italien. Noch vor der Alpenüberquerung bin ich verabredet mit dem Erzreichskanzler und Erzbischof von Köln, Rainald von Dassel, zum gemeinsamen Zug nach Rom. Wenn wir uns erfolgreich schlagen, werden wir wohl unsere allerhöchste Majestät dort treffen. Habt Ihr nicht Lust, Graf, mich nach Italien zu begleiten? Ich sehe doch, hier beim Bau der Pfalz ist alles in besten Händen. Gottfried Edler vom breyden Bach, den Ihr mir vorhin vorgestellt und mit dem Ihr eng zusammenarbeitet, macht auf mich einen ganz hervorragenden Eindruck. Er könnte Euch gewiss vorzüglich für ein knappes Jahr vertreten. Der Steinmetzmeister mit seinen Gehilfen – diese sind ja alle ausgewählte Künstler – lässt sich in seine Vorstellungen von der besten Ausgestaltung der Pfalz ja eh nicht hineinreden. Zumal er sich mit unserer allerhöchsten Majestät abgesprochen hat. So könntet Ihr doch unschwer …‹

Um es kurz zu machen. Ich wurde überzeugt, vielleicht auch überredet. Nun bin ich hier. Auf dem Ritt nach Rom, das ich in all seiner Pracht von hier aus schon ahnen kann. Zweimal haben wir die Römer und die Päpstlichen bisher bereits geschlagen. Am siebenundzwanzigsten Februar 1167 gab es für das römische Heer, auch wenn es uns zahlenmäßig deutlich überlegen war, eine strenge Niederlage. Drei Monate danach, am neunundzwanzigsten Mai, erhielten dann die Römer mitsamt ihren Verbündeten am Monte Porzio in der Schlacht von Tusculum erneut deftige Hiebe. Der Gegner hatte schwere Verluste zu beklagen. Und wir wussten schließlich nicht mehr wohin mit all den Gefangenen.

Doch, Friedrich, ich muss es eingestehen, die Römer kämpften tapfer. Es war ein Hin und Her. Erst wollten die Römer die kleine Stadt besetzen, da griff sie von Dassel mit seinen Mannen an. Er wurde wiederum von den überlegenen römischen Truppen umzingelt. Jetzt eilte von Buch mit einem Teil seiner Mannen herbei. Es war für ihn und seine Leute ein hartes Geschäft zur heißesten Zeit des Tages. Sie kämpften tapfer. Aber der Römer waren viel zu viele. Die bedrängten von Buch auf das Empfindlichste. Es sah schlecht für ihn aus. Wir erkannten das; denn ich befand mich bei von Dassel oben in Tusculum.

Der Reichskanzler, die Lage von Buchs sehend, dessen Truppe zu flüchten begann, ruft »Sankt Peter hilf!«, stürmt den Hang mit seinen Reitern hinunter, um den Römern in den Rücken fallen und draufschlagen. All das war eins!

Die Mannen von unserem Mainzer Erzbischof hörten uns »Christ, der du erstanden bist« singen, hielten inne, machten kehrt und, jetzo, hatten wir die Römer zwischen uns. Sie wehrten sich tapfer. Doch es gab kein Entrinnen mehr für sie. Was für die Römer zu Hannibals Zeiten Cannae war, war im Mai für sie Tusculum. Von dort bis Rom lagen dahingemetzelte Römer. Tausende waren es. Mehr noch haben wir gefangen genommen, gewiss um die fünftausend, und in Viterbo in den Kerker geworfen. Anschließend waren wir so erschöpft und leer, dass uns das leichteste Windlein hätte von den Pferden blasen können.

Ich kämpfte zuletzt zwischen den beiden Erzbischöfen in vorderster Schlachtreihe. Es war wahrlich ein Vergnügen. Christian von Buch nimmt es strenger als Rainald von Dassel, der Erzkanzler von Italien, mit dem kanonischen Gesetz, das Priestern verbietet, ein Schwert zu führen. Er, Christian, wie gesagt, ein Riese von Gestalt, hieb mit seiner mächtigen Streitkeule auf die Feinde ein. Der von Dassel hingegen führte trickreich eine feine Klinge. Christian von Buch schlug mit seiner Keule Breschen in die feindlichen Linien, Rainald schnitt mit seinem Schwert die Gegner, so wie die Bauern bei uns daheim reifes Getreide mit ihren Sensen schneiden. Ich half mal links, mal rechts aus. Doch, wenn es möglich war, kämpften wir zu dritt vor unseren Mannen in vorderster Reihe nebeneinander.«

Egbert denkt kurz nach. Der Kaiser beobachtet schweigend den Freund. Es ist, als würde der sich zurückerinnern an die gerade geschilderte Schlacht. Und unverkennbar ist, er bedauert es keineswegs Christians Vorschlag, ihn nach Italien zu begleiten, gefolgt zu sein. Dann lacht der Graf laut auf. Ihm ist etwas eingefallen, was Friedrich bestimmt gefällt:

»Weißt du, Friedrich, wie ihre Reitersleut die beiden nennen, wenn sie nicht in der Nähe sind?«

»Nein! Sag an! Wie werden sie geheißen?«

»Wie die alten Götter unserer germanischen Vorfahren nennen sie die beiden. Christian rufen sie je nach Landsmannschaft heimlich Donar oder Thor, den Gott des Donners und der Blitze, weil er, wie Thor den Hammer, seine Keule schwingt. Der Beschützer von Midgard, der Welt der Menschen, wäre er, behaupten manche. Höchst elegant ist er in seinem goldenen Brustpanzer. Ein Liebling der Frauen soll er sein, unser Erzbischof. Äh, nein, ich meine der Gott Thor«, berichtigt sich Egbert hastig.

Friedrich lacht lauthals.

»Ja, ja, man hört so manches! Und was erzählen sie von unserem Reichskanzler?«

»Vor Rainald von Dassel zucken die Ritter zurück. Sie nennen ihn Loki, den Listenreichen mit den vielen Gesichtern. Einmal hilft er den Göttern, ein anderes Mal spielt er ihnen Streiche. Darüber lachen die Ritter noch. Doch Loki ist auch gefürchtet als der Gestaltenwandler. Mal erscheint er als Riese, dann wieder als lästige Fliege. Und weil die Ritter nicht wissen, in welcher Gestalt von Dassel sich gerade wo tummelt, da schweigen sie lieber vorsichtig über ihn. Man weiß ja nie, wer sich hinter der Maske des Nachbarn tatsächlich verbirgt.«

Friedrich nickt zustimmend.

»Ein kluges Volk und prächtige Kämpfer! Doch, sprich, Egbert, geben sie mir auch einen solchen Namen?«

»Gewiss doch. Dein Vater war einäugig wie Odin, auch Wotan genannt, der Göttervater, der Gott der Kriege und der Toten. Seit zwanzig Jahren ist dein Vater tot. Du bist jetzt Kaiser und König von Deutschland und Italien und Herrscher von Burgund. Dein Vater war das nie. Drum nennen sie dich ihren Göttervater, ihren großen Barbarossa.«

Egberts Worte scheinen Friedrich wohl zu gefallen. Geschmeichelt drückt er des Freundes Schultern anerkennend.

»Dann, Egbert, lass uns darauf noch einen Schluck des italienischen Roten trinken.«

*****

Doch Triumph und Freude währen nur kurz in Kaiser und Heer, dann wird schreckliches Chaos über sie herfallen, ihre Sinne lähmen und das letzte Rest Leben aus ihren stinkenden Leibern saugen.

Und Friedrich weinte
Rom, im Jahre des HErrn 1167

Unsichtbar nähert sich dem deutschen Heer ein Feind, der gefährlicher, ja tödlicher ist als jeder Gegner in Menschengestalt. Den würden die aufmerksamen Augen der Ritter bemerken und stellen. Doch das sich jetzt nahende, sie bald von allen Seiten angreifende und sie fast alle vernichtende Unbekannte ist ihnen fremd. Sie sind ihm hilflos ausgeliefert. Als sie es endlich ausmachen, ist es zu spät.

Der Sommer ist sengend heiß im Jahre des HErrn 1167 in Mittelitalien. Die pralle Sonne trocknet die Erde aus. Staub und Hitze regieren das Land. Unerwartet zieht von den Bergen her rasch dichter Nebel auf, der wie eine dunkle Wolke die Sonne verdeckt. Finsternis legt sich plötzlich über das gerade noch heitere Tal. Es wird kalt. Die Menschen frösteln.

Friedrich, der sein Zelt oben auf dem Monte Mario hat aufschlagen lassen, und nicht unten im Talkessel, wo schier unmögliche hygienische Bedingungen herrschen, sieht das aufziehende Wetter. Das nahende Vorzeichen kommt ihm bekannt vor. Er nimmt Svens Stein in die Hand, reibt und drückt ihn. Ja, er küsst ihn sogar inniglich. Doch er fühlt, dieses Geschenk der Götter schützt ihn allein. Das Schicksal anderer Menschen berührt den Stein nicht.

Eindringlich fordert der Kaiser seine Gefährten auf, schnell das Tal zu verlassen. Doch die zögern. Sie erkennen die nahende Bedrohung all ihrer Leben nicht. Und dann: Ein Unwetter mit grellen Blitzen und heftigen Regenfällen bricht herein über das sieggewohnte Heer. Aus Hitze und trockenem Erdreich werden schlagartig Sumpf, Morast und Schlamm. Nicht lange währt das Unwetter, dann erbarmt sich, wie es scheint, der Himmel wieder den durchnässten und erschöpften Menschen und ihren Pferden. Doch die Hoffnung trügt. Je heißer die Sonne brennt, die Feuchtigkeit aus Boden und feuchter Kleidung zieht, die Luft zum Triefen bringt, umso unerträglicher wird der unsägliche Gestank nach Fäkalien, der sich über das Tal legt. Und immer größer und dunkler werden neue finstere Wolken über dem Tal, die jetzt aber aus Millionen und Abermillionen von Fliegen, Mücken und anderen Insekten bestehen, welche unbarmherzig über Menschen und Tiere herfallen.

Mit Urgewalt bricht im siegreichen Heer eine todbringende Fieberseuche aus, unersättlich unterscheidet sie nicht zwischen Bischof, Herzog, einfachem Ritter und Leibeigenem. Binnen Tagesfrist sterben die Menschen. Zahllos sind die Opfer. Bekannte und Namenlose. Der Tod kennt keine Unterschiede. Rainald von Dassel, Erzkanzler des römisch-deutschen Reiches und Erzbischof von Köln, der bei seinen Gefährten im Tal ausharrte, streckt er ebenso nieder wie Herzog Friedrich von Rothenburg, der Sohn König Konrads III., Welf VII., Sohn von Herzog Welf VI., Theobald von Böhmen, Berthold von Pfullendorf und zweitausend weitere Ritter. Auch mehrere Konsuln aus dem Kaiser verbündeten italienischen Städten erliegen der Seuche. Zu den Opfern zählt auch Acerbus Morena, der in Nachfolge von Otto von Freising, Rahewin dem Mönch, und seinem Vater Otto Morena die Taten des Kaisers bisher aufgeschrieben hat.

Eine Hiobsbotschaft nach der anderen erreicht Friedrich, oben auf dem Hügel über dem Talkessel, in dem der Tod wütet.

Der Kaiser liebt Wasser. Klares, kühles Wasser. Er trinkt es. Er badet in ihm. Wäscht seine Hände sorgsam damit. Eine Hygiene, die er auch Beatrix und den Fürsten in seinem engen Gefolge empfiehlt. Während die Kaiserin ihrem Mann vertraut, und Christian I. von Buch seinem Kaiser folgt, bleibt sein gutgemeinter Rat bei den anderen Fürsten ohne Erfolg. Wasser? Sie trinken Dünnbier und italienischen Wein. Beides schmeckt ihnen besser als blankes Wasser. Und waschen und baden? Sie meinen, im herrschenden Chaos Wichtigeres tun zu müssen. So werden auch viele der edlen Männer nicht von der Seuche verschont.

In all den Jahren hat Friedrich beherzigt, was Aja, Gelas Muhme, die weise Frau der Chatten, ihm dereinst im geheimen Gang mahnend empfohlen. Unvergessen, weil er die Ernsthaftigkeit von Ajas Worten gespürt und die Zuneigung, die sie ihm entgegengebracht, in ihrem Blick erkannt hatte. Damals, als er das Wasser verflucht hatte, das von der Decke auf die Statue tropfte.

Dann hatte sie dagesessen, den Blick in sich gekehrt, so als wäre sie nicht mehr von dieser Welt, sondern würde das Geschehen in einer anderen, zukünftigen verfolgen, um dann auf einmal sehr bestimmt, ja fast herrisch zu behaupten:

»In nicht zweimal zehn Jahren wirst du an die letzten meiner Worte denken. Wenn die Höllengeister zahllose deiner Mannen hinwegraffen, weil sie meinen Rat, von dir weitergegeben, sorglos missachten.«

Und dann auch noch: Friedrichs alter Freund, Graf Egbert von Selboldt, liegt danieder. Keine fünfzig Jahre alt. Mehr als dreißig davon ihm in enger Freundschaft verbunden. Gelas geliebter Bruder. Der Kaiser befiehlt, ihn in sein Zelt zu bringen, um ihm bestmögliche ärztliche Betreuung und den geziemenden priesterlichen Beistand zuteilwerden zu lassen. Doch das Schicksal entscheidet anders. Es ist zu spät.

Auf dem Sterbebett, aufgeschwollen, rotfleckig die gelbe Haut. Gut, dass Christian I. von Buch zufällig anwesend ist. Er vollzieht den Versehvorgang mit Würde, auch wenn es eilt. Die Heilige Kommunion hat Egbert schon erhalten. Da wünscht er dem Freund Friedrich noch etwas zu beichten. Es klingt zunächst wirr und unverständlich. Das Fieber hat Egberts Geist schon erfasst. Doch er kämpft. Langsam kristallisiert sich aus Wortfetzen und Gestammel ein Sinn. Er spricht von Gela. Sie hat dem Freund einen Sohn geboren, vor zwanzig Jahren schon, als sie beide auf dem unglückseligen Kreuzzug von Konrad waren. Deshalb sei sie damals ins Kloster gegangen. Hildegard von Bingen habe es ihr empfohlen. Um ihrem Geliebten die Schande zu ersparen. Nach Meerholz.

Tränen tropfen auf Egberts Gesicht, während er den Freund bittet:

»Sie hat den Schleier niemals genommen. Auf dich gewartet. In der Klause gewohnt. Nicht vergessen. Friedrich. Bitte. Die Götter lieben sie. Sie liebt dich, wie es die Götter tun. Dein Kind. Kümmer ...«

Friedrich kann nichts sagen. Rührung hat ihn übermannt. Nur die feuchtwarme Hand des Freundes presst er. Vorsichtig, sanft, so als befürchte er Egbert weh zu tun.

»Gismonde, mein Eheweib, hat hartnäckig angefangen, hässlich über dich und Gela zu sprechen. Da hab ich sie verstoßen. Gedroht, dass ich ihr die Zunge rausreiße. Sei vorsichtig. Sie ist voll Neid auf Gela.«

Beatrix, die das Gespräch der beiden Freunde mitgehört hat, bringt sich ein:

»Egbert, guter Freund, sei gewiss, der Kaiser und ich werden sich um deine Schwester Angela und ihr Kind liebevoll kümmern. Solange der HErr uns diese Gunst gestattet. Das versprechen wir dir.«

Noch einmal werden Egberts Sinne klar. Seine Stimme klingt brüchig, aber deutlich:

»Friedrich, riechst du es auch? Wie damals bei Lothar in den Alpen. Unten im Tal kochen die Kessel. Wie viele Fürsten und Ritter sind schon ins heiße Wasser gegangen. Alle wollen sie in heimische Erde begraben werden. Friedrich, Freund, bitte, nimm mich auch mit. Zurück nach Selboldt und Gelenhusen. Nach Hause.«

»Egbert, bester Freund, das verspreche ich dir bei meiner Seele. Du wirst die grünen Wälder wiedersehen, die Kinz und die Godobertus-Kapelle.«

Dankbarkeit und Erleichterung sind auf dem schon vom Tod gezeichneten Gesicht des Freundes zu erkennen. Kurz. Dann brechen seine Augen.

Des Kaisers Körper bebt. Er schluchzt auf. Für einen Moment erlischt das stete Lächeln auf seinen Lippen. Gut, dass Beatrix bei ihm ist. Er fühlt es. Ihre rechte Hand ruht auf seiner Schulter. Nichts kann den Verlust des Freundes ausgleichen. Doch allemal ist es gut zu wissen, dass man – noch – nicht allein ist.

Friedrich 1167
Die Flucht nach Deutschland

Der Kaiser befiehlt den beschleunigten Rückzug. Am sechsten August brechen sie auf. Schnell! Weg hier. Zurück nach Norden. Das arg dezimierte Heer ist erleichtert. Der Herrscher weiß um ihren dringlichsten Wunsch. Es ist mehr Flucht vor der unheimlichen Seuche denn geordneter Rückzug. Christian I. von Buch ist nun sein neuer Reichserzkanzler. Er ist schon unterwegs nach Deutschland. Zwei Maultiere in seinem Gefolge tragen selten kostbare Last, die Gebeine des Erzbischofs von Köln und die von des Kaisers bestem Freund. Er nimmt den weiteren, aber sicheren Weg von Italien über den Pass des Mont Cenis durch Burgund, dann den Rhein flussabwärts. Es ist die Route, die drei Jahre zuvor auch Rainald von Dassel mit den Reliquien der Drei Heiligen Könige eingeschlagen hat. Doch das weiß Christian von Buch nicht.

Das Kaiserpaar folgt nach Norditalien. Es heißt, bei Pontremoli sei es in heftige Kämpfe verwickelt worden. Selbst die Kaiserin habe zu den Waffen greifen müssen. Nur mit Schilden gedeckt, sei sie knapp den Pfeilen der Angreifer entgangen.

Ein Scheitern seiner Italienpolitik zeichnet sich ab. Nach der Flucht Friedrichs vereinen sich die Städte Mailand, Parma, Padua, Verona, Piacenza, Bologna, Cremona, Mantua, Bergamo und Brescia. Das Bündnis bekennt sich zu Papst Alexander III. und gegen den Kaiser. Sie geben sich den Namen ›Lombardenbund‹. Am ersten Dezember 1167 schließen sich Lombardenbund und Veroneser Bund zusammen.

Die kaiserliche Verwaltung aber bricht bis auf die ihr treuen Städte Novara, Vercelli und Pavia zusammen. Das Vorgehen des Lombardenbundes zwingt Kaiser Friedrich zum überstürzten Rückzug nach Pavia.

Ja, schier unglaublich! Aus Angst um sein Leben flieht Friedrich Anfang März 1168 mitten in der Nacht als Pferdeknecht verkleidet mit nur wenigen Getreuen heimlich aus Susa. Beatrix bleibt in der Stadt. Für Friedrich täuscht sein ihm ähnlich aussehender Kämmerer, der treue Hartmann von Siebeneich, den weiteren Aufenthalt des Kaisers in der Herberge vor. Er tafelt für seinen Herrn ausführlich und schläft in dessen Bett, um Friedrichs Flucht zu verschleiern. Er kennt jede Bewegung, jede Geste des Herrschers. Er kann sie täuschend nachahmen. Seit dessen Wahl zum König im Jahre des HErrn 1152 ist er der engste Vertraute Friedrichs. Er will es auch in Zukunft bleiben.

Erst, als sich der Kaiser weit genug durch das Stadttor von Susa entfernt hat, wird seine plötzliche Abreise offenbart. Erst dann kann auch Beatrix mit ihrem Gefolge die Stadt verlassen. Jenseits der Alpen, irgendwo zwischen Grenoble und Genf, findet das Herrscherpaar wieder zueinander, um nach Burgund und dann weiter ins deutsche Reich zu reisen.

Friedrich 1167
Ein unbekannter Sohn findet sich

Eine seltsame Begegnung ist noch zu vermelden, die sich ereignete in den Tagen, als der Graf von Maurienne dem aus Susa geflohenen Kaiser die Nutzung des Passes über den Mont Cenis verwehrte. Wie ein frisch gefangenes Raubtier in seinem Käfig so hetzte Friedrich, nur begleitet von seiner engsten Leibgarde, hin und her. Keine drei Tage hielt er es an einem Ort aus. Immer aus Furcht eine weitere Falle könnte zuschnappen und ihn stellen. So kam es einem Wunder gleich, dass ein junger Laienbruder aus der Kartause Silve-bénite auf ihn, der er gerade in einer abgelegenen Hütte eingekehrt war, unbehindert zutreten und ihn ansprechen konnte.

»Vergebt mir, ehrwürdiger Herr«, sprach der Bruder und zog dabei die Kapuze seiner Kutte vom Kopf, sodass sein Haar sichtbar wurde. Es war von rötlicher Farbe.

»Ich habe eine große Bitte. Hört mich für einen Augenblick an, hochwohlgeborene Majestät. Ich habe Euch von klein auf geliebt. Doch nun fällt es mir so schwer. Die Angst um mein Seelenheil macht mich krank. Dort Papst Alexander III., da Euer Papst Paschalis III. Bitte, Herr, lasst um unser aller Frieden die Einheit der Kirche wieder werden. Ich bitte Euch so herzlich!«

Tränen schossen aus den Augen des jungen Bruders. Sie rührten den Kaiser.

»Wer seid Ihr, Bruder? Ihr kommt mir irgendwie bekannt vor. Kennen wir uns?«

Der Mönch wischte sich mit einem Ärmel seiner Kutte die Tränen aus dem Gesicht, denen aber stetig weitere folgten.

»Ich heiße Dietrich. Ich weiß nicht, ob Euro Gnaden mich kennen. Doch ist es möglich. Meine Mutter hieß Marga. Sie war eine Wäscherin auf Eurer Burg Hohenstaufen, Herr.«

Der Kaiser sah ihn streng an. Er erkannte, dass der junge Mönch ohne Arg redete.

»Ihr seht ihr ähnlich«, sagte er dann mit belegter Stimme. In seinem Kopf wurden Erinnerungen an die kleine Wäscherin wach. Nur gute. Heißblütig schöne. Marga. Den, ihren Namen hatte er nie gehört.

»Wie kommt er hierher? Und wie soll ich Eurem Anliegen helfen können? Ich habe vor Gott geschworen, und einen Eid darf man nicht brechen.«

»Schon als Kind kam ich in die Klause von Silve-bénite. Ein Zisterzienser-Abt, Wibald von Stablo, hat mich persönlich dorthin zu den Kartäusermönchen gebracht. So hat man mir berichtet. Dort wurde ich mit Freuden aufgenommen und bin geblieben. Ich weiß sehr wohl, dass Euer Eid Euch heilig ist. Und das ist recht so.

Doch was getan werden kann, kann ich nicht sagen. Ich, ein einfacher Laienbruder, bitte Euch inständig von ganzem Herzen, hört auf die Erfahrenen und Klugen der christlichen Orden. Ich weiß, dass Basilius, der Prior der Großen Klause unseres Kartäuserordens, Abt Alexander von Cîteaux wie Bischof Petrus von Pavia nicht weit von hier weilen. Ich bete zu Gott, dass diese drei frommen Herren die Lösung wissen und sie Euch sagen können.«

Der Kaiser zaudert nicht:

»So höret, Dietrich, was ich sage. Geh zu den geistlichen Herren. Sag Ihnen, dass ich zu einem Gespräch mit ihnen über das Verhältnis des Reiches zu Roland, äh, Alexander III. bereit bin. Falls sie einen Weg wissen, wie ich von der Gefahr gefeit bin, meines Seelenheils verlustig zu gehen, wenn ich den von mir geschworenen Eid breche, dann will ich ihrem Rat in allen Punkten folgen.«

Dietrich strahlte ihn an: »Oh, Herr, wie wäre es wundervoll! Ich eile schon! Wir sehen uns wieder!«

Friedrichs Wiedersehen mit Dietrich fand tatsächlich statt. Doch nicht an jenem Ort, sondern später – mehrfach – bei Verhandlungen mit Alexander III. und auch mit den Vertretern des Lombardenbundes. In jenem Winter 1167 aber änderte der Kaiser Wort und Sinn seiner Zusage, kaum dass Bruder Dietrich gegangen; denn der Graf von Maurienne gab ihm den Pass über den Mont Cenis frei.

Darauf ließ Friedrich den Priestern ausrichten, ihr Kommen sei nur dann erfolgversprechend, »wenn sie mit einem Engel kämen oder mit der Kraft, Wunder zu vollbringen, Aussätzige zu heilen und Tote zum Leben zu erwecken.«.

*****

Der Kaiser eilt weiter nach Norden. Es treibt ihn baldmöglichst nach Gelenhusen; denn es ist an der Zeit, Gela selbst vom Tod ihres Bruders Egbert zu berichten. Zwar weiß sie gewiss schon um dessen Ableben, aber die traurigen Einzelheiten muss ihr Friedrich selber berichten. Das gehört sich. Das weiß er. Friedrich ist ein wenig bange vor der Begegnung mit der geliebten Frau, die er so lange nicht gesehen hat. Und jetzt soll er vor sie treten und ihr sogleich Schmerz bereiten. Doch das gehört sich. Es gebietet der Anstand. Beatrix spricht ihm Mut zu.

Frankfurt 2018
Herr Nelke sucht eine E-Mail

Herrn Nelke schwirrte der Kopf. Im Nachhinein wusste er nicht, wie er ohne Unfall zurück nach Frankfurt gekommen war. Dafür aber hatte sich in ihm ein Verdacht verstärkt. Jemand hatte ihm eine Falle gestellt, in die er voll hineingetappt war.

Warum?

Dafür sprach die lange E-Mail, in der ihm Monika Schlosser ihr Leid geklagt hatte, ihm geschrieben hatte, was ihr in den letzten Monaten ihres Aufenthalts in Hermannstadt widerfahren ist.

›Josip, bitte denken Sie nicht, dass ich unter Verfolgungswahn leide. Noch bin ich Herrin meiner sieben Sinne. Aber wie lange noch?‹

So hatte ihre E-Mail angefangen, die er eigenartigerweise jetzt auf seinem Tablet nicht mehr finden konnte. Eigenartig. Eigentlich achtete er doch sehr auf Ordnung in seinen Unterlagen.

Und jetzt …? Wo ist sie?

An den Inhalt der E-Mail von Monika Schlosser erinnerte er sich noch grob. Auch wenn es fast schon ein Dreivierteljahr her war, dass er die Mail erhalten hatte. Zunächst, so hatte sie ihm mitgeteilt, sei sie weiter sehr zuvorkommend und freundlich von seinen Angehörigen behandelt worden. So, wie sie es in ihren ersten Jahren in Hermannstadt dankbar erlebt und schätzen gelernt habe. Dafür könne sie ihm nur immer wieder danken.

Doch, seit Maria von ihm aus Frankfurt zurückgeschickt wieder in Sibiu sei, habe sich erst das Verhalten der Frauen ihr gegenüber grundlegend geändert, und bald darauf auch das der Männer. Sie wären zwar alle weiterhin höflich zu ihr. Doch dass dies nicht mehr echt sei, wäre eindeutig. Es sei so aufgesetzt, ja deutlich übertrieben, dass es nur als Hohn zu verstehen sei. Sie könne sich diese schlagartige Änderung nur so erklären, dass Maria schlimme Sachen von ihr und ihm behauptet haben müsse.

Sie vermute, so hat sie geschrieben, Maria würde erzählen, wir hätten ein Verhältnis miteinander; denn alle hielten sie jetzt für ein Flittchen. Auch die alte Elena, die sie zuvor immer unterstützt und bemuttert, ihr so geduldig das Töpfern beigebracht habe, sei jetzt plötzlich sehr reserviert ihr gegenüber.

Aber das Übelste und ihr das Unangenehmste sei, wenn Maria komme und mit ihr spazieren gehen wolle. *Warum?* Weil Marias Verhalten – nach den gemeinsamen Frankfurter Tagen – so überaus verlogen wäre.

Zunächst habe sie, Monika, es für pure Freundlichkeit gehalten. Einen Akt alter Vertrautheit und Dankbarkeit in Erinnerung an die gemeinsam verbrachte Zeit in Deutschland. Nur zu bald aber sei sie argwöhnisch geworden. *Warum?* In ihrem Zimmer, so habe sie bemerkt, habe nicht mehr die gleiche Ordnung geherrscht wie vor den Spaziergängen. Irgendwie hätten die Zeitungen, die er Maria freundlicherweise für sie mitgegeben habe, anders, durcheinander gelegen. So habe sie, Monika, beispielsweise die Ausgabe des ›Frankfurter Generalanzeiger‹, in der ihr Portrait, gemalt von ihrem Vater, abgedruckt sei, unter den Zeitungsstapel gepackt. Nach einem ausführlichen Spaziergang mit Maria aber habe die bewusste Ausgabe obenauf gelegen.

Erst habe sie gedacht: ›Monika, du wirst alt!‹ Sie habe es nicht wahrhaben wollen. Sie wollte glauben, dass sie sich täusche. Doch dann habe sie einmal spontan ihre Handtaschen in ihren großen Koffer eingeschlossen, diesen in den Kleiderschrank in ihrem Zimmer gestellt, diesen abgesperrt und den Schranktürschlüssel in einer bestimmten Position hinterlassen. Als sie zurückkam, habe sie gewusst, dass ihre schlimmen Befürchtungen berechtigt waren. Ihr Zimmer war durchsucht worden. Der Schranktürschlüssel war verdreht und das Ziffernschloss ihres Koffers habe deutliche Kratzspuren aufgewiesen. Aufbekommen aber hätten ihn die Täter nicht. Gottseidank, denn sonst wäre gewiss ihr iPad weg. Und dann hätte sie mir nicht schreiben können.

Und der letzte Satz in ihrer E-Mail war starker Tobak gewesen! Herr Nelke kannte ihn auswendig:

›Jetzt ist mein Handy verschwunden. Ein neues kann ich mir hier nicht besorgen. Wann kommst Du, Josip? Hol mich bitte hier raus. Ich habe Angst. Ich fürchte das Schlimmste. Ich muss hier schleunigst weg!‹

Wo war die verdammte E-Mail?

Herrn Nelke schwant Böses.

Sechs Jahre in Deutschland
Die Gunst der Götter

Überschaubar ist die Schar, eine Handvoll geschwächter Ritter, mit der sich der Kaiser über die Alpen nach Deutschland rettet. Welch Aufatmen. Nach dem feindlichen Italien zurück in dem Teil des Reiches, wo die alten Götter des Nordens ihm gewogen sind. Sie legen ihm ein eigenes Reich zu Füßen. Das erste Mal, dass ein zusammenhängendes Gebiet im Süden Deutschlands Herrscherland ist. Der schwarze Tod hat nicht nur seinen Vetter Friedrich von Rothenburg hinweggerafft und ihm dadurch das Frankenreich gegeben, nein, auch das süddeutsche Welfenland fällt ihm nach dem Tod von Welf VII. zu. Der Herzog von Zähringen ist tot. Weitere Adelsgeschlechter sterben aus. Von den Alpen bis hoch zur Wetterau ist nun alles ein Kaiserland. Auch Gelenhusen umfasst es! Schon vor Jahren hat Friedrich den Auftrag erteilt, ihm dort nach seinen Vorgaben eine Pfalz zu bauen.

Wie weit werden sie nun mit dem Bau sein?

Es kommt Friedrich vor, als wäre mehr als ein Menschenleben seither vergangen. Stimmt es nicht sogar? Auch sein letzter Freund aus Jugendzeiten ist vor Rom geblieben. Egbert, der sich doch so gefreut hat, ihm eine Pfalz auf der Insel in der Kinz zu errichten.

Graf Rudolf von Pfullendorf, der seit fünfzehn Jahren stets an meiner Seite ritt. Ruhig, hilfsbereit, immer war er für mich da, denkt er wehmütig. *Weg.*

Rainald von Dassel, sein Erzkanzler und zuverlässiger Berater in allen Fragen des Reiches, ist dort von ihm gegangen. Das Schicksal hat so heftig in sein Leben eingegriffen, vieles so schnell verändert, wie er es sich zuvor nicht hat ausmalen können. Eine kleine Ewigkeit in nicht einmal ein Menschenjahr gepackt. Denn in Wirklichkeit liegt sein letzter Besuch in Gelenhusen keine zwei Jahre zurück. Viel ist geschehen! Meinen es die Götter wirklich gut mit ihm? Oder spielen sie nur mit ihm, seinen Wünschen und Träumen? Es nicht zu wissen, macht Friedrich unruhig.

Die kommenden sechs Jahre werden der längste Zeitabschnitt sein, den Friedrich I., genannt Barbarossa, seit seiner Königswahl nördlich der Alpen verbringt. Sein Aufenthaltsort ist dabei teilweise über Monate unbekannt. Sein strategisches Handeln jedoch zukunftsweisend.

Während Friedrichs Abwesenheit haben Heinrich der Löwe und die Territorialfürsten das kaiserliche Machtvakuum genutzt und ihre jeweils eigenen Interessen verfolgt. Prunkvoll die Hochzeit des Löwen mit Mathilde, der Tochter des englischen Königs Heinrich II., am ersten Februar 1168 im Dom zu Minden. Mathildes Mitgift hatte den Herzog märchenhaft reich gemacht. Drei Schiffe waren nötig gewesen, um die Mitgift nach Deutschland zu bringen. Im Vergleich zu des Löwen Frau war Beatrix eine arme Partie. Der Neid der anderen Fürsten ist erkennbar.

Jetzt muss der Kaiser wieder deutlich machen, wer das Sagen im Reich hat. Er schlichtet einen lange währenden Streit in zähen Verhandlungen, die sich über ein Jahr und mehrere Hoftage in Würzburg, Bamberg, Frankfurt, wiederum in Würzburg und Worms hinziehen. Dort in Worms wird zunächst der Friede zwischen den sächsischen Fürsten und Herzog Heinrich dem Löwen bekräftigt, der dann endlich Anfang Februar 1169 auf der Pfalz Wallhausen geschlossen wird. Der Kaiser belässt seinem Vetter Heinrich dessen übermächtige Stellung im Reich. Die Klagen der Fürsten über den Löwen aber, die den Streit mitausgelöst haben, übergeht Friedrich. Heinrich der Löwe gehört für ihn zur Familie, die er zu schützen hat. Hat er dem Vetter doch die Ehe mit Mathilde, der Tochter des englischen Königs Heinrich II., vermittelt.

Ebenfalls im Jahre des HErrn 1169 ordnet Friedrich seine Nachfolge. Seinen vierjährigen Sohn Heinrich VI. lässt er in Bamberg zum König und Mitregenten wählen und alsbald in Aachen krönen. Zudem schlägt er Papst Alexander III. vor, Heinrich als König zu dulden. Dieser soll sich der päpstlichen Autorität unterordnen, wenn Papst Alexander ihn zum Kaiser krönt. Friedrich selbst jedoch will sich nicht verpflichten »einen anderen Papst anzuerkennen als Petrus selbst und die Päpste im Himmel«. Friedrich denkt dabei an den Eid, den er in Würzburg geschworen. Alexander III. lässt sich auf einen solchen Handel nicht ein. Die Verhandlungen von Kaiser und Kurie scheitern – zunächst.

Am achten Juni 1170 betont Friedrich I. in Fulda erneut seinen in Würzburg geschworenen Eid, dass er »Roland« niemals als Papst anerkennen werde. Er nennt ihn aus diesem Grunde auch mit seinem bürgerlichen Namen »Roland« und nicht »Alexander«.

Da der Konflikt mit der Kirche andauert, konzentriert sich Friedrich I. darauf seine Macht in Deutschland zu sichern und zu stärken. Ein probates Mittel hierfür ist der Ausbau von ›Kaiserland‹ an strategisch gelegenen und für den Handelsverkehr wichtigen Punkten des Reiches, dazu gehört – wie schon zur Zeit der Karolinger – das Gebiet der Wetterau, und damit auch Gelenhusen. Zur Stärkung des Kaiserlands gründet Friedrich dort nun Städte, baut Pfalzen und sichert so wichtige Handelsorte und -straßen. Gelenhusen, das weiß er, seit er es während seines ersten Besuchs von Egbert erfahren hat, ist solch ein in jeder Beziehung günstig und wichtig gelegener Ort. Besonders wichtig ist er aber auch für Friedrich persönlich – als Mann und Mensch. Wundert es da, dass er die Vollendung des Baus seiner Kaiserpfalz in Gelenhusen besonders forciert?

Gelenhusen 1170
Beatrix denkt über Friedrich nach

Die Macht, die sie beide mögen. Das Ansehen des Reiches, das auch ihr Ansehen ist. Mehr zu sein als alle anderen. Doch das gerade ist es, das sie beide gemeinsam auch einsam macht. Sie reiten zusammen und sprechen über die Pferde. Sie halten Hof und sprechen über Triviales. Über Ansehen, Macht, Geld, Twiste, das unbotmäßige Verhalten anderer, über Menschen, die nicht anwesend sind, über Menschen, die anwesend sind, über Essen, Trinken, die Kirche, die Kurie, den Papst, über Gott und die Welt, über alles und nichts. Doch über Kultur und Bildung, über Poesie. Nie.

Die fehlende Bildung, die sie trennt. Gut, ihr Gemahl hat zu tanzen gelernt. Doch fehlt ihm die Leichtigkeit der Schritte. Jede Eleganz der Bewegung lässt er missen.

Wie kann es sein, dass ein Mann so überaus anmutig und elegant sein eigenes Schwert schwingt und fremden Klingen ausweicht, aber im Tanz sich steif und hölzern bewegt? fragt sie sich. *Er merkt nicht, wenn Musik ihm fehlt. Zwar ist er der geschickten Rede mächtig. Doch hörte ich noch nie ein Lied aus seinem Munde. Die Kunst der Dichtung ist ihm völlig fremd. Unvorstellbar, dass ihm ein Poet ein Opus widmet, so wie es erst im vergangenen Jahr Walter von Arras mir verehrt hat mit seinem ›Ille et Galleron‹. Was hat er seinem Werk doch vorangesetzt?*

›Diese Herrin ist sehr klug und weise, und das sind ihre Erbtugenden.‹

Es ist die Macht, die sie gemeinsam reizt. Es ist jedoch das Körperliche, das sie beide vor allem bindet. So wie Friedrich sie auf dem gemeinsamen Lager küsst und ihren Körper mal zärtlich, mal fester streichelt und liebkost, das spricht von Einfühlsamkeit und großer Erfahrung. Wie viele Frauen müssen ihn dieses Können, an dem sie jetzt gern und oft und lustvoll teilhat, gelehrt haben? Und dann die andern Male! Wenn er verärgert oder im Feld geschlagen oder gar auf der Flucht sie nächtens nimmt. Brutal und hart sie überfällt, so als gelte es ein wildes Tier zu bändigen oder die erlittene Niederlage doch noch in einen glanzvollen Sieg zu wenden. Wenn Schlag um Schlag, wenn Stoß um Stoß ihren Leib zum höchsten Glühen bringt. Wenn ihre Lust sie lauthals schreien lässt, ihn so fordert sie endgültig zu bezwingen. Wo sie doch eines sicher weiß, am Ende wird sie als Siegerin auch aus diesem Liebeskampf hervorgehen. Besonders mag sie es, wenn er so recht brünstig in ihr herumfegt und dabei dieses stete Lächeln aus seinem Gesicht schwindet. Welch Glück auf Erden! Kurz hinter die ewige Maske der Überlegenheit schauen zu dürfen. Hinter dieses Gesicht des »Ich bin der Ältere!«, »Ich bin der Wichtigere, der Mächtigere, der Bedeutendere!«

Es macht sie wütend.

Weiß sie doch, dass sie ohne ihn weder Kaiserin noch Königin wäre. Ohne ihn wäre sie ein Nichts. All die Dichter und Sänger, die sie jetzt so hofieren, wollen doch nur ihre Gnade und Gunst, sprich: ihr Geld. Und Vermögen hat sie doch nur, weil Friedrich es ihr gibt, ihr Anteile an Münzstätten gewährt hat.

Früher, ja, da hat er noch ihren Rat gesucht. Aber nun, wo ihm nahezu alles zu gelingen scheint? Ist sie vergessen? Zählt nur noch ihr Körper? Er begehrt sie, weil sie jung und fruchtbar ist. Und sie gibt sich ihm hin. Im Kopf hat er die andere. Gela.

Kann dies alles sein?

Sie seufzt. Manchmal hasst sie den Mann. Ihren Mann! Abgrundtief. Dann aber wieder ...

Durch das heilige Sakrament sind sie verbunden.

›Bis, dass der Tod Euch scheidet.‹

Oder er sie verstößt. Doch da sind die Kinder.

Gott sei Dank. Ich bin fruchtbar.

Vor allem die Söhne. Seine Söhne. Nicht unsere Söhne. Alle haben sie das rotblonde Haar des Vaters. Bis auf den kleinen Otto.

Mir ist fast das Herz stehen geblieben. Als ob er etwas ahnen, etwas vermuten würde.

»Der kleine hübsche Engel mit dem goldfarbenen Haar sieht ganz nach dir aus, Beatrix!«, hat er gesagt. »Da ist mir wohl gerade die rote Farbe ausgegangen.«

Dann das so gewöhnliche, laute Lachen des Kaisers.

Aber, was wäre ich ohne die Kinder?

Gelenhusen 1170
Der König im Paradies

Die Mutter ist über den Fluss gefahren. Sie will dem Kloster in Meerholz einen Besuch abstatten. Der Herr Vater ist wohl auf der Jagd. Er hat ihn heute noch nicht gesehen. Sein persönlicher Betreuer, Gozwin, ist da und doch nicht da. Er hört ihn mit den Zofen der Mutter reden. Lautes Lachen. Es muss etwas Lustiges sein. Die Erwachsenen haben ihren Spaß.

Warum soll ich, der ich ihr König bin, nicht auch meinen Spaß haben? denkt der Junge. Es klingt ein wenig trotzig, aber entschlossen.

Der Innenhof der Pfalz ist voller Menschen. Menschen, die er nicht kennt, noch nie gesehen hat. Lauter Fremde, die ihn auch nicht kennen, mit sich selbst beschäftigt sind. *Gut so*, denkt Heinrich. Die große Wiese gegenüber der Pfalz ist vollgestellt mit Koppeln voll edler Pferde und bunten Zelten. Prächtige Zelte sind darunter. *So das von Herzog Heinrich dem Löwen, dem wohl mächtigsten der deutschen Fürsten im Reiche nach meinem Vater, dem Kaiser.*

Und nach mir, sagt Vater. Weil ich der König bin. Aber ich bin noch so jung. Ein Kind. Was könnte ich da schon machen? Und außerdem: Herzog Heinrich gehört zu unserer Familie. Vater und er sind Vettern. Und sie mögen sich. Zu mir ist er auch sehr freundlich. Er hat mir einen roten Löwen geschenkt. Aus Holz geschnitzt. Da habe ich mich gefreut. Mutter allerdings mag ihn nicht. Neulich habe ich gehört, wie sie zu meinem Vater gesagt hat:

»Ich bitte Euch, seid auf der Hut. Der Löwe lebt in seiner eigenen Welt. Sein Territorium, seine Macht sind ihm alleine wichtig. In Eure, unsere Welt, mein Gebieter, begibt er sich nur, wenn es ihm nutzt oder er etwas von Euch will. Bedenkt doch, wie er mit Eurem Onkel Otto, dem Bischof von Freising, umgesprungen. Hat er nicht dessen Isar-Brücke nur zerstört, damit der Salzhandel allein über seine eigene Brücke bei Munichen [*das heutige München; der Bearbeiter*] erfolgen konnte und die Salzhändler an ihn den Brückenzoll zu entrichten hatten?«

Und als Tante Berta, Vaters Schwester, ihn auf Onkel Heinrich angesprochen hat, sie wussten nicht, dass ich im Eck neben dem Kamin spielte, da meinte er: »Mir ist bekannt, dass Beatrix ihn nicht mag, ja, ihm misstraut. Doch bedenke, Berta, sie ist unter den Welschen aufgewachsen. Da gibt man viel, zu viel wohl auf Äußerlichkeiten. Sie spricht von seinen kurzen, krummen Beinen und seinem Haar, das so unnatürlich schwarz sei. Was soll es?! Mir ist Heinrich seit zwei Jahrzehnten ein treuer Freund und Vetter. Das schätze ich.«

*****

Als Heinrich VI., der Sohn Friedrichs I., dereinst selbst römisch-deutscher Kaiser und König, im Jahre des HErrn 1190 den Bürgern von Gelenhusen ein weiteres Schutz- und Handelsprivileg verleiht, da wird er frank und frei seine große persönliche Zuneigung zu dieser Stadt bekennen, indem er beurkunden lässt, dass er ›bewogen durch seine einzigartige Liebe zu diesem Ort‹ dieses Privileg erteile.

Heinrich liebt die Pfalz, die Kinz, den Fluss, und, überhaupt ganz Gelenhusen mitsamt der wunderschönen Landschaft um sie herum, solange er denken kann. Ja, und die Menschen hier. Vor allem Heinrich vom breyden Bach, natürlich, den besten aller Freunde, mit seiner Familie. Wann immer das große, weite Reich ihm die Gelegenheit dazu bietet, kommt er hierher. Siebenmal allein in den Jahren 1190 bis 1195 wird er sich in Gelenhusen aufhalten. Tage herausschinden, um länger dort bleiben zu dürfen. Leicht durchschaubare Begründungen nutzen. Sein engstes Gefolge weiß um seine Liebe zu dieser Stadt. Da sie Heinrich sehr schätzen und achten, lassen seine getreuen Mannen von sich aus schon den Aufbruch langsam angehen.

Auch im Oktober 1195 verzögert sich so das Ende des Aufenthalts. Gibt es doch noch einiges zu beurkunden vor der Abreise.

Kaiser Heinrich VI. hat diesen Hoftag nach Gelenhusen ursprünglich lediglich einberufen, um am achtundzwanzigsten Oktober auf dem Fest der Heiligen Simon und Judas das Kreuz zu nehmen in Anwesenheit des Kardinallegaten Johannes von Sankt Stephan aus Monte Celio.

Zusammen mit den zahlreich gekommenen geistlichen und weltlichen Fürsten will er demnächst ins Heilige Land ziehen. Heinrich weiß noch nicht, dass es sein letzter Besuch in der von ihm geliebten Stadt ist. Auch nicht, dass er den in Gelenhusen soeben vorbereiteten Kreuzzug nicht wird antreten können.

*****

Ende August 1197, Heinrich ist auf der Jagd bei Fiumedinisi, wird ihn heftiges Fieber mit starkem Schüttelfrost niederwerfen. Vier Wochen lang währt sein Ringen mit dem Tod. Dann hat es den Anschein, dass er in diesem Kampf die Oberhand gewinnt. Doch welch trügerische Hoffnung! Am achtundzwanzigsten September wird Kaiser Heinrich VI. zweiunddreißigjährig in Messina auf Sizilien sterben. Offiziell wird erklärt werden, er sei dem Fieber erlegen, an dem er seit der Belagerung Neapels im Jahre des HErrn 1191 litt. Hinter vorgehaltener Hand hält sich jedoch das schreckliche Gerücht, seine elf Jahre ältere Gemahlin Konstanze von Sizilien habe Heinrich von Vertrauten vergiften lassen.

*****

Doch all dies ist ferne Zukunft. Und, Gott sei Dank, dem Knaben an diesem warmen Sommertag im Jahre des HErrn 1170 unbekannt. Für ihn wird es einer von vielen herrlichen Tagen sein, so besonders und schön, dass er sich sein Lebtag lang gern an diese Zeit erinnern wird.

Zunächst treibt sich Heinrich allein zwischen vielen fremden Gestalten, Gesichtern und Sprachen im Innenhof der Pfalz herum. Dort befindet sich, weit weg von der Torhalle, ein großer runder Platz, gefüllt mit Erde und umringt von einer Steinmauer, die ihm bis zur Hüfte reicht. Er klettert gerne auf sie. Wenn er auf dem Mäuerchen steht, ist er so groß wie die meisten Erwachsenen. Das mag er: Erwachsenen geradewegs in die Augen schauen.

Vor wenigen Tagen, als erst wenige Gäste gekommen waren und lediglich ein paar der kaiserlichen Rösser im Hof mit ihren Hufen nach

Fressbarem scharrten, da hat er so seinem Vater gegenübergestanden und ihn gefragt:

»Herr Vater, Ritter Gozwin hat mir gesagt, hier soll ein gar hoher Turm entstehen, der Bergfried heißt. Wird er nach Euch so geheißen?«

Zwar hatte Heinrich bemerkt, dass seine Frage den Vater überraschte und dessen freundliches Lächeln verstärkte, doch er ahnte nicht, warum der Vater so reagierte. Wie sollte er auch wissen können, dass sich der Ältere durch seine Frage an ein Gespräch im Pferdestall von Hohenstaufen erinnert fühlte, am Vortag seines ersten Ritts mit seinem Vater wiederum, Herzog Friedrich dem Einäugigen, hierher nach Selboldt und Gelenhusen. Wie hatte er sich seinerzeit über das Lob seines alten Herrn gefreut.

»Heinrich«, so hatte der Kaiser ihm dann geantwortet, »das ist eine gute Frage. In ›Friedrich‹ wie in ›Bergfried‹ steckt das Wort ›Frieden‹. Friedrich bedeutet reich an Frieden oder der Friedensreiche. In unserem Geschlecht der Schwaben trägt der Erstgeborene immer diesen Namen, weil unsere Familie damit deutlich machen will, dass wir uns überhaupt und ganz besonders in unserem Land viel Frieden unter den Menschen wünschen.«

»Aber jetzt ist doch mein älterer Bruder Friedrich gestorben. Wer wird jetzt den schönen Namen tragen, Herr Vater?«

»Heinrich, deine Frage ist wiederum blitzgescheit. Ja, Friedrich ist jetzt im Himmel. Du bist nun mein ältester Sohn. Deshalb wurdest du auch zum König gewählt. Du bist und bleibst Heinrich. Doch dein jüngerer Bruder wird den Namen Konrad ablegen und förderhin Friedrich heißen. So ist's entschieden. Er ist so jung und hat sich an seinen ehemaligen Namen noch nicht gewöhnt.«

Der Kaiser machte eine Bewegung mit der Hand, so als wolle er das Thema wegwischen.

»Doch, Heinrich, du fragtest nach dem Turm mit Namen ›Bergfried‹. Manche sagen auch ›Burgfried‹ dazu. Warum glaubst du, trägt er diesen Namen?«

Heinrich überlegte angestrengt. Er wollte den Vater nicht enttäuschen.

»Dem Namen nach soll er dem Berg, der Burg Frieden bringen. Oder den Menschen, die in ihr sind, Schutz bieten. Doch, Herr Vater, wo ist der Feind, der hier den Frieden stört?«

»Eine ganz großartige Frage, König Heinrich. Was wäre ich für ein Kaiser und du für ein König, wenn wir mitten in unserem eigenen Reich, in dieser prachtvollen Pfalz Schutz in einem Turm suchen müssten?«

Heinrich hatte eifrig genickt.

»Hier leben doch nur freundliche Leute.«

»Du sagst es, mein Sohn. Aus diesem Grund habe ich befohlen, den Turm nicht zu bauen. Und du«, der Vater hatte ihn von der Mauer und hoch in die Luft gehoben, »du bist der Wächter dieses Sockels aus Stein.«

Wie glücklich fühlte er sich, wenn er an dieses Ereignis dachte. Und wie ernst er die ihm vom Vater übertragene Aufgabe nahm.

*****

Heute aber stöbert er weiter allein durch die Burg. Da gibt es eine Tür in der Burgmauer zum nördlichen Arm der Kinz hin. Dahinter befinden sich auch die Häuser der Burgmannen. Die Mutter sieht es gar nicht gern, wenn er sich dort herumtreibt. Sie sagt, sie habe Angst, er könne in den Fluss fallen.

Weiß sie denn nicht, dass mir Ritter Gozwin das Schwimmen beigebracht hat? denkt er vorwurfsvoll.

Und jüngst erst hat er gerade dort Wildenten mit ganz vielen kleinen braunen Küken im Schilf gesehen. Was für ein liebes Bild! Im Wasser gibt es bestimmt viel zu entdecken. Dorthin zieht es ihn.

Aber was ist das?! An seinem Lieblingsplatz kauert schon ein Junge.

»Hej, was machst du denn da?«, fährt er den anderen an. Er ist der König. Das hat er schon gelernt. Die anderen haben ihm zu gehorchen.

Doch der fremde Junge da macht nicht den Eindruck besonders eingeschüchtert zu sein. Er hält vielmehr einen Finger vor seine Lippen, das Zeichen still zu sein. Dann winkt er Heinrich zu sich heran. Behutsam, leise. Der gehorcht. Als er den anderen erreicht hat, deutet der ihm an, sich langsam neben ihn zu hocken.

»Wir müssen ganz ruhig sein. In dem Nest schlüpfen gerade Entchen aus den Eiern. Wir dürfen die Mutter nicht erschrecken.«

Der Junge flüstert es und weist dabei mit seinem Zeigefinger vorsichtig auf eine Stelle im Schilf. Heinrichs Augen folgen dem Finger und sehen – nichts.

»Schau etwas mehr nach rechts. Siehst du den runden Stein da im Wasser. Genau rechts davor.«

Da erblickt Heinrich das Nest und die Ente darauf. Er nickt.

»Jetzt seh ich sie!«, raunt er aufgeregt zurück.

»Manchmal guckt unter ihrem Federkleid ein kleines Schnäbelchen hervor. Schau! Jetzt!«

»Ich seh's! Ja!«

Fast hätte er laut aufgejubelt.

*****

Viel später erst haben sie sich an den Wildentenkindern satt gesehen. Da wissen sie bereits, dass sie beide Heinrich heißen. Es ist lustig. Das genügt ihnen. Beide haben sie rotgelbes Haar. Das verbindet sie. Am Mittag muss der Heinrich, der als erster bei den Enten gewesen ist, nach Hause zum Essen.

Am Nachmittag treffen sie sich wieder. Der kleine König lernt das Basteln von Segelschiffchen aus Kieferrinde und Schilf. Ihre Schiffchen lassen die beiden Buben auf der Kinz um die Wette schwimmen. Und am späten Nachmittag verabreden sie sich für den nächsten Morgen. Da zeigt ihm der Gelenhusener Heinrich das Wehr in der Kinz, mit dem das Wasser für das große Rad der Burgmühle gestaut wird; die Fische, die flink die Staustufen gegen den Strom hinaufhüpfen; wie man Forellen, die unter der Grasnarbe am Flussufer stehen, mit der Hand fangen kann. Und er hat Heinrich beigebracht, wie man aus einem geraden Ast eines Haselnussstrauchs eine Flöte basteln kann.

Ja, und wie haben sie gelacht, als er ins Wasser gefallen ist, und der andere Heinrich zu ihm in die Kinz gesprungen ist! Wie hat es gespritzt! Heinrich, der junge König, hat für kurze Zeit Einlass ins unbeschwerte Kinderparadies erhalten. Niemals, nie wird er diese Tage vergessen oder gar missen wollen.

Die Mutter ist entsetzt gewesen, als sie ihn nass und voll Schlamm gesehen hat. Erst wollte sie Ritter Gozwin auspeitschen lassen, dann aber hat sie das Glück im Gesicht ihres Kindes gesehen und nur mit Gozwin geschimpft. Der Kaiser hat Gozwin eine laut schallende Backfeige gegeben. Der Schlag habe gar nicht wehgetan, hat Ritter Gozwin Heinrich beruhigt, und der Kaiser habe ihm zugeraunt:

»Passt künftig besser auf meinen König auf, Ritter! Du kennst doch die Frauen!«

Das Schönste jedoch war: Er hatte einen Freund gewonnen. Heinrich. Hier in Gelenhusen, »meinem liebsten Ort im Reiche«, wie er später gerne bekennen wird.

Frankfurt 2018
Herr Nelke kombiniert

Herr Nelke konnte jetzt gut eins und eins zusammenzählen. Es gab schon wieder Zoff mit den Weibern. Da die Rachelust der Maria, die er zurück nach Rumänien geschickt hatte. Das war ein Fehler gewesen. Sein Fehler. Da die Schikanen, denen Monika Schlosser ausgeliefert war. Da das plötzliche Auftauchen des jungen Iulian, der ein Verwandter eines anderen ›Bulibascha‹ *war.*

Iulian hat mir einen Brief mitgebracht von seinem Bulibascha. Warum habe ich mich nicht gefragt, was dahintersteckt? Der weiß doch genau, dass ich mit Florin Cioaba, seinem Feind, eng befreundet gewesen bin. Ich soll für ihn, so hat er mir geschrieben, ›demnächst‹ hat er vor Monaten geschrieben, nach Indien zur dortigen Regierung fliegen und die indische Herkunft von uns Roma beteuern. Wir bitten für alle Roma in Europa um Schutz der indischen Regierung, hat er geschrieben. Und: Ich wäre der Beste, der für diese Mission in Frage käme. Schließlich hätte ich den Auftrag bereits einmal mit Bravour erfüllt.

Die Idee mit der Schutzmacht Indien hat Florin auch gehabt, als er mich nach Delhi schickte. Das habe ich beim Lesen gedacht. Sie kann also nicht schlecht sein.

Dabei ging es dem König nur darum, mich von Frankfurt wegzulocken, damit er hier dann sein Komplott gegen mich umsetzen konnte. Indien interessierte ihn nicht, sondern das Finanz- und Handelszentrum Frankfurt am Main. Und mich hat er mit seiner Lobhudelei eingeölt. Dann hat er noch geschrieben, dass er mich bittet dem jungen Iulian zu helfen, einen deutschen Führerschein zu machen, damit er hier arbeiten kann. Ich soll ein wachsames Auge auf ihn haben und ihn möglichst so unterbringen, dass er unter meiner Fuchtel steht. Einen Scheck über fünftausend Euro hat er beigelegt. Als Vorschuss. Für die Kosten, die anfallen. Eine Kopie von dem Scheck habe ich noch, fällt mir gerade ein.

Ich Dämlack fühlte mich so geehrt, dass ich den Jungen in der Einliegerwohnung, die früher Monika Schlosser bewohnt hat, einquartiert habe. Die fünftausend Euro wollte ich nicht, deshalb habe ich Iulian den Scheck gegeben. Mir war das Geld irgendwie suspekt. Wie gut, dass ich da auf mein Bauchgefühl gehört habe. Zu Kirschel habe ich ihn wegen dem Führerschein allerdings geschickt. Es kann ja nichts schaden, wenn man zum Gegner gute Beziehungen hat, habe ich gedacht. Wie blöd kann ein Mensch nur sein!

Das ›Demnächst‹ kam bald. Dann hat mich der andere Bulibascha ein paar Monate später tatsächlich nach Sibiu gerufen, mir einen großen Umschlag in die Hand gedrückt, einen Diplomatenausweis gegeben und mich nach Neu-Delhi geschickt. Mit zwei seiner Leute, die indische Nachnamen hatten. Adrian Džugi und Marian Badi hießen sie, laut den Pässen, die sie bei sich hatten.

»Das kann nichts schaden!«, hat der Herr König zu mir gemeint.

»›Badis‹ gibt es in Nordindien wie Sand am Meer. Sie sind meist Künstler. Musiker. Und ›Džugi‹ kommt vom indischen ›Yoga‹, habe ich mir sagen lassen. Das klingt gesund.«

Gelacht hat er dabei wie ein alter Ziegenbock.

In Neu-Delhi würde mich der rumänische Botschafter in Empfang nehmen, hieß es noch. Und ich habe alles fein geglaubt. Und der, sein Iulian saß inzwischen die ganze Zeit in meiner Wohnung in Frankfurt und konnte alles so machen, wie der Alte in Sibiu es gegen mich haben wollte.

Gratulation, Herr Nelke, zu so viel Dummheit! So blöd kann auch nur ich sein. Da wird für mich in meinem eigenen Reich die Grube ausgehoben, und ich fühle mich geehrt!

Und der andere Zirkus ging in Sibiu von vorne los und hat mich abgelenkt. Geschickt! Geschickt! Monika Schlosser wollte weg von den Weibern in Sibiu. Das konnte ich nachvollziehen. Und das war auch echt. Doch meine eigenen Weiber zeterten und rissen an mir rum. Ich musste nix wie weg da, bevor ich ein paar von ihnen erschlagen würde. Die Schlosser wollte unbedingt weg und mit mir nach Indien. Und ich Idiot habe sie mitgenommen. Ich fühlte mich geehrt. Sie sieht toll aus. Kann Englisch. Und was weiß ich noch alles. Mitleid hatte ich auch mit ihr.

Beim Zwischenstopp in Dubai haben wir, als die beiden Leibwächter mit indischen Namen beim Pinkeln waren, schnell noch einen Code vereinbart, wie sie mich sicher und vertraulich erreichen kann; für den Fall, dass wir getrennt werden und was Wichtiges sein sollte. Dann hat sie wieder gepennt. Sie hat die meiste Zeit gepennt.

Im Neu-Delhi Airport haben wir uns auch prompt aus den Augen verloren. Millionen Menschen liefen da herum und alle redeten gleichzeitig. Nur gut, dass ich mich da ein wenig auskannte von meiner ersten Reise nach Delhi. Der Botschafter beziehungsweise sein Fahrer war da. Er wollte nur mich und die beiden indischen Roma mitnehmen. Die Schlosser rief was von »Terminal 1, Palam – Inlandflüge« *und war verschwunden. Seitdem habe ich nichts mehr von ihr gehört. Bis heute.*

Und wie, Leute, sagt es mir, wie soll ich mich jetzt bei meinem Anwalt erkenntlich erweisen? So, wie ich es ihm versprochen habe für den Fall, dass er mich aus der Falle rausholt.

Als ich Doktor Langer die Geschichte erzählt habe, hat er erst nur den Kopf geschüttelt und »Unglaublich!« gesagt. Aber dann hat er schallend gelacht. Ob er auch gelacht hätte, wenn ich ihm gestanden hätte, dass seine Frau dabei war?

Und dann hat er, nun wieder ernst, gesagt:

»Was halten Sie davon, Herr Nelke, wenn wir jetzt den Spieß umdrehen und Strafanzeige erstatten gegen den Herrn Iulian? Wegen falscher Verdächtigung und so weiter.«

Von Kindern und Göttern
Gelenhusen 1170

Kurz vor seinem Tod im August des Jahres 1167 hatte Egbert Friedrich von Gelas Sohn berichtet. Zurück in Deutschland suchte der Kaiser Gela auf, um ihr Einzelheiten vom Sterben des geliebten Bruders mitzuteilen. In vielen Schlachten hatte er zuvor schon dem Tod ohne Angst und Scheu in die Augen gesehen, doch vor dieser Begegnung mit der Frau, die er weiter liebt, war ihm bange. Aber er musste zu ihr. Nichts sprach ihn davon frei. Es war schlicht eine Frage des Anstands. Honor imperii! So sei es!

Also hatte sich Friedrich überwunden, sich gezwungen, sich zum Kloster Meerholz hin übersetzen zu lassen. Jeder Ruderzug seiner Mannen war ihm vorgekommen, als müsse er einen riesigen Kahn allein gegen starke Flut vorwärts bewegen. Sichtlich erschöpft war er am anderen Ufer der Kinz aus dem Boot gestiegen. Unendlich schwer fiel ihm der Gang zum Kloster.

Unnötig, überflüssig die Ängste, die Gedanken, die Befürchtungen, die unbeschreibbaren Erwartungen, die ihn über Monate gequält, gepeinigt hatten. Gela sehen und sein Herz schlug hoch. Voller die Gestalt. Mütterlicher. Aber ihre blauen Augen strahlten eine Wärme und Güte aus. Auch wenn ihm um ihre Mundwinkel ein Zug von Ernst und Trauer zu liegen schien. Was für eine Persönlichkeit! Sie nahm sofort sein Herz gefangen. Nie würde er jemanden wieder so lieben können wie Gela. Auch Beatrix nicht. Und als er ihr berichtete, wie er Egbert, dem Freund, vor Rom völlig unerwartet begegnet war, ihr abendliches vertrautes Gespräch in seinem Zelt und die Pein, die ihrem Bruder widerfahren war, stockend, denn die Erinnerung rührte seine Gefühle auf, da bemerkte er auf einmal, dass Gela seine Hand ergriffen hatte und tröstend streichelte. Er nahm sie in den Arm und küsste ihre warmen Lippen. Behutsam, zärtlich. Sie erwiderte seinen Kuss. Ihre Lippen blieben für eine kurze Weile auf einander haften. Dann schob sie ihn sanft von sich. Er spürte, dass es ihr schwer fiel. So wie ihm. Doch er wollte ihre Gefühle nicht zwingen.

»Egbert«, so sprach Friedrich mit belegter Stimme weiter, als wäre der Zauber eben nur ein Traum gewesen, »Egberts letzte Bitte war, ich solle mich um unseren Sohn kümmern. So gab der Gute mir in seinem Tod noch ein Geschenk mit auf die weitere Lebensreise.«

Seine Worte waren frei von Vorwürfen. Es klang aus ihnen vielmehr Freude und der väterliche Wunsch mehr zu erfahren von dem gemeinsamen Kind.

Und Gela, die Mutter, nahm diese Stimmung auf, befreite sich sanft aus seiner Umarmung und berichtete. Oben an der Quelle, wo sie dann so ungewollt hatten auseinandergehen müssen, da sei es wohl geschehen. Und während er auf dem Kreuzzug für Gott kämpfte, da habe sie ihr Kind bekommen. Schon hier im Kloster. Einen Sohn. Sie habe ihm den Namen Gottfried gegeben. Weil der Junge für sie ein Geschenk Gottes sei.

»Und ›fried‹, na du weißt schon warum.«

›Edler vom breyden Bach‹ laute der Titel, den sie ihm verliehen, weil er fern von ihr, die im Kloster Meerholz lebt, auf der anderen Seite der Kinz, in Geylenhusen in der kleinen Burg seiner Vorfahren mütterlicherseits aufgewachsen ist. Bei seiner Großmutter, ihrer lieben Mutter, und seinem guten Onkel Egbert, der jetzt beim HErrn oben im Himmel sei.

Gottfried ist schon deutlich mehr als zwanzig Jahre alt, erfährt der Kaiser. Weil er dann, seinem Vater gehorchend, Adela von Vohburg habe heiraten müssen, da habe sie ihn nicht quälen und ihm von Gottfried nichts sagen wollen und sagen lassen. Sie sei hier in Kloster Meerholz geblieben und nicht nach Selboldt zurückgekehrt.

Gottfried, ihr gemeinsamer Sohn, zugleich der letzte aus dem Geschlecht derer von Selboldt-Geylenhusen, habe nun selber schon einen Sohn. Heinrich vom breyden Bach heißt er.

»Ein prachtvoller Bub ist er, unser Enkel Heinrich. Schon gut fünf Jahre alt. Ihm ist, wie Gottfried selber auch, das rotblonde Haar der Schwaben zu eigen.«

Und was kann ich ihm auf die Schnelle sonst noch zu berichten?, überlegt Gela. Erst sei die Mutter gestorben, dann habe Egbert seine Frau Gismonde verstoßen. Gar gnädig sei er zu dieser Hexe gewesen. Das schlechte Weib habe Ungeheuerliches behauptet. Gottfried sei ein Bankert von Egbert und ihr, Gela. Ein Kind geschwisterlicher Inzucht. Dann ist Egbert vor Rom gestorben. Bald danach ihr anderer Bruder. Luitold von Gleißberg, »den unser Gottfried nie kennengelernt hat. Jetzt hat er von seiner Familie außer seiner Frau Marthe nur noch mich, seine Mutter. Aber ich, die Edle Angela von Selboldt und Geylenhusen, oder Schwester Angela, wie man mich hier im Kloster Meerholz nennt, bin ihm draußen im wilden Leben keine große Stütze. Ich habe ihm die Burg in Selboldt übertragen. Und noch ein paar Güter mehr. Er, sein liebes Weib Marthe, Heinrich und, vielleicht, weitere Kinder, die Gottfried mit Marthe noch haben wird, keines wird hungern müssen.«

Gela machte eine kurze Pause, dann sprach sie weiter:

»Gottfried weiß um seine Herkunft. Ich habe ihm das Geheimnis anvertraut. Und auch die Warnung der alten Muhme habe ich, als meine eigenen Worte, an ihn weitergegeben: ›Immer nur der älteste Sohn soll um es wissen. Solange es bewahrt wird, wird es Euch förderhin geben.‹«

Gela zögerte erneut kurz:

»Damit du auch dies weißt, Friedrich: An dich als seinen Vater darf Gottfried nicht denken, dich privatim niemals laut erwähnen. Ja, deinen Namen im persönlichen Bezug wird er nicht nennen. Selbst gegenüber Marthe, seinem geliebten Weibe, nicht. Er hält sich gründlich dran. Auch wenn es für unser Kind, das dich inniglich liebt, nicht selten eine Qual ist. Dich als unser aller Kaiser und Herrscher wird er jedoch stets voll Respekt und Anerkennung ehren.«

Fast flehend sah sie zu Friedrich hoch:

»Sei gut zu ihm, Friedrich, wenn sich die Gelegenheit ergibt. Gewähr' ihm deine Huld. Er wird's dir ehrlich danken.

Gottfried lebt fast nur noch in Gelenhusen, wie unser stetig wachsender Ort nunmehr geheißen wird. Er pflegt und hütet deine Pfalz, in den langen Zeiten deiner Abwesenheit. Egbert hat ihn darum gebeten, bevor er mit dem Erzbischof von Mainz nach Italien aufgebrochen ist.

Manchmal setze ich nach Gelenhusen über. Dann beten Gottfried und ich gemeinsam in der herrlichen Kapelle der Pfalz. Manchmal bringt Gottfried auch den kleinen Heinrich mit. Der Junge weiß, dass ich, die alte Schwester aus Meerholz, seine Großmutter bin. Ein herzensguter Junge. Er begegnet mir mit Ehrfurcht. Aber er hat erkennbar nichts dagegen, wenn ihn seine Oma an sich drückt. Wir beide können gut miteinander.

Um etwaigen Fragen vorzubeugen hat Gottfried zu Heinrich gesagt:

›Nach dem Tod ihres lieben Mannes ist deine Großmutter ins Kloster eingetreten. Jung war sie noch, als sie der Schicksalsschlag traf.‹

Gottfried hasst es eigentlich die Unwahrheit zu sagen, aber in diesem Fall schien es ihm unumgänglich. Unser Sohn fürchtet sich schon vor dem Tag, wenn er Heinrich einst die ganze Wahrheit wird sagen müssen.«

Friedrich, der die ganze Zeit geschwiegen und nur Gela angeschaut hatte, sagte: »Das ehrt ihn sehr!«

Seine Stimme klang belegt. Er merkte es und wechselte um abzulenken das Thema:

»Und Muhme Aja, geht es gut?«

Beatrix verspürte seine innere Erregung und ging bereitwillig auf seine Frage ein:

»Sie lebt wie eh und je. Ja, ich denke, es geht ihr gut.«

Sie erzählt dem geliebten Mann, dass sie ihre Besuche in Gelenhusen auch nutzt, um die Muhme gelegentlich aufzusuchen. Aja habe sich nicht verändert, sagt sie ihm, seit ihrer ersten Begegnung, damals, als ihre Großmutter sie mit der Alten bekannt gemacht hat.

»Sie ist sich immer gleichgeblieben. Die äußere Erscheinung immer gleich. Selbst das Gewand, das sie trägt und der Umhang aus Fellen, sie sind scheinbar immer noch dieselben.«

Der Weg in den geheimen Gang aber habe sich verändert, berichtet sie Friedrich. Gelenhusen, der Ort wachse und gedeihe geschwind. Die Leute strömten schier her. Ein Wunder, dass der Einstieg in den Stollen noch nicht entdeckt worden sei.

Hat sie etwa einen Zauber darübergelegt, die Uralte? fragt sich Gela. Es würde sie nicht wundern.

»Wenige Male«, so gesteht sie Friedrich, »habe ich den geheimen Zugang von der Pfalz hierher genutzt, den mir Gottfried gezeigt hat. Doch ich mag den Stollen nicht. Er ist mir zu eng und feucht. Ich trau ihm auch nicht recht. Er macht mir Angst.«

Die Kinz, die über dem Stollen fließt. Der von Menschen gebaut wurde. Vergänglich. Meint sie. Befürchtet sie.

»Was ist, wenn der Gang einbricht?«

All das erzählt sie dem begierig lauschenden Friedrich. Doch warum gesteht sie ihm nicht auch, was sie noch in Ajas Nähe empfindet? Warum nur nicht? Es würde ihr das Leben leichter machen. Warum nur geniert sie sich?

*****

Über dem ursprünglichen Einstieg hingegen liegt ein besonderer Zauber. Da ist sich Gela mittlerweile ziemlich sicher. Es ist ihr immer noch, als würde sie durch ihn eine andere, eine geheimnisvoll magische Welt betreten. Da vibriert es in ihrem Körper. Sie fühlt sich mit jedem Schritt weiter hinein in das dunkle Dämmerlicht frischer, straffer, jünger. Ein angenehmes Gefühl. Es ist, als würden ihre Erinnerungen wieder Wirklichkeit. Und die Erscheinung der Alten verstärkt dieses Gefühl noch. Sie sieht genauso aus wie vor dreißig Jahren. Das kann doch nicht sein! Und wenn doch, dann würde dies ihre unglaubliche Vermutung bestätigen. Die Alte ist unsterblich, davon ist Gela mittlerweile überzeugt. Sie ist nicht Priesterin, sondern Göttin.

Eine Göttin! Ein verbotener Gedanke! Sie will doch an den einen Gott glauben und an sein erstes Gebot.

›Ich bin der Herr, dein Gott. Du sollst keine anderen Götter haben neben mir!‹

Und ihre Annahme, dass Muhme Aja eine Göttin ist, das ist eine schlimme Sünde. Durch ihr sündhaftes Denken hat sie sich bewusst gegen den alleinigen Gott der Christen entschieden.

Und da ist niemand, dem sie diese schwere Sünde beichten könnte. Sie traut sich nicht; denn dann müsste sie die Existenz der Muhme offenbaren. Das darf sie nicht.

Muhme Aja würde es ihr auch nicht verzeihen. Dass Friedrich von ihr um Aja weiß, das hatte die Muhme vorab erlaubt. Damals hat sie auch noch nicht geglaubt, was sie jetzt glaubt. Friedrich schweigt, wie er versprochen hat. Er weiß, was er der Muhme zu verdanken hat. Sein Leben. Immer wieder sein Leben. Tausende edler Ritter und viele Fürsten sind in seiner Gesellschaft an diesem teuflischen Fieber, oder was es auch sein mochte, qualvoll verstorben, während er von Ajas Ästen kaute. Und immer wieder kommt ein großer Regen und hilft ihm, wenn er sich in einer Notlage befindet. Warum? Und wie ist das möglich?

Ihr Sohn Gottfried weiß um die Muhme. Das war Ajas eigene Vorgabe. Immer der älteste einer Generation soll Kenntnis von ihr haben. Und nur der. Nach Gottfried also später der kleine Heinrich. Und nach ihm dessen Sohn. Und so weiter. Bis wann und wohin?

Und sie, die Sünderin Gela, ohne Beichte, ohne Sühne keine Vergebung, sie würde zwischen Himmel und Hölle ewig dahingetrieben werden. Ihren Nachkommen muss dieser Zustand erspart bleiben. Ihr Verdacht hinsichtlich der Muhme darf auf keinen Fall Gottfried und Heinrich und den weiteren Nachkommen bekannt werden. Und wenn doch? Wenn einer selber darauf kommen würde? Der Gedanke lag doch eigentlich auf der Hand. Jemand, der nicht altert, kann kein Mensch sein.

Gela hätte aufschreien können. Sie wusste nicht weiter. Es war ihr alles zu kompliziert, zu gewaltig, zu ungeheuerlich. Wenn sie wenigstens mit Friedrich darüber reden könnte.

Warum nur traut sie sich nicht? Friedrichs Antwort würde ihr helfen. Hat er doch den gleichen Gedanken bereits selbst gehabt. Hat er nicht schon die Muhme vor Jahren direkt auf seine Vermutung angesprochen? Oh, Gela, warum zögerst du?

Wenn sie den Geliebten ansieht, dann vergisst sie die Muhme. Dann weiß sie nur eins:

Wenn ich mich auf eine Begegnung mit ihm in dem geheimen Gang einlasse, dann glaube ich zu wissen, wie das enden wird. Eine verlockende Vorstellung, die nicht sein darf, vor der ich mich fürchte. Es wäre eine weitere schwere Sünde. Ein Verstoß gegen ein weiteres Gebot. Mein Fleisch wird so schwach, schon wenn ich um seine Gegenwart weiß.

Und vorhin, als sie nur tröstend seine Hand nahm, da führte dies gleich zu einem Kuss. Wie hat sie gegen ihr Begehren kämpfen müssen. Widerstrebend hatte sie sich von ihm getrennt. Gebetet:

HErr, bitte führe mich nicht in Versuchung. Nicht gar hier noch im Kloster, in Deinem Haus.

Der Gedanke hatte ihr die Kraft verliehen, die Lippen von seinem Mund zu nehmen.

Aber wenn Friedrich mich so ansieht ...

Es war an der Zeit, das Gespräch zu beenden. Geschwind. ... Für heute.

Gelnhausen 2018
Martin Langers Heimat: Die Burg

Wenn man in Gelnhausen aus Richtung Hexenturm kommend zwischen den Gebäuden der Kreisverwaltung und denen der Kreiswerke von der Barbarossastraße nach rechts auf die Burgstraße abbiegt, dann erreicht man nach nur wenigen leicht abfallenden Metern eine kleine Brücke, welche über den nördlichen Arm der Kinzig in die Burg führt. ›In die Burg‹ meint für mich in diesem Zusammenhang die Gemeinde Burg, die um die Kaiserpfalz herum entstandene Siedlung, in der ich aufgewachsen bin. Hält man auf der erwähnten Brücke kurz inne, dann schaut man linkerhand vor sich auf die imponierende Ruine der Kaiserpfalz und rechts auf der anderen Seite der Brücke sieht man das Reststück einer alten Mauer, den Rest des nördlichen Burgtors, des Tränketors, von meinen Eltern auch ›Obenhäuser Tor‹ geheißen. Vater Langer hat Stein und Bein geschworen, sein Vater habe ihm erzählt, dass er als kleiner Junge das Tor noch gesehen habe. Über dem großen Torbogen hätten Leute gewohnt.

Folgt man dem Kopfsteinpflaster und den kleinen Häusern auf beiden Seiten der Burgstraße in unsere Gemeinde hinein, sieht man nach hundert Metern und einer rechtwinklig nach links abknickenden Kurve weit vor sich das Haintor und weiß als Einheimischer, hinter dem Tor endet unsere Burg-Insel. Dahinter kommt die Brücke über dem südlichen Arm der Kinzig mit ihrem Wehr und den Enten darauf.

Zwischen diesen beiden schmalen Flussarmen, zwischen dem Tränketor und dem Haintor aber liegt das Paradies meiner Kindheit. Mein Elternhaus natürlich, und die Kaiserpfalz, dann auf der anderen Seite die bis auf die Zehntscheune, die ehemalige Burgkaplanei, unbebaute Müllerwiese, welche die halbe Fläche der Insel einnimmt, der größte Spiel- und Bolzplatz der Welt, wie es mir schien. Klar, der Fluss selbst, der gewöhnlich friedlich dahinfließt, aber im Frühjahr gewaltig anschwellen kann. Ach, es gibt so viel zu nennen. Der Laden des netten Herrn Schneider beispielsweise, der lustigerweise Schuster von Beruf war und mir in seiner Werkstatt zeigte, wie man Leisten aufzieht. Jetzt befindet sich ein Café in dem Häuschen. Ich gestehe, dass ich mich bis heute nicht habe überwinden können dort einzukehren, aus Furcht, die schönen Erinnerungen an meine Zeit als Schusterlehrling könnten Schaden erleiden.

Zu meiner unbeschwerten Kindheit gehörte in gewisser Weise auch das Geis'sche Sägewerk, das sich in den fünfziger Jahren noch dort befand, wo heute die Gebäude der Kreisverwaltung an und neben der Barbarossastraße stehen. Mein Bruder Florian und ich haben uns von Arbeitern des Sägewerks wiederholt Holzklötzchen schenken lassen, aus denen wir zu Hause Pferde, Hunde, aber auch Elefanten geschnitzt haben. Florian, der manchmal etwas bequem war, hat gerne auch Nilpferde gebastelt, weil das schnell ging. Ich gestehe, dass mich der Besuch des Sägewerks oft Überwindung gekostet hat, und zwar immer dann, wenn dort Baumstämme der Länge nach zu Brettern zersägt wurden. Vor dem schrillen Geräusch, wenn die scharfen Zähne der Sägeblätter sich in und durch das Holz fraßen, grauste mir. Ich meinte, die gepeinigten Stämme schreien und jammern zu hören.

Und noch ein Erlebnis ist in meinem Gedächtnis festgeschrieben. Ich war damals noch keine fünf Jahre alt, doch Deutschland hatte schon die Fußball-Weltmeisterschaft gewonnen. Also muss sich der Vorfall im Juli oder August 1954 zugetragen haben. Florian und ich hatten uns gerade zwei Holzwürfel aus weichem Birkenholz von den Mitarbeitern des Sägewerks schenken lassen. Eigentlich brauchte ich keinen Holzwürfel, aber Florian meinte, zwei Würfel wären besser als einer; denn, falls er den einen verhunzen würde, hätte er noch den zweiten in Reserve. Aus diesem Grunde hat er mich mitgenommen. Und ich bin gern mitgegangen, bedeutete es doch eine große Ehre für mich, dass mein neun Jahre älterer Bruder, den ich sehr verehrte, mich mitnahm.

»Im Kunstunterricht, in der Schule basteln wir gerade Marionettenfiguren. Die Köpfe aus Würfeln mit einer Kantenlänge von acht Zentimetern. Und aus weichem Holz«, hatte er gleich noch hinzugefügt. »Können Sie uns da bitte helfen?«

Und die netten Arbeiter des Sägewerks hatten uns freundlicherweise geholfen. Im Organisieren war Florian ein Ass. Als wir mit unseren

Klötzchen im Gehen waren, stießen wir auf einen anderen Jungen, der Holzabfälle in einen schon fast vollen geflochtenen Weidekorb mit Henkeln füllte.

»Hallo, Addi, kommst du mit? Wir gehen in deine Richtung«, erkundigte sich mein Bruder, der den Jungen offensichtlich kannte.

»Ja, gleich«, schnaufte der Addi, der gewiss drei, vier Jahre älter war als ich. Er war klein und mager, auch schien er außer Atem zu sein. Er warf geschwind noch ein paar Holzscheite in seinen Korb, der nicht sehr groß war, bevor er diesen dann mit beiden Händen hochhob.

Florian und ich gingen nicht schnell. Addi bemühte sich uns zu folgen. Der Korb, den er vor sich hielt, schlug ihm bei jedem Schritt gegen die Knie. Sein Atem rasselte für mich hörbar, obwohl ich vorneweg schlenderte. Dann gab es plötzlich einen kläglichen Laut und, fast zeitgleich, einen dumpfen Aufprall. Ich drehte mich um, sah den Korb umgekippt auf der Brücke liegen und wie der Addi schwankte. Sein Gesicht war kreideweiß, seine Lippen aber dunkelblau.

Was mich jedoch am meisten schockte, war sein Blick. Todesangst, Panik und Ohnmacht lagen gleichermaßen in seinen Augen. So würde ich seinen Blick, den ich immer noch vor mir sehe, heute versuchen zu beschreiben. An jenem Tag aber sagten mir diese Worte noch nichts. Damals ängstigte mich Addi, weil mir sein Blick so unbekannt, so gänzlich anders, so entsetzlich fremd erschien. Der arme Kerl litt möglicherweise unter einem Herzklappenfehler, so vermute ich heute.

Florian hat beruhigend auf den armen Addi eingeredet, während ich die aus dem Korb herausgefallenen Holzreste einsammelte und wieder in den Korb warf. Es war eine Verlegenheitsgeste, die mich ablenkte. Ich wusste gar nicht, wie mit der Situation umgehen. Ich spürte nur, da ereignet sich gerade was Grausames, Kaltes, schier Endgültiges. Am liebsten hätte ich geweint. Aber das traute ich mich nicht in Gegenwart der Großen.

Als Addi wieder etwas ansprechbar war, führte ihn Florian ganz langsam über die Brücke und an dem Mauerstück vorbei. Ich zerrte den schweren, vollen Korb hinter mir und den beiden her. Da stand zwischen dem Torrest und dem benachbarten Fachwerkhaus mit hellblau gestrichenen Balken ein kleines, arg schmales Gebäude. Ein Handtuch von Haus. Eine Hauswand war das Mauerstück. Florian klingelte oder klopfte. Das weiß ich nicht mehr so genau. Eine Frau öffnete, sah Addi und schloss ihn in ihre Arme. Ich stellte den Korb neben die Tür. Als wir dann weitergingen, sagte Florian zu mir, aber eigentlich mehr zu sich selber:

»In dem Häuschen leben die Römer. Sechzehn Kinder sollen sie haben, hab ich gehört. Unvorstellbar. Wahnsinn! »

*****

Diese letzte Bemerkung Florians sollte für mich noch ein peinliches Nachspiel haben. Fünf Jahre später. Ich war im Gymnasium, Sexta, erste Klasse. Heimatkunde. Gelnhausen feierte ihren siebenhundertachtzigsten Geburtstag als Stadt. Die Lehrerin erzählte uns, dass Barbarossas Enkel, Kaiser Friedrich II., im Jahre 1220 auch noch den Köbeler Markt, den die alten Römer seit Urzeiten in Cavilla, sprich Köbel, später Marköbel betrieben hätten, ins Handelszentrum der damaligen Zeit, also nach Gelnhausen verlegt habe. Einwurf von mir:

»Aber die Römer haben doch schon immer hier bei uns in der Burg gewohnt.«

Gejohle in der Klasse. Auch unsere Lehrerin konnte sich sichtbar ein Lachen nur mühsam verkneifen:

»Martin, da verwechselst du die alten Römer mit der Familie Römer in der Burg. Beide haben außer dem Namen nichts miteinander zu tun.«

Peinlich, peinlich.

Übrigens: Den armen Addi habe ich nach dem bewussten Tag nie mehr gesehen. Aber oft an ihn gedacht.

Gründung der freien Stadt Gelenhusen, dem 25. Juli 1170

Jetzo waren die Bauarbeiten an der Pfalz so weit fortgeschritten, dass der Kaiser die Zeit für reif erachtete, Gelenhusen die Privilegien einer freien Reichsstadt zu verleihen.

Wie hatte doch der Ort in den letzten Jahren sein Gesicht verändert. Die drei, einst kleinen Ansiedlungen, deren eine Geylenhusen geheißen hatte, waren schon fast zu einer Gemeinde verschmolzen. Die Zahl der nur aus Stein erbauten Häuser hatte sich sichtlich vergrößert. Nicht nur Ministerialen, sondern auch einigen Kaufleuten, die sich inzwischen hier angesiedelt, gehörten solch festen Gebäude.

Und die fast noch stattlicher wirkenden Häuser, errichtet auf Kellern und Grundmauern aus Stein, dann aber aus Holzbalken hochgezogen bis zu den spitz zulaufenden Satteldächern. Die freien Flächen zwischen dem Balkengerüst und um die Fensterfelder herum gefüllt mit einer Mischung aus gehäckseltem Stroh und Lehm. Hübsch und stolz sahen diese Häuser aus, farbig gestrichen die Balken, mit weißem Kalk verputzt die Wände. »Fachwerkhäuser« nannten sie diese Gebäude, oder auch die »Symeren«, die Gezimmerten. Die meisten Zünfte vor Ort hatten sich solche Häuser gebaut. Als Zeichen ihres Reichtums. Und mit dem Bau zweier Kirchen hatte man begonnen. Die eine entstand auf dem Platz zum Abend hin, da, wo sich vor kurzem noch die Burg derer von Selboldt befunden hatte.

Auch die unmittelbare Umgebung Gelenhusens hatte sich zu ihrem Vorteil verändert. Zuerst aus überzähligen Gesteinsbrocken, beim Bau der Pfalz angefallen, hatten die Bewohner der Siedlungen mannshohe Mauern und Wälle zum Mittag hin Reihe über Reihe in den Berghang hineingebaut. Doch als die Gesteinsreste ihren Ansprüchen nicht mehr genügten, sondern nur noch als Schotter zum Befestigen der Feldwege nützlich waren, da hatten sie in den Steinbrüchen selber Felsen gebrochen und in brauchbare Form geschlagen. Und hinter diese künstlichen Wände wurde emsig Erde gefüllt und aufgeschüttet. Auf das so gewonnene Land konnten die Gelenhusener Winzer sodann vermehrt Rebstöcke pflanzen. Akkurat ausgerichtet Reihe um Reihe. Auf diesen Terrassen, zahlreich wie sie waren, gedieh nunmehr im wärmenden Sonnenlicht wohl mundender Wein, wie der Kaiser bei seiner ersten Kostprobe erfahren hatte. Wohltuend auch der beschauliche Anblick, der sein Herz erfreute. Inmitten der grünen Weinberge ragte das Gemäuer der alten Godobertus-Kapelle hervor.

So sieht es aus, denkt Friedrich in einem für ihn seltenen Gefühl der inneren Rührung, als würde Gela das Land segnen.

Er weiß sehr wohl, dass sich die Statue nicht mehr in der Kapelle befindet, sondern längst im verborgenen Gang steht. Doch die Erinnerung lebt in ihm fort, die Erinnerung an den Tag, als ihm Gela, seine Geliebte, von der Hütte oben im Wald hinter der Eiche hinunter bis zur Kapelle und dann bis zur alten Muhme im Stollen geholfen hat.

Sterbenskrank bin ich gewesen. Geschwächt von Feuer und Frost, die abwechselnd meinen Körper durchfuhren. Ohne Gela und Muhme Aja würde mich heute das Fegefeuer verzehren, denkt er dankbar. *Denn es gab keinen Priester in der Nähe, der mir die Heiligen Sakramente hätte geben können. Wie oft,* erinnerte sich Friedrich voll Dankbarkeit, *wie oft hat mir die Alte mit ihren besonderen Zweigen inzwischen schon das Leben gerettet. Ich kann ihr nicht genügend dankbar und gut sein.*

Der Kaiser lässt seinen Blick weiter streifen. Er erkennt das rostfarbene Band, das sich von Morgen her durch den Ort, der jetzt gleich zur freien Reichsstadt erhoben werden wird, und weiter zum Abend hin zur Kinz hinschlängelt.

Wie gut doch, dass jetzt aus dem italienischen Reichsteil so viel Geld in dieses Land fließt, dass ich damit auch bequeme Straßen für den Handelsverkehr nach Deutschland und von hier in alle Welt schaffen und Burgen, die die Kaufleute und Reisenden schützen, errichten lassen kann. Und irgendwann soll dieser Ort das Herzstück von allem in meinem Reiche sein! Meine Kapitale!

Ein letzter Blick des Herrschers schweift freundlich lächelnd über die Menge festlich geschmückter Menschen, die sich auf dem Platz vor ihm drängt. Kurz verharrt sein Auge auf der Schwester im weißen Gewand mit dem prächtigen weißsilbernen Haar, das er so liebt, die in der ersten Reihe steht, dann gleitet es weiter hin zu dem stattlichen jungen Mann neben Gela, auf dessen Schultern ein Fähnchen schwenkender Junge sitzt, das Haar genauso rotblond wie das des Mannes, und zu der hübschen Maid daneben, die wohl die Mutter des Buben ist. Der Kleine muss etwa genauso alt sein wie Heinrich, der König, der zwischen ihm und Beatrix steht. So fünf-, sechsjährig. Friedrich ist überrascht, als er bemerkt, dass sein Sohn Heinrich dem kleinen Jungen zuwinkt.

Woher kennen sich die beiden? fragt er sich. *Meine beiden Söhne, der große Gottfried von Gela und der kleine Heinrich von Beatrix wissen voneinander. Und auf Gottfrieds starken Schultern ist das mein Enkel?*

Wie heißt er eigentlich?

Ich werde es erfragen.

Friedrich gibt sich einen Ruck. Jetzt spricht aus ihm mit fester Stimme der Kaiser:

»Lasset uns mit dem Akt der Erhebung von Gelenhusen beginnen! Kanzler Heinrich, lasset uns die Urkunde wissen.«

> »Im Namen der heiligen und unteilbaren Dreieinigkeit. Friedrich durch Gottes gnädige Milde immer erhabener Kaiser der Römer.«

So beginnt der kaiserliche Freibrief, der erste, durch den ein Ort im römisch-deutschen Reiche zur Stadt erhoben wird. Feierlich und deutlich hörbar liest der Kanzler weiter:

> »Wir zweifeln nicht, dass es sich für die Erhabenheit unserer Majestät ziemt, dass wir all diesen, die zur Freistatt unseres Schutzes Zuflucht nehmen, die Arme unserer Gnade milde öffnen. Auch haben wir beschlossen, es der Schrift und der Erinnerung anzuvertrauen, wenn wir ihnen nach reiflicher Überlegung und aufgrund ihres Gesuches etwas Ehrenvolles und Nützliches gewähren.
>
> Bekannt sei daher allen Untertanen des Reiches, sowohl den jetzigen wie den zukünftigen, dass wir bei der Burg Gelenhusen eine neue Stadt gegründet und allen, die sie bewohnen, durch den Edel-

mut Kaiserlicher Gnade diese Gerechtsame[1] gewährt haben, dass nämlich alle Kaufleute aus Gelenhusen, wohin sie auch immer zu ihren Geschäften gehen, keine Zollabgaben an den Kaiserlichen Orten zahlen werden. Und dass sie zu Erben ihrer Häuser und ihres Besitzes ihre Söhne und Töchter, deren Gattinnen und die nächsten Nachkommen machen können, die in der Stadt dieselben Gerechtsame beachten wie ihre Eltern. Wenn jemand durch eine Notlage gezwungen, seine Häuser und Grundflächen verkaufen will, soll er sie ebenfalls auf eine solche Person übertragen, die dort wohnt und daher dem Kaiser dieselbe Gerechtsame erweist. Kein Vogt wird dort irgendeine Gerechtsame ausüben, sondern allein der Kaiser und sein Villicus sollen die Gerechtsame der Stadt wahren.

Dieser Sache sind Zeugen: Graf Emicho von Leiningen, Marquard von Grumbach, Werner von Bolanden, Graf Berthold von Schauenburg, Marschall Wolfram, Kämmerer Rüdiger, Gozwin von Ortenberg und andere mehr.

Das Zeichen des Herrn Friedrich, des unbesiegbarsten Kaisers der Römer. Ich, Kanzler Heinrich, habe anstelle von Christian, Erbbischof und Erzkanzler von Mainz, geprüft.«

Und der Kanzler schließt mit den Worten:

»Dies ist geschehen im Jahr 1170 seit Fleischwerdung des Herrn, in der 3. Indiktion[2], unter der Herrschaft des äußerst ruhmvollen Friedrich, Kaiser der Römer, im 18. Jahr seiner Königsherrschaft, jedoch im 15. Jahr seines Kaisertums. Mit Erfolg sei es gekrönt. Amen.

Gegeben zu Gelenhusen am 8. Tag vor den Kalenden des August.«[3]

---

1 *Anmerkung:* Unter ›Gerechtsame‹ wurde bis in das 19. Jahrhundert hinein das Recht oder Vorrecht verstanden, mit der man berechtigt etwas tat, besaß oder nutzte. ›Gerechtsame‹ war also die auf einem Recht oder Gesetz beruhende Befugnis. *Der Bearbeiter dieses Kapitels*

2 *Anmerkung:* 15-jähriger Zyklus zur Jahreszählung (3. Indiktion entspricht 1170), der im Mittelalter häufig verwendet wurde. Das Reichskammergericht hat ihn bis zu seiner Auflösung im Jahre 1806 genutzt.

3 Deutsche Übersetzung, weitgehend entnommen aus ›BEI DER BURG GELNHAUSEN – EINE NEUE STADT‹, Festschrift erschienen im Jahre 1995 anlässlich der 825. Wiederkehr des Gründungstages; ISBN 3-924417-09-1.

*****

Und wie groß war das Umland, das zur neuen Stadt Gelenhusen gehörte? Dieses festzulegen erhielt der Reichsministeriale Gozwin von Ortenberg, der auch die Erhebung Gelenhusens zur freien Reichsstadt mitbeurkundet hatte, aus höchster Hand den Auftrag, das Territorium der neuen Stadt während eines Tages zu umreiten. Gozwin hatte gute Pferde, ausdauernd und schnell waren sie. Entsprechend umfangreich war das Land, das er für die neue Stadt umritt.

*****

Friedrich war im wahrsten Wortsinn ›leutselig‹. Er fühlte sich glücklich und sicher im Kreis der Gelenhusener. Fast war er so gelöst und beschwert wie seinerzeit bei seinem ersten Besuch mit Egbert hier in diesem wunderbaren Tal.

Gut fünfunddreißig Jahre lag der Tag zurück. Was war alles geschehen, seit die kleine Gela als Täufling nach seiner Hand gegriffen, bis hin zur heutigen Gela, die dies vor wenigen Tagen erneut getan hatte? Damals der unschuldige Säugling aus Neugierde und vielleicht auch schon aus Sympathie, jetzt die erwachsene Frau, die seine Hand genommen, um ihn in seinem Kummer um den verlorenen Freund ihre Nähe wissen zu lassen und Trost zu spenden. Sie, die Schwester, die den geliebten Bruder verloren hatte, verdrängte ihre eigene Trauer, um ihn zu trösten. Welch große Geste! Die ihm unbewusst damit doch auch bewies, wie tief sie sich ihm weiter verbunden fühlte. Wahre Liebe währet ewig fort.

*****

Viel des heimischen Weins wurde an diesem festlichen Tag in Gelenhusen getrunken. So mancher nahm mehr zu sich, als ihm bekam. Einige Bürger der jetzt Freien Reichsstadt Gelenhusen tranken sich auch den benötigten Mut an, um dann ehrerbietig vor den Kaiser zu treten, weil sie ein spezielles Anliegen hatten. Sie wollten, dass Ihro Majestät die neue Stadt mit einem Siegel begnadige. Friedrich, der gerade mit Beatrix im Arm an den Fenstern der Pfalz stand, hörte ihren Wunsch und entgegnete gutgelaunt:

»Dann schaut euch um und nehmt, was Ihr zuerst seht.«

Sie taten gern, was der Kaiser Ihnen empfohlen.

»Nehmt, was Ihr seht!«

Seit jenem Tag zeigt das Siegel Gelenhusens oder Geilenhusens oder Gelnhausens, wie die Stadt späterhin geheißen ward, das Kaiserehepaar Friedrich und Beatrix, wie es aus zwei Fenstern des Palas der Pfalz hinaus auf den Burghof schaut.

Seit jenem Tag aber wissen die Gelenhusener Bürger auch um den besonderen Humor ihres Kaisers. Der, nämlich, leutselig, wie es seine Art an diesem Tage war, lud, nachdem er der Stadt gegeben, was sie sich gewünscht, und weil die Zeit für die abendliche Mahlzeit gekommen war, deren Abgesandte zum Verbleib an seiner Tafel ein. Was dann geschah, schildert eine alte Chronik wie folgt:

> ›Während der Tafel ist den Abgesandten mit dem Trunk so zugesetzt worden, dass einige von ihnen durch den Wein benommen, an der Tafel einschliefen und im Schlafe laut zu schnarchen begannen. Als der Kaiser das Schnarchen hörte, sah er sich um, woher denn das Schnarchen käme. Als er gewahr wurde, dass es die Gesandten der Stadt waren, sprach er mit lächelndem Mund:
>
> »Sehet, unsere Schnärcher! Unsere Schnärcher!« So kam es, dass die Bürger von Gelenhusen für lange Zeit von manchen die »Schnärcher« geheißen wurden.‹

*****

Fast zeitgleich mit dem Bau seiner Pfalz und der Erhebung Gelenhusens zur Stadt wurde der Plan umgesetzt, den Ort durch ein würdiges Gotteshaus und ein angemessenes steinernes Haus als Amtshaus des kaiserlichen Vogts zu würdigen.

Gen Abend mit dem Glockenturm beginnend, den Weißen Brüdern von Selbold zu Ehren, die an dieser Stelle schon nach den Regeln der Prämonstratenser den Allmächtigen in einer kleinen Kirche angebetet hatten, und immer weiter gen Morgen fortschreitend wurde ein prächtiges Gebäude errichtet.

In der Regierungszeit von Kaiser Friedrich II., der das herrliche Haus des HErrn wohl nie erblickt hat, entstand zunächst das Langhaus mit den Seitenschiffen. Dann wurden nacheinander das Querhaus mit Vierung, die Nebenchöre, auf denen später die Chortürme wuchsen, der Vorchor und schließlich die Chorapsis errichtet.

In der Sakristei ist in einen Eckstein ›1232‹ gemeißelt, als das Jahr, in dem die Außenarbeiten am Chor beendet worden sind. Auch ist dort für ewig der Name des Bauherrn im Stein festgehalten: ›Im Jahre 1232, am 12. Juli, Herr Paulus Schatzmeister dieser Kirche‹.

Gestaltet aber als Baumeister hat den Ostteil der Marienkirche Heinrich Vingerhut, der sich und seinen Namen am Nordportalgiebel verewigt hat.

Im Jahr des HErrn 1250, das zufällig auch das Todesjahr von Kaiser Friedrich II. ist, ragen dann die schlanken Osttürme gen Himmel und der kunstvolle Lettner ist eingebaut. Nur achtzig Jahre haben gottesfürchtige und emsige Baumeister und Steinmetze mit all ihren fleißigen Arbeitern benötigt, um den prächtigen Kirchenbau zu errichten. Im Jahre des HErrn 1238 wird er erstmals urkundlich ›ecclesia sancte Marie‹ in Geylenhusen genannt: Marienkirche. So wird sie fortan durch alle Jahrhunderte heißen.

Die Pfarrrechte gehörten den Selbolder Chorherren bis zum Jahre 1543. Dann verkauften sie ihre Rechte schweren Herzens an die Stadt Gelnhausen; denn der Orden war verarmt, nachdem in den Bauernkriegen 1525 das Kloster Selbold verwüstet worden war. Die Vertragsunterzeichnung fand im damaligen Abtshaus von Gelnhausen statt.

[*Anmerkung des Bearbeiters:* An diesen Vertragsakt erinnert heute noch an dem Gebäude in der Braugasse 8, gleich rechts gegenüber dem Chor der Marienkirche gelegen, eine Gedenktafel über dem Hauseingang. Diese Übertragung war, so kann man rückblickend mit Fug und Recht sagen, ein Geschenk des Himmels, ging sie doch friedlich einher mit der Reformation, dem Einzug des lutherischen Glaubensbekenntnisses in Stadt und Kirche. So sind ihre Altäre, der Letter und zahlreiche weitere Werke mittelalterlicher Künstler in der Marienkirche bis heute unversehrt erhalten geblieben. *D. B.*]

*****

Zu den ersten neuen Bewohnern, die sich in der jetzt freien Reichsstadt bei der Burg Gelenhusen niederließen, zählte auch ein gewisser Abraham mit seiner Familie, seinem Eheweib und zwei Töchtern und dem alten, bereits arg gebrechlichen Vater der Frau. Abraham verlieh Geld. Er war in Gelenhusen wohlgelitten; denn er stand unter dem besonderen Schutz des Kaisers, der seit dem Jahre des HErrn 1157 allen Juden im Reiche Freiheit und Unverletzlichkeit gewährte, und weil er von den Menschen der Stadt, die er kannte, nur einen bescheidenen Zins nahm. Deshalb nannten ihn die Bürger der Stadt bald den »Goldmann«.

Abraham baute sich ein kleines Häuschen in der Nähe der Schiffsländе. Unweit nach Morgen hin erwarb er übers Jahr ein Grundstück am Ufer der Kinz, dass er von einem Priester seines Glaubens weihen ließ; denn sein Schwiegervater war gestorben und sollte in geweihtem Boden bestattet werden. Zu den Bestattungsfeierlichkeiten kamen auch Verwandte und Bekannte des Abraham aus Frankfurt und Mainz. Die sahen, wie schön die wachsende kleine Stadt gelegen war, wie prächtig sich der Handel vor Ort entwickelte und manche beschlossen, sich auch in Gelenhusen anzusiedeln. Das freute Abraham von Herzen; denn für einen Gottesdienst bedurfte es nach jüdischem Glauben der Gemeinschaft von zehn volljährigen Männern.

*****

Auch die um Gelenhusen gelegenen Siedlungen wachsen mit. Als Kaiser Friedrich I. Anfang Juni im Jahre des HErrn 1173 auf einer weiteren Reise von Fulda nach Frankfurt seine Pfalz in der neuen Stadt besucht, sieht er nicht ohne Stolz, dass drüben auf der anderen Seite der Kinz, in Meerholz, emsig an einer Erweiterung des Klosters der Prämonstratenser-Chorfrauen gearbeitet wird.

Bald würden ehemalige Nonnen des früheren Doppelklosters Selboldt dort ihren Einzug halten. Aus den Klöstern Rode und Tiefental kamen sie, wo sie seit dem Jahre 1151 gelebt und gewirkt hatten, nachdem ihr altes Kloster Selboldt in ein reines Männerkloster umgewandelt worden war.

Frankfurt, im September 2018
Herr Nelke ist happy

Was habe ich gerade gelesen?

> ›Am sechsundzwanzigsten November 1562, einem Donnerstag, wird Maximilian II. im Dom Sankt Bartholomäus gekrönt, zwei Tage nach seiner umkämpften Wahl zum römisch-deutschen König auf dem Kurfürstentag in Frankfurt am Main. Neun Könige und Kaiser haben nach Maximilian II. den Krönungsweg zwischen Kaiserdom und Römerberg über den Domhügel beschritten – alle Herrscher, bis hin zu Franz II., dem letzten Kaiser des Heiligen Römischen Reiches Deutscher Nation, der hier in Frankfurt am vierzehnten Juli 1792 gewählt worden war. Danach war Schluss mit dem Heiligen Römischen Reich‹

Eigentlich schade! Ich habe eine Schwäche für Könige. Wir Roma haben ja auch einen. Eigentlich ja mehrere. Mein Urgroßvater war ebenfalls einer. Florin, mein Freund, Gott sei ihm gnädig, war ein großartiger König. Was man von manch anderen, die sich auch Könige nennen, wirklich nicht behaupten kann. Und jeder, der weiß, dass ich ein enger Freund von Florin war, reißt sich heute noch ein Bein aus, wenn er mitbekommt, dass ich Hilfe brauche. Florin, Gott segne dich!

Gut tausend Jahre deutsche Kaiser und Könige hat Frankfurt erlebt. Schon Karl der Große hat auf dem Domhügel einen Königshof unterhalten. Das war auch ein guter. Und der Kaiser Barbarossa, der mit der Burg in Gelnhausen, auch. Der hat 1180 um das Gebiet der heutigen Altstadt eine Mauer hochziehen lassen. Größer ist Frankfurt damals nicht gewesen.

Das ist schon ein eigenartiges Gefühl durch die drei neuen alten Gassen, über die beiden kleinen Plätze zu gehen. Alles so frisch und doch so alt. Ich bereue es nicht, meine große alte Wohnung gegen eine kleine der neuen alten hier eingetauscht zu haben. War schon mehr als schwer überhaupt an eine ranzukommen.

Josip Nelke musste grinsen.

Wer hört, was ich denke, aber nicht weiß, von was ich hier rede, muss mich für plemplem halten. Es geht halt nix über gute Beziehungen. Und das Gefühl in so ein Haus zu gehen und dabei zu wissen, dass man hierher gehört und sich dabei vorzustellen, was sich hier in tausend Jahren alles getan hat, wer so alles an berühmten Menschen schon hier gelebt und gegangen ist, das ist aufregend, gibt einen gewaltigen Kick. Man fühlt sich klein, und doch wieder herausgehoben. Es ist jedes Mal Science-Fiction, wie eine Reise mit der Zeitmaschine in die Vergangenheit. Wahnsinn! Mann, wie geht es mir gut! Wie hat der Frankfurter Dichter, dessen Denkmal auf dem Hühnermarkt, steht, Friedrich Stolze heißt er, noch gleich so richtig gedichtet?

> *›Es will merr net in mein Kopp enei: wie kann nor e Mensch net von Frankfort sei!‹*

Ich freu mich schon darauf, wenn Ende September die offizielle Eröffnung der neuen Altstadt gefeiert wird und die Roma und Sinti Philharmoniker spielen. Auch wenn es dann in unserm neuen Viertel bestimmt noch voller und lauter sein wird als jetzt schon. Aber berühmt sein, hat halt seinen Preis.

Beatrix als Mutter
Gelenhusen, im September 1170

Beatrix sah die Tränen in seinen Augen und ihr Mutterherz spürte, wie schwer Heinrich der Abschied von Gelenhusen fiel. Sie sann, was sie denn für ihr Kind tun könne und hatte eine Eingebung. Nach ihrem nächsten Beichtgespräch, das sie mit Christian I. von Buch, dem Erzbischof von Mainz, der bedauerlicherweise nicht an der Ortserhebung von Gelenhusen hatte teilnehmen können, führte, schilderte sie diesem ihre Sorge und fragte ihn, ob er einen Jungen aus gutem Hause, aber nicht aus unmittelbarer Hofnähe wüsste, der als Begleiter Heinrichs in Frage käme.

»Möglicherweise, Majestät. Es könnte eine göttliche Fügung sein. Ich habe gerade erst in der Nähe von Mainz die Grundstücksübertragung eines Walter von Hausen auf seinen Sohn Friedrich beurkundet. Der junge von Hausen, etwa fünf Jahre älter als unser kleiner König Heinrich, hat auf mich einen vorzüglichen Eindruck hinterlassen. Ehrlich, aufrichtig, wohlerzogen, doch auch mit jungenhaftem Schalk in den Augen. Und was Euch, ehrwürdige Majestät, auch erfreuen könnte, der junge Friedrich ist höchst musikalisch und, wie mir sein Vater voller Stolz berichtete, ein vorzüglicher Reimer und Dichter.«

»Das klingt höchst erfreulich, Kanzler. Bring er den Vater von Hausen mit seinem Sohn doch einmal an unseren Hof. Und ...«

Gut, dass mir dieser Gedanke noch gekommen ist, dachte Beatrix und fuhr fort:

»..., wenn es so ist, wie Eure Eminenz es mir geschildert haben, woran ich gewiss nicht zweifeln kann, dann wäre ich Euch sehr dankbar, wenn Ihr Eure Überlegungen zu einem altersgerechten Spielgefährten für unseren König Heinrich dem Kaiser bei passender Gelegenheit vortragen würdet. Ihr versteht, Eminenz, was ich damit sagen will? Im Rahmen eines Gespräches von Mann zu Mann über das unglückliche Los eines einsamen Jungen am Hof. Es wäre bestimmt dienlicher, als wenn ein schwaches Weib Bedenken äußert.«

Der Erzbischof nickte leicht. Die Kaiserin meinte ein leichtes Zucken in seinen Mundwinkeln zu erkennen, als er ihr antwortete:

»Ich verstehe Eure Überlegung, Majestät. Wir werden darauf gewiss zurückkommen bei Eurem nächsten Beichtgespräch.«

»So wird es wohl sein, Eminenz.«

Gelnhausen 2018
Langer hat Aha-Erlebnisse

Am Morgen, nachdem ich die Kapitel um die Stadterhebung in Tante Connys Ordner gelesen hatte, ließ mich für meinen Gang in die Kanzlei die Neugierde nicht den üblichen Weg über den ›Alten Graben‹ einschlagen, sondern ich wählte die längere Strecke die Holzgasse hinunter zum Obermarkt. In der anderen Richtung führt der Weg über die Dürich hoch in den Büdinger Wald, wo die Gelnhäuser vormals ihr Holz holten. Daher der Name. Ich ließ mir Zeit. Die Kanzlei war heute geschlossen. Feiertag.

Wir schreiben Mittwoch, den dritten Oktober. Tag der Deutschen Einheit. Es ist herrlich ruhig in den Straßen und Gassen. Am nächsten Wochenende wird es hier ganz anders zugehen. Der Bär wird los sein. Der einundsiebzigste Schelmenmarkt mit all seiner Ausgelassenheit wird Gelnhausen beherrschen. Der größte Jahrmarkt des Kinzigtals. Da, wo ich jetzt allein auf dem Obermarkt stehe, wird dann das Riesenrad von fröhlichen Menschen belagert werden.

Wie viele hundert Mal habe ich das Eckgebäude dort rechterhand mit dem anerkennenden Gedanken *Herrliches Gebäude* zur Kenntnis genommen. Wie viele tausend Male habe ich mir nichts dabei gedacht? Doch heute wollte ich es bewusst sehen. Das prächtige Fachwerkhaus mit den beiden überkragenden Stockwerken über dem gemauerten Erdgeschoss, das dort in seiner ursprünglichen Gestalt wohl Ende des dreizehnten, Anfang des vierzehnten Jahrhunderts errichtet worden ist. Der alte Vetter hat es gemalt. Ein Aquarell. Es hing in seinem Schlafzimmer. Also muss es ihm etwas bedeutet haben. Leider habe ich ihn nie gefragt, was. Ärgerlich! Wie oft schon hat es mich im Nachhinein gereut, etwas nicht hinterfragt zu haben, was zu fragen eigentlich auf der Hand gelegen und gut und wichtig gewesen wäre Aber nachher ist man ja bekanntlich immer klüger.

Das ›Haus Symeren‹. Bis letzte Nacht habe ich geglaubt, das schöne Haus gehöre einer Familie dieses Namens. Falsch! Jetzt weiß ich es besser. Das ›Haus Symeren‹, das gezimmerte Haus. Davor steht der ›Simplicissimus‹-Gedenkstein. Als neulich im Traum mein Alter Ego Grimmelshausen auf den Stein hinwies und auf die Tatsache, dass oben im Stadtgarten ein weiteres Denkmal zu seinen Ehren steht, da meinte der große Dichter sichtlich gerührt:

»Ja, so ist es! Und ist es nicht schön?! Wen der echte Gelnhäuser einmal in sein Herz geschlossen hat, den liebt er treu und inniglich sein Lebtag lang!«

Wie recht er hat! habe ich gedacht und mich dabei nach meiner Mona gesehnt.

Rechts vor dem Haus Symeren auf dem Obermarkt, ganz an dessen westlichen Ende, steht die Peterskirche. Die Gelnhäuser Bürger hatten sie zu Kaiser Friedrichs Zeiten eigentlich als Stadtkirche geplant, zeitgleich mit der Marienkirche, unserer geliebten »Kerch«. Stadtkirche ist die Peterskirche nie geworden. Die Prämonstratenser-Chorherren in Selboldt hatten etwas dagegen. Sie beriefen sich auf ihr Patronatsrecht und sagten: »Nein!«

Papst Gregor IX. persönlich hat den Bau dann im Jahre 1238 endgültig der Stadt verboten. Aber auch sonst hat die Peterskirche eine bewegte Geschichte hinter sich: Nicht fertiggestellt, Verfall, als Pferdestall unter Napoleon genutzt, Zigarrenfabrik, aber tapfer durchgehalten, vor hundert Jahren wiederaufgebaut und hergerichtet, heute Gotteshaus der katholischen Kirchengemeinde.

Was mich, der ich gerade Kaiser Friedrich Barbarossas Leben durch den blauen Ordner näher kennenlerne, fasziniert, ist die Vorstellung, dass sich an Stelle der Peterskirche vormals wohl die Burg derer von Selboldt und Geylenhusen befand. Nachdem Graf Egbert dem Wunsch seines Freundes Friedrich nachkommend sein Eigentum an Gelenhusen dem Erzbischof von Mainz verkauft hatte, was sollte er da noch eine Burg in Gelnhausen unterhalten? Und Barbarossa baute sich unten auf der Insel in der Kinzig eine neue, größere und schönere Burg. Auf der er seinem Freund Egbert Platz und Wohnrecht geboten hat.

Aber, und dieser Gedanke berührt mich unerwartet tief, Graf Egbert weilte an dem Tag der Stadterhebung gar nicht mehr unter den Lebenden! Das Unglück von Rom lag schon fast drei Jahre zurück und Egberts Gebeine ruhten in der Apsis der Godobertus-Kapelle. Dort, wo vormals die Statue seiner Schwester Gela gestanden hatte – in einem uralten steinernen Sarkophag. Erzbischof Christian I. von Mainz hatte ihn gesegnet.

Als unser Kaiser Friedrich anno 1170 Gelnhausen hier auf diesem Platz zur freien Reichsstadt erhob, da stand er vielleicht noch vor dem Tor der alten Burg. Wer weiß! Achthundertfünfzig Jahre ist das am fünfundzwanzigsten Juli 2020 her.

Ich kann mich noch an die Festlichkeiten früherer Stadtfeste erinnern, die über die Altstadt von Gelnhausen einen eigenen Zauber breiteten.

Zeitreisen zurück in die Vergangenheit. Überall in der Stadt traf man auf mittelalterlich gekleidete Menschen. Burgfräuleins, Mönche, Ritter, Scharlatane, Alchemisten und Musikanten. Die Angehörigen der Zünfte arbeiteten emsig in ihren Buden und Hütten um die Marienkirche herum, auf Ober- wie Untermarkt. Lachen lag all überall in den Gassen und Plätzen.

*****

Im Jahre 1995, dem Jahr der achthundertfünfundzwanzigsten Stadtfeier, fehlte das Lachen kurzzeitig im Hause Langer unten in der Burg.

»Wann gehst du los?«, hatte ich mich neugierig bei Vater Langer erkundigt, der nach dem Frühstück gemütlich in der Wochenend-Ausgabe unserer Zeitung las, so als wäre draußen nichts los.

»Wohin?«, fragte er ganz unschuldig. Allein dieser Gesichtsausdruck hätte mich schon misstrauisch machen müssen.

»Aber hallo, Herr Langer. Achthundertfünfundzwanzig Jahre Stadt. Große Feier. Gelnhausen lebt!«

»Damit hawwe merr nix zu schaffe.«

»Vadder, was is denn jetzt passiert?«, hatte ich verblüfft gefragt. Und Vater Langer hatte sichtbar einen steifen Hals bekommen und mir in fast astreinem Hochdeutsch geantwortet:

»Mir sind nicht Stadt geworden. Nur die Gelnhäuser. Mir in der Burg hatten das nicht nötig. Mir waren was Besseres. Mir waren die Burg des Kaisers. Die Gelnhäuser und der Erzbischof von Mainz hatten uns zu huldigen, zu schützen und zu verpflegen. Das hatte für die eine Ehre zu sein. Mir waren selbständig. Maddin, denk nur an unser eigenes Burg-Rathaus ein paar Häuser weiter. Und die Gelnhäuser waren neidisch auf uns. Ja, sie haben uns richtig gehasst. Denk nur an den Fratzenstein, den sie an ihren Hexenturm montiert haben, der uns die Zunge rausstreckt. Auf unsere ehrenwerte Insel durfte eben nicht jeder Simpel druff. So war das im Jahre 1170. Und so ist es geblieben bis exakt vor hunnert Jahr. Erst 1895 haben die Gelnhäuser uns annektiert. Dabei hatten die Gelnhäuser selber schon im Jahr 1803 den Status der freien Reichsstadt verloren ...«

»Durch den Reichsdeputationshauptschluss vom dreiundzwanzigsten Februar«, habe ich eingeworfen. So nach dem Motto ›Wenn man schon mal im Geschichtsunterricht aufgepasst hat, dann muss sich das auch lohnen‹. Es hat Vater Langer nicht weiter imponiert. Er fuhr einfach fort:

»... oder so ... die waren dann nur noch eine kleine Kreisstadt im neuen Kurfürstentum Hessen-Kassel. Wir aber waren weiterhin die freie Gemeinde Burg.

Und dann solle mir an unserm große runde Trauertag mit dene jubiliere? Ich glaub, jetzt geht's auf!«

Vater Langer hatte mich angegrinst:

»Siehst du, Maddin, um es mit dem von dir so verehrten Sportsfreund Goethe zu sagen: ›Wo viel Licht ist, ist auch starker Schatten!‹ Awwer, Bub, heut am Nachmittag, wenn der Kaiser in der Pfalz auftritt, da bin ich natürlich dabei.«

So war mein Ziehvater. Und, auch wenn sie weiterhin von ihrem Hang zu uns im Flusstal hinabschauen sollten, die Städter sind nichts Besseres. Wir sind die Burg.

*****

Was früher vielleicht einmal tatsächlich zu Spannungen zwischen den Bürgern der Stadt Gelnhausen und denen der Burg gesorgt haben mag, ist heute Schnee von gestern. Die jungen Leute wissen gar nicht mehr, dass Gelnhausen und Burg einmal zwei selbständige Kommunen waren. Und auch für uns Alten ist die Burg mittlerweile Teil der Barbarossastadt Gelnhausen. Wir sind stolz auf unsere ganze Stadt.

Was mich gerade jetzt zu diesem, meinem Sinnieren veranlasst, fragen Sie, verehrte Leserin, geschätzter Leser?

Zum einen natürlich die Erinnerung an Vaters Flachserei über das Gelnhäuser Stadtfest. Er meinte es nicht ernst. Doch nur ein kurzer Blick von mir über die herrliche Kulisse der alten Fachwerkhäuser hier am Obermarkt, mit den Türmen der Marienkirche dahinter, und ich reagiere wie die berühmten Pawlowschen Hunde. In mir wird Unwillen wach. Denn regelmäßig werde ich bei diesem wunderbaren Anblick an eine bewusste Behauptung erinnert, die eine recht bekannte Schriftstellerin und Historikerin über Kaiser Friedrich II. und seine Familie geschrieben hat, über die Staufer also, wie das Geschlecht der Schwaben nach ihrem Stammsitz, der Burg Hohenstaufen, seit dem vierzehnten Jahrhundert genannt wird. Ich kann meinen Unmut nicht verhindern. Die Vermutung wird in mir wach, bei den bewussten Zeilen handele es sich um den Versuch der in Braunschweig geborenen Ricarda Huch, ihren Mitbürger Heinrich den Löwen zu Lasten Gelnhausens etwas schadlos zu halten. So nach dem Motto: Was kann man von so einem Nest schon anderes erwarten? Vielleicht ist das schief, schäbig oder kleinkariert von mir gedacht? Möglicherweise irre ich mich, aber: Weiß man's?

Frau Huch schrieb:[1]

> ›Wenn das Gerücht umging, Konrad, der Sohn der Kaiserin Isabella, sei von seinem Halbbruder Manfred vergiftet, und wiederum, Konrad

1 Siehe: Römisches Reich Deutscher Nation; Deutsche Geschichte, Berlin 1934, Band I, Seiten 176.

habe Heinrich, den Sohn der Konstanze von Aragon, Friedrichs erste Frau, umbringen lassen, so sieht man, dass seit Heinrich VI. ein düsterer, fast diabolischer Zug sich in das Antlitz der Dynastie gegraben hatte. Im Gedächtnis der Deutschen erhielt sich davon nichts. Sie verehrten in ihnen die Imperatoren, die den hohen Gedanken des Heiligen Römischen Reiches deutscher Nation glorreich verkörperten.

Ihr Dasein empfindet man zwischen den Trümmern des Palastes von Gelnhausen, wenn man unter den gebrochenen Bogen des festlichen Saales über die wuchernden Gebüsche der Weiden und Schwarzpappeln hinweg zur Marienkirche hinübersieht, wenn man auf den gestürzten Kapitellen die edlen Linien der staufischen Adler erkennt, wenn man in den Gassen der kleinen, ärmlichen Stadt den schneidenden Atem des Schicksals verspürt.‹

Dieser völlig unberechtigte Hieb auf meine Vaterstadt von ›den Gassen der kleinen ärmlichen Stadt‹ lässt meinen Blutdruck hochschnellen. Ist mein Lokalpatriotismus übertrieben? Vielleicht ein wenig.

Hätte Ricarda Huch ihre Zeilen nicht in den dreißiger Jahren des zwanzigsten Jahrhunderts geschrieben, sondern hundert Jahre früher, dann könnte ich ihnen eine gewisse Berechtigung nicht abstreiten. Ja, damals Anfang und Mitte des neunzehnten Jahrhunderts lag unsere Stadt noch danieder. Gelnhausen waren in den vielen Jahren, die zwischen dem Dreißigjährigen Krieg und den Anfängen des neunzehnten Jahrhunderts lagen, arg viele Schicksalsschläge widerfahren. Mehrfach von der Pest heimgesucht und von Kriegen geschunden, war die einst so reiche und stolze Freie Reichsstadt zu einem vernachlässigten und verarmten Provinznest abgestiegen. Gerade erst von den Franzosen im Oktober 1813 zerstört und geplündert, beschrieb der junge Kronprinz Friedrich Wilhelm IV. von Preußen, der die Truppen Napoleons verfolgte, »des Satans finstre Heerscharen« nannte er sie, entsetzt Gelnhausen als »das horribelste Nest dieser Erde, in einer herrlichen Gegend«. Im Jahre 1815, dem Geburtsjahr Otto von Bismarcks, lebten keine zweieinhalbtausend Menschen mehr in den Mauern unserer Stadt. Hunger herrschte. Gelnhausen war dem Verfall preisgegeben. Ihr Umland verwilderte.

*****

In ›Meyers Großes Konversations-Lexikon, sechste Auflage, siebter Band‹, aus dem Jahre 1904 liest sich die Stadtgeschichte unter dem Stichwort ›Gelnhausen‹ auszugsweise wie folgt:

> ›Karl V. verpfändete den im 13. Jahrhundert zur Stadt erweiterten Ort 1349 an die Grafen von Schwarzburg, die 1435 die Pfandschaft an die Pfalzgrafen bei Rhein und die Grafen von Hanau verkauften. Von da beginnt der Verfall der Stadt, den nachher die Drangsale des Dreißigjährigen Krieges (1634 wurde sie eingeäschert, 1635 fast gänzlich verwüstet) besiegelten. Die Stadt behielt zwar auf den Reichstagen Sitz und Stimme, ihre Reichsfreiheit wurde aber von den Reichsherren bestritten und nicht einmal anerkannt, als das Reichskammergericht sie 1734 für eine Reichsstadt erklärte. Durch das Aussterben der Grafen von Hanau (1736) kam deren Anteil an Hessen-Kassel, das 1746 auch den pfälzischen Teil erkaufte und 1803 G. als Erbeigentum erhielt. 1866 fiel G. mit Kurhessen an Preußen. Die Kaiserpfalz bildete seit 1350 unter dem Namen ›Burg G.‹ eine Ganerbschaft, die noch gegen Ende des 18. Jahrhunderts den Forstmeistern von Gelnhausen, den Krempen von Freudenstein und den Schelm von Bergen, einem altadligen Geschlecht gehörte.‹

So deprimierend das auch klang, durch diesen Artikel lernte ich das alte deutsche Wort ›Ganerbe‹ kennen, womit eine spezielle Form der Erbengemeinschaft gemeint ist.

*****

Und trotzdem ging von dieser ›kleinen, ärmlichen Stadt‹ offensichtlich immer noch ein besonderer Reiz aus. Dies zu sagen fühle ich mich berechtigt, da ich andere Historiker und Schriftsteller auf meiner Seite weiß. Ich zitiere dafür gern den englischen Staatsmann Edward Bulwer-Lytton, den Autor des bekannten historischen Romans ›Die letzten Tage von Pompeji‹, der im neunzehnten Jahrhundert Gelnhausen besucht hat und danach in seinem 1834 erschienen Werk ›Die Pilger des Rheins‹ von unserer schönen Stadt schwärmt als:

›Ort, der für Liebende viel Anziehendes besitzt; denn hier war Friedrich der Erste von der Schönheit Gelas gefesselt, und mitten in einem Inseltal erbaute er hier das kaiserliche Schloss – der Dame seines Herzens zur Ehre.‹

Erfreulich war die Lage der Stadt in der ersten Hälfte des neunzehnten Jahrhunderts gewiss nicht. Und eine Besserung nicht absehbar.

Doch dann kam ein Sohn der Stadt, der das Rad des Niedergangs und der Lethargie anhielt, ja sogar einen wirtschaftlichen Aufschwung Gelnhausens einleitete. Links von mir, gegenüber vom Haus Symeren, steht zwischen Bänken, Büschen und Platanen sein Denkmal.

Conrad Heinrich Schöffer, im Jahre 1815 wie der spätere Reichskanzler Otto von Bismarck geboren, als Kaffeehändler in Amsterdam reich geworden, kam, achtundfünfzigjährig, zurück in seine Vaterstadt. Er brachte großes Engagement und viel frischen Wind mit. Erziehung und Erhaltung waren seine Hauptanliegen.

Ohne Heinrich Schöffer gäbe es in der Stadt so manch markantes Gebäude nicht, so die ›Villa am Goldenen Fuß‹, jetzt als ›Weiße Villa‹ bekannt, und das Teehaus ›Dorotheenhöhe‹, das heutige ›Bergschlösschen‹ oben unweit von meiner Wohnung auf der Dürich. Das Gebäude, vor dem ›die dankbare Vaterstadt 1880‹ das Denkmal für Heinrich Schöffer errichtet hat, ist ein weiterer Beweis dafür. Und sein jüngerer Bruder Ludwig Wilhelm Schöffer, ebenfalls erfolgreich als Unternehmer und Kaffeehändler, errichtete westlich von der ›Weißen Villa‹ für seine Familie und sich die ›Villa Withu‹ in einem prächtigen Park – mit dem von mir so geliebten Ginkgobaum. Heute stehen dort die Main-Kinzig-Kliniken.

Den Ausbau der Kinzigtalbahn hat unser großer Mäzen Heinrich Schöffer im Interesse der Stadt ebenfalls erfolgreich unterstützt. Er wusste um wirtschaftliche Zusammenhänge. Nach Eröffnung des Bahnhofs im Mai 1867 begannen sich auch Unternehmen vermehrt für unseren Standort zu interessieren. Fabriken siedelten sich an. Gelnhausen, das zuvor hauptsächlich vom Weinanbau gelebt hatte, profitierte nun von der Industrialisierung. Arbeitskräfte wurden benötigt. Immer mehr

Frauen arbeiteten. Deren Kinder bedurften der Betreuung. So ließen Heinrich Schöffer und sein Schwiegersohn Carl Becker, ein reicher Rothschild-Bankier, auf dem ehemaligen Gelände des Franziskanerklosters hier, linkerhand von Haus Symeren, am Nordrand des Obermarkts ein Kindergartengebäude errichten. Und da gut ausgebildete Arbeiter schon immer gefragt waren, stifteten sie auch Geld, um mittellosen Eltern die Möglichkeit zu geben, ihre Kinder in die Bürgerschule zu schicken.

Schöffers bedeutendster Verdienst für seine Heimatstadt aber war die erste gründliche Restaurierung des Kronjuwels des Kinzigtals, unserer Marienkirche, die mittlerweile seit sechshundert Jahren ohne bauliche Pflege über der Stadt wachte. Ihr südlicher Chorturm, durch Feuchtigkeit verzogen als der ›krumme Turm‹ weithin bekannt, selbst Goethe hat sich kurz vor seinem Tod noch mit ihm beschäftigt, war baufällig. Die klamme Stadt selbst konnte seine Rettung nicht finanzieren. Die Brüder Schöffer aber und vor allem Carl Becker hatten das Vermögen und brachten es und sich selber ein.

Nach Abschluss der umfassenden Renovierung der Marienkirche spendeten die Mäzene Schöffer und Becker dem Gotteshaus noch eine neue, die Ratzmann-Orgel, die gerade erst in diesem Jahr 2018 völlig durch eine neue Orgel im alten Gehäuse ersetzt worden ist.

Warum ich das berichte? Aus zwei Gründen. Der erste liegt auf der Hand. Ricarda Huchs Behauptung von ›der kleinen, ärmlichen Stadt‹, geschrieben in den dreißiger Jahren des zwanzigsten Jahrhunderts, war unzutreffend. Und der zweite Grund? Ich halte ihn für sehr erfreulich. Heute ist der dritte Oktober. Ein Feiertag. Ganz Deutschland gedenkt der deutschen Einheit. Für Gelnhausen aber hat der Tag noch eine weitere bedenkenswerte Bedeutung. Der dritte Oktober ist der Geburtstag von Conrad Heinrich Schöffer, ihrem großen Sohn und Mäzen.

Kniefall und Niederlage
Italien, in den Jahren bis 1176

Zwölf Jahre ist es her, dass sich die norditalienischen Städte, zuvor verfeindet und im steten Streit untereinander, zusammengetan haben. Nur ein Ziel kennen sie: den gemeinsamen Kampf gegen den Kaiser. Auf der Versammlung bei Pontida, einem zwischen Bergamo und Lecco gelegenen Ort, haben sie sich geschworen, den Kaiser mit Waffengewalt zur Anerkennung ihrer Rechte zu zwingen. Gewachsen ist inzwischen ihr Bund. Papst Alexander III. hat sich vor sieben Jahren mit dem Lombardenbund verbündet, weil auch er sich vom deutschen Kaiser bedroht fühlt, der die Stadt Rom als Ursprung seiner Kaiserwürde im Reich sieht.

Jetzt, im Jahre des HErrn 1174, bricht Friedrich wiederum nach Italien auf, um den Aufstand der norditalienischen Städte endgültig niederzuschlagen. Es ist sein fünfter Italienzug. Zunächst lässt er auf seinem Weg nach Süden Susa zerstören. Er hat nicht vergessen, wie ehrverletzend die Bürger dieser Stadt ihn hier im Jahre des HErrn 1167 auf seiner Flucht nach Norden behandelt haben. Und Kaiserin Beatrix frohlockt, als die Flammen über der brennenden Stadt zusammenschlagen.

Danach belagert Friedrich im Piemont Alessandria. Im Frühjahr 1168 hatten die Konsuln eine neue Siedlung im Piemont ›zu Ehren des Papstes‹ und zur Schande des Kaisers Alessandria genannt. Die Siedlung wurde vom Lombardenbund als Bürgerschaft – ›civitas‹ – anerkannt und von Papst Alexander zum Bistum erhoben. Dies war eine Provokation des Herrschers, denn das Gründen von Städten zählte zu seinen Hoheitsrechten. Friedrich versteht diesen Namen als Beleidigung seiner Person. Noch Jahre später wird der Kaiser diese Expedition damit rechtfertigen, dass Alessandria »gegen unsere und des Reiches Ehre« gegründet worden sei, und er deshalb mit der Absicht nach Italien gezogen wäre, diese Beleidigung zu rächen. In kaiserlichen Schriftstücken wird die Stadt abwertend als ›Strohstadt‹ bezeichnet, eine Anspielung auf die zahlreichen mit Stroh gedeckten Dächer.

Alessandria umgibt keine Mauer, nur ein Graben bietet Schutz.

Sie sollte schnell einzunehmen sein, besonders, wenn man gegen sie vorgeht wie seinerzeit gegen Crema, mutmaßt der Kaiser.

Doch der Herrscher verkalkuliert sich. Hat er etwa Tortona vergessen?

Die Belagerung zieht sich – auch wegen des widrigen Wetters – hin. Nach vier Monaten ist ihm die Eroberung immer noch nicht gelungen. Jetzt versucht er es mit tückischer Kriegslist. Vom Stadtgraben aus bietet er den Bewohnern Alessandrias heuchlerisch einen Waffenstillstand für die bevorstehenden Osterfeiertage an, während zeitgleich Bewaffnete durch unterirdisch gegrabene Gänge auf die vermeintlich ahnungslose Stadt vordringen.

Doch Friedrichs Plan wird durchschaut. Der Kaiser zieht sich zurück, weil er selber seine Truppen für zu schwach für einen Angriff erachtet und zudem, Verstärkung des Lombardenbundes naht. Der bringt im April 1175 die Fahnenwagen der Kommunen von Piacenza, Mailand, Verona und Brescia in Sichtweite des Kaisers in Stellung, fürchtet aber die kämpferische Überlegenheit der deutschen Ritter. So erscheint der ungewisse Ausgang einer Schlacht beiden Seiten gleichermaßen zu groß. Sie scheuen das Risiko. Doch die aufgenommenen Verhandlungen über eine friedliche Beendigung der Auseinandersetzung scheitern auch. Es kann keine Einigkeit über den künftigen Status Alessandrias erzielt werden.

So wird am siebzehnten April ein vorläufiger Waffenstillstand geschlossen, der Frieden von Montebello. Darin wird der Streit ›Alessandria‹ auf unbestimmte Zukunft vertagt. Die beiden Befehlshaber des Bundes müssen sich dem Kaiser demütig unterwerfen und ihm die Schwerter übergeben, die sie über ihren Nacken getragen haben. Dies dient als Genugtuung für die ihm zugefügte Ehrverletzung und zur Wiederherstellung der Ehre des Reiches. Im Gegenzug gibt der Kaiser den Vertretern des Lombardenbundes als Zeichen für die Wiedererlangung seiner Huld den Friedenskuss. Doch ist der Kuss nicht auch als eine Anerkennung des Lombardenbundes zu verstehen?

Schon wenige Wochen später verweigert Friedrich seine Teilnahme an einem Schiedsgerichtsverfahren in der Angelegenheit ›Alessandria‹. Ein endgültiges Ende der Auseinandersetzung des Kaisers mit den Städten des Lombardenbundes wird erst der Hoftag zu Konstanz im Jahre des HErrn 1183 bringen.

*****

Doch jetzt, im Jahre des HErrn 1176 benötigt der Kaiser dringend weitere Truppen, soll die unausweichliche Entscheidungsschlacht gegen die Lombarden erfolgreich bestanden werden. Ein Eklat zeichnet sich ab. Schon im November 1175 hat der Kaiser die Fürsten des Reiches um Unterstützung gebeten. Und alle sächsischen Fürsten haben ihm Hilfe zugesagt. Nur Heinrich der Welfe hat nicht geantwortet. Aus diesem Grunde lädt ihn der Kaiser zu einer Unterredung ein.

Schmerzlich berührt der Vorfall, der sich dann auf dem Hof der idyllischen Reichsburg Chiavenna an der Mera Anfang des Jahres des HErrn 1176 ereignet. Dort bittet Friedrich den Löwen nochmals nachdrücklich um Hilfe für seine Expedition nach Italien. Doch Herzog Heinrich verweigert dem Kaiser die gewünschte – und benötigte – militärische Unterstützung. Der Löwe meint dies, wie er glaubt, diplomatisch geschickt zu tun. Er taktiert:

»Selbstverständlich, Friedrich, hast du meine Unterstützung. Du kannst Truppen von mir bekommen. Jedoch, …«

Er gibt sich den Eindruck, als würde ihm diese Mitteilung nur schwer über die Lippen gehen.

»… jedoch auf meine persönliche Teilnahme an der Heerfahrt musst du verzichten. Dafür bin ich zu betagt. Die Kraft für einen solch schweren Marsch kann ich kaum aufbringen.«

»Was soll das, Heinrich? Du bist um die zehn Jahre jünger als ich, stehst fest im Fleische, wie ein jeder sehen kann und willst für einen Heerzug zu alt sein! Was treibt dich? Was forderst du für einen weiteren Beweis deiner Kraft und Frische?«

»Wenn du mich so nachdrücklich fragst, dann sage ich: ›Nichts Außergewöhnliches!‹«

»Dann sag an!«

»Wenn du als Kaiser mir den dir wohlbekannten Wunsch erfüllst, dann komme ich ohne Rücksicht auf Alter und Gefahr mit dir.«

»Sprich! Was ist dein Wunsch?«

»Du überträgst mir die Reichsvogtei in Goslar mit all den Silberbergwerken im Rammelsberg, und ich begleite dich auf deinem Zug gen Süden.«

Bereits im Jahre des HErrn 1173 hat Friedrich die von Heinrich dem Löwen geforderte Belehnung mit der Stadt Goslar und deren Silberbergwerke im Rammelsberg als Gegenleistung für seine Gefolgschaft im anstehenden Italienfeldzug abgelehnt. Jetzt versucht er den Kaiser also ein zweites Mal zu erpressen.

Doch Friedrich schlägt das Anliegen des Löwen erneut aus. Dann geschieht etwas Ungeheuerliches, wie Arnold von Lübeck, der dabei war und sah, was geschah, später berichtet. Ein Schock. Es ist, als bliebe die Zeit stehen, als würde die Weltgeschichte entsetzt den Atem anhalten. Kein Schnauben der Pferde, kein Scharren ihrer Hufe mehr ist zu hören. Kein Zwitschern oder Krächzen der vielen Vögel auf den Bäumen. Kein Laut. Der Kaiser sinkt vor seinem Vetter, der hoch auf seinem Ross sitzt, auf die Knie. Für die Außenstehenden sieht es aus, als flehe da König und Kaiser einen Untertanen, mag er auch von hohem Adel sein, um Hilfe an. In diesem Augenblick ist es gleichgültig, was der Kaiser tatsächlich mit seinem Kniefall vor dem Herzog bezwecken will, nämlich allein die Dringlichkeit seines Anliegens betonen. Doch Heinrich der Löwe verschließt sich weiterhin dem Wunsch seines Herrschers.

Das Bild einer solch demütigenden Bitte von einem deutschen König wird es niemals wiedergeben. Ungeheuerlich auch, dass der Löwe es wagt, der Bitte seines Kaisers nicht zu entsprechen. Was für ein krasser Bruch der Etikette! Das durch Fußfall eines Ranghöheren vor einem

Rangniederen betonte Ersuchen ist zu akzeptieren! Das weiß und achtet doch jeder!

Beatrix, die Friedrich zu dem Treffen mit Heinrich dem Löwen begleitet hat, traut ihren Augen nicht. Geht doch ihr Gemahl, der Kaiser, vor diesem arroganten, treuelosen Unsympathen auf die Knie; vor dem, der eigentlich alles, was er ist, dem Kaiser zu verdanken hat. Vor dem Kerl erniedrigt sich der Herr des römisch-deutschen Reiches solchermaßen. Ein Skandal! Und hören muss sie auch noch, wie der Truchsess des Löwen seinem Herrn zuruft:

»Da liegt die Krone zu Euren Füßen, mein Herzog. Bald wird sie Euer Haupt schmücken!«

Sie kann ihren Unmut nur schlecht verbergen, wie die roten Flecken belegen, die sich auf ihrem milchweißen Hals zeigen. Die Kaiserin tritt entschieden zwischen die beiden Männer. Sie streckt Friedrich die Hand hin und fordert ihn in bestimmtem Ton, der keinen Widerspruch erlaubt, auf:

»Erhebe dich, mein Herr, und sei eingedenk dieses Falles, und der liebe Gott wird es sein.«

Und leise zischt sie: »Wie ich ihn hasse, diesen schwarzhaarigen Ehrgeizling mit den kurzen Dackelbeinen. An unserem Reich interessiert ihn jetzt doch nur der Teil, den er haben will. Und später dein ganzes Reich! Reich ihm den Finger, und er nimmt die ganze Hand!«

Friedrich schaut Beatrix in die Augen und ergreift ihre Hand. In solch harschem Ton hat sie noch nie zu ihm gesprochen. So bitter. Und es ist ihr sichtlich ernst. Er weiß zwar aus früherer Gelegenheit, dass sie den Löwen ablehnt. Er hat ihr stets energisch widersprochen. Negatives über Familienangehörige mag er nicht hören.

Doch jetzt erkennt er, in ihren Worten liegt viel Wahres. Auch spürt er, dass er ihre Achtung verliert. Friedrich steht auf und dankt ihr. Die Ehre des Reiches und sein persönliches Ansehen sind höher zu schätzen, als eine Schlacht, die verloren geht. Der Löwe sollte sich in Acht nehmen. Friedrich vergisst keine Schmach, die ihm angetan wird. Er ist nachtragend. Das weiß doch jeder. Das gilt jetzt auch, wenn der Täter ein Verwandter ist. Erst recht, wenn dieser Ehre und Ansehen von Reich und Kaiser missachtet. Herzog, sieh dich vor!

Ohne die Truppen des Löwen aber besteht das Heer des Kaisers, wie seinerzeit beim ersten Italienzug, aus kaum mehr als dreitausend Mann. Etwa ebenso viele stehen auch den Lombarden für die entscheidende Schlacht zur Verfügung.

*****

Wie ein kleiner Stein oft ausreicht, um eine große Lawine mit all ihrer zerstörerischen Wucht auszulösen, so genügt der Aufstand von wenigen Bauern um die entscheidende Schlacht von Legnano zu entfachen. Kaiserliche haben in Seprio bei Legnano eine Pause eingelegt. Die örtlichen Bauern sehen das. Sie ergreifen ihre Waffen und stürzen sich im Morgengrauen des neunundzwanzigsten Mai 1176 auf die weit unterlegene kaiserliche Vorhut.

Kurze Zeit danach erreicht der Kaiser persönlich mit seiner Reiterei Seprio. Jetzt ziehen sich die Bauern zu ihrem ›Carroccio‹ zurück, dem von Ochsen gezogenen Karren, auf dem sich das Kriegerheiligtum Legnanos befindet. Der ›Carroccio‹, das Symbol für Freiheit und Ehre der Stadt, darf nicht aufgegeben werden. Die Bauern können der kaiserlichen Kavallerie nicht standhalten. Während sie fliehen, stellen sich die übrigen Fußtruppen und die kleine örtliche Reiterei phalanxartig auf. Ihre ersten Linien werden von den kaiserlichen Truppen sofort brutal niedergemacht, doch dann erwacht in den Lombarden unter ihrem heldenhaften Führer Alberto da Giussano ein trotziger Kampfgeist, der sie fast bis zur völligen Vernichtung kämpfen lässt. Der ›Carroccio‹ verleiht ihnen Todesmut.

Sie halten tatsächlich durch, bis weitere Ritter und frische Infanterie zu ihrer Entlastung eintreffen. Diese neuen Kräfte stürzen sich auf die Flanke des kaiserlichen Heeres. Keine Seite kann dauerhaft Vorteile erzwingen. Dann aber gelingt es Rittern aus Brescia den Träger der kaiserlichen Insignien zu töten. Deren Wegfall verunsichert die Truppen.

Dann wird auch noch des Kaisers Pferd getroffen. Friedrich stürzt und verliert sein Schild. Entsetzt sehen das seine Mannen. Kopflos fliehen sie. Friedrich selbst kann später mit Mühe entkommen, nachdem er sich zuvor auf dem Schlachtfeld unter Leichen verborgen gehalten hat.

*****

Schnell verbreitet sich, der Kaiser sei in der Schlacht bei Legnano gefallen. Die falsche Nachricht erreicht auch Beatrix, die sich in Pavia aufhält. Schon seit vielen Jahren befürchtet sie, dass sie diese Botschaft eines Tages erhalten wird. Und immer hat sie sich geschworen, niemand, weder der Überbringer noch sonst jemand soll ihr dann ansehen können, was sie leidet und empfindet. So legt sie nach Erhalt der traurigen Botschaft, wie es scheint, völlig gefasst, die Trauerkleidung an, die sie seit längerem mit sich führt.

»Ich bin die Herrscherin und habe mich also zu beherrschen«, fordert sie sich immer wieder leise auf. »Ja, nicht weinen! Reiß dich zusammen! Deine Gefühle gehen keinen etwas an!«

Nachts aber, allein auf ihrem Lager, schämt sich Beatrix ihrer Tränen nicht. So findet sie auch Friedrich vor, als er einige Nächte später heimlich die Stadt erreicht und bei ihr eintrifft. Er schließt sie in seine Arme. Schluchzend sagt sie:

»Mein Gemahl ... Friedrich ... Geliebter ...Lass sein! ... So geht das nicht weiter!«

Ergänzende Hinweise

Martin,

das Kind, das der Kaiser in dieser Nacht gegen den anfänglichen Widerstand seiner Frau gezeugt hat, ein weiterer Sohn, ist im Februar 1177 in Pavia auf die Welt gekommen. Er erhielt den Namen Philipp, wurde Herzog von

Schwaben und - nach dem Tod seines großen Bruders Heinrich VI., (wie dieser musisch sehr begabt) - im Jahre 1197 römisch-deutscher König. Danach begann ein zehnjähriger Thronstreit mit dem Welfen Otto IV. von Braunschweig, der den deutsch-römischen Königsthron für sich beanspruchte (und, ein Blick in die Zukunft, im Jahre 1208 gar Kaiser wurde).

In der Dekade 1198-1208 aber konnte Philipp sein Königtum im Reichsteil nördlich der Alpen mehr und mehr gegen den Welfen durchsetzen. Vor einem entscheidenden Feldzug gegen Otto IV. nahm Philipp am 21. Juni 1208 an der Hochzeit seiner Nichte Beatrix von Burgund mit dem Herzog Otto VII. von Meranien in Bamberg teil. Am Nachmittag des Vermählungstages zog er sich in seine privaten Gemächer zu einem Aderlass zurück.

Pfalzgraf Otto von Wittelsbach kam und erhielt Einlass in die Räume des Königs; denn es war bekannt, dass Philipp die Schwertkunststücke Ottos erfreuten. Doch der Pfalzgraf hatte anderes im Sinn. Mit dem Ausruf »Diesmal wird es kein Spiel für Dich sein!« stach er auf des Königs Hals ein. Dieser sank tödlich getroffen zu Boden. Der Täter floh mit seinen Getreuen.

Es heißt, aus Rache sei die Tat erfolgt; denn im Jahre des HErrn 1203 hatte König Philipp seine damals einjährige Tochter Kunigunde mit Otto VIII. von Wittelsbach verlobt. Philipp hielt sich jedoch nicht an die getroffene Absprache, sondern löste sie und arrangierte stattdessen im Jahre 1207 mit König Ottokar I. von Böhmen die Verlobung seiner Tochter mit dessem gerade zweijährigem Sohn und Nachfolger Wenzel I.

Der Königsmord blieb nicht ungesühnt. Auf dem Frankfurter Hoftag im November 1208 wurde Otto von Wittelsbach mit seinen Getreuen, dazu zählte Bischof Ekbert von Bamberg, für friedlos erklärt. Die ›Friedloslegung‹ wog als Strafe schwerer als die Acht; denn aus ihr gab es keine Lösung. Otto von Wittelsbach wurde Anfang 1209 vom Marschall des königlichen Hofes, Heinrich von Kalden, in einem Getreidespeicher nahe Regensburg aufgespürt und auf der Stelle umgebracht.

Doch, Martin, warum ich dies schreibe, hat einen besonderen Grund. Einen Grund, der mich sehr berührt. Zwölf Kinder hat Kaiserin Beatrix ihrem Friedrich wohl geboren, davon waren acht Söhne. Normalerweise, so sollte man annehmen dürfen, spricht dieser Kinderreichtum für eine lange Dynastie. Doch, als läge ein Fluch auf den Schwaben vom Hohenstaufen, Philipp war im Jahre 1208 der letzte unmittelbare Nachkomme von Beatrix und Friedrich. Gut, dass es da noch den Sohn Heinrichs VI. gab, den am 26. Dezember 1194 in Jesi bei Ancona geborenen Friedrich II., den großen Kaiser und Enkel Barbarossas.

Conny

Frankfurt, Februar 2018
Der Name Nelke

Er konnte sich sehr gut an das Gespräch mit ihr während der ersten gemeinsamen Fahrt nach Sibiu erinnern, als ihn Monika Schlosser gefragt hatte:

»Von wo seid ihr Roma eigentlich hergekommen und warum gerade in Rumänien hängen geblieben?«

Ich habe versucht ihre Frage zu beantworten:

»Mein Großvater Josip hat mir Bein und Stein geschworen, dass unser Volk ursprünglich, vor ein paar tausend Jahren, in Ägypten gelebt hat. Erst unter den Römern seien wir, immer östlich am Rande des Mittelmeers entlang und dann weiter nach Norden auf das Gebiet des heutigen Rumäniens gelangt.

Ich habe meine Zweifel, ob das so stimmt. Ich glaube eher, dass wir aus Indien hierhergekommen sind. Ein kleiner Haufen Menschen, der überall in der Fremde angefeindet wurde. Das hat uns zusammengeschweißt.«

Er hatte kurz geschwiegen, um dann vermittelnd fortzufahren:

»Vielleicht hat mein Großvater ja auch recht. Vielleicht sind wir aus unbekannten Gründen von Ägypten zunächst nach Indien, und von dort dann weiter nach Europa.«

Er hatte breit gegrinst:

»Alles ist möglich. Ich weiß es nicht. Ist schon zu lange her. Aber eins weiß ich, ...«

Dabei hielt er den rechten Zeigefinger so, als wolle er Monika belehren:

»... Josip, also mein Großvater, kannte viele kluge Wörter. Sprichwörter, Redensarten und so was. Von denen hat er behauptet, dass sie Weisheiten der alten Ägypter seien.«

»Wie zum Beispiel?«, hatte sich Monika erkundigt.

»Was fällt mir denn da spontan ein?«

Er hatte so getan, als müsse er überlegen.

»Ja, zum Beispiel ›Wer zum Schmied kommt, dem fliegen die Funken um die Ohren‹. Das passt zu unserem ursprünglichen Gewerbe als Kalderasch, als Kupferschmiede. Oder: ›Es gibt Dämonen, die lassen sich in keiner Glasflasche fangen‹. Ja, dann noch: ›Wer einmal von einer Schlange gebissen wurde, der fürchtet sich selbst vor einem mürben Stück Tau‹.«

Da war sie richtig hochgefahren. Von null auf hundert.

»Pfui, Herr Nelke, komm mir nicht mit Schlangen! Die ekeln mich. Prrr!«

»Oh, Entschuldigung! Das habe ich nicht gewusst!«

»Ist schon gut. Eine Spinnerei von mir«, hatte sie beschwichtigt und gleich abgelenkt: »Das mit der Herkunft der Roma ist spannend. Doch, was ich mich frage, ist ...«

Monika Schlosser hatte wohl Zweifel an meiner ägyptischen Herkunftsgeschichte:

»...warum heißt ihr alle ›Nelke‹ mit Nachnamen? Das klingt so gar nicht nach Indien oder Ägypten.«

Dabei hat sie, wie ich auch, bemerkt, dass der junge Mann, der unser Fahrzeug lenkte, sich vor ihr aufrichtete und offensichtlich lange Ohren machte. Unser Gespräch im Fonds schien ihn zu interessieren.

Er hatte lachen müssen.

»Nee, gewiss nicht. Das ist eine ganz andere Geschichte.«

»Die da wäre?«

»Den Namen hat uns mein Urgroßvater ... vielleicht war es auch schon mein Ururgroßvater eingebrockt. In der zweiten Hälfte des neunzehnten Jahrhunderts. Als unsere Familie schon in Deutschland war. Da brauchten wir einen Nachnamen.«

»Wieso denn das? Hattet ihr Roma damals nur Vornamen?«

»Nein, das ist etwas komplizierter. Roma haben zumindest drei Namen, manche sogar vier. Da ist der Gadžo, der Vorname, der Name, auf den wir getauft sind, der offiziell im Pass steht. Meine Familie ist katholisch. Deshalb heiße ich Josip, nach Josef, dem Vater von Jesus. Wenn mein Alter damals ein Fan von Eintracht Frankfurt gewesen wäre, könnte ich jetzt auch Jürgen heißen. Nach Jürgen Grabowski, dem zackigen Rechtsaußen der Eintracht. In Rumänien kennen viele Roma selbst ihre Gadže-Namen nicht.«

Monika Schlosser hatte es nicht glauben wollen: »Ach, komm! Das gibt's doch gar nicht!«

»Wirklich. Das ist so!«, habe ich beteuert. »Dafür haben wir unsere Roma-Namen.«

»Und was ist das nun?«

»Das ist der Name, den die Roma untereinander verwenden, wenn sie miteinander Romanes reden. Das ist so eine Art Spitzname. Zum einen die üblichen passenden Bezeichnungen oder Schimpfwörter wie ›Kleine‹, ›Hübsche‹, ›Großmaul‹, ›Dicker‹.

Beliebt ist auch ›Husa‹, das heißt ›dumme Gans‹ oder ...«

An der Stelle hatte er innegehalten. Ersichtlich war ihm etwas durch den Kopf gegangen. Dann hatte er dem Fahrer zugerufen:

»Hej, Nelke, wie rufen sie dich?«

»Ronaldo, Chef.«

»Quatsch, sag die Wahrheit! Nicht, was in deinem Pass eingetragen ist, als Gadžo, sondern, wie sie dich nennen!«

»Sieht man doch, wenn ich stehe. ›Langer‹ rufen sie.«

Aus dem Augenwinkel hatte Nelke ein nervöses Zucken über das Gesicht der Frau neben ihm laufen sehen. Er hatte es grienend notiert.

Sie sagte aber nichts. Da war er sich schlecht vorgekommen. Er, der er seine blöde Idee mit dem Gadžo des Fahrers, als sie ihm eingefallen war, für einen guten Scherz gehalten hatte. Schnell redete er weiter:

»Und nach Gadže- und Roma-Namen benötigten wir immer noch einen Nachnamen. Das forderten die deutschen Gesetze.

Mein Ur- oder Ururgroßvater war ein großer Verfechter dafür, dass alle Menschen gleich sind. Du kannst also heute sagen, er war ein echter Sozi. Er, ein selbständiger Handwerker, kämpfte für die Anerkennung der Arbeiterklasse als gleichberechtigt neben dem Adel und der Bürgerklasse, oder wie das damals hieß. Das war zu seiner Zeit ein heißes Thema im Kaiserreich Deutschland. Und die rote Nelke passte prima dazu. Das Symbol für die Liebe über den Tod hinaus. Während der Französischen Revolution hatten die zum Tode verurteilten Adeligen auf ihrem Gang zum Schafott rote Nelken dabei. Die rote Nelke haben die deutschen Arbeiter dann als Symbol gewählt und bei ihren Treffen als Zeichen für ihre Solidarität getragen. Fahnen und offene Versammlungen waren ihnen ja wegen der Sozialistengesetze verboten.

Und mein Ur- oder gar Ururgroßvater hat gesagt, das ist künftig der Name von unserer ›gotra‹, sagen wir unserer Familie, weil wir stolz sind, Roma zu sein – und fleißige Arbeiter. Er konnte das erste entscheiden, weil er der König war, und das zweite war ein Befehl an die Angehörigen seiner ›gotra‹. Seit dem Tag heißen wir alle Nelke.«

Er hatte dann geschwiegen. Es dauerte schon einige Atemzüge, bis Monika Schlosser beeindruckt gesagt hatte:

»Tolle Geschichte. Auf diesen Vorfahren und den Namen könnt ihr richtig stolz sein.«

»Sind wir auch!«, hatte er erwidert. Und von vorne ertönte ein bestätigendes »Jupp!« Es klang stolz und trotzig zugleich.

»Und um deine Frage, Monika, vollständig zu beantworten«, hatte er dann noch gesagt. »Meine Familie ist nur teilweise im schönen, aber armen Rumänien hängen geblieben. Ein Teil lebt schon seit gut zweihundert Jahren durchweg in Deutschland, wenn wir die tausendjährige Horrorzeit vergessen, die die Nelkes teils in Irland, teils mit traurigem Ende in KZs verbracht haben. Kein gutes Thema. Wir sind solide, fleißig und erfolgreich. Schon mein Vater war ein Studierter. Gewiss, einzelne schwarze Schafe gibt es überall, auch bei uns!«

Dann haben wir über andere Sachen gesprochen. Smalltalk. Über was wusste er jetzt nicht mehr. Der Aufenthalt in Sibiu endete für Monika Schlosser in einer Katastrophe. Herr Nelke schämte sich für seine Sippe. Es folgte ihre zweite Flucht. Wieder mit ihm. Diesmal nach Indien. Bald vier Jahre war das schon wieder her. Eine Zeit ohne Kontakt. Funkpause.

Und jetzt auf einmal ... Ich wollte meinen Augen nicht trauen. Da war von einer ›Angela von Selbold‹ ein Betrag über 111,11 Dollar auf meinem Konto eingegangen. Das zwischen uns in Dubai vereinbarte Zeichen. Sie benötigte also ganz dringend Hilfe. Ich habe ihr postwendend zwei Geldbeträge zurückgeschickt mit Kunden- und Rechnungsnummern im Betrefffeld, *die richtig zusammengesetzt eine Telefonnummer ergeben, unter der ich von ihr jederzeit, aber nur einmal erreichbar bin. Prompt hat sie mich angerufen. Aus Pune in Indien. Mit den Nerven komplett fertig. Sie will zurück. Nach Rumänien. Versteh einer die Frauen. Warum? Der Pass, den ich ihr vor bald zehn Jahren besorgt habe, läuft ab. Im Juni 2018. Es eilt also. Mal sehen, was ich für dich tun kann,* hat er gesagt. Und: Sie bekäme von ihm demnächst eine neue Überweisung. Das hat sie verstanden und sich bedankt.

Jetzt bin ich am Zug, denkt Herr Nelke. *Ich habe da noch ein offenes Versprechen einzulösen. Das ist mir wichtig. Der Rechtsanwalt, Herr Doktor Langer, hat mir großartig geholfen. Und was ich verspreche, das pflege ich auch zu halten. Das verlangt mein Stolz.*

Und weiter denkt er: *Vielleicht kann ich ja die Einlösung beider Versprechen irgendwie koppeln.*

Und dann denkt er noch: *Verrückter Name. ›Angela von Selbold!‹ Wie sie auf den gekommen ist? Das wird sie mir irgendwann noch mal genauer erklären müssen!*

Endlich Frieden
Venedig, im Jahre des HErrn 1177

Ist es Frust und Resignation oder Folge krankheitsbedingter Schwäche oder gar Ausdruck von Altersweisheit und Einsicht, dass Kaiser Friedrich plötzlich seine Politik gegenüber dem Papst und den norditalienischen Städten radikal ändert? Vielleicht ist es von allem ein wenig. Oder doch etwas anderes?

All das ging Martin Langer durch den Kopf, als er die Vorbemerkung von Tante Conny zum nächsten Kapitel las:

Martin,

gewiss muss oder kann man Ricarda Huchs Ansichten über Kaiser Friedrich I. Barbarossa nicht in allen Punkten gleichermaßen teilen. Doch im Fall seines Strategiewechsels nach der Niederlage von Legnano halte ich ihre Anmerkung für sehr einfühlsam und zutreffend, wenn sie schreibt:

›Der Sieg der Lombarden bei Legnano bedeutete für Friedrich das Hindernis des Schicksals, das den ins Leben Stürmenden zum Anhalten zwingt und zur Besinnung bringt. Er war groß genug, um zu lernen, dass er, wie hoch er auch stand, andere Mächte müsse gelten lassen, dass er sich einigen müsse, wo er nicht herrschen konnte, und er handelte nach der gewonnenen Einsicht, ohne etwas von seiner Würde zu vergeben.‹

Conny

Militärisch bei Legano im Mai 1176 geschlagen, schwer geschwächt im Sommer desselben Jahres durch einen erneuten Fieberanfall fühlt sich Friedrich dem Tod nahe. Furcht steigt in ihm auf. Soll ihm etwa das

Himmelreich verschlossen sein? Hat ihn doch Papst Alexander III. exkommuniziert! Er bangt um sein Seelenheil.

Die Furcht ist stärker als sein Stolz. Friedrich entschließt sich zum Frieden und entsendet im Herbst 1176 eine Delegation zu Papst Alexander III., seinem langjährigen Widersacher.

Zuvor lässt Friedrich die Unterstützung des kaiserlichen Gegenpapstes Calixt III. fallen, den er persönlich nie getroffen hat, obwohl dieser doch schon bald nach dem Tod von Papst Paschalis III. im Jahre des HErrn 1168 von den Kardinälen gewählt worden war, um so von einer Verpflichtung befreit, Verhandlungen mit Papst Alexander III. aufnehmen zu können.

Wesentlicher Anteil am sogenannten Vorvertrag von Anagni für die Friedensbedingungen im November 1176 gebührt dem vom Kaiser als Vermittler eingesetzten Erzbischof Wichmann von Magdeburg. Wichmann ist einer der letzten Menschen, die Friedrich seit seiner Erhebung zum römisch-deutschen König treu begleiten und beraten. Der Vertrag sah nach seiner Präambel vor, dass beide, Kaiser wie Papst, zur Wahrung von Ehre und Rechten der Kirche und des Reiches verpflichtet seien, dass Barbarossa Papst Alexander die ›geschuldete Ehrerweisung‹ durch Zügel- und Bügeldienst, die berüchtigten Stratordienste, Fußfall und Fußkuss erweisen sollte, die ihm als rechtmäßigem Papst zustanden.

Ab Mitte Mai 1177 wird in Venedig über den Frieden verhandelt.

Noch vor der persönlichen Begegnung löst Papst Alexander III. den Bann von Kaiser Friedrich. Der kaiserliche Gesichtsverlust durch die öffentliche Anerkennung des Papstes soll durch eine öffentliche Unterwerfung des Lombardenbundes unter die kaiserliche Herrschaft kompensiert werden. So wird mit den Städten ein auf sechs Jahre, mit dem normannischen König aber ein auf fünfzehn Jahre befristeter Waffenstillstand geschlossen. Fast wäre das sorgfältige Austarieren von Erhöhung und Erniedrigung kaiserlicher Würde und Macht noch gescheitert, als bekannt wird, dass Friedrich hinter dem Rücken seiner Kommissäre Kontakt zu dem Dogen von Venedig aufgenommen hat, um mehr Einfluss auf das Verhandlungsergebnis zu gewinnen. Empört reist die lombardische Delegation ab; denn sie befürchtete, Venedig werde Partei für den Kaiser ergreifen. Den Vertragsverhandlungen droht das Scheitern.

Da hebt Christian I., Reichserzkanzler und Erzbischof von Mainz, für die kaiserliche Verhandlungsdelegation sprichwörtlich seine Keule gegen Friedrich; denn die Gesandten befürchten des Kaisers Vertrauen verloren zu haben. Dieser sei wohl wider den Schwur, den sie geleistet, am Abschluss eines Friedensvertrags nicht mehr interessiert:

»Da Ihr indessen der Herr unserer Leiber, doch nicht unserer Seelen seid, wollen wir nicht um Euretwillen unsere Seelen verlieren und Irdisches dem Himmlischen voranstellen. Daher nehme kaiserliche Klugheit zur Kenntnis, dass wir förderhin Alexander als katholischen Papst annehmen und in den geistlichen Angelegenheiten ihm als Vater gehorchen.«

Friedrich erkennt sofort die Konsequenz, die damit verbunden wäre. Würden seine Vermittler die Seite wechseln, dann wäre er im Reich isoliert. Das aber ist das wahrlich letzte, was er will. Und so beschwichtigt er:

»Reichskanzler, Eure Treue möge zur Kenntnis nehmen, dass ich nicht Euren Rat aufgeben und dem Vorhaben des Friedens, der durch Euch verhandelt worden ist, ausweichen will. Vielmehr wollen wir das, was auf Euren Rat hin geregelt worden ist, unverbrüchlich beachten.«

Also legte er, wie Erzbischof Romuald von Salerno, der als Gesandter des Königs von Sizilien dabei war, es beschreibt, ›die löwenhafte Wildheit ab, nahm die Sanftmut eines Schafes an‹ und akzeptierte den Friedensvorschlag. Am vierundzwanzigsten Juli 1177 unterwirft sich Friedrich in Venedig Papst Alexander III., erweist ihm die geforderten Stratordienste und anerkennt ihn damit als rechtmäßig gewählten Papst. Im Gegenzug nimmt ihn der Papst wieder als ›Sohn der Kirche‹ auf. Jede Einzelheit dieses prachtvoll ausgestatteten Großereignisses folgt dem zuvor ausgehandelten Ablauf. Nichts wird dem Zufall überlassen. Erzbischof Romuald schildert den Augenblick, in dem sich die großen Widersacher der letzten zwanzig Jahre gegenübertreten:

›Den Kaiser ergriff Gottes Geist, als er sich Alexander III. näherte. Er legte seinen Purpurmantel ab und warf sich ausgestreckt dem Papst zu Füßen. Unter Tränen hob ihn dieser huldvoll auf, küsste und segnete ihn, worauf die Deutschen mit lauter Stimme sangen: »Te deum laudamus – Dich, o Gott, loben wir«.

Und der Kaiser, um die Demut, die sein Herz ergriffen hatte, allen zu zeigen, übernahm das Amt des Marschalls, griff zur Rute, trieb damit die Laien aus dem Chor des Doms und verschaffte so dem Papst freien Weg.‹

Zu einem späteren Zeitpunkt wird Friedrich in Venedig auf Deutsch bekennen, damit es alle deutschen Fürsten verstehen:

»Auch wenn uns die Würde eines römischen Caesaren umstrahlt, so soll doch alle Welt wissen, dass wir Mensch geblieben sind, ein Mensch, geschlagen mit der allen Menschen eigenen Schwäche Irrtümer zu begehen.«

Alexander III. aber – traut er etwa dem geschlossenen Frieden noch nicht? – beendet den letzten gemeinsamen Gottesdienst in der Markuskirche, alle anwesenden Gläubigen halten brennende Kerzen in ihren Händen, mit einer Drohung. Er werde jeden mit Bann belegen, der den gerade geschlossenen Frieden stören werde:

»So wie diese Kerzen nunmehr gelöscht werden, so sollen die Seelen der Friedensbrecher erlöschen und des Lichtes Christi beraubt werden.«

Dann wirft der Papst seine brennende Kerze auf den Boden und tritt das Licht aus. Der Kaiser und alle Gläubigen folgen seinem Beispiel und bestätigen dabei laut:

»Fiat! Fiat! – So geschehe es! So geschehe es!«

Die Verhandlungen in Venedig bildeten den größten Friedenskongress im Europa des zwölften Jahrhunderts.

*****

Erleichtert und keineswegs in Ehre und Ansehen beeinträchtigt zieht der Kaiser anschließend wieder nordwärts über die Alpen. Der letzte Triumph im Duell mit dem Papst ist der seine; denn Papst Alexander III. fühlt sich nach seiner in Venedig gelungenen Machtdemonstration leer. Er hat erreicht, wofür er so lange gekämpft hat. Und was ist jetzt seine Aufgabe, sein Ziel? Er weiß es nicht. Alt, verbraucht, ja überflüssig kommt er sich vor. Und, wie er erkennen muss, hilflos ist er zudem. Die Bürger Roms verweigern ihm die Heimkehr in den Lateranpalast. Wo soll er aber sonst Papst sein, wenn nicht in seinem Kirchenstaat?

Um Hilfe bettelnd wendet er sich an den ehemaligen Gegner. Und der Kaiser hilft. Er gibt seinem Reichserzkanzler den Auftrag, Alexander III. sicher zurück in den Vatikan zu begleiten. Und so geschieht es. Christian I. von Buch bringt den Papst heil nach Rom und sorgt für militärische Ordnung im Vatikan. Doch dieser Friede in Rom ist von kurzer Dauer. Er währt nur bis April 1179. Kaum ist das von ihm einberufene Dritte Laterankonzil beendet, schon vertreiben die Römer den ungeliebten Papst. Alexander III. irrt von nun an für sein restliches Leben durch den Kirchenstaat, bis er am dreißigsten August im Jahre des HErrn 1181 in Civita Castellana bei Viterbo verstirbt. Zwar werden seine Gebeine noch in Rom zu Grabe getragen, doch bald schon zerstören römische Bürger das Grab.

*****

Friedrich aber hat sich inzwischen, im Juli des HErrn 1178, in Arles zum König von Burgund krönen lassen. Gewiss, diese Krönung ist ein Beleg für die bestehende Reichsherrschaft über Burgund und die Autorität des Kaisers, doch dient sie zudem einem anderen, einem höchst persönlichen Zweck.

Hörnow, im Januar 2018
Think pink, Buddy!

In seiner Klasse nennen Tobias alle nur noch ›Tob‹. Sie haben es von seinem Künstlernamen ›TobTom‹ übernommen, klärt ihn sein Kumpel Nick auf.

»Es klingt vertraut, ja sogar sehr freundschaftlich, aber auch voll Stolz, anerkennend spitze. Sie sind stolz, dass sie dich Promi aus nächster Nähe kennen. Sie lieben das Wortspiel, weil es bei dir so hundert Pro passt. Ist doch für alle, die hessisch sprechen, ›p‹ und ›b‹ fast einerlei. Schon die kleinen Kinder sagen zu ihrem Vater ›Baba‹ statt ›Papa‹, warum nicht auch ›Tob‹ statt ›Top‹. Hauptsache, du bist spitze, Buddy!«

In der letzten Zeit ist Nick nicht mehr so locker. Er hat Schiss vor dem Abi.

»Manchmal bin ich richtig neidisch auf dich, Tob!«, hatte ihm erst kürzlich Nick gestanden. »Ich pauke und pauke, bis ich in Mathe ein Problem wenigstens etwas gerafft habe. Und du? Du guckst kurz auf das Blatt und sagst: ›Das kann nur so und so gehen.‹ Und du hast recht! Einmal nur möchte ich das auch können. O, Tob, du weißt gar nicht, wie gut du es hast! Für dich, du Sahnehäubchen, haben sie extra noch ein Abi-Fach eingeführt, könnte man glauben. Kunst. Wer prüft da wen?«

»Ist mir ja auch peinlich, Nick. Glaub's mir!«

»Ich glaub dir alles, Tob.«

»Doch wirklich!«, beteuerte Tobias. »Um mich für mein unverdientes Glück selbst zu kasteien, habe ich noch Mathematik als Leistungsfach genommen.«

»Du tust mir so leid, mein Lieber. Mathe, du und leiden? Habe ich dir doch gerade gesagt, dass dir alles zufliegt. Selbst deine Katja ist ein Jahrhundert-Hit.«

Jetzt wurde Tobias Langer doch neugierig.

»Das mit dem Hit und Katja siehst du auch so?«

»Alle sehen das so. Was für eine Frau! In deiner Gesellschaft ist Neid auf dich immer dabei. ›Unser kleiner Großer muss ein Kunststück kennen.‹ Tobias, für eine Frau wie Katja würde ich gerne aufs Abi verzichten. Ehrlich! Schlimm ist nur eins.«

»Was denn?«

»Alle gönnen dir ehrlich dein Können, Katja und das Glück, Tob, weil du schon genug Schlimmes mitgemacht hast. Schlimmer geht es nicht!«

»Nun lass es gut sein, Nick. Ihr Typen seid wirklich alle okay!«

Manchmal kam sich Tobias Langer im Kreis seiner Klassenkameraden vor wie im Kindergarten.

Friedrichs Wunsch nach Treue und Vertrauen

Seit geraumer Zeit schon hat Friedrich mit wachsender Genugtuung registriert, wie tüchtig und zuverlässig seine ehelichen und unehelichen Söhne waren. Das galt gleichermaßen für Heinrich und Friedrich, Beatrixens Kinder, wie auch für Gottfried Edler vom breyden Bach, Gelas Sohn und Dietrich, Sohn der kleinen Wäscherin von Burg Hohenstaufen. Aus vielversprechenden Kindern waren inzwischen tüchtige Männer geworden. Auf die er sich verlassen, ihnen und ihren Ratschlägen vertrauen konnte, und zwar deutlich mehr als auf die Auskünfte und Empfehlungen der meisten der weltlichen und kirchlichen Fürsten, die überwiegend nur eigene Interessen im Sinn hatten.

Wo, so fragte er sich immer öfter, wo waren die alten Gefährten geblieben, auf die er sich hatte blind verlassen können? Wo war ein Wibald von Stablo, wo ein Rainald von Dassel? Wo ein Freund, wie es Sven und Egbert gewesen waren? Seit der schwarzen Wolke von Rom im Jahre des HErrn 1167 schien Friedrich der kaiserliche Hof wie ausgewechselt. Aus der alten Zeit der treuen Gefährten war eigentlich nur noch Wichmann von Magdeburg übrig.

Für Kaiser und Reich zu arbeiten, allein der Ehre wegen, das machten heutzutage nur noch die kleinen Leute. So wie der getreue Hartmann von Siebeneich, sein Kämmerer. Menschen, die angeblich dumm genug waren, ihr Leben für schmalen materiellen Lohn zu opfern, ohne etwas zu fordern. Ein solches Denken galt offensichtlich nicht für die höchsten Kirchenfürsten wie Erzbischof Philipp von Köln, den er nach dem Ableben von Rainald von Dassel zum Reichskanzler von Italien eingesetzt hatte, und ebenso wenig, leider, ganz besonders auch für seine eigene Verwandtschaft. Vor allem für Vetter Heinrich den Löwen. Keine eigene Leistung ohne gehörige Gegenleistung schien dessen Prämisse zu lauten. Und das Fordern und Verlangen wurde immer unverschämter.

Das galt ganz sicher nicht für Gelas Sohn Gottfried und dessen Kinder. Zwar hatte er nach Egberts Tod vor Rom Hartmann I. von Büdingen förmlich zum Vogt und Burggrafen von Gelenhusen ernannt, wissend, dass Hartmann I. sich mehr um die Belange seines alten Lehens, vor allem um die Jagd in seinen Büdinger Wäldern sorgen würde. Den Bau der Kaiserpfalz überließ Hartmann gern, wie es zuvor schon Egbert getan hatte, Gottfried Edler vom breyden Bach. Barbarossa sah es mit Wohlwollen. Gelas Sohn war tüchtig, zuverlässig und kannte die Abläufe. Auch schätzten und achteten ihn alle am Bau der neuen Burg Beteiligten, die Meister ebenso wie die einfachen Bauern, weil er ihnen stets freundlich begegnete. Sie nannten ihn anerkennend »Schelm«. Seine Ansagen waren nämlich stets so eindeutig, bestimmt und zutreffend wie das scharfe Schwert eines guten Ritters; denn ›Schelm‹ bedeutete damals ›Todbringer‹. *[Hinweis: Man mag es nicht glauben, doch damit besaß zur Zeit Friedrichs I. das Wort ›Schelm‹ eine ausschließlich positive Bedeutung. Das änderte sich im nächsten Jahrhundert. G.E.]* Nach Gottfried würde dessen jüngerer Sohn Benjamin Verwalter der Kaiserpfalz sein. Kaiser Heinrich VI. schlug ihn zum Ritter. Benjamin Schelm von Bergen. Während Gottfrieds Erstgeborener, Heinrich, der Freund des Kaisers, den Namen des Edlen vom breyden Bach behielt und an seine Kinder und Kindeskinder weitergab, wurde Benjamin der Ahnherr des Geschlechts der Schelme in Gelenhusen.

Friedrich I. konnte zudem das Verhalten von so manchem seiner unfreien Dienstleuten nur loben. Stolz waren sie auf das, was sie erreicht hatten. Fleißig, weil sie noch weiter kommen wollten. Stolz auch darauf, für den Herrscher tätig sein zu dürfen. Dankbar für seine Anerkennung. Einfache Ministerialen, Edle seines Hofes, ehrliche und aufrichtige Menschen. Sie standen ihm näher als so mancher Fürst. Friedrich scharte sie um sich und nahm gern in Kauf, dass sich der eine und andere der Fürsten des Reiches dadurch düpiert sah. Die feinen Herren fühlten sich von den großen kaiserlichen Futternäpfen verdrängt. Eifersucht und Neid ließen sie unehrlich reden. Missgunst schmiedet ungeahnte Bündnisse. Er musste sehr aufpassen.

Seine größte Schwachstelle meinte Friedrich zu kennen. Heinrich der Löwe, sein Vetter, war sie. Hier durfte er nichts Falsches tun. Wie sollte er vorgehen? Die Frage beschäftigte ihn förderhin.

Vetter Heinrich hat seine Herrschaft gerne auf Ministerialen gestützt. Er hat es mir auch zu tun anempfohlen. Doch seine Begründung hat mir nicht behagt. Sie widerspricht mir.

»Nutze sie!«, *hat er zu mir gesagt,* »Denn sie müssen dir loyal sein, für dich tun, was du willst, weil sie rechtlich unfrei sind.«

Im Jahre des HErrn 1178
Beatrixens schwerer Entschluss

Es war ein schleichender Prozess. Die Falten um Mund und Augen wurden tiefer, ihre Hüften breiter und der Rücken schmerzte sie zunehmend. Beatrix war erschöpft, matt und müde. Die Sehkraft ihrer einst so funkelnden Augen ließ nach. Selbst das von ihr so geliebte Reiten wurde für sie zur Strapaze. Allein ihr Pflichtbewusstsein wie auch das ihr eigene Temperament kaschierten ihren fortschreitenden körperlichen Verfall.

In ihrer Ehe war sie bald zwanzig Jahre an der Seite ihres kaiserlichen Gemahls Friedrich I. geritten, der fast pausenlos durch das weite Reich unterwegs war. »Wer keine Kapitale hat, muss reisen!« oder »Wenn Fürsten und Volk nicht zu dir kommen können, dann musst du sie aufsuchen!«, hatte er ihr erklärt. An wie vielen Hoftagen sie teilgenommen hatte? Beatrix wusste es nicht mehr. Auf allen Italienzügen ihres Mannes während ihrer Ehezeit, fünf waren es gewesen, hatte sie ihn bei den gefährlichen Überquerungen der Alpen begleitet.

So hatte ihr Leben in den vergangenen zwei Jahrzehnten aus Reisen, Reisen, Reisen bestanden. Vom Norden Deutschlands bis hinunter nach Rom in Italien, zu ihrer Krönung als Kaiserin. Reisen als Geliebte – was war ihr Friedrich doch für ein wunderbarer Liebhaber! –, als Schwangere und als junge Mutter. Nicht selten hatte sie ihr neugeborenes Kind nur wenige Tage gesehen, bevor sie schon wieder weiter reiten musste. Das Reich verlangte nach dem Kaiser. Und dieser Pflicht musste man sich als Kaiser und Kaiserin beugen. Ja, sie hatte ihrem Friedrich zwölf Kinder geboren. Vom letzten, ihrer Tochter Agnes, war sie gerade erst in diesem Jahre des HErrn 1178 entbunden worden. Sie war an seiner Seite oder zumindest in seiner Nähe in schönen wie in gefährlichen Tagen gewesen. Während der Belagerung und Zerstörung Mailands hatte sie vor den Mauern der Stadt ausgeharrt. Sie war dabei gewesen, als ihr Mann im Jahre 1167 als Knecht verkleidet aus Susa fliehen musste und auch als er diese Stadt im Jahre des HErrn 1174 zur Vergeltung niederbrennen ließ.

Und wenn sie ganz ehrlich zu sich selber war, dann musste sie sich eingestehen, dass Friedrichs demütigendes Verhalten in Lugano sie von ihm entfremdet hatte.

Vor dem Löwen auf die Knie zu fallen! Unverzeihlich! Ich verliere jetzt schnell die Courtoisie und werde stetig unbeherrschter. Gereizter. Wie häufig habe ich allein in den letzten Monaten meine Hofdamen beschimpft und geschlagen? Und wie häufig war es ungerecht und allein meiner persönlichen Verzweiflung geschuldet?

Ich bin nun Mitte dreißig und werde bereits zu einer alten Frau, dachte sie nicht ohne Bitternis. *Mein Haar verliert seinen Glanz und immer mehr weiße Fäden durchziehen es. Und meine Augen werden zunehmend müde.*

Wie viele meiner Kinder habe ich schon überlebt! Wie viele Jahre hat der Herrgott mir wohl noch zugedacht?

Mein Herr Gemahl spürt sein Alter noch nicht. An ihm zieht die Zeit eh vorbei, als gäbe es sie nicht. Er wird in wenigen Jahren sein sechstes Jahrzehnt vollenden, aber er merkt es nicht. Er reitet wie ein junger Ritter, er schlägt sich wie ein Recke in den besten Jahren. Er scheint nicht zu altern. Es fällt mir schwer es zuzugeben: Wir leben uns stetig auseinander.

Nachdem Beatrix einmal mehrere Nächte durchweint hat, trifft sie eine Entscheidung. Sie spricht den Kaiser auf ihre körperliche Verfassung an:

»Mein geliebter Herr, ich bin untröstlich, weil ich Euch enttäuschen muss. Doch ich kann nicht mehr. Mein Leib entsagt mir die erforderliche Kraft. Ihr seht es an unserer gerade geborenen Tochter Agnes. Das arme Kind ist winzig und blutarm. Darum bitte ich Euch, gestattet mir, dass ich mich für einige Zeit nach Burgund zurückziehe, um dort neue Kraft und Zuversicht zu schöpfen, anstatt, wie es Euch eigentlich gebührt, an Eurer Seite zu reiten. Mein Geliebter, seid gewiss, Ihr fehlt mir bereits jetzt, doch – ich kann nicht mehr!«

Gerührt schließt sie Friedrich in seine Arme. Sie schmiegt sich trostsuchend an ihn. Nach einem Moment des Schweigens sagt er dann:

»Dein Wunsch, geliebtes Weib, sei mir Befehl.«

Um diesem Wunsch seiner Frau nach außen hin noch mehr Gewicht zu verleihen – und es schmeichelt auch dem ihr eigenen Rangbewusstsein, dessen war sich Friedrich gewiss – lässt er Beatrix im August 1178 in Vienne zur Königin von Burgund krönen. Wie recht er daran getan hat, erkennt er an dem längst als erloschen geglaubten Leuchten ihrer Augen, mit denen sie ihn danach ansieht.

So kommt es, dass Kaiserin und Königin Beatrix ab dem Jahre des HErrn 1178, während Friedrich pflichtbewusst weiter durch das große römisch-deutsche Reich zieht, als alleinige Regentin fast ausschließlich in ihrem Vaterland Burgund weilt, als ›Beatrix von Gottes Gnaden Römische Kaiserin‹ und als Mutter ihres Sohnes Otto, den sie mit Zustimmung seines Vaters ausersehen hat, einst nach ihrem Hingang über ihre burgundischen Güter zu herrschen. Noch fehlt Otto, dem Heißsporn, das erforderliche diplomatische Geschick. Doch das wird sie ihn lehren. Die Zeit dazu hat sie ja nun.

Nur zu ganz seltenen Ereignissen in den folgenden sechs Jahren wird Beatrix als Kaiserin an der Seite ihres Gemahls in der Öffentlichkeit gesehen werden. In Gelenhusen wird sie sich während ihres restlichen Lebens nur noch zweimal aufhalten.

Ernste Gedanken
Worms, im Januar des HErrn 1179

Was soll ich mit meinem Vetter nur machen?

Friedrich wusste nicht mehr, wie oft er sich diese Frage schon gestellt hatte. Heinrich gehörte doch zu seiner Familie. Und unzählig waren die Gelegenheiten, bei denen der Löwe verlässlich auf seiner Seite gestanden hatte. Gewiss. Doch genauso zahlreich waren die Anlässe, wo Heinrichs übertriebener Ehrgeiz, seine Machtgier und seine selbstgefällige Überheblichkeit seines kaiserlichen Wohlwollens bedurft hatten. Gewiss hatten die Gunst des höchsten irdischen Herrschers und gleichermaßen der große Reichtum Heinrichs den Neid der anderen Fürsten und des sächsischen Adels geweckt. Aber Neid stand ebenso wie Hochmut und Habsucht auf der von Papst Gregor I. nach der Bibel erstellten Liste der Todsünden. Also sprachen die Todsünden gleichermaßen für und gegen den Löwen.

Wie soll ich mich entscheiden? fragt sich Friedrich. Seit Beatrixens Entrüstung in Lugano, deren Berechtigung er eingesehen hat, treibt ihn sein Bauchgefühl in eine bestimmte Richtung. Doch ist es ratsam einem solchen Gefühl zu folgen?

Kann mein Bauch ernsthaft als Ratgeber dienen? Friedrich bezweifelt es. *Beatrix kann ich nicht fragen. Sie lebt jetzt im warmen Burgund. Man könnte schon ins Grübeln kommen. Da bin ich Kaiser, habe ein Reich, einen großen Hof und – ich bin trotzdem allein und ziemlich einsam.*

Er gab sich einen Ruck.

Doch für was habe ich die Erzkanzler, wenn nicht auch als Ratgeber? Am besten wäre es theoretisch gewiss, wenn ich mich mit den Kirchenfürsten zusammensetzte, sie um ihren Rat ersuchen würde. Aber ich befürchte, das gäbe ein Treffen wie ein Hahnenkampf. Voll Eifersüchteleien, Rechthaberin, Rang- und Machtbesessenheit.

Außerdem würde zu viel kostbare Zeit verstreichen, bis sich die drei Kirchenfürsten zugleich hier einfinden könnten. Zeit, die ich nicht besitze. Der Hoftag steht vor der Tür.

Den Erzbischof von Köln, Philipp I. von Heinsberg, habe ich nach dem unglücklichen Tod von Rainald von Dassel im Spätsommer 1167 zum Leiter der Reichskanzlei und zum Erzbischof von Köln bestellt. Auch ist er in dieser Funktion Erzkanzler für Italien. Im Grunde ist er mir gewogen. Doch sein Wesen ähnelt in vielen Zügen dem des Löwen. Deshalb mag er wohl den Herzog nicht sonderlich. Er sieht in ihm den Rivalen. Beider Ziel ist mehr und immer mehr Land und Macht zu gewinnen. Dabei geht Philipp recht trickreich vor. Er kauft die Burgen seiner Vasallen auf und gibt sie ihnen erneut als Lehen. Dadurch ändert sich rechtlich zwar nichts; denn Philipp bleibt mein Lehnsnehmer, also erhalten seine Vasallen ihre Ländereien weiterhin als kaiserliche Lehen, doch der Dankbarkeitsfaktor hat sich durch Kauf und Rückverlehnung deutlich zugunsten des Erzbischofs verschoben. Nach meinem Tod hängt jetzt der Fortbestand des Erzbistums nicht mehr alleine, so wie bisher, von der Bestätigung der Lehen durch meinen Nachfolger ab, sondern der Erzbischof hat ein Wort mitzureden. Diese unerfreuliche Entwicklung, die meine Rechte bedroht, von Philipp bewusst gesucht, missfällt mir sehr. Auf Philipp muss ich aufpassen.

Da ist doch der Erzbischof von Mainz und Erzkanzler für Deutschland, Christian I. von Buch, aus gänzlich anderem Holz geschnitzt. Ein guter Feldherr und Kämpfer, fern falscher Machtbesessenheit. Als Mann und Mensch mehr den schönen Seiten des Lebens zugetan. Aber ein vorzüglicher Diplomat.

Friedrich hing seinem letzten Gedanken nach.

Für was habe ich eigentlich einen klugen Kopf als Reichserzkanzler, wenn ich meine Überlegungen in einer solch wichtigen Angelegenheit nicht mit ihm diskutiere? Hat er gewiss doch eigene Gedanken dazu. Und ist es nicht geradezu ein Zeichen des Himmels, dass von Buch in diesen Tagen am Hofe weilt? In wenigen Tagen bricht er, von Papst

Alexander III. eingeladen, zu einem Konzil im Lateran nach Italien auf. Gleiches gilt übrigens, wie ich weiß, auch für den Erzkanzler für Burgund und Erzbischof von Trier, Arnold I. Ein wahrlich herzensguter und mir zugetaner Mann. Er wäre das rechte Gegengewicht zu Philipp I. von Heinsberg in einer solch von mir angedachten Gesprächsrunde. Muss ich mir für künftige Gelegenheiten merken.

So unter Zeitdruck aber wie in diesem Fall bleibt jedoch kaum noch Zeit für ein Gespräch in größerer Runde.

Kurzentschlossen schickt Friedrich einen seiner Ministerialen, dem er vertraut, zum Erzbischof von Mainz mit der Bitte:

»Ihro kaiserliche Majestät wünscht, wenn es Eurer Eminenz, hochwohlgeboren, demnächst möglich ist, Euch als Reichserzkanzler zu einem baldigen Gespräch bei sich in seinem Zelt zu wissen.«

Christian von Buch erkennt an der Wahl des Boten, der zu den vertrauten Höflingen des Kaisers zählt, und aus der vorgetragenen Botschaft, auch wenn sich der Bote, aufgeregt, bei deren Wiedergabe etwas verhaspelt hat, dass das Anliegen für den Kaiser vertraulich und wichtig sein muss. Am liebsten wäre es dem Kaiser wohl, wenn er sofort bei ihm erschiene. Natürlich hat der Erzbischof für den Kaiser grundsätzlich immer Zeit zu haben. Doch er muss auch auf sein und seines Amtes Ansehen achten. Schließlich ist er kein Lakai, sondern einer der ranghöchsten Fürsten des Reiches.

»Ich danke unserem gnädigen Herrn für diese huldvolle Einladung. Nach Ihro kaiserlichem Mittagsmahl werde ich zu ihm kommen.«

Der Erzbischof sah bei seinen Worten dem Boten ins Gesicht. Der nickte leicht. Was Christian bestätigte, dass seine Zeitwahl dem Kaiser genehm ist.

*****

Außer Friedrich I. befand sich niemand in dem weiträumigen kaiserlichen Zelt, als der Erzbischof eintritt. Höchst ungewöhnlich war dies. Sonst herrschte hier rege Betriebsamkeit. Ein Zeichen größter

Vertraulichkeit. Friedrich winkte zu dem leeren Sessel hin, der zu seiner Linken auf dem dicken Teppich stand, und forderte Christian von Buch auf dort Platz zu nehmen. Ein weiteres Zeichen, vermerkt der Erzbischof, für Vertrautheit, Sympathie und einen besonderen Anlass. Selbst höchste Fürsten hatten gewöhnlich vor dem Kaiser zu stehen oder gar zu knien.

Es war wohlig warm in dem Raum. Christian gestand sich ein, es würde für ihn stets ein Rätsel bleiben, wie die Bediensteten es schafften, die Feuer in den durch Tücher, Teppiche und Felle unterteilten Räumen so zu unterhalten, dass das große Kaiserzelt kein Feuer fing, die Temperatur in seinem Inneren aber höchst angenehm war. *Trotz der bitteren Winterkälte, die draußen herrscht, auch unter den Füßen,* notierte er anerkennend.

Friedrich hatte es sichtlich eilig mit seinem Anliegen. Er kam ohne die üblichen Begrüßungsfloskeln sogleich auf das Thema zu sprechen, das ihn bewegte:

»Mich beschäftigt mein Vetter. Der Herzog von Sachsen und Bayern. Heinrich der Löwe. Der Adel Sachsens hat erneut Klage gegen ihn erhoben. Das ist Euch bekannt. Ich bin der höchste weltliche Richter in unserem Reich. Soll der Glaube an meine richterliche Neutralität und Gerechtigkeit nicht Schaden nehmen, kann ich nicht dauerhaft meine Hand schützend über ein Mitglied meiner Familie halten.

Also habe ich Anfang November in Speyer entschieden, die Klagen des sächsischen Adels gegen den Löwen anzunehmen. Das ist das erste Mal, dass ich es tue. Jetzt wird sich der Herzog für sein aggressives Auftreten gegenüber dem Adel in wenigen Tagen auf dem Hoftag in Worms verantworten müssen.«

Der Kaiser sah Christian an. Der nickte zustimmend, sagte aber kein Wort. So fuhr Friedrich fort mit seinen Überlegungen:

»Es kann nicht bestritten werden, auch außerhalb unserer Familienbande, dass Heinrich für mich als seinem Kaiser und das Reich viel Gutes getan hat. Aber es kann gleichfalls nicht bestritten werden, dass der Sachsenherzog nichts selbstlos tut. Für jede Leistung, die er mir je erbracht, wünschte oder verlangte er gar eine Gegenleistung.

Im ersten Italienzug hat er das größte Heereskontingent gestellt und am siebzehnten Februar 1155 die Unterstadt von Tortona erobert. Ja, tapfer ist er schon, Vetter Heinrich. Unbestreitbar. Dafür hat er Güter des Hauses Este verlangt. Völlig ungeniert; denn daran gab es Rechte seines Onkels Welf VI. Aber, Frechheit siegt, er hat die Burg Este bekommen. Mit viel Umland.«

»Mir scheint bald so, als würde dies Verhalten im sächsischen Wesen begründet sein«, warf Christian von Buch ein.

»Wie das?«, erkundigte sich der Kaiser.

»Majestät, bedenkt doch nur, während der Herzog in Eurer Nähe seinen Vorteil suchte, da hat zur gleichen Zeit mein Glaubensbruder Hartwig, der Erzbischof von Bremen, die Abwesenheit des Herzogs zum Ausbau seines Territoriums genutzt. Wenn ich es richtig weiß, nahm er damals die Burgen Stade, Bremerhaven, Harburg und Freiburg/Elbe wieder für sich ein. Und Vieles mehr hatte er noch im Auge.«

»Da habt Ihr etwas Weises gesagt. Doch bleiben wir bei meinem Sorgenkind. Das heißt nicht Hartwig, sondern Heinrich. Viele gute Seiten von sich hat er mir gezeigt seit meiner Wahl zum römisch-deutschen König. Der Sohn des Bruders meiner lieben Mutter Judith. Heinrich der Stolze ist, wie Ihr wisst, unser gemeinsamer Großvater.

Nur wenige Vorkommnisse will ich nennen:

Nach meiner Krönung zum Kaiser am achtzehnten Juni 1155 hat er den Aufstand der Römer maßgeblich niedergeschlagen.

Nach dem Hoftag von Besançon, im Oktober 1157 ist das wohl gewesen, da hat der Löwe so geschickt zwischen Hof und Kurie vermittelt, dass Hadrian IV. einen Rückzieher gemacht hat. Auf einmal wollte der Papst ›beneficium‹ nicht mehr im Sinne von ›Lehen‹ gemeint haben, sondern allein in unserem Sinne von ›Wohltat‹.

Mit zwölfhundert Panzerreitern aus seinen sächsischen Landen hat er mich tatkräftig bei Zerstörung von Crema Ende Januar 1160 unterstützt.

Und ein Jahr darauf, im Jahre des HErrn 1161, war Heinrich an der Belagerung Mailands beteiligt. Heftig waren die Gefechte. Tapfer wehrten sich die Mailänder. Jeder Ausgang der Schlacht war denkbar. Damals noch kinderlos, habe ich vorsorglich Herzog Friedrich IV. von Schwaben, Onkel Konrads Sohn, und auch Heinrich, den Herzog von Sachsen und Bayern, als meine möglichen Nachfolger in der Heeresführung angedacht oder sogar genannt.«

Der Kaiser hielt inne. Christian wartete wieder schweigend.

»Damals aber hätte ich schon nachdenklich werden müssen. Denn kaum hatte ich die mir erkennbaren Gefahren wie auch meine Überlegungen im Gespräch mit den beiden Herzögen geäußert, da verließ Heinrich mit seinen Reitern, gerade, dass ein paar Wochen nach dem Gespräch ins Land gezogen, unser die Stadt belagerndes Heer und kehrte nach Sachsen zurück.«

»Oh ja«, bestätigte Erzbischof Christian, »das kann seltsame Gedanken wecken.«

»Die da wären?«, fragte Friedrich nach.

»Nun denn, für wen hauptsächlich wäre es von Vorteil gewesen, wenn Eurer Majestät etwas vor Mailand widerfahren wäre?«

Friedrich sah den Erzbischof überrascht an, sagte aber zunächst nichts.

Er spricht es aus! dachte er und räumte ein:

»Fürwahr, es kann ein Fehler von mir gewesen sein.«

Christian schwieg. Schweigen löst der Anderen Zunge. Oft schon hatte er die Wahrheit dieser Feststellung erfahren. Drum schwieg er weiter. Nach einer etwas längeren Denkpause meinte der Kaiser:

»Als Heinrich im Jahre des HErrn 1156 neben dem sächsischen auch das bayerische Herzogtum erhielt, da, so heißt es, ›wurde für ihn ein neuer Name geschaffen: Heinrich der Löwe – creatum est ei nomen novum: Heinricus leo‹. Der Löwe als Zeichen eines starken Herrschers. Heinrich begann sich selber zu verherrlichen. Die Geschichte seines Geschlechts lässt er schreiben. Ein Löwe aus Bronze da und dort einer. Eine stattliche Burg hat er sich als Residenz erbauen lassen. Überall Fahnen und Standarten mit Löwen.«

Der Erzbischof nickte:

»Es scheint so, als habe er da begonnen, sich selber zu überschätzen.«

Friedrich widersprach ihm:

»Ich denke, damit hat er zeitiger begonnen. Schon in jungen Jahren glaubte er, zum König oder gar schon zum Kaiser befähigt zu sein. So wie es sein Großvater Lothar III. einst war. Ja, er hielt sich zum Regenten selber für geeigneter als mich. Mich, der lediglich mit Heinrich IV. auf einen Urgroßvater als Kaiser zurückblicken kann.«

»Eindeutig ein Fall von Selbstüberschätzung, Majestät. Diese Überheblichkeit macht ihn gefährlich und angreifbar zugleich. Bedenkt der Löwe doch dabei wohl nicht, dass Eure Standarte der stolze Adler ziert. Kein anderes Tier der Welt kommt Gott so nah wie der Adler. Es gibt kein bess'res Symbol dafür, dass Ihr der höchste und mächtigste aller weltlichen Fürsten seid. Und nicht der Sachsenherzog. Mag er auch noch so viele Löwen auf seine Fahne malen, wie er will.«

»Das habt Ihr wahrlich gut gesagt, Erzbischof. Es ändert aber nichts an der Tatsache, dass er es fälschlich anders sieht. Schon sehr früh, kurz nach meiner Wahl zum König, als mich das giftige Feuer, eine Erinnerung an meine Teilnahme am letzten Kreuzzug, niederzwingen wollte, da trat er auf, als wäre er selbstverständlich mein Stellvertreter oder Nachfolger gar. Euer Vorgänger im Amte als Reichserzkanzler, Rainald von Dassel, musste ihn und seine Vorstellung zurechtrücken.«

»Ein großartiger Mann, der Kölner Erzbischof. Er fehlt auch mir.«

Friedrichs heute außergewöhnlich ernste Miene entspannte sich kurz zu einem vergnügten Grienen.

»Ich weiß, Thor. Odin war von besonderen Gaben.«

Als er den verständnislosen Blick Christian von Buchs sah, wurde der Kaiser wieder ernst.

»Eigentlich sollte sich Heinrich der Löwe der Folgen seiner ...«

Christian verschluckte das angedachte Wort ›Demütigung‹ und sagte stattdessen:

»... seines Verhaltens Euch gegenüber in Chiavenna bewusst sein. Hat er doch bald erfahren, dass er gefehlt, als er an den Verhandlungen zwischen Euch und Papst Alexander vor dem Vertragsabschluss von Venedig nicht beteiligt wurde. Dass dort vielmehr sein Widerpart im Streit um Westfalen, Erzbischof Philipp von Köln, eine wichtige Rolle in Eurer kaiserlichen Delegation eingenommen hat.

Hat nicht in Venedig unser Papst auch Udalrich Bischof von Halberstadt wieder in sein Amt eingesetzt, aus dem ihn der Löwe im Jahre des HErrn 1160 vertrieben hat? Und kaum zurück im alten Amt hat Udalrich im Herbst 1177 erneut den Kampf um einige Kirchenlehen gegen den Welfenherzog aufgenommen. Und das nicht allein; denn Udalrich wusste den Kölner Erzbischof auf seiner Seite. Der dann eine zweite Front gegen den Löwen eröffnet hat, indem er im westlichen Sachsen, in Westfalen einfiel und es verwüstete.

Verärgerung macht blind, heißt es. Der Löwe hat gebrüllt. Jedoch es nicht bedacht, als er bei Eurer Majestät im vergangenen November auf dem Hoftag in Speyer Klage gegen Erzbischof Philipp wegen Landfriedensbruch erhob. Ein großer, unüberlegter Fehler, den Euro Majestät nun nutzen könnt.«

»An was denkt Ihr genau dabei?«, erkundigte sich Friedrich, sichtlich interessiert.

»Heinrich ist in eine Falle getreten, aus der er bei seinem Wesen kein Entrinnen finden kann. Im Gegenteil! Er wird sich immer mehr in eigenen Fallstricken verfangen.«

»Erzbischof Christian, nun sagt endlich schon, was Ihr meint! Sonst muss ich Euch ...«

Friedrich sprach seine, auch gar nicht ernst gemeinte Drohung nicht zu Ende.

»Ich bitte um mein Leben, Majestät!« Theatralisch flehte es der Erzbischof. »Zu gern möchte ich Euch meine Gedanken offenbaren!«

Friedrich lachte.

»Nun gut, dann will ich mich noch kurze Zeit zurückhalten. Aber strapaziert nicht meine Geduld!«

»Ich eile. Der Löwe klagt gegen Erzbischof Philipp zu Eurem Hofgericht. Zugleich muss er in wenigen Tagen auf dem Hoftag in Worms sich wegen seines Verhaltens gegenüber den sächsischen Adeligen verantworten. Er ist von Euch geladen. Ihr werdet sehen, er wird nicht erscheinen, weil er die gegen ihn erhobenen Vorwürfe nicht anerkennt. Was wird die Folge seines Säumens sein?«

»Wenn er es wirklich wagt meiner Ladung nicht zu folgen, dann wird mein Unverständnis, ja, meine Verärgerung mächtig sein. Erst Chiavenna, und dann noch Missachtung meiner Person und damit des Reiches.«

Der Erzbischof zögerte kurz, bevor er sagte:

»Doch, wenn ich Majestät untertänig raten darf, lasst den Vorfall von Chiavenna unerwähnt. Es genügt zur Annahme eines Majestätsverbrechens, dass Heinrich Hoftage trotz Ladung missen wird. Ich bin mir sicher, dass er nicht kommt. Und dies aus zwei triftigen Gründen.«

»Die da wären?«

»Erstens, mit seinem Erscheinen würde der Herzog eingestehen, dass die gegen ihn erhobene Klage berechtigt ist. Was er bestreitet. Und zweitens: Ein Kommen nach Worms passt einfach nicht zu des Löwen Selbstverständnis.

Unterstellt also, ich habe – leider – recht, dann bleibt Eurer Majestät nichts anderes übrig, als gegen den Herzog ein Feststellungsurteil auszusprechen, da er Eure Majestät und das Reich verachtet sowie sich der ›contumancia‹, der Rechtsverweigerung durch das Hofgericht schuldig macht. Das bedeutet, Ihr müsst ihm für den Fall erneuten Nichterscheinens die Acht ankündigen.«

Friedrich hört die Worte des Erzbischofs und denkt weiter:

Heinrichs Nichterscheinen käme mir zudem gelegen, weil ich mir auf dem Wormser Hoftag auch von Welf VI. dessen schwäbische Güter übertragen lassen will, die er mir gerade erst verkauft hat, trotz des Erbvertrags, den er mit dem Löwen geschlossen hat. Welf benötigt Geld für sein verschwenderisches Leben. Heinrich weiß nichts von meinem Kauf. Käme er nach Worms und würde es dort erfahren, dann würde er toben. Das würde dem Hoftag schaden.

Laut aber sagt der Kaiser zu seinem Reichserzkanzler:

»Eure Vision, wenn sie so käme, würde mir gefallen. Doch was dann?«

»Ihr ladet Heinrich zu einem weiteren Hoftag ein. So beispielsweise zu dem im Juni nach Magdeburg. Und ich sage Eurer Majestät, der Löwe wird erneut dem Hof fernbleiben. Denn käme er, dann würde er damit seine Schuld eingestehen. Doch das zu tun, ist nicht seine Art. Er wird auf seiner gegensätzlichen Rechtsansicht beharren.

Das zweite Verweigern Eurer Ladung zu einem Hoftag zu folgen, hätte für ihn die unausweichliche Folge, dass Eure Majestät die Acht über den Löwen verhängen müsstet, wolltet Ihr nicht Euer Gesicht verlieren.«

»Glaubt Ihr, Erzbischof, dass ich so etwas wollte?«

»Nein, in keinem Fall. Nur der Vollständigkeit wollt ich es erwähnt wissen. Die Acht ist das letzte Druckmittel für den Betroffenen sich doch noch zum Kommen zu entscheiden. Aber den Löwen können Majestät laden, so oft Ihr wollt. Er wird nicht Folge leisten. Er ist, da bin ich meiner sicher, fest davon überzeugt, dass Ihr in seinem Fall vor der letzten Konsequenz zurückschreckt. Weil er er ist. Weil er Euer Vetter ist. Weil er – zumindest – der zweite Mann im Reiche zu sein, fest glaubt.

Doch er irrt. Wie schon unsere germanischen Vorfahren wussten, sind aller guten Dinge drei. Die Gelegenheiten, Euch gnädig zu stimmen, aber wird der Löwe gewiss zu nutzen versäumen. Dann aber wird der Löwe erfahren, dass Ihr der Hüter und Bewahrer des Rechts seid.«

Friedrich nickte entschieden:

»Wenn er sich tatsächlich so verhält, wie Ihr es eben geschildert, dann wird er eines Besseren belehrt werden. Erzbischof, darauf könnt Ihr fest vertrauen!«

»Ich weiß es, Majestät. Stehe ich doch auch nicht vor einem Spiegel, in dem ich mich nur selber sehe, so wie der Herzog aber tut!«

Das von Christian I. von Buch gewählte Bild erschreckte Friedrich. Erinnerte es ihn doch heftig an einen Vorwurf, den die alte Muhme in Gelenhusen ihm gemacht. Und weiter nachdenklich machten ihn an diesem Tag die abschließenden Worte des Erzbischofs:

»Majestät, ich sage Euch, Ihr werdet mir am Jahresende recht geben. Viele Hoftage in diesem Jahr werden kommen und gehen, ohne dass Ihr den Löwen auf einem gesehen habt.«

Und dann lockte der Erzbischof den Kaiser mit einem besonderen Köder, den dieser gewisslich nicht würde ausschlagen wollen. Er wusste:

Er wird diesem Vorschlag nicht widerstehen können. Christian, schäm dich, rügte er sich dabei seines unchristlichen Gedankens und der Schadenfreude, welche er empfand:

Der selbstherrliche Welfe hat es wahrlich verdient, endlich zum Menschlein zurückgeschnitten zu werden.

»Vielleicht werdet Ihr im nächsten Jahr nach Fertigstellung Eurer schönen neuen Kaiserpfalz in Gelenhusen dort einen Hoftag ausrichten, auf dem Ihr dann Heinrich den Löwen zum Majestätsverbrecher erklärt und seine Reichslehen endgültig einzieht. Und alle anderen Fürsten des Reiches werden geschlossen auf Eurer Seite stehen. Das wäre doch ein wunderbarer Beginn für Eure neue Residenz.«

*****

Christian I. von Buch, Erzbischof von Mainz und Erzkanzler des Reiches sollte mit all seinen Überlegungen recht behalten.

Auf keinem der Hoftage des Jahres 1179, weder in Magdeburg noch in Naumburg noch in Kayna bei Zeitz noch auf dem Hoftag im Januar 1180 in Würzburg erschien Heinrich der Löwe. In Kayna schon wollten fast alle der Fürsten den gefürchteten und gehassten Welfen nicht mehr in ihrem Kreise sehen. Sie verlangten vom Kaiser, dass Heinrich der Löwe niemals wieder ohne ihre Zustimmung in seine herzoglichen Ämter eingesetzt werden dürfe. Kaiser Friedrich willigte ein und verzichtete damit auf das von alters her dem König allein zustehende Recht Verzeihung gewähren zu dürfen.

In Würzburg wurden Heinrich alsdann beide Herzogtitel aberkannt. Er war jetzt nur noch der ›adelige Heinrich von Braunschweig‹.

Auf dem prächtigen Hoftag von Gelenhusen vom dreißigsten März bis zum dreizehnten April 1180 wurde er schließlich offiziell zum Majestätsverbrecher erklärt und seine Reichslehen eingezogen.

Nicht nur in der ›Gelnhäuser Urkunde‹, die das Verfahren gegen Heinrich den Löwen auf dem Hoftag in Gelnhausen beurkundet, sondern überhaupt wurde Rücksicht auf des Kaisers Ehre genommen. ›Honor imperii‹. Der ungeheuerliche Vorfall von Legnano wurde nirgends erwähnt. Im gesamten Verfahren gegen Heinrich dem Löwen war es allen Beteiligten bekannt, aber es war eine Sache der Ehre nicht darüber zu sprechen. Das war so selbstverständlich, dass das Verschweigen des Ungeheuerlichen keiner ausdrücklichen Vereinbarung bedurfte. Die Vorwürfe gegen den Herzog wurden allesamt auf seine Weigerung gestützt auf den Hoftagen zu erscheinen trotz ausdrücklicher kaiserlicher Ladung.

*****

Der »adelige Heinrich« hat gegen seine Entmachtung gekämpft – wie wäre es auch anders vorstellbar? – und dies anfänglich sogar erfolgreich. Zwei Heerfahrten gegen den Löwen waren erforderlich, um ihn zu bezwingen.

Dabei bewahrheitet sich auch, was Friedrich bedacht hatte. Die harte Hand, mit der Heinrich seine Gefolgs- und Dienstleute streng geführt hatte, die doch als Unfreie angeblich keine Rechte besaßen, verlor ihren Schrecken. Als sich seine endgültige Niederlage abzuzeichnen begann, da wechselten auch seine ehemals treuen Ministerialen auf die Seite des Kaisers.

Bischof Heinrich von Lübeck bat den Kaiser, »er möge doch, eingedenk der Verwandtschaft, in der er zum Herzog stehe, und der Dienste, die er ihm oft und in hohem Maße geleistet habe, mit ihm, seinem Vetter, Geduld haben.«

Doch Friedrich, der das schon zu oft gehört und selber bedacht hatte, entgegnete, er habe stets Geduld und Milde geübt. Zudem sei der Sturz eines so mächtigen Mannes nicht durch »unsere Macht bewirkt, sondern vielmehr eine Vergeltung aus der Hand des allmächtigen Gottes.«

Lag da in den Worten des Kaisers etwa ein Hauch von Zynismus?

Ein – vorläufiges – Ende fand die historische Rivalität der Vettern Friedrich I. und Heinrich dem Löwen durch einen zweiten Kniefall. Am elften November 1181 geschah es in der Kirche des Klosters von Erfurt während eines Hoftags. Geleitet von Erzbischof Wichmann von Magdeburg war der Welfe dort erschienen, hatte sich vollständig der Gnade des Kaisers übergeben und sich dann vor dessen Füße geworfen. Friedrich hob den Vetter auf und küsste ihn ›nicht ohne Tränen, weil ein solcher Gegensatz zwischen ihnen so lange gedauert habe‹. Seine sächsischen Allodialgüter durfte Heinrich behalten. Die Herzogtümer Sachsen und Bayern waren ja schon anderweitig wieder vergeben. Er musste das deutsche Reich verlassen und ins Exil zu seinem Schwiegervater, dem englischen König, gehen.

Gleich, ob die Verbannung drei oder sieben Jahre dauern sollte, beim grandiosen Hoffest in Mainz zu Pfingsten 1184 wird man Heinrich den Löwen wiedersehen.

Text der Gelnhäuser Urkunde vom 13. April 1180

Der Beschluss wurde in der Gelnhäuser Urkunde für den Kölner Erzbischof Philipp von Heinsberg unter dem dreizehnten April 1180 ausgefertigt. Der Text nennt zunächst in der ›narratio‹ die Vorwürfe, die zu dem Strafverfahren gegen Heinrich den Löwen geführt haben:

»Demgemäß soll die Allgemeinheit der gegenwärtigen wie der künftigen Getreuen des Reiches erfahren, wie Heinrich, ehemals Herzog von Bayern und Westfalen, dadurch, dass er die Freiheit der Kirchen Gottes und der Edlen des Reiches hart unterdrückte, indem er ihre Besitztümer an sich riss und die Rechte derselben einschränkte, aufgrund immer wieder erhobener Klagen der Fürsten und der meisten Edlen trotz Vorladung, vor unserer Majestät zu erscheinen, sich weigerte und infolge dieses seines Trotzes gegen die Fürsten und seine schwäbischen Standesgenossen den Spruch unserer Acht auf sich gezogen hat. Weiterhin hat er nicht aufgehört, die Rechte und die Freiheiten der Kirche, den Fürsten und Edlen des Reiches streitig zu machen sowohl durch das Unrecht jenen gegenüber, als auch durch Missachtung, die er uns gegenüber mehrfach zeigte, wie besonders aufgrund offensichtlicher Auflehnung, weswegen er nach Lehnrecht dreimal gesetzlich zu unserm Gericht aufgerufen wurde, und, weil er fernblieb und für sich auch keinen Bevollmächtigten schickte, wurde er als widersetzlich beurteilt und ihm demgemäß das Herzogtum Bayern wie das von Westfalen und Engern, wie auch sämtliche Lehen, die er vom Reiche hatte, auf einstimmigen Beschluss der Fürsten auf dem in Würzburg feierlich abgehaltenem Reichstag aberkannt und unserer Gerichtsbarkeit und Macht überantwortet.«

Über die Entscheidung (›dispositio‹) heißt es in den Regesten zu den Urkunden Friedrich I.:

»Friedrich beurkundet, er habe das Herzogtum Westfalen-Engern (Sachsen), das ihm infolge der Verurteilung des ehemaligen Herzogs Heinrich ebenso wie Bayern und die anderen Reichslehen des Löwen zugefallen war, aufgrund eines Spruches der Fürsten mit Zustimmung des Herzogs Bernhard geteilt, den im Bereich der Bistümer Köln und Paderborn gelegenen Teil der Kölner Kirche geschenkt und ihm dem Erzbischof Philipp zu Lehen gegeben.«[1]

Anmerkung zur Geschichte der ›Gelnhäuser Urkunde‹

Das Dokument der so genannten ›Gelnhäuser Urkunde‹, ausgefertigt von der kaiserlichen Hofkanzlei, beurkundet vom kaiserlichen Hofkanzler Gottfried als Vertreter von Christian I. von Buch, Erzbischof von Mainz, dem Erzkanzler für Deutschland, war bestimmt für Philipp von Heinsberg, Erzbischof von Köln und Erzkanzler für Italien, den Kaiser Friedrich I. mit dem in den Diözesen Köln und Paderborn gelegenen Teil des Herzogtums Sachsens belehnte.

Das Original der Urkunde, seit dem vierzehnten Jahrhundert durch Feuchtigkeit und laienhafte Reparaturversuche teils unleserlich geworden, befand sich zu Beginn des Zweiten Weltkrieges noch im Hauptstaatsarchiv Nordrhein-Westfalens in Düsseldorf. Eine Behandlung mit Gallustinktur im Jahre 1912 machte einen Großteil des Urkundentextes wieder lesbar. Gott sei Dank gibt es eine Fotografie davon; denn das Original der Urkunde ist seit dem Ende des Zweiten Weltkriegs verschwunden. Die Optimisten hoffen weiter, dass das Dokument wiederauftaucht. Es soll zum Schutz vor Bombenangriffen gegen Kriegsende in einen Bergwerkstollen im Harz verbracht worden sein. Gerüchte behaupten, dieser befände sich in der Nähe von Hadmersleben, einem Ortsteil der Stadt Oschersleben (Bode).

Eine Abschrift des ursprünglichen Dokuments, gefertigt Anfang des vierzehnten Jahrhunderts, befand sich vor dessen Einsturz am dritten März 2009 zudem im Historischen Archiv der Stadt Köln. Sein heutiger Verbleib ist unbekannt. Eine weitere, leider unvollständige Abschrift der ›Gelnhäuser Urkunde‹, auch aus dem vierzehnten Jahrhundert (gefertigt um 1375), besitzt das Hauptstaatsarchiv Nordrhein-Westfalens in Düsseldorf.

1 Text der Urkunde zitert nach: Wikipedia, Stichwort: Gelnhäuser Urkunde von 1180

Von Wimpfen auf dem Weg Anfang März im Jahre des HErrn 1182

Im Februar 1182 macht sich Friedrich I. ein Bild von den Fortschritten der hier in Wimpfen seit langer Zeit im Bau befindlichen Pfalz. Er will dann weiter nach Mainz. Mit dem, was er sieht und von dem, was ihm von den Baumeistern gesagt wird, ist er zufrieden.

Zweimal wird der Herrscher in diesem Jahrzehnt noch an den Neckar nach Wimpfen kommen. Doch das Begonnene vollendet zu sehen, bleibt seinem Sohn Heinrich vorbehalten. Der verweilt in seiner Zeit als Kaiser dreimal in der Pfalz, um von dort weiter nach Gelenhusen zu reiten, der Stadt, der sein Herz gehört. Aber es ist merkenswert, dass dessen Sohn wiederum, Kaiser Friedrich II., welcher das große römisch-deutsche Reich zumeist von Sizilien aus lenkt, das kleine Wimpfen deutlich häufiger aufsucht als der Vater. Um die zehn Male macht er hier Halt. Er schätzt den Ort, seit er ihn als Kind mit seinem Vater Heinrich an einem zauberhaften Tag erstmals erblickt hat. Das Bild ist ihm ins Gedächtnis geschrieben.

Doch, in ferner Zukunft, wird für ihn ein bitterer Schatten auf Wimpfen fallen. Dann, als sein eigener Sohn, König Heinrich VII., gegen ihn handelt, und er ihn allein kraft seiner persönlichen Ausstrahlung ohne jede eigene Waffengewalt bezwingen muss. Hier in Wimpfen wird sich am zweiten Juli im Jahre des HErrn 1235 der Sohn, von seinen Verbündeten verlassen, dem Vater, der ihn liebt, endlich unterwerfen. Eingesperrt in Gefängnissen, ohne väterliche Vergebung, beendet er stolz sein grausames Schicksal. Unheilbar an Lepra erkrankt springt er im Februar 1242 auf seinem Pferd in einen tödlichen Abgrund.

Doch dreiundfünfzig Jahre vor dem Zwist zwischen Enkel und Urenkel, der in Wimpfen entschieden wird, reitet Ende Februar 1182 Kaiser Friedrich I., die Zukunft nicht kennend, von Wimpfen kommend auf dem Weg zu seiner Kaiserpfalz in Gelenhusen durch Heilos Hus, einer kleinen, aber alten Siedlung auf halber Hanghöhe der Ausläufer des Spechtswalds über der Kinz gelegen. Zwischen dem Fluss und den wenigen Häusern des Orts liegt sumpfiges Gelände. Schon Karl der Große hat hier einen Königshof einrichten lassen, der für den Erhalt des Knüppeldamms, der durch das Sumpfland führte, und für Sicherheit und Verpflegung des reisenden Hofstaats zu sorgen hatte. Ob Kaiser Friedrich weiß, dass er sich hier in den Fußspuren seines großen Vorbilds befindet?

Wohl nicht. Wir Menschen wissen so wenig von der Vergangenheit, viel weniger, als wir meinen. Das Meiste ist vergessen.

Und die Zukunft? Fremd ist sie. Nicht mehr als eine Ahnung ist selbst uns der nächste Augenblick.

Aber die Gegenwart?! Nicht breiter als ein Frauenhaar liegt sie zwischen dem Vergangenen und dem Künftigen. Friedrich, du mächtigster Mann deines Reiches, was weißt du am Abend noch von dem, was du am Morgen getan? Wie viele Atemzüge hast du gemacht, als du dich von deinem Lager erhoben hast? Wie viele Schlucke vom weißen Wein, vom frischen Wasser, des dünnen Bieres hast du des Morgens getrunken? Alles nebensächlich. Ohne Bedeutung. Meinst du. Entscheidend ist allein, was den Tag überdauert, sagst du. Und was wäre, wenn du an einem vermeintlich bedeutungslosen Tag nicht weitergeatmet hättest?

Und was wäre aus dir geworden, wenn Muhme Aja dir einst nicht empfohlen hätte, allein reines Wasser zu nutzen?

Sie, die offensichtlich um die Zukunft weiß, warnte dich, fremdes Wasser zu meiden. Achte die Alte! Beherzige ihre Worte! Sei ihr dankbar! Zeig es ihr!

Und wehe dir, wenn du sie und ihre Weisheit fahrlässig vernachlässigst. Schlimmer noch, wenn du sie, dich selbst überschätzend, vergisst.

Friede von Konstanz (25. Juni 1183)

Der Vertrag von Venedig schwächt die Städte des Lombardenbundes und macht sie empfänglich für einen Kompromiss.

Sechs Jahre später, im Jahre des HErrn 1183, wird der lombardische Städtebund mit dem Kaiser in Konstanz einen Friedensvertrag schließen, nach dem die norditalienischen Städte Teil des Reiches bleiben, für dieses Zugeständnis aber eine weitgehende Selbstständigkeit zugesprochen erhalten.

Lange, zu lange hat Friedrich geglaubt, er könne sich die Kommunen Norditaliens untertan machen. Der Hinweis auf die sprichwörtliche Kaisertreue von Como und Pavia ist ungeeignet. Diese beiden Städte sind seit jeher – unter Karl dem Großen wie jetzt von ihm selbst – über die Maßen bevorzugt worden. Sie können seinen Statthaltern nicht als Vorbilder dienen. Steuern erheben für Reich und die eigenen Geldbeutel, das können die Legaten. Sonst kennen sie nur die geltende, die hergebrachte Ordnung.

Um aber das erforderlich Neue, nämlich eine Verwaltung einzuführen, die geeignet wäre, die Belange des Reichs und der Städte gleichermaßen zu berücksichtigen, dazu müssten sie Herkömmliches ablegen. Hierzu wiederum fehlt es ihnen jedoch an Kreativität, Organisationstalent und Courage. Zumal hapert es auch an Modellen im deutschen Teil des Reiches, die sie als geeignete Vorbilder heranziehen könnten.

Ein kaiserliches Regime aber, das die stolzen Städter ständig darauf hinweist, dass sie schwach und unterlegen sind und deshalb zu gehorchen und zu befolgen haben, was der Kaiser und seine Stellvertreter von ihnen fordern, das ist nichts für die selbstbewussten Städter Norditaliens. Sie wünschen ihr Gesicht zu wahren, nicht zu verlieren.

Lange hat es gedauert, bis Friedrich, der Kaiser, diese Hauptursache des steten Konflikts sieht und begreift. Rechthaberei ist niemals konfliktfrei, und erst recht keine Grundlage für ein gedeihliches Miteinanderleben. Es ist an der Zeit, die Interessen der anderen Seite ernst zu nehmen. Dies zu verstehen und sich die eigenen Fehler einzugestehen, das braucht seine Zeit. Aber der Kaiser hat begonnen umzudenken.

Im Frieden von Konstanz, dem am fünfundzwanzigsten Juni 1183 geschlossenen Vertrag, gesteht der Kaiser den oberitalienischen Städten ihre innere Unabhängigkeit zu. Dazu gehört auch, dass die Konsuln der einzelnen Städte von deren Bürgern bestimmt werden. Dem Kaiser blieb vorbehalten, die frei gewählten Konsuln alle fünf Jahre zu bestätigen.

Auch erhalten sie – gegen Zahlung einer einmalige Abfindung – neben der Blutgerichtsbarkeit, dem Recht also Todesstrafen zu verhängen, die kommunalen Münz-, Zoll- Markt- und Befestigungsrechte.

Die Städte ihrerseits hingegen akzeptieren die ›Oberhoheit‹ des Herrschers. In wichtigen Rechtsfragen darf er als oberster Gerichtsherr angerufen werden, die Städte des Bundes haben dem Kaiser einen Treueid zu leisten und kaiserlichen Truppen beim Durchzug durch die Lombardei eine Heersteuer (fodrum) zu zahlen.

Ungeklärt waren vor dem Vertrag von Konstanz ebenfalls der Status von Alessandrias und die Anerkennung der Rechtsbräuche in den einzelnen Städten, die den ronkalischen Gesetzen des Kaisers widersprachen. Im Juni 1183 nun wurden auch diese beiden Fragen beantwortet. Alessandria wird unter dem Namen Caesarea (die ›Kaiserliche‹) formal neu gegründet und so aus einem Symbol des Widerstands in ein Symbol der Herrschaft umgewandelt. Die lokalen Rechtsbräuche der Städte erkennt der Kaiser an. Damit gibt Friedrich sein hartnäckig verfolgtes Ziel auf, eine Sonderentwicklung der Verfassung im italienischen Teil des Reiches zu verhindern. Die Kommunen werden nun als selbstständige Rechtssubjekte anerkannt und ihre Verfassungen legitimiert.

Gelnhausen 2018
Langers Arbeitsweg

Es liegen keine tausend Meter zwischen der Anwaltskanzlei ›Doctores Hertel, Langer und Kollegen – Rechtsanwälte*Notare‹ im Herzbachweg und dem Gelnhäuser Amtsgericht in der Philipp-Reis-Straße, welches je nach anwaltlicher Lust, Bequemlichkeit und Zeit per Fuß, Fahrrad oder mit dem Auto an dem stetig wachsenden Gebäudekomplex der Main-Kinzig-Kliniken, an dem Prachtbau der weißen Villa, den beiden örtlichen Kinos, rechts in den Plankenweg, dann über die Berliner Straße hinweg zur Philipp-Reis-Straße, auf ihr an dem wohlerhaltenen Stück der alten Stadtmauer und der Stadthalle vorbei, leicht zu erreichen ist. Um in das Gerichtsgebäude zu gelangen, muss man einen kurzen Steg zum Eingang nutzen. Über dem Steg befindet sich eine Konstruktion, von der Martin Langer annimmt, dass sie zwei gesprengte Grabplatten darstellt.

Wohl im Zustand am Tag nach dem Jüngsten Gericht.

Und weiter denkt er:

Ich weiß nicht, wie oft ich mich beim Queren des Stegs schon gefragt habe, wie viele Tote unter dem Fundament des Amtsgerichts ruhen.

Auch wenn es zunächst despektierlich klingt, die Frage ist nicht unberechtigt; denn da, unter dem Steg befand sich früher das Fundament der alten Stadtmauer Gelnhausens und außerhalb der Mauer lag vormals der alte Friedhof der Stadt.

Als Jungens sind wir dort auf dem Gelände gerne herumgestreift, haben die Inschriften auf alten Grabsteinen zu entziffern versucht, und uns Geschichten ausgedacht zu den Namen.

»Da lebte doch vor rund hundertfünfzig Jahren ein Mann namens ...!«

Hundertfünfzig Jahre. Nicht vorstellbar. Eine Ewigkeit für uns Kinder. Der Besuch auf dem alten Friedhof war immer auch ein wenig Mutprobe! Gegruselt hat es uns nicht selten.

Wie komme ich gerade heute darauf?

Immer wieder ist der blaue Ordner der Auslöser für Langers Gedankenspiele. Heute ausgelöst durch die vorgezogenen Parlamentswahlen in Italien. Die rechtspopulistische Lega Nord ist als zweitstärkste Partei aus den Wahlen am vierten März hervorgegangen.

Das selbstbewusste Blut kocht offensichtlich weiter in den Adern der Städte Norditaliens, selbst heute noch, achthundert Jahre nach Kaiser Friedrich Barbarossa. Stolz und selbstbewusst, aber auch eigenwillig und voller Trotz. Die Bürgermeister vieler norditalienischer Kommunen sind Mitglied der ›Lega‹. *So sind sie, die norditalienischen Städte,* denkt Langer.

Die Schlacht von Legnano gegen Barbarossa im Jahre 1176 gilt heute noch als Symbol der italienischen Einigungsbewegung (›Risorgimento‹). Im Jahr 1900 haben sie in Legnano dem sagenumwobenen Sieger der gleichnamigen Schlacht, Alberto da Giussano soll sein Name gewesen sein, ein Denkmal errichtet.

Zweiundachtzig Jahre später hat dann Umberto Bossi die Partei ›Lega Lombarda‹ gegründet. Die Partei hat sich bald danach – wie zu Kaiser Friedrich Barbarossas Zeiten der Lombardenbund – mit der ›Liga Veneta‹ zur Lega Nord zusammengetan. Und die Lega führt stolz Alberto da Giussano in ihrem Wappen.

Wie die Liga der Lombarden von Kaiser Friedrich Barbarossa einst so fordert nun die Lega Nord Autonomie von der ›Zentralregierung‹, die heute, was für ein Unterschied, nicht mehr in Deutschland, sondern in Rom sitzt. Vom Separatismus hat sich die Partei mittlerweile verabschiedet, aber ein wenig unabhängig von Rom möchte sie schon sein. Sie kämpft weiterhin für die Einführung des Föderalismus in Italien.

Viel geändert hat sich in den letzten achthundertfünfzig Jahren auch in Italien nicht.

Pfingsten im Jahre des HErrn 1184
Hoftag und Schwertleite zu Mainz

Und als denn nach dem Hoftag von Konstanz all die schweren Bürden der vergangenen Jahrzehnte nicht mehr auf seinen Schultern lasteten, Papst Alexander III., der große Widersacher, war zufrieden gestorben, die Städte der Lombardei von Gegnern zu Freunden geworden, die lästigen Streitigkeiten um Sachsen und Vetter Heinrich beigelegt, da erinnerte sich Friedrich an ein Versprechen, das er vor fünfzig Jahren seinen beiden besten Freunden Sven und Egbert – der HErr sei ihnen auf ewig gewogen – und sich selber gegeben hatte: das Fest der Schwertleite ihrer Söhne solle unvergesslich großartig begangen werden. Und alles wird er dafür tun, das gegebene Versprechen auch einzulösen. Das größte Fest seiner Zeit soll es werden, vielleicht sogar das prachtvollste des Mittelalters.

Und weil er sich einem weiteren Treuen verpflichtet sah, der über mehr als zwanzig Jahre hinweg an seiner Seite mit ihm und für ihn, den Kaiser, mit Wort und Keule gekämpft hatte, Christian I. von Buch, dem Erzbischof von Mainz, da entsann er sich, dass immer noch der Bann auf dieser schönen Stadt lastete, und er entschied, das Fest der Feste dort zu begehen, wo auch er die Schwertleite empfangen hatte.

Friedrich wusste sehr wohl, dass sein Reichserzkanzler stets ein offenes Ohr für Anliegen der Bewohner seiner Diözese hatte, selber aber den Besuch von Mainz mied, da ihn der Anblick der Stadt mit ihren niedergelegten Mauern traurig stimmte. Gerade erst war er auf Bitten von Papst Lucius III., den zu schützen er als seine Aufgabe verstand, der belagerten Stadt Tusculum zur Hilfe geeilt. Die Stadt am Hang kannte er. Hatte er dort doch vor sechzehn Jahren zusammen mit Rainald von Dassel die Römer besiegt. Nun befreite er die Stadt erneut. Doch nur, um demselben Schicksal zu erliegen, das Rainald von Dassel 1167 vor Rom ereilt hatte. Am dreiundzwanzigsten August im Jahre des HErrn 1183 verstarb Christian I. von Buch in Tusculum an dem tödlichen Fieber.

Konrad I. von Wittelsbach, der bereits im Jahre des HErrn 1161 Mainzer Erzbischof gewesen war, was aber dem Kaiser missfallen hatte, kehrte zweiundzwanzig Jahre später, nach Christian I. von Buchs Tod im Jahre 1183, erneut zurück auf den Bischofsstuhl in Mainz. Zielstrebig stritt er für seine Stadt und deren Wiedereinsetzung in die alten Rechte und Freiheiten. So nutzt Konrad für Mainz die Gnade, die Hoftage zu Pfingsten 1184 und zu Jesu Christi 1186 ausrichten zu dürfen, um nach gelungenem Verlauf der Festtage auch die Gunst des Herrschers für seine Stadt zurückzugewinnen. Die Stadtmauer wird wieder errichtet.

Friedrich, der Kaiser und Vater, also bestimmt das Pfingstfest des kommenden Jahres 1184 für die Feier der Schwertleite seiner beiden ältesten Söhne und lädt zur feierlichen Begehung all die Großen des römisch-deutschen Reiches und der benachbarten Reiche herzlich nach Mainz ein; denn Heinrich VI., der schon deutscher König ist, und der andere Sohn, Friedrich VI., Herzog von Schwaben, sollen in die Gemeinschaft der Ritter aufgenommen werden.

*****

Gut, dass die Einladungen schon vor einem knappen Jahr verschickt worden sind. So war des Herrschers Hof bekannt, mit wessen Teilnahme zu rechnen war und konnte entsprechend vorsorgen.

Eine neue Stadt aus Holzbauten und großen Zelten ist errichtet worden, in deren Zentrum die Pfalz des Kaisers, ein riesiger Festsaal und die Kirche stehen, umringt von aufs Vornehmste eingerichteten Fürstenhäusern.

Wer keine feste Unterkunft in der Nähe des Kaisers erhält, nächtigt in prachtvoll geschmückten Zelten. Otto von Sankt Blasius schildert es:

›Die gesamte Ebene war mit Zelten von verschiedenen Farben bedeckt, die jede Zahl überschreitend errichtet waren, als ob man eine Stadt gebaut hätte, und nichts fehlte hier.‹

Der Hoftag selbst findet auf der gegenüber Mainz gelegenen Insel Maaraue statt, die dort liegt, wo der Main in den Rhein mündet. Die alte Stadt selbst mit ihren engen Gassen und gerade zehntausend Einwohnern bietet nicht den Platz und Raum genug, um die erwartete Menschenschar zu beherbergen. Die Schätzungen überbieten sich: Zwanzigtausend, ja vierzigtausend, gar siebzigtausend Gäste seien gekommen.

Gislebert von Mons, der Kanzler des Grafen Balduin V. von Hennegau, welcher am Hoftag staunend teilnimmt, notiert mit welchem Gefolge die Reichsfürsten anreisen. Zweitausend Ritter begleiten den König von Böhmen. Erzbischof Philipp I. von Heinsbergs Gefolge besteht aus siebzehnhundert Rittern – oder sind es deutlich mehr? Tausend Ritter kommen sowohl mit Erzbischof Konrad von Mainz wie auch mit dem Landgrafen von Thüringen. Erzbischof Wichmann von Magdeburg, der alte Weggefährte des Kaisers, lässt sich von sechshundert Rittern begleiten, mit je fünfhundert Reitersleut ziehen der Herzog von Österreich und der Abt von Fulda ein.

Gewaltig ist die Zahl der Gäste, die des Kaisers Einladung zum Mainzer Hoffest freiwillig folgen; denn es handelt sich nicht um eine verpflichtende Ladung. Vom Kaiser eingeladen zu sein ist aber eine große Ehre, die das eigene Ansehen steigert.

So kommen weltliche wie kirchliche Fürsten. Sechs Erzbischöfe, vier Herzöge, neunzehn Bischöfe wie auch vier Mark- und drei Pfalzgrafen sind darunter. Weitere Adlige und Edle aus dem gesamten deutschen Reich, aus Schwaben und Franken, Sachsen und Bayern, Österreich und Burgund, Lothringen wie Böhmen reisen an. Auch Mächtige aus Italien und Frankreich, Illyrien, Spanien und England finden sich ein. Ja, selbst vom Balkan reisen illustre Gäste an. Gerne folgen sie alle dem Ruf des mächtigen, beliebten und höchst angesehenen Herrschers.

*****

Am Freitag ritt Friedrich ihr mit kleinem Gefolge einen halben Tag entgegen. *Gegen Abend*, dachte er, so wie er es einst erstmals aus Egberts Mund gehört hatte.

Und dann sieht er die große Schar an Reitern, die Standarten, die Sänfte. Und seinem Herz wird bange. Bald vier Jahre hat er die Frau nicht gesehen, die über so lange Zeit fast täglich bei ihm, um ihn, mit ihm gewesen ist. Er weiß lediglich aus Berichten, wie es um sie bestellt sein soll. Und nun steht er vor ihrer Sänfte, in der sie die Reise nach Mainz hin unternommen hat, sie, die begeisterte, ja wilde Reiterin. Ihre Frauen haben sie hergerichtet, frisch und jung schaut sie für Menschen aus, die sie nicht näher kennen. Doch ihre Augen verraten ihm, wie müde, erschöpft, gebrechlich sie in Wirklichkeit ist. Vorgewarnt, hat sein Gesicht die ihm eigene Freundlichkeit bewahrt und die Tatsache, dass der sich ihm bietende Anblick nicht so traurig ist, wie er aufgrund der Berichte befürchtet hat, erleichtern ihm Freude und Herzlichkeit zu zeigen.

»Meine so sehr geliebte Kaiserin seid mir gegrüßt. Ich hoffe, Eure Reise war angenehm. Wie gut es tut, Dich zu sehen, geliebte Beatrix.«

Sie streckt ihm ihre Rechte entgegen, die er so vorsichtig ergreift, als sei sie höchst zerbrechlich.

Mein Gott, ist sie heiß!

Ein Gedanke zuckt in ihm auf: *Hat sie das Fieber?* Und: *Hoffentlich hat sie sich nicht an mir angesteckt!* Und: *Wir müssen sogleich ... nach dem Fest ... die Muhme aufsuchen!*

Beatrix aber sagt:

»Allergnädigster Kaiser, mein gütiger Gemahl, die Freude, Euch wiederzusehen, ist groß. Sie lässt mein Herz schneller schlagen.«

Friedrich entgegnet beherrscht: »Bald, liebste Kaiserin, wenn Ihr in unserer neuen Pfalz seid, die nur für diesen besonderen Hoftag errichtet worden ist, werden wir in Ruhe miteinander reden können. Jetzt wollen Euch zunächst unsere Söhne die Ehre erweisen.«

Das ist alles, was der Kaiser und seine Gemahlin in Gegenwart des Gefolges sprechen. Doch sie verstehen einander wie in alten Zeiten.

Beatrix nickt ihm dankbar zu. Sie weiß, es wird sich noch Gelegenheit genug zum Gespräch unter vier Augen finden vor den Feierlichkeiten, die erst am Sonntag beginnen. Jetzt bedarf sie der Zeit, um sich von der anstrengenden Reise zu erholen.

Friedrich hält sein Pferd an, um den Platz vor der Sänfte frei zu machen für Heinrich und Friedrich, die es zu ihrer Mutter drängt.

*****

Am Samstagabend nach einem frühen Essen hatten sie sich zurückgezogen in die Kemenate von Beatrix. Die anfängliche Beklommenheit hatte sich bald gelegt. Sie kannten sich zu lang und zu gut, um zu lange zu fremdeln. Er berichtete ihr von Konstanz und dem Ende der Auseinandersetzungen mit dem Lombardenbund, vom langen Weg hin zur Verbannung Heinrich des Löwen. Was Beatrix mit Wohlwollen vernahm. Und immer enger umkreisten sie ihre persönlichen Probleme. Bis sie Friedrich erzählte, was ihr auch auf dem Herzen lag. Wie schwer sie sich tat, mit dem Sohn, der bei ihr in Burgund war.

»Otto, muss noch viel lernen. Weißt du, er ist ein Filou. Er ist zwar gern der Pfalzgraf von Burgund, wenn es ihm dient, doch um ein echter König zu werden, dafür fehlt ihm noch die richtige Einstellung, das rechte Verantwortungsbewusstsein und der nötige Fleiß.«

Seine Frage nach der jungen Agnes ließ Beatrix traurig werden.

»Sie ist so lieb und zart. Ein kleiner Engel. Sie ist meinem Herz sehr nahe. Ich glaube, und der Gedanke schmerzt mich sehr, der Allmächtige wird sie bald wieder zu sich rufen.«

Sie ließ ihren Tränen freien Lauf. Friedrich wartete, bis sich ihr Schmerz ein wenig gelegt hatte, dann zog er Beatrix sanft an sich.

»Und wie ist es um dich bestellt? Ehrlich. Was kann ich für dich tun? Sag es offen an.«

Sie sah ihn aus nassen Augen, aber mit einem Blick an, der ihre Entschlossenheit bewies:

»Das Volk und unsere Gäste wollen ein stolzes, heiteres Kaiserpaar sehen und unsere Söhne glückliche Eltern an ihrem großen Ehrentag. Von meiner Seite werden alle erhalten, was sie zu schauen wünschen.«

»Das ist gewisslich die Pflicht, die wir unserem Ansehen und dem Reich schulden, mein starkes Weib. Nichts anderes habe ich von Dir erwartet.«

Ein Blick voll Zärtlichkeit.

»Doch ist es keine Antwort auf die Frage, die ich dir gestellt. Sprich offen, Beatrix. Wie geht es dir? Was kann ich für dich tun?«

Sie sah ihn an. Lange.

Wie zerbrechlich, zart sie war. Weich, wie noch nie bei ihr geschaut, fast durchschauend die Konturen, erkannte Friedrich. *Es liegt nicht am späten Abendlicht. Was wird sie mir gestehen?*

»Die Nacht bricht herein. Die ersten Sterne funkeln schon am Himmelszelt. Ob unsere Kinder, die dort oben sind, zu uns herabschauen? Ich werde sie fragen, Friedrich. Wenn ich sie sehe. Irgendwann.«

»Hast du das Fieber, das mich immer wieder einmal quält?«

»Ich weiß es nicht, Friedrich. Mein Körper weint so oft. Wie Tränen perlen Tropfen aus der Haut. Ich bin so matt und schlaff und unendlich müde. Immer mehr.«

»So ähnlich empfand ich es, wenn das Feuer in mir loderte. Hier halfen, du weißt es, mir die Zweige von der Muhme Gelas. Wir reisen nach dem Ende des Hoftags und der nachfolgenden Reiterspiele nach Gelenhusen. Glaubst du, du kannst deine Söhne und mich dorthin begleiten? Beatrix, es ist der inniglichste Wunsch von uns und allen im Reich, die dich achten und dich lieben, dass du kämpfst. Ich bitte dich inständigst darum.«

Erneut sah sie lange zu ihm auf. Dann sagte sie:

»Wenn du meinst, dass es dir hilft, Liebster, dann komme ich natürlich mit Euch.«

Jetzt trübten auch Tränen Friedrichs Blick. Es waren solche tiefer Rührung. Er schloss sein Weib fester in die Arme. Ganz vorsichtig. Aber sie verstand es als Bestätigung. Und noch nicht als Abschied.

*****

Großzügig und freigiebig, wie es von ihm bekannt ist, bewirtet Friedrich seine Gäste auf dem Mainzer Hoftag mit dem Besten, das seine Höfe zu bieten haben. Es ist für drei Tage ein Leben wie im Schlaraffenland. An nichts mangelt es den Teilnehmern. Essen, Wein und Bier gab es im Überfluss. Otto von Sankt Blasius berichtet: Wein wurde getrunken »ohne Maß nach eines jeden Belieben und so viel man vertragen konnte«.

Die künstlich nur für dieses Fest errichtete Stadt glänzte in ihrer äußeren Pracht. Wertvoll und kostbar war sie ausgestattet. Selbst die Sitze, auf denen sich die Gäste niederließen, waren in Wirklichkeit wertvolle Mäntel, die sie anschließend mitnehmen durften. Und die angereisten Herrschaften betonten ihren jeweiligen Status und ihr Vermögen zudem durch ihre Kleidung, ihre kostbare Ausstattung und die Kleidung ihrer Bediensteten. Es war eine besondere Welt, die da auf der Insel entstanden war. Schön, farbig, exotisch, vielsprachig, prächtig, einzigartig auf der Welt, vier Tage bald während, von Samstag bis Dienstag, wo sie abrupt enden wird.

Verschwenderisch üppig auch die Bereitschaft von Kaiser und vornehmen Gästen, edle Pferde, kostbare Pelze und Mäntel, Gaben aus Gold und Silber an Ritter, Sänger und Schauspielerinnen, Schauspieler und Sängerinnen, Akrobaten und Tänzerinnen zu verschenken. Gewaltig die Ausgaben, die die Gäste erbringen, ohne auch nur ein Wort des Bedauerns laut zu äußern. Tragen sie doch schweigend die Last, weil es ihrem Ansehen dient. Für die Eingeladenen ist das Fest günstige Gelegenheit, ihren Rang und ihren Reichtum zur Schau zu stellen. Die Beschenkten danken es ihnen auf ihre Weise. Berichten sie doch ihr

Leben lang von diesem glänzenden und auf dem ganzen römischen Erdkreis mit nichts zu vergleichenden ritterlichen Fest.

Gaffend bestaunten beispielsweise die Gäste des Festes auch die beiden großen Holzhäuser, die Arnold von Lübeck beschreibt:

›Diese Häuser waren von oben bis unten mit Hähnen oder Hennen angefüllt, sodass kein Blick durch sie hindurch zu dringen vermochte, zur größten Verwunderung vieler, welche kaum geglaubt hatten, dass so viel Hennen in aller Herren Länder überhaupt vorhanden wären.‹

Baff erstaunt gibt ein Gaffer mit weit aufgerissenen Augen kund:

»Ich hätte niemals geglaubt, dass es so viel Federvieh auf Erden gibt!«

*****

Friedrich fühlt sich wohl. Er steht am Fenster seines Gemachs und schaut auf das bunte Bild der ungezählten Zelte auf der Insel. Lachen und Gesang all überall. Obwohl es noch sehr früh am Tage der Schwertleite ist.

Fast alles so, wie ich es mir vor bald fünfzig Jahren ausgemalt, denkt Friedrich mit einer eigenartigen Gefühlsmischung aus Stolz und Sentimentalität. *Damals, als mich Onkel Konrad zum Ritter schlug, drüben im Mainzer Dom. Wie war ich aufgeregt. Auf der untersten Steinstufe zwischen all den Noblen des Reiches.*

Am heutigen Pfingstmontag werde ich meine schon jetzt erfolgreichen Söhne zu Rittern schlagen. Der ältere, Heinrich, ist bereits römisch-deutscher König und Friedrich der Herzog von Schwaben. Alle Welt soll nachher sehen, wie gut es für die Zukunft um das Haus der Schwaben bestellt ist.

Ich war im Jahre des HErrn 1138 fast ein Nichts, der einzige Sohn des Herzogs von Schwaben. Allerdings besaß ich zwei treue Freunde. Sven, dem späteren König von Dänemark und Egbert, der dann Gaugraf von Selboldt-Geylenhusen wurde. Durch dick und dünn sind wir gemeinsam gegangen. Ihnen hätte das Fest hier gemundet. Der

HErr im Himmel wird wissen, warum er meine beiden Freunde so früh schon zu sich geholt hat.

Mein Heinrich hat auch zwei solch besondere Freunde am Hof, die mit ihm heute ihre Schwertleite erfahren. Zum einen den jungen Heinrich, meinen und Gelas Enkel. Ein aufrichtiger Junge. Wie hat er doch erst kürzlich meine Frage, wie es ihm am Hof gefalle, beantwortet?

»Ich wünsche uns das Glück noch erleben zu dürfen, dass für alle Menschen der ewige Frieden auf Erden gleichermaßen Einzug hält, so wie es die Bibel beschreibt.«

Das Schönste bei seinen Worten war, mit welcher sehnsüchtigen Glückseligkeit dabei seine Augen leuchteten.

Der dritte in ihrem Bunde, Friedrich von Hausen, wird gewiss ein großer Künstler werden. Er hat sich ganz dem Minnelied und der Musik verschrieben. Mein junger König hat hierfür auch reichlich Talent. Ein Erbgut von Beatrix, seiner Mutter. Er wird ein guter König sein und irgendwann nach mir gewiss ein guter Kaiser werden. Das hat er gestern schon bewiesen, als er mich vor einem peinlichen Rangstreit bewahrte.

Mein Gott, wie konnte ich nur so gedankenlos sein. Vor fünfzig Jahren, seinerzeit, als wir erstmals nach Selboldt geritten sind, da hat mein Vater mich warnend über die Gefahr von Rangstreitigkeiten aufgeklärt. Und damals schon war ein Abt von Fulda Auslöser eines solchen Ärgernisses. Auch zu Pfingsten ist es gewesen, vor einhundertundeinundzwanzig Jahren.

Gestern zu Beginn des großen Festmahls dann. Wie konnte ich den Machthunger und die Gier nach Ansehen des Philipp von Heinsberg so gedankenlos außer Acht lassen? Mir gefiel das Fest, die Anerkennung, die es mir bescherte, die Freude, wie sich Beatrix verhielt. Schlicht einfach alles hat mir wohl gefallen. Und mir schien, sogar den Großen des Reiches, die die Hofämter des Mundschenks, Truchsesses, Kämmerers und Marschalls versahen, haben ihre Ehrendienste genossen. Doch, grenzenloses Glück macht leichtsinnig. Und dann wird schnell Glück zu Unglück.

Gut, dass Heinrich aufgepasst und einen solchen Umschwung verhindert hat.

Konrad, der Abt von Fulda, forderte das Recht ein, zu meiner Linken während des Mahls zu sitzen. Seit Bonifatius Zeiten stünde es ihm zu. Einzig der Kölner Erzbischof von Köln mache es ihm streitig. Wir waren in Mainz, wo im Jahre des HErrn 747 Bonifatius erster Bischof wurde. Und es ist des Heiligen ausdrücklicher Wunsch gewesen, im Kloster Fulda seine letzte Ruhe zu finden. Also dachte ich, es hätte seine Ordnung mit dem Wunsch des Abts. Drum habe ich Erzbischof Philipp von Heinsberg gebeten, dem Wunsch des Fuldaer Abtes stattzugeben.

Oh ja, es war mein Fehler! Ich habe die Geltungssucht des Kölner Erzbischofs im Rausch meines Glücks nicht bedacht. Philipp war an diesem Tag zuvor schon voller Zorn auf mich, seitdem bekannt geworden, dass ich den Grafen Balduin V. von Hennegau auf diesem Hoftag zum Markgrafen erheben würde. Ich habe den von Hennegau Beatrix und mir voraus mein Schwert zur Feier des Hochamts in die Kirche tragen lassen. Dass der Graf dem gekrönten Kaiserpaar und Heinrich mit der Königskrone vorausschritt, fiel auf und weckte Neid. Der Erzbischof von Köln fühlte sich schon dadurch von mir in seinem niederrheinischen Machtbereich angegriffen.

So durch mein Anliegen beim Mahl vermeintlich erneut düpiert und dazu noch zurückgesetzt in seinem Rang durch die gewünschte Sitzordnung bat Philipp mich in aller Form und doch eindeutig entschieden, sich von den Feierlichkeiten entfernen und in seine Herberge begeben zu dürfen. Und viele seiner zahlreichen Lehnsmänner standen auf und schlossen sich seinem Wunsche an. Darunter war auch Konrad I., Pfalzgraf bei Rhein, mein Halbbruder.

König Heinrich, mein Sohn, erkannte gleich die gefährliche Lage und was daraus folgen könne, sprang auf und bat Erzbischof Philipp flehentlich:

»Ich bitte dich, liebster Vater, bleibe hier und verwandle unsere Freude nicht in Trauer.«

Philipp von Heinsberg und mir wurde durch diese Worte gleichermaßen bewusst, was es für Folgen mit sich brächte, wenn wir nicht nachgeben würden. Sämtliche übrigen Gäste wären verärgert über uns gewesen. Ihre Kosten und Mühen bedenkend, die sie dann für nichts investiert hätten. Ich bot flugs an zu beeiden, dass ich nie vorgehabt hätte, den Erzbischof von Köln zu beleidigen. So blieb Philipp von Heinsberg und durfte den Platz zu meiner Linken einnehmen. Konrad, der Fuldaer Abt, fand Platz auf einem der hinteren Plätze. Der das freudige Fest zerstörende Streit war so dank Heinrich verhindert. Obwohl schon ein schaler Beigeschmack den frischen Geruch von Harz in dem neuen Holzbau überlagerte.

Später am Tag hat mir einer meiner engsten Ministerialen zugeflüstert, der Erzbischof von Köln habe schon vor dem Hoftag eine Warnung erhalten des Inhalts, er müsse auf der Hut sein, es würde ihm in Mainz nach dem Leben getrachtet werden. Dieser Hinweis wäre auch der wahre Grund, warum Philipp von Heinsberg mit mehr als viertausend Rittern nach Mainz gekommen sei und immer von einem stattlichen Kerl namens Karl begleitet werde, der ihn vor Angriffen tunlichst beschützen soll. Was es mit der Morddrohung auf sich hat, weiß ich nicht. Den Riesen namens Karl habe ich allerdings auch gesehen.

[*Spezielle Anmerkung des Bearbeiters:* Dieser Karl war wohl ein Kölner Ministeriale, Sohn des Karl von der Salzgasse, der wiederum als Schöffe und Zöllner in der zweiten Hälfte des zwölften Jahrhunderts eine gewichtige Rolle in Köln spielte. Vater und Sohn Karl sind 1183 in einer Urkunde Erzbischof Philipps von Köln unter den Ministerialen des Domstifts St. Peter aufgeführt. Der Sohn des älteren Karl pflegte ritterliche Lebensart, nahm offenbar häufig an Turnieren teil und qualifizierte sich so zum ›specialis custos‹ (Leibwächter) des Kölner Erzbischofs. Karl kam wohl mit einem Bekannten namens Gerhard Waschard von einem ›torneamentum‹ in Worms nach Mainz. Irgendwann nach Mainz überkam die beiden der Gedanke, die Freuden der Welt aufzugeben. Da nahmen sie sich vor, in einer Waffenruhe von fünf Jahren keine Turniere zu besuchen. Siehe dazu Gesta sanctorum Villariensium des Zisterziense klosters Villers-en-Brabant, (MGH SS

25) Seiten 220 f.) Karl wurde später Abt des Klosters von Villers-en-Brabant. *Dr. B.*]

Der restliche Sonntag verlief dann mit festlichen Gelagen, spannenden Reiterspielen und gelungener Unterhaltung durch Spielleute, Gaukler und Artisten reibungslos, fröhlich, wie erhofft und vorgesehen.

*****

Friedrich riss sich aus seinen Gedanken vom gestrigen Geschehen.

Gestern war gestern. Heute ist ein neuer Tag. Pfingstmontag, der große Tag unserer Söhne.

Nicht im Hohen Dom Sankt Martin, schon gar nicht in dessen kleinem Ostchor, wie er damals, sondern in der eigens für die Schwertleite seiner Söhne errichteten Holzkirche hält Konrad I. von Wittelsbach, der Erzbischof von Mainz, die Predigt.

Ich habe ihm von der Predigt zu meiner Schwertleite ausführlich berichtet und ihn gebeten, deren Gedanken auch heute für meine Söhne zu verwenden. Und so hat es Konrad getan.

> »Vor dem Allmächtigen sind wir alle, jeder einzelne Mensch, möchte er Knecht oder Kaiser sein, wie das einzelne Sandkorn am weiten Meeresstrand. Natürlich seien die Sandkörner der Kaiser, Könige und der Adeligen von besonderer Qualität, aber die Größe von allen sei gleich. Denn winzig ist der Mensch vor dem HErrn. Voll Demut beugen wir uns vor ihm und versprechen:
>
> HErr, mein Gott, auch wenn ich nur ein Sandkorn bin, so will ich doch mein Leben lang so handeln, dass ich mich deiner Liebe, deiner Gnade und deiner Aufmerksamkeit stets würdig erweise. Amen.«

Tapfer haben sich Heinrich und Friedrich und der kleine Heinrich geschlagen. Ernst und voll Andacht, würdig eben. Mir schien, ich habe mehr gezittert als die dreien, als ich ihnen die Sporen anlegte und sie ermahnte, stets die ritterlichen Werte zu beachten. Und dann der große Augenblick, nachdem ich zuerst Heinrich, danach Fried-

rich und später auch dem kleinen Heinrich ihre Rittergürtel umgelegt hatte. Dann gab ich ihnen jeweils den ersehnten symbolischen Schlag mit der flachen Seite meines kaiserlichen Schwertes auf die Schulter und sprach dazu die entscheidenden Worte:

»Zê gôtes und Marien êr, diesen slac und keinen mêr. – Zu Gottes und Mariens Ehr, diesem Schlag folgt keiner mehr!«

Mit diesem allerletzten unerwiderten Schlag waren meine Söhne endlich in den Kreis der Ritterschaft aufgenommen, jener besonderen Gemeinschaft, die den europäischen Adel über alle Differenzen und Rangunterschiede hinweg verbindet. Und mein erster Enkel ebenfalls.

*****

Am Ende der großen Schwertleite verteilten die jungen Ritter zum Zeichen ihres Dankes für die neu erlangte Ehre großzügig Geschenke. Je reichlicher und reicher die Gaben, desto eher stach man aus der Masse der Großen hervor. Dieser Akt des Gebens steht für die ritterliche Freigiebigkeit, für seine Bereitschaft mit Ärmeren zu teilen.

Nach dem Mittagsmahl begann auf den Wiesen am Rheinufer ein ›gyrum‹, eine vergnügte Reitveranstaltung ohne Hauen und Stechen, an der mehr als zwanzigtausend Ritter teilnahmen. Der schon erwähnte Gislebert, Kanzler des Grafen Balduin V. von Hennegau, hielt fest:

›Es war ein Turnier ohne scharfe Waffen. Die Ritter vergnügten sich, indem sie ihre Schilde, Lanzen und Banner sowie Reitkünste ohne Stöße vorführten. Bei diesem Turnier zeigte auch Herr Kaiser Friedrich geziemend vor allen sein Schild, war an Gestalt aber nicht größer oder ansehnlicher als die übrigen.‹

Es war ein herrlicher Tag, dieser Pfingstmontag in Mainz. Fröhliche, ja fast ausgelassene Stimmung unter einem blauen Himmelszelt, an dem sich nur vereinzelt weiße Wölkchen zeigten. Ernstlich gekämpft werden sollte erst, so sah es der Plan vor, nach dem Ende des Hoftags bei einem ritterlichen Turnier flussabwärts in Ingelheim. Aber dieses ›torneamentum‹ musste überraschend abgesagt werden; denn am Dienstagnachmittag braute sich über Mainz unerwartet ein Unwetter zusammen. Der Himmel wurde zusehends schwarz. Der Wind, bis zu diesem Zeitpunkt mehr ein laues Lüftchen, frischte zunehmend auf, wurde zu einem wütend fauchenden Raubtier, das mit den Holzhäusern und Zelten ein übles Spiel trieb. Zahlreiche Zelte wurden aus ihren Verankerungen gerissen, die Dächer von Holzhäusern, als wären sie leicht wie Pergament, hochgehoben und auf andere Häuser geschleudert. Die Holzkirche, die sich wehrhaft gegen den Sturm gestemmt hatte, stürzte krachend ein. Menschen kamen zu Tode. Ein böses Omen. Ein Gottesurteil. Der HErr strafte den Hochmut seiner prunkliebenden Kinder.

»Gott ist wütend!«, hieß es aus dem Kreis der Bischöfe. Hatte doch das Dritte Laterankonzil vor fünf Jahren wieder einmal jene ›abscheulichen Märkte und Jahrmärkte, die allgemein Turniere genannt werden‹, strengstens verboten und mit der härtesten Strafe – der Verweigerung des kirchlichen Begräbnisses – belegt für die, die bei einem Turnier zu Tode kommen würden.

Das große Fest wurde abgebrochen.

[*Anmerkung des Bearbeiters:* Nichtsdestotrotz heißt es in der Sächsischen Weltgeschichte, dort Seite 138: ›Dat was de groteste hochtiten, de ie an dudischeme lande ward. – Das war das größte Fest, das es je in deutschen Landen gab.‹ *Dr. B.*]

Frankfurt, den 18. Februar 2018
Es geht um Nasen

Tom und Tobias unterhielten sich angeregt, gebeugt über Grafiken, die in drei verschiedenen Farben eine missratene Birne oder was auch immer zeigten, als ich in den Wintergarten kam.

»Was habt ihr beiden denn da für tolle Bilder?«, mischte ich mich leicht ironisch in ihr Gespräch ein. Sehr höflich war das nicht von mir. Doch die beiden kannten mich und duldeten meinen fehlenden Kunstsachverstand.

»Vati, das sind Nasen«, klärte mich mein Junior auf.

»Da wäre ich jetzt nicht darauf gekommen!«

»Nasen gemalt von Jörg Immendorff.«

»Ach, deshalb!«

»Was ›deshalb‹?«, erkundigte sich Tobby.

»Sie kamen mir irgendwie bekannt vor«, erklärte ich ihm. »Vor zwanzig Jahren gab es in Gelnhausen eine Ausstellung von Immendorff-Werken. Da muss ich sie schon mal gesehen haben.«

»Gut möglich«, meldete sich Tom zu Wort. »Weißt du auch, was sie bedeuten sollen?«

»Was?«, fragte ich nach.

»Na, die Nasen eben.«

»Nein. Klär mich bitte auf.«

»Es gibt da eine groteske Erzählung von Nikolaj Gogol, die Dmitri Schostakowitsch vertont hat. Ein Mann wacht auf und muss feststellen, dass seine Nase verschwunden ist. Verzweifelt macht er sich auf die Suche nach seiner Nase; denn ohne Nase ist er nichts. Immer wieder meint er sie zu sehen, kann sie aber nicht fassen. Eine Großfahndung wird ausgeschrieben. Die Polizei verhaftet die Nase und bringt sie dem Mann zurück. Sie will aber nicht in seinem Gesicht haften bleiben. Tumulte spielen sich ab. Und dann, eines Morgens, erwacht der Mann und die Nase ist wieder da, wo sie hingehört. Das ist kurz die Geschichte.«

»Klingt unterhaltsam. Lustig. Und was hat Immendorff damit zu tun?«, erkundigte ich mich.

»Eine Inszenierung dieser Oper hat es vor gut fünfzehn Jahren einmal in Berlin gegeben. Und dazu hat Immendorff die Kostüme und das Bühnenbild geschaffen. Die drei Grafiken hier sind quasi seine Schnittmuster für die Nasenkostüme.«

»Danke, Tom. Es scheint ja so zu sein, dass sich abgeschnittene Nasen durch die Geschichte ziehen.«

»Wie kommst du jetzt darauf?«

Tom schien sich für meine Nasen-Neugierde zu interessieren.

»Naja, wie bekannt, beschäftigt mich seit geraumer Zeit das Leben Barbarossas, unseres Gelnhäuser Kaisers.«

»Ist bekannt, Vati!«, tönte Tobby.

Ich ignorierte den Einwurf des jungen Naseweis.

»Um deine Frage zu beantworten, Tom. Barbarossa tat sich gegen Ende seines Lebens schwer mit einem Papst namens Urban III. Der hieß eigentlich Humbert Crivelli und war zuvor Erzbischof von Mailand gewesen. Mailand, die führende Stadt in Norditalien, die Barbarossa 1162, glaube ich, dem Erdboden gleich gemacht hat. Wie unser Gelnhäuser Kaiser war offensichtlich auch dieser Papst nachtragend. In gewisser Weise verständlich, denn seine Familie hatte unter den Kriegen mit dem deutschen Herrscher sehr zu leiden gehabt. So soll der kaiserliche Marschall Heinrich von Pappenheim, und jetzt kommt es, einem Verwandten des Papstes die Nase habe abschneiden lassen. Ein Vierteljahrhundert nach dem Vorfall hat der Papst den Marschall dafür noch exkommuniziert.«

»Dazu kann ich euch auch was Spannendes erzählen«, meldete sich Tobby wieder. »Habe ich gerade in einer Kunstzeitschrift gelesen.«

»Und das ist, Tobi? Dann mach uns mal schlau.«

»Das ist eine lange, aber, wie ich finde, spannende Geschichte. Die beginnt zwar nicht bei Adam und Eva, aber doch schon bei den alten Ägyptern. Die haben bekanntlich viele Statuen und Wandgemälde von ihren Göttern geschaffen. Und warum? Weil sie glaubten, mit Hilfe dieser Kunstwerke Kontakt zu ihren Göttern aufnehmen zu können.

Manchen Pharaonen und auch Oberpriestern passte diese Kontaktpflege mit bestimmten Göttern oder Geistern aber nicht. Sie wollten lieber selber angesprochen oder angebetet werden. Deshalb haben sie viele der Statuen, Skulpturen und Bilder mutwillig beschädigt oder zerstört. Vor allem die Nasen mussten dran glauben. Sie wurden abgeschlagen oder weggekratzt. Und jetzt kommt's.«

Tobby schaute uns an, so als wolle er sich vergewissern, dass wir ihm auch aufmerksam zuhörten.

»Eine zufällige Beschädigung ist wenig wahrscheinlich. Dazu sind Basalt und Granit viel zu hart. Also der Hintergedanke für die Naseab-Aktionen war, wenn ein Kunstwerk beschädigt ist, dann verhindert das die Kommunikation zwischen dem dargestellten Gott und den Menschen.«

»Und warum mussten gerade die Nasen dran glauben?«

Tobby konnte sich meines Interesses sicher sein.

»Atmen bedeutet zu leben. Die Nase ist die Quelle des Atems. Der einfachste Weg, den Geist im Inneren zu töten, ist es, ihn durch Entfernen der Nase zu ersticken.«

»Klasse, Tobi, das ist eine überzeugende Begründung!«, riefen Tom und ich unisono.

»Oder, Moment bitte noch ihr beiden, wenn ihr jemandem vorsätzlich die Nase abschneidet, dann macht ihr ihn verächtlich oder lächerlich.

Das kann beispielsweise bei einem Religionswechsel der Fall sein. Beispiel:

In der achtzehnten Dynastie regierte Pharao Amenophis IV. in Ägypten. Er ersetzte die Vielgötterei um den Hauptgott Amun durch eine Religion, die allein die Sonne als Gott Aton anbetete. Dafür hat er sogar seinen Namen in Echnaton geändert.

Als Echnaton aber starb, nahmen Priesterschaft und Volk die Anbetung der vielen Götter wieder auf. Die Statuen, die den Sonnengott Aton und den verstorbenen Pharao ehrten, wurden beschädigt, blieben aber meist stehen.

Übrigens wiederholte sich das später, als das Christentum die alten Götter in Ägypten zunehmend verdrängte. Die alten ägyptischen Götter galten den ersten Christen als Bedrohung, und die Verunstaltung der Götter-Statuen war ein Weg, um a) deren Anbetung zu verhindern und b) deren Macht zu brechen. Und zugleich blieben c) die beschädigten Götterstatuen als Symbole des Sieges des Christentums stehen. Und dann kam der Islam. Letzthin hat sich das wiederholt, als der IS, der so genannte Islamische Staat, in Kleinasien antike Kunstwerke zerstört hat. Toleranz ist eben kein Ding für Monotheisten. So jetzt dürft ihr applaudieren.«

Das heute war die Art von Gesprächen, die wir drei sehr mochten. Drei Generationen, die alle gleichermaßen etwas zum Gespräch beizutragen hatten.

Gelnhausen, den 21. Februar 2018
Terminüberschneidung

Endlich hat die kleine Strafkammer in Braunschweig in der Wirtschaftsstrafsache, die mich schon seit Monaten beschäftigt, die ersten Verhandlungstage terminiert. Der Burgwedeler Kollege kennt die Termine schon, bevor bei uns in der Kanzlei die Post eingeht. Nett, dass er anruft. Gegen den Terminplan ist wenig zu machen. Psychologisch unklug wäre es, gleich gegen die ersten Termine vorzugehen. Mir passen die ersten beiden Wochen gar nicht. Tobby hat in dieser Zeit schriftliches Abitur. Kein gravierender Grund für eine Verschiebung. Terminverlegungen sind immer mit großem Arbeits- und Abstimmungsaufwand verbunden.

In unserem Fall müsste die Kammer mindestens zwölf Verteidiger, die fünf Angeklagten, die Vertreter der Staatsanwaltschaft, etliche Zeugen und Sachverständige informieren, immer wieder neu abfragen und koordinieren. Hinzu kommt die Klärung solcher Fragen, ob und wann der große Sitzungssaal wieder frei ist. Hinzu fallen zumindest bei den externen Verteidigern solch feine Details an wie Buchung beziehungsweise Stornierung von Hotelzimmern, Flügen, Fahrkarten et cetera. Und auch wieder das leidige Thema: Müssen Termine in anderen Strafverfahren berücksichtigt werden? Wenn ja, wie? Was kann verlegt, was delegiert werden? Ein Rattenschwanz von Abstimmungen und Entscheidungen. Da muss man schon Verständnis haben, wenn ein Vorsitzender Richter nervös reagiert.

Jeweils Dienstag und Donnerstag, 6. und 8., 13. und 15. sowie 20. und 22. März, Beginn immer um 9:30 Uhr. Das heißt für mich: Anreise am Montag, Rückfahrt am Donnerstag nach dem Termin. Drei Übernachtungen je Verhandlungswoche in Braunschweig. Termine in kleineren Strafverfahren und Bußgeldsachen müssen, soweit es geht, die Kollegen übernehmen. Mit den Mandanten werde ich persönlich sprechen, damit sich keiner zurückversetzt fühlt, als ein Mandant zweiter Klasse. Empfindlichkeiten sind ein gefährlich scharfes Schwert.

Dann habe ich mich um Tobby zu kümmern, und natürlich um Tom. Gut, dass ich mir wegen der Reifeprüfung als solcher bei Tobias keine Gedanken machen muss. Ich bin sicher, den Stresstest besteht er mit links. Aber wie kommt er nach Gelnhausen und von Gelnhausen nach Hörnow zurück? Wie kommt er zu Tom nach Frankfurt zum Malen (was er ›relaxen‹ nennt)? Wie zurück? Wie kann er mich, wenn es erforderlich ist, wann und wo erreichen? Und umgekehrt gilt dies natürlich auch! Wir haben da im Laufe der letzten Jahre eine gewisse Routine entwickelt.

Mein kleiner Großer weiß, dass ich an wichtigen Gerichtstagen das Handy im Hotelsafe lasse, weil ich in meiner Konzentration nicht gestört sein will. Er weiß mit dieser, meiner Marotte umzugehen.

Aber, Langer, bedenke, wir hatten noch niemals in unserer Familie ein Abitur zur selben Zeit wie Sitzungstermine in einem Strafprozess.

Gut, dass Tobby pflegeleicht ist. Er nennt es ›cool‹. ›Taxi‹ ist ein Wort, das er nicht besonders mag. Er bevorzugt ›kreativ‹ zu sein, das heißt, er aktiviert lieber Freunde und Bekannte, wenn er von A nach B muss. Katja zum Beispiel oder seinen Kumpel Nick. Ich werde mal sehen, ob ich ihm nicht doch einen unserer Referendare als Chauffeur schmackhaft machen kann. Wenigstens für die Fahrten nach Frankfurt – oder zu mindestens für den Transfer zum Bahnhof.

Zugegeben: Ich bin nervöser als Tobby, der in seiner jugendlichen Blauäugigkeit einfach meint:

»Vati, was soll schon schief gehen?«

Das ist leicht gesagt für einen, der die Schlaglöcher des Lebens noch nicht kennt!

Können eigentlich Väter auch an einem Gluckensyndrom leiden? Für meine Person scheint dies eine rein theoretische Frage zu sein.

Ich greife zum blauen Ordner und versuche mich abzulenken.

Juni 1184
Ein letztes Mal gemeinsam in Gelenhusen

Das schreckliche Unwetter ließ Friedrich und die Seinen früher als gedacht von Mainz abreisen.

Die Kaiserin, die die Anstrengungen des Hoftags und das fürchterliche Unglück, welches sie in größter Nähe hatte miterleben müssen, sichtlich mitgenommen hatten, brachten sie in einem größeren Boot vom Rhein über den Main die Kinz hinauf nach Gelenhusen. Die beiden Heinriche, der junge König und sein guter Freund, des Kaisers Enkel begleiteten sie auf dem kleinen Schiff flussaufwärts.

Die drei Friedriche, der Herrscher mit seinem Hof, der Herzog von Schwaben und der von Hausen, aber eilten auf ihren Pferden dem Boot geschwind voraus, um alles für eine fürsorgliche Aufnahme der Kaiserin in der Pfalz zu bereiten. Auch sollte Gela zügig vom Kommen Beatrixens unterrichtet werden und Gottfried vom breyden Bach genügend Zeit zur Vorbereitung der Pfalz finden.

Das Unwetter war wieder dem lieblichsten Maienwetter gewichen. Die Hänge der Hügel um das weite Tal von Gelenhusen leuchteten im frischen Grün, und viele Bäume und Büsche zeigten sich schon in blühenden Gewändern. Die Vögel zwitscherten mit neuer Lebenslust aus voller Brust.

Friedrich sah und hörte die Natur und hoffte inständig, sie möge auf seine Frau übergreifen und ihr neuen Lebensmut verleihen.

Bitte lasst sie mit Muhme Ajas Hilfe rasch genesen. Bitte.

Immer wieder wiederholte er, fast flehentlich, diese Bitte.

Als sie Gelenhusen endlich erreichten, hatten sie einen Tag Vorsprung erritten. Dies auch, weil das kleine Schiff mit der Geliebten an Bord kräftig gegen die Strömung ankämpfen musste; denn die widrigen Wetter des vergangenen Dienstags hatten die Fluten in den Flüssen heftig ansteigen lassen. Als dann Beatrixens Boot vor Ort anlegte, war alles für ihre Ankunft und ihren Aufenthalt in Gelenhusen aufs Beste bereitet.

Sie brachten die Kaiserin auf dem schnellsten Wege von der Lände fort zu ihrer Kemenate in der Pfalz. Die Menschen am Wege winken ihr voller Anteilnahme, aber leise, denn sie hatten vernommen, dass es Beatrix nicht wohl war.

*****

Sie blieben einen guten Monat in der Pfalz. Gela kümmerte sich rührend um die Erkrankte. Auch erreichte sie, wie auch immer sie es möglich machte, dass die Muhme eines Nachts durch den Stollen in der Burg bei der Kaiserin erschien. Das Wasser tropfte aus den Haarschlangen auf Ajas Kopf; denn schon hielt die Decke unter dem nördlichen Arm der Kinz nicht mehr das ganze Wasser des Flusses zurück. Beatrix aber hörte und sah die Muhme nicht. Ein fiebriger Schlaf warf sie auf ihrem Lager unruhig hin und her. Die Alte blickte auf sie, fühlte ihre feuchte Stirn und den rasenden Puls, sprach Unverständliches zu der Kranken hin und sagte dann zu Gela, die sie hergeholt hatte:

»Bete zu deinem einen Gott und zu allen Göttern, die hier sind, um Barmherzigkeit für die Ärmste. Sie hat dein Flehen verdient; denn sie hat nichts Unrechtes getan.«

Dann warf sie einen zornigen Blick hin zu Friedrich, der sie in der Kemenate erwartet hatte:

»Du, aber, schäme dich, Friedrich! Dein Stolz, deine Eitelkeit, das, was du dein Ansehen nennst, hat dich dein Mitgefühl für dein Weib und dein Respekt vor den Göttern vergessen lassen. Wenn es mir nicht gelingt, die guten Geister zu beschwichtigen, wird Traurigkeit in diesen Hallen Einzug halten. Bekämpfe deine Gedankenlosigkeit und Vergesslichkeit mit Nachdruck, wenn du nicht dauerhaft Pein auf die Deinen und dich laden willst!«

Dann wand sich Aja wieder Gela zu:

»Wenn die Sonne Mittag zeigt, komm zu mir. Dann, so hoffe ich, kann ich dir etwas für ihre Heilung geben. Ob es allerdings dauerhaft hilft, hängt von der Festigkeit ihres Wunsches ab.«

Sie sprach es, warf noch einen bitteren Blick in Friedrichs Richtung und war verschwunden.

Gela aber sagte zu dem Mann, den sie liebte:

»Friedrich, nimm ihre Worte ernst, sehr ernst. Geh in dich und bete inniglich, auf dass Ajas Hoffung wahr werde.«

Der Kaiser spürte, wie Schuldgefühl nach seinem Herzen griff, und er versprach es Gela auf die Hand.

*****

Am Morgen darauf, nachdem sie zusammen mit Beatrix und Friedrich gebetet und das Morgenbrot geteilt hatte, stieg Gela durch die Pforte in der nördlichen Außenwand der Burg hinab in den Gang. Sie hörte und spürte die Wassertropfen, die rege für ein knappes Stück ihres Weges von der Stollendecke fielen und gereizt aufzischten, wenn sie die Flamme ihrer Fackel trafen.

Doch an diesem Tag ängstigten sie die Frau nicht. Sie vertraute Gott, der ihr Werk der wahren Nächstenliebe gewisslich gut hieß. Und sie irrte sich nicht. Heil erreichte Gela das Rund der Nische, in der ihr junges Ebenbild aus Stein stand und in deren Nähe die Muhme sie erwartete.

»Du bist vor der Zeit, Gela. Nichts anderes habe ich von dir erwartet. Doch, noch musst du dich gedulden. Der Sud, von dem du Beatrix viermal am Tag drei Schluck trinken lassen sollst, benötigt eine weitere gute Stunde zum Reifen, soll er, vielleicht, zur ihrer Gesundung führen. Die beiden Äste hier, du kennst Geschwister davon schon von Friedrichs Feuerqualen, sind erst für die Zeit nach dem Trank bestimmt.«

Auch, wenn sie es durch den Schein der Fackeln nur ahnen konnte, wusste Gela, dass die Alte sie bei ihren Worten streng ansah.

»Ja, ehrwürdige Muhme, ich werde es sorgfältig beherzigen. Auch werde ich Beatrix nach deinen Worten instruieren.«

Sie hörte Aja aufseufzen.

»Mögen die Götter ihr die notwendige Kraft und Vernunft verleihen – auch für das rechte Maß an Mutterliebe, die leider jederzeit bereit ist, nicht auf den eigenen Verstand zu hören. Gela, es schadet wahrlich nicht, wenn du deinen Gott herzlich bittest, Beatrix vor Unvernunft zu schützen. Doch fürchte ich, dass alle Götter dieser Welt gegen Unvernunft und Mutterliebe vergebens ankämpfen.«

»Ich bete und werde es mehr noch für Beatrix tun. Ich verspreche es Euch, ehrwürdige Mutter Aja.«

Gela, die nun selbst auch schon in ihrem dreiundfünfzigsten Lebensjahr stand und mehrfache Großmutter war, fühlte sich in Gegenwart der Alten stets wie das junge Mädchen, das einst der Muhme von seiner eigenen Großmutter vorgestellt worden war. So mächtig war die Präsenz der Alten. Die schien ihre Gedanken lesen zu können, denn sie sprach:

»Du musst dich deiner nicht schämen, Gela. Du ruhest fest in dir. Glaubst an deinen Gott, weißt eine gesunde Familie dein eigen, die noch lange Jahre viel erreichen wird und stehst treu zu dem Mann, dem deine Liebe lange schon gehört. Wem, wenn nicht dir, könnte ich Beatrixens Heilung anvertrauen?

Doch, wie ein jeder Mensch, so hat auch sie ihr Schicksal allein zu tragen. Du tust, was du kannst. Der Sud, in dem Gefäß, was ich dir nunmehr gebe, reicht für eine Woche. Dann komm hierher zu mir. Ich werde dir neuen geben. Fünf Wochen sollten wohl genügen.

Beatrix kann sich glücklich heißen, so eine Freundin wie dich zu besitzen. Ich hoffe sehr, sie weiß es wohl zu schätzen.«

*****

So geschah es. Zwar schüttelte sich Beatrix stets aufs Neue, wenn sie den bitteren Sud auf ihre Zunge spürte, aber sie schluckte ihn gehorsam. Am Ende der ersten Woche stieg das Fieber nicht weiter. Als die zweite Woche sich neigte, war ihr Blick klar und der Atem ruhig. Nach der dritten Woche stand die Kaiserin auf und stieg zum Gebet hoch in die Kapelle der Pfalz und anschließend bat sie ihr Lieblingspferd zu satteln und ritt gemeinsam mit Kaiser und König Heinrich rund um die Insel. Danach aber wurde sie auffallend still und Trauer lag in ihrem Blick. Doch sie schwieg über die Gründe ihres Traurigseins und schluckte auch in der vierten Woche die bittere Medizin.

Der Kaiser und ihre Söhne wie auch Gela glaubten, dass Beatrix schon wehmütig an das baldige Ende der schönen Tage hier in Gelenhusen dachte, das rasch näher rückte. Heinrich VI., den Friedrich I. nach der Schwertleite zu seinem Mitregenten gemacht hatte, zog es nach Polen, um die dort herrschenden Zustände im Sinne des Reiches zu regeln. Das gelang ihm ohne jegliche Waffengewalt, weil Herzog Kasimir II., der Gerechte genannt, bereitwillig den Huldigungseid an den Kaiser leistete.

Kaiser Friedrich verhandelte erfolgreich mit dem normannischen König von Sizilien, dem dreißigjährigen Wilhelm II., über eine Vermählung von dessen gleichaltriger Tante Konstanze mit Heinrich VI. Da Wilhelms Ehe mit Johanna, einer Tochter des englischen Königs Heinrich II. Plantagenet, kinderlos war, wurde der Anspruch Konstanzes auf Sizilien im Ehevertrag festgeschrieben. Die Vision eines Reiches von der Ostsee bis zum Mittelmeer zog den Kaiser schier unwiderstehlich nach Italien.

*****

Als Gela aber das fünfte Gefäß mit Ajas Sud brachte, fand sie Beatrix Kemenate leer. Auf einer Wachstafel standen die Worte:

Verzeih mir, Gela! Die Sehnsucht nach meinen Töchtern treibt mich nach Burgund. Die Männer brauchen mich nimmer mehr. Die beiden Ästlein trage ich bei mir.

In Liebe, Deine Schwester im Herzen, Dir und Deiner Muhme gilt all meine Dankbarkeit

Beatrix

*****

Oh, Beatrix, hättest du nur auf deinen Verstand gehört, und nicht allein auf dein Herz! Die Muhme hat's geahnt.

Die Reise nach Burgund war zu hastig angetreten, viel zu früh begonnen. Der Weg für deinen immer noch kranken Körper war viel zu lang und zu beschwerlich.

Als Beatrix ihr Ziel in Joule erreicht, ist sie müde und schwach. Doch ihre Freude die Töchter zu sehen, sie zu herzen, hält sie aufrecht. Sie drückt voll Glück die Kinder an sich, küsst Gisela und Agnes inniglich, nicht wissend, dass sie damit das in ihr wieder brodelnde Gift weitergibt.

Als sie es merkt, ist es zu spät. Der Saft in den beiden Ästen, von denen sie Gisela kauen und Agnes als fein gemahlenen Brei schlucken lässt, verzögert nur, ist aber, um hilfreich zu sein, viel zu schwach.

Noch flackern die Lebenslichter.

Frankfurt am Main, 11. März 2018
Langer erzählt

Den heutigen Sonntag haben wir zu dritt in Frankfurt verbracht. Eigentlich waren wir zu viert, weil Dennis, einer der Betreuer von Tom sich auch in der Wursthofgasse aufhielt. Ein sehr diskreter junger Mann. Tom kann gut mit ihm. Das ist die Hauptsache.

Morgen muss ich wieder nach Braunschweig düsen. Am Dienstag werden dort die ersten Zeugen vernommen. Dienstag, das heißt auch Deutsch-Abitur für Tobby. Er tut so, als würde ihn seine Reifeprüfung überhaupt nicht berühren.

»Heute ist Sonntag. Und da sind Opa und ich kreativ«, sagte er.

Tom aber war heute etwas angefressen. Ein für ihn höchst ungewöhnlicher Zustand. Was war der Grund für seine bedrückte Laune? Wie ich ihm mühsam aus der Nase zog, war er sehr enttäuscht von der fehlenden Resonanz auf sein Gemälde von Mona. In allen großen Tageszeitungen war das Gemälde unübersehbar abgedruckt worden, oft noch mit sehr einfühlsamen Begleittexten. Die Kunstbranche hielt zusammen. Es war ein auffallend schönes und zutreffendes Werk. Höchst realistisch. Die blauen Augen sprühten vor Temperament und Energie. Die Mundwinkel schienen zu zucken, als wollten sie den Beschauer auf eine ihrer ansteckenden tiefen Lachsalven vorbereiten. Die markante Kerbe in ihrer Unterlippe.

Das Portrait hing im Wintergarten an der Wand rechts neben der Tür zu Toms Wohnung. Wenn ich hinblickte, musste ich unwillkürlich lächeln. Doch die Resonanz auf all die Veröffentlichungen war gleich Null geblieben. Ein paar der üblichen Wichtigtuer hatten sich gemeldet. Kein einziger brauchbarer Hinweis auf den Verbleib meiner Frau war darunter. Mir jedenfalls war keiner bekannt geworden. Kaufinteressenten? Ja, die gab es. Etliche. Doch das Gemälde war auf immer und ewig unverkäuflich.

Ich versuchte Tom aufzumuntern.

»Unweit meines Hotels in Braunschweig befinden sich in der Winterstraße das Verwaltungs- und das Sozialgericht in einem Gebäude. In dem Haus wurde vor einem Vierteljahrtausend einem gewissen Carl Friedrich Gauß das Leben gerettet.«

»Der viel gepriesene Fürst der Mathematik!«, warf Tobby ein. Er war etwas schwer zu verstehen, weil er gerade einen Pinsel zwischen Oberlippe und Nase eingeklemmt hatte. »Ein Phänomen, der Mann. Ein lebender Computer mit vollem Speicher in Sachen Mathematik, Physik, Astronomie und dergleichen. Was hat er denn gehabt?«

»Eigentlich nichts, soviel ich weiß. In dem Gebäude, in dem heute Gerichte Recht sprechen, befand sich vor zweihundertfünfzig Jahren ein Armenkrankenhaus. In dem wurde im Jahre 1780 der dreijährige Carl wiederbelebt, nachdem er in einen offenen Kanal gefallen war und darin fast ertrunken wäre.«

»Wissen lohnt!«, meldete sich Tom zu Wort. »Hat mein Vater zu uns Kindern immer mit drohend erhobenem Zeigefinger gesagt. Seitdem weiß ich, dass der Rechenkünstler Gauß aus bitterarmem Haus stammte. Sein Vater war Hilfsarbeiter, die Mutter Magd. Der Kleine hat seine Karriere einem faulen Volksschullehrer zu verdanken. Der Mann dachte einmal, er könne sich den Unterricht bequem machen, indem er seinen Schülern aufgab, die Zahlen eins bis hundert zu addieren. Dann setzte er sich hinter sein Pult, nahm den Schmöker zur Hand, den er gerade zu lesen gedachte, da meldete sich der zehnjährige Carl Gauss und sagte:

›Fünftausendundfünfzig.‹

Die Antwort war richtig, der Lehrer baff.

Die Rechenfertigkeit vom kleinen Gauß fiel auf. Gegen den Widerstand seines Vaters, der nichts Besseres in der Familie wollte, wurde Carl dem Herzog von Braunschweig vorgestellt, der höchst beeindruckt, ihn bis zu seinem dreißigsten Lebensjahr finanzierte. Da war Carl Friedrich Gauß schon Professor an der Universität in Göttingen.

Was ihr eben gehört habt, ist das Ergebnis einer Gehirnwäsche in der Kindheit. ›Wissen lohnt!‹ Dabei wollte ich doch immer nur eins: Malen.

Geworden bin ich ein Beamter am Hessischen Landeskriminalamt, der seine Kollegen mit der Behauptung genervt hat: ›Wissen lohnt!‹«

Auch ich war baff! So viel und so lange hatte ich Tom schon seit einer halben Ewigkeit nicht mehr reden hören. Aber seine Stimmung war anschließend wieder besser.

Am Abend haben Tobby und ich Tom und Dennis allein gelassen. Ich habe meinen Sohn zu seiner Wohnung nach Hörnow gebracht, ihm alles Glück der Erde für den nächsten Tag und noch einen schönen Abend gewünscht und bin dann zurück nach Gelnhausen gefahren.

Oben auf der Dürich habe ich meinen Koffer gepackt und vor dem Schlafengehen noch ein Kapitel in Tante Connys Ordner gelesen. Die mir bereits bekannten Seiten legte ich in die Nachttischschublade. Den schmalen Blätter-Stapel mir noch fremden Inhalts packte ich in meinen Aktenkoffer. Lesestoff für einsame Abende in Braunschweig. Vielleicht hätte ich sie besser zum Teil in Gelnhausen gelassen.

Gela erhält ein Paket mit Petschaft November 1184

Es war an einem frischen Tag Mitte November, die Rösser schnaubten schon weiße Fahnen, da brachte ein Bote ein längliches Etwas, das in ein Wolfsfell verpackt und mit breiten Bändern verschnürt war, an denen eine schweres Siegel hing, zum Kloster nach Meerholz.

»Für die Hochwohlgeborene, Schwester Angela Edle von Selboldt, ganz persönlich«, sagte der Bote zur Schwester Pförtnerin mit französischem Akzent.

Die rief Gela, welche auch sogleich kam. Sie sah das kaiserliche Siegel, entlohnte den Boten großzügig und bat die Schwester Pförtnerin dafür Sorge zu tragen, dass der Mann, der aus dem fernen Burgund nur hierher geritten war, um ihr das Bündel zu bringen, ordentlich verköstigt werde.

Gela selbst nimmt das flauschige Paket an sich und zieht sich damit unverzüglich in ihre Klause zurück. Es scheint fast, als würde sie flüchten, um sich ja ungestört dem Bündel widmen zu können. Sie ist neugierig auf dessen Inhalt und unruhig zugleich. Was hat der dringliche Transport zu bedeuten?

In dem Fell findet Gela ein Schreiben der Kaiserin. Wie gut, dass sie das Schreiben und Lesen gelernt hat. Damals, nachdem ihr Hildegard von Bingen beim Abschied die Wachstafel gegeben hat, die mit den lieben Grußworten.

Das hat mich angespornt, selber des Schreibens und Lesens mächtig zu werden und nicht nur immer abhängig zu sein von fremden Schreibkundigen. Meine ersten eigenen Sätze habe ich dann natürlich aus Dankbarkeit Mutter Hildegard gewidmet.

Jetzt liest sie, was die Kaiserin ihr geschrieben hat in großen, ein wenig wackeligen Buchstaben. Sie liest es mit zunehmender Erschütterung und Rührung:

Gela, Schwester im HErrn, liebe Freundin,

weil es denn an der Zeit ist, denn ich spüre es eindringlich, dass unser aller gütiger HErr so gnädiglich sein wird, mich bald zu sich zu rufen, damit ich zusammen mit meiner jüngsten Tochter Agnes, die so jung schon das Himmelreich erblicken darf, die Grablege erhalte. Ja, sie ist jetzt auch gegangen, sobald nach ihrer Schwester Gisela.

Liebste Freundin, ich schicke dir meinen Stock aus Eichenholz mit Griff, in den ich in silbernem Band ein Knöchelein von den drei Magiern aus dem Morgenland habe einlegen lassen. Ich habe den Stock im letzten Jahr nutzen müssen, als mir Kopf und Körper zu zittern begannen und mir deshalb das Gehen schwer gefallen ist. Von der Heiligen Knöchelein habe ich mir Hilfe und Stütze erbeten. Und siehe da, das Gehen ist mir tatsächlich leichter worden. (Du hast nunmehr zweierlei Knöchelchen von den Heiligen, weil ich dir doch vor zwanzig Jahr schon eins gegeben. Da solltest du jetzt wohl richtig hüpfen und tanzen können.)

Nun aber werde ich weder Stock noch Bein mehr nötig haben, weil ich wohl sehr bald als ein Engelein fliegen und schweben werd. Du aber wirst von ihm, dem Stock, ich bete drum, niemals oder wenigstens noch recht lange nicht Gebrauch machen müssen. Vielleicht kennst du jemanden, der dir nahe steht und der ihn inzwischen benötigt. Ansonsten bewahre ihn bitte in meinem Gedenken, und wenn du meiner gedenkst bei Nacht, dann kannst du mit ihm zum Himmel deuten. Er wird *dir dann den Stern weisen, von dem aus ich zu dir gen Gelenhusen schaue und dich grüße.*

Gela, einen herzlichen Wunsch habe ich noch: Bitte bleib dem Kaiser gnädig. Er hat dich tief in sein Herz geschlossen, so wie ich auch, und leidet, weil er vermeint, du mögest ihn nimmer. Weiß ich doch, dass dies nicht wahr ist. So wie er uns beide auf seine Weise liebt, so lieben wir beide ihn gleichermaßen treu und inniglich. Verzeih ihm und zeig ihm, dass du ihm gut bist.

Gott sei mit dir, geliebte Schwester, bis wir uns eines Tages im Himmelreich wieder herzen und miteinander schwatzen können. Ich freue mich drauf.

Beatrix,
Kaiserin und Königin und Freundin

Gela bekreuzigt sich mehrmals und nickt dabei heftig; so fest, dass ihre Tränen über das ganze Schreiben tropfen. Sobald es die aufgewühlten Gefühle ihr gestatten, schwört sie, den tränenverschleierten Blick fest auf das Kruzifix gerichtet, das vor ihr an der schmalen Stirnseite ihrer Kammer hängt:

»Ja, Beatrix, meine kaiserliche Schwester, ich werde es tun. Unser Vater im Himmel, er möge dich in seine Arme nehmen und dir seine ganze Gnade schenken.

In alle Ewigkeit. Amen.«

*****

Am selben Tag, dem fünfzehnten November im Jahre des HErrn 1184, verstirbt in der Benediktiner-Priorei in Jouhe bei Dole Beatrix, deutsch-römische Kaiserin und Königin von Burgund, die Ehefrau Kaiser Friedrichs I., genannt Barbarossa. Auf ihrem Bett liegt ein einzelnes Blatt Pergament, gerollt und mit ihrem kaiserlichen Siegel.

Für Heinrich VI., meinen ältesten lebenden Sohn

ist es handschriftlich adressiert.

Meinem Gemahl, Kaiser und König Friedrich I. Barbarossa, habe ich Beatrix, römisch-deutsche Kaiserin, Königin von Deutschland, Italien und Burgund mit der Gnade Gottes elf Kinder geboren. Sechs davon durfte ich während meinem irdischen Leben wieder in die Hände unseres allmächtigen Vaters zurückgeben: Beatrix, Friedrich, Gisela, Rainald, Wilhelm und Agnes.

Dich, Heinrich, römisch-deutscher König, bitte ich, sorge dich um deinen Vater und deine Geschwister Friedrich, Otto, Konrad und Philipp, so lange sie und du gemeinsam auf Erden weilen. Der HErr wird dich dafür segnen.

Votre maman

Beatrix

Ergänzung zum letzten Schreiben von Beatrix

Martin,

bald nach ihrem Tode wurde Beatrix nach Speyer überführt und dort Ende November 1184 im Königschor des Kaiserdoms bestattet.

Nach Umbettung zu Beginn des Zwanzigsten Jahrhunderts ruht sie nun in der neugeschaffenen Krypta des Domes zu Speyer in einem Doppelgrab zusammen mit ihrer ebenfalls im Jahr 1184 verstorbenen Tochter Agnes neben dem Einzelgrab ihres Sohnes Philipp von Schwaben, der, einunddreißigjährig, als römisch-deutscher König im Jahre des HErrn 1208 in Bayreuth ermordet wurde.

Conny

Hörnow, 13. März 2018
Wo bleibt Nick?

Tobias Langer kommt aus dem Schulgebäude in Hörnow. Heute war der zweite seiner Abi-Prüfungstage. Fach: Deutsch. Es ist prima gelaufen. Er hat unerhört viel Glück gehabt.

Mehr als verdient! Ein Thema aus Goethes ›Faust‹. Vati wird es freuen, das zu hören, denkt er. *Oder besser, ich tippe ihm rasch noch eine E-Mail, bevor Nick kommt. Dann weiß er auch, dass ich zum Relaxen morgen bei Opa bin und dort male.*

Tobias schreibt seine E-Mail. Und sieht Nick kommen.

Autsch, denkt er, *Nick hat die Mathe-Arbeit wohl nicht so gefallen. Er sieht angefressen aus.*

Tobias nimmt sich vor, den Freund während der anschließenden Fahrt wieder aufzubauen.

Er hat es verdient, sagt er sich, *dass ich mich um ihn bemühe. Nicht nur, weil er mich nach Gelnhausen fährt.*

Nick hat ihn entdeckt, und sein Gesicht beginnt zu strahlen.

Gott sei Dank! Offensichtlich habe ich mich getäuscht.

Tobias muss den Freund gar nicht fragen, wie es ihm ergangen ist; denn aus ihm sprudelt es gleich von alleine heraus:

»Tob, abgesehen davon, dass ich mir die letzte Aufgabe nicht mehr durchlesen konnte, was scheiße ist, lief alles bestens. Es gibt Tage, da gelingt einfach alles. Tage, die schöner nicht sein können. Heute ist so einer. Klasse.«

Dann gibt er Tobias einen freundschaftlichen Schubs:

»Auf, Alter! Barbarossa wartet auf dich!«

So ist er, der liebe Nick, freut sich Tobias für seinen Kumpel. *In seinem Glück denkt er gleich wieder an mich. Typisch für ihn! Mit so einem Menschen mag man einfach befreundet sein!*

Dann bittet ihn sein bester Klassenkumpel, unmittelbar vor dem Haupteingang des Gymnasiums zu warten, während er drei Straßenecken weiter sein dort geparktes Auto holen will. Nick ist stolz wie Bolle; denn er hat bereits mit gerade siebzehn den Führerschein machen dürfen. Das mit »stolz wie Bolle« hat er von seinem Berliner Opa aufgeschnappt.

»Es klingt gut!«, meint er.

Und jetzt hat er auch schon ein eigenes Fahrzeug, einen knallroten Audi A1. Ursprünglich ist es das Fahrzeug seiner Mutter gewesen, die aber hat es an ihn weitergegeben, als sie endlich den von ihr lang ersehnten silberfarbenen SUV von ihrem Mann zum Geburtstag geschenkt bekommen hat.

»Mein Alter hat sich alles erarbeitet, alles an seiner Firma, auf die er so stolz ist. Kann ich verstehen. Deshalb weiß er, was Geld bedeutet. Manchmal kommt er ein wenig knickerig daher. Ist er aber eigentlich gar nicht. Er braucht halt ein wenig länger, bis er rüberkommt. Herzensgut, der Alte. Siehst du ja an meinem Flitzer, Buddy Tob.«

Nick ist begeistert von seinem kleinen Roten. Der macht was her. Aber er ist auch recht spritzig. Wenn Nick ehrlich ist zu sich selber, dann ist der kleine Rote fast ein wenig zu spritzig für ihn, besonders beim Anfahren und Einparken. Da hat er noch echt Manschetten, wenn der Audi beim leichtesten Gasgeben kraftvoll anspringt. Aus diesem Grunde sucht er morgens vor Schulbeginn immer nach einem Parkplatz, der leicht anzufahren ist und nicht zugeparkt werden kann.

Das erzählt er natürlich keinem, auch Tobias nicht, seinem Buddy. Der ist zwar ein guter Kumpel, aber wissen muss er trotzdem nicht alles. Was würde er wohl sagen, wenn er wüsste, dass er, Nick, sein Auto auf einem Stellplatz für behinderte Besucher auf dem Parkplatz vor dem Hörnower Nordfriedhof abstellt? Gleich neben dem mächtigen grünen Abfallcontainer. In einem so großen Abstand dazu, dass er unbeschwert einsteigen und ausparken kann. Nee, er will es gar nicht wissen! Auch vor guten Freunden darf man Geheimnisse haben. Logo, sonst wären es ja keine Geheimnisse.

Sicher würde Nick aber die Tatsache interessieren, dass jemand sein geheimes Parkplatzwissen mit ihm teilt. Seit mehreren Tagen sorgt dieser Jemand morgens vor Schulbeginn dafür, dass sein Lieblingsparkplatz vor dem Friedhof für ihn frei bleibt, und folgt ihm nach Schulende, wenn er sich von Tobias Langer getrennt hat, wieder zu seinem Auto. Nachmittags zwischen zwei und drei Uhr, wenn der typische Friedhofsbesucher daheim sein Mittagsschläfchen hält, steht der rote Wagen meist allein da – in gebührendem Abstand zu dem verschrammten grünen Container.

An diesem Nachmittag schlägt der Jemand zu. Mit einer stählernen Brechstange. Wuchtig. Nick bekommt davon nichts mit. Er ist sofort tot. Sein Leichnam wird in den Container zu den Friedhofabfällen – verwelkten Blumen, Unkraut, Kranzteilen, Tonscherben – entsorgt. Und flüchtig damit bedeckt. Ob dem Jemand bewusst ist, wie makaber sein schmutziges Geschäft ist?

All dies geschieht, während Tobias Langer an der Bordsteinkante vor der Schule steht, sich in Gedanken ausmalt, wie er die gewünschte Spannung im Hintergrund des neuen Gelnhausen-Gemäldes schaffen kann, und auf Freund Nick wartet. Der Platz vor der Schule ist mittlerweile so gut wie leer. Die Eben-noch-Horde lärmender Schüler hat sich in Nichts aufgelöst.

Na ja, korrigiert sich Tobias, *noch bin ich da!*

Dann sieht er den roten Flitzer seines Freundes kommen. Mit erstaunlichem Schwung.

Was ist denn da passiert? fragt sich Tobias. *Nick fährt doch sonst viel vorsichtiger! Weil er Schiss hat, seinem geliebten Roten könnte etwas passieren.*

Das Fahrzeug hält vor ihm. Ein junger Mann – die burgunderfarbene Krawatte passt farblich sehr zu dem anthrazitfarbenen Anzug. Das goldene Kettchen an seinem linken Handgelenk allerdings weniger, notiert Tobias spontan. Angeber. Typ: Reicher Schnösel – springt aus dem Auto.

»Bist du Tobias Schlosser?«

»Ja. Ist was mit Nick?«

»Nein. Aber mit seinem Vater. Nick wurde eben von seiner Mutter abgefangen, mit der ich unterwegs war. Sie fahren nun ins Krankenhaus. Nick hat mich gebeten, dich schnell nach Gelnhausen oder nach Frankfurt zu bringen. Wohin du willst. Ich muss dann wieder hier nach Hörnow zum Krankenhaus zurück. Komm, spring rein. Schaffst du es allein?«

»Klar. So klein bin ich jetzt auch wieder nicht!«, verwahrt sich Tobias.

»Ich muss nach Gelnhausen. Danke.«

Er verstaut seinen Rucksack auf der Rückbank und klettert dann auf den Beifahrersitz. Kaum sitzt er, schon nimmt der Audi Fahrt auf.

»Darf ich fragen, wer Sie sind?«, erkundigt er sich höflich bei dem Fahrer.

»Klar doch. Ich bin Andreas, ein ... ein ... Freund der Familie ... äh ...«

Der andere stockt kurz, bevor er hastig weiterspricht:

»Frag mich nicht, was mit Nicks Vater los ist. Wohl ein Unfall. Nicks Mutter war vorhin total aufgelöst. So durch den Wind habe ich sie noch nicht erlebt.«

Tobias hat sehr wohl mitbekommen, dass der Fahrer den Nachnamen von Nicks Familie nicht genannt hat, die Nolson heißt, und versucht hat, seine Schwäche zu überspielen. Er lässt sich nichts anmerken.

»Das klingt sehr übel!«, sagt er und denkt:

Wie gut, dass die meisten Leute meinen, kleine Menschen seien doof! Irgendetwas stinkt hier! Ganz fürchterlich! Warum weiß er den Namen der Nolsons nicht? Oder tut er nur so? Was geht hier ab?

Und dann erschrickt er, als ihn der Gedanke überfällt:

Werde ich etwa entführt? Was kann ich tun? Wie komme ich hier raus?

Viel weiter kommt Tobias Langer nicht mit seinen Überlegungen; denn inzwischen haben sie das Stadtgebiet von Hörnow verlassen.

Tobias speichert ab: *Dunkelbraune Haare, kurzgeschnitten. Braune Augen. Das linke ist leicht entzündet. Vielleicht Ende zwanzig. Und grob geschätzt ein Meter achtzig groß. Die Kleidung ist klar. Ach ja, weiße Sneakers mit den bekannten drei Streifen trägt er.*

Der Fahrer vermindert die Geschwindigkeit des Autos und fährt an den Straßenrand.

»Entschuldige«, sagt er, »ich muss mal kurz telefonieren.«

Der junge Mann greift in seine Jackentasche, sein Handy scheint in der Innentasche verklemmt zu sein; denn der, der sich Andreas genannt hat, muss ein paar Mal ruckeln, bevor er es herausziehen kann, bemerkt Tobias. Doch dann sieht er ... weiß und erschrickt gewaltig.

Da ist kein Handy!

Sondern, das ist Watte, die fest auf sein Gesicht gepresst wird, süßlich stinkt, und dann verliert er das Bewusstsein.

Frankfurt, am selben Abend
Herr Nelke plant eine Überraschung

Gerade habe ich Fabiu, meinen Neffen, zum Flughafen gebracht. Frau Schlosser, so heißt sie für ihn, will zurück nach Rumänien. Die Frau hat Ideen, aber keine Vorstellungen von der Wirklichkeit. Zumindest manchmal.

Würde er sie wirklich zurück nach Sibiu, gar in sein Dorf namens Gela in Siebenbürgen bringen, dann wäre das ihr Ende. Die Sinti-Weiber können zu Hyänen werden. Bei dem Hass, den sie auf die Deutsche haben.

Das würde Monika nicht überleben. Dabei hat sie nichts anderes gemacht, als die Wahrheit zu sagen. Und der selbsternannte Kaiser der Kalderasch, dessen Sohn Iulian jetzt ... mit meiner Hilfe, wie er sicher annehmen wird ... hier in Frankfurt in U-Haft sitzt, würde sie noch heftig anstacheln.

Dass er nicht der Hellste war, der Iulian, hatte ich bald gemerkt. War auch nicht schwer. Dass er allerdings so blöd sein würde, wie er sich dann gegeben hat, war selbst für mich unvorhersehbar. Gewiss, ich habe es ein wenig gehofft, als ich die Weiber auf ihn angesetzt habe. Sie sollten ihn aushorchen. Ich benötigte dringend Material für die Strafanzeige gegen ihn. Die anderen Männer haben selbst im Knast dicht gehalten. Sie hatten wohl, und das nicht unberechtigt, Angst um ihre Familien in Rumänien.

Aber dass er so dumm war, beiden Frauen im Bett haargenau zu erzählen, was für ein toller Typ er ist. Beiden Frauen, jeder allein, auch noch die letzte Frage zu beantworten. Ja, die Mädels können schon zu einem Mann bewundernd hochschauen. Da sind sie gut drin. Dass aber ein Mann zwei Frauen, getrennt, alles, fast wortgetreu erzählt, was er mit mir angestellt hat, um mich reinzulegen. Ihre Fragen beantwortet, dieselben Fragen ohne misstrauisch zu werden, das ist schon ein Kamikaze-Kunststück sondergleichen.

Mein Verteidiger hat auch nur mit dem Kopf geschüttelt, als er Abschriften der Tonbänder gelesen hat. Hören wollte er sie nicht. Auch die Videos wollte er nicht sehen. Ordentlich von einem Notar beglaubigt waren sie, die Aussagen der beiden Frauen. Die Aussagen liegen jetzt bei der Staatsanwaltschaft. Natürlich habe ich Kopien. Man weiß ja nie.

Zwar hat mein Anwalt die Einstellungsverfügung noch nicht erhalten, aber das gegen mich laufende Verfahren ist erledigt. Als Zeuge muss ich irgendwann vielleicht noch vor Gericht aussagen, wenn der dumme Junge nicht vorher gesteht. Alles gut.

Also nach Rumänien kann Monika Schlosser nicht zurück. Muss sie aber jetzt noch nicht wissen. Ich habe etwas viel Besseres vor. Da freue ich mich schon drauf.

Zunächst muss ich aber dafür sorgen, dass ihr Reisepass verlängert beziehungsweise ein neuer für sie, auf welchen Namen auch immer, ausgestellt wird.

Was für ein Zirkus!

Irgendwo, 13. März 2018
Tobias Langer im Dunkel

Als Tobias Langer wieder zu sich kommt, ist alles dunkel um ihn. Tiefschwarz. Er fühlt sich benommen.

Es riecht modrig und nach feuchter Erde. Nicht unangenehm. Anders, denkt Tobias, bevor er merkt, dass er sich nicht bewegen kann. Kaum. Die Hände, den Kopf. Auch die Beine kann er etwas anziehen. Nur wenig. Er tastet um sich. Rau. Fest. Es fühlt sich an wie Holz.

Aber kalt.

Jetzt spürt Tobias den Schmerz. Er liegt auf seiner linken Körperseite. Hockend. Embryonalhaltung. Er kann seine Beine weder strecken noch einzeln bewegen. Überall stößt er auf Widerstand. Holz. Zudem sind sie verschnürt. Eingeschlafen. Kribbelnder Schmerz. Auch der linke Arm, auf dem er liegt. Auf den Rücken gebunden. Der rechte Arm dagegen ist nicht gefesselt. Frei. Er tastet mit der Hand vor sich, um sich. Stößt einen Gegenstand um. Der rollt auf ihn zu. Der Form nach eine Flasche. Er hebt sie leicht an.

Voll. Mit was?

Auch die linke Hand kann er bewegen. Ein wenig. Wie ein Scheibenwischer. Auto. Da fällt es ihm wieder ein:

Der Andreas hat mich betäubt. Das Handy war aus Watte. Narkose. Der hat mich betäubt und entführt.

Wo bin ich? fragt sich Tobias und Angst steigt in ihm auf, vertreibt für den Augenblick den Schmerz aus seinem Bewusstsein. Holz. Erdgeruch.

Er schreit laut auf. Ungewollt. Angst hat ihn aufschreien lassen. Es klingt dumpf. Krächzend. Sein Hals ist trocken. Die Narkose. Sein Kopf sagt:

Bist du vergraben worden? In einer kleinen Kiste?

Warum?

Wer?

Wo bin ich?

Wieder ruft er: »Hallo«.

Er schreit es.

Dumpf hallt es. Das kann keiner hören.

Da! Eine Idee. Tobias ergreift die volle Flasche mit seiner rechten Hand und schlägt damit gegen das Holz. Wieder und immer wieder. Er kann nicht weit ausholen. Dafür ist kein Raum. Das Geräusch, das sein Schlagen auslöst, bleibt dumpf, schwach, ohne Hall. Jetzt weiß er:

Was ich befürchtet habe, ist wahr. Ich bin vergraben worden.

Er kann es nicht verhindern. Er muss weinen. Er mag nicht hilflos sein.

Es ist nicht nur Verzweiflung und Angst, die ihn weinen lassen. Nein, noch ist es mehr Wut auf sich selber. Wie konnte er nur so dämlich sein, auf diesen Kerl hereinzufallen?

Ich könnte mir vor Wut in den Hintern beißen.

Und dann schießt ihm ein anderer Gedanke durch den Kopf:

Wenn ich begraben bin. Wieso ist dann die Luft in der Kiste noch so frisch?

Tobias hat eine Aufgabe. Das lenkt ihn ab von der ausweglosen Situation, in der er sich befindet.

Wenn hier irgendwo irgendwie Luft in die Kiste geleitet wird, dann bedeutet das doch auch, dass mir der Täter gar nicht ans Leben will, sondern er will, zumindest erst einmal, nur Geld oder so was. Solange ich hier gefesselt und vergraben bin, dann kann er das, was er will, nur von Vati oder Opa bekommen. Das heißt aber, er muss sich mit den beiden in Verbindung setzen. Und ... Tobias atmete tief durch, ... *dann geht es ihm an den Kragen. Mit Vati und Opa ist da nicht gut Kirschen essen!*

Der Gedanke beruhigt ihn ein wenig und gibt ihm Hoffnung.

Ich werde durchhalten. So lange ich kann.

Und Tobias findet einen Weg sich zu entspannen, abzulenken. Er denkt sich Gemälde aus, die er malen will. Nicht allein. Die Arbeitsteilung mit Opa. Die besondere Spannung in einem Werk, die von der Zusammenarbeit zweier Künstler ausgeht. Zwei Kunstrichtungen, zwei Persönlichkeiten, zwei gänzlich unterschiedliche Lebenserfahrungen, vereint in einer Harmonie, die auf Liebe, Verständnis und Verstehen beruht.

Ich kann Opa und Vati nicht im Stich lassen!

Ihm kommt der Song in den Sinn, der auf der Abi-Feier gespielt werden soll:

»Lazy Weekend« von ›Caught Up featuring Charlee‹. Und ein Refrain daraus: »All I want is somebody who take me out and lead me home.«

Tobias summt ihn mit.

Passt! Möchte ich echt auch! Jemand, der mich hier rausholt.

Tobias muss kichern. Aber sein Kichern schlägt bald um in ein heftiges Schluchzen.

Braunschweig, am selben Abend
Was ist geschehen?

Der Verhandlungstag vor der kleinen Strafkammer des Landgerichts in Braunschweig hatte sich lange hingezogen. Eine zähe Zeugenvernehmung. Doch der Vorsitzende Richter wollte sie unbedingt heute abschließen. Für übermorgen waren Sachverständige geladen. So kam es, dass mein Mitverteidiger, der Kollege aus Burgwedel, und ich erst gegen siebzehn Uhr in dem kleinen Restaurant am Hagenmarkt saßen und bei viel Kaffee und etwas Kuchen unser Vorgehen am Donnerstag besprachen. Draußen auf dem Brunnen stand in Überlebensgröße Heinrich der Löwe, der hier in der Stadt besonders verehrt wird. Dank Tante Connys blauem Ordner – und als Gelnhäuser sowieso – habe ich zu dem Herrn meine spezielle Meinung.

So gegen halb acht waren wir mit unseren Überlegungen durch. Den Kollegen zog es nach Hause. Und mir reichte es für den heutigen Tag auch. Ich zog mich auf mein Hotelzimmer zurück. Mein schwerer Aktenkoffer landete mit Schwung unter dem schmalen Schreibtisch, mein Sakko auf dem Bett. Dann, es war Routine, öffnete ich den im Kleiderschrank eingebauten kleinen Zimmersafe und holte mein Handy heraus. Ich gehe immer ohne diesen Quälgeist in längere Verhandlungstage. Telefonate, ja selbst dieses Geräusch, das den Eingang eines Anrufs, einer E-Mail oder sonst was vermeldet, stören meine Konzentration. Ich bin da eindeutig überholt oder, wie es auf Neudeutsch heißt ›out-of-date‹ im Vergleich zu den jungen Kollegen, die scheinbar im Dauerkontakt mit diesen Geräten stehen. Sie sprechen auch von ihren »Smartphones«. Ich bin beim »Handy« geblieben.

Auf dem Display sah ich, dass mir Tobby eine E-Mail geschrieben hatte, die ich gleich las. Ich freute mich mit ihm. Faust und Malen mit Tom. Das klang gut. *Morgen würde ich beide mal anrufen*, nahm ich mir vor.

Und dann hatte mich jemand mehrfach zu erreichen versucht. Die Nummer kam mir irgendwie bekannt vor. Ich konnte sie aber nicht zuordnen. Ich drückte die Anruftaste. Sofort meldete sich …

»Katja Helmer«

Ihre Stimme klang ganz aufgelöst:

»Herr Doktor Langer, danke, das Sie anrufen. Entschuldigen Sie, dass ich Sie störe. Kann ich bitte Tobias sprechen?«

»Du, Katja, Tobias ist nicht bei mir. Ich bin doch in Braunschweig. Tobby hat mir geschrieben, dass die Prüfung heute gut gelaufen ist und dass er nach Frankfurt wolle, um mit seinem Großvater zu malen. Kann ich dir irgendwie helfen?«

»Bei seinem Opa ist Tobi nicht. Da habe ich schon angerufen. Wir wollten doch heute Abend ins Kino …«

Katja fing heftig an zu weinen. Es tat mir durch das Handy in der Seele weh. Ich versuchte sie zu beruhigen.

»Du, Katja, bleib ruhig. Da liegt gewiss ein Missverständnis vor. Ich will mal was versuchen. Kann ich dich unter der Nummer erreichen?«

»Ja!« Sie schluchzte. »Herr Doktor ich habe so ein komisches Gefühl. Bitte helfen Sie mir.«

»Tu ich doch gern, Katja. Ich rufe dich gleich wieder an. Wo steckst du gerade?«

»Ich bin noch in der Kanzlei. Tobi wollte mich hier abholen.«

Das hätte ich mit einem Blick auf das Display des Telefons auch nicht wissen können. Es war ihre private Handynummer. Die Kleine schniefte hörbar. Sie tat mir arg leid.

»Bleib ruhig, Katja. Und in der Kanzlei. Ich rufe dich in ein paar Minuten zurück.«

Mir war auch seltsam zumute. Tobias war zuverlässig. Wenn er etwas versprach, dann hielt er es regelmäßig auch. Ich suchte mir die Telefonnummer von Nicks Eltern heraus und rief sie an. Ich hörte das Freizeichen. Dreimal. Viermal. Bevor es zum fünften Mal ertönte, nahm jemand das Gespräch an.

»Ja, bitte?«

Die Stimme war mir fremd. Ich meldete mich deshalb mit allen Ehrentiteln. Fast hätte ich auch noch ›Fachanwalt für Strafrecht‹ gesagt:

»Hier Rechtsanwalt Doktor Langer, mit wem spreche ich?«

»Oh, Herr Rechtsanwalt. Hier ist Kriminalhauptkommissar Brubock. ...«

Mir schwante, was jetzt kommen würde. Es kam anders. Der Polizeibeamte zögerte kurz, bevor er weitersprach:

»Rufen Sie aus einem bestimmten Grund an?«

Seltsame Frage. Warum sollte ich jemand grundlos anrufen. Irgendwas stimmte da nicht.

»Ja«, sagte ich, leicht genervt. »Ich wollte die Eheleute Nolson sprechen. Oder noch besser deren Sohn Nick. Und am besten meinen Sohn Tobias, wenn er sich im Hause Nolsons aufhält.«

Auf der andren Seite der Leitung hörte ich Stimmen. Eine laut, fast hysterisch. Eine Frauenstimme. Dann sagte ein Mann, es konnte Herr Nolson sein:

»Herr Doktor Langer, bitte kommen Sie zu uns. Unser Nick ist ermordet worden.«

Ich, mechanisch oder impulsiv hilfsbereit:

»Ich komme!«

*****

Sehr verehrte Leserin, lieber Leser, ich hoffe sehr, dass Ihnen der Zustand, in dem ich mich jetzt plötzlich befand, selbst nie widerfährt. Ich habe mich immer für einen Menschen gehalten, der mit beiden Füßen fest auf dem Boden des Lebens steht. Doch jetzt, von einem Augenblick zum anderen, war da nichts mehr unter mir. Abgrund. Leere. Nichts.

Ja, ich glaubte in ein bodenloses Nichts zu stürzen. Haltlos. Fassungslos. Ohnmächtig. Irgendwo unter mir musste die Hölle sein. Im freien Fall dorthin befand ich mich.

Dann erkannte ich plötzlich, was ich gerade tat.

Ich... ich ... ICH. Alles in meinem Denken drehte sich momentan nur um mich.

Ich schämte mich. Ich war verzweifelt.

Warum müssen immer die Guten, Lieben um mich genommen werden?

Warum werde ich nicht statt ihrer endlich ausradiert?

Schon wieder: *Ich, ich, ich!*

Jetzt wurde ich richtig sauer auf mich.

Du grenzenloser Egoist! Da befindet sich Tobby womöglich in Lebensgefahr, oder noch schlimmer ... ich darf es nicht denken ... *und du jammerst, was dir alles fehlt, wie schlecht es dir geht, dass sich keiner um dich armen Menschen kümmert. Immer dieselben Wehleidigkeiten! Reiß dich zusammen! Pack an! Hilf Tobby! Hilf Tom!*

Die grenzenlose Leere um mich und unter mir zog sich zusammen. Ein Spalt blieb. Meine Füße standen auf dessen Rändern. Unter mir nichts. So breit waren die Ränder voneinander getrennt, dass ich scheinbar nur in einem bodentiefem Spagat Halt fand.

Was kann ich tun?

Die erste vernünftige Frage von mir!

Ich muss nach Hause!

Ich begann meinen Koffer zu packen. Hielt inne. Griff zum Handy und wählte. Der Kontakt kam rasch zustande.

»Dorsum. Guten Abend.«

»Melani, Martin hier. Melani, entschuldige die Störung. Aber ich brauche deine, eure Hilfe.«

»Martin, was ist denn passiert?«

Ich berichtete ihr knapp, was ich wusste und befürchtete. Dann bat ich sie:

»Melani, kannst du dich bitte um Katja kümmern, die ganz aufgelöst in der Kanzlei auf meinen Anruf wartet. Ich muss jetzt nach Hörnow zu den Nolsons und zur Polizei. Dann nach Frankfurt, um nach Tom zu sehen.«

»Martin, du kannst doch jetzt nicht mit dem Auto fahren. So wie du beieinander bist.«

Ich fiel ihr genervt ins Wort:

»Melani, ich muss. Danke für die Hilfe.«

Dann legte ich ohne Gruß auf. Ich habe erst später kapiert, wie unhöflich ich zu ihr gewesen bin. Und mich natürlich bei Melani entschuldigt.

Ich ließ das Packen packen sein. Zog mein Sakko wieder über und steckte nur mein Notebook zu Akte und Robe in meinen Aktenkoffer, den ich mitnahm. Warum gerade den Aktenkoffer? Ein Reflex. Die unbewusste Konsequenz der anwaltlichen Pflicht zur Verschwiegenheit, die mir im Laufe der Zeit in Fleisch und Blut übergegangen war.

Alles andere, hauptsächlich Wäsche und Hemden, ließ ich im Hotel zurück. Auch den blauen Ordner von Tante Conny. Ich würde in den nächsten Tagen gewiss keinen Gedanken an ihn verschwenden.

*****

Ich weiß nicht, wie viele Engel während der nächsten knapp drei Stunden und mehr als dreihundertsechzig Kilometer langen Strecke schützend ihre Hände über mich und viele andere Verkehrsteilnehmer gehalten haben. Es müssen nicht wenige gewesen sein, die mich vielbeschäftigt auf dieser wilden und verantwortungslosen Fahrt von Braunschweig nach Hörnow begleitet haben.

In Hörnow, vor dem Haus der Nolsons, fing mich überraschend Volker Voss ab. Mein Sozius. Melani Dorsums Ehemann. Er hatte dort auf mich gewartet.

»Martin, so bald habe ich gar nicht mit dir gerechnet!«, begrüßte er mich mit einem festen Händedruck.

»Melani meinte, du würdest sicher hierherkommen. Du sollst nicht zu den Eltern Nolson hineingehen, hat man mir gesagt. Es sind zwei Ärzte bei den Eheleuten. Ein Notfallspezialist ist auch da. Die kümmern sich fachkundig. Sie haben den Eltern etwas zur Beruhigung gespritzt. Wenn du jetzt auftauchen würdest, wäre das kontraproduktiv. Haben sie mir mit auf den Weg gegeben. Besuch morgen ja, heute nein.

Ich soll dir weiter von Melani ausrichten, dass sie sich um Katja gekümmert hat. Die Kleine ist jetzt bei ihren Eltern in der Burg in guten Händen. Melani ist anschließend nach Frankfurt zu Thomas Schlosser gefahren. Sie sieht dort nach ihm.

Wir beide werden auf dem hiesigen Kommissariat von Kriminalhauptkommissar Brubock erwartet. Ich fahre. Dein Auto holen wir später.«

Mein Kollege Doktor Volker Voss, ein Brocken von Mann, wirkt auf den ersten Blick vielleicht etwas lahmig. Doch dieser Eindruck täuscht so was von ...! Bevor Volker Voss Melani Dorsum kennen und lieben gelernt hat und dann, so wie sie vor ihm auch, in meine Kanzlei eingetreten ist, war er als Oberstaatsanwalt in Hörnow tätig. Bei seiner damaligen Klientel aus den Kreisen der Halb- und Unterwelt hat er den Ruf eines ausgesprochen harten Hundes genossen. Doch die Jungs und Mädels der Szene sind treu. Heute kommen sie zu Volker, um sich von ihm verteidigen zu lassen.

Sein Vortrag gab mir einen weiteren Teil meiner Sicherheit zurück. Mit Ermittlern das weitere Vorgehen in einem Strafverfahren zu besprechen, gehört auch für mich als Strafverteidiger in Unternehmens- und Wirtschaftssachen zur Routine.

*****

Der Besuch auf dem Kommissariat war weitgehend unergiebig. Ich erfuhr, dass eine Frau, die das Grab ihres Mannes gepflegt hatte und gezupftes Unkraut in dem Container entsorgen wollte, Nicks Leiche entdeckt hatte. Konkret, sie hatte eine menschliche Hand gesehen und laut aufgeschrien. Das sei um siebzehn Uhr fünfzig gewesen. Die Ermittlungen seien, so Kriminalhauptkommissar Brubock, ein hagerer Mitfünfziger, weiter, unverzüglich aufgenommen worden. Name und Wohnsitz des Opfers hätten anhand des Fotos auf der Fahrerlaubnis in der Gesäßtasche rechts seiner blauen Jeans kurzfristig festgestellt werden können. Der Vater habe Nick identifiziert. Die bisher befragten Schülerinnen und Schüler, die gemeinsam mit Nick die Mathematik-Klausur geschrieben hatten, hätten leider für weitere Ermittlungen nichts Brauchbares zu berichten gewusst. Alle seien sie offensichtlich auf sich und ihre eigene Prüfung fixiert gewesen.

Was mich im Nachhinein immer noch wundert, ist die Tatsache, dass keine, keiner meinen Sohn Tobias erwähnt hat. Irgendeiner der Mitabiturienten musste doch Tobias und Nick nach der Prüfung in der Schulhalle oder vor dem Haupteingang gesehen haben. Die beiden fielen auf. Nick, der lange Schlacks, und mein kleiner Sohn. Wie Pat und Patachon, das dänische Komikerduo aus der Stummfilmzeit. Und Tobby genoss zudem wegen seiner künstlerischen Erfolge eine gewisse Prominenz.

Volker Voss und ich hatten Verständnis für Herrn Brubocks Fragen, wie die Beziehung zwischen Nick und Tobias gewesen sei, ob uns zwischen den beiden Auseinandersetzungen oder Streitigkeiten bekannt seien.

»Herr Brubock«, meinte ich, »ich weiß, dass Sie alle Möglichkeiten bedenken und prüfen müssen. Aber der Ansatz, mein Sohn Tobias könnte dem armen Nick etwas angetan haben, ist unnötig. Die beiden waren nicht nur die besten Freunde, sondern auch die Vorstellung, Tobias mit seinen Ein-Meter-fünfundfünfzig könnte das Opfer, eine Kante von Kerl mit seinen ein Meter neunzig, erschlagen und dann den schweren Körper in den Container gehoben und dort unter Abfällen verborgen haben, ist abwegig.«

»Zumal Tobias Langer«, warf Volker Voss ein, »bei seiner Körpergröße nicht einmal über den Rand des Containers schauen kann. Also er hätte gar nicht wissen können, ob in diesem Behälter überhaupt noch genügend Platz für sein Opfer vorhanden war. Und, Herr Brubock, wie hätte der kleine Mann den Getöteten mit Abfällen bedecken können?«

»Nach alledem, Herr Kriminalhauptkommissar, bitte ich Sie um Ihr Verständnis für meine Nervosität und Erregung; denn es bleiben aus meiner Sicht nur zwei Möglichkeiten, mein Sohn ist entführt oder, eine ungeheuerliche Vorstellung, die sich hoffentlich nicht bewahrheitet, er ist auch getötet worden.«

Wir drei Männer im Büro des Kriminalbeamten waren alle hundsmüde und mit unseren Nerven ziemlich weit unten. Herr Brubock meinte nur:

»Theoretisch haben Sie recht. Und ich bin bereit, Ihnen zu glauben. Aber eine Antwort wären Ihre Argumente nicht auf das Stichwort ›Mittäter‹«.

Da hatte er – theoretisch – recht. Letztendlich sah Herr Brubock aber unsere Vorhalte und Argumente ein. Die Zeit war fortgeschritten. Zudem waren der Ruf von Volker Voss und auch der meine in Hörnower Ermittlerkreisen nicht schlecht. Mitternacht nahte. Wir verabredeten uns für den Mittag des nächsten Tages; es sei denn, es würde sich zwischenzeitlich etwas Wichtiges ereignen.

Volker Voss fuhr mich zurück zu meinem Fahrzeug, das nahe dem Haus der Familie Nolson stand. Dort brannte noch Licht hinter mehreren Fensterscheiben. Ich drückte ihm meinen Aktenkoffer in die Hand und bat ihn, am nächsten Vormittag für mich den Kollegen in Burgwedel anzurufen und zu bitten, bei der Strafkammer in Braunschweig eine

Terminverschiebung zu beantragen. Volker versprach es mir. Dann fuhr er nach Hause und ich nach Frankfurt zu Tom Schlosser.

*****

Melani Dorsum öffnete mir. Sie hatte das Kommen des Fahrstuhls gehört. Sie sah müde und ziemlich fertig aus. Ich wollte etwas sagen, aber sie legte ihren Zeigefinger vor die Lippen.

»Pst!«, flüsterte sie. »Er versucht zu schlafen.«

»Wie geht es ihm?«, hauchte ich ihr ins rechte Ohr.

»Arg schlecht. Es hat ihn sehr getroffen. Der Pfleger namens Knut ist bei ihm.«

»So wie ich Tom kenne, wird er nicht schlafen, bevor er mich nicht gesehen hat.«

Sie sah mich forschend an. Dann sagte sie, weiter flüsternd:

»Lass mich erst einmal schauen, wie es aussieht.«

Ich nickte. Sie ging bedacht leise durch den Wintergarten zu Toms Wohnung hin. Ich wartete. Es dauerte nicht lange, bis Melani wieder in Toms Wohnungstür erschien. Sie bedeutete mir zu kommen.

»Du hast recht, Martin. Er wartet auf dich.«

Sie trat zur Seite, damit ich eintreten konnte. Dabei raunte sie mir zu:

»Erschrick nicht.«

Das erste, was mir auffiel, waren Toms Augen. Sein Blick wie der eines waidwund geschossenen Rehbocks. Angstvoll, darum bemüht, dass keiner seine Schwäche sieht, und doch Hilfe ersehnend. Ich wollte dem alten Freund nur zu gern helfen, aber ich wusste nicht wie. Hilflosigkeit ist ein arges Folterinstrument. Tom lag auf seinem Bett. Der Kopfteil seines Bettes war extrem hochgestellt. So saß er mehr als er lag.

»Hallo, Martin. Gibt es etwas Neues?«

Atemlos die Stimme. Ich verstand ihn kaum, aber natürlich wusste ich, was er fragte.

»Und mach mir nichts vor! Ich durchschaue dich!«

Ich streichelte ihm über sein silbergraues Haar. Es schien mir deutlich weißer zu sein als zwei Tage zuvor bei meinem letzten Besuch.

»Tom, ich würde Dir nie was vormachen. Nein, es gibt nichts Neues. Keine Spur. Kein Hinweis. Ich komme gerade von Herrn Brubock, der die Ermittlungen leitet. Ein guter Mann. Du kennst ihn. Er lässt dich grüßen.

[Eine Lüge!]

Sie haben alles mobilisiert, was möglich ist. Sie wissen doch, wer der Großvater von Tobias ist. Einer von den ihren.«

[War das eine weitere Lüge von mir?]

Deine drei Jungs hier, die dich unterhalten und pflegen, sind sauber. Ihre Alibis sind wasserdicht.«

[Eine weitere Behauptung von mir. Herr Brubock hat nur beiläufig bemerkt, dass man im näheren Umfeld von Tobias noch keine Verdachtsmomente gefunden habe.]

Tom nickte ganz leicht. Zustimmend. Das machte mir Mut zu sagen:

»Tom, wir wissen beide voneinander, wie sehr wir Tobias lieben. Er ist unser beider Ein und Alles. Und Tobby ...«

Ich sprach es »Toobi« aus, so wie ihn Tom nannte.

»... ist ein kluger Junge. Es gehört schon viel dazu ihn hereinzulegen, ohne dass er eine Spur hinterlassen kann. Das macht mir Mut davon überzeugt zu sein, dass Tobi etwas passiert ist, das uns noch nicht eingefallen ist. Ich bin innerlich sehr unruhig, nervös und aufgeregt. Ja, das stimmt. Wen wundert's? Andererseits bin ich felsenfest davon überzeugt, er lebt. Alles wird gut. Mein Bauch sagt mir das. Wir müssen uns jetzt in Geduld fassen. Heute Mittag bin ich wieder bei der Kripo. Sollte sich zuvor etwas tun, dann rufen sie hier an. Melani Dorsum und ich schlafen heute Nacht hier, damit wir im Fall eines Anrufs gleich aktiv werden können. Melanis Mann, Volker Voss, der Ex-Oberstaatsanwalt aus Hörnow, überwacht von Gelnhausen aus die Ermittlungen. Das einzige, was wir jetzt tun können, Tom, ist zu schlafen versuchen, damit wir am Morgen einigermaßen fit sind. Das ist schwer. Aber im Interesse von Tobi und unserem eigenen.«

Tom sah mich mit einem gequälten Lächeln an. Dann sagte er zu Knut, der sich während unserem Gespräch diskret im Hintergrund gehalten hatte:

»Mach, bitte, mein Kopfteil etwas runter, Knut.«

*****

Ich nahm Melani mit hinüber in meine ehemalige Wohnung. Dort überließ ich ihr Schlafzimmer und Bad, während ich mich mit einem »Versuch etwas zu schlafen, Melani« und einer Wolldecke auf die breite Couch im Wohnzimmer zurückzog, das Tom inzwischen zu einem Lager für seine Gemälde umfunktioniert hat. Es roch in dem Zimmer angenehm nach Ölfarbe und harzigem Firnis.

Auch wenn ich es mir nicht hatte vorstellen können, der anstrengende Arbeitstag, die nächtliche Fahrt, die Schreckensnachricht, Toms Aussehen und was noch alles mehr, irgendwann fiel ich tatsächlich in Schlaf, besser: Es schwand mein Bewusstsein.

*****

Es muss kurz vor fünf Uhr gewesen sein, denn das Dunkel draußen lichtete sich bereits wieder leicht, als mich ein schrecklicher Schrei aus dem Schlaf hochschreckte. An mir zitterte und bebte alles. Im Wohnzimmer war nichts Ungewöhnliches zu sehen und zu hören. Ein Blick über den Wintergarten zu Toms Räumen hin zeigte nur Dunkelheit und friedliche Stille. Auch die anderen Zimmer meiner früheren Wohnung lagen ruhig da.

Dann verstand ich, warum an mir alles bebte und zitterte. Ich hatte geschrien. Der Schrei, der mich geweckt, war in meinem Traum ein Schrei von Tobby gewesen. Todesangst. Ich hörte seine Stimme, den

Schrei weiter in mir. Dieser entsetzliche Aufschrei löste weiterhin Panik in mir aus. Es gibt nichts Schlimmeres als hilflos zu sein. Ich suchte Schutz. Ohne mir etwas dabei zu denken ging ich zu dem einzigen Menschen, den ich in meiner Nähe wusste, der mir etwas bedeutete. Ich ging leise hinüber zu Melani ins Schlafzimmer, legte mich zu ihr ins Bett und drückte mich fest an sie. Sie, die offensichtlich auch nicht richtig schlafen konnte, murmelte im Halbschlaf:

»Ich bin zu müde.«

»Ich habe solche Angst. Ich brauche nur deine Nähe«, beruhigte ich sie.

Als ich wach wurde, es muss kurz vor sieben gewesen sein, fand ich mich fest an Melanis Rücken geschmiegt. Wohlig ihr Körpergeruch. Mein kleiner Herr, dieser unsensible Egoist, schien das auch so zu empfinden. Doch auf ihn zu hören kam mir angesichts des unbekannten Loses meines Sohnes geschmacklos und auch hinsichtlich Volker Voss und dessen Hilfsbereitschaft schäbig vor. Ich küsste also Melani sanft auf den Hinterkopf und zog mich dann, so schwer es mir auch fiel, langsam von ihr zurück. Sie seufzte auf. Es war aber für alle Beteiligten besser so.

*****

Die nächsten achtundvierzig Stunden waren Terror pur. Seelenpein ist die schlimmste Form der Folter.

Am Mittwochvormittag erfuhr ich genauer, wie Nicks Leichnam gefunden worden war. Die alte Dame, Witwe eines ehemaligen Stadtrats, die ihn ungewollt in dem grünen Abfall-Container entdeckt hatte, befand sich noch in Behandlung im Hörnower Klinikum. Der Schreck machte ihr offensichtlich arg zu schaffen. Wer konnte es ihr nicht nachempfinden?! Von Tobias gab es weiterhin keine Spur.

Volker Voss hatte in ›meiner‹ Strafsache mit dem Vorsitzenden der kleinen Strafkammer in Braunschweig telefoniert. Dieser hatte sich erschüttert gezeigt und entschieden, dass am morgigen Donnerstag zunächst einmal keine Zeugen vernommen, sondern nur Urkunden verlesen würden. Von unserer Seite genüge es, wenn der Kollege aus Großburgwedel als Mitverteidiger anwesend sei. Auch unser Mandant müsse nicht erscheinen. Er gelte als entschuldigt. Der Großburgwedeler Kollege wisse Bescheid. Er habe ehrliche Betroffenheit bekundet.

Dennis, der Tom an diesem Tag betreute, teilte mir am Telefon mit, dass mein Freund einen Schwächeanfall erlitten habe. Herr Professor Strass sei vorbeigekommen, um sich ein Bild von seinem Patienten zu machen. Er habe meinen Schwiegervater wieder »aufgepäppelt«, so Dennis wörtlich. Ich versprach, am späten Nachmittag nach Frankfurt zu kommen, wenn es die Entwicklungen erlaubten. Melani bot sich an, die kommende Nacht wieder bei Tom zu verbringen.

Am frühen Nachmittag meldete sich dann eine Lehrerin von Tobbys Gymnasium, die gesehen hatte, wie mein Sohn in ein kleines rotes Auto gestiegen war. Typ, Marke und Fabrikat waren ihr unbekannt. Dessen Fahrer sei wohl ein schlanker Mann, so um die dreißig, schätze sie, gewesen. Die Zeugin entschuldigte sich dafür, dass sie sich erst jetzt melde. Sie sei am Dienstag, also gestern, gleich nach Verlassen der Schule zu einem Opernbesuch nach Frankfurt gefahren und habe eben erst, Mittwoch, ihrem freien Tag, von dem schrecklichen Geschehen erfahren. Ein Kollege habe es ihr berichtet.

Der auffällig rote Audi Nicks blieb trotz Überprüfung aller Parkhäuser in Hörnow und Umgebung, in Hanau und Gelnhausen unauffindbar. Die Polizei in Frankfurt einschließlich des Rhein-Main-Flughafens meldete ebenfalls: Fehlanzeige. Das Auto schien spurlos vom Erdboden verschwunden zu sein.

Auch für den Verbleib meines Sohnes gab es noch immer keinerlei Hinweise. Herr Kriminalhauptkommissar Brubock hoffte auf eine baldige Kontaktaufnahme durch den oder die Entführer. Katja hatte sich geweigert zu Hause zu bleiben. Bleich und mit dunklen Augenringen saß sie an ihrem Arbeitsplatz. Bei jedem Anrufzeichen zuckte sie zusammen. Sie, die sonst so Fröhliche, Zupackende so zu sehen, tat einem jeden in der Seele weh.

Der restliche Mittwoch verging ohne jede neue Nachricht in dem Fall, der alle in der Kanzlei bewegte. Die Spannung lastete bleiern schwer auf allen und jedem. So still und niedergeschlagen hatte ich das Leben in unseren Räumen noch nie empfunden. Ich versuchte, den Kollegen und Mitarbeiterinnen Mut und Hoffnung zu vermitteln. Mein Versuch scheiterte kläglich. Die Mitarbeiterinnen fingen bei meinen Worten an zu schniefen und zu weinen, die Kolleginnen und Kollegen drückten mich wortlos oder legten mir eine Hand auf die Schulter, so als wollten sie gut gemeint ausdrücken:

»Alter, deine Haltung ist aller Ehren wert. Aber lass es damit gut sein.«

Am Nachmittag fuhr ich nach Frankfurt zu Tom. Noch immer gab es kein Lebenszeichen von Tobby.

Wir, Tom und ich, saßen lange zusammen. Geredet haben wir wenig. Wir hingen zunehmend unseren Gedanken nach. Bis Friedel kam, der dritte von Toms derzeitigen Rund-um-die-Uhr-Betreuern, und sagte:

»Herr Schlosser, so leid es mir tut, aber ich möchte Sie jetzt für die Nacht fertig machen. Wir dürfen bei alldem, was geschehen ist, Ihren Rhythmus nicht völlig durcheinanderbringen.«

Tom seufzte:

»Siehst du, Martin. Wenn man älter wird, ist man immer weniger Herr über Hof und Zeit. Bleibst du heute Nacht hier?«

Ich nickte.

»Ich bleibe hier. Und nachher, wenn du bettfein bist, schau ich noch mal zu dir rein.«

»Das ist ganz lieb von dir, Martin.«

Seine Augen leuchteten wie die eines Kindes an Heiligabend vorm Christbaum. Ich hätte schon wieder heulen können.

Donnerstag, der 15. März 2018
Trostloser Morgen

Am Donnerstag ab 10:47 Uhr überschlugen sich die Ereignisse. Zuerst ging zum genannten Zeitpunkt bei der Polizei in Hörnow ein Anruf ein. Ein Mann meldete, bei seinem Spaziergang mit einem Freund am Kinzigufer kurz hinter der Stadtgrenze von Hörnow habe er nahe einer Staumauer im Fluss ein kleines rotes Auto entdeckt.

Wie Herr Brubock dazu gegenüber Martin Langer meinte:

»So wie ich die Herrschaften kenne, wollten sie da verboten angeln. Manchmal sind auch Gesetzesübertretungen von Vorteil.«

Mehr Informationen lagen ihm noch nicht vor. Die Kollegen waren unterwegs, um das Fahrzeug zu heben und möglichst viele Spuren zu sichern.

»Wir müssen uns, ob wir wollen oder nicht, gedulden.«

Langer wusste, dass er bevorzugt behandelt wurde. Ein ehemaliger Oberstaatsanwalt der Strafverfolgungsbehörde in Hörnow mit weiterhin guten Kontakten zu seinen früheren Kollegen, Rechtsanwalt Doktor Volker Voss; ein angesehener Strafverteidiger, fair, aber als sehr streitbar bekannt, der Vater des vermissten Jugendlichen, sowie ein in seiner aktiven Zeit bei Vorgesetzten und Kollegen des Hessischen Landeskriminalamtes gleichermaßen beliebter Mitarbeiter, der Großvater des Vermissten: Welcher Beamter würde sich da vorwerfen lassen wollen, nicht alles, was behördenmöglich war, und noch mehr, getan zu haben. Was könnte Langer gegen diese Denke haben?!

Gerade mal eine halbe Stunde später löste sich diese erste Spur wieder in Luft auf. Die Beamten vor Ort stellten fest: Das Auto im Fluss war ein schwarzer Fiat 500 mit roten Sitzbezügen, der nach seinem Zustand schon einige Zeit dort auf dem Grund der Kinzig lag.

Dann tat sich über Stunden nervenzermürbend nichts. Gibt es Schlimmeres, als etwas tun zu wollen, aber nicht zu können?

Mittags fuhr Langer zu Tom nach Frankfurt – nicht, ohne seinen Standortwechsel zuvor Herrn Brubock mitgeteilt zu haben. Im Nachhinein dachte er, dass der Kriminalhauptkommissar ihn für – zumindest etwas – weggetreten gehalten haben muss. Hatte er doch seine Handynummer, und sein Handy nahm Anrufe entgegen, egal, wo es sich befand. Es hatte um 14:06 Uhr geläutet. Er wusste die Uhrzeit so genau; denn gerade hatte Knut seinen Dienst bei Tom angetreten und sich entschuldigt, dass er fünf Minuten zu spät dran war. Die Parkplatzsuche. Da hatte sich das Handy gemeldet.

»Langer hier?«

»Brubock. Herr Langer, wir haben Ihren Sohn.«

Er erschrak, war unfähig, einen Ton hervorzubringen.

»Er lebt. Und wie mir gesagt worden ist, geht es ihm den Umständen entsprechend gut.«

Langer versuchte sich zu fangen. Sah den angespannten und fragenden Blick von Tom vor sich in seinem Rollstuhl. Er brüllte es ihm zu, so als wäre Tom schwerhörig und zwanzig Meter weit weg von ihm. Herrn Brubock müssen die Trommelfelle geschmerzt haben.

»Er lebt. Tom, sie haben Tobby gefunden. Er soll nicht verletzt sein.«

Und Herrn Brubock fragte er und drücke dabei die Lautsprechertaste des Handys: »Wo war er? Wo ist er? Was ist passiert?«

»Ein Wanderer hat Ihren Sohn im Büdinger Wald, also im Wald oberhalb von Gelnhausen, angetroffen. In der Nähe soll ein Schiller-Denkmal stehen. Mehr weiß ich auch noch nicht. Nur, Ihr Sohn hat den Mann gebeten, die Polizei zu rufen und seinen Namen zu nennen. Das hat dieser gemacht.«

Ich hörte Tom schluchzen und sagte noch:

»Ich komme sofort. Muss mich nur noch um Tobias Opa kümmern.«

»Ich höre und verstehe. Er ist in den Main-Kinzig-Kliniken. Bitte fahren Sie vorsichtig, Herr Langer.«

»Ja, Herr Brubock. Und vielen Dank!«

Tom heulte wie ein Schlosshund. Langer hätte am liebsten mit ihm geweint. War es Erschöpfung? Erleichterung? Oder was war der Grund?

Knut gab Tom Beruhigungstropfen. Langer hielt seine Hand, bis Tom sich ein wenig gefangen hatte und ihm zuflüsterte:

»Entschuldige. Und jetzt mach, dass du vom Acker kommst. Ruf mich aber ja an, wenn du mehr weißt. Bitte!«

Gelnhausen, den 21. März 2018
Verlegung

Tobias blieb nur wenige Tage in den Main-Kinzig-Kliniken. »Zum Aufpäppeln«, wie er es später selber nennen würde.

Tobbys erster Aufenthaltsort war für Martin Langer schnell zu erreichen. Liegt doch das Klinikum auch im Herzbachweg, nur einen – kräftigen – Katzensprung von seiner Kanzlei entfernt. Doch nichts war für ihn in diesen Tagen so unbedeutend wie diese Tatsache.

Bei seinem ersten Besuch im Krankenhaus schlief Tobby. Sie hatten ihm irgendetwas zum Entspannen gegeben. In den nächsten Tagen war sein Sohn noch arg matt, aber halbwegs wach. Er saß bei ihm, streichelte seine Hand und richtete ihm Grüße aus von Tom, seinem Klassenlehrer – »Sagen Sie bitte Tobias, er soll sich wegen des Abiturs keine Sorgen machen!« Eine Bitte, die Langer nicht weitergegeben hat. –, den Mitarbeitern der Kanzlei und – natürlich – von Katja. Bei letzterer leuchteten Tobbys Augen auf. Die Entführung und Nick hat Langer nicht angesprochen. Von Tag zu Tag kehrte Tobby etwas mehr in sein altes Leben zurück, schien es ihm.

»Körperlich hat Ihr Sohn die Entführung überraschend gut überstanden«, informierte ihn Doktor Leibelt, der Stationsarzt, nach der Vorbemerkung »Ihr Sohn ist ja noch nicht volljährig, deshalb darf ich es Ihnen sagen«, der Langer entnahm, dass irgendjemand den jungen Mann wohl über seine rechtlichen Berufspflichten aufgeklärt hatte.

»Aber wie es mit seiner Psyche aussieht nach diesem heftigen Stress, das, Herr Doktor Langer, kann ich Ihnen noch nicht sagen. Jeder von einer Gewalttat Betroffene verkraftet so etwas Schreckliches auf seine spezielle Weise. Das muss man berücksichtigen, damit muss man höchst behutsam umgehen. Es ist eine Zeitbombe sehr besonderer Art.«

Bei diesen Worten wurde Martin Langer klar, was zu geschehen hatte.

»Tobias, mein Sohn, hat vor fünfzehn Jahren schon einmal ein Schockerlebnis gehabt. Er musste mitansehen, wie seine liebe Großmutter bei einem Unfall verstarb. Daraufhin hat er für viele Jahre die Sprache verloren. Seinerzeit wurde er mehrere Jahre in der Psychotraumatologie in Hörnow behandelt. Er hat sich da sehr wohl gefühlt. Noch heute schaut er gelegentlich dort auf der Station vorbei, um ›Guten Tag‹ zu sagen. Nach Ihren einfühlsamen Worten glaube ich, Herr Doktor Leibelt, dass es hilfreich für Tobias sein könnte, wenn er in Hörnow, in einer Umgebung und mit Menschen, die er bereits kennt, weiterbehandelt wird.«

»Von der Vorgeschichte wusste ich nicht. Aber, so wie Sie es schildern, wäre eine Behandlung von Tobias in Hörnow wohl förderlich.«

So geschah es. Tobias wurde nach Hörnow verlegt.

In der Abteilung für Psychiatrie und Psychotherapie des Klinikums Hörnow sind weiterhin Ärzte und Schwestern tätig, die Tobby schon aus seiner Zeit kennt, als er als Kind nicht sprechen wollte. Und, welch Glücksfall, Frau Kolb, die Tobias damals, als er das erste Mal hier war, besonders liebevoll betreut und umsorgt hat, ist heute sogar in der Trauma-Ambulanz für Gewaltopfer tätig.

Martin Langer atmete erleichtert auf.

*****

Von Herrn Brubock, den Langer am selben Nachmittag noch auf dem Kommissariat in Hörnow aufsuchte, erfuhr er mehr über den Zeugen, der Tobias im Wald über Gelnhausen aufgefunden hatte.

»Der Mann ist Kurgast in Bad Orb. Er kurt da wohl schon seit drei Wochen.«

»Und wie kommt der Mann nach Gelnhausen?«, erkundigte sich Langer.

»Wie er uns gesagt hat aus Interesse an der Natur, Langweile und Neugierde. Eigentlich wohnt er im Bayerischen Wald, in einem Ort nahe der tschechischen Grenze. Dort ist er seit dreiundzwanzig Jahren als Förster tätig. Er sagt, dass ihn die Kur langweilt. Wenn er keine Anwendungen hat, dann stöbert er deshalb durch die Wälder von Spessart und Vogelsberg.«

Herr Brubock hatte kurz seine Gedanken sortiert, bevor er weiter berichtete:

»Aber, dass er in den Büdinger Wald über Gelnhausen gekommen ist, hat er unserem besten Mitarbeiter zu verdanken. Kommissar Zufall. Gestern, beim Frühstück, hat der Förster sich mit einem neuen Gast in seiner Pension unterhalten und diesem erzählt, wo er bisher seine Tage so verbracht hat. Und da hat der neue Gast irgendwann gemeint:

›Da sind Sie ja den Eselsweg fast schon komplett rauf und runtergewandert. In Gelnhausen waren Sie doch bestimmt auch schon?!‹

Darauf hatte unser Förster zwei Fragen: ›Was ist der Eselsweg?‹ und ›Warum Gelnhausen?‹ Und die Antworten waren:

»Früher, im Mittelalter, haben die Orber hier mit Salz gehandelt. Das kostbare Gut wurde dann auf Eseln durch den Spessart nach Miltenberg zum Main gebracht, wo es eingeschifft wurde. Deshalb heißt die Route Eselsweg.

Das Gegenstück zum Eselsweg war im Mittelalter die Via Regia oder Kinzigtalstraße auf der Vogelsbergseite. Der Königsweg, die Via Regia, hieß so, weil er unter dem speziellen Geleit- und Friedensschutz von Kaiser Barbarossa stand. Und die Lieblingsstadt vom alten Kaiser Barbarossa war Gelnhausen. Lohnt sich anzuschauen. Kaiserpfalz, Marienkirche und so. Und über der Stadt hat es einen wunderschönen Mischwald mit herrlichem Panoramablick. Wie gesagt, hinfahren lohnt sich allemal.«

Und so animiert, ist der Förster auch gleich nach dem Frühstück nach Gelnhausen aufgebrochen. Hat sich die Stadt angesehen. Danach ist er zum Blockhaus hochgefahren, hat dort geparkt und ist durch den Wald gewandert. Richtung Osten, Richtung Heinrichshöhe. Er hat sich über die vielen kleinen Steintürmchen amüsiert, die es dort gibt. So hat er uns erzählt. Weit ist er allerdings nicht gekommen; denn kurz nach dem Schillerstein kam ihr Sohn aus dem Wald auf ihn zu getaumelt.

Den Anfang, das mit dem Frühstück in Bad Orb und dem Tipp, Gelnhausen zu besuchen, hat uns der andere Gast bereits bestätigt, Herr Doktor Langer.«

Herr Brubock schmunzelte:

»Der andere Gast war übrigens früher mal Fremdenführer in Gelnhausen. Das erklärt so einiges.«

Hörnow und Gelnhausen, 30. März 2018
Der kleine Hase

Er sieht schon wieder besser aus, mein Kleiner, dachte Langer erleichtert, als er am Freitagvormittag das Krankenzimmer verließ.

Seine Augen flackern nicht mehr. Sein Blick ist wieder ruhig und fest. Meine ich jedenfalls – als Laie, fügte er seinem Gedanken hinzu.

Er hatte in dieser Woche wieder die beiden Sitzungstage in Braunschweig selbst wahrgenommen. In der Vorwoche hatte ihn Volker Voss vertreten. Der Vorsitzende Richter, die beiden Vertreter der Staatsanwaltschaft und die Kollegen Verteidiger hatten ihm am Dienstag ihr Mitgefühl ausgesprochen, echt, kurz und ohne neugierige Nachfragen, bevor wieder in die Hauptverhandlung eingetreten wurde. Langer erkannte in diesem diskreten Verhalten aller Beteiligten die Handschrift seines Kollegen Voss, der eindeutig ganz in seinem Sinne Vorarbeit geleistet hatte.

Ja, ich habe mich vor aufdringlichen Fragen gefürchtet, gestand er sich ein. Auch sein Mandant hatte ihm nur fest die Hand gedrückt und gesagt:

»Ich bin froh, dass Sie wieder neben mir sitzen!«

Die beiden Sitzungstage in dieser Woche waren zufriedenstellend gelaufen. Durch die Gedächtnisprotokolle von Volker Voss war er über den Verlauf des Verfahrens in der vergangenen Woche unterrichtet. Sich selbst hatte er in dieser Woche allerdings mehrfach dabei überrascht, dass seine Gedanken nicht im Gerichtssaal waren, sondern bei Tobby in Hörnow weilten. Er zwang sich immer wieder, sich ganz auf das Verfahren zu konzentrieren. Aber es gelang ihm trotz aller guten Vorsätze nur mangelhaft. Vor diesem Hintergrund war er froh gewesen, dass der Vorsitzende Richter die Sitzung gestern überraschend schon am Mittag beendete, nachdem ein geladener Zeuge nicht erschienen war. So konnte er schon am Abend wieder in Gelnhausen sein. Dem einfühlsamen Vorsitzenden galt sein Dank.

Langer hatte sich während seines heutigen Besuchs bei Tobias über alles Mögliche mit seinem Sohn unterhalten. Über seine Fahrt, das Wetter in Braunschweig, Tom, der seinen Malerkollegen Tobi herzlich grüßen ließ, die Schwestern, Ärzte und Psychologen, die er vor gut zehn Jahren schon hier getroffen hatte. Kein Wort aber fiel weiterhin über die Entführung, Nick oder die Reifeprüfung, weder von Martin noch von Tobias Langer.

Als Langer dann aufstand, um sich zu verabschieden:

»Mein Bester, bis morgen dann. Halte bitte die Ohren steif. Soll ich dir was Spezielles mitbringen?«, da hatte Tobias gesagt:

»Ja, Vati, ich habe drei Bitten an dich. Erstens grüß mir Opa ganz lieb. Er soll sich keine Gedanken machen. Alles wird gut. Zweitens: Bring mir doch bitte morgen einen Aquarellblock, Wasserfarben und Pinsel sowie Tusche und Feder mit. Opa kann dir beim Zusammenstellen helfen. Die Damen der Station wünschen sich von dem großen Künstler Tobias Langer ein Bild für ihr Stationszimmer. Und drittens, ...«

Er drehte sich zu dem Nachttisch hin, beugte sich zu dessen unterer Ablage vor und richtete sich dann mit einem festen DIN A4-Umschlag in der Hand wieder auf.

»Würdest du den Umschlag bitte Katja geben. Sie ist bei ihren Eltern in der Burg. Es geht ihr, glaube ich, nicht besonders. Danke, Alter. Ich weiß, du hast mächtig viel um die Ohren. Ich danke dir für die Zeit und deine Liebe. Gut, dass es dich gibt!«

Martin Langer nahm den braunen Umschlag. Mehr als: »Tobby, ist wohl selbstverständlich. Wir sind doch ein Team! Wird alles zuverlässig erledigt!« konnte er nicht sagen. Wusste er doch, was Tobias seine lieben Worte für eine Überwindung gekostet hatten. Gefühle durch Worte auszudrücken, fiel ihm von jeher schwer.

*****

Tom, mit dem er dann in Frankfurt gemeinsam zu Mittag gegessen hatte, stellte Langer die von Tobby gewünschten Malutensilien zusammen. Er lächelte dabei:

»Die Damen der Station in Hörnow kennen sich aus, Martin. Sie wissen, was Tobi am liebsten tut, malen nämlich. Dadurch befreit er seinen Geist und Körper von dem erlittenen Stress, und sie erhalten ein Werk, das gewiss bald einen stolzen Preis wert sein wird. Und, da bin ich mir ganz sicher, Tobi wird es nicht bei einem Bild sein Bewenden lassen. Die Crew da versteht ihr Handwerk.«

Danach war Langer schnurstracks nach Gelnhausen in die Burg gefahren, um Katja den Umschlag zu bringen. Es war immer ein spezielles Gefühl für ihn sein Elternhaus zu betreten, in dem er seine Kind- und Schulzeit erlebt hatte. Viele gute Erinnerungen wurden in ihm regelmäßig wach, wenn er das Haus betrat. Heute war es besonders arg gewesen; denn Frau Helmer, Katjas Mutter, sagte ihm, dass es Katja nicht wohl sei, sie in ihrem Zimmer wäre und bat ihn die Treppe hoch in den ersten Stock. Dort wies sie auf eine Tür: »Gehen Sie ruhig herein, Herr Doktor Langer. Katja ist nicht im Bett.« So erfuhr er, dass sein Kinderzimmer jetzt Katjas Zimmer war. Ein eigentümliches Gefühl, im eigenen Zimmer zu fremdeln.

Katja sah blass aus, mit dicken dunklen Ringen unter den Augen. Langer richtete ihr Tobbys Grüße aus, übergab den Umschlag, erzählte ihr, wie gut Tobby schon wieder aussehe, dass die Ärzte staunen würden, wie schnell sich sein Sohn aufrappeln würde. Je länger er sprach, umso stärker überkam ihn der Eindruck, dass Katja sich nach dem Zeitpunkt sehnte, wenn er sie endlich verlassen würde. Gewiss wollte sie den Umschlag öffnen. Allein. Langer tat ihr den Gefallen.

*****

Auf dem Rückweg zu seinem Auto, das er auf dem Parkplatz an der Müllerwiese abgestellt hatte, sah Langer zu seiner Linken das wuchtige Tor der Barbarossaburg mit den eisernen Beschlägen offenstehen. Die gewaltige Steinfront des mächtigen Torturms war leicht auf ihn zugeneigt. Es wirkte bedrohlich. Schon als Kind hatte er sich oftmals ängstlich gefragt, ob die Wand etwa gleich auf ihn fallen werde.

Gut sechzig Jahre ist das her. Der Torturm steht immer noch. Da ist die Wahrscheinlichkeit äußerst klein, dass er gerade jetzt einstürzen wird.

Warum er gerade heute von seinem Weg abbog und zu der Kaiserpfalz hinging? Es war ein spontaner Einfall. Niemand war zu sehen, weder links vor dem Haus der Burgmannen noch im Eingangsbereich der Burg. Über dem Tor die beiden hohen Fenster der ehemaligen Burgkapelle. Den Schutz des Himmels sollte sie den Bewohnern der Burg an dieser, ihrer schwächsten Stelle sichern.

Das linke Fenster der Kapelle ist bis auf eine längliche Luke zugemauert, das rechte Fensterloch ist leer. Wie mögen sie ursprünglich zu Kaiser Barbarossas Zeiten ausgesehen haben? Besaßen die Fenster Glasscheiben? Oder Füllungen aus Pergament? Oder schlossen die Luken gar nur dicke Bretter? Ärgerlich, dass ich selbst heute noch immer keine Antwort auf diese Frage weiß. Bekannt ist mir nur, dass die Burg jahrhundertelang schändlich als Steinbruch ausgeschlachtet worden ist. Aber andererseits, es kam ihm plötzlich in den Sinn, *wurden noch vor zweihundert Jahren da oben in der Burgkapelle Paare getraut.*

Langer stellte sich eine Hochzeit hier im historischen Ambiente der Burg vor. Neues Glück in altem Gemäuer. Romantisch. Eine kleine Ahnung davon hat er mehrfach in den letzten Jahren erhalten bei standesamtlichen Trauungen in der Godobertus-Kapelle, und einmal auch im Buttenturm, zu denen er von Bekannten eingeladen worden war.

Langer schaute durch das erst im letzten Jahrhundert im für ihn rechten Torflügel eingefügte, jetzt geschlossene Gitter aus Eisenstäben in den Innenhof. Schon immer hatte ihn dieser Blick durch die zweischiffige Torhalle mit ihren sechs Kreuzgewölben, getragen von nur zwei Steinsäulen beeindruckt. Doch heute war etwas anders. Erstmals erschien ein Bild vor seinen Augen, das er noch nie gesehen hatte. Auf der gegenüberliegenden Seite des Hofes erkannte er den Sockel des nie errichteten Bergfrieds. Vor seinem inneren Auge war es ihm, als stünde auf dem Mäuerchen ein Junge mit rötlichen Haaren, vor einem Baum, um dessen Stamm sich dicht grüner Efeu hochrankte.

Das muss gewiss der kleine König sein, vermutete Langer. *Heinrich VI., der erst würdevoll, dann aber ausgelassen fröhlich – nicht zu ihm – sondern zur Pallaswand hin winkte. Hat er dort etwa seinen Vater, den Kaiser entdeckt? Oder seine Mutter Beatrix? Oder doch eher den anderen kleinen Heinrich, Gottfrieds Sohn?*

Martin Langer schüttelte amüsiert den Kopf.

Was ich mir alles einbilde, seit ich Tante Connys blauen Ordner lese!

Sein Blick wanderte nach links zur südlichen Palaswand hin. So, als ob er hoffte, da den großen Kaiser zu sehen. Natürlich blieb diese Hoffnung unerfüllt.

Die rotfarbene Wand wirkt eingesunken. Ist es, weil die schwere Steinlast die Eichenstämme tiefer in den morastigen Untergrund gedrückt hat oder ist der Burghof irgendwann aufgefüllt worden, sodass der Eingang ins Erdgeschoss, in dem die Bediensteten und auch Gefolgsleute des Kaisers lebten, kaum noch hälftig zu sehen ist?

Langer erinnerte sich an einen Vortrag über die Kaiserpfalz, den er vor einer Ewigkeit im Heimatkunde-Unterricht hatte halten müssen – oder dürfen.

Ich glaube, ich habe mich damals tatsächlich um das Referat gerissen, meinte er sich zu erinnern. *Wir Burgler waren schon immer stolz auf unsere Barbarossaburg.*

Im Erdgeschoss betrat man zur Zeit Friedrichs, als der heute sichtbare Rundbogen noch völlig über der Erde lag und der obere Teil des Eingangsportals war, zunächst einen Vorraum. Heute würde man wohl von einer Art Diele sprechen, von der links und rechts jeweils ein enger Gang abzweigte. Schmal waren diese beiden Flure, damit bei einem Angriff wenige Verteidiger das feindliche Vordringen in ihnen verzögern oder gar verhindern konnten. Der linke, westliche Gang führte in zwei Wohn- und Schlafräume, der östliche, rechte Gang in einen Saal, den mittig Säulen unterteilten, auf denen der Unterzug der schweren Balkendecke ruhte.

Über dieser stabilen Decke – so ein peinlicher Einsturz wie in Erfurt im Jahre 1184 konnte sich hier in Gelnhausen nicht ereignen – befanden sich im ersten Obergeschoss die kaiserlichen Räume. Die beiden Gemächer zur Kapelle hin nutzte das Herrscherpaar privat, zum Wohnen und Schlafen, der große repräsentative Saal östlich des Eingangs diente als Wohn- und Speisesaal. Mit welch künstlerisch wertvollen Steinmetzarbeiten das kaiserliche Stockwerk ausgestattet war, lässt sich an den noch vorhandenen Teilen des Kamins und an den Säulenarkaden erahnen.

Langer fragte sich: V*on welcher Qualität müssen wohl die hölzernen Schnitzereien gewesen sein, wenn die Fachwelt schon urteilt, dass kein anderes weltliches Bauwerk im Reich der Stauferkaiser edlere Steinmetzarbeiten vorweisen kann als unsere Kaiserpfalz hier in Gelnhausen.*

Mir hat es neben dem grandiosen Kaminbereich immer das ›große Fenster‹ über dem Dienstboteneingang in der südlichen Fassade angetan, das mit den wunderbaren Kleeblattverzierungen und dem ›Barbarossakopf‹ darüber.

Und wie viele Jahre bin ich, überlegte Martin Langer amüsiert, *diesen beiden Irrtümern aufgesessen?*

Das ›Fenster‹ ist in Wirklichkeit kein Fenster, sondern der Eingang in die erste Etage. Um zu diesem Portal zu kommen, musste man eine hölzerne Außentreppe nutzen, die links und rechts neben dem Dienstboteneingang nach oben führte. Dass es keine Treppen aus Stein gab, mag auf den ersten Blick verwundern. Doch da wurde nicht etwa gespart, sondern es war, wie im Fall der schmalen Flure auch, eine reine Vorsichtsmaßnahme. Sollte ein Feind in die Burg eindringen, dann konnten die Treppen hochgezogen, zerstört oder verbrannt werden. Was mit Steinstufen nicht so leicht möglich gewesen wäre.

Doch vor welchem Feind musste unser Kaiser sich schon in Gelnhausen ängstigen? Warum musste bei dieser sonst so großartig und großzügig angelegten Pfalz der Reichssaal im zweiten Obergeschoss nur über eine verwinkelte schmale Treppe von der Kapelle her erreichbar sein? Gerade in die ›Aula regia‹, die Machtzentrale des Kaisers, wenn er in Gelnhausen weilte, in der für das Reich wichtige Hoftage stattfanden, war quasi nur über eine Art Hühnersteige zu gelangen. Der Grund dafür war, wie für Holztreppen und enge Gänge, der Wunsch nach größtmöglicher Sicherheit. Doch gegen unser aller größten Feind, die Zeit, gab und gibt es keinen Schutz. So ist von der ›Aula regia‹ nichts erhalten.

Langer, ermahnte er sich selber, *verurteile nicht vorschnell! Vergiss nicht Heinrich den Löwen oder auch den Kölner Erzbischof Philipp von Heinsberg, mit dem es im Jahre 1187 fast zu einer kriegerischen Auseinandersetzung gekommen wäre, wenn nicht die überraschende Eroberung Jerusalems durch Sultan Saladin alle Christen Europas vereint hätte. Aber wer konnte das beim Bau der Burg ahnen? Deshalb ist es stets besser vorzubeugen als später vergebenen Chancen nachzutrauern.* Damals wie heute.

Dann wand sich Langer in seinen Gedanken vergnügteren Erinnerungen zu.

Bei dem sogenannten Barbarossakopf mit dem geteilten Bart über dem Portal zum ersten Stock bin ich Vater Langer, blauäugig seiner Glaubwürdigkeit vertrauend, aufgesessen. Er hat mir mit todernster Miene versichert, dass da der Kaiser Friedrich zu sehen sei, und zwar auf den Wunsch von Beatrix oder von Gela hin, wer von den beiden, da war sich Vater angeblich nicht sicher, mit dem geteilten Bart, dessen beide Spitzen in Tiermäulern steckten. Die beiden wilden »Hunde« hätten einer der beiden Damen gehört und ›Barba‹ und ›Rossa‹ geheißen. Und dann hat er, wie hätte es auch anders sein können, laut und voll Pathos Verse aus seinem reichen Gedichte-Depot rezitiert:

»Zu Gelnhausen an der Mauer
steht ein steinern altes Haupt
einsam in dem Haus der Trauer,
das der Efeu grün umlaubt.
Und das Haupt, es scheint zu sprechen:
›Starb die ganze deutsche Welt?
Will kein Mann die Unbill rächen,
bis der Erde Bau zerfällt?‹
Und das Haupt, es scheint zu grüßen
fragend uns halb streng, halb mild;
›Lass es uns in Demut küssen,
das ist Kaiser Friedrichs Bild.‹

Und so weiter und so fort!«, *hat Vater Langer gesagt.* »Das, Martin, war der Anfang des Gedichts ›Das Bild in Gelnhausen‹ von Max von Schenkendorf, der, obwohl seine rechte Hand seit einem Duell gelähmt, als Freiwilliger an der Leipziger Völkerschlacht teilgenommen hat. ›Deutschland, was hattest du doch für Männer!‹, hat unser Deutschlehrer, uns kritisch musternd, gestöhnt.«

Das, was mir Vater Langer da über den Barbarossakopf weisgemacht hat, war absoluter Nonsens. Doch es hat Jahre gedauert, bis ich es durchschaut habe. Tatsächlich soll der bewusste Kopf nämlich erst vor ziemlich genau zweihundert Jahren über dem Portal eingesetzt worden sein. Vorher soll sich der Kopf irgendwo in der Torhalle befunden haben. Er wird als *eine Allegorie der Eitelkeit gedeutet. Na ja, vielleicht hat Vater Langer ja doch nicht ganz geschwindelt. Würde mir besser gefallen.*

Mein Lieblingswerk aber in der Barbarossaburg ist nur wenige Schritte von meinem jetzigen Standort entfernt. Leider verwehrt mir das schmiedeeiserne Tor den Eintritt in die Torhalle. In ihr befindet es sich rechterhand des inneren Doppelbogens, am oder besser im Kapitell der Wandsäule, das vier Adler bilden. Der Adler, das hehre Reichssymbol seit Kaiser Friedrich I. Barbarossa. Und dann das! Mein Lieb-

ling. Zwischen zwei Adlerflügeln lugt, unerwartet, ein Häschen mit großen Augen hervor. Was hat denn das zu bedeuten? Keiner weiß es.

Martin Langer würde es nie einem anderen Menschen verraten – vielleicht mit Ausnahme von Tobby, was er für möglich hielt. Seitdem er den blauen Ordner gelesen hatte, konnte er sich sehr gut vorstellen, dass ein Steinmetz – wie Frederec beispielsweise – einem Kind namens Heinrich zu einem kleinen Freund verhelfen wollte. Dem Kaiser die vier Adler, dem kleinem König aber hat er das Häschen gewidmet. Diese Vorstellung – war sie schnulzig? – würde für immer sein Geheimnis bleiben; es sei denn, Tobby würde ihm zu dem kleinen Hasen Fragen stellen.

Weimar
Cornelia Schlosser sucht verzweifelt

Frau Doktor Cornelia Schlosser sitzt in dem kleinen Raum, der seit Jahrzehnten ihr Arbeitszimmer in der Herzogin Anna Amalia Bibliothek ist, wie die HAAB seit 1991 heißt.

Sie ist hier alt geworden. Bald wird sie achtzig werden. Sie weiß es, und sie will konsequent sein. Sie ist die bei weitem älteste Mitarbeiterin im Haus. Wenn die meist deutlich jüngeren Kolleginnen und Kollegen mit einem Vorgang nicht weiterkommen, dann ist sie die erste, die gefragt wird. Man mag sie. Gewiss, sie gilt als ein wenig verschroben. Aber was soll's! Man lobt ihre Tüchtigkeit und Kompetenz und, mehr noch, man mag ihr sympathisch freundlich-fröhliches und hilfsbereites Wesen, ihre Zuverlässigkeit und Verschwiegenheit.

Da sitzt sie, so wie man sie seit jeher im Hause kennt, hochgewachsen, hager von Gestalt, kerzengerade auf ihrem Stuhl. Die Lehne benötigt sie nicht. Die schlohweißen Haare fest nach hinten gezogen, und dort, fast oben auf dem Kopf zu einem Knoten verschlungen. Die straffe Frisur spannt ihre müde Haut, glättet manche Falte und nimmt dadurch ihrem Gesicht einiges an Alter. Der Gedanke, dass sie schon so betagt sein könne, liegt fern. Nur die braunen Altersflecken auf ihren gepflegten Händen lassen es ahnen.

Cornelia Schlosser ist gewiss äußerlich keine Schönheit. Das ist sie auch nie gewesen. Dazu wirkt ihr Gesicht nicht fraulich genug, sind dessen Konturen zu hart geschnitten, ist ihr Nase zu groß. Sie weiß darum, doch hat es sie nie gestört. Im Gegenteil, sie ist stolz darauf. Seit in einem Schulbuch ein Scherenschnitt von Johann Wolfgang Goethes Schwester Cornelia, verheiratete Schlosser abgebildet gewesen war, und alle ihre Klassenkameradinnen unisono ausgerufen hatten: »Conny! Unsere Conny ist im Schulbuch!« und mit ihren Schulbüchern zu ihr gekommen waren, um sich ein Autogramm unter dem Scherenschnitt zu erbitten. Sie war den Wünschen gerne nachgekommen trotz der Schimpfe, die sie darauf von der Lehrerin erhalten hatte – wegen

›Sachbeschädigung von Staatseigentum‹. Stellte doch damals das Land Hessen die Schulbücher gratis zur Verfügung. Lehrmittelfreiheit. Sie hatte den Tadel mit Stolz ertragen. Mit fröhlichem Stolz; denn nun war sie jemand. In den ersten Jahren auf dem Gymnasium in Frankfurt am Main ist es gewesen. In der Quinta, um genau zu sein.

Heute jedoch ist Frau Doktor Cornelia Schlosser den Tränen nahe. Ihre Hände zittern. Schlimmes ist ihr widerfahren. Sie kann es sich nicht erklären, wann und wie es geschehen sein kann. Sie lässt es sich nicht anmerken, aber sie weiß nicht weiter. Ihre Wohnung in der Seifengasse hat sie schon ohne Erfolg auf den Kopf gestellt. Und hier in ihrem Arbeitszimmer wird sie auch nicht fündig.

Obwohl ich überall gesucht habe. Nicht ein Mal, nein, jetzt schon das dritte Mal! So viele Seiten können doch nicht einfach verschwinden, denkt sie. *Was habe ich da bloß angerichtet?*

Ich werde vergesslich. Ich bin zu nichts mehr nutze. Ich werde zu einer Gefahr für die Bibliothek, die Kolleginnen und Kollegen, für Wölfi, meinen geliebten Bruder. Ich muss aufhören, bevor es die anderen merken. Oder haben sie es etwa schon bemerkt? Es heißt doch, dass man als Betroffene selber es zuletzt merkt.

Und sie hat für sich unumstößlich entschieden: *Ich ziehe mich aus der HAAB zurück. Ich höre auf!*

Vor ihr auf dem Schreibtisch liegt ein kleiner Stapel Blätter, auf die sie seit Wochen in ihrer akkuraten Handschrift notiert, wenn ihr etwas von dem Inhalt des Briefes einfällt, den sie von ihrer Nichte Monika erhalten hat.

Auf dem obersten, eng beschriebenen Blatt ist zu lesen:

> Monika war in Rumänien, in einem Dorf in der Umgebung von Sibiu. Das Dorf heißt Gela. Das erinnert sie an Gelnhausen, die Geliebte von Kaiser Friedrich I. Barbarossa, die ebenfalls Gela hieß, und an deren Abbild, die Statue [ich habe sie anlässlich der Büchermesse in

Frankfurt 2002 (?), die ich besucht habe, in Toms großzügigem Wintergarten gesehen].

Der Teil des Ortes, in dem sie lebt, muss schrecklich sein. Sie schildert ihn als total verdreckt, voll Gestank, heruntergekommen. [Kann ich nicht überprüfen, muss ich glauben. Wie hat das Mädchen dies nur ausgehalten?!]

Bis auf zwei kitschige Villen, sogenannte Paläste der ›Könige‹. Die beiden einzigen Gebäude mit Wasserspülung im Ort! In dem Dorf leben nur Romas. Der Mann, der sie dorthin gebracht hat, auf ihren ausdrücklichen Wunsch, ist ein guter Freund eines der Könige. Deshalb darf sie in dessen ›Palast‹ wohnen.

Von einer Roma-Frau namens Ana (?) hat Monika das Töpfern gelernt.

Monikas Bekannter, der Freund des ›Königs‹, bringt ihr Geschenke mit aus Deutschland, seinen eigenen Frauen aber nicht. Die vermeintlichen Geschenke sind Zeitungen aus Frankfurt. Die wenigsten Roma-Frauen können etwas lesen, aber es sind Geschenke. Für die Frau aus Deutschland, nicht für sie.

Aus den Zeitungen, Exemplare des ›Frankfurter Generalanzeiger‹, erfährt sie, dass Martin (Monika schreibt ›mein Ex-Mann‹) aus dem Vorstand der Blue Bird Versicherungen ausgeschieden ist. Den Namen ihres Ex-Mannes zu lesen, hat sie berührt.

Der Gedanke, ihn betrogen zu haben, hat offensichtlich einen Rechtfertigungszwang in ihr ausgelöst; denn Monika schreibt, dass der Artikel über Martin in ihr die Erinnerung an die Statue geweckt hat und Hass wach gerufen hat auf die, die ihr die steinerne Frau, ihre *liebste Freundin, geraubt hätten. [Sie meint wohl Tom und Martin. Verstehe ich nicht!!!]*

Auf dem Blatt darunter hat Cornelia Schlosser geschrieben:

Monika ist empört. Sie schreibt in etwa: ›Sie verfolgen mich weiter! Warum können sie mich nicht in Ruhe lassen? Mein Vater malt ein Portrait von mir und gibt es als Fahndungsfoto an die Zeitungen weiter.‹

Sie habe ihre Finger in das Papier verkrallt und die Zeitung zerrissen.

[Seltsam!!! Mit keinem Wort erwähnt Monika ihren kleinen Sohn, Tobias, den sie im Stich gelassen hat. ... Armes Mädchen!!!]

Auf einem weiteren Blatt steht:

Offensichtlich haben die Roma-Frauen Angst vor Monika gehabt. Wegen ihrer guten Kontakte zu dem Mann, der sie nach Rumänien gebracht hat?

Auch wurden sie, laut Monika, zunehmend neidisch auf die ›Deutsche‹.

Der Neid stärkt ihre Abneigung.

Ablehnung lässt Hass wachsen.

Mona wird in Rumänien gemobbt. Weil sie Angst vor dem König und dessen Freund haben, trauen sich die Frauen nur zu kleinen Schikanen. Aber schlimmer als jede Nickligkeit ist für Monika die Isolierung. Das Verhalten der Frauen, so als gäbe es sie gar nicht. Ohne die alte Ana (?) könnte sie es nicht durchstehen.

Doch die Zeitungen, zigmal gelesen, helfen ihr auch über die Einsamkeit hinweg.

ann die Notizen auf dem vierten Blatt:

Die Frau, die sie das Töpfern gelehrt hat, geht mit ihr spazieren. [Spricht Monika von der Ana?] Die verzögert vorsätzlich die Rückkehr.

Warum?

Monika stellt fest, dass inzwischen andere Frauen [Monika spricht von ›Romnija‹.] offensichtlich ihr Zimmer durchsuchen.

Auch ihren PC. Mona hat es nach einer Rückkehr festgestellt. Sie ändert ihr Passwort. Als sich der Vorgang, Spaziergang - Zimmerdurchsuchung, wiederholt, will sie nur noch weg.

Wieder hilft ihr der Bekannte. [Wer ist das eigentlich?]

Auf dem nächsten Blatt hat sie vermerkt:

Ich glaube es nicht, was Monika mir schreibt!!! Diese Sätze aus ihrem Brief haben sich in mein Gedächtnis eingebrannt.

»Irgendwann bot sich für mich die Gelegenheit dem ganzen ekelhaften Schmutz und der unendlichen Unehrlichkeit zu entkommen, und zwar, halte dich fest, liebe Tante Conny, nach Indien zu gelangen. Dem riesigen Land, von dem du mir so viel erzählt hast. Wie hast Du geschwärmt von Deiner Zeit in Poona. Dem Ort, wo Du Dich selbst gefunden hast. Dein Poona heißt jetzt Pune. Die Stadt wächst und wächst. Ich glaube, Du würdest sie nicht wiedererkennen.«

Erinnerungen wie Körbe voll duftender Blüten regnen auf sie nieder. Welch herrliche Zeit – Cornelia Schlosser kichert wie ein junges Mädchen, das an seine erste Liebe denkt – welch verrückte Tage und Monate, voller Lust, frei von Scham, nackt im Kreis anderer junger Menschen aus aller Welt. Freie Liebe in einem Paradies. Conny Schlosser glaubt seit ihrem Aufenthalt in Poona Mitte der Siebziger Jahre an Seelenwanderung. Die Güte in den dunklen Augen des Gurus Bhagwan, seine tiefe, warme Stimme. Allabendlich in seinem Aschram: Wir sind nicht einzelne Ichs. Wir sind nur alle zusammen eins. *Unter dem großen Moskitonetz waren wir eins.*

Ohne diese Zeit würde Cornelia Schlosser nicht weiterhin zufrieden in sich selbst ruhen. Denn seit damals ist sie sich sicher, die Wiedergeburt von Cornelia Goethe zu sein, der Schwester Johann Wolfgang von Goethes. Dass sie gegenwärtig traurig und verzweifelt ist, ist allein ihrer altersbedingten Vergesslichkeit geschuldet.

Dein Guru Bhagwan ist schon lange nicht mehr, so schreibt Monika. Der ›Osho‹, wie er sich später nannte, ist 1990 gestorben. Aber sein Geist und seine Schüler weilen weiter unter uns, vor allem im ›Osho International Meditation Resort‹.

In Pune hat Monika auf Anraten eines Hindu-Priesters das künstlerische Gestalten von Puppen, Figuren, kleinen Götterstatuen gelernt. Sie verdient Geld damit. Ein Engländer namens Stephen geht ihr dabei seit ein paar Jahren zur Hand [!!!].

Die Triebfeder für ihr künstlerisches Gestalten ist die steinerne Frau, die Geliebte von Kaiser Barbarossa, auf Monikas Wunsch in die Wohnung in der Wursthofgasse nach Frankfurt gebracht, wo ihre Beziehung zu der Statue immer intensiver wurde, so intensiv, dass sie eigentlich nur noch mit ihr sprechen wollte, bis sie ihr gestohlen wurde.

In Pune unternimmt sie eines Tages den Versuch, die steinerne Statue aus ihrer Erinnerung heraus zu schaffen. Ein langwieriger Prozess. ...

Auf dem letzten Blatt steht:

Jetzt muss Monika leider Pune verlassen. Und zwar schnell. Ihr Reisepass wird demnächst ungültig. Zum deutschen Konsulat in Pune kann sie nicht gehen, denn der Pass, den sie hat, läuft auf einen anderen Namen. Sie hat schon Kontakt aufgenommen zu dem Mann, der ihr nach Rumänien und dann auch nach Indien zu kommen geholfen hat.

Es ist alles verfahren. Sie wäre gern wieder einmal, wenigstens für ein paar Tage, zurück in Deutschland. Dann hat sie in etwa geschrieben: Der Schmutz, der Lärm. All das Fremde. Sie hält es nicht mehr aus. Sie wird sich bei mir melden.

Wann? Wo ist der Brief? Wo der Umschlag? Ich möchte Monika zu gerne antworten. Sie fragen, ob ich ihr helfen kann.

*****

Cornelia Schlosser ist verzweifelt.

Schon einmal hat sie geholfen. Etwas wenigstens. Ihrem Bruder Tom, Monikas Vater, und wohl auch Martin Langer. Sie weiß, wie sehr er Monika liebt. Immer noch. Trotz alldem, was Monika ihm angetan hat.

Damals, als sie die Karte mit der Stifterfigur der Uta von Naumburg in ihrem Briefkasten gefunden hatte, auf der nichts stand. In einem Umschlag, auf dem in unbeholfener Schrift ›Conny‹ stand, zusammen mit einer getrockneten, flach gepressten, einst wohl gelben Hibiskusblüte, aufgeklebt auf einem hälftig gefalteten Blatt Schreibmaschinenpapier. Es war nicht Monikas Schrift. Aber ein Lebenszeichen. Wer den Umschlag wohl eingeworfen hat?

Ich habe die Ansichtskarte damals an meinen Bruder weitergegeben. Warum habe ich ihm nichts von der Hibiskusblüte gesagt? Die Frage kann ich mir bis heute selber nicht beantworten. Aber das mit dem unauffindbaren Brief Monikas werde ich Tom gestehen müssen. Irgendwann. Irgendwie. Ob ich ihm – oder Martin – dabei werde in die Augen sehen können?

Cornelias Blick bleibt zufällig an einer dunkelblauen Klarsichthülle haften, die, eigentlich unübersehbar, neben der schlichten weißen Goethe-Büste auf ihrem Schreibtisch steht. Allerweltsware. Aber die einzige Skulptur, auf der er nicht den Mund missmutig verzieht.

Was steckt denn in der Hülle?

Sie greift nach ihr.

Gelnhausen 2018
Wieder daheim

Die Sonne ging unaufhaltsam im Westen unter. Heute war sie von einem besonders intensiven Rot-Orange. Die Dämmerung legte einen ersten dunklen Schleier über die weite Kinzigebene. Martin und Tobias Langer saßen, wie so oft in der Vergangenheit, auf der Terrasse der Wohnung oben auf der Dürich. Tobby hatte seinen Kopf an seines Vaters Seite gelehnt, fast ruhte er in dessen Schoß. Martins linke Hand lag still auf dem Rücken seines Jungen. Sie schwiegen.

Langer spürte, wie es in seinem Sohn brodelte. Irgendetwas bedrückte ihn. Aus ungezählten Strafsachen wusste er, in einer solchen Situation etwas zu sagen oder zu fragen, war das Falscheste, was man machen konnte. Hier musste das erste Wort vom Betroffenen kommen. Voraussetzung dafür aber war, dass ein Vertrauensverhältnis zwischen Mandant und Anwalt aufgebaut worden ist. Bestand es, dann war es am Mandanten, dem eine Straftat vorgeworfen wurde, sich zu äußern. Die Zeit für eine Ermunterung oder sonst etwas, das wie ein Drängeln vom Verteidiger verstanden werden konnte, zu nutzen, war Gift. Kontraproduktiv, wie es gerne und unsensibel genannt wurde. Ein Kollege liebte diese entscheidende Phase in einer Strafsache profan mit einem Pokerspiel zu vergleichen, bei dem sich die Spieler belauern. Wer falsch zuckt, der hat verloren.

Für Langer ging es nicht wie einem Pokerspieler ums schnöde Geld. Er kämpfte hier um das Beste und Liebste, was er besaß: seinen Sohn und dessen Seelenheil. Dafür, dass Tobias den neuen, schweren Schicksalsschlag möglichst frei von Spätfolgen verarbeitet, würde er alles geben. Alles. Ja, wenn es erforderlich wäre, auch sein eigenes Leben. Er wusste, dass dies übertrieben, hochtrabend klang. Es war aber ehrlich gemeint. Ein Ausdruck seiner Hilflosigkeit. Das einzige, was er in diesem Moment tatsächlich tun konnte, war zu warten und durch seine Präsenz deutlich zu machen: Wenn du mich brauchst, ich bin für dich da. Das hatten ihm auch die Spezialisten in Hörnow gesagt. Da sein und warten. Und demütig hoffen, dass Tobias ihm vertraute. Seine gegenwärtige Körperhaltung sprach dafür. Ein bald achtzehnjähriger junger Mann, der Geborgenheit bei seinem Vater sucht.

Sei dankbar dafür, Martin. Bleib ruhig und habe Geduld.

Wie schnell doch die Sonne im Westen versank. Unten in Gelnhausen gingen immer mehr Lichter an. Die Nacht brach herein.

Gut, dachte Langer, *dass wir in diesem Jahr bereits jetzt so einen herrlichen Sommer haben, wo doch der meteorologische Sommer noch gar nicht begonnen hat. Gottseidank ist es noch angenehm hier draußen, wär es anders, müsste ich mir Sorgen machen, dass sich Tobby womöglich noch erkältet.*

Der schwarze Schatten eines Kolkraben flog übers Dach. Laut krächzend.

Ob er unseren Hahn gegrüßt hat?

»Plötzlich waren über mir Geräusche.«

Langer zuckte zusammen. Fast hätte er überhört, dass Tobby zu reden begonnen hatte.

»Wie, wenn jemand was wegschabt, wegkratzt. Ich wusste erst nicht, ob ich mich freuen oder Angst haben sollte. Es knarrte laut, tat mir in den Ohren weh, das Geräusch. Dann wurde es auf einmal grell hell um mich ... das Tageslicht .... ich war ja unter der Erde von Finsternis umgeben ... erschrocken ... starr vor Angst ... presste ich die Augen zusammen ... Dann fühlte ich, wie jemand an den Fesseln herumhantierte, die mich zusammengeschnürt hielten. ...

Ich traute mich immer noch nicht die Augen zu öffnen ... Angst, wie der Vogel Strauß ... dann brannte mein Handgelenk ... dann die Beine ... ich kann den Schmerz nicht beschreiben ... Es tat weh, war aber auch wieder Erleichterung ... für den Moment ... Da habe ich geblinzelt ... und Schatten gesehen ... Dann eine seltsame Gestalt ... Es sah aus, als würden Schlangen um ihren Kopf tanzen ...

Die alte Frau, der Tonlage ihrer Stimme nach muss es eine Frau gewesen sein ... Sie sagte zu mir mit arg rauer Stimme. Es klang eigentümlich fremd:

›Ich habe dein Klopfen und Rufen gehört. Du brauchst keine Angst mehr zu haben. Es ist vorbei. Dieser Teufel kann dir nichts mehr anhaben. Deine Vorsehung ist eine andere. Du bist für die menschliche Ewigkeit bestimmt. Wenn alle um dich herum längst vergessene Vergangenheit sind, werden deine Werke noch bewundert werden. Sie werden dich verherrlichen. Deine Gemälde bestaunen. Nur durch diese werden die, die du liebst, in Erinnerung bleiben.‹

Ich habe gekrächzt: ›Darf ich Sie auch malen?‹

War schon ein blödsinniger erster Gedanke, den ich da hatte. Die Frau, das Wesen hat gelacht und gesagt:

›Du kannst es ja versuchen. Aber Dankbarkeit ist ein schlechter Beobachter. Jetzt steh auf. Und geh den Hang hinab. Du benötigst Hilfe. Du wirst bald auf Menschen stoßen, die nach dir suchen.‹

Ich krächzte ein ›Vielen Dank dafür, dass Sie mich gerettet haben‹ und dann, spontan, mein erster klare Gedanke:

›Darf ich Ihren Namen wissen?‹

Da hat sie gelacht. Es klang wirklich rau, mehr wie ein Husten.

›Ah ja, das ist eine gute Frage. Aber mein Name ist unbedeutend. Du hast ihn schon gehört. Jedoch nicht erkannt. Du dankst mir am besten, wenn du dich wohlgesonnen an mich erinnerst. Mich für immer in deinem Gedächtnis bewahrst.‹

Dann sah es aus, als würde sie kurz nachdenken, bevor sie noch anhängte:

›Es gab schon mal jemand in deiner Familie, der mir dankbar war, bis er mich vergessen hat. Dessen Sein wird bald endgültig enden. Mach es besser als er!‹

Sie sagte es so, dass mir irgendwie klar war, dass sie damit nicht Opa meinte.

Ja, und dann ist sie vor meinen Augen verschwunden. Als wäre sie niemals da gewesen. Als hätte ich alles nur fantasiert.«

Tobias war mit seiner Erinnerung beschäftigt:

»Fieberwahn. Dann muss ich wohl ohnmächtig geworden sein. Auf jeden Fall lag ich auf dem Waldboden neben der Kiste, als ich wieder zu mir kam. Wie ich dahin gekommen bin? Keine Ahnung. Das wissen die Götter. Nur eins steht fest, die alte Frau hätte mich niemals allein aus dem Loch herausheben können, auch wenn sie von großer, kräftiger Gestalt war.«

Erneut schwieg Tobby. Auch Langer sagte nichts.

Und dann, bedauernd, schmerzlich brach es aus seinem Sohn heraus:

»Das Schlimmste ist, ich kann sie nicht zeichnen. Ich sehe ihr Gesicht vor mir ... und dann doch nicht. ... Es ist, als hätte sie einen schwarzen Schleier mit seltsamen Mustern getragen ... oder ihr Gesicht war voller Falten und Tätowierungen. Oder zur Fratze entstellt. Das glaub ich aber nicht.«

Er dachte nach. Lange. Martin Langer schwieg und wartete. Dann:

»Ich glaube, sie wollte einfach nicht erkannt werden. ... Dabei .... Ihre Augen waren so auffallend strahlend blau und voll Güte, Wärme, Liebe. So etwas kann man nicht verbergen. ... Weißt du, Vati, immer wenn ich diese Augen vor mir sehe, werde ich daran erinnert, wie du Muttis Augen beschreibst. Und ich glaube, genau solche Augen habe ich gesehen.«

*****

Sie fanden die Leiche eines jungen Mannes, den Tobias als seinen Entführer identifizierte, unweit des Orts, wo er vergraben gewesen war. Nach den polizeilichen Ermittlungen handelte es sich um einen ehemaligen Mitarbeiter von Nicks Vater, der kurz zuvor fristlos entlassen worden war, nachdem die Revision in seinem Aufgabenbereich erhebliche Unregelmäßigkeiten in der Buchführung festgestellt hatte. Es hat den Anschein, dass er sich mit der Ermordung Nicks an der Familie Nolson rächen wollte.

Und Tobbys Entführung? Vermutlich eine spontane Idee des Täters an mehr Geld zu kommen. Er kann nicht mehr vernommen, befragt werden. Er ist an einer Überdosis Heroin verstorben.

Woran die Kriminalpolizei mit dieser Theorie allerdings nach der Obduktion des Mörders zu knabbern hat, sind, wie Volker Voss seinem Seniorpartner unter der Hand gesteckt hat, zwei Ungereimtheiten. Einmal die Tatsache, dass sich am Körper des Toten keinerlei Einstiche befanden und zum anderen, dass auch nirgendwo, weder am Fundort der Leiche noch in der Wohnung des Täters Spuren von Rauschgift oder ein Besteck oder sonst etwas, was auf eine Sucht schließen lässt, gefunden wurden.

»Sie halten es für nicht ausgeschlossen, dass der Tote noch einen Komplizen hatte«, wusste Volker. »Aber die Gerichtsmediziner rätseln weiter, wie das Heroin in seine Blutbahn gelangen konnte, ohne jegliche äußere Einwirkung. Und sie haben, ehrgeizig und hartnäckig wie die Forensiker nun mal sind, die Leiche auf links gewendet. Aber ohne jegliches Ergebnis.«

Langer kam die schlangenköpfige Retterin von Tobias in den Sinn.

»Hör doch endlich auf, dir so einen unmöglichen Fantasy-Kram vorzustellen!«, forderte genervt sein Verstand. Doch in einer anderen Ecke seines Kopfes leierte Shakespeares Hamlet gebetsmühlenartig:

»Es gibt mehr Ding' im Himmel und auf Erden, als Eure Schulweisheit sich träumt!«

Doch das war Dichtung. Was allein zählte, war die bloße Wirklichkeit. Die Polizei hat von irgendeiner Frau, wie sie Tobias in seinem Albtraum gesehen haben will, keinerlei Spuren gefunden. Aus entsprechenden Bemerkungen der ermittelnden Polizeibeamten entnahm Langer, sie glaubten, dass Tobias, halb verdurstet, erfroren und durchgedreht, fantasiert hat. Die Gerichtsmedizin würde diesen Ansatz noch prüfen.

Martin Langer widersprach Ihnen nicht.

Kann ich ja auch gar nicht, weil ich es nicht besser weiß. Für eine Widerrede habe ich kein stichhaltiges Argument, sondern nur offene Fragen:

Wie ist der Täter zum Nordfriedhof gekommen? *Wo ist der kleine rote Audi geblieben? Wie ist er in den Wald gekommen, wo man seine Leiche gefunden hat?*

Wenn ich die Beamten frage, wer meinen Sohn aus der Kiste befreit hat, dann kann ich regelmäßig mit der nachvollziehbaren Antwort rechnen:

»Zweiter Täter. Reuig. Herr Doktor Langer, den kriegen wir noch. Wetten?!«

Von dem blauen Ordner und Muhme Aja mit ihren blauen Augen und dem tätowierten Gesicht erzähle ich besser nichts. Sonst halten mich die Beamten auch noch für plemplem.

»Der aale Langer hat ein weg!«

Das wäre ein gefundenes Fressen für Gelnhausen. Das muss ich nicht haben. Und Tobby werde ich auch nichts von meiner Vermutung sagen. Später, vielleicht, wenn ich ihn nicht vorher vernichte oder ›ausdünne‹, kann er den Ordner in meinem Tresor finden. Wenn er ihn liest, dann soll es mir recht sein.

Tobby hat sowieso seine Probleme mit dem Ermittlungsergebnis der Polizei, soweit er es kennt. Und das mit einem guten Argument:

»Vati, bitte erklär mir folgendes: Täter soll jemand sein, der langjährig eine vertrauensvolle Tätigkeit im Unternehmen von Nicks Vater ausgeübt hat, der aber mir gegenüber in Nicks Auto den Familiennamen der Nolsons nicht wusste. Das geht doch gar nicht! Oder?«

»Vielleicht war er zu aufgeregt. Nach all dem, was er schon getan hatte und gerade mit dir noch vorhatte«, *versuche ich seine Frage zu beantworten. Meine Antwort klingt so lahmig, weil ich von meiner Lösung auch nicht sehr überzeugt bin.*

»Vati, ich bitte dich. Der Kerl war eiskalt. Und von ›high‹ habe ich an ihm auch nichts bemerkt. Glaub mir, irgendetwas stimmt da nicht!«

Langer konnte seinem Sohn nicht widersprechen. Seine Antwort war weiter lau, wie er wohl wusste:

»Warten wir's ab, was die Kripo noch herausfindet. Geben wir ihr die Zeit. Zunächst ist für uns wesentlich, dass du lebst und gesund bist!«

»Na ja, Vati! Und was ist mit Nick und seinen Eltern?«

Auf diese Frage reagierte Langer ganz entschieden:

»Ich pass auf, dass die Ermittlungen nicht einfach eingestellt werden. Darauf kannst du dich verlassen. Versprochen!«

Diese Antwort war ihm ernst, aber sie war auch tricky. Mord verjährt nicht. Schon aus diesem Grunde konnte Nicks Fall nicht eingestellt werden.

*****

Und Tom Schlosser, der alte Freund und Ex-Schwiegervater. Langer hatte ihm in den letzten Monaten vor Tobbys Entführung das eine und andere Kapitel aus dem blauen Ordner vorgelesen. Tom ist mittlerweile auf einen Rollstuhl angewiesen. Seine Hände erlauben ihm aber – »erstaunlicherweise«, so Herr Professor Strass – noch das stundenweise Malen.

Tom, der um die Statue im geheimen Gang weiß, vermutet auch etwas. Der Kriminalbeamte in ihm kombinierte weiterhin. Dessen war sich Martin Langer ganz sicher, hatte doch sein alter Freund erst kürzlich, als sie einmal mehr über den Fall sprachen, plötzlich etwas vor sich hingemurmelt. Es klang wie:

»Ich glaub, ich verlier den Verstand. Das kann einfach nicht wahr sein!«

Hörnow 2018
Abi-Feier fällt aus

Nicks und Tobias' Klassenkameraden haben einmütig und einstimmig beschlossen, eine Trauerfeier für Nick auf dem Parkplatz vor dem Nordfriedhof auszurichten, dort, vor dem verbeulten grünen Container. ›Abfälle‹ steht in zerkratzten weißen Großbuchstaben auf ihm. Es mutet ihnen wie der letzte Hohn eines perversen Mörders an. Doch sie lassen sich nicht von ihm dominieren. Das wäre das Letzte. Den Gefallen tun sie ihm nicht. Sie schalten den Täter aus ihren Gedanken aus. So gut es geht. So wie es ihnen die Psychologen empfohlen haben.

Sie denken an Erfreuliches. Alle in der Klasse haben das Abitur bestanden. Keiner ist durchgefallen, auch Nick nicht. Der Arme hatte zwar nur zwei Arbeiten mitschreiben können, beide aber, sogar die Mathe-Prüfung, mit Erfolg. Trotz der fehlenden Prüfungsteile hatte die Schulleitung entschieden, dass Nick die Reifeprüfung ›in Memoriam‹ bestanden habe. Diese feine Geste hatte sie alle, Eltern wie Schüler, gerührt.

Viele, nicht nur die Abiturienten anderer Schulen, sondern auch völlig fremde Menschen sind mit Kerzen und Blumen erschienen. Bestimmt mehr als hundert Leute. Zufällig Vorbeikommende bleiben stehen und gaffen neugierig. Damit hat Nicks Klasse nicht gerechnet. Wie auch? Hier wollten sie eigentlich nur das kleine Gesteck aus weißen Nelken vor dem – bewussten – Container niederlegen.

Und jetzt das!

Irgendjemand hat geratscht! Eine bekannte Zeitung hat – wie auch immer – von ihrer Absicht erfahren und sie abgedruckt. Eigentlich hatten sie doch nur unter sich sein wollen. Die Siebzehn aus der O Ia. Heiner, ihr Klassensprecher, flüstert hektisch auf Tobias ein:

»Tob, bitte, sag was, bevor wir Ärger bekommen von wegen nicht angemeldeter Demonstration oder so. Die Polizei ist schon da. Ich kann das nicht. Bin absolut überfordert. Mir zittern jetzt schon die Knie. Nick war dein spezieller Buddy. Und du warst selber Opfer. Außerdem, du kannst das von uns allen auch am besten. So wie du deine Bilder fremden Leuten erklären kannst.«

Tobias nickt. Auch er muss sich überwinden. Innerlich so aufgerührt wie er ist. Doch er gibt sich einen Ruck. Er fühlt sich verantwortlich. Nick hat es verdient, dass er ... Der treue Kumpel. Er muss schluchzen.

Scheiß drauf! Sollen sie doch sehen, wenn ich heule!

Frank ist mit dem Cabrio seiner Mutter da. Mit offenem Verdeck. Klassenkameraden, er bekommt nicht mit, welche, helfen Tobias auf dem wackeligen Beifahrersitz zu stehen, damit die Anwesenden weiter hinten auf dem Parkplatz ihn auch sehen können. Was für ein Menschenauflauf!

Tobias braucht einen Moment, bis er sich gefangen hat. Mein Gott ist das schwer, seine Gefühle rauszulassen! Er zwingt sich. Nick zuliebe:

»Hi, Nick, Buddy. Weißt du noch, wie wir am zwölften März schriftliches Abi hatten? Ich in Deutsch, du in Mathe. Du hattest vorher argen Schiss vor der Prüfung. Du warst ganz sicher, dass du sie in den Sand setzt. Total. Und ich habe zu dir gesagt:

»Nick, hab dich nicht so. Du bist besser, als du denkst.«

Und du hast gemeint: »Tob, du hast gut reden!«

Und dann kam der Tag. Und mittags, nach der Arbeit trafen wir uns in der Halle. Zwischen euch hier, zig anderen Abiturienten, die eilig dem Ausgang zustrebten. Ein strahlender Nick. *Das sieht gut aus,* dachte ich und fragte rein vorsorglich:

»Und, wie war's?«

»Buddy«, hat Nick geantwortet. »Es gibt Tage, da gelingt einfach alles. Tage, die schöner nicht sein können!«

Mein Vater, ein großer Goethe-Fan, zitiert gerne: ›Wo viel Licht ist, ist auch starker Schatten‹. Ihr wisst, was ich damit sagen will.«

Tobias musste laut aufschluchzen. Er war hörbar nicht der einzige in der Runde. Er fing sich mühsam.

»Und ich fühle mich so schuldig, an dem, was dann hier geschehen ist. Stellt euch vor, ich hätte ihn tags zuvor nicht gefragt, ob er mich nach der Prüfung nach Gelnhausen fahren kann, weil mein alter Herr gerade an dem Tag in Braunschweig zu tun hatte. Oder er hätte gesagt: ›Du, Buddy, ich muss erst nach Hause, zu meinen Eltern, ihnen umgehend von meinem Coup, den ich gerade gelandet habe, berichten. Die drehen vor Freude durch. Das will ich sehen. Komm doch mit! Dauert nicht lange.‹

Oder er hätte nach der Prüfung gesagt: ›Komm mit zum Auto. Wir fahren nur schnell bei den alten Nolsons vorbei, machen ihnen eine Freude, und dann direktemang auf die Dürich nach Gelnhausen. Oder willst du es doch erst deinem Opa Tom in Frankfurt erzählen. Damit TobTom auf dem Laufenden ist.‹

Was hätte der Mörder gemacht, wenn wir hier zu zweit aufgetaucht wären? Nein, typisch Nick, der stets hilfsbereite Kumpel, er sagte: ›Klar doch, Tob. Habe ich doch versprochen.‹ Warum habe ich, Egoist, nicht von mir aus Nick den Vorschlag gemacht?«

»Tob, weil du genau gewusst hast, dass Nick dann ›Nein‹ gesagt hätte«, ruft eine Klassenkameradin.

»Ich danke dir, Bärbel. Vielleicht hast du recht. Aber einen Versuch wär es schon wert gewesen.

›Tage, die schöner nicht sein können‹, hat Nick gesagt. Was für ein gewaltiger Stein ist ihm vom Herzen gefallen, ihm, der nur ein Ziel im Sinn hatte. Nick wollte Betriebswirtschaft studieren, um irgendwann in das Unternehmen einzusteigen, das sein Vater, den Nick über alles bewundert, aus dem Nichts aufgebaut hat. Wie beschwingt ist er hierhergeeilt, um sein Auto zu holen. Beschwingt. Frohen Herzens in den Tod hinein. Wo sein Mörder kalten Herzens bereits auf ihn gewartet hat.

Ich könnte ihm, vielleicht, irgendwann vergeben, was er mir angetan hat. Aber das, was er mit Nick gemacht hat, niemals. Es gibt nur ein Bundesland in Deutschland, in dessen Verfassung die Todesstrafe noch verankert ist, und das ist unser Hessenland. Ich will gar nicht ausmalen, was ich in meiner Verzweiflung für dumme Gedanken gehabt habe.«

Im Hintergrund der Trauerversammlung skandieren einige Leute hässlich:

»Todesstrafe! Todesstrafe! Todesstrafe!«

Unruhe kommt auf. Tobias zuckt zusammen, als er erkennt, was er mit seiner letzten Bemerkung ausgelöst hat. Er versucht zu retten, was zu retten ist.

»Irre Gedanken. Gefesselt in einer kleinen Kiste, lebend vergraben unter der Erde, in Angst und Verzweiflung nicht zu Ende gedacht. Gerettet, befreit, voll Dankbarkeit, schämt man sich solcher dummen Gedanken. Irgendjemand, irgendeine höhere Gewalt hat den Mörder Nicks schon bestraft. Vielleicht hat sein schlechtes Gewissen in ihm ein solch panisches Entsetzen ausgelöst, dass sein Herz das Schlagen vergaß. Doch genug! Über Kriminelle und Strafe hier zu reden, bedeutet, im Rahmen einer kleinen Gedenkfeier für einen lieben Freund Verbrechern zu viel unverdiente Aufmerksamkeit zu schenken.

Nick, wir sind heute hierher gekommen, um dir zu sagen: Du fehlst uns. Wir lieben dich. In Gedanken bist du für immer bei uns. Wir wollen dir ›Danke‹ sagen für viele schöne, fröhliche, gemeinsame Jahre. ›Danke‹ für deine Hilfsbereitschaft, deine Freundschaft. ›Danke‹ dafür, dass wir mit dir zusammen sein durften. Wir werden dich nicht vergessen. Nie!

Mach's gut, Buddy! Und pass von da oben im Himmel gut auf uns auf, damit wir hier unten keinen Blödsinn machen, damit du stolz auf uns sein kannst.

Tschüss, Nick. Tschüss, Buddy.«

Dann bittet die Klasse die anderen Teilnehmer an der kleinen Gedenkfeier innezuhalten, und sie allein zu dem toten Freund in den Friedhof zu lassen. Die allermeisten haben Verständnis für ihr Anliegen. Ein paar Fotoreporter nicht. Die werden von anderen Abiturienten abgedrängt. Sie schotten hilfsbereit, nicht vereinbart, Nicks Klasse ab.

Die Siebzehn, die sie jetzt noch sind, gehen schweigend, zum zweiten Mal nach der Beerdigung, hin zu Nick, um dort ihre Abi-Abschieds-Party gemeinsam mit ihm zu feiern. So haben sie es vereinbart. Trotzig. Viele wirken hilflos, verkrampft, ratlos. Schwer der Schritt. Das hoffnungsfrohe Maigrün der Kastanien an beiden Seiten der Allee sehen sie nicht. Auch für den wolkenlos blauen Himmel haben sie kein Auge. Doch, dass die ersten Blumen auf seinem Grab schon welken, bemerken die meisten. Der Tod ist so nah. Es tut ihnen weh. So, wie es jungen Menschen wie ihnen nur wehtun kann.

Und nun?

Spontan ergreift Tobias noch einmal das Wort.

»Es sollte, so haben wir noch vor wenigen Wochen gedacht und geplant, eine fröhliche und ausgelassene Fete werden, unsere Abi-Feier. Mit viel Trallala und Schwof und Lachen. Ja, und jetzt haben wir sie gemeinsam bestanden, unsere Reifeprüfung. Ganz anders, und wesentlich besonderer als angedacht. Ohne Party, Disco und Alkohol. Nicht oberflächlich, sondern mit Reife, Mitgefühl und Würde. Und vor allem: Gemeinsam mutig. Denn wir schämen uns nicht unserer Tränen, sondern wir zeigen unsere Gefühle offen. Es gibt so viele Formen von Tränen und Weinen. Hier, heute, sollen sie bezeugen, was Liebe ist. Liebe zueinander über den Tod hinweg. Diese Grausamkeit, begangen an Nick, dieses Ereignis werden wir nicht vergessen, solange wir leben. Es ist so unmenschlich brutal, dass es einen scharfen Riss in jedem von uns hinterlässt. Auch wenn wir alle gänzlich verschiedene Menschen sind. Einige von uns haben einige andere von uns nicht besonders leiden mögen. Doch das zählt jetzt nicht mehr.

Von einem Augenblick zum anderen sind wir, irgendwie alle wohl behütete Kinder, weit weg von Lebensängsten und Kummer, in die kalte Realität des Lebens geschleudert worden. Brutal zum Erwachsenwerden verdonnert.

Am Anfang unseres Lebens nach der Schule steht nicht die Neugierde nach dem, was uns jetzt erwartet, sondern die Konfrontation mit dem Ende, dem Tod. Und wir erfahren in diesen Tagen, durch die Sympathie, die Zuneigung, die Anteilnahme, die uns entgegengebracht werden, was wahre Menschlichkeit ist. Wie hilfreich, wie wohltuend sie sein kann. Gemeinsam lässt sich dieser Schock am besten bewältigen.«

Tobias schließt die Augen. Oma, Mutter, Opa, rasen durch seinen Kopf, finden sich im ›Auge‹ zusammen, ihrem Gemälde zu Vatis letztem Geburtstag.

»Lasst uns, bitte, deshalb einen Kreis bilden und uns an die Hände nehmen mit Nick in unserer Mitte. So wollen wir alle eng mit Nick zusammen sein und zusammenhalten. Alle für einen, einer für alle.«

Tobias kommt der Song in den Sinn, den Nick auf der Abi-Feier unbedingt hatte hören wollen: »Lazy Weekend«.

Er erzählt es der Klasse und sagt weiter:

»Der Refrain daraus hat es Nick besonders angetan: ›All I want is somebody who take me out and lead me home.‹ Darf ich in eurer aller Namen sagen: Nick, wir sind dein ›somebody‹.«

Vereinzelt erst, zaghaft, dann aus immer mehr Mündern, bis es schließlich aus dem Wortwirrwarr im Kreis unisono erklingt:

»All I want is to be your somebody, Nick!«

Gelnhausen, im Mai 2018
Die Abi-Zeitung

Vor ein paar Jahren hatte ihn Martin Langer zufällig entdeckt, den Umzugskarton mit Relikten aus seiner Schulzeit, die seine Mutter für ihn aufgehoben hatte. Wie und wann er auf den Dachboden hier oben auf der Dürich gekommen war, konnte er nicht mehr nachvollziehen. Möglicherweise hatte Vater Langer den Karton schon gleich nach dem Erwerb der Wohnung Langers dort oben deponiert. So verstaubt, wie er aussah, war dies gut möglich. Erst vor wenigen Wochen, nach seiner ›Fern‹-Besichtigung der Burg durch das verschlossene Tor, hatte sich Martin Langer an ihn erinnert und, leider vergeblich, nach dem bewussten Referat über die Barbarossaburg durchforstet. Alles schien seine Mutter doch nicht aufgehoben zu haben. Doch bei dieser Suche war ihm seine Abiturzeitung in die Hände gefallen. Zerknittert. Eingerissen. Angestaubt. Die Schrift teilweise verblasst.

Viel Staat war mit diesem Exemplar wirklich nicht mehr zu machen. Trotzdem: Der Zeitpunkt, an dem ihm die Zeitung in die Hände gefallen war, war günstig. Seine Klasse feierte in wenigen Wochen die fünfzigste Wiederkehr ihres am Grimmelshausen Gymnasium Gelnhausen abgelegten und bestandenen Abiturs. Tatsächlich, unglaubliche fünfzig Jahre lag es schon zurück: Das vermeintlich durch das Reifezeugnis nun mehr geöffnete Fenster, die dadurch weit aufgestoßene Tür zum künftigen Glück.

Je nach Charakter sind wir damals ängstlich, hoffnungsfroh, unternehmungslustig, getrieben, neugierig, pragmatisch, erwartungsvoll gewesen auf das, was auf der anderen, der uns noch unbekannten Seite von Tür oder Fenster für jeden einzelnen von uns liegen mochte.

›Wir sind noch mal davongekommen‹

lautete die Überschrift auf der Titelseite unserer Abi-Zeitung. Darunter waren die Konturen des Grimmelshausen Gymnasiums zu sehen, des Gebäudes im Stil der fünfziger Jahre, ein viereckiger Kasten aus Beton und Glas, in einem fünfzackigen Stern, von dessen rechtem ›Fuß‹ die Hälfte fehlte. Durch diese offene Stelle des unvollständigen Zackens rutschten allerlei Schulutensilien, Bücher, Hefte, Stifte, Lineale, Taschen Richtung Boden aus dem Stern.

Langer erinnerte sich:

Die Zeichnung war meine Idee, deren Umsetzung aber nur teilweise. Was habe ich dabei geflucht – bis zur schieren Verzweiflung. Mir wollten die geraden Linien von Stern und Schule einfach nicht sauber gelingen. Mal verschmierte ich sie mit der Tuschefeder am Lineal, mal war es Tusche am Lineal, die mir das Bild versaute, meist aber habe ich die Linien verzittert, verwackelt oder mir ging die Tusche mitten im Strich aus. Es war die Hölle. Wie konnte nur ein Mensch so tapsig, ja unfähig sein eine gerade, saubere Linie zu ziehen!

Doch dann war unerwartet, Gott sei's gedankt, der Deus ex Machina, wie wir ihn im Deutschunterricht kennengelernt haben, ein Retter in meinem Zimmer aufgetaucht. Vater Langer stand in der Tür und fragte:

»Maddin, wen fluchst du denn hier in Grund und Boden?«

Ich habe ihm mein Problem geschildert und er, der alte Konstrukteur, meinte nur: »Rutsch mal rüber!«, setzte sich an meinen Schreibtisch und keine Viertelstunde später lagen Stern und Schule komplett und astrein vor ihm. Sogar an die dünnen Schattenlinien in den Fensterfeldern, die die Scheiben im Schulgebäude verdeutlichten, hatte Vater Langer – im Unterschied zu mir – gedacht.

Ich bin ihm spontan aus Erleichterung und Dankbarkeit um den Hals gefallen. Er war ganz verlegen und meinte nur:

»Als Ingenieur hättest du es wohl schwerer als in dem von dir angestrebten Beruf als Rechtsverdreher!«

Der Rest war einfach. Mit ein wenig Deckweiß habe ich den rechten Zackenfuß geöffnet und daraus die Schulutensilien fallen lassen.

Auf der Innenseite des Umschlagblatts stand unter der Überschrift ›Anmerkungen zum umseitigen Titelbild‹ folgender Text:

›Wir sind noch einmal davongekommen‹, lautet der deutsche Titel eines mittlerweile weltberühmten Theaterstücks von Thornton Wilder, uraufgeführt während des Zweiten Weltkriegs am 15. Oktober 1942 in New Haven, Connecticut (im deutschsprachigen Raum Erstaufführung am 16. März 1944 in Zürich).

Zur Handlung: Eiszeit, Sintflut und Krieg im ständigen Wechsel während der Probe eines Theaterstücks auf der Bühne, gezeigt am Beispiel einer Familie Antrobus (Anspielung auf das griechische Wort ›anthropos‹ für Mensch), die sich immer wieder aufrafft und hartnäckig stets aufs Neue versucht, den Zyklus trotz aller Rückschläge und Probleme, Einsichten und Zweifel zu durchbrechen.

»Das ist alles, was wir tun – immer wieder von vorne anfangen!«, sagt Sabina, das Hausmädchen im letzten Akt.

Für uns bedeutet der Titel des Theaterstücks zweierlei. Zum einen, leicht ironisch, dass wir erleichtert sind, die Schulzeit unbeschadet überstanden zu haben; zum anderen, ganz ernsthaft, unser Lebensziel, als junge Menschen dazu beizutragen, dass endlich dauerhaft Frieden auf Erden einzieht.

Zum Stern: Es handelt sich um einen Drudenfuß, auch Pentagramm genannt. Das Pentagramm bannte nach der Vorstellung der Menschen des Mittelalters das Böse, insbesondere die nächtlichen Dämonen, die Druden genannt wurden.

Im ›Faust‹ von Goethe, dem zentralen Thema des Deutsch-Unterrichts in unserem letzten Schuljahr, und darin im ersten Teil der Tragöde wird der Teufel (Mephistopheles) durch einen auf der Spitze stehenden Drudenfuß daran gehindert, Faustens Studierzimmer zu verlassen. Er kann das Vollendete nicht überwinden. Wörtlich heißt es im ›Faust‹ (Vers 1395 ff.):

›*Mephistopheles:*
Gesteh' ich's nur! Dass ich hinausspaziere,
verbietet mir ein kleines Hindernis,
der Drudenfuß auf eurer Schwelle –

Faust:
Das Pentagramma macht dir Pein?
Ey sage mir, du Sohn der Hölle,
wenn das dich bannt, wie kamst du denn herein?
Wie ward ein solcher Geist betrogen?
Mephistopheles:
Beschaut es recht! Es ist nicht gut gezogen;
der eine Winkel, der nach außen zu,
ist, wie du siehst, ein wenig offen.
Faust:
Das hat der Zufall gut getroffen!
Und mein Gefangner wärst denn du?
Das ist von ohngefähr gelungen!
Mephistopheles:
Der Pudel merkte nichts, als er hereingesprungen,
Die Sache sieht jetzt anders aus;
der Teufel kann nicht aus dem Haus.
Faust:
Doch warum gehst du nicht durchs Fenster?
Mephistopheles:
’s ist ein Gesetz der Teufel und Gespenster:
Wo sie hereingeschlüpft, da müssen sie hinaus.
Das erste steht uns frei, beim zweiten sind wir Knechte.
Faust:
Die Hölle selbst hat ihre Rechte?‹

Das heile Pentagramm setzt sich aus einer Vielzahl goldener Schnitte zusammen, und steht auch deshalb als Symbol für Vollkommenheit. Damit können wir frische Abiturienten nicht mithalten. Unser ›Drudenfuß‹ ist nicht komplett; denn wir sind alles andere als vollkommen. Dessen sind wir uns sehr bewusst. Wir stehen erst am Beginn unseres beruflichen Lebenswegs. Noch sind wir Anfänger und machen Fehler. Doch wir sind lernwillig und ehrgeizig. Wir sind dankbar dafür, dass wir so weit gekommen sind, und danken von Herzen allen, die uns ermöglicht haben, dass wir dieses erste Ziel erreichen konnten, vor allem unseren Eltern. All denen, die uns gelehrt haben, verantwortungsbewusst mit dem Geschenk ›Leben‹ umzugehen, gilt unsere große Sympathie. Wir versprechen, respektvoll mit diesem Geschenk umzugehen.

Doch das gilt für die Zukunft. Auf den folgenden Seiten wollen wir – nicht ohne Humor – aufzeigen, was wir als Schüler des Grimmels erlebt haben, und wie es jedem einzelnen von uns gelungen ist, mit mehr oder weniger tiefen Seufzern der Erleichterung festzustellen:

»Ich bin noch einmal davon gekommen!« ‹

Martin Langer konnte sich nicht mehr erinnern, wer aus seiner Klasse diese Sätze verfasst hatte. Das würde er auf dem Klassentreffen erfragen. Was er aber wusste, war, Tobias durfte die Abitur-Zeitung auf keinen Fall zu sehen bekommen.

War es besser, sie gleich zu entsorgen?

*****

An diesem Abend zog Martin Langer erstmals seit dem Abend, an dem er von Braunschweig aus mit Katja Helmer telefoniert hatte, den fast leeren blauen Ordner aus seinem Aktenkoffer, schlug ihn auf und las:

Der letzte Zug nach Süden
Lombardei 1184/1186

Er war gedacht als Ausdruck des Friedens, der Freundschaft, des Endes einer Zeit grausamer Konflikte. Entsprechend klein war der Kreis seiner Begleiter, unter denen sich nur wenige, leicht bewaffnete Ritter befanden. So kam es, dass Friedrich die Mailänder um Hilfe bitten musste, als sich die ewigen Rivalen aus Crema und Cremona in seiner unmittelbaren Nähe bekämpften und auf sein Wort als oberster Richter des Reiches keinen Deut wert legten. Die Krieger Mailands brachten die Streithähne zur Räson. Und der Kaiser, an Frieden und Entspannung interessiert, beließ es großzügigerweise bei einer Geldstrafe für die Cremonesen und löste die Meinungsverschiedenheiten der beiden Städte salomonisch zu beider Zufriedenheit.

*****

Und als Friedrich auf dieser, seiner sechsten Expedition nach Italien vom Tod seiner kleinen Tochter Agnes erfährt, beschenkt er für deren Seelenheil das Kloster San Donato a Torri, in dessen Nähe er sich bei Erhalt der traurigen Nachricht befindet. Förderhin dürfen dessen Mönche Mühlen bauen und die Fischerei betreiben.

*****

Mailand aber wurde die Ehre zuteil, um die sie sich beworben. König Heinrich VI. heiratet am siebenundzwanzigsten Januar 1186 in der lombardischen Stadt mit großem Prunk Konstanze von Sizilien, die dreißigjährig, elf Jahre älter ist als er. Sie, die ihren Vater nicht kennenlernen durfte, weil Roger II. schon vor ihrer Geburt verstarb. Obwohl bereits seit dem Jahre 1184 mit Heinrich verlobt, hat er seine Braut noch nicht zu Gesicht bekommen. Wohl zwölf Jahre sei sie Nonne in einem Kloster gewesen, so wird unter der Hand behauptet. Aus dem man sie im Interesse des normannischen Königreiches geholt und mit Heinrich liiert habe. Arg hässlich und sehr herrisch sei sie, so heißt es weiter und wenig versprechend.

»Schlimmer als die Scheiße in Erfurt, im Juli des HErrn 1184, kann es kaum kommen!«, versucht ihn sein jüngerer Bruder Friedrich, der Herzog von Schwaben, in der ihm eigenen derben Art drastisch zu trösten. Er spielte auf jenes Unglück an, bei dem der Boden des großen Saals, in dem sich gerade zahlreiche Vertreter des weltlichen und kirchlichen Adels mit Heinrich VI., ihrem jungen König, aufhielten, eingebrochen war. Unter dem Saal befand sich das Kloakebecken des Palasts. Etliche der hineingestürzten Grafen waren darin ertrunken. König Heinrich selbst hatte Glück gehabt. Im Augenblick, als der Boden unter der zu großen Last der auf ihm weilenden Menschen nachgab, hatte er zurückgezogen in einer zweibögigen Fensternische in vertraulichem Gespräch mit Konrad, dem Erzbischof von Mainz, gesessen. So konnten sie, die geistesgegenwärtig die steinerne Mittelsäule des Fensters umklammerten, dem Unfall entgehen und gerettet werden.

»Pass du nur auf, dass du nicht selber irgendwann in die Scheiße fällst!«, empfiehlt Heinrich seinem jüngeren Bruder so bestimmt, als ob er um die Zukunft wüsste.

Wie Vater und Bruder und viele Angehörige des Hochadels sind auch seine besten Freunde Heinrich vom breyden Bach und Friedrich von Hausen bei der feierlichen Vermählung in Mailand zugegen. Der junge König ist schon an den Vortagen aufgeregt. Seinen beiden Freunden gesteht er, dass er Bammel habe vor der ersten Begegnung mit der älteren Frau, die dem Vater und ihm das Königreich von Sizilien einbringen soll. Und, hoffentlich, einen Erbfolger.

Als sie ohne den anderen Friedrich, den Herzog von Schwaben, zu dritt nebeneinander ausreiten, rät Friedrich von Hausen dem nervösen Bräutigam gutmütig:

»Reiß dich zusammen, lieber Herr König. Wie auch immer, du tust ein gutes Werk für unser stolzes Reich. Wie ich gehört habe, soll Konstanze gut aussehen und ein teuflisches Temperament ihr Eigen nennen. Wie auch immer, sing ihr ein schön Lied und sie wird in deinen Händen schmelzen.«

»Wenn dem so ist, bekomme ich Ärger mit meinem Vater. Der Kaiser erwartet eine dauerhafte Verbindung. Und nicht ein sogleich dahinschmelzendes Frauenzimmer.«

Das nachfolgende Gejohle seiner beiden Freunde ist groß.

Und Heinrich, der aus Gelenhusen, meint nach einem hilfreichen Trost für den Freund suchend schelmisch:

»Selbst, wenn es wirklich so schlimm sein sollte, wie manche deiner Neider behaupten, mein guter Freund, dann schließe die Augen und denke an die hundertfünfzig edlen Pferde, hochgeladen mit Gold und Silber, edlem Schmuck und anderen kostbaren Gaben, die dir Konstanze als Heiratsgabe mit in die Ehe bringt. Um einen solchen Schatz zu wissen, muss doch eine Wonne sein.«

Er denkt noch kurz nach, um dann noch hinzuzufügen:

»Und vergiss nicht die große Freude, die deine Vermählung dem Vater bereitet.«

»Meine werten, so arg erfahrenen Freunde, seid überzeugt, ich werde mein Bestes tun!«, beendet der junge König die Flachserei.

»Und alles wird gut! Lasst uns nun geschwinder reiten.«

*****

»Welch rührendes Bild, Heinrich, wie du deinem süßen Täubchen so liebevoll die besten Stücke der Brathähnchen ins Schnäbelchen gestopft hast. Wir sollten ein Minnelied dazu schreiben. Was meinst du dazu, Heinrich von Gelenhusen, du Schelm?«

Der nimmt die Hände vom Sattelknopf, hebt sie betont entschuldigend hoch und sagt:

»Alles hat so seine Zeit.
Meine ist noch nicht soweit.
Kann noch nicht die Schnäblein wetzen,
wie die liebden Fraun es schätzen.

Du hörest, o Friedrich von Hausen, dass ich die Dicht- und Liebeskunst nicht so beherrsche wie es Heinrich von Schwaben und dir so wunderbar gegeben ist.

Auch musste ich mein Brathähnchen während des Mahls heute Mittag allein verzehren. Die mir irgendwo auf der Welt bestimmte Konstanze musste leider noch hungern.«

Das übermütige Hänseln und neugierige Nachbohren seiner beiden Vertrauten am Mittag nach Vermählung und Hochzeitsnacht beim großartigen Fest im schönen Garten des Klosters San Ambrogio beschied Heinrich dann mit einem kennerischen »Nur keinen Neid, sondern erweist Respekt, Freunde! Respekt! Es gilt dem Reich zu dienen. Sprecht also mit gebührendem Anstand von der mir angetrauten Königin, die mit höfischen Manieren so vieles zu wissen und zu beherrschen glaubt.«

Die Freunde, die die Doppeldeutigkeit der Worte Heinrichs erkennen, können sich ein weiteres Gejohle nicht verkneifen. Verhaltener, leiser aber ist es als zu der gerade vergangenen Zeit, als Heinrich zwar schon König, aber noch Junggeselle gewesen.

*****

Der Vater des frisch vermählten Königs prahlt an anderer Stelle des Gartens stolz im Kreis seiner Getreuen von dem römisch-deutschen-normannischen Reich der Staufer, »das jetzt von Nord- und Ostmeer hinab bis zum Mittelmeer reichet.«

Friedrich, der Kaiser, bedenkt dabei nicht, dass diese Behauptung vor fünfzig Jahren bereits ein anderer deutscher Fürst zum eigenen Nachteil nutzte. Heinrich der Stolze. Ihm hatten diese angeberischen Worte, wie Otto von Freising warnend berichtet hat, die Wahl zum römisch-deutschen König gekostet. Rühmte sich dieser Welfe, der Bruder seiner Mutter Judith, nach seiner Einsetzung zum Herzog von Sachsen doch, seine Besitzungen würden jetzt von Meer zu Meer, von Dänemark bis nach Sizilien reichen:

»A mari usque ad mare, id est a Dania usque in Siciliam.«

Wohl für Kaiser Heinrich VI. und mehr noch für dessen Sohn Friedrich II., der zehn Jahre nach der Eheschließung seiner Eltern geboren wird, nicht aber für Kaiser Friedrich I. selbst, soll die Behauptung zutreffen.

*****

Als sich Friedrich I. und Papst Lucius III. Anfang November 1184 in Verona trafen, da geschah dies vorrangig auch, um eine Lösung der stetigen Streitfrage ›Mathildische Güter‹ zu finden.

Die ausgedehnten Liegenschaften der im Jahre des HErrn 1115 verstorbenen Markgräfin Mathilde von Canossa in Nord- und Mittelitalien umfassten große Teile der Toskana, der Emilia, der Lombardei, und auch den Kirchenstaat von Viterbo bis Orvieto. Bereits im Jahre 1107 hatte die Markgräfin ihre Besitzungen dem Heiligen Stuhl vermacht. Im Jahre des HErrn 1111 aber setzte sie zusätzlich Kaiser Heinrich V. als Erben ein, nachdem sie ihn als ihren Lehnsherrn anerkannt hatte. Nachdem sie gestorben war, reklamierten sowohl Papst Paschalis II. als auch Heinrich V. die Mathildischen Güter für sich. Beide beriefen sich – wie ihre Nachfolger – auf Verfügungen der Markgräfin.

Kaiser Friedrich I. beanspruchte 1158 die Mathildischen Güter auf dem Reichstag von Roncaglia kraft Reichsrecht, kaufte Welf VI. in den Jahren 1173/74 die Territorien ab, die dieser von Heinrich V. geerbt, und organisierte ihre Verwaltung neu. Durch Friedrichs Handeln rückten die Güter verstärkt in den Brennpunkt der Auseinandersetzungen zwischen Kaiser und Kurie – nicht zuletzt, weil sie dem Kirchenstaat angrenzten.

Im Rahmen der Friedensverhandlungen von Anagni 1176 nach der Schlacht von Legnano kündigte Friedrich I. an, er würde die Mathildischen Güter der Kurie überlassen. Doch bereits im Jahr darauf konnte der Kaiser im Frieden von Venedig die päpstliche Forderung wieder rückgängig machen. Ja, er erreichte unter anderem sogar eine Weiterung, die päpstliche Anerkennung eines fünfzehnjährigen Nutzungsrechtes für Teile der Mathildischen Güter. Und zuletzt, im Frieden von

Konstanz 1183, wurde keine dauerhafte Einigung in dieser leidigen Frage erzielt.

[Anmerkung des Bearbeiters: Erst mit der Goldbulle von Eger im Jahre des HErrn 1213 wird Kaiser Friedrich II. namens des Reiches auf Besitzansprüche hinsichtlich der Mathildischen Güter verzichten. Das aber war in Verona des Jahres 1184 nicht vorhersehbar. Dr. G.]

In Verona kam es nicht zu einer Einigung über die Mathildischen Güter; denn da zeichnete sich ein anderer Streitpunkt ab, dessen Erledigung dringlicher war: Das Trierer Schisma.

Erzbischof Arnold von Trier war im Mai 1183 verstorben und gleich zwei Nachfolger waren gewählt worden, der Archidiakon Folmar und der Domprobst Rudolf. Eine Doppelwahl konnte und durfte aber nicht sein. So hatte Friedrich in Konstanz entschieden, dass eine Neuwahl zu erfolgen habe. Domprobst Rudolf war damit einverstanden. Der Archidiakon Folmar aber bestand auf seiner rechtmäßigen Wahl und rief den Papst an.

Das Trierer Schisma sollte nun in Verona zwischen Kaiser und Papst geklärt werden, und zwar so, dass der Kaiser, der ja schon in Konstanz entschieden hatte, nicht sein Gesicht verlor. Die Entscheidungsfindung wurde erschwert durch die Tatsache, dass des Kaisers Sohn, König Heinrich VI., bereits Anhänger Folmars vor sein Gericht geladen hatte. Das erzürnte den Papst.

Friedrich aber stellte sich vor seinen Sohn und erklärte, sein Sohn habe die Priester zu Recht als Feinde des Reichs betrachtet, denn sie hätten Rechte des Reichs verletzt, als sie Widerstand gegen Domprobst Rudolf leisteten. So blieb das Treffen in Verona in allen wichtigen Fragen ohne Ergebnis, weder über die Mathildischen Güter noch über die Krönung Heinrich VI. zum Mitkaiser noch im Fall des Trierer Schismas konnten sich Papst und Kaiser einigen.

Bevor das Problem der Trierer Doppelwahl gelöst wurde, verstarb Papst Lucius III. im November 1185. Sein Nachfolger Urban III. aber mochte Kaiser Friedrich nicht. Er stammte aus Mailand, und seine Familie hatte unter den Kriegen des Kaisers gegen die Stadt arg zu leiden gehabt. Das Schicksal seiner Angehörigen beeinflusste die Entscheidung des Papstes. So entschied er am siebzehnten Mai 1186 zugunsten Folmars; dies, obwohl er kurz zuvor Bischof Herrmann von Münster, dem Gesandten Friedrich I. in dieser Frage, in Verona noch zugesagt hatte, er werde Folmar nicht zum Erzbischof bestellen und weihen.

Als der Kaiser von Folmars Weihe durch Urban III. erfuhr, soll er ›überaus selbstbeherrscht, wie er in allen Lagen seines Lebens immer war, seine Erregung‹ verborgen haben, ›indem er seine Empörung in gewohnter Weise hinter einem Lächeln verbarg.‹

Die Entscheidung des Papstes war eindeutig eine Affront gegen den Kaiser; denn im deutschen Reichsteil galt für den Ablauf einer Bischoferhebung, dass erst die Regalieninvestitur durch den Kaiser und danach die kirchliche Weihe zu erfolgen habe.

Der Papst wusste sehr wohl um diese Reihenfolge und auch, dass die Mehrheit der Kardinäle gegen eine Erhebung Folmars zum Erzbischof von Trier war; darum entschied und weihte er den als Bauer verkleideten Folmar heimlich.

Wintereinbruch
Gelenhusen, November im Jahre des HErrn 1186

Friedrich hat zu einem Hoftag nach Gelenhusen eingeladen. Groß ist die Zahl der erschienenen weltlichen und kirchlichen Fürsten. Auch alle Erzbischöfe, bis auf den von Trier, sind gekommen. Der fehlende Kirchenfürst meidet den Herrscher, schon wegen des Themas, das auf diesem Hoftag zur Beratung ansteht: Die Auseinandersetzung des Kaisers mit dem Papst, der jetzt Urban III. heißt, um seine Wahl zum Erzbischof von Trier.

Zunächst jedoch entscheidet der Kaiser, dass die Stadt Bremen von nun an nur mehr ihm, dem Herrscher, unmittelbar untersteht, und dass alle Gewalt darin von ihm und der Bürgerschaft selbst ausgeht, nicht aber mehr von der Kirche.

»Letzteres erkläre ich mit ausdrücklicher Zustimmung von Bischof Herwig. Also ist Bremen, wie unser Gelenhusen hier auch, nunmehr eine freie Reichsstadt. Wir wollen es drum das Gelenhusener Privileg heißen. Auch sollen alle Leibeigenen, die sich ein Jahr und mehr in der Stadt Bremen aufhalten, als Freie gelten, so wie es der Rechtsgrundsatz ›Stadtluft macht frei‹ bestimmt. So wird es beurkundet werden.«

Dann weist der Kaiser nachdrücklich darauf hin, dass die Entscheidung des Papstes in der Trierer Doppelwahlfrage einen erheblichen Rechtsverlust für ihn und für den deutschen Teil des Reiches bedeuten würde, wenn sie unverändert bliebe.

Die Schilderung des Bischofs von Münster von der ihm gegenüber erklärten Zusicherung des Papstes, Folmar nicht zu weihen, verstärkt die Empörung der Bischöfe. Friedrich erhält die Unterstützung aller Anwesenden für sein Vorgehen gegen den Papst – mit einer Ausnahme.

Philipp I. von Heinsberg, der Erzbischof von Köln, widerspricht dem Kaiser. Die Beziehung zwischen den sich einst wohlgesonnenen Persönlichkeiten ist mittlerweile so gespannt, dass selbst eine kriegerische Auseinandersetzung nicht mehr ausgeschlossen werden kann. So wird sich der Kaiser auf dem Weihnachtshoftag 1187 in Trier beschweren, dass ihn der »Kölner Kleriker« schier dazu zwinge, in seinem fortgeschrittenen Alter noch einmal ein Heer zu versammeln, um gegen seine eigene Absichten ein Land seines eigenen Reiches zu verwüsten.

Die deutschen Bischöfe werden Papst Urban III. empört um Korrektur seiner Trierer Entscheidung bitten. Und es hat den Anschein, als wolle der Papst nachgeben. Doch einmal mehr soll es anders kommen.

*****

Magnetisch zieht es Friedrich in freien Stunden hin zu jenem Platz hoch über der stetig wachsenden Stadt. Vierzig Jahre sind vergangen, seit das Raubtier Gela hier angreifen wollte, oben auf der kleinen Lichtung unweit der Eiche. Seinem Lieblingsplatz im Wald hoch über Gelenhusen. Jetzt ruht er allein auf dem dichten Bärenfell am schneefreien Fuß der Eiche. Der quirlig sprudelnde Quell linkerhand bahnt sich weiter vertraut unablässig seinen Weg zum Tal hin.

Den Kopf, leicht erhöht auf einer der moosbedeckten Baumwur-zeln so gebettet, dass er unschwer durch die Lichtung vor sich seinen Blick frei schweifen lassen kann über die Kinz hinüber zu den schneebedeckten Hängen des Spechtswalds. Davor das Kloster, in dem Gela lebt.

Hinter der Eiche das Holzhaus, das Egbert, der Freund, auf seinen Wunsch hin einst errichtet hatte, in dem er schwer erkrankt von Gela gepflegt und von der alten Muhme geheilt als junger König gelegen hat. Jetzt zerfällt es. Das Dach ist schon unter der schweren weißen Last eingebrochen. Bei seinem nächsten Besuch will er Heinrich bitten, es wiederherzurichten. Nein, nicht Heinrich, seinen Sohn, den König, sondern Gottfrieds Sohn, seinen Enkel.

Wenn mir noch einmal die Gnade gewährt wird, hier weilen zu dürfen.

Friedrich empfindet es weiterhin als den Glücksfall seines Lebens, Gela hier oben getroffen zu haben. Vor vier Jahrzehnten. Und noch immer spürt jede Faser seines Körpers die erste Berührung mit ihr tags darauf. Die Wärme ihres Körpers, ihr Zittern und Beben, ihr lustvolles

Schreien. Auch wenn jetzt sein Herz schon beim Anstieg zu rasen beginnt und er – gut, dass er den Weg hoch in den Wald ohne Begleitung eingeschlagen hat – immer wieder innehalten musste.

Friedrich mag es nicht, wenn andere es sehen, dass auch er dem Alter Tribut zollen muss.

Ob ich in meinem Leben noch einmal hier oben mit Gela sitzen werde? fragt er sich. *Das Rauschen des Eichenlaubs im leichten Wind hören, dem fröhlich dahinplätschernden Wasser lauschend, aneinander geschmiegt den Pulsschlag des geliebten Menschen ahnen. Wie wäre es schön!*

Auch Kaiser haben Wünsche, die unerfüllt bleiben, denkt er. Gequält, wehmütig.

Einmal noch! Es wäre so schön.

Und dann, energisch: *Warum eigentlich nicht? Ich werde sie fragen!*

Doch, er kennt Gelas Antwort: »Liebster, wie häufig ich selbst daran gedacht, ahnst du nicht. Mein Herz verlangt danach so wie das deine in dir. Aber mein Kopf sagt: ›Nein!‹ Er sagt es so, als ob er um die Zukunft wüsste und dich und mich vor Enttäuschungen schützen möchte:

›Lass es sein, Gela!‹, mahnt er mich. ›Du bist alt geworden. Tust du es doch, dann gehst du des schönen Zaubers der Erinnerung verlustig. Was einmal spontan geschehen, kann dein Verstand nicht gleichwertig wiederholen. Ihm fehlt die Unschuld der Empfindungen hierzu.‹

Schau, Liebster, unsere Zuneigung währt vier Jahrzehnte. Mein Haar ist schütter geworden. Und ...«, einmal bei diesen Worten hatte sie sanft seinen Bart gestreichelt. Ganz heiß war sein Herz dabei geworden. »... deinen ›barba rossa‹ zieren silberne Fäden. Lass uns der vergangenen Tage liebevoll gedenken, und dankbar, unendlich dankbar dafür sein, dass wir gemeinsam von unserer wunderbaren Liebe träumen dürfen.«

Und wie so oft hätte Gela auch diesmal recht.

Kommissariat Hörnow, im Mai 2018 Halluzinationen

Am Vormittag schaute Martin Langer mal wieder bei Herrn Brubock auf dem Kommissariat in Hörnow vorbei.

Es war dem Kriminalhauptkommissar sichtlich peinlich ihm sagen zu müssen, dass sie weiterhin keinerlei neuen Erkenntnisse in Tobbys und Nicks Fall hätten.

Doch dann erinnerte sich Herr Brubock an etwas. Langer sah es an seinem Blick, wie sehr ihn dieser Einfall erleichterte. Ihm wenigstens etwas bieten zu können. So erleichtert, dass er seine Information an ihn recht ungeordnet weitergab:

»Und was die seltsame Begegnung betrifft, Herr Doktor Langer, von der Ihr Sohn berichtet hat, dieses eigenartige Wesen, das er glaubt gesehen zu haben, das, und die Gerichtsmediziner halten ihr Resultat jetzt für ziemlich gesichert, das soll darauf zurückzuführen sein, dass Tobias Halluzinationen hatte.«

»Bitte, was?«, entfuhr es Langer verblüfft.

»Ja. Spuren von Pilzen in dem vermoderten Waldboden, in dem die Holzkiste vergraben war, wollen die Forensiker gefunden haben. Pilze können so etwas auslösen. Dass bestimmte Pilze high machen, ist ja eine altbekannte Tatsache. Tobias könnte sie eingeatmet haben. Kein Essen im Bauch, nur wenig getrunken, der Stress mit der Reifeprüfung und dann, vor allem, die Entführung mit aller Ungewissheit, Angst und nachvollziehbarer Panik. Da braucht es nur wenig um ungewöhnliche Vorstellungen zu entwickeln.«

Martin Langer sagte nichts dazu.

»Halluzinationen hatte!«

Er widersprach Herrn Brubock nicht. Konnte er ja auch gar nicht, weil er es nicht besser wusste.

Na ja, dachte er, *die Theorie der Gerichtsmedizin zu widerlegen, sollte nicht schwierig sein. Und es muss doch statthaft sein, Fragen zu stellen, wie beispielsweise: Wer hat denn dann meinen Sohn von den Fesseln und aus der Kiste befreit, wenn nicht das von Tobby geschilderte Wesen? Pilzsporen werden es gewiss nicht gewesen sein.*

Er unterdrückte Frage und Bemerkung, auch weil er unterstellte, dass Herr Brubock an die Pilztheorie der Gerichtsmedizin auch nicht so richtig glaubte. Und eine weiterhin gute Zusammenarbeit mit der Kriminalpolizei war alleweil besser als anwaltliche Rechthaberei.

Straßburg, Anfang Dezember 1187
Bittere Botschaft erreicht den Kaiser

»Jerusalem ist gefallen!«

Die Nachricht von der Eroberung Palästinas durch Sultan Saladin dringt wie ein scharfer Messerstich in Papst Urban III. Ohr. Er greift sich an die Brust. Sein Herz schlägt nicht mehr.

Der Fall des Heiligen Landes, erobert von islamischen Heiden, die das größte Heer, das je von den Kreuzfahrerstaaten aufgestellt worden ist, am vierten Juli 1187 vernichtend geschlagen haben, löst in Europa große Bestürzung und Erschrecken aus. Die Forderung nach einem weiteren Kreuzzug wird laut. Am neunundzwanzigsten Oktober 1187 ruft der neue Papst Gregor VIII. mit der Bulle ›Audita tremendi‹ zu einem allgemeinen Frieden in Europa und zum Dritten Kreuzzug auf. Er beauftragt Kardinalbischof Heinrich von Albano, vormals Abt von Clairvaux, für den Kreuzzug nördlich der Alpen zu predigen.

Für Gregor VIII. ist der Verlust des Heiligen Landes die Strafe aller Christen für ihre Uneinigkeit und Sündhaftigkeit. All denen, die reumütig zur Buße ins Heilige Land aufbrechen, sichert er vollen Nachlass ihrer Sündenschuld und ewiges Leben zu. Er bittet die deutschen Bischöfe eindringlich, den Kaiser zur Kreuznahme zu bewegen. Jetzt sei nicht die Zeit für Streitigkeiten zwischen Kaiser und Kurie, gibt er ihnen mit auf den Weg, sondern vielmehr habe es nun oberste gemeinsame Pflicht der beiden Repräsentanten der Christenheit, von Kaiser und Papst, zu sein, alle Gläubigen zu vereinen.

Anfang Dezember im Jahre des HErrn 1187 überbringen Boten des Kardinals von Albano Kaiser Friedrich die Nachricht von dem schrecklichen Geschehen in Palästina. Er hält gerade Hof in Straßburg.

Dann verstirbt Papst Gregor VIII. nach nur einem Monat und sechsundzwanzig Tagen im Pontifikat. Sein Nachfolger Clemens III. treibt die Kreuzzugspläne seiner Vorgänger entschieden voran.

Es ist auch das Verdienst des Kardinalbischofs von Albano, dass Philipp I. von Heinsberg Ungehorsam und Widerstand gegen den Kaiser aufgibt. Auf dem Hoftag ›Ihesu Christi – Jesu Christi‹ Ende März im Jahre des HErrn 1188 in Mainz unterwirft sich der Erzbischof von Köln endgültig wieder dem Herrscher. Drei Reinigungseide muss er schwören. Mit zweien davon, dass sein Nichtbefolgen der Ladungen zu den Hoftagen in Worms und Straßburg nicht aus Missachtung des Kaisers geschehen sei.

Er schwört. Alsbald zeigen sich Kaiser und Erzbischof wieder versöhnt. Philipp wird bis zu seinem Tod im August 1191 ein Garant für den Frieden im Reich sein.

17. April im Jahre des HErrn 1188
Das Osterfest feiert Barbarossa in Gelenhusen

Sie kommen vom Hoftag ›Jesu Christi‹. Es war einer von vielen Hoftagen des Kaisers mit großer Bedeutung. Und doch war er etwas Besonderes. Den Dritten Kreuzzug haben sie in Mainz beschlossen. Friedrichs zweite Expedition ins Heilige Land. Euphorisch war die Stimmung gewesen. Flammende Reden wurden gehalten. Feierlich das Fest der Kreuznahme. Gewaltig wird das Heer der Ritter und Pilger sein, das im nächsten Mai aufbrechen wird. Die verloren geglaubte Begeisterung war ins römisch-deutsche Reich zurückgekehrt. Und nun Tage der Erholung und Vorbereitung in der geliebten Umgebung. Glückliche Tage mit Gela.

Es soll Friedrichs letzter Aufenthalt in Gelenhusen sein, was er jedoch nicht weiß – wer kennt schon die eigene Zukunft? –, aber im Stillen schon seit längerem befürchtet. So hatte er schon pfeilgerade ein Jahr zuvor, während seines Aufenthalts in Augsburg, wo er sich mit dreien seiner Söhne hinbegeben hatte, um dabei zu sein und auch selber Hand anzulegen, wenn die Gebeine des Heiligen Ulrich in ihre neue Ruhestätte in der neuerbauten Kirche umgebettet wurden, dafür Sorge getragen, dass die Mönche des Reichsstifts von Sankt Ulrich und Afra seiner und dem Heil seiner Seele in ihren Gebeten für alle Zeit gedenken sollten. So, als wäre er einer der ihren.

Drei seiner Höfe hatte er ihnen dafür nach seiner Abreise übertragen. Und auch dafür, dass sie während der gewiss nicht mehr lange währenden Frist seines irdischen Lebens an den Winterquatembern seines Geburtstages gedenken wollten mit Vigilien, Messen und Gebeten. Seiner Geburt, und seiner Mutter Judith, die ihn geboren hatte. Letzteres aber hatte er bei der Abfassung der Augsburger Urkunde nur bei sich gedacht. Auch sollte das Anniversar seiner lieben Frau Beatrix auf ewig begangen werden. All das wurde in der Augsburger Urkunde festgeschrieben, die da mit den Worten beginnt:

›Wenn wir zuweilen von der Höhe des kaiserlichen Thrones demütig zu uns selbst hinabsteigen und das Heil unserer Seele bedenken, dann halten wir es für den größten Gewinn in diesem gegenwärtigen Leben, wenn wir durch das Irdische und Vergängliche die Freuden der himmlischen Heimat, die ohne Ende und Mängel sind, gewinnen können.‹

Bisher hatte Friedrich noch keine Gelegenheit gefunden, Gela in Meerholz oder dem geheimen Gang aufzusuchen. So wie er es vorhatte, weshalb er hauptsächlich nach Gelenhusen gekommen ist, und was er unbedingt auch will, bevor er die lange, gewiss seine letzte Reise ins Heilige Land, nach Jerusalem antritt. König Heinrich VI., sein Sohn, fürsorglich bemüht um den Vater, lässt ihn weder am Tag noch des Nachts aus den Augen. Immer achtet er auf ihn. So, als befürchte er bedrohliche Kräfte.

Friedrich nutzt die Gunst des Augenblicks, als der junge König von dem ebenfalls anwesenden Erzbischof von Mainz in ein Gespräch verwickelt wird, und deshalb abgelenkt ist. Er bittet Gottfried auf seine Mutter wohl aufzupassen. Der, ein Prachtbild von Mann, verspricht es.

»Ja, Vater. Das werde ich mit aller Liebe und gebührendem Gehorsam tun.«

Dem Alten treiben Zorn und Angst jäh das Blut in den Kopf. Die Adern schwellen. Doch das Alter lässt den Kaiser langsamer handeln. Wie würden seine anderen Söhne reagieren, wenn sie um den ältesten Abkömmling ihres Vaters wüssten. Es darf nicht sein! Die Ehre des Reiches und seine eigene verbieten es. Kein Blutvergießen im Hause Schwaben! So findet er noch rechtzeitig die Kraft seine Fassung zu bewahren. Ganz beherrscht sagt er, aber es klingt – wenn auch ungewollt – dennoch bedrohlich:

»Sag es nie wieder!«

Und wieder einmal gedenkt er des Spiegels. Viel zu selten hat er es in seinem Leben getan.

»Ihr werdet geliebt und geschätzt. Und es wird Eurer gedacht!«, fügt er hastig hinzu. »Und Ihr müsst mir helfen! Ich muss Eure Mutter vertraulich sprechen.«

Gottfried, der auf sein zweiundvierzigstes Lebensjahr zugeht, hat selbst Kinder, die alle rotblondes Haar besitzen, was der Kaiser jedoch nicht weiß; denn Friedrich kennt nur dessen ältestes, Heinrich, den besten Freund von seinem Sohn Heinrich. Sohn und Enkel von seinem Blut sind die besten Freunde. So soll es sein.

Gottfried verschafft dem Vater die Gelegenheit zu der ersehnten Begegnung mit der Mutter. Im geheimen Gang findet sie statt. Eine überraschend angesetzte Jagd im Büdinger Reichswald dient als Vorwand. Sie nutzt Friedrich, um sich von den anderen Jägern zu entfernen.

Soll mich doch der König, mein jüngerer Halbbruder, denkt Gottfried, *später schimpfen. Hauptsache, meine Eltern waren glücklich. Und mein Sohn Heinrich wird mich schon vor dem König, seinem besten Freund schützen*, weiß er schmunzelnd.

*****

Im Jahre des HErrn 1188, der Kaiser hatte sich vor seiner Abreise gerade inniglich von ihr, seiner Geliebten, verabschiedet – es war so, als wüssten beide, dass ihre unendliche Liebe sie bald für immer zusammenführen würde –, da begibt sich Gela letztmals in ihrem Leben auf den Weg über den Fluss hinüber zu der Stadt, die unaufhaltsam wächst, bei jedem Besuch sieht sie Menschen und Häuser, die ihr bislang nicht bekannt waren, und hin zu dem verborgenen Gang und der Nische, in der ihr steinernes Ebenbild steht.

»Muhme Aja!«, ruft sie in den dunklen Gang hinein, »Ich weiß, dass du mich hörst. Ich habe dir ein wunderbar dichtes Wolfsfell zum Wärmen mitgebracht. Und einen festen Stock aus Ebenholz, falls dir hier auf dem unebenen Grund eine Gehhilfe hilfreich sein könnte. Beide, Fell und Stock, hat mir Beatrix, unsere Kaiserin, vor ihrem Tode vermacht. Sie wusste, wie sehr ich Friedrich liebe, und sie hat mich gebeten, dass ich es ihm gestehe und mich um ihn kümmere. Muhme Aja, ich habe es ihm gestanden.

Und ich weiß, Aja, wie sehr auch du ihn immer gemocht, ja, auf deine Weise geliebt hast. Drum sollen auch Fell und Stock für Dich als Gabe und Hilfe da sein. Ich lasse sie hier in der Nische liegen.«

Sie schlägt sich mit der flachen Hand an die Stirn.

»Ach, ich vergaß. Beatrix hat mir noch geschrieben, dass in den Griff des Stocks ein Knöchelein vom Leib eines Zauberers aus dem fernen Morgenland eingelassen ist. Es stammt von einem der drei weisen Magier, die wir Christen auch die drei Heiligen Könige nennen, welche unseren Heiland und Sohn Gottes einem hellen Stern folgend gleich nach seiner Geburt aufgesucht haben. Stell dir vor, sie haben tatsächlich unseren HErrn gesehen – und vielleicht sogar berührt. Das Knöchelein soll, so hat es mir Kaiserin Beatrix geschrieben, dem Stock besondere Kraft verleihen. Nutze sie, Muhme Aja!«

Warum scheint es so, als klänge Triumph in ihren Worten mit?

*****

Muhme Aja aber zeigt sich nicht. Sie ist verärgert. Weder Friedrich noch Gela haben, als sie letzthin gemeinsam hier im Gang waren, an sie gedacht, geschweige denn nach ihr gerufen.

Nun denn, wenn sie meinen, mich nicht zu benötigen, dann soll es eben so sein! Wie erschreckend dumm doch die Menschen sein können!

Der Wortbruch des Basileus
Im August des Jahres des HErrn 1189

Es war, als wolle Friedrich Abschied nehmen, bevor er am elften Mai des Jahres 1189 zu seinem zweiten Kreuzzug aufbrach. Dies geschah wie zweiundvierzig Jahre zuvor von Regensburg aus. Er kam vom Elsass, wo er in seiner Pfalz in Hagenau Ostern, das Fest der Auferstehung Christi, gefeiert, nachdem er in Straßburg endgültig Frieden mit Papst Clemens III. geschlossen hatte, um von dort mit Ranzen und Pilgerstab nach Regensburg aufzubrechen. Diesen Weg unterbrach er in Schwaben, um mit seinen Söhnen Heinrich und Friedrich die Grablege der staufischen Ahnen im Kloster Lorch aufzusuchen.

Den Feldzug gegen die Heiden hat der Kaiser wohl vorbereiten lassen. Schon im Vorjahr konnten seine Unterhändler Verträge mit Béla III., dem König von Ungarn, Isaak II. Angelos, dem byzantinischen Kaiser, und auch mit Kılıdsch Arslan II. von Iconium, dem Sultan der Rumseldschuken schließen. Verträge, die allen Kreuzzüglern freien Durchzug und Verpflegung zusicherten. Alles sah wohl vorbereitet aus, und so ließ es sich auch an.

Das Kreuzfahrerheer wählte den Landweg der Donau entlang. Am zweiundzwanzigsten Mai überschritt es die deutsch-ungarische Grenze. Pfingsten wird schon vor den Toren von Preßburg gefeiert. Am vierten Juni wurde der Kaiser bei Gran vom ungarischen Königspaar pompös empfangen. Eine prächtige Jagd wird für ihn veranstaltet. Und sein Sohn, Herzog Friedrich VI. von Schwaben, verlobt sich mit der ungarischen Königstochter Konstanze. Ein Gespinst aus Glück und Erfolg scheint über dem Zug zu liegen. Weiter geht die Reise. Am siebenundzwanzigsten Juli 1189 begrüßt der serbische Großzupan Stefan Nemanja den Kaiser in Niš herzlich mit Geschenken.

Doch dann schlagen Wetter und Glück um. Als sie die byzantinische Grenze überschreiten, zeigte sich, dass der byzantinische Kaiser Isaak II. Angelos nicht daran denkt, den im Vorjahr geschlossenen Vertrag einzuhalten; mehr noch, feindselig begegnet er den Kreuzfahrern. Der

Basileus verweigerte ihnen ab August die Einreise in sein Reich. Was Kaiser und Heer nicht wissen, Isaak II. hat sich mit Saladin verbündet.

Während ihres Marsches nach Philippopel,

[*Hinweis des Sachbearbeiters:* Das heutige Plovdiv in Bulgarien. Vor sechstausend Jahren von den Thrakern gegründet und – wie Rom – auf sieben Hügeln erbaut. Nach dem Vater von Alexander dem Großen, Phillipos, benannt. Für das Jahr 2019 zur europäischen Kulturhauptstadt gewählt. *D. O.*]

sie finden die Stadt verlassen vor, werden die Kreuzfahrer immer wieder von byzantinischen Verbänden überfallen. Dann erreicht den Kaiser die Nachricht, dass Isaak II. Angelos seine Gesandten unter Führung Bischof Hermanns von Münster zwar zunächst mit Friedens- und Freundschaftskuss begrüßt und empfangen habe, doch gleich darauf als Geiseln habe einkerkern lassen, da befiehlt Friedrich am sechsundzwanzigsten August die Stadt Philippopel einzunehmen. In den folgenden Wochen lässt er zur Verpflegung seines Heeres umliegende Städte und Burgen erobern und plündern. Bösartig verzögert der byzantinische Basileus die Verhandlungen mit dem Kaiser. Jetzt reicht es Friedrich. Die Verletzung seiner und des Kreuzzugs Ehre gehören gesühnt. Er marschiert weiter nach Adrianopel,

[*Hinweis des Sachbearbeiters:* Adrianopel heißt heute Edirne, ist die westlichste Großstadt der Türkei, die im bulgarisch-griechisch-türkischen Dreiländereck, also im europäischen Teil der Türkei gelegen ist. *D. O.*]

erobert die Stadt am zweiundzwanzigsten November mit dem Plan, dort sein Winterlager aufzuschlagen. Bald kontrollieren seine Truppen das Umland der Stadt bis zu den Mauern Konstantinopels hin, plündern es und brechen jeglichen Widerstand. Im Dezember und Januar nimmt Friedrich Kontakt mit dem serbischen Großzupan Stefan Nemanja auf zur Planung eines gemeinsamen Angriffs auf Konstantinopel. Jetzt überkommt den byzantinischen Kaiser, der davon – natürlich – erfährt, das Fürchten. Er lenkt ein. Am vierzehnten Februar des Jahres 1190 schließlich wird vereinbart, dass Isaak II. vierzig Geiseln zu stellen habe, darunter einen seiner Söhne und seinen Bruder, sowie Schiffe und Lebensmittel für den Kreuzzug. Endlich kann das Heer der Kreuzfahrer in der zweiten Märzhälfte 1190 den Hellespont gefahrlos überqueren.

Fast ein halbes Jahr haben Kaiser und Kreuzzug verloren, bis sie den wortbrüchigen Basileus zum Einlenken zwingen konnten.

Die Schlacht von Ikonion
Im Mai 1190

Ikonion liegt inmitten Anatoliens, etwa zwölfhundert Meter über dem Meer, steil umragt von den mächtigen Bergen des Taurusgebirges, deren Wasser sich verstreut auf der weiten Hochebene, die da Konya heißt, in Seen sammelt. Zu der Zeit, als sich Friedrichs Heer dieser Ebene nähert, herrschen dort weiterhin die Rum-Seldschuken, deren Sultan Kılıdsch Arslan II. in Ikonion, der blühenden Hauptstadt, regiert. Der hat dem Kaiser durch dessen Gesandten Gottfried von Wiesenbach schon vor zwei Jahren freien Durchgang eines Kreuzzuges durch sein Reich versprochen und auch, dass die Kreuzritter Nahrungsmittel auf seinen Basaren einkaufen können.

Barbarossa hat wahrlich nicht vergessen, was dem Heer der Kreuzritter hier von den Rum-Seldschuken während des Zweiten Kreuzzuges Schmähliches widerfahren ist. Auch weiß er sehr wohl, dass Sultan Kılıdsch Arslan II. im Jahre des HErrn 1176 in der Schlacht bei Myriokephalon das byzantinische Heer vernichtend geschlagen hat. Noch aber vertraut Kaiser Friedrich dem Wort des Sultans. Die frischen Erfahrungen mit dem vertragsbrüchigen Byzanz lassen ihn dennoch wachsam sein. Das ist gut so, wie sich bald zeigt, wenn auch aus anderem Grund. Denn inzwischen hatte Kılıdsch Arslan II. altersbedingt einen Großteil seiner Herrschaft auf seine neun Söhne übertragen, und der älteste von ihnen, Qutd-ad-Din, sieht sich dem Versprechen seines Vaters nicht verpflichtet. Sein Christenhass ist stärker als das Wort des Vaters; so stark, dass er gar mit einem Sohn Saladins ein Bündnis gegen die Kreuzfahrer schließt.

Seit Ende April im Jahre des HErrn 1190 befindet sich die große Heerschar der Kreuzzügler schon auf dem Weg durch das Reich der Rum-Seldschuken. Keine zwanzigtausend Ritter mit ihrem Gefolge, aber wohl achtzigtausend kaum oder gar nicht bewaffnete Pilger quälen sich unter praller Sonne über steile Pfade durch das Gebirge. Lang und länger zieht sich der Zug auseinander, je mehr die Kräfte der Pilger schwinden. Sie leiden zunehmend an Durst, Hunger und Angst; denn immer öfters werden sie und ihre Tiere Opfer türkischer Reiter und von Bogenschützen, die sie in dem unübersichtlichen Gelände tückisch aus Hinterhalten angreifen. Die beiden ortskundigen Führer, die im Auftrag Kılıdsch Arslan II. das Heer der Kreuzfahrer begleiten, beteuern zwar immer aufs Neue, dass diese Überfälle von herrenlosen Banden und gemeinen Räubern verübt werden, aber der Zweifel am Wahrheitsgehalt ihrer Worte wächst.

Am fünften Mai verlassen die seldschukischen Begleiter den Zug, angeblich um den Emir von Philomelion zu bitten, er möge für den Abbruch der heimtückischen Angriffe sorgen. Der Kaiser stellt den beiden Männern Gottfried von Wiesenbach als seinen Gesandten zur Seite. Ritter Gottfried beherrscht die Sprache der Seldschuken, auch kennt er Sultan Kilidsch Arslan II. aus einem früheren Treffen. Alle drei kehren nicht zurück. Die beiden Führer allerdings bitten Friedrich, ihnen ihre zurückgelassene Habe nachzuschicken. Obwohl klar ist, was das bedeutet, entspricht der Kaiser dem Wunsch. Er befindet sich im hinteren Teil des Heerzugs. Dort, wo die Erschöpften, Schwachen und Kranken sich mühsam vorwärts quälen, dort, wo der Feind ein leichtes Spiel mit dem Gegner vermutet, da ist der Kaiser und gibt den Matten und Verzagten durch seine Gegenwart neue Kraft, spricht ihnen Mut zu und bietet mit seinen Mannen den Muslimen unerwartetes Paroli.

Als die Vorhut des Heeres am siebten Mai 1190 erschöpft die Hochebene von Philomelion erreicht und sich dort einem geordneten Heer der Rum-Seldschuken gegenüber sieht, steht fest: Verrat ist im Spiel.

Da das Gros des Kreuzfahrerheeres mit Kaiser Friedrich noch Meilen weit zurückliegt, die Muslime aber schon zum Angriff schreiten, übernehmen sein Sohn Friedrich VI., Herzog von Schwaben, und Berthold, Herzog von Dalmatien und Meranien, das Kommando des Christenheeres.

Wenn sich auch die Kreuzfahrer nach dem mühevollen Marsch im Vergleich zu den ausgeruhten Türken in einem desolaten Zustand befinden, so gleicht doch das Wetter ihre körperliche Schwäche aus. Starker Wind bläst in ihre Rücken, wirbelt den Sand vor ihnen hoch und fest auf die Seldschuken zu. Blendet diese. Gott ist auf ihrer Seite.

»Gelobt sei der HErr!«

Zudem tragen die Kreuzfahrer in ihren schweren Rüstungen Schilde und sie stehen diszipliniert in enger Formation. All das macht es den türkischen Bogenschützen schier unmöglich, die Kreuzritter ernstlich zu treffen. Nachdem sie mehrfach erfolglos gegen das Heer angerannt sind, ziehen sich die Seldschuken unter schweren Verlusten vom Schlachtfeld zurück. Auf Seiten der Kreuzfahrer verliert allein der Ritter und Minnesänger Friedrich von Hausen am sechsten Mai bei einem Sturz von seinem Pferd das Leben; er, der bald zwanzig Jahre guter Freund und Vertrauter von Barbarossas Sohn Heinrich VI. war, dem Mitkönig, der selbst auch Minnelieder dichtet. Und ein anderer Minnesänger, Albrecht von Johansdorf, sagt im Gedenken an den tödlich verunglückten Friedrich von Hausen vor dem trauernden Heer:

»Gott helfe mir: Wenn ich heimkehre, möchte ich die Frau, der ich so großen Kummer bereite, in Ehren antreffen. Anderenfalls, gebe Gott, dass ich nicht wiederkomme.«

Der Kaiser, der die Worte des Minnesängers zufällig vernimmt, nickt nachdenklich zustimmend. Seine Gedanken wandern wehmütig hin ins ferne Deutschland, nach Gelenhusen.

*****

Von da an bis Ikonion sehen sich die Kreuzfahrer weiter von den Seldschuken angegriffen; wie zuvor, oft heimtückische Angriffe aus dem Hinterhalt. Nahrungsmittel und Getränke werden knapp. Hunger und Durst quälen und lähmen. Ritter verzehren ihre Pferde. Die einfachen Pilger kochen und essen Tierhäute. Oder sie geben auf, bleiben liegen und werden von den Seldschuken gnadenlos niedergemetzelt. Ein Teilnehmer berichtet, und man möchte mitleiden:

> ›Was für ein Leiden. Tiere ohne Zahl verendeten unter unvorstellbaren Qualen. Und auch die Menschen litten ungeheuren Durst. Tagsdarauf torkelten wir, mehr tot als lebendig, weiter. Der Durst war schlimmer als der Hunger. Manche tranken in ihrer Not den eigenen Urin, manche gar Pferdeblut, einige kauten Pferdemist wegen

der Feuchtigkeit und viele aßen Graswurzeln, bis wir in sumpfigem Gelände Wasser fanden.‹

Am dreizehnten Mai, es ist Pfingstsonntag, breitet sich mit Windeseile die Hiobsbotschaft im Heer aus, dass die Seldschuken erneut mit großer Streitmacht heranrücken. Doch auch die Schlacht am nächsten Tag auf ebenem Gelände entscheiden die Kreuzzügler für sich.

Unverdrossen schleppt sich das Heer weiter, bis es am siebzehnten Mai vor Ikonion steht, dem Herz des Rum-Seldschuken-Reiches. Die Tore sind geschlossen. Für diesen Tag lässt es Kaiser Friedrich gut sein. In den Gärten des Sultans vor der Stadtmauer befiehlt er den erschöpften Kreuzfahrern das Lager aufschlagen. Er weiß, seine Leute benötigen Stunden der Ruhe. Doch er selber berät sich bis Mitternacht mit seinem Kriegsrat. Am frühen Morgen des achtzehnten Mai teilt Barbarossa das Heer. Während der Kaiser mit der einen Hälfte des Heeres im Lager bleibt, soll der andere Truppenteil unter dem Kommando von Friedrich VI. und Graf Florenz von Holland die Stadt und damit dringend benötigte Nahrungsmittel erobern.

Die Lage ist sehr ernst, wie Barbarossa es in seinen Abschiedsworten an Friedrich VI. deutlich macht:

»Sohn, beiden von uns fällt eine schwere Aufgabe zu, dir die Eroberung der Stadt, mir nach außen so viele Feinde aufzuhalten. Was immer an Gutem oder Unheilvollem uns beiden auch zustößt, ich werde dir keinen Schutz bringen und von dir keine Hilfe erwarten.«

Doch, wie so oft in diesen Tagen, ergreift der Zufall Partei. War es zuletzt einmal mehr der Wind, ist es jetzt eine Begegnung. Kurz bevor sie die Stadt erreichen, tritt überraschend Gottfried von Wiesenbach aus dem Stadttor. Hinter ihm folgt Sultan Kılıdsch Arslan II. mit Soldaten. Ob im Guten, ob im Bösen bleibt ungeklärt. Der Sultan sieht jedoch die Kreuzritter und versucht zurück in die Stadt zu flüchten. Doch schon greifen die Ritter an und verhindern, dass das Stadttor geschlossen werden kann.

Die nur schwach verteidigte Stadt ist bald erobert. Herzog Friedrich weiß von Ritter Gottfried, dass der Sultan – wie die meisten Bürger Ikonions – mitsamt seinen Schätzen in die Zitadelle der Stadt geflüchtet ist. Dort ergibt sich der Sultan am nächsten Tag den Kreuzfahrern. Große Mengen Getreide, aber auch Gold und Silber sowie Purpurstoffe von erheblichem Wert werden erbeutet.

Während Friedrich VI. die Stadt erobert, wird Barbarossa, ohne etwas vom schnellen Sieg seines Sohnes zu wissen, außerhalb der Stadt von den wieder vereinten seldschukischen Heerscharen des Sultansohns Qutb al-Din umzingelt. Die Lage scheint aussichtslos angesichts der zahlenmäßig deutlichen Überlegenheit des Feindes. Ritter und Pilger scharen sich um den Kaiser in Erwartung ihres scheinbar unausweichlichen Endes. Doch wie beschreibt später ein namenloser Kreuzfahrer, der die Schlacht von Ikonion miterlebt hat, das Verhalten Friedrich I. Barbarossas in dieser aussichtslosen Lage:

> ›Staunenswert und lobenswert ist seine Tüchtigkeit, besonders bei seinem Alter. Denn obwohl er schon hochbetagt war und Söhne hatte, denen nach Alter und jugendlicher Kraft das Kämpfen besser zu Gesicht gestanden hätte, hielt er sie dennoch nicht für ausreichend und nahm selbst die Sache der Christenheit in die Hand.‹

Mit welchen Worten hat Friedrich doch seine Krieger am Abend vor dieser, seiner letzten großen Schlacht ermuntert?

»Eher wollen wir tapfer kämpfend ehrenvoll im Kampf zu sterben, als ängstlich ermattet einem feigen Tod zu erliegen. Was auch geschehen mag, wir werden morgen alle reich belohnt werden; denn entweder wir triumphieren über den Feind und erobern seine Vorräte und seinen Besitz, oder wir sterben für Christus und werden mit ihm den Überfluss der himmlischen Güter genießen.«

Und in der Nacht, die schwärzer war als alle davor und den Mond verdeckte, fiel starker Regen hernieder auf das Heer der Kreuzfahrer, erfrischte es und hielt es wach. Doch denen davon, die schon zuvor so manche Schlacht mit dem Kaiser geschlagen, kam das Wetter bekannt vor. Sie flüsterten sich erleichtert zu:

»Auch die alten Götter sind wieder auf unseres Herrschers Seite. Sie lieben ihn. So können wir die Schlacht niemals verlieren!«

*****

Das Schlacht am nächsten Taggeschehen ist ein blutiges Gemetzel. Lange ist ihr Ausgang ungewiss. Dann muss der Kaiser erkennen, dass seine Mannen den Mut verlieren. Sie weichen zurück. Das darf nicht sein. Ein, sein Kreuzzug darf kein schmähliches Ende finden.

»Warum verharren wir? Vor was haben wir Angst? Christus herrscht! Christus erobert! Christus befiehlt!« ruft er seinen Mannen zu.

Dann reißt er sein Schlachtross herum und stürzte sich auf die Front der Seldschuken. Dem Mut des alten Kaisers können sich die Kreuzritter nicht entziehen. SeinVorbild verleiht ihnen neue Kraft. Im Nahkampf Mann gegen Mann schlagen sie den Feind, der von dem plötzlichen Aufbäumen der Kreuzritter überraschen wird.

Die Schlacht verläuft für beide Seiten verlustreich So zählen die Rum-Seldschuken allein an diesem Tag vor Ikonion vierzigtausend Tote. Weitere fünftausend türkische Kämpfer werden in den Folgetagen noch ihren schweren Verletzungen erliegen. Auch die Kreuzfahrer müssen um die zwanzigtausend Opfer beklagen.

Am dreiundzwanzigsten Mai wird vor den Toren Ikonions ein Markt abgehalten, auf dem die Kreuzfahrer, wie von Sultan Kılıdsch Arslan II. sichergestellt, viele tausend Pferde und Lasttiere, sowie einen großen Vorrat an Lebensmittel einkaufen. Das fällt ihnen leicht, haben sie doch in der Stadt selber viel Gold, Silber und kostbare Purpurstoffe von erheblichem Wert erbeutet.

Am sechsundzwanzigsten Mai verlassen die Kreuzfahrer endgültig das zerstörte Ikonion. Von Sultan gestellte Geiseln sichern den Marsch bis zur Grenze des Seldschuken-Sultanats. Nach vier Tagen erreicht der Zug der Kreuzfahrer in Laranda Armenien. Barbarossa lässt die Geiseln frei. Er benötigt sie nicht mehr; denn jetzt befindet er sich mit den Seinen auf dem Boden eines Verbündeten, des Fürsten Leo II. von Armenien.

Elf Tage nur noch verbleiben Friedrich zu leben.

Gelnhausen, Anfang Juni 2018
Erinnerungen

Mehrfach, als ich über die Schlacht von Ikonion in dem blauen Ordner von Tante Conny gelesen habe, musste ich an Vater Langer denken. Er ist ein fleißiger Mann und tüchtiger Ingenieur gewesen. Die zahlreichen Immobilien, welche er mit seinen vielen Patenten verdient und mir hinterlassen hat, belegen seinen Fleiß und sein technisches Vermögen. So sehr er als Konstrukteur begabt war, umso weniger war er, auch nach eigenem Bekunden, ein Mann der Worte. Außer zu seiner monatlich erscheinenden Fachzeitschrift und dem morgendlichen Griff beim Frühstück zur lokalen Gelnhäuser Zeitung, allgemein ›Käsblatt‹ genannt, habe ich ihn höchst selten zu etwas Gedrucktem greifen gesehen.

An Heiligabend, ja, wenn er uns die Weihnachtsgeschichte aus der alten Familienbibel vorgelesen hat.

Kurz: Literatur war für ihn ein Fremdwort. Umso erstaunlicher war es für mich, wenn er Gedichte rezitierte. Lange Gedichte, ganze Balladen. Es war eine Handvoll, die er aus dem Effeff beherrschte: ›Der Erlkönig‹ von Goethe: »Wer reitet so spät durch Nacht und Wind? Es ist der Vater mit seinem Kind; ...«, dann gehörte dazu ›Das Lied von der Glocke‹ von Schiller: »Fest gemauert in der Erden steht die Form, aus Lehm gebrannt. Heute muss die Glocke werden. Frisch Gesellen, seid zur Hand. ...«, dann ›Barbarossa‹ von Friedrich Rückert, das anfängt: »Der alte Barbarossa, der Kaiser Friederich, im unterirdschen Schlosse hält er verzaubert sich. Er ist niemals gestorben, er lebt darin noch jetzt; ...«.

Und, vor allem, ›Der wackere Schwabe‹ von Ludwig Uhland. Den deklamierte Vater Langer mit großem Pathos, ohne zu stocken oder zu stolpern:

»Als Kaiser Rotbart lobesam
zum heil'gen Land gezogen kam,

da musst er mit dem frommen Heer
durch ein Gebirge wüst und leer.
Daselbst erhub sich große Not,
viel Steine gab's und wenig Brot,«

Diese Stelle betonte Vater ganz besonders:

»... und mancher deutsche Reitersmann
hat dort den Trunk sich abgetan;
den Pferden war's so schwer im Magen,
fast musste der Reiter die Mähre tragen.«

»Wie kannst du dir das nur alles merken?«, habe ich ihn öfters gefragt. Ich wusste, dass er es mochte, wenn ich ihn so bewundernd anstaunte.

»Gehirnwäsche«, sagte er dann. »Gehirnwäsche, mein lieber Martin. Wenn du wüsstest, wieviel Tage, ja Monate ich gestrietzt worden bin. Vom Deutschlehrer, von meinem Vater. Bis ich endlich auch aus dem Tiefschlaf gerissen werden konnte, um textsicher die Balladen herunterzuleiern. Das war früher deutsches Kulturgut. Das musstest du können, wolltest du nicht für blöd erklärt werden. Zumindest fast war es so.«

Und dann hob er regelmäßig die Stimme an, um seine Lieblingspassage aus der Uhland-Ballade zu zitieren:

»... da sprengten plötzlich in die Quer
fünfzig türkische Ritter daher.
Die huben an auf ihn zu schießen,
nach ihm zu werfen mit den Spießen.
Der wackre Schwabe forcht sich nit,
ging seines Weges Schritt vor Schritt,
ließ sich den Schild mit Pfeilen spicken
und tät nur spöttisch um sich blicken,
bis einer, dem die Zeit zu lang,
auf ihn den krummen Säbel schwang.

Da wallt dem Deutschen auch sein Blut,
er trifft des Türken Pferd so gut,
er haut ihm ab mit einem Streich
die beiden Vorderfüß' zugleich.
Als er das Tier zu Fall gebracht,
da fasst er erst sein Schwert mit Macht,
er schwingt es auf des Reiters Kopf,
haut durch bis auf den Sattelknopf,
haut auch den Sattel noch zu Stücken
und tief noch in des Pferdes Rücken;
zur Rechten sieht man wie zur Linken,
einen halben Türken heruntersinken.
Da packt die andern kalter Graus;
sie fliehen in alle Welt hinaus,
und jedem ist's, als würd' ihm mitten
durch Kopf und Leib hindurchgeschnitten.«

*****

Das eklige Bild von dem armen Türken, der wie – pardon – zwei Schweinehälften nach links beziehungsweise rechts von seinem Pferd rutscht, hat mich in meiner Jugend einige Zeit vom Fleischessen abgehalten. Ich mochte es nicht. Die Verse aber habe ich – wohl auch deshalb – nicht vergessen.

Mai 2018
Urlaub auf Kos und Barbarossa

Noch ist nichts heil! Wie die Gezeiten. Ebbe und Flut. Ein stetes Gehen und Kommen. Tobby hat Flashbacks oder zumindest Intrusionen, wie mir die Psychotraumatologen in Hörnow erklärt haben. Flashbacks sind heftige Intrusionen. Ich soll mir es wie einen mächtigen Wasserstrudel vorstellen, gegen den der von ihm angezogene Mensch machtlos ist. Er wird hineingerissen. Er erlebt all das, was ihm Schreckliches widerfahren ist, erneut. Wie in Echtzeit. Er kann sich dagegen nicht wehren. Verliert jeden Kontakt zum Hier und Jetzt seiner wirklichen Umgebung. Ist nicht ansprechbar. Eine Horrorvorstellung.

Bei der normalen Intrusion – *was heißt hier schon ›normal‹,* frag ich mich – nimmt der Betroffene seine Umgebung noch, wenn auch eingeschränkt wahr. Auch ist er begrenzt ansprechbar.

Bei meinem Sohn habe ich solche heftigen oder normalen Intrusionen miterlebt. Leider erleben müssen. Der arme Kerl. Die abrupten Veränderungen in seinem Verhalten. Meine eigene Hilflosigkeit im Umgang mit dem geliebten Menschen.

Zwei Vorfälle sind in mir besonders haften geblieben. Ich sehe sie vor mir.

Wir unterhalten uns, während Tobby vor seiner Staffelei steht und malt, ganz ruhig, ja, wir sind eigentlich gut gelaunt. Flachsen. Ich habe mir eine leichte Erkältung zugezogen. Meine Nase läuft. Die normale Reaktion: Ich ziehe ein Papiertaschentuch aus der Hosentasche, um mir die Nase zu putzen. Tobby sieht es. Der Pinsel fällt ihm aus der Hand. Das Bild seines Entführers mit der Watte in der Hand wird in ihm geweckt. Der ganze arme Kerl verfällt in eine Schockstarre. Starr und steif wie eine Schaufensterpuppe. Nur die panische Angst im Blick lässt den Menschen erkennen. Flashback.

Das andere Geschehnis: Spätabends. In der Wohnung oben auf der Dürich. Tobby hat sich schon von mir verabschiedet und ist zu Bett gegangen. Er lässt in seinem Zimmer die Deckenbeleuchtung eingeschaltet. Er sagt, weil er noch etwas lesen will. Da gibt die Glühbirne plötzlich den Geist auf. Um ihn ist es auf einmal zappenduster. Der Schreck lässt ihn gellend aufschreien. Die Erinnerung an sich in der engen Kiste unter der Erde wird geweckt. So hat er mir später berichtet.

Ich bin sofort zu ihm gerannt. Erkannte, dass die Deckenlampe ausgefallen war. Das Flurlicht fiel ins Zimmer. Ich habe die Stehlampe auf seinem Schreibtisch eingeschaltet. Gesehen, wie Tobbys Hände in die Bettdecke knöchelweiß verkrallt waren und der Junge mit ganzem Körper zitterte. Seine Atmung raste. Ich habe ihn in die Arme genommen, eiskalt der steife Körper, und an mich gedrückt. Ihm dabei gut zugeredet. Er sah mich, erkannte mich, realisierte seine Umgebung. Nach einiger Zeit, die mir viel länger vorkam, als sie wahrscheinlich wirklich war, entkrampfte sich Tobby. Weil der Schreck nachließ? Oder wie das gerade Gesehene verblasste? Ich weiß es nicht. Sein Atmen beruhigte sich. Er war apathisch, aber noch ansprechbar. Medizinisch soll es wohl ein Fall normaler Intrusion gewesen sein.

Mein Junge tat mir unendlich leid. Wie konnte ich, der Laie, ihm nur helfen? Die Frage beschäftigte mich, wie Sie, sehr verehrte Leserin, werter Leser, gewiss nachvollziehen können, intensiv. Dann hatte ich eine Idee, von der ich allerdings nicht wusste, ob sie geeignet war. Ich habe sie den Ärzten, die Tobby in Hörnow behandelten, vorgetragen. Sie meinten, schaden könne es bestimmt nicht. Ich solle aber nicht zu euphorisch sein; denn der von einem Psychotrauma Betroffene könne Eintritt wie Intensität einer Intrusion – leider, leider – nur in sehr geringem Umfang beeinflussen.

*****

Vor diesem Hintergrund stand ich dann während einer Mittagspause unserer Kanzlei am Empfangstresen und erkundigte mich bei Katja, die wieder Jour-Dienst hatte:

»Wärst du bereit mitzukommen, Katja?«

Sie wurde rot, blickte kurz auf den grünen Block mit dem Aufdruck ›Telefonanruf‹ vor sich auf der Ablage, sah mir dann in die Augen und sagte mit fester Stimme: »Wenn es für Tobby gut ist, ja!«

Wie ich diese junge Frau liebe! Ihre Liebe und Tapferkeit.

»Du bist ein ganz lieber Schatz, Katja. Ich spreche mit Frau Doktor Voss. Damit sie es organisieren kann.«

*****

Melani, die um Tobbys Zustand wusste, war natürlich hilfsbereit. Sie blätterte in ihrem Terminkalender:

»Das wären also die beiden Wochen nach Pfingsten. Dass am einunddreißigsten Mai Himmelfahrt ist, weißt du, Martin? Und Pfingstferien, glaube ich, gibt es da und dort auch noch. Bist du sicher, dass du etwas Geeignetes findest?«

»Wenn du mir deine beiden Daumen drückst, wird es schon werden. Schon, weil es muss.«

»Ich befürchte mit meinen Daumen und deiner Schmeichelei wird es allein nicht reichen.«

Sie sah mich sehr nachdenklich an.

»Martin, hast du deine Planung eigentlich mit Tobias abgesprochen?«

»Nein, Melani. Ich will ihn doch überraschen.«

»Oh, ihr Männer! Glaubst du wirklich, das passt ihm, wenn du über seinen Kopf hinweg über Katja und ihn so einfach verfügst?«

Mir zog es den Magen zusammen. Daran hatte ich gar nicht gedacht. Shit! Melani hatte natürlich Recht. Sie kannte mich genug, um meine Betroffenheit zu erkennen. Und zwischen uns hatte es auch nie nur ein böses Wort gegeben. Eigentlich nur schöne Stunden. Und vielleicht auch deshalb konnte sie mich nicht leiden sehen.

»Oh, Martin!«, seufzte sie. »Schick mir doch bitte jetzt gleich mal Katja herein. Und du sagst Tobias noch kein Wort von deinem gutgemeinten Plan!«

Sie wies warnend mit ihrem rechten Zeigefinger in meine Richtung. »Und auch keine, nicht die kleinste Andeutung davon. Hast du verstanden, Martin?!«

»Zu Befehl, mein großer Schatz! Ich erwarte Redeerlaubnis von dir.«

Fast hätte ich vor ihr noch die Hacken zusammengeknallt. So erleichtert war ich.

*****

Frauen, die sich verbünden, sind mir von je her unheimlich gewesen. Aber ihr Wirken ist erstaunlich effektiv. Zwei Tage nach unserem Erstgespräch kam Katja in mein Büro und erklärte mir, dass es Tobby sehr freuen würde, wenn ich endlich einmal Urlaub machen würde.

»Es wäre an der Zeit!«, hat er gesagt. »Und er würde auch mit Ihnen fahren, um sicher zu sein, dass Sie auch wirklich Urlaub machen. Weil andernfalls würden Sie sich doch nur um ihn Sorgen machen wegen seiner Albträume und Schreckattacken. Und ständig anrufen und auch noch seinen Opa und ihre Partner nervös machen.«

»Ein überzeugendes Argument!«, bestätigte ich ihr. »Und wie kommst du ins Boot, Katja?«, erkundigte ich mich neugierig. Diese Frauen! Diese Finesse. Ich war beeindruckt.

»Och, dafür kann ich wirklich nichts, Herr Doktor Langer. Tobby hat mich gefragt, ob ich nicht mitkommen will. ›Du spinnst!‹, habe ich gesagt. ›Ich kann doch nicht einfach in der Kanzlei Urlaub nehmen.‹ ›Dann frag doch einfach mal‹, hat er gesagt. Und das habe ich gemacht. Frau Doktor Voss hat mich angehört, im Terminbuch nachgeschaut und gesagt: ›Herr Doktor Langer hat vom Samstag, dem sechsundzwanzigsten Mai bis Samstag, dem neunten Juni für sich ›Verreist‹ eingetragen. Das würde für Ihren Fall, Katja, bedeuten, dass Sie vom Montag, dem achtundzwanzigsten Mai bis Freitag, dem achten Juni Urlaub beantragen. Das lässt sich machen.‹ Ich habe gejubelt. Und Tobby sofort angerufen. Er will es Ihnen heute Abend schonend beibringen. Aber, bitte, verpetzen Sie mich nicht. Bitte nicht sagen, dass ich es Ihnen schon verraten habe.«

»Ehrensache, Katja. Das hast du toll gemacht.«

Sie zog beschwingt von dannen. Ich aber ging hinüber in Melanis Büro, sie diktierte gerade etwas, küsste sie voll auf die Stirn und meinte nur:

»Danke. Ihr Frauen seid mir schlicht unheimlich!«

*****

So sind wir zu dritt auf der kleinen griechischen Insel Kos im östlichen Mittelmeer gelandet, die in Sichtweite der türkischen Küste liegt. Es war gar nicht so einfach, zu dieser Jahreszeit ein schönes Domizil mit drei freien Doppelzimmern zur Einzelbenutzung zu finden. Doch unser Gelnhäuser Reisebüro hat sehr gute Arbeit geleistet und uns in einem sehr ansprechenden Club an der Südküste der Insel, direkt an der Ägäis gelegen, einquartiert. Wir wohnten alle drei in verschiedenen Häusern. Ich gab Tobby meine zweite Zimmerkarte mit der Anmerkung:

»Du weißt, dass du jederzeit, Tag und Nacht, zu mir kommen kannst, wenn du ein Problem hast, mein Sohn. Ansonsten wäre es schön, wenn wir einmal am Tag gemeinsam essen. Andere Planungen von eurer Seite stoßen gern auf mein offenes Gehör. Katja, Tobias, ich wünsche euch einen wunderschönen Urlaub.«

Einmal nur hat mich Tobby in meinem Zimmer aufgesucht. Am Ende der ersten Woche unserer Tage auf Kos ist es gewesen. Wie bin ich über seinen plötzlichen Besuch erschrocken! In dem Moment habe ich erst erkannt, wie labil mein Nervenkostüm mit allem, was mit meinem Sohn zusammenhing, geworden war. Dabei war Tobby nur zu mir gekommen, um sich nach meinem Wohlbefinden zu erkundigen und sich für die wunderschönen Urlaubstage zu bedanken. Ein guter Junge.

Ansonsten trafen wir drei Gelnhäuser uns regelmäßig zum gemeinsamen Abendessen an dem für uns reservierten Tisch auf der Terrasse. Den fast kitschig schönen Blick über das Meer hin zu weiteren kleinen Inseln werde ich nicht vergessen; besonders den, wenn zu unserer Essenszeit im Westen der rotgelbe Sonnenball langsam im Meer versank.

Sonst was alles gut. Die beiden jungen Leute eroberten sich die Gegend. Tobby führte in einem kleinen Rucksack seine wichtigsten Malutensilien mit sich. Er schickte regelmäßig kleine Skizzen oder Aquarelle an Tom.

»Damit er sich nicht allein gelassen und vergessen vorkommt, der liebe Opa«, kommentierte er diesen Bildertransfer.

Katja verbrachte, soweit ich es beurteilen konnte, die meiste Zeit im Wasser. Mal sah ich ihren Kopf im Meer und eine Hand, die mir zuwinkte, mal schwamm sie zügig viele Bahnen in einem der zahlreichen Pools.

Vielleicht fragen Sie sich, liebe Leserin, werter Leser dieser Zeilen, warum ich ihnen dieses, unser Urlaubsleben mitteile. Die berechtigte Frage ist rasch beantwortet. Einmal haben wir drei eine Inselrundfahrt gemacht. Der die Fahrt begleitende Grieche, der sehr gut Deutsch sprach, hatte er doch in Deutschland studiert, machte uns anschaulich mit den Schönheiten, geschichtlichen Ereignissen und archäologischen Sehenswürdigkeiten seiner Insel vertraut. Besonders imponiert hat mir das in einem Pinien- und Zypressenwald am Hang des Berges Dikeos liegende und sich über drei Terrassen hinziehende Asklepieion, in dem sich zur Zeit der alten Griechen ein Heiltempel und eine medizinische Schule befunden hat, in welchen auch Hippokrates, der Vater aller Ärzte, praktiziert haben soll. Dort sprach ich unseren Reiseführer während einer kurzen Rast an; so, dass es die anderen Reisenden nicht mitbekamen:

»Pavlos«, so hatte er sich vorgestellt, »Sie haben vorhin berichtet, Barbarossa habe seine Rüstung auf Rhodos anfertigen lassen. Soweit mir bekannt ist, war Kaiser Barbarossa aber niemals auf Rhodos. Er ist über das Festland Richtung Palästina gezogen; denn er mied das Wasser, weil ihm prophezeit worden war, dass Wasser seinen Tod bedeuten würde.«

Pavlos hob seine schmalen Schultern an: »Wenn Sie es sagen. Ich habe es so gelesen, wie ich berichtet habe.«

Ich ließ es auf Kos damit sein Bewenden haben, obwohl ich den Informationen in Tante Connys blauem Ordner durchaus mehr Vertrauen schenkte.

Antalya, 8. Juni 2018
Reger Flugverkehr

Nach dem Frühstück werden sie abgeholt, die drei Urlauber aus Gelnhausen. Ein Minibus befördert sie und ein weiteres Paar in einer Viertelstunde zu dem Flughafen der Insel. Schweigend hängen sie ihren Gedanken nach. Dem, was sie in den letzten vierzehn Tagen erlebt haben und auch schon an das, was in Deutschland auf sie wartet. Dass der Flughafen der Insel klein ist, wussten sie schon von ihrer Ankunft. Aber so klein. Wo sie auch hinschauten: nur Menschenschlangen.

»So sieht es nach fünf Minuten aus, wenn ihr einen angebissenen Apfel in einen Ameisenhaufen werft«, meinte Martin Langer zu dem jungen Pärchen an seiner Seite. »Jetzt ist nachvollziehbar, warum im Hotel die Rede von einem besonderen Service war, als sie uns gestern aufforderten, unsere Koffer schon am Abend zum Einchecken herauszustellen. Es erspart uns das Schlangestehen.«

Bald waren sie abgefertigt. Während sie darauf warteten zu ihrem Flieger gebracht zu werden, hingen sie ihren Gedanken nach. Tobias und Katja träumten mit festverschlungenen Händen von der letzten Nacht und, wenn einem von ihnen die grausame Tatsache bewusst wurde, dass sie die kommende Nacht getrennt voneinander sein würden, dann drückte er oder sie die Hand des anderen noch etwas fester, um sich zu vergewissern, dass sie jetzt wirklich noch beisammen waren.

Martin Langer freute sich auf das Wiedersehen mit dem alten Freund Tom. Nach dem gestrigen Telefonat ging es ihm »den Umständen geschuldet, sonst aber gut. Mach dir keine falschen Gedanken, Martin!«

Melani hatte ihm erklärt, dass er in der Kanzlei vermisst werde und ihr persönlich »Das kannst du dir hoffentlich vorstellen« sehr fehle. Seine Augen verfolgten den regen Flugverkehr am wolkenlosen Himmel. Einige davon flogen in noch größerer Höhe Richtung der türkischen Riviera. Was Langer nicht wusste, war, dass in einer der Maschinen, deren Flug er beobachtete, ein Mandant von ihm saß.

*****

Josip Nelke saß mit seinen beiden Begleitern auf den XL-Plätzen der Reihe 16 in Flugrichtung rechts. Der Flug ging von Frankfurt Rhein-Main nach Antalya. Dass der Flug keine vier Stunden dauerte, kam ihm entgegen. Er mochte die Fliegerei in vollen Chartermaschinen nicht besonders leiden. In der Enge fühlte er sich unwohl. Er hatte für eine Woche Urlaub in einem deutschen Club unweit von Side gebucht. Man soll das Nützliche mit dem Angenehmen verbinden, lautete seine Devise.

Fabiu würde Monika Schlosser in den Club bringen. Dort war sie, was für sie natürlich eine Überraschung sein würde, bereits als Maria Nelke eingecheckt. Gut, dass sein Sitznachbar am Fenster genauso hieß. Maria Nelke. Sein Nachbar am Gang war Stephan, auch Nelke. Zwei hellhäutige Roma, so wie er selber auch. Seit Generationen Deutsche.

Seine beiden Begleiter, so war der Plan, würden von Fabiu das Auto übernehmen und zurück nach Beirut bringen. Dort war es von einem Rom geliehen, dorthin würde es mit einem Präsent und frisch gereinigt wieder zurückgebracht werden. Da ließ sich ein Josip Nelke nicht lumpen.

Monika Schlosser selbst würde als Maria Nelke mit ihm und Fabiu ein paar erholsame Tage in dem Club verbringen. Anschließend ging es dann zu dritt zurück nach Frankfurt. So sahen er und die Reiseunterlagen es vor. Für die Einreise nach Deutschland gab es einen wasserfesten Reisepass für Frau Maria Nelke.

Welchen Namen Frau Schlosser dann in Deutschland würde tragen wollen, das musste sie für sich entscheiden. Vielleicht Gisela von Selboldt? Zu dem Namen musste sie ihm noch etwas erzählen. Da ließ er nicht locker.

Und außerdem war sie ja auch noch sein Dankeschön für einen ausgezeichneten Verteidiger.

Jetzt aber freute er sich erst einmal auf den Augenblick, wenn er sie im Club überraschend begrüßen würde.

Monika Schlosser
Taşucu, 8. Juni 2018

Auf dem Weg von Indien zurück nach Rumänien. Mit dem Flugzeug von Pune über Mumbai und von dort über Dubai nach Beirut im Libanon. Da holt sie der von Josip Nelke beauftragte Rom mit dem Auto am Flughafen ab. Ein schwarzer Mercedes. Hinter der Windschutzscheibe steckt ein Schild. Darauf steht wie abgesprochen: ›111,11‹. Ein junger Mann, der sich ihr als Fabiu Nelke vorstellt. Er spricht perfekt deutsch.

Ja, sogar ..., denkt sie und fragt: »Sie klingen so, als kämen Sie direkt aus Frankfurt hierher.«

Er lacht: »Nee, nicht direkt, aber fast. Ich bin in Offenbach aufgewachsen.«

Monika stöhnt theatralisch auf: »Mir als Frankfurterin bleibt auch nichts erspart!«

Der junge Rom geht auf ihre Frozzelei ein. Er nickt:

»Genau das habe ich auch gedacht, als Josip Nelke mir den Auftrag gegeben hat, eine Frankfurterin in Beirut abzuholen.«

Er schaut sie ernst an: »Da müssen wir beide jetzt zähneknirschend durch. Ob wir wollen oder nicht!«

Fabiu mustert die Frau.

Schlank. Fast so groß wie ich mit meinen Eins achtzig ... na ja, genau sind es ein Meter sechsundsiebzig. Mit dem goldbraunen Teint und dem glänzenden schwarzen Haaren könnte man denken, sie wäre eine Inderin, die man in einen Jeansanzug gesteckt hat. Nur die blauen Augen passen nicht zu Indien. So um die fünfzig wird sie sein, schätze ich nach den Fältchen in ihren Augenwinkeln. Gut erhalten, die Frau.

»So soll es sein. Geben wir uns Mühe, auch wenn es uns schwerfällt.«

Monika reicht ihm ihre Hand hin: »Ich heiße Monika, Fabiu.«

»Ich habe vorher noch eine Bitte, Monika.«

»Und die wäre?«

»Könnten Sie, Entschuldigung, könntest du dich bitte da drüben vor die dunkle Wand stellen. Ich möchte noch ein Foto von dir machen. Herr Nelke benötigt es. Du weißt, wofür.«

Sie sagt: »Ja«, während Fabiu knipst und denkt:

Sie sieht aus wie die ein wenig ältere Schwester der Frau, deren Foto mir Onkel Josip in Frankfurt gezeigt hat. Keine Schminke, kein Lippenstift. Apart die Kerbe in ihrer Unterlippe. Und was für eine Stimme. Tief. Sexy. Viel Humor. Ich kann verstehen, warum sich Onkel Josip so für sie engagiert.

Die libanesische Hafenstadt Tripoli ist ihr erstes Ziel, erfährt Monika von ihm. Dort nehmen sie die Autofähre. Zehn Stunden dauert die folgende Fahrt an Zypern vorbei nach Taşucu in der Türkei. Von dem Ort hat sie noch nie etwas gehört, gibt Monika zu.

Fabiu lacht.

»Ging mir auch so. Es liegt in Kleinasien, südliches Anatolien, türkische Riviera. Ungefähr auf halber Strecke zwischen Mersin im Osten und Alanya.«

»Alanya hab ich schon irgendwann mal gehört. Ist das nicht ein Touristenort?«

Der junge Rom lacht erneut. »Ja, ein deutsch-türkischer Urlaubsort.«

*****

Fast die ganze Fahrt nach dem unbekannten Taşucu verschläft Monika in ihrer Kabine. Die Angst der letzten Wochen wegen des ablaufenden Passes, nächtliche Albträume, in denen sie die Statue zornig anstarrte, die Ungewissheit, wie es mit ihr weitergehen würde und auch die anstrengenden letzten Tage vom Aufbruch im indischen Pune bis hin nach Tripoli haben sie mehr erschöpft, als sie sich selber eingestehen will.

Irgendwann wird sie von einer Lautsprecherdurchsage geweckt. Sie schaut auf ihre Uhr.

Mein Gott! erschrickt sie. *Wie lange habe ich denn geschlafen?*

Sie hastet fast panisch aus der Kabine. Draußen am Geländer lehnt Fabiu. Er schaut entspannt zu, wie sich die Fähre dem Hafen nähert.

Sie macht ihm Vorwürfe: »Warum hast du mich denn nicht geweckt?«

»Hätt' ich schon noch. Aber bis eben hab ich mich nicht getraut. Schlaf ist gesund.«

»Aber zu viel Schlaf auch nicht.«

»Kann sein. Die Fahrt an Zypern vorbei war schon lohnenswert. Scheint eine nicht nur große, sondern auch schöne Insel zu sein.«

»Komm, lass das! Mach es nicht noch schlimmer!«

Fabiu lenkt ab. Onkel Josip hat ihm aufgegeben, die Frau wie ein rohes Ei zu behandeln:

»Monika, wissen Sie eigentlich, was diese türkische Ecke hier so besonders für uns Hessen macht?«

»Die schöne Landschaft? Das Mittelmeer? Das tolle Wetter? Die vielen Türken, die Hessisch babbeln können, weil sie in Frankfurt und Umgebung gearbeitet haben?«

Der Rom hatte bei jeder ihrer Antworten den Kopf geschüttelt.

»Keine Ahnung, Fabiu. Los, verrat' es mir.«

»Waren Sie schon einmal in Gelnhausen, Monika?«

Sie wird hellhörig. Misstrauisch fragt sie zurück:

»Ja, warum?«

»Da gibt es eine alte Ruine. Die Barbarossaburg. Genannt nach einem deutschen Kaiser. Barbarossa.«

Monika, weiter zurückhaltend: »Ja, Fabiu. Ist mir bekannt.«

Lauernd. Sie spürt, dass da noch etwas kommt. »Und weiter?«

»Dieser Kaiser ist hier gleich um die Ecke gestorben. Ertrunken. Habe ich vorhin erst im Reiseführer gelesen.«

Sie ist erleichtert, aber zugleich innerlich aufgerührt.

Samstag, 9. Juni 1190
Friedrich, dem Himmel nahe

In Anatolien, hoch oben auf felsiger Höhe, hält der Kaiser inne. Welch traumhafter Blick bietet sich seinen Augen dar. Da vor ihm im Tal lässt sich zwischen schwarzem Gestein und dem dichten Grün von Bäumen und Büschen glänzend das silberne Band des Flusses erahnen, zu dem sie noch in dieser mondhellen Nacht hinabsteigen werden. Doch sein Blick wandert wieder in die Höhe. Immer nachts, wenn er staunend das Himmelszelt betrachtet, das stetig mehr funkelt, dicht an dicht mit klaren Diamanten besetzt, je mehr sie dem Heiligen Lande näherkommen. Das Reich Gottes offenbart sich ihm.

»HErr, ich danke Dir, für Deine Barmherzigkeit und Deine unendliche Güte, die Du mir trotz all meiner Fehlerhaftigkeit während eines langen Lebens geschenkt hast. Wie freue ich mich auf den Tag, an dem ich Dein himmlisches Reich in all seiner Pracht werde sehen dürfen.«

Er richtet sich im Sattel auf.

»Doch zuvor, oh allmächtiger Vater, werde ich das Heilige Land, in dem Dein Sohn auf Erden weilte, Wunder wirkte und für uns Menschen sein Leben gab, von den Heidenvölkern befreien.«

Als er von den »Heidenvölkern« spricht, umweht ihn eine ungewöhnlich kalte Prise. In Friedrich weckt sie die Erinnerung an die Warnung, welche Gelas Muhme Aja, die alte Hexe, ihm vor bald vierzig Jahren erteilt hat:

> »Irgendwann kommt die Zeit, und du wirst wieder zu einem Kreuzzug aufbrechen und ins Heilige Land marschieren wollen. Merke es dir wohl, ich bitte dich, wenn du ins Heilige Land marschierst, dann wirst du den Tod beim Wasser finden.«

Oh, hätte er doch diese Warnung ernst genommen! Der Kaiser erinnert sich ihrer sehr wohl. Hatte sie ihm Gela bei ihrer letzten Begegnung vor zwei Jahren noch einmal ins Gedächtnis gerufen und ihn gebeten:

»Friedrich, beachte die Worte wohl. Bitte. Heute Nacht hat mich Aja noch einmal nachdringlich gebeten dich aufzufordern, ihre Warnung genau zu beachten und einzuhalten. ›Er soll an die Weisheit und Weitsicht der alten Götter glauben und sie ehren!‹, hat sie gesagt. Muhme Aja wirkte so besorgt. Es war ihr Ernst. Sie mag dich. Du weißt es. Versprichst du es mir, mein Liebster?«

Er hatte es ihr hoch und heilig versprochen, weil Gela es wollte. Es kam ihm leicht über die Lippen. Glaubte er doch nicht an solche allgemeinen Prophezeiungen. Weibersache! Aus diesem Grunde hatte er sein Versprechen auch sogleich mit der ausweichenden Frage verbunden:

»Die Alte hat es dir gesagt? Sie kann doch unmöglich noch am Leben sein? Sie war, als ich sie kennen gelernt habe, schon uralt. Oder ist sie etwa unsterblich?«

Friedrich erinnert sich, dass er sich bei diesen Worten ein Lachen nicht hatte verkneifen können. Gela hatte seinen spöttischen Unterton wohl vernommen und ihn vorwurfsvoll, ja tadelnd angeschaut. Ja, es war ihm vorgekommen, als läge gar ein Anflug von Trauer auf ihren Zügen:

»Mach dich über Muhme Aja nicht lustig, Friedrich! Sie lebt noch und sie wird noch leben, wenn wir beide nicht mehr sind. Glaub mir, es gibt Dinge zwischen Himmel und Erde, von denen es nicht ist, dass wir sie verstehen. Aja liebt dich. Und sie hilft mehr, als du dir vorstellen kannst. Bitte, nimm sie beim Wort, Friedrich.«

»Ja, doch, Gela. Ich werde an sie denken.«

Er hat sein Versprechen beherzigt. Die Könige von Frankreich und England nutzten den bequemen Seeweg. Er aber hatte das Meer gemieden. Doch er beachtete die Worte der Seherin sträflich leichtfertig nicht wörtlich.

»Wenn du ins Heilige Land marschierst, dann wirst du den Tod beim Wasser finden!«

Selbst seinen Vertrauten gab er zu Beginn dieses Kreuzzuges Kenntnis von der Warnung. Da waren sie gerade in Regensburg auf die Schiffe gestiegen, und er hatte sie auch gebeten, diese Worte zu beachten. Doch hatte er behauptet, ein alter Sterndeuter habe ihn nachdrücklich gewarnt. Wenn er den Fürsten die Wahrheit gesagt hätte, dass ein altes Weib ihm sein künftiges Los prophezeit habe, sie hätten die Köpfe geschüttelt und gelacht. Und in seiner Abwesenheit wäre bestimmt wieder über ihn das Wort ›uxoria‹ gefallen. Diesmal gewiss nicht in der Bedeutung von ›Pantoffelheld‹, sondern abwertend als ›Schlappschwanz‹.

Wohl ›Segeln‹ hatte die Alte gemeint. Deshalb hatte er nicht die Reiseroute über das Mittelmeer gewählt, sondern die auf Kähnen die Donau hinunter. Für einen Kreuzzug war die Fahrt friedlich verlaufen. Und auf Schiffen hatten sie den Bosporus überquert. Aber sicher war sicher. Und der schmale Fluss, der da unten in der Schlucht meanderte und ihn an den Lauf der Mosel daheim erinnerte, der war um diese Jahreszeit nicht tief und ließ sich gut durchreiten. Das hatte er schon durch die Vorhut prüfen lassen. Zudem gab es da auch noch einen Steg, der auch Ritter in Rüstungen auf Pferden trug. Wie es hieß, war schon Alexander der Große auf seinem Weg nach Indien über diesen Steg geritten.

Einige der geistlichen Herren sind nach den körperlichen Strapazen der letzten Tage jetzt schon so erschöpft, dass sie getragen werden müssen. Und während des steilen Abstiegs hinunter ins Tal, der ihnen jetzt noch bevorsteht, werden weitere schlapp machen. Da bin ich mir sicher. Auf Händen und Knien werden sie die Hänge hilflos hinunterkrabbeln und -rutschen. Schon aus diesem Grunde gilt es immer gut gewappnet zu sein, zu wissen, was einen erwartet. Also heißt es, durch zuverlässige Vorboten den vorausliegenden Weg prüfen und sichern zu lassen. Das aber habe ich veranlasst.

»Der herrliche Sternenhimmel ist uns gewogen! Er leuchtet uns den Weg ins Tal«, ruft er seinen Begleitern aufmunternd zu. »So lasst uns den Abstieg beginnen.«

> ›Obwohl er alt war, spornte er die Jünglinge an. Obwohl er schwach war, spornte er die Starken an.‹

Wie schreibt doch ein Mönch, der dabei war, vielleicht hieß er Ansgar, späterhin noch?

›Der Herr Kaiser aber und einige, die bei ihm waren, wollten auf den Rat von ortskundigen Eingeborenen hin die gefährliche Bergroute umgehen, die sie vor sich sahen, als das Morgenlicht seine ersten Strahlen aussandte. Sie kletterten zum Flussufer hinunter ...

Während aber das gesamte Heer des Heiligen Kreuzes, die Armen wie die Reichen, die Schwachen und diejenigen, die noch kräftig genug erschienen, auf beschwerlichem Weg und über Felsklippen, die selbst Bergziegen und Vögeln kaum zugänglich waren, dazu noch in der Glut der Sommersonne, sich unbeirrt bis hierher durchkämpften, versuchte der Kaiser, von allen Gefahren unbeeindruckt, über den reißenden Saleph hinüberzuschwimmen, um dadurch die maßlose Hitze zu mildern und die Gebirgshöhen zu umgehen. Aber obgleich der Weise spricht: »Du sollst dich nicht der Strömung entgegenstellen!«, so setzt der Weise selbst, in manchen Dingen ganz unweise, seine Kräfte gegen die Strömung und Gewalt des Flusses: Obwohl alle ihn zurückzuhalten versuchten, stieg er ins Wasser, versank in einem Strudel – er, der oftmals aus höchster Gefahr entkommen war! – und ging auf elende Weise unter.‹

Martin,

hier Anmerkungen zu den vorstehenden Zeilen: Man hat sie freundlicherweise für mich, die Rentnerin, getippt:

Ungemein zahlreich sind die Angaben, wie Friedrich I. Barbarossa gestorben ist. Ganz besonders eindrucksvoll, auch weil aus der unmittelbaren Zeit stammend ist aus meiner Sicht der Bericht des Todes von Kaiser Barbarossa in der ›Kölner Königschronik‹. Dazu folgender Hinweis: Die ›Chronica regia Coloniensis‹, auf Deutsch: ›Kölner Königschronik‹, ist eine zwischen den Jahren 1150 und etwa 1220 entstandene Chronik der Reichsgeschichte für die Zeit von 576–1220, mit einem Schwerpunkt auf Ereignisse des Rheinlands. Zumindest der Bericht der Jahre vor 1177 ist wohl in der Siegburger Abtei Sankt Michael zusammengestellt worden. Der Text der Chronik stützt sich erkennbar auf das ›Chronicon‹ des Ekkehards von Aura und danach bis 1144 auf die ›Annales Patherbrunnenses‹.

Der Text der von mir nachstehend in der Originalschreibweise der zweiten Auflage zitierten ›Königschronik‹ wurde zunächst im Jahr 1861 von Karl Pertz (1828 – 1881) in den ›Monumenta Germaniae Historica‹ herausgegeben. Karl Platner übersetzte ihn dann auf Grundlage der Pertzschen ›Monumenta‹ ins Deutsche. Der Verfasser der Ursprungsversion – ein Kölner Domherr? ein Siegburger Mönch? – ist weiter unbekannt:

›… Als sie nun auf ihrem weitern Marsche an das Ufer eines Flusses kamen, stieg der Kaiser eines Sonntags fast gegen den Willen aller, während er noch von langer Anstrengung erhitzt war, in den Fluß, um sich abzukühlen. Und bald, auf Befehl dessen, der den Geist der Fürsten hinwegnimmt, fand er seinen Tod in den Fluthen. Darüber müssen wir uns umso schmerzlicher verwundern, weil jener Fluß nicht sehr tief war, so daß die meisten bezeugten, er habe auf einer Furt durchschritten werden können. Allein Gott, dessen mächtiger Hand niemand widerstehen kann, und unter dem sich beugen alle die den Erdkreis tragen, that wie es ihm beliebte: gerecht zwar nach seines Rathschlusses unabänderlichem und unbeugsamem Spruche, doch nicht erbarmungsvoll, wenn dies zu sagen verstattet ist, mit Rücksicht auf den Zustand der heiligen Kirche und die langwierige Verheerung des Landes der Verheißung. An dieser Stelle aber und bei diesem betrübenden Bericht erlahmt unser Stil und verstummt unsre Rede, unfähig, die Trauer und die Bedrängniß des in die äußerste Gefahr gebrachten Pilgerheeres zu schildern; das überlassen wir zu fühlen, nicht zu lesen, dem Urtheile eines jeden, auf daß er erwäge, welcher Art das Wehklagen, die Betrübniß und Verzweiflung der bestürzten, in fremdem Lande verlassenen und ihres Hauptes beraubten Menge war oder wohl gewesen sein kann. Doch genug! …‹

[Die Kölner Königschronik – Nach der Ausgabe der Monumenta Germaniae, übersetzt von Dr. Karl Platner; 2. Auflage – Neu bearbeitet und vermehrt von Wilhelm Wattenbach; Leipzig, Verlag der Dykschen Buchhandlung 1896; dort Seite 147].

Ferdinand Opll [Das Iternerar Kaiser Friedrich Barbarossas (1152 – 1190), Wien-Köln-Graz, 1978, dort Seiten 108/109 mit Quellenangaben] nennt weitere Geschehensabläufe:

›...Das Heer hatte schon die Küstenebene erreicht und schlug im Gebiet von Seleucia (= Silifke) sein Lager auf. Der Kaiser überquerte, offenbar um auf dem anderen Ufer einen besseren Weg zu erreichen, den Salef und zog dort weiter. Wohl nicht mehr allzuweit von Seleucia entfernt rastete er und nahm etwa um die Mittagszeit einen kleinen Imbiß zu sich. Danach wollte er sich in der glühenden Hitze erfrischen und stieg in den Salef. Die plötzliche Abkühlung, vielleicht aber auch die Tatsache, daß er sich unmittelbar nach dem Essen ins Wasser begab, waren für den greisen Imperator der Tod. Die gleichzeitige arabische Überlieferung macht für den Tod des gefürchteten und verhaßten Feindes etwas abweichend einen anderen Grund geltend. Dort heißt es nämlich, daß Friedrich bei einer Furt den Hochwasser führenden Fluß durchqueren wollte und von der reißenden Strömung gegen einen Baum geschleudert wurde, wodurch seine Stirn eingeschlagen wurde.‹

Die Schilderung in diesem blauen Ordner am Ende des letzten Kapitels: ›Der Herr Kaiser aber ...‹, dort dem Mönche Ansgar zugeschrieben, steht so in: Der Kreuzzug Friedrich Barbarossas 1187 – 1190, Bericht eines Augenzeugen – Eingeleitet, übersetzt und kommentiert von Arnold Bühler, 2. Auflage 2005, Stuttgart, Seite 148 f.]

Der Vollständigkeit halber sei noch anmerken:

Nach dem Tod von Kaiser Friedrich I. am Sonntag, dem zehnten Juni, kehrte ein Großteil des Kreuzfahrerheeres völlig demoralisiert auf dem Seeweg in die Heimat zurück. Nur etwa zweitausend Mann setzten unter Friedrich VI., dem Herzog von Schwaben, ihren Weg nach Palästina fort. Doch der Fluch des Jahres 1167, in dem er geboren ward, ruht auch auf des Kaisers Sohn. Friedrich VI. erliegt nur sieben Monate nach dem Ableben des Vaters im Januar 1191 bei der Belagerung von Akkon dem tödlichen Fieber, das schon damals im Jahr seiner Geburt, vor Rom Barbarossas Heer hinweggerafft hat.

Conny

(Dr. Cornelia Schlosser)

*****

Das waren die letzten Zeilen in Tante Connys Ordner.

*****

Die Aufzeichnungen über Kaiser Friedrich I. und sein Leben hatten Martin Langer schon interessiert. Dennoch war er irgendwie unzufrieden. Hatte ihn Tante Conny nicht zum Lesen des blauen Ordners verlockt mit ihrer ominösen Andeutung irgendwelcher ›Querverbindungen‹? In dieser Hinsicht sah er sich enttäuscht. Er hatte mehr erwartet, als er letztendlich erfahren hatte.

Und seine geheime Hoffnung, in den vielen Seiten fände sich vielleicht ein versteckter Hinweis auf den Verbleib von Monika, hatte sich nicht erfüllt. Schade, sehr schade!

Gelnhausen, den 10. Juni 2018
Der andere Barbarossa

Zurück in Gelnhausen habe ich mich an den ›Barbarossa-Vorfall‹ auf Kos erinnert und einmal gegoogelt. Siehe da! Pavlos und ich, wir hatten wohl beide recht. Was mir bis dato neu war: Es gab neben Kaiser Friedrich I. noch einen zweiten Barbarossa.

Hayreddin oder Khair ad-Din, den die Europäer auch »Barbarossa« nannten, denn sein Barthaar war ebenfalls von rötlicher Farbe – und um die Namensverwirrung noch größer zu machen, eigentlich hieß er Hızır – war der wohl im Jahre 1478 in Mytilini auf der Insel Lesbos geborene Sohn einer Griechin und eines Janitscharen. Die Janitscharen waren im Osmanischen Reich die Elitetruppe der Armee. Sie stellten die Leibwache des Sultans und erreichten höchste Positionen im osmanischen Staatswesen.

Um das Jahr 1500 herum verließ Khair ad-Din (oder Hayreddin) mit seinem älteren Bruder Oruç die Insel Lesbos in Richtung Nordafrika. Sie verstanden es, dort in kürzester Zeit eine schlagkräftige Korsarenflotte aufzubauen, mit der sie das westliche Mittelmeer heimsuchten. Schwerpunkte ihrer erfolgreichen Raubzüge, die sie vom Golf von Tunis aus unternahmen, waren die Meerenge von Sizilien sowie die Küsten Kalabriens, Sardiniens sowie Korsikas. Khair ad-Din und sein Bruder Oruç gehörten im Jahre 1510 zu den reichsten Männern des Mittelmeeres und befehligten insgesamt acht Galeoten. 1518 errichtete Hayreddin, genannt Barbarossa, in Algier eine Art Korsarenstaat. Der osmanische Sultan Süleyman verlieh ihm im Jahre 1534 die Würde des Beglerbegs, also die des Gouverneurs der Provinz Algerien. Zugleich wurde er Großadmiral der osmanischen Flotte mit dem Sonderauftrag die osmanische Flotte zu reorganisieren.

Im Frühling des Jahres 1544 stach Hayreddin Barbarossa mit der osmanischen Flotte von Toulon aus in See Richtung Istanbul und überfiel, nachdem er französisches Hoheitsgebiet verlassen und wieder spanische Gewässer erreicht hatte, die Insel Elba, die Insel Procida vor

Neapel und plünderte Ischia. Die Kriegsschiffe der Osmanen waren bei ihrer Ankunft in Istanbul schwer beladen mit Gold und Sklaven, Beutestücken aus Italien und Spanien, Geld und Geschenken aus Frankreich sowie eingesammelten Tributzahlungen der Inseln des Ionischen Meeres und der Ägäis. Das macht leicht nachvollziehbar, dass er das Ansehen des Sultans genoss!

Kein Wunder, dass dieser griechisch-türkische Barbarossa den Griechen und ihrer Geschichte deutlich näher steht als unser römisch-deutscher Kaiser Friedrich I. Barbarossa.

Hayreddin Barbarossa verstarb am siebten Juli 1546 in Istanbul in seinem am Bosporus gelegenen Palast. Fast auf den Tag genau vierhundert Jahre nach dem Tag, an dem Friedrich und Gela ihre Liebe zueinander entdeckt hatten.

Silifke, Sonntag, den 10. Juni 2018
Die Sehnsucht nach einem Bad

Monika äußert, für sie selber überraschend, den Wunsch den Fluss Saleph zu sehen, an dem Ort, an dem Kaiser Barbarossa ertrunken sein soll, auch an einem Sonntag, doch achthundertachtundzwanzig Jahre zuvor.

»Fabiu, frag mich nicht, warum. Ich staune selbst. Ist eine spontane Idee von mir.«

Ihr Fahrer sah in seinem Reiseführer nach.

»Der Fluss mit Namen ›Saleph‹ gibt es nicht mehr. Heute heißt der Fluss ›Göksu‹, was blaues Wasser bedeutet. Zur Zeit der römisch-deutschen Stauferkaiser trug die heutige Stadt Silifke den Namen ›Seleucia‹. Liegt alles an der türkischen Mittelmeerküste in der Provinz Mersin. Hier!«

Fabiu hielt ihr den Reiseführer hin, den Finger auf einem Kartenausschnitt. Der Ort, zu dem es Monika Schlosser zieht, lag danach gut zwanzig Kilometer östlich von Silifke.

»›Narlikuyu‹, bedeutet auf Deutsch so viel wie ›Granatapfelbrunnen‹. Ein hübscher Name. Der Ort ...«

Monika Schlosser gab ihm weiter, was sie las:

»... ist heute ein bei Touristen beliebtes kleines Fischerdorf mit idyllischem Naturhafen ... türkisfarbenes Wasser, eingerahmt von hellgrauem Felsgestein ... sieht auf den Fotos sehr appetitlich aus, Fabiu ... war in spätrömischer Zeit bekannt und geschätzt für sein reich geschmücktes Badehaus, ausgestattet mit Klinen und Badebecken, an das jetzt nur noch, so steht es hier, das Fußbodenmosaik erinnert. Es soll die drei unbekleideten Grazien Aglaia, Euphrosyne und Thalia darstellen, wie sie sich in gegenseitiger Umarmung im Tanze wiegen, umschwirrt von Tauben. Das gefällt mir!«

Das Bad, Monika weiß nicht warum, zieht sie magisch an, wie sie dem Rom eröffnet.

»Neugierde. Vielleicht erinnert es mich an etwas. Keine Ahnung!«

»Gut, dann fahren wir hin.«

Fabiu merkt, dass seine Beifahrerin Einwände erheben will, und fügt beschwichtigend hinzu:

»Es ist kaum ein Umweg. Achtzig statt siebzig Kilometer. Also bei diesem wunderbaren Wetter nicht der Rede wert.«

Monika nimmt es erleichtert zur Kenntnis.

*****

Dann sind sie in dem Nest. Narlikuyu. Ein typischer Touristenort. Ein Fischerdorf. Viele einfache Restaurants am idyllisch gelegenen Hafen, wo Fabiu das Auto geparkt hat. Sie müssen nicht lange suchen, bis sie vor einer vermeintlichen Baustelle stehen. Eingeklemmt zwischen zwei einfachen Häusern. Das Fundament schien schon gelegt. Die hufeisenförmige Wand ist noch nicht fertig hochgezogen, aber schon weiß gekalkt. Verschmiert, wie es scheint. Farbflecken. Ein alter Türke, den Fabiu ausfindig gemacht hat, kommt mit den Schlüsseln und lässt sie freundlich eintreten. Und dann sieht sie es. Das Mosaik, das den Boden fast vollständig bedeckt. Bräunlich verschmutzt. Eine Inschrift prophezeit dem Badenden:

›Wer von diesem Wasser trinkt, wird weise; wer hässlich ist, wird schön.‹

Ein leeres Versprechen! Ist doch die Quelle längst versiegt.

Monika liest aus dem Reiseführer die Übersetzung der griechischen Inschrift über dem Mosaik vor:

»›Wenn du fragst, oh Gastfreund, wer das schöne Badewasser fand, indem er die Quelle wiederentdeckte, die bis dahin versteckt war, so wisse nun, dass es Poimenios war, der Gefährte des Kaisers, mit dem er befreundet war, und der die heiligen Inseln treulich verwaltete.‹

Im Führer steht noch, dass damit der oströmische Kaiser Arcadius gemeint ist. Zu der Quelle von Narlikuyu heißt es, dass diese wohl in Verbindung stehen soll mit den uralten Korykischen Grotten, welche auf Türkisch ›Cennet ve Cehennem‹ heißen, was auf Deutsch ›Himmel und Hölle‹ bedeutet.«

Wer die steil abfallende Felswand sieht, denkt Monika, *an der wir vorhin vorbeigekommen sind, unter der sich der schroffe Einstieg in die unterirdischen Tiefen befindet, kann den Namen verstehen.*

Weiter kommt sie nicht. Dann überschlagen sich für sie die Geschehnisse. Unerwartetes geschieht. Ein Schreien in ihr, das aus ihr herausbricht.

Fabiu, der Türke, ein englisches Touristenpärchen, das zufällig vorbeikommt, alle glauben bestimmt, sie haben es mit einer Verrückten zu tun, die plötzlich ganz den Verstand verloren hat. Haben sie etwa recht? Wahrscheinlich! Die steinerne Frau, die eigentlich doch in der Nische im Gang unter Gelnhausen stehen soll, hat sich plötzlich wie selbstverständlich aus ihrem Unterbewusstsein herauskatapultiert in die richtige Welt, ist nicht mehr aus Stein, sondern eine junge Frau aus Fleisch und Blut, reißt sich gänzlich los von ihr und rennt hin zu dem Wasser, dem Badehaus, das plötzlich unversehrt aus frischem Alabaster da vor ihren Augen steht.

Monika Schlosser wird schwindelig. Sie verliert die Orientierung. Ein eigenartiger Taumel ergreift sie.

Was ist Irrsinn? Was Wahn? Was ist tatsächlich? Wo ist sie?

Sie versucht noch den Umlauf zu greifen, der sie von dem Mosaik trennt. Vergebens. Sie verliert den Halt und stürzt zu Boden.

*****

Als Monika ihr Bewusstsein wiedererlangt, sieht sie den jungen Rom mit besorgtem Blick über sich gebeugt:

»Was ist, Schwester? Geht es euch schlecht? Was ist passiert?«

Der Schrei klingt in Mona nach. Wie Echo. Es dauert, bis sie versteht, was Fabiu zu ihr sagt. Fieberhaft überlegt sie, was sie ihm berichten soll, was sie antworten kann:

»Ich habe immer gedacht, dass Kaiser Barbarossa auf seinem zweiten Kreuzzug hier im Saleph ertrunken ist. So habe ich es in der Schule gelernt. Und mein Mann (was sagt sie da!) hat es mir auch so erzählt, wie es alle Gelnhäuser glauben. Jetzt weiß ich es besser!«

»Was weißt du jetzt besser?«, fragte Fabiu nach, der nichts von dem verstanden hatte, was sie gesagt hatte. »Geht es dir wirklich gut?«

Sie sieht in seinen Augen Angst.

Er ist nicht wirklich um mich besorgt. Er hat Angst um sich. Nelke hat ihn beauftragt mich zu beschützen. Und wenn mir was passiert, dann muss er es ausbaden, der arme Teufel.

Sie beeilt sich ihm zu versichern, dass alles in Ordnung sei, auch wenn dies nicht stimmt.

»Alles gut. Mir geht es wirklich gut, Fabiu!«

Und sie fügt hinzu, und es ist eine Notlüge:

»Ich bin nur heftig erschrocken, weil ich meinte, ...«

Monika Schlosser lässt ihren Blick hastig suchend über den Boden gleiten. Dann deutet sie mit weit von sich gestreckter Hand, so als würde sie sich vor etwas ekeln, auf das rotbraune Band, welches die Brust der mittleren Grazie umspannt:

»... mir war, da wäre eine Schlange. Und vor Schlangen habe ich eine panische Angst. Weißt du.«

Der junge Rom lacht erleichtert auf:

»Ach so! Das da sind aber doch nur bunte Steinchen!«

Die Anspannung fällt sichtbar von ihm ab. Monika aber zittert innerlich heftig. Sie gibt sich alle Mühe, die Fassung zu bewahren, sich den erlittenen Schock nicht anmerken zu lassen. Der Schrei, der nicht der ihre gewesen ist.

Die steinerne Statue in ihr, durch deren Augen sie einen alten Mann von immer noch stattlicher Statur mit rötlichen Strähnen in dem silbernen Vollbart erblickt hat, mit nacktem Oberkörper, aus einer Quelle sprudelndes Wasser schöpfend. Blass, müde vom langen Ritt über staubige Pfade unter der versengenden Sonne. Mona weiß, ohne zu wissen, woher und warum, dass der Mann mit dem Bart Kaiser Barbarossa sein muss.

Der Schrei der steinernen Frau, die den Mann sieht und erkennt, sich aus Monas innerem Auge losreißt, als wäre sie stets lebendig und in dem Bad gewesen, stürzt hinüber zu dem Mann, dem lang vermissten Geliebten. Mit ausgebreiteten Armen. Wehendes weißblondes Haar. Doch bevor sie den vorgebeugt über ein Wasserbecken auf einem alabasternen Ruhebett Sitzenden erreicht, tritt hinter diesem ein anderer, ein jüngerer Mann aus dem Schatten einer Säule, sonnengebräunt, lautlos, hassverzerrt das Gesicht, ein Krummschwert erhoben in seiner Rechten. Weitere Männer mit Schwertern spukt der dunkle Hintergrund aus.

Das folgende Geschehen läuft vor Monika wie ein Stummfilm ab. Es scheint ihr, als wolle der erste Mann mit dem Schwert auf die junge Frau, die zuvor noch aus Stein gewesen, einschlagen. Die, die Gefahr erkennend, hält inne, – tonlos – aufschreiend.

Der sitzende Alte sieht auf, erfasst blitzartig das der Frau drohende Unheil, wirft sich dazwischen. »Gela!« ausrufend. Das scharfe Krummschwert trifft ihn wuchtig, trennt den Kopf vom Rumpf. Blut, viel Blut schießt aus dem Hals. Das Schwert aber hat nicht nur den Kaiser geköpft, sondern auch noch den Schädel der Frau, die er hat schützen wollen, quer durch ihre Augen hin gespalten. Blut mischt sich mit Blut, wird untrennbar.

Das Blutbad nimmt kein Ende. Die – lautlosen – Schreie haben offenbar – wie nur? – des Kaisers Ritter herbeigerufen. Voll Zorn und Wut schlagen sie auf den Kaisermörder und dessen Kumpane ein. Die wehren sich heftig. Blut fließt hier wie dort. Schier endlos währt das Schlachten und Sterben. Letztendlich verlieren die, die aus dem Schatten gekommen sind, den Kampf. So scheint es Monika zumindest;

denn des Kaisers Männer halten inne, als sie auf einmal erkennen, dass sie dabei sind, sich gegenseitig niederzumetzeln. Die so plötzlich aus dem Dunkel aufgetauchten Attentäter aber sind nicht mehr, auch ihre Leichen nicht. Sie haben sich in Nichts aufgelöst.

Unheimlich! Schaudern erregend! Geisterhafte Wesen aus der Schattenwelt. Brachten den Tod und verschwanden. Was aber von dem Gemetzel geblieben – oder richtiger – sich rasend schnell in den Blutlachen auf dem Boden des Bades und in dem tief rot verfärbten Wasser des Badebeckens vermehrt, sind Schwärme schwarzer Fliegen.

Die noch lebenden Christen fliehen panisch erschrocken vor dem unheimlich Geschehenen und den Fliegen aus dem Badehaus ins Freie. Gerade noch fähig, die Leichenteile ihres Kaisers mit sich zu nehmen.

Draußen drängen sie sich eng zusammen, sehen ungläubiges Entsetzen in den Augen der jeweils anderen, sinken auf die Knie, lassen ihre Waffen fallen und heben die Hände flehend gen Himmel.

Und dann hört Monika Schlosser auf einmal ein Stimmengewirr.

Fremde Laute, ihr eigentlich fremde Sprachen, die sie dennoch zu verstehen meint. Unwirklich. Sie wundert sich aber nicht, sondern nimmt es als selbstverständlich hin, als sei es Teil eines Films, den sie gerade sieht. Die da vor ihr in dem Bad diskutieren, was geschehen ist, was zu tun sei. Sie kommen bald überein, dass das soeben Erlebte, wie auch des Kaisers Tod durch die Krummschwerter der unheimlichen Schattenteufel niemals bekannt werden darf. Nein! Niemals. Teufelswerk. Was aber tun?

»Lasst uns berichten, der Kaiser sei in einem Wasserbecken ertrunken«, schlägt einer vor, der aussieht wie ein Ritter in einem Hollywood-Streifen, mit seinem blutverschmierten Schwert in Richtung des Bades deutend.

»Gelobt sei dein Gedanke, Bruder!«, meint ein anderer Ritter.

»Vielleicht soll es in dem Fluss namens Saleph geschehen sein, dessen wir oben von dem Berg gesehen. Das ist eines Kaisers würdiger.«

»Von der heißen Sonne erhitzt, suchte er Erfrischung im kalten Wasser. So plötzlich, dass ihn der Schlag traf«, fügt ein Dritter hinzu.

»Brüder«, schlägt ein Herzog vor, »ist dies unseres großen Kaisers ein würdiges Ende? Lasst uns an einen anderen Großen der Geschichte denken. Heißt es nicht, dass Alexander auf seinem erfolgreichen Feldzug gegen die Perser und nach dem Land namens Indien vor gut fünfzehnhundert Jahren den Fluss hier namens Saleph auf seinem Pferd überquert hat. Unser geliebter Kaiser kann dies doch als ein gutes Omen verstanden haben und wollte es ihm nachtun. Der schmale Steg aber brach altersschwach unter seinem Ross und unser Friedrich stürzte in das Gewässer.«

»Er stürzte so unglücklich mit dem edlen Haupt auf einen spitzen Fels, den die Fluten unter sich verbargen, worauf er am Tag nach dem unglückseligen Fall dieser Verletzung erlag.«

»Nein!«, ruft ein anderer, der viel Ansehen im Kreise der Trauernden genießt. »Mehrfach schon hat unser Herrscher den Fluss zu Pferd durchquert, um erschöpfte Pilger sicher an das andere Ufer zu bringen. Doch dann ist sein Pferd gestürzt, und da ist des Kaisers Schädel unglücklich auf einen spitzen Fels geschlagen.«

»Ja«, ergänzt der Erste, »haben wir nicht den beschwerlichen Weg über Land und Gebirge eingeschlagen, statt den schnelleren mit Schiffen zu wählen, nicht zuletzt aus dem Grund, weil ein Seher vor unserem Aufbruch zur Reise ins Heilige Land prophezeit hat, unser Kaiser werde ein Opfer des Wassers?«

»Oh, wie wahr der Seher warnte!«, klagen die anderen.

»Warum nur mussten wir bei seinen Worten allein an die See und nicht auch an die kleinen Wasser denken? Warum ließ uns unsere Überheblichkeit gedankenlos sein?«

»Vielleicht«, gibt einer der anwesenden Bischöfe, der dem Kaiser insgeheim schon seit geraumer Zeit wegen seines früher vermeintlich unzüchtigen Lebens nicht gewogen ist, zu bedenken, »weil es ihm unausweichlich vorbestimmt war. Erinnert euch, Brüder, der Worte, die bei Friedrichs Geburt gesprochen wurden:

›Er wird das Reich wie ein Fuchs an sich bringen, wie ein Löwe regieren und wie ein Hund sterben.‹

Und liegt der mächtige Herr jetzt nicht wirklich blutig zerschlagen, zerlegt wie der niedrigste Köder hier zu unseren Füßen?!«

Unwillkürlich weichen die edlen Herren, die seine furchtbaren Worte hörten, von dem Leichnam zurück, der eben noch der Mächtigste in ihrer Mitte gewesen ist.

Der Redner aber, die Wirkung seiner Worte erkennend, fährt fort:

»So, wie unser Kaiser vor uns liegt, darf ihn und die anderen der im tapferen Kampf gefallenen Brüder kein anderer sehen.

Niemand soll künftig unziemliche Schlüsse aus den Verletzungen des kaiserlichen Skeletts ziehen dürfen. Lasst uns aus diesem Grunde sogleich unseren christlichen Pflichten nachkommen, und das Herz und die Eingeweide dem Leichnam entnehmen, um sodann nach christlicher Sitte das Fleisch vom Gebein zu trennen. Das Herz sollte nicht hier, aber doch in der Nähe begraben werden. Einen angemessenen Platz würde es gewiss finden in der Kathedrale des vornehmsten der Jünger Jesu, des Apostel Petrus, welche sich in der Stadt Tarsus befindet. Das Fleisch unseres kaiserlichen Herrn sollten wir jedoch in Akkon zu Grabe tragen.

Das kaiserliche Gebein aber, so empfehle ich demütigst, lasst uns siegreich tragen in die heiligste aller Städte, nach Jerusalem, um es dorten im Kreis der so mutig mit ihm und für unseren Kaiser kämpfenden Brüder würdig zu bestatten.«

»So sei es!«, entscheidet Friedrich VI., Herzog von Schwaben, des verstorbenen Kaisers Sohn, der trauernd neben dem Leichnam des Vaters kniet.

»So sei es!«, versprechen sich die Anwesenden in die Hand. Und so geschieht es.

Sie vereinbaren zudem, dass ein jeder seine Version der Geschichte des am heutigen Tag Erlebten irgendwann in nicht naher Zukunft berichten solle. Das jedoch wahrhaftig Geschehene solle auf ewig verschwiegen werden.

»Auf ewig vergessen!«

Solchermaßen schwören sie es sich im Angesicht des Allmächtigen bei ihrer Seelen Heil. Und sie halten ihr Wort. Bis zum heutigen Tag und weiterhin für alle künftigen Tage ist aus diesem Grunde eine jegliche Grabstätte von Kaiser Friedrich I. unbekannt. Auch diese traurige Tatsache macht ihn unter allen Herrschern des Mittelalters einmalig.

Narlikuyu, Sonntag, 10. Juni 2018
Abschied von der anderen

Monika Schlosser fragt sich immer wieder:

Warum darf Barbarossa nicht so gestorben sein, wie es tatsächlich geschehen ist? Warum müssen die Überlebenden, die Hinterbliebenen stets das letzte Wort haben? Warum entscheiden sie über das Sterben der Toten? Warum dürfen Barbarossa und Gela nicht in dieser Badehöhle gemeinsam ihre Geschichte beenden? Weil sie hier niedergemeuchelt wurden? Was einem deutschen Kaiser natürlich niemals widerfährt. Warum nicht? Warum? Weil es seiner nicht würdig ist?! Doch wer entscheidet, was ein anderer als unter seiner Würde empfindet? Wenn ich jetzt hingehe und erzähle, was ich hier erlebt habe, halten mich doch alle für durchgeknallt, für bekloppt.

Monika hält inne. Ihr ist etwas in den Sinn gekommen.

Dabei ist doch ... Verrückt! Barbarossa soll, so heißt es in der Sage, im Kyffhäuser sitzen. Sein Bart sei durch den steinernen Tisch vor ihm gewachsen. Dort warte der Kaiser, bis die Raben ihm vom Frieden auf Erden berichten. Eigentlich, so habe ich mal gehört, sei diese Geschichte auf seinen Enkel, Kaiser Friedrich den Zweiten, gemünzt gewesen. Aber als die preußischen Könige vor bald hundertfünfzig Jahren zu deutschen Kaisern wurden, da soll ihnen die Kyffhäuser Sage mit Barbarossa besser gefallen haben. Also hat man sie geändert. Ein Kaiser, der Deutschland eint, passte auch besser zu ihnen und ihrem Selbstverständnis als ein Kaiser, der auf Sizilien lebt und Falken züchtet.

Verrückt! Gela steht versteinert unter Tage, der Kaiser ist auch unter Tag versteinert. Und hier werden sie vermittelt durch eine durchgeknallte Frankfurterin nach mehr als achthundert Jahren wieder zu Fleisch und Blut und bei dem gegenseitigen Versuch den anderen zu retten, gemeinsam getötet. Die Liebenden im Tode wieder vereint. So einen kitschigen Quatsch glaubt mir doch kein normaler Mensch.

Höchstens ein durchgedrehter Esoteriker. Ich habe mich anfangs doch auch für nervlich überspannt gehalten, als ich das Gefühl hatte, die Steinerne nehme Kontakt mit mir auf. Sie spreche mit mir.

Unwillkürlich blickt Monika in sich hinüber zu Gela, sieht dort stattdessen das jetzt vom Schwerthieb gespaltene Gesicht der steinernen Frau, die unbemalte Augenpartie, nur lichtgrau grundiert, als läge ein Tuch über den Augen. Und dann bemerkt sie – *ich bilde es mir ein! Ich bilde es mir nur ein!* – wie sich das eigentlich strenge Gesicht entspannt.

Die schmalen Lippen scheinen sich zu füllen, verlieren an Härte. Der Anflug eines leichten Lächelns zeigt sich.

So als würde sie mich wieder erkennen.

Dann weicht das vermeintliche Leben aus dem Gesicht der Statue. Sie wird blass, fahl, durchscheinend, ist nicht mehr zu sehen ... und mit ihr verschwindet das gesamte Geschehen vor Monas Augen. Die sich wiederfindet neben Fabiu, dem jungen Rom, in der Ruine des Badehauses, auf dem Mosaik der drei Grazien liegend. Und sie weiß, dass sich die steinerne Statue soeben von ihr für immer verabschiedet hat.

Der Albtraum schwindet. Es ist, als falle eine schwere Last von Monikas Herzen. Als wäre sie in einem dicken Filzteppich eingerollt gewesen, der sich plötzlich in Nichts aufgelöst hat. Blauer Himmel, heller Sonnenschein, klare, frische Luft. Zypressenduft. Zikaden sirren.

Monika Schlosser erkennt, dass sie frei ist. Und – wie lange ist es her? Wann hat sie es zum letzten Mal getan? – sie denkt plötzlich an Martin Langer, an ihren Vater Tom, und auch an Tobias, ihr Kind. Eine Sturzflut von Gefühlen. Nicht mehr gefesselt an die Frau aus Stein, sondern ungebunden, frei, aufatmend ... Sehnsucht.

Und dann fühlt sie neuaufziehende dunkle Wolken. Kälte lässt sie frieren.

Was habe ich ihnen angetan?

Und schließlich wird sie denken, dass das Vitalste im Leben die Verlogenheit ist, und sich schämen.

Zumindest gilt das für mein Leben!

Sie stockt. Furcht beschleicht sie:

Was ist mit der Statue im geheimen Gang in Gelnhausen?

Ist sie endlich weg?

Bitte, ja!

Sie benötigt dringend Menschen, die ihr Gewissheit geben. Ihr helfen.

*****

»Bitte«, fleht Monika, »bitte, Fabiu, lass uns schnell von hier verschwinden. Ich sehe schon wieder die Schlange. Bevor ich hysterisch werde, lass uns abhauen.«

Nichts, was der junge Rom lieber täte. Ein irres Weibsstück tausend Kilometer neben sich zu wissen. Allein die Vorstellung schon kann ihn verrückt machen.

Ist so ein Zustand etwa ansteckend? Schon der Gedanke macht ihn nervös.

»Also, auf!«, sagt er und macht ihr vor: »Jetzt fahren wir geradewegs nach Istanbul. Dort wartet Onkel Josip mit dem neuen Ausweis auf dich, Monika.«

Mehr verrät er ihr nicht. Auch nicht ihr wahres Reiseziel. Einen Teufel wird er tun! Wütend kann Onkel Josip schlimmer als der Teufel sein!

Frankfurt, im Juni 2018
Guernica und Gelnhausen

Ich stand, nein, Tobias stand mit mir, so ist die richtige Reihenfolge, vor den beiden Gemälden mit der Draufsicht auf Gelnhausens Innenstadt. Nebeneinander zweimal drei Meter zwanzig in der Breite plus Zwischenraum, zweimal zwei Meter sechzig hoch auf jeweils zwei großen Staffeleien. Ich will sagen, der Wintergarten war wohl gefüllt. Gelnhausen zu Besuch in Frankfurt; denn das Hauptmotiv auf beiden Gemälden war identisch. Ein – fast – fotografischer Blick aus der Vogelperspektive auf unsere Heimatstadt. Das linke von den beiden Werken in überwiegend blauen und gelben Tönen, also in kalten Farben gehalten, zeigte in seinem Zentrum ein fallendes Buchenblatt, das den Blick auf den sich dort befindenden Obermarkt verdeckte. Ein herbstliches Blatt, in warmen, rot-braun-schwarzen Farbtönen gemalt. Es schien mir schwebend schwankend Richtung Erde zu segeln. Wunderbar. Die Spannung von kalt und warm. So vollendet wie nur möglich. Begeisternd.

Tobias zappelte ungeduldig vor dem anderen, dem rechten Werk. Es kam mir vor wie eine leicht vergilbte Schwarz-weiß-Fotografie Gelnhausens aus der Zeit, als noch silberbeschichtete Glasplatten belichtet wurden. Die Stadtansicht war Toms Werk. Er hatte Großartiges geleistet.

Mein junger Künstler deutete auf die leere, ich will sagen, nichtbemalte Stelle im Zentrum der Leinwand. Den freien Platz zwischen Marienkirche und Peterskirche. Der Obermarkt fehlte beinahe völlig. Dorthin, auf den lediglich weiß grundierten Teil der Leinwand wolle er etwas einfügen, ließ er mich wissen. Etwas in der Art, wie es Pablo Picasso mit seinem großen Guernica-Gemälde so überzeugend gelungen sei. Erinnerung. Nachdenklichkeit. Trauer.

»Du verstehst, Vati? Wie Guernica, die spanische Stadt eben, deren Zerstörung Hermann Göring, der Herr der Reichsluftwaffe, seinem Obernazi Adolf Hitler zum Geburtstag geschenkt hat. Im April 1936, leider nur mit einer Woche Verspätung, wie es hieß.«

»Leider?«

»›Leider‹ aus Sicht von Göring. Was für eine makabre Denke eines Irren! Die dem Tod geweihten Bürger gewannen dadurch die Gnadenfrist einer weiteren Woche Leben.«

Ich weiß nicht, ob er in diesem Moment noch mit mir redete oder nachdenklich dozierend mit sich selber sprach. Auf mich wirkte er in diesen Sekunden, länger dauerte es bestimmt nicht, unheimlich erwachsen. Fremd. Doch dann kehrte er zu mir zurück auf den Fußboden der vierten Etage in der Frankfurter Wursthofgasse. Er sah zu mir hoch, schaute mir in die Augen und lächelte:

»So eine verhängnisvolle Tat hat Gelnhausen ja nicht erlebt. Vielleicht ein wenig vergleichbar mit den Hexenverbrennungen durch den fanatischen Bürgermeister Koch. Wenn auch eine ganz andere, wahnwitzige Dimension. Doch die Ursache bleibt gleich. Also werde ich den Obermarkt weit aufreißen, um zu zeigen, was sich tatsächlich unter uns in uns abspielt. Die Hölle hinter der Fassade des Biedermanns. Dabei verstehe ich unseren Obermarkt als pars pro toto, also als winzigen Ausschnitt aus der ganzen Welt. Ich will mit dem, was ich dorthin malen möchte, also ausdrücken, wenigstens will ich es versuchen, dass im Kern aller Geschichte immer Zerstörung, Sterben, Vergänglichkeit stecken. Der Tod als Triebfeder der Geschichte. Oder ...«

Tobias kämpft sichtlich um die Formulierung seines Gedankens.

»... oder vielleicht auch, der letztlich untaugliche Versuch, dem Tod zu entgehen als Triebfeder menschlichen Handelns. Die irre Idee, durch Massenmord ... je bestialischer, umso besser ... in die Weltgeschichte einzugehen. Die Droge Unsterblichkeit um jeden Preis. Die unerfüllbare Sehnsucht unsterblich zu sein, zu werden. Du verstehst, was ich meine, Vati?«

Ich nickte nachdenklich. Wie stolz war ich auf meinen großen Kleinen. Offensichtlich interpretierte Tobby mein Nicken falsch. Er hakte nach:

»Was hältst du von meiner Idee? Das Fremde in uns, das Teil unseres Seins ist, in einem gänzlich anderen Kunststil zu malen? Die erkennbare Adaption des Werks eines anderen Künstlers? Der unnatürliche Tod als etwas Fremdes, obwohl er uns allen zu eigen ist?«

Mir zuckte es in den Händen. Ich wollte sie meinem Sohn auf die Schultern legen, unterließ es aber. Es stand mir nicht zu.

»Tobby, mir fehlen wieder einmal die Worte. Das ist einfach ein grandioser Ansatz. Ich bin überzeugt, dass dir dein Vorhaben gelingt. Du schaffst es!«

Ich zögerte kurz, weil ich befürchtete, dass das, was ich noch sagen wollte, von ihm als Kritik verstanden werden könnte. Doch dann sagte ich es:

»Tobby, bitte, vergiss aber nicht die guten Seiten zu erwähnen. Der Mensch ist gewiss auch schlecht, aber beileibe nicht nur.«

Gelnhausen, Juni 2018
Langer hat einen Wunsch

Was für ein ungewöhnlicher Sommer. Und dabei standen beziehungsweise saßen wir doch erst an dessem Anfang auf unserer Lieblingsterrasse oben auf der Dürich. Links neben mir in seinem Rollstuhl der liebe Tom, und rechts von mir auf seinem erhöhten Sitz Tobby. Wir schwiegen in die Sonne hinein. Mit Fug und Recht könnte man auch sagen, wir dösten friedlich vor uns hin. Siesta!

Und in diese Stille hinein fragte ich, es klang lauter, als ich es sprach:

»Was denkt ihr gerade?«

Bei Tobby war ich mir ziemlich sicher die Antwort zu kennen. Sein Blick ging am kupfernen Hahn vorbei eindeutig Richtung Burg. Dorthin, wo er die Dame seines Herzens vermutete. Umso mehr war ich erstaunt, als ich seine Antwort hörte:

»An die steinerne Frau in dem geheimen Gang. An Mama und Oma, die die Statue mir, nein uns gestohlen hat.«

Wie man sich irren kann!

Und Tom antwortete:

»Ich habe zum Obermarkt hingeschaut. Wo alles anfing. Wann war es noch? Vor zwanzig Jahren. Neunzehnhundertsiebenundneunzig oder achtundneunzig. Als ich dort in dem Kiosk saß und die Rauschgiftdealer beobachtete und dich, Martin, kennengelernt habe. Das waren noch Zeiten! Und wohin hast du geschaut, mein Lieber? An was hast du selber gedacht, Martin?«

Ich musste erst noch meine Gedanken sortieren. Also räusperte ich mich kräftig, bevor ich antwortete:

»Ich habe es befürchtet, dass du mich fragst. Eigentlich habe ich nur rüber geschaut, über Kinzig, Eisen- und Autobahn hinweg nach Meerholz. Den Ort am Hang der Spessartausläufer. Mit den drei Zeugenbergen im Hintergrund. Das Gestein ihrer Kuppen zeugt von längst vergangenen Zeiten, als vor unvorstellbaren zweihundertfünfzig Millionen Jahren unsere Heimat hier noch von einem Meer bedeckt war. Dann habe ich versucht, durch die Bäume hindurch das Schloss zu erspähen. Dahin, wo ganz früher das Kloster stand. Das Kloster, in dem Gela gelebt haben soll. Wo sie ihren Sohn Gottfried zur Welt gebracht hat. Und ich habe bewundernd gedacht, wie malerisch, fast kitschig schön der Blick auf die Landschaft hinter den Bahnen an einem wolkenlos blauen Sommertag doch sein kann. Trotz der Flugzeuge!«

Ich machte erneut eine Pause:

»Und da ist mir eingefallen, was mich mal euer Kollege Vetter gefragt hat. Kurz vor seinem Tod war es. ...«

»Komm schon, Vati, mach's nicht so spannend! Sag's schon! Was hat Opa Vetter gesagt?«, drängelte Tobby wissbegierig. Alles wollte er wissen, was mit seinem Großvater Vetter zusammenhing, dem Menschen, von dem er neben Tom, seinem anderen Opa, seine künstlerische Veranlagung geerbt hatte. Zwei Großväter mit so ausgeprägtem Talent für die bildenden Künste müssen nach der Theorie vom Generationensprung in seinen Genen ja deutliche Spuren hinterlassen haben. Und sie haben. Eindeutig!

Ich schloss die Augen, rief die Szene in mir wach und sprach, so als wäre ich der alte Maler und Vater in Person:

»Weißt du, Bub«, hat er gesagt, »warum ich Bilder male? Nein? Ist doch einfach. Sie machen mich für eine kleine Ewigkeit unsterblich. Was, du glaubst mir nicht?! Überleg' doch einmal. Wer künftig meine Bilder betrachtet, sieht Zeit von mir. Sieht, was ich gesehen, getan und empfunden habe. In einem bestimmten Augenblick. Als ich die Farben so mischte und auf die Leinwand auftrug, wie meine Gefühle es mir in diesem Moment aufgaben. Wer ein Bild von mir anschaut, erblickt einen Teil Lebens von mir. Und, Bub, ich glaube, erst wenn sich niemand mehr an uns erinnert, dann sind wir wirklich tot. Solange wir jedoch in der Erinnerung oder im Bewusstsein anderer Menschen durch unsere Bilder präsent sind, leben wir noch.«

Die beiden links und rechts von mir nickten stumm.

Ich verschwieg ihnen, was mir gerade tatsächlich durch den Kopf gegangen war. Ganz plötzlich. Was mir wie ein Blitz vom heiteren Himmel aufgegangen war. Die Mutter meines leiblichen Vaters, also die Mutter von Florian Vetter, hat nach seiner Erzählung langes, gelb-rotes Haar gehabt. Wie man es auch auf dem Portrait sieht, das er von seiner Mutter gemalt hat. In seinem Wohnzimmer, das meine beiden Banknachbarn zu ihrem Gelnhäuser Atelier umfunktioniert haben, hängt das kleine Bild an der Wand. Ein wunderbares Portrait. Ja, und meine Vetter-Oma war eine geborene ... Breydenbach. Mit ›Ypsilon‹ und weichem ›d‹. Darauf soll sie besonderen Wert gelegt haben, wie mir Florian Vetter mal erzählt hat.«

Und das erste Mal in meinem Leben dachte ich weiter:

Die Mutter von Florian Vetter. Meine Großmutter, die die Urgroßmutter von Tobby ist.

Jetzt war es raus. Der ungeheuerliche Gedanke. Und Vater Vetter hat mir das mit dem Gang und der Statue noch sagen wollen. Mehrmals hat er angesetzt dazu. Sich aber dann nicht getraut, weil er mir noch nicht gestanden hatte, dass er mein leiblicher Vater war. Deshalb hat er den kupfernen Hahn geschaffen, der da auf der Brüstung links vor Tom sitzt und zur Stadt runterschaut. In dessen Körper waren die Schlüssel für Haus und geheimen Gang in der Mittleren Haitzergasse versteckt. Deren Bedeutung, von meinem Vater aufgeschrieben, hat mir Doktor Hertel bei der Testamentseröffnung ausgehändigt. Den Gang habe ich – wenn ich an Monika und meine liebe Mutter denke, leider – gefunden. Die Statue ebenfalls. Das Portrait von meiner Mutter, das an ihr lehnte, ebenfalls.

Mein Gott! Ich bin zu Füßen der Steinernen gezeugt worden!

Ich wollte nicht weiterdenken! Doch die Sturmflut der Gedanken riss meinen Vorbehalt wie nichts weg.

Gela hatte ihre eigene Nachfahrin getötet. Meine Mutter. Und Tobby, der die Steinchen mit seinen kleinen Fingern unter der Statue herausgepult hat, ist ....

Der Kleine durfte es nie erfahren. Niemals!

Und was war mit der, an die all die nicht gedacht hatten, weil sie nichts von ihr wussten? Muhme Aja! Die, nach der Beschreibung von Tobby, es unzweifelhaft war, die ihn befreit, ihm das Leben gerettet hat. Sie lebt weiterhin, was Menschen unmöglich ist, und hat offensichtlich verziehen. Wem? Tobias? Warum?

Alle W-Fragen wirbelten durch meinen Schädel. Wie anderes wäre diese, ihre Rettungstat sonst zu verstehen?!

Doch, was hatte all das zu bedeuten? Ich fühlte mich überfordert.

Gut, dass es in diesem Augenblick an der Wohnungstür läutete. Tobby wollte schon aufspringen, doch ich hielt ihn fest und sagte:

»Bleib mal schön, wo du bist! Ich mach das.«

Und ich hängte schnell noch, eigentlich nur für mich allein bestimmt, an, um mit meinen fürchterlichen Gedanken abzuschließen und um mich in meinen eigenen Augen ja nicht dem Ruf des Größenwahnsinns auszusetzen:

»Zufälle gibt es. Nicht zu glauben!«

Ich sah, beim Hinausgehen, wie die beiden irritiert die Köpfe schüttelten.

*****

Wer vor der Eingangstür stand und um Einlass bat, glaubte ich fest zu wissen. Ich hatte mittags Katja in der Kanzlei angerufen und sie gefragt, ob sie am Nachmittag mal mit ihrem Fotoapparat zu uns Männern hoch auf die Dürich kommen könne. Seit unserem Urlaub auf Kos wusste ich, was für eine begabte Fotografin sie war. Meine beiden Männer hatten von diesem Telefonat keine Ahnung. Katja aber hatte ich gesagt, worum es mir ging.

Heute hatte sie zwar ihren freien Nachmittag, aber sie war gleich Feuer und Flamme von meiner Idee gewesen. Ein Foto von uns drei Herren der Schöpfung, wie wir da auf der Terrasse sitzen und Stadt und Kinzigtal bewundern, sollte sie knipsen.

Sie hatte geprustet: »Die drei Schöpfungsherren auf einem Bild. Ich komme. Das mache ich!«

Und Katja ›machte‹ es großartig. Von links, von rechts. En face und en profil, von hinten durch die Scheiben des Wohnzimmerfensters mit dem Blick auf Stadt und Tal. Zusammen, zu zweit und einzeln. Sie vereinnahmte uns von allen Seiten. Nach anfänglichem Zaudern und Jammern bereitete es uns allen ein Riesenvergnügen. Und das endete nicht mit dem Fotografieren; denn unsere Fotografin bearbeitete anschließend mit erstaunlicher Fertigkeit ihre Aufnahmen noch auf meinem Rechner und druckte schließlich ihre Werke aus.

Die drei Herren der Schöpfung, von ihr so angesprochen, bestätigten ihr unisono ihre Hochachtung. Tobby strahlte.

Fünf der Fotos fanden besonderen Anklang. Diese Bilder hielt ich in der Hand, als ich sagte:

»Und jetzt, TobTom«, verkündete ich, »jetzt kommt ihr bitte ins Spiel. Ich wünsche mir zu meinem diesjährigen Geburtstag von euch ein Gemälde von uns dreien, wie wir, wie eben, gemeinsam auf der Terrasse sitzen und unseren Gedanken nachhängend auf Gelnhausen und das Kinzigtal schauen.

Meint ihr, dass ihr mir diesen Wunsch erfüllen könnt?«

Tom und Tobby schauten sich an. Dann sagte Tom, und es klang in meinen Ohren arg doppeldeutig:

»Es wird knapp. Aber viel Zeit ist eh nicht mehr!«

Gelnhausen 2018
Was ist eigentlich Leben?

Es war wenige Tage nach unserer Fotosession. An einem weiteren warmen und friedlichen Frühsommer-Nachmittag. Wir saßen einmal mehr einträchtig nebeneinander auf unserem Lieblingsplatz in Gelnhausen, dem breiten Balkon unserer Wohnung, der eigentlich ja mehr eine Terrasse war, oben auf der Dürich. Die Bank mit den unterschiedlich hohen Sitzflächen. Tom war noch nicht wieder kräftig genug für einen erneuten Besuch in Gelnhausen. Vater und Sohn Langer auf Augenhöhe. Wir schauten hinüber zu den grünen Hügeln, Ausläufern des Spessarts, sahen davor die fernen Gebäude von Hailer und Meerholz – dabei musste ich immer wieder an Gela denken – , die Trassen von Autobahn und Eisenbahn, die Fahrzeuge und Züge in Spielzeugformat, zeitweilig verdeckt durch Bäume und Büsche, welche den Flussverlauf der Kinzig erahnen ließen, und dann unmittelbar vor uns die Dächer und Türme der Altstadt. Ganz links von uns an der Balkonbrüstung spähte der Hahn, den der alte Vetter, mein natürlicher Vater, vor bald zwanzig Jahren aus Töpfen, Pfannen und anderen kupfernen Gerätschaften seiner Küche gesägt, geschnitten und gehämmert hatte, durch die schlanken Türme der Marienkirche hinunter Richtung Mittlere Haitzergasse. Wir saßen, schauten und sinnierten vor uns hin.

Über allem lag eine große Ruhe. Harmonie. Nur selten durchbrach der krächzende Schrei einer Krähe die Stille. In diese friedliche Stimmung platzte plötzlich Tobias hinein mit der Frage aller Fragen. So, wie er es fragte, klang es feierlich:

»Vater, was ist eigentlich Leben?«

Er überraschte mich mit dieser Frage. Und zugleich weckte er wieder in mir die Anspannung. Ich glaubte – wieder einmal – zu wissen, an was er dachte. Erholt, wie er mir seit unserer Rückkehr von Kos vorkam, hatte meine Aufmerksamkeit nachgelassen. Gewiss, sein Verhalten war anders, als in den Tagen unmittelbar nach seiner Befreiung. Damals war nicht zu übersehen, dass er sich verändert hatte. Der junge

Mann war stiller geworden, nachdenklicher, aber auch nervlich angespannter. Bei jedem unerwarteten Geräusch, mochte es noch so harmlos sein, schrak er zunächst heftig auf, bis er realisiert hatte, was für ein Geräusch es war und woher es kam.

Seine Überreaktionen waren für mich nachvollziehbar gewesen, bei all dem, was ihm widerfahren war. Zwei Tage und Nächte, eingepfercht und gefesselt in einer engen, dunklen Kiste, irgendwo verbuddelt in einem feuchten Erdloch, allein mit einer Flasche Wasser. Hilflos, auf Hilfe hoffend. Schreie, die ungehört verhallten. Entwürdigend. Je länger er da im Dunkeln gehockt hat, ohne dass sich etwas an seinem Zustand verbesserte, desto mehr – und schneller – muss seine Hoffnung geschwunden sein. Angst ums Leben. Todesangst. Flehende Gebete, die, vermeintlich, nicht erhört wurden. Ich durfte mir gar nicht ausmalen, was der arme Kerl da durchstanden hat. So etwas würde gewiss auch an dem abgebrühtesten Typ nicht spurlos vorübergehen.

Angehörige der Trauma-Ambulanz für Gewaltopfer der Stadt Hörnow, die Tobias in den ersten beiden Monaten danach intensiv betreut hatten, haben mir gesagt, Tobias hätte die grausame Behandlung erstaunlich gut verarbeitet. Sie kannten meinen Jungen schon aus der Zeit, als er das Sprechen eingestellt hatte. Damals, als die steinerne Frau umstürzte und seine Oma, meine Mutter, tötete. hatten sie zunächst einen Fall von Mutismus vermutet. Aber dafür fanden sie – Gott sei Dank – keine Indizien. Tobby hatte auch in seinen ersten Lebensjahren keinerlei Anlass für eine solche Überlegung gegeben. Er war körperlich gesund, geistig sehr aufgeweckt und alles andere als menschenscheu.

»Er quasselt mit jedem, der in seine Nähe kommt!«, konstatierte schon meine Mutter voller Stolz.

Nach den ersten Wochen gründlicher Untersuchungen war Frau Kolb, die sich rührend um unseren Sohn gekümmert hatte, zu dem erfreulichen Ergebnis gekommen:

»Es liegt kein Fall eines echten Mutismus vor.«

Monika und ich waren sehr erleichtert. Nach alldem, was wir im Internet gegoogelt hatten, fiel uns ein dicker Stein vom Herzen.

»Und was ist dann die Ursache für sein Schweigen?«

Mona hatte eine bestimmte Vorstellung und hoffte, dass sie damit richtig lag.

»Eigentlich liegt der Auslöser für das Verstummen von Tobias auf der Hand«, erklärte uns Frau Kolb. »Er schweigt aus Trauer. Das ist bei kleinen Kindern gar nicht so selten der Fall. Der Verlust eines geliebten Menschen oder die Scheidung der Eltern trifft die Kleinen so schockartig hart, dass sie schweigen. Und, wie Sie es uns geschildert haben, hat der Kleine seine Großmutter ja sehr geliebt.«

»Sie sagen es. Und was können wir jetzt tun?«, erkundigte ich mich.

»Die letzte Entscheidung, wann er das Schweigen aufgibt, trifft der Betroffene immer selbst! Die Aufgabe der Eltern und des Umfelds besteht darin, dem Kind zu zeigen, dass es geliebt wird. Ihm das Gefühl von Schutz und Geborgenheit zu vermitteln. Verstehen lernen, was in Tobias vorgeht. Nicht aber darin, das Kind mit Liebe zu erdrücken. Es ist Ihre Aufgabe als Eltern es zu begleiten. Es so zu nehmen, wie es ist. Keinen großen Zirkus von seinem Schweigen zu machen. Seine Interessen zu fördern. Ja, und sich selber zurücknehmen mit den Sorgen, die man sich um den Betroffenen macht. Sich in Geduld zu üben und verstehen zu lernen. Sie sehen, liebe Eltern Langer, es kommt einiges auf Sie zu.«

»Und wie wird die weitere Gesundung medikamentös unterstützt?«, wollte Mona wissen.

»Auf weiteres gar nicht. In Amerika macht man das teilweise, aber wir raten davon ab. Ich bin sicher, Tobias wird wieder. Liebe und Gesellschaft sind die besten Medikamente. Verlieren Sie nicht die Geduld, auch wenn die Genesung nicht Monate, sondern vielleicht auch ein, zwei Jahre dauert.«

Ich erinnere mich genau, wie Frau Kolb innehielt, bevor sie weitersprach:

»Sollte es wirklich länger dauern, dann würde ich empfehlen, Tobias in einer Waldorfschule anzumelden. Vielleicht ihn dort auch schon in den Kindergarten zu schicken. Die bieten die besten Voraussetzungen für Kinder mit jedweden Gebrechen.«

Gottlob sind wir damals der Empfehlung gefolgt. Waldorf, die Helmers mit ihren drei Kindern und Opa Tom, das waren die starken Stützen und tragenden Pfeiler in Tobbys weiterer Entwicklung. Sie haben ihm Halt gegeben, auch als es den zweiten schweren Verlust, das Verschwinden seiner Mutter, zu verkraften galt. Und jetzt, vor fast genau vier Monaten, seine Entführung. Das Schicksal machte es meinem Sohn weiß Gott nicht leicht.

Sein starker Wunsch zu malen, sei ihm in diesen schweren Tagen sehr hilfreich gewesen, sagte Frau Kolb zu mir. Tobias hätte sich und würde dies mit großer Wahrscheinlichkeit auch weiterhin tun, in Gedanken die erlittenen Wunden von der Seele gemalt. Das Gemälde ›Karfreitag der Lemminge‹ sei der beste Beweis dafür. Ein Auto nach dem anderen stürzt auf vermeintlich sicherer Strecke in den Abgrund. Das seien Symbole für den tödlichen Unfall der geliebten Großmutter und das mysteriöse Verschwinden der Mutter gewesen.

»Hallo, Vati! Ich hab dich was gefragt.«

»Oh, Tobias, ich weiß. Was ist Leben? Ich denke. Die schwerste Frage aller Fragen. Philosophen, Theologen, Biologen, Chemiker und Physiker, ja quasi alle großen Geister, Menschen mit Kompetenz und Wissen beschäftigt seit Jahrtausenden diese Frage. Und du fragst mich?«

Er fiel mir sanft ins Wort: »Ich weiß, Vati. Aber ich möchte einfach wissen, was du, und nicht all die großen Klugschnacker, unter ›Leben‹ verstehst.«

Ich schaute ihn nachdenklich an. Lange. Tobias wartete ruhig. Endlich gab ich mir einen Ruck:

»Ein Wunder. Leben ist für mich ein anderes Wort für Wunder. Was mich daran alleweil so staunen lässt, ist die völlig offene Frage nach dem Ursprung des Lebens. Ich hab da mal einen höchst interessanten

Aufsatz gelesen, der hat mich den Umfang des Wunders etwas ahnen lassen.«

»Und was war das?«

»Ich will mal versuchen, es dir zu erklären. Es ist nicht ganz einfach. Du wiegst jetzt, sagen wir mal, um die fünfzig Kilogramm.«

»Nicht ganz.«

»Unterstellen wir es einfach einmal. Es erleichtert uns folgende Rechnung: Im Schnitt wiegt die Masse eines Atoms etwa 0,000 000 000 000 000 000 000 000 001 Kilogramm. Das sind sechsundzwanzig Nullen nach dem Komma und vor der mickrigen Eins. Weil du, wie wir gerade entschieden haben, ein Mensch bist, der fünfzig Kilogramm wiegt, darum bestehst du aus fünftausend mal zehn hoch achtundzwanzig Atomen, das sind also fünftausend Quatrilliarden Atome plus minus schätzungsweise ein paar Milliarden. Kein normaler Mensch kann sich eine so riesige Zahl vorstellen. Zu deinem besseren Verständnis, fünftausend mal zehn hoch achtundzwanzig, das ist in Ziffern bald eine ganze Zeile voller Nullen in deiner Mathe-Kladde.«

»Da würde ich mich Rechenkünstler garantiert verzählen!«

»Ich glaube an dich, Tobby. Also jedes Atom für sich ist tote Materie. So tot wie nur denkbar. Und dann treffen sich all diese schier unzählbar vielen toten Atome und werden – auf wessen Befehl? – zu einem Leben. Sie werden Tobias und Katja und Opa und Tante Conny und ich und und und. Welch ein Wunder! Absolut Totes wird lebendig. Unfassbar. Ein Wunder, das mich stets staunen lässt.

Aber irgendwann sagt irgendwer oder -was: ›Jetzt ist Schluss!‹ Und dann löst sich der Zusammenhalt in dem Haufen Atome namens Mensch von einem Moment zum anderen. Das Leben ist nicht mehr. Fünftausend mal zehn hoch achtundzwanzig tote Atome stellen von jetzt auf gleich das Teamworking ein und gehen wieder – jedes für sich – ihres Weges.«

Tobby meinte: »Das erinnert mich irgendwie an die Monadenlehre von Leibniz, über die wir mal in Philosophie gesprochen haben.«

»Damit liegst du genau richtig. Auch Goethe hat bei den Urbestandteilen des Lebens gern auf den Begriff ›Monade‹ von Leibniz zurückgegriffen. ›Monas‹ oder ›Monade‹. Das griechische Wort ›Monas‹ bedeutet auf Deutsch in etwa ›Einheit‹. Goethe hat zwischen niederen und höheren Monaden unterschieden, wobei die niederen der höheren Monade gehorchen müssen. In einem Gespräch im Jahre 1815 hat er einmal sehr anschaulich gesagt, was er unter ›Tod‹ verstand:

> ›Der Moment des Todes, der darum auch sehr gut eine Auflösung heißt, ist eben der, wo die regierende Hauptmonas alle ihr bisherigen Untergebenen ihres treuen Dienstes entlässt. Wie das Entstehen, so betrachte ich auch das Vergehen als einen selbständigen Akt dieser nach ihrem eigentlichen Wesen uns völlig unbekannten Hauptmonas.‹

Und, so meinte Goethe weiter zu seinem Gesprächspartner Johann Daniel Falk, einem Weimarer Journalisten und Schriftsteller:

> ›Nomaden sind von Natur so unverwüstlich, dass sie ihre Tätigkeit im Moment der Auflösung selbst nicht einstellen oder verlieren, sondern noch in demselben Augenblicke wieder fortsetzen. So scheiden sie nur aus den alten Verhältnissen, um auf der Stelle wieder neue einzugehen.‹

Der doch auch Trost spendende Gedanke Goethes hat mich so fasziniert, dass ich die vier Sätze so lange laut gelesen habe, bis sie sich mir dauerhaft eingeprägt hatten. Besonders, nachdem ich erfahren hatte, dass im Kriegsjahr 1813 vier Kinder des Daniel Falk an einer Seuche gestorben waren.«

»Vati, du bist ein Phänomen! Was du dir so alles merken kannst. Wahnsinn!«

Er sah mich nachdenklich schweigend an, bevor er energisch kurz nickte:

»Aber du weißt, dass du mir damit sehr weitergeholfen hast?«

Ich spürte, dass er aufrichtig meinte, was er sagte. Auch, wenn ich, ehrlich, nicht verstand, was er meinte. Ich fühlte, dass es etwas Wichtiges für ihn war, aber was? Ich konnte es nicht greifen. Ich sprach deshalb weiter, weil ich Tobias unbedingt noch den restlichen Inhalt des Aufsatzes, den ich gelesen hatte, nahebringen wollte:

»Das freut mich. Die Atome sind Streuner. Sie sind ständig unterwegs. Milliarden Jahre lang. Sie kommen und gehen. Auch die in unserem Körper. In jedem von uns sind etliche Millionen Atome, die auch schon Teil von Alexander dem Großen, Nofretete, Plato oder Kleopatra und Columbus waren. Bei jedem Atemzug atmen wir gut zwölf Trilliarden, das ist eine zwölf mit einundzwanzig Nullen, Atome ein und in gleicher Anzahl wieder aus.

Ob wir in der Bahn sitzen, die Schulbank drücken, im Bett schlafen oder, wie wir gerade, uns unterhalten, stets tauschen wir rege unvorstellbar große Mengen Atome aus. Aussagen wie ›Eins sein‹ oder ›Liebe Deinen Nächsten wie Dich selber‹ erhalten vor diesem Hintergrund eine neue Dimension. Ich bin du, du bist ich. Wir alle sind irgendwie eins. Wen wundert's, dass ich mich angesichts dieses für mich unbegreiflich genialen Lebensplans winzig, ja kleiner noch als ein Atom vorkomme. Das Leben ist für mich ein faszinierendes, höchst merkwürdiges Geschehen.«

»Vati, aber wenn ich mit jedem Atemzug ein wenig Leonardo, Picasso und von wem auch immer einatme, dann bedeutet das doch in letzter Konsequenz, dass es die in der Bibel behauptete Wiederauferstehung von uns Menschen nicht gibt. Denn wenn du und ich und alle heutigen Menschen ein wenig ... sagen wir beispielsweise ein wenig Barbarossa sind, dann können doch am Jüngsten Tag, wenn Barbarossa auferstehen sollte, wir alle nach ihm nicht mehr auferstehen. Entweder er oder wir.«

Ich zuckte zusammen. Daran hatte ich noch nicht gedacht. Dabei war es logisch gefolgert von Tobias. Oder? Ich spielte seinen Gedanken fort, während ich langsam antwortete, um Zeit zu gewinnen:

»Was du da sagst, leuchtet auf den ersten Blick ein, Tobby. Allerdings gäbe es dann, um bei deinem Beispiel zu bleiben, am Jüngsten Tag auch keine Wiederkehr von Barbarossa. Hat er doch auch frühere Menschen in sich vereint.«

Tobby nickte eifrig: »Eben! Sag ich doch!«

Ich dachte fieberhaft weiter.

»Andererseits gab es früher wesentlich weniger Menschen als heute. Woher sollen all die Atome kommen, die wir heutigen Menschen mit jedem Atemzug von unseren Ur-ur-Vorfahren einatmen?«

Mir kam ein Gedanke.

»Aber, Tobby, was wäre, wenn am Ende der Tage alle Atome, die einmal Teile von Menschen gewesen sind, sich wieder zu einem Wesen vereinen würden? ...«

Innerlich zuckte ich richtig zusammen, weil mir, als ich das sagte, etwas auffiel:

»... Nein! Nicht nur diese. Das ist zu kurz gesprungen! Denn es ist arrogant und deshalb dumm gedacht! Warum eigentlich sollen nur Menschen aus Monaden bestehen? Warum nicht auch Sterne und Sonnen? Mond und Meer? Hund und Katze? Fische und Pflanzen?

Ja, selbst Staub und Steine bestehen aus Atomen!«

»Auch Statuen!«, warf Tobby ein.

Auf was er damit anspielte und damit sagen wollte, ging mir erst später auf. Im Moment redete ich mich so richtig heiß.

»Ja. Und warum sollten nicht auch deine und Toms Gemälde eine Monas haben? Oder, wie sie Goethe auch bezeichnet, eine Seele. Auf das eines Tages alle und alles im All zu einem Was-auch-immer wird? Vielleicht dann Gott ist? Oder mit Gott zusammen eins.«

Ich legte meinen rechten Arm um seine Schulter und drückte ihn an mich:

»Ich weiß nicht, ob dir meine Atom-Rechnung bei deiner Suche nach dem Sinn des Seins hilfreich ist. Und dabei will ich weder miesepetrig wirken, noch dir deine Suche mies machen. Ich befürchte nur, Tobby, dass wir Menschen schlicht zu klein sind, um uns vorstellen zu können, was die Welt in ihrem Innersten zusammenhält. Ich bin's auf jeden Fall. Ich kann dir deshalb deine Frage leider nicht befriedigend beantworten. Obwohl mich die Antwort darauf selbst sehr interessieren würde. Was hat der, der alles geschaffen hat, für einen Plan mit seiner Schöpfung von allem? Welche Funktion kommt darin dem Leben zu? Fragen über Fragen. Aber die Antworten darauf kenne ich nicht.«

Ich vermeinte einen Schatten von Enttäuschung über sein Gesicht huschen zu sehen. Deshalb fuhr ich rasch fort:

»Doch diese, meine Antwort ist nicht Ausdruck von Resignation. Gott bewahre, sondern allein Ausdruck uneingeschränkter Bewunderung. Ich weiß, dass ich nichts weiß. Aber ich vertraue auf Gott. Er wird's schon wohl richten. Er ist das Gewissen der Welt. Und das allein ist doch auch schon eine tolle Erkenntnis.

Lass deiner Fantasie freien Raum, Tobby. Stell dir nur vor, am Ende der Tage würde alle Welt sich zu deinem Lieblingsfarbton vereinen. Und alles Leben wäre nichts anderes als die Suche danach. Nein mehr: Das Streben dahin.«

Dieser Gedanke gefiel meinem Sohn sichtlich. Wo eben noch Enttäuschung sein Gesicht gezeichnet, leuchtete jetzt Zuversicht.

»Das ist eine gute Vorstellung, Vati!«

Das Leuchten erlosch ein wenig.

»So kann sich ein Maler den Sinn des ewigen Lebens vorstellen und sein eigenes kleines Leben danach ausrichten. Aber, was ist Leben für den Menschen generell, für all die, die nicht malen, keine Künstler sind? Was ist beispielsweise das Leben für dich, Vati?«

»Für mich?«

Ich hielt inne und hörte in mich hinein, bevor ich ihm gestand, was ich empfand.

»Tobby, im Grunde hat alles Leben doch dasselbe Ziel. Es ist auf der sehnsüchtigen Suche nach dem einzig wahren Wunder, der irgendwann verloren gegangenen reinen Harmonie. Nenn sie meinetwegen: Liebe. Oder vielleicht auch: Gott.«

Gelnhausen, Anfang Juli 2018
Tante Conny schreibt

Als Martin Langer am Abend aus der Kanzlei zu seiner Wohnung auf der Dürich zurückkommt, findet er im Briefkasten einen großen weißen DIN A4-Umschlag mit festem Rücken. In dessen Fenster sieht er, dass der Brief handschriftlich an ihn adressiert ist.

Unter der Anschrift steht in dicken schwarzen Buchstaben:

›Bitte nicht knicken oder falten!!!‹

Dieser Hinweis veranlasst ihn den Umschlag nicht aufzureißen, wie es sonst seine ungeduldige Art im Umgang mit Postsachen gewöhnlich ist, sondern ihn mit einem Brieföffner vorsichtig aufzuschlitzen.

Es gibt noch einen weiteren Grund, warum er gerade mit diesem Umschlag so behutsam umgeht. Es ziert ihn nämlich eine Briefmarke, die die Post erst Anfang Juni herausgegeben hat. Sehr sauber gestempelt ist sie. In Weimar. Mit dem Nennwert von 145 Cent zeigt sie das bekannte Gemälde von Johann Heinrich Tischbein ›Goethe in der Campagna‹, dessen großformatiges Original unübersehbar an der Stirnseite des ersten Stockwerks des Städel-Museums in Frankfurt am Main hängt.

Erinnerungen werden in Langer wach. An seinen ersten Besuch im Städel mit Tobias.

Ich war wie immer fasziniert von diesem Goethe. Sein Kopf von Tischbein, ›recht genau und wahr nachgezeichnet‹, wie es der Maler selbst gesagt hatte. Der Hut, der Blick, das Auge, sie haben es mir angetan. Vor allem die Ausstrahlung, die von dem großen Dichter ausgeht. Und was machte Tobias? Er fing an zu kichern. Ich habe ihm einen strengen Blick zugeworfen. Der hat ihn aber nicht beeindruckt.

»Was ist denn?«, habe ich ihn angezischt. »Warum bist du denn so albern?«

»Entschuldige, Vati!«, hat er gesagt. »Ich habe mir nur ausgemalt, wie es aussehen muss, wenn der Mann geht.«

»Aber hallo, das ist Goethe, der große Dichter. Was soll da komisch sein, wenn er geht?«

Da hat er mir einen argwöhnischen Blick zugeworfen.

»Vati, willst du mich auf den Arm nehmen. Wenn jemand zwei linke Beine hat, von denen man nicht weiß, wie sie mit dem Körper verbunden sind, und das eine zudem noch deutlich länger ist als das andere, dann muss die Fortbewegung des armen Kerls doch eigenartig aussehen!«

Da bin ich stutzig geworden. »Wie kommst denn du auf so was?«, habe ich ihn gefragt und mir Goethes untere Körperhälfte das erste Mal näher betrachtet. Tatsächlich! Goethe hatte nicht nur zwei unterschiedlich lange Beine, nein, dieser Goethe besaß eindeutig auch zwei linke Füße und trug zudem, passend, zwei linke Schuhe.

Was war denn das?! Geschockt habe ich mir damals im Städel den ersten Führer, den ich sah, gegriffen und mit unseren unglaublichen Feststellungen konfrontiert. Und der Mann bestätigte Tobbys Behauptungen. Goethe habe auf seiner ersten Italienreise in Rom in einer Wohngemeinschaft, wie man heute sagt, mit Johann Heinrich Wilhelm Tischbein und anderen Künstlern gelebt. Im Oktober 1786, sogleich nach Goethes Ankunft, habe Tischbein das Gemälde begonnen. Im Jahr darauf sei er nach Neapel gezogen. Das Bild habe er mitgenommen und daran weitergearbeitet. Dann aber hätten die Franzosen Neapel besetzt, Tischbein musste mit kleinem Gepäck fliehen. Das große Goethe-Gemälde blieb zurück. Ein unbekannter, recht unbegabter Maler habe es fertig gemalt. Und verkauft.

Seit dem Besuch des Städels ist mir klar, dass Maler anders präziser sehen als wir sogenannten normalen Menschen. Wenn Tobby heute bei einem gemeinsamen Besuch einer Ausstellung lacht, frage ich ihn:

»Was habe ich nicht gesehen?«

Langer zieht eine dunkelblaue Klarsichthülle aus dem Umschlag, auf der ein Briefbogen geheftet ist. Er sieht die Handschrift und weiß:

Tante Conny! Der Stempel auf dem Umschlag: ›Weimar‹. Mit Goethe-Briefmarke. Natürlich Tante Conny! Und dann liest er:

Lieber Martin,

nun habe ich doch tatsächlich und mit gutem Grund ein schlechtes Gewissen Dir gegenüber.

Frage mich bitte nicht, wie es geschehen konnte. Ich weiß es nicht. Doch eben gerade - Du musst wissen, ich bin dabei, einen endgültigen Schlussstrich unter mein Berufsleben in der HAAB zu ziehen, denn mein Körper will nicht mehr so recht und mein Kopf wird auch vergesslich, zudem drängelt hoffnungsvoller Nachwuchs um Arbeit, da soll man nicht unnötig zur Last fallen. Du weißt, was ich meine! -, also eben gerade sind mir beim Ausmisten meines Schreibtischs Blätter in die Hand gefallen, die eigentlich und unbedingt zu dem Sammelsurium bzw. in den blauen Ordner gehören, den ich Dir einmal geschickt habe. Es handelt sich zum einen um das Original, eine Kopie davon und die Übertragung des Originals in unser heutiges Deutsch, die ich für den Ordner gefertigt habe. Ohne diese Seiten ist dessen Inhalt unvollständig.

Bitte, lieber Martin,
sieh' mir meine Schusseligkeit nach.

In aller Verbundenheit

Conny

P.S.: Wenn ich mit meinen Aufräumarbeiten fertig bin, komme ich Euch besuchen. Dann kannst Du mit mir schimpfen.

Bitte richte meine lieben Grüße auch Tom und Tobias aus. Ich freue mich auf das Wiedersehen.

D. O.

Jetzt zieht Martin Langer vorsichtig die Blätter aus der dunklen Hülle. Sechs davon sind aus ihm fremdem Material. Sie liegen schwer auf seiner Hand.

Ist das etwa Pergament? fragt er sich. Sie wiegen deutlich mehr als die vielen übrigen Blätter, die aus heute üblichem Schreibmaschinenpapier bestehen.

Er legt das alte Schreiben behutsam auf den Tisch vor sich. Die Kopie des Originals fügt er hinzu. Dann faltet er die drei hälftig geknickten Blätter der getippten ›Übertragung‹, wie sie Tante Conny genannt hat, auf und liest:

Meerholz, im Jahre des HErrn 1190
Gela

Ich schlafe auf einem Strohsack, auf den mir Mutter Walfrida, die Äbtissin unseres Klosters, eine wunderbare Frau, meines Alters wegen ein wärmendes Bärenfell hat ausbreiten lassen. Welch besondere Gnade. Auch wenn ich mich über mich selber ärgere, weil ich diese großzügigen Gaben nicht abgelehnt habe. Eine Zelle für mich allein. Ein kostbares Fell. Wie soll unser aller Vater meine tiefe Bereitschaft zur demütigen Buße akzeptieren, wenn ich weiterhin ein solch luxuriösen Lebensstil voll Bequemlichkeiten fröne?

Ich habe heute Nacht trotz all dieser Schuld tief und fest geschlafen, bis ein seltsames Summen und Brummen meine Ruhe störte. Es muss wohl kurz vor dem Matutin-Gebet gewesen sein, denn durch das Fensterchen fiel schon schwache Helle in das Dunkel meiner Zelle und dort auf ein schwarzes Wesen, das ständig flimmernd seine Form änderte. Es kam auf mein Lager zu. Das eigenartige Surren und Brummen wurde stärker, je näher es mir kam. Es war unheimlich und ängstigte mich. Jetzt hatte es die Gestalt einer Frau angenommen, die ich kannte. Ich in jung. Wie die Statue in unserem geheimen Gang. War es der Satan, der mich holen wollte? Mir jene Erscheinung vorgaukelte? Eisige Kälte zog in mir auf. Ich wollte nicht des Teufels sein. Es geschah mehr unbewusst. Ich griff nach dem alten Brevier meiner Familie, das neben meinem Lager auf dem Boden lag und warf es, so fest wie ich konnte, nach dem grauschwarzen Was-auch-Immer.

»Dominus vobiscum – Der HErr sei mit Euch!«, rief ich dabei. Etwas Treffenderes kam mir in meiner Angst nicht in den Sinn.

Das schwere Gebetbuch traf auf das unheimliche Wesen, durchflog es, als wäre es nicht da, und knallte dann gegen die gegenüberliegende Wand meiner Zelle. Dort fiel es zu Boden. Das dunkle Wesen aber war verschwunden. Weg. Einfach so. Ich konnte es nicht glauben. Ich blieb steif auf dem Bett liegen. Mein altes Herz wollte und wollte sich nicht beruhigen. Es raste weiterhin. War es nur ein böser Albtraum gewesen, dem ich aufgesessen bin?

Als das Morgenlicht dann voller in meine Zelle drang, stand ich auf. Das heißt, ich wollte es, weil ich mich erheben musste. War es doch sträflich, mit Gottes niedergeschriebenem Wort so lieblos umzugehen. Aber meine schwachen Beine zitterten immer noch zu heftig. Deshalb kroch ich auf Händen und Knien zu dem Brevier hin, das aufgeschlagen auf dem Steinboden lag. Als ich es aufnahm, sah ich all überall tote Fliegen, große Pferdebremsen. Zerquetscht, verschmiert auf einzelnen Seiten des Buchs, dessen Ledereinband und, es versetzte meinem Herzen einen Stich, auch auf der Wachstafel, die ich darin so lange aufbewahrt hatte. Ja, eklig gelb-schwarze Fliegenreste auch dort, wo das Brevier gegen die gekalkte Wand geprallt war.

Meine Augen blieben auf einem hellen Stückchen Holz haften, das da auf dem grauen Boden nichts zu suchen hatte. Ich nahm es auf und erkannte, dass es sich nicht um Holz, sondern um einen kleinen Knochen handelte. Es konnte das Glied eines Fingers sein. Jäh verstand ich, was geschehen war.

Das hast du nun von deiner Überheblichkeit, Friedrich. Du glaubtest, die Zukunft bestimmen zu können. Deine Mutter hast du geliebt. Gut so! Deinen Vater hast du geschätzt und gefürchtet. Gut so! Dass du den toten Lothar verachtet hast, weil er bereit war, deine Mutter mit ihren Kindern verhungern zu lassen. Recht so! Dein Hass, weil er deines Vaters Auge hinterrücks blenden ließ, um ihn als Rivalen um den Königsthron auszuschalten. Recht so! Doch ungut, dass du den Kaiser verhöhnt hast, als seine Knochen nach uraltem germanischen Brauch vom toten Fleisch befreit wurden. Damit hast du die Götter erzürnt. Doch sie haben es dir nachgesehen, weil du der Sohn von Friedrich dem Einäugigen warst, einäugig wie Wotan, der Seher und oberste Gott der Germanen, und weil du nicht mehr um die alten Götter wusstest, bis Muhme Aja dich aufgeklärt hat.

Nicht verzeihen aber werden die Götter dir, Friedrich, dass du sie vernachlässigt, ja vergessen hast. In deinem Rausch, der dich glauben machte, du wärst mächtig. Du, ein Mensch. In den Augen derer, die nie verzeihen, bist du vergänglicher als ein nächtliches Spinnennetz. Undankbar warst du ihnen, als wären sie ein alter Haufen Pferdescheiße. Sie, die Götter, die Muhme Aja hießen, dir ihren Stab aus Donars Eiche zu geben, der die Kraft verlieh Fernes zu schauen. Du hast diese kostbare Gabe gedankenlos bei der Statue im Gang liegen lassen. Gut, dass ich ihn dort fand.

Die Götter, dir gewogen, die dich vor dem Tod warnten, als Wotan selbst in Gestalt von Muhme Aja dir verkündet hat, im Alter jegliche fremden Wasser zu meiden, deren Botschaft hast du leichtfertig abgetan. Selbstherrlich und dumm hast du diese Warnung nur halbherzig beachtet. So, als wäre sie lediglich Fliegenschiss. Das konnten sie, die ewig nachtragend Zornigen, dir, mein Geliebter, nicht verzeihen.

Deine ehelichen Kinder und deren Kindeskinder werden dann, wie du und ihre Mutter jetzt schon, bald nicht mehr sein. Dein Erstgeborener aber, unser Sohn, wird über viele Jahrhunderte hinweg mit Kindeskindern gesegnet sein. Irgendwann kommt eines, das dafür Sorge tragen wird, dass Stab und Knöchlein wieder mit dir zusammenfinden, auf dass du endlich deinen Seelenfrieden findest. Danke den Göttern dafür, wenn du es dann können solltest. Was ich inniglich hoffe.

Auch wenn du König und Kaiser warst, Friedrich, so bist du dennoch stets nur ein kleiner sterblicher Mensch geblieben. Hast zwar an den gerechten und gütigen HErrn im Himmel geglaubt und ihn gefürchtet, aber je mehr deine Macht auf Erden wuchs, sträflich, immer mehr die alten Götter vergessen. Du, so lieber und doch so törichter Mensch!

Den eingebildeten Pfaffen mit ihrer beschränkten Sicht der Dinge warst du bereit Glauben zu schenken, wenn sie dich mahnend auf das erste Gebot hinwiesen. Ja: »Ich bin der HErr, dein Gott!« und ebenfalls ja: »Du sollst nicht andere Götter haben neben mir!« Beides ist wahr! Doch, ist nicht Gott der Allmächtige? Ist er nicht Alles und in Allem? Wenn dem so ist, wie ich es glaube, dann ist er doch auch in allem, was da fleucht und kreucht, in Vogel und Pferd, in Bach und Baum, in Wasser und Wolke, in Geistern und Göttern, in Alben und

Asen. Und in uns Menschen! Warum nur wehren wir uns dagegen? Gott lieben und achten, heißt eben nicht die alten Götter verachten, wie die Pfaffen behaupten. Beileibe nicht!

Gela ist atemlos und erschöpft, aber froh, dass sie die Worte der Muhme stets beherzigt hat. Den Stab aus dem Holz der Donar-Eiche, den sie einst im geheimen Gang bei der Statue gefunden und immer in Ehren bewahrt hat, weiß sie nun in guten Händen bei ihrem, bei des Rotbarts Sohn. Gottfried. Solange ein Nachkomme von ihrem und Friedrichs Blut auf Erden weilt, sind der Stadt Gelenhusen und der Statue ihre Zukunft gewiss. So hat es ihr Muhme Aja prophezeit.

Diese Vision beruhigt Gela. Friede hält in ihr Einzug. Erleichtert atmet sie tief ein. Es ist ihr letzter Atemzug.

*****

Mutter Walfrida war unruhig. Schwester Angela hatte noch nie die Laudes, das Morgengebet, grundlos versäumt. Heute aber war sie nicht erschienen.

Sie wird doch wohlauf sein!?

Besorgt ging sie schnellen Schritts zur Zelle der Schwester und fand die Kammer leer.

Vielleicht ist sie schon in aller Früh nach Gelenhusen übergesetzt. Es wäre nicht das erste Mal geschehen, hoffte die Äbtissin. *Aber dann hat sie sich stets abgemeldet.*

Doch auch bei Schwester Hemma, der Pförtnerin, hatte sich Angela nicht verabschiedet. Jetzt rief die Oberin aufgeregt alle Nonnen und Laienschwestern zusammen und bat sie eindringlich, umgehend überall in den Gebäuden und den weitläufigen Anlagen des Klosters nach Schwester Angela zu suchen.

»Sucht in Gottesnamen bitte gründlich und doch schnell!«, gab sie der Schar mit auf den Weg. Die befolgte den Wunsch der Äbtissin, auch weil sie wusste, dass Angela die Schwester des besten Freundes des

Kaisers war, von dessen unglückseligen Tod die Nachricht noch nicht bis Meerholz vorgedrungen war.

Als die Mittagstund kam, und alle Stuben, Winkel, Ecken und Tiefen des Klosterteiches zwiefach, ja gar oft dreimal durchsucht und überprüft worden waren, mussten sie sich eingestehen: Schwester Angela war spurlos verschwunden.

*****

Später, viel später wurde erzählt, eine der Nonnen habe einmal erwähnt, sie hätte am Morgen des fraglichen Tages bei ihrer Suche nach der Vermissten am Teich des Klosters zwei weiße Reiher gesehen. Ein anrührend schönes Bild sei es gewesen. Das Gefieder des einen Vogels wäre an Kopf und Hals eigentümlich schwarz und weiß gemustert gewesen. Die geschäftig suchenden Schwestern hätte die Reiher wohl aufgeschreckt; denn die Vögel seien sogleich in Richtung Gelenhusen abgestrichen.

Gelnhausen 2018
Das letzte Wort

Eine braungebrannte Frau im langen, weiten Rock kommt den steilen Weg herauf. Sie ist nicht von hier, mutmaße ich. Ihre Kleidung ist so typisch für Südosteuropäerinnen. Auch die dunklen Haare mit dem Knoten. Passt zu dem Erscheinungsbild. Eine von den älteren Romafrauen, wie sie in Frankfurt und Offenbach nicht selten zu sehen sind. In Gelnhausen begegnet man ihnen kaum. Junge, ermahne ich mich, du hast jetzt keine Zeit, dir Gedanken über unbekannte Frauen zu machen.

Es ist noch früh am Tag. Recht kühl für einen Sommertag. Ich will mich gerade auf den Weg machen, runter in die Kanzlei. Die Haustür mit der linken Hand offenhaltend werfe ich vorsorglich einen schnellen Blick in den Briefkasten. Man weiß ja nie. Die Zusteller der privaten Postdienste kommen zu den unmöglichsten Zeiten. Manchmal, aus für mich nicht nachvollziehbaren Gründen schreibt eine Justizbehörde fälschlich an meine Gelnhäuser Privatadresse. Post von Staatsanwaltschaften und Bußgeldstellen nehme ich generell nicht an. Die Zusteller der Deutschen Post wissen das. Sie bringen diese Schreiben gleich in die Kanzlei. Dort wird ihre Annahme auch verweigert. Zur Annahme meiner Privatpost sind sie nicht befugt. Dann gehen die Briefe zurück an die absendende Behörde. Eine billige, aber gerade in Bußgeldsachen mit kurzen Verjährungsfristen manchmal nutzbringende Vorgehensweise.

Ich bin in Eile. Nach dem mir von Katja Helmer zugemailten Kalender wartet in der Kanzlei wieder eine komplette Woche randvoll mit Terminen auf mich. Außer meinem Alter, das mir eh keiner glaubt, sehe ich keine überzeugende Ausrede mehr für eine Verlängerung der von mir seit Monaten gepflegten Teilzeitbeschäftigung. Tante Connys Ordner ist mittlerweile abgearbeitet und ausgelesen – ohne den herbeigesehnten großen Erfolg. Tobias ist dank Katja obenauf, fast wieder der Alte.

TobTom lebt. Toms Augen leuchten, wenn Tobi seine Wünsche, Anregungen, Hinweise beherzigt und zu seiner vollen Zufriedenheit umsetzt. Und seine Augen leuchten nach meinen Feststellungen fast immer, wenn mein Junge bei seinem Großvater ist. Momentan allerdings ist Tobby häufiger bei mir oben auf der Dürich.

Um Tom kümmern sich in Frankfurt rund um die Uhr abwechselnd drei tüchtige junge Männer. Ausgebildete Krankenpfleger, die ihm seine Wünsche – nicht nur sprichwörtlich – von den Lippen ablesen. Knut und Dennis gehören weiterhin zu diesem Team. Spätestens jeden zweiten Tag bin ich auch in Frankfurt und schaue bei meinem alten Freund vorbei. Er trägt sein Los gefasst, meist mit großer Würde. Nur dann, wenn ihm beim Malen, besonders beim Mischen von Farben etwas nicht gleich so gelingt, wie er es sich vorstellt, dann bricht sein altes Temperament durch, dann kann er fuchtig werden.

»Malen« nennt Tom jetzt die Kombination von ›Ich sage, was zu tun ist‹ und ›Der Pfleger, der gerade da ist, setzt es um‹. Noch kann Tom sich ohne Sprachcomputer äußern, auch wenn seine Laute für Personen, die nicht regelmäßig mit ihm zu tun haben, schwer zu definieren sind. Die Pfleger verstehen ihn, Tobias versteht ihn, ich verstehe ihn. So weit, so gut. Den Umständen entsprechend. Tom ist weiterhin zu Späßen aufgelegt. Er kämpft und lässt sich nicht hängen. Er will kein hilfloser Krüppel sein. Ich liebe ihn! Auch wenn ich bei jedem Abschied, mag er noch so spaßig sein, mich des Gefühls nicht erwehren kann, dass ein Hauch von Traurigkeit mitschwingt. Tom geht es ebenso. Neulich hat er es mir bestätigt. Als ich in Frankfurt schon in der Wohnungstür stand, hat er gesagt:

»Wenn du gehst, muss ich letzthin immer an die alte französische Weisheit denken: ›Partir c'est toujours un peu mourir – Weggehen ist immer wie ein wenig sterben‹.«

Das ist auch ein Grund dafür, dass ich Tom immer wieder für ein paar Tage zu mir nach Gelnhausen hole. Da kann er zusammen mit Tobby auf der Dachterrasse unserer Wohnung malen. Selbst um diese frühsommerliche Jahreszeit. Die aufgestellten Heizstrahler machen es möglich. Tom braucht es warm. Tobby schwitzt geduldig. Gerade arbeiten die beiden da draußen an einem Gemälde, auf dem der kupferne

Hahn, den Florian Vetter, mein leiblicher Vater, geschaffen und auf der Terrasse aufgestellt hat, hinunter auf unsere Stadt schaut. Ich werde es nie begreifen, wie es ihnen gelingt, den speziellen Kupferton des Hahns so trefflich glänzen zu lassen. Ich höre sie lachen. Die beiden TobToms sind glücklich, voll in ihr künstlerisches Geschäft vertieft. Irgendwie fällt es mir schwer, jetzt gehen zu müssen.

Der Briefkasten ist leer. Ich will ihn wieder verschließen. Da steht die Frau in dem langen Gewand vor mir. Sie sieht mich an. Tiefblaue Augen. Augen, die ich nicht, niemals vergessen kann. Ich glaube, mein Herz bleibt stehen. Meine erste Reaktion. Seltsam. Ich kehre ihr den Rücken zu und rufe laut, fordernd zur Wohnung hin:

»Tobias! Tom! Kommt schnell her!«

Nachtrag

Am Mittwoch, dem achtzehnten September 2019, verstarb Thomas Schlosser, den seine Angehörigen und guten Freunde »Tom« nannten.

Wie in den vielen Wochen zuvor hatte er auch an diesem Tag an seinem letzten Gemälde gearbeitet. In dem von ihm bevorzugten Format ›zwei Meter hoch, drei Meter breit‹ stand die Leinwand auf einer niedrigen Staffelei mitten im Licht durchfluteten Wintergarten, den er zu seinem Atelier umfunktioniert hatte. Hier, in diesem Raum, hat er viele seiner begehrten Werke geschaffen – in den vergangenen Jahren meist zusammen mit Tobias, seinem Enkel, unter dem Künstlernamen ›TobTom‹.

›Sonnenuntergang in Frankfurt am Main‹ lautete der Arbeitstitel. Welche Pracht, welch Farbengewalt! Gewiss die Kulisse von Mainhattan war zu ahnen, wenn man sie bewusst suchte, doch im Mittelpunkt des Bildes stand alles beherrschend das Naturschauspiel der am westlichen Himmel untergehenden Sonne. Auf den ersten Blick überwiegt die Komposition von Rot- und Gelbtönen, doch ich glaube, es gibt wohl tatsächlich keine Farbvariante auf der großen Palette der Natur, die Tom nicht in sein Gemälde eingebracht hat.

Ich scheue mich zu sagen, Tom habe an diesem Tag gemalt. Das könnte eine ungewollte Vorstellung wecken. Die Nervenerkrankung, an der er litt, war unerbittlich fortgeschritten. Seit fast einem Jahr schon konnte er den Pinsel nicht mehr halten. Jetzt aber war sein Körper gänzlich gelähmt. Auch die Sprache hatte die amyotrophe Lateralsklerose ihm inzwischen weitgehend geraubt. Sein Kopf aber war noch hellwach. Tom saß in seinem Rollstuhl und verständigte sich über einen Sprachcomputer mit seinen Pflegern, Tobias und mir. Diese Form der Kommunikation dauert.

»Es nervt«, hat er mich einmal mit seinem trockenen Humor wissen lassen, »wenn man nur noch in Zeitlupe schlagfertig sein kann.«

Am heutigen Mittwoch hat Tobias die Malbefehle seines Großvaters ausgeführt. Der letzte von vielen lautete:

»Tobi, siehst du unter der Sonne den schmalen, unbemalten Streifen?« ... »Nein, höher, sieht aus wie eine kurze Falte in der Leinwand.« ... »Ja, genau da. Bitte, mein Bester, nimm deine Wasserfarben, kein Plaka, und male die weiße Falte damit schwarz.«

Während Tobias seine Wasserfarben, Pinsel und ein Glas Wasser aus der Küche holte, besprach Tom für mich fast unverständlich seinen Computer.

Die erste der abgespeicherten neuen Arbeitsanweisungen an Tobias lautete dann:

»Tobi, es soll aussehen wie ein kurzer, dünner Faden.«

Mein Sohn malte wie ihm gewiesen. Es war ein Hauch von einem Faden.

Toms Computer meldete sich:

»Genau!« ... »Das war's!«

Tobias legte den Kasten mit den Wasserfarben und den genutzten Pinsel auf den Beistelltisch, der neben der Staffelei stand, und kam dann zu uns, um gemeinsam mit uns Toms Werk zu schauen und zu würdigen.

Es war nicht abgesprochen. Tobias trat links neben den Rollstuhl und legte seine rechte Hand liebevoll auf die Schulter seines Großvaters, so wie ich es auf der rechten Seite meines alten Freundes mit meiner Linken auch getan hatte. Schweigend bewunderten wir das Bild.

Während draußen vor den Fenstern die Dunkelheit hereinbrach, glühte hier im Wintergarten die Sonne weiterhin in all ihrer Vitalität, Urgewalt und unendlichen Strahlkraft. Ein wahres Meisterwerk von unbeschreiblicher Schönheit und Faszination. Mir schien, als würde der gewaltige Sonnenball auf dem dünnen Faden, den Tobias gerade gemalt hatte, mit schier unglaublicher Leichtigkeit balancieren.

Doch dann bemerkte ich, dass der schwarze Strich mehr und mehr verblasste. Was war das? Saugte etwa die weiße Grundierung der Leinwand die Wasserfarbe auf? Musste mein Tobby noch ein Mal ...?

»Fertig!« ... (Pause) ... »Ich danke euch«, tönte es aus Toms Sprachcomputer. Dann schwieg der Computer.

Es war Tobias, der zuerst begriff und es mir bewusst machte, was gerade geschehen war. Seine Stimme klang seltsam feierlich und brüchig zugleich, als er sagte:

»Opa, für jetzt und immer wird dein Gemälde hier stehen. Das verspreche ich dir.«

*****

An diesem Tag, an dem Tom uns verließ, ging in Frankfurt am Main die Sonne um neunzehn Uhr dreiunddreißig unter. Ihr Abbild auf der Staffelei aber leuchtete in all seiner Pracht weiter.

– Ende –